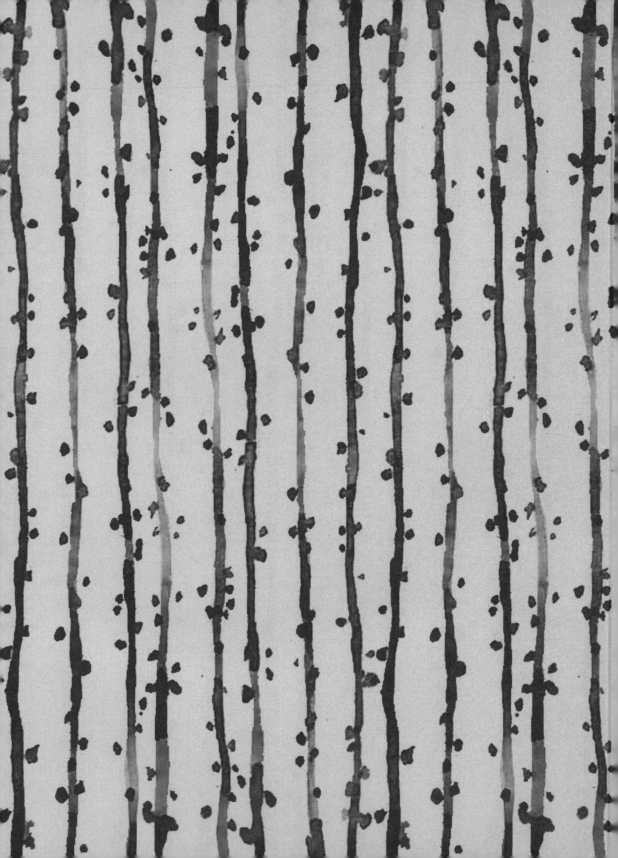

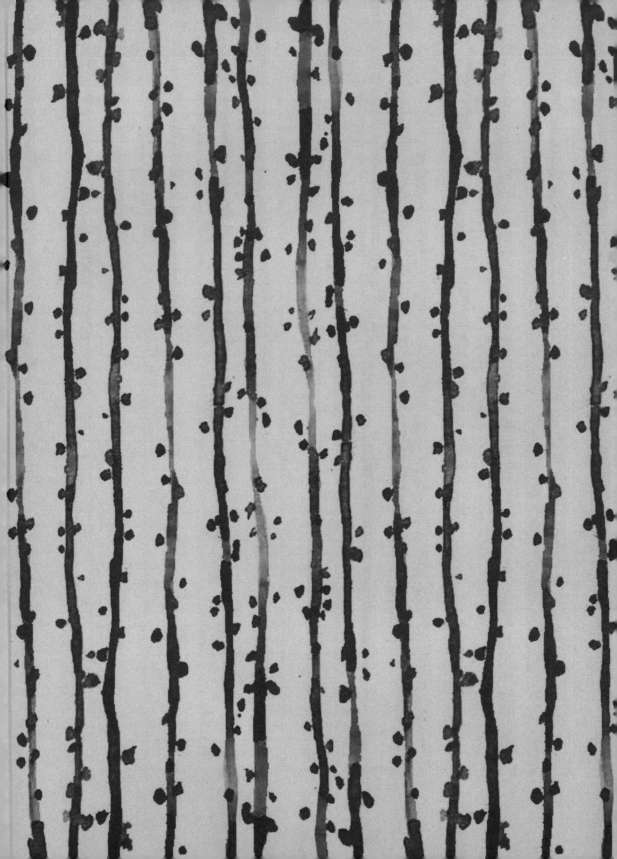

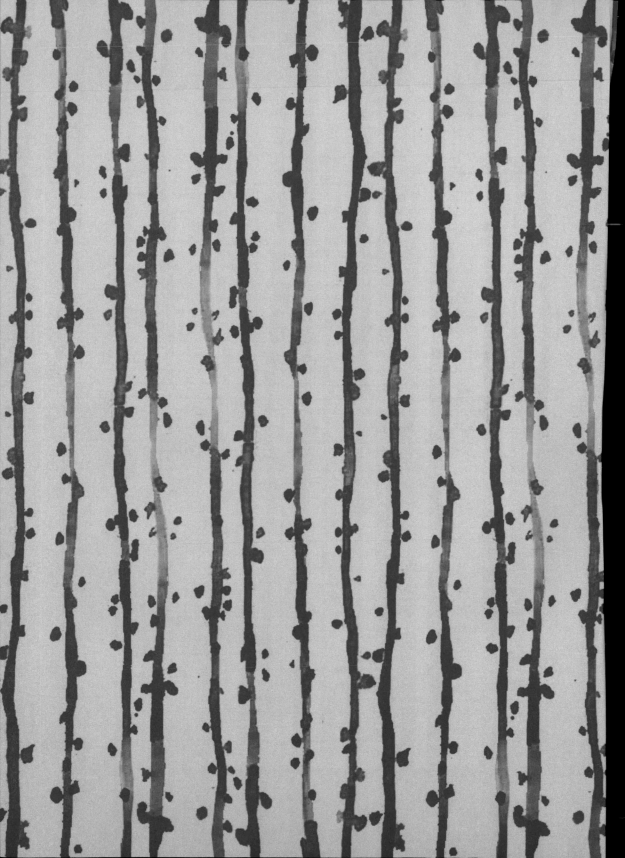

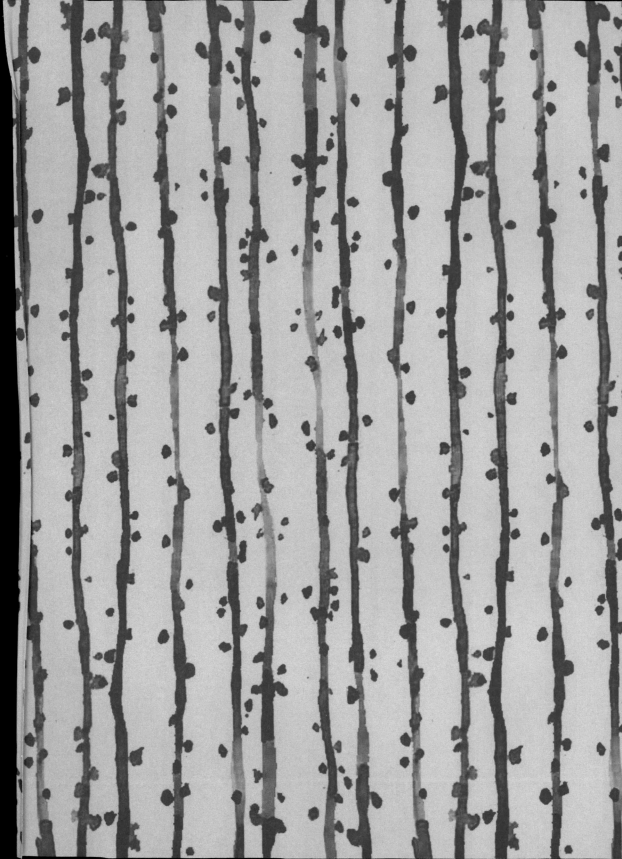

每日讀詩詞

唐宋詞鑑賞辭典

第三卷

一種相思，兩處閒愁

北宋～南宋

宛敏灝、周汝昌、葉嘉瑩、唐圭璋、繆鉞、俞平伯、施蟄存等

周邦彥、劉一止、汪藻、曹組、万俟詠、田為、徐伸、陳克、**朱敦儒**

慕容岩卿妻、**周紫芝**、趙佶、李綱、李祁、何籀、廖世美、**李清照**、呂本中

胡世將、**趙鼎**、向子諲、李持正、幼卿、蔣興祖女、洪皓、蔡伸、李重元、李玉

吳淑姬、樂婉、聶勝瓊、王以寧、**陳與義**、**張元幹**、呂渭老、葛立方、王之道

董穎、朱翌、魯逸仲、劉子翬、胡銓、**岳飛**、姚寬、孫道絢、李石、康與之

曾覿、黃公度、陸淞、吳淑姬、洪适、韓元吉、侯寘、趙彥端、王千秋、李呂

洪邁、袁去華、向滈、曹冠、管鑑、**陸游**、唐琬、陸游妾、蜀妓、**范成大**

游次公、**楊萬里**、**朱熹**、嚴蕊、**張孝祥**、程垓、王質、**朱淑真**、**趙長卿**

京鏜、王炎、**石孝友**、趙師俠、**陳亮**、楊炎正

目錄

撰稿人（以姓氏筆畫為序）

丁稚鴻、于　飛、王元明、王少華、王中華、王水照、王玉麟、王延梯、王汝瀾、王步高
王季思、王思宇、王達津、王運熙、王筱芸、王學太、王錫九、王雙啟、王鎮遠、毛　慶
方智范、艾治平、史雙元、朱世英、朱易安、朱金城、朱德才、羊春秋、江辛眉、李廷先
李向菲、李家欣、李國章、李達武、李維新、李濟阻、呂智敏、吳丈蜀、吳小如、吳小林
吳世昌、吳企明、吳汝煜、吳奔星、吳庚舜、吳曼青、吳惠娟、吳無聞、吳翠芬、吳熊和
吳調公、吳戰壘、吳　錦、邱俊鵬、丘鳴皋、何均地、何林天、何林輝、何念龍、何國治
何滿子、余恕誠、汪耀明、沈文凡、沈祖棻、宋　廓、范之麟、林東海、林昭德、林家英
林從龍、周汝昌、周振甫、周家群、周義敢、周溶泉、周滿江、周嘯天、周篤文、周錫韓
宛敏灝、宛新彬、胡中行、胡國瑞、秋如春、侯　健、俞平伯、施紹文、施蟄存、施議對
姜書閣、姜逸波、洪柏昭、祝振玉、韋　樂、秦惠民、馬以珍、馬承五、馬祖熙、馬　群
馬興榮、袁行霈、連弘輝、夏承燾、倪木興、徐少舟、徐永年、徐永瑞、徐培均、徐　樺
徐翰逢、徐應佩、高建中、高　原、高章采、唐圭璋、唐玲玲、唐葆祥、陸永品、陸　堅
陳仁鳳、陳允吉、陳永正、陳邦炎、陳志明、陳　忻、陳長明、陳來生、陳祖美、陳振寰
陳華昌、陳祥耀、陳書錄、陳順智、陳慶元、陳耀東、孫映逵、孫綠江、孫藝秋、陶爾夫
黃拔荊、黃進德、黃清士、黃墨谷、黃寶華、曹光甫、曹慕樊、曹濟平、崔海正、許永璋
許理絢、許　雁、梁守中、梁鑒江、張仲謀、張　旭、張宏生、張明非、張忠綱、張秉戍
張清華、張撝之、張燕瑾、葉嘉瑩、萬雲駿、董乃斌、董扶其、程千帆、程中原、程郁綴
曾紹皇、湯易水、湯華泉、湯貴仁、蓋國梁、楊鍾賢、楊牧之、楊海明、雷履平、趙其鈞
趙昌平、趙義山、趙興勤、蔡厚示、蔡義江、蔡　毅、蔣　凡、蔣哲倫、臧克家、臧維熙
鄭臨川、鄧小軍、鄧喬彬、鄧廣銘、劉乃昌、劉　刈、劉文忠、劉立人、劉衍文、劉逸生
劉揚忠、劉德重、劉慶雲、劉燕歌、劉學鍇、劉競飛、潘君昭、薛祥生、蕭　鵬、賴漢屏
霍松林、錢仲聯、錢鴻瑛、魏同賢、謝桃坊、謝楚發、繆　鉞、鍾振振、鍾　陵、聶在富
羅忠族、蘇者聰、顧易生、顧偉列、顧復生

凡　例

一、《唐宋詞鑑賞辭典》於一九八八年首次出版，本套書以其為基礎，全新增修校勘，收錄唐、五代十國、南北宋，及遼、金三百三十餘位詞人的詞作共一千五百餘篇。

二、本套書正文中作家、作品的先後排列次序，以及選收作品一般參照張璋、黃畬編《全唐五代詞》和唐圭璋編《全宋詞》、《全金元詞》。對於其他版本出現的字詞句異文，一般不作校勘說明，必要時在註釋和賞析文章中略作交代。

三、每位作家的首篇作品前，均載其小傳，無名氏從略。

四、本套書由二百二十餘位學者、專家及詩人，就其專長分別撰寫賞析文章。原則上採用一首詞配一篇鑑賞文章的形式，也有少數作品幾首合在一起賞析，並於文末括註撰稿人姓名。

五、詞中的疑難詞句和掌故史實，一般在賞析文章中串釋，個別在原作末酌加簡釋。

六、涉及古代史部分的歷史紀年，一般用舊紀年，夾註公元紀年，但省略「年」字。涉及的古代地名，夾註今地名。

七、本套書附錄有詞人年表、詞學名詞解釋、名句索引以及詞牌簡介等。

每日讀詩詞

唐宋詞鑑賞辭典

啟動文化

周邦彥

【作者小傳】（一〇五六～一一二一）字美成，號清真居士，錢塘（今浙江杭州）人。宋神宗元豐中，獻〈汴都賦〉，自太學生一命為太學正。居五年，出為廬州教授，知溧水縣，還京為國子主簿。哲宗召對，除祕書省正字，歷校書郎。徽宗時，仕至徽猷閣待制，提舉大晟府，出知順昌府，徙處州，提舉南京鴻慶宮，卒。邦彥精通音律，其詞多寫閨情、旅思，亦有感慨身世及詠物之作。詞風典麗精工，形象豐滿，格律嚴謹，善於融化前人詩句入詞而渾然天成。著有《清真居士文集》，已佚。詞有《清真集》，陳元龍為註，題作《片玉集》。代表作有〈瑞龍吟〉〈蘭陵王〉〈六醜〉〈西河〉等。存詞一百八十六首。

瑞龍吟

周邦彥

章臺路，還見褪粉梅梢，試花桃樹。愔愔坊陌人家，定巢燕子，歸來舊處。

黯凝佇。因念箇人痴小，乍窺門戶。侵晨淺約宮黃，障風映袖，盈盈笑語。

前度劉郎重到，訪鄰尋里，同時歌舞，唯有舊家秋娘，聲價如故。吟箋賦筆，猶記燕臺句。知誰伴、名園露飲，東城閒步？事與孤鴻去。探春盡是，傷離意緒。官柳低金縷。歸騎晚，纖纖池塘飛雨。斷腸院落，一簾風絮。

周邦彥的詞集本名《清真集》，又名《片玉集》，開卷第一篇，就是這首〈瑞龍吟〉，它是周詞中最有代表性的作品，一向被視為壓卷之作。它寫的是作者重遊舊地、追懷往事，面對美好春光，思念當年眷戀過的一位歌妓，並由此而觸發的難以排遣的「傷離意緒」。詞裡所寫的這些內容，很可能是作者自己的一段生活經歷。舊地懷人的「本事」，並不新奇，唐人崔護那首流傳很廣的〈題都城南莊〉詩「去年今日此門中，人面桃花相映紅」云云，已經給類似事件勾勒了一個共同的輪廓，所以清周濟評論這首詞說：「不過桃花人面，舊曲翻新耳！」新在什麼地方，那就是「由無情入，結歸無情，層層脫換，筆筆往復」（《宋四家詞選》評）。這話說得有道理。周邦彥作長調，素以善於鋪排結構見稱，在這首〈瑞龍吟〉裡，他把抒情、寫景、懷人、敘事融為一體，用分明的層次安排繁富的內容，用迴環的筆法抒寫纏綿的情思，往昔的歡樂與今日的淒楚交錯成文，從而成為一首絕妙好詞。

填詞，要精巧華美，婉約詞人更於此刻意追求。且看本篇開頭的景物描寫。梅花謝了，桃花開了，本是平常習見的事物，而詞裡卻說「褪粉」、「試花」，造語相當別致；褪粉、試花緊相連，使人彷彿感覺到了季節時令的跳動變換，這就巧妙而生動了。還有，使用倒裝句法，把「梅梢」和「桃樹」放在後面，亦足見作者的用心著力。所以，「褪粉梅梢，試花桃樹」就成了名句。類似這樣的句子，人工雕琢的痕跡固然比較明顯，但它也包含著天然巧成的因素，人工不離天巧，二者緊相結合，才稱得起精巧華美。本篇開頭還錯落地交代了有關的一些情況。「章臺」、「坊陌」，是京城繁華的街道和舞榭歌臺聚集的里巷；「坊陌人家」，則同時點明了作者所懷念的人物的歌妓身分。值得注意的是用「愔愔（音同因，形容深靜）」二字來作形容，不寫熱鬧寫冷清，這就含有今昔對照的意思了。用燕子的「歸來舊處」兼喻作者的重遊故地，這是明顯易見的，而用燕子的「定巢」暗中反喻自己的漂泊無定，則是較為曲折細膩的筆法。〈瑞龍吟〉這個長調共有三疊，首疊以「還見」

二字為引領，寫所見之景，但卻不是單純寫景，景物已經和人事、感情巧妙而自然地鎔鑄在一起了。

次疊以「黯凝佇」三字為引領，寫所懷之人。黯然凝神佇立，是用滯重之筆點出思念之深，但引出的下文卻是一串輕脫活躍的詞句，正好相映成趣。「箇人痴小，乍窺門戶」八個字相當傳神，既寫出了那位坊陌中人當時還沒有失卻少女的天真活潑，又浸透著作者對她的親昵愛憐之情。「窺門」，須得略加解釋。元稹作〈李娃行〉，有句云：「髻鬟峨峨高一尺，門前立地看春風。」可知娼家女子有站立門前以招徠客人的習慣。「淺約宮黃」，言施妝並不濃豔，蓋妙齡女子自有顏色，毋須借重脂粉。再加上「障風映袖，盈盈笑語」兩句，就把「人」寫活，簡直呼之欲出了。描繪人物的這幾句，是全篇中最為生動的筆墨。

〈瑞龍吟〉調的前兩疊，謂之「雙拽頭」，相當於一般詞調的上片，第三疊相當於下片。這首詞下片的重點是追憶往事，對照今昔，抒發「傷離意緒」。相傳東漢時劉晨與阮肇入天台山採藥，迷路餓極，食山上桃實得飽，遇二仙女，邀去成婚，留半年，懷鄉思歸，女遂相送，指示還路（見南朝宋劉義慶《幽明錄》）。一說劉、阮後來重入天台訪女，蹤跡渺然。詞中用了這個故事，兼用劉禹錫〈再遊玄都觀〉「種桃道士歸何處？前度劉郎今又來」的詩句。以劉郎自喻，恰與前文「桃樹」、「人家」暗相關合，亦是筆法巧妙處。尋訪鄰里，方知自己懷念中的人物亦如仙女之蹤跡渺然，「同時歌舞」而「聲價如故」者，唯有「舊家秋娘」耳。「秋娘」，是唐代妓女喜歡使用的名字。這裡以秋娘作陪襯，就說明了作者所懷念的那位歌妓當年色藝聲價之高。

「吟箋賦筆」以下幾句，是追懷往事的具體內容。「燕臺」，是唐代詩人李商隱的典故。當時有位洛陽女子名柳枝者，喜詩歌，解音律，能為天海風濤之曲，幽憶怨斷之音，聞人吟李商隱〈燕臺〉詩，驚為絕世才華，亟追詢作者，知為商隱，翌日遇於巷，柳枝梳丫頭雙髻，抱立扇下，風障一袖，與語，約期歡會，並引出了一段神魂離合的傳奇故事（見李商隱〈柳枝五首〉序）。周邦彥用這個典故比喻自己和歌妓的交往。上片「箇人痴小」

所寫人物的儀態活動，似乎就是從這篇詩序化來，很有意味，這就揭示了彼此之間的關係是才子詞客幸遇知音，風塵女子慧眼識人，這比起一般的徵酒逐歌、尋歡買笑來，自然是格調高雅、感情深厚的了。如今不可再遇理想伴侶，當年名園露頂暢飲、東城閒步尋花那樣的賞心樂事也就無從重現，只能深深地銘刻在自己的記憶之中了。「露飲」，是說飲宴時脫帽露頂，不拘形跡。「事與孤鴻去」，雖是借用唐人杜牧〈題安州浮雲寺樓寄湖州張郎中〉詩句，卻天衣無縫，渾若己出。這是因為，從聲韻方面看，此句後三字是「平平去」，恰與格律吻合；從文章方面看，此句與上文的「猶記」、「知誰」等詞語也能緊相綰合。「事與孤鴻去」一筆收束往事，回到當前，而且順勢推演，很自然地點出了全篇的主旨：「探春盡是，傷離意緒。」這樣總括性的句子，如果位置擺得不恰當，就可能流於空洞，本篇是在景、情、人、事都已寫充分的前提下，才把這兩句推導出來的，所以顯得沉著深厚。結尾再次寫景，先以「官柳」與開頭的「章臺」、「歸騎」與開頭的「歸來」遙相照應，再寫池塘、院落、簾櫳，而「飛雨」與「風絮」之足以令人「斷腸」，則是意料之中的事了。

周邦彥這首〈瑞龍吟〉，章法非常考究，以景起，以景結，中間則以今日與往昔兩條線索互相交織。首疊著重寫今日，次疊著重寫往昔，三疊則今昔緊相聯結不復可分。層次錯落而分明，脈絡繁複而清晰，足見其筆法；能大開大闔，鋪開時寫得具體細緻，收攏時寫得凝練厚重，又足見其筆力。不把話一氣說盡，而是如抽繭絲，如剝筍殼，能於層層遞進之中顯出迴環往復來。篇中多有轉換跳盪之處，給人以疏朗之感，而勾連接榫之嚴謹，又使人覺得它極為縝密。長調最重章法，此篇堪稱楷模。（王雙啟）

瑣窗寒　周邦彥

暗柳啼鴉，單衣佇立，小簾朱戶。桐花半畝，靜鎖一庭愁雨。灑空階、夜闌未休，故人剪燭西窗語。似楚江暝宿，風燈零亂①，少年羈旅。

遲暮，嬉遊處，正店舍無煙，禁城百五②。旗亭③喚酒，付與高陽儔侶④。想東園、桃李自春，小脣秀靨⑤今在否？到歸時、定有殘英，待客攜尊俎。

〔註〕①風燈零亂：杜甫〈船下夔州郭宿雨濕不得上岸別王十二判官〉詩：「風起春燈亂，江鳴夜雨懸。」②百五：即寒食節。南朝梁宗懍《荊楚歲時記》：「去冬節一百五日，即有疾風甚雨，謂之寒食，禁火三日，造餳大麥粥。」元稹〈連昌宮詞〉：「初過寒食一百六，店舍無煙宮樹綠。」③旗亭：酒樓。漢張衡〈西京賦〉：「旗亭五重。」薛綜註：「旗亭，市樓也。」④高陽儔侶：謂酒友。酈食其，陳留高陽人，求見沛公劉邦，劉邦以為他是儒生，不接見，「酈生瞋目案劍叱使者曰：『走復入言沛公，吾高陽酒徒也，非儒人也。』」（見《史記．酈生陸賈列傳》）⑤小脣秀靨：謂美貌女子。靨（音同夜），面頰上的微渦。李賀〈蘭香神女廟〉詩：「團鬢分蛛巢，穠眉籠小脣。」又〈惱公〉詩：「曉奩妝秀靨，夜帳減香筒。」

此詞抒寫客中寒食對雨思鄉之感。詞中提到禁城，可證作者當時正旅食京華。按周邦彥一生在京之日甚久：入太學，神宗元豐（一〇七八～一〇八五）初獻〈汴都賦〉，這是三十歲以前；為國子主簿，被宋哲宗召見，這是四十歲以後，一直到去世前三數年，除一度出知隆德府（府治今山西長治），徙知明州（州治今浙江寧波市）

外，都在當京官。從下片換頭用「遲暮」兩字，以及就全詞意境看，當係晚年所作，而這時宦況頗為落寞。

一起五句，從對雨起興：庭院小簾朱戶之地，柳暗桐陰鴉啼之時，單衣佇立獨對春雨之事，此時、此地、此情、此景，教人如何排遣！「灑空階」兩句，從聽雨感到孤獨。瀟瀟暮雨，已夠銷魂；寒窗孤燈，更添愁思。於是想起李商隱的名句：「何當共剪西窗燭，卻話巴山夜雨時。」（〈夜雨寄北〉）這個時刻，如果有一位老友來剪燭談心，多麼好！歇拍三句，從當前客窗孤獨，想到昔年楚江羈旅。少年羈旅與垂老形役，心情一般蕭瑟；楚江暝宿、風燈零亂和暗柳啼鴉、空階愁雨，境界同樣淒清；所以會引起聯想。歇拍三句，把思路拓開出去。

過片六句，將思路又勒轉回來。這時作者已屆遲暮之年，尚在京華作客，孤館春寒，宦況寂寞，值此百五禁煙時節，亦無心飲酒，旗亭喚酒之事，只付與高陽酒徒為之，而自己不參與了。「想東園」三句，從客舍遲暮，想到故園桃李，梓里美人。久客戀鄉，暮年感舊，節日思親，都是人生極自然的心理活動。想像故里東園，桃李爭妍，春色不殊，可是玉人安在？最後三句，從故園桃李自春，小脣秀靨安在，設想自己回去後的情況。人已遲暮，春已闌珊，花自零落，在這樣情況下，縱然回到故里，情懷仍似客中，只能花下酩酊，聊以排解鬱結。

上析六個層次，層層遞轉，宛若六幅畫面，幅幅不同。這些層次，就是思想感情的發展過程，雖然曲折迴環，卻總不離寒食、春雨與遲暮之感。布局有峰迴路轉、柳暗花明之妙。所以清代詞論家周濟稱此詞「奇橫」（《宋四家詞選》），奇橫即不平直，在此通首不及百字的詞中，有虛景、有實寫，有願望、有設想，有少年、有暮齒，有客舍、有故里，有高陽酒徒、有秀靨美人，魚龍曼衍，光怪陸離，難以臆測，不可捉摸，此所以為奇橫；奇橫而脈絡可尋，治絲不棼，此所以為貴。（黃清士）

風流子　周邦彥

新綠小池塘，風簾動、碎影舞斜陽。羨金屋去來，舊時巢燕；土花繚繞，前度莓牆。繡閣裡，鳳幃深幾許，聽得理絲簧。欲說又休，慮乖芳信；未歌先咽，愁近清觴。

遙知新妝了，開朱戶，應自待月西廂①。最苦夢魂，今宵不到伊行。問甚時說與，佳音密耗，寄將秦鏡，偷換韓香？天便教人，霎時廝見何妨！

〔註〕①元稹〈鶯鶯傳・明月三五夜〉：「待月西廂下，迎風戶半開。拂牆花影動，疑是玉人來。」

南宋王明清《揮麈錄餘話》說，周邦彥為溧水令，主簿之室（或引作姬）有色而慧，每出侑酒，因作〈風流子〉以寄意。王國維《清真先生遺事》說：「案明清記美成事，前後牾者甚多，此條疑亦好事者為之也。」以一縣之令長，對屬官妻妾如此「寄意」，亦太越出情理之外，故事自不可信。此乃尋常風情之什，且未必即是「夫子自道」。上片主景，寫黃昏之春愁；下片主情，寫月夜的懷思，層次過渡，十分清楚。

從上片描寫的景物看，詞中的「我」徘徊於池上，離意中人居處不遠，但彼此間卻有不可逾越的障隔。「新綠小池塘」，謂池水新漲，「綠」為水色。此宅院中的小池。入手一句寫環境，便得靜雅之趣。轉到下兩句，仍寫池水，而靜中見動。簾影映入水中，風搖影動，加以水面折光，便成碎影；再著斜陽返照，浮光躍金，景色奇麗。不僅體物盡態極妍，且隱含人情。在有情人眼中，「風簾動」可能產生「疑是玉人來」之想。但人不果來，唯「碎影舞斜陽」而已，這就暗啟下文之幽恨。

「羨」字所領四句，蘊含在景中的情感就略有顯露了。燕子在舊年築過巢的屋梁上又來築巢；土花（苔蘚）在前番生過的牆上又生了出來。主人公觸景生情，所以「羨」此二物，是因它們能隔年重臨故處，而對比自己此時不能重續舊歡，有人不如物之慨。這四句形式屬「帶逗對」，詞序略有挪移，即以「土花」對「金屋」（本應對主體「巢燕」），尤覺工穩。是作者善於錘鍊字句的表現。

舊歡既不能重續，於是揣想對方在深閨的景象。「繡閣裡，鳳幃深幾許」，出以問句，便覺一往情深。「聽得理絲簧」即是池上所聞。以下四句寫「絲簧」似是以琴音傳情。那聲音像怕誤了佳期芳信，滿懷幽怨無處傾訴，故「欲說又休」；本應對酒當歌，但怕近酒，故又「未歌先咽」。於是詞情暗由己思人轉為寫人思己，倍增懷思之深。

換頭三句，懸想伊人晚妝停當，待月西廂，她也在思念、盼望自己。「待月」二字表明與上片所寫「斜陽」已有一段時間間隔，但仍從對方落筆，詞意與上片相續。不作「遙想」而徑寫「遙知」，則似乎實有其事，何以知之？「心有靈犀一點通」（李商隱〈無題二首〉其二）也。絲簧可聞的地方著一「遙」字，又表現出咫尺天涯之感。明知她待月西廂，卻無法赴會，是一苦；連夢魂也不得去她身邊，便更苦了。這仍承上「羨金屋」四句，嘆舊歡難續。

緊接便是長長一問：「問甚時說與，佳音密耗，寄將秦鏡，偷換韓香？」東漢秦嘉出為吏，其妻徐淑因病不能隨行，秦嘉乃寄贈明鏡、寶釵等物以慰之，秦嘉〈贈婦詩三首〉其三：「寶釵好耀首。明鏡可鑑形。」此即「秦鏡」出典；晉賈充之女私慕韓壽，竊御賜異香贈壽，充知其事，即以女妻之，此即「韓香」的出典（見南朝宋劉義慶《世說新語．惑溺》）。這四句意思是：什麼時候才有機會相訂密約，互通情愫呢？乃是在禮教禁錮下的情侶發自心靈的呼聲，它將詞情又推進一層。至此通篇皆是舊情難續的悵恨，無由再見的悵恨，末句就喊出內心呼聲：「天便教人，霎時廝見何妨！」似乎從中作梗，使有情人不得相會的，乃是蒼天，不尤人而怨天，可見怨極；要求「霎時廝見」，又見渴望之急；便「霎時廝見」，於事何補，又見情痴。如此一問，把詞情引向高潮。清沈謙《填詞雜說》：「『天便教人，霎時廝見何妨』，『花前月下、見了不教歸去』（按：周邦彥〈法取獻仙音〉），卞急迂妄，各極其妙。美成真深於情者。」

全詞由景及情，抒情由隱而顯，下片「最苦」二句、「天便」二句，坦直表露，語無禁忌，自宋人張炎以來多有非難，以為有失「雅正」（《詞源》）。其實，真率與鄙俗並不是一回事，應知「此等語愈樸愈厚，愈厚愈雅，至真之情由性靈肺腑中流出，不妨說盡而愈無盡」（清況周頤《蕙風詞話》卷二）。雖然語多真率，卻並不粗鄙；有天然風姿而無矯揉造作之感，讀來既明快又饒有情致。（周嘯天）

渡江雲　周邦彥

晴嵐低楚甸，暖回雁翼，陣勢起平沙。驟驚春在眼，借問何時，委曲到山家。塗香暈色，盛粉飾、爭作妍華。千萬絲、陌頭楊柳，漸漸可藏鴉。

堪嗟。清江東注，畫舸西流，指長安日下。愁宴闌、風翻旗尾，潮濺烏紗。今宵正對初弦月，傍水驛、深艤①蒹葭。沉恨處，時時自剔燈花。

〔註〕①艤（音同倚），泊船靠岸。

關於周邦彥詞之內容意境方面的評價，歷來乃頗有異辭。宋張炎之《詞源》曾譏其「意趣卻不高遠」；明王世貞之《弇州山人詞評》亦曾謂其「能作景語，不能作情語」；清劉熙載之《藝概．詞概》亦曾謂「美成詞信富豔精工，只是當不得個貞字」。但也有極致讚美者，如清陳廷焯之《白雨齋詞話》即曾云「美成詞極其感慨，而無處不鬱」、「沉鬱頓挫中別饒蘊藉」、「哀怨之深，亦忠愛之至」。但同時又以為周詞往往有「令人不能遽窺其旨」的遺憾。其實周邦彥生當北宋新舊黨爭之際，對於政海滄桑確實頗多深慨，只不過他寫得含蓄深蘊，使人不易覺察罷了。蓋周氏之入汴都為太學生，乃正當神宗元豐初年變行新法之際。其後不久周氏就獻上了讚美新法的〈汴都賦〉，為神宗所欣賞，遂自太學生一命為太學正。及至哲宗元祐初年高太后用事，起用舊黨之人，周氏遂於不久後被出官在外，流轉多年。及至紹聖年間，哲宗正式親政，於是舊黨之人又相繼被貶出，而新黨之人乃陸續被召回。於是周邦彥也於此時又被召回汴都，且曾重獻〈汴都賦〉。只不過這時的周邦彥，在閱歷滄桑以後，已經不復是早期炫學急進的少年，而是一位委順知命的恬退的長者了。從他的晚期的一些詞作來看，如其〈蘭陵王〉（柳陰直）、〈瑞龍吟〉（章臺路）諸作，便該都是在其表面所寫的對柔情之追念中，隱藏有政海滄桑之慨的。這些詞都寫得極為含蘊，可以吟味，但都不宜於指說。唯有這一首〈渡江雲〉詞，則對其喻託之意稍微露有端倪。

首先此詞第一句就點明了「楚甸」，據王國維《清真先生遺事》，以為周氏客荊州「當在教授廬州之後，知溧水之前」。但此詞卻並非此時所作，而當為其第二次被召入京時重過荊州之作。這首詞從表面看來，其前半闋不過泛寫春日之景物而已。俞陛雲《宋詞選釋》即曾謂此詞「上闋言楚江作客，春光取次而來，皆平敘景物」。其所說雖是，然而這實在卻只是這首詞表面所寫的第一層意思而已。至於此詞之下半闋，俞氏雖也曾提出「其寫懷全在下闋」之說，然而俞氏對其所寫之懷的理解，則只是「宴闌人散，送行者皆自崖而返，而扁舟孤客，泊葦荻荒灘，與冷月殘燈相對。此詞與柳屯田之曉風殘月，皆善寫客愁者」。其所說亦未能得其真義。周邦彥自元祐初年出為廬州教授，至紹聖年間之再被召還京師，其間蓋已有十年之久。在此十年中，時代既曾有新舊黨人之廢興的兩次劇變，周邦彥在閱歷世變之餘，其早年寫賦求進之銳氣，也已經銷磨殆盡。因之此次再度蒙召入京，一方面雖然也有驚喜之情，而另一方面卻同時也不免懷著很深的悲慨和恐懼。此詞開端「晴嵐低楚甸，暖回雁翼，陣勢起平沙」數句，表面所寫雖是在荊州水途中所見到的春至陽回的景色，但實在卻已經隱喻了時代的政治氣氛之轉變，尤其值得注意的是「暖回雁翼，陣勢起平沙」二句，表面上所寫雖是雁陣之起飛，但實際上卻已經隱喻著一些因政治情勢改變，而又紛紛得意回朝的新黨的人士。下面的「驟驚春在眼，借問何時，委曲到山家」數句，表面是寫春天到來時，春光何時來到山中的人家，但此處實隱含有自指之意，暗喻自己在此次政局轉變中，也再度被召還朝的這件事。以下自「塗香暈色」一直到上半闋的結尾數句，表面上所寫的自然仍是春光之美盛，而實際上所隱喻的則正是政局轉變後，新黨之人競相趨進的形勢。對於這首詞中前半闋所可能具有的隱喻之意有了理解後，我們就會明白何以作者在下半闋的開端，竟忽然用了「堪嗟」兩個字，來承接前面所敘寫的美麗的春光了。據宋強煥〈片玉詞序〉謂周氏知溧水縣時，曾為後園之亭臺命名為「姑射」、「蕭閒」，則其對競進之心之逐漸泯除，已可概見；何況他在溧水還寫有極著名的〈滿庭芳〉（風老鶯雛）一首詞，其中的「且莫思身外，長近尊前」諸詞句，也同樣表現了一種淡泊世事的心情。而他在此次蒙召赴京，將要離開溧水前，所寫的〈花犯〉（粉牆低）一首詞，也曾借著對梅花的感情，表現了對溧水的閒靜恬適遠離世紛的生活的依戀。

當我們有了這種認識以後，我們就可以瞭解他在此首〈渡江雲〉下半闋開端，所寫的「堪嗟。清江東注，畫舸西流，指長安日下」，所蘊含的對於蒙召赴京一事之矛盾恐懼之心理了。其「清江東注」一句，所寫的實不僅指眼前的江水而已，同時也暗喻了他對於江南的依戀，這種依戀，既包括了他曾任過縣令的溧水，也包括了他自己的故鄉錢塘，而下句的「畫舸西流」，則正指今日奉召入京的旅程，其中的矛盾對比，自是顯然可見的。本來，對舊日的士大夫而言，其一生所追求者，既以仕進為人生之主要目標，則被召還京師，便原該是一件可喜的事。而周邦彥在這一首詞中，卻表現了如此深沉的嗟嘆和矛盾，則其原因究竟何在？於是周氏在下面的「愁宴闌、風翻旗尾，潮濺烏紗」，馬上就寫出了他的矛盾恐懼的癥結之所在，原來他所愁懼的仍是政爭翻覆之無常。所謂「愁宴闌」者，正是預先愁想之意，「宴闌」之所指，則是預愁今日如雁陣飛起的、「塗香暈色」的驟然貴顯的一批新黨之士，一旦「宴闌」下臺，則或者便不免將要受到如今日下臺的舊黨人士所受到的同樣的排擠和迫害。所以才在此一句之下，馬上承接了「風翻旗尾，潮濺烏紗」兩句，暗喻了政治上的風雲變色。「旗」字既可使人聯想到一種權勢黨派的標幟，而曰「風翻」、曰「潮濺」，則暗喻此種權勢和地位之一旦傾覆的危險。俞陛雲評說此詞，竟以為果然有離別之宴，謂此詞為「宴闌人散」以後之作，而忽略了「愁宴闌」之「愁」字，原為預先愁想之意，那便因為他對此詞所隱喻的真正意旨未能完全體會的緣故。至於此詞結尾之處的「今宵正對初弦月，傍水驛、深艤蒹葭。沉恨處，時時自剔燈花」數句，才是此詞中真正全用寫實之筆之處。表現出水程夜泊孤獨寂寞中滿懷心事的情景。

透過對於這一首詞寫作之時地，及其內容之深一層含意的分析，我們對周邦彥詞之意境，當然有了更多的瞭解。但對於周詞之有否託喻，我們不可一概而論。判斷作品中是否確有託喻，我以為有三項衡量的標準：第一當就作者生平之為人來作判斷，第二當就作品敘寫之口吻及表現之神情來作判斷，第三當就作品產生之環境背景來作判斷。周邦彥此詞，其一，蓋寫於其出官外州縣已有十年之久以後，其為人性格已由少年時之不羈與急進，轉為閱盡世變滄桑以後的淡泊恬退。而且據南宋樓鑰〈清真先生文集序〉之所記述，周邦彥此次蒙召還京以後，也是「雖歸班於朝，坐視捷徑，不一趨焉」，這種性格之形成，自然與他對當日黨爭中仕途之升沉禍福之憂懼，有很大的關係。此其合於第一項衡量標準者也。其二，此詞中所敘寫之口吻神情，不僅在下半闋中的「指長安日下」和「風翻旗尾，潮濺烏紗」數句中之「長安」、「旗尾」、「烏紗」等字樣，顯然可見其含有喻託之意；就是在前半闋中的「暖回雁翼，陣勢起平沙」，及「塗香暈色，盛粉飾、爭作妍華」數句，其託喻之含意也是隱然可想的。此其合於第二項衡量標準者也。其三，則此詞寫於紹聖年間，哲宗已經親政，舊黨多被貶謫，而新黨重新得勢之際。是其寫作之時代環境，也證明了此詞有託喻之可能。此其合於第三項衡量標準者也。正因為有如此種種相合之處，所以我才敢大膽指明此詞之果有託喻之意。（葉嘉瑩）

應天長　周邦彥

條風布暖，霏霧弄晴，池塘遍滿春色。正是夜堂無月，沉沉暗寒食。梁間燕，前社客。似笑我、閉門愁寂。亂花過，隔院芸香，滿地狼藉。

長記那回時，邂逅相逢，郊外駐油壁。又見漢宮傳燭，飛煙五侯宅。青青草，迷路陌。強載酒、細尋前跡。市橋遠，柳下人家，猶自相識。

清真詞情深入骨。回憶與追思實寫，是這位詞人的絕大本領。清真詞具備這兩大特徵，可謂有體有用。一位俄國作家說得好：「心的記憶啊，你比理性的悲哀的記憶還要強烈。」（帕烏斯托夫斯《金薔薇·心上的刻痕》引）心靈的記憶，與情感的生命同其長久。清真此詞是懷人之作，調名〈應天長〉，蓋有深意。南宋陳元龍註於調名下引老子《道德經》「天長地久」及白居易〈浩歌行〉「天長地久無終畢」二語，不愧清真知音。

「條風布暖，霏霧弄晴，池塘遍滿春色。」條風即調風（俗語謂風調雨順），指春風。春風駘蕩，布溫暖滿人間。迷霧飄動，逗出一輪晴日。池塘水綠草青，一片春色。起筆三句，便覺滿幅春意盎然。可是，這並非此詞基調。「正是夜堂無月，沉沉暗寒食。」「正是」二字，點明當下作詞之現境。寒食之夜黯然無月，沉沉夜色籠罩天地，也籠定獨坐堂上的詞人心頭。原來起筆三句乃追思實寫（不用憶、念一類領字的回憶），追敘

周邦彥〈應天長〉（條風布暖）

寒食白天情景。「梁間燕，前社客。似笑我、閉門愁寂。」陳元龍註引唐歐陽澥〈詠燕上主司鄭愚〉詩：「長向春秋社前後，為誰歸去為誰來。」寒食為清明前二日，春社為立春後第五個戊日，在寒食前，其時燕子已經歸來，故稱梁間燕為前社客。上二句以沉沉夜色喻示自己心靈之沉重，這四句則從燕子之眼反觀自己一人之孤寂。閉門之意象，更象徵著封閉與苦悶。「亂花過，隔院芸香，滿地狼藉。」芸是一種香草，此處芸香借指亂花之香氣。亂花飛過，院裡院外，一片香氣，其境極美，而殘花滿地，一片狼藉，則又極悲。此三句哀感頑豔，可稱奇筆。回顧起三句所寫之布暖、弄晴、春色，則以下所寫之「無月」、愁寂、狼藉，晝夜之間，情景懸若霄壤，這究竟為何？

「長記那回時，邂逅相逢，郊外駐油壁。」換頭以長記二字領起遙遠的回憶，為全詞核心。詞人心靈中的這一記憶，正是與天長、共地久的。那回，指人我雙方不期而遇的那一年寒食節。「時」，是宋人語氣辭，相當於「呵」。詞人滿腔衷思之遙深，盡見於這一聲感喟之中。永遠記得那回寒食節呵，我倆相逢在郊外，您是乘著油壁輕車來的。宋代寒食節有踏青的風俗，女性多乘油壁輕車來到郊外。其車壁用油漆彩飾，故名油壁。記憶中這美好的一幕，在詞中僅倏忽而過，正如它在人生中倏忽而過那樣。然而，它是不可磨滅的。以下，全寫今日重遊舊地情景。「又見漢宮傳燭，飛煙五侯宅」，此二句化用唐韓翃〈寒食〉詩：「日暮漢宮傳蠟燭，輕煙散入五侯家。」既點染寒食節氣氛，也暗示出本事發生的地點在汴京。下「又見」二字，詞境遂拉回今日白天的情境，從而引發出下文所寫對當年寒食邂逅不可遏止的追尋。「青青草，迷路陌。」沿著當年踏青之路，詞人故地重遊。芳草萋萋，迷失了舊路，可是詞人卻固執不捨，「強載酒、細尋前跡。」強（勉強）之一字，道盡詞人哀哀欲絕而又強自振作的精神狀態。明知重逢無望而仍然攜酒往遊，而細尋前跡，終於尋到。「市橋遠，柳下人家，猶自相識。」市橋遠處，那柳下人家，還與自己相識。可是如今自己隻身一人，絕非當年雙雙而來可比。往事，已如幻，如電，如昨夢前塵，如水逝雲飛。言外無限酸楚。原來，上片起筆所寫之盎然春意，只是今天重尋舊跡之前的一霎感受，其下所寫之夜色沉沉、閉門愁寂，才是下片所寫白天重尋舊跡之後的現在歸宿。

時空錯綜交織與意脈變化莫測，是此詞重大特色。若非反覆潛心體察，確實難得其精微獨詣。全詞可分四層。起筆三句寫今日寒食白天之景，是追思實寫，為第一層。以下寫今日夜色，是現境，為第二層。換頭三句寫當年寒食之邂逅，是回憶，為第三層。以下寫今日重尋前跡情景，又是追思實寫，為第四層。第一層大開，第四層大合，中間兩層則動蕩幻忽。全篇真是神明變化幾不可測。詞人只有這樣行潛氣內轉於千迴百折間，才能極盡其刻骨銘心之情，極盡其鬱積深厚之意。隨結構意脈千變萬化，意境自然也迷離惝怳，要眇深邃。同時，此詞聲情與語言之特色也不可忽視。上片自「梁間燕」之下，下片自「青青草」之下，皆是三、四字短句，此詞韻腳為入聲，句調既緊促，韻調復激厲，全詞聲情便是一部激越淒楚的樂章。詞中幾乎字字句句皆千錘百鍊，可謂擲地有金石之聲，尤其上下片那兩段一氣貫注的短句，無不峭拔有力，可謂字字皆向紙上立，確實體現著清真以健筆寫柔情的特色。就是今天讀來，猶覺其聲情文情驚心動魄，迴腸蕩氣。詞體抒情藝術，此作已臻極致。（鄧小軍）

還京樂　周邦彥

禁煙近，觸處浮香秀色相料理。正泥花時候，奈何客裡，光陰虛費。望箭波無際。迎風漾日黃雲委。任去遠，中有萬點相思清淚。到長淮底。過當時樓下，殷勤為說，春來羈旅況味。堪嗟誤約乖期，向天涯、自看桃李。想而今、應恨墨盈箋，愁妝照水。怎得青鸞翼，飛歸教見憔悴。

此詞是春天羈旅懷人之作。其別致之處，在以情語結體。詞人遙對戀人而作此一番情語。

「禁煙近，觸處浮香秀色相料理。」起筆三句好比曲中之楔子。詞人喃喃而語：寒食將近，到處花氣浮動，到處花光閃爍，真撩逗人呵。「正泥花時候，奈何客裡，光陰虛費。」此三句，由觸處秀色引出賞花無心，遂一轉而為對戀人之告語，以至於曲終。此時，正該與你纏住百花不放，盡情賞玩，無奈我卻獨在異鄉為異客，與你山川間阻，只得任大好春光虛擲。傷春正所以懷人。「望箭波無際。迎風漾日黃雲委。」望著眼前一派河水，水急如箭，浩渺無際，竟至對頂長風，蕩漾白日，吞吐黃雲。河水象徵相思。其言外之意是，水流之急，如我歸心似箭，水勢之大，則如我相思無限。下邊，更由此箭波翻騰起一段奇特想像激情高潮。「任去遠，中有萬點相思清淚。到長淮底。過當時樓下，殷勤為說，春來羈旅況味。」此六句實為一長句，一氣直貫上片歇拍與下片開頭。它緊接箭波之意象湧來，恰是激情之高潮。論章法之奇，實為詞林之偉觀；論想像之奇，更是出人之意表。詞人傾訴：我流不盡的萬點相思清淚注入滔滔箭波，讓淚水遠去，奔流直到淮河裡，直到當時與你相會的河樓下，向你嗚咽訴說，這一春來我滯留異鄉苦苦相思的滋味！詞人卓異之想像，與李白〈聞王昌齡左遷龍標，遙有此寄〉「我寄愁心與明月，隨風直到夜郎西」，可謂神思彷彿，但不盡相同。在李詩，愁心與明月本不同物，明月僅是愁心之所託。而在周詞，淚水河水原為同質，故天然融匯莫可分辨。與清真同時的詩人韓駒，有〈十絕為亞卿作〉：「君住江濱起畫樓，妾居海角送潮頭。潮中有妾相思淚，流到樓前更不流。」構思同一機杼，唯主人公在周詞為男子，在韓詩為女性則異。此一長句如湧狂瀾，為激情奔放之高潮。下三句一變而為微波輕漾，低迴無已。「堪嗟誤約乖期，向天涯、自看桃李。」詞人悲嘆，儘管淚水能流到你身畔，我自身畢竟淹留未歸，這於你而言乃違期失約，在我來說又何嘗不是失望痛心。遠在天涯一角，我唯有獨對桃李之花而已。言外之意是，桃李爛漫，我自孤獨，相形豈不愈苦。此亦上邊欲憑淚水訴說之一份春來羈旅況味。以上言自己相思已極，下邊更轉而替女子設想。「想而今、應恨墨盈箋，愁妝照水。」想而今你滿懷怨恨，和了筆墨，該寫滿多少彩箋？你每日臨水沉思，定照出愁容慘淡。設想之切，正見得相知之深。恨墨盈箋指女子所作詩詞。這裡透露出一個重大信息，未出場之女子原來深具文學才華，正是詞人之知音。於是詞中所表現之愛情，遂呈示出更其美好豐厚之文化內蘊。「怎得青鸞翼，飛歸教見憔悴。」結筆二句，論詞情是高潮再起，論想像更是奇外出奇。安得身有青鳳雙飛翼，直飛回你身邊，教你也瞧見人家已憔悴成何狀！言外之意是，彼此相思同樣入骨。傷心之餘，也不無一份相互慰藉之意味。傾訴相思，至此完滿已極。結筆想像雖奇，仍出自率樸之情語，正是「愈樸愈厚，愈厚愈雅，至真之情由性靈肺腑中流出，不妨說盡而愈無盡也」（清況周頤《蕙風詞話》卷二）。

此詞之顯著藝術特色有三點。第一是全幅情語結體。詞人透過內心獨白，儼然如以詞代書，通篇對戀人作情語，情感如萬斛泉源湧出肺腑奔赴筆端，汩汩滔滔，忽而激情如湧潮，忽而悲徊如微波，而行於所當行，止於所不可不止，控縱自如，遂極渾成之致。全幅詞情，如大化流行，能攝人魂魄。第二是以情語為體又以想像為用，奇思妙想瀾翻無窮。如清淚直到長淮裡，再如想而今恨墨盈箋，又如化青鸞飛歸相見。真可謂奇外無奇更出奇，一波纔動萬波隨。想像語既皆屬致戀人之情語，故仍得歸宗於情語之本體。而情語本體亦得力於想像不小。想像乃情感之載體，想像越富，情致越厚。第三是筆力勁健無比。從結句看，此詞字字句句，皆精力彌滿，無稍懈之筆。讀之令人神旺。從構篇看，既刻畫自己，又勾勒對方，且一再綰合雙方，全篇之精嚴，如鎔鑄而成。尤其從歇拍至換頭一氣貫穿，成為一長句，詞中罕見。真可謂凌雲健筆意縱橫。以健筆寫柔情，正是清真詞擅場。

作詞，向以融情於景為易工，情語結體實難。此詞卻能以此道見長，不愧詞苑奇葩。「建章千門，非一匠所營」（清周濟《宋四家詞選》評周邦彥〈花犯〉）清真之被譽為詞中「集大成者」（周濟《宋四家詞選目錄序論》），確非偶然。

（鄧小軍）

解連環

周邦彥

怨懷無託。嗟情人斷絕，信音遼邈。縱妙手、能解連環，似風散雨收，霧輕雲薄。燕子樓空，暗塵鎖、一床絃索。想移根換葉，盡是舊時，手種紅藥。

汀洲漸生杜若。料舟移岸曲，人在天角。謾記得、當日音書，把閒語閒言，待總燒卻。水驛春回，望寄我、江南梅萼。拚今生，對花對酒，為伊淚落。

連環，是古代的一種玉飾，鏤為雙環相連的形狀，取其永相連結不可分解的意思。《戰國策．齊策六》記載著這樣一個故事：「秦昭王嘗使使者遺君王后玉連環，曰：『齊多智，而解此環否？』君王后以示群臣，群臣不知解。君王后引椎椎破之，謝秦使曰：『謹以解矣。』」齊后果然聰明，但欲解連環，只能砸碎，所以連環畢竟還是不可解的。周邦彥這首〈解連環〉詞，描寫一個男子失戀的愁苦，用連環比喻相思之情，連環不可解，相思亦不可斷，然而，解與不解之間，斷與不斷之間，又有許多情感之起伏與思想之矛盾，這首詞的特點，就在於它婉轉反覆地抒寫了這種曲折細微的心理活動。

開頭三句，「怨懷無託。嗟情人斷絕，信音遼邈」，寫怨恨產生的根由；結尾三句，「拚今生，對花對酒，為伊淚落」，是最後的結論；中間的文字則交錯變換地描寫失戀者的思緒：全篇的結構層次非常清楚。上片寫了三層意思，反覆表示相思之情不能斷絕。「怨懷」之所以產生，是因為「情人斷絕」而且「信音遼邈」，致使滿腹的哀怨無所寄託，無法排遣。相思恰如連環，本不可解，退一步說，縱然「妙手能解」——其實是把它砸碎，算不得「解」，那也還不免藕斷絲連，就像「風散雨收」之後，仍然會殘留下輕霧薄雲一樣。這是第一層。接著又用唐人關盼盼「燕子樓」的典故述說同樣的意思：人去樓空，只還剩得「一床絃索」在。「床」，是古代的一種較矮的坐具；「絃索」，總指樂器。絃索仍然擺滿床上，蒙著一層灰塵，那是關盼盼的遺物，睹物思人，以喻相思之情不能斷絕。這是第二層。下面寫到芍藥花，又開始了第三層。芍藥，是有特殊含義的。《詩經．鄭風．溱洧》：「伊其相謔，贈之以芍藥。」又，芍藥一名「將離」，行將別離之意。可知寫到芍藥花，就寓含著往日的歡樂與離別後的淒楚了。「移根換葉」與「舊時紅藥」相關合，「手種」則是以親自栽種芍藥來象徵精心培植愛情。上片這三層意思，都表示割不斷相思之情。

過片用《九歌．湘君》「采芳洲兮杜若，將以遺兮下女」句意，表示離別與懷念。汀洲，是水邊送別之地。人已乘舟而去，且遠在天角，如今伊人不見，離去久遠，汀洲之杜若漸次成叢，而欲寄無由，亦似愁緒之與日俱增，而欲訴無地。「謾記得」以下幾句，筆鋒陡轉，忽作狠心決絕之辭，謂昔日往還音書，不過是些「閒語閒言」，人已斷絕，留它何用，點個火兒燒掉算了。這是暗用漢樂府〈有所思〉「拉雜摧燒之，當風揚其灰」句意，以示「從今以往，無復相思」之決絕態度。可是，緊接著又拉轉回來，再暗用南朝樂府〈西洲曲〉「折梅寄江北」句意，請求對方把象徵愛情的江南梅花寄來，這就是說，丟不掉，斬不斷，雖已失戀，仍然懷著萬一的希望，相思畢竟是不能斷絕的。最後總收一筆，表明至死不變的痴心，寫得極其淒苦。「拚今生」，已站好退身步，作了終生不能遂願的準備；「對花對酒」，是說今後雖然有花可賞，有酒可飲，卻唯獨意中人不得相見，那麼，也就只好「為伊淚落」了。如果把這種痴心流淚的結語再引申一下，就會很自然地聯想起《紅樓夢》中那首〈枉凝眉〉：「想眼中能有多少淚珠兒，怎禁得秋流到冬，春流到夏！」（王雙啟）

滿江紅 周邦彥

晝日移陰，攬衣起，春帷睡足。臨寶鑑，綠雲撩亂，未忺妝束。蝶粉蜂黃都褪了，枕痕一線紅生玉。背畫欄、脈脈悄無言，尋棋局。

重會面，猶未卜。無限事，縈心曲。想秦箏依舊，尚鳴金屋。芳草連天迷遠望，寶香薰被成孤宿。最苦是、蝴蝶滿園飛，無心撲。

〈滿江紅〉一調，句腳幾乎全是仄聲，音節拗怒，聲情激壯，一般適合於抒發豪壯慷慨的感情。此調在現存的唐五代及北宋初詞中不見。宋人最早用此調的，當推柳永。《樂章集》中有〈滿江紅〉四首，內容為描寫山水風光、抒發羈旅哀愁與表達作者對情人的思念三類。其中寫山水、寫羈愁的，境界闊大，感情沉鬱，洵稱佳構；而寫戀情的那一兩首卻顯得直露而粗糙，並非成功之作。此後，蘇東坡、辛棄疾等改革派的詞人利用這個詞牌來恣意抒寫政治情懷或人生感慨，創作了不少以陽剛之美見長的優秀篇章。流風所及，遂使幾百年來作〈滿江紅〉詞者，大多走激烈豪放一路。不過也有一些例外。作為蘇東坡的後輩的柔麗派詞人周邦彥，就偏用此調來抒寫兒女私情。邦彥的集子裡這首唯一的〈滿江紅〉詞，以柔婉細膩的筆觸，寫千迴百轉的相思，特別是對女性的動態與心態的描摹，達到了維妙維肖的程度。它的風格情調，既與蘇、辛一派的豪壯激越迥然異趣，也與柳永同詞調、同題材作品中那種直露和俚俗的寫法大相徑庭。南宋以後用〈滿江紅〉來寫柔情者，大都不同程度地受了周邦彥這首詞的影響，可以說這首詞是〈滿江紅〉中的一種創格。

此詞的中心，是寫一個閨中女子春日萌發的思念情人的愁緒。全篇用代言體寫成，辭藻富豔，色彩穠麗，刻畫精細，並多處化用前人詩、詞、文成句，卻又毫無板滯堆垛之感，而是脈絡井井，搖曳生姿，敘事言情極有層次。這些，都是典型的清真家數。

詞的上片，先寫這個女子春日睡起的無聊情態。一上來「晝日移陰，攬衣起，春帷睡足」三句，以景襯人，寫女子日高懶起。陽光已在閨房中移動陰影，則日上三竿，時間已晚可知。「攬衣」二句，暗用白居易〈長恨歌〉「攬衣推枕起徘徊」，和〈自問行何遲〉「酒醒夜深後，睡足日高時」。需要注意的是，所謂「睡足」，與白居易原詩中的「睡足」意思有些不同，它並非「睡飽了」、「睡得又香又甜」之意，而是指這位女子昨宵因相思而失眠，故早上精神倦怠，在床上磨蹭夠了才慢慢地起來。接下來，「臨寶鑑」三句，以女子起床後無心打扮的慵懶之狀來透露她情絲繁亂的心理。「綠雲」句，化用杜牧〈阿房宮賦〉：「綠雲擾擾，梳曉鬟也。」「未忺（音同先）」，不喜歡，不想之意。接下來「蝶粉蜂黃都褪了，枕痕一線紅生玉」二句，繼續鋪寫女主人公睡起之態。蝶粉蜂黃，指宮妝。李商隱〈酬崔八早梅有贈兼示之作〉：「何處拂胸資蝶粉，幾時塗額借蜂黃。」可證清真此處是寫女子面部所施的脂粉。「蝶粉蜂黃都褪了」，指女子通宵轉側於枕上，宿妝因而盡褪，這與清真〈鳳來朝〉中「殘妝宿粉雲鬟亂」之意略同。南宋羅大經《鶴林玉露》甲篇卷四引楊東山之語，以為這一句是用《道藏經》中「蝶交則粉退，蜂交則黃退」之意，並議「說者以為宮妝，且以『退』為『褪』，誤矣」。自矜得其本源，實是好奇炫博之過。多義詞應隨文釋義，不宜任取一訓以當之。如此解說，失之穿鑿，歪曲了周詞原意。因為這裡只是寫獨居女子睡起之態，沒有絲毫其他意思。這裡描寫睡起的模樣十分細緻逼真，所以明人王世貞《弇州山人詞評》稱讚說「枕痕一線紅生玉」等句，「其形容睡起之妙，真能動人」。以上一大段「欲妝臨鏡慵」（唐杜荀鶴〈春宮怨〉）的渲染描繪，都是為了凸出女子獨居的苦惱，所以上片末又接以如下一個動態描寫：「背畫欄、脈脈悄無言，尋棋局。」透過這個細節，開始正面揭示女子的心理狀態，為下片宣洩其相思之情埋下了伏線。這裡融化杜牧〈題桃花夫人廟〉「脈脈無言幾度春」和〈子夜歌〉「明燈照空局，悠然未有期（棋）」等句，微變其意而用之，自然貼切如自己所出，於此可見周邦彥的高超技巧。

透過上片的描寫，女主人公的生活環境與特殊情態已給人以鮮明的印象，於是下片放筆言情，代這個女子傾訴出了滿肚子不可遏抑的相思之苦。「以健筆寫柔情」本是周邦彥的特技，這裡既是採用聲情激壯的〈滿江紅〉調，在抒情氣勢上就更顯出了緊健充暢的優點。試看下片的一連串情語，其勢真如水逝雲飛，風馳電掣，令人讀之迴腸蕩氣。換頭的四個三字句：「重會面，猶未卜。無限事，縈心曲。」句短而韻促，意悲而情切，以質直而重拙之筆凸出全篇的情感內容。一切哀愁都是因為「重會面，猶未卜」而引發的，一切百無聊賴的行動都是由於「無限事，縈心曲」而產生的，因而這十二個字可以說是全闋的「詞眼」。「重會面，猶未卜」，即承上片末句「尋棋局」的意脈而展開。接下來「想秦箏依舊，尚鳴金屋」二句，是作者的設想之辭，意思是說：在情人遠離之後，想必妳還照常在閨房中彈奏箏曲，向他表達內心的情愫；可是他遠在天涯，妳的一片心意他又何從理解呢？這一變換角度的虛擬之筆，使得對女子相思心理的刻畫更深入了。下面的句子即承此意而來：「芳草連天迷遠望，寶香薰被成孤宿。」女子想盡辦法，仍不能排遣憂思；她登高遠望，企圖看見意中人，不料春草連天，視線為之遮斷；只好重薰錦被，再受孤宿之苦。這裡是一組工整流麗的對仗，恰切而生動地寫出了女子思遠人而不見的痛苦。詞寫到這裡，該結束全篇了。如果承「孤宿」之緒而再寫女子惸獨無依的室中處境，則結尾必定單調平直，沒有韻味。作者筆頭一轉，由室內而至庭院，由環境渲染而轉入心理描述，出人意表地以下列三句束住全篇：「最苦是、蝴蝶滿園飛，無心撲。」這個心理表白含蘊十分豐富：眼下正是春光滿園、百花競放的時候，蝴蝶受春色引誘，紛紛而來，可女子見春色而增愁，不但無心撲捉蝴蝶，反而比錦帳孤眠之時更傷感了。這是因為，春色象徵著美好的愛情，撲蝶更是消受春光的賞心樂事，當此情人天各一方之時，真是「良辰美景奈何天，賞心樂事誰家院」（明湯顯祖《牡丹亭．驚夢》），她睹物而思人，哪還有心玩樂，感到的只是韶光易逝、歡會無期的巨大痛苦！這個結尾，將全篇的抒情推向了高潮，熱情飽滿而餘味悠長，相思女子的形象至此而更加完美生動了。周邦彥的戀情詞喜以熾烈樸厚的情語作結，這首詞也是一例。（劉揚忠）

瑞鶴仙

周邦彥

悄郊原帶郭，行路永，客去車塵漠漠。斜陽映山落，斂餘紅猶戀，孤城欄角。凌波步弱，過短亭、何用素約。有流鶯勸我，重解繡鞍，緩引春酌。

不記歸時早暮，上馬誰扶，醒眠朱閣。驚飆動幕，扶殘醉，繞紅藥。嘆西園已是花深無地，東風何事又惡？任流光過卻，猶喜洞天自樂。

南宋王明清《玉照新志》卷二裡，有一則關於這首詞的記載，大意說：周邦彥「自杭徙居睦州，夢中作長短句〈瑞鶴仙〉一闋，既覺猶能全記」，但詞中所寫內容，連他自己也不能瞭解，後來遭逢方臘兵亂，逃回杭州，所逢人物、事件，一一與該詞切合，事後應驗，人皆稱奇。王明清的父親王銍，是周邦彥晚年相交的一位朋友，周邦彥曾把這首詞抄寄給他，所以前人曾根據《玉照新志》考證周邦彥的「遺事」。王明清所記夢中作詞的事，不能說全屬子虛，在睡夢之中有時也能繼續構思覓句，而且醒來猶能記得。不過，說周邦彥夢中作百餘字的長調，醒來所記一字不差，這就是誇張之詞了。至於事後應驗云云，則純係傅會。

周邦彥作長調，多寫繁富的內容，敘事、寫景、抒情又復錯綜交織，每每使讀者感到頭緒紛雜，索解為難，這一闋〈瑞鶴仙〉就屬此類情況。為了便於瞭解這首詞的內容，不妨先把它梳理如下：前一日，有郊原送客之事，黃昏時分回城，所識之歌妓勸以解鞍少憩，於是又成酣醉，醒來已是次日，扶殘醉以賞花，又以東風無情，引出流光易逝之感慨。事件經過、時間順序、人物關係就是這樣。有的選本，給這首詞加上「春遊」的題目，顯然並不確切。

首句「悄郊原帶郭」作一四句法，於「悄」字處略頓，作為「領字」。前三句描寫郊原送客的情景：郊外的原野映帶著城郭，漫長的道路通向遠方，客人已經乘車離去，留下了一片迷茫的煙塵，這一切，都顯得靜悄悄的。「悄」字既描摹景象，也傳達心情。行人離去，若有所失，作者感到「悄然」，覺得心裡空蕩蕩的。下面接著寫孤城落日，藉以抒發惜別之情。「斜陽映山落，斂餘紅猶戀，孤城欄角。」作者把落日斜暉稱作「餘紅」，造語頗為新穎，又用移情手法，說斜陽對城樓上的一角欄杆戀戀難捨，遲遲不忍斂去它那微弱的光影。這樣描寫，就把作者的主觀感情擴展開來，使得那種由送別而產生的依戀之情，一併籠罩於周圍的客觀景物，於是主客融為一體，全都沉浸在離別的愁緒之中。下面，筆鋒轉向人物，描寫陪同送行的歌妓。「凌波步弱」是說她感到勞頓，用曹植〈洛神賦〉「凌波微步，羅襪生塵」作詞藻。「過短亭、何用素約」，是因她「步弱」而須小憩，因小憩而「過短亭」。「何用素約」乃指此歌妓與詞人的知己關係。下句寫詞人欲去還留、情難割捨場面：「有流鶯勸我，重解繡鞍，緩引春酌。」「流鶯」者何？即作者相識的另一歌妓。因「流鶯」之勸，詞人又再下馬飲酒。然而，詞句的含義還不止於此。為什麼要「重解繡鞍，緩引春酌」？這裡面還包含一段心理活動：由於勞頓，更由於離愁相侵，作者的情緒很不好，此時心想，與其滿懷鬱悶地逕自歸去，何如再飲幾杯，以銷愁煩？歌妓的勸說之詞正是迎合著作者的心理提出來的，這又足見她的聰穎與「知情」。周邦彥的詞，質實綿密，在凝練的詞句中包含著多層次的豐富內容，而且各層次之間又是相互關聯的，所以能夠引人深入思索，咀嚼回味。

下片寫次日酒醒以後的情況，筆致更加搖曳多姿。「不記歸時早暮，上馬誰扶，醒眠朱閣」，活畫出乍醒時的惺忪迷茫心態。昨日之事，隱約記得，但並不十分清晰。什麼時候來到這裡？誰扶著自己上的馬？想來都覺恍恍惚惚。待到「驚飆動幕」，一陣狂風吹動窗幃，也吹走了幾分醉意，似乎清醒多了，但「殘醉」仍未消盡。「扶殘醉，繞紅藥」，流露著對春光的深切依戀之情，與歐陽脩的「淚眼問花」（〈蝶戀花〉）異曲同工。有這樣的深情，才能與下文的「嘆」字連接得上，而「東風何事又惡」則緊承上文的「驚飆」二字，這種謹嚴縝密的結構，也是周邦彥詞的一個特點。結句用「蕩開去」的手法，把煩惱拋到一旁，求得自我寬解。南宋沈義父《樂府指迷》云「結句須要放開，含有餘不盡之意」，此正與之合。「任流光過卻」，也包含著一個心理活動：先是驚嘆春將歸去，繼而又對年華虛度感到惋惜，最後覺察到感慨悲傷之無濟於事，才算想開了，終於得出「任憑它去吧」的結論。詞裡只把結論寫出，而將推導的過程隱去，讀來便覺「有餘不盡」。「猶喜洞天自樂」，則含有「不得已而求其次」的意思，作者的內心深處，原來並不以飲酒賞花為樂事，似乎還有更高的理想追求，但在求之不得的情況下，也只好以此聊自寬慰了。詞句之中含有難以明言的心事，讀來自然也會感到「有餘不盡」。「洞天」，是借用仙家字眼，把自己暫時休憩的北里青樓（「朱閣」）稱作仙人的福地洞天。「猶」和「自」，用來表達複雜的心情和委婉的語氣，也是頗能傳神的。（王雙啟）

西平樂

周邦彥

（神宗）元豐初，予以布衣西上，過天長道中。後四十餘年，辛丑正月二十六日，避賊復遊故地。感嘆歲月，偶成此詞。

稚柳蘇晴，故溪歇雨，川迥未覺春賒。駝褐寒侵，正憐初日，輕陰抵死須遮。嘆事逐孤鴻盡去，身與塘蒲共晚，爭知向此，征途區區，佇立塵沙。追念朱顏翠髮，曾到處，故地使人嗟。

道連三楚，天低四野，喬木依前，臨路敧斜。重慕想、東陵晦跡，彭澤歸來，左右琴書自樂，松菊相依，何況風流鬢未華。多謝故人，親馳鄭驛，時倒融尊，勸此淹留，共過芳時，翻令倦客思家。

周邦彥的詞，多屬「緣情」而非「言志」之作，此詞是例外。宋徽宗政和八年（一一一八），他得罪罷提舉大晟府，出知順昌府（今安徽阜陽），調知處州（今浙江麗水），未到任罷，奉祠提舉南京（今河南商丘）

鴻慶宮，居於睦州（今浙江建德）。遇方臘兵亂，還杭州故里，又避兵渡江，暫居揚州。聞方臘軍已據兩浙，將攻淮、泗，遂經天長（今屬安徽），轉赴南京。於宣和三年辛丑（一一二一）正月二十六日途經天長。當四十一年前，二十四歲的詞人以布衣初入汴京，曾路過此地。舊地重遊，詞人感慨萬分，因而寫下此詞及序。這時，北宋王朝已在暮年——亡於四年之後，詞人的生命也已在暮年——就在本年卒於南京鴻慶宮齋室。此詞作於時代與個人雙重暮年的交叉點上。詞人在向幾十年的政治生涯告別。

起筆三句寫天氣由雨而晴。細雨中，星星柳芽，含著雨珠，忽然映照出放晴的陽光。舊時遊過的溪流，水面上，霎時雨花消失了。可是，正月裡，遼闊的江北平原上，還感到春意未多。於是逗出下面三句，寫氣候的冷暖不定。料峭春寒，直透駝褐，語本於歐陽脩〈下直〉詩「輕寒漠漠侵駝褐」。正好，初春的太陽出來了，來替人努力驅掃寒氣吧，但是，輕雲卻拚命地把初日遮住，真是無可奈何。這三句把通常情景委婉寫出，描繪老境不堪，令人不忍卒讀。「嘆事逐」一句直至歇拍，從天氣的陰晴冷暖，變幻不定，轉寫人生的今昔盛衰，變化無常，情景相襯，轉換自然。「事逐」句化用杜牧詩「恨如春草多，事與孤鴻去」（〈題安州浮雲寺樓寄湖州張郎中〉），一筆帶過四十餘年情事，用「事逐」句而「恨如」句之意亦見。接入下句「身與塘蒲共晚」。李賀〈還自會稽歌〉序略云：「庾肩吾於梁時嘗作〈宮體謠引〉，以應和皇子。及國勢淪敗，肩吾先潛難會稽，後始還家。」歌中云：「吳霜點歸鬢，身與塘蒲晚。脈脈辭金魚，羈臣守迍賤。」王琦註謂指庾肩吾「髮白身老，不堪再仕，當永辭榮祿，守貧賤以終身」。詞人夙擅文詞，與庾肩吾同；此時年老失官，避兵亂間道奔走還南京又同，故用「身與塘蒲晚」一句，概盡李賀為庾肩吾「作〈還自會稽歌〉以補其悲」之意，藉以自況。運前人成句只添一「盡」字、「共」字，語省而意豐，可見用典之妙，造語之工。「爭知」即「怎知」，下言此番長途遠征，又經此地，凝神獨立在風沙中，實出意料。不由人追念起初來時，是以布衣西入都門，求取功名，正當紅顏黑髮的英年，而今地猶此地，人則已憔悴非復當年，令人無限嗟傷！這八句，領以「嘆」字，結以「嗟」字，足見感喟之深沉。

換頭四句，寫眼前景物依舊。天長，位於古代東楚（三楚之一）的南北之交，平野寥廓，四望接天。「喬木依前」，「依前」應上「曾到處」，舊時所見喬木尚在；「臨路攲斜」，則已非復昔日之挺然直立，比喻自己朱顏翠髮時曾到此地，今以頹唐暮齒，猶困於道途。合時地景物，上下片銜接過渡緊密。「重慕想」領起的五句，「重」，深、甚之意。借說深慕邵平（亦名召平）、陶潛以表己身出仕的自悔。邵平原是秦東陵侯，秦破後，隱跡長安城東，種瓜為生。陶潛曾為彭澤令。他初次出仕為州祭酒，不堪吏職，不久辭職歸里，州官召為主簿，亦不就，躬耕自活。其〈飲酒二十首〉其十九自述「疇昔苦長飢，投耒去學仕……是時向立年，志意多所恥。遂盡介然分，拂衣歸田里」。「向立年」，未及「三十而立」之年，即詞所云「風流鬢未華」的年紀。後來四十一歲時為彭澤令，又辭官還家，賦〈歸去來兮辭〉。「左右琴書自樂，松菊相依」，即用〈歸去來兮辭〉「樂琴書以消憂」和「松菊猶存」語。這幾句主要用陶潛事，寫及邵平只是陪襯。陶〈飲酒二十首〉其一也稱美「邵生瓜田」的事，言通達知命的人瞭解榮枯寒暑代謝的至理，就將毫不猶豫地退隱。陶潛引邵平為同調，故詞為一併寫入。美成仕途不達，宦移南北，晚年又避兵流離，故轉生何不早隱之念，從慕想邵、陶背面托出。下片兩韻九句，從「道連三楚」至「鬢未華」，續寫天長道中所見所感，含意深入一層。感前後兩度經過的物我變遷，發「木猶如此，人何以堪」（桓溫語，見南朝宋劉義慶《世說新語．言語》）的嗟嘆，興「年一過往，何可攀援」（曹丕〈與吳質書〉）的悔恨。詞序中的「感嘆歲月」，至此收結。

詞人飽經了宦海漂泊，神宗、哲宗、徽宗三朝的劇烈黨爭，尤其是目擊了徽宗朝的黑暗政局，他產生對政治的厭倦，特別是對時局的隱憂，實無足為怪。「多謝故人」六句一韻，一氣貫注到收尾，寫天長故人殷勤好客，比得上西漢鄭當時，鄭曾安排車馬至郊外迎送賓客（見《漢書．鄭當時傳》）；又比得上東漢孔融，融賓客盈門，曾嘆道：「坐上客恆滿，尊中酒不空，吾無憂矣。」（《後漢書．孔融傳》）故人更熱情挽留自己長住，共度春天。故人的盛意，使老年遭遇亂離的詞人感激不已，可是最後，詞人反而倍加傷感：「翻令倦客思家！」前五句襯墊愈厚，這結句反跌就愈有力。事實上，江南故園既不可返，舊地重遊更加難堪。詞已盡，而言外蒼涼之意無窮。

詞中言志極可注意。詞人在自己生命的暮年，同時也是北宋王朝的暮年，深情地尚友著兩位古人，一位是亡國後晦跡民間的邵平，一位是棄官歸隱的陶淵明，這就透露出對當時政治局勢的不祥預感，和對幾十年政治生涯的厭倦。自徽宗親政，重用蔡京，北宋王朝日趨腐敗，一步步走向傾危。即以詞人此行所避的方臘軍來說，其導火線便是朝廷大興花石綱之役，荼毒江南人民。正如清王夫之所指出，「宋至徽宗之季年，必亡之勢，不可止矣！」「無一而非必亡之勢」，「國之靡定，不待智者而知也」。（《宋論》卷八）作為官員，詞人不可能站在方臘一邊，但是，作為一位正直敏銳的知識分子，他對當時的執政者卻有清楚的認識。南宋周密《浩然齋雅談》卷下記載：「（徽宗）以近者祥瑞沓至，將使播之樂府，命蔡京微叩之，邦彥云：『某老矣，頗悔少作！』」證以詞人「集中又無一首頌聖貢諛之作」（王國維《清真先生遺事》），周密所記詞人不肯附和蔡京之事應當屬實。所以，詞中慕想邵、陶之志並非虛語。詞中所流露出對北宋王朝的不祥預感，則可以從詞人的兩首〈西河〉得到印證。兩詞中都充滿了一種強烈的盛衰興亡之感，一種山雨欲來的隱憂。這類詞，在此前的北宋詞史上尚未經見，它們是北宋王朝季世的哀歌，也只能產生於北宋季世。

此詞在藝術上頗有特色。以描寫、抒情而言，詞人銳敏地捕捉住特定的景象，藉以巧妙地映襯與之特徵相似的情感，使情景有機地融為一體。如上片由天氣的陰晴冷暖變幻不定，逗起人生的今昔盛衰變化無常，下片從故地喬木非復故態引出自己的老大徒悲之感，興象自然，措意深微。化用前人詩語素為清真長技，此篇更其出色。同時，縱筆遣用了一系列感嘆辭語，以加強喟嘆的深沉感，如「未覺」、「正憐」、「抵死」、「嘆」、「爭知」、「念」、「嗟」、「何況」、「多謝」、「翻令」等等。讀上來，便覺感喟無窮。詞人所感喟的，不光是身世，也包含時世。以結構而言，則機杼井然，針線極密。上下片皆以景襯情，但上片言身世之感，下片言傷時之懷，意蘊層層深入，用筆並不重複。此詞以言志的內容和蒼涼的風格，在《清真集》中獨標一格，不失為詞人的暮年老成之作。（鄧小軍、陳長明）

浪淘沙慢

周邦彥

曉陰重，霜凋岸草，霧隱城堞。南陌脂車待發，東門帳飲乍闋。正拂面垂楊堪攬結。掩紅淚、玉手親折。念漢浦離鴻去何許，經時信音絕。

情切。望中地遠天闊。向露冷風清無人處，耿耿寒漏咽。嗟萬事難忘，唯是輕別。翠樽未竭，憑斷雲、留取西樓殘月。

羅帶光銷紋衾疊，連環解，舊香頓歇。怨歌永、瓊壺敲盡缺。恨春去、不與人期，弄夜色，空餘滿地梨花雪。

這首慢詞共一百三十三字，清朱彝尊《詞綜》選錄之，且分作三疊。全詞抒寫離愁別恨，上片、中片都是回憶，下片才寫到當前，由於時間的跨度較大，所以有的地方寫的是秋景，有的地方寫的是春景，但只要理出它的脈絡，是不會感到牴牾的。

上片回憶當初離別時的情景，其時在秋季，故有「霜凋岸草」、「漢浦離鴻」等句。開頭三句寫景。「曉陰重」三字，分量顯得很沉重，離別在清晨，其時漠漠窮陰，籠罩天地，造成了抑鬱的氣氛。岸草經霜枯萎，城堞被霧遮障，烘托了行者和送者那低沉悵惘的心情。以下幾句敘離別之事。南陌、東門，只是泛說。脂車，車軸塗上了油脂，以示準備遠行。帳飲，是臨別的飲宴；乍闋，是剛剛結束的意思。「帳飲乍闋」指行人即將上路，馬上就要分手的時刻。下面寫到折柳送行人：「正拂面垂楊堪攬結。掩紅淚、玉手親折。」折柳送別是古老風習，也是詩詞裡常用的典故，「柳」與「留」諧音，送行者希望行人能夠留下來，於是就攀折路旁的柳枝以表示這種心願。《三輔黃圖》：「灞橋在長安東，跨水作橋，漢人送客至此橋，折柳贈別。」值得注意的是，周邦彥這首詞寫折柳送別，並非單純地搬用詞藻典故，而是採用舊有的材料重新加以鋪排描述。楊柳凋落較晚，秋季，其枝條仍堪攬結攀折。「紅淚」、「玉手」，並不完全是裝飾性的詞藻。紅淚，猶言血淚，這是用晉王嘉《拾遺記》所載薛靈芸的典故，言其悲傷之深切；玉手，除言其白皙柔美之外，亦喻純潔的心靈。這幾句生動的描寫，使人物的心情、神態活現於紙上。上片寫回憶，到此結束，以下兩句，是敘述離別以後的情況。「漢浦離鴻」，喻指以前離去的行人，「去何許」，猶言去何方，言其遠；「經時信音絕」，言其出行日久，且杳無信息，於是除了思念之外，更增添了一層懸掛擔心的意思。

中片進一步把別後思念之情集中在一個夜晚，作充分的描述，其時亦在秋季，故有「露冷風清」、「西樓殘月」等句。「情切」二字，直呼心聲，它的分量也是很重的。登高眺望，唯見「地遠天闊」，所念之人杳遠難尋。透過這種意念高度集中的情況，說明了對行人思念之情的深切與專注。下面寫到夜深人靜時分獨自悲傷涕泣，很是淒婉動人：「向露冷風清無人處，耿耿寒漏咽。」銅壺滴漏很像人的流淚，用作比喻很貼切。寫到這種地方，感情只能透過意象來表述，故而只須點出「露冷風清」、「耿耿寒漏」的客觀環境，萬語千言也訴說不清的離愁別恨，反而無需一字，就能表現。這可以說明，作者如果把客觀意象描繪得成功，就能夠把細緻複雜的主觀感情抒寫出來。以下幾句，都可看作是由此順流而下的補充文字。「嗟萬事難忘，唯是輕別。」這兩句表述了一種特定的心理感受，由於深諳離別以後的痛苦，從而導引出了一種悔恨的念頭，覺得當初的離別太輕易了，悔不該輕輕地分手。「翠樽未竭，憑斷雲、留取西樓殘月」幾句，則全用比喻聯想，表示能夠等待到行人歸來的一種信念。杯中酒未空，待歸來重酌；斷雲仍在空中飄盪，讓它纏帶住西天的殘月不要落下，我好舉目相對，寄託相思：這些事物，似乎都可聊以慰情了。

直至下片，才寫到當前，其時在春季，詞中已直接點明。經過了離別，經過了思念，到如今，仍然沒能等得行人歸來，自然產生了「怨」和「恨」的心情，這兩個字，也是詞中直接點明了的。下片一開始就連續列舉了五種掃興、難堪之事：「羅帶光銷」，絲織的衣帶失去了光澤；「紋衾疊」，愛人遠去，歡會時所用紋衾疊而不展；「連環解」，本來連為一體的玉連環被分解開了；「舊香頓歇」，用韓壽的典故，晉人韓壽為司空賈充掾吏，充女賈午悅之，密竊西越所貢奇香，遺以定情，見《晉書·賈充傳》，意謂情人所贈的香已經失去了芬芳。「怨歌永、瓊壺敲盡缺」，哀怨的歌唱得太長，隨著拍子敲打唾壺，把壺都敲得殘缺了。這是用王敦的典故。王敦常於酒後，詠曹操「老驥伏櫪，志在千里。烈士暮年，壯心不已」詩句，即以所持如意打唾壺，壺口盡缺（見南朝宋劉義慶《世說新語·豪爽》）。五個比喻，訴說了離別之苦對人的無情折磨，表示了怨恨的深重。這種一口氣連續打幾個比喻的寫法，很像舊小說裡所說的「連珠砲」、「車輪戰」，在詩裡已有人採用（如韓愈的〈聽穎師彈琴〉、蘇軾的〈百步洪〉），在詞裡卻較罕見。接著，作者把思緒歸結起來，發出了「恨春去、不與人期」的怨言。不與人期，意即不與人預先知會，於是轉而恨春，表達了一種痴頑的、無可奈何的心情。結句「弄夜色，空餘滿地梨花雪」，用具體的梨花落滿地以象寫「春去」。梨花色白，故可與雪互喻。岑參〈白雪歌送武判官歸京〉「忽如一夜東風來，千樹萬樹梨花開」，是以梨花喻雪；南朝梁蕭子顯〈燕歌行〉「洛陽梨花落如雪」、溫庭筠〈太子西池〉「梨花雪壓枝」，是以雪比梨花。「弄夜色」者，如王安石〈寄蔡氏女子二首〉其一之「積李兮縞夜」（李花亦白色。縞夜，使黑夜生白）。楊萬里〈讀退之李花詩〉有句云「遠白宵明雪色奇」，可為周詞註腳。此兩句恨春去匆匆，只留下滿地梨花如雪，怨之極矣。耐人尋味的是，此時此際，對於春夜落花這一眼前的客觀景象，怎麼竟然產生了這麼多的悵恨呢？原來，怨恨行人不歸，最終也無濟於事，故而心緒也就轉覺空蕩蕩的了。但是，空虛並不等於輕鬆，所以這首詞寫到結尾，仍然給讀者以沉甸甸的感覺。

「恨別」本是宋詞裡最常見的題目，而周邦彥這篇長調，卻有它的特點。作者把有關題材搜羅到一起，鋪排開來，作多層次、多角度的描寫，顯得飽滿充實，細緻而全面。隨著時間的伸延，人物的思緒也顯示了發展變化的軌跡，離別、思念、追悔、期望、怨恨、空茫，幾個階段展現了一個完整的過程。這兩個主要特點，又正是作者善於運用長調這種形式的結果。（王雙啟）

憶舊遊　周邦彥

記愁橫淺黛，淚洗紅鉛，門掩秋宵。墜葉驚離思，聽寒螿夜泣，亂雨瀟瀟。鳳釵半脫雲鬢，窗影燭花搖。漸暗竹敲涼，疏螢照曉，兩地魂銷。迢迢。問音信，道徑底花陰，時認鳴鑣。也擬臨朱戶，嘆因郎憔悴，羞見郎招。舊巢更有新燕，楊柳拂河橋。但滿眼京塵，東風竟日吹露桃。

清真這首〈憶舊遊〉是懷人詞。據現有資料，詞調即清真創製。詞情與調名是一致的。懷人之作在清真詞中雖然習見，卻總是給人光景常新之感。究其原因，實在於「宋詞深致能入骨，如清真、夢窗（吳文英）是」（清況周頤《蕙風詞話》卷二）。

「記愁橫淺黛，淚洗紅鉛，門掩秋宵。」劈頭一個「記」字，起筆便凸出了詞人記憶常新之深情，從而領出臨行前與情人話別的那番情景。情人愁鎖眉黛，淚洗脂粉。門掩著，兩人相對，千言萬語歸於無言，默默出神。那秋夜，格外靜。「墜葉驚離思，聽寒螿夜泣，亂雨瀟瀟。」只聽得秋葉墜地之聲，寒蟬淒厲之泣，遂把愁人從默默出神之中驚醒。滿天亂雨瀟瀟，更撩起無窮的離愁別緒。「離思」之「思」，名詞，念去聲。寒螿（音同江），即寒蟬。「鳳釵半脫雲鬢，窗影燭花搖。」鬢邊鳳釵已半脫，則情人臨歧抱泣之狀可以想見。燭光搖動窗影，也刺激著詞人銳感的心靈。本來，剪燭西窗乃團圓之傳統象徵。可是眼前這窗影燭花，卻成為遠別長離的見證，豈不令詞人暗自傷心！此情此景，叫人如何忘得了。每一細節的猶新回憶，在在都體現著詞人的一往情深。「漸暗竹敲涼，疏螢照曉，兩地魂銷。」歇拍這三句，將詞境從深沉的回憶之中輕輕收回現在。漸，宋時口語，猶言正、正是，「漸」字領此四言三句。暗竹敲涼，南宋陳元龍註引杜甫詩「風竹冷相敲」，可見有出處，不過今本杜詩無此句，但晚唐鄭谷〈池上〉有「露荷香自在，風竹冷相敲」。兩地魂銷，化用南朝江淹〈別賦〉：「黯然銷魂者，唯別而已矣。」此時，正夜色沉沉，涼風敲竹鏗然有聲，一點流螢劃破夜色。夜，靜極，暗極，見得詞人之心，正是淒寂之極，沉重之極。多情銳感的詞人，遙想遠方之情人，此時此刻必正是相思入骨，兩人異地，一樣魂銷。末句雖借用〈別賦〉語，卻化為自己之一番奇特想像，以虛摹而挽合兩地人我雙方，詞境頓時遠意無限。自《詩經．魏風．陟岵》之後，歷代詩詞用此手法者，真紛如瓔珞，詞中如五代孫光憲〈生查子〉：「想得玉人情，也合思量我。」唐韋莊〈浣溪沙〉：「想君思我錦衾寒。」然而清真此句卻唯覺其新，不覺其舊，原因只在情真。人類之真性情是長青的。

「迢迢。」換頭短韻二字，而意境遙深。它緊承「兩地魂銷」而來，又引起下邊的音信相問，遂將歇拍之想像化為具體，把兩地相思情景融為一境。運思下筆極有靈氣。「問音信，道徑底花陰，時認鳴鑣。」兩地相思既深，自會音書相問。情人音書如何？說的是：時時來到小徑裡、花陰下，辨認門外過路的馬嘶聲。底，宋人口語，猶言裡。鑣（音同標），馬勒，指馬，鳴鑣即馬嘶。馬嘶不言聽而言認，即辨認聲音。以視覺之字代聽覺，妙。此一細節見得女子對情郎行蹤聲息之熟悉，富於生活氣息，又妙。下邊繼續訴說。「也擬臨朱戶，嘆因郎憔悴，羞見郎招。」上邊徑裡花陰時認鳴鑣，尚是足不出戶（院門），這裡則說，也想到朱門邊去候望，可是又自傷憔悴，怕被郎招。因郎憔悴，何又怕見郎？這分明是怨其不歸的氣話。怨之至極，正見得相思之入骨。此二句借用元稹《會真記》裡鶯鶯詩「不為旁人羞不起，為郎憔悴卻羞郎」，宛然女子口吻。「舊巢更有新燕，楊柳拂河橋。」又從女子一面寫回自己一面。此二句暗用韓偓《香奩集．春晝》詩：「藤垂戟戶，柳拂河橋。簾幕燕子，池塘伯勞。」舊巢更來新燕，楊柳又拂河橋，則從彼秋宵至此春天，別離久矣。韓此詩係寫相思，又云：「膚清臂瘦，衫薄香銷。」正是「因郎憔悴」。又云：「河陽縣遠，清波地遙。絲纏露泣，各自無憀。」正是「兩地魂銷」。顯然此詞之借用韓詩，是融攝其整個詩意，非一般扯古人辭句者可比。「但滿眼京塵，東風竟日吹露桃」，上句顯用晉陸機《為顧彥先贈婦》詩：「京洛多風塵，素衣化為緇。」下句，暗用李商隱《嘲桃》詩：「無賴夭桃面，平明露井東。春風為開了，卻擬笑春風。」清馮浩註：「原與《高花》接編。」二詩實為寓意相同之一組詩。《高花》明白易懂：「花將人共笑，籬外露繁枝。宋玉臨江宅，牆低不擬窺。」原來，結筆二句是向女子報以衷情：京華風塵滿眼，夭桃穠李成天招展，但我心有專屬，終不為京塵所染，且不為夭桃所動也。真是雅人深致，一結厚重有餘。

此詞藝術造詣有三點特色。第一是意脈結構盤旋錯綜，虛實相生，出神入化。上片前八句回憶故地秋宵臨別情景，回憶是虛，情景則實，虛中有實。歇拍三句為京華相思現境，是實，但遙想至兩地魂銷，則實中有虛。換頭七句由己及彼，從音書相問道出女子相思情景，其非眼前是虛，其情其境則實。結筆四句翻回京華現境，又由虛返實。全幅詞境將過去與現在，此地與彼地，實寫與虛寫，渾然打成一片。意脈結構極盤旋錯綜之致，意境也極遙深全整之妙。讀罷足有千變萬化歸宗於圓滿之一份美感。第二是聲情與詞情妙合一體。清真精通音樂與聲律，此詞是其創調，聲律精妙，不可不察。此調韻腳凡九字：宵、瀟、搖、消、迢、鑣、招、橋、桃，屬平聲蕭豪兩韻部（詞可通押），其聲高亮。此調共六個領格字：記、聽、漸、道、嘆、但，全用去聲，審音精嚴。去聲「由低而高」，為高音（吳梅《詞學通論》），尤其「名詞轉折跌盪處多用去聲……非去則激不起」（清萬樹《詞律》）。同時，此調句腳頗多連用平聲字，如鉛與宵連，陰與鑣連，塵與桃連，聲調又有趨於低沉之一負面。全調韻腳、領字與句腳之聲律，整合構成為一部以高亮之音調為主、以低沉之音調為輔的樂章。這與此首懷人詞中所發舒的高情與離悲，真是妙合一體，相得益彰。試迴環吟誦，足有蕩氣迴腸之美。第三是用典不著痕跡，如從自己肺腑中流出的境界。特別是舊巢二句暗用韓偓詩意，深化年光流逝兩地魂銷之情，結筆暗用李商隱詩意，隱喻自己用情之專一執著，皆極精切，又極自然，幾乎無跡可求。清鄭文焯《與朱彊村論詞書》云「美成隸事屬文，有羚羊掛角之妙，蓋托諸隱秀也」，洵為知言。古典今用臻於淪肌浹髓之境界，可見宋人文化造詣之深湛。（鄧小軍）

少年遊　周邦彥

朝雲漠漠散輕絲，樓閣淡春姿。柳泣花啼，九街泥重，門外燕飛遲。

而今麗日明金屋，春色在桃枝。不似當時，小樓衝雨，幽恨兩人知。

北宋初期的詞是《花間》與《尊前》的延續。《花間》《尊前》式的小令，至晏幾道已臻絕詣。柳永、張先在傳統的小令以外，又創造了許多長詞慢調。柳永新歌，風靡海內，連名滿天下的蘇軾也甚是羨慕「柳七郎風味」（〈與鮮于子駿書〉）。但其美中不足之處，乃未能輸景於情，情景交融，使得萬象皆活，致使其所造情景均並列如單頁畫幅。推其原故，蓋因情景二者之間無「事」可以聯繫。這是柳詞創作的一大缺陷。周邦彥「集大成」（清周濟《宋四家詞選目錄序論》），其關鍵處就在於，能在抒情寫景之際，滲入一個第三因素，即述事。因此，周詞創作便補救了柳詞之不足。

這首令詞寫兩個故事，中間只用「而今麗日明金屋」一句話中「而今」二字聯繫起來，使前後兩個故事——亦即兩種境界形成鮮明對照，進而重溫第一個故事，產生無窮韻味。

上片所寫乍看好像是記眼前之事，實則完全是追憶過去，追憶以前的戀愛故事。「朝雲漠漠散輕絲，樓閣淡春姿。」這是當時的活動環境：在一個逼仄的小樓上，漠漠朝雲，輕輕細雨，雖然是在春天，但春天的景色並不穠豔。他們就在這樣的環境中相會。「柳泣花啼，九街泥重，門外燕飛遲。」三句說雲低雨密，雨越下越大，大雨把花柳打得一片憔悴，連燕子都因為拖著一身濕毛，飛得十分吃力。這是門外所見景象。「泣」與「啼」，使客觀物景染上主觀情感色彩，「遲」，也是一種主觀設想。門外所見這般景象，對門內主人公之會晤，起了一定的烘托作用。但此時，故事尚未說完。故事的要點還要等到下片的末三句才說出來。那就是：兩人在如此難堪的情況下會晤，又因為某種緣故，不得不分離。「小樓衝雨，幽恨兩人知。」「小樓」應接「樓閣」，那是兩人會晤的處所，「雨」照應上片的「泣」、「啼」、「重」、「遲」，點明當時兩人就是衝著春雨、踏著滿街泥濘相別離的，而且點明，因為抱恨而別，在他們眼中，門外的花柳才如泣如啼，雙飛的燕子也才那麼艱難地飛行。這是第一個故事。

下片由「而今」二字轉說當前，這是第二個故事，說他們現在已正式同居：金屋藏嬌。但這個故事只用十個字來記述：「麗日明金屋，春色在桃枝。」這十個字，即正面說現在的故事，謂風和日麗，桃花明豔，他們在這樣一個美好的環境中生活在一起；同時，這十個字，又兼作比較之用，由眼前的景象聯想以前，並進行一番比較。「不似當時」，這是比較的結果，指出眼前無憂無慮在一起反倒不如當時那種緊張、淒苦、抱恨而別、彼此相思的情景來得意味深長。

這首詞用筆很經濟，但所造景象卻耐人深思。彷彿山水畫中的人物：一頂簪笠底下兩撇鬍子，就算一個漁翁。這是周邦彥藝術創造的成功之處。（吳世昌）

漁家傲

周邦彥

灰暖香融銷永晝，蒲萄架上春藤秀。曲角欄杆群雀鬥。清明後，風梳萬縷亭前柳。

日照釵梁光欲溜，循階竹粉沾衣袖。拂拂面紅如著酒。沉吟久，昨宵正是來時候。

愛情本是清真詞樂章的主旋律之一。然而愛情的藝術表現在《清真集》的許多篇章中，則給人以日新又新之感。這首描寫初戀的詞作，就頗有獨到之處。

上片寫的是現境。「灰暖香融銷永晝」，室內，詞中男主人公面對香爐，爐中，香料一點一點地銷為暖灰，裊裊香氣，暖香盈室。漫長的白晝，一點一點地流逝著。他顯然在其味深長地體味著什麼。「銷永晝」三字，春日之深永，與情思之深永，交融而出。詞境是安謐溫馨、溶溶洩洩的。後來李清照〈醉花陰〉詞「薄霧濃雲愁永晝，瑞腦銷金獸」與此相似，但那是寫愁悶，這是寫歡愉，讀下句便更其明顯。「蒲萄架上春藤秀。」窗外，下一「秀」字，窗前初生新葉的葡萄（蒲萄）架上，頓時便春意盎然。這番明秀景致的觀照，把歡愉的心情充分映襯出來。上句寫春日之深永，此句寫春色之明秀，皆是靜景，下句則寫動景。院子裡，「曲角欄杆群雀鬥」，下一「鬥」字，寫盡鳥雀之歡鬧，既反映出其心情之歡愉，又反襯出所居之靜謐，從而進一步暗示著那人此時情思之深永。下邊兩韻，將詞境推向更加高遠。「清明後，風梳萬縷亭前柳。」清明後，點時令，時當三月中，同時也是記下一個難忘的時間。歇拍描繪春風駘蕩，柳條萬縷婆娑起舞於碧空之中，筆致極為明秀歡快。他究竟為何如此愉悅呢？揭示內蘊，是在下片。

過片以下三句是追思實寫，即不用憶、念一類領字，直接呈示回憶中情景。「日照釵梁光欲溜。」一道明亮的陽光照耀在這位女子的釵梁上，流轉閃爍。這一特寫是真實的，它逼真地反映了初次見面的深刻印象。但又是別出心裁的，它比描寫美目轉盼更富有暗示，它啟示著女子的美麗和自己感受的強烈而不可磨滅。全篇有此一句，精神百倍。「循階竹粉沾衣袖。」沿階新竹橫斜，當她迎面走來時，竟不覺讓竹粉沾上了衣袖。這一描寫，暗示出女主人公內心的激動。正是因為如此，她甚至於「拂拂面紅如著酒」。其實，她是因初次相會的喜悅、幸福還有羞澀而陶醉了。那麼，這次相會究竟是在何時呢？「沉吟久，昨宵正是來時候。」原來，相見就在昨日裡。「沉吟久」，不僅將上邊逼真如在眼前的情景化為回憶，而且交代了上片永晝情思的全部內容。今日整整一天，他都沉浸在歡樂的回憶中，足見他與女主人公一樣因愛情而陶醉。詞情至此，已將雙方的幸福之感寫出，意境臻於圓融美滿。

論藝術造詣，這首詞有三點特色。第一，是結構的大開大闔。上片是現境，過片以下三句是追思實寫，結二句又收回現境，同時又挽合著昨日相見的回憶。情節既錯綜往復，詞情便動蕩變化。這樣的結構，有力地表現著男主人公心情的激動。結構的大開大闔，情節的錯綜安排，原是清真詞的一大本領，但多運用於長調，像這首小令也具有這一特色，更是可喜。第二，是意境兼有開朗而又含蓄之妙。詞境由室內而窗外，而院落，再推向春風楊柳的空間，一步步開放。開放的詞境，體現了人物開朗的心態，歡愉的心情。歡愉之情既然融化於境象之中，蘊而不露，便有含蓄之妙。上片所寫一事一物一片風景，無不表現著人的深深喜悅。初戀之人，心眼所向，萬物生輝，這也是人之常情。有了上片今日回憶時情境的襯托，則下片所回憶的昨日相會，其印象之深刻、感受之強烈，就更為凸出。第三，是鍊字的神韻而自然。尤其是次句之「秀」字、三句之「鬥」字、六句之「溜」字，鍊於韻字上，既傳出意境、人物之神韻，又增添了聲情的美聽。這些鍊字都不見用力的痕跡，鍊而不顯得鍊，歸於自然。（鄧小軍）

望江南　周邦彥

遊妓散，獨自遶回堤。芳草懷煙迷水曲，密雲銜雨暗城西。九陌未霑泥。
桃李下，春晚未成蹊。牆外見花尋路轉，柳陰行馬過鶯啼。無處不悽悽。

清譚評《詞辨》於歐陽脩〈采桑子〉首句「群芳過後西湖好」旁批曰「掃處即生」，正可移用。猛下「遊妓散」三字，便覺繁華過眼而空，筆力竟直注結尾矣。以下步步逼緊，直逼出「無處不悽悽」之神理來，一首只是一句，一句只是一感覺。有以簡為貴者，蓋唯簡則明，積明斯厚，故貴簡也。

「芳草」句以下全係寫景，烘染之筆。「懷」、「迷」、「銜」、「暗」，下得極精穩，可悟鍊字之法。設圈去之，「芳草〇煙〇水曲，密雲〇雨〇城西」，在四字之外另想四字，得乎不得乎？固知一字千金，為不虛也。如「芳草懷煙迷水曲」，原難釋以口語，而徑觀本文，固最分明；若以「懷」、「迷」二字為不甚可解而易之，雖更近於白話，而其境界反令讀者想像不出。故知原句似晦而實明，臆改之句，似明而終晦也。凡遇此等處，均宜細心體玩其喚起之心象如何，不可梗一流俗之見，以為衡量之準。

「芳草」三句寫盡天陰欲雨，春寒中人。下「銜」字、「暗」字，雨意垂垂已在眉睫之間，復以「九陌未霑泥」略略一挑，所謂「萬木無聲待雨來」，雖境界不復盡同，而亦正堪融會。須知真下了雨，下雨何奇之有，便失卻了緊張味。結尾挑起，似寬放出一句，而實緊追了一句，文心細甚。

過片典出《史記．李將軍列傳》贊「桃李不言，下自成蹊」。汲古閣本「未」作「自」，誤。詞中不忘重字，上云「未露泥」，下云「未成蹊」，固不相妨耳。夫桃李甜美，人孰不愛吃，雖標語未貼，口號不呼，其下明明無路，而自然慢慢會有，故曰：「桃李不言而成蹊，有實存也。」（南朝梁劉勰《文心雕龍．情采》）春晚矣，猶未成蹊，「是這等荒涼地面」（明湯顯祖《牡丹亭》），信步行來，真成孤迥。見花而尋路，是無路也，行馬而鶯啼，是無人也。句句摹景，句句含情，末輕點一「悽悽」，以「無處不」三字重壓之，便全神俱活，而款款欲飛。（俞平伯）

浣溪沙

周邦彥

雨過殘紅濕未飛，疏籬①一帶透斜暉。遊蜂釀蜜竊香歸。

金屋無人風竹亂，衣篝盡日水沉微。一春須有憶人時。

〔註〕①一作「珠簾」。

這是一首抒寫閨中懷人的小詞。

上片寫屋外景物。這是一個暮春的傍晚，一場春雨剛過，枝頭的幾朵殘紅被雨水沾濕了，還沒有隨風飛散凋落；一帶疏籬，透過了星星點點的斜暉。「殘紅」點明春暮，「斜暉」點明日暮。春殘、日暮，再加上暫留枝頭的殘紅、轉瞬即逝的斜暉，這一切物象，對於一個在懷人的寂寞期待中消逝著青春歲月的閨中人，自會引起很深的棖觸。

上兩句寫靜物，接下來一句轉寫活動中的事物：「遊蜂釀蜜竊香歸。」遊蜂採花釀蜜，本身就標誌著春天的活潑生機和散發著歡樂的青春氣息；蜂在傍晚時分竊香滿載而歸，更標誌著春天的收穫和美好的歸宿。這對於嚮往著青春歡樂的女主人公來說，又是一種撩撥和刺激。「竊香」二字，還包蘊著某種愛情上的暗示。如果說，前兩句是用春殘日暮的景象正面烘托，那麼這一句便是用富於活力的物象反面襯托。手法不同，目的卻是一致的。

「金屋無人風竹亂，衣篝盡日水沉微。」過片兩句，從屋外過渡到屋內。「金屋」暗用金屋藏嬌的典故，暗示女主人公的身分可能是貴家姬妾一流。衣篝（音同鉤），指熏衣的罩籠；水沉，指沉水香，一種名貴的香料。傍晚時分，整個屋宇庭院，空寂無人，唯見微風起處，竹影參差搖曳。這靜中之動，越發襯托出了金屋的靜悄與寂寞。屋子裡面，燃著沉水香的熏籠，因為已經熏燃了一整天，只剩下了一絲絲似有若無的香煙。這景象，透出了金屋永日的寂靜和女主人公意緒的索寞無聊。「亂」字、「微」字，還讓人聯想到女主人公心情的不寧和思緒的澀滯。

前面五句，從屋外到屋內，透過層層鋪敘渲染，已經創造出一個充滿寂寞無聊、空虛悵惘氣氛的環境，困居金屋的女主人公的傷春意緒也隱然可觸，結句勢必要歸結到女主人公身上，而且似乎必用重筆方能有力地收住。但出乎意料的是，作者在這裡並沒有直接讓女主人公出現，只用作者的口吻側面虛點，還採用了「一春須有憶人時」這種帶有猜度意味的輕軟筆意，彷彿說：處在這樣空寂的環境裡，金屋中人在整個春天總該會有懷人的時候吧。明明是必然會有，卻故意用或然的口吻；重意輕點，內容與形式似乎不協調，卻反而更加讓人感覺到這輕點所蘊含的感情容量。微婉含蓄的表達方式在這裡得到了重筆直抒所不能得到的效果。這一收束，與前面的含蓄筆法也構成了和諧的統一。（劉學鍇）

浣溪沙 周邦彥

樓上晴天碧四垂，樓前芳草接天涯。勸君莫上最高梯。
新筍已成堂下竹，落花都上燕巢泥。忍聽林表杜鵑啼。

這是一首抒寫鄉情的令詞。關於它的作者，有兩種說法。明人毛晉在《詩詞雜俎》中屬之李清照。明卓人月《古今詞統》、清《御選歷代詩餘》並主此說。然而刊於宋末的陳元龍註《片玉詞》即已登錄。比這更早一些，在宋方千里、宋楊澤民所作兩種《和清真詞》以及宋陳允平的《西麓繼周集》中，並依韻步和。看來斷為周邦彥作，應無問題。

風致深婉，是這首詞的基本特色。深，指感情的沉摯，婉，指措語的蘊藉。這在詞裡體現得非常顯著。發端兩句，就已吐屬不凡。「樓上」句，一筆勾出一幅高遠清曠的畫面：晴朗的天空在遠處與四面地平線重合而溶進無盡的碧色裡。一個「垂」字能在人們心頭喚起一種自高而下的輻射狀的空間之感來。晚唐韓偓〈有憶〉詩「淚眼倚樓天四垂」，為其所本。而易「天」為「碧」，更覺韶秀蒨麗，雅稱詞體了。「樓前」句中之「芳草」，指道路。以草色喻離情，始於《楚辭．招隱士》之「王孫遊兮不歸，春草生兮萋萋」。白居易的「遠芳侵古道，晴翠接荒城。又送王孫去，萋萋滿別情」（〈賦得古原草送別〉），則把它同馱載征輪馬足的道路聯繫起來。此處化用白居易詩意，以接天的芳草借指通向故鄉的道路，這比直用「歸路」字樣要更蘊藉，也更富於形象美。讀者又不難從「芳草」上聯想到「青青河畔草，綿綿思遠道」（東漢蔡邕〈飲馬長城窟行〉）的悠悠離情，以及「春草碧色，春水淥波。送君南浦，傷如之何」（南朝梁江淹〈別賦〉）的黯然別緒。李煜的「離恨恰如春草，更行更遠還生」（〈清平樂〉），范仲淹的「山映斜陽天接水，芳草無情，更在斜陽外」（〈蘇幕遮〉），種種鄉愁旅思，似乎都融進這芳草天涯的低吟密詠中來了。典故用得好，確實能增大詩詞的密度和加深蘊藉的思致。「勸君」句是自言自語的獨白。用在上片結句，尤覺微婉。勸你莫要攀登高樓的頂點吧。為什麼呢？不是「遠望可以當歸」（漢樂府〈悲歌行〉）嗎？正是由於怕觸動這無法排遣的鄉心，才不敢憑高眺遠啊。這是翻進一層的手法，卻吞去後半不予點破，欲落不落之筆，片玉清才，往往委婉如此。柳永「不忍登高臨遠，望故鄉渺邈，歸思難收」（〈八聲甘州〉），意旨亦相類似，但措辭與周氏相較，便有俊爽與深婉之別。

下片三句寫闌珊春事引起的棖觸情緒。一、二句對起，此調正格。新筍已長成綠竹，春花卻落為燕泥。花木消長，時序推移，這對比鮮明的景物已觸發詞人的羈懷旅思、暮感悲心。又怎忍聞聽那催歸杜鵑的聲聲啼喚呢？「忍聽」句語出唐李中「忍聽黃昏杜宇啼」（〈鍾陵禁煙寄從弟〉），而運典自然，一如己出。「林表」，即林梢。杜鵑啼聲哀苦，如喚「不如歸去」，故亦稱催歸鳥。詞人的一片歸心，於結句點出。則前面的種種淒情苦緒，於此照徹融貫為一了。然亦點到即止，不作過分渲染，而寄興深微，自成妙詣。俞平伯《清真詞釋》云：「結句輕輕即收，不墮入議論惡道。與上片之結，並其微婉。正類二王妙楷，中鋒直下如痴凍蠅也。」可謂善於形容。

從構思角度看，這首詞的時空處置，很有特色。在空間上，它以樓臺為中心，將上下內外的景物，如碧天、芳草、嫩竹、燕泥之類，捕捉出來，並把它交織到一個特定的時間——登樓的瞬間上。顯得十分緊湊和集中。在聲情的錘鍊上，作者拈取了綿密低迴的齊齒聲字迴環相押，這對於表現淒迷宛轉的鄉情，真有笙磬之合了。

（周篤文）

一落索　周邦彥

眉共春山爭秀，可憐長皺。莫將清淚濕花枝，恐花也、如人瘦。
清潤玉簫閒久，知音稀有。欲知日日倚欄愁，但問取、亭前柳。

清人沈雄《古今詞話》引《耆舊續聞》記載，這首詞是周邦彥寫給汴京名妓李師師的，但此說未必可信。《清真集》編此詞入「春景」類，無題，考其內容，顯然是描寫「閨情」之作。

這首小詞，和周邦彥的其他作品不大一樣，是以清淡自然取勝的，沒有刻意的雕飾與穠豔的辭藻，寫來好像也很輕鬆，只是把習見的題材信手拈來，一揮而就，但也並非率意之作。閨情詞總要以描寫閨中婦女為核心，本篇刻畫了思婦的外貌、內心，傳達了人物的神情意態，篇幅雖然短小，內容卻不單調，筆致委婉含蓄，語言卻清新流暢，讀起來還是很有韻味的。

用春山比喻女子的眉毛，用花朵比喻女子的面容，早就應該算作陳詞濫調了，但在這首詞裡，由於作者善於點化變換，卻能使陳舊的比喻呈現出新鮮的面目，從而顯示出了作者的創造性。「眉共春山爭秀」，意思是說，這位閨中思婦的眉毛比春天的青山還要秀麗，有了「爭秀」二字，比起「淡淡春山」、「眉如春山」、「眉蹙春山」之類的常用詞語來，已經增添了新意，下句緊接「可憐長皺」，又翻出了另一層新意，由人物外貌的美說到了內心的愁。這樣一來，就使讀者消除了陳舊的感覺。可見，採用舊語，必須翻新。下文的以花喻面，也是同樣情況，作者把這一陳舊的比喻作了更大的加工改製——「莫將清淚濕花枝，恐花也、如人瘦」，使它的含義變得豐富多了，曲折多了，也新鮮多了，可以說它與李清照〈醉花陰〉的名句「人比黃花瘦」有異曲同工之妙。上片著重寫思婦的外貌，但已涉及內心，不只有層次、有深度，而且筆致又復委婉多姿。「可憐」、「莫將」等詞語，其描摹的惋惜、勸慰的口吻，既像是思婦自己的心理活動，又像是第三者流露出來的同情與關照。這首小詞的委婉情致和深厚韻味也正是從這些地方傳達出來的。

下片著重寫思婦的內心。先寫「玉簫」，既用作陪襯，也用作象徵，人物的閒雅風姿與孤寂心情由此得以想見。下文點明「愁」字，而用「欲知」、「但問」連屬成句，正是與上片的「可憐」、「莫將」相互照應，既像是思婦內心的自問自答，又像是對第三者的關切所作的回覆，而這樣前後照應，就使全篇顯得和諧勻稱了。結尾處，很容易聯想起唐人王昌齡〈閨怨〉詩中那「忽見陌頭楊柳色，悔教夫婿覓封侯」的句子來。詞裡的人是「日日倚欄」遠望，不見夫婿歸來，所見者，唯有長亭前邊的楊柳，於是，日積月累的離愁就都堆垛在了楊柳上面，在這裡，楊柳是愁緒的見證；詩中的人是「忽見」楊柳，頓時勾惹起滿腹離愁，往日似乎「不知愁」，今朝忽然一併迸發而出，在這裡，楊柳是愁緒的觸媒。二者同是託物以抒情，並且所託之物、所抒之情全同，而其構想卻有如此差異，古典詩詞表現手法的豐富多樣，千變萬化，於此亦可窺見一斑。（王雙啟）

滿庭芳 周邦彥

夏日溧水無想山作

風老鶯雛，雨肥梅子，午陰嘉樹清圓。地卑山近，衣潤費爐煙。人靜烏鳶自樂，小橋外、新綠濺濺。憑欄久，黃蘆苦竹，疑泛九江船。

年年，如社燕，飄流瀚海，來寄修椽。且莫思身外，長近尊前。憔悴江南倦客，不堪聽急管繁弦。歌筵畔，先安簟枕，容我醉時眠。

哲宗元祐八年（一〇九三），周邦彥三十八歲，為溧水（今屬江蘇）令。溧水縣背靠無想山。這首詞是他在溧水任上寫的，透過不同的景物來寫出哀樂無端的感情，有中年傷於哀樂的感慨。

一開頭寫春光已去，但他沒有傷春，反而在欣賞初夏的風光。雛鶯在風中長成了，梅子在雨中肥大了。這裡化用杜牧「風蒲燕雛老」（〈赴京初入汴口，曉景即事先寄兵部李郎中〉）及杜甫「紅綻雨肥梅」（〈陪鄭廣文遊何將軍山林十首〉其五）詩意。「午陰嘉樹清圓」，則是用劉禹錫「日午樹陰正」（〈晝居池上亭獨吟〉）句意，「清圓」二字繪出綠樹亭亭如蓋的景象。以上三句寫初夏景物，體物極為細微，並反映出作者隨遇而安的心情，極力寫景物的美好，顯得這裡也可留戀。但接著就來一個轉折：「地卑山近，衣潤費爐煙。」正像白居易貶官九江郡，在〈琵琶行〉裡說的「住近湓江地低溼」，溧水也是地低溼，衣服潮潤，爐香熏衣，需時良多，「費」字道出衣服之潮，則地卑久雨的景象不言自明。那麼在這裡還是感到不很自在吧。接下去又轉了：這裡比較安靜，沒有嘈雜的市聲，連烏鳶也自得其樂。小橋外，溪水清澄，發出濺濺水聲。但緊接著又是一轉：「憑欄久，黃蘆苦竹，疑泛九江船。」白居易既嘆「住近湓江地低溼，黃蘆苦竹繞宅生」，詞人在久久憑欄眺望之餘，也感到自己處在這「地卑山近」的溧水，與當年白居易被貶九江時環境相似，油然生出淪落天涯的感慨。由「憑欄久」一句，知道從開篇起所寫景物都是詞人登樓眺望所見。感慨之興，歇拍微露端倪，至下片才盡情抒發。

下片開頭，以社燕自比。社燕在春社時飛來，到秋社時飛去，從海上飄流至此，在人家長椽（音同船）上作巢寄身。瀚海，大海。隋《藝文類聚》卷九二引梁吳筠〈詠燕〉詩：「一燕海上來，一燕高堂息……答言海路長，風駛飛無力。」唐沈佺期〈獨不見〉詩「海燕雙棲玳瑁梁」，即此來自海上之燕。詞人借海燕自喻，頻年飄流宦海，暫在此溧水寄身。既然如此，「且莫思身外，長近尊前」，姑且不去考慮身外的事，包括個人的榮辱得失，還是長期親近酒樽，借酒來澆愁吧。詞人似乎要從苦悶中掙脫出去。這裡，點化了杜甫「莫思身外無窮事，且盡生前有限杯」（〈絕句漫興九首〉其四）和杜牧的「身外任塵土，尊前極歡娛」（〈張好好詩〉）。「憔悴江南倦客，不堪聽急管繁弦」，又作一轉。在宦海中飄流已感疲倦而至憔悴的江南客（作者為錢塘人），雖想撇開身外種種煩惱事，向酒宴中暫尋歡樂，如晉謝安所謂中年傷於哀樂，正賴絲竹陶寫（見南朝宋劉義慶《世說新語．言語》），但宴席上的「急管繁弦」，怕更會引起感傷。杜甫有詩句「不須吹急管，衰老易悲傷」（〈陪王使君晦日泛江就黃家亭子二首〉其二），這裡「不堪聽」含有「易悲傷」的含意。結處「歌筵畔」，承上「急管繁弦」。「先安簟枕，容我醉時眠」，則未聽絲竹，先擬醉眠。他的醉，不是歡醉而是愁醉。絲竹不入愁人之耳，唯酒可以忘憂。梁蕭統〈陶淵明傳〉：「淵明若先醉，便語客：『我醉欲眠，卿可去。』其真率如此。」詞語用此而情味自是不同。「容我」二字，措辭宛轉，心事悲涼。一結寫出了無可奈何、以醉遣愁的苦悶。

宋陳振孫《直齋書錄解題》云：「（清真詞）多用唐人詩語，櫽括入律，渾然天成，長調尤善鋪敘，富豔精工，詞人之甲乙也。」這首詞用了杜甫、白居易、劉禹錫、杜牧諸人的詩，結合真景真情，運典入化，大大豐富了詞的含意。此外，還有很凸出的一點，是風華清麗的景物，與孤寂淒涼的心情相交錯，樂與哀相交融，苦悶與寬慰相結合，構成一種轉折頓挫的風格。「風老鶯雛，雨肥梅子」，景物可喜。在可喜背後的苦悶心情，以「地卑」、「衣潤」略點一下。再像「烏鳶自樂」、「新綠濺濺」，寫得恬靜清新，「自」字極寫鳥兒無拘無束、令人生羨之逍遙情態，正襯托出自己陷於宦海，不能自由飛翔的苦悶，而「黃蘆苦竹」更清楚地點明自己的處境。在一詳一略、一樂一苦的映襯中，含蓄地透露出苦悶的心情。總之，寫樂景生動細緻，反映苦悶的心情隱約含蓄。清陳廷焯《白雨齋詞話》評曰：「此中有多少說不出處，或是依人之苦，或有患失之心，但說得雖哀怨，卻不激烈，沉鬱頓挫中，別饒蘊藉。」作者的感情，正是透過這些隱約不露的映襯對照曲曲傳出。（周振甫）

隔浦蓮近拍　周邦彥

中山縣圃姑射亭避暑作

新篁搖動翠葆，曲徑通深窈。夏果收新脆，金丸落，驚飛鳥。濃靄迷岸草。蛙聲鬧，驟雨鳴池沼。

水亭小。浮萍破處，簾花簷影顛倒。綸巾羽扇，困臥北窗清曉。屏裡吳山夢自到，驚覺，依然身在江表。

哲宗元祐八年（一〇九三）春至紹聖三年（一〇九六），周邦彥知溧水縣（今屬江蘇）。中山距溧水縣城很近，從這首詞題下的註來看，當作於此時。

詞的上闋寫盛夏的景色。透過對景物的描繪，作者勾勒出中山縣圃姑射亭的輪廓以及周圍的環境。這是一個令人留連忘返的避暑勝地。碧色的翠竹和幽靜蜿蜒的小徑，清涼舒適。成熟的水果，鬱鬱蔥蔥的岸草，喧鬧的蛙聲，這些夏日裡才有的典型事物被集中在一起來表現田園生活，別有一番情趣。尤其是對池蛙的生動描繪，彷彿令人聞到了驟雨前那種濕潤的、帶著泥土芳香的氣味。作者下筆十分巧妙，他用「新篁」、「翠葆」這類精美的詞藻替代了「新竹」、「綠色的樹冠」那些普通的字眼，給讀者留下了新奇的印象。寫景的方法也不同於一般，充分施展了他對色調運用的才華。作者採用綠色作為主要的基調，然後再用暖色加以點綴，又交錯地使用視覺和聽覺，大大增強了對景色的主體感受。詞的開頭，一片翠綠映入眼簾，接著，又交替出現了「金丸」、「濃靄」等，令人目不暇接。「夏果收新脆」中一個「脆」字，概括了對豐碩果實的讚嘆，「金丸落，驚飛鳥」則套用了李白〈少年子〉中的詩句「金丸落飛鳥」。隨後，又描摹了池蛙的喧鬧聲，用字選詞，錘鍊精工，難怪清人周濟對周邦彥這一特色稱頌不已：「清真渾厚正於勾勒處見，他人一勾勒便刻削，清真愈勾勒愈渾厚。」（《宋四家詞選目錄序論》）

下闋的前三句寫詞人居住的地方——一座臨水的小院。作者用「浮萍破處，簾花簷影顛倒」來點出小亭的所在，既寫了水，又寫了亭，水、亭相映，美不勝收。「簾花簷影」，有的本子作「簷花簾影」，有人認為「簷花」是指雨點從屋簷滴下，語出杜甫〈醉時歌〉「燈前細雨簷花落」。實際上周邦彥詞中並非實指，「簾花簷影」只不過用來代指他居住的小屋，作者將「浮萍」、「簾花」、「簷影」攪混在一起，本意絕非將它們一一解釋清楚，而是用它們構成一幅具有朦朧美的水中圖畫，因為倒影常常能增加美感。

「綸巾羽扇，困臥北窗清曉」，是詞人當時生活的寫實。從寫景到寫人，筆鋒一轉，顯得十分自然，「困臥」二字正與「水亭小」相呼應，字面上似乎是從客觀環境著眼，然而從全詞看，此處恰好是作者情緒的轉折點。下三句，則著重刻畫了詞人的思鄉之情。周邦彥是錢塘人，此處的吳山當借指他的家鄉。作者從「臥」字起筆，因屏風上的畫圖而夢遊故鄉，一直寫到夢醒後的惆悵，有起有落，曲折宛轉，一氣呵成。

宋張炎在《詞源》中寫道：「美成詞只當看他渾成處，於軟媚中有氣魄。」此說很有道理。〈隔浦蓮〉一詞與周邦彥的其他作品有所不同，沒有男女之愛的描寫，僅是抒發個人的情感而已，談不上「軟媚」，但仍不離婉約之宗，而作者的寫景狀物直至抒情，都顯得豐富飽滿，極有氣魄。他用筆往往從遠及近，從大向小，漸漸收縮，筆到之處，包攬無遺。他對景物的體驗，也是由表及裡，層層剝出，頗能引人入勝。上下兩闋，似不相蒙，一闋之中，也有幾處轉折，「令人不能遽窺其旨」（清陳廷焯《白雨齋詞話》卷二）。但是，當你讀至一曲終了，便深深地領略了清真詞裡的感慨，卻又不會因為詞人情緒的低落而影響你的欣賞。正如這首〈隔浦蓮〉，作者思鄉之意愈是深切，他對異鄉的景則描繪得愈是可愛，這種反襯的手法使上下闋看起來不協調，或許給人一種頭重足輕的感覺，但這正是陳廷焯所謂的「美成詞有前後若不相蒙者，正是頓挫之妙」。（朱金城、朱易安）

過秦樓　周邦彥

水浴清蟾，葉喧涼吹，巷陌馬聲初斷。閒依露井，笑撲流螢，惹破畫羅輕扇。人靜夜久憑欄，愁不歸眠，立殘更箭。嘆年華一瞬，人今千里，夢沉書遠。空見說、鬢怯瓊梳，容銷金鏡，漸懶趁時勻染。梅風地溽，虹雨苔滋，一架舞紅都變。誰信無聊為伊，才減江淹①，情傷荀倩②。但明河影下，還看稀星數點。

〔註〕①才減江淹：江淹夢遇郭璞索還五色筆，從此「為詩絕無美句，時人謂之才盡」。見《南史．江淹傳》。②情傷荀倩：荀粲，字奉倩，娶曹洪女為妻，感情至篤。妻病亡後，朋友前往弔唁，見荀粲「不哭而神傷」，「痛悼不能已，歲餘亦亡」。見《三國志．荀彧傳》。

這是一首懷人的詞。

上片「人靜夜久憑欄，愁不歸眠，立殘更箭」是全詞的關鍵。清周濟說：「美成思力，獨絕千古。」又說：「勾勒之妙，無如清真；他人一勾勒便薄，清真愈勾勒愈渾厚。」（《介存齋論詞雜著》）這三句勾勒極妙，上面好像是寫現在的六句詞，經這幾句的勾勒，變成了憶舊。在一個夏天的晚上，詞人獨倚欄杆，憑高念遠，離緒萬端，難以歸睡。由黃昏而至深夜，由深夜而至天將曉，耳聽更鼓將歇，但他依舊倚欄望著，想著離別已久的情侶。他慨嘆著韶華易逝，人各一天，不要說音信稀少，就是夢也難做啊！他眼前浮現了去年夏天情侶在屋前場地上「輕羅小扇撲流螢」（杜牧〈秋夕〉）的情景。黃昏之後，牆外的車馬來往喧鬧之聲開始平息下來。天上的月兒（清蟾）投入牆內小溪中，彷彿在水底沐浴蕩漾。而樹葉被涼風吹動，發出陣陣聲響。這是一個多麼美麗、幽靜而富有詩情的夜晚。她和自己歡聚一起。在井欄邊，她「笑撲流螢」，把手中的「畫羅輕扇」都觸破了。這雖然是一個簡單的動作，但這是他們歡愛生活中深印在詞人腦海中的記憶猶新的一幕。

下片寫兩地相思。「空見說、鬢怯瓊梳，容銷金鏡，漸懶趁時勻染。」這是詞人所聞有關她對自己的思念之情。由於苦思苦念的折磨，鬢髮漸少，容顏消瘦，持玉梳而怯髮稀，對菱鏡而傷憔悴，「欲妝臨鏡慵」（唐杜荀鶴〈春宮怨〉），活畫出她在別後生理上、心理上的變化。「漸」字寫出了時間推移的過程。接著「梅風地溽，虹雨苔滋，一架舞紅都變」三句則由人事轉向景物，敘眼前所見。梅雨季節，陰多晴少，地上潮濕，庭院中青苔滋生，這不僅由於風風雨雨，也由於人跡罕至。一架薔薇，已由盛開時的鮮紅奪目變得飄零憔悴了。這樣，既寫了季節的變遷，也兼寫了他心理的消黯，景中寓情，刻畫深至。「誰信無聊為伊，才減江淹，情傷荀倩。」這是詞人對她的思念。先用「無聊」二字概括，而著重處尤在「為伊」二字，「衣帶漸寬終不悔，為伊消得人憔悴」（柳永〈蝶戀花〉）。因相思的痛苦，自己像江淹那樣才華減退，因相思的折磨，自己像荀粲那樣不言神傷。雙方的相思，如此深摯，她為我憔悴，一至於斯，我恨不能身生雙翅，飛到她身旁，去安慰她，憐惜她。可是不能，所以說「空見說」。而我也為她憔悴，以至「才減」、「情傷」，不管她是否知道我也矢志不移，寧瘦損而不悔呢，所以說「誰信」。這反映詞人靈魂深處曲折細微的地方，它把兩人相思之苦進一步深化了。清陳廷焯說周詞妙處，「不外沉鬱頓挫」（《白雨齋詞話》卷一），這些地方就是表現了周詞的沉鬱頓挫，筆力勁健。歇拍「但明河影下，還看稀星數點」，以見明河侵曉星稀，表出詞人憑欄至曉，通宵未睡作結。通觀全篇，是寫詞人「夜久憑欄」的思想感情的活動過程。前片「人靜」三句，至此再得到照應。銀河星點，加強了念舊傷今的感情色彩；而且也把上、下片情事全納入其中，豈非思力雙絕！

此詞在藝術上，一是以實寫代替虛寫。開首是對過去美好生活的回憶，但詞人卻用實寫，好像是在寫今天。這樣以實寫代替虛寫，不只是一個藝術技巧問題，也是感情、形象的複疊性問題，即給予感情、形象以雙重性的色彩。當詞人完全沉浸在過去的美好生活的回憶時，這段生活的感情與形象是明朗的、歡快的，讓讀者也先有這樣的感覺。但至詞人從幻想回到現實時，上述那種形象便變成淒暗的色彩了，而讀者也同樣地有此不同的感受。這就是所謂勾勒的力量，沒有深厚的感情，矯健的筆力，是不能做到這點的。二是沉鬱頓挫。所謂沉鬱，就是感情容量的深厚；所謂頓挫，就是詞筆的曲而能達。前面談到換頭的「空見說」三句和「誰信」三句，正表現了這一特點。有了深厚的感情，而能用曲折頓挫的手法把它表達出來，也表現出周詞的美與力量。（萬雲駿）

蘇幕遮

周邦彥

燎沉香，消溽暑。鳥雀呼晴，侵曉窺簷語。葉上初陽乾宿雨，水面清圓，一一風荷舉。

故鄉遙，何日去？家住吳門，久作長安旅。五月漁郎相憶否？小楫輕舟，夢入芙蓉浦。

宋代文人寫詞，就語言藝術方面說，有雕刻與自然兩種不同的路徑。曾經被詞論家捧為「詞中老杜」、「兩宋之間，一人而已」（王國維《清真先生遺事》）的周邦彥，就是以雕刻取勝的。他的詞集一名《片玉集》，可是集中大部分作品，並不能做到「咳唾落九天，隨風生珠玉」（李白〈妾薄命〉）那樣地天然美好，而是用鏤金刻玉的手段以掩蓋它真美的不足。但像這首〈蘇幕遮〉，倒是「清水出芙蓉，天然去雕飾」（李白〈經亂離後天恩流夜郎憶舊遊書懷贈江夏韋太守良宰〉）的，在周詞中，可算是少數的例外。

這詞以寫雨後風荷為中心，由此而引入故鄉歸夢。以一個家住吳門、久客京師的作者，面對著象徵江南陂塘風色的荷花，很自然地會勾起鄉心，詞的結尾用「小楫輕舟，夢入芙蓉浦」（古人也稱荷花為芙蓉）綰合，上下片聯成一氣，融景入情，不著痕跡。而全首凸出動人之處，全在「葉上初陽乾宿雨，水面清圓，一一風荷舉」三句所寫荷花的神態。試想，當宿雨初收，曉風吹過水面，在紅豔的初日照耀下，圓潤的荷葉，綠淨如拭，亭亭玉立的荷花，隨風一一顫動起來。這樣一個活潑清遠的詞境，要把它作十分生動的素描，再現於讀者面前，卻頗非容易。作者只用寥寥幾筆，就達到了這種境地，只一個「舉」字，便刻畫出荷花的動態。王國維《人間詞話》讚揚它為「真能得荷之神理者。覺白石（姜夔）〈念奴嬌〉、〈惜紅衣〉二詞，猶有隔霧看花之恨」，是一點也不錯的。提起寫荷花，風裳、水佩、冷香、綠雲、紅衣等字面，往往搖筆即來，而荷花的形象，卻在這些詞兒的掩蔽下模糊了。這樣的詞，讀者必然會發生霧裡看花隔著一層的感覺。這首〈蘇幕遮〉之所以為寫荷絕唱，正是在於它能洗盡脂粉，為凌波微步的仙子，作了出色的傳神。

記得清代大詩人鄭珍的〈春盡日〉詩句：「綠荷扶夏出，嫩立如嬰兒。春風欲舍去，盡日抱之吹。」可算是文章天成，妙手偶得，跟周詞有異曲同工之妙。（錢仲聯）

訴衷情 周邦彥

出林杏子落金盤，齒軟怕嘗酸。可惜半殘青紫，猶印小脣丹。
南陌上，落花閒，雨斑斑。不言不語，一段傷春，都在眉間。

由於詞體產生於歌筵，故唐宋詞中女性形象占有優勢。周邦彥便是一個善為女主人公傳神寫照的能手。此詞寫少女傷春，大抵用兩種筆墨，相映成趣。

上片用工緻之筆，刻畫一個具體情節。「出林杏子」一句，先就暗示了這是杏子剛剛成熟的時節，即暮春時候。金盤裡的杏子是摘來的，詞人卻寫做「落金盤」，不但新穎，而且妥帖（「落」則熟也）。不過第一批出林的杏子，乃屬嘗鮮之列，並未熟透甜透。這從它「青紫」相間的顏色可知，這恰是「試摘猶酸亦未黃」（韋應物〈故人重九日求橘書中戲贈〉）呢。所以少女剛品嘗一口，便「齒軟怕酸」了。唐韓偓〈幽窗〉「手香江橘嫩，齒軟越梅酸」，說出同樣的道理。所謂「齒軟」，是一種形象化的說法，俗語稱之「倒牙」。其結果便留下半枚殘杏，「可惜半殘青紫，猶印小脣丹」。這個特寫鏡頭很俊，一個青紫相間的殘杏上，留下小小口紅痕印，被撂在一邊。則那咬杏的人兒，酸在口中、蹙到眉尖的情景，悠然可會。這樣聯想，可以直通詞尾的「眉間」字。

下片則用較空靈的筆觸，烘出少女傷春情事。「南陌上，落花閒，雨斑斑」三句用速寫簡妙筆墨，勾勒出一個背景。「斑斑」二字本形容落花狼藉情態，此承「雨」字作形容，又兼有「桃花亂落如紅雨」（李賀〈將進酒〉）

的意趣，不獨見春雨之驟急。最後三句則著力寫人物的表情及心理，上片寫少女嘗杏，酸到眉尖，這裡一著暮春之景，則那眉間的酸意，又不全為青杏而然了：「不言不語，一段傷春，都在眉間。」雖然表現只在眉間，那「酸」卻是透徹心底的。

這首詞的妙處，就在於作者將少女嘗鮮得酸的偶然情事，與其懷春藏酸的本質內容勾連，以前者觸發後者，似不經意，實具意匠經營。「花褪殘紅青杏小」（蘇軾〈蝶戀花〉）乃是暮春的景色，但作者不僅寫了景色，還就此發展成一段生活情事，便覺活潑可愛。善於言情敘事，閒中著色，是周邦彥拿手的本領。參閱「并刀如水，吳鹽勝雪，纖手破新橙」（〈少年遊〉），便與此詞上片有異曲同工之妙。而此詞的嘗杏怕酸的情節，似乎對妙齡懷春的心境還有一重象喻作用，即暗示著少女心中萌發的愛情追求，就像吃杏子想要嘗試，又怕齒酸一樣，心中憧憬，又怕難堪，而「眉間心上，無計相迴避」（范仲淹〈御街行〉）也。這種微妙心理，詞中寫得是很真切的。

（周嘯天）

風流子

周邦彥

楓林凋晚葉，關河迥，楚客慘將歸。望一川暝靄，雁聲哀怨；半規涼月，人影參差。酒醒後，淚花銷鳳蠟，風幕卷金泥。砧杵韻高，喚回殘夢；綺羅香減，牽起餘悲。

亭皋分襟地，難拚處，偏是掩面牽衣。何況怨懷長結，重見無期。想寄恨書中，銀鉤空滿；斷腸聲裡，玉箸還垂。多少暗愁密意，唯有天知。

這首詞抒寫離愁別恨，與柳永〈雨霖鈴〉（寒蟬淒切）情事相類而結構上大異其趣，可以參讀。柳詞從長亭話別寫到對別後況味的推想，布局平穩；此詞卻從別後的不堪寫到對話別情景的追憶，布局上有逆折之致。

開篇即從首途前夕餞宴之後寫起。詞中未明寫「都門帳飲」之事，但從下文「酒醒」字見出。在一個楓葉飄零的秋晚，「我」就要離開這客居之地而歸去，面對山川迢遙，不免情懷淒然。前三句的情景、意念及「楚客」、「將歸」等字面，都有意無意從戰國楚宋玉〈九辯〉一段虛擬送別的文字化出：「悲哉，秋之為氣也！蕭瑟兮，草木搖落而變衰；憭慄兮，若在遠行，登山臨水兮，送將歸。」如此能增強聯想，烘托氣氛。看來這位「楚客」當夜將在客舍下榻，以候明發。緊接著就寫其在蒼茫暮色中之聞見：「望一川暝靄，雁聲哀怨；半規規涼月，人影參差。」這裡，依稀可辨的一行人影，並非別的什麼人，而是尚未去遠的前來送別的人們，聯下片可知其中有一個「她」在，於是「人影參差」四字寫景中就寓有無限依依不捨之情。這哀怨的、未安棲或失群的雁的鳴聲，與殘缺成半規的涼月，又各各成為羈情和離思的象徵。這四句寫景逼真而抒情含蓄。

「酒醒後」到上片煞拍，與前數句時間上有一個跳躍而情景暗換，寫獨處一室清夜夢回所聞見，大致相當於柳詞「今宵酒醒何處」一節內容。詞中「我」醒來，眼前殘燭搖曳，簾幕隨風舒卷；清晰的擣衣聲驅散殘夢，夢想中的「她」忽從「我」身邊消逝，不禁悲從中來，不可斷絕。「鳳蠟」字面出於《南史》，史載王僧綽少時與兄弟聚會，採蠟燭淚為鳳凰；「淚花」指蠟淚，詩詞多以象徵離愁（杜牧〈贈別二首〉其二：「蠟燭有心還惜別，替人垂淚到天明。」）；「金泥」指簾幕上的燙金；「綺羅香」指女子衣裙上的香氣。一系列金玉錦繡的字面，不僅為了典雅華贍好看，而且透過環境的富豔反襯人物心境，形出更強烈的孤寂感。「酒醒後」三句先寫出剛醒來一刹那的怔忡神態，「砧杵韻高」四句繼寫清醒後的感覺與心情，用筆細微入妙。「綺羅香減」繼「殘夢」二字吐出，便不只實寫與女方的訣別，而兼暗示中宵夢想，筆致空靈。「牽起餘悲」四字回應篇首「慘將歸」，又喚起下片追憶，貫徹篇終，是最關鍵最得力的。

過片即承此倒敘昨晚餞別分襟時彼此種種不堪，就詩情言是追憶，手法則屬逆挽。這一大段文字如剝筍抽絲，層層深入。「亭皋（水邊平地）分襟地，難拚處」為一層，言臨別已覺難以割捨；「偏是掩面牽衣」進一層，寫對方嗚咽掩泣更使人難堪；「何況怨懷長結，重見無期」，再進一層，說明這是訣別，後會難期；「想寄恨書中」四句，以一「想」字領起，寫別後相思愁恨之深，分從雙方著筆。「寄恨書中，銀鉤空滿」，說自己：縱然是「恨墨」寫至「盈箋」（〈還京樂〉），也寫之不盡。「斷腸聲裡，玉箸還垂」，說對方：別時她為我「斷腸聲裡唱〈陽關〉」（李商隱〈贈歌妓二首〉其一），流淚（玉箸）想至今未止。而想像對方情狀，也是反映自己對彼相思之深。「空」、「還」二字勾勒著意。此又進一層。可謂層層加深寫盡「暗愁密意」。這種暗密的相思之情，本是天知地知彼知己知的，而此結云「多少暗愁密意，唯有天知」，一發痴迷沉痛，所謂愈樸愈厚。

此詞上下片作逆挽不作順敘，正面寫離別的一段用虛筆（追憶）不用實筆，較之柳詞「方留戀處、蘭舟催發。執手相看淚眼，竟無語凝噎」一段，轉覺密緻。蓋柳詞直寫離別之狀，以「相看無語」疏淡寫來自佳；而此詞寫回想，屬痛定思痛，回味轉濃，自宜逐層剖析。所以此詞的用筆密緻與逆挽的手法分不開，同是符合於生活情理的。此詞語言上典麗與樸拙並用，而能渾融。一般說，上片較藻繪凝重；下片較自然流利，然「銀鉤」、「玉箸」之語對仗工穩，字面華麗，其平衡聯繫上下片之功用不可忽略。（周嘯天）

齊天樂

周邦彥

綠蕪凋盡臺城路，殊鄉又逢秋晚。暮雨生寒，鳴蛩勸織，深閣時聞裁剪。雲窗靜掩。嘆重拂羅裀，頓疏花簟。尚有練囊，露螢清夜照書卷。

荊江留滯最久，故人相望處，離思何限。渭水西風，長安亂葉，空憶詩情宛轉。憑高眺遠。正玉液新篘，蟹螯初薦。醉倒山翁，但愁斜照斂。

此詞是清真晚年寄跡江寧（今江蘇南京）時所作。詞中，將遲暮之悲、羈旅之愁與故人之情融成一片。其可貴處，在於啟示著珍惜寸陰之意味。乃清真詞中高格調之作。

「綠蕪凋盡臺城路，殊鄉又逢秋晚。」清陳廷焯《雲韶集》評此詞說得好：「只起二句便覺黯然銷魂。下字用意，無不精煉。沉鬱蒼涼，太白『西風殘照』後有嗣音矣。」臺城原是東晉、南朝臺省與宮殿所在地，故址在江寧，此指江寧。「綠蕪凋盡」，亦猶其〈浪淘沙慢〉之「霜凋岸草」，一片深秋景象。「殊鄉又逢秋晚」，點出雙重悲意，異鄉可悲，秋晚更可悲。起筆二句，論造境富於遠神，論意蘊則「大有眾芳蕪穢、美人遲暮之感」（王國維《人間詞話》評李璟〈山花子〉語）。溫庭筠〈雞鳴埭曲〉云：「芊綿平綠臺城基，暖色春容荒古陂。」臺城綠蕪，本來就具有盛衰滄桑之意味，更何況今日已化為一片凋零之秋色矣。以下直至歇拍八句四韻，皆從「秋晚」

二字生發，層層托出時序變遷之感。「暮雨生寒，鳴蛩勸織，深閣時聞裁剪。」蛩即蟋蟀，其鳴聲似勸人機織，故又名促織。「暮雨生寒」，從觸覺感受寫。「鳴蛩勸織」，從聽覺感受寫，二句對偶，倍增其感。此是從自然一面寫秋感。「深閣時聞裁剪」，則從人事一面寫秋感，語意略同於杜甫〈秋興八首〉其一「寒衣處處催刀尺」。人家裁剪新衣，正暗喻客子無衣之感也。裁剪之聲與上句鳴蛩促織之音緊緊銜接，足見詞人銳感靈心，心細若髮。「雲窗靜掩。」「靜掩」二字，極寫幽居獨處之寂寞感。此句單句叶韻，又正是承上啟下之句。以上所寫綠蕪凋盡、暮雨鳴蛩、深閣裁剪，皆雲窗之外境。以下所寫，則是雲窗之內境。詞境由外而內，遂層層轉深。「嘆重拂羅裀，頓疏花簟。」裀者夾褥，簟者竹席。暑去涼來，撤去花簟，鋪上羅裀。下一重字、頓字，點出對節候更替之銳感。二句對偶，亦倍增其感。用「嘆」字領之，直寫出不勝惆悵之情。前代詩人常用夏秋之交小小生活用具之收藏，如團扇花簟之類，寓寫人情疏遠乃至世態炎涼之深深悲感。此二句實亦暗帶出此種悲感。「頓疏」二字，下得沉重，但又一筆帶過。清真早年獻〈汴都賦〉，見知於神宗，自太學生命為太學正，但其平生仕途頗為坎坷，心中自不免常有某種悲慨。不過，清真「學道退然，委順知命」（南宋樓鑰〈清真先生文集序〉），故其內心悲慨之流露，又往往是若隱若現，若有若無。「尚有綀囊，露螢清夜照書卷。」縱然夏日所用已收藏、疏遠，但還留得當時清夜聚螢照我讀書之綀囊。綀音同疏，一種極稀薄之布。二句典出《晉書．車胤傳》：「家貧不常得油，夏月則練囊盛數十螢火以讀書。」綀以代練，是因此句第三字須用平聲。詞人當然不必囊螢照讀，此是託寓自己不忘舊情，語甚含婉，意則堅執，隱然有修吾初服之意。南宋王灼《碧雞漫志》卷二云「世間有〈離騷〉，唯賀方回、周美成時時得之」，道得甚是。綀囊露螢、清夜書卷，意象清美幽雅，正是志潔行芳之表徵。

「荊江留滯最久，故人相望處，離思何限。」換頭三句，追懷荊州之故人。荊江指荊州（今湖北江陵），詞人三十七歲前曾客居於此數年（王國維《清真先生遺事》），與當地友人交誼自深。離別久矣，想故人遙遙望我，離情別緒無限。懷想荊州故人，不言自己懷想，卻言故人相望，用翻進一層筆法，情致尤深。從歇拍練囊露螢之細小物象，忽轉出荊州故人相望之迢遠境界，又足見筆力之巨，轉換自如。兩片起頭，境界遠大，一等相稱。此皆值得體會。「渭水西風，長安亂葉，空憶詩情宛轉。」此三句再轉，懷念汴京之故人，筆法同於上三句。詞人二三十歲時居汴京多年，與汴京友人交誼亦深。前二句化用賈島〈憶江上吳處士〉詩：「秋風吹渭水，落葉滿長安。」王國維《人間詞話》評云：「此借古人之境界為我之境界者也。然非自有境界，古人亦不為我用。」真是知甘苦之言。以長安代汴京，宋詞習見。詞人遙想汴京正當清秋，故人追懷往事，不免念及昔年汴京之秋結伴同遊，或行吟水畔，或登高能賦，我詩情之宛轉，深得故人知賞，然而今日故人追憶，終是一場空幻。懸想虛摹之筆，幾於出神入化。（南宋陳郁《藏一話腴》外編卷上，著錄清真〈薛侯馬〉、〈天賜白〉二詩，皆神宗元豐年間在汴京太學時所作。前詩序云「同舍賦詩者十一人，僕與其一焉」，後詩序云「蔡天啟得其事於西人，邀余同賦」，猶可想見清真少年居汴與友人賦詩的情形。）接下來，「憑高眺遠」一句，筆法同於上片「雲窗靜掩」，以上兩層懸想，是登高望遠之所思。以下種種情景，為登高望遠之現境。詞人登高眺遠，一如故人相望，皆杳不可見也。無可奈何，唯有逃愁於醉鄉而已。「正玉液新篘，蟹螯初薦。」篘（音同抽），漉酒竹器，此用作動詞。唐杜荀鶴斷句詩「新酒竹篘篘」，後一「篘」字用法相同。蟹螯即指螃蟹。下句語出南朝宋劉義慶《世說新語·任誕》：「畢茂世（卓）云：『一手持蟹螯，一手持酒杯，拍浮酒池中，便足了一生。』」此二句意謂正當美酒新漉、螃蟹登市的時節，我借酒澆愁，一醉方休。「醉倒山翁，但愁斜照斂。」上句自比山翁，典亦出《世說新語·任誕》：「山季倫（簡）為荊州，時出酣暢，人為之歌曰：『山公時一醉，徑造高陽池。日暮倒載歸，酩酊無所知。』」下句用「但愁」二字陡轉，「愁」字尤為重筆。縱然酩酊大醉，但仍無計逃愁，忽見夕陽西沉，詞人此心，頓時沉入無窮遲暮之悲。「但愁斜照斂」，是詞情發展的必然結穴，包孕最為深刻。與起筆「綠蕪凋盡臺城路」遙相映照，極富於啟示性。清陳廷焯《白雨齋詞話》卷一評語，有真知灼見，評云：「『綠蕪凋盡臺城路，殊鄉又逢秋晚』，傷歲暮也。結云『醉倒山翁，但愁斜照斂』，幾於愛惜寸陰，日暮之悲，更覺餘於言外。」真善讀詞者也。唯有諦知生命價值之人，才是愛惜寸陰之人。光陰虛擲之痛苦，又豈是人盡皆知。結句沉痛，但啟示著珍惜寸陰之意味，又有高致。

清真此詞發抒遲暮之悲，亦緬懷荊、汴故人。汴京、荊州兩地，乃是詞人度過一生中最美好時光的地方。緬懷少年舊遊，似具有一種暮年回顧平生的意味。也許正因為如此，其遲暮之悲便包含著悲慨整幅人生的深沉意蘊。全幅詞境，時空囊括了暮年與少年，江寧與荊、汴。詞境展開於綠蕪凋盡臺城路，用大筆濡染，接入雲窗靜掩一節，續寫悲秋之感、念舊之意，換為工筆勾勒。由此引發遙想荊、汴，又將詞境拓向深遠，筆力則巨。最後寫出眼前之斜照西斂，凸出核心意蘊遲暮之悲，收以重筆。運筆造境，大含細入，緻密渾成。由此可見詞人暮年筆力不衰，亦可見其平生真積力久。清真詞，確如樓鑰之所言：「一何用功之深而致力之精耶！」（〈清真先生文集序〉）此詞風格則沉鬱蒼涼，在清真集中別具一格，實為詞人暮年老成不可多得之作。（鄧小軍）

四園竹

周邦彥

浮雲護月，未放滿朱扉。鼠搖暗壁，螢度破窗，偷入書幃。秋意濃，閒佇立，庭柯影裡。好風襟袖先知。

夜何其。江南路繞重山，心知謾與前期。奈向燈前墮淚。腸斷蕭娘①，舊日書辭。猶在紙。雁信絕，清宵夢又稀。

〔註〕① 唐楊巨源〈崔娘詩〉：「風流才子多春思，腸斷蕭娘一紙書。」

調名〈四園竹〉，又作〈西園竹〉，為美成創調。詞乃秋夜懷人之作。起韻「浮雲護月，未放滿朱扉」，夜景。杜甫詩：「明月生長好，浮雲薄漸遮。」（〈季秋蘇五弟纓江樓夜宴崔十三評事、韋少府姪三首〉其二）美成翻出新意，說「浮雲」為了「護月」，輕輕將月亮遮住，沒有讓她照徹朱扉，起首已透出黯然景象。次韻「鼠搖暗壁，螢度破窗」，這兩句對仗，上句是耳聞之聲，下句是目睹之景，「偷入書幃」緊接。齊己〈螢〉詩「夜深飛過讀書帷」，是其所本。萬籟寂靜之夜，詞人在陋室之中所聞所見，極蕭索淒清。第三韻，用內轉之筆，點出時令，並入情。「秋意濃，閒佇立，庭柯影裡」，此時詞人已不耐淒寂步出庭院，站立樹陰。「裡」字同部上聲叶韻。「好風襟袖先知」，為來到院中第一個感覺。這一句是上片結拍，情景交融。杜牧〈秋思〉詩「好風襟袖知」，美成潤一「先」

字，增加了情趣，情緒稍稍振起。然秋宵夜永，獨立庭心，已逗出懷人契機。

過片「夜何其」首韻，用《詩經．小雅．庭燎》「夜如何其」的詩句，猶問夜已到何時，委婉曲折道出他夜深無眠。次韻「江南路繞重山，心知謾與前期」，第一句寫景，接著入情。美成所懷念之伊人，乃在江南重疊山巒之間，舊遊之地，歷歷在目；次句直抒胸臆：我心裡明白，當時預約重逢的前期（「前期」，即先訂下未來見面的期約），是徒然的，隨著情況的變化，是不能實現了。第三韻「奈向燈前墮淚」，「奈」，無可奈何之意。「墮淚」非只今夜事，前時已然，亦包括今夜。「淚」字韻押同部去聲。先寫「墮淚」，第四韻再補寫為何「墮淚」。「腸斷蕭娘，舊日書辭。猶在紙」，使詞人肝腸寸斷的是伊人的書信明明還在眼前，「言猶在紙」，「紙」字韻押同部上聲。煞拍「雁信絕，清宵夢又稀」，結句低迴欲絕。而今不但是音書杳茫，就連夢裡見到她的次數也少了。李商隱〈離思〉詩「朔雁傳書絕」，毛熙震〈菩薩蠻〉詞「斜月照簾帷，憶君和夢稀」，美成將李詩、毛詞之意組合起來，構成一種完全絕望的沉哀，極具境界。

〈四園竹〉係四聲慢詞，以平韻為主，兼押上去。上片景中寓情，和緩紆徐，無激切語，過片時間、空間錯綜，合成憶舊懷人境界，平、上、去三聲互押，文極跌宕，情亦激切，與其〈風流子〉（楓林凋晚葉）、〈蕙蘭芳引〉②等可以同讀。（黃墨谷）

〔註〕②

蕙蘭芳引　周邦彥

寒瑩晚空，點清鏡、斷霞孤鶩。對客館深扃，霜草未衰更綠。倦遊厭旅，但夢遶、阿嬌金屋。想故人別後，盡日空疑風竹。

塞北氍毹，江南圖障，是處溫燠。更花管雲箋，猶寫寄情舊曲。音塵迢遞，但勞遠目。今夜長，爭奈枕單人獨。

氐州第一　周邦彥

波落寒汀，村渡向晚，遙看數點帆小。亂葉翻鴉，驚風破雁，天角孤雲縹緲。官柳蕭疏，甚尚掛、微微殘照？景物關情，川途換目，頓來催老。

漸解狂朋歡意少①，奈猶被、思牽情繞。座上琴心，機中錦字，覺最縈懷抱。也知人、懸望久，薔薇謝，歸來一笑。欲夢高唐，未成眠、霜空已曉。

〔註〕①柳永〈戚氏〉：「帝里風光好，當年少日，暮宴朝歡。況有狂朋怪侶，遇當歌對酒競留連。」

這是一首旅途懷人的詞。上片寫川途景物，下片寫懷念情人。全詞姿態飛動，風韻絕佳。

「波落寒汀，村渡向晚，遙看數點帆小。」詞人在一個秋天的晚上，水行辛苦，捨舟而陸，暫作歇息。向晚波落，江中汀渚露出潮水下退的痕跡，這是近景；而目光移向遠處，看到江帆數點，這是遠景。「亂葉翻鴉，驚風破雁，天角孤雲縹緲。」起首三句是向江上看去，自近而遠。這三句，是抬頭向天上看去，也自近而遠。「翻字、破字鍊得妙」（清陳廷焯《雲韶集》評，下同），八字不但寫出了動態，而且傳出一片秋聲。一陣風起，落葉亂舞，驚起暮鴉翻飛；排成字兒的鴻雁，也被風衝破了行列。周詞〈慶春宮〉「驚風驅雁」的「驅」是寫雁陣順風而飛，好像風在後面追趕似的；「破」是寫雁陣逆風而飛，驚風迎面吹來，衝散了行列。周詞鍊字之精確，於此可見。

這三句也是自近而遠，「亂葉」句尚在地上，「驚風」句已在天空，「天角孤雲縹緲」，目力所注那就更遠了。身處客地，心向遠方，情思縹緲，黯然神傷。「官柳蕭疏，甚尚掛、微微殘照？」不說斜陽映柳，而說柳掛殘照，出語自奇。這兩句再落實到「向晚」，經秋楊柳枯悴，已非柔條婀娜，為什麼殘陽還以它微弱黯淡的光映照在上面，使人更增羈旅遲暮之感呢？詞人的羈愁綺思，紛至沓來，已無法抑制了。於是前結「景物」三句用勾勒之筆，小結上片，使上面以工筆畫出的三組形象，束在一起，凝固有力，起著結上生下的作用。清周濟說的「他人一勾勒便薄，清真愈勾勒愈渾厚」（《介存齋論詞雜著》），恐怕就是這個意思。

接著下片：「漸解狂朋歡意少，奈猶被、思牽情繞。座上琴心，機中錦字，覺最縈懷抱。」原來催促詞人老去的，主要還不是節序的更易，景物的變換，而是由於苦苦思念著遠方的情人。換頭先從側面襯出自己的「歡意少」，並不是正面寫狂朋。「狂朋」，指和自己一樣狂放不羈的人。當年京華，珠歌翠舞，而今飄泊他鄉，終日為思情牽繞，再沒有尋歡作樂的意緒了。「座上琴心」用司馬相如琴挑卓文君的故事。這裡指詞人心中一直牽掛著的情人，當初是在宴會上心招目成的。「機中錦字」用前秦竇滔因罪徙流沙，其妻蘇氏織錦為迴文詩以贈的故事。這裡指情人寄來的音書，是詞人最珍惜的。

「也知人、懸望久」，設想所思之人對我亦當如是，從上三句轉出，即蘇軾〈蝶戀花〉詞「我思君處君思我」之意。「薔薇謝，歸來一笑」，是對「懸望」人的應答，說：薔薇凋謝、春天將盡時，應是我們一笑相見的日子。這裡化用杜牧〈留贈〉詩：「舞靴應任閒人看，笑臉還須待我開。不用鏡前空有淚，薔薇花謝即歸來。」詞人困於行役，飄泊江鄉，暗許明年春盡當歸，也是聊以慰情罷了。歸期尚遠，而思念正殷，故盼有「高唐」之夢；但因「思牽情繞」，夜不成眠，夢未成而天已曉。「欲夢」是願望，「未成」是結果，寫盡此夜難堪。「欲」字下得極準確。「霜空」二字歸到眼前，從薔薇花謝時相逢一笑的暮春幻景，回到亂葉翻鴉、驚風破雁、孤雲縹緲、官柳蕭疏的深秋現實。戛然止住，詞有盡而意無窮。上片秋景用大段文章鋪敘，結句只以「霜空」二字微微回應，頗得四兩敵千斤之妙。

此詞在藝術上有兩點很凸出：

一、善於摹寫秋景。陳廷焯評為「寫秋景淒涼，如聞商音羽奏」。上片寫秋景，不用突起、總冒的手法，而是迤邐寫來，逐層逼緊。「波落」二句，點出了秋與晚，「遙看」六字，不是單純寫景，實是賦而興也。孤舟一葉，從遠處來，還要向遠處去，這裡不過是臨時暫泊而已。「亂葉」三句，已把悲秋之意，逐漸逼緊：昏鴉投宿，風翻不定，旅雁群飛，為風驚散，長途漂泊、像天角孤雲的我，能不對此興感？當此凜秋當此晚，疏柳無情還掛著淡淡斜暉，還為客子添愁增恨，寫到這裡，羈愁秋恨，已難於抑制了。前結「景物」三句，乃是水到渠成，順理成章，用「頓來催老」四字作點睛之筆，遂自然地從寫景轉入了抒情。

二、意態飛動，極頓挫之妙。陳廷焯又評曰：「語極悲惋，一波三折，曲盡其妙。」下片用明轉與暗轉的手法，「一波三折」，表現了對久別情人的深切思念之情。第一個波折是明轉，用了一個「奈」字，意謂自己雖已懂得羈棲幽獨，無多歡意，怎奈往事縈心，無法排遣。下面兩個波折是用暗轉（即不用虛字作轉），先是寫兩地相思，言歸無日，但仍存在著春盡歸來、握手言歡的想望。接著又否定了這個希望，說不但歸去無期，連夢中相見也不成啊！希望是虛無縹緲的，刻骨相思的痛苦卻是現實的。（萬雲駿）

少年遊

周邦彥

并刀如水，吳鹽勝雪，纖手破新橙。錦幄初溫，獸煙不斷，相對坐調笙。低聲問：向誰行宿？城上已三更。馬滑霜濃，不如休去，直是少人行。

關於這首詞有一則本事：「道君（宋徽宗）幸李師師家，偶周邦彥先在焉，知道君至，遂匿於床下。道君自攜新橙一顆，云江南初進來，遂與師師謔語。邦彥悉聞之，檃括成〈少年遊〉云。」（宋張端義《貴耳集》卷下）其事確有與否一向有人懷疑（如清吳衡照《蓮子居詞話》卷一），王國維辨其必無。無論創作緣起如何，文學作品畢竟不同於生活情事的照搬。就這首詞而論，詞中人物便只是一對秋夜相會的情人罷了。詞屬雙調，意分三層，主要從女方著筆。

「并刀如水，吳鹽勝雪，纖手破新橙」一層。寫情人雙雙共進時新果品，單刀直入，引讀者進入情境。「刀」為削果用具，「鹽」為進食調料，本是極尋常的生活日用品。而并州產的刀剪特別鋒利（杜甫〈戲題王宰畫山水圖歌〉：「焉得并州快剪刀」），吳地產的鹽品質特別好（李白〈梁園吟〉：「吳鹽如花皎白雪」），「并刀」、「吳鹽」借用詩語，點出其物之精，便不尋常。而「如水」、「勝雪」的比喻，使人如見刀的閃亮、鹽的晶瑩。二句造型俱美，而對偶天成，表現出鑄辭的精警。緊接一句「纖手破新橙」，則前二句便有著落，絕不虛設。這一句只有一個纖手破橙的特寫畫面，沒有直接寫人或別的情事，但「潛臺詞」十分豐富：誰是主人，誰是客人，誰招待誰等等，讀者已能會心。這對於下片一番慰留情事，已具情節的開端。手是纖纖的玉手，初得之新橙，與如水并刀、勝雪吳鹽，組成一幅色澤美妙的圖畫。「破」字清脆，運用尤佳，與清絕之環境極和諧。三句純是物象，卻能傳達一種愛戀與溫情，味在品果之外。

「錦幄初溫，獸煙不斷，相對坐調笙」又一層。先交代閨房環境，用了「錦幄」、「獸煙」（獸形香爐中透出的煙）等華豔字面，夾在上下比較淡永清新的詞句中，顯得分外溫馨動人。「初溫」則室不過暖，「不斷」則香時可聞，既不過又無不及，恰寫出環境之宜人。接著寫對坐聽她吹笙。寫吹「笙」卻並無對樂曲的描述，甚至連吹也沒有寫到，只寫到「調笙」而已。此情此境，卻令人大有「未成曲調先有情」（白居易〈琵琶行〉）之感。「相對」二字又包含多少不可言傳的情意。此笙是女方特為愉悅男方而奏，不說自明。此中樂，亦樂在音樂之外。

上片兩層創造了一個溫暖馨香的環境，醞足了依戀無限之情，為下片寫分別難捨作好鋪墊。上片寫到「錦幄初溫」是入夜情事，下片卻寫到「三更」半夜，過片處有一跳躍，中間省略了許多情事。「低聲問」一句直貫篇末。誰問？未明點，讀者從問者聲口不難會意是那位女子。為何問？也未明說，讀者從「向誰行宿」的問話自知是男子的告辭引起。寫來空靈含蓄。挽留的意思全用「問」話出之，更有味。只說夜深（「城上已三更」）、路難（「馬滑霜濃」）、「直是少人行」，只說「不如休去」，卻不直道「休去」，表情措語，分寸掌握極好。「言馬言他人，而纏綿偎依之情自見，若稍涉牽裾，鄙矣。」（清沈謙《填詞雜說》）這幾句不僅妙在畢肖聲口，使讀者如見其人；還同時刻畫出外邊寒風凜冽、夜深霜濃的情境，與室內的環境形成對照。則挽留者的柔情與欲行者的猶豫，都在不言之中。詞結束在「問」上，結束在期待的神情上，意味尤長。恰如明毛先舒所說：「後闋絕不作了語，只以『低聲問』三字貫徹到底，蘊藉嫋娜。無限情景，都自纖手破橙人口中說出，更不必別著一語。意思幽微，篇章奇妙，真神品也。」（清王又華《古今詞論》引）

詞中所寫的男女之情，意態纏綿，恰到好處，可謂「著粉則太白，施朱則太赤」（戰國宋玉〈登徒子好色賦〉），不沾半點惡俗氣味；又能語工意新，「香匳泛話，吐棄殆盡」（清陳廷焯《白雨齋詞話》卷六），的確堪稱「本色佳製」。

（周嘯天）

慶春宮

周邦彥

雲接平崗，山圍寒野，路回漸轉孤城。衰柳啼鴉，驚風驅雁，動人一片秋聲。
倦途休駕，淡煙裡、微茫見星。塵埃憔悴，生怕黃昏，離思牽縈。
華堂舊日逢迎。花豔參差，香霧飄零。絃管當頭，偏憐嬌鳳，夜深簧暖笙清。
眼波傳意，恨密約、匆匆未成。許多煩惱，只為當時，一餉留情。

這是一首旅途懷人的詞。上片著重描寫旅途所見秋景，下片著重回憶與意中人的遇合，孤寂蕭索與繁華熱鬧兩極相互對應，也頗有它的特點。

「雲接平崗，山圍寒野」，是一對偶句，從雲和山著眼，極力描摹開闊廣漠景象，「接」和「圍」兩個動詞，也顯得有氣勢。「路回漸轉孤城」，道路經過幾番回轉以後，才逐漸地看到了遠處的城郭。「漸」字有韻味，即表示原野廣闊、路途遙遠曲折，又能透露行人旅客那焦灼期待的心情。「衰柳啼鴉，驚風驅雁」，又是一對偶句，這一偶句是把重點描寫的鴉和雁放在第四字的位置上，與前一偶句把雲、山放在第一字，位置安排不同，形成錯落之勢。兩句透過烏鴉和鴻雁的啼聲，極力描摹秋季原野上的肅殺氣氛。「驚風驅雁」四字，最見精彩。用「驚」字形容秋風，除了說它猛烈之外，還能使人覺得節序變換之迅速，從而產生一種倉皇無措之感；說鴻雁是被秋風驅趕而南飛，還有比喻人生道路上的為世事所驅遣而不由自主的意思。「動人一片秋聲」，「動人」二字並不突兀，因為它只不過是把上文寫景之中所包含的抒情成分點明罷了。「秋聲」，當然是指鴉啼、雁唳和風吹的聲音，但與「一片」相連接，則是為了與開頭所描寫的廣漠原野相照應。由於環境寂靜，聲音便傳得遠；又由於有一些單調的聲音，而周圍的環境卻會顯得更加寂靜。周邦彥詞，周嚴細密，善於使用暗榫以作前後之關合照應。以下轉入敘事。經過一天旅途勞累，投宿之時，暮靄中依稀見到星光。當此時入黃昏，人也暫得休閒。身體休息而腦子卻忙了起來，長途行旅人往往有這種體驗。「倦途休駕，淡煙裡、微茫見星」是當日事；「塵埃憔悴」則是多日積累。因分別日久，故引出「離思牽縈」，趁黃昏休歇時遂乘隙而來。元王實甫散曲〈十二月過堯民歌．別情〉說：「怕黃昏忽地又黃昏，不銷魂怎地不銷魂。」雖所寫有離人與思婦之不同，而體會黃昏時刻最易使人感到孤獨、引起離愁，則是一致的。

下片寫回憶中的往事，一派花團錦簇，內容陡然而變。「華堂」，指歌舞歡宴之地；「逢迎」，指交接過從之事。「花豔參差，香霧飄零」八字，極寫眾多美女之足以令人眼花心醉。「花豔」，喻指女郎的美貌。作者〈玉樓春〉有「大堤花豔驚郎目」之句，與此同本於南朝樂府詩〈襄陽樂〉。「香霧」是美人香氣，「霧」言其濃若可見，又飄蕩彌漫無所不至。寫美人，先寫其色，復寫其香，總寫其多（「參差」喻多）。如此加倍地去寫美人，不會沒有緣故。那眾多美人是什麼人？不是主人的宅眷，也不是女賓，下句點明，是「絃管當頭」，那是一班吹彈歌舞、為華筵助興添歡的女樂。唐崔令欽《教坊記》說：「妓女入宜春院，謂之內人，亦曰前頭人，常在上（皇帝）前頭也。」這就是「絃管當頭」了。前面寫華堂之集、美女之美，是為了這班樂伎的出場作先聲奪人之勢，但目的還在下文說出——「偏憐嬌鳳，夜深簧暖笙清」，是眾多樂伎中他所獨愛的一位吹笙的美人。「嬌鳳」言其小，又言其美，同時又兼指她演奏出來的那悠揚動人的、如同鳳鳴一般的笙樂。「簧暖笙清」，南宋周密對此有個很好的解釋。《齊東野語》卷十七「笙炭」條說到焙笙：「用錦熏籠借笙於（炭）上，復以四和香熏之。蓋笙簧必用高麗銅為之，艷以綠蠟，簧暖則字正而聲清越，故必用焙而後可。……樂府亦有『簧暖笙清』之語。」所謂「樂府之語」，即指美成此句而言。特寫「夜深簧暖笙清」一句，當是宴席到深夜時她在作笙獨奏，所以惹人注目，也得到他的特別憐愛。既然如此，他在神情舉動上就一定有所表現，而為伊人所注意，於是她便「眼波傳意」，那就是「美目流盼」，「滿堂兮美人，忽獨與余兮目成」（屈原〈少司命〉），寫得活靈活現了。「眼波傳意」，也就是下文的「一餉留情」。原來特寫吹笙的「嬌鳳」，又是因為有她的這一個「眼波傳意」！下片賦筆鋪敘至此，總算交出了底。接著卻又急轉直下，「恨密約、匆匆未成」，終於沒有能夠達到圓滿的結局，留下了深深的遺恨。結尾幾句，也很值得玩味，「許多煩惱，只為當時，一餉留情。」「一餉留情」前，應藏有一個「她」字。又應藏有一個「我」字。既稱「煩惱」，就有悔悟之意，然而此處所謂的「煩惱」屬狡獪之筆，讀者倘若真的認作悔悟，就流於皮相之見了，把它理解為作者另一詞中的「拚今生，對花對酒，為伊淚落」（〈解連環〉），恐怕倒還接近些。

周邦彥有不少詞，跟這一首相似，好像都包含著一段他自己經歷過的「本事」在內，寫的都是他的戀愛史似的，然而，是否確有其事或是確如其事呢？那是無從查考的。（王雙啟）

醉桃源　周邦彥

冬衣初染遠山青，雙絲雲雁綾。夜寒袖濕欲成冰，都緣珠淚零。

情黯黯，悶騰騰，身如秋後蠅。若教隨馬逐郎行，不辭多少程。

這是一首小令，把一個婦女相思情深的衷懷，曲曲如繪地寫了出來。

「冬衣初染」，表明這衣服是新的。「遠山青」是說衣服的顏色如遠山的青色。舊說「趙合德為薄眉，號遠山黛，乃晴明遠山之色也」。又可見這「遠山青」色是很美的。首句正是寫衣服的新和美。

次句著重寫衣上的花紋。「雙絲」，言此衣質地精緻；「雲雁」指衣上花紋。這種精心描繪婦女衣飾的手法，在溫庭筠詞裡很常見，如「鳳凰相對盤金縷」（〈菩薩蠻〉），說衣上的花紋是一對用金線繡成的鳳凰；「金雁一雙飛，淚痕沾繡衣」（〈菩薩蠻〉），這金雁雖可解釋成箏柱或首飾，但也可解釋成衣服上繡著一雙金碧輝煌的雁；至於「新帖繡羅襦，雙雙金鷓鴣」（〈菩薩蠻〉），更把這「襦」（短襖）的美寫得無以復加了。從溫詞的「鳳凰相對」、「金雁一雙」、「雙雙金鷓鴣」來看，無不寓有物則成雙、人則孤淒的內涵。這裡周邦彥用的是「雲雁」字樣，但雁從來不單飛。所不同的是，溫詞寓意容易看出，周詞寓意更深一層，曲曲地透出了這位婦女的心事。

接著「夜寒袖濕欲成冰，都緣珠淚零」兩句，寫伊人在寒冷的深夜裡，袖子濕了一大片，都要結成冰了，原來是因為淚水不停地流下來。

「情黯黯，悶騰騰」，過片緊承上闋寫人的哀傷、悽苦。下面，奇句突現，說這位心情愁苦悶悶不樂的人此時是「身如秋後蠅」！這個比喻，十分奇特，而由來頗久。唐張鷟《朝野僉載》卷四記：或問張元一曰：「蘇（味道）、王（方慶）孰賢？」答曰：「蘇九月得霜鷹，王十月被凍蠅。……得霜鷹俊捷，被凍蠅頑怯。」入詩有韓愈〈送侯參謀赴河中幕〉之「默坐念語笑，痴如遇寒蠅」、歐陽脩〈病告中懷子華原父〉之「而今痴鈍若寒蠅」，及以後陸游〈杭湖夜歸〉之「今似窗間十月蠅」等，但運用入詞，宋人似僅見於此。「秋後」，天氣冷了，最怕冷的蠅，此時軟綿綿、懶洋洋，動都不想動，勉強撲到窗前有陽光的地方，也茫然痴呆，似乎再也沒有安身立命之所了。可是這個比喻的特具精彩，還得和下兩句合看：「若教隨馬逐郎行，不辭多少程。」兩句活用「蠅附驥尾以致千里」的典故。《史記・伯夷列傳》：「顏淵雖篤學，附驥尾而行益顯。」唐司馬貞《史記索隱》：「蒼蠅附驥尾而致千里，以譬顏回因孔子而名彰也。」又《後漢書・隗囂傳》劉秀報囂書：「數蒙伯樂一顧之價，而蒼蠅之飛不過數步，即託驥尾得以絕群。」你看，這個「蠅」又多麼地可愛！方才的「情黯黯，悶騰騰」，一掃而去，條件只有一個——「隨馬逐郎行」！在古典詩詞裡寫婦女相思念遠的，多不可計，那一籠籠的纏綿話和這個精妙比喻比起來，反而覺得絮絮叨叨了。「身如秋後蠅」，妙在語似平鋪，而含意深婉。這句五個字，綰上啟下：是「情黯黯，悶騰騰」的形象描繪，給人以「靜」感；又像一把鑰匙啟開了下面的藝術之門，這時的「蠅」如附奔馬，完全給人以「動」感了。

這首四十七個字的小詞，上闋寫得平淡無奇，但如無下闋這句奇特的用比，則詞意便不會如此「紆徐曲折」，人的感情也不會如此「入微盡致」（清陳廷焯《雲韶集》評周詞語）。明代譚元春論詩有云：「必一句之靈能回一篇之運，一篇之樸能養一句之神，乃為善作。」（〈題簡遠堂詩〉）證之於周邦彥這首〈醉桃源〉詞，這「一句之靈」，使全篇為之生色；而這全篇之「樸」，也更襯托出這一句的「神」。樸與靈的巧妙結合，就是這首題材平常的小詞給人以不平常之感的奧妙之所在。（艾治平）

夜遊宮

周邦彥

葉下斜陽照水，卷輕浪、沉沉千里。橋上酸風射眸子。立多時，看黃昏，燈火市。

古屋寒窗底，聽幾片、井桐飛墜。不戀單衾再三起。有誰知，為蕭娘，書一紙。

這首詞在《清真集》中歸入秋景之什，是編集者所為。題或作「秋晚」，或作「秋暮晚景」，則是選本謬加，把主題縮小了。其佳處並不在寫景，而在於透過一些平常之極的秋景細緻地傳達一種思家懷人的情思。按照清周濟在《宋四家詞選》評語中的說法，詞意「本只『不戀單衾』一句耳」。然而在這一句前，作者卻用了大半的篇幅，按日落、上燈、深夜的時間順序，分三層來寫。

前兩句寫斜陽照水、水流千里的江景。這是秋天傍晚最常見的景象之一，「斜陽照水」四字給人以水天空闊的印象，大類唐人「獨立衡門秋水闊，寒鴉飛山日銜山」（竇鞏〈寄南游兄弟〉）的詩境。而從「葉下」二字寫起，說斜陽從葉下照向江水，便使人如見岸上「官柳蕭疏」一類秋天景象。再者，由於看得到「葉下斜陽照水」，則其所在位置是近水處也可知。這一點由下句「橋上」予以補出。這兩句雖未寫到人，寫景物是從人的所在處看出去，則無可疑。且敘寫亦極有層次：由樹下日照的局部水面，到卷浪前行的一派江水，到奔馳所向的沉沉遠方，詞人目之所注，心之所思，亦有「千里隨波去」之勢。景中寓情，有味外味。

緊接「橋上酸風射眸子」（李賀〈金銅仙人辭漢歌〉：「東關酸風射眸子」）一句，則把上面隱於句下的人映出，他站在小橋上。風寒刺目，「酸」與「射」這兩個奇特的鍊字，給人以刺激的感覺，用來寫難耐的寒風，比「寒」字「刺」字表現力強得多。這人居然能「立多時」而不去，他在「看」，看什麼？難道真的是「看黃昏，燈火市」麼？詞句雖然這麼寫來，但那種街市天天有的入夜景象又有什麼可看呢。這幾句大有「獨立小橋風滿袖，平林新月人歸後」（馮延巳〈鵲踏枝〉）的意味。它寫出了沉浸在思緒中的人，對外部世界的異常的態度。

換頭三句，「鏡頭」換了。是深夜，在陋室。「古屋寒窗」，破舊而簡陋的居處，是隔不斷屋外風聲的，連水井旁的桐葉飛墜的聲音也聽得極清楚（雖則是「幾片」）。這是純景語，但已大有「悠哉悠哉，輾轉反側」（《詩經．關雎》）之意，其中該夾有「梧桐樹，三更雨，不道離情正苦」（溫庭筠〈更漏子〉）那樣輕微的嘆息。到此為止，詞的前面部分俱是寫景。而看看流水、街燈，聽聽墜葉聲，這是多麼平凡瑣屑之景，又是多麼沒要緊的話呵，組織似乎也並不經意，如零亂道來。然而正是這樣一連串的寫景，恰如其分地摹狀出一個愁緒滿懷、無可排遣、尋尋覓覓、冷冷清清的客子的心境。「故沒要緊語正是極要緊語，亂道語正是極不亂道語」（清劉熙載《藝概．詞概》），為後幾句的「點睛」，做好了「畫龍」的準備。

寒窗風緊，長夜難捱，即使是單薄的衾被，也該裹緊身子，「戀」它一「戀」。卻「不戀單衾再三起」！「再三」，則是起而又臥，臥而又起。「單衾」之「單」，兼有單薄與孤單之意。這個惶惶不可終日、而又惶惶不可終「夜」的人，到底有什麼心事呢？結尾三個短句方予點醒：「有誰知，為蕭娘，書一紙。」原來一切都是由一封書信引起的。全詞到此一點即止，餘味甚長。有此結尾，前面的寫景俱有著落，它們被一條活動的意脈貫通起來，否則便真成「沒要緊語」；而此結又有賴於前面「層疊加倍寫法」、「方覺精力彌滿」（清周濟《宋四家詞選》），堪稱「點睛」之筆。三句本唐人楊巨源〈崔娘詩〉「風流才子多春思，腸斷蕭娘一紙書」，不過變「春思」作秋思罷了（蕭娘，唐人慣用以指所愛戀之女子）。這裡化用，卻不明說相思「腸斷」意，益覺淡語有味。「詞境」與「詩境」不同，它須「更為具體，更為細緻，更為集中地刻畫抒寫出某種心情意緒」，「常一首或一闋才一意，含意微妙，形象細膩」（李澤厚《美的歷程》）。這首詞就成功地創造了一種完美的詞境。詞中兩用唐人詩句，略易字面或句法，檃括入律，即妥帖入妙，如自己出，也起到豐富詞意的作用。（周嘯天）

解語花

周邦彥

上元

風銷絳蠟，露浥紅蓮，花市光相射。桂華流瓦，纖雲散，耿耿素娥欲下。衣裳淡雅，看楚女、纖腰一把①。簫鼓喧，人影參差，滿路飄香麝。

因念都城放夜，望千門如晝，嬉笑遊冶。鈿車羅帕，相逢處，自有暗塵隨馬②。年光是也，唯只見、舊情衰謝。清漏移，飛蓋③歸來，從舞休歌罷。

〔註〕①杜牧〈遣懷〉：「落魄江湖載酒行，楚腰纖細掌中輕。」②蘇味道〈正月十五日夜〉：「暗塵隨馬去，明月逐人來。」③飛蓋：蓋，車蓋；飛蓋，驅車。曹植〈公讌詩〉：「清夜遊西園，飛蓋相追隨。」

要賞此詞，須知詞人用筆，全在一個「複」字。看他處處用複筆，筆筆「相射」——這詞的精神命脈，在全篇的第一韻「花市光相射」句，已經點出，已經寫透。

上元者何?正月十五，俗名燈節，為是開年的第一個月圓的良宵佳節，所以叫做元夕、元夜。在這個元夜，古人用奇思妙想、巧手靈心，創造出一個奇境：在這一夜，普天之下，遍地之上，開滿了人手製出的「花」——

億萬的彩燈：這些花把人間裝點成為一個無可比擬的美妙神奇的境界。

此一境界，明明是現實的人間，卻又是理想的仙境。上是月，下是燈，燈月交輝，是一層「相射」。億萬花燈，攢輝列彩，此映彼照，交互生光，是第二層「相射」。但是還有一層更要緊的「相射」，來為這異樣的仙境作主持者，作個中人——這就是那萬人空巷、傾城出遊、舉國騰歡的看燈人！

遊人賞燈，卻怎麼說是一層「相射」呢？難道人也有「光」不成？

這正是賞析美成此詞的一個關鍵之點。

要知道，在古代的這一夕，是「金吾放夜」，即警衛之士解除宵禁，特許遊人徹夜歡遊。不但官家「放夜」，而且「私家」也「放門」。那時候，婦女是不得隨意外出的，當然更不能想像在深宵永夜竟能到紅衢紫陌上去盡興遊觀了。然而唯獨這一夜，家家戶戶，特許她們走出閨門，到街巷中去看燈賞景！

說「看燈」，自然不差，但是不要忘了，正因上述之故，不但為來看燈，更是為來「看人」。這一點無比重要。沒有了這，也就沒有了上元佳節——也就沒有了〈解語花〉佳作。

你道那於此夜間傾城出賞的婦女是怎樣一種打扮？妙得很：我們這個藝術的民族最懂得什麼是美，而且最懂得美的辯證法。在這一夜，女流們不再是「紛紅駭綠」、「豔抹濃裝」了，而一色是縞衣淡服，如宋周密《武林舊事·元夕》所謂「婦人……衣多尚白，蓋月下所宜也」！把這些「歷史背景」瞭解清楚了，你才能夠談得上欣賞這首上元詞的妙處。

上來八個字領起，一副佳聯，道是風銷絳蠟，露浥紅蓮。絳蠟即朱燭，不煩多講。紅蓮又是何也？原來宋時燈彩，以蓮式最為時興，詩詞中又呼為「紅蓮」、「芙蓉」，皆蓮燈是也。此亦無待多說。最要體味「風銷」、「露浥」四字，早將徹夜騰歡之意味烘染滿紙了。當此之際，人面燈輝，容光煥發：人看燈，燈亦看人：男看女，女亦看男——如此一片交輝互映，無限風光，詞人用了一句「花市光相射」，五個字包含了這一切！

以下緊跟一句「桂華流瓦」，正寫初圓之月，下照人間樓屋。一個「流」字，暗從《漢書．禮樂志》「月穆穆以金波」與南朝宋謝莊〈月賦〉「素月流天」脫化而來，平添一層美妙。「桂華」二字，引出天上仙娥居處，伏下人間倩女妝梳，總為今宵此境設色鉤染。

纖雲不礙良宵，但今夜纖雲亦不肯略為妨礙，夜空如洗，皓魄倍明——嫦娥碧海青天，終年孤寂，逢此良辰，也不免欲下人寰，同分歡樂。此一筆，要看他「欲下」二字，寫盡神情，真有「躡躡欲動」（東坡〈題鳳翔東院王畫壁〉）之態，呼之欲出之神。此一筆，不獨加一倍烘染人間之美境，而且也為引出人間無數遊女的一種極為超妙的手法。蓋以上寫燈寫月，至此，方出遊觀燈月之「人」。迤迤邐邐，不期然已如飲醇醪醉人矣。

「衣裳淡雅」一句，正寫遊女，其淡而雅，早已在上句「素」字伏妥。至此，正出「女」字。亦至此，方出「看」字。皆可為我上所析作證。「纖腰」句加重「看」字神情，切而不俗，允稱高手。

以下，用「簫鼓喧」三字略一宕開，而又緊跟「人影」四字，要緊之極，精彩之至！「參差」一詞，亦常語也，然而詞人迤邐寫至此處，拈出「參差」二字，實為妙絕，——萬千遊賞之人，為燈光月彩所映射，一身具眾影，萬人聚億影，而此億影，交互浮動，濃淡相融，令人眼花繚亂——能體此境，而後方識「參差」二字之妙絕！

寫人至此似已寫盡矣，不料又出「滿路飄香麝」一句，似疏而實密。蓋光也，影也，音也，色也，一一寫盡，至此方知尚有嗅味一義，交會於仙境之間。且此味也，遙遙與上文「桂華」呼應。其用筆鉤互回連之妙，至罕見其倫比。我謂此詞之妙，妙在處處「相射」。正因此故。

下片以「因念」領起，是全篇過脈。由此二字，一筆挽還，使時光倒流，將讀者又帶回到當年東京汴梁城的燈宵盛境中去。卻憶爾時，千門萬戶，盡情遊樂，歡聲鼎沸。「如畫」二字，寫燈寫月，極力渲染。「去年元夜時，花市燈如晝」（歐陽脩〈生查子．元夕〉），同一擬喻。然汴州元夜，又有甚獨特風光？——始出鈿車寶馬，始出香巾羅帕。「暗塵隨馬去，明月逐人來」，又用唐賢蘇味道上元詩句，暗寫少年情事。馬逐香車，人拾羅帕，即是當時男女略無結識機會下而表示傾慕之唯一方式、唯一時機，此義又須十分曉解，方能領略其中意味。

回憶京城全盛，不許更與上闋重複，寥寥數筆，補其「不備」——實則方是點題。至此，方寫出節序無殊，心情已別，滿懷幽緒。「舊情」二字，是一篇主眼，須知詞人費許多心血筆墨，只為此二字而發耳。

無限感慨，無限懷思，只以「因念」一挽一提，「唯只見」一唱一嘆，不覺已是歌音收煞處。「清漏」以下，有餘不盡之音，悵惘低迴之致而已。然亦要看他「清漏移」三字，遙與「風銷」、「露浥」相為呼應，針線之密依然，首尾如一。又須看他至一結說出一番心事：舊情難覓，驅車歸來，一任他人仍復歌舞狂歡。——佳節不殊，而我的心情已非疇昔，若歌若舞，皆與我何干哉！

讀古人詞，既須賞其筆墨之妙，更須領其心性之美。如此等詞，全是情深意篤，一片痴心——亦即詩心之所在。或者不論筆法之鉤互，只就「桂華」而斥其「代字」④，或謂全篇所寫不過衰颯消極，沒落低沉……種種皮相，失之豈不遠乎。（周汝昌）

〔註〕④王國維《人間詞話》：「詞忌用替代字。美成〈解語花〉之『桂華流瓦』，境界極妙。惜以『桂華』二字代『月』耳。」

大酺

周邦彥

春雨

對宿煙收，春禽靜，飛雨時鳴高屋。牆頭青玉旆，洗鉛霜都盡，嫩梢相觸。潤逼琴絲，寒侵枕障，蟲網吹粘簾竹。郵亭無人處，聽簷聲不斷，困眠初熟。奈愁極頻驚，夢輕難記，自憐幽獨。

行人歸意速。最先念、流潦妨車轂。怎奈向、蘭成憔悴，衛玠清羸，等閒時、易傷心目。未怪平陽客，雙淚落、笛中哀曲。況蕭索、青蕪國。紅糝鋪地，門外荊桃如菽。夜遊共誰秉燭①？

〔註〕①〈古詩十九首．生年不滿百〉：「晝短苦夜長，何不秉燭遊。」

凡詞中詠物，無論吟詠某一事物，還是描繪某種自然現象，都不能只停留在外形的刻畫和模寫上，而應力求從形似到神似，進而託物言志，寓情於景，達到抒情、寫物、喻志、述懷的多種目的。周邦彥這首詞題為春雨，不但寫了雨，寫了雨景，而且能從景物的描寫中翻出春雨阻客、流潦妨車的主題，抒發行旅為雨所困的愁悶情緒，富有濃郁的抒情意味，所以受人稱道。

開頭三句點明題意，為全詞布置了一個春雨連綿、雨勢滂沱的環境氣氛。其中第一、二句為第三句作鋪墊，是說雨意隔宿就已釀成，所以一大清早，濃霧散盡，四野靜寂，不聞春鳥啼鳴，只聽得陣陣急雨飛灑而下，敲打得屋頂錚錚作響。這三句用一個「對」字領起，使人感到真切。「牆頭」三句寫室外的雨景：屋邊的嫩竹，正冒著淋漓下注的春雨伸出牆頭，青青的竹葉，好比青玉雕成的垂旒，枝竿外皮的粉霜，已被雨水洗刷一清，尖而嫩的竹梢，在風雨的吹打中，東搖西擺，不時地互相碰觸。這段寫景緊扣主題，頗具新意，詞人捨棄了雨打落花的陳腐題材，去吟詠與風雨搏鬥的牆頭新竹，表明主人公正身處村野孤館，而不是在庭院之中。

「潤逼」三句表面上是寫雨天室內的景象，實際上是寫主人公被風雨所困的寂寞與無聊：琴絲受潮後，音色不準；枕障被寒氣侵襲，一片冰涼；沾滿了雨珠的蟲網，被風吹得軟綿綿地粘附在竹簾上。這些現象，是在百無聊賴之中所感所見，織成一種淒冷孤寂的氛圍，所以只有昏昏睡去。緊接著「郵亭」六句便是抒寫孤館困眠的情態。愁中孤眠，最易驚醒，「奈愁極頻驚，夢輕難記，自憐幽獨」三句將因愁入夢，夢境恍惚以及醒後倍感孤獨淒涼的心理狀態刻畫得細緻入微。

上片從暮春的雨景寫到客中阻雨的愁悶，以「自憐幽獨」作為小結；下片再從雨阻行程寫到落紅鋪地，春事消歇，從而寄寓惜春的感慨。

換頭「行人歸意速」，重在一個「速」字，歸心似箭，但欲速而不達，偏偏遇上霪雨不止的天氣，泥濘的道上積滿雨水，車轂難行，歸期難卜，所以說「最先念、流潦（淹水，通「澇」）妨車轂」。

從「怎奈向」開始，作者用了一連串的典故，把行旅為雨所阻、欲歸不得的愁緒，鋪寫得淋漓盡致。蘭成是庾信的小字，他初仕梁，出使西魏時，恰值梁滅，被留長安，後仕周，長期羈留北方，不得南歸，作〈哀江南賦〉以敘志，又曾作〈愁賦〉。衛玠，晉人，是當時名士，長得清秀，有羸疾。平陽客，指東漢經學大師馬融，他性好音樂，能鼓琴吹笛，一次在平陽客舍，聽得洛陽客人吹笛，笛聲哀怨，觸動了他思念京都的傷感情懷，於是寫下了著名的〈長笛賦〉。以上三個典故是說：自己就像衛玠、庾信那樣，瘦減容顏，愁損心目，難怪當年馬融在平陽客店聽得笛聲，會傷心得潸然淚下了。

最後「況蕭索」幾句，由情及景，並由羈旅愁嘆轉入惜花傷春的感慨，以結束全詞。「青蕪國」語出溫庭筠〈春江花月夜詞〉「花庭忽作青蕪國」，是說繁花盛開的庭園，經過春雨的摧殘，轉眼間變成一片蕭瑟的雜草叢生的世界。一個「況」字起了承上啟下、轉折遞進的作用。「紅糝鋪地，門外荊桃如菽」兩句是對「青蕪國」的補充，意為：春光的餘波只剩下幾點紅糝（糝，音同傘。米粒，這裡喻指落花）灑在青綠的地面上，而門外的櫻桃（即荊桃）已褪盡紅衣，露出菽（豆粒）般大小的幼桃。這一切都表明，春天已在雨聲中消逝。此時，主人公不但為歸計難成而懊喪，而且因春光消歇而嘆息。「夜遊共誰秉燭」句即由這兩重憂傷而發，一語雙結，復與上片歇拍「自憐幽獨」遙相呼應，只覺無限的幽恨，無邊的寂寞。明李攀龍贊云：「『自憐幽獨』，又『共誰秉燭』，如常山蛇勢，首尾自相擊應。」（《草堂詩餘雋》引）

本詞在句法和音韻方面，亦頗具特色。領字「對」、「奈」、「況」都用去聲字，有助於發調振音。三字逗「最先念」、「怎奈向」、「等閒時」、「況蕭索」等，使語氣和節奏顯得頓挫有致。「嫩梢相觸」、「易傷心目」和「笛中哀曲」都用「仄平平仄」的句式；「洗鉛霜都盡」和「聽簷聲不斷」都用「上一下四」的句式。凡此種種，構成了複雜多變的旋律，優美動聽的樂章。相傳宋徽宗時，朝廷賜酺，演奏了〈大酺〉和〈六醜〉兩闋，都是周邦彥精心創製的新曲。（蔣哲倫）

花犯　周邦彥

梅花

粉牆低，梅花照眼，依然舊風味。露痕輕綴。疑淨洗鉛華，無限佳麗。去年勝賞曾孤倚。冰盤同燕喜。更可惜、雪中高樹，香篝熏素被。

今年對花最匆匆，相逢似有恨，依依愁悴。吟望久，青苔上、旋看飛墜。相將見、脆丸薦酒，人正在、空江煙浪裡。但夢想、一枝瀟灑，黃昏斜照水。

周邦彥的這首詞，跨越和打通了三重時間，在今日、昔日、來日間往復盤旋。詞思跳動變換，時此時彼；詞筆則圓美流轉，渾化無跡。

詞的上片，由呈現在眼前的梅花回溯去年賞梅的情景。起調「粉牆低，梅花照眼」兩句，總領全篇，以下對昔日的回憶、對來日的想像，都由此景生發，正如清陳洵所說，「起七字極沉著，已將三年情事一齊攝起」（《海綃說詞》）。次句中的「照眼」二字，出自梁武帝蕭衍〈子夜四時歌．春歌四首〉其一中的「庭中花照眼」句。這裡，作者沒有具體點明梅花的顏色，略過了花色，只寫與粉牆相映照的花光，以光之奪目來顯示色之明麗。

在寫法上與此同一機杼的有宋蘇舜欽詩「時有幽花一樹明」（〈淮中晚泊犢頭〉）及宋鄭獬詩「一樹高花明遠村」（〈田家〉），都是真實地表達了視覺上最初一瞥的感受。至於其花色之為紅為白，抑或為翠綠，這在作者是隨之而來的認知，在讀者則可以自由想像。下面「露痕輕綴，疑淨洗鉛華，無限佳麗」三句，也如陳洵所說，是「復為『照眼』作周旋」（《海綃說詞》），進一步寫出了梅花之所獨具的高出於凡花俗豔的格調。它之照眼，並不靠傅粉施朱，以嫣紅姹紫來炫人眼目，而是麗質天成，自然光豔，別有其吸引人視線的風神韻味。

這三句本是起二句的延伸和補充，但在其間穿插了「依然舊風味」一句，就使前、後五句所寫的既是現時景物又帶有舊時色彩，在撫今中滲入了思昔的成分，從而以此為伏筆在上片的後四句中把詞思推離現在，引入過去。後四句以「去年」二字領起，在時間上與前六句明白劃界。「去年勝賞曾孤倚。冰盤（瓷盤）同燕（宴）喜」兩句是對去年之我的追述，自思去年孤倚寒梅、與花共醉的情事；「更可惜、雪中高樹，香篝熏素被」兩句是對去年之花的追念，更愛去年梅花在雪中開放的景象。可以與這「雪中」兩句參讀的，有王安石〈梅花〉詩：「遙知不是雪，為有暗香來。」王詩寫梅花開時遙望似雪，因有暗香傳來而知其不是雪，景中實無雪，只是以雪暗喻花。周詞所寫，則是梅花真為積雪覆蓋，一望皓白，形色難辨，而暗香仍陣陣從雪中傳出，有如香篝（音同鉤，竹籠）之熏素被。

詞的下片，使詞境又由過去回到現在，再跳到未來。換頭領以「今年」二字，與上片後四句開頭的「去年」二字相對應。這樣，全詞既在時間上極盡錯綜變換之能事，而又界限清楚，轉折分明。這首詞，上、下片的前半都是寫眼前所見的梅花。如果說上片「粉牆低」以下六句是寫梅花的形態與風韻，這下片「今年對花」以下五句則是寫梅花的情態和愁恨；前者寫梅花之盛開，後者寫到梅花之凋落。「對花最匆匆」句有兩重含意：既是自嘆，又是嘆花；既嘆自身去留匆匆，即將遠行，又嘆梅花開落匆匆，芳景難駐。「相逢似有恨，依依愁悴」

兩句，則是以我觀物，移情於景，化作者的愁恨為梅花的愁恨，把本是無知無情的寒梅寫得似若有知、有情。這兩句末尾的一個「悴」字已預示花之將落，緊接著承以「吟望久，青苔上、旋看飛墜」二句，則進一步寫花的深愁苦恨及其飄零身世，而從吟望之久也可見作者對花時的留連悵恨之情。

寫到這裡，既從景與情兩個方面寫了今年的對花，也寫了去年的勝賞，既描畫了梅花的容色，也表述了梅花的情意，照說題目已經做足，似乎再沒有可下筆之處了。但是，詞情充溢、詞思泉湧的作者，意猶未盡，以出人意表之筆，由現時的感受、昔年的回憶，又跳到來日的想像，從而使詞境在「山重水複疑無路」（陸游〈遊山西村〉）之際又進入了另一天地。「相將見、脆丸薦酒，人正在、空江煙浪裡」兩句，純從空際落想。上句寫梅，但所寫的是眼前還不存在的事物，是由眼前飛墜的花瓣馳思於青綠脆圓的梅子；下句寫人，但所寫的是將出現於另一時空之內的人，是預計梅子薦新之時，人已遠離去年孤倚、今年相逢之地，而正在江上的扁舟之中。結拍「但夢想、一枝瀟灑，黃昏斜照水」兩句，從林逋〈山園小梅二首〉其一詩中的名句「疏影橫斜水清淺，暗香浮動月黃昏」化出，而從詞思的跳躍來說，與李商隱〈夜雨寄北〉詩「何當共剪西窗燭，卻話巴山夜雨時」有異曲同工之妙。李詩是身在巴山，把詩思跳到故園的西窗之下，再從西窗下又跳回巴山；周詞則在花開之時、對花之地，把詞思在時間上跳到梅子已熟時，在空間上跳到空江煙浪裡，再從彼時、彼地又跳回花開時、花開地。這一詞思的跳躍與迴環，正是其運思的特點所在，也是這首詞的深曲之處。

這首詞以〈梅花〉為題，從縱向看，寫了梅花的一生——從「梅花照眼」寫到「旋看飛墜」，最後寫到「脆丸薦酒」；從橫向看，寫了梅花的各個方面——寫了花光，寫了花香，寫了花容之佳麗，也寫了花的愁恨之情、瀟灑之態，還借助粉牆、露痕、冰雪、青苔、黃昏、池水的襯托、烘染，充分顯示其姿色、風韻。作為一首題作〈梅花〉的詞，確對梅花作了多角度的寫照；但它又不是一首單純詠物的詞。作者並不是為寫梅花而寫梅花，而是在寫梅花的同時也自我表述了現在、過去、未來的處境和蹤跡，把自我的身世之感融入對外界景物的描寫之中，正似清黃蘇《蓼園詞評》所評析：「總是見宦跡無常、情懷落寞耳。忽借梅花以寫，意超而思永。」可以說，這首詞句句都在寫梅花，而句句背後都有作者的身影在。（陳邦炎）

水龍吟　周邦彥

梨花

素肌應怯餘寒，豔陽占立青蕪地。樊川照日，靈關遮路，殘紅斂避。傳火樓臺，妒花風雨，長門深閉。亞簾櫳半濕，一枝在手，偏勾引、黃昏淚。別有風前月底。布繁英，滿園歌吹。朱鉛退盡，潘妃卻酒，昭君乍起。雪浪翻空，粉裳縞夜，不成春意。恨玉容不見，瓊英謾好，與何人比？

美成詠物詞以詠花為最多，大都以主體立幹，透過花來抒寫自己的懷抱。這首詠梨花則純是體物之作，以穠豔著稱。他羅致許多梨花故事，來塑造花的精神風格。筆力矯健，襲古彌新，詞境恢宏闊大，是美成傑作之一。

上片首韻「素肌應怯餘寒，豔陽占立青蕪地」，「素肌」喻梨花之色白。李白〈宮中行樂詞八首〉其二：「柳色黃金嫩，梨花白雪香。」梨花開在晚春時節，故說「應怯餘寒」，「應」字，下得輕；「豔陽」，《花間集》五代毛熙震〈小重山〉：「群花謝，愁對豔陽天。」杜牧〈殘春獨來南亭因寄張祜〉：「帶葉梨花獨送春。」梨花開時春草已長，所以說「占立青蕪地」。首韻用工筆描繪梨樹亭亭玉立在豔陽明媚的青草地上，合時和地，創一種靜穆的自然境界。「素肌」、「怯餘寒」、「占立」，都是用擬人化手法。第二韻，把境界再擴大，「樊川照日，靈關遮路，殘紅斂避」。時間回溯到漢武帝時代，在長安有一所名為「樊川」的梨園。「照日」，乃「日照」的倒裝，以與「遮路」作對。「靈關」，《漢書．地理志》云：靈關在越嶲郡。南朝謝朓有〈謝隨王賜紫梨啟〉云「味出靈關之陰」，註云：靈關，山名，種梨，樹多遮路。「斂」字，解作「收」，意謂在「樊川」、「靈關」，都是一片雪白梨花，殘春落紅，均斂跡避去。這一韻，用豪放之筆，勾畫出一極壯闊的空間。第三韻轉筆寫梨花開落的時間：「傳火樓臺，妒花風雨，長門深閉。」唐韓翃〈寒食〉詩：「日暮漢宮傳蠟燭，輕煙散入五侯家。」美成將這兩句詩概括成「傳火樓臺」四個字，極形象而有境界。清明節前一、二日為寒食，不舉火，唐俗清明日皇帝取榆柳之火以賜近臣。「傳火」指清明日，「樓臺」，代指近臣家，即韓翃所稱五侯家，這四字合時間、空間而成境界。「妒花」，出杜甫〈風雨看舟前落花，戲為新句〉：「春寒細雨出疏籬……風妒紅花卻倒吹。」「長門深閉」，用漢武帝陳皇后事，兼取劉方平〈春怨〉詩意：「寂寞空庭春欲晚，梨花滿地不開門。」此韻每句都切時令暮春，點化前人詩句，而能襲古彌新，使梨花的形象更為鮮明。上片以情結：「亞簾櫳半濕，一枝在手，偏勾引、黃昏淚。」「亞」字作「壓」解，動詞，省略主語梨花，「簾櫳」，指居室的戶簾及窗牖。「亞簾櫳半濕」，應解為半濕的梨花樹枝壓在窗牖上，美成常用這種「拗句」作提筆入情，成為一篇之「警策」。白樂天〈山石榴寄元九〉：「閒折兩枝持在手。」《花間集》薛昭蘊〈離別難〉：「偏能勾引淚闌干。」美成化用一詩一詞之意，提煉成為「一枝在手，偏勾引、黃昏淚」，「淚」前加「黃昏」，點明時間，此淚，是傷春之淚，甚而是懷人之淚，此中有人，呼之欲出。此韻句法參差，作一、四、四、三、三，急拍哀弦，得「咽」字訣，難以為繼。

過片出人意表，用「別有」二字急轉，變換境界，以雄健之筆，宕開寫去，用唐玄宗以漢武帝梨園舊址，選子弟教法曲故事，創造境界。「風前月底」，只四個字，把當年玄宗梨園的風流韻事作高度概括，「布繁英，滿園歌吹」，想見當年梨園裡梨花香雪，絲竹管弦，何等興會！緊接用三個四字句，「朱鉛退盡，潘妃卻酒，昭君乍起」，再渲染梨花的潔白和梨花的性格。第一句喻其純淨。第二句將南齊東昏侯潘妃引入。史稱妃顏色「絜（潔）美」。卻酒不飲，紅色不上臉，保持其潔白本色，以襯梨花之白。第三句，借琴操昭君歌有「梨葉萋萋」之句，便以昭君的美麗形象來作比興。這一韻和上片第一韻同是運用擬人化手法。至此，就梨花本身傳神寫照，筆墨已多，再寫則贅，收煞又難。下一韻起忽然轉從對面落墨，於比較中見尊崇之意。首先拿來對比的是李花。李花也是白色的。韓愈詩：「風揉雨練雪羞比，波濤翻空杳無涘。」（〈李花贈張十一署〉）王安石詩：「積李兮縞夜，崇桃兮炫晝。」（〈寄蔡氏女子二首〉其一）美成由此化出「雪浪翻空，粉裳縞夜」（縞夜，使黑夜生白）二句，謂此李花「不成春意」，自不足以比梨花。花不足比，人又如何？煞拍以一「恨」字領三個四字句：「玉容不見，瓊英謾好，與何人比？」可比的人亦不可得。

白樂天〈長恨歌〉用「玉容寂寞淚闌干，梨花一枝春帶雨」來形容太真妃的容貌，又以「馬嵬坡下泥土中，不見玉顏空死處」說她的死，「玉容」同「玉顏」，美成在這裡暗指太真妃已再也見不到了。「瓊英謾好」，「謾」作「徒」或「空」解，瓊英，即梨花。結句是說，只恨楊玉環已不在了，梨花徒然美好，與什麼人作比呢？此兩韻從對面推尊梨花，結束全篇，意韻有餘不盡。

此詞雖以寫景勝，然上片以情語結，下片以比興煞拍，極沉鬱頓挫。詞中四字句，多作對偶，用六朝駢儷句法，故近代著名詞學家喬大壯評此詞云：「四字句法，足資師守；轉接處，動蕩處，尤開無數法門。」（黃墨谷）

六醜①　周邦彥

薔薇謝後作

正單衣試酒，悵客裡光陰虛擲。願春暫留，春歸如過翼②，一去無跡。為問花何在？夜來風雨，葬楚宮傾國③。釵鈿墮處遺香澤。亂點桃蹊④，輕翻柳陌，多情為誰追惜？但蜂媒蝶使，時叩窗槅⑤。東園岑寂，漸蒙籠暗碧。靜遶珍叢⑥底，成嘆息。長條故惹行客。似牽衣待話，別情無極。殘英小，強簪巾幘；終不似、一朵釵頭顫裊⑦，向人欹側⑧。漂流處，莫趁潮汐。恐斷紅⑨尚有相思字，何由見得。

〔註〕①六醜：此詞一題「落花」。②過翼：飛過的鳥。杜甫〈夜二首〉其二詩：「城郭悲笳暮，村墟過翼稀。」③楚宮傾國：楚宮美人，喻薔薇花。④亂點桃蹊：亂點，落花飛散貌；桃蹊，桃樹下的路徑。⑤窗槅：即窗櫺。⑥珍叢：指薔薇花叢。珍，貴重。⑦顫裊：搖曳。⑧欹側：偏向一旁。⑨斷紅：落花。

此詞據調後題目「薔薇謝後作」，可知是詠物之詞。但詞中詠物，往往和詠懷密切相關。清沈祥龍《論詞隨筆》：「詠物之作，在借物以寓性情，凡身世之感，君國之憂，隱然蘊於其內，斯寄託遙深，非沾沾焉詠一物矣。」周邦彥此詞，絕不是單詠薔薇，而是寄寓著深刻的身世之感。詞中的比興最普遍、最常用的手法是傷春與傷別。春，是美好事物的象徵，而花又是春的象徵。「唯草木之零落兮，恐美人之遲暮」（屈原〈離騷〉），「盛年處房室，中夜起長嘆」（曹植〈美女篇〉），花草的凋零，春光的消逝和華年的不再，懷才的不遇，形象的內涵上自有其本質意義的聯繫。這已是古典詩歌的藝術傳統上成為人所熟知的東西了。只有用這樣的比興手法來觀察周邦彥〈六醜〉這首「詠物」之作，才能深入理解詞中人惜花，花戀人，人花相戀，難解難分的思想感情。

這詞上片寫花謝，還是題前文字，下片寫謝後，才是正面文章。但上下片又是互相烘托，互相映襯的。

〈六醜〉詞的基調就是傷春與傷別。「正單衣試酒，悵客裡光陰虛擲」，是傷別；「願春暫留，春歸如過翼，一去無跡」，是傷春。這五句起得好。元陸輔之《詞旨》說：「對句好可得，起句好難得，收拾全藉出場。」長調的篇章結構，自柳永、蘇軾、秦觀而至周邦彥，可謂已集其大成。周詞謀篇之妙，前人屢有稱述。但就其長調而論，開頭以平起者多，突起者少。所謂「其妙在筆未到而氣已吞」（清劉熙載《藝概・詞概》）的，也不過數詞。如這首開頭起得突兀，又籠罩全篇，讀後使人產生一種十分淒切、緊迫的感覺。「願春暫留」三句緊承慨嘆春光將盡，客裡光陰虛費而來，從感情上再加強一層。清周濟評這三句：「十三字千迴百折，千錘百鍊」（《宋四家詞選》），的確如此。這三句一波三過折，一句一轉：不是願春久留，而只是願春暫留，一轉；春不但不能暫留，而去如飛鳥之疾，二轉；不但去得疾，而且蕩焉泯焉，影跡全無，三轉。這在感情上一層進一層、一層緊一層地反映出詞人對將去之春的痛惜留戀之情，所以說是「千迴百折」。為什麼又說「千錘百鍊」？詞人要寫的內容很豐富，原要用許多話才能表達，但經過錘鍊，刪成少量的字句，卻「字少而意多」，同樣能把豐富的詩意表達出來。我們試尋繹一下這三句極意錘鍊之處。願花長好，月長圓，春長在，這是詞人過去的少不更事的天真的想法，而實際上是事與願違，花開必謝，春來必去，要她長在是空想，要她久留也不可能。現在經過長期的、慘痛的經驗，自動把願望降低了，那麼即使是「暫留」一下也好吧！但是，不但願春暫留片刻而不可得，而且她轉瞬即逝，杳如黃鶴。「流水落花春去也，天上人間」（李煜〈浪淘沙令〉）。這在多愁善感的詞人是多麼傷心慘目的事啊！如此曲折委婉的意思用十三個字就表達清楚了，所以說是「千錘百鍊」。接著就用「為問花何在」提問，淋漓盡致地描繪薔薇花凋盡時的驚心動魄的場面。

「春眠不覺曉，處處聞啼鳥。夜來風雨聲，花落知多少？」（孟浩然〈春曉〉）詩人雖然夜聞風雨聲而擔心花落，但侵曉未醒，醒後始問，畢竟關心不多。「昨夜三更雨，臨明一陣寒。海棠花在否？側臥捲簾看。」（唐韓偓〈懶起〉）雖也關心海棠花的存在與否，但慵臥不起，捲簾而看，情緒並不十分緊張。只有溫庭筠「夜聞猛雨判花盡」（〈春日偶作〉）詩句中所寫的情緒，與此處有些類似。試想一夜風狂雨驟，豈有不把薔薇吹完打盡之理？詞人聽風聽雨，徹夜無眠，也已經橫下了一條心，硬著頭皮「判花盡」了。他雖沒有出外行走，但神經卻十分敏感，在想像中，無數薔薇花片，已在桃蹊柳陌上亂點輕翻，可憐玉碎香消，有誰憐惜，只有蜂媒蝶使，一起忙亂了一番，屢叩窗槅，算是在給傾國佳人哭泣送葬罷了。這是何等「意奪神駭，心折骨驚」（南朝江淹〈別賦〉）的場景啊！

但這只寫花落，還不過是題前文字。

下片寫謝後，才是題目的正面。

前人寫落花的雖多，但以寫落時為主。「一片花飛減卻春，風飄萬點正愁人」（杜甫〈曲江二首〉其一），「將飛更作迴風舞，已落猶成半面妝」（宋祁〈落花〉），稍稍涉及花落後情形。詞中寫花落更多。「蘭露重，柳風斜，滿庭堆落花」（溫庭筠〈更漏子〉）。「簾外落花飛不得，東風無氣力」（宋陳克〈謁金門〉）。這些都提供了鮮明生動的藝術形象。但是，〈六醜〉詞不著重寫花落之時，而寫花落之後，而且塑造了一系列鮮明生動的形象，這在詩詞中卻是並不多見的。

你看！詞人經過了情緒十分緊張的不眠之夜，清早起來，步入東園，他遶著無花的薔薇，踽踽獨行，憑弔謝後的薔薇，發出輕輕的嘆息聲。周圍是死一般的沉寂，一個「岑寂」，一個「靜」字，用復筆寫出了自然環境的淒冷和詞人心頭淒冷的交織。現在眼前既是一片空寂，一般人寫到這裡，可能已成強弩之末。但詞人憑他一管生花妙筆，「掃處即生」，憑空結撰，竟生出下面如許妙文來。

第一個是長條牽衣待話的形象。當詞人靜遶薔薇叢下時，已經脫盡殘紅的柔條卻牽住他的衣服（因薔薇莖有刺，故云），似有無限離別之情要向他傾訴。這是寫花戀人。其次寫人惜花。當詞人正在心灰意冷時，偶然瞥見枝頭上一朵殘花，就順手把它摘下來，插在自己的頭巾上，她瘦小憔悴得可憐，但有花終勝無花，這就是「強簪」的一層意思；不過這樣一插，卻勾起了舊事，當此花盛開時，那時還有玉人同在，鮮豔的花朵插上美人的釵頭，是多麼逞嬌弄色，綽約多姿啊！這就是「強簪」的另一層意思。最後一個形象更是奇情異采，匪夷所思。

「春色三分，二分塵土，一分流水」（蘇軾〈水龍吟．次韻章質夫楊花詞〉）。落花的命運，無非是墮溷飄茵，遭人踐踏，還有一部分則是隨流水飄去，漂泊無蹤，此處斷紅即殘紅，「尚有相思字」，似有「紅葉題詩」⑩典故的影子。花落水流紅，在殘紅本身也無能為力，但詞人卻滿懷痴情地囑咐說：你能否掙扎一下不隨潮水遠去呢？否則你如有相思字兒，我怎能見到呢！人與花已經分離，但還戀戀不捨，餘情無限，難解難分如此。此結不但回應了上片的「願春暫留」和下片的「別情無極」，而且花去人留，兩美相別，彷彿死別生離，「此恨綿綿無絕期」（白居易〈長恨歌〉），真有餘音嫋嫋不絕，繞梁三日之感。清王又華《古今詞論》引毛先舒云：「長調如嬌女步春，旁去扶持，獨行芳徑，徙倚而前，一步一態，一態一變。」清劉熙載《藝概．詞概》亦云：「一轉一深，一深一妙，此騷人三昧（三昧者，祕訣之謂），倚聲家得之，便自超出常境。」這些論述，用來評價此詞下片，不是非常適當的嗎！

這首詞是周邦彥的自度曲。據南宋周密《浩然齋雅談》卷下載，徽宗問「六醜」之義，周邦彥對曰：「此犯六調，皆聲之美者，然絕難歌。昔高陽氏有子六人，才而醜，故以比之。」不知此詞犯那六調？聲音之美如何？詞譜失傳，無從探索。

但犯調等於南曲中的集曲，而從此詞的平仄韻律來看，似乎也可得些線索。如詞是順句與拗句的互用，但拗句少於順句。凡周邦彥的自度曲，如〈蘭陵王〉、〈花犯〉等都有這種情況。此詞中的拗句有：願春暫留（仄平仄平），一去無跡（仄仄平仄），時叩窗槅（平仄平仄），長條故惹行客（平平仄仄平仄），莫趁潮汐（仄仄平仄）等。這些平仄拗捩之處，是否像元曲中的所謂「務頭」，是曲中美聽之處呢？這卻無從確定了。（萬雲駿）

〔註〕⑩ 據唐范攄《雲溪友議．題紅怨》載，唐宣宗宮人題詩於紅葉，隨御溝流出宮外，並為盧渥舍人所拾，詩云：「流水何太急，深宮盡日閒。殷勤謝紅葉，好去到人間。」其後盧渥娶一宮女，見盧所藏紅葉曰：「當時偶題隨流，不謂郎君收藏巾篋。」

虞美人 周邦彥

廉纖小雨池塘遍，細點看萍面。一雙燕子守朱門，比似尋常時候易黃昏。
宜城酒泛浮香絮，細作更闌語。相將羈思亂如雲，又是一窗燈影兩愁人。

悲歡離合與羈旅行役是清真詞的兩大基本主題。而行役又往往是悲離的原因。所以，這兩種主題在清真詞中有時便交織在一起，這首詞就是如此。

上片之境界，時間是從白天綿延到黃昏，空間是戶外。「廉纖小雨池塘遍」，落筆便是一番淒淒雨景。廉纖，是疊韻連綿辭，形容小雨連綿不斷的樣子。此句暗用韓愈〈晚雨〉「廉纖晚雨不能晴」詩意。小雨灑遍池塘，「細點看萍面」。本來，池塘的水面生滿了浮萍，故稱萍面。現在，詞人看那雨中池塘，則是萬千雨點，點破了萍面。汪東先生批《鄭（文焯）校〈清真集〉》於此句云：「看，戈選（指清代戈載《宋七家詞選》）本作『開』，用李義山（商隱）詩，於義為長，惜未詳所據。李〈細雨〉詩：『氣涼先動竹，點細未開萍。』」這是個有趣的意見。如果作「細點開萍面」，有「開」這個動詞，自然生動。不過，細味原句，看細雨點打在萍面上，分明暗示出點開萍面，又自有一番含蘊。尤其下一「看」字，若不經意，其實正體現了詞人此時此境一種無可奈何的情狀。那雨點打破萍面，也點點打在愁人的心頭上。「一雙燕子守朱門，比似尋常時候易黃昏。」雨，連綿不斷，故一雙燕子守住朱門不飛。燕子不飛，其苦悶情狀可想而知。這意象，極富於象徵意味。它與下片的

「一窗燈影兩愁人」遙相疊印。歇拍又與起句遙相呼應，小雨連綿已久，天昏地暗，所以比起尋常時候（天晴時）就更容易黃昏。不過，這只是此句意蘊的一個層次。其深層意蘊是：在今天這樣一個時候（將別時），只覺得光陰比起尋常時候（相處時）過得特別快，很快就進入了黃昏。

上片，已為下片點出詞情的內蘊作了充分的鋪墊。

下片，時間綿延到夜盡，空間則轉為室內。「宜城酒泛浮香絮。」宜城酒，是漢代的一種美酒，以產於宜城（今屬湖北）而得名。詞句化用《周禮·天官·酒正》「泛齊」語及鄭玄註文。鄭註：「泛者，成（指釀酒成熟）而滓浮，泛泛然，如今宜成（城）醪矣。」黃庭堅〈次韻劉景文登鄴王臺見思五首〉其四有「酒泛酌宜城」之句，任淵註亦引《周禮》及鄭註。用此語入詩詞，黃山谷當較周美成為早。但「遞相祖述復先誰」（杜甫〈戲為六絕句〉），周詞此句是否即受黃詩啟發而成，或有更早的藍本，則不必深究了。《周禮》「泛齊」為酒的「五齊」（泛齊、醴齊、盎齊、緹齊、沈齊）之一，鄭玄註又謂醴以上尤濁，盎以下差清，則「泛齊」是濁酒了。「泛」即酒面的浮沫，詩詞中常說的浮蟻。曹植〈酒賦〉提到「宜成醪醴」之後又說「素蟻如萍」，晉張載〈酃酒賦〉更形容它「縹蟻萍布，芬香酷烈」，則此酒又是極香的，即詞所謂「浮香絮」。故美成〈六么〉又說：「聞道宜城酒美，昨日新醅熟。」詩詞用實語宜虛讀，意會它借指美酒就可以了。此時酌此美酒竟為何故？是「細作更闌語」。更闌，即夜盡時分。詞境至此，已從黃昏綿延將至天明。詞情也大抵揭開了內蘊。詞中的一對主人公，相對美酒，情語綿綿，直至夜盡，這番極隆重極沉摯的情景，不就是情人分離前夕依依話別的場面嗎？那美酒，正是情人為餞行而設。打從黃昏之前，直到夜盡時分，情話絮絮猶未能已，時間不可謂不久矣，兩情不可謂不深矣。天快亮了，我們的主人公們，談得如何了呢？「相將羈思亂如雲，又是一窗燈影兩愁人。」相將，是宋時口語，這裡意為相共。羈思，即離愁別緒（羈指作客異鄉。思這裡念去聲，作名詞用）。原來，男主人公又要遠行異鄉，臨行前夕，乃與情人有此一場難分難捨的話別。天將拂曉，他就要啟程了。此刻，他們共同感到的離愁別恨，已撩亂如雲，將不可頓脫。油燈下，窗戶上，映著兩個愁人的影子。這意象，正與上片那一雙苦悶的燕子的意象，遙相挽合。雖是情人倆，可是，即將到來的寂寞漸已爬上心頭，不僅離愁別緒撩亂如雲而已。這一結句，尤可玩味。曰「又是」，則兩人已不止一度嘗過離別的苦味可知。此度又嘗，則別有一番滋味在心頭亦可知。曰「一窗燈影兩愁人」，挽合從黃昏前到更闌後的廉纖小雨，則可以使人聯想到以前一些意境有相似之處的詩歌，如《詩經．鄭風．風雨》：「風雨如晦，雞鳴不已。既見君子，云胡不喜？」李商隱〈夜雨寄北〉：「何當共剪西窗燭，卻話巴山夜雨時。」〈風雨〉描寫情人雨夜相逢之喜，李詩想像夫妻重逢後西窗剪燭之樂（切入夜雨），相比之下，「廉纖小雨池塘遍」，「又是一窗燈影兩愁人」，格外悽惻哀感。

這首以愛情和離愁為主題的詞，感人處在於情感的樸實沉摯，他只是如實寫出臨別前夕的綿綿話別，就充分表現出愛與愁兩大主題。論筆法幾乎是一往平鋪，論情感正是一往深情。既樸實，又深沉，別具一種極厚重的感人力量。需要略加指出的只有三點，一是詞中情境的順時綿延，以時間加深感情的深度。二是一雙燕子與一雙愁人意象的疊合，以象徵豐富了意蘊的容量。三是用典（用《周禮》經、注）用語（用韓愈〈晚雨〉、李商隱〈細雨〉）的貼切，自然，增添了字面的美感。但是在詞人，這似乎都不是刻意為之的。（鄧小軍）

蘭陵王

周邦彥

柳

柳陰直，煙裡絲絲弄碧。隋堤上、曾見幾番，拂水飄綿送行色。登臨望故國，誰識京華倦客？長亭路，年去歲來，應折柔條過千尺。

閒尋舊蹤跡，又酒趁哀弦，燈照離席。梨花榆火催寒食。愁一箭風快，半篙波暖，回頭迢遞便數驛，望人在天北。

悽惻，恨堆積！漸別浦縈迴，津堠岑寂，斜陽冉冉春無極。念月榭攜手，露橋聞笛。沉思前事，似夢裡，淚暗滴。

自從清代周濟《宋四家詞選》說這首詞是「客中送客」以來，註家多採其說，認為是一首送別詞。胡雲翼先生《宋詞選》更進而認為是「借送別來表達自己『京華倦客』的抑鬱心情」。把它解釋為送別詞固然不是講不通，但畢竟不算十分貼切。在我看來，這首詞是周邦彥寫自己離開京華時的心情。此時他已倦遊京華，卻還留戀著那裡的情人，回想和她來往的舊事，戀戀不捨地乘船離去。宋張端義《貴耳集》說周邦彥和名妓李師師相好，得罪了宋徽宗，被押出都門。李師師陳酒送別時，周邦彥寫了這首詞。王國維在《清真先生遺事》中已辨明其妄。但是這個傳說至少可以說明，在宋代，人們是把它理解為周邦彥離開京華時所作。那段風流故事當然不可信，但這樣的理解恐怕是不差的。

這首詞的題目是「柳」，內容卻不是詠柳，而是傷別。古代有折柳送別的習俗，所以詩詞裡常用柳來渲染別情。隋無名氏的〈送別〉：「楊柳青青著地垂，楊花漫漫攪天飛。柳條折盡花飛盡，借問行人歸不歸。」便是人們熟悉的一個例子。周邦彥這首詞也是這樣，它一上來就寫柳陰、寫柳絲、寫柳絮、寫柳條，先將離愁別緒借著柳樹渲染了一番。

「柳陰直，煙裡絲絲弄碧。」這個「直」字不妨從兩方面體會。時當正午，日懸中天，柳樹的陰影不偏不倚直鋪在地上，此其一。長堤之上，柳樹成行，柳陰沿長堤伸展開來，劃出一道直線，此其二。「柳陰直」三字有一種類似繪畫中透視的效果。「煙裡絲絲弄碧」轉而寫柳絲。新生的柳枝細長柔嫩，像絲一樣。它們彷彿也知道自己碧色可人，就故意飄拂著以顯示它們的美。柳絲的碧色透過春天的煙靄看去，更有一種朦朧的美。

以上寫的是自己這次離開京華時在隋堤上所見的柳色。但這樣的柳色已不止見了一次，那是為別人送行時看到的：「隋堤上、曾見幾番，拂水飄綿送行色。」隋堤指汴京附近汴河的堤，因為汴河是隋朝開的，所以稱隋堤。「行色」，行人出發前的景象。誰送行色呢？柳。怎樣送行色呢？「拂水飄綿」。這四個字錘鍊得十分精工，生動地摹畫出柳樹依依惜別的情態。那時詞人登上高堤眺望故鄉，別人的回歸觸動了自己的鄉情。這個厭倦了京城生活的客子的悽惘與憂愁有誰能理解呢：「登臨望故國，誰識京華倦客？」隋堤柳只管向行人拂水飄綿表示惜別之情，並沒有顧到送行的京華倦客。其實，那欲歸不得的倦客，他的心情才更悲悽呢！

接著，詞人撇開自己，將思緒又引回到柳樹上面：「長亭路，年去歲來，應折柔條過千尺。」古時驛路上十里一長亭，五里一短亭。亭是供人休息的地方，也是送別的地方。詞人設想，在長亭路上，年復一年，送別時折斷的柳條恐怕要超過千尺了。這幾句表面看來是愛惜柳樹，而深層的含義卻是感嘆人間離別的頻繁。情深意婉，耐人尋味。

第一疊借隋堤柳烘托了離別的氣氛，第二疊便抒寫自己的別情。「閒尋舊蹤跡」這一句讀時容易被忽略。那「尋」字，我看並不是在隋堤上走來走去地尋找。「蹤跡」，也不是自己到過的地方。「尋」是尋思、追憶、回想的意思。「蹤跡」指往事而言。「閒尋舊蹤跡」，就是追憶往事的意思。為什麼說「閒」呢？當船將開未開之際，詞人忙著和人告別，不得閒靜。這時船已啟程，周圍靜了下來，自己的心也閒下來了，就很自然地要回憶京華的往事。這就是「閒尋」二字的意味。我們也會有類似的經驗，親友到月臺上送別，火車開動之前免不了有一番激動和熱鬧。等車開動以後，坐在車上靜下心來，便去回想親友的音容乃至別前的一些生活細節。這就是「閒尋舊蹤跡」。那麼，此時周邦彥想起了什麼呢？「又酒趁哀弦，燈照離席。梨花榆火催寒食。」有的注釋說這是寫眼前的送別，恐不妥。眼前如是「燈照離席」，已到夜晚，後面又說「斜陽冉冉」，時間如何接得上？所以我認為這是船開以後尋思舊事。在寒食節前的一個晚上，情人為他送別。在送別的宴席上燈燭閃爍，伴著哀傷的樂曲飲酒。此情此景真是難以忘懷啊！這裡的「又」字告訴我們，從那次的離別宴會以後詞人已不止一次地回憶，如今坐在船上又一次回想起那番情景。「梨花榆火催寒食」寫明那次餞別的時間。寒食節在清明前一、二天，舊時風俗，寒食這天禁火，節後另取新火。唐制，清明取榆、柳之火以賜近臣。「催寒食」的「催」字有歲月匆匆之感。歲月匆匆，別期已至了。

「愁一箭風快，半篙波暖，回頭迢遞便數驛，望人在天北。」清周濟《宋四家詞選》曰：「一愁字代行者設想。」他認定作者是送行的人，所以只好作這樣曲折的解釋。但細細體會，這四句很有實感，不像設想之辭，應當是作者自己從船上回望岸邊的所見所感。「愁一箭風快，半篙波暖，回頭迢遞便數驛」，風順船疾，行人本應高興，詞裡卻用一「愁」字，這是因為有人讓他留戀著。回頭望去，那人已若遠在天邊，只見一個難辨的身影。「望人在天北」五字，包含著無限的悵惘與悽惋。

第二疊寫乍別之際，第三疊寫漸遠以後。這兩疊的時間是接續的，感情卻又有波瀾。「悽惻，恨堆積！」「恨」在這裡是遺憾的意思。船行愈遠，遺憾愈重，一層一層堆積在心上難以排遣，也不想排遣。「漸別浦縈迴，津堠岑寂，斜陽冉冉春無極。」從詞開頭的「柳陰直」看來，啟程在中午，而這時已到傍晚。「漸」字也表明已經過了一段時間，不是剛剛分別時的情形了。這時望中之人早已不見，所見只有沿途風光。大水有小口旁通叫浦，別浦也就是水流分支的地方，那裡水波迴旋。「津堠」是渡口附近的守望所。因為已是傍晚，所以渡口冷冷清清的，只有守望所孤零零地立在那裡。景物與詞人的心情正相吻合。再加上斜陽冉冉西下，春色一望無邊，空闊的背景越發襯出自身的孤單。他不禁又想起往事：「念月榭攜手，露橋聞笛。沉思前事，似夢裡，淚暗滴。」月榭之中，露橋之上，度過的那些夜晚，都留下了難忘的印象，宛如夢境似的，一一浮現在眼前。想到這裡，不知不覺滴下了淚水。「暗滴」是背著人獨自滴淚，自己的心事和感情無法使旁人理解，也不願讓旁人知道，只好暗自悲傷。

統觀全詞，縈迴曲折，似淺實深，有吐不盡的心事流蕩其中。無論景語、情語，都很耐人尋味。（袁行霈）

西河　周邦彥

金陵

佳麗地，南朝盛事誰記？山圍故國遶清江，髻鬟對起①；怒濤寂寞打孤城，風檣遙度天際。

斷崖樹，猶倒倚；莫愁艇子曾繫。空餘舊跡鬱蒼蒼，霧沉半壘。夜深月過女牆來，傷心東望淮水。

酒旗戲鼓甚處市？想依稀、王謝鄰里。燕子不知何世；入尋常巷陌人家，相對如說興亡，斜陽裡。

〔註〕①髻鬟對起：形容山巒聳峙如髻鬟。

懷古詩詞在詩歌史上是一朵奇葩。歷來有不少詞人宗匠曾經寫過這一類傑出的詩篇。他們面對著「人事有代謝，往來成古今」（孟浩然〈與諸子登峴山〉）的勝地，不僅目擊到自然界的滄桑，更由此而引起人事興衰的感觸，抒發了政治見解和哲理觀念。在這種穿插著追念古昔和寄慨當前的詩篇中，往往浮想聯翩，表現了詩人深邃的思想。

周邦彥這首詞雖然是隱括劉禹錫〈金陵五題·石頭城〉和〈金陵五題·烏衣巷〉二詩而成的，但因為他「採唐詩融化如自己者，乃其所長」（宋張炎《詞源》），所以能夠做到從通篇景語中見情語，並且能夠透過景物描繪的「頓挫」體現懷古之情的「波瀾」，使人們觸景生情，見微知著。上片一開始就突兀橫空而出，點明六代故都金陵是一個「佳麗地」，這一句是從南朝謝朓〈入朝曲〉「江南佳麗地，金陵帝王州」中來，既切金陵，又令人渾然不覺。結尾卻又言簡意賅地描寫燕子的呢喃話舊，時間、地點是在「斜陽裡」的故都。以繁華始，以蕭瑟終，全詞情景的基調就這樣顯示了。至於「佳麗地」如何從繁華轉為蕭瑟？那就更妙。經過詞人運用了峰迴路轉、若斷若續的手法，金陵的一幅滄桑圖景刻畫得多麼深切，詞人感時弔古的棖觸又是多麼縈迴起伏！清陳廷焯評周邦彥有云：「美成詞有前後若不相蒙者，正是頓挫之妙。」（《白雨齋詞話》卷一）頓挫的特色，在這篇懷古詞中，應該說是更為顯著了。作者在懷古，著眼點是六朝舊事，因歷史興亡之感總括於「南朝盛事誰記」一句中，真是慨乎言之。下面分別作點染。「山圍」四句化用〈石頭城〉「山圍故國周遭在，潮打空城寂寞回」詩意。「莫愁艇子曾繫」句從古樂府〈莫愁樂〉「艇子打兩槳，催送莫愁來」句中化出。曾經繫過莫愁佳麗的遊艇，斷崖倒樹，觸目荒涼，這不分明是「空餘舊跡」了嗎？接著，化用〈石頭城〉「淮水東邊舊時月，夜深還過女牆來」的詩境，傷心東望，淮水蒼茫（淮水即秦淮河）。「酒旗戲鼓甚處市？想依稀、王謝鄰里」，是以舊時貴族居住區今已淪為平民商業街市來反映人世滄桑。最後，在一片迷茫中，忽然出現了「燕子」飛來的神到之筆，化用〈烏衣巷〉「舊時王謝堂前燕，飛入尋常百姓家」的詩境，借燕子以訴說興亡，揭示詞人心頭鬱結的無窮感觸。

周邦彥這首懷古詞的特點，從時間範疇說是如上的斷續交織，從空間範疇來說，卻又是疏密相間。蘇軾的〈念奴嬌．赤壁懷古〉上片，就只是潑墨畫似的寫了「江山如畫」，下片就只是集中地寫了周瑜，一氣貫注，如同駿馬注坡，純屬粗線條的勾勒。正如清朱祖謀所評：「兩宋詞人約可分為疏、密兩派，清真介在疏密之間。」（《詞話叢編補編．彊邨老人評詞補．清真詞》）譬如，詞的第一部分以疏為主，詞人放眼江山，對作為「佳麗地」的「故國」金陵做了一個全面的鳥瞰。第二部分以密為主，在前面基礎上做了進一步的勾勒：從前面圍繞「故國」的山峰，引出了後面的「斷崖樹」，以至想像中的「莫愁艇子」；從前面的「清江」，引出後面的「淮水」；再從前面的「孤城」，引出後面的霧中「半壘」和月下「女牆」。這就好比電影鏡頭，冉冉撲來的不再是遠景、全景，而是中景和近景了。到了第三部分，畫面凸出的就只是特寫鏡頭：一幀飛入尋常百姓家的燕子呢喃圖。小小飛禽的對話，可以說刻畫入微，密而又密。「相對」，是指燕子與燕子相對，儘管牠們的呢喃本無深意，然而在詞人聽來看來，卻為牠們的「不知何世」而倍增興亡之感。「疏」利於「寫大景」（清王夫之《薑齋詩話》卷二），寫出高情遠意；「密」利於畫龍點睛，寫出「小景」，寫出事物的不同一般的特徵。

總的來說，此詞藝術技巧是極其精湛的，它不正面觸及巨大的歷史事變，不著絲毫議論，而只是透過有韻味的情景鋪寫，形象地抒發作者的滄桑之感，寓悲壯情懷於空曠境界之中，並使壯美和優美相結合，確是懷古詞中一篇別具匠心的佳作。但是，作者究竟為什麼要懷古，則含糊帶過，顯得詞意為詞采所掩。這可能正是南朝梁鍾嶸所說的「專用比興，患在意深，意深則詞躓」（《詩品．總論》）的緣故吧。（吳調公）

拜星月慢　周邦彥

夜色催更，清塵收露，小曲幽坊月暗。竹檻燈窗，識秋娘庭院。笑相遇，似覺瓊枝玉樹相倚，暖日明霞光爛。水盼蘭情，總平生稀見。

畫圖中、舊識春風面。誰知道、自到瑤臺畔。眷戀雨潤雲溫，苦驚風吹散。念荒寒、寄宿無人館。重門閉、敗壁秋蟲嘆①。怎奈向、一縷相思，隔溪山不斷。

〔註〕①歐陽脩〈秋聲賦〉：「但聞四壁蟲聲唧唧，如助予之歎息。」

這首詞，詞人懷念的是一個妓女。就題材論，宋詞中常見，周邦彥詞中亦常見，但在表現手法上，這首詞卻別出機杼。上片不寫現在，而寫過去；開頭不用「記」、「猶憶」、「追念」等字眼，而故作狡獪，用「賦」的手法來寫，使人讀下去，好像是在寫現在。清周濟評此詞曰：「全是追思，卻純用實寫，但讀前闋，幾疑是賦也。」（《宋四家詞選》評）

「夜色催更，清塵收露，小曲幽坊月暗。」先寫那一次豔遇的時間和地點。四圍的夜色催動了更鼓，路上的輕塵吸收了露水，已不會飛揚起來。天上是缺月，微光淡彩，使得小曲幽坊籠罩著一層幽暗的顏色。「竹檻燈窗，識秋娘庭院。」就是在這樣一個靜悄悄的晚上，靜悄悄的地方，他望見了平日所愛慕的秋娘的庭院：以竹為檻，燈隱窗內，十分幽美。一路迤邐行來，月光、夜色、更聲陪伴著詞人到達了目的地，五句話非常簡潔，而此中人物已呼之欲出。接著就寫一見傾心，兩情歡洽：「笑相遇，似覺瓊枝玉樹相倚，暖日明霞光爛。」這是極為出色的警句。這次來訪，彷佛遇仙，從環境到人，都不同尋常。我是多麼幸運，能遇到這樣美麗的仙子，一剎那間，真覺眼前一亮。「瓊枝玉樹」是形容她的高貴潔白，「暖日明霞」是形容她的光彩奪目。「瓊枝玉樹」，語本南朝江淹〈古別離〉「願一見顏色，不異瓊樹枝」和東晉謝玄稱佳子弟為「芝蘭玉樹」（南朝宋劉義慶《世說新語．言語》）。「暖日明霞」，見戰國宋玉〈神女賦〉「其始來也，耀乎若白日初出照屋梁」和三國曹植〈洛神賦〉「皎若太陽升朝霞」。一般寫麗人，常是寫她的外貌，如花容月貌等，而這裡則是寫她的光彩照人；光彩是內在的精神透過外貌而反映出來的，故覺得不同於尋常。「水盼蘭情，總平生稀見。」她水汪汪的眼睛能說話，像幽蘭般的芳情熏人欲醉，兩句寫足了兩情的歡洽，寫足了「目成」（目交心許）幸遇之情。上闋的實寫手法，使過去的事，恍如就在眼前，加強了真實感。

下闋「畫圖中、舊識春風面。誰知道、自到瑤臺畔。眷戀雨潤雲溫，苦驚風吹散。」「畫圖」句化用杜甫〈詠懷古跡五首〉其三詠王昭君的「畫圖省識春風面」。「舊識」點明上闋是回憶。過去已看到她的畫像，傾慕她的美麗。但意料不到的是，她竟會愛上我這個不為流俗所喜的人；更意料不到兩情如此融洽，意謂從此可以長久歡聚，不會為外力所拆散；但現在卻被外力拆散了。換頭四句，層層遞進，幾經轉折，這就是周濟所說的「加倍跌宕」（《宋四家詞選》）。「誰知道」和「苦」，就是用來加強表達這種感情上的突起突落，從驚喜幸遇到擔心被拆散到竟然被拆散，反映詞人的心理變化過程。無此跌宕，詞人感情上的劇烈變化就很難表達得這麼充分、有力。

「念荒寒、寄宿無人館。重門閉、敗壁秋蟲嘆。」一對鴛侶突然被拆散，現在自己置身在荒寒寂寞概無他人的客館中，重門閉著，只聽到敗壁秋蟲的悲鳴，似在助人嘆息。此情此境，其何以堪！這是一種鮮明的前樂後苦的對比。「怎奈向、一縷相思，隔溪山不斷。」說在此人不能堪的淒涼情況之下，奈何尚添兩地相思之苦！歇拍兩句，表現了詞人對愛情的執著，也表現了相思的痛苦。寫離情至此，可說是毫髮無遺憾了。

宋張炎《詞源》認為周詞「軟媚」，其實不然。這首詞，抒情述事，細膩生動，表現力強，人家能寫到十分的，他卻能寫到十二分，表現出一種深厚質重的風格。此詞之所以能有如此表現力，一是周濟所說的「加倍跌宕」的手法，二是依靠虛字的力量，如上片的「似覺」、「總」等，下片的「誰知道」、「怎奈向」等，曲折頓挫，更深刻地表達了思想感情。（萬雲駿）

尉遲杯　周邦彥

離恨

隋堤路，漸日晚、密靄生深樹。陰陰淡月籠沙，還宿河橋深處。無情畫舸，都不管、煙波隔前浦。等行人、醉擁重衾，載將離恨歸去。

因思舊客京華，長偎傍疏林，小檻歡聚。冶葉倡條俱相識，仍慣見、珠歌翠舞。如今向、漁村水驛，夜如歲、焚香獨自語。有何人、念我無聊，夢魂凝想鴛侶。

這首詞寫主人公在隋堤之畔，運河之上，淡月之下，客舟之中的一段離愁別恨。隋堤路，是指宋之汴京至淮河一段的水路，因為是隋煬帝所開的大運河的一段，故稱隋堤路。天色已晚，暮靄籠罩著岸邊的密林，淡淡的月光灑在河邊的沙灘上，一條客船停泊在河橋深處的水路驛站。附近是漁村。客船上的主人公焚香獨坐，不時喃喃自語。他低頭沉思，想著和戀人分手時的情景：餞別時借酒澆愁，竟然醉倒，上船擁被而臥，不知不覺地，自身連同離恨被這條船一起載走，過了前浦煙波；他進一步追想，舊時客居京都，他和戀人，曾在疏林之傍，小檻之前歡聚。一起歡聚的歌妓們也都是相互認識的。當時美人歌舞，好不熱鬧。如今獨自一人，多麼無聊，只能在夢中想像鴛鴦伴侶。全詞由景及情，因今及昔，寫法頗似柳永，而更委婉多變。寫眼前景致採用白描手法，描繪出一幅河橋泊舟圖，像筆墨淋漓的水墨畫。敘寫追思往事時，用了借物達意、反襯對比兩種手法，值得著重分析。

「無情畫舸，都不管、煙波隔前浦。等行人、醉擁重衾，載將離恨歸去。」這幾句寫分手時的情景，用的就是借物達意手法。清王應奎《柳南隨筆》說：「詩意大抵出側面。鄭仲賢〈送別〉云：『亭亭畫舸繫春潭，只待行人酒半酣。不管煙波與風雨，載將離恨過江南！』人自別離，卻怨畫舸。義山（李商隱）憶往事而怨錦瑟，亦然。文出正面，詩出側面，其道果然。」這詞寫餞別情景是從宋鄭仲賢（按：一作宋張耒）〈送別〉詩脫化出來的。王氏所謂「詩意出側面」，是指詩情借物宣洩，遷怨於物。怨畫舸、怨錦瑟皆然。有情人偏遇著這無情的畫舸，它全然不管戀人們難分難捨，將行人連同離恨都載走了。這裡遷怨畫舸，就是側寫。物本無情，視為有情，復責其無情，以責怪於物來表達自己的離情別恨，是借物達意的一種方式：離恨、離愁是一種感情，都是虛的，是不可見、不可聞、不可觸、不可載的，然而詩人們卻常常化虛為實，將愁恨說成可以拋擲、剪割、車載、斗量，好像愁恨是有形體有重量的東西。這裡船載離恨，就是化虛為實。明沈際飛《草堂詩餘正集》評本詞曰：「蘇詞『只載一船離恨向西州』；秦（按：應為張）詞『載取暮愁歸去』，又是一觸發。」蘇軾〈虞美人〉、張元幹〈謁金門〉也將愁恨寫成可以船載的東西。後來又有李清照〈武陵春〉「只恐雙溪舴艋舟，載不動許多愁」，辛棄疾〈水調歌頭〉「明夜扁舟去，和月載離愁」，例子不勝枚舉，都出自同一機杼。這種化虛為實也是一種借物達意的方式。

「因思舊客京華，長偎傍疏林，小檻歡聚。冶葉倡條俱相識，仍慣見、珠歌翠舞。」這是寫昔日京華相聚的歡樂場面。「冶葉」句化用李商隱〈燕臺四首・春〉「冶葉倡條遍相識」。所謂「冶葉倡條」，乃指歌妓。詞中主人公的戀人，也是歌妓一流人物。所以他同歌妓們廝混得很熟，常在一起，觀賞她們歌舞。這歡樂的回憶，與「漁村水驛，夜如歲、焚香獨自語」，恰成鮮明對比。人在由聚而散之際，回想歡樂聚會，必添愁情離懷。回憶對比，是很能觸發情感的。李清照〈永遇樂〉寫元宵「風鬟霜鬢，怕見夜間出去」，同往昔中州盛日元宵佳節「鋪翠冠兒，撚金雪柳，簇帶爭濟楚」，也形成強烈對比。這種回憶對比，更加凸出她的孤獨感和淒涼感。周邦彥這首詞，除用回憶對比外，還有一種對比，就是夢境和現實對比。「有何人、念我無聊，夢魂凝想鴛侶」，這個結尾，詞評家多以為寫得拙直、率意。清周濟《宋四家詞選》說「一結拙甚」。清譚獻《譚評詞辨》說「收處頗率意」。誠然，這個收尾是不夠含蓄的，餘味也不長；但是感情還是十分樸實濃烈的。為什麼有這效果呢？就因為這裡還用了眼前實境和夢中虛境對照的手法。現實是舟中獨處，夢中卻是鴛侶和諧。「鴛侶」一詞已近於抽象化，形象不夠豐滿。但還是足以襯出離情別恨的。李後主〈浪淘沙令〉「羅衾不耐五更寒。夢裡不知身是客，一晌貪歡」，夢中的「貪歡」同樣不夠形象化，但也已足以反襯出李後主亡國哀痛的激烈感情了。所以夢「鴛侶」的結尾未可以為拙、率而輕易抹煞。（林東海）

蝶戀花

周邦彥

月皎驚烏棲不定①，更漏將殘，轆轤牽金井②。喚起兩眸清炯炯。淚花落枕紅綿冷。

執手霜風吹鬢影，去意徊徨，別語愁難聽。樓上闌干橫斗柄，露寒人遠雞相應。

〔註〕①王維〈皇甫嶽雲溪雜題五首：鳥鳴澗〉：「月出驚山鳥。」②轆轤汲水聲，可參考歐陽脩〈鵯鵊詞〉：「金井轆轤聞汲水。」

上疊起首三句是由離人枕上所聞，寫曙色欲破之景，妙在全從聽得（月皎為烏棲不定之原因，著重仍在烏啼，不在月色也），為下文「喚起兩眸」張本。烏啼、殘漏、轆轤，皆驚夢之聲也。下兩句實寫枕上別情，「喚起」一句能將淒婉之情懷，驚怯之意態曲曲繪出。美成寫離別之細膩熨帖，每於此等處見之。此句實是寫乍聞聲而驚醒。乍醒之眼應曰矇矓，而彼反曰「清炯炯」者，正見其細膩熨帖之至也。若夜來甜睡早被驚覺，則惺忪乃是意態之當然；今既寫離人，而仍用此描寫，則似小失之矣。美成〈早梅芳〉曰：「正魂驚夢怯，門外已知曉。」可與此句互相發明。此處妙在言近旨遠，明寫的是黎明枕上，而實已包孕一夜之淒迷情況。只一句，個中人之別恨已呼之欲出。「淚花」一句另是一層，與「喚起」非一事。讀者勿疑，試著眼於一「冷」字，便知吾言不誣。紅綿為裝枕之物，若疏疏熱淚亦只能微沾枕函而已，絕不至濕及枕內之紅綿，且不至於冷也。今既曰「紅綿冷」，則淚痕之交午，及別語之纏綿，可想知矣。故「喚起」一句為乍醒之況，「淚花」一句為將起之況，程敘分明。兩句中又包孕無數之別情在內，作一句讀下，殆非善讀者。離人至此，雖欲戀此枕衾，已至萬無可再戀之時分，於是不得不起而就道矣，在此逗入下片。

「執手」三句已起矣，由房闥而庭院矣；「樓上」兩句已去矣，由庭除而途路矣。上極其委婉紆徐，下極其飄忽駿快，寫「將別」時之留戀，「別」時之匆促，調與意會，情與詞兼矣。末二句上寫空閨，下寫野景，一筆而兩面俱徹，閨中人天涯之思有非言說所能盡者，「一聲村落雞」③，溫庭筠〈更漏子〉結句，此易一為多耳。清真善用前人絕構，略加點染，便有味外味，今人輒曰創造如何，因襲如何，半耳食之論也。（俞平伯）

〔註〕③亦見於約與溫庭筠同時的唐顧非熊〈秋日陝州道中作〉：「關河午時路，村落一聲雞。」

點絳唇　周邦彥

傷感

遼鶴歸來，故鄉多少傷心地。寸書不寄，魚浪空千里。
憑仗桃根，說與淒涼意①。愁無際。舊時衣袂，猶有東門淚②。

〔註〕①一作「相思意」。②一作「東風淚」。

宋王灼《碧雞漫志》卷二記載：「周美成初在姑蘇，與營妓岳七楚雲者遊甚久。後歸自京師，首訪之，則已從人矣。明日飲於太守蔡巒子高坐中，見其妹，作《點絳唇》曲寄之。」宋洪邁《夷堅三志壬集》卷七所記略同，末云：「楚雲覽之，為之累日感泣。」二書所附詞，文字與集本頗有異同。王灼與周邦彥年代相距不遠，若所記屬實，詞當作於徽宗大觀二、三年（一一〇八～一一〇九）間。但邦彥錢塘（今浙江杭州）人，蘇州不是他的故鄉，也未曾在蘇州做官或寄居，不可能與楚雲「遊甚久」，以至於生出這樣深的相思情愫。筆記小說對詞人詞事每多附會，不能盡信，這一首詞，也只能作為一般寫戀情的作品來看，而且也不一定是「夫子自道」。

「遼鶴歸來，故鄉多少傷心地」，兩句以比興發端。將自己比作離家千年的遼東鶴，一旦飛回故鄉，事事處處都引起對往昔生活的深情回憶，觸發起無限傷感的情懷。「遼鶴」用《搜神後記》中丁令威的故事。丁令威，遼東人，外出學道多年，化為仙鶴，飛歸故鄉，停在城東門的華表柱上，歌曰：「有鳥有鳥丁令威，去家千年今始歸。城郭如故人民非，何不學仙離塚壘？」「故鄉多少傷心地」，宋洪邁編撰《夷堅三志》作「故人多少傷心事」。兩句總的只是說了一種物是人非的感慨，其他則盡在不言中。亦虛亦實，頗得詞體。

「寸書不寄，魚浪空千里」兩句也暗用典故。舊題西漢劉向《列仙傳》載：陵陽子明釣得白魚，腹中有書。又，東漢蔡邕〈飲馬長城窟行〉有句云：「客從遠方來，遺我雙鯉魚。呼兒烹鯉魚，中有尺素書。」這裡化用舊典，補敘別後多年了無音信。上句似先寫對方不寄書，實是從己方感覺而後得知。下句直說自己久盼情狀。盼而「空」是結果；久盼的全過程，便從這個「空」字透露出來；從這個「空」，才回過頭來察覺了本是由於對方的「寸書不寄」。看他只就書信一事，寫來詞意平實，卻蘊有這許多精細的思致，迴環繚繞，無一字言情而情自深。

過片又回到眼前。人事變遷，信音遼邈，重來舊處，不見伊人，欲訴無由，何以為懷！「憑仗桃根，說與淒涼意。」東晉王獻之有〈桃葉歌〉三首，其二云：「桃葉復桃葉，桃葉連桃根。……」桃葉，獻之愛妾名，其妹名桃根——幸而見到了她的「桃根」妹妹，姊妹連枝，憑她說與，雖隔一層，卻是最好的「傳言玉女」了。「淒涼意」，《夷堅三志》作「相思意」。「淒涼」也好，「相思」也好，都是指多年積蓄未了之情。「淒涼」二字似乎表達得更深一些。這裡有兩個字寫到「情」了，卻也不多說，是不勝說也。有這兩個字便夠，晏幾道〈浣溪沙〉不是也只寫道「一春彈淚說淒涼」麼？

結尾「愁無際」三字，包含了別來至今，蕩漾在自己心中的無盡的悲感，元王實甫《西廂記》所謂「口不言，心自省」者。「東門淚」，謂餞別之淚，漢宣帝時，太子太傅疏廣辭官還鄉，公卿大夫等設宴餞送於東都門外。固此處借用，代敘當日臨分之地，泣別之事。衣襟淚痕，別時所留，自撫之而自記之，具見蘊藉，具見性情。

不必問它果真有個「桃根」妹者傳言於彼人與否，又「覽之感泣」與否。小說家言，似不必太認真看待也。

全詞採用直抒胸臆的手法，共只九句，「淡淡寫來，深情無限」（清許昂霄《詞綜偶評》），但章法多變，騰挪跌宕，搖曳生姿。首二句直敘眼前，開門見山；第三句本該倒敘昔日相聚時怎麼怎麼歡快，卻是單敘別後獨自相思多麼苦惱。五、六句於絕望之餘生出希望。過去魚浪空浮千里，不能傳遞書信，如今「桃根」就在眼前，定能將自己的心意原原本本傳至對方。這樣一個曲折，倍覺情真意切。結尾三句，觸物生情，從東門送別時衣袂上的淚痕，再度引起回憶，與開頭「故鄉多少傷心地」遙遙綰合，語雖淡而情愈深。短短一首小詞，能生出許多波折，忽而眼前，忽而過去，迴環往復，吞吐凝咽，真乃美成長技。（陳長明）

玉樓春

周邦彥

桃溪不作從容住，秋藕絕來無續處。當時相候赤欄橋，今日獨尋黃葉路。
煙中列岫青無數，雁背夕陽紅欲暮。人如風後入江雲，情似雨餘粘地絮。

周邦彥的詞，語言典麗精工，章法嚴密多變。但較之同時的秦觀，有時不免顯得多故實而少情致。這首〈玉樓春〉，卻能於典麗精工中蘊含深摯濃密的情致，是具有周詞特色而無其常見缺點的優秀篇章。

詞的內容並不新鮮，不過是寫離情——與所愛女子隔絕後重尋舊地的寂寞惆悵。首句「桃溪」用典。傳東漢時劉晨、阮肇入天台山採藥，於桃溪邊遇二女子，姿容甚美，遂相慕悅，留居半年，懷鄉思歸，女遂相送，指示還路。及歸家，子孫已歷七世。後重訪天台，不復見二女。唐人詩文中常用遇仙、會真暗寓豔遇。「桃溪不作從容住」，暗示詞人曾有過一段劉阮入天台式的愛情遇合，但卻沒有從容地長久居留，很快就分別了。這是對「當時輕別意中人」（晏殊〈踏莎行〉）的情事的追憶，口吻中含有追悔意味，不過用筆較輕。用「桃溪」典，還隱含「前度劉郎今又來」（劉禹錫〈再遊玄都觀〉）之意，切合舊地重尋的情事。可見詞人選擇典故的精切。

第二句用了一個譬喻，暗示「桃溪」一別，彼此的關係就此斷絕，正像秋藕（諧「偶」）斷後，再也不能重新連接在一起了，語調中充滿沉重的惋惜悔恨情緒和欲重續舊情而不得的遺憾。「別時容易見時難」（李煜〈浪淘沙令〉），珍貴的東西一旦在無意的輕率中失去，留下的便只有永久的悔恨。人們常用藕斷絲連譬喻舊情之難

周邦彥〈玉樓春〉（桃溪不作從容住）——明刊本《詩餘畫譜》

忘，這裡反其語而用其意，便顯得意新語奇，不落俗套。以上兩句，側重概括敘事，揭出離合之跡，為下面抒寫「今日獨尋」情景張本。

「當時相候赤欄橋，今日獨尋黃葉路。」三四兩句，分承「桃溪」相遇與「絕來無續」，以「當時相候」與「今日獨尋」情景作鮮明對比。赤欄橋與黃葉路，是同地而異稱。俞平伯《唐宋詞選釋》引顧況〈題葉道士山房〉「水邊垂柳赤欄橋」、溫庭筠〈楊柳八首〉其一「一渠春水赤欄橋」、韓偓〈寒食日重遊李氏園亭有懷〉「往年同在鸞橋上，見倚朱欄詠柳綿」等人詩詞，說明赤欄橋常與楊柳、春水相連，指出此詞「黃葉路明點秋景，赤欄橋未言楊柳，是春景卻不說破」。同樣，前兩句「桃溪」、「秋藕」也是一暗一明，分點春、秋。三四正與一二密合相應，以不同的時令物色，渲染歡會的喜悅與隔絕的悲傷。朱漆欄杆的小橋，以它明麗溫暖的色調，烘托了往日情人相候時的溫馨旖旎和濃情密意；而鋪滿黃葉的小路，則以其蕭瑟淒清的色調渲染了今日獨尋時的寂寞悲涼。由於是在「獨尋黃葉路」的情況下回憶過去，「當時相候赤欄橋」的情景便分外值得珍重留連，而「今日獨尋黃葉路」的情景也因美好過去的對照而愈覺孤孑難堪。今昔之間，不僅因相互對照而更見悲喜，而且因相互交融滲透而使感情內涵更加豐富複雜。既然「人如風後入江雲」，則所謂「獨尋」，實不過舊地重遊，在記憶中追尋往日的繾綣溫柔，在孤寂中重溫久已失落的歡愛而已，但畢竟在寂寞惆悵中還有溫馨明麗的記憶，還能有心靈的一時慰藉。這種豐富複雜的感情，正透出情的執著痴頑，為下片結句伏脈。今昔對比，多言物（景）是人非，這一聯卻特用物非人杳之意，也顯得新穎耐味。「赤欄橋」與「黃葉路」這一對詩歌意象，內涵已經遠遠越出時令、物色的範圍，而成為不同的心態和人生階段的一種象徵了。

過片兩句，轉筆宕開寫景：「煙中列岫青無數，雁背夕陽紅欲暮。」這是一個晴朗的深秋的傍晚。在煙靄繚繞中，遠處排立著無數青翠的山巒；夕陽的餘暉，照映在空中飛雁的背上，反射出一抹就要黯淡下去的紅色。

兩句分別化用南朝謝朓〈郡內高齋閒坐答呂法曹詩〉「窗中列遠岫」與溫庭筠〈春日野行〉「鴉背夕陽多」，但比原句更富遠神。它的妙處，主要不在景物描寫刻畫的工麗，也不在景物本身有什麼象徵含義；而在於情與景之間，存在著一種若有若無、若即若離的聯繫，使人讀來別具難以言傳的感受。那無數並列不語的青嶂，與「獨尋」者默默相對，更顯出了環境的空曠與自身的孤孑；而雁背的一抹殘紅，固然顯示了晚景的絢麗，可它很快就要黯淡下去，消逝在一片暮靄之中了。這闊遠中的孤獨，絢麗中的黯淡，與「獨尋」者的處境、心境之間似乎存在著有神無跡的聯繫。

「人如風後入江雲，情似雨餘粘地絮。」結拍兩句，收轉抒情。隨風飄散沒入江中的雲彩，不但形象地顯示了當日的情人倏然而逝、飄然而沒、杳然無蹤的情景，而且令人想見其輕靈縹緲的身姿風貌。雨過後粘著地面的柳絮，則形象地表現了主人公感情的牢固膠著，還將那欲擺脫而不能的苦惱與紛亂心情也和盤托出。這兩個比喻，都不屬那種即景取譬、自然天成的類型。而是刻意搜求、力求創新的結果。但由於它們生動貼切地表達了詞人的感情，讀來便只覺其沉厚有力，而不感到它的雕琢刻畫之跡。清陳廷焯《白雨齋詞話》說此詞結句「上言人不能留，下言情不能已。呆作兩譬，別饒姿態，卻不病其板，不病其纖」，可謂具眼。「情似雨餘粘地絮」，正是全詞的點眼。詞中所抒寫的，正是這種執著膠固、無法解脫的痴頑之情。

〈玉樓春〉這個詞調，七言八句，句式整齊，本篇又兩兩相對，通首排偶，貫串對比手法，這本來很容易流於平板，但卻不給人這種感覺。因為詞人在運用對比手法時，每一聯都有不同的角度。一二句與三四句雖同樣從今昔上對比，但前者著重從因果上，後者著重從景物、心情上對比。五六句則凸出色彩上（「青」與「紅」）的對比；七八句又轉從對方與自己的角度對比。同時，五六句宕開寫景，與前後各句間若斷若續，在結構章法上也顯出了頓挫變化。再加上貫注全詞的那種深摯濃至的感情，更使人讀來有一氣鼓蕩之感。

周詞多鋪敘，以賦法入詞。這首詞雖包含一個愛情故事，卻不著重鋪敘，而是以虛涵概括、極富情致的筆調抒寫內心的感受。無論用典、比喻、寫景，都凸出表現那種深摯纏綿、膠固執著的感情，那種悔恨、追戀、傷感交並的痴頑之情，情致深厚蘊藉。如果說他的有些詞類似外表華豔、內心淡漠的冷美人，缺乏使讀者感發的強烈力量，那麼這首詞則以感情的沉厚純摯成為「不隔」的佳作。（劉學鍇）

夜飛鵲

周邦彥

河橋送人處，良夜何其？斜月遠墮餘輝。銅盤燭淚已流盡，霏霏涼露霑衣。相將散離會，探風前津鼓，樹杪參旗。花驄會意，縱揚鞭、亦自行遲。迢遞路回清野，人語漸無聞，空帶愁歸。何意重經前地，遺鈿不見，斜徑都迷。兔葵燕麥，向殘陽①、影與人齊。但徘徊班草，欷歔酹酒，極望天西。

〔註〕①一作「斜陽」。

周邦彥詞，古今人所賞識的主要特點：一是寫情沉著；二是語句起伏轉折，有頓挫感；三是結構上時空變化，轉接靈活，其痕跡常常需要細心尋覓。這首詞也表現這些特點，第三點尤其凸出。

這詞是作者重經舊地，回憶送別情人的情況的。「河橋送人處，良夜何其？」起兩句寫送別的地點、時間。時間是在夜裡，夜是美麗的，又是溫馨可念的，故曰「良」；聯繫後文，地點是靠近河橋的一個旅店或驛站；用《詩經．小雅．庭燎》的「夜如何其」問夜到什麼時分了，帶出後文。「斜月遠墮餘輝。銅盤燭淚已流盡，霏霏涼露霑衣。」夜的確是「良」的，是露涼有月的秋夜。但送別情人，依依不捨，故要問「夜何其」，希望這個臨別溫存的夜晚還未央、未艾。可是這時候，室內銅盤上已是蠟盡燭殘，室外斜月餘光已漸收墜，霏霏的涼露濃到會霑人衣，居然是「夜向晨」了，即是良夜苦短、天將向曉的時候。這三句以寫景回答上文；又從景物描寫上襯托臨別時人心的悽惻和留戀。「斜、墮、餘、涼」，都是帶有感情色彩的字；「燭淚」更是不堪。周邦彥詞喜運化唐詩，「燭淚」句即運化杜牧〈贈別二首〉其二「蠟燭有心還惜別，替人垂淚到天明」，李商隱〈無題〉詩「蠟炬成灰淚始乾」。

「相將散離會，探風前津鼓，樹杪參旗。」收束前面描寫，再伸展一層：說臨別前的聚會，也到了要「散離」的時候，那就得探看樹梢上星旗的光影，諦聽渡口風中傳來的鼓聲，才不致誤了行人出發的時刻。參旗，星名，它初秋黎明前出現於天東，更透露了夜的季節性。鼓，可能指渡頭的更鼓，也可能指開船鼓聲，古代開船有擊鼓為號的。觀察外面動靜，是為了多留些時，延遲「散離」，到了非走不可的時候才走，從行動中更細膩地寫出臨別時的又留戀、又提心吊膽的心情。「花驄會意，縱揚鞭、亦自行遲。」寫到出發。大約從旅舍到開船的渡口，還有一段路，故送行者（即作者本人）又騎馬送了一段。從騎馬，見出送行者是男性；從下文「遺鈿」，見出出行者是女性。這段短途送行，作者還是不忍即時與情人分別，希望馬走得慢點，時間挨得久點。詞不直說自己心情，卻說馬兒也理解人意，縱使人要揮鞭趕牠，牠也不忍快走。以馬擬人，又從馬的方面寫人，曲一層、深一層地寫，也很細膩。

上片寫送別前經過，下片換頭三句：「迢遞路回清野，人語漸無聞，空帶愁歸。」接寫送別後歸途。情人一去，作者孤獨地帶著離愁而歸，故頓覺野外寂寞清曠，歸途遙遠，對同一空間的前後不同感覺，也是細膩地反映送別的複雜心情。

「何意重經前地，遺鈿不見，斜徑都迷。」這三句是一個大的轉折，轉得無痕，使人幾乎難以辨認。讀了這幾句，才瞭解上面所寫的，全是對過去的回憶，從這裡起才是當前之事，這樣，才使人感到周詞在結構上的細微用心，在時空轉換上的大膽處理，感到這裡真能使上片「盡化雲煙」。清陳洵《海綃說詞》說「河橋」句是「逆入」，「何意」句是「平出」，「逆」即逆敘以往，「平」即平敘當前。「何意」句領起後文，直貫到全詞結尾；第二句寫情人去後，不見遺物，比作者〈六醜〉詞所寫的「釵鈿墮處遺香澤」，更無餘香餘澤可求；第三句寫舊時路徑，已迷離難認。有人認為「重經前地」以下，寫的還是第二天的事，也說得通。但看來還是寫隔了一段期間重遊為近。因送別歸來，似不會即近黃昏之際，況道路迷離，如果是芳草茂生之故，那就是春夏季節，與上文又不合。「兔葵燕麥，向殘陽、影與人齊。」送別是在晚上和天曉時候；重遊則在傍晚，黃昏中的斜陽，照著高與人齊的兔葵、燕麥的影子。這兩句描繪「斜徑都迷」之景，有意點出不同期間；又用劉禹錫〈再遊玄都觀〉詩序「唯兔葵燕麥，動搖於春風耳」的典故，表示事物變遷之大。感慨人去物非的細膩心情，完全寄寓於景，不直接流露，故近人梁令嫻《藝蘅館詞選》載梁啟超評說：「『兔葵燕麥』二語與柳屯田之『曉風殘月』，可稱送別詞中雙絕，皆鎔情入景也。」下面三句：「但徘徊班草，欷歔酹酒，極望天西。」說在過去列坐的草地上，徘徊酹酒，向著情人遠去的西邊方向，望極天邊，而欷歔嘆息，不能自已。只「欷歔」二字，直接抒情，餘亦寓情於事。

全詞寫的是惜別、懷舊之情，情不直接流露，只於寫景、寫事、託物（如借馬寫人）上見之，寫得細膩、沉著；結構上層層伸展，層層頓挫，而又轉接細微無跡；誠如清陳廷焯《詞則・大雅集》所評的，寫得「哀怨而渾雅」。它不愧是周詞中一首出色的、有代表性的作品。（陳祥耀）

芳草渡

周邦彥

昨夜裡，又再宿桃源，醉邀仙侶。聽碧窗風快，珠簾半捲疏雨。多少離恨苦。方留連啼訴。鳳帳曉，又是匆匆，獨自歸去。

愁顧。滿懷淚粉，瘦馬衝泥尋去路。謾回首、煙迷望眼，依稀見朱戶。似痴似醉，暗惱損、憑欄情緒。澹暮色，看盡棲鴉亂舞。

周邦彥青年時代在汴京曾有過一段浪漫生活，在其早期作品裡也抒寫了一些哀豔的情事。這首〈芳草渡〉，或是其中的一個動人片斷，含蓄而饒有詩意。

詞是以追憶的方式敘述的，以逆入起筆。「昨夜裡」是情事發生的時間，難以忘懷，詞意順著對昨夜情事的回憶而展開。「桃源」，用東漢時劉晨、阮肇入天台山遇仙女事，其地亦得稱「桃源」，如唐人曹唐〈劉晨阮肇遊天台〉已言「不知此地歸何處，須就桃源問主人」。五代王松年《仙苑編珠》卷上云劉、阮「採藥於天姥岑，迷入桃源洞，遇諸仙」。周詞即以桃源借喻昨夜所宿之處的華麗神祕似非人間。「又再宿桃源」，顯然是第二次或第三次來此了。「仙侶」即神仙樣的伴侶，古人常將美豔出眾的女子比為仙女。柳永〈玉女搖仙佩·佳人〉的「飛瓊伴侶，偶別珠宮，未返神仙行綴」便是以仙女來稱讚所戀的歌妓。此處「再邀」的「仙侶」，用法與柳永相同。這次留下最深的印象是離別的痛苦場面，因而作者省略了當晚其他的豔情細節，以「聽碧窗風快，珠簾半捲疏雨」，一筆輕輕帶過。風快雨疏是在華麗的室內感到的，約在拂曉時使人驚醒，增添了離人的淒涼情調。「多少離恨苦」為全篇詞旨所在。春風一度，情意綢繆，分別最為痛苦，故離恨之多少實難以估量。「方」字為詞中的轉筆，自此進入正面描述離別場面。「啼訴」，為那位仙子向抒情主人公訴說許多的離恨，留連纏綿，不忍分別。「鳳帳」為繡有鸞鳳的羅帳。正值傾訴離恨之時，忽從羅帳裡見到曙色，只得忍心獨自歸去。離去的匆匆，說明他們之間存在某種社會性的原因而不能自由地相聚一起；「又」字再度強調了匆匆獨歸，同留宿仙境一樣已非第一次了。

這首詞上下闋之間銜接緊密，意脈不斷，換頭處繼續敘述離別出門後的留戀之情。他傷心地見到襟懷裡留下那位多情仙子的「淚粉」。當互訴離恨時，她哭了，流的淚很多，與妝粉和在一起了。他的「愁顧」是屬於「空有相憐意，未有相憐計」（柳永〈婆羅門令〉）的情形，對於現實的狀況一籌莫展，唯有徒自發愁。他獨自歸去時騎的是瘦馬，急急忙忙地在泥濘的道路上辨尋歸途。「銜泥」與拂曉的疏雨有關，上下照應。「謾回首」表示已經離去較遠，而依戀之情卻難盡。「煙迷望眼」，離情倍加淒楚，曉煙中桃源迷茫，只隱約地見到伊人的「朱戶」。詞中的「碧窗」、「珠簾」、「鳳帳」、「朱戶」都極力表現夜來宿處的綺麗，真有誤入仙境之感。關於朱戶，周邦彥〈憶舊遊〉有「也擬臨朱戶，嘆因郎憔悴，羞見郎招；舊巢更有新燕，楊柳拂河橋」，寫歌樓女子。可見〈芳草渡〉中的「朱戶」也是借指歌樓的。

詞至此敘述完了昨夜難忘的離別情景，詞意的發展遂由追憶轉到現實。「憑欄」是理解全篇結構的關鍵。抒情主人公是在憑欄的時候回憶昨夜情景的。「似痴似醉」是在追憶時的精神狀態，歡樂與痛苦猶令之神馳，桃源仙境留下的印象太深刻動人了。很可能他憑欄是為了觀賞景物，而對昨夜的回憶擾亂了觀賞情緒，痛苦的別恨在心中無法排遣和消除。結句「澹暮色，看盡棲鴉亂舞」，是周詞中習見的以景結情的寫法。「澹暮色」是薄暮時，暮色不深，補明憑欄的時間。這時烏鴉歸巢了，「看盡」表明憑欄佇立之久。「棲鴉亂舞」或許是實景，景與意會，情景交融，以此表達了昨夜別恨所引起的悲傷和煩亂的心情。這樣，使全詞的結尾富於詩意的聯想，也使結構顯得搖曳多姿了。

周邦彥詞大量使用事典、代字和融化前人詩句，具有晦澀的藝術傾向。南宋人劉肅為陳元龍《詳註周美成詞片玉集》作序時就指出：「知其故實者，幾何人斯。」當時讀其詞就感到許多障阻和困難了。這首詞卻無艱澀難讀的缺陷，也不像一些詞裡那樣輕薄狎褻，情感是較為真摯深厚的。加上辭語的華美，詞情的含蓄，因而仍具周詞典雅的特色。全詞立足於片時的思緒，重點非常凸出，而倒敘、鉤轉、以景結情等手法的嫻熟運用使章法富於變化；領字、領句將轉折和時地關係交代較為清楚，於章法變化之中留下可尋的脈絡，體現了結構很有法度。這些都說明了周詞的精美。（謝桃坊）

虞美人

周邦彥

燈前欲去仍留戀，腸斷朱扉遠。未須紅雨洗香腮，待得薔薇花謝便歸來。
舞腰歌板閒時按，一任旁人看。金爐應見舊殘煤，莫使恩情容易似寒灰。

在宋詞中，有不少是描寫詞人與歌兒舞女之間的愛情的，但真正能把筆觸深入到歌兒舞女的命運、心靈深處的詞作，卻不很多。周邦彥的這首詞，就反映了這方面的內容。

這首詞，描寫的是自己遠行前夜，與情人喁喁話別的情境。起句前四字「燈前欲去」，謂話別將盡，詞人就要離開女主人公。這樣一開頭，似乎已沒有什麼可寫的了。然而「仍留戀」三字，轉而寫出欲去未能、依依不捨的情景，從而引起下面語重心長的千言萬語來。原來，起句用的是頓挫筆法。這是詞人的擅場，體現著沉鬱的情感。好比水勢，經過一道停蓄，再奔流下去，就更加洶湧有力。起句正是翻進一層地表現出詞人性情的纏綿、執著。次句出以虛摹的筆法。詞人預想自己明朝上了漫漫旅途，離開情人愈來愈遠，而相思之苦，也會愈來愈重。此種苦痛，難以堪受，真要到斷腸而後已。朱扉，即朱門，是情人居所。這一預想，把詞境推向未來，詞境擴大、伸遠了。同時，也更進一層地表現出愛情的誠摯、深厚。歇拍二句，收回現境，安慰女子說，妳不要再傷心流淚，等到那薔薇花謝的暮春時節，我就回來了。從這兩句話語，又可見出女主人公當下的樣子：淚水和著胭脂，掛滿了兩腮。詞情至此，一對心地真誠純厚的戀人，已形象地呈現在我們面前，他們情深意合的愛情，已全整圓滿地揭示出來。

下片四句緊緊銜接上片歇拍二句，連為一氣，都是詞人對女子的叮嚀。過片二句是說，不妨歌舞依然，以消閒寂，任隨別人去看吧！言外之意十分明白、堅定：我是相信妳的。不過，擔心有個萬一，也是心之常理。所以接著有結尾二句。「金爐應見舊殘煤」，其意本是：應見金爐舊煤殘。現在這樣成句，為的是協調平仄和押韻。煤即麝煤，為熏爐所用的香料。這兩句，化用南朝梁吳均〈行路難〉「金爐香炭變成灰」句意。熏爐為室中常備之物，故詞人就近取譬說，妳看金爐裡原來的香炭，燒殘了，就變成了寒灰。詞人衷心祝願，我們像火一樣熱烈的愛情，莫使它輕易熄滅。這番至誠的祝願，應當看作是他們倆共同的心聲。

這首詞的中間四句，檃括杜牧〈留贈〉詩：「舞靴應任閒人看，笑臉還須待我開。不用鏡前空有淚，薔薇花謝即歸來」，但寫出的仍是自己的一片真情實感。因為詞情與詩情相合，故讀來也覺得貼切自然，如自己出。從藝術手法說，可謂善用故典；從情事刻畫說，則又含有新的社會內容。「舞腰歌板閒時按，一任旁人看」兩句，具有深意。雖說是「閒時按」，但也有不得不如此之意在內。女主人公由於職業、身分的關係，她不得不以自己的伎藝供他人取樂，這種命運對她來說，絕非心甘情願。詞人對她的愛情，建立在對她「不將心嫁冶遊郎」（晏幾道〈浣溪沙〉）的信任之上，所以才有「一任旁人看」之語。這兩句話語，包含著詞人對女子全部的瞭解、同情與信任。這懇切的話語，不光是說明了詞人對女子的愛情可貴，而且也反映了這位女子對自身命運的抗爭，對純潔愛情的忠實。她雖身為下賤，可是她的心靈卻是美好的。（鄧小軍）

長相思慢

周邦彥

夜色澄明，天街如水，風力微冷簾旌。幽期再偶，坐久相看，纔喜欲嘆還驚。醉眼重醒。映雕欄修竹，共數流螢。細語輕輕。盡銀臺、掛蠟潛聽。自初識伊①來，便惜妖嬈，豔質美盼柔情。桃溪換世，鸞馭凌空，有願須成。遊絲蕩絮，任輕狂、相逐牽縈。但連環不解，流水長東②，難負深盟。

〔註〕①伊：第二人稱之辭，猶云君或你，與普通用如「他」字者異。見張相《詩詞曲語辭匯釋》。②一本無「流水長東」。

周邦彥的這首〈長相思慢〉，娓娓訴說了一個看似尋常但並不尋常的愛情故事。

上片描寫戀人重逢的情境。入夜，一天月色空明。京城，滿街月光如水。庭院裡，窗戶前，習習晚風，微送涼意。寫夜漸漸已深，點相會漸漸已久。兩人相思酷深，一旦重逢，此刻縱有萬語千言，也欲說未能，唯有對坐脈脈相看而已。相看已久，知無他故，這時「纔喜欲嘆還驚」。纔喜，是寫自己見到情人後攫住心靈的那番喜悅。欲嘆，寫出幾乎同時不禁要嘆息出聲的反應，嘆的是重逢居然如願以償。欲嘆實未及嘆，緊接著還驚，又寫出攫住心靈的一番驚異。驚的是此情此境，夢耶，真耶？杜甫「妻孥怪我在，驚定還拭淚」（〈羌村三首〉其一）。

刻畫患難餘生之人相逢時乍喜還悲的心理，極為真切。相思之深，相逢之難，皆在言外得之。詞人在無比的驚喜中陶醉了。許久，才從沉醉中醒過來。扶疏的翠竹，掩映著精美的欄杆，兩人相坐其間，一道數著夏夜裡的點點流螢。兩人悄聲細語，情話綿綿，一任那銀盤上的蠟燭悄悄來聽。蠟燭有心，竟至為之熱淚涔涔。為何情話如此感人？詞筆至此，為細心的讀者設下一個小小的懸念。

下片全為詞人的話白，把上片幽美馨逸的情境引向高遠的意境。詞人傾訴說，自從初次認識妳以來，我就熱愛著妳的美好。如何美好？「豔質、美盼、柔情」。豔質，是稱道心上人整個人之美，她的神采風韻。詞人的〈拜星月慢〉「笑相遇，似覺瓊枝玉樹相倚，暖日明霞光爛」，可做最佳註腳。美盼，稱道她雙目之美，所謂「美目盼兮」（《詩經．衛風．碩人》）。眼睛是心靈的窗戶，這是向描寫她的內美過渡。柔情，便稱其性情之溫柔善良。〈拜星月慢〉「水盼蘭情，總平生稀見」，可做美盼、柔情的詮釋。

「桃溪」三句說，使妳脫離風塵，我倆結為夫婦，這一願望終將成功。「桃溪換世」，借用劉晨、阮肇入天台山與兩位仙女相愛成婚，還家子孫已歷七世的傳說。宋詞中，以桃溪指代妓女居所，用劉阮仙凡戀愛喻說與妓女相愛，原是習見的手法。「鸞馭淩空」，借用蕭史、弄玉結為夫婦、乘鳳凰飛去的傳說，表示了結成夫婦、爭取自由美好生活的共同理想。「遊絲」三句，接著勉勵情人說，任那些輕狂的公子哥兒來追逐糾纏吧！潛臺詞是：妳今雖身處風塵，無法拒絕應酬他們，可是妳心有專屬，我相信妳。結尾三句祝願道，我們之間的恩愛，將如玉環相扣不解（元稹〈鶯鶯傳〉：「玉取其堅潤不渝，環取其終始不絕。」相扣取其結合不分，喻義極綿密），將如江河東流之水永無窮時，桃溪換世、鸞馭淩空的心願終將實現。前說「有願須成」，此說「難負深盟」，正是「一篇之中，三致意焉」，一結厚重有餘。雖然詞中略而未寫女主人公的對話，但其欣喜鼓舞之情，自在言外。原來上片所寫的「細語輕輕」，至下片始知非同尋常情話，乃是一位志誠種子的男主人公與一位命運不幸的女主人公的美好心聲，無怪乎蠟燭有心，也為之熱淚涔涔！

在周邦彥之前，只有少數的詞作，如柳永的〈迷仙引〉、晏幾道的〈浣溪沙〉等，能夠反映古代社會中這些被侮辱被損害者的命運和願望。跳出火坑，洗盡風塵，「除籍不做娼，棄賤得為良」（元關漢卿《錢大尹智寵謝天香》），乃是她們銘心刻骨的心願。可是，即使上述詞作，也只有女主人公形象，沒有真誠相愛的男主人公出現，看不出她們的一廂情願有可能實現。詞的情調都是沉痛低婉的。而這首〈長相思慢〉，則深刻地表現了救風塵的理想。境界之高遠，顯出前人之上。詞情也歡快健舉。

周詞的基本藝術特色之一，是抒情與敘事的有機融合，寓精妙的故事情節性於抒情性之中，別具引人入勝之致。此詞有所不同，它並不鋪敘愛情經歷，而是選取其中高潮的一幕，淋漓盡致地加以表現。此詞係長調，篇幅較大，詞人安排上片鋪敘重逢情境，描寫細節，騰出下片，展開大段話白，刻畫志誠種子的形象。既有高度的抒情性，又有濃郁的故事味，周詞的這一特色，標誌著繼柳永之後宋詞長調的新發展。（鄧小軍）

關河令　周邦彥

秋陰時晴漸向暝，變一庭淒冷。佇聽寒聲，雲深無雁影。

更深人去寂靜，但照壁孤燈相映。酒已都醒，如何消夜永！

這首詞是寫羈旅孤棲的情景的，讀來頗有一股清峭之氣。

羈旅行役是五代宋詞的常見題材，也是周邦彥寫得較多的內容之一。王國維在《清真先生遺事．尚論》中說：「若夫悲歡離合、羈旅行役之感，常人皆能感之，而唯詩人能寫之。故其入於人者至深，而行於世也尤廣。」清真的羈旅詞之所以寫得特別深切淡永，除了得力於他深厚的文學、音樂修養和他敏銳的觀察力和感傷的氣質，恐怕跟他從三十二歲便被遣出京，直到四十二歲始得重入都門，一生中最好的時光都在飄泊中度過不無關係。

這首詞的寫法是以暗移的時間作為經線，貫穿著孤旅感情的波瀾，看似平淡無奇而真情蕩漾，在同類詞中很有些特色。詞的上片寫日間情景，於明處寫景，暗裡抒情，寓情於景；下片寫夜間的情景，於明處抒情，襯以典型環境，情景交融。

上片一開篇就推出了一個陰雨連綿，偶爾放晴，卻已薄暮昏暝的淒清的秋景，這實在很像是物化了的旅人的心境，難得有片刻的晴朗。在這樣的環境中，孤獨的旅客，默立在客舍庭中，承受著一庭淒冷的浸潤，思念著親朋。忽然，一聲長鳴隱約地從雲際傳來——是鴻雁？它或許帶來了故人的訊息？然而，四望蒼穹，暮雲璧合，哪裡有雁兒的蹤影？雁聲遠逝，留下的是更加深重的寂寞之感。

在極端的沉寂之中，推出了過片：「更深人去寂靜。」這個極普通的句子，把上下片很自然地銜接起來，而且將詞境更推進了一步。「人去」一語用得突兀，上片未說有客，何言人去？要知道，旅居的人是最孤獨又最耐不得孤獨的，陌生人偶然相遇，便能夠聚會傾談，互相慰藉。然而終非親人，剛才還在暢飲，頃刻便會離去的。「人去」二字突兀而出，正寫出旅伴們聚散無常，也就愈能襯托出遠離親人的淒苦。同時「人去」二字也呼應了下文孤燈、酒醒。臨時的聚會酒闌人散了，只有一盞孤燈搖曳的微光把自己的影子投射在粉壁上。此時此刻，人多麼希望自己尚在酣醉之中呵。可悲的是，偏偏酒已都醒，清醒的人是最難熬過漫漫長夜的，旅思鄉愁一股腦兒襲來，此情此景，誠何以堪！前人評周邦彥詞，多日富豔典麗，這首詞則全無豔麗之彩，只有一抹孤淒的冷色。

美成詞特別講究聲律，精於鑄詞鍊句，這首小詞也不例外。首先，詞調的命名就很用了一番心思。這首詞本名〈清商怨〉，源於古樂府，曲調哀婉。歐陽脩曾以此曲填寫思鄉之作，首句是「關河愁思望處滿」。周邦彥遂取「關河」二字，命名為〈關河令〉，隱寓著羈旅思家之意。這就使調名、樂曲跟曲詞切合一致了。再看他鍊字鍊句的功夫。「秋陰時晴」，一個「時」字表明了天陰了很久，暫晴難得而可貴。「漸向暝」，「漸向」兩字，意味著儘管晴空的偶現是那麼不容易，可剛一放晴卻朝著昏夜走去，恰如旅人的心情一樣。如果說「天已暝」或「又向暝」，就失去了這種漸變的動感。第二句用「變」字領起，不但是格律上的需要——因為這裡要用去聲一字領四字句，而且跟上句「時」、「漸」二字緊扣，凸出了變化的過程，而不只是道出變化的結果。「佇聽寒聲」兩句寫得特別含蓄生動。寒聲者，秋聲也。深秋之時，萬物在蕭瑟寒風中發出的呻吟都可以叫做寒聲。「夜寂靜，寒聲碎」（范仲淹〈御街行〉）說的是風掃落葉的沙沙聲；「寒聲隱地初聽」（葉夢得〈水調歌頭〉），說的是風劃林梢的沙沙聲。周邦彥筆下的孤旅佇立空庭，凝神靜聽的是什麼寒聲呢？下一句才作了交代，原來是雲外旅雁的悲鳴。鳴聲由隱約到明晰，待到飛臨頭頂，分辨出是長空雁叫，勾引起無限歸思時，雁影卻被濃密的陰雲遮去了。連南飛的雁都因濃雲的阻隔而不能一面，那是何等悽苦的情景呵！作者的確是在刻意地琢磨著詞句，然而通首讀去，又無一不是平常的字眼。正像明人陳子龍說過的：「以沉摯之思，而出之必淺近，使讀者驟遇之如在耳目之前，久誦之而得雋永之趣。」（清馮金伯《詞苑萃編》引）美成此詞可當之無愧。（陳振寰）

劉一止

【作者小傳】（一〇七八～一一六一）字行簡，湖州歸安（今浙江湖州）人。宋徽宗宣和三年（一一二一）進士。高宗紹興初，累官中書舍人、給事中。以直言敢諫忤秦檜。檜死，召還。因疾以敷文閣直學士致仕。著有《苕溪集》《苕溪詞》。詞存四十二首。

喜遷鶯　劉一止

曉行

曉光催角，聽宿鳥未驚，鄰雞先覺。迤邐煙村，馬嘶人起，殘月尚穿林薄。淚痕帶霜微凝，酒力衝寒猶弱。嘆倦客、悄①不禁重染，風塵京洛。

追念人別後，心事萬重，難覓孤鴻託。翠幌嬌深，曲屏香暖，爭念歲寒飄泊。怨月恨花煩惱，不是不曾經著。這情味，望一成②消減，新來還惡。

〔註〕①悄：猶渾也，直也。見張相《詩詞曲語辭匯釋》卷二。②一成：意猶「漸漸」，宋詞屢見，最早者如蘇軾〈洞仙歌〉：「斷腸是飛絮時，綠葉成陰，無箇事，一成消瘦。」

這首題名「曉行」的詞，是作者在拂曉上路時懷念他的妻子而寫的。「帶霜」、「衝寒」，可見時令已到冬季。

詞的起句說角聲催來天曉。一開頭就將時間點明，也由於角聲將旅人喚醒踏上征程，引起以下畫面的展開。「宿鳥」二句更把時間界限進一步點明：樹上巢中的鳥不到天明是不會聒噪的，雖有響亮的號角聲飄來，卻未驚醒它們，可見天色還未大亮。但雄雞在黎明前是定要啼鳴的，「雞先覺」，又說明天快亮了。起句和以上兩句是寫在驛舍室內聽覺所起的反應。接著三句：一眼望去是連綿而曲折的村落，一個「煙」字，說明晨霧未消；行人已起，馬在嘶叫。透過長林，殘月隱約可見。這都是離開住地出門後的所見所聞。以下「淚痕」兩句，說明作者在驛舍中因傷感而流過淚，並且曾飲酒禦寒。這兩句以自己身軀上的感受反映出天候寒冷。一個「霜」字點明是清晨的行動，緊扣詞題。以上七句，用白描手法，寫出曉行所見所聞和身體的感受，真實動人。清人許昂霄曰：「『宿鳥』以下七句，字字真切，覺曉行情景，宛在目前。」（《詞綜偶評》）前結三句，「倦客」表明他曾久客外地，他的〈洞仙歌〉詞也有「客裡經春又三年」之嘆，對行旅生活已感到厭倦；「悄不禁重染，風塵京洛」，化用晉陸機〈為顧彥先贈婦〉詩句「京洛多風塵，素衣化為緇」。張相《詩詞曲語辭匯釋》解云：「禁，願樂之辭。劉一止〈喜遷鶯〉詞『嘆倦客，悄不禁重染，風塵京洛』，言倦客不願意再奔走風塵京洛也。」劉一止是浙江湖州人，徽宗宣和三年（一一二一）進士，但未得一官，直到高宗紹興初年召試，才得授祕書省校書郎。此次夜宿曉行，再去京都，當是為了應詔赴官，但又深覺京塵可厭，實不願重履濁地。不願去而仍不得不離鄉背井，奔波不已，其情緒之惡劣可知。這一點從上面「淚痕」二字也可以看出。

詞的下片轉入懷人，也給作者為什麼在驛舍流淚作了答案。換頭三句，道出他和妻子分別後的複雜心情，可是孤鴻是難覓的，找誰人去傳達自己的相思之情呢？作者寫到這裡，思潮起伏，眼前又出現家中的情景：「翠幌嬌深，曲屏香暖」，與「歲寒飄泊」成反比。「爭念」即「怎念」，此三句即柳永〈傾杯〉：「想繡閣深沉，爭知憔悴損、天涯行客。」怨意顯然，於是接入下句「怨月恨花煩惱」。花好月圓則無恨，拋家傍路自生怨。因久別而怨及月與花，似乎無理，亦自有因。但是，詞意卻不止於此。作者說：這種煩惱，「不是不曾經著」。是的，作為「倦客」，「繡閣輕拋，錦字難逢，等閒度歲。奈泛泛旅跡，厭厭病緒，邇來諳盡，宦遊滋味。」（柳永〈定風波〉）事同則理同，理同即心同。如此之類的羈旅情懷，一從習慣後，經過時間的推移，也可望漸漸消滅，作者正是這樣估計的。豈知結句突然翻轉，道「新來還惡」！「惡」字連上「情味」言，也就是姜夔〈淒涼犯〉的「情懷正惡」，即情緒不好。末四字是盡包上文許多事與情而生的一種感應，豈只是為了離家別妻而已。

整個下片從懷人而帶出的思潮起伏，的確是作者「心事萬重」的具體刻畫。寫心理活動細緻入微，層次分明，感情真摯。

此詞上片寫曉行景色，下片寫懷人，乍看起來似乎連繫不緊。但細讀全篇，就可知道下片的懷人是由上片曉行引起的，沒有曉行的感觸，就不致產生下片懷人的思緒。所以上片是因，下片是果，兩者結合得非常緊密。這是一首寫景抒情兼勝的佳作。宋陳振孫說他「嘗為曉行詞盛傳於京師，號『劉曉行』」（《直齋書錄解題》卷廿一）。可見當時人對這首詞的讚賞。（吳丈蜀）

汪藻

【作者小傳】（一〇七九～一一五四）字彥章，號浮溪，饒州德興（今屬江西）人。宋徽宗崇寧二年（一一〇三）進士。高宗朝，累官中書舍人，兼直學士院，擢給事中，遷兵部侍郎，拜翰林學士。以顯謨閣學士知徽州，徙宣州。以嘗為蔡京、王黼客，奪職，居永州。博極群書，工駢文。有《浮溪集》。詞存四首。

點絳脣

汪藻

新月娟娟，夜寒江靜山銜斗。起來搔首，梅影橫窗瘦。
好箇霜天，閒卻傳杯手。君知否？亂鴉啼後，歸興濃如酒。

這首小令，是抒情之作。汪藻於高宗時歷任京官並出知外郡，後來被人彈劾免官，死於湖南永州。關於這首詞的寫作時間和背景，歷來有不同的說法。南宋吳曾說：「汪彥章（汪藻字）在翰苑，屢致言者。嘗作〈點絳脣〉云……或問曰：『歸夢濃如酒，何以在曉鴉啼後？』公曰：『無奈這一隊畜生聒噪何！』」（《能改齋漫錄》卷十六）照吳曾的說法，此詞是汪藻在臨安為翰林學士時所作，且認為是有所指而發。又宋人王明清說：「汪彥章在京師，嘗作小闋云……紹興中，彥章知徽州，仍令席間聲之。坐客有挾怨者亟納檜相（秦檜），指為新製以讒會之（秦檜字）。會之怒，諷言者遷於永（貶居永州）。」（《玉照新志》）照王明清的說法，此詞作於臨安，因在徽州重唱被人陷害以致遭禍。宋黃公度《知稼翁詞．點絳唇》的註又有不同的說法：「汪藻彥章出守泉南，移知宣城，內不自得，乃賦詞云云。公（黃公度）時在泉南簽幕，依韻作此送之。又有〈送汪內翰移鎮宣城〉長篇，見集中。比有《能改齋漫錄》載……最末句『曉鴉啼後，歸夢濃如酒』……不惟事失其實，而改竄二字，殊乖本義。」《知稼翁詞》調名下的註，蓋黃公度之子黃沃所加，其時當在《能改齋漫錄》問世後不久。註者熟知黃公度生平，所言最可信。此詞實是汪藻作於泉州，時將離任移知宣州，心中不快，故有「亂鴉」兩句。

全詞上下片共七句，詞雖短，卻包含了廣闊的內容，藝術上也很有特色。從時令看，既有梅花開放，當然是冬天或春初，這時早晚有霜，氣候寒冷。從時間看，既有新月，定是農曆月初一個晴天的晚上。既然是睡後又起來，當是深夜之際。從地點看，根據第二句，是有山有水的地方。

詞以月亮起興，連下句就勾出一幅新月江山圖，給人一股清新的感覺。試看：一彎秀媚的新月，被群星簇擁，山頂與星斗相連；在月光照耀下，江流澄靜，聽不到波聲。這兩句是作者中夜起來遙望所見，倒置在前，寫的是靜的環境。他本來就心事重重，在床上不能成眠，於是披衣而起，想有所排遣。「搔首」本是思考問題時習慣的動作，此二字形象地寫出他情緒不平靜。結句「梅影橫窗瘦」，靜中見動，要月影西斜才看得出梅影橫窗。「瘦」字刻畫出梅花的丰姿。這兩句是作者「起來」後的動作和感受，寫的是動的形態。

下片完全在寫思維活動。嚴冬的打霜天氣，本來正是飲酒驅寒的好時光，可是卻沒有飲酒的興致。值得注意的是「傳杯」二字。傳杯是傳遞酒杯而飲以助酒興，多是在宴會中進行，不是獨飲或對飲。既已「閒卻傳杯手」，可知作者此時已不再舉行宴會或參加宴會了。聯繫前面對此詞寫作背景的考證，可知作者正在被迫遷調的官場失意時。末二句，作者「歸興」之萌生是由於「亂鴉啼後」，並且這番思歸的意念比霜天思酒之興還濃，可見他已非常厭倦宦海生涯。鴉聲聒噪，素為人們厭惡。句中在鴉前加一修飾詞「亂」，足見鴉之多，聒噪之甚。作者先用設問句「君知否」向他人提問，然後自作回答說明「歸興濃如酒」的原因所在，所謂「亂鴉」，是指政壇上的一群小人。《知稼翁詞》註批評《能改齋漫錄》「改竄二字，殊乖本義」，一是將「亂鴉」改成「曉鴉」，一是將「歸興」改作「歸夢」，確實使作者原意受到了損害。

全詞構思別致，語言曉暢，情景相生。結構也很嚴密：由上片的「夜寒」、「梅影」引出下片的「霜天」；由上片的「搔首」引出下片的「亂鴉」、「歸興」；由「傳杯」引出「酒」。細針密縷，醞釀無跡。

這首詞是有所寄託之作，並不是一般的寫景抒情。作者透過對景物的刻畫，委婉地寫出他心情的苦悶，表現手法極其含蓄，做到了怨而不怒。前代詞論家只從景色描寫上肯定這首詞，殊欠全面。（吳丈蜀）

曹組

【作者小傳】字元寵，陽翟（今河南禹州）人。六舉不第，宋徽宗宣和三年（一一二一），殿試中甲，賜同進士出身。官止閤門宣贊舍人，睿思殿應制。有《箕潁集》，不傳。今輯本《箕潁詞》，存三十七首。

如夢令　曹組

門外綠陰千頃，兩兩黃鸝相應。睡起不勝情，行到碧梧金井。人靜，人靜，風動一庭花影。

此首宋人選本《樂府雅詞》、《花菴詞選》皆以為曹組作。《類編草堂詩餘》等明刊本則屬之秦觀，末句作「風弄一枝花影」，似不可靠。

全詞關目在「睡起」二字。睡起之前，寫詞人所聞所見；睡起之後，寫詞人所感所行。先是詞人在睡夢中聽到兩兩相應的黃鸝鳴聲，睜開迷濛的雙眼向門外望去，只見綠陰千頃，分外宜人。清秦元慶本《淮海居士長短句》眉批云：「見綠陰而聞鳥聲，正是景物相應處。」這是顛倒了先聞後見的次序，不符合生活的邏輯。其所以如此，主要是未能抓住「睡起」這一關目。

以動襯靜是本詞的主要特色。宋曾季貍《艇齋詩話》說：「南朝人詩云：『蟬噪林逾靜，鳥鳴山更幽。』荊公（王安石）嘗集句云：『風定花猶落，鳥鳴山更幽。』說者謂上句靜中有動意，下句動中有靜意。此說亦巧矣。至荊公絕句云：『茅簷相對坐終日，一鳥不鳴山更幽。』卻覺無味。」此詞也是汲取了前人的經驗，「兩兩黃鸝相應」，是寫動態；「門外綠陰千頃」，是寫靜態。一動一靜，相映成趣，便造成了清幽的境界。

然而詞人還是被這清脆的黃鸝聲喚醒了。「睡起」句中「不勝情」三字，有「承上啟下」的作用。蓋鳥成雙而人獨處，已「不勝情」；起行又靜不見人，只見「風動一庭花影」，更難以為情。何謂「不勝情」，即今語感情上受不了。為什麼受不了，詞人此時還沒有明言，因而顯得含蓄有味。唐人孟浩然〈春曉〉詩云：「春眠不覺曉，處處聞啼鳥。夜來風雨聲，花落知多少。」是寫傷春情懷。唐金昌緒〈春怨〉詩云：「打起黃鶯兒，莫教枝上啼；啼時驚妾夢，不得到遼西。」是寫思婦念遠之情。它們都是透過視覺形象和聽覺形象的描繪，表現和寄託自己的感情。這首詞中的主人聞鳥鳴而起，起而獨行踽踽，蓋亦懷有無聊意緒；而韻流弦外，意蘊句中，欲言不言，留給讀者以想像的餘地。

詞末三句，言簡而意深，從所見所感寫出了詞人的所思來。「人靜，人靜，風動一庭花影」，也是採用以動襯靜的手法，卻是明寫「動」、「靜」二字，與開首又有不同。「庭」字應上句「碧梧金井」。此時此地，更無他人，所謂「人靜」也；複疊「人靜」二字，一再言之，其寂寞難禁之狀如見，所謂「不勝情」者已漸可知。其間見「風動一庭花影」，疑有人來，但細察仍只有「風動花影」而已。因此一「動」，更顯其「靜」。此句是本於元稹〈鶯鶯傳〉崔氏〈月明三五夜〉詩：「待月西廂下，迎風戶半開。拂牆花影動，疑是玉人來。」宋趙令時〈商調．蝶戀花〉詠崔、張事，於此處亦云：「花動拂牆紅萼墜，分明疑是情人至。」「風動一庭花影」，蓋非為寫花影而寫花影，除有以動襯靜的作用外，又暗含以動破靜的意圖，但是「佳人殊未來」（南朝江淹〈擬休上人怨別〉)，終於還是無可如何。而所謂「不勝情」者遂以不盡盡之矣。

從《類編草堂詩餘》作秦觀詞之各本，於「風弄一枝花影」句，或評云：「正是靜景。」或云：「『一枝』字幽雋。」但詞人此時正是「身閒心苦」，未必是刻意抒寫幽靜之趣。「風弄一枝花影」，若論與「睡起不勝情」的關係，自不如「風動一庭花影」扣得緊密。或者又以為「風弄」句是從張先〈天仙子〉的名句「雲破月來花弄影」化出。但是「花弄影」自然，「風弄花影」卻說得有些彆扭；況只是「一枝」，「幽雋」確實是「幽雋」了，但這「風」所及處卻又有些怪。此詞若是出於秦觀之手，「山抹微雲學士」未必有此敗筆。或者是此詞流傳過程中受了張先「花弄影」的影響，文學就有了變化，只求句意「幽雋」而不協於全篇，這就非始料所及了。

(徐培均、陳長明)

憶少年

曹組

年時酒伴，年時去處，年時春色。清明又近也，卻天涯為客。
念過眼光陰難再得。想前歡，盡成陳跡。登臨恨無語，把欄杆暗拍。

這是一首懷人詞，是作者在清明節之前登臨舊遊之地時所作。至於所懷的是什麼人，從起句中可以判斷是一位酒友。詞的上片起頭三個四字句是追憶往日的一次遊宴，約了酒伴到一個地方聚飲。「年時」即當年。時間從下文得知，也是清明節日。三句同用「年時」二字開頭，不但不顯得重複，反而感到雄渾剛勁，新穎別致。以後兩句卻筆頭一轉，寫的是眼前情景：此時快到清明時節，又是春光明媚的時候，地點也是從前登臨的地方，舊地重遊，景色如昔，可是往日的酒伴此時卻在遠地作客，不能同在一起遊宴了。撫今追昔，於是引起了對同遊者的懷思。同一時令，同一地點，因而懷念往日同遊的人，這是任何人也會產生的感情，所以讀起來異常真切。

換頭句則是透過這件事生發出來的感慨。作者首先慨嘆歲月如過眼雲煙，大好時光，轉眼就過去了。當年和酒伴一起在此處登臨飲宴的情景如在眼前，但物是人非，逝去的光陰無法重新得到了。「想前歡、盡成陳跡」緊承上句而來：往日的歡快事，回頭來看就已是陳舊的痕跡。晉王羲之〈蘭亭集序〉：「向之所欣，俛仰之間，已為陳跡，猶不能不以之興懷。」詞語顯然是從王文化出。下一句「登臨恨無語」，「登臨」處是舊遊之地，就是上片的「年時去處」；「無語」是由於「年時酒伴」已「天涯為客」，已沒有互吐衷腸的人。一個「恨」字包括很多內容：不僅是恨找不到投契的朋友交談，同時也恨「過眼光陰難再得」。結句「把欄杆暗拍」，是「恨」的表現形式：當作者憑倚欄杆，萬千思緒湧上心頭，在滿腔幽恨無可發洩之際，只能暗拍欄杆聊自排遣。這一結很形象，把一個心情苦悶者的性格刻畫了出來。

此詞的特點是感情真實，抓住人所共有的思想感情，用簡練的語言表達出來。全用白描手法，明白如話。讀來似淺，但字裡行間卻寄託了無限深情，所以能傳誦不衰。（吳丈蜀）

青玉案　曹組

碧山錦樹明秋霽。路轉陡，疑無地。忽有人家臨曲水。竹籬茅舍，酒旗沙岸，一簇成村市。

淒涼只恐鄉心起。鳳樓遠、回頭謾凝睇。何處今宵孤館裡，一聲征雁，半窗殘月，總是離人淚。

這是一首抒寫旅愁鄉思的詞。秋山行旅，忽見臨水人家，不覺觸動鄉心。進而感嘆路遠人遙，空自凝望，最後以推想今宵旅宿的淒涼況味作結。寫來峰迴路轉，曲折盡致。

「碧山錦樹明秋霽」，首句點出行旅的節令和境地。秋雨初晴，秋空如洗，顯得青山紅樹分外明麗。錦樹，指秋霜染紅的樹木。一肩行李，秋色如畫，雨後的晴光更給這幅秋山行旅圖增添了歡快的亮色。此詞意在抒寫旅愁，卻於開頭彈出一串歡快的音符，遙映後文，以形成節奏的變化和情緒的跌宕。

「路轉陡，疑無地。」行行之際，山路轉陡，幾疑路窮。這種「山重水複疑無路」的感覺，正是「柳暗花明又一村」（陸游〈遊山西村〉）的前奏，而旅行者的樂趣亦莫過於此。果然，「忽有人家臨曲水。竹籬茅舍，酒旗沙岸，一簇成村市」。這四句寫忽然之間驚喜的發現。行文開合頓挫，饒有風致。它看似景語，卻包孕著豐富的情感內涵和微妙的心理變化過程。請看，竹籬茅舍的臨水人家，岸邊迎風輕揚的酒旗，遠處錯錯落落的煙村，多麼寧靜安詳而富有人情味，它使旅人感到一種有所依託的溫暖和慰藉。然而眼前這如畫的煙村，又不期然地成為思鄉的蠱惑，於是正當驚喜凝望之際，一縷鄉思已從心底悄悄地萌發了。

「淒涼只恐鄉心起」，一語領起下片。「淒涼」二字，形容一掬「鄉心」的況味；「只恐」二字妙。拓開一步，欲防範而不能，似未然而實不期然而然。處此境地，「心」不由己，透過一層來寫鄉思之撩人，筆意更覺深摯。「鳳樓遠、回頭謾凝睇。」鳳樓，婦女居處。這裡指家中的妻子。凝睇，凝神而望。謾，徒然、空自。這兩句感嘆路遠人遙，視線難及，縱然回頭凝望，又有什麼用！這就點明了「鄉心」的具體內涵，並對「淒涼只恐鄉心起」作了第一層回應和鋪染。

接著運筆入虛，從望鄉的悵惘轉入今宵旅宿的孤寂情景。「何處今宵孤館裡，一聲征雁，半窗殘月，總是離人淚」，全從揣想著筆，「心先歷歷想而如身正一一經」（錢鍾書《管錐篇》評陶淵明〈歸去來兮辭〉），念念及此，不禁黯然傷神。這是對「淒涼只恐鄉心起」的第二層回應和鋪染。其寫法頗類似於柳永〈雨霖鈴〉詞的名句「今宵酒醒何處？楊柳岸、曉風殘月」，但意脈並不相同，且境地更見淒清，情懷亦更覺悲苦。「一聲征雁」，使人想到一字抵千金的家書，又自然會發出「雁歸人未歸」的感喟；「半窗殘月」，則使人想見「落月滿屋梁，猶疑照顏色」（杜甫〈夢李白二首〉其二）的夢後惆悵之情。總之，獨宿孤館，鄉思盈懷，所聞所見，無不獻愁供恨，催人淚下。這四句與上片「忽有人家」四句遙相映照。

這首詞上片似乎純然寫景，而一一從行旅者眼中見出，便覺景中寓情，貌似明麗而實已伏下突變的契機。過片承轉十分自然，而神光一注到底；寫來吞吐曲折，虛實錯綜，極盡鋪染之能事。一結盤空作勢，又復回盼前文，更覺精神飛動，情韻無盡。（吳戰壘）

卜算子 曹組

松竹翠蘿寒，遲日江山暮。幽徑無人獨自芳，此恨憑誰訴？
似共梅花語，尚有尋芳侶。著意聞時不肯香，香在無心處。

這是一首詠空谷幽蘭的詞。又見辛棄疾《稼軒詞》丁集，文字略有異同，題為〈尋春作〉：

修竹翠蘿寒，遲日江山暮。幽徑無人獨自芳，此恨知無數。
只共梅花語，懶逐遊絲去，著意尋春不肯香，香在無尋處。

「松竹翠蘿寒」，寫蘭花幽處深谷，與松竹翠蘿為伴，先從境地之清幽著筆。句意化用杜甫〈佳人〉詩「絕代有佳人，幽居在空谷」、「侍婢賣珠回，牽蘿補茅屋」、「天寒翠袖薄，日暮倚修竹」等語，借人喻花，不即不離。「遲日江山暮」，緊承上句，從時間著筆，在和煦的春日黃昏，幽蘭的倩影更見得淡雅清絕。遲日，指和煦的春日。《詩經·豳風·七月》：「春日遲遲。」幽蘭於春天吐芳，故以「遲日」暗點節候。此句用杜甫〈絕句二首〉其一「遲日江山麗」，但易「麗」為「暮」，即化豔陽明麗之景為蒼茫淡遠之意，令人想見空山暮靄中的幽蘭情韻。一、二兩句均點化老杜詩意，而渾然天成，語如己出，分別從時地兩方面為空谷幽蘭烘染出一種特定的氛圍，而妙在無一語涉及形相，可謂空中著色，不犯本位。

「幽徑無人獨自芳，此恨憑誰訴？」著一「芳」字，始為蘭花淡描一筆，然而「幽徑無人」，蘭花的芳馨無人領略，其芳心幽恨之欲訴無由亦可想而知。這兩句頗有孤芳自賞、顧影自憐的意味，也透露出知音難覓的惆悵。這是為蘭花傳神，也是借花寓意，抒寫志節堅芳而寂寞無聞的才人懷抱。清王士禎很欣賞蘇東坡「空山無人，水流花開」（〈十八大阿羅漢頌〉）之語，以為有「拈花微笑之妙」（見《居易錄》卷三十二）。這兩句詠幽蘭之詞，風味略似，但在淡遠的神韻中復透出一縷楚騷的幽怨。

過片承「此恨憑誰訴」而作兩層遞轉：「似共梅花語，尚有尋芳侶。」既然無人欣賞芳馨，這脈脈的幽蘭似乎只有梅花才堪共語了，這是一轉；但在寂寞的深山中，也許還有探尋幽芳的素心人吧？這是二轉。與梅花共語，是抒其高潔之懷；閒花野草，均不足與幽蘭為伍。古人稱松、竹、梅為「歲寒三友」，以喻堅貞高潔的節操。此詞開頭寫「松竹翠蘿寒」，已拈出松、竹，這裡又寫與梅花共語，正以「歲寒三友」來映襯幽蘭堅芳之情操。然而作者又復寄意於人間的「尋芳侶」，即希望出現能夠賞識「空谷幽蘭」的「空谷足音」式的人物。這是坎坷不遇的知識分子渴望得到甄拔而見用於時的心聲。宋王灼《碧雞漫志》說曹組「奇緣遭遇，官至防禦使」，語帶譏貶，看來曹組確是不甘寂寞的人物。但他雖欲出仕，又要自占身分，「著意聞時不肯香，香在無心處」，就是這種心情的寫照。這是全詞的警句，寫出幽蘭之所以為幽蘭的特色，其幽香可以為人無心領略，卻不可有意強求。兩句一開一合，相反相成，既寫出幽蘭淡遠的風韻，又暗喻才士出處的節概。據記載，曹組著有《箕潁集》，現已亡佚。從其命名看，分明取崇仰許由耕隱於潁水之陽、箕山之下的意思。看來謀隱與謀官既矛盾又統一於作者的身上，這首詞正含蓄地透露出這種信息。

全詞寫幽蘭，多以淡墨渲染，結句稍加勾勒，即有點睛之妙，託花明志，其人宛在。（吳戰壘）

万俟詠①

【作者小傳】字雅言，自號詞隱、大梁詞隱。終生不第。能自度新聲，宋徽宗崇寧中，充大晟府製撰，與田為等人按月律進詞。詞學柳永，有《大聲集》，不傳。有今人輯本，錄存二十九首。

〔註〕①万俟：音同墨旗，複姓。

昭君怨　万俟詠

春到南樓雪盡，驚動燈期花信。小雨一番寒，倚欄杆。

莫把欄杆頻倚，一望幾重煙水。何處是京華，暮雲遮。

此詞為客中思歸之作。造語平淡而饒有轉折，其情一轉一深。

「春到南樓雪盡，驚動燈期花信。」先寫客中值上元燈節。大地春回，「雪盡」則見日暖風和。《呂氏春秋・貴信》云：「春之德風，風不信（不如期而至），其華不盛。」故謂花開時風名花信風。而農曆正月十五日上元節又稱燈節，為賞燈之期。此「燈期」之花信為何？據陸游《老學庵筆記》卷四載，有一種「小桃」，「上元前後即著花，狀如垂絲海棠」。歐陽脩〈小桃〉詩所云「初見今年第一枝」者是。所謂「驚動」，即言春到南樓，時值元宵，小桃開放，如從睡夢中驚醒。這裡雖只著筆於春花佳節，實暗啟歸心。客逢入春，又一年矣，「人歸落雁後，思發在花前」（隋薛道衡〈人日思歸〉），情何以堪！

「小雨一番寒，倚闌杆。」寫倚「南樓」之欄杆，似承上「燈期花信」而來，細味則已轉折。蓋獨倚欄杆之人，必不在遊眾之中，又豈為元宵燈火來。這一番寒意，是因為剛下過的一場小雨，還是因為客心悲涼的緣故？那是斷難分辨的。這就折進一層，以下就徑寫歸思。

上片結句說「倚欄杆」，過片則翻轉說「莫把欄杆頻倚」。說莫「頻倚」欄杆，正說明已是「頻倚」欄杆，可見歸思之切。又進一層。其所以強言「莫倚」，乃是因為於事無補——「一望幾重煙水」。重重疊疊的煙水雲山遮斷了故國的望眼。於此直道相思了無益處，偏偏又欲罷不能。「何處是京華」，又全是望尋之神了。「京華」指京都，即汴京。又作翻進。最後更作否決：「暮雲遮」！還是望而不見。此句似暗用李白〈登金陵鳳凰臺〉「總為浮雲能蔽日，長安不見使人愁」詩意，既寫景兼以寄慨，實有比義。經過這樣的翻覆跌宕，便真覺墨氣四射，無字處皆是歸心了。

宋黃昇評道：「雅言（万俟詠字）之詞，詞之聖者也。發妙音於律呂之中，運巧思於斧鑿之外，平而工，和而雅，比諸刻琢句意而求精麗者遠矣。」（《花菴詞選》）此詞清新騷雅，語淡情深，即其代表作之一。（周嘯天）

訴衷情

万俟詠

一鞭清曉喜還家，宿醉困流霞。夜來小雨新霽，雙燕舞風斜。

山不盡，水無涯，望中賒。送春滋味，念遠情懷，分付楊花。

這首詞不為歷來傷春之作慣寫鳥去花殘的傳統手法所囿，別具心眼，另立機杼，開拓出一番新境界。

「一鞭清曉喜還家。」詞一開頭，便以爽利的筆調，點出「喜還家」這一全篇主旨。那清脆的一聲鞭響，打破了拂曉時的沉寂，啟奏了一支輕快的還鄉曲。接著宕開筆墨，描述客子歸程上的情態和周圍的景致，烘托歡樂的氣氛。「宿醉困流霞。」流霞，泛指美酒。昨晚因還家在即，把盞痛飲，一夜沉醉，今朝登程，馬上猶帶餘酲。他抬起惺忪醉眼，覺得周圍的一切都浸潤在喜慶的氣氛之中：「夜來小雨新霽，雙燕舞風斜。」醉眠不知窗外事，一夜小雨，清曉方停，策馬而行，天朗氣清，更有那一雙春燕，在晨風中上下翻飛，似乎也在為他起舞助興。這裡的「雙燕」，兼有暗示意味：昔日別妻出遊，如同勞燕分飛，而今重新比翼之期已在不遠。同時也將春天的時令藉以點出，一石三鳥，筆墨十分經濟。

過片將歡快的旋律略作頓宕，稍趨深沉。「山不盡，水無涯，望中賒。」快要到家了，客子不禁瞻望歸程。在這以前，他也許走了不少時日了。山程水驛，迢迢不盡，那一路風塵，望去竟是那樣浩闊無涯（賒，空闊意），其間又曾有過多少跋涉的艱難！所幸這一切已成過去。客子在感慨之餘，但見漫天楊花，撲面而來，便信手拈來一句妙語：「送春滋味，念遠情懷，分付楊花。」讓我把自己年年客中送春、備受煎熬的悲涼滋味，還有家人為我牽腸掛肚、思親念遠的淒苦情懷，統統分付給楊花吧！濛濛楊花，總是報告暮春的消息，撩起人們傷春的意緒，而今卻成為這位客子往昔愁苦的負載物。「去你的吧！」他邁著鬆快的腳步，去和家人團聚。詞最後以幽默、俏皮將歡情再度揚起，結束了全篇。全詞圍繞「喜」字落筆，輕盈流走，詞意婉麗，在眾多的詠春詞中，堪稱別調。（蔡毅）

長相思（二首）　万俟詠

雨

一聲聲，一更更。窗外芭蕉窗裡燈，此時無限情。

夢難成，恨難平。不道愁人不喜聽，空階滴到明。

山驛

短長亭，古今情。樓外涼蟾一暈生，雨餘秋更清。

暮雲平，暮山橫。幾葉秋聲和雁聲，行人不要聽。

這兩首小詞寫法與用韻相類。前一首寫聽雨失眠之愁情，後一首寫雨餘山驛的黃昏景色兼寄羈旅之情，詞意亦近。可能是同時所作。

前一首通篇不出「雨」字，而全是夜雨之聲。「一聲聲」見雨之稠密，「一更更」見雨不斷絕，而失眠者側耳傾聽、長夜難熬的意態就暗示出來了。「窗外芭蕉」因雨擊聲而顯其存在，又寫出雨聲之響亮呼應「聲聲」

字；「窗裡燈」點「夜」，體現「更更」意。寫「燈」寫「芭蕉」，俱是寫雨之影響。「此時無限情」亦因雨而興發了。「夢難成」，本來就愁苦，那堪風雨助人淒涼，平生心事一時百端交集，故覺「恨難平」。然而「愁人」喜聽也罷，「不喜聽」也罷，雨是不管的，只是下個不停。「空階滴到明」，則愁人一夜沒有合眼可知。階無人曰「空」，強調空，也是凸出離人寂寞孤苦之感。末句回應篇首，「一更更」的延續，終至天明，一氣呵成。

此詞使人聯想到晚唐溫庭筠的〈更漏子〉。那首著名詞章前半幅寫畫堂不眠的女子，後半幅寫夜雨：「梧桐樹，三更雨，不道離情正苦。一葉葉，一聲聲，空階滴到明。」万俟詠此篇則敷衍其末三句，專力寫雨，而「愁人」之情見於言外；溫詞之雨明寫（「三更雨」），此詞之雨則不點明。它可謂得溫詞神韻而形象更集中，境界益窄而更見深刻含蓄。

後一首寫羈旅之思，亦全於景物描寫見之。「短長亭」，是古人送別的處所（南北朝庾信〈哀江南賦〉：「十里五里，長亭短亭」），這句寫山驛望中所見，兼含旅思。「古今情」則是由此而產生的深遠聯想。

兩個短句，一偏於行程——空間，一偏於時間，想像縱橫馳騁，使其感情色彩增強而意境加厚。三句掃開「情」字而客觀寫景：「樓外涼蟾一暈生。」造句甚妙：樓帶新月一痕，其景如畫；用「蟾」而不用「月」「兔」字，不僅平仄妥帖，而且因蟾蜍之為物喜濕而體冷，更能表現「涼」意，「涼」字又暗示了行人觸景所生的感情，清黃蘇說「一暈生」三字「仍帶有古今情之意」（《蓼園詞評》），可謂善於體會；月「暈」是「雨餘」景象，又是風起的徵兆（蘇洵〈辨姦論〉：「月暈而風」），故此句近啟「雨餘秋更清」一句，遠興「幾葉秋聲」一句。過片「暮雲平，暮山橫」，從構圖上說，「平」與「橫」方向一致，則秋景空闊而單調可知，全是蕭瑟之感。加之葉聲與雁聲，而更添淒清。如此苦情，末句卻輕淡地道一句：「行人不要聽。」此即「愁人不喜聽」意，是主觀願望，然而造物無情，它是「不道愁人不喜聽」的，所以葉聲仍然歷亂而雁聲仍舊淒厲。「不要聽」而不得不聽，不發聽後之感而只道「不要聽」，真令人覺其「含有無限惋惻」（《蓼園詞選》）。

這兩首詞有一個共同特點，即「語彌淡，情彌苦」。這與作者善於造境、寫景有關，更與他善於運用音韻之因素有關。〈長相思〉以三字駢句起唱，句句入韻，雙調不換頭，本具鏗鏘而迴環往復之韻調。作者在選調上即有推敲，更有意運用疊字（依次是「聲」、「更」、「窗」、「難」、「不」、「暮」、「聲」字疊用，在句中部位則各個不同），增加唱嘆的效果。特別是寫雨的一首運用更密，「聲聲」「更更」疊字對起，兼有象雨聲之妙。善疊調更善於用調，其成功殊非偶然。（周嘯天）

木蘭花慢　万俟詠

恨鶯花漸老，但芳草、綠汀洲。縱岫壁千尋，榆錢萬疊，難買春留。梅花向來始別，又匆匆結子滿枝頭。門外垂楊岸側，畫橋誰繫蘭舟？

悠悠。歲月如流。嘆水覆、杳難收。憑畫欄，往往抬頭舉眼，都是春愁。東風晚來更惡，怕飛紅拍絮入書樓。雙燕歸來問我，怎生不上簾鉤？

這是一首比興之作。詞的主眼就是下片點出的「春愁」。但作者傷春意在傷別，借春愁寫他與戀人訣別情事，惜乎其本事已不可考。

「恨鶯花漸老，但芳草、綠汀洲。」詞首句以「恨」字領起，字重韻響，定下了全篇感恨的基調。鶯啼花開的大好春光漸已消逝，唯有那萋萋芳草，綠滿汀洲。面對這綠暗紅稀的暮春景象，詞人留春無計，不禁嘆道：「縱岫壁千尋，榆錢萬疊，難買春留。」這三句以「縱」字領起，直貫而下，誇張言之：山崖再高，也難以阻擋春光匆匆離去的腳步；榆錢再多，也無法換得春神的回眸眷顧。其間借「榆錢」而拈出「難買」，自然熨帖，堪稱妙筆。「梅花向來始別，又匆匆結子滿枝頭。」向來，近來。詞繼以梅花寄恨，將惜春之情推向縱深。梅花本是報春使者，凌寒獨放於百花之前，春華爛漫時與梅花作別，似乎還是左近的事，但曾幾何時，它已果實盈枝了。「結子滿枝頭」暗用了一個故事：相傳杜牧遊湖州時看中一少女，與其母約定十年之內來娶。過十四年，杜牧出為湖州刺史，訪該女，則已出嫁並生有兩子。杜牧〈悵詩〉曰：「自是尋春去校遲，不須惆悵怨芳時。狂風落盡深紅色，綠葉成陰子滿枝！」（見唐高彥休《唐闕史》）作者化用這個典故，藉以透出他傷春的個中消息，大概他也有著與杜牧相類似的一段戀情吧。歇拍二句，便進一步揭出了這層底蘊：「門外垂楊岸側，畫橋誰繫蘭舟？」那垂楊畫橋，柳灣蘭舟，曾是他與情人幽會之所，如今風景依舊，但唯餘一泓綠水，柳下無人繫舟，當然再也看不到她的倩影芳姿了。整個上片，全用比喻暗示、點化故實等手法，借景寓情，直到最後才逼出題旨，但仍含蓄隱約，備極吞吐，將傷別意緒，融化在一片如畫的景色中。下片則另換筆法，變深婉之恨為長歌之哀，而只把寫景作為抒情的襯托。

過片由惜春發而為感時，出語便是一番喟嘆：「悠悠。歲月如流。嘆水覆、杳難收。」如煙往事，像水覆於地，無可挽回了。「覆水難收」，這句成語出於《後漢書．何進傳》，原本是就軍國大事說的。後來用以比喻夫妻關係斷絕無法恢復的，有李白〈妾薄命〉詩「雨落不上天，水覆難再收。君情與妾意，各自東西流。」詞中取義當本於李詩。作者藉以喻指自己與戀人相訣、歡情不再的悲哀，將上片離恨再加強化。下面就進一步展開抒寫這種複雜痛苦的心情。

「憑畫欄，往往抬頭舉眼，都是春愁。」由於心境不佳，他想憑欄眺望，以舒愁懷，但觸目都是足以惹起春愁的景物，也就是上片所描寫的綠暗紅稀景象。因此他不再憑欄而走入樓內。但是「東風晚來更惡，怕飛紅拍絮入書樓」——轉頭不看觸目傷心的殘春景色，但它還是追蹤而至。那吹花攪絮的東風，到傍晚更來得厲害。恐怕東風把落花柳絮直捲入書樓，再來撩惹傷春心緒，他又只好放下簾子阻擋一陣。不料又有歸來雙燕，冷不丁地發問：為什麼不把簾子鉤起（好讓我們進樓棲息）。燕子成雙，對孤單悲苦的男主人公又是一個大刺激——

衰敗的景象固然會引起他的不歡，美好的情事也會令他難過。這幾句結構得很巧妙：憑欄之後未寫入樓，在下面「東風」兩句中補出；入樓之後未寫下簾，又從「雙燕」兩句中補出。運筆有如層層捲浪，須細辨方知情事刻畫之妙。「飛」、「拍」二字是動詞謂語，其主語為東風。「入書樓」的，在句中指東風吹送的落花飛絮，在句後則先有男主人公，透過一個「怕」字體現出來。這個「怕」字是明點，而憑欄時怕看花絮飄零，下簾後怕聽雙燕呢喃之「怕」，又從句外見出。但越怕外物惹起春愁，越是「無計相迴避」。詞在一片深沉的愁思中冷然收住。

作者採用了傳統的比興手法，將與戀人永訣的無窮憾恨打併入傷春之感，使他那難言的隱祕深衷，在惜春、留春的聲聲哀訴和暮春景色的層層展示中，凸顯得分外鮮明，而又不失含蓄蘊藉之旨。詞作圍繞「春愁」落筆，細針密線，鏤物敘情，把千折百迴、愁腸寸斷的情感，鋪寫得委婉真切，細膩動人。當時人稱万俟之詞「平而工，和而雅」，甚至譽他為「詞之聖者」（宋黃昇《花菴詞選》）。從這首詞看，不是沒有道理的。（蔡毅）

田為

【作者小傳】生卒年里不詳。字不伐。善琵琶，通音樂。宋徽宗政和末，充大晟府典樂。宣和元年（一一一九），罷典樂，為樂令。有趙萬里輯本《芊嘔集》，存詞六首。

南柯子　田為

春景

夢怕愁時斷，春從醉裡回。淒涼懷抱向誰開？些子清明時候被鶯催。

柳外都成絮，欄邊半是苔。多情簾燕獨徘徊，依舊滿身花雨又歸來。

〈南柯子〉即〈南歌子〉。題名〈春景〉，為後來選本妄加，不能體現詞作原意。全詞實是借寫景以抒春愁。

「夢怕愁時斷，春從醉裡回。」以對句起，點出「愁」字，開門見山，直抒愁懷。「夢」和「醉」二字，則說明這位愁人藉以銷愁解悶、自我麻醉的方法唯此二者。他害怕夢醒愁也醒（斷，指夢破），於是「終日昏昏醉夢間」（唐李涉〈題鶴林寺僧舍〉），企圖以此逃避愁悶；然而春天卻從沉醉中悄悄地回來了。春天能否給愁人帶來歡樂呢？面對陽春煙景，他卻發出酸楚的自問：「淒涼懷抱向誰開？」他感到滿懷的淒涼況味，一時既訴說不盡，更找不到可以訴說的人。杜甫〈奉侍嚴大夫〉詩：「身老時危思會面，一生襟抱向誰開？」雖然所指不同，但可以對之傾訴懷抱的人，一定是瞭解自己、關心自己的人。淒涼懷抱，無可告語，可見知心人不在身邊，因而感到格外孤寂難堪。這一句暗示愁悶難解的原因在於懷人，則夢斷酒醒的惆悵也自然可以理解了。這三句已定下全詞的抒情基調，於是在詞人眼中所見的「春景」，無不染上這種「淒涼」的色調。「些子清明時候被鶯催。」清明前後，正是春光大好，踏青遊春之時，詞人卻意興蕭索，無心賞玩春光。「些子清明時候」，些子，唐宋俗語，少許，一點點的意思。這裡形容時間的短暫。在詞人的感覺上，清明前後這春光的黃金季節，竟是如此短暫，匆匆即過。少許春光，並不曾給愁人帶來絲毫歡樂；相反，在他聽來，枝頭的百囀黃鶯，不是在為春天歡唱，卻是唱著催春速去的輓歌。這兩句把鶯花三月，化作短暫的心理時間，染上淒涼的感情色彩；春天從醉夢裡悄悄而來，又在鶯聲中匆匆而去，外在的春景如夢幻泡影。

春去春來，愁情依舊。

上片是詞人直抒胸臆的痛苦告語，下片則推出了一組令人黯然銷魂的景物鏡頭。詞人隱身在景物之後，讓這些無言的鏡頭說出他的心聲。「柳外都成絮，欄邊半是苔。」柳絮紛飛，意味著春將歸去，即上片結處「被鶯催」的那個「催」字，意脈的過渡毫不著力。欄杆邊的苔痕，則說明長久無人憑欄眺景了。春天對於愁人來說，似乎是可有可無的。然而有一件東西卻深深地觸動了詞人：「多情簾燕獨徘徊，依舊滿身花雨又歸來。」啊，只有你，多情的燕子，依然記得舊時的主人，帶著一身花雨，又來到我的身邊！「多情」二字，含著熱淚脫口呼出，有如見故人之感。燕子還記得當年簾幕中的歡樂情景，當牠再度飛來時，卻感到境地淒涼，氣氛頓異，不禁遲疑起來。「獨徘徊」三字，就傳神地寫出燕子歸來的神態。「依舊」二字，則喚起對於當年燕子來時的回憶，同時觸發感慨：當年棲巢的燕子又歸來了，當年歡聚的人兒呢？作者雖未曾點破，但整首詞的著眼點卻正在於此。這首詞之所以耐人尋味，也正在於此。（吳戰壘）

南柯子　田為

春思

團玉梅梢重，香羅芰扇低。簾風不動蝶交飛。一樣綠陰庭院鎖斜暉。
對月懷歌扇，因風念舞衣。何須惆悵惜芳菲，拚卻一年憔悴待春歸！

這首〈南柯子〉可以看作另一首同調詞「夢怕愁時斷」的姐妹篇，在內容上有一定的關聯。題為〈春思〉，也是選本所加，在寫法上從觸景興感著筆。「團玉梅梢重，香羅芰扇低。」開頭兩句寫暮春景色。「團玉」指初生的青梅，圓如碧玉，故稱。一個「重」字，寫梅花謝落，梅子初生，枝頭沉甸甸地增加了重量感。「芰扇」，喻初生的荷葉。芰（音同記），原指菱，因詩詞中常以「芰荷」連稱，故以指荷。「香羅芰扇」，猶輕羅小扇；寫春末夏初，荷葉初生，田田輕圓，有如羅扇。用一「低」字，狀荷葉剛剛出水。這兩句分別從枝頭和水面，寫出暮春的特徵性景物。梅樹結子、荷葉如扇，似乎亦含有觸景傷情的意味：由團團的荷扇，想到當年持扇輕歌的人；從枝頭的青梅，則可以觸發「綠葉成陰子滿枝」（杜牧〈悵詩〉）的悵惘。如果說這兩句還是含而不露的靜景，那麼下一句「簾風不動蝶交飛」，就是一個靜中見動而帶有明顯隱喻意味的抒情鏡頭。從蝴蝶雙飛而引起的聯想軌跡不難追蹤：蝴蝶在簾外飛舞，似有依戀之意，可能簾幕中還留著伊人的餘香剩馥吧？這情景使人想起南宋吳文英〈風入松〉詞中的名句：「黃蜂頻撲秋千索，有當時、纖手香凝。」簾風不動，雙蝶交飛，反映出對景者心情的不平靜，他的思緒也隨著蝶翅而飛揚起來。當年與那人歡聚的時候，不也像一對翩躚於花間的彩蝶嗎？生活中充滿著多少柔情蜜意啊！然而現在呢？「一樣綠陰庭院鎖斜暉。」同一綠陰庭院，當年歌舞歡聚時並不覺得春光的消逝；而今卻感到滿院陰沉，春光蕩盡，唯有落日的餘暉為這深鎖的庭院投下一抹淒清的暗影。院門深鎖，卻未曾鎖住美好的春光和愛情的歡樂，而偏偏鎖住淒清的晚照，以及不盡的追戀。細細咀嚼這個「鎖」字，意味甚為深長。

下片正面寫思念之情。「對月懷歌扇，因風念舞衣。」明確點出其人身分。「歌扇」、「舞衣」，與上片的「芰扇」、「蝶交飛」，有一種隱喻性的意象關聯。風前月下，觸景興感，懷念之情更覺不能自已。「何須惆悵惜芳菲，拚卻一年憔悴待春歸！」這兩句一推一挽，激發出感情的更大力度，為全詞彈出一個懷人的最強音。「何須」句是說不必因為悼惜春光而深自惆悵，作者似乎想從痛苦中解脫出來；然而欲擒故縱，這看似達觀自解的話，卻正表示著已經做好承受巨大痛苦的心理準備；於是轉出「拚卻」一句，語氣果決，任憑時光流逝，耿耿此情始終不泯，即使一年為之憔悴痛苦，也仍然期待著春天的歸來！他明白，這逝去的「春天」已永不復返，期待的結果也只能是不斷的失望和層累的痛苦；但是，他願意。

這情懷是動人的。史稱作者「無行」（《宋史．樂志》），似乎指他好狎邪之遊。不過這位擅長琵琶的詞人，對於歌女舞妓倒懷有真摯的感情，這兩首〈南柯子〉可以作為例證。（吳戰壘）

徐伸

【作者小傳】字幹臣，三衢（今浙江衢州）人。宋徽宗政和初，以知音律為太常典樂，出知常州。有《青山樂府》，不傳。存詞一首。

轉調二郎神　徐伸

悶來彈鵲，又攪碎、一簾花影。謾試著春衫，還思纖手，熏徹金猊燼冷。動是愁端如何向，但怪得、新來多病。嗟舊日沈腰①，如今潘鬢②，怎堪臨鏡？

重省。別時淚濕，羅衣猶凝。料為我厭厭，日高慵起，長託春酲未醒。雁足不來，馬蹄難駐，門掩一庭芳景。空佇立，盡日欄杆倚遍，晝長人靜。

〔註〕①沈腰：南朝梁沈約腰瘦，《梁書·沈約傳》：「言已老病，百日數旬，革帶常應移孔」。②潘鬢：晉潘岳髮色斑白，其〈秋興賦〉言：「斑鬢髮以承弁兮。」

徐伸以知音律為太常典樂，當是倚聲裡手。但所作《青山樂府》傳而至今者，只有〈轉調二郎神〉一首。宋黃昇《花菴詞選》云：「（青山樂府）多雜調，詞唯此一曲天下稱之。」可見此詞在徐伸諸作中的地位。關於這首詞的本事，宋王明清《揮麈餘話》說是為懷念一個「為亡室不容逐去」的侍妾而作的。清況周頤《蕙風詞話》說：「真字是詞骨。」徐伸在詞中如實地傾吐了他對侍妾真摯的情愛，故能「天下稱之」。

詞以「悶來彈鵲」開頭，一上來就強烈地凸出了作者懷人既深又切的情狀。喜鵲是報喜的。可是侍妾既已被逐，哪裡還有可能與詞人重會呢？作者「悶來」，情緒原本不佳，這時出現的鵲聲，對他無疑是一個諷刺。所以「彈鵲」這一行為，應當是作者絕望心理的反映。已經絕望，卻又不斷地思念，這才是最深最苦的愛。「謾試著春衫，還思纖手」，試春衫是極平常的事，然而正因為它平常，才既恰當地表現了作者同侍妾日常相處時的綿綿情意，又反映了作者由於失掉她而動輒生愁、如之奈何的苦楚。「新來多病」，一方面承以上各句，說無休無止的苦苦思念使詞人積憂成疾，另一方面又啟以下三句，說昔日的消瘦（沈腰）依然，如今的髮白（潘鬢）新添，以至於「怎堪臨鏡」——因懷念別人而生病，致使形態容顏都變了樣子，自然都是感情真摯的表現。

下半闋設想對方懷念自己。以「重省」領起分手時的記憶。「別時淚濕，羅衣猶凝」，是當時訣別，她的痛淚灑在羅衫上，想是至今還沒有乾吧。「料為我厭厭，日高慵起，長託春酲未醒」，又再懸想而今，她為了戀念我的緣故，「每日價情思睡昏昏」（元王實甫《西廂記》）。這五句用細節和情態的描寫，勾畫了一個相思女子的形象。其中「長託春酲未醒」一句最妙：分明是「為我厭厭」，可是不能吐露，只能「長託春酲未醒」，用春來病酒的理由來掩飾。這種吞咽到肚裡的愛情，同樣是最熾烈最痛苦的。再說，既然託辭「春酲」，則侍妾借酒銷愁的情狀亦可知。「雁足」以下三句寫女主人公對會面的希望而又失望的心情：「雁足不來」說信也沒有，「馬蹄難駐」說人也不來。門庭寂寂，芳景如斯，空生悵望而已。讀到這裡，可以看出作者的筆法發生了變化：前半闋寫作者懷人，情緒是絕望的，所以他連報喜的靈鵲也彈驅；下半闋寫侍妾懷己，卻仍有無窮的痴想，因而儘管「雁足不來，馬蹄難駐」，女主人公卻依舊「空佇立，盡日欄杆倚遍」。但是，不管是絕望還是痴想，表達的卻都是相愛雙方的真情實感，所以極富感染力。

此外，說一說這首詞的章法。這首詞前半闋實寫作者懷人，後半闋設想侍妾懷己，這樣安排，不但使思念者同被思念者更加接近，在相互映襯下感情更加集中，而且虛實相間，文筆也更加生動。兩半闋之間用「重省」（是重記的意思）過渡，由於「重省」的主體是作者本人，所以直承上半闋對侍妾的懷念；又由於「重省」的對象是侍妾，因而又自然地引出下半闋許多擬想的內容來。這種換頭法，「如常山之蛇，救首救尾」（宋胡仔《苕溪漁隱叢話後集》），在結構謀篇、深化主題方面都起了很好的作用。

在傳情達意方面，這首詞較成功地使用了層層翻入法。起句的「悶來彈鵲」本來就是由「喜鵲報喜」的傳說翻出的，但彈鵲的結果不僅沒有使愁端稍解，反而「又攪碎、一簾花影」，平添了許多悵惘——這是由驅愁翻成了添愁。同樣，「謾試著春衫」的目的是想尋春解愁，可是一見春衫便又想起了縫衣、熏衣的那雙「纖手」，以及眼下燼冷的「金猊」（即熏爐），以致引出「動是愁端如何向」的感嘆來。到「新來多病」幾句，更是愁翻成病，病轉添愁，把懷人的情緒寫到了極致。下半闋中，先寫她「別時淚濕，羅衣猶凝」，本來已十分感人。到了「料為我厭厭，日高慵起，長託春酲未醒」寫別後情狀，不再說淚，也沒有用「愁」字，然而感情卻更深沉了。「雁足不來，馬蹄難駐」寫有所待而待；「空佇立，盡日欄杆倚遍」寫無所待而待，由希望到絕望，絕望中又包含著希望，也是一步一步地翻深。清賀裳《皺水軒詞筌》說這種層層翻入法「正如剝蕉者，轉入轉深耳」。這首詞抒寫纏綿而複雜的感情，採用此法既能照顧到情緒的微妙變化，又能把感情漸次推向高峰，效果是很好的。（李濟阻）

陳克

【作者小傳】（一〇八一～？）字子高，自號赤城居士，臨海（今屬浙江）人。呂祉帥建康時，辟為參議。宋高宗紹興中為敕令所刪定官。詞格豔麗，接近溫、韋、晏、周。有《天台集》，不傳。今有輯本《赤城詞》，存五十一首。

臨江仙　陳克

四海十年兵不解，胡塵直到江城。歲華銷盡客心驚。疏髯渾如雪，衰涕欲生冰。
送老虀鹽何處是？我緣應在吳興。故人相望若為情。別愁深夜雨，孤影小窗燈。

徽宗宣和七年（一一二五）金人大舉南攻，兩年後北宋滅亡，高宗偏安南方。陳克此詞作於紹興四年（一一三四）。這年九月，金兵糾合劉豫的軍隊南下，一度進逼建康（今江蘇南京）。這就是「四海十年兵不解，胡塵直到江城」的歷史。其時呂祉帥建康，辟陳克為右承事郎、都督府準備差遣。在職期間，陳克曾撰〈東南防守利便〉上奏朝廷，力主抗金之議。無奈朝廷昏弱，奸佞當道，忠言不為所用。寫此詞時陳克已年五十有三。國運不振，年事漸高，於是產生了這樣的情緒：「歲華銷盡客心驚。疏髯渾如雪，衰涕欲生冰。」舊文人有個慣例，如果進不能有益於國民，則只好退居林下。「送老虀鹽何處是？我緣應在吳興」就是這種思想。虀（音同基）鹽，原指切碎的醃菜，這裡指最低限度的生活所需。吳興，今浙江湖州市。宋之湖州亦稱吳興郡，陳克意將隱居於此。但是，不是說走就能走得乾脆的。比如，陳克長期僑居金陵，這裡有不少朋友是他所不忍心離別的，「故人」以下三句，主要就是這個意思。

首先，「四海十年兵不解，胡塵直到江城」兩句正面點提形勢，其中分明訴說著對進犯者的譴責，和對造成「胡塵直到江城」局面的趙宋王室的不滿。因此，「客心驚」的原因就不只是時光消逝，「疏髯如雪」一句似乎還在為不能報效疆場而惋惜，欲生冰的「衰涕」，實際上也反映了為國事而涕淚交加的情態。「別愁深夜雨，孤影小窗燈」兩句，承上「故人相望若為情」，是懸想別後故人孤愁情狀。蘇軾寄弟蘇轍詩云：「寒燈相對記疇昔，夜雨何時聽蕭瑟。」（〈辛丑十一月十九日既與子由別於鄭州西門之外馬上賦詩一篇寄之〉）回想兄弟二人對床聽雨之樂，尋思何時復得此歡。陳克借用蘇詩意象，而以「別愁」、「孤影」表之，便見故人於今獨處無侶之苦，從而也反襯出自己也莫不如是。一結詞意沉鬱，感情深厚。劉永濟《詞論》分析元好問、詹玉說：「文藝與時會相關至切也……二人皆身丁亡國之餘，無可告訴之時，雖有滿腔忠憤，而終莫可為，故其泄之於詞，極掩抑零亂、低迴往復之致，而不能軒昂激烈。此文家所謂優美也。」陳克的情況雖不與元、詹二人盡同，但究其道理，當是可通的。

這首詞起句、過變、結句用力極深，似應特別注意。起首兩句指出：十年來兵禍不止，以至於「胡塵直到江城」。這一形勢，是作者哀愁的原因，也是他欲別故人的原因。此詞在發端處揭出感慨的原因，為全篇定基調，立綱領。此後雖然不再有一個字提到興亡，但由此種下的興亡的種子，卻隨處都透出了萌芽。這樣開頭，可以看作「籠罩」法之一逕。至過變處，詞云「送老」，這和「十年」、「歲華銷盡」、「疏髯」、「衰涕」是完全一致的。因而這兩個字上貫前半闋的全部詞句，可謂承接嚴密。但是前半闋言老，乃是要說國事不寧，個人衰弱；後半闋言老，則連繫著「韲鹽何處是」，是尋求自己的歸宿。所以「送老」一語又下貫「應在吳興」、「別愁」、「孤影」，實開下片之端倪。古人云：「吞吐之妙，全在換頭煞尾。」（清周濟《宋四家詞選目錄序論》）「最是過片不要斷了曲意，須要承上接下。」（宋張炎《詞源》）如陳克此篇，可謂承接有方。至於結尾，宋沈義父《樂府指迷》說，「最緊是末句，須是有一好出場方妙」；「結句須要放開，含有餘不盡之意，以景結尾最好」。這首〈臨江仙〉講兵禍，講胡塵，講歲華，講送老，講別愁，但到終了，卻用雨天深夜之中，小窗前殘燈映照下的「故人」形象收束，這種環境，這種形象，最容易寄託難言的苦衷，最容易創造出迷離恍惚的氣氛，也最容易收到「含有餘不盡之意」的效果，因而也最受後人的推崇。（李濟阻）

謁金門 陳克

愁脈脈，目斷江南江北。煙樹重重芳信隔，小樓山幾尺。

細草孤雲斜日，一向①弄晴天色。簾外落花飛不得，東風無氣力。

〔註〕①一向：在這裡作霎時、片刻講。向，通餉、晌。

這首詞的主人公愁中登樓，本想憑高眺望，找到遠方的意中人。不料樓前並非很高的山峰已經遮斷了視線，何況遠處又是煙樹重重呢！無法望盡江南江北，這使積鬱胸中的愁緒不僅沒有稍解，反而越來越濃了。上片寫望遠，既然一無所見，那麼就只有近處的風物入目了。但是，近處看到的又是些什麼呢？有「細草」，它們綿綿無際，只能增加遼遠淒迷的感覺；有「孤雲」，它好像離人的影子，看到它，就叫你為離人的處境心酸；有「斜日」，太陽尚且將歸西山，當是連無知的鳥獸都開始返巢的時候，然而多情的離人卻不能團聚；此時又遇上「一向弄晴天色」，雖是無休止的陰雨後的片刻轉晴，然而仍不能使人脫離憂鬱。不僅如此，還有那簾外的落花，它報告著春光將盡的消息，這自然增添了簾中人流年虛度的感觸。再說，陰雨霪霪，東風無力，落花飛也不能。——即使偶有好風，落花還能重上枝頭嗎？於是主人公又感到了青春不再的悲哀。

這首詞，除了起頭的「愁脈脈」三字直抒胸臆之外，作者的情緒便全是憑景物傳達出來的。這些景物雖然面目各異，但匯聚在一起，卻共同創造了迷茫孤寂的環境和無可奈何的氣氛，因此在烘托人物精神狀態上，它們比千言萬語的說明更有效。再說，作者借景抒情，除了選取那些最能反映主人公心理的景物之外，在加工、描寫上也下了一番推敲工夫。比如，常見的詩詞都故意把眼前的山峰寫得高大，以凸出「目斷」的原因。但陳克卻用「山幾尺」極言其小，因而襯托得「煙樹重重」隔斷「芳信」的效果就更加強烈。再如「細草孤雲斜日」，全句六字，兩字一意，一句三折，是寫景、抒情最經濟的句子。還有，為了襯托愁緒，詩人們常常著意渲染乍晴的春雨或隨風飄盪的落花，而本篇則說「一向弄晴天色」、「簾外落花飛不得」，這在傳情達意上也無異創造了另外一番天地。

關於陳克的詞風，清周濟在《介存齋論詞雜著》中說：「子高（陳克字）不甚有重名，然格韻絕高，昔人謂晏、周之流亞。晏氏父子俱非其敵；以方美成，則又擬於不倫。其溫、韋高弟乎？比溫則薄，比韋則悍，故當出入二氏之門。」比如這首詞輕淡綿密，含蓄幽邃，正是陳克學溫、韋並得其神韻的一首代表作。

不過，陳克生活在南北宋之交，自己又嘗屬意於恢復事業，這就決定了他的詞不能全如溫、韋。清謝章鋌《賭棋山莊詞話》引用王昶的話說：「南宋詞多黍離麥秀之悲，北宋詞多北風雨雪之感。世以填詞為小道者，此扣槃捫籥之說。」正道著了詞的時代特徵。這首〈謁金門〉中「目斷江南江北」「東風無氣力」等句似在寓託山河破碎、恢復無力等意義；「小樓山幾尺」而能隔斷芳信，當有所諷喻，尤可玩味。因而在閨情的背後可能寄託著家國之慨。

最後，提一下這首詞的用韻。依律，〈謁金門〉前後片各用四仄韻。陳克此詞的韻腳全用入聲字。古代入聲的特點是所謂「短促急收藏」（明程明善《嘯餘譜‧明四聲》），讀來即有語塞的感覺。再加上〈謁金門〉又是句句有韻，所以容易產生一句一哽咽的效果，更能強化作品的主題。（李濟阻）

菩薩蠻　陳克

赤欄橋盡香街直，籠街細柳嬌無力。金碧上青空，花晴簾影紅。

黃衫飛白馬，日日青樓下。醉眼不逢人，午香吹暗塵。

陳克的詞，評論家們或認為「格韻絕高」（清周濟《介存齋論詞雜著》）；或認為「婉雅閒麗」（清陳廷焯《白雨齋詞話》）。這種風格特徵，從這首〈菩薩蠻〉中是可以看出來的。

詞的開頭展開一幅繁華綺麗的畫景：朱紅欄杆的橋梁橫跨水面，橋的盡頭是一條筆直的長街。街的兩旁，嫩柳繁茂，柔條披拂，在微風中輕輕地搖擺著。從取景的角度說，這像是一個人俯瞰或是由橋的這一端放眼過去之所見。橋曰「赤欄」，暗示橋的華美；街曰「香」，更耐人尋味；而且它是筆直的，暗示街道繁華。柳可「籠街」，足見柳多；那棵棵柳樹，大概都「萬條垂下綠絲縧」（賀知章〈詠柳〉）的吧。這柳又既「細」且「嬌」，顯示出她那婀娜多姿，柔條動人的神態。宋李庚說陳克「詩多情致，詞尤工」（南宋馬端臨《文獻通考．經籍考七十二．詩集》引）。單從開頭這兩句看，就情致綿綿。不僅把柳的姿態形容曲盡；而這既「香」且「直」又緊挨著河橋的「街」，更婉轉多姿；用筆似淡，但含蘊頗深。

「金碧上青空」，應首句的「香街直」。這長街果然與眾不同，它的樓房建築，金碧輝煌，高大偉岸，直上青空。「金碧」色濃，「青空」色淡，用一「上」字把它們聯繫起來，在一片青淡高遠的背景襯托下，「金碧」

更光輝耀眼。「花晴簾影紅」，由上句樓房的巍峨矗立，而到那一戶戶的具體人家。這些人家也與眾不同。金碧輝煌的房間內外，不僅有花，而且花色鮮豔，花光明媚，花氣襲人。一個「晴」字把花的豔麗芬芳，和她那給人以爽心悅目的感覺，充分表露出來。但這樣作者似覺得還沒有寫出環境的雅麗，他又用「簾影紅」來作渲染。自然，這五個字是一個完整的意境，簾影的紅，是由於「花晴」，不過如果沒有後三個字來映襯，也就減少了「晴」的分量，所以在這裡它們是互為表裡的。這一來，花紅，簾紅，連晴朗的天氣，也給人紅彤彤的感覺。這裡寫的，看似只是一種氣氛，但這種氣氛暗示金碧樓中的旖旎溫柔。周濟認為，陳克是溫庭筠、韋莊的「高弟」，「當出入二氏之門」（同上）。其實，陳無溫的豔麗綿密，鏤金錯彩；也不像韋那樣「運密入疏，寓濃於淡」（清況周頤《餐櫻廡詞話》），他似乎很善於烘托氣氛，渲染環境，這樣使他的詞格調高遠，情思閒雅，而終歸於淳厚。所謂「一語之豔，令人魂絕」（明王世貞《藝苑卮言·附錄》語），但這「豔」，與溫詞的「香而軟」是不同的。

詞的上闋，由「赤欄橋盡」，而引出「街」，由「街」而引出街道兩旁的垂柳，和街上金碧輝煌的建築，再到「花晴簾影紅」的人家。但寫至此，戛然而止。乍看是「數語曲折含蓄，有言外不盡之致」（清沈祥龍《論詞隨筆》）。但仔細推敲，那「不盡之致」，還是可窺見一二的。

比如說街「香」，聯繫後面看，是「花晴」的緣故，但把「香」寫得這樣沁人心脾，把柳寫得這樣婀娜柔媚，裝點得這「金碧上青空」的居室，如此旖旎而富有風情，那麼這只是一般「環境描寫」嗎？「詞有淡遠取神，只描取景物，而神致自在言外」（清況周頤《蕙風詞話·續編》）。這「神」到下闋才清楚地表現出來。

「黃衫飛白馬，日日青樓下。」黃衫，隋唐時貴族少年所穿的黃色華貴服裝。《新唐書·禮樂志》十二：唐玄宗「樂工少年姿秀者十數人，衣黃衫，文玉帶」。後用黃衫指衣飾華麗姿容秀美的少年公子。杜甫〈少年行二首〉其二：「黃衫年少來宜數，不見堂前東逝波。」明仇兆鰲《杜詩詳註》：「有及時行樂意，乃鼓舞少年之詞。春光已去，時不可返，故宜頻數來遊。」這裡身著黃衫的貴公子，騎著白馬，不是去遊春，卻是去尋花問柳，「及時行樂」——「日日青樓下」。這兩句詞上句用「飛」聯繫「黃衫」、「白馬」，寫活了人的奔馳之狀，下句用「日日」見人的奔馳之頻，「黃衫」者的形象，便躍然紙上了。

「醉眼不逢人」，是對上兩句的補充。這些貴公子花天酒地之後，醉眼惺忪，騎在高高的白馬上，橫衝直撞，旁若無人。十里長街，花香柳媚，時當午刻，正是繁華熱鬧的時候。說「不逢人」，須從反面見義，正是說他目中無人，一切都不在乎。這種驕橫不可一世的人物，在杜甫〈少年行〉裡，是寫得頗為形象的：「馬上誰家薄媚郎，臨階下馬坐人床。不通姓字粗豪甚，指點銀瓶索酒嘗。」表現的行為雖不同，但其「霸氣」卻完全相同，只不過詞言簡意賅，看似「淺語」，實則濃醇，較之杜詩，給讀者留下了想像的餘地。

「午香吹暗塵。」一陣馬蹄聲沙沙踏過去後，「黃衫飛白馬」的影子遠去了，馬蹄掀起的塵土仍騰起空中。這時，正是中午，花開正紅，隨著塵土，也傳來陣陣花香。「香」與「塵」是給人以相反感觸的事物，但在此刻卻夾雜在一起。「午香」與「暗塵」之間，用了一個「吹」字。顯然，「暗塵」不會送來「午香」，只有風可送來花香，說「吹」這裡有「暗塵」揚起的意思。美與醜並列，只是美者愈美，醜者愈醜，使人對醜者的印象更鮮明吧。

通常說「詩中有畫」，往往指詩中的景色描繪生動、真實、細膩。讀著這首詞，我們也彷彿置身畫圖中。上闋前三句是十里長街的外景，清晰可見，最後一句（通稱「前結」），卻於寫景中寓有情意，是景是情，迷離惝怳。前三句直露，後一句含蓄，「似住而未住」地過渡到下闋。下闋前三句寫「黃衫飛白馬」者歷歷如繪，形象鮮明，最後一句（通稱「後結」），仍於寫景中寓有情意。李白〈古風五十九首〉其二十四「大車揚飛塵，亭午暗阡陌」，寫豪貴人物招搖過市的情狀，只以「揚塵」一事點出，此詞結句似之，而作者寓意，則藏而不露。

正是「前結如奔馬收韁，須勒得住，又似住而未住；後結如眾流歸海，要收得盡，又似盡而不盡者」（清沈雄《古今詞話》）。由此不難看出，在本詞的結構上，作者是頗費功夫的。（艾治平）

菩薩蠻 陳克

綠蕪牆繞青苔院，中庭日淡芭蕉卷①。蝴蝶上階飛，烘簾②自在垂。
玉鉤雙語燕，寶甃楊花轉。幾處簸錢聲，綠窗春睡輕。

〔註〕①錢珝〈未展芭蕉〉：「芳心猶卷怯春寒。」②一作「風簾」。

這首為歷來推賞的小詞，寫春曉春眠，題材原屬平常。但它造境深細，故能推陳出新。詞意的分段不必與分片吻合，如此詞前六句為烘托漸進之筆，後二句方擒題意。

首句係白居易〈新樂府：陵園妾〉成句，「牆繞院」，給人以封閉深幽之感。而牆上爬滿「綠蕪」，院裡不少「青苔」，大有「花徑不曾緣客掃」（杜甫〈客至〉）的意味。這樣開篇就有了關上門兒穩睡的架勢，直通篇末。「青苔院」對「綠蕪牆」，造語亦工。「中庭」已有日光，可見時辰已不早了，至少是近午了，暗示後文「春睡」之恬熟。春日畢竟可愛，光線不像夏日那麼強，「淡」字用得很精細。春寒尚未全然退盡，猶卷的芭蕉，其芳心尚未被東風吹展，也含有一種朦朧的睡態，不無比喻之意。「紅薔薇架碧芭蕉」（唐韓偓〈深院〉），古人庭院往往種花與芭蕉映襯成景。只寫芭蕉不寫花，非無花可寫，只是作者用筆具虛實相間之妙，花開由下句之「蝴蝶」帶出，全憑讀者妙悟。蝴蝶居然能上階飛，也可見庭中、廊上的無人了。果然——「烘簾自在垂」，簾兒未捲暗示主人猶眠。「烘簾」指晴日烘照的簾幕，一說為熏香時垂下的防止透風的特製簾幕。寫其「自在垂」，

「以見其不聞不見之無窮也」（清譚獻《譚評詞辨》）。「自在」二字寫出作者的主觀感受。這時，並非全無動靜：玉鉤之上，語燕雙雙，牠們是尚未穿簾飛去，還是已試飛歸來？寶甃（音同皺，井壁，代指井）之上，楊花點點，「轉」字深得庭中飛花之趣。楊花落地無聲，燕語呢喃，更添小院幽靜。

這樣，前六句就一層深一層地寫足庭院之靜穆，使人心清。於此環境再寫「綠窗春睡」，不須著意，幽趣自佳。然而，作者並不滿足於此，偏在這裡獨出新語，以倍增其境的佳妙。「幾處簸錢聲，綠窗春睡輕。」關於「簸錢聲」有二說，一曰風吹榆錢的沙沙聲，一曰古代遊戲的簸錢之聲。（唐王建〈宮詞〉：「春來睡困不梳頭，懶逐君王苑北遊。暫向玉花階上坐，簸錢贏得兩三籌。」）二說之中，以後說為近似。幾處少女在作簸錢之戲，發出輕微聲響，不斷傳入耳鼓，與綠窗春睡互相映照，最見情趣。末句從晏幾道〈更漏子〉「綠窗春睡濃」翻出，然「睡」下著一「輕」字，尤為妙思入神。故前人讀此二句，每每稱賞，謂之「殊覺其香茜」（清張宗橚《詞林紀事》卷十引盧申之語）。沒有前六句的襯托，詞境固難深細；然倘無此二句造古人未到之境，則此詞亦未見精彩。

清張惠言《詞選》謂「此自寓」，卻看不出。蓋全詞充溢一種閒適自得情趣，妙在藝術手法的運用，固不必以深意求之。（周嘯天）

朱敦儒

【作者小傳】（一〇八一～一一五九）字希真，號巖壑，洛陽（今屬河南）人。早年隱居不仕。宋高宗紹興三年（一一三三），補右迪功郎。五年（一一三五），賜同進士出身，為祕書省正字、擢兵部郎中，遷兩浙東路提點刑獄。秦檜當國時，除鴻臚少卿。檜死，亦廢。晚居嘉禾。有《巖壑老人詩文》一卷，不傳。又有詞集《樵歌》三卷。詞風豪放曠達，語言清暢，多寫隱逸生活。南渡後，間有感喟國事之作。存詞二百四十六首。

雨中花　朱敦儒

嶺南作

故國當年得意，射麋上苑，走馬長楸。對蔥蔥佳氣，赤縣神州。好景何曾虛過，勝友是處相留。向伊川雪夜，洛浦花朝，占斷狂遊。

胡塵捲地，南走炎荒，曳裾強學應劉。空謾說、螭蟠龍臥，誰取封侯。塞雁年年北去，蠻江日日西流。此生老矣，除非春夢，重到東周。

宋欽宗靖康元年（一一二六），金兵攻佔汴京，宋室南渡。在這場政治劇變中，朱敦儒不得不離開生養之地洛陽，隨著逃難的人流萍飄梗泛，輾轉來到嶺南，在粵西瀧州暫住下來。去國離鄉的悲痛，瘡痍滿目的現實，極大地震撼了詞人的心靈。他的詞風為之一變，再也不能心安理得地吟唱「且插梅花醉洛陽」（〈鷓鴣天〉）那樣逍遙的詩句了。湧現在他筆下的是一種沉鬱蒼涼的格調，是一種充滿憂患意識的悲歌。這首詞就是一個代表，變豪爽為悲涼，堪稱稼軒詞的先驅。

上片以「故國當年得意」起句，追述了承平歲月中的勝景清遊。「故國」指洛陽。「上苑」即上林苑，東漢時置，在洛陽城西。「長楸」，指官道旁所植之楸樹。曹植〈名都篇〉所詠之「鬥雞東郊道，走馬長楸間」，為此處所本。詞人用射獵西苑，走馬東郊，來概括往日與狂朋怪侶俊遊的盛況，既是用典，又是紀實，筆力遒勁，具足聲容。一個英氣勃勃的洛陽少年的形象，便躍然紙上了。下面用一個去聲的「對」字領「蔥蔥」兩句，為我們展示出一幅生機活潑、熱氣騰騰的廣闊背景，這是由點到面輻射性描寫技法的成功運用。從章法看，它是頓挫之筆，不肯教「射麋」、「走馬」的俊邁之氣一下發露太過，因而設計了這樣一個插入語來加以跌宕，正是書家所說的無垂不縮的技法。接下去再用「好景」兩句挺接發端之意，然而卻只點到為止，不作過多的渲染。經過一番蓄勢，然後用一個「向」字領出了「伊川雪夜，洛浦花朝，占斷狂遊」三句嚼雪盥花、辭情兼勝的妙語來。無論是對雪，還是觀花，在這些清遊雅集裡，占盡風流出足風頭的總是他。這一氣呵出的三句，真把這位駿馬貂裘的青年公子的狂遊盛況寫到了極致。詞的上片也就戛然而止。

轉入下片以後，詞意陡然一變，大起大落，與前片適成截然相反的對比。「胡塵」三句，寫金兵南下之時，詞人被迫避難南荒，不得不過著寄人籬下的生活。「曳裾」，提著衣襟，形容謙卑之態。曳裾侯門，指寄食權貴的賓客。應劉，即漢末依附曹氏的應瑒、應璩兄弟與劉楨。流離道路已極不堪，寄食豪門，仰人鼻息，痛苦又更甚一層。一個「強」字包含了多少酸辛，這是一個倔強者無可奈何的喟嘆。淪亡的痛苦，把詞人從風月留連的醉夢中驚醒。他的「中原亂，簪纓散，幾時收。試倩悲風吹淚過揚州」（〈相見歡〉）的慷慨悲歌；他的「除奉天威，掃平狂虜，整頓乾坤都了」（〈蘇武慢〉）的豪情壯志，都說明他和抗金的志士有著同樣的感情和抱負。然而在那個君孱臣佞的小朝廷裡，他的滿腔熱情，根本不被置理。「空謾說、螭蟠龍臥，誰取封侯」就是這種內心痛苦的披露，「螭」，龍類。「蟠」，伏也，即臥龍之意。二句意謂：莫說有臥龍的才具，也無法建樹封侯的功業。這是報國有心，請纓無路的英雄的悲嘆，語氣沉重，充滿失望的痛苦。作者在〈水龍吟〉中所述「奇謀報國，可憐無用……但愁敲桂櫂，悲吟梁父，淚流如雨」，與此悵觸正同。

接下來「塞雁」、「蠻江」二句，以精整的對句形式，抒寫了鬱勃於胸的故國家山的苦思。塞雁是幸福的，它不受人間兵戈的阻隔，年年春天可以結陣北去；蠻荒的江水是自由的，它日夜不止地依舊自西向東流入大海。唯有自己這個天涯的羈客，卻不能重返故園了。寄鄉愁於去雁，感歲月於江流，無情景物，並惹哀愁，融景入情之佳句也。歇拍三句，更進一層，把悲哀推到了極點。此身已老，北歸無望，這已是人生的悲劇。然而作者並不滿足於這種描寫，而是運筆虛際，翻騰出一個心魂入夢、重返家山的結局來。以夢境的歡愉來襯托實境的悲惋，益覺加倍的悲哀了。洛陽，為東周的王城，故以之指代故鄉，並與篇首相綰合，結構謹嚴，語極沉痛，真所謂返虛入渾的高境。習詞者於此等處，宜細細體會，不可粗粗放過。（周篤文、王玉麟）

水調歌頭 朱敦儒

淮陰作

當年五陵下，結客占春遊。紅纓翠帶，談笑跋馬水西頭。落日經過桃葉，不管插花歸去，小袖挽人留。換酒春壺碧，脫帽醉青樓。

楚雲驚，隴水散，兩漂流。如今憔悴，天涯何處可銷憂。長揖飛鴻舊月，不知今夕煙水，都照幾人愁。有淚看芳草，無路認西州。

靖康事變以後，朱敦儒避地淮陰（今江蘇淮安）。飄零異鄉，心靈備受熬煎，西望故土，遙想當年，未嘗不黯然落淚。蘸著淚水，他寫下了許多追昔懷舊的悲愴詞篇。這首〈水調歌頭〉追念往事，對一位青樓女郎寄予真摯的眷戀之情，曲折地表現了家國之痛，筆致淒切深婉，感人至極。

詞從追憶往昔落筆。「當年五陵下，結客占春遊」，一起甚健。五陵本是西漢前期五位皇帝的陵墓，地處渭水北岸，距都城長安不遠。當初四周居住著許多豪門大戶，子弟習尚奢縱。後代詩文遂引為典實。如杜甫〈秋興八首〉其三「同學少年多不賤，五陵衣馬自輕肥」，白居易〈琵琶行〉「五陵年少爭纏頭，一曲紅綃不知數」

等等。本詞借「五陵」以指作者故鄉名城洛陽，意在點染奢華豪縱的氣氛，以映襯風流少年的俊爽形象。宋郭茂倩《樂府詩集》有〈結客少年場行〉，題解引《樂府廣題》云：「按結客少年場，言少年時結任俠之客，為遊樂之場，終而無成，故作此曲也。」詞中「結客」二字即從此出。因之，樂府此題諸詩所寫如走馬、遊春、訪豔、飲酒等情事，以及「今我獨何為，轗壈懷百憂」（南朝鮑照〈結客少年場行〉）的卒章慨嘆，在此詞中無不具備。雖借鑑古人，而自抒懷抱，自具面目。首兩句定下基調，下文分三層寫開。第一層：「紅纓翠帶，談笑跋馬水西頭。」紅纓翠帶，本是少年遊俠的裝束，這裡是代指其人了。二句承前「結客」句來，寫朋儕相與之歡，並騎馳縱之遠，筆墨極簡省，而郊次春遊時那歡暢自恣的場面連同遊人的神情卻表現出十二分了。接下來一層敘述了歸來途中的一個小情節：薄暮時分，詞人和他的友伴們頭戴鮮花，打馬朝城裡走來，「經過桃葉」，酒肆的美人上前相邀。句中「桃葉」是「桃葉渡」的省稱，地在今江蘇南京市秦淮河畔，這裡是借指遊冶的場所。「不管插花歸去，小袖挽人留」，便如李白筆下的「胡姬招素手，延客醉金樽」（〈送裴十八圖南歸嵩山二首〉其一）。「不管」的主語是「小袖」，倒裝在後，以凸出人物。「不管」二字寫出女子真誠挽留的殷殷情誼，是著力之筆，為下片抒寫自己的戀情設下伏線。第一層極寫其豪俊氣概，第二層則表現其兒女柔情，亦豪曠，亦纏綿，一位風流少年的形象活脫脫如在目前。兩層之間是以「落日」應「水西」過渡，可見朱詞巧於關合的特點。「換酒春壺碧，脫帽醉青樓」二句又起一層，筆墨酣暢淋漓。上句之「春壺碧」，暗寫紅粉情意，有「吳姬壓酒勸客嘗」（李白〈金陵酒肆留別〉）的意境。結句有力突現了詞人醉臥青樓的形象：開懷豪飲，至酒酣耳熱之際，竟至脫帽露頂，可見暢快之至，亦不羈之至了。到了此處，一天的遊春之樂達到高潮，作者的豪興也盡情寫出。李白〈少年行二首〉其二云「五陵年少金市東，銀鞍白馬度春風。落花踏盡遊何處，笑入胡姬酒肆中」，不啻為此人此事寫照。整個上片選取最能表現早年生活風貌的驟馬遊春一幕來敘說，筆調歡快開朗，消化前人樂府詩意境於不知不覺間，自是妙手。

誰料風雲突變，烽煙四起，去國辭鄉，天涯流寓，朝暮之間，那狂遊、那歡情竟成為彷彿十分遙遠的過去！這一突如其來的變故，用三個三字句準確地概括出來：「楚雲驚，隴水散，兩漂流。」字字奇警，句句含情。「楚雲」在詩詞裡常與女子相關，如唐張謂詩句：「紅粉青娥映楚雲。」（〈贈趙使君美人〉）「隴水散」用梁鼓角橫吹曲〈隴頭流水歌〉「隴頭流水，流離四下」句意。《古今樂錄》引《辛氏三秦記》曰：「隴渭西關，其陂九回，上有清水，四注流下。」此中含隱著對那位青樓女的依依別情。語調沉重，悲思噴湧，「驚」、「散」二字帶出作者受到震動、無限哀愁的神態，是很醒目的。

過片從至樂一下翻入至悲，起筆就哀極痛極，思極憂極，勃鬱之氣十分充盛。所以下面便不假外物，直抒心懷：「如今憔悴，天涯何處可銷憂。」這近乎絕望的哀號，情感特別強，因為是緊接前面力度很高的三句而來，故沒有直白淺露之感，是感情凝聚、充積以至於傾瀉的自然過程。「何處」二字已見出愁懷難遣，欲告無人的苦楚。於是詞人矚目於「飛鴻舊月」。飛鴻可捎來故人的音訊？明月曾是往日生活的見證人，如今可願傳去心中的思念？它們把人的心緒帶向遙遠的故國，又觸發物是人非之慨。此刻，作者想到的不僅僅是個人私情，他由個人的不幸遭遇聯想到同懷國破家亡之恨的大眾。所以說「不知今夕煙水，都照幾人愁」，兩句表明他多少意識到自己的命運始終聯結著民族的興亡，面前經歷的是一場悲劇。這樣，詞的意境有了拓展。

下片直瀉而下的悲愁思緒到結尾處又重新凝縮、收住，顯出「無垂不縮」的功夫。「有淚看芳草，無路認西州。」西州，當是用羊曇事。《晉書．謝安傳》載，羊曇為謝安所重，謝安扶病還都時曾過西州門，「安薨後，（羊曇）輟樂彌年，行不由西州路」，嘗大醉，不覺至州門，慟哭而去。詞用此事，當有懷想謝安之類賢相、慨嘆當世無人之意。南渡以來，朱敦儒無日不在思念金人統治下的故土，牽掛天各一方的親朋（這當然包括對詞人情意綿綿的「小袖」)。可是，淚眼所見，只有遠接天際的芳草在牽惹人的情思，而西州路又在哪裡呢？這亦景亦情的沉痛之筆，極富於感染力，是工於結句的典範。(周篤文、王玉麟)

水龍吟

朱敦儒

放船千里淩波去，略為吳山留顧。雲屯水府，濤隨神女，九江東注。北客翩然，壯心偏感，年華將暮。念伊、嵩舊隱①，巢、由故友②，南柯夢，遽如許！

回首妖氛未掃，問人間、英雄何處？奇謀報國，可憐無用，塵昏白羽③。鐵鎖橫江，錦帆衝浪，孫郎良苦④。但愁敲桂權，悲吟梁父，淚流如雨。

〔註〕①伊、嵩舊隱：指詞人以往在家鄉洛陽的隱居生活。伊、嵩，伊闕與嵩山，洛陽附近的名山。②巢、由故友：指詞人的隱居朋友。巢、由，巢父和許由，唐堯時著名的隱士。③奇謀報國，可憐無用，塵昏白羽：這三句說諸葛亮。白羽，指白羽扇。「塵昏白羽」是說出師不利。④孫郎：指三國時孫吳的末帝孫皓。

這首詞，由「念伊、嵩舊隱」等句推測，似作於金兵南下、朱敦儒初離洛陽由水路南行之時。全詞境界開闊，感慨深長，字裡行間迴盪著詞人的一腔忠憤之氣，在以閒適為主調的三卷《樵歌》中別具一格。

上片寫船上所見，進而抒發身世感慨。放船千里，淩波踏浪，並不是為了登山臨水，放浪形骸。「放船」本身，意味著詞人心嚮往之的閒適生活的被迫結束，心情之沉重不難想見，因而即便是嫵媚的江南青山也難以使他心馳神往，而只是稍稍流眄顧盼而已。「雲屯」三句進一步寫天上與江中的情景。「水府」，古代星名，主水之官。所謂「雲屯水府」，是說雲層聚集在水府星附近，是天將下雨的徵兆。再看滔滔江水，如隨水神奔走，與眾水一起東注入海。天空高遠，卻雲垂垂而欲雨；江面空闊，而波翻浪湧，逝者如斯。詞人的心旌不禁為之搖曳，不覺生出了一種鬱悶之情與茫然之感，上片抒寫的重點也就隨著轉到了對自己身世的感念上。現實的動亂打破了詞人「自樂閒曠」（《宋史．文苑傳》）的好夢，回首往事，自不免有南柯夢短的傷感。但他主要的感受卻在於嘆惋時光的流逝，有烈士暮年之悲。在「壯心偏感，年華將暮」的感情深處，暗藏著「胡未滅，鬢先秋」（陸游〈訴衷情〉）的深沉悲愴。正是這一感情的暗線使感念個人身世的上片與念時傷亂的下片一氣流轉，渾融無間。

換頭以「回首」領起，這已不再是站在個人立場上回望逝去的歲月，而是站在民族立場的高處北望硝煙彌漫的中原，正面發出了對於救國英雄的呼喚。在「問人間、英雄何處」的疑問中，既有著對於英雄的渴求，也有著對於造成英雄失志時代的詰問，意味十分深遠。以下引用三國故事，說諸葛亮奇謀報國，仍不免齎志以沒，隱喻自己雖有長才也難有機會施展。他曾在另一首詞中明白說出過這一層意思：「有奇才，無用處。壯節飄零，受盡人間苦。」（〈蘇幕遮〉）又說到東吳敗亡的歷史教訓。吳主孫皓憑藉長江天險，且有「鐵鎖橫江」，但還是未能擋住西晉王濬衝浪而來的戰艦，落了個「千尋鐵鎖沉江底，一片降幡出石頭」（劉禹錫〈西塞山懷古〉）的可悲下場。這裡可以隱約看出詞人對南宋小朝廷的擔憂。寫諸葛亮，寫孫皓，是以歷史為鏡子，從對面映照現實，這就使詞人的憂憤更具有歷史的縱深感。結尾寫自己「愁敲桂櫂，悲吟梁父，淚流如雨」，正是融合了家國不幸之後悲痛難已的表現。「愁敲桂櫂」三句，是說敲擊船槳打拍子，唱著悲悽的〈梁父吟〉，淚水滂沱。這幾句以「但」字拍轉，以「愁」、「悲」等字點染，以「淚流如雨」的畫面作結，極見詞人悲憤之深廣與無力回天的無奈。這是朱敦儒的悲哀，由此更可想見這是一個令人悲哀的無所作為的時代。

這首詞以紀行為線索，從江上風光寫到遠行的感懷，由個人悲歡寫到國家命運，篇末以「愁敲桂櫂」回映篇首的「放船千里」。中間部分，抒情、議論並用，抒情率直，議論縱橫，視野又極開闊，「千里」、「九江」盡收筆底，往古來今俱在望中，感情極痛快卻極沉著，不避用典而仍明白如話。朱敦儒詞的藝術成就於此可見，其風格豪放的一面也可於此窺見一斑。（陳志明、林從龍）

念奴嬌 朱敦儒

插天翠柳，被何人、推上一輪明月？照我藤床涼似水，飛入瑤臺瓊闕。霧冷笙簫，風輕環佩，玉鎖無人掣。閒雲收盡，海光天影相接。

誰信有藥長生，素娥新煉就，飛霜凝雪。打碎珊瑚，爭似看、仙桂扶疏橫絕。洗盡凡心，滿身清露，冷浸蕭蕭髮。明朝塵世，記取休向人說。

這首詞寫月下感想。

出語便奇：「插天翠柳，被何人、推上一輪明月？」柳樹縱高，何能直插雲天？而月上柳梢頭，也有個時間推移過程，何來如此奇想？而這恰恰是躺在柳下「藤床」納涼仰看天宇者才能產生的幻覺：「翠柳」伸向天空，而「明月」不知不覺便出現了，如同被推上去一樣。加之月夜如水一般的涼意，更會引起美妙的幻想，於是納涼賞月的詞人飄飄然「飛入瑤臺瓊闕」。「霧冷笙簫」以下寫飛入月宮。這裡霧冷風輕，隱隱可聞仙樂（「笙簫」），和仙子的「環佩」之聲，大約她們正隨音樂伴奏而飄飄起舞吧。言下已有尋聲暗問的意態。然而「玉鎖」當門而「無人掣」，說明月宮清靜，不受外界干擾，又不覺感到悵然。回顧天空，是「閒雲收盡」，海光與月光交映生輝，煉成一片令人眩惑的景象。

關於月宮，民間傳說很多，「入河蟾不沒，擣藥兔長生」（杜甫〈月〉）。據說有玉兔擣藥，這藥可以使人延壽的。然而「長生」的念頭，只不過是世俗的妄想。作者過片即予棒喝：「誰信有藥長生？」在月中，不過是「素娥（嫦娥）新煉就」的「飛霜凝雪」而已，並沒有什麼長生不老藥，這或許含有警告世人之意。在詞人看來，人間那些「打碎珊瑚」之類的誇豪鬥富之舉，怎比得上我的賞玩月中枝葉扶疏的仙桂之為脫俗呢？「打碎珊瑚」出於南朝宋劉義慶《世說新語．汰侈》石崇和王愷鬥富的故事，這裡信手拈來，反襯月中桂樹之可愛，自然愜意。作者通過如此清空的筆墨，勾畫出一個美麗、純潔、沒有貪慾的境界。在這裡，他兩袖清風，「滿身清露，冷浸蕭蕭髮」，感到凡心洗盡，有脫胎換骨之感。

然而，這一切不過是月下的夢，儘管美麗動人，卻又無從對證，只能自得於胸懷，不可為俗人說。一夜過去，又將回到人間現實。故結云：「明朝塵世，記取休向人說。」這裡有深沉的感喟和對塵世的深切厭倦。

這首詞所創造的那種光明澄澈的境界和詞人由月光激發的浪漫想像，容易使人聯想到蘇軾〈水調歌頭〉（明月幾時有）和張孝祥〈念奴嬌〉（洞庭青草）。但張詞寫在湖光天影中盪舟之樂，蘇詞只說「我欲乘風歸去」，二者都沒有離開人間。而此詞卻寫在藤床上神遊月宮之趣，其間融入了月的傳說，並對傳說作了修正，其境優美清寂，由風、露、霧、霜、雪和瓊、瑤種種意象造成一個冰清玉潔的世界，似乎有意與充滿烽煙勢焰的人間對立。雖然缺乏張孝祥詞那種積極的現實內容和蘇軾詞的樂觀入世的人生態度，卻也表現出作者鄙棄庸俗，不滿現實的思想。故前人或謂其為「不食煙火人語」（清阮元《揅經室外集》卷三引）。與蘇、張二詞比，寫神遊月宮的想像，也頗有情趣。（周嘯天）

念奴嬌

朱敦儒

晚涼可愛，是黃昏人靜，風生蘋葉。誰做秋聲穿細柳？初聽寒蟬淒切。旋採芙蓉，重熏沉水，暗裡香交徹。拂開冰簟，小床獨臥明月。

老來應免多情，還因風景好，愁腸重結。可惜良宵人不見，角枕爛衾虛設。宛轉無眠，起來閒步，露草時明滅。銀河西去，畫樓殘角嗚咽。

這是一首悼亡詞，寫得深曲婉轉，最見真情。

開頭「晚涼可愛」一句領起了上片詞意。經過了炎熱的夏天，到了初秋夜晚，感到有些涼意，這涼意從何而來呢？「是黃昏人靜，風生蘋葉。」在夜深人靜之際，習習的涼風吹來，使人鬱悶之感全消，就是這個可愛的晚涼之夜，勾引起詞人對往事的回憶。「風生蘋葉」本於宋玉〈風賦〉「夫風生於地，起於青蘋之末」。「誰做秋聲穿細柳？」這個反詰句式，顯出了詞情的波瀾，表現出傾聽的神情，穿過細柳傳入耳鼓的是寒蟬鳴叫的淒切之聲。「寒蟬淒切」本是柳永著名詞篇〈雨霖鈴〉的首句，這裡是偶然的相合，或者是有意採用，可以置而不論。斷斷續續的蟬聲，引起了詞人的「淒切」之感，似乎更深切地反映出他蘊蓄在內心深處的悲涼情緒。「旋採芙蓉，重熏沉水，暗裡香交徹。」詞人是不是真的採來了芙蓉花，又點燃了沉水香，使兩香交融散發出襲人的芳氣呢？有可能是真的這麼做了，但更大的可能是虛寫，是在化用古代詩句來抒發情懷。〈古詩十九首〉中有一首：「涉江採芙蓉，蘭澤多芳草。採之欲遺誰？所思在遠道。還顧望舊鄉，長路漫浩浩。同心而離居，憂傷以終老。」末二句尤切合詞人的境遇，不同的是彼為生離，此為死別。南朝劉宋時期的樂府民歌〈楊叛兒〉：「暫出白門前，楊柳可藏烏。歡作沉水香，儂作博山爐。」這首詩是用香和爐的密切關係來比喻男女情愛。而詞人則是沉香猶存，山爐已杳。「拂開冰簟，小床獨臥明月。」「獨臥」一詞裡隱含著酸楚，透露出悼亡的詞旨。

換頭「老來應免多情，還因風景好，愁腸重結」，首句先蕩開一筆，說自己已經老了，本該不再多情了吧。但他的「多情」是很難「免」的。他原籍洛陽，青年時期，志行高潔，不樂仕進。宋欽宗靖康年間，曾被召至汴京，將任為學官，他推辭說：「麋鹿之性，自樂閒曠，爵祿非所願也。」固辭還鄉里（《宋史·文苑傳》）。及金兵攻陷京都，他攜眷屬避亂南下。可以設想，他的夫人和他是患難與共，伉儷情深。他在〈昭君怨〉一詞裡，寫他喪妻以後，「淚斷愁腸難斷，往事總成幽怨。幽怨幾時休？淚還流！」又在一首〈驀山溪〉詞裡說：「鴛鴦散後，供了十年愁；懷舊事，想前歡，忍記丁寧語！」反映出他們夫婦之間的篤厚感情；而在喪偶以後的幽怨愁思，又是百計難遣。在這月白風清之夜，又怎能免除「多情」呢？當他一個人孤孤單單臥在冰簟上的時候，他的幽情苦緒油然而生：「可惜良宵人不見，角枕爛衾虛設。」他把無限的哀思凝縮在這兩句裡，成為全詞的警句，這是化用《詩經·唐風·葛生》「角枕粲兮，錦衾爛兮！予美亡此，誰與獨旦」的詩句，渾然無跡，可以看出他善於融化古代詩句的才情。「宛轉無眠，起來閒步，露草時明滅。」從這幾句裡，可以看出他心緒不安，想盡力排遣，然而「此情無計可消除」（李清照〈一剪梅〉），他徘徊往復，不覺得玉繩西轉，已近黎明，徘徊愈久，情思愈苦。「畫樓殘角嗚咽」，殘角的嗚咽聲，是他所賦予殘角的心聲，與上片的「寒蟬淒切」遙遙相應。由「淒切」到「嗚咽」，反映出他從黃昏到黎明間哀思的發展，構成了婉轉傷感的情調。

這首詞以景語始，以景語終，透過對秋夜景物的點染，表達出詞人的情意。這一點是比較容易看得出來的。另外就是化用古代詩文，自然貼切，到了化境，有些地方頗不易分辨。張炎說：「詞用事最難，要體認著題，融化不澀……不為事所使。」（《詞源》）這首詞做到了。

從潘岳以「悼亡」為詩題，悼念他亡故的妻子以後，悼亡成為詩詞裡常見的題材，只適用於夫婦之間。唐代的元稹、李商隱等都有些很出色的作品。悼亡的詩或詞，貴在能表達出雙方在日常生活中積累起來的深厚感情，越真切，越能感人，而摛錦布繡、為文造情的作品是收不到這種效果的，至於專重色貌描寫的作品，更屬庸下。宋人的悼亡詞中，最感人的是蘇軾的〈江城子〉（十年生死兩茫茫），其次是賀鑄的〈鷓鴣天〉（重過閶門萬事非），蘇、賀二詞皆詞樸而情茂，此外就是朱敦儒這首〈念奴嬌〉。全詞無一綺語，而字裡行間卻滲透著感情，語淡而情濃，可以看出他的詞品是很高的。（李廷先）

臨江仙

朱敦儒

堪笑一場顛倒夢，元來恰似浮雲。塵勞何事最相親。今朝忙到夜，過臘又逢春。

流水滔滔無住處，飛光忽忽西沉。世間誰是百年人。箇中須著眼，認取自家身。

這首〈臨江仙〉，是朱敦儒後期作品，他在歷盡滄桑之後，已是看破紅塵。詞中寫時光如流水滔滔而逝，像夕陽難以挽留，用意落筆，清曠飄逸。正如薛勵若在《宋詞通論》中所說的「勉作達觀狂放之語，用以自解」。實際上，是表現了南渡之後他對國勢衰弱、朝廷軟弱無能的無可奈何的失望心情，從側面反映了處於亂離時代士大夫階層中一種深沉的淪落感，以及由此而導引出的當時共同的社會心理狀態。

詞的上片，語氣一貫而下，如從肺腑流出。「堪笑一場顛倒夢，元來恰似浮雲。」他一生寄情山水；從隱居、出仕、罷官、歸隱，這一人生曲折的歷程，使他看透了人間的憂患。本來自己無意於官場，以布衣嘯傲山水間，但最後卻因做官而被誤解、譏諷，這豈不是「一場顛倒夢」嗎！他在一首〈念奴嬌〉中寫道：「老來可喜，是歷遍人間，諳知物外。看透虛空，將恨海愁山，一時挼碎。」這完全是看透紅塵、超然物外的思想，因而才產生人生「恰似浮雲」的省悟。他在〈西江月〉中也說過：「世事短如春夢，人情薄似秋雲。」在南宋國勢衰敗、政治混亂的社會環境中，在他被官場的流言所挫傷之後，產生這種心理狀態是不奇怪的。接著，他以「婉麗清暢」（《宋史．文苑傳》）的筆調，抒寫一湧而出的思緒，「塵勞何事最相親。今朝忙到夜，過臘又逢春」。

借時間的流動來呈現感情的變化，「朝」與「夜」、「過臘」與「逢春」的轉化，體現了時間由短暫到悠長。前者表現了世俗的勞累忙碌，從「朝」到「夜」，著一「忙」字，連接朝、夜的往還相續，日日如是，生活毫無實際價值；後者則表現了韶光的流逝，臘月之後，春天又來臨了。但在世俗的奔忙中，又「何事最相親」呢？這是作者自己也無法作答的。這樣的感情抒寫，深刻地表現出作者傷時感事的失意心境與對紛繁複雜的人間世事的超越感。

詞的下片是前面思潮起伏的深化，「流水滔滔無住處，飛光忽忽西沉」。「流水」與「飛光」，是藉以影射時間的流逝，人事變遷的迅速；「滔滔」與「忽忽」，是以水流之勢及太陽西墜匆匆的景象，形容流年的短暫；「無住處」與「西沉」寫流水奔流永不停息，紅日西墜何等快速！作者在對客觀世界的體驗中，驟生一種空虛的失落感，他反覆用不同的景況顯示著貌似平淡而內蘊卻是複雜、激動的思緒，因此，發出「世間誰是百年人」的喟嘆。這也是〈古詩十九首．驅車上東門〉所謂「人生忽如寄，壽無金石固」之意，進而引出結拍「箇中須著眼，認取自家身」。宋周必大《二老堂詩話．朱希真出處》載：「（朱敦儒）致仕居嘉禾，詩詞獨步一世……（秦丞相）欲令教秦伯陽作詩，遂落致仕，除鴻臚少卿。或作詩云：『少室山人久掛冠，不知何事到長安。如今縱插梅花醉，未必王侯著眼看。』」這首詩是針對朱敦儒的〈鷓鴣天〉詞中「幾曾著眼看侯王」、「且插梅花醉洛陽」的話反譏的；這樣的譏諷，能不使飽經滄桑的山林老人感到委屈和悲傷嗎？還是宋高宗說得好：「此人朕用橐薦以隱逸命官，置之館閣，豈有始恬退而晚奔競耶！」實際上，朱敦儒有其難言的心事，周必大說：「其實希真老愛其子，而畏避竄逐，不敢不起，識者憐之。」由此，我們再回過頭來讀〈臨江仙〉這首詞的結語，「箇中須著眼，認取自家身」句，就可以瞭解其中所蘊含的深意了。「箇中」即「此中」、「其間」之意，「須著眼」是指他所注意的事。這一句的意思指的是他一生的立言行事，他的曠達隱逸的胸襟，世事浮雲，塵勞俗務，不須計較，所應注意的，僅在於自己立身處世的態度而已，即「認取自家身」就行了。結拍兩句是以一種閒談的筆觸，抒寫詞人在飽經風霜之後所產生的思想反應，把自己的身世之感觸融注入簡樸的語言之中了。

宋汪莘說朱敦儒詞「多塵外之想，雖雜以微塵，而其清氣自不可沒」（轉引自清朱彝尊《詞綜》卷十二）。這首〈臨江仙〉中曠遠沖淡的心境描繪，樸素無華的語言結構，流露出一股巖壑山林之士的清逸韻味，辭淺意深。我們從這些散逸心懷的自剖中，可以看到南宋文人負荷著時代的痛苦的靈魂，瞭解他們尋覓自我解脫的軟弱無力的腳步。（唐玲玲）

臨江仙 朱敦儒

直自鳳凰城破後，擘釵破鏡分飛。天涯海角信音稀。夢回遼海北，魂斷玉關西。
月解重圓星解聚，如何不見人歸？今春還聽杜鵑啼。年年看塞雁，一十四番回。

一個作家，不管怎樣著意地選擇或開拓自己的創作道路，他總要自覺或不自覺地將自己納入時代的軌道，伴著時代的脈搏而歌唱。生活在北宋南渡前後的朱敦儒，生活態度和藝術旨趣一向以超脫現實為宗旨，曾被後世詡之為「天資曠遠」（宋黃昇《花菴詞選續集》卷二）。他的作品常給人以不食人間煙火的印象，所謂「相望塵世，夢想都銷歇」（朱敦儒〈念奴嬌．垂虹亭〉），正見出他那時時寄心物外的氣度。然而，這位以一介布衣而譽滿東都的名士，在金兵南下，汴京被占之後，面對著這樣的悲慘現實，不得不從天上回到了人間，在時代的熔爐裡重新鑄造自己的詩心。於是，就像與他同時的許多詞人一樣，也深沉地唱出一曲曲時代的哀歌。

如本詞所示，這首〈臨江仙〉大約作於靖康之變後十四年。它開門見山，從金兵攻佔汴京寫起。「直自鳳凰城破後」，指一一二七年北宋都城汴京被占。鳳凰城，漢唐長安的美稱，以漢長安城中有鳳凰闕得名（見《三輔黃圖》），這裡借指宋都。「擘釵破鏡分飛」，喻夫妻離散。「擘釵」，出自白居易〈長恨歌〉：「釵留一股合一扇，釵擘黃金合分鈿。」而「破鏡」一事，則見唐孟棨《本事詩．情感》：「陳太子舍人徐德言之妻，後主叔寶之妹，封樂昌公主，才色冠絕。時陳政方亂，德言知不相保，謂其妻曰：『以君之才容，國亡必入權豪之家，斯永絕矣。倘情緣未斷，猶冀相見，宜有以信之。』乃破一鏡，人執其半……」以「直自」句起，一上來就暗示汴京失守之前，主人公生活平靜，家庭團聚，十分美滿。但作者又把這一切都推到幕後，只從美好事物的消失寫起，使讀者不能自已地去尋味那些沒有寫出來的、與現實形成強烈對照的往事。這就是前輩詞論家所說的「掃處即生」之法。就前後的關係而言，這首句詞又明確交代了次句「擘釵破鏡」的緣由。「擘」與「破」，都是使動詞，這就是說，釵非自擘，鏡也非自破。顯然，作者已側面點出了這場悲劇的導演者——女真族，而「分飛」二字，又遞進一層，暗示著這場離散的程度，並為下文埋下伏筆。從用典上來看，唐玄宗與楊貴妃之「擘釵」，徐德言與樂昌公主之「破鏡」，皆因戰亂所致，作者用來反映主人公在靖康之難中的遭遇，也是非常確切的。

如果離散之後，很快就能重逢，那也算不了什麼大悲劇了，可是，命運並不是這樣安排的，於是就出現了「天涯海角信音稀」這一非常殘酷的事實。這句對分飛作進一步的闡發。親人離散，究在何處？天涯海角，無由尋覓。金兵攻下汴京後，許多人拋妻別子，流落江南，這位主人公也是如此。那一江之隔，竟在他心中引起天涯海角的感受。正是金兵的進攻，才生生將親人拆散，那麼，這條江不是有著萬水千山的分量麼？更何況南北交兵，形勢險惡，就是插翅也飛不回去啊！因此，「天涯海角」雖是極言之，卻蘊涵著相當的歷史真實。「信音稀」，實際上是說音訊全無。的確，在當時那種形勢下，怎麼可能得到親人的消息呢？所以，主人公緊接著便對親人之所在進行揣測。

「夢回遼海北，魂斷玉關西。」遼海，泛指遼東濱海之地，亦即上句的海角。玉關，即玉門關，在今甘肅敦煌市西北，亦即上句的天涯。這兩句雖都是借遼遠的邊關，表現主人公對親人流落的焦慮，其中卻又有賓主在。金兵攻宋是從遼海（海角）而來，他們常把所擄的宋朝臣民帶回去為奴。因此，作者的重點是指遼海，玉關不過是陪襯而已。這種手法，使我們想起了隋薛道衡〈昔昔鹽〉中「前年過代北，今歲往遼西」兩句詩。隋時，在北方經常和突厥等族作戰，在東北經常和高麗作戰。薛詩描寫了一位思婦對征戰在外的行人的思念，虛寫代北，實寫遼西，顯然對朱詞有著直接的影響。但是比起薛詩，朱敦儒的這兩句詞是青出於藍。他將樂府詩簡質的交代性描寫，轉化為一種帶有濃厚浪漫色彩的夢境，超越了時間與空間，超越了主體與客體，在一個更高的層次上，展現了主人公愛情的真摯和執著。同時，這兩句也使作品的思想意蘊昇華。因為，在現實生活中，主人公回不到北方，更找不到親人的蹤跡，而這一切，他都借助夢境加以實現，這是對現實的一種多麼深沉的抗議！再者，「魂斷」的描寫也有著很深的含義。作為凝聚度很高的抒情詞，作者不可能對主人公所牽掛的情事作詳細的交代，但是，他卻暗示了主人公對親人處境的深深憂慮。這中間顯然省略了一連串的心理活動，需要讀者用想像加以補充。在明馮夢龍《喻世明言》第二十四卷《楊思溫燕山逢故人》中，我們可以看到抒情詩難以表現的另外一些場景。故事敘述了楊思溫流落燕山，巧遇嫂嫂鄭意娘，聽她哭訴道：「妾自靖康之冬，與兄賃舟下淮楚，將至盱眙，不幸箭穿駕手，刀中艄公，妾有樂昌破鏡之憂，汝兄被縲絏纏身之苦。為虜所掠。其酋撒八太尉相逼，我義不受辱，為其執虜至燕山。撒八太尉恨妾不從，見妾骨瘦如柴，遂鬻妾身於祖氏之家，後知是娼戶。自思是品官妻，命官女，生如蘇小卿何榮？死如孟姜女何辱？暗抽裙帶自縊梁間。……」鄭意娘夫妻的悲慘遭遇，在那種形勢下，是有一定的普遍性的。因此，這一段描寫可以幫助我們想像詞中主人公與其所思離散後流落遼海的一方的處境，而主人公的「魂斷」就更能得到讀者的深切同情了。

上片寫離別的痛苦，下片則寫對重逢的嚮往。相思，為的是盼望團聚，這是感情的自然發展。十四年了，多少次看到月缺月圓，星散星聚！因此，他詢問道：「月解重圓星解聚，如何不見人歸？」這裡的星，顯然是指牽牛和織女。那傳說中的牛郎、織女一年一度的天河會，雖然算不得美滿，可比起自己，卻是強過百倍。對比之下，主人公當然更加體會到這漫長的十四年，是多麼難以銷磨。盼來盼去，望穿雙眼，仍是「不見人歸」。那麼，「人歸」二字，究竟屬誰？是指親人來到自己身邊呢，還是指自己歸回北方，與親人團聚？顯然是後者。因為主人公明白，大河有水，小河不乾，只有收復了失地，彼此才能結束流離生活，回到故鄉，重新團聚。而以「如何」領起的這一問句，浸透著他個人的失望，也浸透著一個民族的失望。這憂憤是深廣的。

年年希望，年年失望，十四年了。那麼，今年怎麼樣呢？對於這一問題，他是從側面回答的。宋室南渡後，小朝廷一味偏安，不思恢復失地，這一切對他不會沒有觸動，因此，「今春還聽杜鵑啼」一句飽含著他的無限辛酸。新的一年，籠罩在他心頭的陰影仍是那樣沉重。那淒切悲苦的杜鵑啼聲，以其在古典詩詞的傳統意象中所特有的含義，宣告了主人公所遭受的又一次打擊。那麼，所謂杜鵑啼血，不就是他的自我形象嗎？一個「還」字，貫穿了過去與現在，交織著年年期望中的等待和等待中的失望，又對以後的狀況作了一定的暗示。這句詞粗看似覺平常，實則出筆極為沉重，力透紙背。

作為全詞的結尾，也作為對作品整體感情的概括，作者最後寫下了「年年看塞雁，一十四番回」二句，「塞」字，承上遼海和玉關。「塞雁」的意象，在這裡有兩層含義：第一，作為一種年年準時經過的候鳥，它能克服一切大自然的障礙，勇敢地向目的地進發，相形之下，主人公由衷地感到人不如雁。第二，古代傳統上有著魚雁傳書的傳說，因此，雁就又帶有雙關意味，暗承前「天涯海角信音稀」一句。十四年來，他一次次地關注著那邊塞飛來的大雁，焦急地等待著親人的消息，而時光不斷地飛逝，結果仍是「信音稀」。大雁果真能傳書嗎？寫到這裡，連這美麗的幻想也不復存在了，現實對他是何等的殘酷。在詞人看來，人的重逢固然最好，即便能夠「信音」相通也聊可慰藉，而現在，二者都成了泡影，那麼，主人公的心情不得不較之過去任何時候更為沉重了。但是，雖然失望，卻還沒有完全絕望。在過去的十四年中，主人公曾以極大的熱情在等待著，那麼，今後的第十五年乃至永遠，他是否還會一如既往地等待呢？從詞中反映的感情看，答案是肯定的。因為，主人公對祖國的感情是真摯的，他熱愛祖國，痛悼國家的淪亡，而對親人的思念，又與這種感情息息相通。所以，他的心中將會永遠閃爍著希望的火花，雖九死而不悔。

朱敦儒這首〈臨江仙〉有著強烈的時代性。作者將這十四年間自身經歷的漂泊流離略去，而集中描寫那一巨大的事變對一個普通家庭的毀滅以及當事者在這種毀滅中所產生的心靈感受。這種表現手法，與杜甫的〈佳人〉一樣，是對當時戰亂中的大量事實的概括。由於作者所描寫的，是在汴京失守後，每一個家庭都可能有，而且為無數家庭所已有的悲劇，因此，就富有典型性。由於作者在個人身世中寄託著亡國之悲，也就拓展了詞的境界，使它突破對一己感情的抒發，反映了整個時代的大悲劇，從而賦予了它愛國主義意蘊。一百多年後，面對著南宋政權完全崩潰的悲劇現實，愛國詞人劉辰翁寫下了一首〈夜飛鵲．七夕〉：

何曾見飛渡？年又年痴。今古相望猶疑。朱顏一去似流水，斷橋魂夢參差。何堪更嗟遲暮，聽旁人說與，此夕佳期。深深代籍，盼悠悠，北地胭脂。

誰寄揚州破鏡？遍海角天涯，空待人歸。自小秦樓望巧，吳機回錦，歌舞為誰？星萍耿耿，算歡娛、未省流離。但秋衾夢淺，雲閒曲遠，薄命同時。

這首詞，無論在主題上，還是在意象、格調上，都與朱詞相似，這兩位詞人，都以自己的悲慘經歷，感受了亡國的痛苦。他們的詞作，以小見大，寫出了時代的悲哀。而在這個意義上，我們看到，朱敦儒是較早地以詞這種形式來表現普通人的生活是如何在戰亂中發生變故的詞人，他這首詞也說明這樣一個事實：一位真正的詩人，在時代的熔爐裡能夠重新鑄造自己的詩心。（程千帆、張宏生）

臨江仙 朱敦儒

信取虛空無一物，箇中著甚商量。風頭緊後白雲忙。風元無去住，雲自沒行藏。
莫聽古人閒話語，終歸失馬亡羊。自家腸肚自端詳。一齊都打碎，放出大圓光。

這是一首具有佛家禪悅色彩的作品。談空逃虛，內容相當消極。朱敦儒晚年被秦檜強拉出來當了幾天鴻臚少卿，旋因檜卒而被廢黜。這對於一個自樂閒曠、不以爵祿縈心的人來說，晚運如此，不能不說是白璧之玷。於是他「皈依」到釋子的教義裡去尋求解脫，以平息內心的矛盾。

「信取」二句拈出了萬緣皆空的話頭叫破全章題旨。「信取」，即相信上了的意思。「取」字助詞，意近於「得」。「虛空」，佛學名詞，本指無任何滯礙可以容納一切色相的空間，這裡有四大皆空的意味。既然大千世界不過是廓然無物的空幻之象，那麼塵世上的是非功過又有什麼值得計較（商量）的呢？「風頭」三句緊承上意，以取類比象的手法對題旨加以形象的說明。風兒一陣猛吹，白雲隨風飄盪，看來好不熱鬧。殊不知這風和雲並沒有動和靜、行和止（藏）的變化，人們眼中所見的不過是眾生所妄見的幻象而已。上片是用曲子詞的形式來闡釋佛家教義。

過片以後，擺落形象描寫，徑直大發議論。文意一跌，別起波瀾。「莫聽」二句是對昔賢論述的批判與否定。這裡用了兩個典故：「失馬」即塞翁失馬焉知非福之意，典出《淮南子》；「亡羊」即亡羊補牢，語出《戰國策》。在朱敦儒看來，不論你怎麼說，羊畢竟丟了，馬畢竟跑了，一切雄辯，無濟於事。在作者心目中，這種得失禍福轉化論，並沒有超越個人利害，乃是一種執妄之見，因而只能是一種不足取的「閒話語」而已。那麼，什麼才是詞人所認可的正確的態度呢？經過前面一番破立之後，由正而反而合。「自家」三句就是作者所開出的超度苦厄之方。自己的心腹事，應由自己來審度處置（端詳），不要被古人的議論所桎梏，不要在聖賢的書籍中去尋求慰藉。只有打翻一切陳言與說教，跳出三界外，不在五行中，才能悟得真知，超凡成佛。「大圓光」，指佛菩薩頭上的祥光。大乘教義認為眾生皆可成佛，一切覺行圓滿者都是佛。試圖從佛家的經義中求得精神的解脫，這就是作者此詞所表述的意蘊。但它是不能根本解決問題的。朱敦儒在另一首詞中吟道：「赤松認得虛空，便一向飛騰縹緲。直上蓬瀛，回看滄海，淒然長嘯。」（〈柳梢青〉）這「淒然長嘯」的哀吟，不正是他內心痛苦的寫照嗎？

朱敦儒晚年佞佛，好以禪語入詞，而其中通篇說理，似以此詞為最了。這等詞不貴藻飾之華美，而貴理趣之通脫。此詞首以虛空立意，一氣旋折，直貫篇末，而與「放出大圓光」相綰合，如常山蛇陣，闔合嚴密，彌見筆力。（周篤文、王玉麟）

鷓鴣天　朱敦儒

西都作

我是清都山水郎，天教分付與疏狂。曾批給雨支風券，累上留雲借月章。

詩萬首，酒千觴。幾曾著眼看侯王？玉樓金闕慵歸去，且插梅花醉洛陽①。

〔註〕①本詞異文甚多，統整為：「我是清都山水郎，天教懶慢帶疏狂。曾批給露支風敕，累奏留雲借月章。詩萬首，醉千場，幾曾著眼向侯王？玉樓金闕慵歸去，且插梅花住洛陽。」

朱敦儒一生橫跨兩宋。他是洛陽人。洛陽是北宋的西京，北依邙山，南對龍門，伊、洛、瀍、澗諸水蜿蜒其間，林壑幽美，名園星羅棋佈。詞人前半生就隱居在這裡，侶漁樵，盟鷗鷺，閒飲酒，醉吟詩，以紅塵為畏途，視富貴如敝屣，儼然是一位「蟬蛻囂埃之中，自致寰區之外」（《後漢書‧逸民列傳》）的避世之士。據《宋史‧文苑傳》記載，他「志行高潔，雖為布衣而有朝野之望」，靖康年間，欽宗召他至京師，欲授以學官，他固辭道：「麋鹿之性，自樂閒曠，爵祿非所願也。」終究拂衣還山。這首〈鷓鴣天〉，可以說是他前期詞的代表作，也是他前半生自我形象的生動寫照。

全詞之眼，在「疏狂」二字。「疏狂」者，放任不羈之謂也。詞人之性格如此，生活態度如此，故爾充分顯現其性格與生活態度的這首詞，藝術風格亦復如此。你看他出口便「狂」——「我是清都山水郎！」那「清都」是甚麼所在？《列子．周穆王》曰：「清都、紫微、鈞天、廣樂，帝之所居。」即傳說中天帝之宮闕者是。「山水郎」又是甚麼官職？未見任何載籍，顯係憑空想出來的。顧名思義，想是天帝身邊主管名山大川的侍從官罷？以此自任，豈不云「狂」？不唯云「狂」，直須稱「妄」！然而只消將這「妄」之一字轉譯成現今文藝理論中廣泛使用的一個術語，便可知道它之為人們所喜聞樂見——此即「浪漫主義」是也！以下云云，無往而非「妄」，一發「浪漫」不迭。按說詞人既自封清都之山水郎官矣，少不得要籌劃籌劃罷？偏不然。其所用心者，但知自家「給雨支風」、「留雲借月」，「只消山水光中，無事過這一夏」（辛棄疾〈醜奴兒近．博山道中效李易安體〉）而已！原來其所杜撰之「山水郎」一職，竟是個專業從事遊山逛水的美差，天國中果真用此人主管山水，不啻是任命美猴王掌蟠桃園了。雖則「江上之清風，與山間之明月，耳得之而為聲，目遇之而成色，取之無禁，用之不竭」（蘇軾〈赤壁賦〉），不比王母娘娘那些三千年一熟的仙桃來得值錢，卻也有報批手續一應齊全（「累上……章」，即是打過申請報告了；「曾批……券」，豈非天帝御批之券乎？），可以名正言順地盡情受用，真個是「天教分付與疏狂」呢！上闋四句二十八字，原只是陶淵明之所謂「少無適俗韻，性本愛丘山」（〈歸園田居〉五首其一）一意，若照直說來，便與古人雷同，「雷同則可以不有，可以不有，則雖欲存焉而不能」（明袁宏道〈敘小修詩〉）；今且以狂譎荒誕出之，便使人耳目一新，可謂「孤行則必不可無，必不可無，雖欲廢焉而不能」（同上）了。陶淵明之後，隱逸詩人、山水詩人們各騁才力，謳歌自由、表達人類心靈與大自然之契合的名章雋語，即便不逾萬數，也當以百千計，但大率以正筆、直筆寫實，像朱敦儒這樣浪漫、超現實的奇妙構思，曾不多覯，獨特的藝術魅力和審美價值，永遠體現在作品的個性之中呵！

論此詞的創造性，固然要數上半闋；可是一篇之作意和主題，還須向下半闋中探求。古代社會，等級森嚴，官爵之有無與高低，在世俗心目中成為判斷人的價值大小的唯一尺度。因而，一切敢於發現和認識自我的價值、藐視封建秩序的人，人們或以為「狂」，他們也往往索性以「狂」自居。這「狂」在當時正是思想解放的一種標誌，「李白一斗詩百篇，長安市上酒家眠，天子呼來不上船，自稱臣是酒中仙」（杜甫〈飲中八仙歌〉）。讀朱詞下闋，我們彷彿看到了又一個「謫仙人」。他連天國的「玉樓金闕」都懶得歸去呢，又怎肯拿正眼去看那塵世間的王侯權貴？由此愈加清楚地見出，上闋云云，與其說是對神仙世界的嚮往，毋寧認作對玉皇大帝的狎弄。這倒也不難理解，感覺到人世的壓抑、渴望到天國去尋求精神解脫的痴人固然所在多有；而意識到天國無非是人世在大氣層外的翻版，不願費偌大氣力，換一種海拔高度來受束縛的智者亦不可謂無，詞人就是一個。那麼，他竟向何處去寄託身心呢？山麓水湄而外，唯有詩境與醉鄉了。於是乎乃有「詩萬首，酒千觴」，於是乎乃有「且插梅花醉洛陽」。洛陽的花以牡丹為最，詞人何不遽曰「且插牡丹醉洛陽」？其中蓋有深意焉。宋周敦頤〈愛蓮說〉云：「牡丹，花之富貴者也。」詞人「志意修則驕富貴，道義重則輕王公」（《荀子．修身》），他自然不肯垂青於「自李唐來，世人甚愛」（〈愛蓮說〉）的牡丹，而寧取那「千林無伴，澹然獨傲霜雪」（詞人自撰〈念奴嬌〉詠梅詞）的梅花了。清人黃蘇曰：「希真作梅詞最多，以其性之所近也。」（《蓼園詞評》）是的，如果說以天地間至清之物——風、雨、雲、月為日常生活必需品，正象徵其志潔的話，那麼引「香中別有韻，清極不知寒」（唐崔道融〈梅花〉詩）的梅花為同調，即適足以顯現其格高。「高潔」與「疏狂」，一體一用，一裡一表，有機地統一在詞人身上。唯其品性「高潔」，不願與世俗社會沆瀣，因此才有詩酒痼疾、泉石膏肓，種種的「疏狂」。這就是朱敦儒之所以為朱敦儒！

寫到這裡，拙文本可以結束了，但還有一兩個至關重要的問題，尚須略作交代。

其一，關於此詞的創作背景及思想評價，古典文學界曾有異議。或以為它作於靖康間詞人應召入京、授官不受、固辭還山之後，且謂當時已是北宋淪亡的前夕，而詞人只管「插梅花醉洛陽」，不能不說是嚴重的逃避現實云云（見胡雲翼《宋詞選》），這恐怕是誤會和苛責了。本篇僅註「西都作」，只能大體定為南渡前的作品，並無確切的繫年可考。詞人的青壯年時期是在徽宗朝度過的，而眾所周知，欽宗靖康首尾不過兩年，很顯然，此詞的思想內容主要應聯繫徽宗朝而不是欽宗朝的政治局勢來加以考察。徽宗在位的二十六年，是北宋歷史上最腐朽、最昏暗的時期，蔡京、王黼等奸相先後當道，興花石綱，築艮嶽，窮奢極欲，民不聊生，京東、兩浙，揭竿而起。當此之時，與其出山求仕，為虎作倀，還不如「且插梅花醉洛陽」來得乾淨！至於靖康間授官不受之事，史稱敦儒「有文武才」（《宋史》本傳），若朝廷命其參贊抗金軍務，固辭不就，自難免「逃避」之責；乃所授為不急之務的「學官」，受與不受，又何足深咎呢？真正應該批評的，倒是南渡之初避亂客南雄州（今廣東南雄縣一帶）時，抗戰派大臣張浚奏請他「赴軍前計議」而「弗起」的舉動。不過，後來他畢竟還是於高宗紹興二年（一一三二）投身抗金事業，並最終因為與抗戰派大臣李光等交結而被秦檜黨人劾罷，以實際行動證明了自己的愛國熱忱。

其二，朱敦儒晚年隱居嘉禾（今浙江嘉興一帶），以詩詞獨步一世。秦檜欲令敦儒教己子秦熺作詩，故先用敦儒之子為刪定官，繼而又除敦儒為鴻臚寺少卿。敦儒老愛其子，而畏避竄逐，不敢不起，致使晚節未終，有人遂拈出他早先所作的這首〈鷓鴣天〉，為詩諷刺道：「少室山人久掛冠，不知何事到長安？如今縱插梅花醉，未必王侯著眼看！」（見宋周必大《二老堂詩話》）由前半生的「幾曾著眼看侯王」到晚年的「未必王侯著眼看」，扼腕之餘，我們真正要嗔怪天公不該讓他如此長壽了。（鍾振振）

鷓鴣天

朱敦儒

唱得梨園絕代聲，前朝唯數李夫人。自從驚破霓裳後，楚奏吳歌扇裡新。
秦嶂雁，越溪砧，西風北客兩飄零。尊前忽聽當時曲，側帽停杯淚滿巾。

宋人周密說：「宣和中，李師師以能歌舞稱。……朱希真有詩云：『解唱陽關別調聲，前朝唯有李夫人』，即其人也。」（《浩然齋雅談》卷下）周密所引詩句實即此〈鷓鴣天〉詞，字句有出入，當屬傳本不同，但詞意基本一致。據這則記述，可確知此詞是為李師師而作的。

李師師是北宋後期汴京著名的小唱藝人。她約生於北宋哲宗元祐元年（一〇八六），徽宗崇寧、大觀年間正值青春妙齡，遂以小唱在民間瓦市中顯露才華；政和年間她二十六、七歲，以色藝絕倫而紅極一時，詞人晁沖之與周邦彥都曾與之交遊，宋徽宗也前後多次微服幸其家，至宣和時「聲名溢於中國」（「中國」指「京師」，宋張邦基《墨莊漫錄》）；欽宗靖康元年（一一二六）被籍沒家財後逃難到江南；南宋高宗建炎元年（一一二七）她約四十一歲，流落南方，賣藝為生。朱敦儒也是經過了靖康之變流落南方的。他在湖湘時偶然有機會聽到李師師的歌聲，不勝感慨，寫了這首小詞。

詞人對李師師的小唱藝術是衷心讚美的，並對她有著幾分敬意。唐玄宗曾選樂工三百人及宮女數百人居宜春北苑練習歌舞，亦稱梨園弟子。「唱得梨園絕代聲，前朝唯數李夫人」，意謂能得唐代梨園之遺聲，歌藝絕妙，無可倫比的只有「前朝」的李師師了。「前朝」，前任皇帝在位的時期，這裡指宋徽宗時。師師本是汴京民間歌妓，由於與徽宗皇帝有一段不尋常的風流遺事，在人們看來她的身分有些尊貴了。甚至在民間還傳說她曾被召入宮中，封為瀛國夫人，故人們都習慣尊稱為李夫人。南宋初年，人們談到李師師總是與徽宗皇帝的昏庸荒淫致有滅亡的慘痛歷史教訓聯繫起來。師師是令人同情的。當靖康元年正月，北宋國勢危急，欽宗接受了金人議和退兵的條件，為繳納金人的巨額金帛在汴京城內大肆搜括，師師被抄家。第二年北宋滅亡了，徽宗和欽宗被俘北去。李師師同中原許多居民一樣，歷盡艱辛逃難到了江南。宋劉子翬〈汴京紀事〉詩云：「輦轂繁華事可傷，師師垂老過湖湘。縷衣檀板無顏色，一曲當時動帝王。」可見南宋初年師師確實在湖湘一帶，隱姓埋名，依舊賣藝為生。「自從驚破霓裳後，楚奏吳歌扇裡新」，詞正面表述了師師在靖康之際的遭遇。「霓裳」指唐代宮廷的「霓裳羽衣舞」。白居易〈長恨歌〉的「漁陽鼙鼓動地來，驚破霓裳羽衣曲」，即指唐玄宗與楊玉環的驕奢淫樂致有安史之亂。安史之亂和靖康之變，在歷史教訓方面有某種相似之處，所以詞人借「驚破霓裳」以喻北宋滅亡。「自從驚破霓裳後」，師師生活發生劇變，忽然失去皇帝的寵幸，再度流落民間賣藝。為適應南方聽眾的趣味，師師已經習唱南方流行的新曲了。改唱新曲也可能使南渡的士大夫們難以認識她，她似乎不願讓人們見到其晚年的不幸。詞的上片以「前朝」、「驚破」、「扇裡新」等詞語表示師師生活變化的軌跡，概括了她一生的命運。師師的命運又暗與北宋滅亡的命運有著聯繫。如果將她與楊玉環相比較，人們是諒解和同情師師的，所以南宋時曾傳說她被金兵所俘以身殉國的壯烈感人結局（見無名氏《李師師外傳》）。

詞的下片凸出表達作者悲痛感慨之情，首先在過變處便以虛寫而製造了悲傷淒涼的抒情氛圍。「秦嶂雁，越溪砧」是指北方南飛的雁唳和南方婦女的擣衣聲。這兩種聲音在寂寞的夜裡都會給客寄他鄉的人以悲傷淒涼之感，真是：「雁已不堪聞，砧聲何處村。」（無名氏〈菩薩蠻〉）朱敦儒與李師師同是流落南方的北客，當西風蕭瑟的秋夜，詞人不禁感到他與師師都有著落葉飄零般的身世了。這兩位飄零的北客在異鄉萍水相逢，共同的命運使他們產生相互的同情。所以當詞人在酒席之前忽然聽到熟悉的師師所唱的「當時曲」，恍然確知這就是「唱得梨園絕代聲」的李夫人時，對師師的同情，和自己國破家亡、倉皇避難的傷痛，一齊迸湧出來。「側帽」，冠帽歪斜，表示生活潦倒的頹放之狀；「停杯」表示心情異常激動，痛苦情緒無法排解。這很形象地傳達出了當時作者的心情。他激動感慨得「側帽停杯」，掩面痛哭。全詞在詞情達到高潮中立即結束。

靖康之變是宋代歷史轉折的關鍵，成為宋人的奇恥大辱，在文學上掀起了以抗金救國為主題的詩歌運動。朱敦儒這首小詞沒有中興詞人那種激昂慷慨的雄偉氣魄，但卻低迴宛轉真摯感人。它以反映歌妓李師師的不幸遭遇並表示對她的同情，從側面接觸了靖康之變的重大歷史題材，表達了士大夫深沉的悲痛和愛國的情感。這首小詞十分精鍊，詞意逐步發展，層層加深，表現出作者高度的藝術概括能力。（謝桃坊）

感皇恩

朱敦儒

一箇小園兒，兩三畝地。花竹隨宜旋裝綴。槿籬茅舍，便有山家風味。等閒池上飲，林間醉。

都為自家，胸中無事，風景爭來趁遊戲。稱心如意，剩活人間幾歲。洞天誰道在、塵寰外。

這首詞像是信手勾畫的一幅田居小景，疏筆淡墨；又像隨口哼出的一支山歌小曲，蕭閒自得。晚年的朱敦儒，辭別了一度浮沉其間的官場，歸隱山林，心情也日趨淡泊，這在詞中明白地表露出來。

「一箇小園兒，兩三畝地」，散文式的語言平易淺白。「一箇」、「兩三畝」這些小數目，如話家常，十分親切。同時，也透出主人公知足寡欲的人生態度。「花竹隨宜旋裝綴」一句承上。開闢了一個兩三畝地的小園兒，馬上（「旋」）隨方位地勢之所宜，隨品種配搭之所宜，栽花種竹，點綴園子。花與竹是園林常景，也有代表性，如蘇軾〈司馬君實獨樂園〉詩「中有五畝園，花竹秀而野」，黃庭堅〈次韻文潛同遊王舍人園〉詩「移竹淇園下，買花洛水陽；風煙二十年，花竹可迷藏」。朱敦儒另一首〈感皇恩·遊□□園感舊〉也有「竹深花好」之句。花竹栽成，小園著以木槿疏籬，茅蓋小舍。「便有山家風味」一句，既總結上文，又漾出作者的怡悅之情。在前面幾句寫景之後，出現了詞人的自我形象：「等閒池上飲，林間醉。」栽花藝竹之餘，詞人小具杯盤，徐圖一醉——這種徜徉山水，從容遣日的方式，正是自來遁跡山林者所樂的境界。詞裡凸出地表現了這種閒適、超脫的襟懷。由景物入筆，至結句推出了主人公形象，以景寫人，很好地表達了詞人「麋鹿之性，自樂閒曠」（《宋史．文苑傳》）的性格。以形象收住上片，結得十分渾融。

上面詞人以輕鬆愉快的筆墨，描繪了山居生活的安適，下片遂轉入議論，將詞境拓深一步。「都為自家，胸中無事，風景爭來趁遊戲」，三句語極樸拙，意卻自在，掉運口語，淺白有味。黃庭堅〈次韻答斌老病起獨遊東園〉詩所寫的「主人心安樂，花竹有和氣；時從物外賞，自益酒中味」，不啻為此詞註腳。忘卻世事營營，胸中沒有半點罣慮，自然容易心與景浹，感受到外間景物欣然自得，好像都爭先恐後來取悅於人似的。宋程顥詩「萬物靜觀皆自得，四時佳興與人同」（〈秋日偶成二首〉其二），朱敦儒即將此意度入詞中，以曲子詞寫理趣語，顯得親切活潑，饒有興味。「剩活人間幾歲」，點出餘日無多的暮景，卻並無衰颯悲惋色彩。「洞天」句即「誰道洞天在塵寰外」之倒裝，這是為了協調平仄的緣故。結句將上下片一併收束，表示要在這個人間洞天裡度此餘年，一派欣欣於所得的情致，可謂溢於言表了。宋周密《澄懷錄》載：「陸放翁云：『朱希真居嘉禾，與朋儕詣之。聞笛聲自煙波間起，頃之，棹小舟而至，則與俱歸。室中懸琴、筑、阮咸之類，檐間有珍禽，皆目所未睹。室中籃缶貯果實脯醢，客至，挑取以奉客。』」據此可見其襟抱之沖曠，居設之雅潔，儼如天際真人了。語淺而意深，節短而韻長，可說是這首小詞的特點。（周篤文、王玉麟）

好事近 朱敦儒

春雨細如塵，樓外柳絲黃濕。風約繡簾斜去，透窗紗寒碧。
美人慵剪上元燈，彈淚倚瑤瑟。卻上紫姑香火，問遼東消息。

這首秀婉的小詞摹寫元夜懷人的情景，別見韻致。畫面中心是一位閨中美人的形象，而最先映入我們眼簾的是一片樓頭景色。前兩句樓外：春雨綿綿密密，像塵霧一般，灰濛濛的；剛剛泛出鵝黃色的柳梢給雨打濕，水淋淋的。說春雨「細如塵」，只因春雨是細屑的，輕倩的，迷離漫漶，潤物無聲，似乎非「如塵」二字無以盡其態。用它來映襯懷人的愁思，便顯得十分工緻。「濕」承「雨」來。「黃」字體物入微，切合物候，又應「春」意，讓人聯想到稚柳在這迷濛細雨的熏沐下所煥發的生機。接下來，「風約」逗引出後兩句，視點拉回室內。上片狀景，由遠而近，由外而內，筆筆勾聯，絲絲入扣，直要逼出視角的所在——樓中人那裡。這幾句看似景語，實乃情語，打上了閨人的主觀色彩。「如塵」的雨，多少給人以淒迷低黯之感；柳色又新，牽惹著對遠人的縷縷情思；陣陣輕寒，更使那碧色的窗紗塗上感傷的色調，寒氣直浸入心底。「寒碧」是以景寫情的重筆，女子心中的感受由此得到深刻的展示。作者借擬女主人的眼光，寫出這樣一個寂冷的環境。未見其人，那孤淒落寞的心緒已然隱現紙上。筆調秀雅疏淡，婉曲動人。

前面以景寫情，渲染了一種特定的氣氛，作好充分的鋪墊，換頭便直接凸出了居於畫面中心的美人形象：

「美人慵剪上元燈，彈淚倚瑤瑟。」上元即農曆正月十五日元宵節，在宋代是個盛大的節日，民間有吃圓子（湯圓，取闔家團圓之意）、觀綵燈、祭紫姑等習俗。點明上元之時，背景就變得更其具體而典型，把人物感情襯托得愈加強烈。宋周密《武林舊事》卷二「燈品」：「又有深閨巧娃，剪紙而成，尤為精妙。」陸游〈十二月一日二首〉其二：「兒書春日榜，女剪上元燈。」說明宋時剪紙做燈，乃閨人巧技，而且有早些日子就開始製作以備上元燈節玩賞的。如今「美人慵剪上元燈」，這不是一般的身心慵懶，而是由於情緒惡劣之極。「彈淚倚瑤瑟」句加重分量，寫她欲鼓瑟以舒怨懷也不可能，只有倚瑟彈淚而已。

從篇首至於此處，似乎無一句不關題旨，無一句不射映閨中佳人的情懷，然而詞人對於她的衷曲卻未曾正面道出，於是讀者自然急切地注目於結束兩句：「卻上紫姑香火，問遼東消息。」前一句承接上文，轉進一層，寫美人問卜的事。紫姑，相傳為唐武則天時壽陽刺史李景之妾，為大婦所嫉，正月十五日夜被害死於廁間，上帝憫之，命為廁神。舊時民間每於元宵夜圖畫其形以祭，並扶乩卜問禍福。無心剪燈，有意問卜，寫出少婦關注之所在。結句是全詞經過層層推進之後達到的高潮，卻仍以輕淡之筆出之。遼東，古郡名，故址在今遼寧省東南部。這個詞在前代詩歌中習見，此處只是借指遙遠的邊地，以代親人之所在。到這裡，詞的主旨已經明確、完整地表達出來，而字面上終歸沒有道破。淡語入情，含蓄不盡，確是妙結。此詞為朱敦儒早期作品，未脫脂粉之色，至遭逢家國之難以後，詞風便為之一變了。（周篤文、王玉麟）

好事近　朱敦儒

漁父詞

搖首出紅塵，醒醉更無時節。活計綠蓑青笠，慣披霜衝雪。

晚來風定釣絲閒，上下是新月。千里水天一色，看孤鴻明滅。

朱敦儒於高宗紹興十九年（一一四九）離開朝廷後，長期寓居嘉禾（今浙江嘉興）。宋周密《澄懷錄》載：「陸放翁云：『朱希真居嘉禾，與朋儕詣之。聞笛聲自煙波間起，頃之，棹小舟而至，則與俱歸。室中懸琴、筑、阮咸之類。檐間有珍禽，皆目所未睹。室中籃缶貯果實脯醢，客至，挑取以奉客。』」可見作者當時全然過著一種世外桃源式的生活。他前後寫了六首漁父詞（均調寄〈好事近〉）來歌詠這種閒適生活的情趣。這是其中的一首。

開頭一句表明自己放棄官場生活的堅決。「搖首」二字很形象，既對「紅塵」（塵世，這裡指官場）否定，又不置一辭，這是一種輕蔑不屑的態度，亦如杜甫〈送孔巢父謝病歸遊江東兼呈李白〉詩所云「巢父掉頭不肯住，東將入海隨煙霧」之意。何以如此，詞人未說，只好讓讀者自去體味，緊接的一句只把原因推到自己的志趣與官場格格不入。晉時嵇康就數過官場之種種「不堪」：「臥喜晚起，而當關呼之不置，一不堪也；抱琴行吟，弋釣草野，而吏卒守之，不得妄動，二不堪也……」（〈與山巨源絕交書〉）總之，披紅著紫，就必須嚴守官場制度，醒醉都要受節制的。這對於「天資曠遠，有神仙風致」（宋黃昇《花菴詞選》贊作者語）的人物是一種難忍的束縛！一旦「搖首出紅塵」，做了個煙波釣徒，才能「醒醉更無時節」。這兩句語言明快質樸，同時又極傳情，一種超脫塵世的輕快感溢於言表。

三、四句則進而寫漁父生活，能使人想起兩首著名的唐人詩詞——張志和〈漁父〉詞和柳宗元〈江雪〉詩。其實，漁父生涯既不全然像「青箬笠，綠蓑衣，斜風細雨不須歸」寫的那樣浪漫，又不全像「孤舟蓑笠翁，獨釣寒江雪」寫的那樣苦寒。「綠蓑青笠」，白鷺桃花，固然可悅；「披霜衝雪」，獨釣寒江，也很習慣。總是恬淡自適。這樣寫來，實兼張詞、柳詩的境界而有之，頗具概括之妙。

漁父的志趣和生活概貌有了一個總的交代，後片便切取一個斷面，進一步表現閒適生活的可愛。江湖上也有風浪，「已佩水仙宮印，惡風波不怕」（同調詞）等句，都表明這一點。但與官場風波比較，則「江頭未是風波惡」（辛棄疾〈鷓鴣天〉）。而到「晚來風定」時候，更有一番景致：新月當空，釣絲不動，水平如鏡，上下天光，表裡澄澈。作者用洗練的筆墨勾勒出一幅清雅的圖畫。這境界是靜的，所有的景物都表現著這一特點：「釣絲」是靜的（「閒」）；「上下是新月」，可見水也是靜的，靜得連紋也沒有……而在這幅靜態的畫面上，作者最後加上奇妙的一筆：一隻縹緲的孤鴻，明滅於遠空。那是靜的背景上的一個動點，而它的動感不是來自位置的移動而是來自光線的變化。這小小一點便使如畫的詩境更其安靜、清麗、美妙。僅說後片如畫還不夠，這畫境還具有一種象徵的意義。那風平浪靜的江景，顯然是詞人「澄懷」的反映；那「縹緲孤鴻影」，也是一個自由出沒於江上的幽人的寫照。

總之，全詞用清麗曉暢的語言，由漁父生活的粗線勾勒，到一個生活斷面的精妙描畫；上片以抒情起，下片以寫景結；寫實與象徵手法結合，意境完整高遠，在藝術表現上頗有可資借鑑之處。（周嘯天）

西江月

朱敦儒

世事短如春夢，人情薄似秋雲。不須計較苦勞心，萬事原來有命。
幸遇三杯酒好，況逢一朵花新。片時歡笑且相親，明日陰晴未定。

這首小詞從慨嘆人生短暫入筆，表現了詞人暮年對世情的一種「徹悟」。回首平生，少年的歡情，壯年的襟抱早已成為遙遠的過去，飛逝的歲月在這位年邁的詞人心中留下的只有世態炎涼、命途多舛的淒黯記憶。所以詞的起首二句「世事短如春夢，人情薄似秋雲」，是飽含辛酸的筆觸。這兩句屬對工巧流暢，集中地、形象地表達了作者對人生的認識。「短如春夢」、「薄似秋雲」的比喻熨帖而自然。接下來，筆鋒一轉，把世事人情的種種變化與表現歸結為「命」（命運）的力量。「原來」二字，透露出一種無可如何的神情，又隱含幾分激憤。在強大的命運之神面前他感到無能為力，於是消極地放棄了抗爭：「不須計較苦勞心」，語氣間含有對自己早年追求的悔意和自嘲。「計較」，算計之意。這兩句倒裝，不只是為了照顧押韻，也有把重點落在下句的因素。情調由沉重到輕鬆，也反映了他從頓悟中得到解脫的心情。

似乎是從宿命的解釋中真的得到了解脫，詞人轉而及時行樂，沉迷於美酒鮮花之中。「幸遇三杯酒好，況逢一朵花新」，「幸遇」、「況逢」等字帶來一種親切感，「酒好」、「花新」則是愉悅之情的寫照。「三杯」、「一朵」對舉，給人以鮮明的印象。上下文都是議論，使得這屬對工巧的兩句尤其顯得清新有趣。著墨不多，主人公那種得樂且樂的生活情態活脫脫地展現出來。結語兩句，雖以「片時歡笑且相親」自安自慰，然而至於「明日陰晴未定」，則又是天道無常，陷入更深的嘆息中了。「且」是「姑且」、「聊且」的意思。「陰晴未定」是感嘆世事的翻覆無定，或許還有政治上的寓意。下片末句與上片「萬事原來有命」句呼應，又回到「命」上去了。作者的生活態度是強作達觀而實則頹唐。宋人黃昇不顧這裡表現出的憂憤與消沉，謂「〈西江月〉二曲，辭淺意深，可以警世之役役於非望之福者」（《中興以來絕妙詞選》），則是只看到表面的閒逸了。

詞人筆下是清雅雋朗的，是以流露出一種閒曠的風致。自然流轉，若不經意，全詞如駿馬注坡，一氣直下。通體使用散文化語句，也是比較特別的。（周篤文、王玉麟）

西江月

朱敦儒

日日深杯酒滿，朝朝小圃花開。自歌自舞自開懷，且喜無拘無礙。

青史幾番春夢，黃泉多少奇才。不須計較與安排，領取而今現在。

飲酒養花是朱敦儒晚年生活中的最大樂事，於是描述「幸遇三杯酒好，況逢一朵花新」（〈西江月〉）的喜悅心情，抒寫「片時歡笑且相親」（同上）的人生觀念，便成為這時期詞作的重要內容。面前這首詞充滿閒逸曠達的情調，很能表現詞人的性格。

「日日深杯酒滿，朝朝小圃花開」，起首兩句寫出詞人終日醉飲花前的生活。深杯酒滿見得飲興之酣暢，小圃花開點出居處之雅致。無一字及人，而人的精神風貌已隱然可見。這正是借物寫人之法的妙用。「自歌自舞自開懷，且喜無拘無礙」，抒情主人公的正面形象出現了。三個「自」隔字重疊，著力凸出自由自在、自得其樂的神態，自然地帶出「無拘無礙」一句。整個上片洋溢著輕鬆自適的情致，行文亦暢達流轉，宛若一曲悅耳的牧歌。兩句一轉，由物及人，既敞露心懷，又避免給人以淺顯平直之感。

然而輕鬆也罷，自適也罷，都無非是一種表象，詞人心底實際上是無法平和的。劇變的時代，峻酷的現實，蹇滯的人生，都令他感到憂憤和無能為力，於是歸於消沉了。下片一上來文情陡變，兩個對句表達了作者對世事人生的認識：所謂人類的歷史不過是幾場短暫春夢雜沓無序的連綴，無論怎樣的奇士賢才都終究不免歸於黃泉。這是歷盡滄桑，飽經憂患之後的感喟，無疑含有消極的虛無意識。此詞寫作時代大致正在忠良屈死而奸佞當道之時，「黃泉」句也隱含著深深的悲憤之情。這時，朱敦儒那「莫作楚囚相泣，傾銀漢，洗瑤池，看盡人間桃李拂衣歸」（〈沙塞子〉）的壯懷遠抱已被消蝕殆盡了。然字裡行間仍存苦懷，有一種無可奈何的心緒在。他自以為看破了紅塵，不復希冀有所作為，把一切都交付給那變幻莫測的命運去主宰，自己「不須計較與安排」，只要「領取而今現在」，求得片時歡樂也就心滿意足了。末句不啻是對上片所描述的閒逸自得生活之底蘊的概括和揭示。可知那不過是「欲將沉醉換悲涼」（晏幾道〈阮郎歸〉）之意，適見出壯懷消盡的頹唐。所以，這句在結構上也是有力的收束。上片寫景敘事，下片議論感嘆，這是朱敦儒在這個時期常用的一種布局方式。如此結撰，便有情景相生、借景達情之妙。其他如善用對句、疊字而自然清新，富於天趣；措語明白淺近而不失韻味等特點在這首小詞中都很凸出。而曠達閒逸的風調恐怕是博得人們喜愛的主要原因吧？（周篤文、王玉麟）

減字木蘭花　朱敦儒

劉郎已老①，不管桃花依舊笑。要聽琵琶，重院鶯啼覓謝家②。

曲終人醉，多似潯陽江上淚③。萬里東風，國破山河落照紅④。

〔註〕①可參考劉禹錫詩二首。〈元和十年自朗州至京，戲贈看花諸君子〉：「玄都觀裡桃千樹，盡是劉郎去後栽。」十四年後作〈再遊玄都觀〉：「種桃道士歸何處？前度劉郎今又來。」②謝家：代指歌妓家。張泌〈寄人二首〉其一：「別夢依依到謝家，小廊迴合曲闌斜。」③白居易〈琵琶行〉：「潯陽江頭夜送客……座中泣下誰最多？江州司馬青衫濕。」④杜甫〈春望〉：「國破山河在，城春草木深。」

朱敦儒詞的特點是清新曉暢，不作綺豔語，一般少用典故。大家熟知的〈鷓鴣天．西都作〉〈好事近．漁父詞〉等都是這樣的作品。但是，這首〈減字木蘭花〉卻不完全一樣，一首短短八句四十四字的小令，一連用了多個典故。詞的開頭兩句就用了兩個典故。首句用唐詩人劉禹錫〈再遊玄都觀〉詩中的「前度劉郎今又來」的「劉郎」自謂。當年劉禹錫寫這首詩，是在兩次被貶南方之後，已經步入老年，有許多感慨。而朱敦儒寫這首詞也是在南渡之後，也老了，同有劉郎已老、暗傷懷抱之意。次句是用唐詩人崔護〈題都城南莊〉詩中的「桃花依舊笑春風」。這個典故，在詞裡多次出現過，例如晏幾道〈御街行〉：「落花猶在，香屏空掩，人面知何處？」這是改用；宋袁去華〈瑞鶴仙〉：「他年重到，人面桃花在否？」這是實用。而朱敦儒呢？是活用，他截去崔護詩句末尾的「春風」兩字，和詞的前一句「劉郎已老」緊密相連，語意有如一氣呵成。這兩句是說，自己老了，「不管桃花依舊笑」，當然更不管「人去樓空」，大有「萬事不關心」（王維〈酬張少府〉）之概。接著兩句說自己沒有歌兒舞女，要聽琵琶，就只有到歌妓家去。至此點題。下片開頭一句「曲終人醉」。接著上片的「聽琵琶」而來，說琵琶彈奏完了，人也醉了。我們從上片表達的詞人的思想感情來看，下面接著出現類似其「醉向花間倒」（〈點絳脣〉）、「我自闔門睡，高枕笑浮生」（〈水調歌頭〉）的內容，是順理成章的。但是，詞至此卻筆鋒急轉，突然出現了又一個典故：「多似潯陽江上淚。」老詞人哭了，而且是哭得那麼傷心，和當年唐代詩人白居易在潯陽江上聽琵琶後有感於天涯淪落而掉的淚一樣多。當我們還來不及思考為什麼時，詞又以直下之勢告訴我們：「萬里東風，國破山河落照紅。」詞人面對東風萬里，落日映照的河山，想到中原失地，恢復無望。這對於身遭國破家亡之難、輾轉流離南方的朱敦儒來說，怎麼能忘懷？怎麼能不關心？又怎麼能不悲痛落淚呢？

全詞用典靈活、自然、貼切，詞風明快，內容安排層次清楚。下片在靜穆中突然迸發出愛國激情，如一股抑制不住的激流，激盪人心，久久不能平靜。（馬興榮）

采桑子 朱敦儒

彭浪磯

扁舟去作江南客，旅雁孤雲。萬里煙塵，回首中原淚滿巾。

碧山對晚汀洲冷，楓葉蘆根。日落波平，愁損辭鄉去國人。

這是作者在金兵南侵、離開故鄉洛陽南下避難，輾轉流離中寫的一首懷念中原的小令。題為「彭浪磯」，當是途經今江西彭澤縣的彭浪磯而作，磯在長江邊，與江中的大、小孤山相對。首句敘事起，次句即景取譬，自寓身世經歷。乘一葉扁舟，到江南去避難作客，仰望那長空中失群的旅雁和孤零飄盪的浮雲，不禁深感自己的境遇正復相類。兩句融敘事、寫景、抒情為一體，亦賦亦比亦興，起得渾括自然。「萬里煙塵，回首中原淚滿巾」，兩句寫回首北望所見所感。中原失守，國士同悲。陳與義於南奔途中亦有〈次舞陽〉詩云：「憂世力不逮，有淚盈衣襟。嵯峨西北雲，想像折寸心。」宋代詩詞轉出了慷慨悲歌的新境界，是從此時開始的。這兩句直抒情懷，略無雕飾，取景闊大，聲情悲壯。

「碧山對晚汀洲冷，楓葉蘆根」，過片兩句，收回眼前現境。薄暮時分，泊舟磯畔，但見江中的碧山正為暮靄所籠罩，磯邊的汀洲，蘆根殘存，楓葉飄零，滿眼蕭瑟冷落的景象。這裡寫磯邊秋暮景色，帶有濃厚的淒清黯淡色彩，這是詞人在國家殘破、顛沛流離中的情緒的反映。「日落波平，愁損辭鄉去國人」，兩句總收，點明自己「辭鄉去國」以來的心情。日落時分，往往是增加羈旅者鄉愁的時刻，對於作者這樣一位倉皇避難的旅人來說，他的寂寞感、淒涼感不用說是更為強烈了。漸趨平緩的江波，在這裡恰恰反托出了詞人不平靜的心情。

上片著重抒情，而情中帶景；下片側重寫景，而景中含情，全篇於清婉中含深沉的傷時感亂之情，故流麗而有沉鬱之致。（劉學鍇）

采桑子 朱敦儒

一番海角淒涼夢，卻到長安。翠帳犀簾，依舊屏斜十二山。
玉人為我調琴瑟，顰黛低鬟。雲散香殘，風雨蠻溪半夜寒。

朱敦儒在金兵攻汴後，曾輾轉避兵行抵嶺南。這首〈采桑子〉，是他客居南雄州（治所在今廣東南雄市）時追懷汴京繁華、傷時感亂之作。

開頭兩句敘夢回汴京。「海角」指詞人當時所在的嶺南海隅之地。「長安」借指北宋都城汴京。南雄州一帶，當時是荒涼的邊遠地區。詞人避亂遐方，形單影隻，舉目無親。在這裡，即使做夢，也該是淒涼的。但今宵所做的夢，卻把自己帶回了往昔繁華的舊都。「海角」與「長安」，不僅表明空間距離遙遠，而且標誌著喪亂與繁華、戰爭與承平兩個不同的歷史環境。「卻」字正凸出強調了這不同的歷史環境所給予詞人的心理感受，其中有意外的欣喜，更含無限的感愴。

「翠帳犀簾，依舊屏斜十二山。」兩句緊承次句，展示夢境中京師繁華舊事的一角。在華美的居室裡，翠帳低懸，犀簾垂地，床前的屏風，曲曲斜斜，依舊展開著十二扇屏山。這裡只寫「翠帳」、「犀簾」、「屏山」，而它們所暗示的往昔汴京士大夫的繁華生活、溫馨舊事不難想見。「依舊」二字，不但貫通上下兩句，而且貫通上下兩片。在夢中，這一切都是那樣熟悉、親切，似乎沒有任何變化，實際上這一切已經成為不可回復的舊夢。夢中的「依舊」正暗示了夢外的蕩然無存。

「玉人為我調琴瑟，顰黛低鬟。」過片緊承上片三四句，續寫繁華舊夢。美麗的歌妓在坊曲深閨為詞人調琴理絃，彈奏樂曲，斂眉低首，若不勝情，說不盡的溫馨旖旎，風流綺豔。上片三四句側重寫環境，這兩句側重寫人的活動。從這裡可以看出詞人所懷戀的汴京繁華，實際上就是上層士大夫富貴風流的生活。

「雲散香殘，風雨蠻溪半夜寒。」雲散，用宋玉〈高唐賦〉巫山神女「旦為朝雲」的故實，暗示綺豔夢境的消逝；香殘，是說夢境既逝，夢中的馨香亦不復存留。眼前面對的，是荒寒的海角淒涼之地；耳畔聽到的，是夜半風雨交加中蠻溪流水的淒寒聲響。消逝的夢境與淒寒的現境的對照，強化了詞人的今昔盛衰之感、傷時感亂之痛和天涯羈旅之悲，結尾的「寒」字，不但是生理上感受到的，更是心理上的寂寞淒涼的反映。

這首詞所抒寫的是士大夫懷舊傷時之情，沒有廣泛的意義，情調也不免低沉感傷，與同時代一些慷慨激昂的強音顯然有別。但它在藝術上卻有些特色。詞的首、尾分別以入夢起、夢醒結，中間四句，全寫夢境，打破一般詞作以上下片劃分內容層次的結構章法。首二句以「海角」與「長安」對映，末兩句以現境與夢境對照，首尾呼應，使全詞成為一個渾然的整體，這在小令的結構藝術上也是一種創造。（劉學鍇）

卜算子 朱敦儒

旅雁向南飛①，風雨群初失。飢渴辛勤兩翅垂，獨下寒汀立。

鷗鷺苦難親，矰繳憂相逼②。雲海茫茫無處歸，誰聽哀鳴急！

〔註〕①南朝齊陸厥〈南郡歌〉：「旅雁向南飛，浮雲復如蓋。」②矰（音同增）：短箭。繳（音同濁）：繫箭的絲繩。唐崔塗〈孤雁二首〉其二：「未必逢矰繳，孤飛自可疑。」

象徵是詠物詩詞常用的一種手法。作者攝取與自己的遭遇、心境有著某種聯繫，或引起自己感情共鳴的客觀物象，來為自己寫照，抒發自己的心聲。南朝梁劉勰《文心雕龍．物色》所謂「寫氣圖貌，既隨物以宛轉；屬采附聲，亦與心而徘徊」，可以移用於品評這類作品。朱敦儒這首詠物詞，就是以南飛失群的孤雁，來象徵在靖康之變中包括自己在內的廣大人民流離艱辛的景況。

欽宗靖康元年（一一二六）十一月，金兵渡過黃河，進逼洛陽。詞人不得不離開故鄉，加入逃難隊伍，開始了入兩湖，經江西，達兩廣的艱辛的流離生活。「旅雁向南飛」，詞的首句寫冬天雁由北向南遷徙。巧合的是，詞人由洛陽南逃也正是這個時候。也許是他在逃亡路上，見雁南飛，有所感發，「情沿物應」（唐駱賓王〈在獄詠蟬〉序），才發而為詞，「道寄人知」（同上），藉以表達因雁而興起的傷感。「風雨群初失」的「風雨」，表面是指自然的風雨，骨子裡卻是喻指人世社會的風雨，是驟然襲來的戰禍。接下去便以雁之飢渴辛勞、無力續飛與孤宿寒汀的情景，來比喻自己在逃難途中忍饑受寒、疲憊不堪和孤苦無依的慘狀。

詞的下闋以雁之憂懼被人弋射和茫茫無處歸宿，以及哀鳴而無人憐顧的孤危，象徵他與廣大人民當時類似的處境與心情。「鷗鷺苦難親」一句，承上句「寒汀立」而有所深入。鷗、鷺與雁，都是棲宿於沙洲汀渚之間的鳥類，而說「難親」，便有地下亦難寧處之苦；「矰繳憂相逼」，則天空中更怕有性命之憂。「矰」是射鳥的短箭，「繳」是繫在短箭上的絲繩。《史記．留侯世家》載漢高祖歌曰：「鴻鵠高飛，一舉千里。……雖有矰繳，尚安所施！」而這裡的鴻雁苦於身心交瘁，無力高飛，便易被獵人所射殺。如此借旅雁的困厄以寫人間的憂患，可謂入木三分。結尾續寫旅雁之苦。「雲海茫茫」亦即人海茫茫。流落安歸？哀鴻誰問？一語雙關，餘悲不盡。

全詞處處寫雁，但又處處在寫自身的處境與心緒，收到了言在此而意在彼的效果。詞人寫的雖然是個人在逃難途中的遭遇與感受，但作品所反映的內容卻具有較強的時代色彩和普遍的意義。因此，朱敦儒這首詠雁詞，不論在內容上或藝術上都算得上是一篇好的作品。（邱俊鵬）

相見歡 朱敦儒

金陵城上西樓，倚清秋。萬里夕陽垂地大江流。

中原亂，簪纓散，幾時收？試倩悲風吹淚過揚州。

朱敦儒在南渡初期，曾做過祕書省正字（校正文字的官吏）等官，他憂慮國家前途，懷念中原故土。這首〈相見歡〉，即是他南渡後登金陵城上西樓眺遠時，抒發愛國情懷的詞作，感情激越，熾熱動人。

上片寫景，著意在借景抒情。開頭兩句，寫詞人登城樓眺遠，觸景生情，引起感慨。金陵城上的西門樓，居高臨下，面向波濤滾滾的長江，是觀覽江面變化，遠眺城外景色的勝地。李白曾在這裡寫下了〈金陵城西樓月下吟〉「解道『澄江淨如練』，令人長憶謝玄暉」，抒發的是對南齊詩人謝朓的懷念。朱敦儒這首登樓抒懷之作，既不是發「思古之幽情」，也不是為區區個人之事，而是感嘆國家生死存亡的命運。

第二句「倚清秋」，謂在秋色中倚西樓而眺望。「清秋」二字，容易引起人們產生淒涼的心情。宋玉〈九辯〉的開頭就寫道：「悲哉，秋之為氣也！蕭瑟兮，草木搖落而變衰。」應當說，他是悲秋詩人之祖了。朱敦儒這句詞的悲秋，含意較深，是暗示山河殘破，充滿蕭條氣象。

第三句描寫「清秋」傍晚的景象。詞人為什麼捕捉「萬里夕陽垂地大江流」的鏡頭呢？他是用落日和逝水來反映悲涼抑鬱的心情，和謝朓「大江流日夜，客心悲未央」（〈暫使下都夜發新林至京邑贈西府同僚〉）的詩意相近。

下片抒情，用直抒胸臆的方式，來表達詞人的亡國之痛，及其渴望收復中原的心事。「簪纓」是貴族官僚的服飾，用來代人。「簪纓散」，說他們在北宋滅亡之後紛紛南逃。「幾時收」，既是詞人渴望早日恢復中原心事的表露，也是對南宋朝廷不圖恢復的憤懣和斥責。

最後一個長句，緊接上面三句的詞意而寫，用擬人化的手法，寄託詞人的亡國之痛和對中原人民的深切懷念。作者在另一首表達同樣思想的〈采桑子．彭浪磯〉詞中寫道：「萬里煙塵，回首中原淚滿巾。」這種直陳其事的寫法，顯得太直，沒有這句含蓄、有意境、更感人。人在傷心地流淚，已經能說明他痛苦難於忍受了，但詞人又幻想請託「悲風吹淚過揚州」，這就更加表現出他悲憤交集、痛苦欲絕。揚州是當時抗金的前線重鎮，過了淮河就到了金人的佔領區。風本來沒有感情，風前冠一「悲」字，就給「風」注入了濃厚的感情色彩。不難看出，這兩句是詞人強烈的愛國思想和亡國之痛發展到最高潮而產生的警句，詞作到此戛然而止，但詞人的情意卻悠然不盡。（陸永品）

慕容岩卿妻

【作者小傳】岩卿，姑蘇（今江蘇蘇州）士人。其妻有〈浣溪沙〉詞一首，見《竹坡詩話》。

浣溪沙

慕容岩卿妻

滿目江山憶舊遊，汀洲花草弄春柔。長亭艤住木蘭舟。

好夢易隨流水去，芳心猶逐曉雲愁。行人莫上望京樓。

這是一首憶別懷人的詞。宋人周紫芝的《竹坡詩話》說是慕容岩卿的亡妻生前所作、死後所吟者，因而增加了它的神祕色彩。這首詞意極纏綿，語極妍麗，能以穠豔之筆，傳淒愴之神。沉鬱之感，怨慕之情，綢繆宛轉之態，隱約淒迷之狀，都在詞中得到了充分的表現。

詞的上片，由眼前的景物勾起主人公對往事的回憶。詞中的情思，完全從一個「憶」字生發出來。它以明媚的春光作襯托，表達其纏綿悱惻的離愁別恨。「滿目江山憶舊遊」二句，言這江依舊如練，這山依舊似錦，這汀洲上的花花草草，依舊在沐浴春天的陽光，賣弄著嫵媚的嬌態。風景不殊，前塵似夢，怎麼不引起詞人的回憶和傷感呢？「汀洲花草」，即水邊小洲上叢生的花草。語出《九歌．湘夫人》：「搴汀洲兮杜若，將以遺兮遠者。」這是詞人目中所見的客觀景物，也是詞人在長亭送別時曾經領略過的，於是一幕當年送別的情景便在腦子裡浮現出來。「長亭艤住木蘭舟」，正是詞人從「滿目江山」中喚起一樁難忘的往事：那也是「岸花汀草共依依」（五代顧敻〈河傳〉）的小洲，一隻正要啟程遠航的蘭舟，停泊在十里長亭的旁邊，那種依依惜別之情是很難用言語形容的。驪歌已經唱了，蘭舟就要起航了，卻在長亭邊停泊下來，透過這樣的暗示和聯想，把男女雙方的依戀之情充分地表現了出來。不言留戀而留戀之情自見。這一結，形象地說明了「憶」的具體內容，完美地構成了詞的藝術意境，在「長亭」、「蘭舟」的點綴之下，「送君南浦，傷如之何」（南朝江淹〈別賦〉）的情景，便在畫面上再現了出來。

宋張炎告訴我們：「最是過片不要斷了曲意，須要承上接下。」（《詞源．製曲》）就是說下片的起句要承上啟下，似承似轉。「好夢易隨流水去」，正是承上片的「憶舊遊」，並轉出下文無限的「愁」來，意脈貫串，渾然天成，有著「水窮雲起」之妙。這裡所說的「好夢」，蘊藏著許多難忘的往事，像「小窗外，情話綢繆」（宋王登卿〈滿庭芳〉）那樣的賞心樂事；「指月盟言，不是夢中語」（宋戴復古妻〈祝英臺近〉）那樣的山盟海誓；「低隨慢唱，語笑相供，道文書針線，今夜休攻」（宋康與之〈滿庭芳〉）那樣的閨房韻事；「華燈競處，人月圓時」（宋李持正〈人月圓〉）那樣的元宵燈會，也許都從詞人的記憶深處，一起浮現出來，然而那樣的好景都已經成了「夢」，都已經像「流水」似的一去不復返了，這自然要引起人的今昔之感的。多情的詞人並沒有隨著時間的推移，而忘記了自己的意中人。她的一顆「芳心」圍繞著像「曉雲」一樣飄忽不定的「行人」，一同歡樂，一同愁苦。詞人在結句中，巧妙地運用唐代詩人李益「感恩知有地，不上望京樓」（〈獻劉濟〉）的詩意，委婉地諷喻「行人」不要上京去求官，怕的是得了官更無歸期。不過李益的詩是對朝廷久不見調的怨懟語，是鬱鬱不得志的憤慨語（見新、舊《唐書．李益傳》），而這種是對「行人」的期望語，叮嚀語，蘊藉之至，亦忠厚之至，這是一顆多麼美好的「芳心」。清陳廷焯說得好：「哀怨無窮，都歸忠厚，是詞中最上乘。」（《白雨齋詞話》卷二評王沂孫）這首詞的結句，正是「都歸忠厚」的。陳廷焯還說：「〈浣溪沙〉結句，貴情餘言外，含蓄不盡。」（《白雨齋詞話》卷一）這首詞的結句，正是「情餘言外」的。正因為它達到了這樣的藝術高度，所以它的幽情苦緒，味之彌永。（羊春秋）

周紫芝

【作者小傳】（一〇八二～一一五五）字少隱，號竹坡居士，又號寥香老人、二妙老人。宣城（今屬安徽）人。從李之儀、呂本中遊。宋高宗紹興進士，曾任樞密院編修。出知興國軍。晚年屢以詩文諛頌秦檜、秦熺父子。著有《太倉稊米集》及《竹坡詩話》。詞學晏幾道，晚年除其穠麗，自成一格。有《竹坡詞》傳世，存一百五十六首。

鷓鴣天

周紫芝

一點殘紅欲盡時，乍涼秋氣滿屏幃。梧桐葉上三更雨，葉葉聲聲是別離。

調寶瑟，撥金猊①。那時同唱鷓鴣詞。如今風雨西樓夜，不聽清歌也淚垂。

〔註〕①金猊：銅製的燃香器具，成狻猊形。陸游《老學庵筆記》卷四記：「故都紫宸殿有二金狻猊，蓋香獸也。故晏公（殊）冬宴詩云：『狻猊對立香煙度。』」

周紫芝在他的〈鷓鴣天〉（樓上緗桃一萼紅）一首題註中說：「予少時酷喜小晏詞，故其所作，時有似其體製者，此三篇是也。」這首詞不在他所指三篇之內，但所寫情事和詞的氣格，也極似小晏集中之作。從末句「不聽清歌也淚垂」一句可知，詞中抒情主人公是男性，懷念的對象是一位歌女，因久別相思而為之「淚垂」。小山詞中，記與相識歌女「悲歡合離之事」，「感光陰之易遷，嘆境緣之無實」（〈小山詞・自序〉），正是一大主題。周紫芝此詞學小晏，寫得也極有境界，不是僅得皮毛者可比。

全詞寫秋夜懷人，環繞著這一主題點染生發。「一點殘紅欲盡時」，寫夜靜更闌，孤燈將滅的景象。不說孤燈殘燭，而說「一點殘紅」，蓋油將盡則焰色暗紅，形象更為具體。寫燈，則燈畔有人；寫殘，則燈欲盡而夜已深；注意到「殘紅欲盡」，則夜深而人尚無眠，都可想見。

下句「乍涼秋氣滿屏幃」，則從感覺涼氣滿屏幃這一點上進一步把「人」寫出來了。「乍涼」是對「秋氣」的修飾詞，雖然是從人的感覺得出，但「乍涼秋氣」四字還是對客觀事物的描述，到了「滿屏幃」，這才和人的主觀感受結合起來，構成一種涼氣滿室而且淒涼滿懷的境界。還要注意到上句末尾的「時」字。蓋至夜靜更深，室中涼氣方盛。還要聯繫到下面所說的「三更雨」，蓋秋雨添涼，無雨也不至於涼氣如此之重。

以上兩句是寫室內的環境氣氛。雖然筆墨簡單，寫景只有一盞欲盡的孤燈，寫情也只有感受到涼滿屏幃的一點苗子，但一個寂寞孤棲、滿懷愁思的主人公形象至此也便出現了。下面進一步鋪展——「梧桐葉上三更雨，葉葉聲聲是別離」。上句似乎是筆鋒一轉，由室內寫到室外了。但如細加體味，這兩句原是透露出男主人公心中的離愁的。離愁本是存在、潛伏著的，由於聽到了「聲聲」，而觸發，而加濃了。這「聲聲」，是來自樓外的「梧桐葉上三更雨」。「梧桐」一句，是為了渲染男主人公心中的離愁別恨而設置的，所謂「因情造景」者是。這兩句的落腳點仍是那聽到了「聲聲」的人，寫他的聽雨心驚，這還是寫「室內」。兩句化用溫庭筠〈更漏子〉詞「梧桐樹，三更雨，不道離情正苦。一葉葉，一聲聲，空階滴到明」。作者把「滴到明」的意思先寄在「殘紅欲盡」處，又把「葉葉聲聲」同「別離」即離情劃了等號，也還是有點新意。上片由物及人，由景及情，情景交融；由內至外，由外復內，內外相化。視覺、觸覺、聽覺三者並用，富於變化。

下片主要抒情。過變承接「別離」意脈，寫出昔聚今離、昔樂今愁的強烈對比，主人公的感情波瀾起伏更大。「調寶瑟」三句是對昔日歡聚的追憶，由「那時」二字體現。「調寶瑟」是奏樂，「撥金猊」是焚香，「同唱鷓鴣詞」是歡歌，三件事構成一個和諧的生活場景，也是藝術場景。從中交代出男主人公所以為之產生離愁別苦的那人是歌女身分，兩人有過戀情。當時他們一個調弦撫瑟，使音調諧和；一個撥動爐香，使室中芳暖。在這無限溫馨的情境中「同唱鷓鴣詞」，此樂所以使他至今不忘。「鷓鴣詞」當指歌唱男女愛情的曲子。「鷓鴣」在唐宋詞中大都以成雙歡愛的形象出現。溫庭筠〈菩薩蠻〉「雙雙金鷓鴣」，唐李珣〈菩薩蠻〉「雙雙飛鷓鴣」，五代顧敻〈河傳〉「鷓鴣相逐飛」，都是作為男歡女愛的象徵。本詞用「鷓鴣詞」作為「同唱」的內容，其用意也在於此。這個「同」字既揭示了主人公與「別離」者的關係，還追憶了溫馨歡樂的昔聚之情，同時也就開啟了今別孤單痛苦之門，蓋言「那時同」，則「如今」之不「同」可知矣。於是詞筆轉回到「如今風雨西樓夜」的情境，連貫上片。當此之際，許多追昔撫今的感嘆都在不言之中了，只補一句，就是「不聽清歌也淚垂」。本來因有離愁別苦而回憶過去相聚同歌之樂以求緩解，不料因這一溫馨可念的舊情而反增如今孤棲寂寞的痛苦。這個「淚」是因感念昔日曾聽清歌而流，如今已無「清歌」可聽了，而感舊的痛淚更無可遏止。為什麼？如今身處「風雨西樓夜」，自感秋夜之淒涼，身心之孤獨，「淚」是因此而「垂」的。「也淚垂」的「也」，正是從上句派生出來的，當然離不開昔日歡娛而今冷落這個背景。「不聽清歌」四字，正是概括地寫出了這個背景。全詞述事寫情，環繞著「如今風雨西樓夜」而展開，也到此而止。而其綿綿不絕之情，猶如雨滴梧桐，迴響不盡。

詞筆緩引急轉，大起大落，對比鮮明，感情強烈。上片細密，下片疏宕，以抒情主人公感情的自然變化構結詞章，匠心於此可見。（陳長明、秦惠民）

醉落魄

周紫芝

江天雲薄，江頭雪似楊花落。寒燈不管人離索，照得人來，真個睡不著。

歸期已負梅花約，又還春動空飄泊。曉寒誰看伊梳掠，雪滿西樓，人在欄杆角。

這是一首遊子懷人思歸之詞。詞以寫景發端，首兩句寫暮冬時節江天迷茫，大雪紛飛。薄，迫也；雲薄，寫出了彤雲壓江、天低雲暗之勢。「江頭」句巧妙地化用東晉謝道韞詠雪名句「未若柳絮因風起」，形象地刻畫出大雪紛紛揚揚的情景。這裡的「江天」、「江頭」，表明了這是一個飄泊江湖的特定環境；而「雲薄」、「雪落」，則又進一步造成了一種淒冷、黯淡的特定氛圍。「寒燈」三句，寫遊子獨宿江邊客舍難以入眠的情景。「離索」乃「離群索居」之略語，指離開友朋親人而獨處散居。寒燈本是無生命的物體，本來就不參預人間之事，卻說成燈不理會人有離群索居之苦，兀自照得人睡不著。這與一般寫燈燭的「照人無寐」有明顯的不同。那是人本睡不著，旁邊有個燈照見而已。而這裡說人之睡不著，是燈照得來的結果，出奇者一；燈之照得人睡不著，要承擔「不管人離索」這樣一樁「不是」，出奇者二；「睡不著」又要加上「真個」二字以強調之，出奇者三。有奇想方有此奇句，出之以白話口語，益發傳神，這種構思和韻味，是「鏤玉雕瓊」的語言表達不出來的。

下片寫的都是遊子的內心活動，明白地道出了輾轉反側「睡不著」的原因。「歸期」兩句寫遊子並沒有忘記跟閨中女子先前所立的盟約——梅花盛開時如期歸來。而眼下梅花早已開放，殘冬欲盡，春意已動，自己卻依舊飄泊在外，行止無定，歸期杳然。失約的內疚和刻骨的相思交織在一起，使得遊子更加思念遠方的情侶。「曉寒」三句是遊子的想像。身臥江邊客舍，而心馳遠方閨室。想像她仍依梅花舊約，日日企盼遊子歸來。早上起來即精心梳掠，然後不管飛雪滿天，仍自獨上西樓，在欄杆一角相候。「誰看伊梳掠」者，是有梳掠之事，不過旁邊無人看著而已。由此又可知，在良人遠出期間，她定是如《詩經．伯兮》所寫的「自伯之東，首如飛蓬。豈無膏沐，誰適為容」。及至梅開雪至，才又梳妝打扮，如期迎候遠人歸來。這一想像之筆，更覺閨人情意之深摯熱切，又暗暗道出遊子愆期之自愧自責之心。一筆映照雙方，精力彌滿。

這首詞語言淺顯平直，並不難理解，但表達的感情卻曲折深婉，醇厚濃郁，給人以「挹之而源不窮，咀之而味愈長」（宋魏泰《臨漢隱居詩話》）之感。謀篇上也有特色，發端寫景闊大，「江天雲薄」，接下去卻層層收縮，由江天寫到江頭，進而寫到江邊客舍中的一個亮著燈光的房間。這樣既將離索難眠的人的活動，放在風雪迷茫的渾闊背景上來寫，以烘托和加強其孤寂；又使人的活動在一片空的廣大背景映射下，顯得更加集中、凸出、鮮明、醒目。此外，上下片中各明出一個「寒」字：寒燈，曉寒。一是寫自己寒，一是寫對方寒；因為離別總是互為離別，所以離愁也是雙方共有的。一是寫暮寒，一是寫曉寒，可見相思雙方一天到晚整日整夜地處於一種寒冷的客觀環境和寒冷的主觀心境之中。兩個「寒」字既加重了氣氛，深化了意境，又是關聯上下片的暗鈕，頗須細細玩味，不可草草放過。（程郁綴）

生查子 周紫芝

春寒入翠帷，月淡雲來去。院落半晴天，風撼梨花樹。
人醉掩金鋪，閒倚秋千柱。滿眼是相思，無說相思處。

這首詞從「翠帷」、「秋千（鞦韆）」等名物來考察，抒情主人公當係女性。詞中抒發的是春夜懷人的思想感情。又從「梨花」、「秋千」，知道是正當寒食、清明時節。晏殊〈破陣子〉云「梨花落後清明」，歐陽脩〈蝶戀花〉云「欲近禁煙微雨罷，綠楊深處秋千掛」，可證。

上闋從所寫內容來看，室內是寫氣氛，室外是寫景象。而「風」則是把室內的情和室外的景連結在一起的紐帶。是「風」把室外的寒氣吹進「翠帷」；是「風」吹著「雲來去」使月光乍明乍暗；是「風」在驅雲掩月，使「院落半晴天」；是「風撼梨花樹」而使落英繽紛。從描寫的順序來看，是室外的「風」吹入「翠帷」，使室內的人產生春寒的感受，因憐惜院落中的一樹梨花，從而見到院落中的諸種景象。從抒情的重點來看：室內是被春寒所困的翠帷人，室外是被春風所撼的梨花樹。當翠帷人憐惜梨花樹被風搖撼落英繽紛的時候，何嘗沒有「一朝花落紅顏老」的自傷之情呢？春寒入帷是室內氣氛的描寫，也是翠帷人心理活動的描寫。因春寒的襲入使翠帷人芳心自警，惹起了春愁。

這首詞不是敘事，只是借幾個形象的點染以抒寫一種感情，所以上下闋詞句間的跳躍性很大。由「風撼梨花樹」到「人醉掩金鋪」，一是翠帷人活動的場所改變了，二是翠帷人的情態改變了，三是寫景抒情的重點改變了。詞句間的跳躍性雖大，但上下闋詞意還是一脈相承的。上闋因「春寒入翠帷」而生的孤寂之感，因「風撼梨花樹」所起的時節哀愁，無法排遣，只好以酒澆之，所以下闋第一句就有「人醉」的描寫。「醉掩金鋪」（金鋪為門環的底座，代指門），而又去「閒倚秋千柱」，一副坐臥行立皆無所可的情態，宛然可見。為什麼這樣，原來是因為「滿眼是相思，無說相思處」也。當此寒食清明之夜，天色既不開朗，梨花又復飄零，人則深閨獨醉，一任秋千閒掛，種種景象、行動，都表現出她的觸處皆愁。愁因相思而起，相思又無處訴說，其愁愈甚。結處點明主題。

此詞內容、題意，似曾相識。試對比晏幾道同調之作：「金鞭美少年，去躍青驄馬。牽繫玉樓人，繡被春寒夜。消息未歸來，寒食梨花謝。無處說相思，背面秋千下。」可謂若合符節。作者自言：「予少時酷喜小晏詞，故其所作，時有似其體製者。」（〈鷓鴣天〉「樓上緗桃一萼紅」一首題下自註）這就無怪其然了。所不同者，是此詞對「春寒夜」的景色描寫較詳，對「玉樓人」因感春而引發的行動也有較多的刻畫，所以仍有它的價值。

（秦惠民）

踏莎行 周紫芝

情似遊絲，人如飛絮，淚珠閣定①空相覷。一溪煙柳萬絲垂，無因繫得蘭舟住②。

雁過斜陽，草迷煙渚，如今已是愁無數。明朝且做莫思量，如何過得今宵去？

〔註〕①閣，通「擱」。「淚珠閣定」即不讓淚珠掉落。②唐雍裕之〈江邊柳〉：「若為絲不斷，留取繫郎船。」

此詞敘別情，寫離愁，發端沒有採取一般「漸引」的方式，而是直寫其「情」。「情似遊絲」，喻情之牽惹；「人如飛絮」，喻人之飄泊也。兩句寫出與情人分別時的特定心境。遊絲、飛絮，在古代詩詞中是常常聯用的，例如馮延巳的「滿眼遊絲兼落絮，紅杏開時，一霎清明雨」（〈鵲踏枝〉），司馬光的「青煙翠霧罩輕盈，飛絮遊絲無定」（〈西江月〉）。不過像這首詞中一以喻情，一以喻人，使之構成一對內涵相關的意象，並藉以不露痕跡地點出了季節，交代了情事，其比喻之新穎，筆墨之經濟，都顯示了作者的想像和創造的才能。雖然如此，這兩句畢竟還是屬於總體上的概括、形容。所以接著使用一個特寫鏡頭給予具體的細緻刻畫——「淚珠閣定空相覷」。兩雙滿含著淚珠的眼睛，一動不動地彼此相覷。句中的「空」字意味著兩人的這種難捨、傷情，都是徒然無用的，無限惆悵、無限淒愴也就不言而喻了。「一溪煙柳萬絲垂，無因繫得蘭舟住」兩句把「空」字寫足、寫實。一溪煙柳，千萬條垂絲，卻無法繫住要去的蘭舟，所以前面才說「淚珠閣定空相覷」。一派天真，滿腔痴情，把本不相涉的景與事勾連起來，傳達出心底的怨艾之情和無可奈何之苦。借此，又將兩人分別的地點巧妙地暗示出來了。至此可知詞的上片原是採取由果而因、層層倒剝的方式，為我們描繪了一對戀人在綠柳垂絲、楊花飛舞的春光中，水邊傷別的情景。

下片開頭描繪了滿目夕陽西下、暮靄迷茫的景象。「雁過斜陽，草迷煙渚」，這是「蘭舟」去後所見之景，正是為了引出、烘托「如今已是愁無數」。這裡景物所起的作用與上文又略不相同了。上片寫傷別，下片寫愁思，其間又能留下一些讓人想像、咀嚼的空白，可謂不斷不粘、意緒相貫。句中的「如今」，聯繫下文來看，即指眼前日落黃昏的時刻。黃昏時刻已經被無窮無盡的離愁所苦，主人公便就擔心，今晚將怎樣度過。詞人並不徑把此意說出，而是先蕩開說一句「明朝」，然後再說「今宵」：明朝如何過且莫思量，先思量如何過得今宵去。「思量如何過」這五個字的意思實為兩句中的「明朝」、「今宵」所共有，詞筆巧妙地分屬上下句，各有部分省略。上句所「思量」者是「如何過」，下句「如何過」即是所「思量」者，均可按尋而知。這種手法，詩論家謂之「互體」。由於「明朝」句的襯墊，把離愁無限而今晚如何過的主意，益發重重地烘托出來。清劉熙載《藝概·詞概》說：「空中蕩漾，最是詞家妙訣。上意本可接入下意，卻偏不入，而於其間傳神寫照，乃愈使下意栩栩欲動。」此詞結尾也有這樣的妙處。

周紫芝的這首詞，看似平平，然而細細吟詠，那寫景、寫情、寫人、寫事，所採取的靈活多變的筆法，以及縝密的思路，開闔自如的章法，都顯示了它的成功之處。（趙其鈞）

臨江仙 周紫芝

送光州曾使君

記得武陵相見日，六年往事堪驚。回頭雙鬢已星星。誰知江上酒，還與故人傾。鐵馬紅旗寒日暮，使君猶寄邊城。只愁飛詔下青冥。不應霜塞晚，橫槊看詩成。

光州（今河南潢川）地處淮河南側，南宋時期，是接近金國的邊防重鎮。漢、唐以來，州郡的長官稱為「使君」。曾使君是何許人，我們還無法搞清楚。細按詞意，作者送他去光州赴任，是客中相遇旋而作別。像這樣的聚而復散，在他們的交往中，已不是第一次了。詞人由這次遽別，回想起上次分別以後，兩人天各一方，辛苦勞頓的種種情景。「記得武陵相見日，六年往事堪驚。」「記得」二字將詞帶入對往事的回憶之中。武陵，今湖南常德市。「相見日」三字，雖極平常，但卻包含著那次相聚中種種快樂的情事，極為明白而又十分含蓄。從那以後，他們闊別六年之久，兩人都嘗盡了天涯作客的況味。這一切，作者只用「往事堪驚」四字一筆抹過，簡括地表現出辛酸沉痛，不堪回首的情緒。「回頭雙鬢已星星」，現在見面，兩人鬢髮已經花白了。這句在上片是關合前後的過渡句。正因為詞人對他們的武陵相會有著美好的記憶，而對分別以來的生活感到很哀傷，所以，他非常希望剛剛重新見面的朋友能長期在一起，以慰寂寞無聊之思，以盡友朋相得之歡。「誰知江上酒，還與故人傾」。哪知道又要這樣匆匆作別呢？「誰知」、「還與」的搭配，表達了作者對這次分別事出意料，與願望乖違，但又不得不送友人登程的傷離情緒。雖說詞只寫江上杯酒相傾的一個細節，實際上，他們盡情傾訴六年闊別的衷腸，以及眼前依依惜別的情懷，都涵括在裡面了。

下片，緊扣著光州當時是一個邊地的背景，展開對曾使君到任後的生活和思想情緒的想像。「鐵馬紅旗寒日暮，使君猶寄邊城」，上句有情有景，境界雄闊悲壯。寒日的傍晚，在一派蕭瑟的邊塞上，鐵馬奔馳，紅旗飄揚，士氣高昂，真是令人激奮的場面。使君不僅身在其中，而且還是長官和塞主。在一般詩人的筆下，久守邊城，則不免要流露出思歸的淒愴之情。而這首詞則一反常調，別出新意。作者想像曾使君為豪壯的軍隊生活所激發，根本不想離開邊地，反而擔心皇帝下詔書，命令他回京，「只愁飛詔下青冥」，使他不能繼續待在那裡。他何以要留戀邊地呢？詞的最後兩句作了剖露：「不應霜塞晚，橫槊看詩成。」「不應」，不顧。「霜塞晚」，呼應上文「寒日暮」。張相《詩詞曲語辭匯釋》串解這幾句云：「言只恐詔宣入朝，不顧使君在邊塞，正有橫槊之詩興也。」橫槊賦詩，語出元稹〈唐故工部員外郎杜君墓係銘并序〉，云「曹氏父子鞍馬間為文，往往橫槊賦詩」。後來引用它讚揚人的文才武略。詞從友人的角度想像，說他熱愛雄壯的邊塞生活，並有寫詩讚美的豪興。作為一首送別詞，它的真正用意是勉勵友人在邊塞上施展文武才幹，為國立功。

這首詞上片寫惜別之情，但作者卻反轉過來，花費較多筆墨回憶六年闊別的情景。因為這六年中有許多使人不堪回首，黯然神傷的往事，先對它進行回憶，就很自然地將眼前的傷離意緒反跌出來了。正由於這一回憶作了充分的鋪墊，蓄勢很足，所以後兩句詞哀情苦，具有強烈的感染力。下片，運用想像手法，擬寫友人在邊地的生活情懷，委婉曲折地表達了鼓勵他在邊塞建功立業的情意，十分熨帖動人。這在表現手法上相當獨特，為他人作品所少見，頗有藝術創獲。（王錫九）

趙佶

【作者小傳】（一〇八二～一一三五）即宋徽宗。公元一一〇〇～一一二五年在位。宋欽宗靖康二年（一一二七），為金人所俘，死於五國城（今黑龍江依蘭）。書、畫、詞皆善。有曹元忠輯本《宋徽宗詞》，存十二首。

眼兒媚

趙佶

玉京曾憶昔繁華，萬里帝王家。瓊林玉殿，朝喧絃管，暮列笙琶。

花城人去今蕭索，春夢繞胡沙。家山何處，忍聽羌笛，吹徹梅花。

本詞為趙佶被俘北上後所作。其特點是能以概括性很強的手法將北宋覆亡的史事、當時的社會風貌，以及亡國之君內心複雜的感情活動濃縮在短短四十八個字中，從而藝術地反映了特定歷史事件中人物遭際變化和所引起的思想變化。

上片先以「曾憶」兩字，點明往昔玉京（汴京）的繁華已成為回憶中的歷史陳跡。宋孟元老《東京夢華錄》從各方面描繪了崇寧（徽宗年號）至北宋末年的汴京盛況，並在序中作了概括介紹，如「金翠耀目，羅綺飄香；

新聲巧笑於柳陌花衢，按管調弦於茶坊酒肆。八荒爭湊，萬國咸通」；「花光滿路，何限春遊；簫鼓喧空，幾家夜宴」。這是文人眼中的京師景象。而「萬里帝王家」則點出作者在這繁華京師中的帝王身分。李煜〈破陣子〉云「四十年來家國，三千里地山河」，口氣與之相似，但南唐疆域只三十五州，立國近四十年，僅為五代時的一個小朝廷，比較之下，北宋王朝可稱得上是「萬里帝王家」了。但由於帝王荒淫，導致了它的覆亡，使生靈塗炭，城郭殘破，趙佶父子和宗室宮眷都成為俘虜，從此揭開了作者生命史上悲慘的一頁。所以「玉京」兩句，是以回憶的方式簡括地再現了北宋由盛而衰的歷史過程以及作者由帝王而降為臣虜的個人悲劇。

「瓊林」兩句，專寫皇家豪華。「瓊林玉殿」，不僅指大內（皇城）之中各種宮殿，特別是那模仿杭州鳳凰山形勢的艮嶽，此是趙佶寵用蔡京、朱勔等奸佞，搜括財貨，竭盡民力興建而成，其間「群閣興築不已，四方花竹奇石悉萃於斯，珍禽異獸無不畢有」（宋無名氏《楓窗小牘》）。「朝喧」、「暮列」則是以絃管笙琶等樂器表示宮中遊樂無度，不分晝夜，試以此兩句與李煜〈玉樓春〉上片「晚妝初了明肌雪，春殿嬪娥魚貫列。鳳簫吹斷水雲閒，重按霓裳歌遍徹」對看，一為概寫，一為細敘，都反映了帝王沉湎聲色和驕奢豪侈。

下片寫囚居北地的愁苦之情，主要是故國之思。靖康亂起，百姓流離，汴京成為殘破空城，文物財寶已蕩然無存。多少人在詩詞中表達了痛惜和思念之情，如「依依宮柳拂宮牆，樓殿無人春晝長。燕子歸來依舊忙。憶君王，月破黃昏人斷腸」（謝克家〈憶君王〉），前三句想像汴京宮中已是人去樓空。後二句則是借憶君王來說明不能忘情於故國，這是當時士大夫的心情。而作為王朝象徵的君王趙佶，在自身荒淫佚樂致使王朝覆亡、自己也被俘以後，他的心情又是如何呢？在下片中是透過想像、夢幻和現實來表現的。

「花城」指靖康之變以前的汴京春色，「大抵都城左近，皆是園圃」，春日「萬花爭出粉牆，細柳斜籠綺陌。香輪暖輾，芳草如茵；駿騎驕嘶，杏花如繡。鶯啼芳樹，燕舞晴空」（《東京夢華錄》卷六）。自從被金兵攻佔以後，這座萬花叢中的名城殘敗不堪。這裡只以「蕭索」兩字來形容那想像之中面目全非的汴京；然而，雖然如今身處塵沙漫天的荒漠，那繁花似錦的汴京仍然經常縈繞在夢中，萬般愁苦也只能在夢中得到慰安。

羌笛，是邊地樂器，李白詩云：「羌笛梅花引，吳溪隴水情。寒山秋浦月，腸斷玉關聲。」（〈青溪半夜聞笛〉）最後幾句，是說夢醒以後，忽然傳來陣陣羌笛聲，聞之不禁悲從中來，使他從夢幻回到現實——如今父子拘繫於北地土牆木柵之中，身受各種侮辱，南望汴京，渺不可見，真是「此中日夕，只以眼淚洗面」（宋王銍《默記》載李煜語），怎麼還忍受得住那〈梅花落〉的樂聲來加深心靈的痛楚呢！（潘君昭）

燕山亭　趙佶

北行見杏花

裁剪冰綃，輕疊數重，淡著燕脂勻注。新樣靚妝，豔溢香融，羞殺蕊珠宮女①。易得凋零，更多少無情風雨。愁苦。問院落淒涼，幾番春暮。

憑寄離恨重重，這雙燕，何曾會人言語。天遙地遠，萬水千山，知他故宮何處。怎不思量，除夢裡有時曾去。無據。和夢也新來不做。

〔註〕①蕊珠宮：仙人居所。《黃庭內景經．上清章第一》：「上清紫霞虛皇前，太上大道玉晨君。閑居蕊珠作七言，散化五形變萬神。」

宋徽宗趙佶因荒淫失國，在公元一一二七年與其子欽宗趙桓被金兵擄往北方五國城，囚禁至死。在北行途中，忽見如火的杏花，不禁萬感交集，寫下了這首詞。這是他生活遭遇最悲慘的實錄，也可以說是一篇血書。他不僅工書善畫，而且知樂能詞，足以與南唐李後主媲美。

這首詞上片描繪杏花，運筆極其細膩，好似作工筆畫，由杏花的外形到它的神態，勾勒出一幅絢爛的畫面，接著突然一轉，描寫杏花遭到風雨摧殘以後的黯淡場景，從它的極盛到衰敗暗示作者自身的境遇，不僅是寫花，也在寫人，從中表達出內心的無限苦痛，這也就是他在流徙途中見到豔麗無比的杏花時的感觸，由此過渡到下片對自身遭遇沉痛的哀訴。

首三句近寫、細寫杏花，是對一朵朵杏花的形態、色澤的具體形容。杏花的瓣兒好似一疊疊冰清玉潔的縑綢，經過巧手裁剪出重重花瓣，又逐步勻稱地暈染上淺淡的燕（胭）脂。朵朵花兒都是那樣精美絕倫。「新樣」三句，先以杏花比擬為裝束入時而勻施粉黛的美人，她容顏光豔照人，散發出陣陣暖香，勝過天上蕊珠宮裡的仙女。「羞殺」兩字，是說連天上仙女看見她都要自愧不如，由此進一步襯托出杏花的形態、色澤和芳香都是不同於凡俗之花，也充分表現了杏花盛放時的動人景象。

「易得凋零」以下詞意陡轉，極寫杏花由盛而衰。春日絢麗非常，正如柳永〈木蘭花慢〉中所云：「正豔杏燒林，緗桃繡野，芳景如屏。」但為時不久就逐漸凋謝，又經受不住料峭春寒和無情風雨的摧殘，終於花落枝空；更可嘆的是暮春之時，庭院無人，美景已隨春光逝去，顯得那樣淒涼冷寂。這裡不僅是在憐惜杏花，而且也兼以自憐。試想作者以帝王之尊，降為階下之囚，流徙至千里之外，其心情之愁苦非筆墨所能形容，杏花的爛漫和易得凋零，引起他的種種感慨和聯想，往事和現實交雜在一起，使他感到杏花凋零，猶有人憐，而自身淪落，卻只空有「故國不堪回首月明中」的無窮慨恨。「愁苦」之下接一「問」字，其含意與李後主的「問君能有幾多愁，恰似一江春水向東流」（〈虞美人〉）亦相彷彿。

換頭從上片杏花的凋零轉到自己的哀感離恨，層層深入，愈轉愈深，愈深愈痛。第一層寫一路行來，忽見燕兒雙雙，從南方飛回尋覓舊巢，不禁有所觸發，本想託付燕兒寄去重重離恨，再一想它們又怎麼能夠領會和傳達自己的千言萬語？但除此以外又將憑誰傳遞音問呢？馮延巳〈鵲踏枝〉亦說：「淚眼倚樓頻獨語。雙燕來時，陌上相逢否？」由於問燕而燕兒不會作答，因此也就難解相思之意：「撩亂春愁如柳絮，悠悠夢裡無尋處。」

兩位作者都是借著問燕表露出音訊斷絕以後的思念之情。

第二層嘆息自己父子降為臣虜，與宗室臣僚三千餘人被驅趕著向北行去，路途是那樣地遙遠，艱辛地跋涉了無數山山水水，「天遙地遠，萬水千山」這八個字，概括出他在被押解途中所受的種種折磨。回首南望，再也見不到汴京故宮，真可以說是「別時容易見時難」（李煜〈浪淘沙令〉）了。

第三層緊接上句，以反詰說明懷念故國之情，然而，「故宮何處」點出連望見都不可能，只能求之於夢寐之間了。夢中幾度重臨舊地，帶來了片刻的慰安。第四層用層深之法，寫絕望之情。晏幾道〈阮郎歸〉末兩句「夢魂縱有也成虛，那堪和夢無」，秦觀〈阮郎歸〉結尾「衡陽猶有雁傳書，郴陽和雁無」，都是同樣意思。夢中的一切，本來是虛無空幻的，但近來連夢都不做，真是一點希望也沒有了，反映出內心百折千迴，可說是哀痛已極，肝腸斷絕之音。

清況周頤云：「『真』字是詞骨。」（《蕙風詞話》）若此詞及後主之作，皆以「真」勝者。下片借燕與夢道出從期望到失望、由失望而絕望的內心活動。先是寫因思念而企盼能通音問，再寫由期望之不可能達到而轉為失望，而幾度「故國夢重歸」（李煜〈子夜歌〉）又使沉重的思念和失望得到片刻慰安；但近來連夢也沒有，使自己的心情終於由失望而陷入絕望，這樣的心理刻畫，在且問且嘆、如泣如訴的低調下流露真情。也就是這一「真」字，使本詞產生較大的藝術效果。（唐圭璋）

李綱

【作者小傳】（一〇八三～一一四〇）字伯紀，邵武（今屬福建）人。宋徽宗政和二年（一一一二）進士，歷官太常少卿。欽宗時，授兵部侍郎、尚書右丞。南渡初，拜相，凡七十五日而罷。以觀文殿大學士知潭州兼荊湖南路安撫使。著有《梁溪集》《梁溪詞》（或作《李忠定公長短句》）。詞多詠史寄慨之作，存五十四首。

喜遷鶯 李綱

晉師勝淝上

長江千里，限南北，雪浪雲濤無際。天險難逾，人謀克壯，索虜①豈能吞噬！阿堅②百萬南牧，倏忽長驅吾地。破強敵，在謝公處畫③，從容頤指。

奇偉！淝水上，八千戈甲，結陣當蛇豕。鞭弭周旋，旌旗麾動，坐卻北軍風靡。夜聞數聲鳴鶴，盡道王師將至④。延晉祚，庇烝民，周雅何曾專美。

〔註〕①索虜：南朝人對北朝人的稱呼，《宋書．索虜傳》：「索頭虜姓托跋氏，其先漢將李陵後也。陵降匈奴，有數百千種，各立名號，索頭亦其一也。」②阿堅：指前秦符堅。③處畫：處理謀劃。④見於《晉書．謝玄傳》：「玄與琰、伊等以精銳八千涉渡肥水。石軍距張蠔，小退。玄、琰仍進，決戰肥水南。堅中流矢，臨陣斬（符）融。堅眾奔潰，自相蹈藉投水死者不可勝計，肥水為之不流。餘眾棄甲宵遁，聞風聲鶴唳，皆以為王師已至。」

這是李綱詠史詞之一。東晉孝武帝太元八年（三八三），東晉以數萬軍隊在淝水擊敗前秦苻堅的九十萬大軍，取得大勝。此詞借古喻今，以歷史上著名的以少勝多的戰例——淝水之戰，激勵南宋當局抗擊金兵。

本詞上片著重寫東晉取得勝利的條件。長江雪浪滔滔，奔騰千里，成為限隔南北的天然界線，古稱天險。相傳曹丕觀望長江時，曾有「固天之所以限南北」的感嘆，開篇極寫長江「天險難逾」（《資治通鑑．魏紀二》），加之「人謀克壯」（指人的謀略宏偉遠大），使北方強敵無奈我何。接著便用淝水之戰的史實為證。《晉書．謝安傳》記載，苻堅軍隊南下時，謝安領導抗擊，非常鎮定，處理規畫很得當。前方謝玄等擊敗苻堅軍隊後，「有驛書至。安方對客圍棋，看書既竟，便攝放床上，了無喜色，棋如故。客問之，徐答云：小兒輩遂已破賊。」謝安面對投鞭可以斷流的百萬雄師，而能沉著鎮定，運整個戰局於股掌之間，從而取得「破強敵」的偉大勝利，這簡直是歷史上的奇跡！

過片「奇偉」兩字，承上啟下，表達了作者驚喜、讚嘆之情。下片著重寫淝水戰役中的「奇偉」場面。《晉書．謝玄傳》記載：謝玄與謝琰、謝伊等率精兵八千涉淝水，與秦軍決戰淝水南，殺秦軍大將苻融（苻堅弟），苻堅也中流矢，秦軍潰敗，死者不可勝數。餘眾棄甲宵遁，聽到風聲鶴唳，認為是晉的追兵來到，驚惶萬狀。下片內容，大致就是根據這段歷史記載寫成的。「八千戈甲，結陣當蛇豕」，謝玄以八千兵勇渡淝水，衝殺數十倍於己的大敵，此「奇偉」之一也；「鞭弭周旋」三句，指晉軍與強敵周旋，「旌旗麾動」，便使北軍望風披靡，指揮何等英明，將士多麼善戰，大有「談笑間、檣櫓灰飛煙滅」（蘇軾〈念奴嬌．赤壁懷古〉）之勢，此「奇偉」之二也；「夜聞數聲鳴鶴，盡道王師將至」，生動描繪了敵軍風聲鶴唳、草木皆兵的喪膽情景，反襯了晉軍出奇制勝，取得歷史罕見的以少勝多的輝煌戰果，此「奇偉」之三也。最後三句讚美淝水戰役的勝利，使晉朝延長國祚，廣大民眾得到庇護，這一輝煌的功業，即使《詩經．小雅》所歌頌的周宣王中興之功，也不能專美於前。（《小雅》中的〈六月〉〈采芑〉等詩篇，描寫了周宣王派遣大臣尹吉甫、方叔率軍討伐玁狁、蠻荊，取得勝利，因而使西周王室中興。）

這首詞按照戰爭的順序逐層深入，寫東晉，由長江天險到人謀克敵，由運籌指揮到戰地交鋒；寫前秦，由長驅直入到倉皇潰敗。兩條線索，一主一次，一明一暗，有條不紊地概括了淝水之戰的全過程，章法謹嚴，語言勁健，形象鮮明，風格沉雄，體現了李綱詠史詞的特色。

此詞可能作於作者領導東京保衛戰時，或作於南宋初年，為作者詠史詞之一。這組詞除殘缺者外，尚存七首。另外的六首，內容也頗足注意。其中〈念奴嬌．漢武巡朔方〉詠漢武帝擊敗匈奴，〈水龍吟．太宗臨渭上〉詠唐太宗擊退突厥，〈喜遷鶯．真宗幸澶淵〉詠宋真宗幸澶淵擋住遼兵，寓意是希望皇帝傚法漢武帝、唐太宗以至宋真宗，用武力抵禦和打擊金人。〈水龍吟．光武戰昆陽〉詠漢光武帝中興、〈念奴嬌．憲宗平淮西〉詠唐憲宗中興，寓意是希望皇帝能中興宋室。在〈喜遷鶯．真宗幸澶淵〉中，李綱讚美宰臣寇準力排眾議，奉真宗「親行天討」。可以想見，作者是多麼渴望能像寇準那樣幫助皇帝完成保國安民的大業！把這些篇章與本篇共讀，就能更深入理解作者高尚的理想和宏偉的抱負。這幾首詠史詞的主題是規諫皇帝要以武力抵抗金兵，作中興皇帝，可以說是一組諷諭詞，其性質和作用有些像唐代白居易、元稹的諷諭詩。（王運熙、施紹文、王中華）

六么令 李綱

次韻和賀方回金陵懷古，鄱陽席上作。

長江千里，煙淡水雲闊。歌沉玉樹，古寺空有疏鐘發。六代興亡如夢，苒苒驚時月。兵戈凌滅。豪華銷盡，幾見銀蟾自圓缺。

潮落潮生波渺，江樹森如髮。誰念遷客歸來，老大傷名節。縱使歲寒途遠，此志應難奪。高樓誰設。倚闌凝望，獨立漁翁滿江雪。

作為一個政治家和軍事家，李綱的抗金立場從未動搖過，是最堅定的主戰派代表之一。唯其如此，他隨著朝中戰與和兩種氣氛、兩種勢力的消與長，而在宦海中升沉起落，命運多舛。曾位至宰相，更屢為遷客，歷盡榮辱，飽經憂患。發之為詩文，自然多感慨身世、懷古傷今和即物明志之作，磊落光明，雄深雅健，非一般文士可及。此詞大約作於南渡初期的被貶途中，借金陵懷古之題，抒抗戰報國之志。和賀鑄韻。賀詞今不存。

上片集中筆墨寫金陵懷古，從曾為六朝都城的金陵的變化，看歷史的嚴正和無情。起二句點出金陵的地勢特點：長江千里奔來，浩浩蕩蕩，江面寬闊，有「天塹」之稱。也許是這一特有的地理條件，使金陵成為佳麗地、帝王州，然而長江猶如歷史，也是最無情的，它不捨晝夜，奔騰到海不復回，帶走了它所能帶走的一切，

「六代繁華，暗逐逝波聲」（歐陽炯〈江城子〉），就是其中最重要的一宗。以下即從不同的側面寫六朝的消聲滅跡。「歌沉玉樹，古寺空有疏鐘發」，記下了這座古城的歷史的足音，風靡一時的淫哇低唱已不復聞，只有疏緩的古寺鐘聲還在，感慨深沉。「玉樹」，指〈玉樹後庭花〉曲，為南朝最末一個帝王陳後主為其愛妃張麗華等所製，一向被當作六朝荒淫的一個標誌。如今這些亡國之音再也聽不到了，自然意味著六朝的消失。「六代興亡如夢，苒苒驚時月」，接著從時間上慨嘆六朝興亡變化之速，至此又已過去了數百年。歲月流逝得如此之快，能不令人吃驚嗎？「兵戈凌滅。豪華銷盡，幾見銀蟾自圓缺」，是從金陵的形跡上看六朝的無影無蹤的。兵戈，指戰爭；改朝換代時進行的戰爭把六朝帝王的淫侈奢華一掃而光，但見天邊的月亮仍自管圓了缺，缺了圓。這與劉禹錫〈金陵五題：石頭城〉寫的「淮水東邊舊時月，夜深還過女牆來」用意相同，都是用日月山川的永恆反襯人事代謝，分外令人感慨。

下片在弔古的基礎上，抒懷明志。「潮落潮生波渺，江樹森如髮」，從眼前景物落筆。鄱陽臨鄱陽湖，湖水通長江，從湖水的漲落聯想到江潮的起伏，並與首句「長江千里」相應。因波而及江，因江而及樹。這兩句體現了他對景神馳，心潮起伏的情狀。於是發出深深的感慨：「誰念遷客歸來，老大傷名節。」意即誰能體諒到我是被朝中姦邪排擠打擊，貶斥到此的一個遷客呢？人已老大，而聲名節操尚未確立，能不悲傷嗎？以下五句即緣此生發，表明堅貞不屈的立場。「縱使歲寒途遠，此志應難奪」，直抒胸臆。「歲寒」指的是困境、逆境；「途遠」，指達到目的所費的時日。此二句說不管環境如何惡劣，道路多麼遙遠，我為挽救民族的危亡而抗戰到底的意志絕不改變。結三句卻變換一種方式，用一個寒江獨釣的漁翁形象表明自己獨立不移、堅韌不拔的鬥爭精神。由於柳宗元〈江雪〉一詩「孤舟蓑笠翁，獨釣寒江雪」所塑造的漁翁形象已深入人心，以此作結，不僅將作者的磊落之氣、堅貞之節表露無遺，而且神思曠遠，頗有餘味。

就金陵懷古這一題意說，這首詞當然遠不如王安石的〈桂枝香・金陵懷古〉和周邦彥的〈西河・金陵〉等名家詞，然而它卻具有其他寫金陵懷古的詩詞所不具備的特點，那就是借懷古來直接表明自己的政治主張和不妥協態度，有著強烈的現實意義。

此詞上片的金陵懷古，調子較為低沉，下片的抒情明志，調子又趨高昂。這並無扞格之處，倒是聯繫緊密，水乳交融的。因為六朝的興亡從來就被當作歷史的悲劇和反面的鏡子看待，人們從中得到的只有教訓，調子當然高不起來。從劉禹錫〈西塞山懷古〉的「今逢四海為家日，故壘蕭蕭蘆荻秋」，到王安石的「六朝舊事隨流水，但寒煙衰草凝綠」都如此。何況作者懷的是金陵之古，抒發的卻是鄱陽席上之情。懷古只是一個陪襯，一個引發，調子低一些更能夠激發自己的愛國心和責任感。因此可以說，正是有前片的低沉，才有後片的高昂，有頓挫才有慷慨，有悱惻才有果敢，這是藝術中的辯證的統一。

另外，此詞的詩化傾向比較明顯。一是它化用了自己和前人的詩句。作者曾有詩〈金陵懷古四首〉，其中就有「玉樹歌沉月自圓」、「兵戈陵滅故城荒」、「豪華散滅城池古」等句，這都可以在這首詞中找到它們的影子。柳宗元的〈江雪〉被作者用來裝點結尾，更是顯而易見。二是不避用典，講究用字有來歷。「玉樹」一典已見前述；「歲寒」出於《論語》「歲寒，然後知松柏之後凋也」；「此志應難奪」，出於《論語》「匹夫不可奪志也」。如此，此作距離詞的本色較遠，卻有濃厚的宋詩氣息，可視為從蘇軾到辛棄疾之間的過渡作品。

（謝楚發）

李祁

【作者小傳】字蕭遠，雍丘（今河南杞縣）人。登進士，官至尚書郎。宋徽宗宣和間，責監漢陽酒稅。詞存《樂府雅詞》中，凡十四首。

點絳唇

李祁

樓下清歌，水流歌斷春風暮。夢雲煙樹，依約江南路。

碧水黃沙，夢到尋梅處。花無數。問花無語①。明月隨人去。

〔註〕①歐陽脩〈蝶戀花〉：「淚眼問花花不語，亂紅飛過秋千去。」

此詞寫懷人念遠之情。由聞歌而至入夢，由夢中尋覓而轉入對月懷人。詞體雖小，卻能於輾轉往復之中，佳境迭現，曲盡其意。

起句從聞歌入手。「清歌」，為全詞在感情上定下了幽清的基調，細讀全詞，便知曲終無違於一個「清」字。「水流歌斷春風暮」，斷，終了，這句是說那流水般的一曲清歌，在春風吹拂的暮靄中結束了。「春風暮」，景語，一字一景，詞中以下諸景，皆緣此三字而來；這裡也同時點出了這首詞的特定節候，這正是一個懷人的季節，懷人的天氣，懷人的時刻。「水流」，字面上自然是寫「清歌」的纏綿婉轉，實際上，這裡「水流」即流水，暗寓知音，典出《列子．湯問》。因而，「水流歌斷」又寓有知音離別的意思。由此，作者的筆觸轉入懷人。作者寫懷人，非用泛泛之筆，而是借助於一個夢境，把懷人念遠的思想情緒寫得深刻入微。「夢雲煙樹，依約江南路」以及下片的「碧水黃沙」云云，皆是夢境，在用筆上又極見層次。「夢雲」、「依約」兩句，是入夢之境。「雲」是「夢雲」，「樹」是「煙樹」，「江南路」是「依約」（隱約）朦朧的，極是迷離惝怳的夢境。由「雲」而「樹」而「路」，由飄忽而實在，夢中尋找知音的足跡甚明。

下片仍是夢境。「碧水黃沙」，緊承上片結句之意，進一步寫對知音的尋覓。如果說上片「依約江南路」是在朦朧中辨認知音去路的話，那麼，「碧水黃沙」所表現的則是到處尋覓，水中陸上，無所不至，大有「上窮碧落下黃泉」（白居易〈長恨歌〉）的工夫了，且四字屬對工穩，色彩鮮明，為本詞的唯一亮色，這正是作者用筆變幻處。「夢到尋梅處」是窮盡「碧水黃沙」輾轉尋找的結果，筆法由面到點，然後由「尋梅處」引出「花無數」，再由花而人，向花打聽知音之所在。這幾句，用筆如剝茭白，一步一層，層層轉深，轉愈深而情愈切，及至問花無語，尋覓無著，頓挫之下，不禁悵然若失，愁緒茫茫，不知所之，轉見明月，也好像已隨那人遠去，而失去了它那固有的光輝。「明月隨人去」一句所展示的空間既大且空，讀之令人如置身於一個廣漠而暗淡的世界，進而想到作者於此所寄寓的感情必然是悲涼而空虛的。此時的作者，是醒是夢，已在難分難辨之際，這真是以景傳情的神來之筆。不過，作者的情調顯然是過於低沉了，同樣是寫對月懷人，卻不如蘇軾〈水調歌頭〉「千里共嬋娟」來得曠達。

這首詞是頗受後世讀者重視的，清況周頤直把這首詞看作是清代浙西詞派的「初祖」（《蕙風詞話》卷二）。現在看來，把它看作是浙西詞派的「初祖」似乎沒有這個必要，但這首詞句琢字鍊，清空醇雅，與後來浙西詞派的詞學理論和創作實踐卻有相通之處。全詞無熱烈語，無濃墨重彩，它所寫的「清歌」、「水流」、「夢雲」、「煙樹」，以及雖寫花而無語，雖寫月而不皎，寫「春風」則綴以「暮」，寫春天的「江南路」則限以「依約」，如此等等，雖畫面迭出，但都不招搖，都具有一種素淡的朦朧的美。「碧水黃沙」算是全詞唯一的色彩鮮明處，但鮮而不濃，清空而不質實，反而給全詞增加了空靈感。再者，〈點絳脣〉這個調子，用韻較密，幾乎逐句押韻，且一韻到底，在詞體較小的情況下，很容易增加行雲流水的韻致。這些藝術上的特點，總括起來，就形成了這首詞素雅輕倩的風格。李祁的詞，靠宋曾慥《樂府雅詞》保存下來了十四首，大都具有這樣的藝術風格。他喜寫夢，喜寫煙雨和月，如「小舟誰在落梅村，正夢繞、清溪煙雨」（〈鵲橋仙〉）、「佳人何處，江南夢遠，殊未歸來。喚取小叢教看，隔江煙雨樓臺」（〈朝中措〉）等，皆清麗可傳。應該說，李祁在宣和間，是一位以清麗素雅見長的詞人。（丘鳴皋）

何籀

【作者小傳】字子初，信安（今浙江衢州）人。存詞一首。

宴清都

何籀

細草沿階軟。遲日薄，惠風輕靄微暖。春工靳惜，桃紅尚小，柳芽猶短。羅幃繡幕高捲，又早是歌慵笑懶。憑畫樓，那更天遠，山遠，水遠，人遠！

堪怨：傅粉疏狂，竊香俊雅①，無計拘管；青絲絆馬，紅巾寄羽，甚處迷戀！無言淚珠零亂，翠袖盡重重漬遍；故要得別後思量，歸時覷見②。

〔註〕①歐陽脩〈望江南〉：「身似何郎全傅粉，心如韓壽愛偷香，天賦與輕狂。」②可參考蘇軾〈醉落魄〉：「淚珠不用羅巾裛，彈在羅衣，圖得見時說。」武則天〈如意娘〉：「不信比來長下淚，開箱驗取石榴裙。」

這首詞寫一女子思念情人。時節是早春。「遲日」出於《詩經．豳風．七月》「春日遲遲」，指日行遲緩，說明春天白晝稍見延長了，因而也暖和些了。這季節，透過惠風微暖，細草還柔，桃剛綴萼，柳始吐芽等物候表現出來。「春工」三句，把桃花所以尚小，柳芽所以還短，歸因於生長植物的春之神還吝惜地不肯施大法力，文字間添了一些姿致。說來也是有趣，對於《詩經》「春日遲遲」這幾句，鄭玄的《箋》說：「春，女感陽氣而思男。……是其物化，所以悲也。悲則始有與公子同歸之志，欲嫁焉。」詞人在寫下「遲日」這兩個字時，似乎也隱寓這一微妙含意。我們讀詞的，看了《鄭箋》再來理解詞意，正有探驪得珠之樂。不妨再設想，詞中正以小桃稚柳，象徵不可遏止地滋長著的情苗。有情而遠別，便起相思，以下就看他加力描寫。

晏殊〈蝶戀花〉詞：「獨上高樓，望盡天涯路。」此情此意，宋詞多有之，但何籀這一首的表現方法又自有其特色。「羅幃」兩句是倒裝：因為相思，早已懶於歌笑了，便高捲起羅幃繡幕，憑倚樓窗遠望，卻怎禁得起望中是天遠山遠水遠人遠！「那更」的「更」字是點睛之筆，與柳永〈雨霖鈴〉的「多情自古傷離別，更那堪冷落清秋節」的「更那堪」意同。本來是望情人的，怎料到所見的竟是一片長天無際，遠水遙岑，而所念之人更不知在何處所，活寫出個「情何以堪」來。

「四遠」安排得甚有層次。「天遠」，天是眼中可見的，雖是遙遙無際，但由近在眼前的天看起，也還有跡可循；「山遠」和「水遠」，縱然眼前，從樓上望去，或可見及某山某水，但遠處的山水便已非此山此水，僅能聯想及之了；而「遠人」，則純然存在心目之中，不知在天的哪邊，在何山之側，何水之涯。「四遠」逐個由實寫到虛懸，由可見到逐漸地不可見，最後著眼還在「人遠」。天也，山也，水也，若無我所念之人在彼方，則它的遠近便與我何干？正因為心中有遠人在念，於是，他所在之處之「遠」的實際，才認真地感覺出來了。歐陽脩說「別後不知君遠近」（〈玉樓春〉），它仍是寫「人遠」，但是故作朦朧，如幽咽流泉，有吞聲飲泣之象；此首則是大聲疾呼，一連下四個「遠」字，大書特書，於是思念之殷，便情現乎辭了。

上片寫景，下片寫情，宋詞慣例。這下片的寫情又寫得特別，一上來不說思，不說念，竟從「怨」字寫起。

說特別又不特別。元王實甫《西廂記》第四本第三折有名的〈長亭送別〉，鶯鶯與張生還未分手哩，便叮嚀道：「我則怕你停妻再娶妻……若見了那異鄉花草，再休似此處棲遲！」年少郎君，一經遠出，便拘管不住了，「青絲絆馬，紅巾寄羽，甚處迷戀」，這是閨中婦女所最擔憂害怕的。詞中對於情人遠別，好像真的就有這種事兒發生。但又希望它不至於發生，有朝一日遠人遊倦歸來，能聽我訴說相思之苦。詞意到這裡結束了，但作者之筆偏不肯落於凡庸。看他一個「淚」字便有如許裝點：寫一時淚下日「無言」，日「零亂」，見中心之悽苦；寫淚痕漬袖則日「盡遍」，日「重重」，意從「冰凍三尺，非一日之寒」化來，可見是無日不思，無思不淚。末兩句忽然躍出「故要得別後思量，歸時覷見」，真是非凡之筆，含蓄著欣喜，傷心，作嗔，使嬌，種種複雜感情。說是「故要得」，這個「別後思量」的表證——雙袖的啼痕，是有意留給他看的了，而又不是送到眼前指給他看，而是讓他走近前來時自己「覷見」，連一句話兒也不給他多說，真把一個樓頭思婦寫活了。倘在男性，那便須絮絮叨叨，說自己在外頭怎樣怎樣想你，否則不足以平她的怨氣。此所以柳永筆下的「願低幃昵枕，輕輕細說與，江鄉夜夜，數寒更思憶」（〈浪淘沙慢〉），平直淺豁，而亦不失為好文字，為什麼？以能體會人情，寫出來確是這麼一回事之故。（陳長明）

廖世美

【作者小傳】生平無考。詞存二首。

燭影搖紅

廖世美

題安陸浮雲樓

靄靄春空，畫樓森聳凌雲渚。紫薇登覽最關情，絕妙誇能賦。惆悵相思遲暮。記當日、朱欄共語。塞鴻難問，岸柳何窮，別愁紛絮。
催促年光，舊來流水知何處？斷腸何必更殘陽，極目傷平楚。晚霽波聲帶雨。悄無人、舟橫野渡。數峰江上，芳草天涯，參差煙樹。

這是一首登樓懷遠之詞。首二句寫時地。「靄靄」，雲氣密積貌。陶淵明〈停雲〉詩云：「靄靄停雲，濛濛時雨。」雲層低垂，春雨迷濛，詞人登臨安陸（今屬湖北）浮雲樓。「畫樓森聳凌雲渚」，畫棟雕欄，凌聳入雲，一寫樓美，二寫樓高。杜牧〈題安州（即安陸）浮雲寺樓寄湖州張郎中〉詩云：

去夏疏雨餘，同倚朱欄語。當時樓下水，今日到何處。恨如春草多，事與孤鴻去。楚岸柳何窮，別愁紛若絮。

「浮雲樓」即「浮雲寺樓」。「聳」字前著一「森」字，以突出寺樓的莊嚴；同時也刻畫出雲氣籠罩時的氛圍。次二句寫登樓賦詩。「紫薇」，指杜牧。唐代稱中書省為紫薇省，杜牧官至中書舍人，故又稱杜紫薇。「登覽最關情」，登高臨遠最能牽動情感，這一句為「惆悵相思」以下抒情張目。唐方干〈經周處士故居〉云「愁吟與獨行，何事不關情」，唐施肩吾〈寄王少府〉云「人間詩酒最關情」，「關情」，即牽情之意。「絕妙誇能賦」，既稱讚杜牧題安州浮雲寺樓之詩寫得絕妙，又隱約道出自己登高能賦的才情。

「惆悵相思遲暮」，此句上承「關情」，下逗追憶之語，過渡自然。時值日暮，登樓傷情，引起相思，「記當日、朱欄共語」；而如今，「塞鴻難問，岸柳何窮，別愁紛絮」，括用杜牧詩語，表達一種離別惆悵之情。「塞鴻難問」，即人似冥鴻，一去無蹤；「岸柳何窮」，即空餘岸柳，別愁無限。「長安陌上無窮樹，唯有垂楊管別離」（劉禹錫〈楊柳枝詞九首〉其八），楊柳最易牽惹人們的離愁別緒；而人的別愁，又如同無窮數的岸柳之無窮數的柳絮那樣多，那樣紛起亂攢，「別愁紛絮」之句，直抒胸臆。如此櫽括杜句，表示對之十分欣賞，也在上文稱其「絕妙誇能賦」的波瀾之內。

下片，多層次、多角度地抒寫別愁的紛亂與無窮。過片「催促」二句，歲月如流，年光易失，舊時倚欄共語處的樓下水，誰知今日又流到何處了呢？含有無限感慨之意。此日登樓極目遠望，只見連天芳草，平野蒼然

（南朝謝朓〈宣城郡內登望〉：「寒城一以眺，平楚正蒼然。」）不知何處是歸路，已使人神傷下淚，又何必再增此「殘陽」一景乎？杜牧〈池州春送前進士蒯希逸〉詩「芳草復芳草，斷腸還斷腸。自然堪下淚，何必更殘陽」，是此兩句所本。翻進一層用筆，倍加淒愴入神。「晚霽」以下具體寫極目傷情。「晚霽」二句，向晚破晴，波聲似乎還夾雜著雨聲。唐韋應物〈滁州西澗〉詩云：「春潮帶雨晚來急，野渡無人舟自橫。」廖於「無人舟橫野渡」前更著一「悄」字，索寞、孤寂的心境全出。結三句「數峰江上，芳草天涯，參差煙樹」，畫面開闊，落筆淡雅，細玩詞意，情味極佳。唐錢起〈省試湘靈鼓瑟〉云：「曲終人不見，江上數峰青。」蘇軾〈蝶戀花〉云：「枝上柳綿吹又少，天涯何處無芳草。」杜牧〈題宣州開元寺水閣，閣下宛溪，夾溪居人〉云：「惆悵無因見范蠡，參差煙樹五湖東。」廖詞襲用並糅合以上三家詩詞的語意，別出意境。雨後，江上數峰青青，芳草更在天涯之外，煙樹參差淒迷；如此境界，反映了無盡悵惘之情。

此詞因題安陸浮雲樓，又稱道杜牧為此樓賦詩之絕妙，因此運用杜句之處亦特多。詞櫽括杜詩，熨帖自然，滅盡痕跡。除杜牧詩外，此詞還融合或化用多家詩詞，語如己出。王國維在評論周邦彥〈齊天樂〉借用唐賈島〈憶江上吳處士〉「秋風吹渭水，落葉滿長安」句時說：「此借古人之境界為我之境界者也。然非自有境界，古人亦不為我用。」（《人間詞話》）廖詞鎔鑄前人詩詞，又自出境界，有不盡之意，故妙。此詞的另一特色是語淡情深，優雅別致。清況周頤評「塞鴻」三句，以為「神來之筆，即已佳矣」；而「催促年光」以下六句，「語淡而情深」。他說：「此等詞一再吟誦，輒沁入心脾，畢生不能忘。《花庵絕妙詞選》中，真能不愧『絕妙』二字，如世美之作，殊不多覯。」（《蕙風詞話》卷二）（陳慶元）

李清照

【作者小傳】（一〇八四～一一五五？）號易安居士，濟南章丘（今屬山東）人。與夫趙明誠共事金石研究。宋高宗建炎三年（一一二九），夫卒。清照流寓越州、杭州，晚居金華。其詞以南渡為界，分前後兩期，前期多寫離別相思之情，後期於身世悲慨中寄寓亡國之慟。詞風婉約，偶有豪放之致，多用白描手法，語言清麗淺近。論詞崇尚典雅、情致、協律，有〈詞論〉一篇，提倡「詞別是一家」之說。代表作有〈如夢令〉〈鳳凰臺上憶吹簫〉〈聲聲慢〉〈永遇樂〉〈武陵春〉等。亦能詩文，感時詠史，與詞風迥異。著有《易安居士文集》《易安詞》，不傳。後人輯有《漱玉詞》，真偽雜陳。今人有《李清照集校注》，其中所錄四十三首最可靠。

點絳脣

李清照

蹴罷秋千，起來慵整纖纖手。露濃花瘦，薄汗輕衣透。

見客入來，襪剗金釵溜。和羞走。倚門回首，卻把青梅嗅。

此詞寫少女初次萌動的愛情，真實而生動，當為清照早年作品。

詞的上片寫盪完鞦韆（秋千）的精神狀態，妙在靜中見動。詞人沒有寫她盪鞦韆時的矯健身影和歡樂心情，而是剪取了「蹴罷秋千」以後一剎那間的鏡頭。此刻全部動作雖已停止，但仍可以想像得出她在盪鞦韆時的情

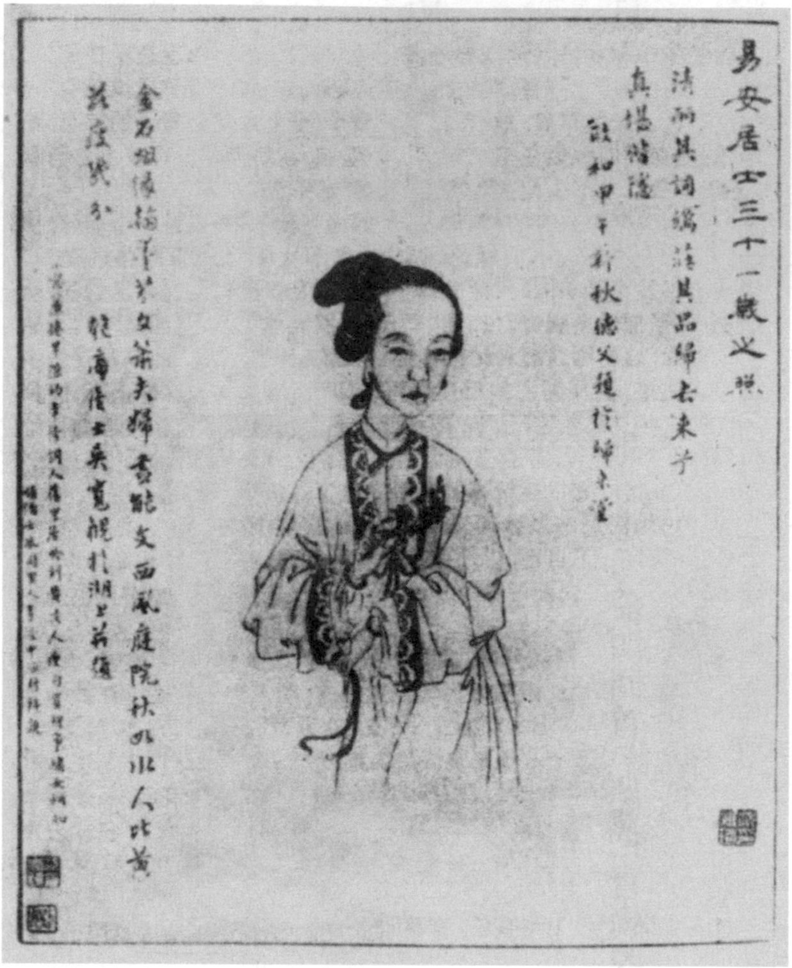

易安居士三十一歲寫真，蕙風簃藏本

景，羅衣輕颺，像燕子一樣地在空中飛來飛去。「起來慵整纖纖手」，「慵整」二字用得非常恰切，令人想到她下鞦韆後已經極度疲勞，兩手有些麻木，也懶得稍微活動一下。「纖纖手」語出〈古詩十九首．青青河畔草〉：「娥娥紅粉妝，纖纖出素手。」最早的出處則是《詩經．魏風．葛屨》的「摻摻女手」，藉以形容雙手的細嫩柔美，同時也藉以點出人物的年華和身分。「薄汗輕衣透」，她身穿「輕衣」，也就是羅裳初試，由於盪鞦韆時用力，出了一身薄汗，額上還滲有晶瑩的汗珠。「露濃花瘦」一語表明時間是在春天的早晨，地點是在花園。整個上片都是寫人的神態，唯此一語寫景；然而同時也烘托了人物嬌美的風貌。在嬌而瘦的花枝上含有顆顆露珠，不正是象徵著年少詞人「薄汗輕衣透」的形象嗎？

下片寫詞人乍見來客的種種情態。她盪完鞦韆，正累得不願動彈，突然花園裡闖進來一個陌生人。她感到驚詫，來不及整理衣裝，急忙迴避。「襪剗」，是說來不及穿鞋子，僅僅穿著襪子走路。「金釵溜」，是說頭髮鬆散，金釵下滑墜地；二語似出秦觀〈河傳〉詞「鬢雲鬆，羅襪剗」。但秦詞是寫百無聊賴時的女子外貌，這裡則是寫匆忙惶遽時的表情。詞中雖未正面描寫這位突然來到的客人是誰，但從詞人的反應中可以印證，他定是一位舉止不凡、風度瀟灑的翩翩少年。「和羞走」三字，把她此時此刻的內心感情和外部動作作了精確的描繪。「和羞」者，含羞也；「走」者，疾走也。然而更妙的是「倚門回首，卻把青梅嗅」二句。它以極精湛的筆墨描繪了這位少女怕見又想見、想見又不敢大大方方地去見的微妙而又細緻的心理。然而最後她還是利用「嗅青梅」這一細節掩飾一下自己，以便偷偷地看他幾眼。整個下片都是寫「動」，與上片正好成了對比。由此可見上片的「靜」，不僅是靜中見動，而且也是為了襯托下片的「動」。

下片的幾個動作層次分明，曲折多變，把一個少女驚詫、惶遽、含羞、好奇以及愛戀的心理活動，栩栩如生地刻畫出來。明錢允治說這樣的筆法是「曲盡情悰」（《續選草堂詩餘》卷上）。明沈際飛也稱讚說：「片時意態，淫夷萬變，美人則然，紙上何遽能爾？」（《草堂詩餘續集》卷上）李清照這樣描寫也是有所本的。唐人韓偓《香奩集》中〈偶見〉詩寫過：「鞦韆打困解羅裙，指點醍醐索一尊。見客入來和笑走，手搓梅子映中門。」但相比之下，「和笑走」輕薄，「和羞走」則深摯；「手搓梅子」只能表現不安，「卻把青梅嗅」則可描畫矯飾；「映中門」似旁若無人，而「倚門」則有所期待，加以「回首」一筆，則少女窺人之態可掬了。較之韓詩，有出藍之勝。

這首詞風格明快，節奏輕鬆，寥寥四十一字，刻畫了一個天真純潔、感情豐富卻又帶有幾分矜持的少女形象，顯出詞人的才華。（徐培均）

孤雁兒

李清照

藤床紙帳朝眠起，說不盡、無佳思。沉香煙斷玉爐寒，伴我情懷如水。笛聲三弄，梅心驚破，多少春情意。

小風疏雨蕭蕭地，又催下、千行淚。吹簫人去玉樓空，腸斷與誰同倚？一枝折得，人間天上，沒箇人堪寄。

此詞調下原有小序云：「世人作梅詞，下筆便俗。予試作一篇，乃知前言不妄耳。」從這小序看，詞人似乎在詠梅；然細玩詞意，卻是一首悼亡之作。詞調本名〈御街行〉，宋楊湜《古今詞話》載有變格一首，云：「霜風漸緊寒侵被。聽孤雁，聲嘹唳。一聲聲送一聲悲，雲淡碧天如水……」遂又名〈孤雁兒〉。詞人不取前者而取後者，蓋亦以自況；詞的情調也深受後者影響。

宋高宗建炎初年，李清照的丈夫趙明誠起復，知江寧府（今江蘇南京），李清照從青州來會。在局勢相對穩定的情況下，「每值大雪，即頂笠披蓑，循城遠覽以尋詩，得句必邀其夫賡和」（見宋周煇《清波雜誌》卷八）。可是不久趙明誠病逝，把她一個人拋在人地生疏的江南，心情異常悽苦。大概在建炎某一年的春天，梅蕊初綻，作者睹物思人，寫下了這首詞。

上半闋起二句云：「藤床紙帳朝眠起，說不盡、無佳思。」開門見山，傾訴寡居之苦。藤床，乃今之藤躺椅。據明高濂《遵生八箋》記載，「倚床」為藤竹製，上有倚圈靠背，後有活動撐腳，便於調節高低。「紙帳」，用藤皮繭紙纏於木上，或畫以梅花，或畫以蝴蝶。亦名梅花紙帳。據宋林洪《山家清事》云，其上作大方形帳頂，四周用細白布製成帳罩，中置布單、楮衾、菊枕、蒲褥。在宋人詞作中，這種陳設大都表現淒涼慵怠情景。如無名氏〈搗練子〉云：「小藤床，隨意橫。」朱敦儒〈念奴嬌〉云：「照我藤床涼似水。」此詞意境與之相似：一榻橫陳，日高方起，正是孤寂無聊的寫照。以下二句，承「無佳思」句意，進一步描寫詞人悽苦情懷。「沉香煙斷玉爐寒」，使人想起她〈醉花陰〉中的「瑞腦銷金獸」。然而著一「寒」字，更凸出了環境的淒冷與心境之痛苦。此時室內再無別人，唯有時斷時續的香煙以及香煙滅了的玉爐陪著她。益以「伴我情懷如水」一句，則悲苦之情愈益變成具體可感的形象。

正當詞人淒清寂寞之際，窗外傳來一陣陣悠揚的樂曲，詞人情緒似為之一揚。「笛聲三弄，梅心驚破，多少春情意。」這裡不僅以漢代橫吹曲中的〈梅花落〉照應詠梅的命題，同時還聯想到園中的梅花，好像一聲笛曲，催綻萬樹梅花，帶來春天的消息。用意頗似李白〈與史郎中欽聽黃鶴樓上吹笛〉：「黃鶴樓中吹玉笛，江城五月落梅花。」然「梅心驚破」一語，似更為奇警，不僅說明詞人在語言的運用上有所發展，而且顯示出她在感情上曾被激起一剎那的波瀾，這就是對趙明誠的憶念，然而意思很含蓄。但若找一旁證，其意自明。詞人〈永遇樂〉云：「落日熔金，暮雲合璧，人在何處？染柳煙濃，吹梅笛怨，春意知幾許？」可見聞笛懷人，因梅思春，在她詞中是不止一次用過的。正因有了這一歇拍，詞就自然地過渡到下闋。

下闋正面抒寫悼念亡夫之情，詞境雖由晴而雨，然而跌宕之中意脈不斷。「小風」二句，將外境與內心融為一體。門外細雨蕭蕭，下個不停；門內詞人枯坐，淚下千行。以雨催淚，亦是以雨襯淚，恍似詞人在〈聲聲慢〉

中所寫：「梧桐更兼細雨，到黃昏、點點滴滴。這次第，怎一個愁字了得！」詞從開頭寫到這裡，均寫感情的變化，層次鮮明，步步開掘，愈寫愈深刻；但為什麼無佳思，為什麼情懷如水和淚如雨下，卻沒有言明。直至「吹簫人去玉樓空，腸斷與誰同倚」，才點明主旨：她是在懷念丈夫。「吹簫人去」用的是秦穆公女弄玉與其夫蕭史的典故，見舊題西漢劉向《列仙傳》。這裡的「吹簫人」是說蕭史，比擬趙明誠。明誠既逝，人去樓空，縱有梅花好景，又有誰與她倚欄同賞呢？詞人回想當年循城遠覽，踏雪尋詩的情景，能不為之愴然！於是詞中就迸出結尾三句。

結尾三句化用南北朝陸凱贈梅與范曄的故事，表達了深重的哀思。陸凱當年思念遠在長安的友人范曄，曾折下梅花賦詩以贈。可是詞人今天折下梅花，找遍人間天上，四處茫茫，沒有一人可供寄贈。其中「人間天上」一語，寫盡了尋尋覓覓之情；「沒箇人堪寄」，寫盡了悵然若失之感。全詞至此，戛然而止，而一曲哀音，猶自盤旋在人們的心上。

這首詞的特點歸納起來大致有四：一是活用典故，以故為新。如將「笛聲三弄」、「吹簫人去」以及折梅贈遠等組織在詞中，渾化無跡，猶如己出；二是將詠梅與悼亡冶於一爐，恰到好處地寄託了悼念亡夫的哀思；三是環境描寫與心理刻畫達到和諧的統一，特別表現在兩片起首之中；四是語言通俗，音調悽惋，像「說不盡、無佳思」、「一枝折得，人間天上，沒箇人堪寄」，全係口語，以之入詞，又能以俗為雅，符合音律。詞人透過這種種藝術手法，塑造了一個有血有肉、內心充滿無限痛苦的孀婦形象，在宋代詞壇上，可算是獨特的。（徐培均）

滿庭芳

李清照

小閣藏春，閒窗鎖晝，畫堂無限深幽。篆香燒盡，日影下簾鉤。手種江梅漸好，又何必、臨水登樓。無人到，寂寥渾似，何遜在揚州。

從來知韻勝，難堪①雨藉，不耐風揉。更誰家橫笛，吹動濃愁。莫恨香消雪減②，須信道、掃跡情留。難言處，良宵淡月，疏影尚風流。

〔註〕①一作「難禁」。②一作「玉減」。

李清照詠花卉的詞將近十首。她詠的是菊、梅、桂、芍藥。前三種都是淡雅的花卉，僅芍藥才是豔態豐韻的，而詞人卻取它的「容華淡佇，綽約俱見天真；待得群花過後，一番風露曉妝新」（〈慶清朝慢〉）。對這些淡雅花卉的喜愛，雖是屬於清照個人審美趣味，也反映了宋人與唐人審美觀念的異趣。如果說唐人特別喜愛富貴雍容的牡丹，宋人則尤為崇尚清瘦高雅的梅花。南宋初年蜀人黃大輿便輯了詠梅之詞為《梅苑》十卷，可見宋人詠梅之盛了。清照的詠物詞以詠梅的最多。這首〈滿庭芳〉後人補詞題為「殘梅」，是她詠物詞中的佳作。

詞的起筆好似與詠梅本旨無關，但卻描述了一個特殊的抒情環境。前人稱這種寫法為「先盤遠勢」。作者首先寫出了她住處的寂寞無聊。「小閣」即小小的閨閣，這是婦女的內寢；「閒窗」即表示內外都是閒靜的。「藏」與「鎖」互文見義。美好的春光和充滿生氣的白晝，恰恰被藏鎖在這狹小而閒靜的圈子裡。詞語之間流露出婦女被壓抑的情緒。唐宋時富貴之家的內寢往往有廳堂相連結，小閣是在畫堂裡側。春光和白晝俱藏鎖住了，暗示這裡並未感到它們的存在，因而畫堂顯得特別深幽。「深幽」極言其堂之深邃、暗淡、靜闃。作者已習慣這種環境，似乎還滿意於它的深幽。古人愛尚雅潔者都喜焚香。篆香是一種高級盤香。它的燒盡，及「日影下簾鉤」，表示時光已經流逝。從描述的小閣、閒窗、畫堂、篆香、簾箔等來看，抒情女主人公是生活在上層社會中的婦女，富貴安閒，但環境的異樣冷清寂靜也透露生活中不幸的消息。「手種江梅漸好」是詞意的轉折，開始進入詠物的本題。女主人公於室外見到親手種植的江梅，忽然產生一種自我欣慰的心理。它的「漸好」能給種樹人以安慰；欣賞「手種江梅」，可能會有許多往事的聯想，因而沒有必要再臨水登樓賞玩風月了。除了對梅花的特殊情感之外，似乎心情慵倦，於應賞玩的景物都失去了興致。詞上闋的結尾，由賞梅聯想到南朝詩人何遜迷戀梅花之事，使詞意的發展開始向借物抒情方面過渡，漸漸接近作者所要表達的主旨。何遜是南朝梁代著名的文學家，他的詩情辭宛轉，詩意雋美，深為杜甫和黃庭堅等賞識。梁武帝天監年間，他曾為建安王蕭偉的水曹行參軍兼記室，有詠梅的佳篇〈揚州法曹梅花盛開〉（亦作〈詠早梅〉）詩。清人江刻本《何水部集》於此詩下有註云：「遜為建安王水曹，王刺揚州，遜廨舍有梅花一株，日吟詠其下，賦詩云云。後居洛思之，再請其任，抵揚州，花方盛開，遜對花徬徨，終日不能去。」何遜對梅花的一片痴情是其寂寞苦悶的心情附著所致。杜詩有「東閣官梅動詩興，還如何遜在揚州」（〈和裴迪登蜀州東亭送客逢早梅相憶見寄〉）。清照用何遜之事兼用杜詩句意，按她的理解，何遜在揚州是寂寥的。她在寂寥環境裡面對梅花，遂有與何遜心情某種共鳴之感。

詞人善於擺脫一般詠物之作膠著物態、敷衍故實的俗套，而是聯繫個人身世之感抒發對殘梅命運的深深同情。「從來知韻勝」，是她給予梅花整體的贊語。「韻」是風韻、神韻，是形態與品格美的結合。說梅花「韻勝」，它是當得起的，而且「從來」贏得一致的稱讚。她肯定了這一點之後，卻不再多說，轉過筆來寫它的不幸，注意發現它零落後所顯示的格調意趣。「藉」與「揉」也是互文見義，有踐踏摧損之意。梅雖不畏寒冷霜雪，但它畢竟是花，仍具花之嬌弱特性，因而也難以禁受風雨的踐踏摧損。這是花的一般的必然的命運。由落梅的命運，作者產生各種聯想，於是詞意的發展呈現很曲折的狀態。漢代橫吹曲有笛曲〈梅花落〉，南朝時又作為樂府古題為人吟詠，曲調和詞情均十分哀怨悲傷。由落梅而聯想到古曲〈梅花落〉，這屬於虛寫，以此表現落梅引起作者個人的感傷情緒，造成一團「濃愁」而難以排解。但作者又試圖進行自我排解，於是詞情又一轉變。宋初詩人林逋〈山園小梅二首〉其一有「疏影橫斜水清淺，暗香浮動月黃昏」的名句，刻畫梅花的形象得其神態。梅花的暗香消失、落花似雪，說明其飄謝凋零，丰韻不存。這本應使人產生春恨，遷恨於春日風雨的無情。但詞人以為最好還是「莫恨」，「須信道、掃跡情留。」「掃跡」即蹤跡掃盡，難以尋覓。雖然蹤跡難尋而情意長留。結尾的「難言處，良宵淡月，疏影尚風流」是補足「情留」之意。「難言處」是對下闋所表達的複雜情感的概括，似乎還有與作者身世的雙關的含義。想像在一個美好的夜晚，淡淡的月光，投下梅枝橫斜優美的姿影。從這姿影裡還顯示出梅的俊俏風流，應是它掃跡後留下的一點情意。也許明年它又會重開，並帶來春的信息。「良宵淡月，疏影尚風流」是精警的句子，凸出了梅花格調意趣的高雅，遠非徒以韻勝者之可比擬了。這樣的結句使全詞的思想達到了一個新的高度，它讚美了一種飽經苦難折磨之後，仍孤高自傲，對人生存在信心的高尚的精神品格。

關於這首詞的寫作時間，因缺乏必要的線索而無法詳考，但此詞見於《梅苑》，應作於一一二九年之前。又從詞中所描述的冷清寂寞的環境和凋殘遲暮的感傷情緒來看，它應是清照南渡後的作品。詞人經歷了靖康之難的國破家亡、流離失所的痛苦，以致在作品中流露特別淒涼悲咽的情調，因而在這首詠殘梅的詞裡，不難發現作者暗寓身世之感。其主觀抒情色彩十分濃厚，達到了意與境諧，情景交融，故難辨是作者的自我寫照，還是詠物了。

這首詞和清照那些抒寫離別相思和悲苦情緒的作品一樣，語言輕巧尖新，詞意深婉曲折，音調低沉諧美，最能體現其基本的藝術特色。（謝桃坊）

玉樓春

李清照

紅酥肯放瓊苞碎，探著南枝開遍未。不知醞藉幾多香，但見包藏無限意。

道人憔悴春窗底，悶損欄杆愁不倚。要來小酌便來休，未必明朝風不起。

獨俏寒枝、異香沁人的梅花，曾經吸引了多少詩人詞客的題詠。可也正如清朱彝尊在《靜志居詩話》中所說：「詠物詩最難工，而梅尤不易。」而受到他肯定的幾首佳作中，就有李清照的這闋〈玉樓春〉。他說：「朱希真詞『橫枝清瘦只如無，但空裡、疏花數點』，李易安詞『要來小酌便來休，未必明朝風不起』，皆得此花之神。」

此詞的傳神之句絕不僅僅是「要來」兩句。作者出手便不俗。首句以「紅酥」比擬梅花花瓣宛如紅色凝脂，以「瓊苞」形容梅花花苞的美好，「肯放瓊苞碎」者，是對「含苞未放」的巧妙說法。上片皆從此句生發。「探著南枝開遍未」，便是婉轉說出梅花未盡開放。初唐時李嶠〈梅〉詩云：「大庾斂寒光，南枝獨早芳。」宋孔傳《白孔六帖》卷九十九：「大庾嶺上梅，南枝落，北枝開。」如今對南枝之花還須問「開遍未」，則梅枝上多尚含苞，宛然可知。三、四兩句「不知醞藉幾多香，但見包藏無限意」，用對偶句，仍寫未放之花，「醞藉」、「包藏」，點明此意。而「幾多香」、「無限意」，又將梅花盛開後所發的幽香、所呈的意態攝納其中，精神飽滿，亦可見詞人的靈心慧思。

下片由詠梅轉入賞梅。「道人」是作者的自稱，意為學道之人。「憔悴」和「悶」、「愁」，講李清照的外貌與內心情狀，「春窗」和「欄杆」交代客觀環境，表明她當時困頓在窗下，愁悶煞人，連欄杆都懶得去倚。這是一幅名門閨婦的春愁圖。寫賞梅先寫自己憔悴的形容和愁悶的心緒，又不寫梅花的盛開，卻由含苞直跳到將敗，都是奇特之筆。這是反映了她自己「挼盡梅花無好意，贏得滿衣清淚」（〈清平樂〉）的心態，因而略過去的。這反常的寫法，在她當時來說卻是正常的，此詞蓋作於流落江南之後。雖然心境不佳，但梅花還是要賞的，所以有結末的「要來小酌便來休，未必明朝風不起」之句。「休」字在這裡是語助詞，含罷、了的意思。這是作者心中的話：想要來飲酒賞梅的話便來罷，等到明天說不定要起風了呢！含有且遣愁懷，莫錯過大好時機的意味。

任何詠物詩都離不開抒情，否則，便僅僅是狀物，而狀物詩是不會形成真文學的。李清照的這闋〈玉樓春〉之所以成為名篇，就在於它不但寫活、寫美了梅花，而且進一步表達了賞梅者那種獨特的心態，那種雖然愁悶卻仍禁不住要及時賞梅的矛盾情懷。就這樣，李清照這位詞人的個性也便躍然紙上。（魏同賢）

清平樂　李清照

年年雪裡，常插梅花醉。挼盡梅花無好意，贏得滿衣清淚。
今年海角天涯，蕭蕭兩鬢生華。看取晚來風勢，故應難看梅花。

這首詞處處跳動著詞人生活的脈搏。她早年的歡樂，中年的幽怨，晚年的淪落，在詞中都約略可見。飽經滄桑之後，內中許多難言之苦，透過抒寫賞梅的不同感受傾訴了出來。詞意含蓄蘊藉，感情悲切哀婉。

詞的上闋是對往昔賞梅生活的回憶，又分為兩層。「年年雪裡，常插梅花醉。」這兩句生動地再現了詞人早年賞梅的情景和興致，表現出她的少女的純真和當時生活的歡樂、閒適。她早年寫下的詠梅詞〈漁家傲〉中有句云：「雪裡已知春信至，寒梅點綴瓊枝膩……共賞金尊沉綠蟻，莫辭醉，此花不與群花比。」這是「花開處、且須行樂」（無名氏〈二色宮桃〉）的思想，正可作為「年年雪裡，常插梅花醉」的註腳。接下來「挼盡梅花無好意，贏得滿衣清淚」兩句，流露出顯然不同的心緒，雖然梅枝在手，卻無好心情去賞玩，只是漫不經心地揉搓著。賞梅原本為的是排遣心頭的憂傷，可是本來心情就不好，到頭來不僅憂傷沒有消除，反倒觸景生情，激起無限的傷感，只落得「滿衣清淚」。詞人面對梅花也許在追憶往日的歡樂，也許在思念遠方的親人。花還是昔日的花，然而花相似，人不同，物是人非，怎不使人傷心落淚呢？這兩句所描寫的景象可能是詞人從婚後到南渡前這段生活的寫照。李清照婚後，夫婦志同道合、伉儷相得，生活美滿幸福。但是，時常發生的短暫離別使她識盡離愁別苦。在婚後六七年的時間裡，李趙兩家相繼罹禍，緊接著就開始了長期的屏居鄉里的生活。生活的坎坷使她屢處憂患，飽嘗人世的艱辛。因此，當年那種賞梅的雅興自然要大減。她在這個時期寫下的〈訴衷情〉中有「更挼殘蕊，更撚餘香，更得些時」的句子，表現的也是這種百無聊賴、憂傷怨恨的情緒。

詞的下闋以「今年」兩字領起，同上闋的「年年」明顯相對。上闋四句回憶兩個生活階段賞梅的情景和心情。往年是「常插梅花醉」；即使是「挼盡梅花無好意」的時候，也多半為的是離別相思。眼前卻截然不同了，「今年海角天涯，蕭蕭兩鬢生華」，這裡面包含著許多的辛酸和哀愁。詞人南渡後背井離鄉，四處奔波，生活的折磨使她很快變得憔悴蒼老，頭髮稀疏，兩鬢花白。雖然賞梅季節又到，可是哪裡還有心思去插梅呢？而且看來晚上要颳大風，將難以晴夜賞梅了。言下之意是也許經過一夜風霜的摧殘，明朝梅花就要凋零敗落，即使想看也難以看得成了。

最後的「看取晚來風勢，故應難看梅花」，可能還寄託著詞人對國事的憂懷。古人常用比興，以自然現象的風雨、風雲比政治形勢。這裡的「風勢」既是自然的「風勢」，也是政治的「風勢」，即「國勢」。稍後於清照的辛棄疾的〈摸魚兒〉「更能消、幾番風雨？匆匆春又歸去」，與此寓意相似，都是為國勢衰頹而擔憂。清照所說「風勢」，似乎是暗喻當時極不利的形勢；「梅花」以比美好事物，「難看梅花」，則是指國家的遭難，而且頗有經受不住之勢。在這種情況下，她哪裡還有賞梅的閒情逸致呢！身世之苦、國家之難糅合在一起，使詞的思想境界為之昇華。

這首詞篇幅雖小，卻運用了多種藝術手法。從依次描寫賞梅的不同感受看，運用的是對比手法，賞梅而醉、對梅落淚和無心賞梅，三個生活階段，三種不同感受，形成鮮明的對比，在對比中表現詞人生活的巨大變化。從上下兩闋的安排看，運用的是襯托的手法，上闋寫過去，下闋寫現在，但又不是今昔並重，而是以昔襯今，表現出當時作者飄零淪落、衰老孤苦的處境和飽經磨難的憂鬱心情。以賞梅寄寓自己的今昔之感和家國之憂，但不是如詠物詞之以描寫物態雙關人事。詞語平實而感慨自深，較之〈永遇樂〉（落日熔金）一首雖有所不及，亦足動人。（王延梯、聶在富）

南歌子　李清照

天上星河轉，人間簾幕垂。涼生枕簟淚痕滋。起解羅衣聊問夜何其。

翠貼蓮蓬小，金銷藕葉稀。舊時天氣舊時衣，只有情懷不似舊家時！

李清照自丈夫趙明誠病卒，避金兵之難，流落江南，所作詞皆愁苦之音。此詞未詳年月地點，屬此一類則無可疑。

首兩句「天上星河轉，人間簾幕垂」，以對句作景語起，但非尋常景象，而有深情鎔鑄其中。「星河轉」謂銀河轉動，一「轉」字說明時間流動，而且是頗長的一個跨度；人能關心至此，則其中夜無眠可知。「簾幕垂」言閨房中密簾遮護。簾幕「垂」而已，此中人情事如何，尚未可知。「星河轉」而冠以「天上」，還是尋常言語，不覺得有什麼；到「簾幕垂」而表說是「人間」的，那就不同尋常。帶上句成為「天上、人間」對舉，就有「人天遠隔」的含義，分量頓時就沉重起來，似乎其中有沉哀欲訴，詞一起筆就先聲奪人。曹丕〈燕歌行〉有云「明月皎皎照我床，星漢西流夜未央」，詞意與之相近。〈燕歌行〉是寫婦人秋夜思念在遠方作客的丈夫，而此詞直是述夫妻死別之悲愴。字面上雖似平靜無波，內中則是暗流洶湧的。

接下來「涼生枕簟淚痕滋」一句，由於前兩句蓄勢，至此直瀉無餘。枕簟生涼，不單是說秋夜天氣，更是以孤寂淒苦之情移於物象。「淚痕滋」，到此欲不流淚而不可得矣！所謂「憂從中來，不可斷絕」（曹操〈短歌行〉）

者是。孤居嫠婦，如此者殆非一夕；此夕也不僅是這一次流淚，此可想像而知。悲哀暫歇，人亦勞瘁。「起解羅衣聊問夜何其」，原本是和衣而臥，到此解衣欲睡。但要睡的時間已經是很晚了，開首的「星河轉」已有暗示，這裡「聊問夜何其」更明言之。「夜何其」，語本《詩經．小雅．庭燎》「夜如何其？夜未央」、「夜如何其？夜未艾」、「夜如何其？夜鄉（向）晨」，總之已是夜深光景，甚至已近清晨。「聊問」是自己心下估量，不必實有此問，不可拘泥。至此詞人情狀已經寫出，心事也已透露，還要看下片如何深入。

「翠貼蓮蓬小，金銷藕葉稀」，接應上片結句「羅衣」，描繪衣上的花繡。因解衣欲睡，看到衣上花繡，又生出一番思緒來，這是「過片不斷曲意」的一例。「翠貼」、「金銷」皆倒裝，是貼翠和銷金的兩種工藝，即以翠羽貼成蓮蓬樣，以金線嵌繡蓮葉紋。這是貴婦人的衣裳，詞人一直帶著、穿著。而今重見，在夜深寂寞之際，不由想起悠悠往事。「舊時天氣舊時衣」，這是一句極尋常的口語，唯有身歷滄桑之變者才能領會其中所包含的許多內容，許多感情。「只有情懷不似舊家時」句的「舊家時」也就是「舊時」。秋涼天氣如舊，金翠羅衣如舊，穿這羅衣的人也是由從前生活過來的舊人，只有人的「情懷」不似舊時了！讀到這裡，我們似乎可以聽見詞人長長的嘆息聲。末兩句連用三個「舊時」，正如前人評宋劉辰翁〈寶鼎現〉詞所謂的「反反覆覆，字字悲咽」（清《御選歷代詩餘》引張孟浩語），言其「不似舊家時」之處，確乎感人至深。

宋張端義《貴耳集》卷上舉清照〈永遇樂〉為例，謂「皆以尋常語度入音律，鍊句精巧則易，平淡入調者難」。以尋常言語入詞，是易安詞一大特點，一大長處。即如此篇，有鍛鍊精巧之句，如上下片開首的對句；而其最感動人處，還在於此外的「尋常言語」，試反覆誦讀，其深摯豈在〈永遇樂〉「如今憔悴，風鬟霧鬢，怕見夜間出去」等語之下？（陳長明）

漁家傲 李清照

天接雲濤連曉霧，星河欲轉千帆舞。彷彿夢魂歸帝所。聞天語，殷勤問我歸何處。

我報路長嗟日暮，學詩謾有驚人句。九萬里風鵬正舉。風休住，蓬舟吹取三山去！

在詞史上，李清照繼柳永、秦觀、周邦彥之後，被稱為婉約之宗。她的詞清麗婉轉、幽怨淒惻，極富於抒情性。但是這首詞卻表現出不同的風格，它氣勢磅礴，音調豪邁，是李詞中僅見的浪漫主義名篇。

詞寫夢境。但是夢境也是現實生活在作家頭腦中的折射，誠如夏承燾所說：「這絕不是沒有真實生活感情而故作豪語的人所能寫得出的。」（《唐宋詞欣賞》）南渡以前，李清照足跡不出閨門；南渡以後，「飄流遂與流人伍」（〈上樞密韓公、工部尚書胡公〉其二），視野開始開闊起來。據〈金石錄後序〉記載，她在建炎中，為了辨明「饋璧北朝」之誣，曾追隨宋高宗行蹤，「從御舟海道之溫（今浙江溫州），又之越（今紹興）」。宋高宗建炎四年（一一三〇）春間，她曾在海上航行，歷盡風濤之險。詞中寫到大海、乘船，人物有天帝及詞人自己，都與這段真實的生活所得到的感受有關。

詞一開頭，便展現一幅遼闊、壯美的海天相接的圖畫。這樣的境界，在唐五代以及兩宋詞中，很少見到。

首二句寫了天、雲濤、曉霧、星河、千帆，景象已極壯麗，其中又準確地嵌入了幾個動詞，則繪景如活，動態儼然。「接」、「連」二字把四垂的天幕、洶湧的波濤、彌漫的雲霧，自然地組合在一起，形成一種渾茫無際的境界。而「轉」、「舞」兩字，則將詞人在風浪顛簸中的感受，逼真地傳遞給讀者。所謂「星河欲轉」，是寫詞人從顛簸的船艙中仰望天空，天上的銀河似乎在轉動一般。所謂「千帆舞」，是寫海上颳起了大風，無數的舟船（以帆代指）在風浪中飛舞前進。這裡的「舞」與「轉」，有著因果關係，也就是說，由於船在舞，所以覺得星河在轉。船搖帆舞，星河欲轉，既富於生活的真實感，也具有夢境的虛幻性，虛虛實實，為全篇的奇情壯采奠定了基調。

「彷彿」以下三句，寫詞人在夢中見到天帝。「夢魂」二字，是全詞的關鍵。詞人經過海上航行，一縷夢魂彷彿昇入天國，遇見慈祥的上帝。在現實生活中，詞人看到的是置人民於水火，畏強敵如虎狼，只顧一路逃竄的宋高宗；在幻想的境界中，她卻塑造了一個態度溫和、關心民瘼的天帝。「殷勤問我歸何處」，雖然只是一句異常簡潔的問話，卻飽含著深厚的感情，寄寓著美好的理想。

在一般雙疊詞作中，通常是上片寫景，下片抒情，並自成起結。過片處，或宕開一筆，或徑承上片意脈，筆斷而意不斷，然而又有相對的獨立性。此詞則不同：上下兩片之間，一氣呵成，聯繫緊密。上片末二句是寫天帝的問話，過片二句是寫詞人的對答。問答之間，語氣銜接，毫不停頓，可稱之為「跨片格」。「我報路長嗟日暮」句中的「報」字與上片的「問」字，便是跨越兩片的橋樑。「路長日暮」，反映了詞人晚年孤獨無依的痛苦經歷，然亦有所本。《史記·伍子胥列傳》有「吾日暮途遠」之語。屈原〈離騷〉云：「朝發軔於蒼梧兮，夕余至乎縣圃。欲少留此靈瑣兮，日忽忽其將暮。吾令羲和弭節兮，望崦嵫而勿迫。路曼曼其修遠兮，吾將上下而求索。」屈原用神話語言，表達他不憚長途遠征，尋覓天帝所在的渴望；日將至暮，則勒其緩行，不使馬上天黑，以便他上下求索。詞人結合自己身世，把它檃括入律，只用「路長」、「日暮」四字，便概括了「上下求索」的意念與過程，語言簡淨自然，渾化無跡。其意與「學詩謾有驚人句」相連，是詞人在天帝面前傾訴自己空有才華而遭逢不幸，奮力掙扎的苦悶。李清照是一位傑出的文學家，宋王灼《碧雞漫志》說她「李格非文叔之女……自少年便有詩名，才力華贍，逼近前輩」；《宋史·李格非傳》也說她「詩文尤有稱於時」。然而在古代社會裡，女子的聰明才智都被扼殺，一般不可能在政治上有所作為。她一生只能用寫詩詞來表現她的才能，但她又感到「謾有驚人句」，著一「謾」字，流露出對現實的強烈不滿。詞人在現實中知音難遇，欲訴無門，唯有透過這種幻想的形式，才能盡情地抒發胸中的憤懣。

「九萬里風鵬正舉」，從方才的對話中略一宕開，然仍不離主線。因為詞中的貫串動作是渡海乘船，四周景象是海天相接，由此而聯想到《莊子·逍遙遊》的「鵬之徙於南冥也，水擊三千里，摶扶搖而上者九萬里」。詞說「鵬正舉」，是進一步對大風的烘托，由實到虛，形象愈益壯偉，境界愈益恢宏。在大鵬正在舉的時刻，詞人忽又大喝一聲：「風休住，蓬舟吹取三山去！」可謂盡情抒寫，一往無前。「蓬舟」，謂輕如蓬草的小舟，極言所乘之舟的輕快。「三山」，指渤海中蓬萊、方丈、瀛洲三座仙山，相傳為仙人所居，可望而見，但乘船前去，臨近時即被風引開，終於無人能到（見《史記·封禪書》）。詞人一翻舊案，敢借鵬摶九天的風力，吹到三山，膽氣之豪，境界之高，宋詞中亦罕見。上片寫天帝詢問詞人歸於何處，此處交代海中仙山為詞人的歸宿。針門一線，前呼後應，在疏快放誕中仍保持結構的縝密，確實可貴。

總起來說，這首詞把真實的生活感受融入夢境，把屈原〈離騷〉、莊子《逍遙遊》以至神話傳說譜入宮商，使夢幻與生活、歷史與現實融為一體，構成氣度恢宏、格調雄奇的意境。近人梁啟超評曰：「此絕似蘇辛派，不類《漱玉集》中語。」（見梁令嫻《藝蘅館詞選》乙卷）真是一語破的，指出了此詞豪放的特色。（徐培均）

如夢令　李清照

常記溪亭日暮，沉醉不知歸路。興盡晚回舟，誤入藕花深處。爭渡，爭渡，驚起一灘鷗鷺。

現存李清照〈如夢令〉詞有兩闋，一是廣為傳誦的「昨夜雨疏風驟」，一即此篇。兩相對照，頗多相似之處：都是記遊賞之作，都寫了酒醉、花美，都是那樣的清新別致。此篇雖然沒有出現「綠肥紅瘦」那樣清奇的名句，但它同樣以李清照特有的方式表達了她早期生活的情趣和心境，把讀者帶進了一個同樣美好的文學天地。

「常記」兩句起得彷彿平了些，然而卻又自然、和諧，似乎面對著一位知己娓娓地敘述，讓人覺得作者完全忘記了是在填詞，而不過是日常的述事，可正是在似乎無意填詞中，作者早已把讀者引到了她所創造的詞境。「常記」明確表示追述，地點在「溪亭」，時間是「日暮」，作者飲宴以後，已經醉得連回去的路徑都辨識不出了。是同情人的繾綣？還是與親朋的同遊？作者沒有交代，讀者倒也無意深究，可「沉醉」二字卻透露了作者心底的歡愉，「不知歸路」也曲折傳出作者留連忘返的情致，看起來，這是一次給作者留下了深刻印象的十分愉快的遊賞。果然，接寫的「興盡」兩句，就把這種意興遞進了一層，興盡方才回舟，那麼，興未盡呢？恰恰表明興致之高，不想回舟。而「誤入」一句，從行文上看，流暢自然，毫無斧鑿痕跡；從結構看，正同前面的「不知歸路」相呼應，而且更加顯示了主人公的忘情心態；從藝術造景看，盛放的荷花叢中扁舟搖蕩的美景，早已呈現到了讀者的面前。

一連兩個「爭渡」，自然不含競賽的意思，它固然是詞格的需要，可也同時表達了主人公急於從迷途中找到正確路徑的焦灼心情。正是由於「爭渡」的快捷，所以又「驚起一灘鷗鷺」，把停棲在洲渚上的水鳥都嚇飛了。

此後呢？作者沒有說。她只是擇要敘述了這次遊賞活動的幾個片斷，側重在寫景，融情於景，讓讀者去分享她對自然美的感受！

這闋小詞的容量不大，它不過寫了幾幅移動著的風景和作者的一種心情。尺幅不一定非有千里之勢不可，只要它能給予讀者以美感，那就夠了。（魏同賢）

如夢令　李清照

昨夜雨疏風驟，濃睡不消殘酒。試問捲簾人，卻道「海棠依舊」。知否，知否？應是綠肥紅瘦！

一篇小令，才共六句，好似一幅圖畫，並且還有對話，並且還交代了事情的來龍去脈——這可能是現代的電影藝術才能勝任的一種「鏡頭」表現法，然而它卻實實在在是九百年前的一位女詞人自「編」自「演」的作品，不謂之奇跡，又將謂之何哉？她上來先交代原委，或者叫「背景」，說是昨宵雨狂風猛。疏，正寫疏放疏狂，而非通常的稀疏義。當此芳春，名花正好，偏那風雨就來逼迫了，心緒如潮，不得入睡，只有借酒消憂一法，賴以排遣。酒吃得多了，覺也睡得濃了——一覺醒來，天已大亮。但昨夜之心情，未為夢隔，擁衾未起，便要詢問意中懸懸之事。這時，她已聽得外間的侍女收拾房屋，啟戶捲簾，一日之計已在開始。便急忙問她：海棠花怎麼樣了？侍女看了一看，笑回道：「還好還好，一夜又是風又是雨，可海棠一點兒沒動！」女主人聽了，嘆道：「傻瓜孩子，妳可知道什麼！妳再細看——難道看不出那紅的見少，綠的見多了嗎?!」

以上我先作了「今譯」。今譯的目的只為看清詞人用了多少字，寫了多少句，說了多少事，而我為說清同樣的內容，又是用了多少字，寫了多少句！

清黃蘇《蓼園詞評》對易安此篇下過幾句評語，他說：「短幅中藏無數曲折，自是聖於詞者。」這話極是。

李清照〈如夢令〉（昨夜雨疏風驟）——明刊本《詩餘畫譜》

所謂曲折，我則叫它做層次。一首六句的小令，竟有如許多的層次，句句折，筆筆換，如遊名園，一步一境，真是奇絕！說是如圖如畫，而神情口吻，又畫所難到——不得已，我仍然只好將它來與電影比喻。

她寫自夜及曉，沒有一個字呆寫「經歷」，只用濃睡殘酒以為搭橋渡水之妙著。然後一個「捲簾」，即便點破日曙天明，何等巧妙？然而，問她捲簾之人，所問何事？一字不言，卻於答話中「透露」出海棠的「問題」。我不禁聯想到，晚唐杜牧之，寫「借問酒家何處有？牧童遙指杏花村」（〈清明〉），一不說問道於何人，二不言答者有何語，卻只於下句才「透露」出被問者是牧童小友，而答話的內容是以「遙指」的姿式來表達的！兩者異曲而同工，何其巧妙神似乃爾？

末後，還須體會：詞人如此惜花，為花悲喜，為花醒醉，為花憎風恨雨，所以者何？風雨葬花，如葬美人，如葬芳春，凡一切美的事物年華，都在此一痛惜情懷之內。倘不如此，又何以識得古代閨秀文學家李易安？又何以識得中華民族的詩詞文學乎？（周汝昌）

菩薩蠻

李清照

風柔日薄春猶早，夾衫乍著心情好。睡起覺微寒，梅花鬢上殘。
故鄉何處是，忘了除非醉。沉水臥時燒，香消酒未消。

此詞寫對故鄉的深沉懷念，是作者晚年流寓越中的作品。

當人們度過嚴冬，迎來溫暖的春天，驟然脫去笨重的冬裝，穿上輕便的夾衫，會覺得渾身輕快，心情也是愉悅的。此詞開頭兩句，就描寫這種心情。「春猶早」是說春天剛到，雖然陽光還較微弱，但風已變得柔和，不像冬天那樣剛猛，天氣已漸漸暖和起來。所寫為南方；若在北方，早春的風仍然相當強勁，天氣仍然相當寒冷。正因為在南方早春就可換著夾衫，這才特別使人欣喜。這一感覺，無形中對南北氣候有所比較，已暗逗鄉思。三、四兩句接寫晝寢醒後。「覺微寒」是因為剛剛「睡起」，仍扣早春。鬢髮上插戴的梅花已經殘落。閒閒敘寫，筆致閒適恬靜，境界極美。

然而，早春帶給作者的歡欣，卻是瞬間即逝的。下片另起一意，轉寫思鄉，情調突變。清照丈夫趙明誠在宋室南渡初時即已逝世，她孤身流寓浙江紹興、金華等處，形單影隻，東西漂泊，鄉關之思，無日無之。「故鄉何處是」不僅是言故鄉邈遠難歸，而且還含著「望鄉」的動作，也就是說，白天黑夜，作者不知多少次引領北向，遙望故鄉。「忘了除非醉」，語極深刻沉痛。借酒澆愁，「醉」本身就是鄉愁的表現。只有在醉鄉中才能把故鄉忘掉，可見清醒時無時無刻不在思念故鄉。「忘」正好表明不能忘。如果直說不能忘，便顯得率直無味，這裡採用反說，加一層轉折，就能把此意表現得更加強烈：正因為思鄉之情把作者折磨得無法忍受，所以只有借醉酒把它暫時忘卻，可見它已強烈到何種程度。而作者之所以會有「忘」的念頭和舉動，不僅是為了暫時擺脫思鄉之苦，還同回鄉幾乎無望有關：如果回歸有期，那就存有希望，不會想到把它忘掉；唯其回鄉無望，念之徒增痛苦，才覺得不如忘卻。真能忘卻嗎？自然不可能。這真是不敢想卻又不能不想，想忘偏又不能忘。這種思想矛盾和精神痛苦，循環往復，作者有生之年，都不會完結。結尾二句具體描寫此句的「醉」字。「沉水」即沉香的別稱，是一種名貴的熏香。睡臥時所燒的熏香已經燃盡，香氣已經消散，說明已過了長長一段時間，但作者的酒還未醒，可見醉得深沉；醉深說明愁重，愁重表明思鄉之強烈。末句重用「消」字，句調圓轉輕靈，而詞意卻極沉痛。不直接說愁，說思鄉，而說酒，說熏香，詞意含蓄雋永。前人稱這兩句「亦宕開，亦束住，何等醞藉」（清況周頤《漱玉詞箋》引俞仲茅語），所論極是。

清照生當宋金對峙之際，她主張抗戰，切望收復失地，所作〈烏江〉詩「生當作人傑，死亦為鬼雄。至今思項羽，不肯過江東」，失題斷句「南渡衣冠少王導，北來消息欠劉琨」，就是這種思想的集中表現。對故鄉的刻骨懷念，即包含著對佔領故鄉的金國統治者的憤恨，對因循苟且、不思恢復的南宋統治者的譴責，滲透著強烈的愛國主義感情。

此詞上片寫喜，下片寫悲，表面看去意似不連，實際關係非常緊密。春風送暖，本來應該歡樂地盡情領略這大好春光，然而節候的變化，往往特別容易觸動人的思鄉懷人之情，想到山河破碎，有家難歸，這美好的春色，反而成了生愁釀恨之物。所以上片之喜，更反襯出下片之悲；寫喜是賓，抒恨是主；悲喜對照，把主題表現得更加凸出。（王思宇）

菩薩蠻　李清照

歸鴻聲斷殘雲碧，背窗雪落爐煙直。燭底鳳釵明，釵頭人勝輕。

角聲催曉漏，曙色回牛斗。春意看花難，西風留舊寒。

這首詞中寫到「人勝」，可見是作於舊曆人日（正月初七）。南朝梁宗懍《荊楚歲時記》云：「（人日）剪綵為人，或鏤金箔為人，以貼屏風，亦戴之以頭鬢；亦造華（花）勝以相遺。」人勝與花勝都是古代婦女於人日所戴的飾物。那麼是作於哪一年呢？依詞中所寫的鄉思推斷，很可能是南渡以後的最初幾年。彼時詞人從中原流落江南，曾住過建康（今江蘇南京）和臨安（今浙江杭州）。

詞的起首二句寓有飄零異地之感。聽歸鴻，望碧雲，在唐宋詞中往往寄託著旅愁。馮延巳〈酒泉子〉云：「歸鴻飛，行人去，碧山邊。」以居人看行人，如鴻雁飛去。柳永〈夜半樂〉云：「凝淚眼、杳杳神京路，斷鴻聲裡長天暮。」寫行人對京師的懷念。在李清照詞裡，也有這類句子：「征鴻過盡，萬千心事難寄。」（〈念奴嬌〉）「落日熔金，暮雲合璧，人在何處？」（〈永遇樂〉）望歸鴻而思故里，見碧雲而起鄉愁，幾乎成了唐宋詞的一條共同規律。然而隨著詞人處境、心情的不同，也能寫出不同的特色。如此詞云「歸鴻聲斷殘雲碧，背窗雪落爐煙直」，一寫外景，一寫內景，外景遼闊高遠，展示了廣袤無垠的空間；內景狹小逼仄，呈現了靜謐岑寂的境界。不僅與馮詞的徑直、柳詞的深沉大異其趣，即與詞人自己的作品相比，也有含蓄與顯豁之別。「歸鴻聲斷」，是寫聽覺；「殘雲碧」是寫視覺，短短一句以聲音與顏色渲染了一個淒清冷落的環境氣氛。那嘹亮的雁聲漸漸消失了，詞人想尋覓它的蹤影，可是天空中只有幾朵碧雲。此刻的情緒自然是悵然若失。少頃，窗外飄下了紛紛揚揚的雪花，室內升起了一縷爐煙。雪花與香煙內外映襯，給人以靜而美的印象。「爐煙」下著一「直」字，形象更為鮮明，似乎室內空氣完全靜止了，香煙垂直上升，紋絲不動。王維〈使至塞上〉詩云「大漠孤煙直」，以壯闊的大漠烘托孤煙，其直似在目前。溫庭筠〈菩薩蠻〉云「深處麝煙長」，則以幽深的內室映襯麝煙，其長亦可想見。此處則以窗外的雪花作室內香煙的背景，益見詞心之細。雖然三者各不相同，但就其描寫氣氛之靜而言，則是異曲而同工。

如果說首二句僅是鋪敘環境，人物的情緒僅是從景物的形態和色調上反映出來，那麼到了三、四兩句，人物便直接出場了。我們並未看到詞人愁苦的面容，只是在燭光的映照下看到她頭上插戴的鳳釵，以及鳳釵上所裝飾的用綵綢或金箔剪成的人勝或花勝。而詞人的一腔哀怨，卻透過它們傳遞給讀者。這裡值得注意的是一個「明」字和一個「輕」字，從字面上看似乎很愉快，可是它為什麼會給人以哀愁的感覺呢？其主要原因在於前面所鋪敘的環境氣氛和這兩個字的限制詞。在雁斷雲殘、雪落煙昇的淒清氣氛中，人物的情緒自然不會歡暢；而燭底的鳳釵即使明，也只能是閃爍著微光；鳳釵上的人勝即使輕，也只能是顫巍巍的晃動。這樣的意象自然是令人不歡的。從小小的鳳釵和人勝上透露出心靈的信息，給人以豐富的聯想，這是填詞家的高妙之處。

這首詞的時間和空間都有一個轉移的過程，但這一切都是透過景物的變換和情緒的發展在不知不覺中完成的。從「殘雲碧」到「鳳釵明」到「曙色回牛斗」，既表明空間從寥廓的天宇到狹小的居室以至枕邊，也說明時間從薄暮到深夜，以至天明。過片二句中的角聲是指軍中的號角，漏是指古代的計時器銅壺滴漏，引申為時刻、時間；著一「催」字，似乎是一夜角聲把曉色催來，反映了詞人徹夜不眠的苦況。周邦彥〈蝶戀花〉詞云：

「月皎驚烏棲不定，更漏將殘，轆轤牽金井。」細節雖不同，手法正相似，它們都是透過客觀景物的色彩、聲響和動態，表現主人翁通宵不寐的神態。所不同的是周詞乃寫男女臨別之夜的輾轉不安，李詞則寫客居外地的惆悵情懷。周詞風格較為妍豔，李詞風格較為沉鬱。

結尾二句欲吐還吞，一波三折，含思宛轉。此刻已到了白天，陽光明麗，春意盎然，報春的梅花想是開放了。詞人不禁產生一股遊興。然而此念方生，即已縮回。「看花難哪，還是不去吧。」何以難呢？因為時在早春，西風還留有餘威，外出看花，仍然受到料峭春寒的威脅。既想賞花，又怕春寒，這種曲折的筆法，易安在其他詞中也常使用。如〈武陵春〉云：「聞說雙溪春尚好，也擬泛輕舟。只恐雙溪舴艋舟，載不動許多愁。」又〈念奴嬌〉云：「清露晨流，新桐初引，多少遊春意！日高煙斂，更看今日晴未？」它們的感情都是彎彎曲曲，吞吞吐吐，表現了婉約詞的特有情致。

此詞給人最凸出的印象是淡永。宋人張端義謂易安詞「皆以尋常語度入音律，鍊句精巧則易，平淡入調者難」（《貴耳集》卷上）。構成淡永的因素大約有三：一是格調輕靈而感情深摯；二是語言淺淡而意味雋永；三是細節豐富而不痴肥。仔細翫索，當能得其崖略。（徐培均）

浣溪沙 李清照

澹蕩春光寒食天，玉爐沉水裊殘煙，夢回山枕隱花鈿。
海燕未來人鬥草，江梅已過柳生綿。黃昏疏雨濕秋千。

此詞透過寒食時節景物形象探尋一位少女的感春情思，從而表達作者愛春惜春的心情，當是清照早年的作品。

上片寫閨中春睡初醒情景，用的是倒敘，頭兩句是第三句睡醒後的所見所感。「澹蕩」猶蕩漾，形容春光融和遍滿。寒食節當夏曆三月初，正是春光極盛之時。熏爐中燃點著沉水香，輕煙裊繞，暗寫閨室的幽靜溫馨。這兩句先寫出春光的宜人，春閨的美好，第三句才寫閨中之人。詞中沒有去寫她的容貌、言語、動作，只從花鈿寫她睡醒時的姿態。「山枕」謂枕形如山。溫庭筠〈菩薩蠻〉：「山枕隱濃妝，綠檀金鳳凰。」清照詞即取此義。「夢回山枕隱花鈿」是少女自己察覺到的，不是別人看出來的。暮春三月，春困逼人，她和衣而臥，不覺沉沉入睡，一覺醒來，才覺察自己凝妝睡去，自己也覺詫異。熏香已殘，說明入睡時間已久，見出她睡得那樣沉酣香甜。這幾句淡淡敘來，不作絲毫修飾，卻極旖旎有致。她夢回猶倚山枕，出神地諦看室外的蕩漾春光，室內的沉香煙裊，一種潛藏的春思隱約如見。

下片透過幾樣春物春事來逗動少女的心曲。「海燕未來人鬥草，江海已過柳生綿。」古人以為燕子產於南方，春末夏初渡海飛來，故稱海燕。「鬥草」是用花草賭賽勝負的一種遊戲。南朝梁宗懍《荊楚歲時記》：「五月五日，謂之浴蘭節。四民並蹋百草之戲。」宋代此俗則在春天。宋吳自牧《夢粱錄》卷一：「二月朔謂之中和節……禁中宮女以百草鬥戲。」宋詞中描寫此戲的亦均在春天，與清照此詞所寫之時間正合。時節已到寒食，為什麼不見燕子飛來呢？女伴們鬥草嬉戲，情懷是多麼歡暢。江梅花期已過了，楊柳又正在飛花。這些情景，紛至沓來，看起來同這位少女的活動沒有什麼聯繫，卻正是大有關係。原來這裡寫的是她的眼中所見，心中所感，是南朝梁劉勰《文心雕龍·物色》所謂的「物色之動，心亦搖焉」。如此種種，說明了春事已經過半，正是「一年春事都來幾，早過了三之二」（〈青玉案〉，傳為清照詞，或為無名氏作），當此時少女的春閨寂寞、情懷撩亂，透過種種「物色」襯托出來，也含有作者的惜春心情。這兩句對仗工整，讀來卻極流利自然，既有動態，更有細微的思想活動，如果把它看作泛泛敘述，就把詩意喪失了。

末尾的「黃昏疏雨濕秋千」，寫的是一種境界。鞦韆（秋千）本是少女喜歡的遊戲，尤其是當寒食時節更是無此不歡。詩詞中寫到的很多，如王維〈寒食城東即事〉詩的「秋千競出垂楊裡」，歐陽脩〈蝶戀花〉詞的「欲近禁煙微雨罷，綠楊深處秋千掛」等。這裡出現的情景是黃昏時忽然飄起細雨，把鞦韆灑濕了。這說明什麼呢？同上文又有什麼關係呢？這應該也是一種「無可奈何」的情緒的外現，同上兩句所寫的有精神上的契合，都是少女春日心情的寫照。

王國維論詞，拈出一種「無我之境」，謂「無我之境，以物觀物，故不知何者為我，何者為物」（《人間詞話》）。結尾「黃昏疏雨濕秋千」一句，頗合此論否？

本篇全用白描。作者抓住熏香、花鈿、鬥草、鞦韆這些細小然而富有生活特徵的事物，略一點染，就把人物的姿態和內心世界，寫得神情活現。（王思宇）

鳳凰臺上憶吹簫

李清照

香冷金猊，被翻紅浪，起來慵自梳頭。任寶奩塵滿，日上簾鉤。生怕離懷別苦，多少事、欲說還休。新來瘦，非干病酒，不是悲秋。

休休！這回去也，千萬遍〈陽關〉，也則難留。念武陵人遠，煙鎖秦樓。唯有樓前流水，應念我、終日凝眸。凝眸處，從今又添，一段新愁。

一般寫離情，總是著重寫別時如何難分難捨，此首則不然。它略去了別時，只是截取了別前與別後兩個橫斷面，加以深入地開掘。開頭一個對句「香冷金猊，被翻紅浪」，便給人以冷漠淒清的感覺。金猊，指狻猊（獅子）形銅香爐。「被翻紅浪」，語本柳永〈鳳棲梧〉：「鴛鴦繡被翻紅浪。」說的是錦被胡亂地攤在床上，在晨曦的映照下，波紋起伏，恍似捲起層層紅色的波浪。金爐香冷，反映了詞人的感受；錦被亂陳，是她無心折疊所致。「起來慵自梳頭」，則全寫人物的情緒和神態了。這三句讀起來工鍊沉穩，在舒徐的音節中可以感染到詞中人物低沉掩抑的情緒。到了「任寶奩塵滿，日上簾鉤」，則又微微振起，恰到好處地反映了詞人情緒流程中的波瀾。然而她內心深處的離愁還未顯露，給人的印象只是慵怠或嬌慵。慵者，懶也。須知此一慵字乃是「詞眼」。爐中香消煙冷，無心再焚，一慵也；床上錦被亂陳，無心折疊，二慵也；髻鬟蓬鬆，無心梳理，三

李清照〈鳳凰臺上憶吹簫〉（香冷金猊）——明刊本《詩餘畫譜》

慵也；寶鏡塵滿，無心拂拭，四慵也；而日上三竿，猶然未覺光陰催人，五慵也。慵而一「任」，則其慵態已達極點。詞人為何大寫「慵」字，目的仍在寫愁。使讀者從人物的慵態中感到她內心深處有個愁在。

「生怕離懷別苦」，這才接觸到題旨。可是詞人剛一接觸思想實質，便又退縮回去。「多少事、欲說還休」，她有萬種愁情，一腔哀愁，本待在丈夫面前盡情傾吐，可是話到嘴邊，又吞咽下去。這就使詞情多了一層波折，也使她的愁苦加重了一層。前人評此句云：「『欲說還休』，與『怕傷郎，又還休道』（按：孫夫人〈風中柳〉）同意。」（明楊慎批點本《草堂詩餘》卷四）這種分析透過字面挖掘到詞人心靈深處了。因為許多令人不快的事兒，告訴丈夫只有給他帶來煩惱。因此她寧可把痛苦埋藏心底，自己折磨自己，這就出現了前面所寫的慵怠無力和後面所交代的容顏消瘦。讀詞至此，我們彷彿窺見詞人一顆深情的心。

歇拍三句是上片的警策。本來就是因為傷離惜別才使自己容顏瘦損，偏偏不直截說出。「新來瘦，非干病酒，不是悲秋。」她先從人生的廣義概括致瘦的原因：有的人是「日日花前常病酒，不辭鏡裡朱顏瘦」（馮延巳〈鵲踏枝〉），有的人是「萬里悲秋常作客，百年多病獨登臺」（杜甫〈登高〉）。這一些，她都不是，那麼她為什麼會瘦呢？這就留給讀者去想像。

從上片歇拍「悲秋」到下片起句「休休」，是大幅度的跳躍。詞人怎樣和丈夫分別，怎樣餞行，她都省略了，一下子從別前跳到別後，筆法極為精鍊。「休休！這回去也，千萬遍〈陽關〉，也則難留。」多麼深情的語言！〈陽關〉，即〈陽關曲〉。離歌唱了千千遍，終是難留，惜別之情，躍然紙上。「念武陵人遠，煙鎖秦樓」，把雙方別後相思的感情作了極其精確的概括。武陵人，用劉晨、阮肇典故，借指心愛之人，如唐人王渙〈惆悵詩十二首〉之十云：「晨肇重來事已迷，碧桃花謝武陵溪。」清許慶卿《一笠菴北詞廣正譜》卷三云：「有緣千里能相會，劉晨曾誤入武陵溪。」而北宋韓琦在〈點絳脣〉中所寫的「武陵回睇，人遠波空翠」，意境更與清照此詞相彷彿。秦樓，一稱鳳樓、鳳臺。相傳春秋時有個蕭史，善吹簫，作鳳鳴，秦穆公以女弄玉妻之，築鳳臺以居，一夕吹簫引鳳，夫婦乘之而去。李清照化用這兩個仙凡相愛的典故，既寫她對丈夫趙明誠的思念，也寫趙明誠對其妝樓的凝望，意思比一般的辭彙更為豐富和深刻。同時這後一個典故，也暗合調名，照應題意。

下片後半段用了頂真格，使各句之間銜接緊湊，而語言節奏也相應地加快，感情的激烈程度也隨之增強，詞中所寫的「離懷別苦」達到了高潮。「唯有樓前流水」句中的「樓前」，是銜接上句的「秦樓」，「凝眸處」是緊接上句的「凝眸」。把它們連起來吟誦，便有一種自然的旋律推動吟誦的速度，而哀音促節便在不知不覺中搏動人們的心弦。清王又華《古今詞論》引張祖望云：「詞雖小道，第一要辨雅俗，結構天成，而中有豔語、雋語、奇語、豪語、苦語、痴語、沒要緊語，如巧匠運斤，毫無痕跡，方為妙手。」並舉清照此詞「唯有樓前流水，應念我、終日凝眸」二句，說這是痴語。這個評價可謂揭示了個中真諦。古代寫倚樓懷人的不乏佳作，卻沒有如李清照寫得這樣痴情的。她心中的「武陵人」越去越遠了，人影消失在迷濛的霧靄之中，她一個人被留在「秦樓」，呆呆地倚樓凝望。她那盼望的心情，無可與語；她那凝望的眼神，無人理解。唯有樓前流水，映出她終日倚樓的身影，印下她鍾情凝望的眼神。流水本是無知之物，怎麼會記住她終日凝眸呢？這不是痴語嗎？情深而至於痴，是由慵而瘦的進一步發展。詞筆至此，主題似已完成了，而結尾三句又使情思蕩漾無邊，留有不盡意味。人們不禁要問：凝眸處，怎麼會又添一段新愁呢？此蓋痴痴凝眸之必然結果。自從得知趙明誠出遊的信息，她就產生了「新愁」，此為一段；明誠走後，「清風朗月，陡化為楚雨巫雲；阿閣洞房，立變為離亭別墅」（明沈際飛《草堂詩餘》正集卷三），此又「新愁」一段也。而今而後，路遠天長，其愁將與日俱增矣。

這首詞寫離愁，步步深入，層次井然。前片用「慵」來點染，用「瘦」來形容；後片用「念」來深化，用「痴」來烘托，由物到人，由表及裡，層層開掘，揭示到人物靈魂的深處。而後片的「新愁」與前片的「新瘦」

遙相激射，也十分準確地表現了「離懷別苦」的有增無已。在結構上，特別要注意「任寶奩塵滿」中的「任」字，「念武陵人遠」中的「念」字。這是兩個去聲領格字，承上啟下，在詞中起著關鍵性的轉捩作用。從語言上看，除了後片用了兩個典故外，基本上是從生活語言中提煉出來的，自然中節，一片宮商，富有淒婉哀怨的音樂色彩。前人所謂「用淺俗之語，發清新之思」（清彭孫遹《金粟詞話》），信不虛也！（徐培均）

一剪梅①

李清照

紅藕香殘玉簟秋。輕解羅裳，獨上蘭舟。雲中誰寄錦書來？雁字回時，月滿西樓。

花自飄零水自流。一種相思，兩處閒愁。此情無計可消除，才下眉頭，卻上心頭。

〔註〕①一作「一翦梅」。

這首詞，據舊題元人伊世珍作的《瑯嬛記》引《外傳》云：「易安結縭未久，明誠即負笈遠遊。易安殊不忍別，覓錦帕書〈一剪梅〉詞以送之。」但如王學初在《李清照集校註》中所指出：「清照適趙明誠時，兩家俱在東京，明誠正為太學生，無負笈遠遊事。此則所云，顯非事實。」何況《瑯嬛記》本是偽書，所引《外傳》更不知為何書，是不足為據的。玩味詞意，這首詞絕不是作者與趙明誠分別時所寫，而是作於遠離後。

詞的起句「紅藕香殘玉簟秋」，領起全篇。清詞評家梁紹壬稱此句「有吞梅嚼雪、不食人間煙火氣」（《兩般秋雨盦隨筆》），或讚賞其「精秀特絕」（清陳廷焯《白雨齋詞話》）。它的上半句「紅藕香殘」寫戶外之景，下半句「玉簟秋」寫室內之物，對清秋季節起了點染作用，說明這是「已涼天氣未寒時」（唐韓偓〈已涼〉）。全句設色清麗，意象蘊藉，不僅刻畫出四周景色，而且烘托出詞人情懷。花開花落，既是自然界現象，也是悲歡離合的人事象徵；枕席生涼，既是肌膚間觸覺，也是淒涼獨處的內心感受。這一兼寫戶內外景物而景物中又暗寓情意的起句，一開頭就顯示了這首詞的環境氣氛和它的感情色彩。

上闋共六句，接下來的五句順序寫詞人從晝到夜一天內所作之事、所觸之景、所生之情。前兩句「輕解羅裳，獨上蘭舟」，寫的是白晝在水面泛舟之事。羅裳即羅裙，因裙之尺寸稍長於裙內之褌，解羅裙，以便輕裝登舟。於此亦見詞人在清寂無人處的率性任情。「獨上」二字暗示詞人處境，暗逗離情。下面「雲中誰寄錦書來」一句，則明寫別後的懸念。接以「雁字回時，月滿西樓」兩句，構成一種目斷神迷的意境。按順序，應是月滿時，上西樓，望雲中，見回雁，而思及誰寄錦書來。「誰」字自然是暗指趙明誠。但是明月自滿，人卻未圓；雁字空回，錦書無有，所以有「誰寄」之嘆。說「誰寄」，又可知是無人寄也。迴文織錦、雁足傳書，詩詞中濫熟故典。易安在這裡無意於用典，不過拈取現成詞藻寫入句中，習用故不覺耳。可以想見，詞人因惦念遊子行蹤，盼望錦書到達，遂從遙望雲空引出雁足傳書的遐想。而這一望斷天涯、神馳象外的情思和遐想，不分白日或月夜，也無論在舟上或樓中，都是縈繞於詞人心頭的。

詞的換頭「花自飄零水自流」一句，承上啟下，詞意不斷。它既是即景，又兼比興。其所展示的花落水流之景，是遙遙與上闋「紅藕香殘」、「獨上蘭舟」兩句相拍合的；而其所象喻的人生、年華、愛情、離別，則給人以「無可奈何花落去」（晏殊〈浣溪沙〉）之感，以及「水流無限似儂愁」（劉禹錫〈竹枝詞九首〉其二）之恨。詞的下闋就從這一句自然過渡到後面的五句，轉為純抒情懷、直吐胸臆的獨白。

「一種相思，兩處閒愁」二句，在寫自己的相思之苦、閒愁之深的同時，由己身推想到對方，深知這種相思與閒愁不是單方面的，而是雙方面的，以見兩心之相印。這兩句也是上闋「雲中」句的補充和引申，說明儘管天長水遠，錦書未來，而兩地相思之情初無二致，足證雙方情愛之篤與彼此信任之深。前人作品中也時有寫兩地相思的句子，如羅鄴的〈雁二首〉其二「江南江北多離別，忍報年年兩地愁」，韓偓的〈青春〉詩「櫻桃花謝梨花發，腸斷青春兩處愁」。這兩句詞可能即自這些詩句化出，而一經鎔鑄、裁剪為兩個句式整齊、詞意鮮明的四字句，就取得脫胎換骨、點鐵成金的效果。這兩句既是分列的，又是合一的。合起來看，從「一種相思」到「兩處閒愁」，是兩情的分合與深化。其分合，表明此情是一而二、二而一的；其深化，則訴說此情已由「思」而化為「愁」。下句「此情無計可消除」，緊接這兩句。正因人已分在兩處，心已籠罩深愁，此情就當然難以排遣，而是「才下眉頭，卻上心頭」了。

這首詞的結拍三句，是歷來為人所稱道的名句。清王士禛在《花草蒙拾》中指出，這三句從范仲淹〈御街行〉「都來此事，眉間心上，無計相迴避」脫胎而來，而明人俞彥〈長相思〉「輪到相思沒處辭，眉間露一絲」兩句，又是善於盜用李清照的詞句。這說明，詩詞創作雖忌模擬，但可以點化前人語句，使之呈現新貌，融入自己的作品之中。成功的點化總是青出於藍而勝於藍，不僅變化原句，而且高過原句。李清照的這一點化，就是一個成功的例子。王士禛也認為范句雖為李句所自出，而李句「特工」。兩相對比，范句比較平實板直，不能收醒人眼目的藝術效果；李句則別出巧思，以「才下眉頭，卻上心頭」這樣兩句來代替「眉間心上，無計相迴避」的平鋪直敘，給人以眼目一新之感。這裡，「眉頭」與「心頭」相對應，「才下」與「卻上」成起伏，語句結構既十分工整，表現手法也十分巧妙，因而就在藝術上有更大的吸引力。當然，句離不開篇，這兩個四字句只是整首詞的一部分，並非一枝獨秀。它有賴於全篇的烘托，特別因與前面另兩個同樣工巧的四字句「一種相思，兩處閒愁」前後襯映，而相得益彰。同時，篇也離不開句，全篇正因這些醒人眼目的句子而振起。明李廷機的《草堂詩餘評林》稱此詞「語意飄逸，令人省目」，讀者之所以特別易於為它所吸引，其原因在此。（陳邦炎）

蝶戀花

李清照

暖雨晴風初破凍。柳眼梅腮，已覺春心動。酒意詩情誰與共？淚融殘粉花鈿重。
乍試夾衫金縷縫。山枕斜欹，枕損釵頭鳳。獨抱濃愁無好夢，夜闌猶剪燈花弄。

真摯大膽而又曲折委婉地表達自己的情思，是李清照的擅場。這首詞是她所謂詞「別是一家」（〈詞論〉）理論主張的較完美體現，也就是過去評論者所說的：「她不向詞的廣處開拓，卻向詞的高處求精；她不必從詞的傳統範圍以外去尋新原料，卻只把詞的範圍以內的原料醇化起來，使成更精製的產物。」（傅東華著《李清照》，商務印書館一九三四年版）的確，這首詞的原料是婉約詞家常用的良辰美景和離懷別苦，然而經過作者的一番濃縮醇化，卻釀出了新意。緊承破題的「柳眼梅腮」，與「綠肥紅瘦」（〈如夢令〉）、「寵柳嬌花」（〈念奴嬌〉）相埒，也可以稱得上「易安奇句」（明沈際飛《草堂詩餘正集》卷四評「寵柳嬌花」句）。此句之奇在於意蘊豐富，一語雙關，既補充起句的景語，又極為簡練地刻畫出了一個思婦的形象。正是這個姣好的形象，被離愁折磨得坐臥不安，如痴如迷。到底是誰，值得作者如此思念？詞中巧妙的構思和設問，收到了如同戲劇懸念般的藝術效果。

明人郎瑛《七修類稿》卷十七說李清照「諸書皆曰與夫同志，故相親相愛之極」。從詞中所表達的那種「玲瓏骰子安紅豆」（溫庭筠〈南歌子二首〉其二）般的入骨相思之情上推斷，所思之人，必定是其丈夫了。王昌齡的〈閨怨〉詩，是說「夫婿覓封侯」辜負了春光，而李清照的這首詞是說，即使柳萌梅綻，景色誘人，作者也無心觀賞，面對大好春光，沒有親人陪伴，只得獨自傷心流淚。宜人的美景、華貴的服飾，她全然不顧，在「暖雨晴風」的天氣裡，竟無情無緒地斜靠在枕頭上，任憑首飾枕損。這首詞的感情真摯而細膩，形象鮮明而生動，恰似「蛺蝶穿花，深深款款」（清李慈銘《越縵堂讀書記》卷八），貼切地表達了作者的「一別懷萬恨，起坐為不寧」（漢秦嘉〈贈婦詩三首〉其三）、「憂來如循環，匪席不可卷」（漢秦嘉〈贈婦詩三首〉其一）（清宋長白《柳亭詩話》卷二十七引）的對親人深切眷念的情愫。

詞的結句「獨抱濃愁無好夢，夜闌猶剪燈花弄」，被稱為「入神之句」（清賀裳《皺水軒詞筌》）。此句雖不像「人比黃花瘦」（〈醉花陰〉）和「怎一個愁字了得」（〈聲聲慢〉）那樣被人傳誦，然而，就詞意的含蓄傳神，以及思婦形象的清晰肖妙而言，此句亦頗有意趣。杜甫有「燈花何太喜，酒綠正相親」（〈獨酌成詩〉）的詩句。相傳燈花為喜事的預兆。思婦手弄燈花，比她矢口訴說思念親人的心事，更耐人尋味，更富感染力。況且，此句的含意尚不止於此。沈祖棻先生曾有詞云：「風卷羅幕，涼逼燈花如菽。夜深共誰剪燭？」（〈涉江詞．大酺．春雨和清真〉）盼人不歸，主人公自然會感到失望和悽苦，這又可以加深上片的「酒意詩情誰與共」的反詰語意，使主題的表達更深沉含蓄。總之，這首詞寫得蘊藉而不綺靡，妍婉而不纖巧；流暢不失於淺易，怨抑不陷於頹唐：正是一首正宗的婉約詞。

清代著名詞評家陳廷焯說：「宋閨秀詞，自以易安為冠。」（《白雨齋詞話》卷六）但又說：「葛長庚（道士）詞脫盡方外氣，李易安詞卻未能脫盡閨閣氣。然以兩家較之，仍是易安為勝。」如果這是一種微辭，那麼，這首〈蝶戀花〉恰好證明這一隱約的批評是說中了的。這首詞確實使人感到閨閣氣太重，諸如「淚融殘粉花鈿重」、「乍試夾衫金縷縫。山枕斜欹，枕損釵頭鳳。」這當然是與李清照的身世與生活有關的。但話又說回來，要當時的婦女填詞脫掉閨閣氣而且要「脫盡」，豈不是也太難了一些？（陳祖美）

鷓鴣天 李清照

寒日蕭蕭上瑣窗，梧桐應恨夜來霜。酒闌更喜團茶苦，夢斷偏宜瑞腦香。秋已盡，日猶長，仲宣懷遠更淒涼。不如隨分尊前醉，莫負東籬菊蕊黃。

此詞寫秋日鄉愁，為清照晚年流寓越中所作。這首同〈菩薩蠻〉「風柔日薄春猶早」主題相同，但一寫春，一寫秋，具體內容和表現手法都有不同。

「皇天平分四時兮，竊獨悲此廩秋。白露既下百草兮，奄離披此梧楸。」（戰國宋玉〈九辯〉）對於心情愁苦的人來說，肅殺的秋天，真是觸目成悲。此詞開頭兩句的寒日梧桐，就透出無限淒涼。「蕭蕭」這裡是蕭條、寂寞之意。「瑣窗」是雕有連環圖案的窗櫺。「上」字寫出寒日漸漸升高，光線慢慢爬上窗櫺，含著一個時間的過程，表明作者久久地觀看著日影，見出她的百無聊賴。梧桐早凋，入秋即落葉，「恨霜」即恨霜落其葉。草木本來無知，梧桐之恨，即人之恨。兩句在寫景中，繪出了作者的孤獨身影和寂寥心情。

因為心情不好，只好借酒排遣，飲多而醉，不禁沉睡，醒來唯覺瑞腦熏香，沁人心脾。三、四兩句分別著一「喜」字「宜」字，似乎在寫歡樂，實際它不是寫喜而是寫悲。「酒闌」謂飲酒結束的時候。「團茶」即茶餅，宋代有為進貢而特製的龍團、鳳團，印有龍鳳紋，最為名貴。歐陽脩《歸田錄》卷二：「茶之品，莫貴於龍、鳳，謂之團茶，凡八餅重一斤。」茶能解酒，特喜苦茶，說明酒飲得特別多；酒飲得多，表明愁重。「瑞腦」，熏香名，又名龍腦，以龍腦木蒸餾而成。「宜」似乎是說香氣宜人，實則同首句的寒日一樣，是借香寫環境之清寂，因為只有在清冷寂靜的環境中，熏香的香氣才更易散發，因而變得更深更濃，更能使人明顯感覺到。

上片是敘事，下片轉為抒情，寫所以飲酒之故。王粲，字仲宣，山陽高平（今山東鄒城市）人，十七歲時因避戰亂，南至荊州依劉表，不受重視，曾登湖北當陽縣城樓，寫了著名的〈登樓賦〉，抒發壯志未酬、懷鄉思歸的抑鬱心情，中有「平原遠而極目兮，蔽荊山之高岑……悲舊鄉之壅（阻塞）隔兮，涕橫墜而弗禁」之句。清照此時心境與王粲懷念故鄉的心情相同，故引以自況。秋分以後，即晝短夜長，「秋已盡」時，白天更短，作者由於心情愁苦，因而覺得時光過得太慢，所以仍然感到「日猶長」，透露出詞人孤身漂泊，思歸不得的幽怨之情。深秋本來使人感到淒清，加以思鄉之苦，心情自然更加淒涼。「猶」、「更」這兩個虛詞，一寫主觀錯覺，一寫內心實感，都是在加重描寫鄉愁。

結尾忽又宕開，故作超脫語。時當深秋，籬外叢菊盛開，那金色的花瓣光彩奪目，使她不禁想起晉代詩人陶潛〈飲酒二十首〉其五「採菊東籬下，悠然見南山」的詩句，自我寬解起來：歸家既是空想，不如對著尊中美酒，隨意痛飲，莫辜負了這籬菊笑傲的秋光。「隨分」猶云隨便、隨意。這兩句同作者〈菩薩蠻〉「故鄉何處是，忘了除非醉」意思一樣。此片兩層意思，都是對上片醉酒的說明：本來是以酒澆愁，卻又故作達觀之想；表面似乎很達觀，實際隱含著無限鄉愁。李清照的故鄉已被金人占領，所以思鄉同懷念故國是緊密結合著的。

此詞通篇都從醉酒寫鄉愁，上片以景物烘托氣氛，下片引歷史人物抒寫悲慨，詞意變化有致，淒婉情深。

（王思宇）

小重山　李清照

春到長門春草青。江梅些子破，未開勻。碧雲籠碾玉成塵。留曉夢，驚破一甌春。

花影壓重門。疏簾鋪淡月，好黃昏。二年三度負東君。歸來也，著意過今春。

此詞為清照早年在汴京所作，寫初春之景和作者的閒適恬靜生活，表現了她喜愛和珍惜春天的心情。

從上片結尾看，詞的開頭是寫作者晨起所見。「長門」，漢代長安離宮名，漢武帝陳皇后失寵，曾居此。唐薛昭蘊〈小重山〉詞有「春到長門春草青」句，此詞即用其成句，不過薛詞是借史事寫宮怨，清照寫的卻是自己。「江梅」，遺核所生，非經人工栽培，又名直腳梅，也稱野梅，初春開紅白色花。南朝陳謝燮〈早梅〉詩：「迎春故早發，獨自不疑寒。」梅可以說是早春的標誌。「些子」猶言一些，即少量之意。「未開勻」謂還未普遍開放，此與唐代詩人楊巨源〈城東早春〉「綠柳才黃半未勻」意趣相同。唯其「未開勻」，所以特別新鮮可愛，使人感覺到春天已經來臨。這三句既是寫景，也是寫作者的驚喜、讚美之情。

下面接寫飲茶。宋人將茶製成茶餅，飲用時須用茶碾碾成細末，然後煮飲。「碧雲籠碾」即講碾茶。「碧雲」指茶葉之色。「籠」指茶籠，貯茶之具。宋龐元英《文昌雜錄》云：「（韓魏公）不甚喜茶，無精粗，共置一籠，每盡，即取碾。」秦觀〈秋日三首〉其二「月團（茶餅名）新碾瀹花甆」，講的就是碾茶。「玉成塵」既指將茶碾細，且謂茶葉名貴。宋陳鵠《耆舊續聞》：「宋范文正公〈茶〉詩云：『黃金碾畔綠塵飛，碧玉甌中翠濤起。』蔡君謨謂公曰：『今茶絕品者甚白，翠綠乃下者爾。』欲改為玉塵飛、素濤起。」所論即為此事。唐鄭谷〈宜春再訪芳公、言公幽齋，寫懷敘事，因賦長言〉詩云「顧渚一甌春有味」（顧渚：山名。宋樂史《太平寰宇記》：「長興縣：顧渚，在縣西北三十里。顧渚者，山墟名，云昔吳王夫概，顧其渚次，原隰平衍，為都邑之所。今崖谷林薄之中，多產茶茗，以充歲貢。」其茶即名「顧渚」。），此詞「一甌春」取義同此，意即一甌春茶。曉夢初醒，夢境猶縈繞腦際，喝下一杯春茶，才把它驅除。春草江梅，是可喜之景，小甌品茗，是可樂之事，春天給作者帶來無限歡樂。

下片並沒按照時間順序接寫日間，而是一下過到黃昏。上片重點寫花，下片重點寫月。

「重門」即多層之門。天剛黃昏，月兒即來與人做伴，淡淡的月光，照在稀疏的門簾上，花影掩映，飄散出縷縷幽香，春日的黃昏，是這樣恬靜，這樣香甜，難怪作者止不住要熱烈讚嘆：「好黃昏！」這是寫景，但景中卻有一個人——作者。正是她，此刻正在花前月下徘徊留連，沐浴著月之清輝，呼吸著花之清香。末尾三句點明題旨，是一篇結穴。「東君」原為日神，後來演變為春神。南唐成彥雄〈柳枝詞〉：「東君愛惜與先春。」詞中即指春天。農曆遇閏年，一年中首尾常有兩個立春日的情況。「二年三度」是在加重表現下面痛惜之情。「負東君」，這裡特就汴京之春而言。京師的春光是這樣迷人，即使一年一度辜負了它，也非常可惜，何況兩年中竟有三度把它辜負，這該令人何等痛惜呢！正因為如此，所以此次歸來，一定要用心地好好度過汴京今年這個無比美好的春天。

詞中只寫晨、昏，其日間之「著意」領略春光情景，可以想像得之。據載清照「能畫」（明張丑《清河書畫舫》中集，謂古來閨秀工丹青者，有李易安、管道昇之竹石云云。），此詞即全用畫筆。「疏簾」兩句歷來為人傳頌。《問蘧廬隨筆》云：「荊公〈桂枝香〉作名世，張東澤用易安『疏簾淡月』語填一闋，即改〈桂枝香〉為〈疏簾淡月〉。」（清況周頤《漱玉詞箋》引）可見它的影響。（王思宇）

怨王孫

李清照

湖上風來波浩渺，秋已暮、紅稀香少。水光山色與人親，說不盡、無窮好。

蓮子已成荷葉老，清露洗、蘋花汀草。眠沙鷗鷺不回頭，似也恨、人歸早。

李清照本是描寫離情別緒的高手，她能夠以女性那種特有的方式、體味和情懷，把人們內心世界中所具有的抽象的愁思依戀，細膩、溫婉然而又十分深刻地具體化、形象化，以至凡屬情感領域的任何波瀾，只要經過她的手形諸筆端，便呈現了具有鮮明特色的陰柔之美。不過，這並不是說她描寫其他事物的詞作就不值一顧，恰恰相反，她的一些寫景詞也達到了很高的成就，本詞就是一闋成功之作。

本詞寫的是深秋景色。開頭用「湖上風來」句就令人感到不俗，避開了常見的老套。作者是從湖面水波上先看到了深秋的。秋高氣爽，便常見風平波靜，而一旦朔風初起，便會吹起悠遠的水波，它宣告著深秋到了。所以，接寫的「秋已暮」便自然合榫、水到渠成了。而一句「紅稀香少」，更透過自然界色彩和氣味的變化，進一步點染了深秋的景觀。大自然總是宜人的，深秋季節卻別有滋味，在這裡，作者不說人們如何地喜愛山水，倒說「水光山色與人親」，將大自然人情化、感情化了，這就使行文生動。正是這「與人親」，方換得人與景親，也才能真的領略到大自然的水光山色中的景物美，所以，作者所說的「說不盡、無窮好」才顯得言之有根，才顯得是肺腑之言，是從心田深處發出的真誠的讚頌之語。

下片雖然仍是對深秋景色的繼續描繪，但卻不是簡單的重複，作者的鏡頭不但由遠及近、從宏觀到微觀、從籠統到具體，而且表現的方式也有了變換。不過，這些又是在上片詞作的前提下去敘寫的。蓮實葉老、露洗蘋草，都標示著深秋的時令，人所共見，卻易於忽略，一經作者點染，便覺秋意襲人。而在沙灘上勾頭縮頸睡眠的鷗鷺等水鳥，對於早早歸去的人們頭也不回，似乎以此表示了它們的不滿。在這裡，鷗鷺也人格化了，與上片的山水的感情化似是同樣手法，但卻一反上片的山水「與人親」，而為鷗鷺對人恨，這一親一恨之間就帶給讀者以清新多樣之感，且透過人們在郊外的不能久留，更深一層地透露出深秋的到來。

人們常說，詩人騷客多愁善感，我以為「多愁」未必，「善感」卻誠然，作家對社會和自然不能不特別敏感，不能不引起思考並積極反映。這本是文學藝術家的職業特點，無須奇怪，倒是這種思考和反映往往各具特徵，呈現出鮮明的個性，這才值得人們的特別注意。李清照的文學個性是什麼，僅僅用一、二闋詞當然是說不清楚的，然而這闋〈怨王孫〉卻也有所顯露，比如，造景的清新，描寫的細密，真是心細如髮；擬人化手法的巧妙運用，達到了物我兩接、融情於景的文學境界；而口語、俗語的鍛鍊，更顯得灑脫不凡。（魏同賢）

臨江仙① 李清照

庭院深深深幾許？雲窗霧閣常扃②。柳梢梅萼漸分明。春歸秣陵樹③，人老建康城④。

感月吟風多少事，如今老去無成。誰憐憔悴更凋零。試燈⑤無意思，踏雪沒心情。

〔註〕①一、此詞本宋曾慥輯錄之《樂府雅詞》，該書成於紹興十六年，時清照尚健在。別本有異文：「人老」，《御選歷代詩餘》作「人客」；「建康城」，明陳耀文《花草粹編》作「建安城」；下片煞拍二句《花草粹編》《歷代詩餘》並作「燈花空結蕊，離別共傷情」，均不可從。二、此詞後人所輯《漱玉詞》引易安居士序：歐陽公作〈蝶戀花〉有「深深深幾許」之句，予酷愛之，用其語作「庭院深深」數闋，其聲即舊〈臨江仙〉也。按：《樂府雅詞》所收此詞無序，王半塘輯《漱玉詞》亦無序。《草堂詩餘》所引序文中有「其聲即舊〈臨江仙〉也」之語，似事後追述，非原有序文。茲從《樂府雅詞》不補序。②扃（音同坰）：關也。③秣陵：古地名，即今南京。④建康：古地名，即今南京。⑤試燈：正月十五為元宵燈節，節前預賞，謂之試燈。

此詞作於宋高宗建炎三年（一一二九）初春，是胡馬飲河、宋室南渡的第三個年頭。詞上片結拍「春歸秣陵樹，人老建康城」十個字，沉痛地寫她流離遷徙、歲月蹉跎的悲嘆。建炎元年，趙構初即帝位於南京（河南商丘），起用李綱為相。時四方勤王之師都向行在結集，士氣振旺，如能誓師北伐，中原恢復，計日可待。但當時昏庸自私的小朝廷，罷力主抗金的宰相李綱，任用奸邪黃潛善、汪伯彥之輩。他們已經在南京建造宮室，預備巡幸遊樂，早把中原拋在腦後。建炎三年，岳飛曾上書斥黃潛善、汪伯彥奉駕益南，奏請恢復中原。朝廷還責他越職上書，罷他的官。清照〈臨江仙〉詞中的「人老建康城」，不單是她個人的悲嘆，而且道出了成千上萬想望恢復中原的人之心情。

這首〈臨江仙〉詞的內容，不是閨情，而是史詩。起韻首句用歐陽文忠公脩〈蝶戀花〉詞首韻「庭院深深深幾許」全句，連疊三個「深」字，乃比興之作。其時，主和、逃竄、投降，是高宗的三個步驟。權奸當道，天羅地網，無人敢言兵，愛國志士，只有忍氣吞聲，深藏不出。詞人借用歐陽文忠公三個「深」字，是隱喻，是史筆；首韻第二句「雲窗霧閣常扃」，是用韓文公愈〈華山女〉詩「雲窗霧閣事恍惚，重重翠幕深金屏」，再加強「深」的意境，「常扃」與陶靖節潛〈歸去來兮辭〉「門雖設而常關」，同一機杼，孤寂之心，憂憤之情，躍然紙上。詞境靜穆，不言愁苦，而使人更難為懷。次韻「柳梢梅萼漸分明」，寫景如畫，不設色，淡墨鉤線，著一「漸」字，為下文結拍點睛之筆「春歸秣陵樹，人老建康城」鋪敘，合時、地而成境界。「春歸」，時間概念；「秣陵樹」，空間概念，意謂南宋偏安建康後又一度春光來臨了；「人老」，「老」字，時間概念，「建康城」，空間概念，痛北人將老死南方，合時與地創造出悲慟欲絕的境界，大有「人生到此，天道寧論」（南朝江淹〈恨賦〉）之慨。上片純用「引古」、「比興」諸法度，全詞結構如此嚴密，轉換排奡，波瀾起伏，非大手筆莫辦。

上片以「境界」勝，下片則直抒胸臆，以言情勝。首韻「感月吟風多少事，如今老去無成」，今昔對比，無限感喟。宋周煇《清波雜誌》云：「頃見易安族人言，明誠在建康日，易安每值大雪，即頂笠披蓑，循城遠覽以尋詩。」周此條中未載其詩，而宋莊綽《雞肋編》卻道出此中消息。其卷中云：「其後金人連年以深秋弓勁馬肥入寇，薄暑乃歸。遠至湖湘、二浙，……自是越人至秋亦隱山間，逾春乃出。人又以〈千字文〉為戲曰：

『彼則寒來暑往，我乃秋收冬藏。』時趙明誠妻李氏清照，亦作詩以詆士大夫云：『南渡衣冠欠王導，北來消息少劉琨。』又云：『南遊尚覺吳江冷，北狩應悲易水寒。』後世皆當為口實矣。」我以為周煇、莊綽這兩段記述，可作〈臨江仙〉下片首韻的註腳。建炎之初，清照抒寫了許多語悲意明的政治詩，希望朝廷能以社稷蒼生為重，誰知中原恢復大業竟至蹉跎。詞人面對著南渡偏安的悲劇，既傷北宋之亡，又痛平生所業盡付東流，百感交集。次韻「誰憐憔悴更凋零」。此時力主抗金的宗澤已憂憤而卒，李綱亦被擠罷去，誰來收拾這破碎的山河呢？全詞煞拍「試燈無意思，踏雪沒心情」，以寫實結。元宵在北宋是萬民同樂的燈節，試燈，乃北宋官民預賞燈節之俗，今則「試燈無意思」；清照初到建康，踏雪登石頭城，北望中原，今則大勢已去，恢復無望，而金兵日熾，結拍寫的是慘酷的現實，令人掩卷欷歔。

南渡以後，清照的詞風，從清新俊逸，排奡神駿，變為蒼涼沉鬱，這首〈臨江仙〉是她南渡以後遺留下來的第一首能準確編年的詞作。南宋奸人橫暴，文網極密，文士阨塞當途，其身危，其心苦，不得不用比興深微、曲折含蓄的筆法，來寄託故國之思，這種險惡的政治環境，使清照詞的風格趨向曲折深隱。南宋辛棄疾、陸游、劉辰翁等愛國詞人都同其詞風。（黃墨谷）

醉花陰

李清照

薄霧濃雲愁永晝，瑞腦銷金獸。佳節又重陽，玉枕紗廚，半夜涼初透。

東籬把酒黃昏後，有暗香盈袖。莫道不銷魂，簾捲西風，人比黃花瘦。

舊題元代伊世珍撰的《瑯嬛記》記載：「易安以重陽〈醉花陰〉詞函致趙明誠。明誠嘆賞，自愧弗逮，務欲勝之。一切謝客，忘食忘寢者三日夜，得五十闋，雜易安作以示友人陸德夫。德夫玩之再三，曰：『只三句絕佳。』明誠詰之，答曰：『莫道不銷魂，簾捲西風，人比黃花瘦。』正易安作也。」這個故事未必可靠，但說明〈醉花陰〉頗有藝術特色，特別「莫道」三句妙絕，非他人所能及。

這首詞表面上寫詞人深秋時節的孤獨寂寞之感，實際上，她所表現的，是詞人在重陽佳節思念丈夫的心情。先從天氣寫起。「薄霧濃雲愁永晝」，這一天從早到晚，天空都是布滿著「薄霧濃雲」，這種陰沉沉的天氣最使人感到愁悶難捱。外面天氣不佳，只好待在屋裡。「瑞腦銷金獸」一句，便是轉寫室內情景：她獨自個兒看著香爐裡瑞腦香的裊裊青煙出神，真是百無聊賴啊！又是重陽佳節了，天氣驟涼，睡到半夜，涼意透入帳中枕上，對比夫婦團聚時閨房的溫馨，真是不可同日而語。上片寥寥數句，把一個閨中少婦心事重重的愁態描摹出來。她走出室外，天氣不好；待在室內又悶得慌；白天不好過，黑夜更難捱；坐不住，睡不寧，真是最難將息。究竟有什麼心事呢？詞人沒有明白說出，讀者能猜著幾分。「佳節又重陽」這句不可輕輕放過。古人對重陽節

〈九月九日〉是十分重視的。這天親友團聚，相攜登高，佩茱萸，飲菊酒。王維〈九月九日憶山東兄弟〉詩曰：「獨在異鄉為異客，每逢佳節倍思親。遙知兄弟登高處，遍插茱萸少一人。」李清照寫出「瑞腦銷金獸」的孤獨感後，馬上接以一句「佳節又重陽」，顯然有弦外之音，暗示當此佳節良辰，丈夫不在身邊。「遍插茱萸少一人」，怎叫她不「每逢佳節倍思親」呢！「佳節又重陽」一個「又」字，是有很濃的感情色彩的，凸出地表達了她的傷感情緒。緊接著兩句：「玉枕紗廚，半夜涼初透。」丈夫不在家，玉枕孤眠，紗廚（即紗帳）獨寢，又會有什麼感觸！「半夜涼初透」，看來不只是時令轉涼，更是別有一番淒涼滋味在心頭呢！

詞的下片回過頭來寫重九這天賞菊飲酒的一幕。把酒賞菊本是重陽佳節的一個主要節目，大概為了應景吧，李清照在屋裡悶坐了一天，直到傍晚，才強打精神「東籬把酒」來了。可是，她哪有陶淵明「採菊東籬下」的雅興呢，「三杯兩盞淡酒」（〈聲聲慢〉），並未能寬解一下自己的愁懷，反而在她的心中掀起了更大的感情波瀾。重陽是菊花節，菊花開得極盛極美，她一邊飲酒，一邊賞菊，染得滿身花香。然而，她又不禁觸景傷情，菊花再美，再香，也無法送給那勞燕分飛的遠人。所以她實在寫不出那「東籬把酒」的節日氣氛，只寫了一句「有暗香盈袖」，與其說這是寫賞菊，毋寧說仍是寫愁情。這句詞化用了〈古詩十九首·庭中有奇樹〉「馨香盈懷袖，路遠莫致之」句意，暗寫她無法排遣的對丈夫的思念。俗話說，借酒澆愁愁更愁，此時她心中愁情萬斛，「黯然銷魂者，唯別而已矣！」（南朝江淹〈別賦〉）她實在情不自禁，哪還有飲酒賞菊的意緒，於是匆匆離開東籬，回到閨房。晚來風急，瑟瑟西風把簾子掀起了，人感到一陣寒意。聯想到剛才把酒相對的菊花，菊瓣纖長，菊枝瘦細，而鬥風傲霜，人則悲秋傷別，銷愁無計，此時頓生人不如菊之感。「人比黃花瘦」之句，取譬多端，含蘊豐富，以此結穴，情思無盡。

此詞藝術上的特點是「物皆著我之色彩」（王國維《人間詞話》），從天氣到瑞腦金獸、玉枕紗廚、簾外菊花，詞人用她愁苦的心情來看這一切，無不塗上一層愁苦的感情色彩。在結構上，自起句至「有暗香盈袖」，都是鋪敘筆法，而把節日離索的刻摯深情留在結拍，使它如高峰突起。「莫道不銷魂，簾捲西風，人比黃花瘦」，成為全篇最精彩之筆。

以花木之「瘦」，比人之瘦，詩詞中不乏類似的句子，如「依舊，依舊，人與綠楊俱瘦」（無名氏，一作秦觀〈如夢令〉），「人瘦也，比梅花，瘦幾分」（宋程垓〈攤破江城子〉），然而它們都遠不及「人比黃花瘦」精彩，何也？《瑯嬛記》提到趙明誠那位友人陸德夫，在談到這首〈醉花陰〉詞時說「三句絕佳」，他不是單拈出一句「人比黃花瘦」來，正是「莫道不銷魂，簾捲西風，人比黃花瘦」這三句，才共同創造出一個淒清寂寥的深秋懷人的境界。「莫道不銷魂」，是直接對「東籬把酒」說的，使「人似黃花」的比喻，與全詞的整體形象結合得十分緊密，而且極有情思。「簾捲西風」一句，更直接為「人比黃花瘦」句作環境氣氛的渲染，使人想像到一幅西風瘦菊、佳節冷落、佳人對花興嘆、憐花自憐的圖畫。如果沒有時令與環境氣氛的烘托，孤零零地說一句「人比黃花瘦」，就與說「人與綠楊俱瘦」、「人比梅花瘦幾分」一樣，是簡單的類比，沒有多少深厚的意境了。（高原）

行香子 李清照

草際鳴蛩，驚落梧桐。正人間天上愁濃。雲階月地，關鎖千重。縱浮槎來，浮槎去，不相逢。

星橋鵲駕，經年才見，想離情別恨難窮。牽牛織女，莫是離中。甚霎兒晴，霎兒雨，霎兒風。

此詞清《御選歷代詩餘》題作「七夕」，借詠牛、女事抒寫人間離恨，可能是清照同丈夫趙明誠離居時所作，具體年代則難以確定。

每年七月七日夜裡，人們看見銀河兩岸的織女星和牽牛星，想起關於他們的美麗傳說，想到他們長年離別的不幸遭遇，無不欷歔感嘆。對於此時正親嘗別離之苦的作者說來，當此之夕，她的心自然更加不能平靜。此詞一開頭，我們就聽到她的嘆息之聲。「鳴蛩」，又名吟蛩，即蟋蟀，寫它與梧桐，都是在寫靜夜：夜是那麼靜，草叢中蟋蟀的叫聲是那麼清晰，連梧桐的葉子掉在地上也能聽到。這兩句全寫聽覺，梧桐葉落不是看見而是聽到的。寒蛩哀鳴，梧葉凋落，這淒清之景，不僅增強了下句的感傷情調，而且給全詞籠罩上一層淒涼的氣氛。「正人間天上愁濃」是作者仰望牽牛、織女發出的悲嘆。「天上」暗點出牽牛、織女。七夕雖為牛、女相會之期，然而相會之時即為離別之日，「悵悵一宵促，遲遲別日長」（晉蘇彥〈七月七日詠織女〉），傾訴一年來的別離之苦，想到今夜之後又要分別一年，心情自然痛苦。「人間」包括作者和一切別離中的男女。想到牛、女今夜尚能相見，自己卻無此機會，而且，他們之中，有的可能已兩年、三年甚至更長時間處在別離之中，內心的悲愁，可以想見。「愁濃」二字，包含著無限辛酸。

望著銀河，望著銀河邊的雲、月，作者陷入更深的沉思，在幻覺中進入了想像中的天上世界。「槎」（音同茶）是用竹木編成的筏子，可以渡水。晉張華《博物志》記載了一個傳說：據說天河（銀河）同海相通，從前有人做了大木筏，上面建造了房子，乘著它從海上出發，航行十餘天，到了天上，見有城郭房舍，非常壯麗，望見織女在宮中織布，牽牛在天河岸邊飲牛。作者也想去到天上，既是為了去勸慰牛、女，也以自慰，但轉念又想，天宮以月為地，以雲為階，重重關鎖，即使她像昔人那樣乘槎去到天上，又乘槎回來，也不能同織女、牽牛相逢。宋韓駒〈七夕〉詩云：「雲階月地一相過（此字讀陰平），未抵經年別恨多。最恨明朝洗車雨，不教回腳渡天河。」詞意本此。這幾句字面雖寫天上，用意則在人間。「關鎖」而至「千重」，極言阻隔之深，致使有情男女不得會合團聚。

下片引神話傳說寫牛、女事，仍是作者仰望銀河雙星時浮現出來的想像中的天上世界。傳說夏曆七月七日夜群鵲在銀河銜接為橋渡牛、女相會，稱為「鵲橋」，也稱「星橋」。唐李商隱〈七夕〉詩「星橋橫過鵲飛回」，所詠即此。「駕」，這裡意同架。分別一年，只得一夕相會，離情別恨，自然年年月月日日，永無窮盡。「想」字包含著對牛、女的痛惜、體貼和慰藉意，還起著逗出下文的作用。正當人們悲慨牛、女常年別離時，剛剛相會的他們，又在別離了。「莫是離中」的「莫」為猜疑之詞，即大概、大約之意。結尾三字用一「甚」字總領，與上片末三句句式相同，為此詞定格。「甚」這裡是時間副詞，作「正當」「正值」的「正」解釋。「霎兒」

是口語，指短暫的時間，猶言一會兒。幾句意謂，天這麼一會兒晴，一會兒雨，一會兒又颳風，大約織女、牽牛已在分離了吧？這幾句語意雙關，構思新穎：用天氣的陰晴變化，隱喻人的悲喜交集，由喜而悲；而風起雲飛，雙星隱沒，又自然使人想到牽牛、織女的含恨別去。疊用三個「霎兒」，逼肖煩悶難耐聲口，寫得幽怨不盡。昔人指出辛棄疾〈行香子·三山作〉「放霎時陰，霎時雨，霎時晴」即脫胎易安（清況周頤《漱玉詞箋》引《問蘧廬隨筆》），可見人們對它的賞識。牽牛、織女正是人間別離男女的化身，對他們不幸遭遇的嘆恨，正是對人間離愁別情的嘆恨。

此詞除首兩句外，全用神話傳說寫成。神話傳說本來富於想像，作者引用時又加以變化發揮，使境界更加奇麗。詞中將天上的別恨同人間的離情融為一體，「以尋常語度入音律」（宋張端義《貴耳集》），「能曲折盡人意」（宋王灼《碧雞漫志》），讀來悽惻動人。（王思宇）

鷓鴣天 李清照

暗淡輕黃體性柔，情疏跡遠只香留。何須淺碧深紅色，自是花中第一流。

梅定妒，菊應羞，畫欄開處冠中秋。騷人可煞無情思，何事當年不見收。

詠物詩詞一般以詠物抒情為主，絕少議論。李清照的這首詠桂詞一反傳統，以議論入詞，又託物抒懷。詠物既不乏形象，議論也能充滿詩意，堪稱別開生面。

「暗淡輕黃體性柔，情疏跡遠只香留。」短短十四字卻形神兼備，寫出了桂花的獨特風韻。上句重在賦「色」，兼及體性；下句重在詠懷，凸出「香」字。據有關記載，桂樹花白者名銀桂，黃者名金桂，紅者為丹桂。它常生於高山之上，冬夏常青，以同類為林，間無雜樹。又秋天開花者為多，其花香味濃郁。色黃而冠之以「輕」，再加上「暗淡」二字，說明她不以明亮炫目的光澤和穠豔嬌媚的顏色取悅於人。雖色淡光暗，卻秉性溫雅柔和，像一位恬靜的淑女，自有其獨特的動人風韻，令人愛慕不已。她又情懷疏淡，遠跡深山，唯將濃郁的芳香常飄人間，猶如一位隱居的君子，以其高尚的德行情操，贏得了世人的敬佩。

首二句詠物，以下轉入議論。「何須淺碧深紅色，自是花中第一流。」花自以紅為美，而碧牡丹、綠萼梅尤名貴，這是一般人的審美觀點。在李清照看來，品格的美、內在的美尤為重要。「何須」二字，把僅以「色」美取勝的群花一筆蕩開，而推出色淡香濃、跡遠品高的桂花，大書特書，許為「自是花中第一流」，這是第一層議論。

「梅定妒，菊應羞，畫欄開處冠中秋。」為第二層議論。李清照一生酷愛梅花，詠梅詞達五首之多。「香臉半開嬌旖旎，當庭際，玉人浴出新妝洗」（〈漁家傲〉），這是寫其柔媚潔麗之嬌態；「紅酥肯放瓊苞碎」（〈玉樓春〉），這是寫其苞蕾紅潤晶瑩，如瓊玉綴枝。但她在「暗淡輕黃體性柔」的桂花面前，卻不能不油然而生忌妒之意。菊花在清照的筆下，「清芬醞藉」，「雪清玉瘦」（〈多麗〉詠白菊），然而，面對「情疏跡遠只香留」的桂花，也只有掩面含羞，自嘆弗如了。接著又從節令上著眼，稱桂花為中秋時節的花中之冠。「畫欄開處」，暗用李賀〈金銅仙人辭漢歌〉中的詩句「畫欄桂樹懸秋香」。

「騷人可煞無情思，何事當年不見收」，為第三層議論。這裡，詞人推開一步，不再就花論花，而是從評說古人下筆。屈原當年作〈離騷〉，遍收名花珍卉，以喻君子修身美德，唯獨桂花不在其列。清照很為桂花抱屈，因而毫不客氣地批評了這位先賢，說他情思不足，竟把香冠中秋的桂花給遺漏了，豈非一大遺恨。與清照同時的陳與義，在〈清平樂．木犀〉詞中也說：「楚人未識孤妍，〈離騷〉遺恨千年。」可謂不謀而合。

李清照的這首詠物詞詠物而不滯於物。其間或以群花作比，或以梅菊陪襯，或評騭古人，從多層次的議論中，形象地展現了她那超塵脫俗的美學觀點和對桂花由衷的讚美和崇敬。

那麼，李清照何以對貌不出眾、色不誘人的桂花如此推崇備至呢？言為心聲，其中自有特定的情懷寓焉。由於北宋末年黨爭的牽累，李清照的公公趙挺之死後，她曾隨丈夫趙明誠屏居鄉里約十年之久。擺脫了官場上的鉤心鬥角，離開了都市的喧囂紛擾，歸來堂上悉心研玩金石書畫，易安室中暢懷對飲、唱和嬉戲，給他們的隱退生活帶來了蓬勃的生機和無窮的樂趣。他們攻讀而忘名，自樂而遠利，雙雙沉醉於美好、和諧的藝術天地中。此情此境，和桂花那種「暗淡輕黃」、「情疏跡遠」，但求馥香自芳的韻致是何等的相似啊！（朱德才）

念奴嬌　李清照

蕭條庭院，又斜風細雨，重門須閉。寵柳嬌花寒食近，種種惱人天氣。險韻詩成，扶頭酒醒，別是閒滋味。征鴻過盡，萬千心事難寄。

樓上幾日春寒，簾垂四面，玉闌干慵倚。被冷香銷新夢覺，不許愁人不起。清露晨流，新桐初引，多少遊春意。日高煙斂，更看今日晴未？

此詞一本調名作〈壺中天慢〉。根據詞意，當作於南渡之前。詞人十八歲時與趙明誠結婚，夫婦間志同道合，伉儷情深。明誠出仕在外，詞人獨處深閨，每當春秋暇日，一種離情別緒便油然而生。這首詞便是寫春日離情的。前人對它曾有所訾議，清人許昂霄評曰：「此詞造語固為奇俊，然未免有句無章。」（《詞綜偶評》）此論並不公允。從章法上講，此詞從上片的天陰寫到下片的天晴，從前面的愁緒縈迴到後面的情懷軒朗，寫來條貫雅鬯，層次井然；而感情的起伏始終與天氣的變化相適應，融情入景，自然邃密，堪稱渾成之作。

起首二句，寫詞人所處的環境，給人以寂寞幽深的感覺。庭院深深，寂寥無人，已令人傷感；兼以細雨斜風，則景象之蕭條，心境之淒苦，尤足感愴。一句「重門須閉」，寫詞人要把門兒關上，實際上她是想關閉心靈的窗戶，省卻無端的煩惱。歇拍「萬千心事」，也在這裡設下了伏筆。

「寵柳嬌花寒食近，種種惱人天氣」，這兩句既宕開，又聯繫。由斜風細雨，而想到寵柳嬌花，正像〈如夢令〉中在雨疏風驟之後想到海棠一樣，這裡既傾注了對美好事物的關心，也透露出惆悵自憐的感慨。花耶人耶，幾不可辨。在遣辭造句上，也顯示了詞人獨創的才能。明人王世貞云：「『寵柳嬌花』，新麗之甚。」（《弇州山人詞評》）宋人黃昇云：「前輩嘗稱易安『綠肥紅瘦』為佳句，余謂此篇『寵柳嬌花』之語，亦甚奇俊，前此未有能道之者。」（《花菴詞選》）此四字所以如此得人稱讚，蓋以其字少而意深，事熟而句生，足見錘鍊功夫。其中可以引申出這些意思：春近寒食時節，化工造就了垂柳繁花，可見大自然對花柳的寵愛；人來柳陰花下留連玩賞，花與柳便也如寵兒嬌女，成為備受人們愛憐的角色。其中又以人之寵愛為主體，從下句「惱人天氣」四字自然映出：奈何臨近寒食清明這種多雨季節，遊賞不成，只好深閉重門，故曰「種種惱人天氣」，而花受風雨摧殘，也在「惱人」之列。這句話對上面「又斜風細雨」一句，也是一個帶有強烈感情色彩的補充。

「險韻詩成，扶頭酒醒，別是閒滋味」，由天氣、花柳，漸次寫到人物。「險韻詩」，指用冷僻難押的字押韻做詩。「扶頭酒」是飲後易醉的一種酒。風雨之夕，詞人飲酒賦詩，藉以排遣愁緒，然而詩成酒醒之後，無端愁緒重又襲上心頭，「別是閒滋味」。一「閒」字，將傷春念遠情懷，暗暗逗出，耐人尋味。歇拍二句，為整個上闋點睛之筆。相傳鴻雁於春分時北歸，時近寒食，故征鴻業已過盡。這裡僅是虛寫，實際上是用鴻雁傳書的典故，暗寓趙明誠走後，詞人欲寄相思，而信使難逢。由於胸中藏有「萬千心事」，故詞人怕聽雨聲，欲將重門緊閉，對三春花柳不能賞玩，故產生惱怨之情，飲酒澆愁，賦詩遣興……然而「萬千心事」，關它不住，遣它不成，寄也無方，最後還是把它深深地埋藏心底。這樣的描寫，可謂入木三分，刻摯無比了。

換頭從眼前風雨拓開一層，寫「幾日春寒」，然仍承「萬千心事」意脈。連日陰霾，春寒料峭，詞人樓頭深坐，簾垂四面。「簾垂四面」，是上闋「重門須閉」的進一步發展，既關上重門，又垂下簾幕，則小樓之幽暗可知，樓中人情懷之索寞，亦不言而喻了。「玉闌干慵倚」，刻畫詞人無聊意緒，而隱隱離情亦在其中。征鴻過盡，音信無憑，縱使闌干倚遍，亦復何用！此語雖淡，而情實深。闌干慵倚，樓內寒深，枯坐更加愁悶，於是詞人唯有懨懨入睡了。可是又感羅衾不耐春寒，漸漸從夢中驚醒。上片「萬千心事」，為下片致夢之由。心事無人可告，唯有託諸夢境，可惜又被寒冷喚回。其輾轉難眠之意，淒然溢於言表。「不許愁人不起」，多少無可奈何的情緒，都包含在這六字之中，因此明人陸雲龍評曰：「苦境，亦實境。」（《詞菁》卷二）所謂苦境者，謂詞人為離情所折磨而痛苦不堪；所謂實境者，謂詞人因明誠外出而實有此情，並非虛構。從語言上看，此句「用淺俗之語，發清新之思」，可謂「詞意並工，閨情絕調」（清彭孫遹《金粟詞話》）。譜入音律，字字工穩，音韻諧婉，令人玩味不盡。

從「清露晨流」到篇終，詞境為之一變。在此以前，詞清調苦，婉曲深摯；在此以後，清空疏朗，低迴蘊藉。「清露晨流，新桐初引」（引，長也），用南朝宋劉義慶《世說新語．賞譽》篇中成句，寫晨起時庭院中景色。從「重門須閉」，「簾垂四面」，至此簾捲門開，頓然令人感到一股盎然生意。這在詞的作法上叫做「宕開」，曲折變化，盤旋盡致。如果只是緊承前意，照直寫去，便顯得沾滯、板直，情味索然。清人毛先舒說：「嘗論詞貴開宕，不欲沾滯，忽悲忽喜，乍遠乍近，斯為妙耳。如遊樂詞須微著愁思，方不痴肥。李春情詞本閨怨，結云『多少遊春意』，『更看今日晴未』，忽爾拓開，不但不為題束，並不為本意所苦，直如行雲舒卷自如，人不覺耳。」（《詩辯坻》）此段確是方家之論。凡詞無非言情，而情總不外乎喜怒哀樂。寫遊樂而著以微愁，寫悲哀而襯以喜悅，使詞情起伏跌宕，複雜多變而不致單一，此乃詞家三昧。這首詞正是如此。此詞結句還有一個妙處：日既高，煙既收，本是大好晴天，但詞人還要「更看今日晴未」，說明春寒日久，陰晴不定，即便天已放晴，她還放心不下；暗中與前面所寫的風雨春寒相呼應，詞心之細，脈絡之清，令人嘆服。而以問句作結，則尤饒有餘不盡的意味，讀後頗感情波蕩漾，沁人心脾。（徐培均）

永遇樂

李清照

落日熔金，暮雲合璧，人在何處？染柳煙濃，吹梅笛怨，春意知幾許！元宵佳節，融和天氣，次第豈無風雨？來相召，香車寶馬，謝他酒朋詩侶。

中州盛日，閨門多暇，記得偏重三五。鋪翠冠兒，撚金雪柳，簇帶爭濟楚①。如今憔悴，風鬟霜鬢，怕見夜間出去。不如向、簾兒底下，聽人笑語。

〔註〕①簇帶，即簇戴，頭上插戴滿首飾。濟（音同擠）楚，形容人之風采、美好，如「衣冠濟楚」。

在詩詞中，以元宵燈節為題材的優秀作品不少，大多是鋪陳渲染元夕的熱鬧景象，即使像有所託寓的辛棄疾詞〈青玉案〉（東風夜放花千樹）也不例外。李清照這首元夕詞，卻一反常調，以今昔元宵的不同情景作對比，抒發了深沉的盛衰之感和身世之悲。宋張端義《貴耳集》說：「易安……南渡以來，常懷京洛舊事。晚年賦元宵〈永遇樂〉詞。」可見本篇當是詞人晚年流寓南宋都城臨安期間所作。

上片寫今年元宵節的情景。起手兩句著力描繪元夕絢麗的暮景：落日的光輝，像熔解的金子，一片赤紅璀璨；傍晚的雲彩，圍合著璧玉一樣的圓月。兩句對仗工整，辭采鮮麗，形象飛動。晴明的暮景預示今年元宵將有一番熱鬧景象。但緊接著一句「人在何處」，卻是一聲充滿迷惘與痛苦的長嘆。這裡包含著詞人由今而昔、又由昔而今的意念活動。置身表面上依然熱鬧繁華的臨安，恍惚又回到「中州盛日」，但旋即又意識到這只不過是一時的幻覺，因而不由自主地發出「人在何處」的嘆息。這是一個飽經喪亂的人在似曾相識的情景面前產生的迷惘和痛苦的心聲。它接得突兀，正由於是一時的感情活動，而不是理智的思索和沉靜的回憶。這中間有許多省略，讀來感到含蘊豐富，耐人咀嚼。

「染柳煙濃，吹梅笛怨，春意知幾許！」接下來三句，又轉筆寫初春之景：在濃濃的煙靄的熏染下，柳色似乎深了一些；笛子吹奏出哀怨的〈梅花落〉曲調，原來先春而開的梅花已經凋謝了。這眼前的春意究竟有多少呢？「幾許」是不定之詞，具體運用時，意常側重於少。「春意知幾許」，實際上是說春意尚淺。這既符合元宵節正當初春的季節特點，也切合詞人此時的心情。詞人不直說梅花已謝而說「吹梅笛怨」，顯然是暗用李白〈與史郎中欽聽黃鶴樓上吹笛〉「一為遷客去長沙，西望長安不見家。黃鶴樓中吹玉笛，江城五月落梅花」詩意，藉以抒寫自己懷念舊都的哀思。正因為這樣，雖有「染柳煙濃」的春色，也只覺「春意知幾許」了。

「元宵佳節，融和天氣，次第豈無風雨？」「元宵」二句承上描寫作一收束。佳節良辰，應該暢快地遊樂了，卻又突作轉折，說轉眼間難道就沒有風雨嗎？（次第，當時口語，很快的意思。）這彷彿有些無端憂慮。但正是這種突然而起的「憂愁風雨」的心理狀態，深刻地反映了詞人多年來顛沛流離的境遇和深重的國難家愁所形成的特殊心境，因此，當前的良辰美景自然引不起她的興趣，下文的辭謝酒朋詩侶也顯得順理成章了。

「來相召，香車寶馬，謝他酒朋詩侶。」詞人的晚景雖然淒涼，但由於她的才名家世，臨安城中還是有一些貴家婦女乘著香車寶馬邀她去參加元宵的詩酒盛會。只因心緒落寞，她都婉言推辭了。這幾句出語平淡，彷彿漫不經意，正透露出飽經憂患後近乎漠然的心理狀態。

換頭由上片的寫今轉為憶昔：「中州盛日，閨門多暇，記得偏重三五。」中州，本指今河南之地，這裡專指汴京；三五，指正月十五元宵節。遙想當年汴京繁盛的時代，自己有的是閒暇遊樂的時間，而在四時八節的良辰盛會中，人們最重視元宵佳節。「鋪翠冠兒，撚金雪柳，簇帶爭濟楚。」這天晚上，同閨中女伴們戴上嵌插著翠鳥羽毛的時興帽子，和金線絲所製的雪柳（婦女的一種頭飾），插戴得齊齊整整，前去遊樂。這幾句集中寫當年的著意穿戴打扮，既切合青春少女的特點，充分體現那時候無憂無慮的遊賞興致，同時汴京繁華熱鬧的景象透過這個側面也可約略想見。以上六句憶昔，語調輕鬆歡快，多用當時俗語，宛然少女聲口。但是，昔日的繁華歡樂早已成為不可追尋的幻夢，故由憶昔又轉為傷今：「如今憔悴，風鬟霜鬢，怕見夜間出去。」歷盡國破家傾、夫亡親逝之痛，詞人不但由簇帶濟楚的少女變為形容憔悴、蓬頭霜鬢的老婦，而且心靈也衰老了，對外面的熱鬧繁華提不起興致，懶得夜間出去。「盛日」與「如今」兩種迥然不同的心境，從側面反映了金兵南下前後兩個截然不同的時代和詞人相隔霄壤的生活境遇，以及它們在詞人心靈上投下的巨大陰影。

詞寫到這裡，似乎無話可說了。因為既無心遊賞，也就不必再涉及元宵這個話題。但作者於下邊卻再生波瀾，作為全篇的收束：「不如向、簾兒底下，聽人笑語。」這一結愈見悲涼。詞人一方面擔心面對元宵勝景會觸動今昔盛衰之慨，加深內心的痛苦；另一方面卻又懷戀著往昔的元宵盛況，想在觀賞今夕的繁華中重溫舊夢，給沉重的心靈一點慰藉。這種矛盾心理，看來似乎透露出她對生活還有所追戀和嚮往，但骨子裡卻蘊含著無限的孤寂悲涼。歷史的巨變、人事的滄桑，已經使她再也不敢面對現實的繁華熱鬧，只能在隔簾笑語聲中聊溫舊夢。簾外的那個世界，似乎很近，卻又離得很遠，因為它已經不再屬於自己了。

南宋末年著名愛國詞人劉辰翁〈永遇樂〉詞序云：「余自乙亥上元誦李易安〈永遇樂〉，為之涕下。今三年矣，每聞此詞，輒不自堪。」可見李清照這首詞感染力之強。劉辰翁是在南宋面臨危亡的風雨飄搖年代寫這首詞序的，因此對李詞中濃厚的今昔盛衰之感、個人身世之悲深有感會。

這首詞在藝術上除了運用今昔對照與麗景哀情相映的手法外，還有意識地將淺顯平易而富表現力的口語與錘鍊工緻的書面語交錯融合，造成一種雅俗相濟、俗中見雅、雅不避俗的特殊語言風格。（劉學鍇）

武陵春

李清照

風住塵香花已盡，日晚倦梳頭。物是人非事事休，欲語淚先流。
聞說雙溪春尚好，也擬泛輕舟。只恐雙溪舴艋舟，載不動許多愁。

讀著這首小詞，我們彷彿看到這樣一幅場景：紅日高懸，東風駘蕩，園林內的花枝上已謝殘紅，一片片綠葉正綴滿樹梢。再看近處，則是一所古色古香的兼作書齋的閨房，案頭上堆著書史，妝臺上放著鏡奩，旁邊也可看到一隻寶鴨香爐，它正裊裊不絕地吐著沉香的氤氳。少頃，一位衣著淡雅、纔到中年的孀婦走出來望了望窗外，然後踱進妝臺，想對鏡梳妝，但又慵怠無力。於是她舒展歌喉（或展開花箋），歌唱（或抒寫）了一首迴腸蕩氣的歌曲。

本詞以第一人稱的口吻，用深沉憂鬱的旋律，抒發了內心深處的苦悶和憂愁，從而塑造了處於「流蕩無歸」（宋王灼《碧雞漫志》）、孤苦淒涼環境中的自我形象。

古代詞人很講究鍊字鍊句，不但要做到「句中無餘字，篇中無長語」，而且要做到「句中有餘味，篇中有餘意」（姜夔《白石道人詩說》）。李清照在這方面是頗見工力的。「風住塵香花已盡」一句即達到如此境界。「風住」二字，既通俗又凝練，極富於暗示性，它告訴我們在此以前曾是風吹雨打、落紅成陣的日子。在此期間，詞人肯定被這無情的風雨鎖在家中，其心情之苦悶是可想而知的。「塵香」即後來陸游〈卜算子．詠梅〉詞中「零落成泥碾作塵」的意思，它不僅說明天已晴朗多時，落花已化為塵土，而且寓有對美好事物遭受摧殘的惋惜之情和對自身「流蕩無歸」的深沉感慨。語言優美，意境深遠，含有無窮之味，不盡之意，令人一唱三嘆。

這首詞在藝術形象的刻畫上，是由表及裡，從外到內，步步深入，層層開掘。如果勉強分開來說，這首詞的上半闋則是側重於外形，下半闋多偏重於內心。「日晚倦梳頭」、「欲語淚先流」是描摹人物的外部動作和神態。從頭髮梳妝方面摹寫意緒的詩句，易安詞中不止一處，如「夜來沉醉卸妝遲，梅萼插殘枝」（〈訴衷情〉），「睡起覺微寒，梅花鬢上殘」（〈菩薩蠻〉），「起來慵自梳頭」（〈鳳凰臺上憶吹簫〉），「髻子傷春懶更梳」（〈浣溪沙〉）……或是抒發傷春懷抱，或是表現離情別緒，或是刻畫嬌慵神態：沒有一處是相同的。這裡所寫的「日晚倦梳頭」，則是另外一種心境。這時她因金人南下，幾經喪亂，和她志同道合的丈夫趙明誠早已逝世，自己隻身流落金華，眼前所見的是一年一度的春景，以及趙明誠的遺著《金石錄》和別的一些文物。睹物思人，物是人非，不禁悲從中來，感到萬事皆休，無窮索寞。因此她日高（「日晚」即「日高」之意）方起，懶於梳理。「欲語淚先流」，寫得鮮明而又深刻。眼淚是傳達感情的最好工具之一。人們在激動的時刻，常常借眼淚來宣洩內心的痛苦。古往今來有很多詞人創造了描寫眼淚的名句，像「淚眼倚樓頻獨語」（馮延巳〈蝶戀花〉），「淚眼問花花不語」（歐陽脩〈蝶戀花〉），「停梭垂淚憶征人」（溫庭筠〈楊柳枝〉），「故國夢重歸，覺來雙淚垂」（李煜〈子夜歌〉），「相顧無言，唯有淚千行」（蘇軾〈江城子〉），「淚洗殘妝無一半」（朱淑真〈減字木蘭花〉），「執手相看淚眼，竟無語凝噎」（柳永〈雨霖鈴〉），有的是寫淚水含在眼裡，有的是寫淚水掛滿兩腮：表現了各種各樣的感情。這裡李清照寫淚，先以「欲語」作為鋪墊，然後讓淚奪眶而出，簡單五個字，下語看似平易，用意卻無比精深，把那種難以控制的滿腹憂愁一下子傾瀉出來，具有一股動人心弦的藝術魅力。

詞的下半闋在挖掘內心感情方面更加細膩，更加深邃。李清照是填詞的聖手，她的作品起伏跌宕，曲折多變。哪怕是只有三四十字的難於變化的小令，也能於「短幅中藏無數曲折」（清黃蘇《蓼園詞評》）。這首〈武陵春〉也表現了這樣的特色。宋張炎在《詞源》中說：「詞與詩不同……合用虛字呼喚。」李清照深得個中祕訣，她在下半闋中一連用了「聞說」、「也擬」、「只恐」三組虛字，作為起伏轉折的契機，一波三折，感人至深。第一句「聞說雙溪春尚好」是陡然一揚，詞人剛剛還在流淚，可是一聽說金華郊外的雙溪春光仍然明媚，她這個平日喜愛遊覽的人頓起出遊之興，「也擬泛輕舟」了。「春尚好」、「泛輕舟」，措詞輕鬆，節奏明快，恰到好處地表現了詞人一剎那間的喜悅心情。而在「泛輕舟」之前著「也擬」二字，更顯得婉曲低迴，說明詞人出遊之興並不十分強烈。「輕舟」一詞為下文的愁重作了很好的鋪墊和烘托，至「只恐」以下二句，則是在鋪足之後來一個猛烈的跌宕，使感情顯得無比深沉，收到了有餘不盡的藝術效果。在這裡，上半闋所說的「日晚倦梳頭」、「欲語淚先流」的原因，也得到了深刻的揭示。清劉熙載論詞說：「一轉一深，一深一妙，此騷人之三昧。倚聲家得之，便自超出常境。」（《藝概．詞概》）用這句話來評價李清照的〈武陵春〉，無疑是很恰當的。像這樣婉曲幽深的手法，後來戲曲中常常採用，一些人物的靜場唱裡，往往有「欲要」怎樣，「唯恐」怎樣，反覆詠唱，一轉一深，從而將細微的心理活動，維妙維肖地勾畫出來。

值得注意的是這首詞在比喻方面的巧妙運用。詩歌中用比喻，是常見的現象；然而要用得新穎，卻非常不易。就以形容「愁」和「恨」來說，詞史上有不少名句，如「問君能有幾多愁？恰似一江春水向東流」（李煜〈虞美人〉），「若問閒情都幾許？一川煙草，滿城風絮，梅子黃時雨」（賀鑄〈青玉案〉），「便做春江都是淚，流不盡，許多愁」（秦觀〈江城子〉）。這些優美的詩句將精神化為物質，將抽象的感情化為具體的形象，都饒有新意，各具特色。在這首詞裡，李清照說：「只恐雙溪舴艋舟，載不動許多愁。」同樣是用誇張的比喻形容「愁」，但她自鑄新辭，而且用得非常自然妥帖，不著痕跡。我們說它自然妥帖，是因為它承上句「輕舟」而來，而「輕舟」又是承「雙溪」而來，寓情於景，渾然天成，構成了完整的意境。沈祖棻《宋詞賞析》說，李煜將愁變成水，秦觀將愁變成隨水而流的東西，李清照又進一步把愁搬上了船；到了金董解元《西廂記諸宮調》「休問離愁輕重，向個馬兒上駝也駝不動」，則把愁從船上卸下，駝在馬背上；元王實甫《西廂記》說「遍人間煩惱填胸臆，量這些大小車兒如何載得起」，更把愁從馬背上卸下來，裝在車子上。這樣的評述，確是總結了一條藝術經驗，很值得借鑑。（徐培均）

蝶戀花　李清照

上巳召親族

永夜懨懨歡意少，空夢長安，認取長安道。為報今年春色好，花光月影宜相照。
隨意杯盤雖草草，酒美梅酸，恰稱人懷抱。醉裡插花花莫笑，可憐春似人將老。

此詞於宋高宗建炎三年三月上巳作於建康（今江蘇南京）。據李清照〈金石錄後序〉所述，趙明誠建炎三年己酉春三月罷建康守，具舟上蕪湖，入姑孰（當塗），五月至池陽（貴池），又被旨知湖州，遂駐家池陽。六月，獨馳馬赴建康陛辭，冒大暑感疾，七月於建康病危，八月卒。卒前，李清照急返建康看視，已不可救。葬畢明誠，金兵已迫建康，清照攜帶圖書逃出，終生未再至建康，亦不可能在他處召親族。故此詞作於建炎三年上巳無疑。

上片首韻「永夜懨懨歡意少」，採用一起入情、開門見山的手法。南渡以後，政局動蕩，金兵不斷攻迫，憂國傷時的激越情緒，使清照雋永含蓄的風格，一變而為沉鬱蒼涼。上巳雖是傳統的水邊修禊節日，詞人此時心情不愉，入手即表明此意。次韻「空夢長安，認取長安道」，「長安」代指汴京。長夜輾轉反側，夢見汴京，看到汴京的宮闕城池，然而實不可到，故說「空」，抒寫對汴京被占的哀思，和屈原在〈哀郢〉中驚呼「曾不知夏之為丘兮，孰兩東門之可蕪」、「曼余目以流觀兮，冀壹返之何時」，同樣沉痛。結拍「為報今年春色好，花光月影宜相照」，和劉禹錫的〈金陵五題‧石頭城〉詩「淮水東邊舊時月，夜深還過女牆來」，一樣沉鬱蒼涼，感慨萬端。今年的自然春色和往年一樣好，而今年的政局遠遠不如從前了。「為報」二字，點明這春天的消息是從他人處聽來的，並非詞人遊春所見。實際上是說，今年建康城毫無春意，雖是朝花夜月如故，而有等於無。「宜相照」的「宜」字，作「本來應該」解。「相照」前著一「宜」字，其意似說它們沒有相照，更確切一點，是詞人對此漫不經心，反映出她的憂悶。

過片三句「隨意杯盤雖草草，酒美梅酸，恰稱人懷抱」，是女主人公招待親族說的話。「隨意」、「草草」云云指酒菜沒有精心準備（是客氣話），但酒美梅酸，也還差強人意。這兩韻，貌似率直，其實極婉轉，語氣中流露出詞人感時傷亂的情緒。所以煞拍著意勾勒：「醉裡插花花莫笑，可憐春似人將老。」這裡把「花」擬人化。兩句有幾層的意思。清照有一首〈菩薩蠻〉云「故鄉何處是，忘了除非醉」，詞意與「醉裡插花」同。「花莫笑」，就是不要笑我老大，這一層詞意，與末句「可憐春似人將老」緊接，意思是說最需要憐念的是春天也像人一樣快要衰老了，「春」暗喻「國家社稷」，「春將老」，國將淪亡。〈蝶戀花〉是一首六十字的令詞，這一首詞題是「上巳召親族」，帶含豐富的思想內容，深厚的感傷情緒，寫得委婉曲折，層層深入而筆意渾成，具有長調鋪敘的氣勢。

清照是南北宋之交的詞人，她寓南渡之恨的詞作，對南宋一些詞人，如辛稼軒、姜白石等，影響都很大。辛稼軒有一首寓南渡之痛最深切的〈摸魚兒〉，結尾「閒愁最苦。休去倚危欄，斜陽正在、煙柳斷腸處」，和清照這首的「可憐春似人將老」一樣，都是將「斜陽」、「春暮」暗喻國家社稷現狀的。（黃墨谷）

聲聲慢

李清照

尋尋覓覓，冷冷清清，淒淒①慘慘戚戚。乍暖還寒時候，最難將息。三杯兩盞淡酒，怎敵他曉來風急？雁過也，正傷心，卻是舊時相識。

滿地黃花堆積，憔悴損，如今有誰堪摘？守著窗兒獨自，怎生得黑！梧桐更兼細雨，到黃昏、點點滴滴。這次第，怎一個愁字了得！

〔註〕①一作「悽悽」。

唐宋古文家以散文為賦，而倚聲家實以慢詞為賦。慢詞具有賦的鋪敘特點，且蘊藉流利，匀整而富變化，堪稱「賦之餘」。李清照這首〈聲聲慢〉，膾炙人口數百年，就其內容而言，簡直是一篇悲秋賦。亦唯有以賦體讀之，乃得其旨。李清照的這首詞在作法上是有創造性的。原來的〈聲聲慢〉的曲調，韻腳押平聲字，調子相應地也比較徐緩。而這首詞卻改押入聲韻，並屢用疊字和雙聲字，這就變舒緩為急促，變哀惋為淒厲。此詞以豪放縱恣之筆寫激動悲愴之懷，既不委婉，也不隱約，不能列入婉約體。

前人評此詞，多以開端三句用一連串疊字為其特色。但只注意這一層，不免失之皮相。詞中寫主人公一整天的愁苦心情，卻從「尋尋覓覓」開始，可見她從一起床便百無聊賴，如有所失，於是東張西望，彷彿漂流在海洋中的人要抓到點什麼才能得救似的，希望找到點什麼來寄託自己的空虛寂寞。下文「冷冷清清」，是「尋尋覓覓」的結果，不但無所獲，反被一種孤寂清冷的氣氛襲來，使自己感到淒慘憂戚。於是緊接著再寫了一句「淒淒慘慘戚戚」。僅此三句，一種由愁慘而淒厲的氛圍已籠罩全篇，使讀者不禁為之屏息凝神。這乃是百感迸發於中，不得不吐之為快，所謂「欲罷不能」的結果。

「乍暖還寒時候」這一句也是此詞的難點之一。此詞作於秋天，但秋天的氣候應該說「乍寒還暖」，只有早春天氣才能用得上「乍暖還寒」。我以為，這是寫一日之晨，而非寫一季之候。秋日清晨，朝陽初出，故言「乍暖」；但曉寒猶重，秋風砭骨，故言「還寒」。至於「時候」二字，有人以為在古漢語中應解為「節候」，但柳永〈永遇樂〉云「熏風解慍，晝景清和，新霽時候」，由陰雨而新霽，自屬較短暫的時間，可見「時候」一詞在宋時已與現代漢語無殊了。「最難將息」句則與上文「尋尋覓覓」句相呼應，說明從一清早自己就不知如何是好。

下面的「三杯兩盞淡酒，怎敵他曉來風急」，「曉」，通行本作「晚」。這又是一個可爭論的焦點。俞平伯《唐宋詞選釋》註云：

「曉來」，各本多作「晚來」，殆因下文「黃昏」云云。其實詞寫一整天，非一晚的事，若云「晚來風急」，則反而重複。上文「三杯兩盞淡酒」是早酒，即〈念奴嬌〉詞所謂「扶頭酒醒」；下文「雁過也」，即彼詞「征鴻過盡」。今從《草堂詩餘別集》、《詞綜》、張氏《詞選》等各本，作「曉來」。

這個說法是對的。說「曉來風急」，正與上文「乍暖還寒」相合。古人晨起於卯時飲酒，又稱「扶頭卯酒」。這裡說用酒銷愁是不抵事的。至於下文「雁過也」的「雁」，是南來秋雁，正是往昔在北方見到的，所以說「正傷心，卻是舊時相識」了。《唐宋詞選釋》說：「雁未必相識，卻云『舊時相識』者，寄懷鄉之意。趙嘏〈寒塘〉：『鄉心正無限，一雁度南樓。』詞意近之。」其說是也。

上片從一個人尋覓無著，寫到酒難澆愁；風送雁聲，反而增加了思鄉的惆悵。於是下片由秋日高空轉入自家庭院。園中開滿了菊花，秋意正濃。這裡「滿地黃花堆積」是指菊花盛開，而非殘英滿地。「憔悴損」是指自己因憂傷而憔悴瘦損，也不是指菊花枯萎凋謝。正由於自己無心看花，雖值菊堆滿地，卻不想去摘它賞它，這才是「如今有誰堪摘」的確解。然而人不摘花，花當自萎；及花已損，則欲摘已不堪摘了。這裡既寫出了自己無心摘花的鬱悶，又透露了惜花將謝的情懷，筆意比唐人杜秋娘所唱的「有花堪折直須折，莫待無花空折枝」要深遠多了。

從「守著窗兒」以下，寫獨坐無聊，內心苦悶之狀，比「尋尋覓覓」三句又進一層。「守著」句依清張惠言《詞選》斷句，以「獨自」連上文。秦觀（一作無名氏）〈鷓鴣天〉下片：「無一語，對芳樽，安排腸斷到黃昏。甫能炙得燈兒了，雨打梨花深閉門。」與此詞意境相近。但秦詞從人對黃昏有思想準備方面著筆，李則從反面說，好像天有意不肯黑下來而使人尤為難過。「梧桐」兩句不僅脫胎秦觀，而且兼用溫庭筠〈更漏子〉下片「梧桐樹，三更雨，不道離情正苦；一葉葉，一聲聲，空階滴到明」詞意，把兩種內容融而為一，筆更直而情更切。最後以「怎一個愁字了得」句作收，也是蹊徑獨闢之筆。自庾信以來，或言愁有千斛萬斛，或言愁如江如海（分別見李煜、秦觀詞），總之是極言其多。這裡卻化多為少，只說自己思緒紛茫複雜，僅用一個「愁」字如何包括得盡。妙在又不說明於一個「愁」字之外更有什麼心情，即戛然而止，彷彿不了了之。表面上有「欲說還休」

之勢，實際上已傾瀉無遺，淋漓盡致了。

這首詞大氣包舉，別無枝蔓，逐件事一一說來，卻始終緊扣悲秋之意，真得六朝抒情小賦之神髓。而以接近口語的樸素清新的語言譜入新聲，又確體現了倚聲家的不假雕飾的本色，誠屬難能可貴之作。（吳小如）

點絳唇　李清照

寂寞深閨，柔腸一寸愁千縷。惜春春去，幾點催花雨。

倚遍欄杆，只是無情緒。人何處，連天芳樹①，望斷歸來路。

〔註〕①一作「衰草」。

這是一首閨怨詞。上片抒傷春之情，下片敘傷別之情。傷春、傷別，融為揉斷寸腸的千縷濃愁，故明代陸雲龍在《詞菁》中稱道此詞「淚盡箇中」。

開篇處詞人即將一腔愁情盡行傾出，將「一寸」柔腸與「千縷」愁思相提並論，這種不成比例的並列使人產生了一種強烈的壓抑感，彷彿看到了驅不散、扯不斷的沉重愁情壓在那深閨中孤獨寂寞的弱女子心頭，使她愁腸欲斷，再也承受不住的淒絕景象。「惜春」以下兩句，雖不復直言其愁，卻在「惜春春去」的矛盾中展現女子的心理活動。淅瀝的雨聲催逼著落紅，也催逼著春天歸去的腳步。唯一能給深閨女子一點慰藉的春花也凋落了，那催花的雨滴只能在女子心中留下幾響空洞的回音。人的青春不就是這樣悄悄地逝去的嗎？惜春，惜花，也正是惜青春、惜年華的寫照，因此，在「惜春春去」的尖銳矛盾中，不是正在醞釀著更為沉鬱淒愴的哀愁嗎？

下片寫憑欄遠望。在古典詩詞中，常用「倚欄」表示人物心情悒鬱無聊。如溫庭筠〈更漏子〉詞「虛閣上，倚闌望，還似去年惆悵」就是如此。這裡詞人在「倚」這個動詞後面綴以「遍」字，就把深閨女子百無聊賴的煩悶苦惱鮮明地點染了出來；下句中又以「只是」與「倚遍」相呼應，托出了因愁苦而造成的「無情緒」，這就有力地表現了愁情之深，之重，之無法排解。結尾處，遙問「人何處」，這一方面點明了女子憑欄遠望的目的，同時也暗示了「柔腸一寸愁千縷」、「只是無情緒」的根本原因是思念遠出的良人。在這裡，詞人巧妙地安排了一個有問無答的布局，卻轉筆追隨著女子的視線去描繪那望不到盡頭的芳樹，正順著良人歸來時所必經的道路蔓延開去，一直延伸到遙遠的天邊。然而望到盡頭，唯見「連天芳樹」，不見良人蹤影，這淒涼的畫面不就是對望眼欲穿的女子的無情回答嗎？寂寞、傷春，已使她寸腸生出千縷愁思；望夫不歸，女子的愁情又將會是何許深，何許重，何許濃呢？這自然就意在言外了。

全詞由寫寂寞之愁，到寫傷春之愁，到寫傷別之愁，到寫盼歸之愁，全面地，層層深入地表現了女子心中愁情沉澱積累的過程。到煞尾處，感情已積聚達到最高峰，全詞也隨之達到了高潮。清陳廷焯《雲韶集》盛讚此作「情詞並勝，神韻悠然」，實非過譽之詞。（侯健、呂智敏）

減字木蘭花

李清照

賣花擔上，買得一枝春欲放。淚染輕勻，猶帶彤霞曉露痕。
怕郎猜道，奴面不如花面好。雲鬢斜簪，徒要教郎比並看。

這一首詞曾有爭議。近人趙萬里輯《漱玉集》云：「案汲古閣未刻本《漱玉詞》收之，『染』作『點』。詞意淺顯，亦不似他作。」王學初《李清照集校註》則云：「按以詞意判斷真偽，恐不甚妥，茲仍作清照詞，不列入存疑詞內。」其實趙萬里否定李清照其他作品，都以詞意淺薄或儇薄不似清照其他詞作為理由，似難服人。李清照詞中大膽描寫愛情，宋人早已看到，如王灼《碧雞漫志》卷二云：「作長短句，能曲折盡人意，輕巧尖新，姿態百出，閭巷荒淫之語，肆意落筆。」本篇描寫了新婚生活的一個側面，表現了作者放縱恣肆的性格，與王灼所譏評的頗為一致，當係宋徽宗建中靖國年間（一一〇一）嫁給趙明誠時所作。

上片寫買花。宋朝都市常有賣花擔子，一肩春色，串街走巷，把盎然生趣送進千家萬戶。南宋蔣捷曾有〈昭君怨〉一詞寫賣花人云：「擔子挑春雖小，白白紅紅都好。賣過巷東家，巷西家。簾外一聲聲叫，窗裡鴉鬟入報。問道買梅花，買杏花。」與此詞上闋對讀，我們即可得出全面印象：似乎在小丫鬟入報以後，作為女主人的李清照隨即作了吩咐，買下一枝最滿意的鮮花。整個上片便是截取了買花過程中最後一個畫面，所寫的便是女主人公手執鮮花，作滿懷深情的欣賞。「春欲放」三字，表達了她對花兒的由衷喜愛：「啊，春天到了，花兒含苞欲放了！」這「春」字用得特別好，既可以指春色、春光、春意和春天，也可以借指花兒本身。為什麼不用花字而用春字，因為花字境小，春字境大。同蔣捷〈昭君怨〉中「擔子挑春」的「春」字一樣，都能給人以無窮的美感和聯想。下面「淚染輕勻」二句，寫花的容態。這花兒被人折下，似乎在為自己命運的不幸而哭泣，直到此時還淚痕點點，愁容滿面。著一「淚」字，就把花擬人化了，再綴以「輕勻」二字，便顯得哀而不傷，嬌而不豔，其中似乎滲透著女主人對它的同情與愛撫。這二句中前一句較虛，出自詞人的想像；後一句較實，摹寫了花上的露珠——也就是前句中的「淚」。這叫做融情入景，以景擬人。「猶帶彤霞曉露痕」，花朵上披著彤紅的朝霞，帶著晶瑩的露珠，不僅顯出了花之色彩、花之新鮮，而且點明時間是在清晨，整個背景寫得清新絢麗，恰到好處地烘托了新婚的歡樂與甜蜜。

下片寫戴花。唐五代有一首無名氏詞〈菩薩蠻〉可供比照：「牡丹含露真珠顆，美人折向庭前過。含笑問檀郎：花強妾貌強？檀郎故相惱，須道花枝好。一面發嬌嗔，碎挼花打人。」此詞可能受到它的影響，但卻未像無名氏詞那樣寫出對方的反應，而是僅從自己一方說起。無名氏詞側重於外部動作，此詞則側重於內心刻畫。「怕郎猜道，奴面不如花面好」，活活畫出一位新嫁娘自矜、好勝甚至帶有幾分嫉忌的心理。她在青年婦女中，本已感到美貌超群，但同「猶帶彤霞曉露痕」的鮮花相比，似乎還不夠嬌美，因此懷疑新郎是否愛她。這裡表面上是說郎在猜疑，實際上是她在揣度郎心，婉曲寫來，筆致輕靈。同上片相比，前面是以花擬人，這裡是以人比花，角度雖不同，但所描寫的焦點都是新娘自己。接著二句，是從人物的思想寫到人物的行動。為了爭取新郎的歡愛，她就把花兒簪在鬢髮上，讓新郎看看：人美還是花美？「比並看」，意即無名氏詞中的「花強妾貌強」。然卻終未說出誰強，含蓄蘊藉，留有餘味。「雲鬢斜簪」，丰神如畫，幾可與溫庭筠〈菩薩蠻〉「雙鬢隔香紅，玉釵頭上風」媲美。趙萬里認為「詞意淺顯」，或許指此二句。然而李清照在丈夫面前以花自比，已非一次。既然在函致明誠〈醉花陰〉時能說「人比黃花瘦」，為什麼新婚伊始不能說「人比鮮花美」呢？既然後來在歸來堂上夫婦之間猶猜書鬥茶，樂不可支，為什麼在此年輕時刻反而不能有一點閨房的樂趣呢？

總的來講，此詞樂而不淫，輕而不俗，與李清照的思想性格頗為相符。全篇透過買花、賞花、戴花、比花，生動地表現了年輕詞人天真的態度、愛美的心情和好勝的脾性。讀後頗覺生動活潑，富有濃郁的生活氣息。（徐培均）

攤破浣溪沙

李清照

病起蕭蕭兩鬢華，臥看殘月上窗紗。荳蔻連梢煎熟水，莫分茶。

枕上詩書閒處好，門前風景雨來佳。終日向人多醞藉，木犀花。

此詞寫病後的生活和心境，是作者晚年流寓越中所作。

久病初起的人，總想照照鏡子，看看自己有了什麼變化。此詞亦即由此起筆。「病起」，說明曾經長期臥床不起，此刻已能下床活動了。「蕭蕭」是頭髮花白稀疏的樣子。詞中係相對病前而言，因為大病，頭髮白了許多，而且掉了不少。對鏡端詳，情況是不妙的，按說接下去應是再寫病容或感慨，然而詞中即刻打住，下句另起一意。這個處理極妙，意思似乎是說，頭髮已經那樣，何必再去管它，還是料理今後罷。這不僅表現了作者的樂觀態度，行文也甚簡潔，因為只需寫出頭髮一項，就可概括其餘，如果下面再寫同類內容，反而成為贅疣。

下面接寫了另外兩事：看月，煎藥。因為還沒有全好，又在夜裡，作者做不了什麼事，只好休息，臥著看月；既是為了欣賞美麗的月光，也是為了消磨長夜的時光。「臥看」，是因為大病初起，身子乏力，同時也說明作者心情閒散，漫不經心，兩字極為傳神。「上」字說明此乃初升之月，則此殘月當為下弦月，此時夜已深沉。「荳蔻」為植物名，種子有香氣，可入藥，性辛溫，能去寒濕。「熟水」是宋人常用飲料。南宋陳元靚《事林廣記》別集卷七〈造熟水法〉云：「夏月，凡造熟水，先傾百煎衮（同滾）湯在瓶器內，然後將所用之物投入，密封瓶口，則香倍矣。若以湯泡之，則不甚香。」又有〈荳蔻熟水〉云：「白荳蔻殼揀淨，投入沸湯瓶中，密封片時用之，極妙。每次用七個足矣，不可多用，多則香濁。」分茶是宋人以沸水沖茶而飲的一種方法，頗為講究，故楊萬里於〈淡庵座上觀顯上人分茶〉詩云「分茶何似煎茶好，煎茶不似分茶巧」，以下並描述了這種分茶法。「莫分茶」即不飲茶，茶性涼，與荳蔻性正相反，故忌之。以荳蔻熟水為飲，即含有以藥代茶之意。這又與首句呼應。深夜裡，人兒斜臥，缺月初上，室中飄散縷縷清香，一派閒靜氣氛，確實是適合病後調養的境界。

下片寫白日消閒情事。作者倚在枕上看一會兒書，又去門前隨便蹓蹓，觀賞一會兒景致，這是大病初起的人消磨時光的最好辦法。這裡寫的是看書，觀賞字畫就不行：那不僅要站著看，還要遠近左右來回走動，從不同角度、不同距離仔細端詳，大病初起的人，怎麼禁受得起？正襟危坐看書也受不了，所以只能在枕上觀覽。「閒處好」有兩層意思：一是說這樣看書只能閒暇無事才能如此；一是說閒時也只能看點閒書，例如自己喜愛的詩文之類，看時也很隨便，消遣而已。下雨一般使人心煩，但對一個成天閒散在家、經常在門前觀賞的人說來，偶然下一次雨，那雨中的景致，卻也較平時別有一種情趣。這同久雨望晴，久旱望雨，正是一樣的心理。俞平伯說這兩句「寫病後光景恰好。說月又說雨，總非一日的事情」（《唐宋詞選釋》），所見極是。末句將木犀擬人化，結得雋永有致。「木犀」即桂花，點出時間。本來是自己終日看花，卻說花終日「向人」，把木犀寫得非常多情，彷彿它知道作者病中寂寞，有意來陪伴一般；同時也表達了作者對木犀的喜愛，見出她終日都在觀賞。「醞藉」，寫桂花溫雅清淡的風度。木犀花小淡黃，芬芳徐吐，不像牡丹夭桃那樣只以穠豔媚人，用「醞藉」形容，亦極得神。「醞藉」又可指含蓄香氣而言。作者〈玉樓春〉詠梅詞云「不知醞藉幾多香」，也可作為此處「多醞藉」的註腳。

清照當宋室南渡之後，丈夫病死，孤身漂泊於杭州、越州（今浙江紹興市）、台州（今浙江臨海市）、金華等處，所作多危苦之詞。或許由於久病初癒，使人欣慰吧，此詞格調輕快，心境怡然自得，與同時其他作品很不相同。通篇全用白描，語言樸素自然，讀來情味深長，有如詞中讚美的木犀一樣醞藉有致。（王思宇）

浣溪沙

李清照

髻子傷春懶更梳，晚風庭院落梅初。淡雲來往月疏疏。

玉鴨熏爐閒瑞腦，朱櫻斗帳掩流蘇。通犀還解辟寒無？

此詞見於明陳耀文《花草粹編》卷三，無撰人姓氏，其前為李清照〈浣溪沙〉「澹蕩春光寒食天」一首，或可能以後選輯者連及亦作李清照詞，故王學初《李清照集校註》列為存疑之作。《全宋詞》據明沈際飛《草堂詩餘續集》卷上屬之李清照，今從之。

清譚獻《復堂詞話》評云：「易安居士獨此篇有唐調，選家爐冶，遂標此奇。」這一評價是相當高的。自宋以來評詞，常常標舉「唐風」、「唐調」。如東坡評柳永〈八聲甘州〉中「漸霜風淒緊，關河冷落，殘照當樓」三句云：「此語於詩句不減唐人高處。」（宋趙令畤《侯鯖錄》引）沈際飛評秦觀〈生查子〉（眉黛遠山長）時也說有「唐風」。所謂「唐風」、「唐調」，當指格高韻勝，富有詩的意境。此詞風格清麗，其筆墨多描寫景物，而深情遠致，流於言外。同唐詩中一些膾炙人口的絕句相比，確有某些相似之處。如唐人顧況〈宿昭應〉詩云：「獨閉空山月影寒。」〈聽角思歸〉云：「起行殘月影徘徊。」在傷心不語這樣的風致上，它們是非常接近的。

詞的起句，開門見山，點明傷春的題旨，隱然有「國風」騷雅之致。《詩經．伯兮》云：「自伯之東，首如飛蓬。豈無膏沐，誰適為容？」同這裡的「髻子傷春懶更梳」說的是同一個意思。其時詞人蓋結縭未久，丈夫趙明誠負笈出遊，丟下她空房獨守，寂寞無聊，以至連頭髮也懶得梳理。這種情緒，她在另一首〈浣溪沙〉中也寫過，就連過片「瑞腦香銷魂夢斷，辟寒金小髻鬟鬆」二句，也與此詞大同小異。

這首詞中除了第一句寫情較為明顯之外，大部分是將傷春之情隱藏在景物描寫之中。按照傳統的審美習慣，寫景之詞宜於顯，抒情之詞所憑藉的景物也宜於顯，而所寓之情則宜於隱。歐陽脩《六一詩話》引梅堯臣言詩家造語之工者云：「必能狀難寫之景如在目前，含不盡之意見於言外，然後為至矣。」就是在闡述寫景宜顯、寫情宜隱的道理。寫景不宜隱，隱則晦而不明；寫情不宜顯，顯則淺而無味。此詞自第二句起至結句止，基本上遵循了這一創作原則。「晚風庭院落梅初」，是從近處落筆，點時間，寫環境，寓感情。「落梅初」，即梅花開始飄落。深沉庭院，晚風料峭，梅殘花落，境極淒涼，一種傷春情緒，已在環境的渲染中流露出來。「淡雲」一句，則將詞筆引向遠方，寫詞人仰視天空，只見月亮從雲縫中時出時沒，灑下稀疏的月色。「來往」二字，狀雲氣之飄浮，極為真切。「疏疏」二字為疊字，富於音韻之美，用以表現雲縫中忽隱忽顯的月光，也恰到好處。因此清人陳廷焯稱讚此句為「清麗之句」（見《雲韶集》）。

過片以工整的一聯，寫室內之景。詞人也許在庭院中立了多時，愁緒無法排遣，只得回到室內，而眼中所見，仍是淒清之境。「玉鴨熏爐閒瑞腦」，瑞腦香在寶鴨熏爐內燃盡而消歇了，故曰「閒」。詞人在〈醉花陰〉中也寫過：「瑞腦銷金獸。」這個「閒」字比「消」字用得好，因為它表現了室內的閒靜氣氛。此字看似尋常，卻是從追琢中得來。詞人冷漠的心情，本是隱藏在景物中，然而透過「閒」字這個小小窗口，便悄悄透露出來。「朱櫻斗帳掩流蘇」，暗示人已就寢。「朱櫻斗帳」，是指繡有櫻桃花或櫻桃果串的方頂小帳。以上四句，透過庭院、天空和閨中種種景物的描寫，把周圍環境渲染得一片寧靜，寫景可謂顯矣；而詞人傷春無語的神情，都寄寓在景物描寫之中，寫情亦可謂隱矣。這樣便造成了含蓄深永的意境，令人涵詠不盡。

詞的結句「通犀還解辟寒無」，辭意極為婉轉。「通犀」，即通天犀，是一種名貴的犀牛角，遠方列為貢品。據唐王仁裕《開元天寶遺事》卷一說，開元二年冬至日，交趾國進貢犀牛角一隻，色黃似金，置於殿中，有暖氣襲人，名曰辟寒犀。然據詞意，此乃指一種首飾，當是犀梳或犀簪，尤以犀梳為近。此詞首言髻子慵梳，結句如神龍掉尾，回應首句。詞人因梳頭而想到犀梳，因犀梳而想到辟寒。她由於在晚風庭院中立了許久，歸臥後又因孤獨無偶，寒冷不能入眠。種種心緒並未明說，然意蘊言中，音流弦外，需要我們仔細地體味。（徐培均）

呂本中

【作者小傳】（一〇八四～一一四五）字居仁，世稱東萊先生，開封（今屬河南）人，祖籍壽州（治今安徽壽縣）。宋高宗紹興六年（一一三六），賜進士出身。歷官中書舍人、權直學士院，以忤秦檜罷職。詩屬江西派。南渡後，亦有悲慨時事之作。有《東萊集》《紫薇詩話》《江西詩社宗派圖》《紫薇詞》。存詞二十七首。

采桑子

呂本中

恨君不似江樓月，南北東西。南北東西，只有相隨無別離。
恨君卻似江樓月，暫滿還虧。暫滿還虧，待得團圓是幾時？

這首詞是寫別情。上片寫他在宦海浮沉，行蹤不定，南北東西漂泊，經常在月下懷念妻子（即詞中的「君」），只有月亮來陪伴她。表面上說「恨君」，實際上是思君。表面上說只有月亮相隨無別離，實際上是說跟君經常在別離。下片借月的暫滿還虧，比跟君的暫聚又別，難得團圓。這首詞的特色，是文人詞而富有民歌風味。民歌是自然流露，不用典故，是白描。這首詞也是真情的自然流露，也是白描，很親切。民歌往往採取重複歌唱的形式，這首詞也一樣。不僅由於〈采桑子〉這個詞調的特點，像「南北東西」，「暫滿還虧」兩句是重複的；就是上下兩片，也有重複而加以變化的，如「恨君不似江樓月」與「恨君卻似江樓月」，只有一字之差，民歌中的複疊也往往是這樣的。還有，民歌也往往用比喻，這首詞的「江樓月」，正是比喻，這個比喻親切而貼切。

這個「江樓月」的比喻，在藝術上具有特色。錢鍾書講到「喻之二柄」、「喻之多邊」。所謂二柄：「同此事物，援為比喻，或以褒，或以貶，或示喜，或示惡，詞氣迥異；修詞之學，亟宜拈示。」像「韋處厚〈大義禪師碑銘〉：『佛猶如水中月，可見不可取』，超妙而不可即也，猶云「高山仰止，雖不能至，心嚮往之」，是為心服之讚詞。黃庭堅〈沁園春〉：『鏡裡拈花，水中捉月，覷著無由得近伊』，猶云「甜糖抹在（這廝）鼻子上，只教他舐不著」（按：《水滸傳》），是為心癢之恨詞。」同樣用水中之月作比喻，一個寄以敬仰之意，一個表示不滿之情，感情不同，稱為二柄。「比喻有兩柄而復具多邊。蓋事物一而已，然非止一性一能，遂不限於一功一效。取譬者用心或別，著眼因殊，指同而旨則異；故一事物之象可以子立應多，守常處變。譬夫月，形圓而體明，圓若（與也）明之在月，猶《墨經》言堅若白之在石，不相外而相盈。鏡喻於月，如庾信〈詠鏡〉：『月生無有桂』，取明之相似，而亦可兼取圓之相似。王禹偁〈龍鳳茶〉：『圓似三秋皓月輪』，僅取圓之相似，不及於明。『月眼』、『月面』均為常言，而眼取月之明，面取月之圓，各傍月性之一邊也。」（節引《管錐編．周易正義．歸妹》）同用月做比喻，可以比圓，比明亮，這是比喻的多邊。

錢先生在這裡講的二柄或多邊，指不同的作品說的，同樣用月作比喻，在這篇作品裡是褒讚，在那篇作品裡是不滿；在這篇作品裡比圓，在那篇作品裡比明亮。有沒有在一篇作品裡用的比喻，既具二柄，復有多邊呢？這首詞就是。

這首詞用「江樓月」作比，在上片裡讚美「江樓月」，「南北東西，只有相隨無別離」，人雖到處漂泊，而明月隨人，永不分離，是讚詞。下片裡寫「江樓月」，「暫滿還虧，待得團圓是幾時」，月圓時少，缺時多，難得團圓，是恨詞。同樣用「江樓月」作比，一讚一恨，是在一篇中用同一個比喻而具有二柄。還有，上片的「江樓月」，比「只有相隨無別離」；下片的「江樓月」，比「待得團圓是幾時」，所比不同。同用一個比喻，在一首詞裡，所比不同，構成多邊。像這樣，同一個比喻，在一首詞裡，既有二柄，復具多邊，這是很難找的，因此，這首詞裡用的比喻，在修辭學上是非常凸出的。這樣的比喻，又自然流露，不是有意造作，用得又非常貼切，這是更為難能可貴的。

這詞的設想跟後漢徐淑〈答夫秦嘉書〉頗有相似處。徐淑說：「身非形影，何得動而輒俱；體非比目，何得同而不離。」除了用了兩個不同的比喻外，「何能動而輒俱」，「何能同而不離」，設想一致，也可以說千載同心了。（周振甫）

南歌子

呂本中

驛路侵斜月，溪橋度曉霜。短籬殘菊一枝黃，正是亂山深處過重陽。

旅枕元無夢，寒更每自長。只言江左好風光，不道中原歸思轉淒涼。

這是一首抒寫旅途風物與感受的小令。它不但有一個特定的時令背景（重陽佳節），而且有一個特定的歷史背景（北宋滅亡後詞人南渡，流寓江左）。這兩個方面的特殊背景，使這首詞具有和一般的羈旅行役之作不同的特點。

上片為旅途即景。開頭兩句，寫早行情景。天還沒有亮，詞人就動身上路了。驛路上照映著斜月的光輝，溪橋上凝結著一層曉霜。兩句中寫抒情主體動作的詞只一「度」字，但上句寫斜月映路，實際上已經暗含人的行役。兩句意境接近溫庭筠〈商山早行〉「雞聲茅店月，人跡板橋霜」，但溫詩前面直接點出「客行悲故鄉」，呂詞則情含景中，只於「驛路」、「曉霜」中稍透行役之意。「曉霜」兼點時令，下面提出「殘菊」便不突然。

「短籬殘菊一枝黃，正是亂山深處過重陽。」在路旁農舍外，矮籬圍成的小園中，一枝殘菊正寂寞地開著黃花。詞人想起今天是應該把酒賞菊的重陽佳節，今年這節日，竟在亂山深處的旅途中度過了。上句是旅途即目所見，下句是由此觸發的聯想與感慨。佳節思親懷鄉，是人之常情，對於有家難歸（呂本中是壽州人）的詞人來說，由此引起的家國淪亡之痛便更為深沉了。但詞人在這裡並未點破，只是用「亂山深處過重陽」一語輕輕帶過，把集中抒寫感慨的任務留給了下片。兩句由殘菊聯想到重陽，又由重陽聯想到眼前的處境和淪亡的故鄉，思緒曲折，而出語卻自然爽利。

「旅枕元無夢，寒更每自長。」過片兩句，由早行所見所感回溯夜間旅宿情景。在旅途中住宿，因為心事重重，老是睡不著覺，所以說「元無夢」；正因為夜不能寐，就倍感秋夜的漫長，所以說「寒更每自長」。著一「每」字，見出這種情形已非一日，而是羈旅中常有的況味。「元」、「每」二字，著意而不著力，言外淒然。一般的羈旅行役，特別是佳節獨處，固然也會有這種無眠的寂寞和憂傷，但詞人之所以如此，卻是傷心人別有懷抱。

「只言江左好風光，不道中原歸思轉淒涼。」江左，即江東，這裡泛指南宋統治下的東南半壁河山。江東風光，歷來為生長在北方的人所嚮往。如今身在江東了，卻並未感到喜悅。因為中原被占、故鄉難歸，在寂寞的旅途中，詞人對故鄉的思念不禁更加強烈，故土淪喪所引起的淒涼情緒也更加深沉了。兩句用「只言」虛提，以「不道」與「轉」反接，抑揚頓挫之間，正寓有無窮憂時傷亂的感慨。詞寫到這裡，感情的發展達到高潮，主題也就得到了集中的體現，它和一般羈旅行役之作不同的特點也自然顯示出來了。

這首詞表現詞人的中原歸思，有一個由隱至顯的過程。由於詞人結合特定的景物、時令、旅況，層層轉進，如剝繭抽絲般地來抒情，最後歸結到淒然歸思，便顯得很自然。詞的情感雖比較淒清傷感，但格調卻清新流利。這種矛盾的統一，構成了一種特殊的風調美，使人讀來雖覺淒傷卻無壓抑之感。（劉學鍇）

踏莎行

呂本中

雪似梅花，梅花似雪。似和不似都奇絕。惱人風味阿誰知？請君問取南樓月。
記得去年，探梅時節。老來舊事無人說。為誰醉倒為誰醒？到今猶恨輕離別。

呂本中這首借梅懷人詞，寫得迷離恍惚，含蓄雋永。

呂本中的詩詞以構思精巧見長，大多寫得詞淺意深，別有風味。胡仔說：「呂居仁詩清駃可愛。如『樹移午影重簾靜，門閉春風十日閒』，『往事高低半枕夢，故人南北數行書』。」（《苕溪漁隱叢話前集》卷五十三）而在詞中則尤為明顯。像〈采桑子〉（恨君不似江樓月）、〈減字木蘭花〉（去年今夜）、〈菩薩蠻〉（高樓只在斜陽裡）等，都鮮明地表現了這種藝術風格。

上片以「似」與「不似」寫梅雪相映的奇絕之景。梅花與飛雪同時，因而寫梅往往說到雪，以雪作背景。唐代齊己〈早梅〉：「前村深雪裡，昨夜一枝開。」宋代陸游〈梅花絕句〉：「聞道梅花坼曉風，雪堆遍滿四山中。」正因為梅與雪同時，加之梅花與雪花形似，詩人便將它們聯繫起來寫，唐代張謂〈早梅〉詩說它們相似難辨：「一樹寒梅白玉條，迥臨村路傍溪橋。不知近水花先發，疑是經冬雪未銷。」宋代王安石則表現其相似之中的不似，〈梅花〉詩云：「牆角數枝梅，凌寒獨自開。遙知不是雪，為有暗香來。」梅花和雪花形相似、色相近，而質相異，神相別，因而詞人在寫了「雪似梅花，梅花似雪」之後，拔起一筆：「似和不似都奇絕。」

「似」是言色，「不似」則言香。在朦朧月色之中，雪白梅潔，暗香浮動，確實是種奇妙的境界。月下奇景，本來是令人賞心悅目的，可是詞人卻認為是「惱人」的。「惱人」即「撩人」，此解詩詞中屢見。為什麼會撩撥起人的心事？詞人沒有徑直回答，卻頗為含糊地說：「惱人風味阿誰知？請君問取南樓月。」設下了懸念，令人揣想。南朝江淹〈別賦〉：「春草碧色，春水淥波。送君南浦，傷如之何？」李白〈淥水曲〉：「淥水明秋日，南湖採白蘋。荷花嬌欲語，愁殺蕩舟人。」送行時看到春草如茵，綠水如染，反而增加了惆悵。姑娘在湖上採蘋，秋日明麗，荷花紅豔，心中本有事，見了這樂景則扞格不入，反而觸景添愁。

下片則點明這些心事的由來：「記得去年，探梅時節。老來舊事無人說。」原來去年梅花開放時，曾同情人共賞，南樓之月可作見證，而今離別了，風物依舊，人事已非，怎得不觸景生情！詞到結句才點明別來頻醉頻醒，是為了「輕離別」的「恨」。先設下重重霧障，層層雲翳，然後驅霧排雲，露出了本意，使讀者從深深的困惑中明白過來。

「言情之詞，必借景色映托，乃具深婉流美之致。」（清吳衡照《蓮子居詞話》卷二）呂本中這首〈踏莎行〉見雪興懷，睹梅生情，登樓抒感，對月寄慨，把悔恨離別之情委婉道出，有著一種朦朧美。朦朧美不同於明快，但也不是晦澀。如果叫人讀了不知所云，百思不解，那就失卻了意義。朦朧美如霧中之花，紗後之女，初看不明晰，細辨可見形，這種境界同樣給人以美感。這首詞的題旨全靠最後一句「到今猶恨輕離別」點出。這確如畫龍，在雲彩翻卷之中，東現一鱗，西露一爪，最後見首點睛，因而既顯得體態夭矯，又透出十分神韻。（徐應佩、周溶泉）

胡世將

【作者小傳】（一〇八五～一一四二）字承公，晉陵（今江蘇常州）人。宋徽宗崇寧五年（一一〇六）進士。高宗時，歷監察御史、尚書右司員外郎、中書舍人等職，高宗紹興八年（一一三八），任四川安撫制置使，次年，以寶文閣學士宣撫川陝，遷端明殿學士。詞存一首。

酹江月　胡世將

秋夕興元使院作，用東坡赤壁韻。

神州沉陸，問誰是、一范一韓人物。北望長安應不見，抛卻關西半壁。塞馬晨嘶，胡笳夕引，贏得頭如雪。三秦往事，只數漢家三傑。

試看百二山河①，奈君門萬里，六師不發②。閫外何人，回首處、鐵騎千群都滅③。拜將臺欹，懷賢閣杳，空指衝冠髮。欄杆拍遍，獨對中天明月。

〔註〕①百二山河：山河險固。《史記·高祖本紀》：「秦，形勝之國，帶河山之險，懸隔千里，持戟百萬，秦得百二焉。」唐司馬貞《史記索隱》：「百二者，得百之二。言諸侯持戟百萬，秦地險固，一倍於天下……蓋言秦兵當二百萬也。」②《陝西通志》註：朝議主和。③《陝西通志》註：富平之敗。

胡世將這首〈酹江月〉有兩點值得一提。第一，南宋詞大都作於東南半壁，出於西北川陝前線的絕少。孝宗乾道八年（一一七二）陸游從軍南鄭，秋日登高望長安南山賦〈秋波媚〉諸詞，為南宋詞傳來了西北邊塞的鼓角之聲。胡世將此詞，《全宋詞》從《陝西通志》錄出，比陸游諸詞要早三十餘年。高宗紹興九年（一一三九）七月，在陝西與金對壘七年的南宋名將、川陝宣撫使吳玠卒後，胡世將代領其職，統率陝西諸軍，保衛川蜀門戶。詞題云「秋夕興元使院作」，當作於胡世將自成都初至興元時。興元，秦時名南鄭，為漢中郡治所在，今為陝西漢中市。高宗建炎二年（一一二八）張浚首任川陝宣撫使，即治兵於興元，上疏言：「漢中實形勢之地，前控六路之師，後據兩川之粟，左通荊襄之財，右出秦隴之馬，號令中原，必基於此。」（見明陳邦瞻《宋史紀事本末》）此後歷任川陝宣撫使，就常以興元為駐地（吳玠則移治於河池，今甘肅徽縣）。第二，紹興八年，高宗、秦檜與金和議，反對和議的丞相趙鼎、參知政事劉大中等俱遭罷黜，上書請斬秦檜之頭以謝天下的胡銓還遠謫嶺外。當時這場重大的和戰之爭見之於大量的奏疏，反映在詞中可惜不多。藉詞以表達主戰反和的，自然應首推岳飛的〈小重山〉。胡世將此詞痛惜「奈君門萬里，六師不發」，亦以鮮明的態度反對屈辱的和議，足為岳詞的後繼，與東南的愛國詞桴鼓相應，聲氣相通。而且，胡世將以方面之任主戰反和，並非徒為空言。紹興十年五月，金人破壞和議，分兵二路南下西進。西進的一路直趨陝西，所至州縣迎降，遠近大震。諸將中有建議放棄河池以避金人兵鋒的。胡世將憤然指所居帳曰：「世將誓死於此！」（《宋史·吳璘傳》）絕不後退半步。他依靠吳玠之弟吳璘，屢挫金兵，使金人由是不敢度隴。對於保衛西北戰線，胡世將是立了一功的。他以實際行動實踐了此詞所表示的反對和議力主恢復的志向。由於上述這兩點，在南宋初年的愛國詞中，這首〈酹江月〉就值得一提，不應讓它湮沒無聞。

此詞為感時而發，指斥和議之非，期待真有抱負才能的報國之士實現恢復大業。它用東坡赤壁懷古韻，此詞亦可稱「興元懷古」。不過東坡赤壁詞主要追懷周瑜，此詞則追懷與當地有關的好幾個歷史人物。

一、「三秦往事，只數漢家三傑。」項羽入關後分秦地為三，後因稱關中為三秦。漢家三傑，就是輔助劉邦奪取天下的張良、蕭何與韓信。劉邦於秦亡後封為漢王，都於南鄭。他聽從蕭何建議，在南鄭為韓信築壇拜將。劉邦後來出關東向，最終戰勝項羽，主要就是依靠了張良、蕭何、韓信這「漢家三傑」。

二、「拜將臺欹，懷賢閣杳。」懷賢閣是紀念三國時北伐至此的諸葛亮。諸葛亮幾度北伐，即駐兵漢中以出斜谷，死後葬於漢中的定軍山。陸游〈感舊〉詩記南鄭兩個勝跡，就是拜將壇與武侯廟：「慘淡遺壇側，蕭條古廟壖。」自註：「拜韓信壇至今猶存。沔陽有蜀後主所立武侯廟。」懷賢閣建於斜谷口，北宋時猶存。《蘇軾詩集》卷四有詩題曰：「是日至下馬磧，憩於北山僧舍，有閣曰懷賢，南直斜谷，西臨五丈原，諸葛孔明所從出師也。」

三、「問誰是，一范一韓人物。」一范一韓，就是北宋時駐守西北邊境的范仲淹與韓琦。仁宗康定元年（一〇四〇），范仲淹與韓琦並為陝西經略安撫副使，對抗擊西夏、鞏固西北邊防起了重要作用。朱熹《五朝名臣言行錄》卷七：「（范）仲淹與韓琦協謀，必欲收復靈夏橫山之地，邊上謠曰：『軍中有一韓，西賊聞之心骨寒；軍中有一范，西賊聞之驚破膽。』」

這些歷史人物，有的成就大業，有的北伐中原，有的威震邊陲。在「神州沉陸」、北宋淪亡之後，面對「北望長安應不見，拋卻關西半壁」的山河殘破的形勢，不能不令人臨風懷想古來於此為國立功的上述先賢。這也是作為邊帥初到興元的胡世將透過懷古以詠懷見志，表示他希欽和追慕的目標。但在首句「神州沉陸」之後，緊接著「問誰是、一范一韓人物」，實是在深慨當代沒有這樣的人物。下面說「漢家三傑」已成「往事」，拜將臺與懷賢閣則一「欷」一「杳」，都是暗寓「時無英雄」之慨。當時張浚是個名望很高的主戰派領袖，主張「中興當自關、陝始」（《宋史·張浚傳》），自請宣撫川陝。可惜他志大才疏，輕師失律。建炎四年九月，他所指揮的五路之兵四十萬人與金兵接戰後潰於富平（今屬陝西），從此關、陝喪失不可復。胡世將上痛和議之非，近傷富平之敗，和則非計，戰則非能，撫今懷古之餘，內心更加感到自己責任重大，既憤且憂，「贏得頭如雪」了。以功業論，胡世將還算不上什麼「中興名臣」，但此詞憂懷國事，著眼大局，不失閫（音同捆）外邊帥的氣度。「塞馬晨嘶，胡笳夕引」兩句，有西北戰場特有的邊塞氣氛。篇末寫怒髮上指，欄杆拍遍，情懷激烈，顯示內心憂憤之既巨且深，再也無法平復了。（吳熊和）

趙鼎

【作者小傳】（一〇八五～一一四七）字元鎮，解州聞喜（今屬山西）人。自號得全居士。中興名臣之一。崇寧五年（一一〇六）進士。官開封士曹。高宗朝擢右司諫，歷官至尚書左僕射、同中書門下平章事。為秦檜所忌，出為奉國軍節度使，徙知泉州，安置潮州，移吉陽軍，不食而卒。著有《忠正德文集》《得全居士詞》。存詞四十五首。

蝶戀花　趙鼎

河中作

盡日東風吹綠樹。向晚輕寒，數點催花雨。年少淒涼天付與，更堪春思縈離緒！臨水高樓攜酒處。曾倚哀弦，歌斷黃金縷①。樓下水流何處去，憑欄目送蒼煙暮。

〔註〕①黃金縷：形容柳色金黃，馮延巳〈鵲踏枝〉：「楊柳風輕，展盡黃金縷。」

趙鼎是解州聞喜人。宋時解州隸於河中府（治蒲州，今山西永濟）。這首詞自註「河中作」，詞中又自稱「年少」，當作於崇寧五年（一一〇六）趙鼎中進士前後。此後他就離開家鄉在汴京等地任職了。

這是一首故地重遊的懷人詞，懷念往昔曾於臨水高樓一曲賦別的一個女子。上片記時，下片記地，時地依然，而斯人已杳，通篇貫串著傷離念遠之情。開頭三句點明時令，又以春盡花落、孤獨索寞的時空環境暗寓「重來崔護」之感。「催花雨」在宋詞中有用於春初催花開的，如晏幾道〈泛清波摘遍〉：「催花雨小，著柳風柔，都似去年時候好。」易祓〈喜遷鶯〉：「一霎兒晴，一霎兒雨，正是催花時候。」也有用於春末催花落的，如李清照〈點絳脣〉：「惜春春去，幾點催花雨。」趙鼎詞意則是後者。「年少淒涼」四字包含無限傷感。「年少」本是青春和歡樂的時節，和「淒涼」連在一起，完全是為「春思」和「離緒」所困，而主因則在於一己之多情。但把「年少淒涼」說成是「天付與」，則又有自我解嘲的味道，意思是情之所鍾，無可擺脫，這「年少淒涼」的況味，不能不甘心忍受了。

「臨水高樓」三句，緊接上片的「離緒」而轉向懷人。這三句是追敘舊事，在「臨水高樓」這昔遊之地回憶當年送別時的情景。「曾倚哀弦」，指以絲竹伴唱。詞在唐宋時是合樂歌唱的，有琵琶等弦樂器伴奏。「倚」就是以聲合曲。黃金縷本來形容初春鵝黃色的柳條，古時有折楊柳贈別的風俗，「歌斷黃金縷」在這裡也有作為離別之曲的含意，與上句「哀弦」相應。「樓下水流何處去」一句乃用唐杜牧詩。杜牧〈題安州浮雲寺樓寄湖州張郎中〉詩：「去夏疏雨餘，同倚朱欄語。當時樓下水，今日到何處。恨如春草多，事與孤鴻去。楚岸柳何窮，別愁紛若絮。」宋時將杜牧此詩譜作歌曲，一時傳唱。晏幾道有〈玉樓春〉詞「吳姬十五語如絃，能唱『當時樓下水』」，可以為證。趙鼎這首詞就從「臨水高樓」的眼前實景出發，借杜牧詩意以「水流」方喻「人去」，自然熨帖，不露針線，密合無縫。而且，「暗隨流水到天涯」（秦觀〈望海潮〉），對方漂泊流落的生涯和命運，以及一去不返、此恨綿綿的情意，也都包含在「樓下水流何處去」這個深表關切的存問之中了。結句「憑欄目送蒼煙暮」，憑高極目，遠望水流人去的天際，寄託遙思，不覺暮煙四合。一片傷離念舊之情，就寓於這留連不去的久久痴望中，有著悠悠不盡的餘味。

趙鼎是南宋初的中興名臣，屹然重望，與宗澤、李綱相鼎足。據《宋史．趙鼎傳》，他因反對秦檜和議而被罷相，流放到吉陽軍（今海南省三亞市），有謝上表曰：「白首何歸，悵餘生之無幾；丹心未泯，誓九死以不移。」秦檜讀後說：「此老倔強猶昔。」他知道秦檜必欲殺之，遂絕食而死，死前自書旌銘：「身騎箕尾歸天上，氣作山河壯本朝。」英風壯概，氣節凜然。但他早年所作的這首〈蝶戀花〉，卻吐屬芳菲，情致纏綿，含思哀婉。清況周頤《蕙風詞話》卷二說此詞「年少淒涼」二句，「閒情綺語，安在為盛德之累耶？」本來這兩者並不相妨。唐宋璟為相，耿介有大節，但卻寫出了風流嫵媚的〈梅花賦〉（原賦已佚，《全唐文》卷二七所錄宋璟〈梅花賦〉乃偽作）。皮日休〈桃花賦〉序說宋璟「貞姿勁質，剛態毅狀，疑其鐵腸石心，不能吐婉媚辭。然睹其文而有〈梅花賦〉，清便富豔，得南朝徐庾體，殊不類其為人也。」趙鼎另一首〈蝶戀花〉說：「漫道廣平（宋璟封廣平郡公）心似鐵，詞賦風流，不盡愁千結。」無疑是借宋璟以夫子自道。「鐵腸石心」何嘗不可以有「詞賦風流」的一面，尤其是抒寫他們的少年風懷？（吳熊和）

點絳脣

趙鼎

春愁

香冷金爐，夢回鴛帳餘香嫩。更無人問，一枕江南恨。
消瘦休文，頓覺春衫褪。清明近，杏花吹盡，薄暮東風緊。

婉約詞著力表現的往往是一種深婉的意緒、心靈的潛流，雖深卻窄，雖窄卻深。高度的物質文明陶冶了細膩的感受，時代的陰影又使得有宋一代文學帶上了哀怨的色彩，而詞這種文體自身積澱的審美趣味也影響了詞作者的命題立意。所以，作為一代中興名相的趙鼎，這首「春愁」詞也寫得婉媚低迴，「不減花間集」（宋黃昇《花菴詞選續集》），就是可以理解的了。

上片寫春夢醒來獨自愁。「香冷金爐，夢回鴛帳餘香嫩。」金爐中，香已冷，繡著鴛鴦的帳帷低垂著，一切都是那麼閒雅，那麼安靜，那麼溫馨。一個「嫩」字以通感的手法寫出了餘香之幽微，暗香浮動，若有若無。但這種華美而寂靜的環境又似乎處處散發出一種無可排解的孤獨和感時傷懷的愁緒，猶如那縷縷餘香，捉摸不到，又排遣不去。「更無人問，一枕江南恨。」午夢醒來，愁緒不散，欲說夢境，又無人相慰相問。「恨」以「一枕」修飾，猶如用「一江」、「一舟」來修飾「愁」，化抽象為具象，組接無理而化合巧妙，「枕上片時春夢中，行盡江南數千里」（唐岑參〈春夢〉）。夢中的追尋越是迫切，醒來的失望就越發濃重。至於這情、這恨，所指到底是什麼，作者沒有講明，也無須講明，這是一種無所不在的閒愁閒恨，是一種泛化了的苦悶，既有時代的憂鬱，也有個人的感情，傷春愁春只是它的表層含義，人生的嘆喟，世事的憂慮，才是它的深層含義。

過片以「消瘦休文」自比。「頓覺春衫褪」，以誇張的手法凸出「消瘦」的程度。「休文」即南朝梁沈約，這是一個多愁多病的才子，他病中日益消瘦，以至「百日數旬，革帶常應移孔，以手握臂，率計月小半分」（《梁書．沈約傳》）。後人常以「沈腰」來比喻消瘦。「春衫褪」即春衫寬，衣服覺寬，人兒憔悴、苦澀之中有著執著。「頓」字以時間之短與衣衫之寬的對比凸出消瘦之快，其中還有驚奇、感嘆、無奈等多種感情。「清明近，杏花吹盡，薄暮東風緊。」這三句以景作結，含不盡之意。清明已近，春色將老，那鬧春杏花已吹落殆盡，「一片飛花減卻春，風飄萬點正愁人」（杜甫〈曲江二首〉）。在這種清寒的境界裡，作者無語獨立，不覺又是黃昏，只覺得東風陣陣，寒意陣陣。清明時節多風雨，若再有夜來風雨過園林，無多春色還能留幾分呢？東風帶來春雨，催開百花，又吹老園林，送走春色，所以宋人常有「東風惡」之語。「薄暮東風緊」寫的是眼前之景，傳達的卻是擔憂明日春色之情。一個「緊」字通俗而生動，表現力很強，既寫出了東風緊吹的力度，又寫出了作者「風入羅衣貼體寒」（馮延巳〈拋球樂〉），守住春色不放的深情。

這首詞自然屬於婉約之作，但婉而不弱，約而不晦。如詞的結尾，寫的是日暮花飛之景，雖無可奈何又依依不捨。詞人愁春惜花，守至日暮，依然不去，惋嘆之中有著堅韌，婉約之中不失筋骨。詞的語言含蓄有味而通俗易懂，到口即消卻耐人尋思。（史雙元）

滿江紅①

趙鼎

丁未九月南渡，泊舟儀真江口作。

慘結秋陰，西風送、霏霏雨濕。淒望眼，征鴻幾字，暮投沙磧。試問鄉關何處是，水雲浩蕩迷南北。但一抹寒青有無中，遙山色。

天涯路，江上客。腸欲斷，頭應白。空搔首興嘆，暮年離拆。須信道消憂除是酒，奈酒行有盡情無極。便挽取長江入尊罍，澆胸臆。

〔註〕①本詞文字依唐圭璋編《全宋詞》。若據宋黃昇《花菴詞選續集》，則作：「慘結秋陰，西風送、絲絲雨溼。凝望眼，征鴻幾字，暮投沙磧。欲向鄉關何處是，水雲浩蕩連南北。但修眉一抹有無中，遙山色。　天涯路，江上客。腸已斷，頭應白。空搔首興嘆，暮年離隔。欲待忘憂除是酒，奈酒行有盡愁無極。便挽將江水入樽罍，澆胸臆。」

趙鼎這首〈滿江紅〉註明作於「丁未九月」。丁未是宋高宗建炎元年（一一二七），上一年就是靖康元年，金兵攻佔汴京。靖康二年四月，金人擄徽、欽二帝北去。五月，趙構即帝位於南京（今河南商丘），改元建炎。九月，以金人進犯，退駐淮甸，並下詔繕修建康城池，準備南渡。趙鼎渡江至建康，就是為高宗下一步定都江南作先行的。因此他泊舟儀真（今江蘇儀徵）江口寫的這首詞，是此後南宋愛國詞的先聲。建炎元年十一月，高宗至揚州。三年二月，渡江至臨安、建康，都是趙鼎此詞以後的事。儀真在長江北岸，宋時為真州，是江淮南下至建康與兩浙的軍事要衝與轉運中心。泊舟儀真正是趙鼎渡江的前夕。趙鼎還寫了一部《建炎筆錄》，三卷，記高宗渡江後立朝經過，起自建炎三年正月，「丁未九月南渡」這一段可惜沒有寫入。

這首詞所寫是宋室南渡前夕的形勢和心情。詞以「慘」字發調，正混合著作者風雨渡江中對時局前途的觀感和憂慮。開頭三句，不是通常的悲秋情調，它借當前的時令景色表現了北宋淪亡、中原喪亂的時代氣氛。「慘結秋陰」，這慘淡的秋陰四布於低沉的寒空，也籠罩了作者悲涼的心頭。「淒望眼，征鴻幾字，暮投沙磧。」既是深秋時分的江頭即景，也是借雁自喻，以北雁南飛暗喻自己此時的去國離鄉，倉皇南渡。「沙磧」二字，見出滿眼荒寒。「試問鄉關何處是，水雲浩蕩迷南北」，用唐崔顥〈黃鶴樓〉詩：「日暮鄉關何處是。煙波江上使人愁。」但「迷」字點出心境，目斷心迷，南北莫辨，有茫然無適之感。上片末兩句化自王維〈漢江臨汎〉詩「山色有無中」，和秦觀〈泗州東城晚望〉詩「林梢一抹青如畫，應是淮流轉處山」。但詞中「遙山」之「青」冠以「寒」字，變成了「寒青」，這也是望眼淒迷所然吧。回望淮流諸山，告別中原，無限依戀的情意，溢於言外。

此詞上片寫景，極寫行色淒慘。下片抒情，就以「放筆為直幹」的寫法，抒發國難當頭的內心深憂。「天涯路，江上客。腸欲斷，頭應白。空搔首興嘆，暮年離拆。」建炎元年，趙鼎不過四十三歲，正將膺受重任。但去年汴京失守，二帝蒙塵；當前家室分攜，南北睽隔，再加上時局艱危，前途未卜，這些不能不使他腸斷而頭白了。「須信道」兩句有襯字，按照詞律，這兩句是七字句，則「須」字（或「道」字）和「奈」字是襯字。此詞下片極言家國之恨無窮，根本不是借酒消愁所能消除得了，除非挽取萬里長江的滾滾洪流入酒杯，滿懷積鬱或許可以借此沖洗一番。結句把鬱結心頭的國家民族之深憂，同眼前滔滔不絕的長江打成一片，令人感到這種憂愁直如長江一樣浩蕩無涯，無可止遏。作者的愛國熱情和滿腔激鬱不平之氣，也於此盡情表露出來了。

清陳廷焯《白雨齋詞話》卷六論南渡後詞，首先舉到趙鼎這首〈滿江紅〉，認為「此類皆慷慨激烈，髮欲上指，詞境雖不高，然足以使懦夫有立志」。（吳熊和）

鷓鴣天　趙鼎

建康上元作

客路那知歲序移，忽驚春到小桃枝。天涯海角悲涼地，記得當年全盛時。花弄影，月流輝，水精宮殿五雲飛。分明一覺華胥夢，回首東風淚滿衣。

趙鼎是宋代中興名臣，這首詞係南渡之後作於建康（今江蘇南京）。上元即元宵。詞人值此佳節，撫今憶昔，表現了沉痛的愛國感情。

起首二句，以頓入之筆點明身在客地，不覺時序推移之速。詞人原籍解州聞喜（今屬山西），徽宗崇寧五年進士，擢為開封士曹。靖康事變後，高宗倉皇渡江，駐蹕建康，詞人填此詞時，當係隨駕至此。「客路」一句，直點題面，說明在金兵南侵之際，自己轉徙異鄉，不知不覺又到了一年的春天。出語自然通俗，然於平淡中蘊深情，且為下句作好鋪墊。「忽驚春到小桃枝」，以小桃點出上元。小桃，見陸游《老學庵筆記》卷四：「上元前後即著花。」詞句流暢秀麗，於輕靈中寄重慨，是上句的自然歸宿。其中「那知」、「忽驚」兩個短語，緊相呼應，有兔起鶻落之勢，把詞人此時的心情，非常準確地表現了出來。

「天涯海角悲涼地」一語，補足起句「客路」二字。建康距離北宋首都開封，實際上並不甚遠，然而對一個戰亂中流離在外的人來說，卻有如天涯海角。和詞人同時的李清照流落到江南之後，也寫過這樣的詞句：「今年海角天涯，蕭蕭兩鬢生華。」（〈清平樂〉）詞人此處一則曰「海角天涯」，二則曰「悲涼地」，連連加重語氣，以見客愁之重、羈恨之深，這就具體表現了「忽驚」以後的情緒。當此之際，作為江防要塞的建康，一方面駐有南宋重兵，準備抵抗南下的金人；一方面是北方逃難來的人民，流離失所，淒淒慘慘。面對此情此景，詞人自然而然想起北宋時歡度元宵的盛況，於是「記得當年全盛時」一句衝口而出。這句是詞中一大轉折。按照一般填詞規律，詞至此句為上闋歇拍，應如戰馬收韁，告一段落。可是它的詞意卻直貫過片三句，有蟬聯而下之妙。這樣的結構好似辛稼軒〈賀新郎．別茂嘉十二弟〉。辛詞上闋歇拍云：「馬上琵琶關塞黑，更長門翠輦辭金闕。看燕燕，送歸妾。」過片云：「將軍百戰身名裂。向河梁，回頭萬里，故人長絕。」詞意跨過兩片，奔騰而下，歇拍處毫不停頓，一氣呵成，王國維稱之為「章法絕妙」（《人間詞話》）。此詞採用同樣章法，兩片之間，不可割裂。它在上闋歇拍剛說「記得當年」，換頭接著就寫「全盛時」情景。但它並未以實筆具體描寫元宵之夜「歌舞百戲，鱗鱗相切，樂聲嘈雜十餘里」；也未寫「燈山上彩，金碧相射，錦繡交輝」（俱見宋孟元老《東京夢華錄》卷六），而是避實就虛，寫花枝如何婀娜，月光如何皎潔，宮殿如何晶瑩，雲彩如何絢麗。從虛處著筆，就避免了一般化，讀後令人有新穎之感，並能喚起美好的聯想。

結尾二句又一轉折，寫詞人從對往事的回憶回到悲涼的現實。華胥夢，語出《列子．黃帝》，故事謂黃帝晝寢而夢，遊於華胥氏之國。其國無師長，一切崇尚自然，沒有利害衝突。此處喻北宋全盛時景象，隨著金人的入攻，霎時灰飛煙滅，恍如一夢。在「華胥夢」上著以「分明一覺」四字，更加重感情色彩。詞人如夢方醒，仔細辨認，春光依舊，景物全非，兩眶熱淚，不禁潸然而下，讀之令人愴然。詞一般以景結情為好，但以情煞尾，也有佳篇。此詞尾句純用情語，且以「東風」二字與上闋「春到小桃枝」相呼應，絲絲入扣，卻有泉流歸海，悠悠不盡的意味。

此詞結構極其嚴密。「分明一覺華胥夢」是詞中關鍵句子，也就是通常所說的「詞眼」。詞的上下二闋，全賴這個「詞眼」的眼光照映。如起首二句中的「那知」、「忽驚」寫從不知不覺到陡然發現，即帶有如夢初醒的意思；過片三句則係夢境的顯現；結句則係夢醒後的悲哀，在在關合「華胥夢」一語，於是通體渾融，構成一首意境深沉的歌曲。從全詞來看，感情寫得有起有伏，曲折多變。如果說前三句寫悲涼，過拍則轉寫歡樂；如果說過片是寫歡樂的高潮，結尾二句則又跌入悲愴的深淵。悲喜相生，跌宕有致。詞中還運用了回憶對比的手法：以今日之悲涼，對比昔日之全盛；以夢中之歡樂，對比現實之悲哀，衝破時間、空間的限制，一任感情之所至，恣意揮寫，哀而不傷，剛健深摯，與一般婉約詞、豪放詞均有不同。因此清人況周頤評曰：「清剛沉至，卓然名家，故君故國之思，流溢行間句裡。」（《蕙風詞話》卷二）這個評價是非常符合此詞的特點，也是非常符合詞人作為中興名臣的身分的。（徐培均）

洞仙歌

趙鼎

空山雨過，月色浮新釀。把盞無人共心賞。漫悲吟，獨自撚斷霜鬚，還就寢，秋入孤衾漸爽。

可憐窗外竹，不怕西風，一夜瀟瀟弄疏響。奈此九迴腸，萬斛清愁，人何處、邈如天樣。縱隴水秦雲阻歸音，便不許時間，夢中尋訪？

作為南渡名臣，趙鼎在朝中與秦檜進行過激烈的較量，由於高宗偏袒秦檜，致使趙鼎被罷謫嶺南。但是他的興復之志從未泯滅，秦檜的一切加害從未使他屈服。當他為使全家不遭秦檜的毒手，而決定絕食自殺時，還在預製的銘旌（柩前靈幡）上寫道：「身騎箕尾歸天上，氣作山河壯本朝。」其報國之雄心蒼天可鑑。這首詞即作於嶺南貶所。河山之戀，故土之思，溢於言表；然而孤寂、淒楚和憤慨之情也難以掩抑。

全詞寫了作者在一個秋夜的全部行動和情思。上片集中寫了三個生活細節——獨酌、悲吟、孤臥。起三句寫月下獨酌：新雨初過，山月朗照，新酒飄著香氣，杯中浮著月影，那正是敞懷痛飲的時刻，可一拿起酒杯，就想起當此良辰美景竟無人共賞，只是一人獨飲，實在敗味得很。這自然要引起對自己被貶謫、被軟禁的憤慨，於是有月下悲吟一舉。「漫悲吟，獨自撚斷霜鬚」，是說受此屈辱，無處申訴，只好獨自長歌悲吟以減輕胸中的鬱悶了。由於這悲吟有深度，有力度，是內心深處的顫抖與吶喊，不覺連花白的髭鬚都撚斷了數根。「還就寢」二句寫孤衾獨臥，意思是說獨酌無味，悲吟傷情，還不如回房就寢，可是由於秋涼天氣，孤衾獨臥，又久久不能入睡，心緒茫然。以上三個連續性的細節，共同表明作者處境的艱難、愁懷的激烈，以及日子的難以打發。

下片集中寫獨臥孤衾中的所聞和所感，向更深的心理層次開掘。「可憐窗外竹」三句，既是景語，更是情語，而且是整片意脈的樞紐。窗外竹整夜被西風吹得颯颯作響，撩人愁思，於是有下面「奈此九迴腸」的披露；然從「可憐」、「不怕」、「弄」等用語看來，又暗暗地讚頌了竹抗風鬥寒的品格，於是有結處夢尋故土的決心。「九迴腸」，出於司馬遷〈報任少卿書〉「是以腸一日而九迴」，言愁怨極多。此處亦言心中裝著萬斛苦恨，致使愁腸百結，其中最主要的就是自己夢寐所求的人遠在天那邊，同時也是訴說自己被遠拋閒置在遙遠的天這邊。前面總冠以一個「奈」字，言面對這些打擊與迫害無可奈何，明顯地流露出一種苦悶與不平。「人何處」的「人」，聯繫上下文看，當不止是說家中的親人、朝中的故舊，主要還是指九重之上的高宗皇帝。臣子一旦得罪遠謫，總是寄希望於皇帝能夠回心轉意把他召回。趙鼎嘗兩度執政，高宗曾對他言聽計從，稱為「真宰相」。他的治國理念專以固本為先，認為根本固而後敵可圖，仇可復。雖被遠貶而此志不衰，因此翹首企望回朝續展長才。「解鈴還是繫鈴人」，寄希望於皇帝自在情理之中。故詞的結處又從悲愴的嘆息，一轉而為熱烈而執著的追求：「縱隴水秦雲阻歸音，便不許時閒，夢中尋訪？」隴水，即隴頭之水；秦雲，即秦嶺之雲。進出長安（代指京都）必須通過這些障礙物，這裡用以指秦檜一類朝中權奸。數句言縱然有奸邪當道阻擋我回到朝廷，總不能不許我閒時到夢中去尋求歸路。這裡正如他從潮州移吉陽軍（今海南三亞）時給高宗的謝表中所言：「白首何歸，悵餘生之無幾；丹心未泯，誓九死以不移。」

此詞不以剪裁工巧取勝，而以描寫深刻細膩見長。它基本上採用了賦的寫法，敘述與描寫的成分很重。首先是按時間順序從空山雨過，獨飲無緒，悲吟斷鬢，孤衾獨臥，一直寫到夜闌不寐，聞風吹竹，愁腸難伸，夢尋舊鄉，寫出了一個淒涼人難度淒涼夜的全過程，真實感人。其次是描寫頗有層次，上片全屬行動描寫，下片先是景物描寫，後是心理描寫，層層深入，而且每一種描寫都作了精細的刻畫和渲染。如以月色、杯影反襯無人共賞，以撚斷霜鬢表明悲吟的深度與力度，以「萬斛清愁」形容愁恨之多，以「邈如天樣」形容朝廷之遠，以「隴水秦雲」暗指秦檜一類政敵，等等。正因為有這些精細的描繪，才避免了一般作品容易犯的平鋪直敘、板重厚拙的毛病。（謝楚發）

向子諲

【作者小傳】（一〇八五～一一五二）字伯恭，開封（今屬河南）人，卜居清江（今江西樟樹）。號薌林居士。宋哲宗元符時，以恩蔭補官。南渡初，統兵勤王。高宗朝，官至徽猷閣待制、戶部侍郎。晚知平江府，因反對和議忤秦檜，致仕。閒居十五年。有《酒邊詞》，以南渡為界，分江南新詞和江北舊詞。存詞一百七十六首。

鷓鴣天　向子諲

有懷京師上元，與韓叔夏司諫、王夏卿侍郎、曹仲谷少卿同賦。

紫禁煙花一萬重，鰲山宮闕倚晴空。玉皇端拱彤雲上，人物嬉遊陸海中。
星轉斗，駕回龍。五侯池館醉春風。而今白髮三千丈，愁對寒燈數點紅。

向子諲是一位生活在南北宋之交的詞人。他將自己所作編為《酒邊詞》，分成「江南新詞」和「江北舊詞」前後兩卷。這樣的編排，用意很深，南宋胡寅認為他「退江北所作於後，而進江南所作於前，以枯木之心，幻出葩華；酌玄酒之尊，棄置醇味」（〈酒邊詞序〉），大致正確。向子諲前半生親睹北宋之盛，金兵進犯、宋室南渡後，他力主抗金，因得罪秦檜，於是掛冠還鄉，卜居江西臨江。晚年詞作，多抒寫淡於名利的閒適生活情趣，但也常常縈念北宋徽宗時代的繁盛。這類感舊傷時之作，隱寓著深沉的身世家國之恨。

這首〈鷓鴣天〉，詞題是「有懷京師上元」，未標明作年。作者集中另有〈清平樂．巖桂盛開戲呈韓叔夏司諫〉云：「而今老我薌林，世間百不關心。獨喜愛香韓壽，能來同醉花陰。」其與韓叔夏唱和往來在高宗紹興九年己未（一一三九）歸隱以後，詞亦當為此後數年間所作。

這首詞在結構上打破了詞調分片的定格，從文義看，前七句和後兩句，是兩個意境迥異、對比鮮明的畫面。前七句，從懷舊入手，以流利輕快的筆觸，描繪了汴京紫禁城內外歡度上元佳節的景象。正月十五之夜，華燈寶炬與月色煙光交輝，彩燈疊成的鰲山與華麗的宮闕高聳雲天，至尊的帝王端坐於彩樓之上，萬民百姓則嬉遊於街衢之間。斗轉星移，龍駕回宮，萬眾狂歡更趨高潮。這幅上元節情景，完全是紀實。據南宋孟元老《東京夢華錄》回憶，上元的汴京「燈山上彩，金碧相射，錦繡交輝……宣德樓上，皆垂黃緣簾，中一位乃御座……萬姓皆在露臺下觀看，樂人時引萬姓山呼。」至於該書所記載的：「別有深坊小巷，繡額珠簾，巧製新妝，競誇華麗，春情蕩颺，酒興融怡，雅會幽歡，寸陰可惜，景色浩鬧，不覺更闌。寶騎駸駸，香輪轆轆，五陵年少，滿路行歌，萬戶千門，笙簧未徹。」民間如此，豪貴之家此夕宴樂之盛更可知，但如其自序所云「未嘗經從」，故從闕略罷了。「五侯」，因漢代外戚、宦官有五人同時封侯之事，故以後泛稱權貴之家為五侯家。

如此良辰美景，是何等繁盛、歡樂，但在最後兩句，詞意陡轉，一落千丈，在我們面前突現了一個蕭疏淒清的境界：「而今白髮三千丈，愁對寒燈數點紅。」「而今」二字，把上元狂歡的畫面推向了遙遠的過去，成了一個幻境，這是化實為虛的有力一筆；同時，又把詞人面對的現實場景一下子推到讀者眼前。詞人撫今思昔，真有恍若隔世的感覺：當年身為貴胄子弟（向子諲是宋神宗欽聖憲肅皇后的再從侄），曾出入宮闈，備受恩榮，如今卻是一個皤然老翁；當年目睹京城繁華，親歷北宋之盛，如今僻居鄉里，只能與數點寒燈晤對。清王夫之《薑齋詩話》說：「以樂景寫哀，以哀景寫樂，一倍增其哀樂。」的確，這首詞將今昔兩個畫面加以對比，這種盛與衰、樂與哀相互映襯的手法，確實收到了強烈的藝術效果。「白髮三千丈」借用李白〈秋浦歌十七首〉其十五名句，表現愁緒滿懷的詞人自我形象；「愁對寒燈數點紅」，凝聚著詞人多少深沉的感慨：是對昔日繁華生活的眷戀？是往事若夢的人生喟嘆？還是因國破家亡而產生的悵恨？抑或是「流水落花春去也，天上人間」（李煜〈浪淘沙令〉）的失落感？……這一切，詞人用一個「愁」字點醒了。「白髮」、「寒燈」二句中，兩個描寫色彩的字「白」與「紅」又互相映射，渲染了一種淒清的境界。結響凝重，含蘊深閎，以少總多，發人遐思，是全篇傳神之筆。（方智範）

秦樓月　向子諲

芳菲歇，故園目斷傷心切。傷心切，無邊煙水，無窮山色。
可堪更近乾龍節，眼中淚盡空啼血。空啼血，子規聲外，曉風殘月。

公元一一二七年「靖康之變」，徽、欽二帝被擄北去，中原盡失，朝野志士無不拔劍斫地，切齒扼腕，於是詞壇上產生了一批慷慨悲涼、數百年後尚見其抑塞磊落之氣的作品。向子諲這一首〈秦樓月〉，題旨相同，篇幅雖短，感情的容量卻並不小，在表現上也自有特色。

上下兩闋，詞意可分三層。

起首「芳菲歇」三字，寫春光消歇景象，似實而虛。因為詞人並非吟詠節序，抒寫一般的傷春傷別情懷，所以下面不再因此而展開對景色的描繪。當此春末夏初時節，詞人縈迴於心的是什麼呢？是「故園目斷傷心切」。按「故園」可作家鄉解，但向子諲家在江西臨江，並未淪於敵手，這裡顯然是指失去的國土。詞人登高遙望北方故國，而故國不可見，對於一個胸懷愛國之情的南渡詞人來說，怎能不悲傷痛切呢？這一句，是對內心感情的直接表露。但如果任憑感情的驅使，沿此思路寫下去，就未免有一瀉無餘之病了。詞是吟詠性情的，但最好是訴諸具體的形象。至此，詞人筆鋒一轉，由直而曲，欲吐又吞，不言情而轉寫景：「無邊煙水，無窮山色。」詞人眼中所見，唯有迷離的煙水，朦朧的山色，這一景象，既是「故園目斷」含義的豐富和延伸，又使「傷心切」這一心理活動具象化；同時，自然界山水的無邊無際，又恰到好處地隱隱傳達出詞人此時此地情感的惆悵和悠遠。所以，讀至此，我們簡直分不清詞人是在寫景呢，還是在抒情。景與情合，情以景生，「悲喜亦於物顯」（清王夫之《唐詩評選》卷三），正是此八字的妙處。

下闋「可堪」二字，是不能堪的意思。此乃詞人著意用力之筆，把上闋「故園目斷傷心切」的感情又推進、深化了一層。詞人為何在春末夏初時節要遙念故國呢？因為是「更近乾龍節」。《易·乾》：「九五，飛龍在天。」乾卦以龍取象，所以古人往往以「乾龍」喻帝王。乾龍節，是北宋欽宗趙桓的生日。據《宋史·禮志》記載：「靖康元年四月十三日，太宰徐處仁等表請為乾龍節。」當年此日，朝廷中群臣上壽，欽宗賜宴，好一派熱烈慶賀的盛況！而今又是四月，聖節將臨，卻是神州板蕩，山河易主，詞人撫今追昔，怎能忍受得了如此滄桑巨變呢？於是萬千棖觸，化為使人不忍卒讀的詞句：「眼中淚盡空啼血。」這一句，哀怨悲涼，撼人心魄。向子諲是一位力主抗金的將領，高宗建炎四年（一一三〇）金兵大舉南下，一路直指江西、湖南，向子諲正在潭州（今長沙）知州任上，有人建議暫避敵鋒，他大呼曰：「是何言之不忠也！使向之諸郡有一二能為國家守，敵其至此耶？」「朝廷使我守此藩也，委而去之，非義矣！」（見汪應辰〈向公墓志銘〉、胡宏〈向侍郎行狀〉）他親率軍民血戰數日，終因力不足而城破。事後，他的好友陳與義贈詩，有「柱天勛業須君了」的贊辭（〈題向伯恭過峽圖〉），然而詞人於今想到家亡國破，君辱臣恥，卻又回天無力，胸中不禁充塞著極度的憤恨和悲哀。這樣深沉難遣的感情積聚，實在非「眼中淚盡空啼血」一句不能盡之了。以上為詞意的第二層。

下面，由人的「空啼血」聯想到自然界的子規，感情又進一層。按〈秦樓月〉詞調的要求，「空啼血」是承上句而來，卻不是語句的簡單重複，而用以帶起以下句意。詞人緣情而布景，以「子規聲外，曉風殘月」這樣淒厲衰颯的意境結束全詞。子規即杜鵑鳥。子規啼血是古代詩詞中屢見的意象，如白居易〈琵琶行〉：「其間旦暮聞何物？杜鵑啼血猿哀鳴。」李山甫〈聞子規〉：「斷腸思故國，啼血濺芳枝。」「曉風殘月」，是柳永〈雨霖鈴〉詞中的名句，這裡雖係移用，但顯然詞人對原來的意象內涵進行了改造，它表現的已不是離別的苦況，而是因國破家亡而生的故國之思了。「子規聲外，曉風殘月」，是因情而設景，亦即王國維《人間詞話》所謂「以我觀物，故物皆著我之色彩」的「有我之境」。它以豐富的內蘊，傳達出詞人心中的無限哀怨，撞擊著讀者的心扉。

全詞感情真摯，情景諧合，在《酒邊詞》中，是一首成功的小令。但終因其忠憤有餘而少豪宕之氣，且詞中意境少獨創性，缺乏新鮮感，不免影響了它的藝術感染力量。（方智範）

阮郎歸　向子諲

紹興乙卯大雪行鄱陽道中

江南江北雪漫漫，遙知易水寒。同雲深處望三關，斷腸山又山。天可老，海能翻，消除此恨難。頻聞遣使問平安，幾時鸞輅還。

向子諲是南宋初年主戰派大臣。靖康之難，他曾請康王率諸將渡河，出敵不意以救徽欽二帝。高宗建炎三年（一一二九），金兵進湖南圍長沙，他率軍民與金兵血戰八晝夜。陳與義〈傷春〉詩云：「稍喜長沙向延閣，疲兵敢犯犬羊鋒。」即謂此事。高宗紹興九年（一一三九），子諲以忤秦檜致仕，從此歸隱林下十五年以終。其詞多寫山林逸趣，但也不乏憂國傷時之作，此詞即其中之一。詞題「紹興乙卯大雪行鄱陽道中」，乙卯為紹興五年（一一三五），鄱陽今屬江西，位於鄱陽湖東岸。

「江南江北雪漫漫」，起筆極寫江南江北，大雪漫天，寒氣逼人。大雪天征途上，詞人何所思耶？是溫暖的家，抑或前村之酒舍？都不是。「遙知易水寒」，易水（在今河北），當時正是金人的後方。原來，詞人是在懷想被擄北去的徽欽二帝啊。此句寫懷想，句中「知」字是眼。加一遙字，寫出其懷念之深。落一「寒」字，見得其體貼之切。「寒」字與起筆之「雪漫漫」照應，其意可玩。江南江北已大雪漫漫，「燕山雪花大如席」（李白〈北風行〉），其寒徹骨，可想而知。「寒」字亦暗示出二帝在漠北苦寒之地，備受金人之種種虐待。此句字面，取自戰國末荊軻之悲歌「風蕭蕭兮易水寒」，又倍增一份悲憤之感。「同雲深處望三關」，上句寫內心之懸想，此句更推進一步，寫出舉目以北望。三關者，淤口關、益津關（均在今河北霸州市）、瓦橋關（在今河北雄縣）。五代後周顯德六年（九五九），世宗北取瀛、莫等州，以三關與契丹分界。詞人以易水、三關，泛言北地。遙望天北，但見彤雲沉沉，二帝蒙塵之處，上有沉沉之彤雲，下有重重之關山。「斷腸山又山」，那重重之山，遮斷了詞人之望眼，更遮斷了二帝之歸路。望斷重山，怎能不令人肝腸寸斷！

詞情至此，似已至極。然而詞人之悲痛曷有其極。「天可老，海能翻，消除此恨難。」換頭三句翻出奇語，然痛入骨髓矣。唐人李賀〈金銅仙人辭漢歌〉云：「天若有情天亦老。」猶為虛擬之辭，此則直謂天可老。漢樂府〈上邪〉云：「山無陵，江水為竭，……乃敢與君絕。」想像猶未及海，此則至於海矣。天荒地老，痛巨恨深，見於言外。下句更道「消除此恨難」。此恨正指靖康之恥、二帝北狩。「難」字，與上二句之「可」字、「能」字呈為強烈對比，天可老、海能翻之可能，倍加反襯出消除此恨之不可能。實則天難老，海亦難翻，而消除此恨之難，更難於此二事，直是絕望之語。結筆二句奇外出奇，從絕望之中竟又翻出一片痴望來。「頻聞遣使問平安，幾時鸞輅還。」鸞者馬鈴，其形製為「鸞口銜鈴」（晉崔豹《古今註．輿服》）。輅（音同路）者車上橫木，鸞輅即指二帝車駕。《宋史．高宗紀》載：「（紹興）四年（一一三四）春正月辛亥朔，帝在臨安，率百官遙拜二帝……遣章誼等為金國通問使」。五年五月，又「遣何蘚等奉使金國，通問二帝」。故結筆上句言「頻聞遣使問平安」。此詞作於紹興五年隆冬，實則徽宗已於「紹興五年四月甲子，崩於五國城（今黑龍江依蘭）」。直至「七年九月甲子，兇問（始）至江南」（《宋史．徽宗紀》）。詞人此時當然不可能「預卜」此一兇問。但二帝之在金國備受磨難，詞人是明白的。問平安之語，字面堂皇得體，內裡實何限酸楚。上言「天可老、海能翻，消除此恨難」，固已絕望；結句反謂「幾時鸞輅還」，則又翻出無可遏止之希望。此希望雖不合事理，卻見出一片痴情。以痴情語作結，愈樸愈厚愈無盡。

此詞傷悼徽欽二帝之北狩，實融家國之悲為一體（詞人是神宗向后之再從侄）。徽欽二帝，皆亡國之昏君，本無可深惜。但在「國、君一體」（《春秋公羊傳》莊公四年）之時代，二帝之蒙塵，實與祖國山河之破碎、北宋文明之毀棄為一事。故從歷史之角度看，子諲此詞既呈露出南渡之初愛國志士之悲憤心態，便仍有其一定的歷史意義。從藝術之角度看，則此詞抒情之曲折深刻，及語言之含婉工緻，造詣頗有獨到之處。上片由江南江北之雪聯想到易水之寒，又由此一聯想而遙望三關，已是層層翻進。下片淩空設譬，以天可老、海能翻反襯此恨難消，情至絕望之境，便若無以復加。然而最後又翻出絕望中之一片痴望，抒寫故國故君之思，至此終至其極。只因詞人精誠鬱結悲憤深沉，傾訴出來才有如此層層疊疊之致。詞雖是小令，而其抒情卻曲折深刻如此，可謂之獨詣。全詞雖極寫二帝北狩不還之悲懷，但終篇亦並無一語道破，語言含婉工緻，正不失詞體本色。比較南宋前期一般愛國詞之粗獷，南宋後期一般愛國詞之晦澀，便又可謂之獨詣。（鄧小軍）

西江月

向子諲

政和間，余卜築宛丘，手植眾薌，自號薌林居士。建炎初，解六路漕事，中原俶擾，故廬不得返，卜居清江之五柳坊。紹興癸丑，罷帥南海，即棄官不仕。乙卯起，以九江郡復轉漕江東，入為戶部侍郎。辭榮避謗，出守姑蘇。到郡少日，請又力焉，詔可，且賜舟曰泛宅，送之以歸。己未暮春，復還舊隱。時仲舅李公休亦辭春陵郡守致仕，喜賦是詞。

五柳坊中煙綠，百花洲上雲紅。蕭蕭白髮兩衰翁，不與時人同夢。

拋擲麟符虎節，徜徉江月①林風。世間萬事轉頭空，個裡如如不動。

〔註〕①一作「月下」。

從詞序可知，這首詞是作者第二次辭官重歸清江五柳坊之後的作品。向子諲是南宋初年主戰派大臣，曾寫下不少直接抨擊投降派的愛國文章。高宗紹興九年（一一三九），以忤秦檜致仕，從此歸隱林下。這首寫隱逸情趣的詞，從一個側面透露了作者對南宋政治現實的不滿。

開頭兩句中的五柳坊、百花洲皆在清江附近。柳綠如煙，蔥蘢翠碧；花紅若雲，絢麗璀璨。柳以綠濡，愈顯其深邃；花以紅染，益見其嬌豔。寫景匠心獨運，令人陶醉。

三、四句，「蕭蕭」意猶蕭疏，形容頭髮花白。此時子諲垂垂老矣，歲月蹉跎，世事乖戾，是以自嘆白髮蕭蕭。兩衰翁：子諲其一也；另一位便是序中所說辭春陵郡守（道州知州）致仕的仲舅李公休了。前三句寫景敘事，舒緩有致。第四句「不與時人同夢」，情詞轉向激昂。

五、六句中的麟符、虎節，為君王調兵遣將之信物，受者有殊榮。而子諲言拋言擲，何等堅決！紹興初年，子諲知鄂州，主管荊湖東路安撫司，尋知江州，改江東轉運使，徙兩浙路都轉運使，除戶部侍郎，可謂品高位顯。當宋金議和時，秦檜一力主和，金使將入境，而子諲堅決不肯拜金詔，忤秦檜意，乃致仕，退隱清江，第五句當言此事。子諲忠節，不取悅於世，又不苟合於世，凜然正氣，直衝霄漢。第六句「徜徉江月林風」，和第一、二句暗合。一、二句寫清江暮色，此寫晚景。插敘往事後，寫此時此境中的心情。月朗風清，林中閒適徘徊。初讀似寫閒情逸致，實則詞人的心潮並不平靜。屈原〈涉江〉云：「被明月兮佩寶璐，世溷濁而莫余知兮，吾方高馳而不顧。」屈原所言「明月」，珠名，借「明」字喻己行為之光明磊落，借「月」字喻己情操之高尚純潔。子諲林中踏月，徘徊慨嘆，和屈原詩句所言，可謂世同，情同，意同。

最後兩句「世間萬事轉頭空」，指宦海浮沉，猶過眼雲煙，表明詞人視顯位厚祿如草芥的心境。「個裡如如不動」，「個裡」猶言此中，即心中。「如如不動」，佛家語，指真如常住，圓融而不凝滯的境界。《金剛經》「不取於相，如如不動」，是此句所本，用以表達詞人結廬人境，不聞車喧，遠汙離穢，潔身自持的心境。淡泊明志、寧靜致遠之意，深蘊其中。

全詞似隱逸閒適之作，實為明志抒憤之什，反映了子諲居濁世而守潔，遠奸佞而忠節的美德。就其藝術性而言，寫景，毫染春色，柳綠花紅，月朗風清；敘事，筆挾風雷，激情慷慨。這種晴空布雷的手法，自出機杼，獨標高格。另外，明開暗合，照應縝密，亦見匠心。（連弘輝）

李持正

【作者小傳】字季秉，莆田（今屬福建）人。宋徽宗政和五年（一一一五）進士。歷知德慶、南劍、潮陽三郡，終朝請大夫。存詞二首。

明月逐人來　李持正

星河明淡，春來深淺。紅蓮正、滿城開遍。禁街行樂，暗塵香拂面。皓月隨人近遠。

天半鰲山，光動鳳樓兩觀。東風靜、珠簾不捲。玉輦將歸，雲外聞絃管。認得宮花影轉。

李持正是南北宋之交的人，此詞南宋吳曾《能改齋漫錄》卷十六錄存，云得蘇東坡嘆賞，則當作於徽宗朝以前。

詞寫的是汴京上元之夜燈節的情況。北宋時代，「太平日久，人物繁阜」，「時節相次，各有觀賞」，元宵就成為隆重的節日之一，尤其是在京師汴梁。宋孟元老的《東京夢華錄》對此有詳細的記載，北宋的著名詞人柳永、歐陽脩、周邦彥等都寫過詞來加以歌詠。

詞採取由遠而近的寫法，從天空景象和季節入手。「星河明淡」二句，上句寫夜空，下句寫季節感。上元之夜，明月正圓，故「星河」（銀河）顯得明而淡。此時春雖已至，但餘寒猶厲，時有反覆，故春意忽深忽淺。這二句寫出了元夕的自然季候特徵。

「紅蓮」句轉入寫燈。「紅蓮」即扎成蓮花狀的燈。南宋陳元靚《歲時廣記》引《歲時雜記》說：「上元燈槃之製，以竹一本，其上破之為二十條，或十六條；每二條以麻合繫其梢，而彎屈其中，以紙糊之，則成蓮花一葉；每二葉相壓，則成蓮花盛開之狀。爇燈其中，旁插蒲捧荷剪刀草於花之下。」這就是它的形狀和製作方法。說「紅蓮滿城開遍」，「開」字又從蓮花本身生出，花與燈兩意相關，給人以歡快的美感。

「禁街行樂」二句，寫京城觀燈者之眾，場面之熱鬧。「禁街」指京城街道，元宵夜，老百姓幾乎傾城出動，湧到街上去行樂看熱鬧，弄得到處灰塵滾滾；而仕女們的蘭麝細香，卻不時撲入鼻中，使人欲醉。「暗塵香拂面」句，兼從蘇味道詩與周邦彥詞化出。唐蘇味道〈正月十五日夜〉詩云：「暗塵隨馬去，明月逐人來。」周邦彥〈解語花．上元〉詞云：「人影參差，滿路飄香麝。」作者把蘇詩上句與周詞意思糅為一句，加大了句子的容量，但詞意的酣暢則有所遜色。「皓月隨人近遠」句，即蘇詩的「明月逐人來」。此時作者把視線移向天上，只見一輪皓月，似多情的伴侶，「隨人近遠」。這種現象，常人亦有所感覺，但經作者灌入主觀感情，出以新巧之筆，便見不凡。蘇東坡讀到這句時曾說：「好個『皓月隨人近遠』！」大概就是欣賞它筆意之妙。它與上句「暗塵香拂面」結合起來，寫出兼有人間天上之美的元夕之夜的豐富色彩。上片用此一句結束，使詞境有所開拓、對比，確是成功的一筆。

下片又轉回寫燈節的熱鬧。而筆墨集中於君王的遊賞。「天半鰲山」三句，寫皇帝坐在御樓上看燈。「鰲山」是元宵燈景的一種，把成千上萬的燈彩，堆疊成一座像傳說中的巨鰲那樣的大山（「天半」形容其高），也叫「山棚」、「彩山」。《東京夢華錄》載：「大內前自歲前冬至後，開封府絞縛山棚，立木正對宣德樓。」皇帝就在樓上觀看。「鳳樓兩觀」即指宣德樓建築，那是大內（皇宮）的正門樓。《東京夢華錄》「大內」一節云：「大內正門宣德樓列五門，門皆金釘朱漆，壁皆磚石間甃，鐫鏤龍鳳飛雲之狀，莫非雕甍畫棟，峻桷層榱；覆以琉璃瓦，曲尺朵樓，朱欄彩檻，下列兩闕亭相對，悉用朱紅杈子。」因此，「鳳樓」就是宣德樓，「兩觀」就是它的東西兩「闕亭」。皇帝坐在樓上觀看，鰲山上千萬盞熠熠發光的彩燈，璀璨輝煌，使他感到十分悅目賞心，故曰「光動鳳樓兩觀」。皇帝是垂下簾子來觀燈的，《東京夢華錄》又云：「宣德樓上，皆垂黃緣簾，中一位乃御座。用黃羅設一彩棚，御龍直執黃蓋掌扇，列於簾外。」「東風靜、珠簾不捲」句，就是說這種情況。而有了「東風靜」三字，則自然與人事相融洽的境界全出。

「玉輦將歸」三句，寫皇帝回宮。《東京夢華錄》又云：「至三鼓，樓上以小紅紗燈球緣索而至半空，都人皆知車駕還內矣。」這時候，樓上樂隊高奏管弦，樂聲鼎沸，彷彿從雲外傳來。這就是「玉輦將歸，雲外聞絃管」的意思。「認得宮花影轉」，是說臣僚跟著皇帝回去。《東京夢華錄》「駕回儀衛」節說：「駕回則御裹小帽，簪花乘馬，前後從駕臣僚，百司儀衛，悉賜花。」宋蔡絛《鐵圍山叢談》卷一也說：「國朝燕（同宴）集，賜臣僚花有三品：……凡大禮後恭謝，上元節遊春，或幸金明池、瓊花，從臣皆扈蹕而隨車駕，有小燕謂之對御（賜群臣宴），凡對御則用滴粉縷金花，極其珍巧矣。」因此皇帝回宮時，臣僚們帽上簪著宮花，在彩燈映照下，花影也就跟著轉動了。這樣寫臣僚跟著歸去，是很生動的。此風至南宋猶存。宋周密《武林舊事》卷一「恭謝」節：「御筵畢，百官侍衛吏卒等並賜簪花從駕，縷翠滴金，各競華麗，望之如錦繡。……姜白石有詩云：『六軍文武浩如雲，花簇頭冠樣樣新。惟有至尊渾不戴，盡將春色賜群臣。』『萬數簪花滿御街，聖人先自景靈回；不知後面花多少，但見紅雲冉冉來。』」可與此詞互證。

這是一首寫節序風物的詞。這類詞比較難寫，南宋的張炎已慨嘆：「昔人詠節序，不唯不多，付之歌喉者，類是率俗。」（《詞源》）這首詞也難說有很高的藝術成就，因為它留有蘇味道詩和周邦彥詞較多的影響痕跡。但它提供了北宋都城汴京的元宵風俗畫面，特別是皇帝觀燈的畫面，可以與史籍相印證，富於認識價值。繼承前人處亦能有所變化，描寫也比較生動。還應該指出，用此調填詞是作者的首創（見《能改齋漫錄》），平仄聲韻，都很順溜妥帖，創調之功，不應埋沒。（洪柏昭）

人月圓 李持正

小桃枝上春風早，初試薄羅衣。年年樂事，華燈競處，人月圓時。

禁街簫鼓，寒輕夜永，纖手重攜。更闌人散，千門笑語，聲在簾幃。

汴京元宵，宋人極為之心醉。元宵，春節之後、一年之中第一個十五的月夜，充滿著歡樂、希望與團圓的意味。汴京的元宵，還意味著北宋那個高度繁榮的盛世。無怪乎周邦彥在荊州時所作的〈解語花〉中深情地寫道：「因念都城放夜，望千門如晝，嬉笑遊冶。」李清照南渡後，晚年在〈永遇樂〉中更追懷遙深：「中州盛日，閨門多暇，記得偏重三五。」不過，這些詞都是出以回憶之筆。李持正的這首〈人月圓〉，則是當時汴京元宵的直接寫照。

「小桃枝上春風早」，起筆便以花期確點節令。陸游《老學庵筆記》卷四云：「小桃者，上元前後即著花，狀如垂絲海棠。」韓元吉〈六州歌頭〉也有「東風著意，先上小桃枝」之句。下句就寫自己對早春的切身感受。「初試薄羅衣。」脫卻冬裝，新著春衫，渾身的輕快，滿心的喜悅，盡在言外。此刻，詞人所喜悅的何止於此，下邊縱筆直出本意。「年年樂事，華燈競處，人月圓時」，寥寥幾筆，不但華燈似海、夜明如晝、遊人如雲、皓月當空，境界全出，而且極高妙地表現了自己喜悅之滿懷。詞人盛滿喜悅的心懷，也只有這盛大的境界可以充分表現。「人月圓時」，完整地描寫出人間天上的美滿景象，其中也包含著詞人自己與所愛之人歡會的一份莫大喜悅。雖然「年年樂事」透露出自己此樂只是一年一度，但將它融入了全人間的歡樂，詞境便闊大，意趣也高遠。

「禁街簫鼓，寒輕夜永，纖手重攜。」上片華燈似海極寫元宵視覺感受之盛，此處簫鼓沸騰則凸出元宵聽覺感受之盛，皆能抓住汴京元宵的特徵熱烈的氣氛，融化了正月料峭的春寒。歡鬧的人群，沉浸於金吾不禁的良宵。詞人筆調，幾乎帶有點浪漫色彩了。在這樣美好的光景裡，自己與所愛念的美人重逢，手攜手遨遊在歡樂的海洋裡。從滿街簫鼓寫到纖手重攜，詞人仍然是把一己的歡樂融入人間的歡樂來寫的。「更闌人散」，夜色將盡，遊人漸散，似乎元宵歡樂也到了盡頭。然而不然。「千門笑語，聲在簾幃」，最後再度把元宵之歡樂推向新境。結筆三句用的是「掃處即生」的手法。掃處即生法，一般是用在詞的開端，如歐陽脩〈采桑子〉「群芳過後西湖好」，即是顯例。此詞用之於結筆，更見別致。別致的藝術是因表現的需要而生的。這三句一收一縱、一闔一開，格外有力地表現了人們包括詞人自己此夕歡樂之無極。歡聲笑語流溢的千門萬戶，其中也有詞人與情人歡會的那一處。所以，結筆仍然是把一己之歡樂融入了人間之歡樂。

以小融大，即把一己之幸福融入人間之歡樂打成一片的寫法，是此詞最顯著的藝術特色。唯其能將一己之幸福與人間之歡樂打成一片，故能意境高邁。從另一方面說，唯其在人間歡樂中又不忘寫出自己之幸福，故此詞又具有個性。若比較詞人另一首同寫汴京元宵的〈明月逐人來〉，全寫人間歡樂，幾乎不及自己，則此詞更見充實，更有特色。宋代吳曾《能改齋漫錄》卷十六云：「樂府有〈明月逐人來〉詞，李太師撰譜，李持正製詞云……持正又作〈人月圓令〉，尤膾炙人口。」此詞之更為人們所喜愛、流傳，確非偶然。

此詞描寫汴京元宵，生動地反映了北宋盛世。誦讀此詞，不妨也讀上文所引述過的李清照〈永遇樂〉：「元宵佳節，融和天氣，次第豈無風雨」，「如今憔悴，風鬟霜鬢，怕見夜間出去」。對照之下，可以更加真切地體會到南渡前後盛衰之異，在宋代歷史和宋人心態上所產生的深刻影響。（鄧小軍）

幼卿

【作者小傳】生卒年和姓氏不詳。宋徽宗宣和年間在世。《能改齋漫錄》卷十六錄其詞一首。

浪淘沙

幼卿

目送楚雲空，前事無蹤。漫留遺恨鎖眉峰。自是荷花開較晚，孤負東風。
客館嘆飄蓬，聚散匆匆。揚鞭那忍驟花驄。望斷斜陽人不見，滿袖啼紅。

據南宋吳曾《能改齋漫錄》記載，宋徽宗宣和年間，有題於陝府驛壁者云：「幼卿少與表兄同硯席，雅有文字之好。未笄，兄欲締姻。父母以兄未祿，難其請，遂適武弁公。明年，兄登甲科，職教洮房（今甘肅臨潭），而良人統兵陝右，相與邂逅於此。兄鞭馬，略不相顧，豈前憾未平耶？因作〈浪淘沙〉以寄情云。」這說明上面這首詞包含著一幕婚姻悲劇故事，它出自一位不幸女子之手筆，使人如聞其內心的泣訴，深感舊時禮教對人的命運的主宰。

這首詞上片寫「目送楚雲」，下片又曰「望斷斜陽」，顯然全篇筆墨集中在寫兩個有情人驛館不期而遇又倏然而別的動人一幕。「目送楚雲空，前事無蹤」，經年不見的表兄，突然出現在眼前，勾引起自己多少相思恨。可是人在眼前，卻不能對他面訴衷情；頃刻間情人鞭馬而去，又只好忍看他匆匆離去，徒然遠遠地「目送楚雲」，心中有多少淒楚難言之情啊！「楚雲」，似說漂泊的行人如浮雲般遠去，又何嘗不是暗示往昔的一段戀情，「雲雨巫山枉斷腸」（李白〈清平調詞〉）！一個「空」字，多少悵惘，大有往事不堪回首之慨。

緊接「目送楚雲空」一句，抒情女主人公彷彿發出一聲輕輕嘆息：「前事無蹤！」「前事」，自是指她「少與表兄同硯席，雅有文字之好」那段美好的時光，然而，往事已如雲煙般地永遠消失了！當然，如果真的徹底消失得渺無蹤跡，倒也乾淨；可是，卻又偏在自己心靈深處，留下了不可磨滅的終身遺恨。「漫留遺恨鎖眉峰」，空有遺恨，不能明言，又難以排遣，於是她轉而自怨自艾，歸咎於命運：「自是荷花開較晚，孤負東風！」可憐的荷花，你為什麼不在春天開放，要遲遲等到夏季呢？你孤負了東風的深情，現在只好獨自默默地吞咽下這人生的苦果了！荷花的比喻，當是指自己年尚未笄（十五歲）、兄欲締姻這件事了。實際上真正的原因是：「父母以兄未祿，難其請」，這一點幼卿當然很清楚，然而，古代婦女不便責怪父母，所以，她吞吞吐吐隱約其辭，這也就是詩教的溫柔敦厚之旨吧！

上片由「目送楚雲」引出對往事的回憶，下片便著重寫這次重逢的悲慟。「客館嘆飄蓬，聚散匆匆」，這兩句充滿了多少人生的感喟。在幼卿看來，人生就像隨風飄的蓬草，誰想到兩個離別經年的戀人，會突然在這他鄉驛館見面？相見卻又立刻相別，人生的離合、聚散，又何以匆匆如此！

於是詞人便推出這短暫的扣人心弦的一幕：「揚鞭那忍驟花驄。」這一幕也就是「相與邂逅於此。兄鞭馬，略不相顧，豈前憾未平耶」。可以想見，此情此景，從悲劇主人公眼裡望去，更是心如刀剜。她怪他給馬兒狠狠的那一鞭，太無情了，忽地拉開了兩人的距離，他騎著花驄馬飛奔而去，他怎麼忍心匆匆離開，也不多看自己一眼啊！然而，她心裡又何嘗不明白：在這一剎那間，他內心翻騰何等劇烈的痛苦，正因為他前時欲締姻未成，對她有誤解，有怨氣，所謂「前憾未平」，才給馬兒狠狠一鞭，這狠狠一鞭，看似無情卻有情啊！

的確，這一鞭，在悲劇女主人公心裡是永遠難忘的，它象徵著心愛的人永遠地離去；它象徵著美好的戀情如曇花一現，永遠幻滅；它象徵著無可彌補的千古遺恨！「揚鞭」這一句寫出了一個具有典型意義的動作，刻畫出悲劇主人公內心感情的劇烈矛盾和痛苦，是十分難得的傳神妙筆。而這種傳神之筆來源於生活本身，因而更為真切動人。

表兄遠遠去了，她還痴痴望著，看他遠去的身影，越來越遠，越來越小，終於消失，而她還在痴痴地望著，直到「望斷斜陽」。顯然，少女時期最初的戀情未遂將使她抱恨終身，在今後的歲月中，她將有多少朝朝暮暮憑欄「目送楚雲」、「望斷斜陽」啊！而這種痛苦又只能永遠埋藏在心靈的最深層，於無人處偷偷飲泣，以至於「滿袖啼紅」，此恨綿綿無盡期也！

這首詞不同於一般文人詞，它是閨閣女子自抒衷曲，感情真摯，不事雕琢，它的哀婉而低沉的傾訴，唱出了多少不幸婦女的心聲！（高原）

蔣興祖女

【作者小傳】蔣興祖，宋欽宗靖康間陽武令。金人入侵時死難。其女被金兵擄去，北行途中作詞題雄州驛，事見元人韋居安《梅磵詩話》。

減字木蘭花　蔣興祖女

題雄州驛

朝雲橫度，轆轆車聲如水去。白草黃沙，月照孤村三兩家。

飛鴻過也，萬結愁腸無晝夜。漸近燕山，回首鄉關歸路難。

陳寅恪論明末女愛國者柳如是嘗謂：披尋其篇什，「往往窺見其孤懷遺恨，有可以令人感泣不能自已者焉。夫三戶亡秦之志，《九章》哀郢之辭，即發自當日之士大夫，猶應珍惜引申，以表彰我民族獨立之精神，自由之思想，何況出於婉孌倚門之少女，綢繆鼓瑟之小婦」（《柳如是別傳·緣起》）。早在宋代，當靖康之變及南宋滅亡時，便曾湧現出多位愛國女詞人，如李清照、蔣興祖女、淮上女、徐君寶妻、王清惠、金德淑等。她們的詞作，雖未必高唱三戶亡秦之志，卻無愧列為《九章》哀郢之辭，自有其令人感泣並可珍惜引申之思想情感價值。

這是宋代歷史上所出現之一重要文化現象。

《宋史》卷四五二《忠義傳》載：蔣興祖，常州宜興（今屬江蘇）人，知開封陽武縣（今河南原陽）。靖康初，金兵犯京師，道過縣，或勸使走避，興祖曰：「吾世受國恩，當死於是。」與妻子留不去。金數百騎來攻，不勝，去。明日師益至，力不敵，死焉。年四十二。妻及長子相繼以悴死。元韋居安《梅磵詩話》卷下云：「靖康間，金人犯闕，陽武蔣令興祖死之。其女為賊虜去，題字於雄州（今河北雄縣）驛中，敘其本末，仍作〈減字木蘭花〉詞云云。蔣令，浙西人，其女方笄，美顏色，能詩詞，鄉人皆能道之。」蔣興祖女此詞所寫回首鄉關之悲痛，實為愛國精神之體現。

「朝雲橫度，轆轆車聲如水去。」長空中，寒風翻捲朝雲滾滾而過。大地上，金兵驅載婦女迢迢北去。轆轆車聲，喻之為水聲，足見靈心銳感。車馬北馳，無休無止，正如水流無有住時。一路車聲，如幽如咽，如泣如訴，水聲耶？抑行人之悲聲耶？恍莫能辨。起筆二句，呈現出女主人公俯仰天地哀哀無告之形象，亦暗示出「馬邊懸男頭，馬後載婦女」（漢蔡琰〈悲憤詩〉），塵埃干雲，一路悲聲之慘景。多少被擄掠之婦女，「或有骨肉俱，欲言不敢語，失意機微間，輒言斃降虜」（〈悲憤詩〉）之種種情狀，可以想見。「白草黃沙，月照孤村三兩家」，此二句，詞人之關注，從被擄婦女之慘景，轉向沿途北國之慘象。雄州一帶，業已入金。上言朝雲橫度，此言月照孤村，則朝行暮宿，千里途程，至此唯見莽莽黃沙，一片白草。在昔黍麻蔽野之地，今為女真牧馬之區。月子彎彎，蒼蒼涼涼。大平原上，殘存三兩人家之孤村，愈見荒寂。意境開廓悲沉如此，已寫出詞人命運與共之家國悲劇，而用筆仍含婉之至。

上片既寫被擄北去及北方慘象，下片遂轉為內向，寫其一己之悲愴心靈，機杼井然。

「飛鴻過也，萬結愁腸無晝夜。」上句猶寫空中。大雁南飛，寄書不能，倍加女主人公失去自由並失去家國之創痛。下句，詞境即呈為內向。愁腸萬結，何可解脫。詞人之全部心態，凝攝於此四字。「境非獨謂景物也，喜怒哀樂，亦人心中之一境界。」（王國維《人間詞話》）加之以無日無夜即日日夜夜之時間綿延，此一內心境界遂更其深沉。有多少話該傾訴呵。然而，詞人下邊所寫，只是：「漸近燕山，回首鄉關歸路難。」結筆二句，語極樸素，情極真摯，境界實高。燕山，即燕山府（今北京）。徽宗宣和七年（一一二五）十二月，同知燕山府郭藥師叛降金，遂引金兵南下至汴京，燕山成為金之後方重鎮。一至燕山，永為其奴矣。鄉關，乃親人祖國之所在，亦為一己生命之所繫。國破家亡，自身遭劫，回首鄉關，歸路甚難！難字結穴，意蘊深重。家亡國破，可得復乎？難。自由之身，可得復乎？亦難。讀之淒然。然而此一弱女子，在絕境下步步回首鄉關，讀之更令人肅然。

《梅磵詩話》著錄此詞後並載：「近丁丑歲，有過軍挾一婦人經從長興和平酒庫前，題一詞云：『我生不辰，逢此百罹，況乎亂離。奈惡因緣到，不夫不主；被擒捉去，為妾為妻。父母公姑，弟兄姨妹，流落不知東與西。心中事，把家書寫下，分付伊誰？越人北向燕支。回首望、雁峰天一涯。奈翠鬟雲軟，笠兒怎戴；柳腰春細，馬迅難騎。缺月疏桐，淡煙衰草，對此如何不淚垂！君知否，我生於何處，死亦魂歸。』詞名〈沁園春〉，後書雁峰劉氏題。語意悽惋，見者為之傷心，可與蔣氏詞並傳。」劉氏當是南宋末被元兵所擄之婦女，其詞亦感人深至，並可發明蔣詞中之隱痛深哀。不夫不主、為妾為妻之痛，當亦萬結愁腸之一愁。笠兒怎戴、馬迅難騎之苦，實寫出他方殊俗之懸異，而為一切被擄女子皆所不堪忍受。尤其「我生於何處，死亦魂歸」，正與「回首鄉關」同一精神。（鄧小軍）

洪皓

【作者小傳】（一〇八八～一一五五）字光弼，鄱陽（今屬江西）人。宋徽宗政和五年（一一一五）進士。高宗建炎三年（一一二九），以徽猷閣待制、假禮部尚書使金，不屈，被留十五年始還。除徽猷閣直學士，提舉萬壽觀，兼權直學士院。忤秦檜，謫濠州團練副使，尋謫英州，徙袁州。有《鄱陽集》、今輯本《鄱陽詞》。存詞二十一首。

江梅引　洪皓

頃留金國，四經除館。十有四年，後館於燕。歲在壬戌，甫臨長至，張總侍御邀飲。衆賓皆退，獨留少款。侍婢歌〈江梅引〉，有「念此情、家萬里」之句，僕曰：「此詞殆為我作也。」又聞本朝使命將至，感慨久之。既歸，不寢，追和四章，多用古人詩賦，各有一「笑」字，聊以自寬。如暗香、疏影、相思等語，雖甚奇絕，經前人用者衆，嫌其一律，故輒略之。卒押「吹」字，非風即笛，不可易也。北方無梅花，士人罕有知梅事者，故皆註所出。

憶江梅

天涯除館憶江梅。幾枝開？使南來，還帶餘杭春信到燕臺①？准擬寒英聊慰遠，隔山水，應銷落，赴愬誰②！

空恁遐想笑摘蕊③，斷迴腸，思故里④。強彈綠綺⑤，引三疊⑥，恍若魂飛⑦。

更聽胡笳，哀怨淚沾衣⑧。亂插繁花須異日，待孤諷，怕東風，一夜吹⑨。

〔註〕①餘杭：即杭州，南宋臨時都城，也名臨安。作者自註：「杜（甫，〈立春〉）詩云：『忽憶兩京梅發時。』白樂天（白居易，〈憶杭州梅花因敘舊遊寄蕭協律〉）有憶杭州梅花詩云：『三年閒悶在餘杭，曾為梅花醉幾場。』車駕（皇帝代稱）時在臨安。」表示那裡是宋方政治中心。燕臺：相傳戰國時燕昭王築，置千金其上，延請天下賢士，故址在今河北易縣。這裡借指作者客居的北地。《荊州記》載，南朝宋陸凱自江南寄梅花一枝給在長安的范曄，並贈詩云：「折花逢驛使，寄與隴頭人。江南無所有，聊贈一枝春。」本句用其意。②自註：「柳子厚（柳宗元，〈早梅〉）詩云：『欲為萬里贈，杳杳山水隔。寒英坐銷落，何用慰遠客。』」愬：訴說，通「訴」。③自註：「江總（〈梅花落〉）詩云：『桃李佳人欲相照，摘蕊牽花來並笑。』」恁，這樣。④自註：「高適（〈人日寄杜二拾遺〉）詩云：『遙憐故人思故鄉』、『梅花滿枝空斷腸』。」⑤自註：「盧仝（〈有所思〉）詩云：『含愁更奏綠綺琴，調高弦絕無知音。』『相思一夜梅花發，忽到窗前疑是君。』」⑥自註：「太白（李白，〈廬山謠寄盧侍御虛舟〉）詩云：『早服還丹無世情，琴心三疊道初成。』」⑦「強彈」三句一作：「漫彈綠綺，引三弄，不覺魂飛。」⑧自註：「杜（甫，〈獨坐〉）詩云：『胡笳在樓上，哀怨不堪聽。』」此為杜甫流寓四川時所作。⑨自註：「杜（甫，〈蘇端薛復筵簡薛華醉歌〉）詩云：『安得健步移遠梅，亂插繁花向晴昊。』劉方平（〈梅花落〉）詩云：『新歲芳梅樹，繁花四面同。春風吹漸落，一夜幾枝空。』東坡（蘇軾，〈次韻李公擇梅花〉）詩云：『忽見早梅花，不飲但孤諷。』又（〈梅花二首〉其一）云：『一夜東風吹石裂，半隨飛雪度關山。』」

傲霜雪、報春信的梅花，曾經為多少騷人詞客所反覆吟詠；洪皓〈江梅引〉的一唱三嘆，又以其獨特情韻，遠播清芬。

他於南宋政權建立之初的建炎三年（一一二九）被任為「通問使」出使到侵占中原的金朝，隨被扣留十餘年，經歷了砍頭的威脅、富貴的引誘、流徙的折磨，始終堅貞不屈，並尋找機會向南宋遞送「復故疆，報世仇」（《鄱陽集．又密奏書》）的情報，無愧於挺立北國風雪中的紅梅。由於宋方的抗爭，金朝改變其軍事攻掠政策而取招降手段，這與南宋朝廷的投降心理一拍即合，於是抗金的力量受到排斥，英雄志士或死或貶。紹興十二年（一一四二）「和議」告成，宋高宗對金稱臣，歲貢銀絹，明確放棄淮水以北地區；金朝同意送回宋徽宗棺木和高宗母韋后。該年夏至，洪皓聽歌者唱〈江梅引〉有「念此情，家萬里」之句（按：即宋王觀〈江城梅花引〉），又聞南宋派遣迎護韋后等的使者將至，不禁百感交集，連夜和作了四首。該調也稱〈江城梅花引〉，調名本李白「江城五月落梅花」（〈與史郎中欽聽黃鶴樓上吹笛〉）詩句。洪詞前三首又分別取詞首句末三字為題，即〈憶江梅〉〈訪寒梅〉〈憐落梅〉，第四首缺題名，依例當作〈雪欺梅〉⑩。

上列為其第一首，表達對南方及愛國力量的深切懷念與關注。上片云：流遷在北方天涯海角的羈臣，正無限深情地嚮往著江南的梅花，遙問它現在有幾枝開花怒放？聽說南方將有使者前來，多麼盼望他們能把杭州象徵春天信息的梅花捎到北國來啊。也許準備將它安慰遠方之人，可是間隔千山萬水，花朵想必也要零落，滿腔衷情還能向誰訴說！唐代柳宗元〈早梅〉詩寄寓改革家被打擊的怨憤。此處借用其句表示對山河分裂、忠良凋謝的悲慨。

作者長期希望與想像著有一天能南歸故國，投身抗金事業。可是面對嚴酷的現實，不禁憂心忡忡。金朝對北方疆土的占領已得到確認，南宋當局正瘋狂迫害忠臣義士，使恢復之功隳於一旦，自己耿耿孤忠又怎能如願以償？下片云：徒然憧憬著家裡的佳人笑摘梅花的歡樂情景，思念故鄉而不能回去，真是肝腸寸斷。聊且撫著綠綺琴彈一曲〈梅花三弄〉，神魂彷彿飛向遙遠的南方。突然耳邊傳來胡笳聲，警覺自己正處在金朝統治之下，觸動滿腔哀怨，淚水沾濕衣襟。插滿梅花的勝事只能期待於將來了，打算獨自吟詩諷誦，只怕一夜風吹，花枝飄零，理想成為泡影。本詞自序中說過，四首中「各有一『笑』字，聊以自寬」，「卒押『吹』字，非風即笛，不可易也」（每首最後都押「吹」字韻，一定是風吹或笛吹）。反映他於沉重悲哀中保持一點樂觀精神，對時代風暴的強烈感受與情不自已的壯懷激烈。「笑」、「吹」兩字，堪稱句眼，相互輝映，交織著矛盾衝突。下片中化用杜甫、蘇軾詩意，琴音歌聲中展現了一派旖旎風光，曲終又迴蕩著無限悲壯餘響。

本詞巧妙地運用大量有關梅花的成語典故，既有豐富的歷史內容又賦予時代新意，意境綿邈而形象優美，跌宕多姿。據自序，作者是有意識「多用古人詩賦」，並因「北方無梅花，士人罕有知梅事者」，故自註出處。按這種表現手法，或許與其創作環境有關。幽恨填膺，傾吐為快；而格於形勢，未許明言。因此借前人杯酒以澆胸中塊壘，寄豪情於婉約，卻產生了特殊的魅力。宋洪邁《容齋五筆》說它：「每首有一『笑』字，北人謂之〈四笑江梅引〉，爭傳寫焉。」（顧易生）

〔註〕⑩二、三、四首原文：

春還消息訪寒梅。賞初開，夢吟來。映雪銜霜，清絕繞鳳臺。可怕長洲桃李妒，度香遠，驚愁眼，欲媚誰？曾動詩興笑冷蕊，效少陵，慚〈下里〉。萬株連綺，嘆金谷，人墜鶯飛。引領羅浮，翠羽幻青衣。月下花神言極麗，且同醉，休先愁，玉笛吹。

重閨佳麗最憐梅。牖春開，學妝來。爭粉翻光，何遽落梳臺。笑坐雕鞍歌古曲，催玉柱，金卮滿，勸阿誰？貪為結子藏暗蕊，斂蛾眉，隔千里。舊時羅綺，已零散，沈謝雙飛。不見嬌姿，真悔著單衣。若作和羹休訝晚，墮煙雨，任春風，片片吹。

去年湖上雪欺梅。片雲開，月飛來。雪月光中，無處認樓臺。今歲梅開依舊雪，人如月，對花笑，還有誰？一枝兩枝三四蕊。想西湖，今帝里，彩箋爛綺。孤山外，目斷雲飛。坐久花寒，香露濕人衣。誰作叫雲橫短玉，〈三弄〉徹，對東風，和淚吹？

蔡伸

【作者小傳】（一〇八八～一一五六）字伸道，自號友古居士，仙遊（今屬福建）人。蔡襄之孫。宋徽宗政和五年（一一一五）進士。官至左中大夫。有《友古居士詞》，存一百七十五首。

蘇武慢

蔡伸

雁落平沙，煙籠寒水①，古壘鳴笳聲斷。青山隱隱，敗葉蕭蕭②，天際暝鴉零亂。樓上黃昏，片帆千里歸程，年華將晚。望碧雲空暮，佳人何處？夢魂俱遠。憶舊遊，邃館朱扉，小園香徑③，尚想桃花人面④。書盈錦軸，恨滿金徽，難寫寸心幽怨。兩地離愁，一尊芳酒，淒涼危欄倚遍。盡遲留，憑仗西風，吹乾淚眼。

〔註〕①杜牧〈泊秦淮〉：「煙籠寒水月籠沙。」②黃庭堅〈觀崇德墨竹歌〉：「敗葉蕭蕭煙景寒。」③晏殊〈浣溪沙〉：「小園香徑獨徘徊。」④崔護〈題都城南莊〉：「人面桃花相映紅。」

詞寫羈旅傷別，而從荒秋暮景說起。雁陣掠過，飛落沙灘；秋水生寒，煙靄濛濛。古壘上，胡笳悲鳴，漸漸地，連這嗚咽之聲也沉寂了。不說「鳴笳聲起」，而說「鳴笳聲斷」，更顯得冷寂荒涼。開端數句，為全詞定下了淒涼的基調。從「古壘鳴笳」中，可以嗅出動亂時代的氣息（作者是北宋末南宋初人）；這種氣息，為下文所寫的傷離怨別提供了特殊背景，增添了悲愴意味。

接著，在對蕭疏山水的描寫中，進一步增添感情的成分。山色有無，暗示著歸途迢遞，化用杜牧〈寄揚州韓綽判官〉「青山隱隱水迢迢」詩意；黃葉蕭蕭，頓覺秋思難排，與末句「憑仗西風，吹乾淚眼」遙遙呼應。天邊的夕陽餘暉，映照著寒鴉點點，或明或滅，紛紛亂亂，歸飛投林。以上數句，從蕭瑟的秋景中隱逗出客況淒涼、鄉思暗生之意，已覺其中有人，呼之欲出了。至「樓上黃昏」四字，才點出殘照當樓之時樓上凝眺之人，這表明上邊所寫整個秋日暮景都是映在這人眼中的景象，染上了人的感情色彩。「黃昏」二字，有黯然神傷的意味，所謂「斷送一生憔悴，能消幾箇黃昏！」（宋劉弇〈清平樂〉）而這時收入眼底的，偏偏又是「片帆千里歸程」。從落雁、昏鴉，寫到歸舟，思歸的主旨更加明顯了。時屆深秋，「年華將晚」，人們都離開這荒涼的去處，駕舟歸去；而自己呢，至今欲歸未得。「年華將晚」，還含有悲老大、傷遲暮之意。前有「青山隱隱」，這裡又加上「片帆千里歸程」，境界寥闊，把人的思緒引向遠方。而「片帆」之小與「千里」之遙互襯，更顯示出此地的荒遠和思歸的急切。「年華將晚」，則加深了思歸的緊迫感。

「望碧雲空暮，佳人何處？夢魂俱遠」三句，化用南朝江淹〈擬休上人怨別〉「日暮碧雲合，佳人殊未來」，融合無間，滅去針線痕跡，有妙手偶得之趣。屈原〈湘夫人〉：「與佳期兮夕張」，傍晚，應該是有情人相會之時，然而，暮雲已合，伊人何在？「夢魂俱遠」，更透過一層，不僅人不可見，關山阻隔，雲水迢迢，連夢中也難相會，這就把思歸的主題進一步具體化了。

後片轉入對「舊遊」的回憶。「邃館朱扉」、「小園香徑」、「桃花人面」，這是心中浮現的幾個難忘的特寫鏡頭，其中彌漫著溫馨的氣氛，也透露了對方的身分和詞人生活的往事。春光旖旎，桃花灼灼，人面生輝，那美好時光，與眼前的秋風敗葉、古壘哀笳的處境，成了鮮明的對比。失去的，常常愈覺可貴，尤其是在孤苦之時。在自己已覺難耐，更何況對方——久別後的弱女子呢。下文緊接「尚想桃花人面」，句斷意不斷，從對面著筆，寫女方對自己的思念。「錦軸」、「金徽」、「寸心幽怨」，筆觸纖細，皆從女方著筆。錦軸，暗用前秦蘇蕙迴文詩典故。金徽，以琴面標誌音位的徽代指琴。這錦中字，琴中音，總道不出別恨於萬一。而「寸心」之小，其中幽怨竟非盈軸之書與滿琴之恨所能表達，相思之苦可知。

下文拉回到眼前，並歸結到雙方合寫。書、琴皆難排憂，這「兩地離愁」，只有用「一尊芳酒」去解。離愁何其重，尊酒何其輕，豈能解得？二者對舉，造成反襯的效果，更顯出離愁之深。在銷愁愁更濃之時，詞人只有丟下酒杯，無限淒涼地獨倚危欄，徘徊樓頭。歸也未能歸，住又如何住？愁腸百轉，不禁潸然淚下。「憑仗西風，吹乾淚眼」八字，酸楚之極。「吹乾淚眼」，足見獨立之久；「憑仗西風」，更可見無人慰藉，只有西風為之拭淚。辛棄疾詞云：「倩何人喚取，紅巾翠袖，搵英雄淚？」（〈水龍吟．登建康賞心亭〉）而他則是自家流淚自家揩，甚至連自己也不想去揩，一直等到被清冷的西風吹乾，亦可哀矣！

此詞述情真切，鋪敘委婉，頗有柳七風味。如開頭就與柳詞「登孤壘荒涼，危亭曠望，靜臨煙渚」（〈竹馬子〉）相似。全詞由淒涼轉為纏綿、悲婉，更轉入悲愴，以變徵之音收結，留下了那個亂離時代的痕跡，這一點又與柳詞有異。一結未經人道，獨闢蹊徑，所謂「傷心人別有懷抱」，頓使全詞生色。唯朱敦儒〈相見歡〉句「試倩悲風吹淚過揚州」，彷彿似之。（孫映逵）

蒼梧謠

蔡伸

天！休使圓蟾照客眠。人何在？桂影自嬋娟。

夜空中的一輪明月，慣會助人哀樂。你高興時，它便灑下皎潔的柔輝，為你助興、湊趣，——「我歌月徘徊，我舞影零亂」（李白〈月下獨酌四首〉其二）；你憂傷時，那月色也頓時變得冷幽幽的，照得人倍感淒清，令人難耐——「明月，明月，照得離人愁絕」（馮延巳〈三臺令〉）。

〈蒼梧謠〉裡的這位「離人」，叫明月照得失眠了，他苦惱極了，呼天而嘆：「天！休使圓蟾照客眠！」（圓蟾，即圓月；傳說月中有蟾蜍。）老天啊，不要再讓這圓月照得我這離家的人睡不著覺了！這位客子本來就滿懷離愁別緒；月下獨立，又怎能不思念「隔千里兮共明月」（南朝謝莊〈月賦〉）的那一位呢？再說，月光如水，也容易使人睡意全消，「明月皎皎照我床」，「牽牛織女遙相望」（曹丕〈燕歌行〉），這怎麼能睡得著呢？而那月光，又偏愛找失眠的人，這真是：「明月不諳離恨苦，斜光到曉穿朱戶！」（晏殊〈蝶戀花〉）月圓之夜，這本是親人團聚之時。可是現在呢？卻是月圓人未圓。難怪這位離人終於受不住，由不得仰天長嘆了。可見，這句「天！休使圓蟾照客眠」，是經過一番千迴百折的苦惱之後百般無奈的嘆息！

月華如練，人隔千里，這邊是客裡仰望，那邊是閨中獨看，這位痴情人不禁異想天開了：月亮啊，據說你是一面寶鏡，你能照出她的芳姿倩影嗎？「人何在？桂影自嬋娟！」他凝視著月輪，那嫦娥般的美麗身影何在呢？只有桂影扶疏，空自婆娑罷了。

此時此地，他可能情不自禁地回憶他倆攜手步月的美好時光。現在呢？人卻遠隔千里，這多麼令人難堪啊！這首小詞透過對圓月的所見所感，寫出沉摯的思念之情。寥寥十六個字，曲折有致，這種「含不盡之意見於言外」（歐陽脩《六一詩話》引梅堯臣語）的高妙手法，真可謂以少勝多了。

漢樂府裡有〈上邪〉一曲，意思就是「天哪」。這首小詞也採用此種「詠嘆調」，且全以口語出之，富有民謠色彩，在婉約詞中，顯得十分清新別致。（孫映逵）

李重元

【作者小傳】生平不詳。《花菴詞選》錄其詞四首。

憶王孫　李重元

春詞

萋萋芳草憶王孫，柳外樓高空斷魂，杜宇聲聲不忍聞。欲黃昏，雨打梨花深閉門①。

〔註〕①劉方平〈春怨〉：「寂寞空庭春欲晚，梨花滿地不開門。」

李重元，傳世詞作僅〈憶王孫〉四首（春詞、夏詞、秋詞、冬詞），此為其一。

這首詞寫的是一個古老的主題：春愁閨怨。就其所用字面看，也無非是宋詞中慣用的語彙，如柳外高樓、芳草斜陽、梨花帶雨、黃昏杜鵑。但是正像有才情的作曲家憑藉七個音符的不同組合就能構成無數美妙的樂章一樣，這首詞也以其富有感發力的意象組合和不露痕跡而精巧渾成的構思，完成了一個獨立自足、不可替代的藝術形象。

我們先看一看這首詞的結構。這首詞主要是寫景，透過寫景傳達出一種傷春懷人的意緒，那一份杳眇深微的情思是透過景色的轉換而加深加濃，逐步顯示的。在場景的轉換上，詞作又呈現出一種由大到小，逐步收斂，終而趨於封閉性心態的特徵。開頭展示的是一片開闊的傷心碧色：連天芳草，千里萋萋，極目所望，古道晴翠，而思念的人更在天涯芳草外，閨中人的心也輕揚到天盡頭了。這一句，情與景都深遠渺邈。接下來，場景收縮為陌頭楊柳、柳外高樓。繼而，在杜鵑聲聲中，銷魂黃昏時，隨著時間的推移，空間再次收縮為小院梨花帶春雨的景觀。最後，暝色入庭院，場景收縮為一個無言深閉門的近鏡頭。可以想見，閉門人遊蕩在千里外的芳心也將最後回到常日緊閉的心扉內。詞作結構由大而小，由外而內，由景而情，總體上趨向收斂，這一特徵又確切地表現了古代婦女那種內向型的心態。

這首詞的另一個特點是，不以錘鍊奇字警句為能，詞中選用的都是一些最常見的意象。這些意象大多在前人詩詞中反覆出現過，積澱了豐富的內涵和文化的情感，本身就有很強的美的「張力」，足以調動讀者的生活文化積累，使他們進入美的境界。比如，詞中寫到的芳草、楊柳、高樓、杜宇、梨花，無一不是雅文學中的基本意象，經過千百年來詩人們的經營，已具有一觸即發、聞聲響應的高度感發能力。即以「柳」而論，從《詩經》中的「楊柳依依」到韋莊〈臺城〉的「無情最是臺城柳」，從李白〈勞勞亭〉的「春風知別苦，不遣柳條青」到柳永〈雨霖鈴〉的「楊柳岸、曉風殘月」，那一縷柳絲維繫了多少文人的愁緒啊！人們讀到這個字面，就會因其各自的文化積累或深或淺地感受到那種蕩漾在心頭的幽怨的美感。再如「芳草」：「王孫遊兮不歸，春草生兮萋萋」（淮南小山〈招隱士〉）；「記得綠羅裙，處處憐芳草」（五代牛希濟〈生查子〉）；「離恨恰如春草，更行更遠還生」（李煜〈清平樂〉）；「芳草無情，更在斜陽外」（范仲淹〈蘇幕遮〉）……那無處不在的芳草，負荷了遊子思婦的無窮相思。這首詞中的其他物象也多具有這種美的聯想性。因此，當作者將這些物象巧妙組合到一起時，就構成了一種具有更豐富的啟發性的境界，人們在熟悉中發現了陌生，有限中找到了無限。

讀此類詞，應當是回味大於思索，聯想重於分析。這樣纔可以得到比幾句詞的字面意義更多的東西。（史雙元）

李玉

【作者小傳】生平不詳。《花菴詞選》錄其詞一首。

賀新郎　李玉

春情

篆縷銷金鼎。醉沉沉、庭陰轉午，畫堂人靜。芳草王孫知何處？唯有楊花糝徑①。漸玉枕、騰騰春醒。簾外殘紅春已透，鎮無聊、殢酒厭厭病。雲鬢亂，未忺整。

江南舊事休重省。遍天涯、尋消問息，斷鴻難倩。月滿西樓憑欄久，依舊歸期未定。又只恐、瓶沉金井。嘶騎不來銀燭暗，枉教人、立盡梧桐影。誰伴我，對鸞鏡！

〔註〕①糝（音同傘），撒落。杜甫〈絕句漫興九首〉其七：「糝徑楊花鋪白氈。」

李玉詞留下來的只有這一首，宋黃昇《花菴詞選》云：「風流蘊藉，盡此篇矣。」

銅爐裡的香煙，裊裊上升，盤旋繚繞似篆文，這時候已經消散；庭院裡樹木的陰影轉過了正午所在位置，也就是劉禹錫〈晝居池上亭獨吟〉詩所寫的「日午樹陰正」，而稍稍往東偏斜了。這是深鎖閨房「醉沉沉」的人之所見、所感。開頭三句已充分寫出了「畫堂人靜」。因為如果不是這樣寧靜，人不會對爐香那麼注視，看出它升起後的形態變化以至於散滅；對庭陰的「轉午」，也不會感覺得出來。身在如此寂靜的環境中，在想些什麼呢？下句才透出一些消息：「芳草王孫知何處？」這裡是用「王孫遊兮不歸，春草生兮萋萋」（《楚辭·招隱士》）的語意，表明「她」是在懷念遠人。「唯有楊花糝徑」，點明此刻是楊花飄飛的暮春天氣。她的情，如山澗小溪，輕緩潺湲，與那靜悄悄的環境，很是合拍。不過從「楊花糝徑」看，這春光已是「二分塵土，一分流水」（蘇軾〈水龍吟·次韻章質夫楊花詞〉）了。「唯有」二字又表明路上只有楊花，並無他所盼望的歸人。人的愁從中輕輕地流漾出來。

「漸玉枕、騰騰春醒。」從方才的「醉沉沉」而仍有所感覺來看，她依枕而睡並不久。「騰騰春醒」，是指醒後懶散的情態，與「醉沉沉」上下照應，彼時即有「芳草王孫知何處」之感，夢回春醒，這種感覺豈不更深？感情的潮水將掀起更大波瀾，也許還是「醉沉沉」的好。「簾外殘紅春已透」，加上前面的「楊花糝徑」，為什麼接連不斷地重複春天的歸去呢？春老花殘，閨中人敏感到自己的青春易逝，紅顏將老。從這些看似寫景的反覆描述中，可見正滲透著人的感情。「情、景名為二，而實不可離。神於詩者，妙合無垠。巧者則有情中景，景中情」（清王夫之《薑齋詩話》）。這幾句的「景中情」完全達到了「妙合無垠」的地步。

「鎮無聊、殢酒厭厭病。」前面的景物描繪無不寓有一個「情」字，到此刻便寫出女主人公殘春時節的心情。「鎮」是「長」的意思。長日情思無聊，故纏綿於酒，藉以銷愁。劉過〈賀新郎〉「人道愁來須殢酒」，就是這種狀態了。結果是愁未能消，反而因酒致病，精神不振。「雲鬢亂，未忺整」，沒有好心情去梳理零亂的鬢髮，病是一個原因，更有「豈無膏沐，誰適為容」（《詩經・衛風・伯兮》）之意。因「無聊」而「酒」，因酒而「厭厭病」，因病而懶妝梳，總因春去而人不歸引起。詞寫到這裡，已由外部的狀態約略透露人物的內心。

轉入下闋，則完全是女主人公自我抒情了。「江南舊事休重省」，這句劈空而來，一下啟開了女主人公的心扉。那「江南舊事」，也許是一段旖旎溫馨的令人難忘的歲月吧，如今卻是「休重省」了。是真的不願「重省」麼，還是「省」也無用，故作決絕語呢？正是這一個「休」字蘊含著多少說不盡的情意。接著直率地道出了底蘊：「遍天涯、尋消問息，斷鴻難倩」，到處探聽而信音杳然。「月滿西樓憑欄久」，她悄悄登上西樓，獨自望著銀白的月光灑滿大地，痴痴地想著，「依舊歸期未定」——他現在大概正想著回來，只是日子還沒有確定，所以鴻雁沒有傳來書信吧。這只是她的想像，情況是否如此，並沒有十分把握，這樣她又陷入了揣想中：「又只恐瓶沉金井。」白居易〈新樂府・井底引銀瓶〉詩有云：「井底引銀瓶，銀瓶欲上絲繩絕；石上磨玉簪，玉簪欲成中央折。瓶沉簪折知奈何，似妾今朝與君別。」詞據此以「繩斷瓶沉」作比，慨嘆愛情破裂已無法挽救。「又」字意味深長，它恰與上句聯繫著。本來是希望他能回來，只是「歸期未定」，轉而再想，愈感到沒有把握，故有此「又」字。萬轉千迴，心緒翻騰，柔腸寸斷。

「嘶騎不來銀燭暗，枉教人立盡梧桐影。」從「篆縷銷金鼎」到「庭陰轉午」，到「月滿西樓」，到「銀燭暗」，時間的腳步在靜寂中前進著。她沉醉，入夢，醒來，倚欄望月，最後寄希望於萬一，盼著聽到馬嘶聲，所思念的人也許會騎著馬歸來吧。但直到「銀燭暗」了，「梧桐影」盡了，月落了，她一直在痴痴地望著，聽著，仍不見人歸。這裡用唐人呂巖〈梧桐影〉詞「今夜故人來不來？教人立盡梧桐影」成句，而添一「枉」字領起，語更痛切。

「誰伴我，對鸞鏡」，這是一聲痛徹肺腑的哀鳴。「鸞鏡」，是用來梳妝的。昔日鸞鏡前，倩影雙雙，也許還有過張敞畫眉那樣的風流韻事，今日獨對鸞鏡，豈不令人斷腸！這位女主人公自始至終，沒有一言一語埋怨對方，直到最後，也只是婉轉傾訴，連一點惱怒的顏色都沒有。和婉淳雅，在思婦的形象中，獨標一幟。「李君止一詞，風情耿耿」（明沈際飛《草堂詩餘正集》評），詞中女主人公是一個多麼善良溫厚而又多情的女性啊。（艾治平）

吳淑姬

【作者小傳】北宋人，生平不詳。黃昇《唐宋諸賢絕妙詞選》卷十錄其詞三首。《全宋詞》補斷句一。《永樂大典》卷八八「詩」字韻引張侃《拙軒初稿》載吳淑姬詩，用陸龜蒙詩「丈夫非無淚，不灑別離間」句，疑即此人。

小重山　吳淑姬

謝了荼蘼春事休。無多花片子，綴枝頭。庭槐影碎被風揉。鶯雖老，聲尚帶嬌羞。

獨自倚妝樓。一川煙草浪，襯雲浮。不如歸去下簾鉤。心兒小，難著許多愁。

這一首〈小重山〉寫的是一個獨守空房的女子對遠方情人的思念。這類題材，這種離愁別恨，曾被歷代多少詩人詞客吟誦過，其中也不乏名篇佳作。例如溫庭筠的〈望江南〉：「梳洗罷，獨倚望江樓。過盡千帆皆不是，斜暉脈脈水悠悠。腸斷白蘋洲。」吳詞與溫詞，題材完全相同。然有溫庭筠詞的妙語在前，後人再作，就非易事。而吳淑姬卻能別出心裁，花樣翻新，謀篇構思，絕無雷同。溫詞著重寫一女子倚樓所見，立足點在樓上；吳詞卻從庭院寫起，再寫登樓遠望，立足點是移動的。溫詞單寫女主人公等候遠人不歸的惆悵失望的情緒，表現出一種淡淡的哀怨；而吳詞則將女主人公的青春流逝，與遠人不歸，兩相對比，反映了一種深深的愁苦。

從具體描寫看，此詞筆墨也非泛泛。上片寫暮春之景，不寫滿地落紅，而寫枝上殘花；不寫風雨摧花，而寫風拂槐影；不寫杜鵑啼血，而寫鶯聲猶嬌。不唯顯得清麗尖新，而且都與此女子的特定身分和思想感情緊密結合，是從她獨特的眼中看到的獨特的景物，帶有濃厚的感情色彩。你看，她寫荼蘼，「謝了荼蘼春事休」，荼蘼花謝，春天才算徹底結束了。可現在猶有「無多花片子，綴枝頭」，說明荼蘼將謝未謝，春事將休未休。「花片子」是詞人自鑄新詞，既通俗，又貼切。「綴枝頭」，給人的感覺，雖是殘花，但仍有淒清之美。同樣，寫「鶯雖老」，但「聲尚帶嬌羞」，也是將老未老。這些不但是時序節物的準確素描，也正是這位思婦青春將逝未逝，尚有美麗的面容，尚帶嬌羞的神態的真實寫照。「庭槐影碎被風揉」，槐影被風揉碎，春天被風吹走，自己的青春呢？也將一起消逝。因此，在她看來，這風揉碎了槐影，也揉碎了她的芳心。我們從這繚繞脣吻的音節中，從這欲吐還吞，委婉曲折的筆法中，體味到詞人在這裡寄託了一種青春難再的深長的感慨。

過片「獨自倚妝樓」，承上啟下。上片寫此女子庭院所見，觸景生情，苦不忍睹；既不忍睹，遂回妝樓；既回妝樓，益思遠人；既思遠人，則倚樓凝望。那麼，她望到的又是什麼呢？溫庭筠寫道：「過盡千帆皆不是。」柳永寫道：「想佳人妝樓顒望，誤幾回、天際識歸舟。」（〈八聲甘州〉）女主人公們都看到了舟，但皆不是所思遠人的歸舟，結果是從希望到失望。而吳淑姬筆下的這位思婦，望到的卻不是舟，而是「一川煙草浪，襯雲浮」，連天煙草，襯著浮動的白雲，猶如浪濤滾滾，鋪天蓋地而來，哪裡有歸舟可見，簡直一丁點的希望都沒有，其愁苦可想而知。用「一川煙草」來形容愁之大，愁之多，在賀鑄〈青玉案〉詞中早已有之。但在煙草後著一「浪」字，實屬吳淑姬獨創。明卓人月《古今詞統》眉批云「竹浪、柳浪、麥浪與草浪而四」，即指吳淑姬自鑄新詞「草浪」，直可與前人所創「竹浪、柳浪、麥浪」相媲美。「一川煙草」是靜景，「一川煙草浪」則是動景。這裡用來比喻愁思恰如連天草浪，滾滾襲來，極為生動貼切，也為下句「不如歸去下簾鉤」張本。放下簾鉤，意欲隔斷草浪，擋住愁潮，然而這愁思是隔不斷，擋不住的，「不如」兩字，寫出了主人公明知不能而強為之的痛苦心態。「心兒小，難著許多愁」，自是警句。「愁」字最後點出，使通篇皆有精神，有畫龍點睛之妙。李清照〈武陵春〉寫愁的名句「只恐雙溪舴艋舟，載不動許多愁」，不正面寫愁，從舟著眼，反襯愁之大；吳淑姬這裡先把愁比作「一川煙草浪」，極言愁之大之多，再將它與「心兒小」作強烈對比，直言後者對前者不能容受。兩人寫法不同，而各有千秋。所以南宋黃昇《唐宋諸賢絕妙詞選》評論說：「（淑姬）女流中黠慧者，有詞五卷名《陽春白雪》，佳處不減李易安。」（唐葆祥）

樂婉

【作者小傳】生平不詳。《花草稡編》卷二自《古今詞話》錄其詞〈卜算子〉一首。

卜算子 樂婉

答施酒監

相思似海深，舊事如天遠。淚滴千千萬萬行，更使人、愁腸斷。

要見無因見，拚了終難拚。若是前生未有緣，待重結、來生願。

清徐釚《詞苑叢談》（卷七）云：「杭妓樂婉與施酒監善，施嘗贈以詞云：『相逢情便深，恨不相逢早。識盡千千萬萬人，終不似、伊家好。別你登長道，轉更添煩惱。樓外朱樓獨倚欄，滿目圍芳草。』」於是，樂婉答以本詞。

這是情侶臨別之際互相贈答之詞。體味詞情，則此一別，似乎不僅是遠別，而且可能是訣別。顯然不同於尋常別離之作。明陳耀文《花草稡編》卷二引宋楊湜《古今詞話》（原書已佚）、明梅鼎祚《青泥蓮花記》（卷十二）、明趙世杰《古今女史》（卷十二）、清周銘《林下詞選》（卷五）及等書，也都著錄了此詞，可見歷來受到人們的注意。

贈、答皆用〈卜算子〉調。上下片兩結句（贈詞下結除外），較通常句式增加了一個字，化五言為六言句，於第三字頓，遂使這個詞調一氣流轉的聲情，增添了頓宕波峭之致。

樂婉此詞直抒胸臆，明白如話，正是以我手寫我心，也許，乾脆就是直接唱出口的。

「相思似海深，舊事如天遠。」臨別之前，卻從別後況味說起，起句便奇。靈心善感的詞人早已充分預感到，一別之後，痛苦的相思將如滄海一樣深而無際，美好的往事則將像雲天一樣杳不可即。唯其善感如此，便不能不緊緊把握住這將別而未別的時刻不放。「淚滴千千萬萬行，更使人、愁腸斷。」流盡了千千萬萬行的淚，留不住從此遠逝的你，反使我、愁腸寸斷！上一句勢若江河，一瀉無餘，下二句一斷一續，正如哽咽。訣別的時刻最終還是來臨了。詞人既道盡別後的痛苦，臨別的傷心，似乎已無可再言。殊不知，下片是奇外出奇，奇之又奇。

「要見無因見，拚了終難拚。」要重見，無法重見。與其仍抱無指望的愛，真不如死了這條心。可是，真要死了這條心又哪能死得了！人生到此，道路已斷，直是絕望矣。「若是前生未有緣，待重結、來生願。」有情人而成不了眷屬，莫非果真是前生無緣？果真是前生無緣，則今生休矣。可是，今生雖休，更有來生，待我倆來生來世再結為夫妻吧！絕望之中，發一大願，生出一線希望。此一線希望，真是希望耶？抑直是絕望耶？誠難分辨。唯此一大願，竟長留天壤。

全詞戔戔短幅，然而，一位至性真情、豪爽果決的女性形象，卻活脫躍然紙上。以淚滴千千萬萬行之人，以絕不可能拚了之情，而直道出拚了之一念，轉念更直說出終是難捨，如此種種念頭，皆在情理之中。但在別人則未必能言，而她卻能直言不諱。此非性格豪爽果決而何？至於思舊事如天遠，要重見無因見，待重結、來生願，若非至性真情之人，又豈能道得出耶？

全詞一滾說盡，但其意蘊仍覺有餘不盡。以一位風塵中女子，而能留得此一段奇情異采，歷來受到人們的喜愛，其奧祕正在於詞中道出了古往今來愛情之真諦：生死而不渝。此是詞中之高致。古人之賢者，小而對於個人愛情，大而對於民族文化，皆能抱一種忠實之態度，即使當其不幸而處於絕望之境地，生死之難關，也能體現出一種生死不渝之精神。唯其有此一種精神，小而至於個人愛情，才能夠心心相印，肝膽相照；大而至於民族文化，才能夠綿延不絕，生生不已。兩者事有大小之別，實則具一共通之義。樂婉此詞雖為言情小令，然其可喻之旨則又大矣。（鄧小軍）

聶勝瓊

【作者小傳】原為汴京歌妓，後歸李之問。存詞一首，斷句一。

鷓鴣天

聶勝瓊

寄李之問

玉慘花愁出鳳城①，蓮花樓下柳青青。尊前一唱〈陽關〉後，別個人人第五程。

尋好夢，夢難成，況誰知我此時情。枕前淚共簾前雨②，隔個窗兒滴到明。

〔註〕①鳳城：國都。春秋時，秦穆公女弄玉吹簫，鳳降其城，因號丹鳳城。後稱京城曰鳳城，這裡指宋國都開封。②一作「簷前雨」、「階前雨」、「芭蕉雨」。

這是一首傷別詞。明梅鼎祚《青泥蓮花記》載：「李之問儀曹解長安幕，詣京師改秩。都下聶勝瓊，名倡也，質性慧黠，公見而喜之。李將行，勝瓊送別，餞飲於蓮花樓，唱一詞，末句曰：『無計留春住，奈何無計隨君去。』李復留經月，為細君督歸甚切，遂飲別。不旬日，聶作一詞以寄李云云，蓋寓調〈鷓鴣天〉也。之問在中路得之，藏於篋間，抵家為其妻所得。因問之，具以實告。妻喜其語句清健，遂出妝奩資夫取歸。瓊至，即棄冠櫛，損其妝飾，委曲以事主母，終身和悅，無少間隙焉。」這一段記載，詳盡地敘述了聶勝瓊創作這首詞的全過程。聶勝瓊雖然是京師名妓，閱人多矣，但詞意何等真誠和專一。詞的上闋寫離別，下闋記述別後，既寫臨別之情，也寫別後情思，實寫與虛寫結合，現實與想像融合為一。

起句以送別入題，「玉慘花愁出鳳城」，「玉」與「花」喻自己，「慘」與「愁」表現送別的愁苦，顯示她悽惻的內心世界。鳳城指京都，她送別李之問，情意綿綿，愁思滿懷。蓮花樓是送別地點，樓下青青的柳色，正與離別宴會上迴蕩的王維〈陽關曲〉相應：「渭城朝雨浥輕塵，客舍青青柳色新。勸君更盡一杯酒，西出陽關無故人。」眼前青柳依依之景與耳旁離曲哀哀之聲一起顫動著離人的心弦。何況「一唱〈陽關〉後」，心中的人馬上就要起程了。「別個人人」意謂送別那人，「人人」指李之問，「第五程」極言路程之遠。在唱完一曲〈陽關〉之後，就一程又一程地遠遠離開她了。離別是痛苦的，但別後更苦；詞的下闋，敘寫別後思念的情意。相見為難，所以尋夢甚切，更令人悲哀的，是難以成夢。「尋好夢，夢難成」句，極寫相戀之深，思念之切。詞人把客觀環境和主觀感情相結合，以大自然的夜雨襯托離人的悽苦，「況誰知我此時情」一句，道出了詞人在長夜之中那種強烈的孤獨感與愁痛的相思之情。接下去，「枕前淚共簾前雨，隔個窗兒滴到明」兩句，畫面感人而意境淒清深沉，顯示了詞人獨特的個性，也突現了詞的獨特的美。「簾前雨」與「枕前淚」相襯，以無情的雨聲烘染悲愁的淚滴，窗內窗外，共同滴到天明。前此，溫庭筠〈更漏子〉一詞的下闋，曾描寫過雨聲：「梧桐樹，三更雨，不道離情正苦。一葉葉，一聲聲，空階滴到明。」而万俟詠的〈長相思．雨〉也寫到過：「一聲聲，一更更。窗外芭蕉窗裡燈，此時無限情。夢難成，恨難平。不道愁人不喜聽，空階滴到明。」跟溫庭筠詞相類似，都寫雨聲對內心感情的觸動。然相比之下，聶勝瓊這首詞對夜雨中情景交融的描繪，更顯得深細。

它把人的主體活動與雨夜的客體環境緊密結合在一起，以「枕前淚」與「簾前雨」這兩幅畫面相連相疊，而「隔個窗兒」更見新穎，也更深化了離別之苦，因為這裡所刻畫的「滴到明」，不僅是「簾前雨」，而且也是「枕前淚」。難怪李之問妻讀到這首詞時，「喜其語句清健」。她欣賞作者的藝術才華，被作品中的真摯感情所感染，因而作了毅然的決定，「出妝奩資夫取歸」，讓聶勝瓊能遂所願。宋時的歌妓得以從良而為士人妾，已是相當美滿的歸宿了。能得到這樣結果的人也是不多的。聶勝瓊這位「名倡」善於選擇自己的前途。這首詞和它的故事，與樂婉同施酒監唱和的〈卜算子〉詞所反映的情事合看，結局的喜劇和悲劇性質雖然不同，但對於理解當時歌妓的命運和她們的心理，具有同樣的認識價值。（唐玲玲）

王以寧

【作者小傳】（一〇九〇？～一一四六後）字周士，湘潭（今屬湖南）人。宋徽宗宣和三年（一一二一），以成忠郎換文資為從事郎。高宗建炎初，以樞密院編修官出守鼎州。四年（一一三〇），為京西制置使，升直顯謨閣，尋落職降三官，責監台州酒稅。紹興二年（一一三二），責永州別駕，潮州安置。五年（一一三五），特許自便。十年（一一四〇），復右朝奉郎、知全州。有《王周士詞》一卷，存三十二首。

水調歌頭　王以寧

呈漢陽使君

大別我知友，突兀起西州。十年重見，依舊秀色照清眸。常記鮚碕狂客，邀我登樓雪霽，杖策擁羊裘。山吐月千仞，殘夜水明樓。

黃粱夢，未覺枕，幾經秋。與君邂逅，相逐飛步碧山頭。舉酒一觴今古，嘆息英雄骨冷，清淚不能收。鸚鵡更誰賦，遺恨滿芳洲。

王以寧是北宋南宋之際的愛國詞人。欽宗靖康初征天下兵，以寧曾走鼎州乞師入援，解太原圍。高宗建炎中以宣撫司參謀兼襄鄧制置使。後因事被貶台州、潮州。至紹興十年（一一四〇）復右朝奉郎，知全州。「使君」是對州郡長官的敬稱。這位漢陽軍的長官，是王以寧志同道合的老友，闊別十年，又相會了，面對大別青山（在漢陽縣東北），感慨萬端，因此寫下這首慷慨的詞章。

全篇情緒豪逸激盪，作者再現了大別山縱橫遼闊、莽莽蒼蒼的雄渾境界，體現了一種濃郁的感情色彩。起句「大別我知友」，用擬人手法，賦予大自然以情感意志。大別山成了詞人的「知友」，「突兀起西州」句，突然筆勢躍動，呈現大別山的挺拔聳立；這裡「西州」指方位在西的軍州，即漢陽軍。在突兀而起的大別山前，激起心靈深處的感情波濤：「十年重見，依舊秀色照清眸。」闊別了十年的山色，入眼依然清秀如故。由十年前曾遊之山，連及當年邀陪遊山之人：「常記鮚碕狂客，邀我登樓雪霽，杖策擁羊裘。」寥寥幾筆，朋友的豪放性格又鮮明地呈現在讀者面前。鮚碕，又稱鮚埼，山名，在今浙江奉化東南。此「鮚碕狂客」即指「漢陽使君」，點出其籍貫。「狂客」二字，從唐賀知章自號的「四明狂客」而來。四明宋稱明州，治所在今浙江寧波，鮚碕山即在其境內，故稱「鮚碕狂客」，亦隱然以賀知章為比擬，寫出這位漢陽使君的豪逸狂放；「杖策擁羊裘」，透過拄杖披裘的藝術形象，表達十年前朋友相逢時偕同雪後遊山的豪興。襯之以大別山迷人的雪後凌晨景色：「山吐月千仞，殘夜水明樓。」千仞群山，露出殘月，明月照水，水光又反映入樓臺，一派空靈飛動的山光月色。二句出自杜甫的〈月〉詩：「四更山吐月，殘夜水明樓。」王以寧襲用詩語，再現了與故友同遊的美好回憶：雪天月夜的大別山，景色清秀明澈，兩位摯友登山，逸興與山月水色一般充滿宇宙。

詞的下片，作者以飛動的筆調，把久別相逢的激盪情緒又推向一個新的高峰。十年的漫長歲月，個人的宦海浮沉，好像黃粱一夢。「黃粱夢，未覺枕，幾經秋」，過片承上啟下，與上闋的「常記鮚碕狂客」一起登樓望月相銜接，這次重遊大別山，歲月蹉跎，人事滄桑，並沒有使詞人頹喪消極，思想感情的發展比十年前更加成熟深沉。這裡的「與君邂逅，相逐飛步碧山頭」句，與上片「邀我登樓雪霽」遙相呼應，過去是雪後「杖策擁羊裘」登上山頭，這次老友之間因偶然的機會相逢，「相逐飛步碧山頭」，彼此豪興不減當年。「碧山頭」指大別山巔。巍峨的大別山，又一次迎接這兩位老朋友，他們在「碧山頭」舉杯痛飲，暢談今古，兩人都壯志未遂，悲憤填膺。「舉酒一觴今古，嘆息英雄骨冷，清淚不能收」，這一韻寫重遊大別山的種種感慨，嘆息過去「英雄骨冷」，現在想來清淚難收。古代如此，當今又如何呢？緊接著從漢陽鸚鵡洲的眼前景聯想到禰衡作〈鸚鵡賦〉的故事，以「鸚鵡更誰賦，遺恨滿芳洲」結束全詞。東漢禰衡不為曹操所容，後來終被黃祖殺害。他曾在漢陽鸚鵡洲寫下〈鸚鵡賦〉，抒發懷才不遇的憤慨。這裡，王以寧感嘆有誰作〈鸚鵡賦〉呢？在這芳草萋萋的鸚鵡洲上，只有滿腔遺恨！他借〈鸚鵡賦〉為喻，道出了胸中的鬱積；「飛步碧山頭」的激烈情懷，在面對鸚鵡洲的懷古幽思中，又逐漸地趨於低潮，陷入沉思之中了。

詞意是「呈漢陽使君」，記敘作者與老朋友漢陽使君的深厚情誼。王以寧對兩遊大別山的描寫，文情飛動：第一次逸興遄飛，壯志滿懷，還沒有經受過壓抑的痛苦；第二次「飛步碧山頭」，是在仕途險阻、人世變遷之後，感情轉入蒼涼深邃。詞篇所展現的，是躍動豪邁的情感，是壯闊宏大的突兀山峰，是千仞叢山中的月色和令人深思的「殘夜水明樓」，是芳草萋萋的鸚鵡洲的懷古幽怨。詞人在動蕩強烈的思想情緒中，運用動靜相濟的藝術手段，將大自然的環境與作者感情的波瀾和諧地統一起來，「相逐飛步碧山頭」，即是寫朋友邂逅相逢的萬千感慨，極其激動，在翠碧的山峰上飛步相逐，情緒達到了忘情忘我的地步；本來是靜悄悄的大別山的秀色，大別山頭的月夜群峰，亦為詞家一陣陣飄動的情緒狂瀾所掀動。動靜互相映襯，相得益彰。詞篇音調激越，頓挫有力，筆飛墨動，縱橫豪宕，獨具異彩。（唐玲玲）

陳與義

【作者小傳】（一〇九〇～一一三八）字去非，自號簡齋，洛陽（今屬河南）人。宋徽宗政和三年（一一一三），登上舍甲科。高宗紹興中，歷官至參知政事。江西詩派代表作家之一。南渡後，詩詞均有感喟國事之作。有《簡齋集》《無住詞》。存詞十八首。

臨江仙　陳與義

高詠楚詞酬午日①，天涯節序匆匆。榴花不似舞裙紅②。無人知此意，歌罷滿簾風。

萬事一身傷老矣，戎葵③凝笑牆東。酒杯深淺去年同。試澆橋下水，今夕到湘中④。

〔註〕①午日：農曆五月初五日。南朝梁宗懍《荊楚歲時記》：「（五月五日）俗為屈原投汨羅日，傷其死所，故並命舟楫以拯之。」②「榴花」句：指舞裙比榴花更紅更美。樂府〈黃門倡歌〉：「點黛方初月，縫裙學石榴。」白居易〈盧侍御小妓乞詩座上留贈〉：「山石榴花染舞裙。」③戎葵：即蜀葵，夏日開花，有向陽特性。④湘中：指屈原死處。南朝梁吳均《續齊諧記》：「屈原五月五日投汨羅水，

楚人哀之，至此日，以竹筒子貯米投水以祭之。」

此詞是陳與義在高宗建炎三年（一一二九）所作，這一年，陳與義流寓在湖南、湖北一帶；據《簡齋先生年譜》：建炎三年己酉春在岳陽，四月，差知郢州；五月，避貴仲正寇，入洞庭。六月，貴仲正降，復從華容還岳陽。又《宋史·陳與義傳》載：「及金人入汴，高宗南遷，遂避亂襄漢，轉湖湘，踰嶺嶠。」這首〈臨江仙〉，是國家遭受兵亂時節，在端午節日憑弔屈原，傷時懷舊，抒發自己的愛國情思的。

詞一開頭，吐語挺拔。「高詠楚詞」，透露了在節日中的感時心緒和壯烈胸襟，屈原的高潔品格給詞人以激勵，他高昂地吟誦《楚辭》，深感天涯流落，節序匆匆，備言「時光之速」。陳與義在兩湖間流離之際，踽踽東南，產生無窮的感觸，他以互相比襯的筆法，抒寫「榴花不似舞裙紅」，用鮮豔燦爛的榴花比鮮紅的舞裙，回憶過去春風得意、聲名籍籍時的情景。宣和四年（一一二二），陳與義因〈墨梅〉詩為徽宗所賞識，名震一時，諸貴要人爭相往來，酒宴高會、觀舞聽歌的頻繁，可想而知。而現在流落江湖，「兵甲無歸日，江湖送老身」（〈晚晴野望〉），難怪五月的榴花會如此觸動他對舊日的追憶了。但是，「無人知此意，歌罷滿簾風」，有誰能理解他此刻的心情呢？長歌《楚辭》之後，滿簾生風，其慷慨悲壯之情，是可以想像的。從「高詠」到「歌罷一曲《楚辭》的時空之中，詞人以一「酬」字，交代了時間的過渡。酬即對付、打發，這裡有度過之意（杜牧〈九日齊山登高〉詩：「但將酩酊酬佳節」）。在這值得紀念的節日裡，詞人心靈上的意識在歌聲中起伏流動。「節序匆匆」的感觸，「榴花不似舞裙紅」的懷舊，「無人知此意」的感喟，都託諸於昂揚悲壯的歌聲裡，而「滿簾風」一筆，更顯出情緒的激盪，融情入景，令人體味到一種豪曠的氣質和神態。

詞的下闋，基調更為深沉。「萬事一身傷老矣」，一聲長嘆，包含了對家國離亂、個人身世的多少愴恨！

人老了，一切歡娛都成過去。正如他在詩中所詠的，「老矣身安用，飄然計本疏」（〈初至邵陽逢入桂林使作書問其地之安危〉），「孤臣霜髮三千丈，每歲煙花一萬重」（〈傷春〉），其感時傷老的慨嘆，與詞同調。「戎葵凝笑牆東」句，是借蜀葵向太陽的屬性來喻自己始終如一的愛國思想。牆邊五月的葵花，迎著東邊的太陽開顏。「戎葵」與「榴花」，都是五月的象徵，詞人用以映襯自己曠達豪宕的情懷。「戎葵」為無情之物，而「凝笑」二字，則賦予葵花以感情，從而更深刻地表達作者的性情人格。雖然年老流落他鄉，但一股勁氣卻始終不渝。這「凝笑」二字，正是詞人自己的心靈寫照。最後三句寫此時此刻的心緒。滿腔豪情，傾注於對詩人屈原的懷念之中。「酒杯深淺」是以今年之酒與去年之酒比較，特寫時間的流逝。酒杯深淺相同，而時事日非，不可同日而語，感喟遙深。用酒杯託意而意在言外，在時間的更換中，深化了「萬事一身傷老矣」的慨嘆。情緒的激盪，引發詞人對詩人屈原的高風亮節的深情懷念：「試澆橋下水，今夕到湘中。」向湘江上祭酒的虔誠，加上這水中之酒今夜會流到屈原殉難地汨羅江的聯想，使滔滔江水，融合了詞人心靈深處的潛流。從高歌其辭賦到酹酒江水，深深地表示詞人對屈原的憑弔，其強烈的懷舊之思和愛國之情，已付託於這「試澆」的動作及「橋下水，今夕到湘中」的遐想之中。

元好問在〈自題樂府引〉中說：「世所傳樂府多矣，如……陳去非〈懷舊〉云『憶昔午橋橋下（按：應作「上」）飲……』，又云「高詠楚辭酬午日……』，如此等類，詩家謂之言外句，含咀之久，不傳之妙，隱然眉睫間，唯具眼者乃能賞之。」以此詞而論，吐言天拔，豪情壯志，意在言外，確如遺山所說「含咀之久，不傳之妙，隱然眉睫間」。我們從「天涯節序匆匆」的惋惜聲中，在「萬事一身傷老矣」的浩嘆中，在「酒杯深淺去年同」的追憶裡，可以領略到詞人「隱然眉睫間」的曠達悲壯的情韻。宋黃昇說《無住詞》「語意超絕，識者謂其可摩坡仙之壘也」（《中興以來絕句妙詞選》卷二），指的也是這種悲壯激烈的深隱清切的風調。（唐玲玲）

虞美人　陳與義

大光祖席，醉中賦長短句。

張帆欲去仍搔首，更醉君家酒。吟詩日日待春風，及至桃花開後卻匆匆。

歌聲頻為行人咽，記著尊前雪。明朝酒醒大江流，滿載一船離恨向衡州。

這首詞是在席益餞別宴上所作。席益字大光，洛陽人，陳與義同鄉。從《簡齋集》可知，與義於徽宗宣和六年（一一二四）在汴京任符寶郎時即與他結交，不久遭貶別去，別後屢有詩札往還。高宗建炎三年（一一二九）席益離郢州知州任，流寓衡山縣（今屬湖南），與義避金兵至湖南。同年臘月，兩人相遇於衡山。次年元旦後數日，與義即離衡山赴邵陽，有〈別大光〉詩，別筵上並作此詞。

這首詞的寫法是「緊扣別宴，思前想後」。他把離情別緒融貫到對逝日的回憶和對前途的推想中，別有一番風味。

詞的上片由別筵寫起，進而追憶相聚的時日。一開篇就說船帆都張掛起來了，人卻踟躕留連，不忍離去，只是一杯杯地飲著君家送別的酒。這就把不得不去又不忍即去的矛盾心理很貼切地表現出來了。為什麼「張帆欲去」？因為「攜家作客真無策」、「長乘舴艋竟安歸」？（〈元日〉）戰亂之中，攜家南奔，旅次寄居，終非長策，自然是非走不可的。為什麼「仍搔首」？因為與義和大光友情誠篤，豈忍猝別，所以搔首踟躕。詞人很自然地便追憶起了在臘月間相聚的日夜，朋友們飲酒賦詩；同時，更盼望著春天的到來，以與友人更好地留連吟詠，然而春天到了，桃花才一吐蕊，而自己卻要與友人告別了！「匆匆」之中，包含了無限惜別之意。「吟詩」兩句，清劉熙載《藝概．詞概》讚為「好在句中」，就是說其本身即為佳句，不待上下文映發關照，自見妙處。

詞的下片仍寫別宴。寫過了酒，另從歌上落筆。古人送別例唱「驪歌」，如蘇軾〈江城子．孤山竹閣送述古〉所寫「且盡一尊，收淚聽〈陽關〉」即是。又，宋代州郡長官設宴，例有官妓陪侍，歌舞侑酒，此「歌聲」就是歌妓所唱。「歌聲頻為行人咽」，臨別之際，歌妓亦為動情，幾度嗚咽不能成聲。因此感動了詞人：「記著尊前雪。」「雪」為「雪兒」之省，而「雪兒」又是代指歌妓的。雪兒為隋末李密歌姬，善歌舞，得文辭叶音律而歌，稱「雪兒歌」，後用以泛指。詞人因歌而記著歌者，即記著此別，記著餞別的主人，一語而三得之。酒醉人，而歌聲亦足醉人。「明朝酒醒大江流」，一筆推想到明朝酒醒之後，此身已隨行舟載入湘江。此行何去？相距一百二十里的衡州（今衡陽）是第一站。「滿載一船離恨向衡州」：載人而曰「載離恨」，「離恨」而曰「一船」，「一船」而且「滿載」，濃墨大書，表足惜別之意，與首句「張帆欲去仍搔首」緊密關聯，也同〈別大光〉詩的「滔滔江受風，耿耿客孤發」之意相補襯。這最後兩句，化用蘇軾在揚州別秦觀的〈虞美人〉詞「無情汴水自東流，只載一船離恨向西州」，而意感更為豐富。運用前人成句切忌字句含意全同，又不可距原句原意過遠。與義此處構句可謂自然切合己事，變化處又別出心裁，較之上片之結，藝術上亦不相上下。（陳振寰）

虞美人　陳與義

余甲寅歲自春官出守湖州，秋杪，道中荷花無復存者。乙卯歲，自瑣闥以病得請奉祠，卜居青墩鎮。立秋後三日行，舟之前後如朝霞相映，望之不斷也。以長短句記之。

扁舟三日秋塘路，平度荷花去。病夫因病得來遊，更值滿川微雨洗新秋。

去年長恨拏舟晚，空見殘荷滿。今年何以報君恩？一路繁花相送到青墩。

小序說「甲寅歲自春官出守湖州」，甲寅歲為宋高宗紹興四年（一一三四）。這年八月，詞人自禮部侍郎（即春官）出知湖州，九月二十一日到任。乙卯歲為紹興五年。這年二月，召入朝為給事中。六月，詞人託病辭職，以顯謨閣直學士提舉江州太平觀，實則領祠祿閒居，卜居青墩，立秋後三日成行。「瑣闥」，指宮殿門上鏤刻的連瑣圖，這裡代指宮門，因給事中供職處在殿中，故云。青墩是一小鎮，在湖州之南，據清和珅《大清一統志》云：「在桐鄉縣北二十五里」，「與湖州之烏鎮止隔一水。」把小序中的事實考察清楚，這首詞就較容易理解了。

此詞的特點是採用賦體。賦、比、興是古典詩詞的優秀傳統，但在詞中每每多用比興，很少用賦。在一些長調慢詞中因為要講究鋪敘，有時也用賦，但必須與比興結合起來，單純用賦的極為少見。詞的上闋所寫的便是詞人於乙卯歲從南宋首都臨安回到青墩時沿途所見所感，內容與小序後段完全一致。從臨安到青墩，一路上水光山色，使人應接不暇。詞人不寫兩岸低垂的綠柳，不寫長滿田疇的桑麻禾稼，偏偏抓住池塘裡的荷花盡情描繪，這除了出於自己的愛好以外，還因為時間是在「立秋後三日」。荷花最富於季節的特徵。此刻詞人辭掉官職，從臨安出來，船行水上，只見池塘裡荷花盛開，心胸為之一暢，大有「無官一身輕」之感。「三日」是寫實，從臨安到青墩，水路約需三日行程。「秋塘」點季節兼點時間，用語精練而又準確。「平度」二字，寫出了舟行的平穩，反映了心情的恬適。小船從荷塘水面悠悠滑行，這境界有多美！詞人在臨安住了多時，都市的煩囂，政務的冗忙，人事的傾軋，使他厭倦、煩悶。這一次來到大自然中，一腔煩悶，頓時煙消雲散。因此他不禁吟道：「病夫因病得來遊，更值滿川風雨洗新秋。」「病夫因病」，連用二病字，頗耐吟味。據宋李心傳《建炎以來繫年要錄》卷十九云：「紹興五年六月丁巳，給事中陳與義充顯謨閣直學士提舉江州太平觀。與義與趙鼎論事不合，故引疾求去。」所論何事，宋史無考。然趙鼎時為尚書左僕射、同平章事兼知樞密院、都督諸路軍馬，集軍政大權於一身。陳與義與他論事不合，當是出於政見上的分歧。詞中自稱「病夫」，其實不過是「引疾」，不是真正有病。所謂「因病得來遊」，也是一種因禍得福的遁詞。表面上像是暗自慶幸，實際上是聊以自嘲，內心當藏有難言的痛苦。語言直而能紆，質而見巧，從而刻畫了詞人內心痛苦而外貌曠達的自我形象。

詞的下闋離開眼前，描寫過去。假使按照賦體的方法，緊承上闋，照直寫去，便覺平鋪直敘，意味索然。可是這裡詞筆略一宕開，回憶去年出知湖州路過此處的光景，便覺峰迴路轉，出現另一番境界。「去年」，即小序中所說的甲寅歲也。因係九月二十一日到任，時值「秋杪」，故詞人長恨挐舟已晚，挐舟，謂牽舟，這裡指乘船。因為秋末登舟，故途中所見，唯有敗葉殘荷。一個「空」字與前面的「長恨」相呼應，表達了無限悵憾的心情。從詞情發展上來說，是一跌。「今年」二句，詞筆又拉回來寫乙卯歲奔赴青墩的情景，徑承上闋意脈，抒發此時感慨。從詞情來說是一揚。在這一跌一揚之中，詞人的喜與恨種種感情變化，內心矛盾，便曲曲傳出，沁人心脾。「今年」一句與上闋「病夫」一句遙相呼應。一是「感謝」皇帝准他病假，讓他奉祠（領受祠祿）卜居青墩。二是反映了詞人受到「一路繁花」的感染，情不自禁地傾吐了對美好景色的一腔熱愛。然而聯繫上闋「病夫」一句來看，其中當有所寄託。近人白敦仁《陳與義年譜》引此二句按曰：「蓋有怨於趙鼎也。」怨趙鼎是一方面，而支持趙鼎的是高宗，詞人表面上是感恩，實質上不可能不懷有對高宗的不滿。古詩常常講究美刺，詞中雖不多見，然結合詞人當時遭遇來看，此詞似乎暗暗含有一種諷喻，不過比詩更為「微而婉」罷了。

昔人謂陳與義詩，常常是「兩句景即兩句情，兩句麗即兩句淡」，「又有一句景對一句情者，妙不可言」（元方回《桐江集》卷五）。說明他在藝術結構上很講究勻整、對稱，講究情景搭配，濃淡相宜。細審此詞，也很富有這種特色。它的上闋，前二句著重寫景（或事），後二句著重抒情。即以後二句而言，前一句是著重抒情，後一句著重寫景。當然，「一切景語，皆情語也」（王國維《人間詞話》），似難截然分開，但大體上也應有所區別。例如「更值滿川微雨洗新秋」，這句主要是寫濛濛細雨灑向大河的水面，當然也灑向秋塘上的荷花，灑向詞人的船篷。這景色確實帶有朦朧詩意。句前加上「更值」二字，就把詞人的感情貫注進去，彷彿這細雨也灑向詞人的心田，帶來陣陣清涼。詞的下闋，也是一句情，一句景，而結尾「一路繁花相送到青墩」一句，也是把情與景融合到一起，表現了舟行的快感。盛開的荷花，本為無情之物，此刻卻把詞人一路相送到青墩，這是用擬人化的方法形容荷花的連綿不絕。它給讀者的感覺，宛如李白〈早發白帝城〉詩所寫的「兩岸猿聲啼不住，輕舟已過萬重山」。所不同的是一個是寫「一路繁花」，一個是寫「兩岸猿聲」而已。

此詞節奏明快，格調輕鬆，並在疏放中微蘊沉鬱之旨。宋黃昇《花菴詞選續集》評陳與義詞云：「詞雖不多，語意超絕，識者謂其可摩坡仙之壘也。」也就說他的詞風非常像蘇軾，若以此詞和東坡同調之作（波聲拍枕長淮曉）相比，我們便更加深信不疑了。（徐培均）

臨江仙　陳與義

夜登小閣，憶洛中舊遊。

憶昔午橋橋上飲，坐中多是豪英。長溝流月去無聲。杏花疏影裡，吹笛到天明。

二十餘年如一夢，此身雖在堪驚。閒登小閣看新晴。古今多少事，漁唱起三更。

陳與義是北宋末南宋初的著名詩人，也善於填詞。他生平致力於詩，所作甚多，約六百餘首，而其詞作則僅有《無住詞》十八首，不及其詩的二十分之一，可見他是以餘事填詞的。他的《無住詞》十八首，其中絕大部分都是在他晚年奉祠退居湖州青墩鎮壽聖院僧舍時所作，青墩僧舍有「無住庵」，陳與義曾在這裡住過，故遂以「無住」名詞。

這首〈臨江仙〉詞大概是在高宗紹興五年（一一三五）或六年陳與義退居青墩鎮僧舍時所作，時年四十六或四十七歲。陳與義是洛陽人，他追憶二十多年前的洛中舊遊，那時是徽宗政和年間，天下還承平無事，可以有遊賞之樂。其後金兵南下，北宋滅亡，陳與義流離逃難，艱苦備嘗，而南宋朝廷在播遷之後，僅能自立，回憶二十多年的往事，真是百感交集。但是當他作詞以發抒此種悲慨之時，並不直寫事實，而是用空靈的筆法以唱嘆出之（這正是作詞的要訣）。上片是追憶洛中舊遊。午橋在洛陽南，唐裴度有別墅在此。「杏花疏影裡，吹笛到天明」二句，的確是造語「奇麗」（宋胡仔評語，見《苕溪漁隱叢話後集》卷三十四），一種良辰美景，賞心樂事，宛然出現於心目中。但是這並非當前實境，而是二十多年前渺如雲煙的往事在回憶中的再現。清劉熙載說得好，「陳去非……〈臨江仙〉『杏花疏影裡，吹笛到天明』，此因仰承『憶昔』，俯注『一夢』，故此二句不覺豪酣轉成悵悒，所謂好在句外者也。」（《藝概．詞概》卷四）下片起句「二十餘年如一夢，此身雖在堪驚」，一下子說到當前，兩句中包含了南北宋之間二十年中無限的國事滄桑、知交零落之感，內容極充實，而用筆極空靈。「閒登小閣」三句，不再接上文之意進一步發抒悲嘆，而是宕開去寫，想到盛衰興亡，古今同慨，於是看新晴，聽漁唱，將沉摯的悲感化為曠達。

這首詞疏快明亮，渾成自然，如水到渠成，不見矜心作意之跡。張炎稱此詞「真是自然而然」（《詞源》卷下）。然「自然」並不等於粗率淺露，這就要求作者有更高的文學素養。清彭孫遹說得好：「詞以自然為宗，但自然不從追琢中來，便率易無味。如所云絢爛之極，乃造平淡耳。」（《金粟詞話》）

陳與義作詞雖少，但很受後世推重，而且認為其特點很像蘇東坡。南宋黃昇說，陳與義「詞雖不多，語意超絕，識者謂其可摩坡仙之壘也」（《中興以來絕妙詞選》卷一）。清陳廷焯也說，陳詞如〈臨江仙〉，「筆意超曠，逼近大蘇」（《白雨齋詞話》卷一）。陳與義填詞是否有意要學蘇東坡呢？不見得。陳與義作詩，近法黃（庭堅）、陳（師道），遠宗杜甫，不受蘇詩影響。至於填詞，乃是他晚歲退居時的遣興之作，他以前既非一向專業作詞，所以不很留心當時的詞壇風氣，也未受其影響。譬如，自從柳永、周邦彥以來，慢詞盛行，而陳與義獨未作過一首慢詞；詞至北宋末年，趨於雕飾，周邦彥是以「富豔精工」見稱，賀鑄亦復如是，而陳與義的詞獨是疏快自然，不假雕飾；可見陳與義填詞是獨往獨來，自行其是，自然也不會有意學蘇的。不過，他既然擅長作詩，晚歲填詞，運以詩法，自然也就會不謀而合，與蘇相近了。以詩法入詞，固然可以開拓內容，創新風格，但是仍必須保持詞體特質之美，而不可以流於質直粗疏，失去詞意。蘇東坡是最先「以詩為詞」的，但是蘇詞的佳作，如〈卜算子〉（缺月掛疏桐）、〈水調歌頭〉（明月幾時有）、〈永遇樂〉（明月如霜）、〈洞仙歌〉（冰肌玉骨）、〈八聲甘州〉（有情風萬里卷潮來）、〈賀新郎〉（乳燕飛華屋）諸作，都是「如春花散空，不著跡象，使柳枝歌之，正如天風海濤之曲，中多幽咽怨斷之音」（夏敬觀手批《東坡詞》）。論詞者不可不知此意也。（繆鉞）

張元幹

【作者小傳】（一〇九一～一一六一）字仲宗，永福（治今福建永泰）人。自號蘆川居士、真隱山人。向子諲之甥。宋欽宗靖康元年（一一二六），曾任李綱行營屬官。官至將作少監。高宗紹興元年（一一三一），因不滿奸佞當權，致仕。後坐送胡銓〈賀新郎〉詞得罪除名。早年詞風婉媚，南渡後，多寫時事，感懷國事，詞風豪放，為辛派詞人之先驅。有《蘆川詞》《蘆川歸來集》。存詞一百八十五首。

賀新郎　張元幹

寄李伯紀丞相

曳杖危樓去。斗垂天，滄波萬頃，月流煙渚。掃盡浮雲風不定，未放扁舟夜渡。宿雁落、寒蘆深處。悵望關河空弔影，正人間鼻息鳴鼉鼓。誰伴我，醉中舞。

十年一夢揚州路，倚高寒、愁生故國，氣吞驕虜。要斬樓蘭三尺劍，遺恨琵琶舊語。謾暗澀銅華塵土。喚取謫仙平章看，過苕溪尚許垂綸否？風浩蕩，欲飛舉。

李綱（字伯紀）是著名的愛國重臣，他在欽宗靖康元年（一一二六）金兵圍攻京城的危急時刻，力主抗戰，固守開封，被欽宗任命為親征行營使。張元幹當時是他的僚屬，後來李綱被罷免，元幹也連帶獲罪，離京南下。高宗紹興七年（一一三七），張浚罷相，以趙鼎為相。八年二月，秦檜第二次入相，罷免趙鼎，四月，宋派王倫使金，定和議；十二月，李綱在洪州（州治在今江西南昌）上書反對議和，被罷歸福建長樂。作者為此寫了這首詞，對李綱堅決主戰、反對議和的行動表示無限的敬仰並予以積極支持。

上片寫登高眺望江上夜景，並引發孤單無侶、眾醉獨醒的感慨。

起首四句寫自己攜著手杖步上高樓，但見夜空星斗下垂，江面寬廣無邊，波濤萬頃，月光流瀉在蒙著煙霧的洲渚之上。「掃盡」三句，是說江風極大，將天上浮雲吹散，江上亦因風大而無人乘舟夜渡。沉思間又見雁兒飛落在蘆葦深處夜宿，並由此引起無限感觸。「悵望」兩句，先是悵望祖國山河形勝，徒然弔影自傷；這時正值深夜，「鼻息鳴鼉（音同駝）鼓」，是指人們熟睡、鼾聲有如擊著豬婆龍（水中動物名）的皮做成的鼓，也即鼾聲如雷之意。這裡以之喻苟安求和之輩，隱有眾人皆醉我獨醒之慨。「誰伴我」兩句，承上「月流煙渚」、「悵望關河空弔影」，用李白〈月下獨酌四首〉其一「我歌月徘徊，我舞影零亂」詩意，自傷孤獨（辛棄疾〈賀新郎·別茂嘉十二弟〉結句之「誰共我，醉明月」，與此意同）。謂李綱與己志同道合，而天各一方，不能於此月下同舞。同舞當亦包括同商恢復中原之事，至此一筆轉入寄李綱本題。

下片運用典故以暗示手法表明對朝廷屈膝議和的深刻不滿，並對李綱備致欽仰之忱。

「十年」句，是作者想到十年以前，高宗即位於應天府（今河南商丘），這是建炎元年（一一二七）。不久就南下，以淮南東路的揚州為行都；次年秋金兵進犯，南宋小朝廷又匆匆南逃，揚州被金人攻占，成為一片廢墟，昔年繁華猶如一夢，此處化用杜牧〈遣懷〉「十年一覺揚州夢」詩句。如今只餘殘破空城，使人懷想之餘，不勝慨恨。「倚高寒」兩句，繼續寫作者夜倚高樓，但覺寒氣逼人，遠望滿目瘡痍的中原大地，不由愁思滿腔，但又自覺壯心猶在，豪氣如潮，足以吞滅敵人。驕虜是指金人。《漢書．匈奴傳》說匈奴是「天之驕子」，這裡是借指。「要斬」兩句，運用兩個典故反映出對宋金和議的看法。前一句是期望朝廷振作圖強，能如漢代使臣傅介子提劍斬樓蘭（西域國名）王那樣地對付金人。《漢書．傅介子傳》說樓蘭王曾殺漢使者，傅介子奉命「至樓蘭。……王貪漢物，來見使者。……王起隨介子入帳中，屏語，壯士二人從後刺之，刃交胸，立死」。詞中以樓蘭影射金國，以傅介子比喻李綱等主戰之士。後一句是借漢嫁王昭君與匈奴和親事，影射和議之不可行。杜甫〈詠懷古跡五首〉其三詩云：「千載琵琶作胡語，分明怨恨曲中論。」作者在此用杜甫詩意，說在琵琶曲中流露出對屈辱求和的無窮遺恨，以此暗示南宋與金人議和亦將遺恨千古。「謾暗澀」句，是嘆息如今和議已成定局，雖有寶劍而不能用來殺敵，徒然使它生銅花（即銅鏽），委棄於塵土之中。暗澀，是形容寶劍上布滿銅鏽，逐漸失去光彩。這裡運用比喻，以寶劍被棄比喻李綱等主戰人物受到罷斥壓制。「喚取」兩句，先以「謫仙」李白來比李綱，兼切李姓，這是對李綱的推崇。李綱自己也曾在〈水調歌頭〉中說：「太白乃吾祖，逸氣薄青雲。」作者請他評論，也即發表意見，面對和議已成定局的形勢，愛國之士能否就此退隱苕溪（浙江吳興一帶），垂釣自遣而不問國事呢？結尾振起，指出要憑浩蕩長風，飛上九天，由此表示自己絕不逍遙林下，而是懷著氣衝雲霄的壯志雄心，對李綱始終主戰、反對和議的主張表示最大的支持，這也就是他寫作本詞的旨意所在。（潘君昭）

賀新郎　張元幹

送胡邦衡待制赴新州

夢繞神州路。悵秋風，連營畫角，故宮離黍①。底事崑崙傾砥柱②，九地黃流亂注？聚萬落千村狐兔。天意從來高難問，況人情，老易悲難訴！更南浦，送君去。

涼生岸柳催殘暑。耿斜河、疏星淡月，斷雲微度。萬里江山知何處？回首對床夜語。雁不到、書成誰與？目盡青天懷今古，肯兒曹恩怨相爾汝？舉大白，聽〈金縷〉。

〔註〕①《詩經．王風．黍離》：「彼黍離離，彼稷之苗。」毛詩序：「周大夫行役，至于宗周，過故宗廟宮室，盡為禾黍。」②崑崙傾砥柱：古人相信黃河源出崑崙山，書證甚多，如《淮南子．地形訓》即言「河水出崑崙東北陬」。崑崙山有銅柱，其高入天，稱為天柱，見《藝文類聚》卷七引《神異經》。又黃河中流有砥柱山。此以崑崙天柱、黃河砥柱，連類並書。

當北宋覆亡、士夫南渡的這個時期，悲憤慷慨的憂國愛國的詞家們，名篇迭出；張蘆川則有〈賀新郎〉之作，先以「曳杖危樓去」寄懷李綱，後以「夢繞神州路」送別胡銓，兩詞尤為忠憤悲慨，感人肺腑。高宗紹興十二年（一一四二），已先因反對「和議」、請斬秦檜等三人頭而貶為福州簽判的胡銓，再獲重譴，除名編管新州（今廣東新興），蘆川作此詞相送。

「夢繞神州路」，言我輩魂夢皆不離那未復的中原故土。「悵秋風」三句，寫值此素秋，金風聲裡，一方面聽此處吹角連營，似乎武備軍容，十分雄武，而一方面想那故都汴州，已是禾黍離離，一片荒殘。此一起即將南宋局勢，縮攝於尺幅之中。以下便由此嚴詞質問，絕似屈子〈天問〉之體格。

首問：為何一似崑崙天柱般的黃河中流砥柱，竟然傾毀，以致濁流泛濫，使九州之土全歸沉陸？又因何而使衣冠禮樂的文明樂土，一旦變成狐兔盤踞橫行的慘境！須知狐兔者，既實指人民流析，村落空虛，唯餘野獸，又虛指每當國家不幸陷於敵手之時，必然「狐兔」橫行，古今無異。南宋鄭所南（思肖）〈辛巳歲立春作〉所謂「地走人形獸，春開鬼面花」，自國亡家破之人而視之，真有此情此景，筆者親歷抗戰時期華北淪陷之境，故而深領之。

下用杜少陵句「天意高難問，人情老易悲」（〈暮春江陵送馬大卿公，恩命追赴闕下〉），言天高難問，人間又無可共語者，只得如胡公者一人同在福州，而今公又遽別，悲可知矣！——上片一氣寫來，全為逼出「更南浦，送君去」兩句，其筆力盤旋飛動，字字沉實，作擲地金石之響。

過片便預想別後情懷，蓋餞別在水畔，征帆既遠，猶不忍離去，佇立以至岸柳涼生，夜空星見。「耿斜河」三句，亦如孟襄陽殘句寫「微雲淡河漢」，蘇東坡〈洞仙歌〉寫「時見疏星渡河漢」、「金波淡，玉繩低轉」，何其神理之相似！而在蘆川，悲憤激昂之懷，忽著此一二句，益見其感情之深摯，佇立之久。如以「閒筆」視之，即如只知大嚼為食，而不曉細品為飲者，淺人難得深味矣。

下言此別之後，不知胡公流落之地，竟在何所，想像也覺難及，其荒遠之狀畢竟何似，相去萬里，更欲對床夜話，如朋友、兄弟之故事，豈復可得！語雲雁之南飛，不逾衡陽，而今新州更去衡陽幾許？賓鴻不至，書信將憑誰寄付？不但問天之意直連前片，而且痛別之情古今所罕。以此方接極目乾坤，縱懷今古，沉思宇宙人生；所關切者絕非個人命運得失窮達，豈肯效兒女子瑣瑣道個人私事哉。韓愈〈聽穎師彈琴〉詩「昵昵兒女語，恩怨相爾汝」，是此句所本。

情懷若此，何以為詞？所謂辭意俱盡，遂爾引杯長吸，且聽笙歌——此姑以豪邁之言，聊遣摧心之痛，總是筆致夭矯如龍，切莫以陳言落套為比。

凡填〈賀新郎〉，上下片有兩個仄起七字句，不得誤為與律句全同，「高難問」、「懷今古」，難、今二字，皆須平聲（與上三字連成四平聲），方為協律。又兩歇拍「送君去」、「聽金縷」，頭一字必須去聲，此為定格。然至明清後世，解此者已少，合律者百無一二。故拈舉於此，以示學人。（周汝昌）

滿江紅

張元幹

自豫章阻風吳城山作

春水迷天，桃花浪、幾番風惡。雲乍起、遠山遮盡，晚風還作。綠卷芳洲生杜若，數帆帶雨煙中落。傍向來沙嘴共停橈，傷飄泊。

寒猶在，衾偏薄。腸欲斷，愁難著。倚篷窗無寐，引杯孤酌。寒食清明都過卻，最憐輕負年時約。想小樓、終日望歸舟，人如削。

張元幹《蘆川歸來集》卷九〈跋楚甸落帆〉云：「往年自豫章下白沙，嘗作〈滿江紅〉詞，有所謂『綠卷芳洲生杜若，數帆帶雨煙中落』之句。此畫頗與吾眼界熟，要是胸次不凡者為之，寧無感慨？」然而跋文年代不詳，據同書卷十〈蘆川豫章觀音觀書〉云：「元幹以（徽宗）宣和元年三月出京師，六月至鄉里。」所述與詞中時地相吻合，可能作於是年返鄉途中。

題中「豫章」，今江西南昌市。「吳城山」，地名。據宋《太平寰宇記》：「南昌縣……吳城山在治東一百八十里，臨大江。」船行至此常為風浪所阻。張孝祥〈吳城阻風〉詩中云：「吳城山頭三日風，白浪如屋雲埋空。」形象地展示了風惡浪湧的險景。這首詞作就是抒寫旅途中阻風吳城山的情景與急切思歸的心態。明吳從先《草堂詩餘雋》李于麟評語謂此詞「上言風帆飄泊之象，下言歸舟在家之思」。

詞的開頭「春水迷天」兩句，點出天氣驟變，風浪連天。作者緊扣住詞題「阻風」下筆，而寫得氣勢雄闊。在舊曆三月，春暖雪化，水位暴漲，此時正值鮮豔的桃花盛開，故稱「桃花浪」。杜甫〈春水〉詩：「三月桃花浪，江流復舊痕。」詞裡連綴著「風惡」二字，便使煙水迷茫的景象中顯現出一股洶湧的氣勢。「雲乍起」二句承上實寫舟行所遇。一個「還」字，既寫出江面惡劣氣象的延續，又暗示了時間的推移。這樣開頭幾句就把行舟為風雨所阻的意象充分揭示出來。「綠卷芳洲生杜若」二句，由遠及近，寫景如畫。「杜若」，香草名。屈原《九歌．湘君》：「採芳洲兮杜若。」在長滿一片嫩綠芳草的水洲邊上，舟泊煙渚，雨中落帆，寥寥幾筆，勾勒出一幅筆墨蒼潤的煙雨落帆圖。

「傍向來沙嘴共停橈」二句，寫停泊的情景。「向來」，即適來，「沙嘴」，即沙洲。晏幾道〈玉樓春〉：「停橈共說江頭路。」詞人由遇風浪而飄泊的情懷，正是為下片的抒情作鋪墊。

換頭「寒猶在」以下四句，承上轉下，由景及情，抒寫寒夜停泊的愁緒。而「倚篷窗無寐」二句，更推進一層，倚窗獨酌，借酒澆愁，這既表現出人物的孤獨感，又是上文「愁腸」的深化。「寒食清明都過卻」二句，筆墨宕開，但與愁緒相連結。詞人想起寒食清明節都已過去，自己早就耽誤了歸期，辜負了佳人相約的一片深情，心中充滿了焦慮和懊恨。

結末「想小樓、終日望歸舟，人如削」，這是化用柳永〈八聲甘州〉「想佳人妝樓顒望，誤幾回、天際識歸舟」的詞意。如果說柳永詞中的「誤幾回」更覺靈動，那麼這裡的「人如削」也能傳神。唐代元稹〈三月二十四日宿曾峰館，夜對桐花，寄樂天〉詩：「是夕遠思君，思君瘦如削。」不過，詞中不是寫自身，而是從對方著筆。

本來是自己思歸心切，卻說佳人在小樓終日痴望。這是出於自己的想像，是一種虛寫的手法，但運用了「終日望歸舟，人如削」這樣具體細緻的情節，不僅顯得真實，化虛為實，而且把埋藏內心的思歸意蘊充分宣洩出來。

這首思歸懷人的詞作，以景起，以情結，全詞情景交錬。而抒寫羈旅愁思，感情起伏動蕩，尤工於勾勒鋪敘。這與柳永擅長表現羈旅行役的題材而又盡情鋪展的格調是一脈相承的。（曹濟平）

蘭陵王 張元幹

春恨

捲珠箔，朝雨輕陰乍閣。欄杆外、煙柳弄晴，芳草侵階映紅藥。東風妒花惡，吹落梢頭嫩萼。屏山掩、沉水倦熏，中酒心情怕杯勺。

尋思舊京洛。正年少疏狂，歌笑迷著。障泥油壁催梳掠。曾馳道同載，上林攜手，燈夜初過早共約。又爭信飄泊？

寂寞。念行樂。甚粉淡衣襟，音斷絃索。瓊枝璧月春如昨。悵別後華表，那回雙鶴。相思除是，向醉裡、暫忘卻。

詞題「春恨」，在宋黃昇《花菴詞選》中作「春遊」，實際上是作者身經中原喪亂之痛，藉以寄託國事的愁恨。全詞分為三片，而意脈貫通。明吳從先《草堂詩餘雋》李于麟云：「上是酒後見春光，中是約後誤佳期，下是相思如夢中。」從詞作結構來說，這樣理解是可以的，但還是屬於表層的。如果透過含蓄曲折的筆墨，深入探測其內涵，就會發現詞人在南渡以後所寓寄的黍離之悲，故不能拘泥於泛泛的「春恨」。

詞的開頭「捲珠箔」二句，點出了環境與天氣。「乍閣（擱）」，即初停。這是化用王維〈書事〉「輕陰閣小雨」句意。在一個春日的清晨，詞人登樓捲起了珠簾，綿綿的陰雨剛剛停止，和煦的陽光已照樓臺。全詞的情與景即由此生發鋪展。「欄杆外」以下寫樓上眺望的種種景象：如煙的柳條，在晴光中搖動；階下綠油油的青草，映襯著芍藥，呈現出一派盎然的春意。「煙柳弄晴」，並非專門詠柳，而是從此引起詞人的悠揚情思。折柳送別，在漢唐以來已形成了一種社會風俗。周邦彥的著名詞篇〈蘭陵王〉「柳陰直，煙裡絲絲弄碧」，就是借詠柳而賦別情。眼前的柳絲依依有情，似乎又是送別之態。緊接著「東風」二句陡轉，出現另一種物景。強勁的東風把剛長出來的花吹落了，烘托出一種淒然傷神的氣氛。「屏山掩」三句，與上文目中所見回應，由景生情，實寫詞人的心境。「屏山」即屏風。「沉水」，即沉香。「中酒」即著酒。這裡寫出詞人怕飲酒的心理狀態，含蘊著複雜的思想感情。

第二片追思昔日遊樂。換頭「尋思舊京洛」，承上轉下，從當前的傷春傷別，很自然地回想起過去在汴京的遊樂情景。「京洛」，洛陽，東周、後漢兩朝皆建都洛陽，故稱「京洛」，兼京師與洛陽兩義。這裡是借指汴京。作者在〈次友人寒食書懷韻二首〉其一中寫過：「往昔昇平客大梁，新煙燃燭九衢香。車聲馳道內家出，春色禁溝宮柳黃。陵邑祇今稱虜地，衣冠誰復問唐裝。傷心寒食當時事，夢想流鶯下苑牆。」詩中所寫思念故國的深沉感情，與詞作主旨是一致的。不過詞的寫法比較含蓄婉轉。一個「舊」字，蘊含著多麼深刻的時代意念。清宋翔鳳在《樂府餘論》中說：「南宋詞人繫情舊京，凡言歸路，言家山，言故國，皆恨中原隔絕。」這裡繫念「舊京洛」，正是從中原隔絕的遺恨引起下文「往昔昇平客大梁」的遊樂情景，更增添黍離之悲。「正年少疏狂」三句，詞人想起當年在汴京狂放不羈的生活。白居易〈代書詩一百韻寄微之〉詩：「疏狂屬年少。」

少年時徵歌選色，外出遊春的車馬已準備好，只是催促著梳妝。油壁車，女子所乘；「催梳掠」，其中即有女子在。「曾馳道同載」三句，雜寫遊賞，不專主一時一事。馳道，即御道，皇帝車駕經過的道路。上林，秦漢時期為皇帝的花園，這裡借指汴京的園林。「收燈畢，都人爭先出城探春」（宋孟元老《東京夢華錄》卷六），這是「燈夜初過早共約」的註腳。同載、攜手、共約，情事如見，都是「年少疏狂」的事。至此，一筆寫來，都是熱鬧歡快的氣氛。可是，緊接著「又爭信飄泊」！突然結束了上面的回憶，似斷又續，極盡頓挫之妙。這使人彷彿從夢幻意識中回到清醒的現實，感情起伏，跌宕流美。「爭」同「怎」。詞人怎麼能料想到往昔歌舞昇平的汴京，如今已落在金兵的手中，而自己又過著逃難的飄泊生活呢？這種哀感從上面的歡快和暢的景象中轉來，以歡愉的情調映襯離別後的孤寂，更顯得淒楚難禁。

第三片從回憶轉寫別後相思，主要抒寫離恨。「寂寞，念行樂」以下，緊承上文的「疏狂」到「飄泊」而來，注入對舊人的深切思念。「甚粉淡衣襟」三句，是懸想她已擺脫了歌笑生涯，而容色依然如舊日之美好。「瓊枝璧月春如昨」一句，本於南朝陳宮中狎客為讚美張麗華、孔貴嬪等容色的詩句「璧月夜夜滿，瓊樹朝朝新」，見《陳書．張貴妃傳》。這三句，懷念舊人，同時也是懷念故都，寫得迷離惝怳，而寓意亦約略可尋。以下過入別恨與相思。「悵別後華表」二句，借用典故，抒發人間滄桑之變，好景不長的深慨。舊題陶潛作的《搜神後記》載，遼東人丁令威，學道於靈虛山，後化鶴歸遼，止於城門華表柱上，言曰：「有鳥有鳥丁令威，去家千年今始歸；城郭如故人民非，何不學仙離塚壘？」此二句用「悵」字領起，寄慨更深，語意明瞭而又委婉含蓄。結末「相思除是」二句，用口語寫情，深婉真摯。「除是」，除非是的省略。這裡詞人把多少不易直接說出的別恨，統統傾注在酒杯裡，痛飲盡醉方休。「向醉裡、暫忘卻」，猶如眾流歸海，不僅感情深厚，而且「辭盡意不盡」，言外含有眷念故國的無窮隱痛。這與李清照〈菩薩蠻〉「故鄉何處是？忘了除非醉」的情意相近，有異曲同工之妙。

這首抒發愛國意念的詞作，寫得情韻兼勝，深婉流美，代表了作者的另一種詞風——婉約的風貌。在藝術技巧上充分顯示出組織結構的嚴密。全詞上、中、下三片，從眼前傷春到追憶往昔，再轉入現實相思，有鋪排，有轉折，環環相扣，逐層深入，並用「別恨」一氣貫串。尤其是過片處意脈連貫，情致婉轉曲折。其次是寓別恨之情於清曠的境界之中，使蘊藉的詞境顯得既沉鬱又婉麗。（曹濟平）

石州慢

張元幹

寒水依痕，春意漸回，沙際煙闊。溪梅晴照生香，冷蕊數枝爭發。天涯舊恨，試看幾許銷魂？長亭門外山重疊。不盡眼中青，是愁來時節。

情切。畫樓深閉，想見東風，暗銷肌雪。孤負枕前雲雨，尊前花月。心期切處，更有多少淒涼，殷勤留與歸時說。到得再相逢，恰經年離別。

本詞是作者晚年離鄉思歸之作。在冬去春來，大地復蘇的景象中，寓寄著詞人內心的深沉意念。

「寒水依痕」之句，點出了初春的時節，但這是運用杜甫的成句。杜甫〈冬深〉：「花葉唯天意，江溪共石根，早霞隨類影，寒水各依痕。」後二句化用杜甫〈閬水歌〉「正憐日破浪花出，更復春從沙際歸」的詩意。這裡融詩景入詞境，另有一番氣象，而著一「漸」字，更使溪水下落的痕跡增添一股新的活力。詞人從沙際迷茫開闊的景象中，感受到蓬勃生機的和暖的春意。「溪梅」二句用特寫手法刻畫報春的信息——梅花的開放。在和煦的陽光下，溪邊梅樹疏落的枝條上綻開出朵朵花苞，散發出誘人的清香。這是冬去春來的美好象徵，然而這並不能引起詞人心靈的歡悅，相反地萌生出離愁與苦恨。

「天涯」以下數句，由寫景轉入抒情。「舊恨」二字，揭示出詞人心中鬱積著無限的離愁別恨。「銷魂」

是用南朝江淹〈別賦〉：「黯然銷魂者，唯別而已矣！」這裡用設問的句式領起下文。「長亭」以下三句，進一層鋪寫銷魂的景色。在那長亭門外，詞人極目所見，映入眼簾的唯有望不到盡頭的重重疊疊的青山。連綿起伏的山巒，猶如心中無窮的愁緒，正是「吳山點點愁」（白居易〈長相思〉），春日的景象，成了犯愁的時節。

下片換頭「情切」二字，承上轉下。詞人宕開筆力，由景物描寫轉而回憶昔日夫婦之情。如今雖然離別遠行，但綿綿情思卻是割捨不斷的。「畫樓」以下三句，虛景實寫，設想閨人獨居深樓，因日夜思念丈夫，久盼不歸，形體漸漸地消瘦下去。緊接著「枕前雲雨」，借用典故以寫夫婦情意。戰國宋玉〈高唐賦〉序中說，楚王夢中與神女相會高唐，神女自謂：「旦為朝雲，暮為行雨，朝朝暮暮，陽臺之下。」後指男女歡合。這與下句「尊前花月」，都是寫夫婦間甜蜜的共同生活。但因為離別在外，枕畔之歡，尊前之樂，都虧負了。詞人內心所殷切盼望的，是回來與親人相見，訴說在外邊思家時心底的無限淒涼情味。「心期切處」三句所寫，是自己的離愁與上「畫樓」三句寫家裡人的別恨作成對照。彼此愁恨的產生，同是由於「孤負」兩句所說的事實而引起。這樣雖是分寫雙方，卻渾成一體，詞筆前後迴環呼應，十分謹嚴細緻。歇拍「到得再相逢，恰經年離別」，緊承上句「歸時」。言到得歸來重見，已是「離別經年」了。言下對於此別，抱憾甚深，重逢之喜，猶似不能抵消者。寫別恨如此強調，宋詞中亦少見，當非無故。

這首詞作由景入情，脈絡分明，從表象上看，似乎抒寫夫婦間離愁別恨，但詞中運用比興寄託，確實寓寄著深一層的時代意念。清黃蘇《蓼園詞評》中說：「仲宗於紹興中，坐送胡銓及李綱詞除名。起三句是望天意之回。『寒枝競發』，是望謫者復用也。『天涯舊恨』至『時節』，是目斷中原又恐不明也。『想見東風銷肌雪』，是遠念同心者應亦瘦損也。『負枕前雲雨』，是借夫婦以喻朋友也。因送友而除名，不得已而託於思家，意亦苦矣。」

自清代常州詞派論詞強調寄託以來，後世評詞者往往求其有無寄託。從張元幹後期壓抑不平的身世來看，在南宋朝廷屈辱求和，權奸當道而主戰有罪的險惡的社會環境裡，他的內心有著難以明言的苦衷，故詞中「借物言志」，寄意象外，黃蓼園所云並非純為主觀臆斷，但如此分解而落到實處，恐怕就難免有穿鑿之嫌了。（曹濟平）

石州慢 張元幹

己酉秋，吳興舟中作。

雨急雲飛，驚散暮鴉，微弄涼月。誰家疏柳低迷，幾點流螢明滅。夜帆風駛，滿湖煙水蒼茫，菰蒲零亂秋聲咽。夢斷酒醒時，倚危檣清絕。

心折。長庚光怒，群盜縱橫，逆人猖獗。欲挽天河，一洗中原膏血。兩宮何處？塞垣只隔長江，唾壺空擊悲歌缺。萬里想龍沙，泣孤臣吳越。

宋高宗建炎三年（一一二九），歲在「己酉」。這年春上，金兵大舉南下，直撲揚州。高宗從揚州渡江，狼狽南逃，江北地區完全失守。作者當時避亂南行，秋天在吳興（今浙江湖州）乘舟夜泛，撫事生哀，寫下了這首悲壯的詞作。「泣孤臣吳越」即全詞結穴之句，通篇都寫孤憤。

上片寫景，亦即憤激之情的鬱積過程。它用色彩黯淡的筆調畫出舟中所見之夜色：雨霽涼月，疏柳低迷，流螢明滅，菰蒲零亂，煙水蒼茫，秋聲嗚咽……一切都陰冷而淒迷。其意味深厚，又非畫圖可以比擬。首先，「雨急雲飛」的開篇就暗示讀者，這是一陣狂風驟雨後的寧靜，是昏鴉亂噪後的沉寂，這裡，風雲莫測、沉悶難堪的秋來氣候，與危急的政局是有一致之處的。其次，這裡展現的是一片江湖大澤，類乎放逐的騷人的處境，於中流露出被迫為「寓公」的作者無限孤獨徬徨之感。的確，在寫景的同時顯現著景中活動著的人物形象。他在苦悶中沉飲之後，乘著一葉扁舟，從濕螢低飛、疏柳低垂的水路穿過，駛向空闊的湖中，冷風拂面，夢斷酒醒，獨倚危檣……此情此景，不正和他「悵望關河空弔影，正人間鼻息鳴鼉鼓」（〈賀新郎〉）所寫的一致麼？只言「清絕」，不過意更含蓄罷了。於是，一個獨醒者、一個夢斷後找不到出路的愛國志士形象逐漸鮮明起來。這就為下片盡情直抒胸臆做好了準備。

過片的「心折」（心驚）二字一韻。這短促的句子，成為全部樂章的變徵之聲。據《史記·天官書》載，金星（夜見於西方稱「長庚」）主兵戈之事。「長庚光怒」上承夜景，下轉時事的感慨和書憤，就像水到渠成般自然。時局可謂內外交困。建炎二年濟南知府劉豫叛變降金；翌年，苗傅、劉正彥作亂，迫高宗傳位太子，後被平服。「群盜縱橫」句該是痛斥這些奸賊的。不過據《宋史·宗澤傳》載，當時南方各地湧現了很多義勇組織，爭先勤王，而「大臣無遠識大略，不能撫而用之，使之飢餓困窮，弱者填溝壑，強者為盜賊。此非勤王者之罪，乃一時措置乖謬所致耳」，則此句作為對這種不幸情況的痛惜語亦可講得通。要之，這一句是寫內憂。下句「逆人猖獗」則寫外患。中原人民，生靈塗炭，故詞人痛切之極。這裡化用了杜詩「安得壯士挽天河，盡洗甲兵長不用」（〈洗兵馬〉）的名句，抒發自己強烈願望：「欲挽天河，一洗中原膏血！」然而願望歸願望，現實是無情的。詞人進而指出三重不堪的事實：一是國恥未雪，徽欽二帝尚被囚於金，「兩宮何處」的痛切究問，對朝廷來說無異於嚴正的斥責；二是國土喪失局面嚴重——「塞垣只隔長江」；三是朝廷上主戰的志士橫遭迫害，「唾壺空擊悲歌缺」。南朝宋劉義慶《世說新語·豪爽》：「王處仲（敦）每酒後輒詠『老驥伏櫪，志在千里。烈士暮年，壯心不已』。以如意打唾壺，壺口盡缺。」王敦所詠曹操〈龜雖壽〉中的句子本含志士惜日短之意，這裡暗用以抒發愛國主張橫遭摧抑，志不獲伸的憤慨，一「空」字感喟良深。由於這一系列現實障礙，詞人的宏願是無從實現了。這恰與上片那個獨醒失路的形象吻合。末二句挽合全詞：「萬里想龍沙，泣孤臣吳越。」「龍沙」本指白龍堆沙漠，亦泛指沙塞，這裡則借指二帝被擄囚居處。「孤臣」乃不得於君者，即詞人自指，措語帶憤激的感情色彩。「泣孤臣吳越」的畫面與「倚危檣清絕」遙接。

張元幹本能為清麗婉轉之詞，與周、秦肩隨，而他又是將政治鬥爭內容納入詞作，為南宋豪放詞導夫先路的人物。此詞就是豪放之作，它上下片分別屬寫景抒情，然而能將秋夜泛舟的感受與現實政局形勢密切結合，詞境渾然一體。語言流暢，絕去雕飾，然而又多用倒押韻及顛倒詞序的特殊句法，如「唾壺空擊悲歌缺」（即「悲歌空擊唾壺缺」）、「萬里想龍沙」（「想龍沙萬里」）、「泣孤臣吳越」（「吳越孤臣泣」）等，皆造語勁健，耐人咀嚼。（周嘯天）

水調歌頭

張元幹

追和

舉手釣鼇客，削跡種瓜侯。重來吳會，三伏行見五湖秋。耳畔風波搖蕩，身外功名飄忽，何路射旄頭？孤負男兒志，悵望故園愁。

夢中原，揮老淚，遍南州。元龍湖海豪氣，百尺臥高樓。短髮霜黏兩鬢，清夜盆傾一雨，喜聽瓦鳴溝。猶有壯心在，付與百川流。

作者壯年曾從李綱抗金，秦檜當國後致仕南歸，高宗紹興中坐送胡銓及寄李綱詞除名。此詞標題作「追和」，即若干年後和他人詞或自己舊作。查集中〈水調歌頭．同徐師川泛太湖舟中作〉一篇，其中有「底事中原塵漲，喪亂幾時休」、「想元龍，猶高臥，百尺樓」及「莫道三伏熱，便是五湖秋」等句，與此詞句意相近，或即是本詞所和之篇。張元幹曾從徐俯（師川）學詩，徐亦應有同題的詞，惜已佚。徐俯因參與元符黨人上書反對紹述，被列入邪等，名上黨人碑；紹興二年（一一三二）被召入都，賜進士出身。張元幹紹興元年休官回福建，因此「同徐師川泛太湖舟中」作詞之事當在建炎年間。而此「追和」之詞，從「重來吳會」兩句看，應是辭官南歸後約二十年某一夏日，重遊吳地時作。集中〈登垂虹亭二首〉其一有云：「一別三吳地，重來二十年」，可證。

上片即自寫心境，自畫出一個浪跡江湖的奇士形象，著意寫其豪放不羈的生活和心中的不平。首二句就奠定了全詞格調。「舉手釣鼇客，削跡種瓜侯」，皆以古人自譬。釣鼇種瓜，本隱逸者事，而皆有出典。《史記·蕭相國世家》載秦時人召平（亦名邵平）為東陵侯，秦亡後隱居長安東種瓜，世傳「東陵瓜」。這裡用指作者匿跡銷聲，學故侯歸隱。而「釣鼇客」的意味就更多一些。宋趙令畤《侯鯖錄》：「李白開元中謁宰相，封一板，上題曰『海上釣鼇客李白』。相問曰：『先生臨滄海釣巨鼇，以何物為釣線？』白曰：『以風浪逸其情，乾坤縱其志。以虹霓為絲，明月為鉤。』又曰：『何物為餌？』曰：『以天下無義氣丈夫為餌。』時相悚然。」作者借用此典，則不單純寄意於隱逸，其恨不得「以天下無義氣丈夫為餌」之意亦隱然句下，鋒芒所指似在「時相」。「重來吳會」兩句，吳會指東漢的吳與會稽兩郡，即吳越之地，此指重遊故地；「三伏」、「五湖秋」，拈用前詞「莫道三伏熱，便是五湖秋」字面，以說時令，也不無仍承前詞上文「唯與漁樵為伴，回首得無憂」的那種在炙手可熱的勢焰下暫得解脫的寓意。以下三句憤言國事關心，而功名未立，請纓無路。「耳畔風波搖蕩」，謂所聞時局消息如彼；「身外功名飄忽」，謂自己所處地位如此。「耳畔」、「身外」，皆切合不任事、無職司人的情境。南宋愛國人士追求的功名就是恢復中原，如岳飛〈小重山〉詞說的「白首為功名」。「旄頭」為胡星（見《史記·天官書》），古人以為旄頭跳躍主胡兵大起。「何路射旄頭」即言抗金報國之無門，這就逼出後文：「孤負男兒志，悵望故園愁。」這裡的「故園」，乃指失地；「男兒志」即「射旄頭」之志。雖起首以放逸歸隱為言，結句則全屬壯心猶在之意。下片全從這裡予以申發。

過片寫想望故國百端交集的心情：「夢中原，揮老淚，遍南州。」「夢中原」是由「悵望故園愁」所導致。「揮老淚」，沾襟可也，何能「遍南州」？這是誇張，也是風雨入夢的影響。幾句大有後來陸游「胡未滅，鬢先秋，淚空流」之慨。因在睡中，故又得「高臥」二字，聯及平生意氣，遂寫出「元龍湖海豪氣，百尺臥高樓」的壯語。借三國陳登事，以喻作者自己「豪氣不除」（《三國志》許汜議陳登語）。可見作者湖海閒遊，實非心甘情願。以下「短髮霜黏兩鬢」從「老」字來，「清夜盆傾一雨」應「淚」字來，正寫中宵聞雨驚夢事。何以會「喜聽瓦鳴溝」？這恰似陸游所謂「夜闌臥聽風吹雨，鐵馬冰河入夢來」（〈十一月四日風雨大作二首〉其二）。滂沱大雨傾瀉於瓦溝，轟響有如戈鳴馬嘶，可為「一洗中原膏血」的象徵，此時僵臥而尚思報國的人聽了怎能不喜？是的，自己「猶有壯心在」呢！壯心同雨水匯入百川，而歸大海，是人心所向，故云「付與百川流」。——末韻結以豪情，也是順流而下。

全詞就這樣交織著壯志難酬而壯心猶在的複雜情緒，故悲憤而激昂，相應地，詞筆亦極馳騁。從行跡寫到內心，從現實寫到夢境。又一意貫串，從「釣鼇客」、「五湖秋」、「風波搖蕩」、「湖海豪氣」、「盆傾一雨」、「瓦鳴溝」到「百川流」，所有意象都匯合成一股洶湧的狂流，使人感到作者心潮澎湃，起伏萬千，具有極強的藝術感染力。詞中屢借古人酒杯澆自己塊壘，言有盡而意無窮，故能豪放而不粗疏。詞寫風雨大作有感，筆下亦交響著急風驟雨的旋律。「（蘆川詞）人稱其長於悲憤」（明毛晉《蘆川詞》跋），評說甚當。（周嘯天）

魚遊春水　張元幹

芳洲生蘋芷，宿雨收晴浮暖翠。煙光如洗，幾片花飛點淚。清鏡空餘白髮添，新恨誰傳紅綾寄①。溪漲岸痕，浪吞沙尾。

老去情懷易醉。十二欄杆慵遍倚。雙鳧②人慣風流，功名萬里。夢想濃妝碧雲邊，目斷孤帆夕陽裡。何時送客，更臨春水。

〔註〕① 紅綾寄：以軟紅絹聚淚相寄。宋張君房《麗情集．寄淚》條說：「灼灼錦城官中奴，御史裴質善之。裴召還，灼灼每遣人以軟紅絹聚紅淚為寄。」② 雙鳧：《後漢書．王喬傳》云：喬有神術，明帝時為尚書郎，後出為葉縣令。每月朔望，常自縣詣臺朝帝。帝怪其來速而不見車騎，乃令太史伺望之。太史言其臨至，輒有雙鳧從東南來。於是候鳧至，舉網捕之，但得一舄，原來是王喬為尚書郎時皇帝賜給他的一隻鞋子。雙鳧，原來代指地方官員，這裡喻作者的友人。

明毛晉《蘆川詞》跋說：「人稱其長於悲憤，及讀《花菴》《草堂》所選，又極嫵秀之致。」這首送別詞，始於觸景生情，後復緣情布景，節節轉換，穠麗周密，委婉曲折地表達了作者悲憤之情與送別之意，在寫作上自有特色，為其嫵秀佳作之一。

大凡送別之作，多託離杯以將意，寫時景以抒懷，這首詞也是如此。詞的開頭四句，描寫送別時所見的春江景色以及由此所引起的悽苦感情。「芳洲」二句是說，一場夜雨過後，碧空如洗，長滿蘋芷的小洲上，乳白色的晨霧在翠綠的芳草上面輕輕浮動。在這裡，作者不僅描繪出送別時展現在眼前的春光晨色，點出了送別的時間，還化用白居易「又送王孫去，萋萋滿別情」（〈賦得古原草送別〉）詩意，暗示這無邊無際、給人帶來暖意的芳草，逗起了作者無限惜別之意。「暖翠」二字尤其精妙，它從感覺方面把夜雨過後春江兩岸景色所富有的詩情畫意，生動而形象地描寫出來了。而「煙光如洗」二句，承上啟下，進一步描寫出江天曉景。其中前一句寫「煙」，著一「洗」字，見出天空無比淨潔的境界，繳足了「宿雨收晴」之意；後一句寫花，寫一場春雨過後，鮮花盛開，時而有幾片花瓣隨風飛舞，猶如那點點淚珠，灑落地上。「點淚」二字用擬人手法，寓主觀於客觀，融別情於春色，不僅烘托出送別的淒清氣氛，也為下面的抒情做好了鋪墊。「清鏡」二句，緊承「飛花點淚」，即景抒情，折入對年華虛度、功業無成的憂傷心情的抒寫。「老冉冉其將至兮，恐修名之不立。」（〈離騷〉）和屈原一樣，作者有感於日月如梭，時不我與，明鏡新添白髮，容顏日漸衰老，然而抗金報國的宏願卻無法實現，內心充滿憂傷。一個「空」字，就把作者壯志難酬、老而無成的悲憤淋漓盡致地表現出來了。詞人本來是把恢復中原故土的希望寄託在皇帝身上的，但「天意從來高難問」（〈賀新郎·送胡邦衡待制赴新州〉），皇帝高高在上，出爾反爾，其意圖令人難以捉摸。更使人難以理解的是他竟重用主和派，排斥抗金志士。「新恨」句化用錦城官妓灼灼寄淚的典故，說明近來生活越來越寂寞，甚至於連一掬同情眼淚也無人相寄，使人「新恨」無窮，更傾訴了世無知己的悲哀。「溪漲」二句復緣情布景，進一步寫雨後江天景色。「溪漲岸痕」，寫春水之大；「浪吞沙尾」，寫波浪之高。一「漲」一「吞」，不僅生動地再現了雨後春江波濤洶湧的情景，同時又借物遺懷，暗寓了自己同此高漲的自傷與傷別的心情。在這裡，情與景合而為一，水乳交融，已經達到了渾然莫辨的境地。

過片再次即景抒情。「老去情懷」二句，暗點送別的地點——江樓，以回應開頭，同時又形象地刻畫出詞人內心無限的悲苦。一個「易醉」，一個「慵遍倚」，裡面該包含著作者多少難以言說也無處言說的辛酸！「雙鳧人慣風流」二句，詞人以高度的熱情讚美了友人胸懷「功名萬里」的報國壯志，同時也把抗金恢復的希望寄託在友人身上。這位友人或許應召入朝，詞人為其送行，故化用王喬的典故，稱頌他一貫風流倜儻，素有報國立功之志。在這裡，慰勉之意與送別之情是融為一體的。最後四句寫送別。「夢想濃妝碧雲邊，目斷孤帆夕陽裡。」詞人在此展開了豐富而奇妙的想像。他告訴友人，此別之後，今日送別的場面將會在他的夢中重現，他設想那時，自己將在那碧雲深處與濃妝麗人相伴，過清閒的隱居生活，而友人卻應召入朝，自己依依難捨，因而在夕陽西下的時候，佇立江邊，凝望著友人的「孤帆」漸漸地消失在蒼茫的暮色之中，久久不忍離去。這兩句詞，巧妙地化用了李白〈黃鶴樓送孟浩然之廣陵〉詩中「孤帆遠影碧空盡，唯見長江天際流」的詩句，而又有所創新，它再次緣情布景，託物寫懷，透過夢境的描寫，進一步寫自己惜別之情，寄實於虛，虛實相映，更加真切地表達了詞人對友人的一片深情。煞拍「何時送客，更臨春水」，由今日送別想到來日送別，再由來日送別翻出來日相逢，這種深一層的寫法，更加含蓄委婉地寫出詞人無比深厚的惜別之情。這種寫法，確實「如泉流歸海，迴環通首源流，有盡而不盡之意」（清江順詒《詞學集成·法》引張砥中語）。（薛祥生）

浣溪沙　張元幹

山繞平湖波撼城，湖光倒影浸山青，水晶樓下欲三更。
霧柳暗時雲度月，露荷翻處水流螢，蕭蕭散髮到天明。

這首詞的具體作年不詳。詞中云：「水晶樓下欲三更。」據南宋胡仔《苕溪漁隱叢話前集》卷五十三「水晶宮」條云：「吳興謂之水晶宮，不載之於《圖經》，但《吳興集》刺史楊漢公〈九月十五夜絕句〉云：『江南地暖少嚴風，九月炎涼正得中。溪上玉樓樓上月，清光合作水晶宮。』因此詩也。」可知此詞為作者晚年漫遊江浙一帶時所作。

「一別三吳地，重來二十年。」這是元幹在〈登垂虹亭二首〉其一中所抒寫舊地重遊的心境，而詩中描寫「山暗松江雨，波吞震澤天」的山水景象則與詞中的自然景物相接近。首句「山繞平湖波撼城」，真實地展現了雄闊壯美的山水氣勢。「波撼城」是化用唐孟浩然〈望洞庭湖贈張丞相〉「八月湖水平，涵虛混太清。氣蒸雲夢澤，波撼岳陽城」的句意。但他的詞情卻不是從浪濤洶湧的「波撼城」中激發，而是在廣闊的水面上，特寫湖光蕩漾、青山倒影的優美景色。「水晶樓下欲三更」，承上進一層寫湖光月色相映，皎潔美好，彷彿如杜牧〈悲吳王城〉詩中所描寫的那樣「水精波動碎樓臺」。這裡的「欲三更」，既點出月夜登樓眺望留連之久，又宛轉地表達出作者浸沉於清曠秀麗的自然物景中的意趣。

下片承上寫景。「霧柳暗時雲度月」二對句，寫詞人登樓所見月光映照的夏夜景物。當天上飄動的浮雲遮住月亮時，夜霧中的柳樹頓時顯得暗淡難辨，而水中含露的荷葉，隨風輕輕搖晃，水珠閃爍，就好像無數的流螢在不斷閃光。如果說作者在〈登垂虹亭二首〉其二中所描寫的夜景「熠熠流螢火，垂垂倒飲虹。行雲吞皎月，飛電掃長空」，顯現出一種江上風雨欲來的壯觀，那麼，這裡所勾勒的是一幅天空浮雲遮月，湖光水色清麗而寧靜的畫面。

最後「蕭蕭散髮到天明」一句，寫散髮獨坐，沉吟至旦的情景。「蕭蕭」為頭髮稀疏貌，如陸游〈雜賦十二首〉其二：「覺來忽見天窗白，短髮蕭蕭起自梳。」

這首詞既寫了湖光山色之美，又寫了沉浸在山水自然風光中的留連神態，流露出一種閒適、瀟灑的超脫情懷。全詞情景相生，密切相關。詞人不僅把幾件自然物景——有飛雲度月，有湖光倒影，有青山，還有岸柳和露荷，這一切巧妙地組合成一幅和諧統一的畫面，而且更凸出景中人領略自然美景的特有的神情。（曹濟平）

點絳脣　張元幹

呈洛濱、筠溪二老

清夜沉沉，暗蛩啼處簷花落。乍涼簾幕，香繞屏山角。
堪恨歸鴻，情似秋雲薄。書難託，盡交寂寞，忘了前時約。

本詞作年不詳。據張元幹〈精嚴寺化鐘疏〉文：「歲在戊辰（即紹興十八年），僧結制日，洛濱、最樂、普現（即筠溪）三居士，拉蘆川老隱過其所而宿焉」，此詞大約作於這個時期。

洛濱，即富直柔，字季申，北宋宰相富弼之孫。欽宗靖康初賜進士出身。高宗建炎四年官至端明殿學士簽書樞密院事。後因主戰為秦檜所忌，不久落職。晚年徜徉山澤，與蘇遲、葉夢得、張元幹等交遊唱和。紹興二十六年（一一五六）卒。

筠溪，即李彌遜，字似之，自號筠溪翁。徽宗大觀三年（一一〇九）進士。南渡後以起居郎遷中書舍人。因反對秦檜議和，不久被落職。紹興十年（一一四〇）歸隱福建連江西山，與張元幹、富直柔等交遊唱和。紹興二十三年卒。

這首詞的上片著重寫景，寓情於景；下片主要抒情，曲折地表達出仕途的險惡與中原未復的悵惘意緒。起二句刻畫出一幅幽靜的秋夜景色，而著一「啼」字和「落」字，又顯示出靜中有動，動中見靜的意趣。在一個美好的深秋之夜，雨簷滴水，蟋蟀正鳴叫，令人讀來宛然在目，如聞其聲。這種寧靜的境界與梁代王籍〈入若耶溪〉詩「蟬噪林逾靜，鳥鳴山更幽」有異曲同工之妙。詞中這二句是化用杜甫〈醉時歌〉「清夜沉沉動春酌，燈前細雨簷花落」的詩句。明王嗣奭《杜臆》解「簷花落」云：「簷水落，而燈光映之如銀花。」可謂切於事實。「乍涼」二句承上，從戶外幽靜之境轉到寫室內景象。秋雨深沉，靠近簾幕就感到一股寒氣逼人，屋內香爐裡散發著輕盈的煙縷，裊裊直上，縈繞在屏風的上端。詞人由遠及近，刻畫具體入微，把聽覺、感覺、視覺組合在一起，竭力渲染秋夜清冷的氣氛和孤獨寂靜的境界。

下片抒情，傾吐蘊藏心靈深處難以直言的思緒。「堪恨」二句，以「歸鴻」作比喻，說明心事難寄。古代有鴻雁傳書的說法，但這裡是寫征鴻的情意猶如秋雲那樣淡薄，不肯傳書，所以顯得可恨。這與李清照〈念奴嬌〉「征鴻過盡，萬千心事難寄」的意境相接近，而著一「恨」字，感情色彩更為濃烈。「秋雲薄」是用杜甫〈秋霽〉「天際秋雲薄，從西萬里風」的詩句。朱敦儒〈西江月〉亦寫過：「世事短如春夢，人情薄似秋雲。」因此，這裡詞人埋怨征鴻情薄，蘊含著紛繁的人情世態的深層意緒。

「書難託」三句，從上「堪恨」而來。正由於征鴻不傳書信，而中原阻隔，難以寄言，又有誰能理解其中的萬千心事呢？作者在〈蘭陵王〉詞中說：「塞鴻難託，誰問潛寬舊帶眼。」在這惱人的歲月裡，既無法寄聲傳語，那就讓人忘掉過去的約會，任憑自己寂寞無聊吧。

這首小令雖寥寥四十一字，但寫得概括、凝練、疏雋。全詞緣情設景，筆力委婉曲折，而抒發恨不見中原收復的失望意蘊，更覺沉鬱深厚。（曹濟平）

漁家傲 張元幹

題玄真子圖

釣笠披雲青嶂繞，綠蓑雨細春江渺。白鳥飛來風滿棹。收綸了，漁童拍手樵青笑。

明月太虛同一照，浮家泛宅忘昏曉。醉眼冷看城市鬧。煙波老，誰能惹得閒煩惱。

詞題中「玄真子」，即張志和，唐代詩人。據唐顏真卿〈浪跡先生玄真子張志和碑銘〉：「獻策肅宗，深蒙賞重，令翰林待詔，授左金吾衛錄事參軍，仍改名志和，字子同。尋復貶南浦尉，經量移不願之任，得還本貫。既而親喪，無復宦情，遂扁舟垂綸，逐三江，泛五湖，自謂煙波釣徒。」他著書十二卷，名《玄真子》，後亦以此相稱。「玄真子圖」，即玄真子像。張志和寫有〈漁父〉五首，其中「西塞山前白鷺飛」一首最為人稱道。入宋後以此為題材作詞者甚多，而直接提到玄真子像的，以黃庭堅詞為最早。他在〈鷓鴣天〉詞序中說：「憲宗時，畫玄真子像，訪之江湖不可得，因令集其詩歌上之。」不過，黃庭堅的詞作採用張志和〈漁父〉成句添補，別無新的意趣。張元幹這首詞的藝術構思新穎，自辟蹊徑，描繪一位不求功名利祿、留連山水自然的漁翁形象，給人以一種藝術美感。

詞的上片主要寫景，由景入情；下片著重抒情，融情入景。開頭二句，勾勒出一幅遠山環繞，春江煙雨迷茫而漁翁獨釣的優美畫面。「綠蓑」，一作「櫪頭」。南宋胡仔《苕溪漁隱叢話後集》卷三十九：「張仲宗有〈漁家傲〉一詞云云。余往歲在錢塘，與仲宗從遊甚久，仲宗手寫此詞相示，云舊所作也。……余謂仲宗曰，櫪頭雖是船名，今以雨襯之，語晦而病，因為改作『綠蓑雨細』。仲宗笑以為然。」「白鳥飛來」二句，生動地描述了漁家生活的無窮樂趣。在濛濛細雨中，一群白鷺從遠處飛來，滿船吹颭著斜風細雨，而穩坐小船上的漁翁，慢慢地把釣魚的絲線收攏，猛地用力一提，一條潑剌跳動的大魚被釣上來了，站在旁邊的「漁童」和「樵青」都高興得拍手歡笑。如果說張志和〈漁父〉詞是一幅斜風細雨垂釣圖，表現了作者浸沉在江南春色的自然美景的欣快心情，那麼，張元幹這首詞所寫則是靜中有動，如聞喧鬧之聲，是一幅細雨迷濛的春江垂釣的有聲畫，表現了詞人對充滿詩情畫意的江南景色的喜愛以及對自由自在的漁家生活的熱情謳歌。「漁童」和「樵青」都是張志和的奴婢。〈張志和碑銘〉中說：「肅宗嘗賜奴婢各一，玄真配為夫婦，名夫曰漁童，妻曰樵青。人問其故，曰：漁童使捧釣收綸，蘆中鼓枻；樵青使蘇蘭薪桂，竹裡煎茶。」

下片「明月」二句，承上寫漁翁以舟為家的生涯。天光月色，映照小船，境界由動入靜，清幽淡遠，反映了作者不願與世俗同流的高逸情致。「浮家泛宅」，指舟居。《新唐書．張志和傳》云：「陸羽常問：『孰為往來者？』對曰：『太虛為室，明月為燭，與四海諸公共處，未嘗少別也，何有往來？』顏真卿為湖州刺史，值志和來謁，真卿以舟敝漏，請更之。志和曰：『願為浮家泛宅，往來苕、霅間。』」這裡進一層揭示了作者安於舟居飄泊的孤傲、清高的性格。「醉眼」三句，直抒詞人不慕功名利祿，擺脫世俗煩惱的超然物外的曠達情懷。「閒煩惱」，指一種沒有多大關係的煩惱。南宋沈瀛〈水調歌頭〉：「枉了閒煩閒惱，莫管閒非閒是，說甚古和今。」這裡用來表露自己終身浪跡江湖的飄逸情致，而用「煙波老」三字，不僅洩露出蔑視「城市鬧」的繁華表象的深層意念，又是忘卻一切世俗煩惱的落腳點。詞以情作結，真切自然，與句首的垂釣景象相呼應，構成一種情景交融的意境。南宋羅大經《鶴林玉露》卷二謂此詞「語意尤飄逸。仲宗年逾四十即掛冠，後因作詞送胡澹菴（銓）貶新州，忤秦檜，亦得罪。其標致如此，宜其能道玄真子心事」。明沈際飛《草堂詩餘正集》贊同此說，並認為語意尤「灑然無塵」。可見這首詞作藝術構思的成功，不在於外部形貌的相似，而在於內部氣質的相投。也就是說，詞中既能道出張志和垂釣的心事，又能藉以抒寫自己的真性情，故具瀟灑出塵的飄逸情致，含意豐富，耐人尋味。（曹濟平）

瑞鷓鴣　張元幹

彭德器出示胡邦衡新句次韻

白衣蒼狗變浮雲，千古功名一聚塵。好是悲歌將進酒，不妨同賦惜餘春。風光全似中原日，臭味要須我輩人。雨後飛花知底數？醉來贏取自由身。

此詞小序極重要，它點出了複雜的政治背景。胡銓（字邦衡）貶謫新州以後，仍然寫了一些寄慨國事的詞作。這些新句透過彭德器傳到了張元幹手中。他讀後感慨萬千，情不自禁地寫下這首和韻詞。詞題中的彭德器，生平事跡不詳。據胡銓《澹菴先生文集》卷十二〈與彭德器〉中稱「德器學士」，又云「吾友平生磊落」，知其為胡銓好友。彭德器又與張元幹交遊唱和，元幹《蘆川歸來集》中有〈病中示彭德器〉、〈彭德器畫贊〉等。在〈畫贊〉稱其「氣節勁而論議公，心術正而識度遠」。足見他們都是志同道合的有膽有識之士，故能冒風險為胡銓傳遞新句。可惜的是胡詞今已散失，無從窺其面貌。

這首抒寫世事變遷的感憤之作，開頭一句，借用杜甫〈可嘆〉詩：「天上浮雲似白衣，斯須改變如蒼狗」的名句，直寫世事的變幻莫測。起句不僅用語峻峭，而且蘊含著極為深廣的社會內容，引起人們無限的聯想。「千古功名」一句，承上泛言「變」字之意，轉入切身的政治理想幻滅的感喟。這裡的「一聚塵」，看寒山子詩「誰家長不死，死事舊來均；始憶八尺漢，俄成一聚塵」，黃庭堅詩「意氣都成一聚塵」（〈出城送客過故人東平侯趙景珍墓〉），可知是化為一堆塵土的意思。千古功名化為一堆塵土，這種激憤的語言，是志士失路的悲嘆。他們的官職革的革了，辭的辭了，欲為國家建功立業而無可憑藉，真是令人扼腕的事。

「好是」二句進一步借用古詩文來抒發政治上橫遭迫害的憤慨。李白寫過〈將進酒〉，人們不僅想起詩中「君不見黃河之水天上來」的豪邁氣概，而且詩裡「與君歌一曲，請君為我傾耳聽」的境界，也使人感到一種抑鬱不得志的滿腹怨憤。「惜餘春」是指李白的〈惜餘春賦〉。李白在〈賦〉中說：「試登高兮望遠，極雲海之微茫。魂一去兮欲斷，淚流頰兮成行。」又說：「惜餘春之將闌，每為恨兮不淺。……春不留兮時已失，老衰颯兮情逾疾。」詞中「不妨同賦惜餘春」，正是暗用此賦以傾注作者對胡銓遠貶的深切懷念和同情。

下片「風光全似中原日」一句，承上轉下，一個「似」字，透露出詞人對昔日中原風光的思念。如今景物依舊，而時勢卻發生了巨大的變化。「臭味」一句，抒發情意，感慨不盡。臭，通嗅。臭味，即氣味，此指氣味相同，志趣相投。「雨後飛花」一句，化用杜甫〈曲江二首〉其一「一片花飛減卻春，風飄萬點正愁人」的詩意，抒寫暮春時節落花無數的惋惜之情，也寓寄著對南宋小朝廷前途暗淡的憂慮。末句以情收束，含意深遠。「自由身」是指不受拘管之意。五代李珣〈定風波〉：「此時方認自由身。」當時胡銓已遭編管，失去人身自由。這裡的「自由身」雖然是從酒醉可逃世網中贏來，但也可以說是對胡銓的一種寬慰。

這首詞的構思新巧，融世事於風景之中，以景襯情，境界淒清，含意深邃。令人讀來感觸到南宋時代的悲劇與詞人心靈壓抑的激憤。（曹濟平）

菩薩蠻 張元幹

三月晦，送春有集，坐中偶書。

春來春去催人老，老夫爭肯輸年少。醉後少年狂，白髭殊未妨。插花還起舞，管領風光處。把酒共留春，莫教花笑人。

在唐宋時期，以送春感懷為題材的詞作相當普遍。但是從這些數量可觀的詞篇裡所窺見的構思立意，大都是抒寫男女情思，春去撩人，離愁別恨，或者惜春冶遊等。比如劉禹錫〈憶江南〉：「春去也，多謝洛城人。」這首春詞是以少女眼光中的暮春景象來展現她蹙眉惜春的心態。而五代歐陽炯的〈三字令〉「春欲盡，日遲遲」一首，從春盡人不歸的視角，運筆隨意而著重於刻畫佳人的無限相思。至於抒發青春難駐，臨老傷春的感受，張先的〈天仙子〉是有代表性的。上片云：「水調數聲持酒聽，午醉醒來愁未醒。送春春去幾時回？臨晚鏡，傷流景，往事後期空記省。」這種時光易逝的送春感觸，雖然寫得神韻高妙，但詞人流瀉出心底的愁緒是那樣深沉，有著無窮的傷感。張元幹這首詞的構思不同，情調曠達灑脫，可謂別具一格。

首先從詞的組織結構來看，詞人不採用上景下情的框架，而是緊扣住送春留春的主旨，直抒情懷，一氣呵成。起句「春來春去催人老」，即寫出了春去的內心感應。春來春去，時光匆匆流逝。這對於垂老之人，最容易引起心情的翻騰。張先詞的「臨晚鏡，傷流景，往事後期空記省」，所流露的是一種人事紛繁、朱顏易改的感傷情調。這首詞中所承接的是「老夫爭肯輸年少」。詞人雖然有了白髭鬚，但是心中沒有產生悲感，還希望像年輕人那樣具有一股活力。由於這種不服老的放任灑脫的襟懷，所以才能生發出插花起舞、把酒留春的勢態，使上下片一氣貫注。

其次是真性情的自然流露。張元幹晚年雖遭厄運，心中留下難以磨滅的傷痕，暮年常寄情於山水之間，但是他的一顆壯心並未與人俱老。作者投閒二十餘年，一直沒有忘掉中原遺恨，但又是抱著「心存自在天，腳踏安樂地」（〈甲戌自贊〉）的曠達情懷。詞中所寫「坐中偶書」的感受，不過是信手拈來，卻自是胸襟中流出。值得提出的是「醉後少年狂」一句，是借用蘇軾〈江城子．密州出獵〉詞「老夫聊發少年狂」的意趣。而「管領風光處」則是化用白居易〈早春晚歸〉「金谷風光依舊在，無人管領石家春」的詩意。詞中與「插花還起舞」相連接，充分體現出作者的真情實感，曠達樂觀的風貌。清況周頤《蕙風詞話》卷一說：「真字是詞骨。」這首詞中性靈的流露，具有一種真實、自然之美。

這首自抒情懷的詞作，語言質樸自然，明白曉暢。「醉後少年狂，白髭殊未妨」、「把酒共留春，莫教花笑人」，語意顯露，造句自然，毫無矯揉造作之態，又不落前人窠臼。這種個性化語言的傾吐，既是時光與生命相撞擊的火花，又是凝聚著詞人「坐中」瞬間的真實感受，而富有自然的風韻。（曹濟平）

呂渭老

【作者小傳】一作濱老。字聖求，嘉興（今屬浙江）人。宋徽宗宣和間，以詩名。詞風婉媚深窈。有《聖求詞》，存一百三十四首。

薄倖

呂渭老

青樓春晚。晝寂寂、梳勻又懶。乍聽得、鴉啼鶯弄，惹起新愁無限。記年時、偷擲春心，花間隔霧遙相見。便角枕①題詩，寶釵貰酒②，共醉青苔深院。怎忘得、迴廊下，攜手處、花明月滿。如今但暮雨，蜂愁蝶恨，小窗閒對芭蕉展。卻誰拘管。盡無言、閒品秦箏，淚滿參差雁。腰肢漸小，心與楊花共遠。

〔註〕①角枕：用獸角裝飾的枕頭。《詩經．唐風．葛生》：「角枕粲兮，錦衾爛兮。」用角枕題詩相贈，表示感情深厚。②貰（音同世）酒：即賒酒。這裡是指用金釵換酒。

這是一首戀情詞，寫一個「偷擲春心」的少女對遠在他鄉的戀人的懷念與憂思。這位少女的身分，雖詞中有「青樓」字樣，但據曹植〈美女篇〉「借問女安居，乃在城南端，青樓臨大路，高門結重關」，也可以是府第中女子的閨閣；從詞中所寫她的戀愛過程看，她不是妓女，而是良家女兒。她對戀人的感情是純真無瑕的。寫由愛情的波折而引起的憂愁，是唐宋詞中常見的主題。但呂渭老的這首詞，卻能鮮明地表現出疏秀明麗、自然清新的藝術風格。

這首詞的中心是寫「愁」。作者在起調處就開始捕捉這位少女的「愁」的形象。以「春晚」點出節候，暗寓傷感。在古典詩詞中，晚春往往是以百花零落的「殘紅」面貌出現的，是「愁」的象徵。「晝寂寂、梳勻又懶」，承「春晚」而來。晝長人靜，寂寞與「懶」，都是晚春季節給人的感受，這裡同時又是這位少女孤單無伴、百無聊賴的心理狀態的外露。她雖然梳頭、勻面，但卻只有獨坐「青樓」（這裡可解釋為「閨房」），獨消永晝。「乍聽得」兩句，轉寫動景，亦承「春晚」而來。鴉啼鶯弄，本當賞心悅耳，可在她，卻引起了相反的效果：「惹起新愁無限。」用反跌之筆，比較深刻地寫出了這位少女心靈深處的「愁」。至此，始露一個「愁」字，而又借鶯聲而引出，是作者用筆婉轉生姿處。這是全詞的第一個層次，寫少女的愁態、愁情，一片愁雲，籠罩全詞。「記年時」以至上片結句，是全詞的第二個層次，以回憶的筆調，從刻畫形象、剪裁畫面入手，寫少女由初戀以至熱戀的全過程。這是插入的一段敘事。「記年時」的「記」，是個「領字」，一字領起下文五句，在語法結構上，這五句都是「記」的賓語，是少女所「記」的內容。這五句，層次分明，連珠而下，氣脈一貫，從中似乎可以覺察到這位少女在戀愛過程中緊張、愉快的心情節奏。這五句所表達的內容層次是：先寫初戀的時間：「年時」，即那年。「偷擲」兩句，則是寫與戀人初次相見時的情態。作者在「相見」前連用「花間」、「隔霧」、「遙」三個修飾語，把這次相見寫得極富情致。「遙」，是說「相見」時的距離較遠；不僅遠，而且是在花叢之中，借著花枝作掩護；尤其是還隔著那輕紗般的霧。這就活畫出這位少女在戀情（「春心」）萌動、決心一試時的羞澀與緊張，與「偷擲」的「偷」字配搭極當。自然，作者把這次相見置於如此美妙的環境之中，也不無象徵愛情美好的用意。然後寫戀情的發展：「角枕題詩——寶釵貰酒——共醉青苔深院」。這裡的「便」，也是「領字」，有「於是，就……」的意思。在「記」字領轄範圍中，再用一領字，意在加強下三句的句間關係，三句層層遞進，不容稍懈，從而表現了雙方戀情的迅速發展。同時，用「便」字把「記」字所領起的五句，在感情節奏上分為上二下三，使下三句成為上二句的自然發展，上二下三之間，「便」字成了聯繫的紐帶。領字之中有領字，使結構疏密有致，節奏鮮明，於此，足見作者駕馭語言的深厚功力。

下片換頭處以「怎忘得、迴廊下，攜手處、花明月滿」，緊承上片，並為上片的美好回憶作綰結。緊接著，用「如今但……」作有力的轉折，開拓出全詞的第三個層次，轉回眼前幅幅淒涼畫面。這一層，與上片所寫對愛情的美好回憶，正好互為反襯，從而更加有力地表現這位少女心靈深處的淒涼，同時也揭示了這位少女「愁」的根源所在。這正是作者的曲折用筆，巧妙安排。「但」（「只是」的意思）在這裡也是個「領字」，領起「暮雨」、「蜂愁蝶恨」、「小窗閒對芭蕉展」三句。這三句，一句一個畫面，景中寓情，是景語，也是情語。「暮雨」紛紛蕭蕭，如絲如麻，景象暗淡淒清而紛亂，從而進一步表現了少女心情的紛煩與悽苦；「蜂愁蝶恨」一景，承「暮雨」而來，明寫蜂蝶，暗寫少女，「小窗」云云，則是明寫少女了。三句內容的臚列，由物而人，由晦而顯，然後再以「卻誰拘管」直抒幽怨，同時也暗示出她那美好的愛戀，已如流水落花，不堪收拾了，為最後一層意思預作安排。最後一個層次，是詞的歇拍：「盡無言、閒品秦箏，淚滿參差雁。腰肢漸小，心與楊花共遠。」這是全詞抒情達意的結穴，幾句寫盡少女愁極而悲、悲極而轉憂恨的複雜情態。箏，《隋書．樂志》說始於秦，故稱秦箏；箏聲哀，故稱哀箏。唐李嶠〈箏〉詩有「莫聽西秦奏，箏箏有剩哀」，岑參〈秦箏歌，送外甥蕭正歸京〉

有「汝不聞秦箏聲最苦」、「聞之酒醒淚如雨」等句。箏十三弦③，承弦的柱參差列陣如雁行，故劉禹錫稱其「玫瑰寶柱秋雁行」（〈傷秦姝行〉）。這位少女「閒品秦箏」以寫其哀，聲情相應，不禁悲從中來，以致「淚滿參差雁」。意深而語新，一句寫盡少女相思之苦。「腰肢漸小」，說人消瘦，是長期愁苦悲痛的明證。「心與楊花共遠」，借楊花飄逝以寫少女愁緒的悠遠、渺茫，心猶楊花，楊花似心，寸心千里，情深而句秀，有「有餘不盡之意」（宋張炎《詞源》），深得詞家結句之法。且楊花亦晚春之物，用以結句，遂使全詞首尾照應，迴環往復，渾然一體，亦作者匠心獨運之處。

這首詞抒情敘事，層次分明，且層層皆從刻畫形象入手，用這些形象的畫面，組織成文，構思巧妙，情致婉轉。前人稱呂渭老的詞「婉媚深窈，視美成、耆卿相伯仲」（清朱彝尊《詞綜》引宋趙師秀語）。從這首〈薄倖〉詞看來，並非過譽。（丘鳴皋）

〔註〕③ 箏十三弦：清朱駿聲《說文通訓定聲》說古箏五弦，秦蒙恬改為十二弦。顏師古《急就篇注》說，箏本十二弦，今則十三。是箏十三弦始於唐也。

葛立方

【作者小傳】（一〇九二?～一一六四）字常之，江陰（今屬江蘇）人，晚年居吳興。宋高宗紹興八年（一一三八）進士。歷官祕書省正字、校書郎、中書舍人、吏部侍郎，出知袁州、宣州。著有《西疇筆耕》《韻語陽秋》《歸愚集》。詞學晏殊，有《歸愚詞》，存三十九首。

卜算子

葛立方

裊裊水芝紅，脈脈蒹葭浦。淅淅西風淡淡煙，幾點疏疏雨。

草草展杯觴，對此盈盈女。葉葉紅衣當酒船，細細流霞舉。

對荷花而飲美酒，是古人的一種雅興。如南朝陳孫德璉（瑒）鎮郢州時，泛船飲酒賞荷，賓僚並集，時稱勝賞；宋代歐陽脩在揚州時，也曾邀集賓客，圍荷花而坐，傳詩飲酒，成為佳話。葛立方也有這樣的雅興，他的這首詞便是在賞荷席間所作。

此詞篇幅雖小，但寫荷花卻頗具特色。作者對荷花多方面、多角度地進行描繪與烘托，把荷花的形象寫活了；尤其是善用疊字，利用疊字所特有的表現力，摹景狀物，把荷花的精神狀態也寫活了。詞的上片首句點出所詠之物。「水芝」是荷花異名，見晉崔豹《古今註》。「紅」既寫其顏色之美，同時也是寫其開放之盛；「裊裊」則兼寫外貌與精神，準確地寫出了荷花的柔麗嫵媚、婉轉多姿的生動形象。次句轉寫荷花的生長地。「蒹葭」是常見的價值低微的水草，以喻微賤。漢韓嬰《韓詩外傳》：「閔子曰：『吾出蒹葭之中，入夫子之門。』」其中的「蒹葭」，便是這種用法。「蒹葭浦」即指一般的、尋常的水濱。荷不擇地而生，天池可，蒹葭之澤與蒲荻雜處，亦可。《詩經．陳風．澤陂》便有「彼澤之陂，有蒲與荷」的詩句。「脈脈」，本是寫人的「含情不語貌」，〈古詩十九首．迢迢牽牛星〉有「盈盈一水間，脈脈不得語」句。這裡以寫荷花，是說荷花脈脈含情地生長在這蒹葭之浦。這一個疊詞，寫出了荷花的甘於微薄、不攀不附的品格，同時也寄託了詞人的志趣。

「西風」、「疏雨」兩句，點染秋景，以襯荷花。荷花開於夏秋之間，梁昭明太子〈芙蓉賦〉云「初榮夏芬，晚花秋曜」，李白〈擬古十二首〉其十一「涉江弄秋水，愛此荷花鮮」，李紳〈重臺蓮〉「自含秋露貞姿潔，不競春妖冶態穠」，皆是寫秋荷。這兩句，表面上看是點染秋景，寫荷花所處的秀美的自然環境，而作者的真正意圖卻是寫荷，透過寫與荷有關的事物來達到寫荷的目的。這是一種「借筆」。晉孫楚〈蓮花賦〉「仰曜朝霞，俯照綠水」，固然是寫荷，這裡寫風，寫煙，寫雨，也同樣是寫荷，而且寫來不是那麼質直，而是飄逸、空靈，同樣把荷的形象寫活了。以風寫荷，周邦彥有「水面清圓，一一風荷舉」（〈蘇幕遮〉）的名句，翠蓋臨風，則飄然起舞，精神倍生；唐鄭谷「倚檻風搖柄柄香」（〈蓮葉〉），是借風以寫荷香的名句。無風荷不香，荷便是死荷。自然，這裡的風不能是狂風，而是「淅淅」的風。同樣，荷與雨也關係至密至切。晏殊〈漁家傲〉詞：「荷葉荷花相間鬥，紅嬌綠嫩新妝就。昨日小池疏雨後，鋪錦繡，行人過去頻回首。」陸游也有「白菡萏香初過雨」（〈六月二十四日夜分夢范至能李知幾以尤延之同集江亭諸公請予賦詩記江湖之樂詩成而覺忘數字而已〉）之句，因「雨」而荷花才益增姿媚，惹客留連。自然，這裡的「雨」也應是「疏疏」的雨。至於這種雨後的荷花，則更有美人出浴之妙，所以宋杜衍〈詠蓮〉用「似畫真妃出浴時」的詩句來形容它。「真妃出浴」，再配上那輕紗般的「淡淡煙」，於是「煙霧蒙玉質」（杜甫〈自京赴奉先縣詠懷五百字〉）、「綽約如仙子」的形象便活現在眼前了。這兩句中的三個疊詞用得實在有分寸。「淅淅」，輕微的風聲，以寫金風初動，搖荷傳香；以「淡淡」狀「煙」，以「疏疏」限「雨」。這樣配搭起來，就能盡善盡美地托出荷花的「裊裊」、「盈盈」的生動情態。值得注意的是，作者在交代了所詠之物及其生長處所，正是要著力寫其形象的時候，卻不去作質直的、忠誠的正面描繪，即不作主觀的「說破」，而是只從幾個有關方面作點染烘托，寫了「淅淅西風淡淡煙，幾點疏疏雨」便結束了上片。這正是不落窠臼、自出心裁的地方。這種寫法，能給讀者留下無限廣闊的想像餘地，使讀者神明頓發，由此及彼，產生美的聯想，而造入三昧之域。

如果說詞的上片是專力寫荷花的話，那麼，到了詞的下片則把寫荷與飲酒賞荷的具體場景結合起來了，筆調也一變而為質樸明快。「盈盈女」是對上片所寫荷花形象——「裊裊」、「脈脈」及其在微風淡煙疏雨中的風姿神態的概括，其前著一「對」字，作者賞荷的雅興則掬之可出。「葉葉紅衣」，即片片荷花瓣兒。以「紅衣」喻荷花，承「盈盈女」而來，也與首句「裊裊水芝紅」照應。以「船」喻酒器之大者，詩詞中如金船、玉船、觥船之類屢見。這裡把紅衣般的荷花瓣兒作為「酒船」，寫出了荷花瓣之鮮豔碩大，又與前句的「展杯觴」和結句的「流霞舉」相照應。（「流霞」，本神話中的仙酒，見漢王充《論衡．道虛篇》，此處指美酒。）這樣，就把寫荷、飲宴與賞荷結合起來了。

這首詞使用疊字多而且好。全詞共四十四字，其中疊字竟占了十八個，句句有疊字，連綿而下，相互映襯，無不自然妥帖。用來寫荷花形象的，有「裊裊」、「脈脈」、「盈盈」，以至於「葉葉」（紅衣）；寫自然景象的，有「淅淅」的風、「淡淡」的煙、「疏疏」的雨；寫詞人動作情態的，有「草草」、「細細」。這些疊字在意境、氣韻、情調等方面，都極為協調，確如宋周密所說的「妙手無痕」（清馮金伯《詞苑萃編》引《草窗詞評》）。這些疊字不僅生動傳神地塑造了荷花的形象，表現了詞人疏神達思、怡然自樂的生活情趣，而且形成了一種輕靈、和諧、安謐而又瀟落的情調，形成了行雲流水般的聲韻美。這種情調和聲韻美，與寫「盈盈女」般的「裊裊」荷花，與寫文人雅士品酒賞荷的特定場景，都極為合拍，形式與內容達到了完美的統一。這種頻繁而有規律地使用疊字，在詩中有〈古詩十九首〉為例，而在詞中則略無儔匹。（丘鳴皋）

王之道

【作者小傳】（一〇九三～一一六九）字彥猷，濡須（今安徽合肥）人。宋徽宗宣和六年（一一二四）進士。歷知開州、通判安豐軍、提舉荊湖北路常平茶鹽公事、湖南轉運判官。有《相山居士詞》，存一百八十六首。

如夢令 王之道

一晌凝情無語，手撚梅花何處。倚竹不勝愁，暗想江頭歸路。東去，東去，短艇淡煙疏雨。

這首閨情詞，寫的是一位女子盼望心愛的人從遠方歸來的殷切情懷。詞中對人物外貌舉止著墨甚少，對其內心活動的刻畫卻極為深細。讀時須注意其措語、用典及結構上的意匠經營。

「一晌凝情無語」，顯然不是終日無言、終日銷凝；而是忽然間因觸景牽情而產生的不快。從次句看，很可能是因攀折梅花所致。這情形有類於樂府〈西洲曲〉「憶梅下西洲，折梅寄江北」，從憶梅到折梅，對遠人的懷思有一個由無意識轉入有意識的過程。折梅與懷人有關，所來自遠，劉宋時陸凱贈范曄詩云：「折梅逢驛使，寄與隴頭人。江南無所有，聊贈一枝春。」故次句言「手撚梅花何處」，其歸趨乃在懷遠。「何處」二字則有欲寄無由寄的苦惱，故「手撚」梅枝，徬徨不已。

女子所懷何人，下句更有暗示。「倚竹不勝愁」，係用杜詩〈佳人〉「天寒翠袖薄，日暮倚修竹」句意，杜詩所寫，乃一位為丈夫離棄的佳人貞潔自保的操行。這裡用以暗示詞中女主人公同心而離居的憂傷，和對丈夫一往情深的盼望。同時又沿襲杜詩，有以翠竹之高節擬人之意。「暗想江頭歸路」，則進一步點出郎行之蹤跡。想當初，他定是從「江頭」揚帆遠去的，而今也該從去路歸來了吧！這句「暗想」聯上「凝情無語」云云，又進一步透過狀態表情，表現出女子的思念之深沉，那是難於用言語表達的。而「江頭歸路」聯上「何處」云云，又使人聯想到唐張潮〈江南行〉「妾夢不離江水上，人傳郎在鳳凰山」的意境，使人體會到她的內心之痴迷。

從「暗想江頭歸路」到末二句「東去，東去，短艇淡煙疏雨」，在意象上有一個跳躍。注意兩個「去」字，可知不是丈夫歸途的情景，倒恰恰是他當初出發的狀況。那時，他就乘著一葉行舟在煙雨迷濛的江頭離她東去，那景象是如此淒迷，又是如此記憶猶新，令人難以忘懷。這樣回憶形成倒敘的結構，不僅使讀者領略到更多的情事，豐富了詞的內蘊；而且造成一種類乎漢詩「步出城東門，遙望江南路。前日風雪中，故人從此去」的意境，既顯示出女主人公心境的悲涼，企盼的失望，又增加了其性格的溫潤。

「詞之難於令曲，如詩之難於絕句，不過十數句，一句一字閒不得。末句最當留意，有有餘不盡之意始佳。」（宋張炎《詞源》卷下）這首詞的作者，注意措語用意的深婉，做到了句無閒字而有餘意；結尾處所造想像中境界，亦饒悠悠不盡之韻味，故稱合作。（周嘯天）

董穎

【作者小傳】字仲達，德興（今屬江西）人。宋徽宗宣和六年（一一二四）進士。曾為學正，知瑞安縣。高宗紹興初，從汪藻、徐俯遊。有《霜傑集》。詞存十二首。

薄媚（排遍第九）　董穎

西子詞

自笑平生，英氣凌雲，凜然萬里宣威。那知此際，熊虎途窮，來伴麋鹿卑棲！既甘臣妾，猶不許，何為計。爭若都燔寶器，盡誅吾妻子，徑將死戰決雄雌。天意恐憐之。

偶聞太宰，正擅權，貪賂市恩私。因將寶玩獻誠，雖脫霜戈，石室囚繫。憂嗟又經時，恨不如巢燕自由歸。殘月朦朧，寒雨瀟瀟，有血都成淚。備嘗險厄返邦畿，冤憤刻肝脾。

〈薄媚〉是大曲的一種。所謂「大曲」，就是指唐宋時的大型歌舞曲，由同一宮調的若干隻曲子組成。宋人王灼《碧雞漫志》說：「凡大曲，有散序、靸、排遍、攧、正攧、入破、虛催、實催、袞遍、歇拍、殺袞，始成一曲，此謂大遍（按即大曲）。」這是指一般大曲的結構而言。董穎的〈薄媚〉大曲，是由排遍第八、排遍第九、第十攧、入破第一、第二虛催、第三袞遍、第四催拍、第五袞遍、第六歇拍、第七煞袞等共十曲組成，題為〈西子詞〉，歌詠的是春秋晚期吳越戰爭中越王句踐利用美人西施復仇滅吳的歷史故事。〈排遍第九〉只是其中的一支曲子，寫越王句踐由臣事吳王夫差到返國的全過程，表現了句踐在窮途末路之際的痛苦掙扎與悲憤心情。

公元前四九六年，吳王闔廬（廬或作閭）興師伐越，越王句踐大敗吳師，射傷闔廬。不久，闔廬死去①。由是，句踐威震遐邇。前四九二年，闔廬子夫差伐越，句踐大敗，棲於會稽山上，乃使大夫文種向吳求和，「句踐請為臣，妻為妾」，吳王不許。於是，「句踐欲殺妻子，燔寶器，觸戰以死」，被文種勸止，並接受了文種的建議，以美女寶器，買通了吳國擅權貪賂的太宰嚭，求和成功。於是句踐入事吳王，為夫差「駕車養馬」，在吳首尾三年，至前四九〇年獲釋返國②。〈排遍第九〉反映了上述歷史。詞當作於作者南渡之後。

句踐戰敗以至復國的過程，無疑是悲壯的。作者準確地把握了這個基本點，所以在詞中，敘事抒情無不抑鬱悲摧，壯懷激烈，從而構成了這首詞的基調。上片首六句，用有力的反跌筆法，將詞中主人公平生高可凌雲的理想抱負與眼前窮愁卑下的處境構成強烈對比，從而表達其悲憤情懷。起調三句，氣勢雄闊，有睥睨萬里之概。平生英氣凌雲，且曾萬里宣威，何其壯也！但此意卻以「自笑」出之，「自笑」實為自嘆，如「長歌當哭」之意，造成反跌之勢。接著以「那知」一句轉折，反跌出與平生志氣有雲泥之別的悲慘現實，主人公的悲憤感情從中迸發而出。值得注意的是，詞中寫眼前現實的悲慘，但氣概不衰。寫主人公「途窮」，而以「熊虎」比擬，雖是「途窮」而不減其威；是「熊虎」，卻「來伴麋鹿卑棲」，其拗怒之氣亦隱然可見。這樣就深化了主人公的形象，並使全詞的旋律由起調的高昂轉入沉雄悲壯。「既甘臣妾，猶不許，何為計」三句，節奏短促有力，句句緊逼，不容喘息。其前兩句已寫出了形勢的嚴重，「何為計」一句，提出問題，尖銳有力，如驚雷驟至，必須立即作出反應，迅速抉擇國計。在句間結構上，「何為計」一句又具有轉出下文的作用。「爭若」四句，承上而來，回答問題。這幾句，辭鋒犀利，沉著痛快，聲情悲壯，是血淚語，也是決絕語，表現了主人公決心死戰的英雄氣概。「天意恐憐之」，則詞婉而意堅，流露了對於決戰必勝的期望。詞至歇拍，尤覺聲情悲愴，「殘月朦朧，寒雨瀟瀟」，是這首詞中唯一的寫景處。「月」是「殘月」，而且「朦朧」；「雨」是「寒雨」，而且「瀟瀟」。「殘月」與「寒雨」非同時之景，而是句踐事吳三年，「備嘗險厄返邦畿」過程中諸般景物的擇要概括，且景物之中寓有山河破碎、家國風雨飄搖之意。顯然，這裡的寫景，是為了進一步抒情，為「有血都成淚」作烘托。「有血都成淚」、「冤憤刻肝脾」，皆是刻肌入骨、深沁肝脾的悲憤語，是本詞敘事抒情的最高點，成為全詞基調中最沉重最強烈的音符。

這首詞寫的是歷史故事，但與作者所處的南宋的現實卻極其相似；詞中的主人公句踐是作者刻意塑造出來的人物，中間傾注著詞人強烈的思想感情。詞人這樣淋漓盡致的描敘句踐，顯然是借古諷今，指陳時事，抒發政見，鋒芒直指南朝廷。做敵國的「臣妾」，在句踐來說，只是其反攻以至滅吳的一個準備，句踐的屈節事吳，正是為了滅吳；而南宋王朝對金國的納幣稱臣，則是為了乞求苟安。在這裡，可以體會出作者強烈的愛國感情，而那「有血都成淚」、「冤憤刻肝脾」，也正是作者有志難展、報國無路的忠憤。

這首詞是大曲的一遍。王國維《宋元戲曲史》第四章《宋之樂曲》說：「此種大曲，遍數既多，自於敘事為便。」並舉此董穎〈薄媚〉為例。這一首將敘事抒情渾為一體（上片抒情兼敘事，下片敘事又抒情，互為作用，相輔而行），而以抒情為主體。抒情又是代作品中人物抒情，則仍是敘事詩作法。所抒發的人物感情如萬斛湧泉，隨地而出，汩汩滔滔，蔚為大觀。〈薄媚〉全組十首，用韻皆同部平上去聲通押，平仄間雜，或厲而舉，或清而遠，或明快而嘹亮，相配使用，抑揚有致，有效地配合了感情的表達，付之歌喉，一定是諧美動人的。（丘鳴皋）

〔註〕①事見《左傳·定公十四年》，《史記》卷四十一〈越王句踐世家〉。②參見《國語》的〈吳語〉、〈越語下〉，《史記》的〈越王句踐世家〉、〈吳太伯世家〉，以及《吳越春秋》、《越絕書》等。

朱翌

【作者小傳】（一〇九七～一一六七）字新仲，舒州（今安徽潛山）人。號灊山居士，又號省事老人。宋徽宗政和八年（一一一八）同上舍出身。南渡後，為祕書少監、中書舍人。高宗紹興十一年（一一四一），因觸忤秦檜，責授將作少監，韶州安置。檜死，充祕閣修撰，知宣州，移平江府，授敷文閣待制。有《灊山集》《猗覺寮雜記》。詞存三首。

點絳脣　朱翌

流水泠泠，斷橋橫路梅枝亞。雪花飛下，渾似江南畫。

白璧青錢，欲買春無價。歸來也，風吹平野，一點香隨馬。

這首詞一題為「雪中看西湖梅花作」。作者冒雪遊湖觀梅，雅興不淺。他看到了一段畫意，又看到了幾分春意，信手拈來似的作成此詞，「不為雕琢，自然大雅」（清張宗橚《詞林紀事》卷九引《詞苑》）。據說朱敦儒造訪作者之父不遇，於几案間見此詞，遂書於扇而去。（宋陳鵠《耆舊續聞》）可見它之為人愛賞了。

上片寫作者看到的畫意，其中也透露出春意。雖然「春」字出得很晚，但第一句「流水泠泠」，如鳴珮環的描寫，已全無冰泉冷澀之感，從而逗露出春的消息。由聞水聲過渡到看梅花，是漸入佳境的寫法。「斷橋橫路梅枝亞」，斷橋又名段家橋，在孤山路上，而孤山梅花極盛。梅枝橫伸路上，相倚相交。這裡的「橫」、「亞」二字，俱重空間顯現，已具畫意。而梅之異於百花，唯在其傲幹奇枝，迎霜鬥雪之姿態，故宋盧梅坡詩云「有梅無雪不精神，有雪無詩俗了人。日暮詩成天又雪，與梅並作十分春。」（〈雪梅〉）。可見三句「雪花飛下」絕非湊句，而是烘托凸出梅花神韻的筆墨。「飛下」二字寫出江南雪的特點，是靜謐無聲的瑞雪。它成為詞中盛開的梅花的極其生動的背景。至此，讀者已大有「人在畫圖中」之感，「渾似江南畫」一句恰如其分地點出這種感受。

下片即寫作者感受的春意，和觀梅歸來其樂融融的心情。剛剛經歷過隆冬的人，會特別覺得春日可愛，那真是有錢難買的。「白璧」乃貴重玉器，「青錢」乃通用貨幣。青錢不用說了，即使價值連城之璧，畢竟是有「價」的，而春天卻是「無價」的。「白璧青錢」二句，還有一層較隱微的含意，那就是「春無價」又意味著「清風朗月不用一錢買」（李白〈襄陽歌〉），欲買不來，不買卻會來。下句「歸來也」三字大有意味。如果用「歸去也」三字，那就只能理解為賞梅者興盡而返。但「歸來也」，既可作詞人遊過歸來講，連上句也可作「春」已歸來講，這一點很關緊要。能體會到這一層，則末二句「風吹平野，一點香隨馬」，便全是「春風得意馬蹄疾」（孟郊〈登科後〉）之感了。「一點香隨馬」，造句清新俊逸，它既使人聯想到「更無一點塵隨馬」（蘇軾〈蝶戀花．密州上元〉），又使人聯想到「踏花歸去馬蹄香」（佚名）。然而「馬蹄香」只能是春深之境，而「一點香隨馬」確是早春之意。那暗香追隨的情況，非梅莫屬。人的心情如何，這裡已不言自明。

透過分析可知，僅看到此詞「自然」、「不事雕琢」是不夠的，還應看到作者在驅遣語言的分寸感上所具備的功力。雖然用意十分，在措語時，他只肯說到三四分；由於造句考究而富於啟發性，讀者領略到的意趣卻是很豐富的。詞的上片主景語，下片純屬情語。不管是寫景抒情，都用疏淡筆墨，空白較多，耐人尋味，有如一幅寫意的水墨畫，也與詠梅題材相稱。（周嘯天）

魯逸仲

【作者小傳】孔夷的隱名，字方平，汝州龍興（今河南寶豐）人。孔旼之子。宋哲宗元祐間，隱居滍陽，與李廌為詩酒侶，自號滍皋漁父。詞存三首。

南浦

魯逸仲

風悲畫角，聽單于三弄落譙門。投宿駸駸征騎，飛雪滿孤村。酒市漸闌燈火，正敲窗亂葉舞紛紛。送數聲驚雁，乍離煙水，嘹唳度寒雲。

好在半朧淡月，到如今、無處不銷魂。故國梅花歸夢，愁損綠羅裙。為問暗香閒豔，也相思萬點付啼痕。算翠屏應是，兩眉餘恨倚黃昏。

本詞寫旅夜鄉思。

上片透過聽覺和視覺構成四幅各具特色的畫面，即畫角譙門、飛雪孤村、冷落酒市和寒夜驚雁。首句「風悲」兩字刻畫風聲。風中帶來陣陣角聲，那是譙門上有人在吹〈小單于〉樂曲吧。畫角是塗有彩繪的軍中樂器，其聲淒厲；畫角飛聲，散入風中，又曾經觸動過無數旅人的愁思，「風悲」兩字極為靈動傳神。秦觀〈滿庭芳〉中對角聲之哀也曾有描寫：「畫角聲斷譙門，暫停征棹，聊共引離尊。」一「落」字見得譙樓之高，風力之勁，並且還表達出旅人心頭的沉重之感。此角聲當是暮角。柳永〈迷神引〉云：「孤城暮角，引胡笳怨。」柳詞接楚江晚泊而言，此詞則於孤村投宿前表述，引出後文夜景。

「投宿」兩句寫途中飛雪。「駸駸（音同侵）」形容馬在奔馳，又上承「投宿」，旅人急於歇腳的心情躍然紙上；下啟「飛雪」，點出急於投宿是因為風雪交加。「飛」字形容漫天雪花飄舞之狀，而「滿」字又著力畫出村子之小而且孤。「酒市」三句是入村以後的景象。燈火闌珊，人跡稀少，可見雪大且深，也襯托出夜間旅舍獨處之冷清，所聞者唯有亂葉撲窗之聲。「舞紛紛」寫落葉之多和風力之急。「駸駸」、「飛」、「滿」、「舞」都是動字；「駸駸」在句中不僅狀客觀之物，而且還能傳主觀之情；由此可見作者對字、詞、句的推敲斟酌。清陳廷焯《雲韶集》極為讚賞這點：「此詞遣詞琢句，工絕警絕，最令人愛。」

「送數聲」三句是客舍夜坐所聞。雪夜風急，忽聞雁聲。雁群入夜歇宿在沙渚蘆叢之中，遇到外物襲擊，由守衛的雁兒報警，便迅速飛向長空。「乍離」句即是寫這種情況。「嘹唳」句說的是雁群受警後穿過密布的凍雲飛向高空，鳴聲高亢曼長。雁兒多在高空飛行，白天遠望可見，夜間則從鳴聲得知。杜牧〈早雁〉詩有云：「金河秋半虜弦開，雲外驚飛四散哀。」雲外，言其飛得高也。而盧綸〈塞下曲六首〉其三寫的就是雁兒夜驚：「月黑雁飛高，單于夜遁逃。欲將輕騎逐，大雪滿弓刀。」單于戰敗後想趁黑夜逃遁，途中驚動了雁群，雁兒驚飛雲外時的鳴聲使追逐者得知單于的去向。本詞所寫的是南歸途中的雁兒，在夜間受驚高飛時的鳴聲，扣動著旅人的心弦，無限鄉思，黯然而生，詞意至此由寫景轉入下片的抒情。

下片另開境界，由雪夜聞雁轉為月夜思鄉，委婉地鋪寫相思情意。「好在」句是說風雪已止，雲霧未散，朦朧中透現半痕淡月。「好在」指月色依舊。「無處不銷魂」，描繪客居夜思，月色依稀當年，望月生情，不禁黯然魂銷。「故國」兩句，訴說由於故園之梅以及穿著綠羅裙之人，使他眷戀難忘，因此頻頻入夢。「故國」，即「故園」，周邦彥〈蘭陵王．柳〉中就有「登臨望故國」之句。「愁損」兩字，憐念夢中伊人亦為相思所苦，語意曲折。

「為問」兩句上承「故國」句，是以設問將梅擬人化，將枝上蓓蕾比擬為淚珠。試問那暗香浮動的花枝，是否也是為了相思而淚痕點點？末兩句又上承「愁損」句，設想對方，由己及人。自己在客中歸夢梅花，愁緒滿懷，想伊人在故園賞梅憶人，淚滴枝頭，正如牛嶠〈菩薩蠻〉中所云：「愁勻紅粉淚，眉剪春山翠。何處是遼陽，錦屏春晝長。」薄暮時分，她斜倚屏風想起遠方旅人，他遙憶故園，應亦是餘恨綿綿，難以消除吧！（潘君昭）

劉子翬

【作者小傳】（一一〇一～一一四七）字彥沖，號屏山，一號病翁，建州崇安（今福建武夷山市）人。父死於靖康之難，以蔭補承務郎，通判興化軍。辭歸武夷山，專事講學。學者稱為屏山先生。有《屏山集》。詞存四首。

驀山溪　劉子翬

寄寶學

浮煙冷雨，今日還重九。秋去又秋來，但黃花、年年如舊。平臺戲馬，無處問英雄：茅舍底，竹籬東，佇立時搔首。

客來何有？草草三杯酒。一醉萬緣空，莫貪伊、金印如斗。病翁老矣，誰共賦歸來？芟壠麥，網溪魚，未落他人後。

這首詞的上下兩片各有一個中心。上片的中心是「無處問英雄」。「平臺戲馬」，用項羽故事。「戲馬臺」

在彭城（今江蘇徐州市）南郊雲龍山下，當年項羽曾在此指揮操演兵馬。後來，南朝宋劉裕也於重九在此大會賓客。項羽、劉裕，皆一時英雄，但時過境遷，英雄俱逝。「無處問英雄」，既是作者感嘆往昔英雄的永逝，也是對當世英雄的尋覓，但理想的英雄又在何處呢！由於作者為沒有英雄人物可報效祖國而焦慮，所以他才感到重九時節「浮煙冷雨」的壓迫，才覺得「年年如舊」的只有黃花，也才「佇立時搔首」。下片的中心是「一醉萬緣空」。正因為作者要在昏醉中尋求解脫與安慰，所以客來後才只有「草草三杯酒」，所以才勸友人「莫貪伊、金印如斗」，最好是與我一道「賦歸來」，去過「芰壠麥，網溪魚」的隱居生活。上下兩片聯繫起來看，全篇的主旨應該是：有感於救國無人，世事無望，作者遂欲斷絕萬緣。中心凸出，組織緊湊，是這首詞的一個重要特色。

劉子翬生活在北宋末、南宋初，正是國家危亡，急需濟世之才的時候。當時善於帶兵的大將並不少，但他們不相團結，彼此掣肘、猜忌，這是宋軍節節失利的原因之一。詞中「無處問英雄」一語包含著極深沉的時事之嘆，不可當成弔古詩詞中的慣用語去看待。

這是一闋重九寄人之作。詞中用了不少與重九有關的意象，但作了一些加工處理，有意識地改變了它們的情貌，使其更能抒情達意。比如，詞篇一開始用「浮煙冷雨」形容重九，就不同於通常的秋高氣爽。作者勾畫這樣一幅天色，使全篇籠罩一層寒冷陰霾的氣氛。至於三、四句提點黃花，不僅沒有欣賞的意思，甚至連起碼的描寫也沒有，只說是「但黃花、年年如舊」。說只有黃花「年年如舊」，等於說此外的一切都不「如舊」，這當然就深化了「無處問英雄」的句意。「茅舍底，竹籬東」是重陽賞菊的地方，陶淵明〈飲酒二十首〉其五有「採菊東籬下，悠然見南山」的詩句，李清照〈醉花陰〉也有「東籬把酒黃昏後，有暗香盈袖」的吟詠。而作者當此之際，卻不把酒，也不採菊，竟「佇立時搔首」。這裡憑藉再現人物形象的方式，將自己憂國的情緒推到了最高峰。自然，詞人過重九也不是完全無酒，比方說客來之後就有「草草三杯酒」。只是這裡的飲酒，並非為賞菊助興，也不為登高催詩，而是要自己「一醉萬緣空」，要友人「莫貪伊、金印如斗」。——以上寫黃花，寫東籬，寫飲酒，都直接聯繫著深刻的社會內容，同單純的賞菊品酒、慕求清高是大相徑庭的。接下去，用陶淵明〈歸去來兮辭〉以示歸隱之志。陶淵明以愛菊聞名，所以這事本身也就和重九有關。不過劉子翬的「賦歸來」乃是要「芟壠麥，網溪魚」，絕不是有意戀菊。總之，因為作者心緒不佳，所以他眼裡的重九美景全都改變了顏色；而作者筆下改變了顏色的風物又反過來襯托和強化了他的思想感情。（李濟阻）

胡銓

【作者小傳】（一一〇二～一一八〇）字邦衡，號澹菴，廬陵（今江西吉安）人。宋高宗建炎二年（一一二八）進士。紹興五年（一一三五），除樞密院編修官。因反對紹興八年和議上封事，請斬秦檜等，貶為福州僉判。紹興十二年（一一四二）除名，編管新州，移吉陽軍。檜死，移衡州。孝宗時，歷官至兵部侍郎。有《澹菴文集》《澹菴詞》。詞存十六首。

好事近　胡銓

富貴本無心，何事故鄉輕別？空使猿驚鶴怨，誤薜蘿秋月。

囊錐剛要出頭來，不道甚時節！欲駕巾車歸去，有豺狼當轍！

這首詞很是有名，它聯繫著南渡初一場鬥爭，或者說一件大案。高宗紹興八年秦檜再次入相，力主和議，派王倫往金議和。這事激起了朝野一片抗議，當時身為樞密院編修官的胡銓尤為憤慨，上書高宗說：「臣備員樞屬，義不與檜等共戴天。區區之心，願斬三人頭（指秦檜、王倫、孫近），竿之藁街……不然，臣有赴東海而死耳，寧能處小朝廷求活耶！」（〈戊午上高宗封事〉）此書一上，秦檜等人十分恐懼、惱怒，以「狂妄兇悖，鼓眾劫持」的罪名，將胡銓除名，編管昭州（今廣西平樂），四年後又押配新州（今廣東新興）。胡銓在逆境中不改操守，十年後在新州賦本詞，「郡守張棣繳上之，以謂譏訕，秦愈怒，移送吉陽軍（今海南三亞）編管。」十年間，秦檜對胡銓的迫害愈演愈烈，直欲置之死地而後快；同時對支持胡銓的朝臣名士也進行殘酷的迫害，著名的詩人、詞人王庭珪、張元幹就被流放、削籍，一時士大夫畏罪箝口，忠正之士多避山林間。（參見《宋史·胡銓傳》、宋王明清《揮麈後錄》卷十等）這首詞就是在這樣背景下寫作的。

上片是說自己本無心於富貴，可是卻出來謀官，感到很後悔。「富貴本無心，何事故鄉輕別？」「輕」，輕率，鬼使神差似的，這是對自己的責備；由現在想到當初的輕率，正表示眼下的悔恨。「空使猿驚鶴怨，誤薜蘿秋月。」「猿驚鶴怨」用南朝齊孔稚珪〈北山移文〉文意。南齊周顒本隱北山（即鍾山），後應詔出仕，孔稚珪假託山靈及草木禽獸對他進行責備，中有這樣的句子：「蕙帳空兮夜鶴怨，山人去兮曉猿驚。」「薜蘿」，幽隱之處，「薜蘿秋月」借指隱者徜徉自適的生活，唐張喬〈宿齊山僧舍〉「曉隨山月出煙蘿」類此。這裡是借猿鶴以自責其棄隱而仕，輕棄了山中佳景。做官而未能遂願，連用「空」字、「誤」字，把自己的悔恨表現得更為強烈。

作者為什麼對做官這般後悔呢？從上片看，見出他對「薜蘿秋月」生活的懷念，對故鄉的懷念。身竄南荒，這些去國離鄉愁緒的產生是十分自然的。同時他寫了一首〈如夢令〉，云：「誰念新州人老，幾度斜陽芳草。眼雨欲晴時，梅雨故來相惱。休惱，休惱，今歲荔枝能好。」就是寫這種愁緒及其自我開解。但是，這首詞恐怕又不只是表現這種情緒，他寫悔恨寫得那麼痛切，當還另有所指。我們再看下片怎麼寫。

「囊錐剛要出頭來，不道甚時節！」「囊錐出頭」就是「脫穎而出」的意思，用的是毛遂自薦典故。據張相《詩詞曲語辭匯釋》，「剛」即「硬」，「不道」有「不想」之意。這兩句是說：你硬是要出頭、逞能，你也不想想這是什麼時節、什麼世道！很明顯，「出頭」事是指十年前反對和議、抨擊秦檜那場鬥爭。這用的是埋怨、自責的口吻，還是「悔」。既然悔恨了，「悟已往之不諫，知來者之可追」（晉陶淵明〈歸去來兮辭〉），於是他便學陶淵明「或命巾車，或棹孤舟」，歸隱田里了：「欲駕巾車歸去，有豺狼當轍！」可是，路上有豺狼擋道，想回也回不去了！詞就是這樣一氣呵成寫來（上下片連成一氣），寫出來當官的悔恨，想歸而不得歸的苦悶，這對處於特定境遇中的作者來說，是真實的。但是若只是如此理解，又未免皮相了。只要聯繫一下寫作背景，這首詞強烈的諷刺意義就看出來了。

「豺狼當轍」即「豺狼當道」，語出東漢《東觀漢記．張綱傳》：「豺狼當路，安問狐狸！」「豺狼」與「狐狸」對言，是指權奸、首惡，張綱所謂豺狼，是指當時獨擅朝政的大將軍梁冀，這裡用以指把持朝政的秦檜是清楚不過的。張棣說是「譏訕」，秦檜那樣惱怒，大概首先是看出「豺狼當轍」用語的含義。其實所謂「譏訕」，不獨這一句，細心讀去，全詞無不暗含著對秦檜等人的抨擊。「囊錐剛要出頭來，不道甚時節！」自責、悔恨是表面文章，實際上是在罵那些主和誤國、陷害忠良的傢伙，朝廷裡盡是那班傢伙，忠正之士想出頭也出不了頭。上片悔恨「故鄉輕別」，「富貴本無心」是暗用了孔子一句話：「不義而富且貴，於我如浮雲！」（《論語．述而》）他是不願出來謀求這種不義的富貴、在喪權辱國的朝廷裡當那種不義的官。他那般痛心地懺悔，與十年前上書所說：「臣有赴東海而死耳，寧能處小朝廷求活耶！」其心情是一致的。上面這些意思都是借寫去國懷鄉的形式表現的，不是那麼直遂，叫人咀含而悟，其諷刺顯得更為犀利。

這首詞是作為「罪人」在那險惡的政治氣候下寫作的，表現了作者無畏的精神和對國事的深切憂憤，它與〈戊午上高宗封事〉同為反和議的名篇。朱熹就熱烈讚揚胡銓是「好人才」，說：「如胡邦衡之類，是甚麼樣有氣魄！做出那文字是甚豪壯！」（《朱子語類》卷一百九）胡銓大概屬於魯迅所說的中國歷史上「拚命硬幹的人」、「為民請命的人」（〈中國人失掉自信力了嗎〉）那一類。（湯華泉）

岳飛

【作者小傳】（一一〇三～一一四一）字鵬舉，相州湯陰（今屬河南）人。抗金名將。官至樞密副使，封武昌郡開國公。以不附和議，為秦檜害死。宋孝宗時復官，謚武穆，寧宗時追封鄂王，理宗時改謚忠武。有《岳武穆集》。詞存三首。

小重山　岳飛

昨夜寒蛩不住鳴。驚回千里夢，已三更。起來獨自繞階行，人悄悄，簾外月朧明。

白首為功名。舊山松竹老，阻歸程。欲將心事付瑤琴①，知音少，弦斷有誰聽？

〔註〕①「欲將」句：清《御選歷代詩餘》卷一一七引宋陳郁《藏一話腴》載岳飛此詞，作「欲將心事付瑤箏」。

岳飛的〈滿江紅〉（怒髮衝冠）詞，壯懷激烈，是膾炙人口的佳作。這首〈小重山〉詞，是用另一種藝術手法表達他抗金報國的壯懷。岳飛抗金的志業，不但受到高宗、秦檜君臣的忌恨迫害，而同時其他的人，如大臣張浚，諸將張俊、楊沂中、劉光世等，亦進行阻撓，故岳飛有曲高和寡、知音難遇之嘆。〈小重山〉詞就是抒寫這種心情的。此詞上半闋寫出憂深思遠之情，與阮籍〈詠懷〉詩第一首「夜中不能寐，起坐彈鳴琴」意境相近。下半闋「白首」二句，表面看來，似乎有些消極情緒，但實際上正是壯志難酬的孤憤。「欲將」三句，用比興含蓄的筆法點出「知音」難遇的一種淒愴情懷，甚為沉鬱。

近些年來，有人評論古典詩詞，以情調的高昂與低沉區分高下，於是或認為，岳飛這首〈小重山〉情調低沉，不如他的〈滿江紅〉詞情調高昂激壯。我認為，評論事物，應當對具體問題做具體分析，而不可以表面上的一刀切。情調高昂的作品固然好，但是粗獷叫囂絕不能算是高昂，而情調低沉的作品也不見得就是消極。岳飛的〈滿江紅〉與〈小重山〉詞所要表達的都是他的抗金以收復中原的雄心壯志，不過因為作詞的時間與心境不同，因此在作法上遂不免有所差異，實際上是異曲同工，又焉可用情調的高昂與低沉區分其高下呢？況且作詞與作散文的方法不同，作詞常是要用比興渾融、含蓄蘊藉的方法以表達作者的幽情遠旨，使讀者吟誦體會，餘味無窮。岳飛因為壯志難酬，胸中抑塞，所以作這首〈小重山〉詞，以沉鬱蘊藉的藝術手法表達之，這也正是運用詞體之特長，正如清張惠言論詞時所謂「道賢人君子幽約怨悱不能自言之情，低迴要眇以喻其致」（《詞選・序》）者。評賞詞者應當懂得這個道理。我所撰《靈谿詞說》論岳飛詞的絕句說：「將軍佳作世爭傳，三十功名路八千。一種壯懷能蘊藉，諸君細讀〈小重山〉。」即此意也。（繆鉞）

滿江紅　岳飛

怒髮衝冠，憑欄處、瀟瀟雨歇。抬望眼，仰天長嘯，壯懷激烈。三十功名塵與土，八千里路雲和月。莫等閒、白了少年頭，空悲切。

靖康恥，猶未雪。臣子恨，何時滅！駕長車，踏破賀蘭山缺。壯志饑餐胡虜肉，笑談渴飲匈奴血。待從頭收拾舊山河，朝天闕！

岳將軍此詞，激勵著千古中華民族的愛國心。抗日戰爭時期，這首詞曲低沉而雄壯的歌音，更使人們領受到它的偉大的感染力量。

上來一句四個字，即用太史公寫藺相如「怒髮上衝冠」的奇語，表明這是不共戴天的深仇大恨。此仇此恨，因何愈思愈不可忍？正緣高樓獨上，欄杆自倚，縱目乾坤，俯仰六合，不禁滿懷熱血、激盪沸騰。——而當此之時，愁霖乍止，風煙澄淨，光景自佳，翻助鬱勃之懷，於是仰天長嘯，以抒此萬斛英雄壯氣。著「瀟瀟雨歇」四字，筆致不肯一拓直下，方見氣度淵靜，便知有異於狂夫叫囂之浮詞矣。

開頭凌雲壯志，氣蓋山河，寫來已盡其勢。且看他下面如何接得去。倘是庸手，有意聳聽，必定搜索劍拔弩張之文辭，以引動浮光掠影之耳目——而乃於是，卻道出「三十功名塵與土，八千里路雲和月」十四個字，真個令人迴出意表，怎不為之拍案叫絕！此十四字，微微唱嘆，如見將軍撫膺自理半生悲緒，九曲剛腸，英雄正是多情人物，可為見證。功名是我所期，豈與塵土同埋；馳驅何足言苦，堪隨雲月共賞。（此功名即勛業義，因音律而用，宋詞屢見。）試看此是何等胸襟，何等識見！今之考證家，動輒敢斷此詞不見宋人稱引，至明始出於世，則偽作何疑，云云①。不思作偽者大抵淺薄妄人，筆下能有如許高懷遠致乎？

詞到過片，一片壯懷，噴薄傾吐：靖康之恥，實指徽欽被擄，猶不得還；故下聯接言臣子抱恨無窮，此是古代君臣觀念之必然反映，莫以今日之國家概念解釋千年往事。此恨何時得解？功名已委於塵土，三十已過，至此，將軍自將上片歇拍處「莫等閒、白了少年頭，空悲切」之痛語，說與天下人體會。沉痛之筆，字字擲地有聲！

以下出奇語，寄壯懷，英雄忠憤之氣概，凜凜猶若神明。蓋金人入據中原，只畏岳爺爺②，不啻聞風喪膽，故自將軍而言，「匈奴」實不足滅，踏破「賀蘭」，黃龍直搗③，並非誇飾自欺之大言也。「饑餐」、「渴飲」一聯，微嫌合掌；然不如此亦不足以暢其情、盡其勢。未至有複沓之感者，以其中有真氣在。

論者又設：賀蘭山在西北，與東北之黃龍府，千里萬里，有何交涉？即此亦足證明詞乃偽作云。然而，那克敵制勝的抗金名臣老趙鼎，他作〈花心動〉詞，就說「西北欃槍未滅，千萬鄉關，夢遙吳越」；那忠義慷慨寄敬胡銓的張元幹，他作〈賀新郎〉詞，也說「要斬樓蘭三尺劍，遺恨琵琶舊語」！這都是南宋初期的愛國詞人，他們說到金兵時，能用「西北」、「樓蘭」（漢之西域鄯善國，傅介子計斬樓蘭王，典出《漢書．西域傳》），怎麼一到岳飛，就用不得「賀蘭山」（一稱「阿拉善山」，在今寧夏西北部與內蒙古接界處），用不得「匈奴」了呢？我自然不敢「保證」此詞必定真是岳將軍手筆，但用那樣的邏輯去斷言此詞必偽，怎敢欣然而同意呢！

「待從頭，收拾舊山河，朝天闕！」一腔忠憤，碧血丹心，肺腑傾出。即以文章家眼光論之，收拾全篇，神完氣足，無復毫髮遺憾，誦之令人神旺，令人起舞。

然而岳將軍頭未及白，金人已陷困境之時，出以奸計，使宋室自壞長城，「莫須有」千古冤獄④，聞者髮指，豈復可望眼見他率領十萬貔貅，與中原父老，齊來朝拜天闕哉？悲夫。

此種詞原不應以文字論短長，然即以文字論，亦當擊賞其筆力之沉雄，脈絡之條鬯，情致之深婉，皆不同於凡響，倚聲而歌之，亦振興中華之必修音樂文學課也。（周汝昌）

〔註〕①如岳飛之孫岳珂撰《金佗稡編》收〈小重山〉而未收〈滿江紅〉。明蔣一葵《堯山堂外紀》則載：「岳武穆〈滿江紅〉詞云『……壯志饑食狼虎肉，笑談渴飲匈奴血。待從前收拾舊山河，朝金闕。』後人以『朝金』為語忌，改『天闕』云。」②《宋史．岳飛傳》：「駐軍鐘村，軍無見糧，將士忍饑，不敢擾民。金所籍兵相謂曰：『此岳爺爺軍。』爭來降附。」岳飛死後，「時洪皓在金國中，蠟書馳奏，以為金人所畏服者惟飛，至以父呼之，諸酋聞其死，酌酒相賀。」③《宋史》：「（紹興五年）金將軍韓常欲以五萬眾內附。飛大喜，語其下曰：『直抵黃龍府，與諸君痛飲爾！』」④《宋史》：「韓世忠不平，詣檜詰其實，檜曰：『飛子雲與張憲書雖不明，其事體莫須有。』世忠曰：『莫須有三字，何以服天下？』」

滿江紅　岳飛

登黃鶴樓有感

遙望中原，荒煙外、許多城郭。想當年，花遮柳護，鳳樓龍閣。萬歲山前珠翠繞，蓬壺殿裡笙歌作。到而今、鐵騎滿郊畿，風塵惡。

兵安在？膏鋒鍔。民安在？填溝壑。嘆江山如故，千村寥落。何日請纓提銳旅，一鞭直渡清河洛。卻歸來、再續漢陽遊，騎黃鶴。

這首詞較同調「怒髮衝冠」之作時代略早，當作於紹興四年（一一三四）作者收復襄陽六州駐節鄂州（今湖北武昌）時。

紹興三年十月，金人傀儡劉豫軍隊占領襄陽、唐、鄧、隨、郢諸州府及信陽軍，切斷了南宋朝廷通向川陝的交通，也直接威脅到湖南、湖北百姓的安全。岳飛即接連上書奏請進兵中原，收復襄陽等六州。次年五月朝廷任命岳飛兼黃、復二州、漢陽軍（湖北漢陽）、德安府（湖北安陸）制置使，領兵出征。由於軍紀嚴明、士氣很高，加之部署運籌得當，岳家軍在三個月內，迅速收復了襄、鄧六州，有力地保衛了長江中游，打開了川

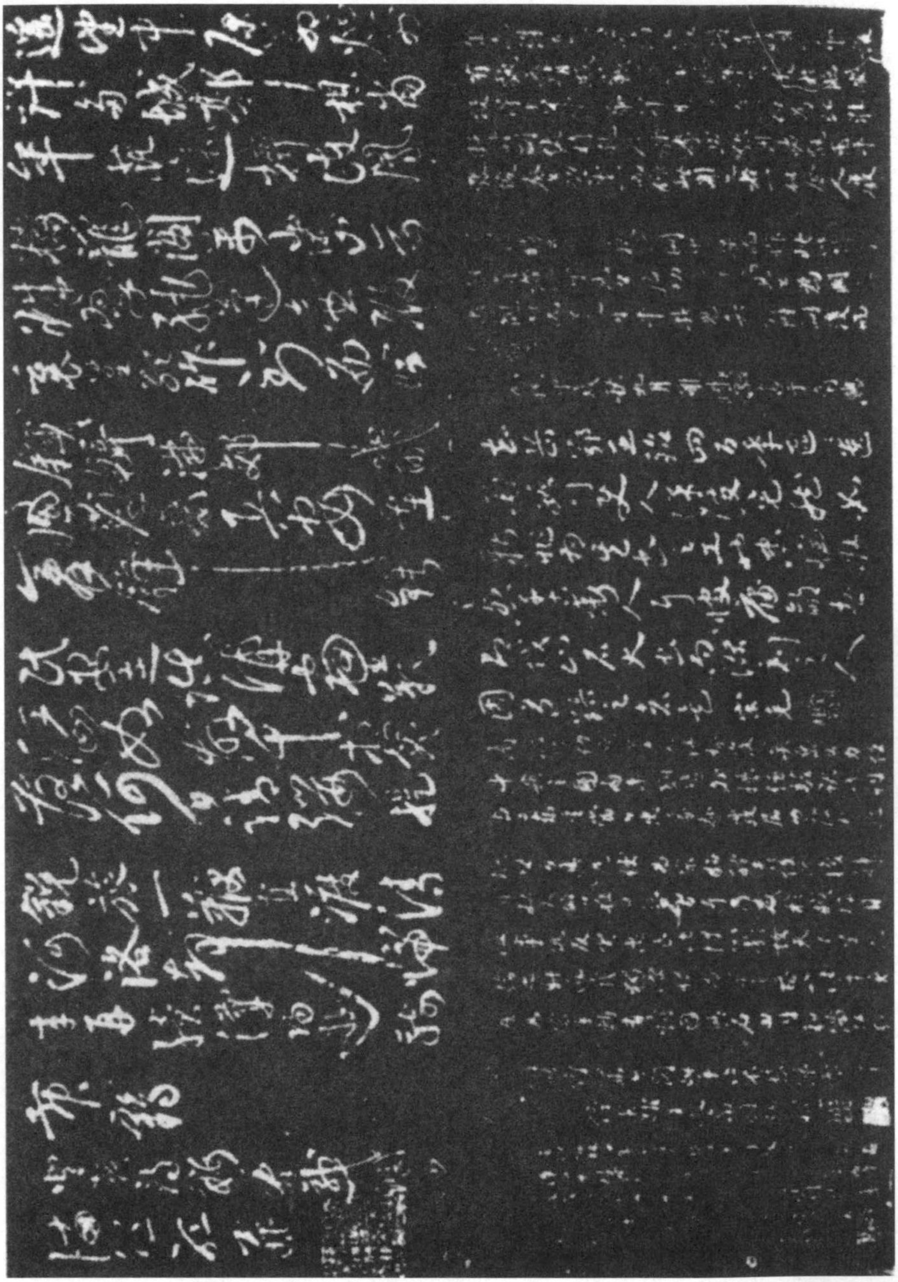

岳飛〈滿江紅〉（遙望中原）——岳飛手跡

陝通向朝廷進納財賦和綱馬的道路。就在這本可乘勝長驅直入收復更多失地之際，朝廷卻以「三省、樞密院同奉聖旨」的名義指示岳飛只准收復六州，然後班師。於是岳飛率部回到鄂州。

儘管襄、鄧大捷使得岳飛以三十二歲年齡持節封侯（武昌郡開國侯），但他並非熱衷功名利祿的庸俗之輩，他念念不忘的是北伐大業。因此他仍繼續上奏請示，要求選派精兵二十萬人直搗中原，收復失地，以免坐失戎機。在鄂州，岳飛登臨黃鶴樓，北望中原，寫下了這樣一首抒懷詞。

這首壯詞在寫法上是散文化的，可分四段，層次極清。

從篇首到「蓬壺殿裡笙歌作」為第一段。寫登黃鶴樓遙望北方失地，引起對故國往昔「繁華」的追憶。「想當年」三字點目。「花遮柳護」四句極其簡潔地寫出北宋汴京宮苑之風月繁華。萬歲山亦名艮嶽。據《宋史·地理志·京城》記載，徽宗政和七年（一一一七）始築。積土為假山，山周十餘里，堂館池亭極多，建製精巧（蓬壺是其中一堂名），四方花竹奇石，悉聚於此，專供皇帝遊玩。「珠翠繞」、「笙歌作」，極寫歌舞昇平景象。

第二段以「到而今」三字提起（回應「想當年」），直到下片「千村寥落」句止。寫北方金人占領區內鐵蹄遍布，人民處於水深火熱中的慘痛情景。與上段歌舞昇平的景象適成對比。「鐵騎滿郊畿，風塵惡」二句，一掃花柳樓閣、珠歌翠舞而空，有驚心動魄之致。過片處是兩組自為問答的短句：「兵安在？膏鋒鍔。」「民安在？填溝壑。」戰士浴血奮戰，傷於鋒刃，百姓飢寒交迫，無辜被戮，死無葬身之地。言念及此，作者恨不得立即北上，解民倒懸。「嘆江山如故，千村寥落」，這絕不是「風景不殊，正自有山河之異」的新亭之泣，而言下正有王導「當共戮力王室，克復神州」（南朝宋劉義慶《世說新語·言語》）之猛志。

所以緊接二句就寫到作者心頭宿願——率領勁旅，直渡黃河，肅清敵人，恢復疆土。這兩句用《漢書》終軍請纓故事，渾成無跡。「何日」云云，正見出一種迫不及待的心情。

最後三句，作者以樂觀態度設想了勝利後的歡樂。眼前他雖然登黃鶴樓，作「漢陽遊」，但心情是不安寧的。或許他會暗誦「昔人已乘黃鶴去」（唐崔顥〈黃鶴樓〉）的名篇而無限感慨。不過，待到勝利歸來，「再續漢陽遊」時，一切都會不同，那種快樂，恐怕只有騎鶴的神仙纔可比擬呢！詞的末句「騎黃鶴」三字兼切眼前事，關鎖題面。

詞在南北宋之交確有一次風格的變化，明快豪放代替了婉約深曲，這種藝術上的變遷根源卻在於內容，在於愛國主義的主題成為詞的時代性主題。當時寫作豪放詞的作家，多是主戰派人士，包括若干抗金將領，其中也有岳飛，這種現象不是偶然的。這首〈滿江紅〉即以文法入詞，從「想當年」、「到而今」、「何日」說到「待歸來」，嚴格遵循時間順序，結構層次分明，語言洗練明快，已具豪放詞的一般特點。（周嘯天）

姚寬

【作者小傳】（一一〇五～一一六二）字令威，號西溪，嵊（今屬浙江）人。以蔭補官，權尚書戶部員外郎、樞密院編修官。存詞五首，周泳先輯為《西溪樂府》一卷。

生查子　姚寬

情景

郎如陌上塵，妾似堤邊絮。相見兩悠揚，蹤跡無尋處。

酒面撲春風，淚眼零秋雨。過了別離時，還解相思否？

這是一個多情女子對於離別情緒的泣訴。從她和情郎「相見兩悠揚」，以及分手後便「蹤跡無尋處」的情況看，他們似乎只是萍水相逢。聯繫到宋代的社會現實，女主人公可能是歌妓一類人物。在封建社會裡，兩性關係以男子為中心，像這首詞所反映的，只會給痴心的女子留下永無止境的思念與痛苦。因而女主人公在別時所感到的恓惶，以及設想中的別後「相思」，比一般的送別詞包含更多的疑懼與痛楚。

這首詞，八句中有六句使用了比喻。比喻「是天才的標識」（亞里斯多德《詩學》），它可以使事物的特點更凸出，使抽象的事物具體化，使作品具有更強烈的藝術魅力。

比喻的形式是多種多樣的。南朝梁劉勰《文心雕龍．比興》曰：「夫比之為義，取類不常。」不同形式的比喻手法交替使用，還可以使文勢變幻，形成錯綜美。這首詞首句「郎如陌上塵」，次句「妾似堤邊絮」，並非各以一物為喻，而是互文見意，言妾亦如陌上塵，郎亦如堤邊絮。塵與絮悠揚飄盪，無轍可循。塵與塵相遇，絮與絮相逢，聚乃偶然，散亦無可蹤跡。把這樣兩個人遇合方式的特點，透過塵與絮的「相見兩悠揚，蹤跡無尋處」體現出來，喻義明確，詞篇的表現力因此得到加強，引人入勝。

下半闋的「酒面撲春風，淚眼零秋雨」，也是比喻，不過不再用「如」、「似」這一類字眼。以雨喻淚，宋詞屢見。稍別致者，如胡銓〈如夢令〉「眼雨欲晴時，梅雨故來相惱」，出「雨」字而不見「淚」字，以「眼」字點出；吳城小龍女〈清平樂〉「淚眼不曾晴」則出「淚」字而於「晴」字對面見「雨」字。本詞此句「淚」、「雨」並見，用秋雨的不斷灑落比擬淚珠的不斷灑落，取喻顯豁，亦足動人。至於「酒面撲春風」，字面本於杜甫〈詠懷古跡五首〉其三「畫圖省識春風面」，而謂女子酒後，臉上緋紅發熱，有似春風撲人。這類比喻，本來喻體和本體的相似點就不甚顯著，而作者不僅不把相似點說出，反而用敘述句式，似乎只在實寫兩種相關的事物。在這種情況下，讀者要想接近作者的真正意圖，就非得下一番推敲的功夫不可。這在修辭學上是「曲喻」，古人稱之為「不似之似」或「象外句」。宋惠洪《冷齋夜話》說：「唐僧多佳句，其琢句法比物以意，而不指言某物，謂之象外句。如無可上人詩曰『聽雨寒更盡，開門落葉深』，是以落葉比雨聲也。」無可的兩句詩，好像是一寫寒雨一寫落葉，實際上是一個不用比喻詞、不寫相似點、以雨聲比落葉聲的曲喻。同樣，「酒面撲春風」似乎在寫酒又寫風，其實是借春風比酒之上臉後的情態。曲喻雖不及一般比喻之易於理解，可是正因為其「曲」，所以含義更雋永，更耐人尋味，用之於詩詞，情趣也就更濃。

在結構安排上，這首詞既表現為一個嚴密的有機體，同時其中的層次又十分清晰。寫別時情景，自然以描寫告別場面的「酒面撲春風，淚眼零秋雨」兩句為中心，可是上半闋為別時的感慨，末二句設想別後的情事，篇幅雖不長，卻涵納了別情離緒的各個方面。在上半闋中，一、二句各自設比，三、四句補敘所比的內容。作為比喻，四句是一個不可分割的整體，但從措意的過程分析，其間的條理又是顯而易見的。此外，最後兩句向對方提出「過了別離時，還解相思否」的疑問，這又同上半闋的別時情緒遙相呼應。透過這種呼應，一方面表達了女主人公對情郎的無限忠貞，另一方面又對男方的愛情表示了擔心和疑慮。這種「救首救尾」手法的運用，不僅使全篇結構更加謹嚴，而且在揭示主題方面起到了非常重要的作用。（李濟阻）

孫道絢

【作者小傳】號沖虛居士，黃銖之母。今有趙萬里輯本《沖虛居士詞》，存八首。

滴滴金　孫道絢

梅

月光飛入林前屋。風策策，度庭竹。夜半江城擊柝聲，動寒梢棲宿。
等閒老去年華促，衹有江梅伴幽獨。夢繞夷門舊家山，恨驚回難續。

孫道絢，號沖虛居士，黃銖之母。清厲鶚《宋詩紀事》卷五十二云：「銖字子厚，號穀城翁，建安人，少師事劉屏山（劉子翬），與朱子（朱熹）為同門友，有《穀城集》。其母孫夫人道絢，號沖虛居士，能文有詞。」據此道絢當與李清照同時。作為歷史轉折點的「靖康之變」，她該是親身經歷的，這首詞便反映了她在亂離年代的思想感情。

此詞寫羈遲南方的苦難生活。道絢是中原人，盛年居孀（見元王逢《梧溪集》卷二）。在金兵南下之際，她可能與李清照一樣，「漂流遂與流人伍」（李清照〈上樞密韓公、工部尚書胡公〉其一），流徙江南，隻身寄居一室。根據詞中所寫，她所居住的地方是一座臨江的城市，屋前有樹林，庭中有綠竹。環境是清幽的，如在平時，這位詞人的心情一定很寧靜；可是此刻她卻夢繞夷門，中心忉怛。什麼原因呢？當然是戰爭氣氛的影響。

這首詞在輕細的詞風中注入了動蕩年代的時代精神，輕細在筆，深沉在情。夜已深了，孤棲一室的詞人猶未闔眼。透過窗櫺，只見月光飛過林梢，穿入小屋。晏殊〈蝶戀花〉云：「明月不諳離恨苦，斜光到曉穿朱戶。」與此詞差相近。晏詞的「穿」字，孫詞的「飛」字，俱從不眠者眼中反映出月光的動態，境界極美。這是從視覺方面著筆，以下幾句則從聽覺方面進行描寫。「策策」，象聲詞，韓愈〈秋懷詩十一首〉其一：「秋風一披拂，策策鳴不已。」白居易〈冬夜〉：「策策窗戶前，又聞新雪下。」從音感上寫出漂零異地之情，南宋詞時或有之，如李清照〈添字采桑子〉：「窗前誰種芭蕉樹，……點滴霖霪，點滴霖霪，愁損北人不慣起來聽。」此處寫風吹綠竹聲，自有其特色。這風吹綠竹發出來的策策響聲，對嫁給建安人的孫道絢來說，像是熟悉；而對剛從中原南來的詞人來說，又像有些陌生。可見心理描寫之工細。竹聲未已，繼之以柝聲，更使詞人心情不安。柝（音同唾），俗稱梆子，巡夜打更時所用。也許因為處於戰爭年代的緣故，巡夜擊柝以報平安之聲，更加牽動人心。迢迢長夜，月光入戶，柝聲盈耳，離人當此，情何以堪！但她不具體寫心情如何難受，只是用象徵手法，透過環境描寫反映出來。「動寒梢棲宿」一句，寫得極妙。「梢」謂樹梢，「棲宿」，以動詞代名詞，借指鳥類。也許是棲鴉，也許是棲鵲，半夜聽到柝聲，它們都躁動起來。從這樣的描寫中，我們似乎看到一個流離失所者惶懼戰慄的影子。

如果說上片是以纖細的筆觸勾畫出詞人所處的環境，以客觀景物象徵詞人的心理狀態；那麼下片便深入到刻畫詞人的內心世界，抒發出懷念舊京的思想了。「等閒老去年華促」，說明詞人已感衰老。據其子黃銖於高宗紹興三年（一一三三）跋其詞云：「少聰明，穎異絕人，於書史無所不讀，一過輒成誦。年三十，先君捐棄，即抱貞節以自終。」（宋張世南《遊宦紀聞》卷八）此詞當作於其前，蓋建炎年間。如三十喪夫，則作此詞時恐亦四十餘歲，按當時習慣，可以稱老了。這裡詞人不是嗟嘆老大無為，而是感慨人生短促，詞情掩抑深沉。零落江城，老年守寡，唯有幽獨的江梅與之做伴，此境極為淒慘。姜夔〈疏影〉云：「但暗憶、江南江北。想珮環、月夜歸來，化作此花幽獨。」是以幽然獨處的梅花比喻王昭君的魂魄；此處則以幽然獨處的梅花比喻詞人自己，可謂異曲而同工，俱達到出神入化的妙境。

結尾二句運用了「卒章顯其志」（白居易〈新樂府序〉）的傳統手法，點明題旨之所在。不管月光如何照人無寐，也不管竹聲柝聲如何干人清睡，詞人終於入夢了。在夢中，她回到日夜思念的「夷門舊家山」，總算在精神上得到片刻的安慰。按夷門原為戰國時大梁東門。《史記．魏公子傳贊》云：「吾過大梁之墟，求問其所謂夷門。夷門者，城之東門也。」宋時大梁稱汴京。汴京東門為詞人之「舊家山」，可見曾在那裡住過。此句至關重要，可稱全篇之「詞眼」。有此一句，則光照前後，通體皆明，否則將不知所云了。詞人夢中回到夷門，瞬間又被驚醒，欲想重續舊夢又不可能，於是她陷入深沉的悲哀。詞中愛舊居、愛舊國的主題，至此也完成了。

此詞前結寫棲鳥驚躁，後結寫好夢驚回，一虛一實，前後映襯，對於凸出離亂中詞人的形象是極為有力的。掩卷思之，當知個中意味。宋魏慶之《詩人玉屑》卷二十稱其「使易安尚在，且有愧容矣」。（徐培均）

李石

【作者小傳】（一一〇八～一一八二？）字知幾，號方舟，資州（治今四川資中）人。宋高宗紹興二十一年（一一五一）進士，為成都戶掾。歷官都官員外郎、成都路轉運判官。孝宗淳熙二年（一一七五）放罷。有《方舟集》《方舟詩餘》。詞存三十九首。

臨江仙　李石

佳人

煙柳疏疏人悄悄，畫樓風外吹笙。倚欄聞喚小紅聲。熏香臨欲睡，玉漏已三更。

坐待不來來又去，一方明月中庭。粉牆東畔小橋橫。起來花影下，扇子撲飛螢。

這首〈臨江仙〉詞，題目作〈佳人〉，是描寫一位少婦在月明之夜的情態的。詞一開頭就寫出特定環境中的特定的人：「煙柳疏疏人悄悄，畫樓風外吹笙。」疏疏落落的柳樹掩映中，有一座畫樓，樓上住著一位佳人，周圍靜悄悄地，只聞有人在吹笙——當然是這位佳人。這是從一定距離的角度來觀察的，所以笙聲也就好像從

「風外」傳來的了。「笙」是一種簧管樂器，可奏出哀怨的音調。南唐中主李璟的〈山花子〉詞，寫一位思念遠出丈夫的婦女，午夜夢回，獨自吹笙，不勝淒涼，中有句云：「細雨夢回雞塞遠，小樓吹徹玉笙寒。多少淚珠何限恨，倚欄杆。」這首詞中的「佳人」，身分可能與李璟筆下的這位婦女並不相同，但是那種因思念所愛而「小樓吹徹玉笙寒」、以抒發心中哀怨的做法，是有相似之處的。「倚欄聞喚小紅聲」句的「倚欄」，與李璟詞中的「倚欄杆」，大概也出於類似的心境——雖然不一定流著簌簌的淚珠。她吹罷了笙，倦倚欄杆；一會兒，只聽到她低聲呼喚侍兒小紅。叫小紅幹什麼呢？「熏香臨欲睡，玉漏已三更。」是叫小紅去為她熏香，因為夜已三更，她要睡覺了。古代富貴人家婦女多用香料熏被子，猶如今日的灑上一點香水，以使嗅覺舒適而容易入睡。元王實甫《西廂記》寫鶯鶯因思念張生而睡不著覺，對紅娘唱道：「翠被生寒壓繡裀，休將蘭麝熏。便將蘭麝熏盡，則索自溫存」，就從反面說明了這一點。這上片，按照時間順序，寫了畫樓上佳人的吹笙、倚欄、喚侍兒熏被，純粹是外部動作，絲毫沒有作心理描寫；但是主人公那種淒涼哀怨的情懷，不是透紙背而出嗎？

儘管上片對佳人活動的過程有了清晰的描寫，但是，她與所懷念的人的關係，還是模模糊糊，這有待下片進一步描寫。過片「坐待不來來又去」二句，寫她的心理活動，她看到的夜色。本來，分付了侍兒準備衾枕睡覺，就應該走向臥房；但是卻不，她驀然湧起了心事：自己等待的人兒，怎麼也不來；來了卻又走了。這當然不是此一瞬間的事，而是指一段時間以來的事。那麼，這位男子不是她的丈夫，而是她的情人，就比較清楚了。想到了所愛不來的懊惱事以後，她再也睡不著覺了，她的注意力移到了庭院中來。只見一庭月色，把周圍景物照得清清楚楚。「一方明月中庭」，沿用劉禹錫〈生公講堂〉詩句「一方明月可中庭」。「粉牆東畔小橋橫」，就是月色下所見景物的一角。她按捺不住了，「起來花影下，扇子撲飛螢」。在花下撲流螢以分散思緒，排遣苦悶。這種情景，我們在杜牧的〈秋夕〉中是看到過的：「銀燭秋光冷畫屏，輕羅小扇撲流螢。天階夜色涼如水，坐看牽牛織女星。」杜牧寫的是一位宮女，她排遣苦悶的方式，不也是以扇子撲流螢嗎？因為彼時彼地，除此以外，實在也沒有更多的排遣方法了——要不就是呆呆地坐著。這下片，心理描寫仍然是不多的，還是以寫景和外部動作為主；但是主人公內心痛苦的情懷，卻表現得更加清楚。

讀完了這首詞，女主人公的形象就浮凸在我們的眼前：一個月明之夜，她懷念戀人，吹笙抒怨，三更過後還不睡眠；看到一庭月色，就起來用扇子撲打飛螢，以排遣胸中苦悶。整首詞的描寫，富於動作性。主人公的動作是有序列的，都能找到心理的依據。因此這首詞寫人的特點，就是透過動作表現思想感情。幾個鏡頭，特別是花影下撲飛螢的鏡頭，形象鮮明優美。作者為佳人的活動安排了富於詩意的月夜環境，人物與景物交融、契合，相得益彰。語言以白描見長，流暢中顯雋快，切合〈臨江仙〉曲牌的調性特點。（洪柏昭）

康與之

【作者小傳】字伯可，號順庵，洛陽（今屬河南）人。宋高宗建炎初，上〈中興十策〉，有名於時。後附秦檜，擢軍器監丞，為福建安撫司主管機宜文字。檜死，貶嶺外。詞學柳永，風格婉麗。有《順庵樂府》五卷，不傳。今有趙萬里輯本，詞存四十三首。

望江南　康與之

重九遇雨

重陽日，陰雨四郊垂。戲馬臺前泥拍肚，龍山會上水平臍。直浸到東籬。茱萸胖，菊蕊濕滋滋。落帽孟嘉尋箬笠，休官陶令覓蓑衣。都道不如歸①。

〔註〕①宋周必大《二老堂詩話》載此詞多異文：「康與之重九詞慶元丙辰重九，風雨中，七兄約登高於神岡西，喜，因記康與之在高宗時謔詞云：『重陽日，四面雨垂垂。戲馬臺前泥拍肚，龍山路上水平臍。淹浸到東籬。茱萸胖，黃菊濕蘸蘸。落帽孟嘉尋箬笠，漉巾陶令買蓑衣。都道不如歸。』為之一笑。與之自語人云：『末句或傳「兩個一身泥」，非也。』」

這是一首有名的諧謔詞。據說是作者在「重九遇雨，奉敕口占」（見清徐釚《詞苑叢談》卷十一）。詞中充滿了滑稽調侃的情趣，收到了「俗不傷雅，謔不為虐」的效果。

詞的上片寫雨勢的猖獗，下片寫登高遇雨的狼狽相，皆以誇張調侃出之。上片的發端，純用口語，點明時間是重陽，氣候是陰雨，樸拙而平淡之極，不僅「老嫗能解」，抑且「老嫗能道」，忽然扣緊重陽登高的現實，連用兩個富有韻致的典故，就收到了「以巧補拙，以靈濟樸」的效果。戲馬臺即項羽的掠馬臺。在今江蘇徐州市南，南朝宋武帝嘗於重陽登高其上，置酒賦詩，後遂成為重九登高的勝地，見於北魏酈道元《水經注．泗水》。龍山會，指晉征西大將軍桓溫於重九日遊龍山，賓客咸集，互相調弄的韻事，見於《世說新語箋疏．識鑑》。這兩個有名的歷史掌故，既切合題旨，又符合現實，隨手拈來，渾化無痕，不愧為用典的妙手。尤其是用典之後，分別續之以「泥拍肚」和「水平臍」，治雅俗於一爐，合事意於一體，「文而不文，俗而不俗」，雅俗互補。「直浸到東籬」，是承接「陰雨」而來，也是為下片的「菊蕊」和「陶令」作伏線，使之順理成章地過渡到下片。東籬，是賞菊之地。典出陶潛的「採菊東籬下，悠然見南山」（〈飲酒二十首〉其五）。古人每逢重九，就要賞菊飲酒的。在這裡，詞人誇張調侃，徵典用事，始終緊緊地把握題旨，圍繞重陽遇雨來寫，故能宕而不野，疏而不放。

過片處「須詞意斷而仍續，合而仍分」（清沈祥龍《論詞隨筆》）。這首詞過片的「茱萸胖，菊蕊濕滋滋」，是用「胖」和「濕」照應上片的「陰雨」，用「茱萸」和「菊蕊」照應上片的「戲馬臺」、「龍山會」和「東籬」等重陽事物，便是「詞意斷而仍續」。上片寫雨勢之大，寫人之所見，下片寫遇雨之狀，寫人之所歷，都是寫重陽遇雨，而各有側重，便是「合而仍分」。在這斷續分合之間，充分體現了這首詞的「吞吐之妙」。古人重九登高要插茱萸並飲菊花酒，以避災（見梁吳均《續齊諧記》），王維有詩云「遙知兄弟登高處，遍插茱萸少一人」（〈九月九日憶山東兄弟〉）。可是而今呢？雨垂水漫，「尋箬笠」、「覓蓑衣」還來不及，哪還能插茱萸、賞菊花呀！

即使是孟嘉那樣的詼諧瀟灑，陶潛那樣的天真自然，在那樣的傾盆大雨下，恐怕也要面對現實，讓自己從「落湯雞」的厄運中解脫出來吧。「落帽孟嘉」與上片的「龍山會上」相呼應。《晉書．孟嘉傳》說：孟嘉陪同桓溫登龍山，帽子被風吹落，卻沒有發覺。溫使孫盛為文嘲之，嘉援筆立答，文采甚美，四座嘆服，後遂成為九日登高的韻事。「休官陶令」與上片的「東籬」相呼應。《宋書．隱逸傳》說：陶潛為彭澤令，「郡遣督郵至，縣吏白應束帶見之。潛嘆曰：『我不能為五斗米折腰向鄉里小人。』即日解印綬去職，賦〈歸去來〉以見志」。像這樣兩個瀟灑、高潔的人，詞人卻用漫畫的手法，塗抹出他們的狼狽相，加以調侃和嘲弄，令人捧腹噴飯。最後，詞以「都道不如歸」作結。曾有人把這句詞改了，據宋周必大《二老堂詩話》記載：「與之自語人云，末句或傳『兩個一身泥』，非也。」其所以為非，是因為這樣便成淺俗而無餘韻，使前兩句對古人的雅謔得不到意趣相應的襯補與收結。「不如歸」者，本是詩詞中雅言，多用於久客思家或久宦思隱的場合。這裡卻因承上雅人遇雨，體會他們的心意說：與其「尋箬笠」、「覓蓑衣」，倒不如趕快回家去，在屋下安穩坐地，便淋不著矣。翻雅言為俗意，以妙語結詞情，用筆既搖曳生姿，下語又冷雋可喜，不離全詞謔而仍雅的風調，又收餘味不盡的效果，所以為高。元人小令中頗多這類雋語。如盧摯〈朱履曲〉賦雪天飲酒聽歌之樂，末云：「這其間聽鶴唳，再索甚趁鷗盟。不強如孟襄陽乾受冷！」結句凸出奇兵，借孟浩然踏雪尋梅故事而別有意會，耐人咀嚼，與此詞結尾可謂異曲而同工。（羊春秋）

菩薩蠻令　康與之

金陵懷古

龍蟠虎踞金陵郡，古來六代豪華盛。縹鳳不來遊，臺空江自流。下臨全楚地，包舉中原勢。可惜草連天，晴郊狐兔眠。

高宗南渡之初，圍繞定都問題，小朝廷內有過一段時期的爭論。建炎三年（一一二九）二月，帝在鎮江。當時金軍正擬渡江南下，帝召從臣問去留，王淵以杭州有重江之險，建言逃往杭州。高宗畏敵如虎，此話正中其下懷。張邵上疏曰：「今縱未能遽爭中原，宜進都金陵，因江、淮、蜀、漢、閩、廣之資，以圖恢復。」帝不聽，終於還是去了杭州。紹興六年（一一三六）七月，張浚又奏曰：「東南形勝莫重於建康（即金陵），實為中興根本，且使人主居此，北望中原，常懷憤惕，不敢暇逸。而臨安（即杭州）僻在一隅，內則易生玩肆，外則不足以號召遠近，繫中原之心。請臨建康，撫三軍，以圖恢復。」這一回高宗總算還像話，即於次年移蹕金陵。但八年又議還杭州。張守諫曰：「建康自六朝為帝王都，氣象雄偉，且據都會以經理中原，依險阻以捍禦強敵。陛下席未及暖，今又巡幸，百司六軍有勤動之苦，民力邦用有煩費之憂。願少安於此，以繫中原民心。」然而高宗正一心與金人議和，殊不以北方失地為念，執意返杭。同年，宋金簽訂了「紹興和議」，自此南宋竟定都於臨安了。（見《宋史紀事本末》卷六十三《南遷定都》）康與之此詞，似即作於這一歷史時期。名曰「懷古」，實是「傷今」，是針對當時最高統治集團奉行逃跑和妥協政策而發的扼腕之嘆。

上闋思接千載，寫歷史長河中的金陵。金陵群山屏障，大江橫陳，是東南形勝之地，自三國吳大帝孫權建都於此，歷東晉、宋、齊、梁、陳，先後六朝凡三百數十年為帝王之宅，豪華競逐，盛極一時。起二句，即概述那一段燦爛輝煌的往事，以先聲奪人。「龍蟠虎踞」四字用典，漢末諸葛亮出使東吳，睹金陵（時稱秣陵）山阜，有「鍾山龍盤，石頭虎踞」之嘆，見《太平御覽．州郡部．敘京都》引晉張勃《吳錄》。如此雄偉之山川，復有如許繁榮之人事，可謂珠聯璧合，相得益彰。然而，宇宙無窮，山川長在；盈虛有數，人事不居。三百餘年在永恆的歷史面前只是彈指一瞬。六朝之後，四海一統，漢民族的政治中心又回歸到黃河流域，金陵喪失了她所一度擁有過的顯赫地位。「縹鳳」二句，情緒陡落千丈，與後蜀歐陽炯〈江城子〉（晚日金陵岸草平）之所謂「六代繁華，暗逐逝波聲」、北宋王安石〈桂枝香．金陵懷古〉之所謂「六朝舊事隨流水」同一感慨。若究其字面，則顯係化用李白〈登金陵鳳凰臺〉詩：「鳳凰臺上鳳凰遊，鳳去臺空江自流。」縹鳳，淡青色的鳳鳥。鳳凰臺，故址在今南京花盝岡。南朝宋文帝元嘉十六年（四三九），有三鳥翔集於此，狀如孔雀，五色文彩，鳴聲諧和，眾鳥群至，遂築此臺以紀其瑞。見宋樂史《太平寰宇記．江南東道．昇州．江寧縣》。由於李白詩為人們所熟知，雖只用其片斷，而讀者不難聯想而及同詩中「吳宮花草埋幽徑，晉代衣冠成古丘」等名句，十個字帶出了一連串意境，當年「豪華」之「盛」，今日蕭瑟之衰，種種畫面遂一一閃過讀者眼前。且「龍蟠虎踞」云云以「山」起，「臺空江流」云云以「水」結，針縷亦極周到。

題面「金陵懷古」之意，上闋四句已足。然詞人之用心原不在「發思古之幽情」，為「懷古」而「懷古」，「懷古」的目的是為了「傷今」，故下闋即轉入此旨。「下臨」二句，視通萬里，復將今日之金陵放在戰略地理的大棋枰上來掂量。「全楚地」，語見唐劉長卿〈長沙館中與郭夏對雨〉詩「雲橫全楚地」，泛指長江中游地區。春秋戰國時，此係楚國的腹地，故云。「包舉」，包抄而攻取。二句謂金陵為長江下游的戰略要地，與長江中游諸重鎮共同構成包抄中原的態勢。按當時軍事方略，南宋如欲北伐收復中原失地，可於長江中、下游兩路出兵，一路自鄂州（今武漢市一帶）出荊襄，直趨河洛；一路自金陵等地出淮南，迂迴山東。倘若更置一軍自漢中出，攻取關陜，三路進擊，則尤佳。詞人能夠高度評價金陵在北伐事業中所占據的重要戰略地位，誠為有識之見。前引張邵、張浚、張守之奏議，與康與之此詞，或為政治家之言論，或為文學家之筆墨，都代表著當時的軍心、民心。南宋愛國詞，好就好在與民族、人民的願望息息相通。行文至此，詞情再度振起。可是，「事無兩樣人心別」（辛棄疾〈賀新郎·同父見和再用韻答之〉），以高宗為首的南宋統治集團只知向金人屈膝求和，根本不相信人民的力量。他們龜縮在遠離前線的浙東一隅，視長江天險為第二道院牆，聽任金陵這座理想的北伐大本營徒自荒蕪，無從發揮其所應有的歷史作用。面對這一冷酷的現實，詞人的激情不禁再一次跌到冰點。「可惜草連天，晴郊狐兔眠！」一聲長吁，包含著多麼沉重的失望與痛苦啊。詞人不可能直言不諱地去批揭那龍喉下的逆鱗，然而他已經形象地告訴了千載以後的讀者，南宋統治者的膽識，甚至還在六朝之下！東晉以迄梁陳，文治武功雖不甚景氣，畢竟尚有勇氣定都金陵，與北方抗衡，未至於躲得那麼遠呢。

此詞最顯著的特點是，上下八句，兩兩相形，共分為四個層次，呈現為「揚——抑——揚——抑」的大起大落，猶如心電圖上的脈衝一上一下作大幅度跳動，這種章法與詞人懷古傷今時起伏的心潮吻合無間。由起句的「龍蟠虎踞」到收句的「狐臥兔眠」，兩組意象遙遙相對，亦是匠心所在。其意蓋從北周庾信〈哀江南賦〉「昔之虎踞龍盤，加以黃旗紫氣，莫不隨狐兔而窟穴，與風塵而殄瘁」云云化出，而較為簡潔。龍虎地而無有龍騰虎擲，卻成為狐兔之極樂世界，此情此景，本身即是莫大的諷刺，不必更著一字，讀者已隨詞人作喟然之浩嘆矣。（鍾振振）

長相思 康與之

遊西湖

南高峰，北高峰，一片湖光煙靄中。春來愁殺儂。
郎意濃，妾意濃。油壁車輕郎馬驄，相逢九里松。

康與之現存三十八首詞中，頗有些情韻深長的作品。他尤善於寫少婦離情，這首〈長相思〉，就是比較凸出的一首。

此詞宋黃昇《花菴詞選》題作〈遊西湖〉，但重點不在遊樂寫景，而在觸景懷人。

上片從西湖景物寫起。「南高峰，北高峰」二句寫山。南北兩高峰是西湖諸山中兩個最高的風景點。南高峰舊稱「高一千六百丈」（今實測為海拔二五六．九米），風景蔥倩，登臨眺望，可以把西湖和錢塘江景物盡收眼底。北高峰在南高峰西北，遙遙相對，海拔三一四米，比南高峰更高。景觀與南高峰不相上下。因為兩峰有著這樣好的景致，故作者特別拈出，以概括西湖諸山之勝——這樣措詞，當然還有詞調格式的原因。

「一片湖光煙靄中」句寫湖。西湖水面約五平方公里多，雖不像洞庭湖、太湖那樣浩渺微茫，但水光瀲灩，碧波蕩漾，也是頗為開闊的。而且，湖上並非空蕩蕩的水光一片，白堤和蘇堤像綠色的裙帶，孤山像一塊翡翠玉石；還有那亭臺寺閣，桃柳梅荷；點綴得湖光如翠，四季宜人。在春天煙靄迷濛中，就更顯得綽約多姿了。

（「煙靄」就是薄薄的雲氣，春天氣候濕潤，故空中常似有煙靄籠罩。）

「春來愁殺儂」句，由景入情。點出「春」，也點出「愁」。「春」是所寫景物的時令，「愁」是景物觸發的思想感情。聯繫前面三句，意思是說：春天來了，西湖的水光山色，美麗動人，但這卻只能引起我的愁思而已。這是一個關鍵的句子，著此句而以上三句的意思始有著落，著此句而上片的感情意緒始全托出。結拍如此，可謂善於收勒，善於結束上段了。

過片轉入回憶，以交代其愁思之故。「郎意濃，妾意濃」者，郎情妾意都一樣地深厚濃郁也；在短促的句子中，連用兩個「意」字，兩個「濃」字，其給人印象的深刻，迥非一般語句所能企及。詞中疊句所具有的積極功能，在此得到了高度的發揮。

「油壁車輕」二句，是對前面兩句的具體敘述，寫他們的初次相見。「油壁車輕郎馬驄」這一句中有個典故，樂府〈蘇小小歌〉云：「妾乘油壁車，郎騎青驄馬；何處結同心？西陵松柏下。」據說，蘇小小是南齊錢塘名妓，她常乘著油壁車（四周垂帷幕、用油塗飾車壁的香車）出遊，一日，遇到一位騎青驄馬（青白色的馬）而來的少年阮郁，兩人一見傾心，蘇小小就吟了這首詩，約他到西泠（即西陵）橋畔松柏鬱蔥處（即她的家）來找她，結為夫婦。這裡借用這個故事，來比詞中男女主人公的濃情密意，以加深浪漫的色彩。「九里松」是他們初次相逢的地點，那地方是「錢塘八景」之一，為葛嶺至靈隱、天竺間的一段路；唐刺史袁仁敬守杭時，植松於左右各三行，凡九里，因此松陰濃密，蒼翠夾道，是男女邂逅的好地點。當然，文學作品是允許虛構的藝術，它可以虛構富於詩意的情景來描寫；故我們對男女主人公的首次相遇，是否郎騎驄馬妾乘車，是否在九里松，都不必過分拘泥。總之，下片詞意，是女主人公回憶其與所愛的歡會而已。

這首詞，以西湖景物為背景，上片現實，下片回憶；透過回憶中的歡樂以反襯現實中的離愁，思婦情懷，宛然如見。據詞譜，〈長相思〉為雙調三十六字，前後段各四句，三平韻，一疊韻，是最短的詞牌之一，要寫好並不容易。必須意味雋永，給讀者提供充分的想像餘地，纔屬佳作。但它的每句押韻和前後各重疊一個三字句的特點，也容易帶來聲韻悠揚、流走如珠的效果。特別是重疊的三字句，寫得好了，給人的印象就特別深刻；白居易的「汴水流，泗水流」首，林逋的「吳山青，越山青」首，就是如此。這首詞在這方面功力也不弱。詞的風格自然樸素，毫無斧鑿痕跡，似民歌的天籟，如西子的淡妝，的是佳作。（洪柏昭）

滿庭芳 康與之

寒夜

霜幕風簾，閒齋小戶，素蟾初上雕籠。玉杯醽醁，還與可人同。古鼎沉煙篆細，玉筍破、橙橘香濃。梳妝懶，脂輕粉薄，約略淡眉峰。清新歌幾許，低隨慢唱，語笑相供。道文書針線，今夜休攻。莫厭蘭膏更繼，明朝又、紛冗匆匆。酩酊也，冠兒未卸，先把被兒烘。

自宋代都市繁榮、歌妓激增之後，詞中歌詠士子與妓女綢繆宛轉之態的，數量頗多。柳永、秦觀、周邦彥等著名詞人，都有不少這一類作品。康與之的這一首，也是此類豔情詞的儔亞。詞中所寫，是歌妓冬夜留宴書生的歡昵場面，極軟媚豔冶之致。

「霜幕風簾」三句，寫節序及麗人所居環境：屋外風寒霜冷，但有簾遮幕隔，室內仍是一派暖意。「素蟾」即皎潔的月亮之意。「雕籠」的「籠」字應作「櫳」，「雕櫳」就是雕花的窗櫺。「素蟾初上雕櫳」，月華初上，窺人窗戶，多麼恬靜的時刻，多麼富於詩意的夜晚！短短三句，而節序、地點、時間俱出，用筆可謂經濟。

節序景物描寫結束之後，即轉入對室內人物活動的描寫。「玉杯醽醁，還與可人同。」寫麗人與書生在一塊兒喝酒。「醽醁」是美酒的名字；「可人」即稱人心意的人，這裡是詞人對歌妓的昵稱。「古鼎沉煙篆細」句，插寫室內陳設。古鼎中點燃著用沉香製成的盤香，散發出細細的輕煙。有了這一句，就顯得室內陳設的不俗，增加了室內的香暖感。「玉筍破、橙橘香濃」句，寫麗人以指擘破香甜的橙橘。「玉筍」喻女子潔白纖細的手；橙橘為醒酒之物；剝橙之舉，備見其殷勤款待之意。前此周邦彥〈少年遊〉中也有「纖手破新橙」之句，可合觀。「梳妝懶」三句，寫其薄施脂粉，淡淡梳妝。這是婦女會見自己的心上人時常有的表現，因為彼此已經熟悉，用不著那麼濃妝豔抹來吸引對方；淡掃蛾眉，保持本色，效果更好。從「玉杯醽醁」至此，主要寫了麗人的勸酒、擘橙及其裝扮，一位美麗而多情的女性形象，已浮現於眼前。

下片繼續寫麗人的活動。「清新歌幾許」三句，寫其歌唱、笑語。「清新」二字，主要指她演唱的風格；「歌幾許」，說明她為心上人唱了又唱，已經唱了很多；一邊唱，一邊低聲款語溫存。她說些什麼呢？「道文書針線」至「紛冗匆匆」數句，記述了她說話的內容。她說：「你的文書，我的針線，今夜都不要做了。往燈裡再添些油，咱們盡情地喝酒、歌唱、談話吧，到明天，你又要去忙碌了。」（「蘭膏」是用澤蘭煉成的油脂，用來點燈，有香氣。）這是多麼大膽、多麼縱情的言語！這幾句，寫歌妓的聲口，繪聲傳情，細膩逼真，正如清人賀裳在《皺水軒詞筌》中指出的那樣：「宛然慧心女子，小窗中喁喁口角。」

「酩酊也」三句，寫酒後麗人為書生整理被褥，冠兒還沒卸下，她就先去把被兒烘暖了。多麼主動，多麼溫存！這裡寫得非常含蓄，留下了無窮豔意，供讀者去玩味，可謂極盡結句「以迷離稱雋」（清沈謙《填詞雜說》評康與之〈賣花聲．閨思〉「正是銷魂時候也，撩亂花飛」語）之能事。

這首詞的特點是長於鋪敘。打通上下片，一氣呵成，都圍繞著女主人公的舉止言笑做文章，有層次地、多角度地描寫了她的手指顏色、口角技藝，以及獻酒擘橙、清歌笑語、烘被鋪床等動作，使此色藝雙絕而放縱多情的歌妓形象，表現得十分鮮明生動。人物描寫與環境描寫和諧調協，醽醁、篆香、橙橘、蘭膏、繡被的出現，增強了繡房的陳設氣氛，襯托得人物更富於青樓特點。開頭三句的節序景物描寫，說明了這是一個寒夜；而室內的光景卻如此溫馨，兩相對比，使人有加倍的感受。整首詞所描寫的場面，充滿了香豔感和旖旎感，但沒有流於穢褻。宋人以康與之比柳永（見宋羅大經《鶴林玉露》「秦檜當國，伯可乃附會求進，……兩宮燕樂，伯可專應制為歌詞，諛艷粉飾，於是聲名掃地，而世但以比柳耆卿輩矣」）。從這首詞來看，與柳永《樂章集》中大量描寫妓女的詞，的確十分相似。（洪柏昭）

曾覿

【作者小傳】（一一〇九～一一八〇）字純甫，號海野老農，汴京（今河南開封）人。宋高宗紹興三十年（一一六〇），為建王（即孝宗）內知客。孝宗即位，除權知閤門事。淳熙初，除開府儀同三司，加少保、醴泉觀使。有《海野詞》，存一百零四首。

金人捧露盤 曾覿

庚寅歲春，奉使過京師，感懷作。

記神京，繁華地，舊遊蹤。正御溝、春水溶溶。平康巷陌，繡鞍金勒躍青驄。解衣沽酒醉絃管，柳綠花紅。

到如今，餘霜鬢，嗟前事，夢魂中。但寒煙、滿目飛蓬。雕欄玉砌，空鎖三十六離宮。塞笳驚起暮天雁，寂寞東風。

曾覿生於徽宗大觀三年（一一〇九），到靖康二年（一一二七）高宗南遷時，他已經十八九歲了。北宋後期徽宗在位時，正當京城之地「太平日久，人物繁阜；垂髫之童，但習鼓舞，班白之老，不識干戈」，「舉目則青樓畫閣，繡戶珠簾；雕車競駐於天街，寶馬爭馳於御路，金翠耀目，羅綺飄香。新聲巧笑於柳陌花衢，按管調絃於茶坊酒肆」；「花光滿路，何限春遊；簫鼓喧空，幾家夜宴」（宋孟元老《東京夢華錄》序）。這一南宋文人稱頌的「中州盛日」（李清照〈永遇樂〉）、「宣政風流」（徐君寶妻〈滿庭芳〉），是曾覿親身經歷過的。

靖康二年，汴京失守，徽、欽二帝被擄，宋室南遷，曾覿大約也在這一歷史轉變之期，流落到了江南，不久就做了南宋王朝的官員。孝宗登基後，他逐漸受到重用。此詞自註云「庚寅歲春，奉使過京師，感懷作」，「庚寅」為南宋孝宗乾道六年（一一七〇）。據《續資治通鑑》卷一百四十一載：「汪大猷為賀金正旦使，俾覿副之。」他們於這年二月完成使命，回到了臨安。這首詞即曾覿在歸途中過北宋舊京開封時所作。

此時的開封城在金人統治下已經四十餘年，它曾是宋金多次戰爭的邊緣地帶，其破敗不堪是可以想見的。而詞人自己也已經六十多歲，當年離開它時，還是青年，而今路過，卻是白髮蕭蕭，垂垂老矣。舉目所見，那昔日的歌舞之地，宴遊之處，已成今日的斷井頹垣；那昔日的天街，今日如同地獄一般。睹物傷情，詞人既悲去國，又悲流年，於是，便將這萬千感慨，一齊注入詞中。

上片以「記」字領起，統貫始終。「神京」二字點明感懷對象。「繁華地，舊遊蹤」二句，前句是對昔日京都所作的概括性介紹，後句便把自己融入作品之中，表明了他與昔日京都的密切關係。這三個短句構成上片的第一段落，為後面的描繪和抒情做好準備。

「正御溝、春水溶溶」以下，作者緊扣「春」字進行描繪。這一句是就自然景物所作的摹寫。其中，「御溝」標誌宮廷之所在，它是承接前面的「神京」而來。明淨的春水在御溝中緩緩流淌。由此可以想到原野上那生機勃勃的草木，而這一切都曾引發過昔日京師人士無限的遊春意。

從「平康巷陌」到歇拍的「柳綠花紅」，是上片的第三段落。「平康巷陌」，本來用指妓女聚居之處，這裡還應當包括酒肆茶坊、勾欄瓦市等遊樂場所。「繡鞍金勒」句說的是那些「章臺走馬」的男子，「解衣沽酒」句概寫他們的遊樂活動。「柳綠花紅」應當是指代那些在城市中獻伎的女子。她們穿紅著綠，正是所謂「柳綠花紅」。而「平康巷陌」則是以這些人為主體的。在宴飲場中，文娛之所，她們免不了要應景表演。因此，此詞在「醉絃管」之後，立即補上「柳綠花紅」一句，指那些女子正在獻藝。這一段落重在寫昔日京都市人遊冶及宴飲等方面的情景，透過這寥寥數筆，我們便可以想見當時國家承平、民康物阜的情況。

下片陡然一轉，情調隨之而變。換頭的「到如今」三字，與上片中的「記」字相呼應，把詞人的神思從記憶中拉回到現實。「嗟往事，夢魂中」六字，把上面蘊蓄著的勢態直接引發出來，於是，今日的衰敗與昔日的繁華便在這裡得以綰合。這是六個沉重的字眼，那些令人沉醉的「前事」只有在「夢魂」之中得以出現，這當然是極令人傷痛的事情，所以詞人在「前事」上更著一「嗟」字，把痛楚之情表現得很充分。「餘霜鬢」三字，承接前事已成空而來。雖然只作客觀的陳述，但其中卻飽含著詞人的萬般無奈與無限悲哀。這幾句是下片的第一個段落，在這裡，詞人運用了實事虛寫的方法，使其情感更為濃厚。由此，全詞從平面轉向深入，全詞的中心也因此而自然推出，即所謂「感懷」。

「但寒煙」至詞末，為下片的第二個段落。它重在寫所見，以景物渲染氣氛，為抒情服務。「但」字一直貫穿到底，引出今日實實在在的所有：映入眼簾的唯有漠漠的寒煙和瑟瑟涼風中飄飛的蓬草；昔日的殿宇徒然佇立，而當年百官朝拜之所，天子議政之庭，卻早已渺無人跡；蒼茫的暮色中，唯見聲聲悲吟的寒笳中驚飛的塞雁；依然是昔日拂面的東風，可是，它們今日送來的卻只有那說不出、道不盡的淒寂與酸楚。

這首詞在寫作上是頗具特色的，它主要是以多方面的對比來抒發情感。從上片與下片的不同寫法上，我們可以清楚地看到這一點。

首先，上片以「記神京」引起，下片則以「到如今」發端，它們分別貫穿了上片和下片的始終，從而形成了鮮明的、大幅度的對比。就全詞所展示的景象來看，是昔日京師的太平宴樂與今日寒笳淒厲、哀鴻長鳴的景象形成的對比。在這種強烈的大起大落中，作者的黍離之感、傷痛之情得以充分地表現。

其次，從用筆上看，全詞寫得比較徐緩。但由於上下片中作者注入感情的不同以及所攝取景物的各異，這種徐緩所起的作用也有差異。就上片來看，它用於較為平實的鋪寫中，從而表現出一種歡樂愜意的情緒。而當它用於下片的以虛為主且更加深刻的描寫中時，這種徐緩便將詞人的痛楚之情增濃變厚了。

最後，就全詞的著色來看，雖然同是寫春天的景象，但上片要明麗柔和得多，而下片則偏重於淒迷冷寂。由於它們與詞人所欲表現的情感恰相吻合，因而起到了襯托和渲染的作用。（林昭德、陳忻）

阮郎歸　曾覿

柳陰庭院占風光，呢喃清晝長。碧波新漲小池塘，雙雙蹴水忙。
萍散漫，絮飄颺，輕盈體態狂。為憐流去落紅香，銜將歸畫梁。

據宋周密《武林舊事》卷七記載，孝宗乾道三年（一一六七）三月初十日，宋孝宗陪太上皇宋高宗，同至後苑看花，「回至清妍亭看荼蘼，就登御舟，繞堤閒遊。……太上（皇）倚闌閒看，適有雙燕掠水飛過，得旨令曾覿賦之，遂進〈阮郎歸〉。」可見這是真正的奉旨填詞。

清鄒祗謨《遠志齋詞衷》說：「詠物固不可不似，尤忌刻意太似。取形不如取神，用事不若用意。」此詞深得個中三昧。它處處說燕，而終篇不出一個燕字。說它寫得不像，卻很像；說它像，卻又不太像，妙在似與不似之間，取其神而不襲其貌。詞人主要透過烘托、陪襯等方法，迂迴曲折地描寫燕子所處的環境，燕子的聲音、動作和體態；同時還借助了明喻和暗喻等手段。詞的起首二句先寫環境，後寫聲音。庭院深深，楊柳陰濃，這就把庭院的深邃寂靜點染了出來。在這寂靜的環境中，唯有雙雙紫燕，終日呢喃，獨占風光，這就凸出了詞中的主體。不徑說出燕子，而僅以「呢喃」二字，從聲音上勾畫出它的特點，接著後面兩句，也以同樣的結構，先寫環境，後寫動作，然而詞人已把筆觸從庭院移向池塘。一池春水，雨後新漲，碧波蕩漾，境極美矣。此時忽有雙雙燕子，掠水而過。這是以環境之靜，烘托燕子之動，動靜相宜，便產生優美的情趣。「蹴水忙」三字，可謂得燕子之神。蹴者，踏也。你看一隻燕子剛從水面上點了一下，飛了過去；緊接著又一隻燕子從水面上點了一下，飛了過去……飛燕踏水，前後相續，活活畫出了一幅飛燕鬧春圖。雖不言燕，而生動的燕子形象已入讀者眼簾了。

過片二句，從環境的渲染、烘托，進一步運用明喻或暗喻模擬燕子的形象。用比喻亦不易，「體認稍真，則拘而不暢；模寫差遠，則晦而不明」（見宋張炎《詞源．詠物》），其妙亦在似與不似之間。「萍散漫」，承上片「池塘」而來。池塘上浮萍點點，逐水漂流，正與空中飛燕相互映襯。「絮飄颺」承起句「柳陰」而來。既云有陰陰楊柳，自有柳絮飄颺，於中也自然地點出時當絮飛花落的暮春，與《武林舊事》所說的「三月初十日」恰相符合。柳絮在風中飄來飄去，正好烘托出燕子在天空飛翔的姿態。其體態輕盈，情韻杳眇，悠然可想。而著一「狂」字，更加令人回味不盡。

結尾二句，是全篇的警策，猶如畫龍點睛，最後添上精彩的一筆，全篇為之警動。暮春時節，落紅陣陣，有的飄在岸上，有的落入水中，殊為惹人憐惜。詞人說：「為憐流去落紅香，銜將歸畫梁。」寫燕子惜花，同時也將人所共有的憐惜美好事物的心情反映出來。明人沈際飛評曰：「憐香惜豔，燕大不俗。『落花都上燕巢泥』，根出在此。『歸』與『去』互照。」（《草堂詩餘正集》卷二）「落花都上燕巢泥」，是周邦彥〈浣溪沙〉中的句子。周邦彥早於曾覿，曾詞之根當出於周詞。然周詞所寫的只是燕子銜泥築巢的結果，而曾詞則刻畫出其過程，形象更為生動，感情也較濃郁。同時，下句的「歸」字與上句的「去」字，相互呼應，結構至為嚴謹。落花逐水而流，而多情的燕子卻把它一口一口銜回畫梁，營成芳巢。這就賦予燕子以大雅不俗的性格，實際上也映射出詞人自己的「心影」。（徐培均）

憶秦娥　曾覿

邯鄲道上望叢臺①有感

風蕭瑟，邯鄲古道傷行客。傷行客，繁華一瞬，不堪思憶。
叢臺歌舞無消息，金尊玉管空陳跡。空陳跡，連天衰草②，暮雲凝碧。

〔註〕①叢臺：在邯鄲城北門外。《漢書．高后紀》顏師古註：「連聚非一，故名叢臺。蓋本六國時趙王故臺也。」②一作「連天草樹」。

蕭瑟的風聲。茫茫的原野。邯鄲，這昔日多慷慨悲歌之士，繁華一時的趙國古都，如今已是寒煙衰草，光沉響絕了，唯有那在疾風欲裂的古道上行進著的一隊人馬。面對這歷史陳跡，詞人怎能不興生沉痛卻又無可奈何的反思！

這就是曾覿一行人的基本心境。

當時正是南宋孝宗乾道五年（一一六九）的隆冬，身為賀金正旦副使的曾覿，同正使汪大猷一道，奉命出使金國，行進在邯鄲古道上（《續資治通鑑》卷一四一）。據《宋史》記載，宋高宗在奸相秦檜等投降派的慫恿下，於紹興十年（一一四〇）在向金帝所進表中，卑躬屈膝地答應：「世世子孫，謹守臣節。每年皇帝生辰並正旦，遣使稱賀不絕，歲貢銀、絹各二十五萬兩、匹。」（《續資治通鑑》卷一二五）「紹興和議」遭到了南宋軍民的激烈反對，紹興三十一年金兵又大舉南侵。次年，高宗將皇位讓給養子趙眘，即孝宗。趙眘在太子時代就主張抗金，即位後在主戰派陳康伯、胡銓、張浚、虞允文等的支持下，興師北伐。由於暫時失利，再加上以太上皇趙構為首的主和派極力阻撓，孝宗只好同意議和，在隆興二年（一一六四）冬天，與金簽訂了妥協的「隆興和約」。從此南宋皇帝對金雖不再稱臣，卻改君臣關係為叔侄關係，疆界仍維持紹興末金人南侵前的狀況，歲貢由原來的銀、絹各二十五萬兩、匹，減少為各二十萬兩、匹。這無疑又是一個喪權辱國的條約，所以對於原本是東都故老，有著國亡家破之悲的曾覿來說，到金國去賀正旦當然是十分屈辱的。然而屈辱和慘痛又無法逃避。這首詞所抒寫的，正是詞人內心世界的這種痛苦。

上片講行客之「傷」。眼前邯鄲古道的連天衰草固足令人神傷，當年此間一瞬即逝的繁華，也因現實的政治情況和疆界的分劃形勢等而成為「不堪思憶」的了。下片承「古」承「傷」，結穴於「空」。詞人在嗟嘆前人業績，往昔繁盛不復再現的同時，也把失地未能收復的感傷之情，糅於其中，一併抒發了出來。至於「傷行客」與「空陳跡」兩個疊句的使用，不但符合音律上的要求，而且使這失落感進一步加深，感情的濃度更推進了一層。「叢臺歌舞無消息」云云，就明顯地透露出了這種渴望卻又失望，進而感傷悲涼的情緒。邯鄲叢臺，本戰國時趙武靈王所築。李白〈明堂賦〉說：「秦、趙、吳、楚，爭高競奢，結阿房與叢臺，建姑蘇及章華。」叢臺也同阿房宮等一樣，曾經是「朝歌夜絃」的宴樂之所。而目前的情況又如何呢？於是曾覿將他在邯鄲古道上、叢臺陳跡邊所湧起的種種黍離之悲，興亡之感，統統淡化在「空」之一字裡。如此深曲委婉的心思，竟被他表現得這麼充分，這麼蘊藉，不但造語「平妥精粹」，而且用事又「體認著題，融化不澀」（宋張炎《詞源》語），確實是具有相當功力的。詞的末尾兩句「連天衰草，暮雲凝碧」，描繪出一幅十分衰瑟的景象，這是詞人內心感情的外化；情景交融，達到了巧妙的程度。對於這首小令，宋黃昇當時就指出它「悽然有黍離之感」（《中興以來絕妙詞選》）。其實它的價值還不僅僅限於這一點。像曾覿這樣的上層文人，不管他把自己的命運同最高統治者聯繫得何等緊密，殘破的家園、積貧積弱的國運總要不斷地叩擊他的心，在光榮的歷史與屈辱的現實的夾擊下，他又怎能不流瀉出自己的反省和呻吟呢？所以，在這首詞中，所謂繁華一瞬，所謂歌舞陳跡等都寄寓著對北宋滅亡的感嘆，以及失地未能收復的悲傷。（林昭德、李達武）

黃公度

【作者小傳】（一一〇九～一一五六）字師憲，號知稼翁，莆田（今屬福建）人。宋高宗紹興八年（一一三八）進士第一。簽書平海軍節度判官。秦檜誣以事罷歸。檜死，復起，仕至尚書考功員外郎。有《知稼翁集》《知稼翁詞》。存詞十五首。

青玉案

黃公度

鄰雞不管離懷苦，又還是、催人去。回首高城音信阻。霜橋月館，水村煙市，總是思君處。

裛殘別袖燕支雨，謾留得、愁千縷。欲倩歸鴻分付與。鴻飛不住，倚欄無語，獨立長天暮。

黃公度詞，清陳廷焯推崇備至，稱之曰：「氣和音雅，得味外味，人品既高，詞理亦勝。《宋六十一家詞選》中，載其小令數篇，洵風雅之正聲，溫、韋之真脈也。」（《白雨齋詞話》卷一）

所謂「風雅正聲」，主要是指有比興，有寄託；所謂「溫、韋真脈」，主要是指詞情婉約，格調閒雅。細玩此詞，確實具有這兩方面的特色。汲古閣本《知稼翁詞》載有公度之子黃沃案語云：「公之初登第也，趙丞相鼎延見款密，別後以書來往。秦益公（檜）聞而憾之。及泉幕任滿，始以故事召赴行在，公雖知非當路意，而迫於君命，不敢俟駕，故寓意此詞。」說明這首詞是在召赴臨安、離開泉州幕府時所作。在主戰派趙鼎與主和派秦檜的鬥爭中，詞人是站在趙鼎一邊的，因此受到秦檜的忌恨。他本不願在這夾縫中討生活，但因「迫於君命，不敢俟駕」，只好硬著頭皮到臨安這個是非之地去。可是內心仍然充滿了矛盾，因此在詞的一開頭就寫道：「鄰雞不管離懷苦，又還是、催人去。」詞人此日赴京，一大早雄雞就不住地啼明，似乎在趕他上路。他感到萬分討厭，心裡在咒詛著：「雞啊，你太不理解我心中的痛苦了！」表面是怨雞，可雞是畜生，又有什麼值得他怨呢？分明是指雞罵狗，骨子裡是對「君命」或秦檜發出一種委婉的怨恨。也就是說，這是用比興之義，即所謂「風雅正聲」也。

「回首」以下三句，仍是用比興手法，透過對城中人的懷念，抒發不忍離開泉州、不願奔赴臨安的矛盾心情。「回首高城音信阻」，語本唐人歐陽詹〈初發太原，途中寄太原所思〉詩句：「高城已不見，況復城中人。」秦觀在〈滿庭芳〉（山抹微雲）中也寫過：「傷情處、高城望斷，燈火已黃昏。」由此可見，表面所指者乃泉州城中他所戀的那個人，實際當指泉州那個地方。詞人不僅剛離泉州時，一步一回首，留戀城中那個人，而且一路之上，不管經過什麼地方，總是想著她。「霜橋月館，水村煙市」，以排比的手法寫時間的轉換和地點的轉移，極言思念之深，且極富於形象性。詞人處於如此進退維谷之地，其感情尤為痛苦了。北宋舒亶有一首〈菩薩蠻〉詞，云：「畫船捶鼓催君去，高樓把酒留君住。去住若為情，西江潮欲平。」也寫一方催他出發，一方勸他留下，在強烈的矛盾衝突中刻畫內心的痛苦。但此詞寫得較為細膩舒展，婉約纏綿，頗得溫、韋之真脈。

過片徑承上闋意脈，進一步寫別情。「燕支雨」即帶有脂粉的淚水，可以證實「高城」中人乃為女性。「褭殘別袖燕支雨」，語意高度濃縮，「別袖」謂分別之時；「褭殘」指既別之後，僅僅七個字，便把依依不捨的別情及別後思量無時或釋的懷抱非常集中地概括出來。後加「謾留得、愁千縷」一句，則於喟嘆之中抒發一腔剪不斷、理還亂的離愁。由此可見，詞人對入京以後的前途，感到何等的擔憂！然而從字面上看，這幾句又很豔麗，同韋莊〈小重山〉的「羅衣濕，紅袂有啼痕」，詞境多麼相似。若不知詞人遭遇，我們盡可以把它當作豔詞看；可是並不，其中有深意存焉。「欲倩」二句與上闋「回首高城」相應，高城人隔，音信不通，紅淚褭殘，愁緒難排，那麼怎麼辦呢？他並不死心，還要取得聯繫。於是，「欲倩歸鴻分付與」，託鴻雁以傳消息。可是「歸鴻」偏偏又像「鄰雞」一樣無情，連停也不肯停一下。這完全是痴語，無理語，然卻表現了無比的深情。鴻雁無情，此情難寄，詞人真正處於無奈之中了。他只好獨自倚危欄，失神地凝望，又只見暮靄沉沉，長天萬里。這意境多麼深遠，把詞人一腔難言之隱，入骨之痛，都寄寓在不言之中。所謂「氣和音雅，得味外味」者，即此也。

清人張惠言在《詞選》的序中說，詞是「緣情造端，興於微言，以相感動，極命風謠里巷、男女哀樂，以道賢人君子幽約怨悱不能自言之情，低迴要眇以喻其致。蓋詩之比興，變風之義，騷人之歌，則近之矣」。讀了這首〈青玉案〉，不是正可得出這樣的印象嗎？（徐培均）

陸淞

【作者小傳】（一一〇九～一一八二）字子逸，號雲溪，山陰（今浙江紹興）人。陸佃之孫，陸游長兄。曾知辰州。晚以疾廢，卜築於秀野，放傲世間。存詞二首。

瑞鶴仙　陸淞

臉霞紅印枕。睡覺來、冠兒還是不整。屏間麝煤冷。但眉峰壓翠，淚珠彈粉。堂深晝永，燕交飛、風簾露井。恨無人與說相思，近日帶圍寬盡。

重省。殘燈朱幌，淡月紗窗，那時風景。陽臺路迥，雲雨夢，便無準。待歸來，先指花梢教看，卻把心期細問。問因循過了青春，怎生意穩。

這首詞據傳是陸淞為歌姬盼盼而作。「南渡初，南班宗子寓居會稽，為近屬，士家最盛，園亭甲於浙東，一時座客皆騷人墨客，陸子逸實預焉。士有侍姬盼盼者，色藝殊絕，公每屬意焉。一日宴客，偶睡，不預捧觴之列。陸因問之，士即呼至，其枕痕猶在臉。公為賦〈瑞鶴仙〉，有『臉霞紅印枕』之句，一時盛傳之，逮今為雅唱。後盼盼亦歸陸氏。」（見宋陳鵠《耆舊續聞》卷十）事情本很簡單，盼盼睡起「枕痕猶在臉」，可是經陸淞豐富的想像與出色的描繪，在詞裡卻被成功地塑造成了一個為珍惜青春而苦悶的少女形象。

話從「枕痕猶在臉」起，詞也就以「臉霞紅印枕」開端，一筆深一筆地勾畫這個害相思病的少女的神態。「睡覺來，冠兒還是不整。」就前句「臉霞紅印枕」加以補充說明：「冠兒不整」說明她不是因勞累貪睡，而是心事重重，精神不振。加上「還是」，說明不是偶爾如此，其病久矣。「屏間麝煤冷。」「麝煤」，指熏香。熏香燒盡，殘灰已冷，少女都無心添加，讀者不難體會相思的少女此時的淒涼況味，痛苦感情。這比實寫能產生更大的效果。「但眉峰壓翠，淚珠彈粉。」動詞「壓」與「彈」，表現出一種按捺不住的感情，以致雙眉緊鎖，淚珠撲簌簌直滾。這兩句進一步寫少女臉上的神情，暗示出她內心痛苦之強烈。

「堂深晝永，燕交飛、風簾露井。」更進一層寫周圍的一切使她由寂寞而產生悵恨的感情。「深」與「永」從空間與時間上表現她空虛的感觸。她在百無聊賴時所見到的卻是雙燕交飛，風吹簾動，桃李依露井等等情景，這一切都加深了她孤寂失望的情緒，而「恨無人與說相思」。在反襯少女內心痛苦的描寫後，作者又進而從形體的變化寫她相思之深。「帶圍寬盡」四字不僅誇張，而且將抽象思維具體化，讓讀者從衣帶寬大去想像她曾經是體態豐滿、柳眉桃腮、笑容可掬的模樣，對比現在，更覺她病懨懨弱不禁風的樣子可憐可嘆！

上片以人物形態與具體環境實寫少女的慵懶、淒冷、孤寂，勾畫出一個懷春少女的形象。下片則是就「恨無人與說相思」轉入少女的內心活動，逐層深入描寫她的回憶、悔恨、追求。

「殘燈朱幌，淡月紗窗」，那離別時的情景反覆出現在眼前。「殘」與「淡」給「燈」與「月」抹上一層傷別的色彩，景中有情，表現出少女對這難忘時刻的回憶是痛苦的。如夢往事的浮現，使她感到虛無縹緲。「陽臺路迥，雲雨夢，便無準。」陽臺、雲雨，指男女歡會情事，而今遠隔，舊歡難續。可是，少女終究還是痴望著：

「待歸來，先指花梢教看，卻把心期細問。問因循過了青春，怎生意穩。」她痴望著情人歸來，先以花的盛開與凋謝，向他喻說青春易老，在激起其惜花之情的基礎上再細問他蹉跎了大好青春，怎能忍心？「細」字用得深刻。女子有滿懷的疑怨，等待著問個清楚，傾吐個夠！結尾筆勢振起，從少女的幽怨成疾轉寫出了她的痴心、不甘心。唯其如此，全詞才深刻逼真地刻畫出少女的性格。她也有對正常之愛的要求：不光自己對情人執著不捨地愛著，而且也被情人同樣地愛著。詞中少女的形象，無疑有一定的積極意義。

這首小詞運用了反襯、誇張、比喻等多種表現手法，但其中最主要的是抽絲剝繭的方法。「臉霞紅印枕」像一根長絲的頭，作者拽著它一寸一寸地抽，層層深入揭示少女懷春的積愫和全部思想感情，因而在結構上緊密完整，一氣呵成。（宛新彬）

吳淑姬

【作者小傳】南宋湖州（今屬浙江）人。王十朋守湖州時，因事犯法。存詞一首。

長相思令　吳淑姬

煙霏霏，雪霏霏。雪向梅花枝上堆，春從何處回！

醉眼開，睡眼開，疏影橫斜安在哉？從教塞管催。

宋代有兩個吳淑姬，皆能詞。一是北宋人，詞見宋黃昇《唐宋諸賢絕妙詞選》。這首詞的作者是南宋人，據宋洪邁《夷堅支志庚集》卷十記載，她是湖州秀才之女，聰慧而能詩詞。貌美家貧，為富民之子所霸占。被人向州衙告發她有「奸情」，逮捕審判，已定罪，判徒刑。衙中僚吏觀審後，置酒席，命她脫枷侍飲，「諭之曰：『知汝能長短句，宜以一章自詠，當宛轉白待制（知州王十朋）為汝解脫，不然危矣。』女即請題。時冬末雪消，春日且至，命道此景作〈長相思令〉。捉筆立成。」即此詞。

要解通此詞，須抓住兩點，就是故事中所交代的：一是「自詠」——她此時的處境是被捕判了徒刑，正待執行；一是「道此景」——眼前之「景」是「冬末雪消，春日且至」。且看她是如何結合「自詠」而「道此景」的。

開首兩句是「煙霏霏，雪霏霏」。「煙霏霏」是雲霧迷濛，為「雪霏霏」作前奏。《詩經．小雅．采薇》：「今我來思，雨雪霏霏。」霏霏，紛飛的樣子。明明已經是「雪消」了，卻偏要說雪「霏霏」，已是一奇。下句還要加重渲染：「雪向梅花枝上堆」！眼前公庭院子裡，當還有幾株梅樹，但說它枝上「堆」著雪，顯然又是鑿空亂道。詞人這樣當著知州衙門諸公之面，「製造」出這樣一幅雪壓梅枝的現「景」來，自然有她的原因，為的是逼出下句「春從何處回」，就是說眼前還沒有「春回大地」；結合「自詠」，是喻指她在此案中蒙冤受屈，未曾審理明白，有如被雪壓著的梅枝，抬不起頭來。「春從何處回！」用反詰的語氣，加重感嘆呼號的分量。詠「春日且至」而寫出這樣的句子，在座諸公是品詞的行家，既然出了這「自詠」的題目，當然懂得她這弦外之音。

下片「醉眼開，睡眼開，疏影橫斜安在哉？」承上梅花，「道此景」而結合自己的觀感。這裡的「醉」和「睡」，不是實指生活中的醉酒和睡眠，而是說自己正如唐人詩中所說的，處在「終日昏昏醉夢間」（唐李涉〈題鶴林寺僧舍〉）的境地，被一場官司打擊得暈頭轉向。到此際睜開了「醉眼」、「睡眼」，要找尋那「疏影橫斜」的梅花美景卻已是「如今安在哉」！沒有了，過去了。這句與「春從何處回」是意同而筆不同的又一種寫法，總是說好景不屬於她：不是沒有來，就是來了又去了，而她是在醉夢中未曾領略到。這又是一個比喻。這一句借用了林逋〈山園小梅二首〉其一名句「疏影橫斜水清淺」，不止使詞語增加了文采，也使失卻美好事物的意思得到了形象的體現。結句「從教塞管催」。「從教」，任使也。「塞管」，羌笛。劉禹錫〈楊柳枝詞九首〉其一：「塞北梅花羌笛吹。」因古笛曲有〈梅花落〉，詩人想像其聲可以感物，遂認為笛怨驚梅，而使之落。如戎昱〈聞笛〉詩：「平明獨惆悵，飛盡一庭梅。」張先〈醉落魄〉詞：「橫管孤吹，……聲入霜林，簌簌驚梅落。」本詞也承此意，說「疏影橫斜」的一樹梅花，任憑羌笛聲把它「催」落了，補出了「安在哉」的緣故。詞至此結束了，完成了「道此景」而「自詠」的任務。委婉之情，巧妙之筆，構成了一首篇幅雖短而很有包孕的小詞。於是「諸客賞嘆，為之盡歡。明日以告王公，言其冤，亟使釋放」，詞的手稿居然還由「治此獄」者收藏起來。說是「佳話」也可以，但它畢竟是古代婦女生活的一幕悲劇。女主人公先是被俗人玩弄，然後又被雅人玩弄。讀此詞及其故事，不禁感慨係之！（陳長明）

洪适

【作者小傳】（一一一七～一一八四）字景伯，鄱陽（今屬江西）人，洪皓長子。宋高宗紹興十二年（一一四二）舉博學宏詞科。歷官至尚書右僕射、同中書門下平章事，兼樞密使。罷為觀文殿大學士。乞休歸居，以著述吟詠自娛。卒謚文惠。詞境清逸，風度瀟灑。有《盤洲集》《盤洲樂章》。存詞一百三十四首。

漁家傲引

洪适

子月水寒風又烈，巨魚漏網成虛設。圉圉從他歸丙穴，謀自拙，空歸不管旁人說。

昨夜醉眠西浦月，今朝獨釣南溪雪。妻子一船衣百結，長歡悅，不知人世多離別。

〈漁家傲引〉是宋代歌舞曲之一，是一種專詠體，以多首合詠一事，即王國維所說的「合數曲而成一曲」（《唐宋大曲考》）。洪适的〈漁家傲引〉，共有詞十二首。詞前有駢文「致語」，詞後有「破子」、「遣隊」。

十二首詞分詠漁家一年十二個月的生活情景，從「正月東風初解凍」起，到「臘月行舟冰鑿罅」止，詞體與〈漁家傲〉無異。

「子月水寒風又烈」這一首，是寫在「子月」（即農曆十一月）的特定環境下，漁家的生活狀況與思想情趣。詞的上片，寫漁人頂烈風，涉寒水，捕魚落空。「水寒風又烈」，是「子月」的氣候特徵。但這裡並非泛寫氣候，而是下文諸多內容的張本，漁人的工作、生活、思想，皆與這種特定氣候相關聯。儘管水寒風烈，漁人仍須下水捕魚，可嘆的是「巨魚漏網」，圉圉（音同禹）而去，漁家生活，便無著落，生活的窘迫，連暫時緩解的希望也成為「虛設」了。「圉圉」一句，寫巨魚的逃跑，形象逼真。「圉圉」，困而未舒貌，語出《孟子．萬章上》：「昔者有饋生魚於鄭子產，子產使校人（管理池沼的小吏）畜之池。校人烹之，反命曰：『始舍之，圉圉焉；少則洋洋焉，攸然而逝。』」「丙穴」，本來是地名，在今陝西略陽縣東南，其地有魚穴。晉左思〈蜀都賦〉有「嘉魚出於丙穴」句。這裡是借指巨魚所生活的深淵，活用典故，如同己出。「從」，「任從」的意思，任從那巨魚搖頭擺尾地回到深淵。一個「從」字，把漁人的那種無可奈何的悵惘之情表現了出來。上片結句進一步寫漁人的心理活動：「謀自拙」是對「巨魚漏網」的反省，自認謀拙，自認晦氣，至於別人怎樣說，那就由他去吧！漁人畢竟是曠達的。在這一片中，作者對漁人所流露的感情，是同情的，甚至是憐憫的。

詞的下片，變換了筆調，多方面、多角度地描寫漁人的生活。「昨夜」、「今朝」兩句，是全詞僅有的一組對句，描繪了漁人另一面的閒適生活圖景。「醉眠」、「獨釣」是寫漁人自己的有代表性的生活內容，以少總多，以少見多；「昨夜」、「今朝」和「西浦月」、「南溪雪」，是透過時間與場景的迅速變換來表現漁人生活的曠放無拘。「妻子一船衣百結」則轉寫漁人全家的經濟生活狀況。這一句，字字用力，既有其具體性，又有其概括力，「衣百結」三字尤其著力，漁家的窘迫困頓，種種艱辛，都濃縮在這三字之中。這也是當時漁民生活的真實寫照，具有一定的社會意義。如此一家，偎依在「子月」的寒水烈風之中，不言而喻，在這種形象畫面裡，凝聚著作者的同情。結句則再轉一筆，寫漁人家庭生活中「貧也樂」的精神：雖貧窮而團聚，自有其天倫之樂，而沒有、也不知有人世間的那種離別之苦。「不知」一句，脫韝而出，由對漁人一家生活的描寫，猛宕一筆，轉向對當時社會現實的揭示，且藏辭鋒於宛轉之中：明明是慨嘆「人世多離別」，卻又加「不知」二字，其實這裡漁人的「不知」，正是作者所「深知」，唯其深知，才能這樣由此及彼，順手捎帶，不失時機，予以指斥，慨乎言之。這種結尾，如豹尾回顧，相當有力。

這首詞最凸出的好處是作者把漁人寫成了勞動者，真漁人。前此詞中出現的漁人形象，主要是雜有政治色彩的隱士，他們或者是「蓑笠不收船不繫」的懶散，或者是「一壺清酒一竿風」（均見《敦煌曲子詞》）的安逸，或者是坐在釣船而「夢疑身在三山島」（周紫芝〈漁家傲〉）的幻想昇仙出世。他們「不是從前為釣者」，而是在政治失意之後才「卷卻詩書上釣船」（均見《敦煌曲子詞》）別尋出路的，總之是「輕爵祿，慕玄虛，莫道漁人只為魚」（五代李珣〈漁父〉）。洪适這首詞筆下的漁人卻是「為魚」的，他靠撒網為生，不同於垂釣不設餌、志不在魚的隱士。他也有「醉眠」的時候，但那酒，是「長把魚錢尋酒甕」（見「正月」首），是自己的勞力換來的。在這首詞中，「西浦月」、「南溪雪」兩句，點綴意境是很美的，再加上「醉眠」與「獨釣」，似乎漁人也有點兒隱士風度了，不，詞的下句便是「妻子一船衣百結」，直寫其全家經濟生活的艱辛，這是最能表現漁人身分的一筆，也正是前此詞人筆下的「漁人」形象所獨缺的。至於「西浦月」、「南溪雪」，那是大自然的美，是造物主賦予全人類的，而漁人在天地間能夠享受到的，還不就只有這麼一點點兒嗎？（丘鳴皋）

韓元吉

【作者小傳】（一一一八～一一八七）字無咎，號南澗，開封雍丘（今河南杞縣）人，居信州上饒（今屬江西）。韓維四世孫。呂祖謙之外舅。官至吏部尚書。曾與張元幹、張孝祥、范成大、陸游、辛棄疾等以詞唱和，風調亦近辛派。著有《南澗甲乙稿》《南澗詩餘》。存詞八十二首。

霜天曉角

韓元吉

題采石蛾眉亭

倚天絕壁，直下江千尺。天際兩蛾凝黛，愁與恨，幾時極！

暮潮風正急，酒闌聞塞笛。試問謫仙何處？青山外，遠煙碧。

據陸游〈京口唱和序〉云：「隆興二年閏十一月壬申，許昌韓無咎以新番陽（今江西鄱陽）守來省太夫人於潤（潤州，今江蘇鎮江）。方是時，予為通判郡事，與無咎別蓋逾年矣。相與道舊故，問朋遊，覽觀江山，舉酒相屬甚樂。」此詞可能是元吉在赴鎮江途中經采石時作。（他在鎮江留六十日，次年正月即以考功郎征赴臨安，故離鎮江後不便再有采石之行。）《宋史．孝宗本紀》載，隆興二年十月，金人分道渡淮，十一月，入楚州、濠州、滁州，宋朝震動，醞釀向金求和。這就是作此詞的時事背景。

此詞雖名為題詠山水之作，但顯然寓有作者對時局的感慨，流露出他對祖國河山和歷史的無限熱愛，向來被認作是詠采石磯的名篇。

采石磯，在今安徽馬鞍山市區西南七公里的翠螺山麓。原名牛渚磯，因相傳古時有金牛出渚而得名；又因盛產采石，東吳時遂改今名。它與南京的燕子磯和岳陽的城陵磯合稱為「三磯」，歷來都是防守長江的要地。

詞的上片，採用於動態中描寫的手法。作者邊走邊看，隨步換形。起句「倚天絕壁，直下江千尺」，氣勢就不凡。先是見采石磯矗立身前，作者抬頭仰視，只覺峭壁插雲，好似倚天挺立一般。實際上，采石磯最高處海拔才一百三十一米，只因橫空而來和截江而立，方顯得格外奇峻。待作者登上峰頂的蛾眉亭後，低頭俯瞰，便又是另一幅圖景。只覺懸崖千尺，直逼江渚。這開頭兩句，一仰一俯，一上一下，雄偉壯麗，極富立體感。

「天際兩蛾凝黛，愁與恨，幾時極！」作者騁目四望，由近及遠，又見東、西梁山（亦名天門山）似兩彎蛾眉，橫亙西南天際。《安徽通誌》載：「蛾眉亭在當塗縣北二十里，據牛渚絕壁。前直二梁山，夾江對峙，如蛾眉然。」由此引出作者聯想：黛眉不展，宛似凝愁含恨。其實，這都是作者的情感外射，把人的主觀感受加於客觀物體上。

作者究竟愁恨什麼呢？

韓元吉一貫贊成抗金，主張恢復中原，但反對輕舉冒進。他愁的應該是金兵進逼，南宋當局抵抗不力，東南不保；恨的是北宋覆亡，中原故土至今未能收回。「幾時極」三字，把這愁恨之情擴大加深，用時間的無窮不盡，狀心事的浩茫廣漠。

如果說，上片是由景生情，那麼，下片則又融情入景。「暮潮風正急，酒闌聞塞笛。」暮，點明時間；兼渲染心情的暗淡。又正值風起潮湧，急驟非常；風鼓潮勢，潮助風威。作者雖未明言這些景象所喻為何，但人們從中完全可以感受到作者愛憎的強烈。酒闌，表示人已清醒；塞笛，即羌笛，軍中樂器。當此邊聲四起之時，作者在沉思什麼呢？

「試問謫仙何處？青山外，遠煙碧。」很自然地，作者想起了李白。這不僅因為李白跟采石磯的關係密切，為它寫過著名詩篇，在人民口頭還流傳著許多浪漫以至神奇的故事，如捉月、騎鯨等；而且李白一生懷著「濟蒼生」和「安社稷」的政治抱負，希望能像東晉謝安那樣「為君談笑靜胡沙」（〈永王東巡歌十一首〉其二）。但他壯志不酬，最後病死在當塗，葬於青山之上，至此已數百年；而今但見青山之外，遠空煙嵐縹碧而已。韓元吉雖然身任官職，在當時投降派得勢掌權的情況下，也無法實現自己的理想。讀者從縹碧的遠煙中，已能充分領悟到他此刻的激憤心情了。

此詞含意深長。它以景語發端，又以景語結尾；中間頻用情語作穿插。但無論是景語或情語，都饒有興致。怪不得元代吳師道認為：在題詠采石蛾眉亭的詞作中，沒有一篇能趕得上這首詞。（參閱唐圭璋編《詞話叢編．吳禮部詞話》）

此詞收在韓元吉的詞集中。宋黃昇《中興以來絕妙詞選》錄此篇，署為劉仙倫作，不知何據。但就風格而言，此詞確與韓元吉他詞近似；而不像是以學辛詞著稱的劉仙倫的作品。（蔡厚示）

薄倖　韓元吉

送安伯弟

送君南浦，對煙柳、青青萬縷。更滿眼、殘紅吹盡，葉底黃鸝自語。甚動人、多少離情，樓頭水闊山無數。記竹裡題詩，花邊載酒，魂斷江干春暮。都莫問功名事，白髮漸、星星如許。任雞鳴起舞，鄉關何在，憑高目盡孤鴻去。漫留君住。趁酴醾香暖，持杯且醉瑤臺露。相思記取，愁絕西窗夜雨。

這是一首送別詞。但「安伯弟」的生平卻不易查考，好在這對理解詞意並沒有多大影響，也就姑置不論吧。詞一開頭就直敘送別事。「送君南浦」是南朝江淹〈別賦〉裡著名的句子：「春草碧色，春水淥波，送君南浦，傷如之何。」這段話一直成為人們借用來抒發惜別感情的意念載體。只要一提到「送君南浦」，或者竟只提出「南浦」兩字，就會使那整段話的意境全出，令讀者感受到一股感傷的意味。文學名句所造成的感人定勢，有時真不可思議。這首詞也借用了這個句子，開門見山，迅速入題，在行文上頗為經濟。

「對煙柳」至「葉底黃鸝自語」數句，鋪敘當時景物。這裡有「青青萬縷」的柳條，有滿眼的綠樹，有藏在樹葉深處鳴囀的黃鸝。這樣的景觀，不是很尋常的嗎？然而文學的描寫，卻往往會產生超出客觀景象以外的魅力，其祕密，就在於它的結構組合。首先是它在全詞系統中的序列位置，其次是它的遣詞造句方式。尋常的景觀，有了好的結構組合，就會產生出超客觀的效果。讓我們再回過頭來看看這幾句吧，它們的出現，是在「送君南浦」這一表示送別的句子之後的。「折柳贈別」是古老傳統，因而煙柳萬縷就會使人產生分別的感傷的聯想。而滿眼綠樹這一意思的表達，卻是用「更滿眼、殘紅吹盡」這樣的句子，它調動人們的思維能力，去想像那殘花在枝頭片片被吹落的景象，以增添感傷的氣氛。文學描寫的得天獨厚之處，就在於它不但能描寫現時存在的實景，而且能描寫這一實景在此之前的情況的虛景，以虛景來表達實景的意思；故「殘紅吹盡」就是綠葉成陰之意。而樹葉深處的「黃鸝自語」，則是反襯別離人的愁緒的。此句當從杜甫的「隔葉黃鸝空好音」（〈蜀相〉）化出，黃鸝自樂而離人自苦，頗具弦外之音。一「更」字聯上串下，使離愁別緒程度遞增，表現得很有層次。

「甚動人、多少離情，樓頭水闊山無數。」「甚動人」即「正動人」或「真動人」，點出「離情」之「動人」——使人傷感；點出送別之地是「樓頭」；由樓頭極目遠望，只見水天空闊，亂山無數；那麼，對方此去之遠，其覿面之難再，已不言自見了。行文至此，在內容上已自成一大段落——寫出了送別時的情景了。

「記竹裡題詩」三句，回憶兩人最近的過從之樂。「春暮」點出時令，顯然是在此別之前的一段時間；「載酒」、「題詩」，那是文人過從中最常見的活動，以「竹裡」、「花邊」作背景，更增加它的韻致。他們的活動有時也在江邊，那也是挺有詩意的。「魂斷」二字，是痛快之極的意思，不指悲哀；這兩字不但指「江干春暮」的行樂，也兼指「竹裡題詩」和「花邊載酒」；三句連成一片，描寫出一段歡樂的生活。以「記」字領起，說明它是保存在記憶中的已經失去的歡樂，以反襯今日別離的難堪。這樣，在抒寫別恨方面，又深入一層了。

下片開頭換了個角度，聯繫身世和時局生發感嘆。從「都莫問」到「任雞鳴起舞」，是慨嘆空有壯志而白髮漸生，功名未立。這幾句必須稍加解釋。韓元吉於《宋史》無傳，其行實多不可考。據《南澗甲乙稿》，知道他曾做過信州幕僚、南劍州主簿、江東轉運判官等職；孝宗乾道末年為吏部尚書，曾出使金國；淳熙元年（一一七四）以後，兩知婺州，一宰建安，晚年歸隱信州。從「都莫問功名事，白髮漸、星星如許」來看，此詞可能作於入為吏部尚書之前，那時他四十多歲，故作此語。但他的慨嘆功名未立，並不完全是為了一己之私，這跟中原的恢復是有關係的。「雞鳴起舞」用的是祖逖的典，《晉書．祖逖傳》說他作司州主簿時，半夜聽到雞鳴，就和劉琨一道起舞，後來北伐中原，收復了黃河以南的失地。南宋的處境和東晉極為相似，故韓元吉用這個典故來策勵自己。韓是河南許昌人，中原失守，「鄉關何在，憑高目盡孤鴻去」。感嘆鄉關渺邈，有家難歸，但目送歸鴻而去，感情是十分深沉的，充滿了建功立業、愛國懷鄉的感情。

「漫留君住」三句，又回到惜別，勸安伯姑且再留片刻，持杯痛飲，這是捨不得立刻分別的表現。「趁酴醾香暖」句的「酴醾」，是酒名。黃庭堅〈見諸人唱和酴醾詩輒次韻戲詠〉「名字因壺酒」句宋人任淵註引《王立之詩話》云：「酴醾本酒名也。世所開花本以其顏色似之，故取其名。」這裡的「香暖」正是說酒。若說花，則「暖」字無著落，且前文已說過「更滿眼殘紅吹盡」了也。此言趁酒之香而溫，當持杯且醉；「瑤臺露」是給美酒加工高級的贊辭。最後兩句，是說不知何時才能重會，相約永遠思念對方。「西窗夜雨」是取李商隱「何當共剪西窗燭，卻話巴山夜雨時」（〈夜雨寄北〉）的詩意，冠以「愁絕」二字，就是說西窗下共話別後情況的機會難得了。這樣的結尾，感情十分深厚，給人留下了無限的惆悵。

韓元吉是南宋初期主戰派人物之一，他和張孝祥、陸游、辛棄疾、陳亮等人都有交往，詞作亦具有辛派豪放悲壯之氣，即使在這首送別詞中，也不例外。此詞氣酣意足，感情深摯；敘述層次有變化，有開合；既不鬆散，也不單調。最後值得一提的，是〈薄倖〉這個詞牌很少人填寫，這一首卻寫得十分工整，平仄、韻腳、句讀都中格律，堪為典範。虛字「對」、「更」、「甚」、「記」、「任」等使用得十分妥帖，處在領起的位置，又都是去聲字，聲律上造成一種苦澀的韻味，與詞的內容情調很相稱。（洪柏昭）

好事近 韓元吉

汴京賜宴聞教坊樂有感

凝碧舊池頭，一聽管弦淒切。多少梨園聲在，總不堪華髮。
杏花無處避春愁，也傍野煙發。唯有御溝聲斷，似知人嗚咽。

宋孝宗乾道八年（一一七二）十二月，派遣試禮部尚書韓元吉為正使、利州觀察使鄭興裔為副使，到金朝去祝賀次年三月初一的萬春節（金主完顏雍生辰）。行至汴梁（時為金人的南京），金人設宴招待。席間詞人觸景生情，萬感交集，隨後賦下這首小詞。小詞寄給陸游以後，陸游又寫下〈得韓無咎書寄使敵時宴東都驛中所作小闋〉一詩，可作瞭解此詞的參考。詩云：「大梁二月杏花開，錦衣公子乘傳來。桐陰滿地掃不得，金轡玲瓏上源驛。上源驛中搥畫鼓，漢使作客誰作主。舞女不記宣和妝，盧兒（侍從）盡能女真語。書來寄我宴時詩，歸鬢知添幾縷絲。有志未須深感慨，築城會據拂雲祠。」（見《劍南詩稿》卷四）可見金人的宴席是設在上源驛。宋王明清《玉照新志》卷四云：「陳橋驛，在京師陳橋、封丘二門之間，唐為上元驛。……後來以驛為班荊館，為北使迎餞之所。」上元驛，蓋即上源驛，北宋時既為「北使迎餞之所」（猶今之賓館或招待所），入金後當亦於此接待宋使。陸游詩不僅反映了設宴的地點，也大體說明了時間及歌舞伴飲的情況。

這首小詞可謂字字哀婉，句句淒切，充滿了一個南宋使臣的愛國情思。汴京原是宋朝的故都，那裡有北宋的宮殿、苑囿和宗廟；特別是上源驛這地方，原是宋太祖趙匡胤陳橋兵變、奪取後周政權、奠定宋朝基業的發祥地。可是經過「靖康之變」，這兒竟成了金人的天下。如今韓元吉來到這宋朝的故都，宋朝的發祥之地，江山依舊，人物全非，怎能不淒然飲泣？

詞的上片運用了一個情境與它相似的典實，抒寫此時此際的痛苦。據唐鄭處誨《明皇雜錄》記載，天寶末年，安祿山叛軍攻陷東都洛陽，大會凝碧池，令梨園子弟演奏樂曲，他們皆欷歔泣下，樂工雷海清則擲樂器於地，西向大慟，「逆黨乃縛海清於戲馬殿，支解以示眾，聞之者莫不傷痛。」詩人王維在被囚禁中聽到這一消息，暗地裡寫了一首詩：「萬戶傷心生野煙，百官何日更朝天？秋槐葉落空宮裡，凝碧池頭奏管弦。」詩中描寫了戰後深宮的荒涼景象，表達了自己的哀苦心境。韓元吉此詞，在措詞與構思上，無疑是受到這首詩的影響。但它所寫的矛盾更加尖銳，感情更加沉痛。因為作者是直接置身於矛盾衝突之中，對心靈的震動更加激烈。「凝碧池」雖是以古喻今，屬於虛指，而著一「舊」字，則有深沉的含義。偏偏就在這宋朝舊時「北使迎餞之所」，聽到宋朝舊時的教坊音樂，「漢使作客誰作主」，整個歷史來了一個顛倒。這對於一個忠於宋朝的使者來說，該是多麼強烈的刺激！上源驛的一草一木，教坊樂中的一字一腔，無不齧噬著他的心靈。於是詞人不禁發出一聲浩嘆：「多少梨園聲在，總不堪華髮！」這是一個從聲音到外貌的轉化，其中蘊含著複雜的心理矛盾，包藏著無比深沉的隱痛。因為這音樂能觸發人的悲愁，而悲愁又易催人衰老，所以說「總不堪華髮」。詞人以精鍊的形象的語言，概括了自己在特定環境下的特定心理過程，手法是極其高明的。

詞的下片，構思尤為巧妙。換頭二句，既點時間，亦寫環境，並用杏花以自況：「杏花無處避春愁，也傍野煙發。」以虛帶實，興寄遙深，其中含有深刻的感慨。所謂寫實，是指杏花在二月間開花，而汴京賜宴恰在其時，時令正相合。金人的萬春節在其中都燕山（今北京）舉行慶典，韓元吉此行的目的地為燕山；其到汴京時間，當如前引陸游詩所云在二月間。杏花無法避開料峭的寒風、連綿的春雨，終於在戰後荒涼的土地上開放了；詞人也像杏花一樣，雖欲避開曾經和他敵對的金人，但因身負使命，不得不參與宴會，不得不聆聽令人興感生悲的教坊音樂。詞人以杏花自喻，形象美麗而高潔；以野煙象徵戰後荒涼景象，亦極富於意境。而「無處避春愁」五字，則是「詞眼」所在。有此五字，則使杏花人格化，並透過讀者的想像，使杏花與詞人產生形象上的聯繫。此之謂美學上的移情作用。「野煙」二字，雖從王維詩中來，「杏花」的意念，也可能受到王維詩中「秋槐」句的啟迪，但詞人把它緊密地聯繫實境，加以發展與鎔鑄，已渾然一體，構成一個具有獨特個性的藝術品了。

結尾二句仍以擬人化的手法，抒發了心中的悲哀。北宋汴京御溝裡的水，本是長年流淌的。可是經過戰爭的破壞，它已經阻塞了，乾涸了，再也聽不到潺潺流淌的聲音。這一尋常現象，在尋常人看來，倒沒有什麼感覺，可是對韓元吉這位宋朝的使臣來說，卻引起他無窮的感愴。因為他胸中懷有黍離之悲，故國之思，想要發洩出來，卻有礙於當時的處境。滿腔淚水，只得強行抑制，讓它咽入腹中。但這種感情又不得不抒發，於是賦予御溝流水以人的靈性，說它之所以不流，乃是由於理解到詞人內心蘊有無限痛苦，怕聽到嗚咽的水聲會引起抽泣。這樣的描寫是非常準確而又深刻的。人們讀到這裡，不禁在感情上引起共鳴。（徐培均）

六州歌頭　韓元吉

桃花

東風著意，先上小桃枝。紅粉膩，嬌如醉，倚朱扉。記年時，隱映新妝面，臨水岸，春將半，雲日暖，斜橋轉，夾城西。草軟莎平，跋馬垂楊渡，玉勒爭嘶。認蛾眉凝笑，臉薄拂燕脂。繡戶曾窺，恨依依。

共攜手處，香如霧，紅隨步，怨春遲。消瘦損，憑誰問？只花知，淚空垂。舊日堂前燕，和煙雨，又雙飛。人自老，春長好，夢佳期。前度劉郎，幾許風流地，花也應悲。但茫茫暮靄，目斷武陵溪①，往事難追。

〔註〕①武陵：典出晉陶潛〈桃花源記〉。謂有武陵漁人誤入桃花源，出境之後已無法重覓。

一談到〈六州歌頭〉，人們往往就會聯想到李冠（一作劉潛）那首「秦亡草昧」，賀鑄那首「少年俠氣」，以及張孝祥那首「長淮望斷」。這個詞調大多是與悲壯激越的聲情聯繫在一起的。宋人程大昌早就說過：〈六州歌頭〉本是鼓吹曲，音調悲壯，不與豔詞同科（《演繁露》）。但是，韓元吉的這首〈六州歌頭〉，恰與常情相反，偏偏就是一首不折不扣的豔詞！這就像古時布陣打仗那樣，雖有「常法」，然而「運用之妙，存於一心」（岳飛語，見宋岳珂《金佗稡編》），只要用兵者別具「運用變化」之良才，是能收到「出奇制勝」的妙效的。試讀韓詞，那纏綿悱惻、低迴往復之情，不就借助此調之短聲促節、繁句密韻，表達得十分熨帖、十分酣暢嗎？

詞題是「桃花」，但實際內容卻是借桃花以訴說一段香豔而哀怨的愛情故事。唐人崔護詩云：「去年今日此門中，人面桃花相映紅。人面不知何處去，桃花依舊笑春風。」（〈題都城南莊〉）再加上其他一些有關桃花的典故、成句，它們就構成了這首詞的「骨架」。作者在這個骨架上加以渲染、變化、展衍、引申，添上了茂枝繁花，使它形成了現在這樣娉娉梟梟的特有風姿。

開頭先以春風駘蕩、紅桃初綻起興。「東風著意，先上小桃枝」，意可兩解。一說，桃花中有一種「小桃」的特殊品種，它在正月即行開放（見陸游《老學庵筆記》卷四），因此這裡就可釋為春天剛剛來臨，小桃就獨得東風之惠而先行開放。另一說則作一般性的理解，「先上」云云意在凸出桃花形象之鮮妍，謂其占盡一時之春光。二說可以並存，並不妨礙對於詞意的理解。「紅粉膩，嬌如醉，倚朱扉」三句則進一步佳人比花，且漸從花而引向人。李白〈清平調詞〉云「雲想衣裳花想容」，那是以花來比人，這兒卻是以人比花——你看這朵朵桃花，豈非活像那濃施紅粉、嬌痴似醉、斜倚朱扉的佳人？這樣的寫法，不僅使靜物富有了人的麗質和生氣，更為下文的由花及人作了鋪墊。於是乃引出了「去年今日此門中，人面桃花相映紅」式的回憶：「記年時，隱映新妝面」兩句，就是前兩句唐詩的「翻版」。不過作者在此之後又作了大段的渲染：「臨水岸，春將半，雲日暖，斜橋轉，夾城西。草軟莎平，跋馬垂楊渡，玉勒爭嘶。認蛾眉凝笑，臉薄拂燕脂。」這裡就交代了會面的時間、地點、所見佳人之面容，但比前面兩句唐詩更顯得具體和細膩；而這後一點正就體現了宋詞（長調）「鋪敘展衍」的特長，以及〈六州歌頭〉短句促節的「優越性」。在那風和日麗、草軟莎平的天氣裡，作者騎馬賞花，忽於斜橋路轉的垂楊渡口，遇到了「她」！她嫣然一笑，臉上頓時泛出了一陣豔如桃花的紅暈。這或許就是他倆第一次的邂逅，這次「驚豔」給作者留下了難以忘懷的「終生印象」。所以儘管事已過去，作者現在一見「嬌如醉」的紅桃，當年的種種情景（乃至細節！）就都一一展現在眼前。這就難怪作者在描繪這一段情節時，要花費那麼詳細的筆墨——而從這麼細緻委婉的筆觸中，我們也就不難感到作者的鍾情之深了。但是，就在這個時候，詞情忽生轉折：「繡戶曾窺，恨依依」。這兩句中所包含的內容，或許比上面一大段所寫還要來得豐富。它實際上概括了兩人之間的愛情曲折（或波折）：「繡戶曾窺」寫他尋訪、追求佳人的過程，「恨依依」則寫他尋人不遇或未能如願的悵惘失意。作者在此一筆帶過，因為這一段情節不是本詞的重點，它只在上文的「初遇驚豔」和下文的「別後相思」中占著一個「過渡」的地位。所以下片就轉入第二次詳細的描寫——對於今日此地睹花而不見伊人之懊惱情緒的盡情描繪。

下片以一「共」字轉接後文。仍在當年「共攜手處」（這就暗示他在「窺戶不遇」之後終於與她會面、結合了。這中間省去許多情節，細心的讀者自不難體會出來）徘徊，可現今所見之桃花卻已非往日的豔桃嬌花可比，它早變得落紅隨步、香薄似霧，因而作者不由得要埋怨起春光的遲暮了。接下去四句則繼言自身面對落花而垂淚的相思苦痛：「消瘦損，憑誰問？只花知，淚空垂。」由於伊人已不復可見，所以自己因別離的折磨所致的消瘦、憔悴，只有桃花可以作證，而她則或不知聞，這就更添了一層愁悶。這上面六句，又是從花寫到人，以落花的凋謝來映襯自身的傷逝心情。行文至此，心緒益發紊亂，故下文就錯雜寫來，越見其觸物傷情、哀緒紛呈：「舊日堂前燕，和煙雨，又雙飛」，這是由「舊日堂前」的雙燕所對照引起的「孤棲」心緒（其中暗用了劉禹錫〈金陵五題·烏衣巷〉詩句）；「人自老，春長好，夢佳期」，則從上文的「人不如燕」再次引出「春好人老」的悲感，且又以「夢佳期」三字綰合、呼應前面的「共攜手」；「前度劉郎，幾許風流地，花也應悲」，又一次扣住桃花，抒發了自己「劉郎重到」（暗用劉禹錫〈再遊玄都觀〉「桃花淨盡菜花開」、「前度劉郎今又來」的詩意，又兼用劉晨、阮肇於天台逢仙女的典故）的傷逝心情。經過這一番纏綿往復的詠嘆，最後結以「但茫茫暮靄，目斷武陵溪，往事難追」，點明了感傷往事、舊夢難續的主題。因為「武陵」一語中暗藏著「桃花源」典故，所以仍與題面「桃花」關合。

總體來看，此詞借著「桃花」這條詠物的線索，或明或暗地敘述了一段戀愛的故事：先在桃花似錦的良辰相遇，後在桃花陌上攜手同遊，再後來則舊地重來，只見桃花飄零而不見如花人的蹤影，於是只能躑躅徘徊於花徑，欷歔生悲。而在訴說這段愛情的故事時，作者又始終緊扣著「桃花」這個題面，曲折盡致地抒發了自己的愁緒。所以確切說來，這首詞是「詠物」與「詠懷」的集合體，它是借物以抒情，借物以懷人。比之崔護那首結構較簡單的七絕詩來，別有一種委婉的風情和綺麗的文采。而這又是與作者活用〈六州歌頭〉長調的特有聲情分不開的。（楊海明）

侯寘

【作者小傳】字彥周，東武（今山東諸城）人，居長沙。晁謙之之甥。曾官耒陽令。卒於宋孝宗乾道、淳熙間。有《嬾窟詞》，詞風婉約嫻雅。詞存九十六首。

四犯令

侯寘

月破輕雲天淡注，夜悄花無語。莫聽〈陽關〉牽離緒，拚酩酊花深處。

明日江郊芳草路，春逐行人去。不似荼蘼開獨步，能著意留春住。

這首詞寫離別，卻與一般離歌寫法不同。作者並不正面渲染離愁別緒的深重，而是獨出心裁地借助於新鮮豐富的聯想，透過對人物心理感受的細緻描繪，曲折委婉地寫出離人沉摯的感情，可謂含蓄空靈，別開生面。

上片寫臨別情景。一起先用寫意手法疏筆勾勒別夜景色：「月破輕雲天淡注。」微風吹拂雲朵，月兒穿過雲層，天淡如水，月光似銀，呈現出一片朦朧恬淡的意境。這一句，顯然從張先〈天仙子〉的名句「雲破月來花弄影」中得到啟發，寫入夜後淒清景象極為傳神。同時，雖是寫景，卻又不止於寫景，人物的情思已寓於其中。接著，「夜悄花無語」，進一步將景與情交織在一起，「悄」，點明夜深人靜，「花無語」，以花指人，實寫人無語，即柳永〈雨霖鈴〉「執手相看淚眼，竟無語凝噎」之意，均以「無語」極盡惆悵心情之形容，不過這裡化實為虛，手法更婉曲罷了。「莫聽〈陽關〉牽離緒」，緊承上句，點出「無語」的原因，原來是分別在即，離緒牽人愁腸。〈陽關〉，指名曲〈陽關三疊〉，是流傳最廣、傳唱最久的送別曲，這裡卻說「莫聽」，不忍聽也。蓋因其辭情、聲情皆悲悽，此刻反增離人痛苦，故爾不忍聽，離愁的深重難遣自不言而喻。無可奈何，只有借酒來麻醉自己的心靈，於是「拚酩酊花深處。」「酩酊」，已是大醉不已，更著一「拚」字，這就十分形象而又入木三分地刻畫出人物因無法擺脫離愁而獨對花叢拚命痛飲的狂態，透露出他內心無法慰藉的痛苦和無可告語的悲哀。這樣的描寫，比柳永詞中「都門帳飲無緒」效果更強烈。以上所寫，不過是未別之情景，已使人淒然欲絕。

過片宕開一筆，推想別後情景：「明日江郊芳草路，春逐行人去。」用芳草寫離情，是古典詩詞中常見的手法，如李煜〈清平樂〉「離恨恰如春草，更行更遠還生」，便是以芳草的無盡比喻離恨的綿長。這句卻能用常得奇，自鑄新詞，使蘊意更加深厚。你看，明明是行人踏著芳草路遠行，卻想像是芳草追逐行人的腳步遠去；明明是人已遠行而芳草依舊，卻想像是人走春盡。這樣，由芳草和離愁引申出來的春天和行人的內在聯繫，便使他忽發奇想：如果能夠阻止春天的腳步，不就可以留住遠行的人了嗎？那麼什麼能夠留住春天呢？作者想到了荼蘼，這是花期最遲、暮春才開的一種花朵，有詩為證，蘇軾〈杜沂遊武昌以荼蘼花菩薩泉見餉二首〉其一說：「荼蘼不爭春，寂寞開最晚。」又有宋王淇〈春暮遊小園〉說：「開到荼蘼花事了。」待花事將盡再來開放，延長了花期，不就等於留住了春天？人要能像荼蘼這樣把春光、也把行人留到最後一刻該多好呢！可惜，人世間每每事與願違，「不似荼蘼開獨步，能著意留春住」。「獨步」是「獨一無二」的意思。春花到此時已剩荼蘼，故云「獨步」。但縱使似荼蘼開晚，能「著意留春」，又能留得幾時？何況「不似」乎！兩句是婉轉地說「強欲留春春不住」（歐陽脩〈漁家傲〉）。留春無計，暗指留人無計，詞到此戛然而止。下片寫的是人物心中的一段痴想，雖不可能實現，卻動人而又沉摯地表達了因無計留人而產生的深沉惆悵和嘆惋，與上片的不忍分別相呼應，真實細膩地刻畫出離人分別前的情緒和微妙的心理活動，讀之使人回味無盡。（張明非）

趙彥端

【作者小傳】（一一二一～一一七五）字德莊，號介庵，鄱陽（今屬江西）人。魏王趙廷美七世孫。宋高宗紹興八年（一一三八）進士。曾知建寧府，終左司郎官。著有《介庵集》，不傳，今有《介庵詞》，存一百五十七首。

點絳脣　趙彥端

途中逢管倅

憔悴天涯，故人相遇情如故。別離何遽，忍唱〈陽關〉句！

我是行人，更送行人去。愁無據。寒蟬鳴處，回首斜陽暮。

此詞不知作於何時何地；管倅是誰，也不詳（倅，稱州郡副貳之官，如通判）。從詞中所敘的情況可以知道：管倅與作者是老朋友，他們在途中相逢，不久又分手。作者客中送別，格外感到淒愴，便寫了這首詞。

「憔悴天涯，故人相遇情如故。」憔悴，困苦貌；天涯，這裡指他鄉。俗話說：「久旱逢甘雨，他鄉遇故知。」特別是當雙方都處在困苦的境遇中，久別重逢，深情似舊，其樂可知。作者極言相遇之樂，目的正在於更深地跌出下文所寫的別離之苦。這是「欲抑故揚」，乃一種為文跌宕的妙法。

「別離何遽，忍唱〈陽關〉句！」乍見又匆匆別離之苦，是人們都能體會到的。唐人李益〈喜見外弟又言別〉云：「別來滄海事，語罷暮天鐘。明日巴陵道，秋山又幾重。」唐司空曙〈雲陽館與韓紳宿別〉云：「乍見翻疑夢，相悲各問年。……更有明朝恨，離杯惜共傳。」都細緻地表達出那種因乍見時大喜過望而反使別離時加倍悲苦的心情。趙彥端也不例外。他聯想起王維〈送元二使安西〉中「西出陽關無故人」的著名詩句。王維此詩後來譜入樂府，名〈陽關曲〉，為送別之歌。但作者此時連唱〈陽關〉的心情也沒了，為什麼呢？因為他是客中送別，比王維居長安送友人西行時還更多了一層愁苦。因此，這兩句很自然地過渡到下片，引出「我是行人，更送行人去」的喟嘆了。

「愁無據。寒蟬鳴處，回首斜陽暮。」無據，即無端，有無邊無際的意思。這無邊無際的愁苦，該怎樣形容呢？詞人不借重於比喻，而是巧妙地將它融入於景物描寫之中，用淒切的寒蟬聲和暗淡的夕陽光將它輕輕托出。「寒蟬鳴」為聲，「斜陽暮」為色。這樣透過聲色交互而引起讀者諸種感覺的移借，便派生出無窮無盡的韻味來。清人吳衡照說得好：「言情之詞，必藉景色映托，乃具深宛流美之致。」（《蓮子居詞話》卷二）否則，若一味直溜溜地說「愁呀！愁呀」不休，就難免有粗俗淺露之弊了。

清紀昀評趙彥端《介庵詞》說：「多婉約纖穠，不愧作者。」（《四庫全書總目提要》卷一九八）但此詞婉約而不「纖穠」，通篇未用一纖穠詞語，僅用的「陽關」一典也為一般讀者所熟知；不失為一首風格淡雅而兼委曲的佳構。

（蔡厚示）

王千秋

【作者小傳】字錫老，號審齋，東平（今屬山東）人。有《審齋詞》，存七十三首。

醉落魄

王千秋

驚鷗撲蔌，蕭蕭臥聽鳴幽屋。窗明怪得雞啼速。牆角斕斑①，一半露松綠。
歌樓管竹誰翻曲？丹脣冰面噴餘馥。遺珠滿地無人掬。歸著紅靴，踏碎一街玉。

〔註〕①斕斑：「斕」字下有註云「平聲」。斕斑即爛斑，色彩錯雜貌。

王千秋的《審齋詞》，造語工麗，用意生新，在結構上尤多巧思。這首〈醉落魄〉詞，抓住清晨時個人對外界物象的一些感受來細緻刻畫，用以暗示內心的微妙世界。上片描寫詞人剛睡醒時獨臥室中的所聞所見，下片想像外面歌樓夜宴歸來的情景，兩相對比、烘托，表現了自己閒適的心境。這首小詞並沒有特別深刻的含義，它只巧妙地把一個個鏡頭剪接起來，構成奇特的意象，頗似電影中的蒙太奇手法。上片跟下片所描繪的兩組畫面是截然不同的，讀者必須去理清它們之間的聯繫，並用自己的想像去補足。

冬日的清晨，詞人擁衾高臥。聽，外邊傳來陣陣撲翅之聲，是誰把眠鷗驚起？寒風驀地吹過，幽屋中頓時迴蕩著蕭蕭餘響。一起二語，先從聽覺落筆，那是人剛醒來時的第一感受。「臥聽」兩字，帶起全篇。「窗明」句，兼寫聽覺和視覺。「怪得」，驚詫語。把雞啼與天亮聯繫起來，人已經開始思想活動了。埋怨雞啼之「速」，可想見一夜睡眠的安適。「牆角」二句，已是推窗所見。牆角上色彩斕斑，露出半截松樹的蒼綠。的確是一幅筆墨洗練的圖畫，使人想像到牆外充滿生活氣息的一切……

「歌樓管竹誰翻曲」，換頭首句，突作轉折。畫面在跳躍，變換，似乎與上片全無干係，其實仍是緊接「臥聽」寫來。歌樓中通宵達旦地宴樂，還依稀聽到歌女們一遍又一遍地唱著新曲。「翻曲」，按照舊曲譜製作新詞。「丹脣」二句，是在幽屋中的詞人進一步發揮想像。「丹脣冰面」，形容歌女脣紅膚白。「噴餘馥」，即所謂「吐氣若蘭」。「遺珠」句，極寫宴樂時的情景。歌女頭上的珠翠灑滿一地，也沒有人去捧起，可想見主人的放縱與豪奢。「歸著紅靴，踏碎一街玉。」寫宴罷歸去。「玉」，喻月色。蘇軾〈西江月〉：「可惜一溪風月，莫教踏碎瓊瑤。」行人的紅靴與街上的白月互相輝映，色彩鮮明，與上片的「斕斑」「松綠」恰成對照。一靜一動，一淡一濃，分別表現了各異的情趣。

此詞在寫作手法上是頗具特色的。上片寫驚鷗，寫雞啼，寫松綠，寫風聲日影，都是眼前景物；下片寫歌樓，寫歌女，寫遺珠，寫紅靴白月，都從想像得之。詞人是透過個人主觀感受去表現這些事物的，把讀者帶到他的意識屏幕中去。其實，詞中所強調表現的，是作者的內心生活、心理的真實。這跟西方現代派詩歌的藝術特徵有某些相似之處。詞人欲以巧勝人，著意造境設色，移步換形，給人以新異不凡的感受，而詞的意旨卻變得晦澀難明了。這種特殊的藝術技巧，在宋詞中似不常見，也可以算是詞人的獨創吧！（陳永正）

李呂

【作者小傳】（一一二二～一一九八）字濱老，一字東老。邵武軍光澤（今屬福建）人。四十歲時棄科舉歸鄉里。著有《澹軒集》，詞一卷，存十八首。

鷓鴣天　李呂

寄情

臉上殘霞酒半消，晚妝勻罷卻無聊。金泥帳小教誰共？銀字笙寒懶更調。

人悄悄，漏迢迢，瑣窗虛度可憐宵。一從恨滿丁香結，幾度春深荳蔻梢。

李呂《澹軒詞》明豔嫵媚，頗有晏幾道的風姿。此詞寫幽閨春夜的情思，以妍麗之筆出之，尤覺動人。起二句，寫入夜後的情景。酒意初解，閨中人臉上的暈紅漸褪；她晚妝勻罷，又感到百無聊賴了。「臉上」句，猶小晏〈木蘭花〉詞「臉邊霞散酒初醒」意。「霞」，指臉頰兩側因酒力而泛出的紅暈。由於「無聊」，才要喝酒，而午醉醒來，更覺無聊。縱使重理殘妝，又有何意緒？幽怨懷人之旨，於此輕點一筆。「金泥」二句，補足「無聊」之意。「金泥帳」，用金粉塗飾的床帳；「銀字笙」，笙上以銀字標明音色的高低，故稱。白居易〈南園試小樂〉詩：「高調管色吹銀字，慢拽歌詞唱〈渭城〉。」「金泥」句，寫閨人獨處無侶之恨。一「小」字，入木三分。帳小而無人與共，自怨自艾，實為下片「瑣窗」句作鋪墊。「笙寒」，笙為簧管類樂器，簧片須烘暖後發音方能圓正。簧片既冷，又懶得去烤熱它以重新吹奏，蓋因賞音之人不在也。二句極寫女子索居寥落的情態。

過片二句，運筆入虛。全仿小晏〈鷓鴣天〉詞「春悄悄，夜迢迢」句式。黑夜，總是那麼漫長，靜聽著迢迢的漏聲，孤獨的人兒被閉置在瑣窗之內，悄無言語，又辜負了一個美好的春宵！「瑣窗」句，用唐詩「徘徊花上月，空度可憐宵」（見《太平廣記．沈警》），為全詞主旨所在。下片三句，順筆寫來，毫不著力。末二句忽作轉折，點出題面「寄情」之意。「一從恨滿丁香結，幾度春深荳蔻梢」，情酣意滿，餘韻不盡。「丁香結」，指丁香緘結未開的花蕾。李商隱〈代贈二首〉其一：「芭蕉不展丁香結，同向春風各自愁。」以丁香之「結」，喻心情鬱結不開，滿含愁恨。「荳蔻梢」，語本杜牧〈贈別二首〉其一：「荳蔻梢頭二月初。」荳蔻生於嶺南，其苗如蘆，其葉如薑，花作穗，嫩葉卷之而生，微帶紅色，葉展而花開。南人摘其含苞待放者，美稱為「含胎花」。杜牧詩中用以比喻「娉娉裊裊」的美女。本詞中亦以「丁香」、「荳蔻」設喻。上句謂女子自與情人別後，終日默默含愁，無法解脫。下句謂一別數年，虛度了多少個春宵，也辜負了美好的年華，比「瑣窗」句更深一層，對別後之「恨」作了整體性的描述。「丁香結」與「荳蔻梢」，均唐人詩語，詞人信手拈來，合用在一起，渾如己出，十分精妙，留給讀者完整、鮮明生動的形象。末句意境尤美，含蘊無盡。（陳永正）

洪邁

【作者小傳】（一一二三～一二〇二）字景盧，號容齋，鄱陽（今屬江西）人。洪皓季子。宋高宗紹興十五年（一一四五），中博學宏詞科。孝宗朝，累遷中書舍人、兼侍讀，直學士院，拜翰林學士。進煥章閣學士、知紹興府。以端明殿學士致仕。有《容齋隨筆》、《夷堅志》、《萬首唐人絕句》行於世。詞存六首。

踏莎行　洪邁

院落深沉，池塘寂靜，簾鉤捲上梨花影。寶箏拈得雁難尋，篆香消盡山空冷。

釵鳳斜敧，鬟蟬不整，殘紅立褪慵看鏡。杜鵑啼月一聲聲，等閒又是三春盡。

藝術之妙，有在於婉曲者。即使那些被人們推崇為最善於「直抒胸臆」的作品，也總不能全如日常口語那麼直接、質樸。這叫「文似看山不喜平」。清人袁枚〈與韓紹真書〉云：「貴直者人也，貴曲者文也。天上有文曲星，無文直星。木之直者無文，木之拳曲盤紆者有文；水之靜者無文，水之被風撓激者有文。」（見《小倉山房尺牘》卷六）黑格爾《美學》也說：「藝術的顯現卻有這樣一個優點：藝術的顯現透過它本身而指引到它本身以外（朱光潛註：即『意在言外』），指引到它所要表現的某種心靈的東西。」因而，唐司空圖的「不著一字，盡得風流」（《二十四詩品．含蓄》）便被公認為文學作品最高境界之一。

洪邁這闋〈踏莎行〉寫思婦懷人，通篇就沒有一個字點破本題。作者的本意，完全是透過環境、氣氛，以及主人公的動作、情態顯現出來的，因此算得上一首善達言外之意的好作品。

開頭兩句用「院落」、「池塘」寫女主人公的生活環境，而這環境的特點是「深沉」與「寂靜」，一上來就透露了境中人的孤單與寂寞。第三句由「院落」、「池塘」寫到「簾鉤」，這正如電影鏡頭的推移，目的是讓讀者親自巡視一下主人公的生活天地，從而加深空闊、冷清的感受。一般人喜歡用「簾幕低垂」寫孤寂，這固然不錯，但往往需要上下文的配合，否則，美滿的家庭何嘗就不能庭院深深、簾幕沉沉呢？也許洪邁也意識到了這一點，而他又不願意在上下文中點明主人公的哀樂，於是別出心裁，鍊出「簾鉤捲上梨花影」一句。試想：簾鉤捲上也只有「梨花影」前來做伴的生活，是多麼的空虛和寂寞！以上三句著力渲染環境。那麼人在做什麼呢？她在彈箏：「寶箏拈得雁難尋。」她在出神地望著燒盡的篆香：「篆香消盡山空冷。」「雁」字連「箏」字說，是指箏面上承絃的柱，參差斜列如雁行，稱「雁柱」。柱可左右移動，以調節音高。宋呂渭老〈薄倖〉詞：「盡無言、閒品秦箏，淚滿參差雁。」而這裡的女主人公卻是「寶箏拈得」而「雁難尋」，連音調也調試不準，有相思而無法於絃上訴說，這就加倍不堪。眼看著「篆香消盡」而懶得去添，以致帷冷屏寒，其難以入睡也可知矣。「山」是畫屏上的山，如牛嶠〈菩薩蠻〉所說的「畫屏山幾重」。這一句所寫的情境，《花間集》中頗多見，如歐陽炯〈鳳樓春〉「羅幌香冷粉屏空」，毛熙震〈木蘭花〉「金帶冷，畫屏幽，寶帳慵熏蘭麝薄」，張泌〈河傳〉「錦屏香冷無睡，被頭多少淚」，都可作為理解此句的參考。女主人公這一整夜都是在淒涼中度過，那麼未來的一天，又將「守著窗兒獨自，怎生得黑」（李清照〈聲聲慢〉）呢？

過片的「釵鳳」三句寫主人公形貌。在痛苦中熬著日子，「釵鳳斜攲」、「鬢蟬不整」、「慵看鏡」，便是相思成疾之狀的形象反映。這使我們想起了《詩經．伯兮》中的名句：「自伯之東，首如飛蓬。豈無膏沐，誰適為容。」以及東漢徐幹的〈室思〉詩：「自君之出矣，明鏡暗不治。思君如流水，無有窮已時。」這三句正是要表現其無窮的思念。「杜鵑啼月一聲聲」，表面上只寫環境，只是在進一步創造冷清的氣氛，因為「杜鵑啼血猿哀鳴」（白居易〈琵琶行〉）是自然界最淒厲的聲音。實際上這裡還用催歸的杜鵑聲表現思婦對行人的期待。前面已經說過，上半闋的結句是在暗示一夜將盡，到下半闋的結句則說「等閒又是三春盡」。讀者試想：詞中所著力描寫的一夜，已經令人俯首欲泣，那麼一月，一年，數年的光陰將如何熬得下去呢？說到這裡，我們不得不佩服句中那個極平凡的「又」字用得是何等神奇！

藝術的效果是作者與讀者共同創造的結晶。古典詩詞篇幅短小，所以高明的作家更注意啟發讀者的參與。洪邁的〈踏莎行〉正是如此。我們剛一接觸到它，只能感知到一片空寂的環境和一個慵倦的主人公；等到鑑賞進一步深入，我們才發現這是一個思婦對丈夫的深切懷念；如果你有興趣再追下去，那麼還可以聯想到更多的內容。正如梁啟超所說：「向來寫情感的，多半是以含蓄蘊藉為原則，像那彈琴的弦外之音，像吃橄欖的那點回甘味兒，是我們中國文學家所最樂道。」（〈論中國韻文裡頭所表現的情感〉）洪邁此詞就是具有「弦外之音」的好作品。（李濟阻）

紹興太學生

南鄉子 紹興太學生

洪邁被拘留，稽首①垂哀告敵仇②。一日忍饑猶不耐，堪羞！蘇武爭禁十九秋？

厥父既無謀，厥子安能解國憂？萬里歸來誇舌辯，村牛！好擺頭時便擺頭。

〔註〕①稽首：古時的一種跪拜禮，長時間地叩頭到地，為九拜中禮最恭者。②敵仇：一作「彼酋」。

這是一首頗具民歌風味的諷刺小詞。作者用犀利的筆，活畫出洪邁出使金國喪志辱節的醜態，宛然一幅絕妙的諷刺漫畫。

宋高宗紹興三十二年（一一六二）春，金世宗完顏雍登位。三月，宋高宗擬遣使赴金，洪邁慨然請行。此次奉使金國，洪邁原想堅持南渡之前宋朝對待金國的禮節，所以他在給金主所上的國書中絕不自稱為「陪臣」。（諸侯見天子自稱「臣」，其隨行大臣自稱「陪臣」。）到金都之後，金人說他所上的國書「不如式」，讓他將國書中的自稱改為「陪臣」，並讓他按南宋以來宋金之禮來朝見金主。「邁初執不可，既而金鎖使館，自旦至暮，水漿不通，三日乃得見……七月，邁回朝，則孝宗已即位矣。殿中侍御史張震以邁使金辱命，論罷之」（見《宋史．洪邁傳》）。宋羅大經《鶴林玉露》曰：「景盧（洪邁字）素有風疾，頭常微掉，時人為之語曰：『一日之饑禁不得，蘇武當時十九秋。傳與天朝洪奉使，好掉頭時不掉頭。』」這首詞似從此詩演化而來。

上片寫洪邁使金辱命。開篇二句，寥寥十二個字，便將洪邁在金主面前「稽首垂哀」的可憐相勾畫出來，形神兼備。接著又以漢朝出使匈奴被拘留十九年的蘇武與之作一鮮明的對比。蘇武曾被匈奴單于逼降：「單于愈益欲降之，乃幽武置大窖中，絕不飲食。天雨雪，武臥齧雪，與旃毛並咽之，數日不死」（《漢書．李廣蘇建傳》）。後來又被徙北海牧羊，杖節不屈，始終堅持民族氣節。而洪邁呢，卻是「一日忍饑猶不耐」！無怪乎作者對他嗤之以鼻曰：「堪羞！」下片寫洪邁南歸誇舌。首二句用類推法，「厥父既無謀，厥子安能解國憂？」這兩句由洪邁使金受辱而聯想到洪邁的父親洪皓使金被扣之事。但應該說明的是：洪皓使金被扣留十數年，忠貞不屈，曾向南宋密送情報，還作有愛國詞章。可惜，洪邁就沒有乃父的骨氣了。「萬里歸來誇舌辯」，洪邁萬里歸來，不為自己的醜行感到羞愧，反在南宋吏民面前搖頭晃腦，趾高氣揚，誇說自己在金國如何能言善辯。因此作者斥之為「村牛」，意即蠢貨。

文學中運用諷刺手法，往往凸出其諷刺對象的可憎、可憐或可笑之處，使其無可隱蔽。這首詞正是如此。上片中的洪邁是一副「稽首垂哀告敵仇」的可憐相，下片卻又是一副「萬里歸來誇舌辯」、「好擺頭時便擺頭」的趾高氣揚的樣子。兩副面孔，醜態畢露。本來，在「敵仇」面前，應該「擺頭」，而洪邁卻不「擺頭」，而是「稽首」；出使歸來，洪邁本應低頭認罪，但他卻「擺」起「頭」來。實在可笑之至！鮮明的對比，辛辣的嘲笑，進一步增強了作品的諷刺效果。（王元明）

袁去華

【作者小傳】字宣卿，奉新（今屬江西）人。宋高宗紹興十五年（一一四五）進士。善化知縣，又知石首縣。著有《適齋類稿》《袁宣卿詞》。存詞八十九首。

水調歌頭　袁去華

定王臺

雄跨洞庭野，楚望古湘州。何王臺殿，危基百尺自西劉。尚想霓旌千騎，依約入雲歌吹，屈指幾經秋。嘆息繁華地，興廢兩悠悠。

登臨處，喬木老，大江流。書生報國無地，空白九分頭。一夜寒生關塞，萬里雲埋陵闕，耿耿恨難休。徙倚霜風裡，落日伴人愁。

定王臺，在今湖南省長沙市東，相傳為漢景帝之子定王劉發為望其母唐姬墓而建，故名。袁去華這首懷古詞大約作於他任善化（縣治在今長沙市內）縣令期間。深秋時節，他登臺覽勝，憮然生感，寫下了這首雄鑠今古的愛國主義詞章。

「雄跨洞庭野，楚望古湘州。」楚望：唐宋時按形勢、人口及經濟狀況，將州郡、縣劃分為若干等級，有畿、赤、望、緊、上、中、下等名目。「楚望」就是指湘州（東晉永嘉初置，唐初改潭州，這裡指長沙）為楚地的望郡。「楚望」與「古湘州」是同位語。詞起筆寫定王臺所處地理形勢，說它雄踞於洞庭湖之濱，古湘州地界，得江山之助，閱千載歲月，聲勢自是不凡。這個開頭，時空綜覽，大氣包舉，為下面寫定王臺昔日繁華預伏了遼闊的背景，也給全詞布下了蒼莽的氛圍。「何王臺殿，危基百尺自西劉。」詞繼以問答作勢，點豁題意，喚起對古臺舊事的追憶。定王臺湮廢已久，但那殘存的臺基，猶自嵯峨百尺，巍然聳立，當年臺上雕梁畫棟，彩壁飛簷，更不待言。詞人進而推想到臺的主人「西劉」——西漢時坐鎮一方的劉發，昔日的赫赫雄風。「尚想霓旌千騎，依約入雲歌吹，屈指幾經秋。」定王來此遊冶，旌旗招展如虹霓當空，千乘萬騎前呼後擁，浩浩蕩蕩；那響遏行雲的急管高歌，依稀仍在耳邊迴響。然而，繁華消歇，已幾度春秋。「屈指」一句，將當年盛會一筆化為過眼雲煙，轉折陡峭而有力。詞思至此，為一頓挫，於是翻出無窮感慨：「嘆息繁華地，興廢兩悠悠。」「興廢」二字，結上啟下，意蓄雙層。其一，指出從來繁華難久，盛衰無常，定王臺的變遷就是歷史的見證，收束了上片的懷古。再者，從人世滄桑的輪迴更替，觸發了反觀現實的深沉思緒，從而引出下片的傷今。而這，正是作者緬懷歷史的真實命意之所在。

換頭仍就定王臺落筆，但思路卻從「衰」處生發。「登臨處，喬木老，大江流。」登臺望遠，但見老樹枯枝在秋風中瑟縮，浩浩大江默默地向東奔流。「木猶如此，人何以堪」（桓溫語，見南朝劉義慶《世說新語．言語》）、「大江流日夜，客心悲未央」（南朝齊謝朓〈暫使下都夜發新林至京邑贈西府同僚〉），寫景之中透出悲涼之意。這三句借蒼涼冷落的深秋景色，從側面渲染出定王臺的殘破衰敗，成為南宋王朝滿目瘡痍、國勢日頹的形象寫照。其間年華水逝的詠嘆，自然引出了對自身遭際的感喟。「書生報國無地，空白九分頭。」後句化用陳與義〈巴丘書事〉「腐儒空白九分頭」的詩句。這兩句直抒胸臆，是全詞結穴之所在。袁去華早年即志在恢復，「記當年，攜長劍，覓封侯」（〈水調歌頭〉）。但由於南宋朝廷苟安東南，權奸當道，使他有心報國，無路請纓，以致老大無成，徒然白首。這是他個人的不幸，更是時代的悲劇。「一夜寒生關塞，萬里雲埋陵闕，耿耿恨難休。」這幾句，象徵性地勾畫出金甌破碎的悲慘畫面：金兵猝然南下，破關絕塞，有如一夜北風生寒，以致萬里河山彤雲密布，皇家陵闕黯然無光。古人以帝王陵寢作為國家命脈所在，北宋君王陵墓均在北方，如今悉淪敵手，意味著國家的敗亡。對此作者耿耿於懷，悲憤難休。「徙倚霜風裡，落日伴人愁。」山河殘破，請纓無路，他徘徊在蕭瑟秋風裡，暮靄斜暉，一片慘淡，不禁倍添哀愁。詞結尾仍收回到定王臺上，結構十分緊湊，並以景寓情，饒有餘韻。最後點出的一個「愁」字，並不表示消沉、絕望，而是英雄灑淚，慷慨生哀，與全詞悲壯的格調是完全統一的。

這首詞畫面壯闊雄渾，音調蒼涼激楚，充溢著強烈的愛國情感，具有鮮明的時代特色，比之《宣卿詞》中其他眾多的吟賞風光之作，思想與藝術均屬上乘。愛國詞人張孝祥讀了這首詞後，大為稱賞，並「為書之」（見陳振孫《直齋書錄解題》卷十八），引為同調，是頗有見地的。（蔡毅）

瑞鶴仙

袁去華

郊原初過雨，見敗葉零亂，風定猶舞。斜陽掛深樹，映濃愁淺黛，遙山媚嫵。來時舊路，尚巖花、嬌黃半吐。到而今唯有，溪邊流水，見人如故。無語。郵亭深靜，下馬還尋，舊曾題處。無聊倦旅。傷離恨，最愁苦。縱收香藏鏡，他年重到，人面桃花在否？念沉沉、小閣幽窗，有時夢去。

在南宋初期的詞壇中，袁去華是個不太顯眼的人物。正史裡沒有留下他的傳記，連他的生卒年代也不可考。只知道他字宣卿，江西奉新人，是高宗紹興十五年（一一四五）的進士，曾做過善化（縣治在今湖南長沙市內）和石首（今屬湖北）的知縣，留下了《宣卿詞》一卷，共九十八首，數量不算太少。

這一首〈瑞鶴仙〉，其主題可以用詞中的兩句話概括，就是「傷離恨，最愁苦」。詞從寫景入手。「郊原」三句，寫郊外雨後之狀。在一望無際的荒郊原野上，一陣驟雨過去了，風也停了下來；但墜落的枯葉，卻還飄舞空中。這是秋日郊原常見的景象，然而對一個離人來說，卻格外覺得觸目。這幾句乍看是純粹的寫景，但只要稍加體味，就會發現它已融入了作者淒涼的情緒。景是各人眼中所見之景，是各人觀照景物那一刹那思想感情的返照。透過這幾句詞所寫景物的外觀，我們可以窺見作者心緒的衰頹、凌亂，而且還隱隱感到其中含有某種暗示：那「風定猶舞」的「敗葉」，不就像作者自己的身世、處境嗎？這樣，詞一開頭，就把人引到了悵惘的境界。

「斜陽」三句，繼續描寫郊原景物。作者的視線移向了遠方，只見夕陽已斜掛在叢密的小樹林頂上，它那金色的光線，把嫵媚的遠山照映得十分清楚。這幾句的感情色彩，比前面三句顯然要濃厚得多，它透過字面呈現給讀者的意象，是飽蘸著愁恨色彩的。本來，夕陽斜照，「遙山媚嫵」，這也是一種悅目的景致。然而作者見到的，卻是一副「濃愁淺黛」的狀貌，這完全是移情作用的結果。黛青色的重疊的山峰，還可以使人聯想到伊人緊皺的雙眉。北宋人王觀有一首〈卜算子〉，開頭兩句就是「水是眼波橫，山是眉峰聚」，可參。

「來時舊路」至上片結束，仍是寫郊原風光。這裡半是實景，半是虛景。「溪邊流水」是實在的，是眼前見到的；「嬌黃半吐」的「巖花」是腦海中保存的印象，是來時見到的。當日迎人的有巖花與流水，今日則唯有流水「見人如故」而已，可見巖花已經謝去，不存在於現實之中了。這一實一虛，造成了生機蓬勃與蕭條肅殺的對比，昔與今的對比。走在來時的舊路上，早已愁緒滿懷，更哪堪景物蕭颯！「多情自古傷離別，更那堪冷落清秋節！」（柳永〈雨霖鈴〉）千古人情略同。詞寫至此，一位離人眼中的秋日郊原景物，已蘸透了感傷的情緒。

過片另換場景，由郊原轉入郵亭——古時設在官道上供過往行人歇宿的館舍。「無語」四句，勾畫出作者來到郵亭前面、下馬投宿的動作畫面；他那「無語」的外在表現，揭示出他正在咀嚼淒涼況味的心靈活動。所謂「舊曾題處」，倒不一定膠柱鼓瑟地理解為他曾經在這裡留下過翰墨（詩詞之類），無非是說他曾經在這裡歇宿過而已。這種重臨舊地而境況已非的情景，是最容易勾起人們的傷心懷抱的，故他的默默無言，也就可以理解了。

「無聊倦旅」三句，由寫景敘事轉入抒情，直接點出了「傷離恨，最愁苦」的主題，這是在「深靜」的舊日郵亭中安頓下來之後必然會有的思想情感。這「離恨」的具體內容是什麼？從「縱相逢」三句，可知是不得已離別了繡閣佳麗，深恐今生相逢難再。「收香藏鏡」是指自己對愛情的忠貞不貳。（「收香」用的是晉代賈充之女賈午竊其父所藏奇香贈給韓壽，因而結成夫婦的故事，見《晉書．賈充傳》。「藏鏡」是南朝陳亡後，駙馬徐德言與妻子樂昌公主因各執半鏡而得以重圓的故事，見唐孟棨《本事詩．情感》。）「人面桃花在否」是擔心女方的不可再見。（用唐人崔護在長安城南遇一女子，明年再來而「人面不知何處去，桃花依舊笑春風」的故事，亦見孟棨《本事詩．情感》。）愛情的遇合決定於雙方的主客觀因素，即使自己能夠忠貞不貳，又安知對方的情況如何呢！惆悵之情，溢於言表。既然現實已不一定能夠相見，那就只好寄希望於夢中吧。「念沉沉」三句，具體展示出這一想像中的夢尋之狀。深沉的「小閣幽窗」，是佳人居所；「有時夢去」，本來是夠虛無飄渺的，但慰情聊勝於無，總比連夢中也不得一見要好。宋徽宗被擄北行時想念故宮，不是嘆息「和夢也新來不做」（〈燕山亭〉）嗎？晏幾道說得好：「夢魂慣得無拘檢，又踏楊花過謝橋。」（〈鷓鴣天〉）夢中尋歡，也是夠浪漫夠寫意的；然而以「念」字領起，又見出多少無奈之情！

這首詞當是作者分別意中人以後抒寫離恨之作。宋代都市繁華，歌妓眾多，無論是官妓、私妓還是家妓，偶然的遇合，就往往以她們的色相、伎藝，贏得了為科舉功名而奔走道路的士子們的垂盼，這是當時普遍的現象。其〈荔枝香近〉〈卓牌子近〉〈長相思〉〈宴清都〉等，都是他和歌妓們聚時歡會或別後相思的記錄。此詞大約也是為此而作。這一類詞要說有很大的社會意義，那也不一定；不過兩性關係總容易觸動到感情深處，往往使人蕩氣迴腸就是了。（洪柏昭）

劍器近 袁去華

夜來雨，賴倩得、東風吹住。海棠正妖嬈處，且留取。

悄庭戶，試細聽、鶯啼燕語。分明共人愁緒，怕春去。

佳樹，翠陰初轉午。重簾未捲，乍睡起、寂寞看風絮。偷彈清淚寄煙波，見江頭故人，為言憔悴如許。彩箋無數，去卻寒暄，到了渾無定據。斷腸落日千山暮。

本詞以柔筆抒離情，共分三段，前面兩段是雙曳頭，即句式、聲韻全都相同。周邦彥〈瑞龍吟〉前兩段亦是雙曳頭，其內容先是走馬訪舊，其二是觸景憶舊。在本詞，前兩段雖然都是寫景，但第一段寫眼前所見，第二段寫耳際所聞，不僅有變化，且能以懷人深情融入景中。

第一段首二句寫夜來風雨。前人都說眾芳飄零，是風雨肆虐所致，如「滿地殘紅宮錦汙，昨夜南園風雨」（王安國〈清平樂〉），「雨橫風狂三月暮，……亂紅飛過秋千去」（歐陽脩〈蝶戀花〉）。而詞人卻說是夜間春雨連綿，全仗東風勁吹，終於雲收雨歇，亦是別出心裁。「海棠」二句，以「留取」二字，點出眼前景象，正如李清照所云：「昨夜雨疏風驟，濃睡不消殘酒。試問捲簾人，卻道『海棠依舊』。」（〈如夢令〉）二詞都並不落入為花落而傷心的常套，而著重讚賞雨後的海棠依舊妖嬈，對此王雱在〈倦尋芳慢〉詞中有細緻的描繪：「翠徑鶯來，驚下亂紅鋪繡。倚危牆，登高榭，海棠經雨胭脂透。」正是這雨後分外嫵媚嬌豔的海棠，能暫且把春光留住。

第二段「悄庭戶」兩句，寫庭院寂寂，了無人聲，「細聽」兩字，接「悄」字而來，形容「鶯啼燕語」之細碎輕微。「分明」兩句，借鶯聲燕語托出惜春之心。文人傷春，以各種方式訴述衷腸，有的是無可奈何，如「杏園憔悴杜鵑啼，無奈春歸」（秦觀〈畫堂春〉）；也有嗟嘆無計留春，如「一簪華髮，少歡饒恨，無計留春且住」（晁補之〈金鳳鉤〉）。而賀鑄則願春將相思之情帶去：「半黃梅子，向晚一簾疏雨。斷魂分付與，春將去。」（〈人南渡／感皇恩〉）在本詞，是以鶯啼宛轉、燕語呢喃，似都也在愁留春不住，這不僅與前面「且留取」呼應，從而又引出自己的惜春之情。

第三段開頭「翠陰初轉午」，以樹影位置表述時間，詩詞中屢見。如說正午則有劉禹錫的「日午樹陰正」（〈晝居池上亭獨吟〉）、周邦彥的「午陰嘉樹清圓」（〈滿庭芳〉）；說過午則有蘇軾和李玉的〈賀新郎〉，分別用「桐陰轉午」和「庭陰轉午」。「轉午」即樹影轉過正午位置，而稍向東偏，示日行漸西。此句言「初轉午」，則午晝正長。晝長人倦，於是有晝眠之事。下徑接「乍睡起、寂寞看風絮」，無論睡時、起後，都透露孤獨無聊之感，「重簾未捲」，亦見慵倦之意，同時將上面的「愁緒」和以下的懷人之情聯繫起來。

「偷彈」三句極寫相思之深，詞人在〈安公子〉中亦有「獨立東風彈淚眼，寄煙波東去」之句，都是借助東流江水，請其將自己一片深衷，滿懷幽恨，帶給伊人。這種構思，似又從周邦彥〈還京樂〉詞句化出①。「彩箋」三句，承以上懷人情意而來，久別而盼重逢，所以切望來書告知歸期；苦恨信中除掉寒暄別無他語，到頭來歸期仍是難卜。晏幾道詞「欲盡此情書尺素，浮雁沉魚，終了無憑據」（〈蝶戀花〉），也是說書信難達，相會之期難卜。這裡面有盼望，也有筆墨難以形容的幽怨。

末句以景語作結，詞意從柳永〈夜半樂〉結句「慘離懷、空恨歲晚歸期阻。凝淚眼、杳杳神京路。斷鴻聲遠長天暮」化出。柳永作客異鄉，輕拋伊人，何日賦歸，了無憑據，悵望長天，暮色蒼然，那聲聲遠去的雁叫，使人倍增思念之意。本詞末句刻畫暮色中的落日和千山，似乎也在為詞人獻愁供恨，更覺相思之情，不能自已。（潘君昭）

〔註〕①周邦彥〈還京樂〉：「望箭波無際。迎風漾日黃雲委。任去遠，中有萬點相思清淚。到長淮底。過當時樓下，殷勤為說，春來羈旅況味。」

安公子

袁去華

弱柳絲千縷，嫩黃勻遍鴉啼處。寒入羅衣春尚淺，過一番風雨。問燕子來時，綠水橋邊路。曾畫樓、見個人人否。料靜掩雲窗，塵滿哀弦危柱。庾信愁如許，為誰都著眉端聚。獨立東風彈淚眼，寄煙波東去。念永晝春閒，人倦如何度。閒傍枕、百囀黃鸝語。喚覺來厭厭，殘照依然花塢。

懷人之作，要不和別人雷同實在不容易。袁去華這首〈安公子〉就以其構思別致、章法新穎而別開生面。

這首詞從寫初春景象入手：那嫩黃色的新柳帶來萬物蘇生的消息，同時也使詞人胸中思家的種子急劇萌芽、生長。看見新柳，自然地想到當日別時愛人折柳贈別的情景。柳者，留也。作者不但沒有被留在家裡，如今反而在外地羈留，這怎不教人睹物傷懷呢？再說春淺衣寒，又過風雨，誰又能不想到家中的溫暖？所以前四句貌似寫景，其實已籠得全篇之意。清況周頤《蕙風詞話》卷三說：「作慢詞，起處必須籠罩全闋。近人輒作景語徐引，乃至意淺筆弱，非法甚矣。」這首詞雖用景語開頭，但景中含有濃烈的感情，庶幾可免「意淺筆弱」之譏。「燕子來時」是由春天的到來自然引出來的；而燕子來自南方，又自然把作者的思緒牽向在那裡的家鄉，並產生人歸落「燕」後的感慨。不過，作者沒有正面說出這些意思，而是問燕子在來時的路上是否看見了他的愛人。

這一問安排得輕靈新巧，極有韻味，也極情深。況且問語中又設想愛人是在「綠水橋邊路」旁的「畫樓」上，這又暗示對方也在思念自己。「料靜掩雲窗，塵滿哀弦危柱」則直寫對方情緒。作者的本意是寫自己懷人，但這裡卻構思出一個伊人懷我的場面，是很有意思的。近人劉永濟以為這種方法來自《詩經》，他說：「〈陟岵〉之詩不寫我懷父母及兄之情，而反寫父母及兄思我之情，而我之離思之深，自在言外。後世詞人，神明用之，其變乃多。……先寫行者念居者，復想居者思行者，兩地之情，一時俱極：皆此法也。」（《詞論》）

下片放下對方，復從自己方面生說。南北朝庾信作有〈愁賦〉，全文今已不傳，只留有「誰知一寸心，乃有萬斛愁」等句①。詞中說像庾信那麼多的愁為什麼都聚在我的眉端？這是自己向自己發問，問得頗有感慨。庾信的愁，作者是從文章裡看到的，這裡設想它們聚在了自己眉端，這種想像也十分新鮮。那麼多愁都在眉端，如何受得了？因而總得排遣，「獨立東風彈淚眼」就是設想出來的遣愁法之一。這一句寫抛淚者形象，孤零零來看，並沒有多少特別的好處，但由於作者是在水邊，而他的意中人也在「綠水橋邊」的「畫樓」，所以他頓生寄淚的念頭。這一想法新鮮、大膽，設想的意境又十分美麗、渾厚。假如真能寄得眼淚回去，那將比任何書信都能證明他誠摯的思念。而且因為有了這一句，「獨立東風彈淚眼」才脫俗超塵，放射出奇光異彩。可是語雖新奇，寄淚終究是辦不到的。痴想過後，眼前仍舊是「永晝」，是「春」，是「閒」，排愁無計的主人公沒奈何又向自己發出「人倦如何度」的問題。這連續的發問可以使我們想到詞人舉措茫然的神態和無處寄託的心情，愁思之深也因此更凸出了。同樣，「人倦如何度」的滿意答案是沒有的，「閒傍枕」就說明了並無打發時光的良法，百無聊賴，只好去聽「黃鸝語」。黃鸝鳴聲悅耳，是否能稍解苦悶呢？「喚覺來厭厭」，作者在黃鸝聲中恍惚入睡，又被同樣的聲音喚醒，醒來後「厭厭」地精神不振，因此我們知道黃鸝語不但沒有使他消憂，反而使他平添一段惆悵。「殘照依然花塢」，仍用景語結尾，與開頭呼應。「念永晝」以下數句，似從賀鑄〈薄倖〉詞翻出。賀詞云：「正春濃酒困，人閒晝永無聊賴。厭厭睡起，猶有花梢日在。」總言愁悶無聊、日長難度之意。而此意，晏殊〈踏莎行〉「一場愁夢酒醒時，斜陽卻照深深院」已先說破。午睡醒時、斜陽猶照之事，人人所曾經歷，但構成意境，寫入詞章，則非有心人不能。正如王國維所云「常人皆能感之而唯詩人能寫之，故其入於人者至深」（《清真先生遺事·尚論》），因之能作此等語者也就不止一二人。說是承襲也好，說是暗合也好，寫來能大略有所變化增益，便都可傳。

總的說來這首詞的想像和構思能不落俗套，結構又十分婉曲。清王又華《古今詞論》曾說：「填詞，長調不下於詩之歌行長篇。歌行猶可使氣，長調使氣，便非本色。高手當以情致見佳。蓋歌行如駿馬驀坡，可以一往稱快；長調如嬌女步春，旁去扶持，獨行芳徑，徙倚而前，一步一態，一態一變，雖有強力健足，無所用之。」袁去華的〈安公子〉足以當此。

下字準確、生動，亦是此詞的優點。比如：「嫩黃勻遍鴉啼處」一句不僅聲色俱全，而且用「勻」寫顏色，一方面使人覺得處處都有春色，另一方面又彷彿是從一處勻向別處，因而色彩都還極淡。這種著色法既符合初春情調，也使色彩空靈透明。再如：寫對方用「靜掩雲窗」，「掩」而且「靜」，則懷人已久、已深矣。又，「塵滿哀弦危柱」說塵已覆琴，當然是久已不理了；但對久不發聲的弦、柱仍然用「哀」、「危」修飾，那麼女主人公內心的痛楚就是可想而知的。又如：「為誰都著眉端聚」用「都」、「著」、「聚」寫愁，既顯示了愁思之甚，又形象鮮明，似乎此愁可見、可觸。還有：「獨立東風彈淚眼」中的「彈」字能使拋淚有聲，並且正因為有了它，「寄煙波東去」才有可能。（李濟阻）

〔註〕①宋葉廷珪《海錄碎事》卷九下，「萬斛愁」條有「誰知一寸心，乃有萬斛愁」二句，「愁城」條有「攻許愁城終不破，蕩許愁門終不開。何物煮愁能得熟，何物燒愁能得然。閉門欲驅愁，愁終不肯去。深藏欲避愁，愁已知人處」八句。

向滈

【作者小傳】字豐之，曾任縣令。有《樂齋詞》，存四十三首。

如夢令 向滈

誰伴明窗獨坐，和我影兒兩個。燈燼欲眠時，影也把人拋躲。無那，無那，好個悽惶的我。

《全宋詞》錄存向滈作品四十三首。這些詞作除個別篇章之外，全都是敘寫別情和孤獨處境的，可見作者長期為離愁所苦的生活與心理。因此我們也就可以知道，這首〈如夢令〉中的情緒絕非無病呻吟或故作多情者可比。

羈旅當然是愁苦、寂寥的。不過向滈的孤獨似乎在離家別親之外，還有更深刻的社會原因。向滈生當南宋初期，小朝廷對金妥協退讓猶恐不及，廣大人民民族自尊心因受到創傷而更為強烈。那時的有識之士一方面眼看國力日衰，痛感空有報國之志而無能為力，另一方面又為個人渺茫的前途所苦，多半處在矛盾與傷感之中。向滈在一首〈臨江仙〉中說「治國無謀歸去好，衡門猶可棲遲」，透露的正是愛國心被冷落後的淒涼。據此，我們以為這闋〈如夢令〉抒寫的恓惶情緒中也包含有時代苦悶的色彩。

李白〈月下獨酌四首〉其一也寫自己的孤獨：「花間一壺酒，獨酌無相親。舉杯邀明月，對影成三人。月既不解飲，影徒隨我身。暫伴月將影，行樂須及春。我歌月徘徊，我舞影零亂。醒時同交歡，醉後各分散。永結無情遊，相期邈雲漢。」作者、影子、月亮在一起，又歌、又舞、又飲，還有一點熱鬧氣氛。向滈此詞寫燈、影、人相伴，大約受了李詩的影響，但兩者的情調是很不一樣的。李白遇上的是唐帝國最強盛的時期，他的個性又曠達不羈、積極向上，因而他的詩總是進取的，活潑的。向滈則不然，生活在那個令人鬱悶的時代，自己又長年同親人隔絕，所以他不可能像李白那樣即使在孤獨之中也充滿著希望與活力。比如在這首詞中就只有「燈」、「我」和「影兒」，無月，無酒，自然也無歌，無舞。同樣是寫孤獨，但向滈筆下卻處處是絕望。

這首詞構思新穎，用「誰伴」二字開頭，一上來就凸出了自己在窗前燈下為孤獨而久久苦惱的情態。由「誰」字發問，便把讀者引向對形象的搜求。結果是只有「影兒」相伴。可是，就這無言的影兒，也並不能「伴」得持久：「燈燼欲眠時，影也把人拋躲。」有影兒做伴，差可自慰，誰料燈滅後連「影兒」也不再存在，這就加倍襯出了自己的孤單，於是便喊出「無那，無那，好個恓惶的我」（無那，即無奈）。影兒的運用，使抽象的愁思更具體，行文也更生動。這與晏幾道〈阮郎歸〉詞中「夢魂縱有也成虛，那堪和夢無」之句，可以先後媲美。

這闋詞的新巧構思，還可以從結構的安排上看出來。詞作從獨坐開始，用唯影相伴表現孤單，這已屬詩文中的佳境；接著說「影也把人拋躲」，則將舊境翻新，感情也被深化到了頂點。

向滈詞以通俗、自然取勝。這首〈如夢令〉語言平易，即使今天讀來，也很少有難解的詞句。構思雖有新巧的一面，但又不存在做作的痕跡。新巧與自然本是兩種難以調和的風格，向滈卻把它們統一在了一首小詞中，這是很見功力的。（李濟阻）

曹冠

【作者小傳】字宗臣，號雙溪居士，東陽（今屬浙江）人。秦檜門下十客之一，教其孫秦塤。宋高宗紹興二十四年（一一五四）與塤同登甲科。二十五年自平江府教授擢國子錄。除太常博士兼權中書門下檢正諸房公事。檜死，放罷。孝宗乾道中再應舉中第。紹熙初，知郴州。有《燕喜詞》，存六十三首。

鳳棲梧　曹冠

蘭溪

桂棹悠悠分浪穩。煙冪層巒，綠水連天遠。贏得錦囊詩句滿，興來豪飲揮金碗。

飛絮撩人花照眼。天闊風微，燕外晴絲卷。翠竹誰家門可款？艤舟閒上斜陽岸。

南宋詞人曹冠寫了一卷《燕喜詞》，有六十多首。可是，歷來的詞論家卻很少談及它，各種選本也很少採錄其中詞作。直到清末況周頤《蕙風詞話》中才有這麼一段評述：「宋曹冠《燕喜詞》〈鳳棲梧〉云：『飛絮撩人花照眼。天闊風微，燕外晴絲卷。』狀春晴景色絕佳。每值香南研北，展卷微吟，便覺日麗風暄，淑氣撲人眉宇。全帙中似此佳句，竟不可再得。」的確如此，唐崔信明的「楓落吳江冷」和北宋潘大臨的「滿城風雨近重陽」，僅存一句，已足千古，何況曹冠有這首較為完美的好詞，詞中還有不可多得的佳句呢！況氏發現了此詞，也可以說是曹冠的文章知己了。

詞題的「蘭溪」，在詞人的故鄉東陽（今屬浙江）。曹冠曾於溪畔建園築閣，自號雙溪居士。本詞寫泛舟蘭溪的閒情逸興，表現了作者對故鄉山川風物的熱愛。

首句點泛舟。悠然地划著船槳，分浪穩穩前行。「悠悠」與「穩」字，已見遊賞時閒適的心情。二、三句，寫望中的山川景色。輕煙籠罩著兩岸重重疊疊的山巒，綠水一直伸展向遙遠的天邊。「贏得錦囊詩句滿，興來豪飲揮金碗」，兩句寫詞人的豪情勝概。「錦囊」，用李賀事。李商隱〈李賀小傳〉載，李賀出遊時，攜一古破錦囊。當想到好詩句時，馬上寫下來投入囊中。「揮金碗」，語見杜甫〈崔駙馬山亭宴集〉詩：「客醉揮金碗，詩成得繡袍。」寫出豪飲的狂態。「贏得」二句，語意平庸，貌似豪放，其實虛囂，且與上下文情調不稱。

過片三句，確是精美絕倫之筆。濛濛飛絮，撲向遊人身上。兩岸繁花，在麗日的映照下，更是光豔奪目。晴朗的天空無限寬廣，微風吹過，燕子貼水爭飛，悠揚的遊絲輕盈舒卷。寫景之佳，並不在於詞句字面，而在於它的氣象。所用的都是極普通的詞語，但作者一把它們組織起來，便形成了一種美妙的氛圍，使讀者感受到春晴景色特具的美。然而，如王國維所說的：「一切景語，皆情語也。」（《人間詞話》刪稿）詞人在這裡不僅顯示了深入把捉物象的本領，而且還巧妙地運用景語來抒發感情。三句一片神行，見幾見微，生意盎然，真能得象外之趣。春遊時曠朗的胸懷和欣悅的情緒，都自然地表露出來了。

收二句意亦穩妥，與首句呼應。沿溪緩行，看到岸上翠竹叢中有戶人家，便停舟上岸，叩門相訪，又是斜陽時候了。「款」，這裡有叩敲意。「艤舟」，泊舟，附船上岸。「翠竹」兩句，用《晉書．王羲之傳》王徽之愛竹、造門不問主人事，王維〈春日與裴迪過新昌里訪呂逸人不遇〉詩因有「看竹何須問主人」句。這兩句所表現的豪情逸興，要比「揮金碗」之類高雅多了。（陳永正）

念奴嬌

曹冠

宋玉〈高唐賦〉述楚懷王遇神女事，後世信之。愚①獨以為不然，因賦〈念奴嬌〉，洗千載之誣衊，以祛流俗②之惑。

蜀川三峽，有高唐奇觀③，神仙幽處④。巨石巉巖臨積水，波浪轟天聲怒。十二靈峰⑤，雲階月地⑥，中有巫山女。須臾變化⑦，陽臺朝暮雲雨。堪笑楚國懷襄，分⑧當嚴父子，胡然無度⑨？幻夢俱迷，應感逢魑魅，虛言冥遇⑩。女恥求媒，況神清直，豈可輕誣汙？逢君之惡，鄙哉宋玉詞賦！

〔註〕①愚：我。文言謙稱。②祛：消除。流俗：世俗之人。③高唐奇觀：高唐觀，即神女廟。在巫峽十二峰對岸小岡上。廟額題曰「凝真觀」，內有妙用真人祠。真人即傳說中的巫山神女。見范成大《吳船錄》、陸游《入蜀記》。④幽處：僻靜、幽深之處。⑤十二靈峰：即巫峽十二峰，在今重慶巫山縣東，長江北岸。《入蜀記》稱其中神女峰最為纖麗奇峭。⑥雲階月地：唐韋瓘《周秦行紀》自撰詩：「香風引到大羅天，月地雲階拜洞仙。」⑦須臾變化：〈高唐賦〉載楚襄王與宋玉遊雲夢臺，望高唐觀，見其上獨有雲氣，「須臾之間，變化無窮」。王問此為何氣，玉答即巫山神女。⑧分：名分。⑨胡然：何以。無度：沒有限度。⑩感：相感應。逢：迎合。魑魅：此用本義，特指山林異氣幻化而成的鬼怪。冥遇：與幽冥之中鬼神相交的經歷。

梁昭明太子蕭統編《文選》收有舊題宋玉所撰的〈高唐〉〈神女〉二賦。〈高唐賦．序〉載楚懷王遊高唐，「怠而晝寢，夢見一婦人曰：『妾巫山之女也，為高唐之客，聞君遊高唐，願薦枕席。』王因幸之。去而辭曰：『妾在巫山之陽，高丘之阻。旦為朝雲，暮為行雨。朝朝暮暮，陽臺之下。』」〈神女賦．序〉又記懷王之子襄王遊雲夢之浦，使宋玉賦高唐神女之事，「其夜王寢，果夢與神女遇」。由於宋賦詞筆華美，再加上神女故事本身所具有的幽豔色彩，這兩篇賦對於後世文學影響甚巨，尤其是前篇，在詩詞中，它已成為使用頻率最高的典故之一。真如李商隱〈有感〉詩之所云，「一自〈高唐賦〉成後，楚天雲雨盡堪疑」！

當著絕大多數讀者陶醉在這人神戀愛故事的譎幻溫馨之中時，有人開始從倫理道德的角度來找碴兒了。唐代元稹〈楚歌十首〉其四（懼盈因鄧曼）曰：「襄王忽妖夢，宋玉復淫辭。萬事捐宮館，空山雲雨期。」北宋吳簡言〈題巫山神女廟〉詩亦云：「惆悵巫娥事不平，當時一夢是虛成。只因宋玉閒唇吻，流盡巴江洗不清。」皆為其例。然而上述都還不過是詩人一時的感嘆，真正鄭重其事，公然宣稱要肅清宋賦「流毒」，為神女「洗千載之誣衊」的議論，捨曹冠此詞，恐怕莫之為甚了。

全篇的「高論」盡在下闋，我們講析時不妨打破常規，先從後半段說起。

「堪笑楚國懷襄，分當嚴父子，胡然無度？」——可笑楚懷王、楚襄王，理當嚴守父子名分，何以竟越軌亂倫，同與一位神女曖昧不清呢？懷王熊槐（一名「相」）、襄王熊橫是史有定論的荒淫昏聵之君，罵罵本亦無妨，但神女卻不可褻瀆，必須替她開脫，於是乃有下文：「幻夢俱迷，應感逢魑魅，虛言冥遇。」——懷、襄二王夢中所交接的，哪是什麼神女！他們大概都睡昏了頭，讓山林異氣幻化而成的鬼怪迷惑了。如此判斷，可有根據麼？當然有！且看詞人怎樣推理演繹：「女恥求媒，況神清直，豈可輕誣汙？」——神的倫理道德水準當然遠在人類之上，人間女子尚且以求媒自請嫁人為羞恥，必待男家聘之而後可，何況神女清白正直，斷然不會有什麼「自薦枕席」的苟且之事，豈可輕易地往她身上潑髒水？然而，竟有人這樣潑了。誰？首先是自詡夢交神女的懷王、襄王父子，其次是將二王豔遇形諸文字的弄臣宋玉。口舌之誇，傳播的輻射面畢竟有限，倒也罷了；唯筆墨宣淫，能量忒大，波及萬人，毒流千載，實不可不大加撻伐，故詞人即以狠批宋玉作結：「逢君之惡，鄙哉宋玉詞賦！」——迎合君王的醜惡情欲，對其津津樂道的風流韻事大事鋪陳藻繪，〈高唐〉〈神女〉二賦真是卑劣之極！

看到這裡，不僅讀者諸君幾欲捧腹解頤，就連筆者也忍俊不禁：好個頭巾氣十足的道學家！好個酸餡味滿口的老夫子！跟古代的文學家較真，為神話中的人物辯誣，而且態度又是那樣地一本正經——迂哉，迂得可愛！不過且慢，倘若我們於噴飯之餘三復其言，便可發現此詞之荒唐中仍有值得正視的嚴肅的內容。自從春秋時衛宣公將兒子的新娘占為己有，《詩經．邶風》中留下了一首題為〈新臺〉的諷刺詩後，直至唐高宗李治以其父太宗之妾武媚娘為皇后，唐玄宗李隆基奪其子壽王妃楊玉環為貴妃，諸如此類「胡然無度」的穢行在帝王的宮闈中頗不乏其例，誠所謂「中冓之言，不可道也」（《詩經．鄘風．牆有茨》）。曹冠之詞，能說它沒有一點批判的精神嗎？若按倫理道德標準來考察宋玉二賦，神女既與懷王有私，即成為襄王之庶母，故襄王之夢神女，無所逃其「亂倫」的罪名；唯懷王之夢神女時，神女尚未有「婆家」，又何悖於情理呢？而詞人卻偏要說「堪笑楚國懷襄」，將老子兒子攪作一鍋粥，這分明是「醉翁之意不在酒」，「指著和尚罵賊禿」了。所鞭笞的對象豈止懷王、襄王而已！

平心而論，詞人所謂「鄙哉宋玉詞賦」云云，僅僅是以其內容為不足道，而對於宋賦的藝術成就，卻並不抹煞。這從上闋的寫景文字中可以清楚地看出。如「巨石巉巖臨積水」七字，即是化用〈高唐賦〉之「登巉巖而下望兮，臨大阺之稸（同「蓄」，義同『積』）水」。「波浪轟天聲怒」六字，亦據該賦「長風至而波起兮」、

「崒中怒而特高兮」、「礫磥磥而相摩兮，巆震天之磕磕」等句意而以簡易淺顯之辭出之。至如「須臾變化，陽臺朝暮雲雨」二句，化用得就更明顯了。下闋批宋，得上闋之學宋而愈增其趣；下闋議論，得上闋之寫景而搖曳生姿。以樹為喻，通篇說理則有枝幹而無繁葉，不免枯寂，今以景語漸次引出議論，是濃蔭下見盤根錯節，豐腴、瘦勁相得益彰，其盎然生機為如何耶！（鍾振振）

管鑑

【作者小傳】字明仲，龍泉（今屬浙江）人，隨父宦，始居臨川。官至廣東提刑、權知廣州經略安撫使。享年六十三。有《養拙堂詞》一卷，存六十八首。

醉落魄　管鑑

正月二十日張園賞海棠作

春陰漠漠，海棠花底東風惡。人情不似春情薄，守定花枝，不放花零落。

綠尊細細供春酌，酒醒無奈愁如昨。殷勤待與東風約：莫苦吹花，何似吹愁卻。

管鑑《養拙堂詞》裡另有一首〈虞美人〉，序中說：「與客賞海棠，憶去歲臨川所賦，悵然有遠宦之嘆。」「去歲臨川所賦」的，就是這首〈醉落魄〉。管鑑本為龍泉（今屬浙江）人，靠父親的功績蔭授提舉江南西路常平茶鹽司幹辦官，任所在撫州（今屬江西），臨川（即撫州的別稱）。根據這些資料，我們估計這首詞中「酒醒無奈愁如昨」的「愁」，除了因落花而產生的傷春情緒以外，還當包括離鄉「遠宦」之愁。

從詞中的描寫來看，作者的遠宦之愁，是由賞海棠未能盡興引起的；而未能盡興的原因，則是由於天陰、風惡。海棠花開得早，敗得也早。所以剛是「正月二十日」，便有零落的厄運。這不能不勾起詞人的惜花之情。清王又華《古今詞論》引張砥中說：「凡詞前後兩結最為緊要。前結如奔馬收韁，須勒得住，尚存後面地步，有住而不住之勢。後結如眾流歸海，要收得盡，迴環通首源流，有盡而不盡之意。」這首詞寫「張園賞海棠」，但開頭兩句一從大的範圍講「春陰漠漠」，一從眼前的注意中心講「海棠花底東風惡」，於是在「人情」（要賞花）與「春情」（催花落）之間自然形成了矛盾。如何解決這個矛盾呢？作者別出心裁地吟出「守定花枝，不放花零落」兩句。這個前結，構思新巧，想像奇特，在鍊意鑄句上已先勝人一籌。何況細玩詞意，則賞海棠的初衷，惜花落的情緒，詛咒「春情」的心境，全包含在這兩句九個字中，不僅內涵豐富，而且作為「賞海棠」的一篇小詞似乎已全部說盡，這是它「勒得住」的地方。可是，「守定花枝」到底能起什麼作用？人「不放」花零落，花就真的不零落嗎？在下半片裡，作者說他們「綠尊細細供春酌」，乃是橫下心來，要「守」到底了。然而，「酒醒無奈愁如昨」！愁沒有減，風也在繼續「苦吹花」。由此觀之，上半片的「勒得住」實在是沒有全住，「尚存後面地步」。「守定」之法告敗，看來一段公案該了結了。誰料「一波未平，一波又起」，作者那裡另有高招：「殷勤待與東風約：莫苦吹花，何似吹愁卻。」這簡直是異想天開！誠如此，愁情吹盡，好花常開，人情花意，還有比這更美好的理想境界嗎？這個後結，想像之奇，造語之痴，更出於前結之上。一首小詞，作者連生兩段痴想，惜花與寫愁的目的都已達到。所以這個後結，算得上是「眾流歸海」，算得上是「收得盡」。只是，誰也看得出來：「與東風約」是辦不到的，「莫苦吹花」和「吹愁卻」也是不可能的。因此讀畢掩卷，人們感受到的卻是作者更深重的苦悶。可見這個後結「有盡而不盡之意」。

這首詞在鍊字、選詞方面，也很有一些值得注意的地方。比如，第二句說「海棠花底東風惡」。論理只要

「風惡」，就不僅僅是「惡」在「花底」。但作者這麼寫，由於強調了「花底」，當然也就帶過了花上，結果是加深了花受東風包圍的程度；另一方面，「花底」還暗示人在花下，因而又有惜花情緒的寄託。再如，「定」與「住」同為去聲，依詞律都可以用。可是詞中偏說「守定花枝」，更加凸出了死守不放的意思。還有，「綠尊細細供春酌」，「細細」二字可當「守定花枝，不放花零落」的註腳看：因為這裡不只是一般的品酒，而是要借細斟慢飲，來從容守定將落的海棠。此外，如「莫苦吹花」的「苦」，「何似吹愁卻」的「卻」，都是極平常的字，但在作者筆下，卻都能表達出十分豐富的內容。（李濟阻）

陸游

【作者小傳】（一一二五～一二一〇）字務觀，號放翁，越州山陰（今浙江紹興）人。宋高宗紹興中，應禮部試，為秦檜所黜。孝宗時，賜進士出身。曾任鎮江、隆興、夔州通判。乾道八年（一一七二），為四川宣撫使王炎幹辦公事，投身軍旅生活。後官至寶章閣待制。晚年居山陰。為傑出詩人，詩存九千餘首。亦工詞，明楊慎《詞品》謂其纖麗處似秦觀，雄慨處似蘇軾。著有《劍南詩稿》《渭南文集》《南唐書》《老學庵筆記》《放翁詞》。存詞一百四十五首。

水調歌頭

陸游

多景樓

江左占形勝，最數古徐州①。連山如畫，佳處縹緲著危樓。鼓角臨風悲壯，烽火連空明滅，往事憶孫劉。千里曜戈甲，萬竈宿貔貅②。

露沾草，風落木，歲方秋。使君宏放，談笑洗盡古今愁。不見襄陽登覽，磨滅遊人無數，遺恨黯難收。叔子獨千載，名與漢江流。

〔註〕①古徐州：指鎮江。東晉僑置徐州於此，稱南徐州。②貔貅：音同皮修，喻勇猛軍士。

孝宗隆興元年（一一六三），陸游三十九歲，以樞密院編修官兼編類聖政所檢討官出為鎮江府通判，次年二月到任所。時金兵方踞淮北，鎮江為江防重地。多景樓在鎮江北固山上甘露寺內。北固山俯臨大江，三面環水，登樓遙望，淮南草木，歷歷可數。這年十月初，陸游陪同鎮江知府方滋登樓遊宴，感而賦此。

上片追憶歷史人物，下片寫今日登臨所懷，全詞感慨古今，表現了作者強烈的愛國感情。

發端從多景樓形勢寫起。自「江左」而「古徐州」，而「連山」，而「危樓」，鏡頭由大到小，由遠到近，由鳥瞰到局部，最後推出大特寫點題。這原是寫景習用手法，陸游寫來卻另有佳勝。他選擇滾滾長江、莽莽群山入畫，襯出煙雲縹緲、似有若無之間矗立著的一座高樓，攝山川之魂，為斯樓樹骨，就使這「危樓」有了氣象，有了精神。姜夔〈揚州慢〉以「淮左名都，竹西佳處」開篇，同樣步步推近，但情韻氣象完全不同。陸詞起則蒼莽橫空，氣象森嚴；姜則指點名勝，用筆從容平緩。當然，這是由兩位詞人各自不同的思想感情決定的。姜詞一味低迴，純乎黍離之悲，故發端紓緩；陸則寄意恢復，於悲壯中蓄雄健之氣。他勾勒眼前江山，意在引出歷史風流人物，故起則昂揚，承則慷慨，帶起「鼓角」一層五句，追憶三國時代孫、劉合兵共破強曹之往事。烽火明滅，戈甲耀眼，軍幕星羅，而以「連空」、「萬竈（同灶）」皴染，驟視之如在耳目之前，畫面雄渾遼闊。加上鼓角隨風，悲涼肅殺，更為這遼闊畫面配音刷色，與上一層的滾滾長江、莽莽群山互相呼應襯托，江山人物，相得益彰。這樣，給人的感受就絕不是低迴於歷史的風雨，而是激起圖強自振的勇氣，橫戈躍馬的豪情。要之，上片情景渾然一體，過拍處一派豪壯。

然而，孫劉已杳，天地悠悠，登臺浩歌，難禁愴然泣下，故換頭處以九字為三頓，節奏峻急，露草風枝，繪出秋容慘淡，情緒稍轉低沉。接下去「使君」兩句又重新振起，展開今日俊彥登樓、賓主談笑揮斥的場面，情調再變為爽朗。「古今愁」啟下結上。「古愁」啟「襄陽登覽」下意，「今愁」慨言當前。當前可愁之事實在太多。前一年張浚北伐，兵潰符離，宋廷從此不敢言兵，是事之可愁者一。孝宗一面侈談恢復，一面輸幣乞和，靦顏事金。「日者雖嘗詔以縞素出師，而玉帛之使未嘗不躡其後」③，是事之可愁者二。眼下自己又被逐出臨安，通判鎮江，去君愈遠，一片謀國之忠，無以自達於廟堂之上，是事之可愁者三。君國之憂，身世之愁，紛至沓來，故重言之曰「古今愁」。但志士之心，並未成灰。山東、淮北來歸者道路相望；金兵犯淮，淮之民渡江歸宋者無慮數十萬，可見民心足恃，國事可為。因此，雖烽煙未息，知府方滋攜群僚登樓而談笑風生。他的這種樂觀情緒，洗盡了詞人心中萬千憂愁。這一層包孕的感情非常複雜，色彩聲情，錯綜而富有層次，於蒼涼中見明快，在飛揚處寄深沉。最後一層，用西晉大將羊祜（字叔子）鎮守襄陽，登臨興悲故事，以古況今。前三句抒自己壯志難酬、抑塞不平之情。所云「襄陽遺恨」④，即指羊祜志在滅吳而生前終不克親手成此大業之恨。詞意在這裡略作一頓，然後以高唱轉入歇拍，借羊祜勸勉方滋，結出一片希望，希望他能像羊祜那樣，為渡江北伐作好部署，建萬世之奇勛，垂令名於千載，羊祜是晉人，與「古徐州」之為晉代地望迴環相接，收足全篇。

這首詞記一時興會，寓千古興亡，容量特大，寄慨遙深。後來，張孝祥書而刻之崖石，題記中有「慨然太息」之語（見《于湖集》）；毛幵次韻和歌，下片有「登臨無盡，須信詩眼不供愁」之句。「詩眼不供愁」五字可謂獨會放翁有所期待、並未絕望的深心。二十五年之後，另一位豪放詞人陳亮也曾以〈念奴嬌〉賦多景樓，有「危樓還望，嘆此意、今古幾人曾會」的感慨萬千之語。陳亮此闋，較之陸詞更為橫肆痛快。詞人隻眼，凝注大江，意者此江不應視為南北天限，當長驅北伐，收復中原。其與放翁之感慨抑鬱者，意境大別。陳亮平生經濟之懷，一寄於詞，慣以詞寫政治見解。所作純然議論戰守，自六朝王謝到今之廟堂，特別是對那些倡言「南北有定勢，吳楚之脆弱不足以爭衡中原」（辛棄疾〈美芹十論〉引）的失敗論者，明指直斥，略無顧忌，其精神自足千古。但作為文學作品諷誦玩味，終覺一瀉無餘，略輸蘊藉風致，不如陸作之情景相生，萬感橫集，意境沉綿，三復不厭。借用近人陳匪石《聲執》中兩句話說，陳之詞「氣舒」，故「勁氣直達，大開大闔」；陸之詞「氣斂」，故「潛氣內轉，百折千迴」。陳詞如滿引勁放，陸詞則引而不發。陸詞較陳詞多積蓄，多義蘊，因此更顯得沉著凝重，悲慨蒼涼。（賴漢屏）

〔註〕③語見宋張栻《南軒學案》，轉引自于北山《陸游年譜》四十歲條。④襄陽遺恨：西晉羊祜鎮守襄陽十餘年，廣儲軍糧，為晉朝滅吳作準備。他死後二年而東吳果滅。祜生前常登襄陽峴山，感慨歷來賢士登此山者皆湮沒無聞。這裡借來寫自己受壓抑、壯志莫酬的不平之情。

南鄉子 陸游

歸夢寄吳檣，水驛江程去路長。想見芳洲初繫纜，斜陽，煙樹參差認武昌。
愁鬢點新霜，曾是朝衣染御香。重到故鄉交舊少，淒涼，卻恐他鄉勝故鄉。

宋孝宗淳熙五年（一一七八）春二月，陸游自蜀東歸，秋初抵武昌。這首詞是靠近武昌時舟中所作。

上片寫行程及景色。「歸夢寄吳檣，水驛江程去路長。」寫身乘歸吳的船隻，雖經過許多水陸途程，但前路尚遠。陸游在蜀的〈秋思三首〉其一詩已有「吳檣楚柁動歸思，隴月巴雲空復情」之句；動身離蜀的〈敘州三首〉其三又有「楚柁吳檣又遠遊，浣花行樂夢西州」之句。屢言「吳檣」，無非指歸吳船隻。愁前程的遙遠，寄歸夢於吳檣，也無非是表歸心之急，希望船行順利、迅速。妙在「寄夢」一事，措語新奇，富有想像力，有如李白〈聞王昌齡左遷龍標，遙有此寄〉之寫「我寄愁心與明月」。「想見芳洲初繫纜，斜陽，煙樹參差認武昌。」「想見」，是臨近武昌時的設想。武昌有江山草樹之勝，崔顥〈黃鶴樓〉詩，有「晴川歷歷漢陽樹，芳草萋萋鸚鵡洲」之句。作者設想在傍晚夕陽中船抵武昌，繫纜洲邊，必然能看見山上山下，一片煙樹參差起伏的勝景。著一「認」字，便見是歸途重遊，已有前遊印象，可以對照辨認。這三句，寫景既美，又切武昌情況；用筆貼實凝練，而又靈活有情韻。

下片抒情。「愁鬢點新霜，曾是朝衣染御香。」上句自嘆年老，是年五十四歲；下句追思曾為朝官，去朝已久。這次東歸，是奉孝宗的召命，念舊思今，一樣是前程難卜，感想複雜，滋味未必好受。「朝衣」事，從唐賈至〈早朝大明宮呈兩省僚友〉「劍佩聲隨玉墀步，衣冠身惹御爐香」、唐岑參〈寄左省杜拾遺〉「曉隨天仗入，暮惹御香歸」演化而出。下面三句，與上片結尾相同，也是設想之辭。作客思鄉，本是詩人描寫常情，晉王讚〈雜詩〉：「人情懷舊鄉，客鳥思故林。」唐李商隱〈無題〉：「人生豈得長無謂，懷古思鄉共白頭。」陸游在蜀，也有思鄉之句，如〈東園晚步〉「久客天涯憶故園」、〈書懷〉「故山空有夢魂歸」等。這時還鄉途中，忽然想起：「重到故鄉交舊少，淒涼，卻恐他鄉勝故鄉。」意境新奇。這個意境，似源於杜甫〈得舍弟消息〉：「亂後誰歸得？他鄉勝故鄉。」但杜甫說的是故鄉遭亂，欲歸不得，不如他鄉暫得安身，是對已然之事的比較；陸游說的是久別回鄉，交舊多死亡離散的變化，怕比客地還會引起更大的寂寞和傷感，是對未來之事的顧慮。語句相同，旨趣不同，著了「卻恐」二字，更覺得不是簡單的沿襲。這未必等於黃庭堅所說的「脫胎換骨」，而更可能是來自生活感受的不謀而合。這種想歸怕歸的感情，本是矛盾複雜的，所以陸游到家之後，有時真有「孤鶴歸飛，再過遼天，換盡舊人」、「又豈料如今餘此身」（〈沁園春〉）之嘆；有時又有「營營端為誰」、「不歸真個痴」之喜。

這首詞，精鍊貼實之中，情景交至，設想新奇，雖屬短章，卻富遠韻。（陳祥耀）

感皇恩　陸游

小閣倚秋空，下臨江渚，漠漠孤雲未成雨。數聲新雁，回首杜陵何處。壯心空萬里，人誰許！

黃閣紫樞，築壇開府，莫怕功名欠人做。如今熟計，只有故鄉歸路。石帆山腳下，菱三畝。

這首詞，當是作者離蜀東歸以前，感嘆壯志無成、思念家鄉之作。上片以寫景起而以抒情終；下片以抒情起而以情景結合終。

在一個新秋的陰天，作者登上江邊的一個小閣，上望秋空，迷濛的雲氣還沒有濃結到要化成雨點的樣子，下面可以看到江水和沙渚，境界是開闊中帶著靜漠、冷清。他輕輕地把它寫成「小閣倚秋空，下臨江渚，漠漠孤雲未成雨」，概括登高之事和周圍環境，並寫視覺中景物，運化周邦彥〈感皇恩〉「小閣倚晴空」的詞句，王勃〈滕王閣詩〉「滕王高閣臨江渚」的詩句。「數聲新雁，回首杜陵何處。」接寫聽覺，引出聯想。雁是「新雁」，知秋是「新秋」；雲是「孤」雲，雁只「數」聲，數字中也反映主客觀的孤獨意象的兩相契合。杜陵，在長安城東南，秦時為杜縣地，漢時為宣帝陵所在，故稱，這裡用杜陵指代長安。

長安這個漢唐故都，是華夏強盛的象徵，也是西北的政治、軍事中心之地。陸游熱烈地盼望南宋統治者能從金人手裡收復長安；他從軍南鄭，時時遙望長安，寄託其收復故國山河之思。他向宣撫使王炎建議：「經略中原，必自長安始。」（《宋史．陸游傳》）詩文中寫到想念長安的也很多，如〈聞虜亂有感〉的「有時登高望鄠杜，悲歌仰天淚如雨」，〈東樓集序〉的「北遊山南，憑高望鄠、萬年諸山，思一醉曲江、渼陂之間，其勢無由，往往悲歌流涕」，如此者不一，可見其感觸之深且痛，故不覺屢屢言之。古人寫聞雁和長安聯繫的，如杜牧〈秋浦道中〉的「為問寒沙新到雁，來時還下杜陵無」，于鄴〈秋夕聞雁〉的「忽聞涼雁至，如報杜陵秋」，只是一般的去國懷都之感。作者寫的，如〈秋晚登城北門〉的「一點烽傳散關信，兩行雁帶杜陵秋」，則和關心收復長安的信息有關；詞中寫聞新雁而回頭看不到長安，也是感嘆這種收復長安的好消息的不能到來。「壯心空萬里，人誰許！」空有從軍萬里的壯懷，而無人相許（即無人賞識、信任），申明「回首」句的含意，從含蓄的寄慨到激昂的抒情。從作者的詩詞風格看，他是比較習慣於採用後一種寫法的；在這一首詞中，他極力抑制激情，卻較採用前一種寫法。

換頭，「黃閣紫樞，築壇開府，莫怕功名欠人做。」黃閣、紫樞，指代宰相和樞密使，是宋代最高文武官吏。黃閣，宰相官署，漢衛宏《漢官舊儀》：「（丞相）聽事閣曰黃閣。」宋代戎服用紫色，故以紫樞指樞密院。築壇，用漢高祖設壇場拜韓信為大將的典故；開府是開幕府，置僚屬，在宋代，高級行政區的軍政長官有此權限。第一、二句指為將相，第三句說不怕這種職位無人可當，意即用不著自己懷抱壯志與準備擔當大任。陸游並不熱心當高官，但卻始終抱著為效忠國家而建立功名的壯志。他曾嚮往於這種功名，他的〈金錯刀行〉說：「千年史策恥無名，一片丹心報天子。」〈書懷〉說：「老死已無日，功名猶自期。清笳太行路，何日出王師？」他這三句詞，說得平淡，說得坦然，他真的能夠這樣輕易放棄自己的壯志，真的相信一般將相能夠擔負恢復重任嗎？不！他的熱情性格和當時冷酷的現實使他不可能做到這些。他的自慰之辭，實際上是憤激的反語，是一種更為曲折、更為深沉的感慨。是從「封侯事在，功名不信由天」（〈漢宮春〉）的樂觀，到「元知造物心腸別，老卻英雄似等閒」（〈鷓鴣天〉）的絕望過程中的感慨。「如今熟計，只有故鄉歸路。石帆山腳下，菱三畝。」說現在再三計算，只有辭官東歸，回到故鄉山陰的石帆山下，去種三畝菱為生。這是積極的理想找不到出路，被迫要作消極的歸隱之計，經過一番思考，連歸隱後的生活都作具體設想，所以最後出現一個江南水鄉的圖景。痛苦的心情融化於優美的自然景物，表面上是景美而情淡，實際上是閒淡中抑制著憤激，深藏著痛苦。

這是陸游的一首要用歸隱解決理想與現實的矛盾的詞作，情景結合，看似矛盾解決得比較圓滿，作者的心情表現得比較閒淡。深入體會，仍然透露理想對現實的尖銳衝突和強烈抗議，所以意境是曲折的，感慨是深沉的。（陳祥耀）

好事近 陸游

秋曉上蓮峰，高躡倚天青壁。誰與放翁為伴？有天壇輕策。

鏗然忽變赤龍飛，雷雨四山黑。談笑做成豐歲，笑禪龕榔栗。

想像或夢遊華山的詩，陸游寫了不少，大多是借來表達收復河山的思想。這首詞，也是寫神遊華山，但主題在於抒寫為人民造福的人生態度。

上片，作者奇想破空地持著天台藤杖（詞中的天壇，即天台山，產藤杖著名。見葉夢得《避暑錄話》，該書也寫作天壇。策即是杖。），乘著清爽的秋晨，登上蓮花峰頂，踏在倚天峭立的懸崖上。只「誰與放翁為伴」一句，不僅給華山，而且給自己寫下了一個俯視人間的形象。又從可以為伴的「天壇輕策」，很自然地過渡到下片。

在下片裡，可以看到作者的化身——龍杖在雷雨縱橫的太空裡飛翔（杖化為龍，用《後漢書・費長房傳》事。韓愈〈赤藤杖歌〉有「赤龍拔鬚血淋漓」語），鏗地一聲，天壇杖化成赤龍騰起，雷聲大作，四邊山峰黑成一片。可是他一點也沒有忘懷人間，他要降及時之雨為人們造福，田禾得到好收成，讓人們過豐衣足食的日子。而這種出力為人的事業，在自己看來，是完全可以辦得到的，不經意的談笑之間，人們得到的好處已經不小了。對照一下那些禪房裡拖著禪杖，只顧自己不關心別人生活的僧徒——隱指一般逃避現實的人，同持一杖，作用大有不同。詞中的禪龕（音同刊），原指供設佛像的小閣子，泛指禪房。楖（音同即）栗，印度語「刺竭節」的異譯，僧徒用的杖。作者鄙夷一笑，體現了他的「所慕在經世」（〈喜譚德稱歸〉詩）的積極思想。

這首詞的藝術風格，是雄奇豪邁的，它強烈地放射了積極浪漫主義的光芒。陸游詞派的繼承者劉克莊，在〈清平樂〉裡，幻想騎在銀蟾背上暢遊月宮，「醉裡偶搖桂樹，人間喚作涼風」，分明是陸游這首詞精神的再現。

（錢仲聯）

鷓鴣天　陸游

家住蒼煙落照間，絲毫塵事不相關。斟殘玉瀣行穿竹，卷罷黃庭臥看山。
貪嘯傲，任衰殘，不妨隨處一開顏。元知造物心腸別，老卻英雄似等閒。

劉克莊《後村詩話續集》把陸游的詞分為三類：「其激昂感慨者，稼軒不能過；飄逸高妙者，與陳簡齋、朱希真相頡頏；流麗綿密者，欲出晏叔原、賀方回之上。」這首〈鷓鴣天〉就是其飄逸高妙一類作品中的代表作。

上闋首二句：「家住蒼煙落照間，絲毫塵事不相關。」把自己居住的環境寫得何等優美而又純淨。「蒼煙落照」四字，讓人聯想起陶淵明〈歸園田居五首〉其一「曖曖遠人村，依依墟里煙」的意境，一經諷誦便難忘懷。「蒼煙」猶青煙，字面已包含著色彩。「落照」這個詞裡雖然沒有表示顏色的字，但也有色彩暗含其中，引起人多種的聯想。詞人以「蒼煙落照」四字點綴自己居處的環境，意在對比仕途之齷齪。所以第二句就直接點明住在這裡與塵事毫不相關，可以一塵不染，安心過隱居的生活。這也正是〈歸園田居〉裡「戶庭無塵雜，虛室有餘閒」的意思。

三、四句對仗工穩：「斟殘玉瀣行穿竹，卷罷黃庭臥看山。」「玉瀣（音同謝）」是一種美酒名，明馮時化《酒史》卷上：「隋煬帝造玉瀣酒，十年不敗。」陸游在詩中也不止一次寫到過這種酒。「黃庭」是道經名，《雲笈七籤》有《黃庭內景經》《黃庭外景經》《黃庭遁甲緣身經》，蓋道家言養生之書。這兩句大意是說：喝完了玉瀣就散步穿過竹林；看完了《黃庭》就躺下來觀賞山景。一、二句寫居處環境之優美，三、四句寫自己生活的閒適，動靜行止無不愜意。陸游讀的《黃庭經》是卷軸裝，邊讀邊卷，「卷罷黃庭」就是看完了一卷的意思。

下闋：「貪嘯傲，任衰殘，不妨隨處一開顏。」「嘯傲」，歌詠自得，形容曠放而不受拘束。晉郭璞〈遊仙詩〉：「嘯傲遺世羅，縱情在獨往。」陶淵明〈飲酒二十首〉其七：「嘯傲東軒下，聊復得此生。」詞人說自己貪戀這種曠達的生活情趣，任憑終老田園；隨處都有使自己高興的事物，何妨隨遇而安呢？這幾句可以說是曠達到極點也消沉到極點了，可是末尾陡然一轉：「元知造物心腸別，老卻英雄似等閒。」這兩句似乎是對以上所寫的自己的處境作出了解釋。詞人說原先就已知道造物者之無情（他的心腸與常人不同），白白地讓英雄衰老死去卻等閒視之。這是在怨天嗎？是怨天。但也是在抱怨南宋統治者無心恢復中原，以致英雄無用武之地。

據夏承燾、吳熊和《放翁詞編年箋注》，孝宗乾道二年（一一六六）陸游四十二歲，以言官彈劾謂其「交結臺諫，鼓唱是非，力說張浚用兵」（《宋史．陸游傳》），免隆興通判，始卜居鏡湖之三山。這首詞和其他兩首〈鷓鴣天〉（插腳紅塵已是顛、懶向青門學種瓜），都是此時所作。詞中雖極寫隱居之閒適，但那股抑鬱不平之氣仍然按捺不住，在篇末流露出來。也正因為有那番超脫塵世的表白，所以篇末的兩句就尤其顯得冷雋。（袁行霈）

鷓鴣天 陸游

懶向青門學種瓜，只將漁釣送年華。雙雙新燕飛春岸，片片輕鷗落晚沙①。歌縹緲，櫓嘔啞，酒如清露鮓②如花。逢人問道歸何處，笑指船兒此是家。

〔註〕①可參杜甫〈小寒食舟中作〉：「娟娟戲蝶過閒幔，片片輕鷗下急湍。」②鮓：音同眨，醃製品或肉醬，如鮓肉、鮓醬。

宋孝宗隆興元年（一一六三），張浚以樞密使都督江淮東西路軍馬，主持抗金軍事，陸游作有賀啟。二年，陸游任鎮江通判，張浚以右丞相、江淮東西路宣撫使，仍都督江淮軍馬，視師駐節，頗受知遇；張浚旋卒，年底宋金和議告成。乾道元年（一一六五）夏，陸游調任隆興（治所在今江西南昌）通判；二年春，以「交結臺諫，鼓唱是非，力說張浚用兵」（《宋史．陸游傳》）的罪名，被免職歸家。這首詞就是這一年歸家初期寫的。另有兩首詞意相近，當亦是同時所作。

陸游自樞密院編修官通判鎮江，又調隆興並被免職，已一再受到主和派的打擊，心情抑鬱，故乾道二年免職前的〈燒香〉詩，有「千里一身鳧泛泛，十年萬事海茫茫」之慨。罷官後如〈寄別李德遠二首〉其二的「中原亂後儒風替，黨禁興來士氣孱」，另一首〈鷓鴣天〉詞的「元知造物心腸別，老卻英雄似等閒」，既憤慨抗金志士遭受迫害；而又一首〈鷓鴣天〉詞的「插腳紅塵已是顛」，「三山老子真堪笑，見事遲來四十年」，又自嘲對仕途進退認識的淺薄。

在這種心境下，詞的上片「懶向青門學種瓜，只將漁釣送年華」二句，表示不願靠近都城學漢初的邵平在長安青門外種瓜，只願回家過漁釣生活。但隱身漁釣，並非作者的生活理想，這樣做只是無可奈何之中的一種自我排遣，讀「送年華」三字，感喟之情，依稀可見。這時候，作者遷居山陰縣南的鏡湖之北、三山之下，湖光山色，兼擅其美。在作者的詩人氣質中，本來富有熱愛自然的感情，當他面對這種自然美景，人事上的種種失望和傷痛，也自會暫時得到沖淡以至忘卻，所以接著二句「雙雙新燕飛春岸，片片輕鷗落晚沙」，即就鏡湖旁飛鳥出沒的情況，寫出那裡的風景之美。句法上既緊承「漁釣」，又針對鏡湖特點；情調上既表景色的可愛，又表心境的愉悅：脈絡不變，意境潛移。它用筆清新，對偶自然，輕描淡寫，情景具足，以景移情，不留痕跡，是全詞形象最妍美、用筆最微妙的地方，此中韻味，耐人尋思。

下片從湖邊寫到泛舟湖中的情況。起二句，「歌」聲與「櫓」聲並作，「縹緲」與「嘔啞」相映成趣；第三句「酒如清露鮓如花」，細寫酒菜的清美。這三句，進一步描寫「漁釣」生活的自在和快樂；「鮓如花」三字著色最美，染情尤濃。

結二句：「逢人問道歸何處，笑指船兒此是家。」表示不但安於「漁釣」，而且願意以船為家；不但自在、快樂，且有傲世自豪之感。但我們聯繫作者的志趣，可以知道這些自在、快樂和自豪，是迫於環境而自我排遣的結果，是熱愛自然的一個側面和強作曠達的一種表面姿態，並非他的深層心境。「笑指」二字和上片的「送年華」三字，一樣透露此中消息。表面上是「笑」得那樣自然，那樣自豪；實際上是「笑」得多麼勉強，多麼傷心。上片結尾的妙處是以景移情；下片結尾的妙處是情景複雜，並不單一。這時候作者景慕張志和的「浮家泛宅，往來苕霅間」（《新唐書·張志和傳》）的行徑，自號「漁隱」。詞中的以船為家，以及這一年所寫的詞，如〈鷓鴣天〉的「沽酒市，採菱船，醉聽風雨擁蓑眠」，〈采桑子〉的「小醉閒眠，風引飛花落釣船」，都是「漁隱」

生活的具體描寫，但我們一樣得從深層心境中去體會作者的「漁隱」實質。上片的「送」字告訴我們這種實質比較明顯，本片的「笑」字告訴我們這種實質卻很隱微。

陸游作詞，本來如大手筆寫小品，有厚積薄發、舉重若輕的長處。這首詞，隨手描寫眼前生活和情景，毫不費力，而清妍自然之中，又自覺正反兼包，涵蘊深厚，舉重若輕之妙，表現得很明顯。（陳祥耀）

木蘭花　陸游

立春日作

三年流落巴山道①，破盡青衫塵滿帽。身如西瀼渡頭雲，愁抵瞿塘關上草。
春盤春酒年年好，試戴銀旛判醉倒。今朝一歲大家添，不是人間偏我老。

〔註〕①可參杜甫〈乾元中寓居同谷縣作歌七首〉其七：「男兒生不成名身已老，三年飢走荒山道。長安卿相多少年，富貴應須致身早。」

這詞是陸游四十七歲通判夔州時所作。此時他到夔州不過一年多，卻連上歲尾年頭，開口便虛稱「三年」，且云「流落」，觀其入筆已有波瀾。次句以形象申足「流落」二字。「青衫」言官位之低，「破盡」見窮乏之厄，「塵滿帽」狀道途僕僕的悽惶之態：七字活畫出一個淪落天涯的詩人形象，與「細雨騎驢入劍門」（〈劍門道中遇微雨〉）異曲同工。三、四句仍承一、二句生發。身似浮雲，漂流不定；愁如春草，剗去還生。以「西瀼渡頭」、「瞿塘關上」（東西瀼水，流經夔州；瞿塘關也在夔州東南。）為言者，不過取眼前地理景色，切「巴山道」三字。這上片四句，把抑鬱潦倒的情懷寫得如此深沉痛切，不瞭解陸游這兩年的遭際，是很難掂出這些詞句中所涵蘊的感情分量的。

陸游自三十九歲被貶出臨安，通判鎮江，旋移隆興（府治今江西南昌）；四十二歲復因「力說張浚用兵」，削官歸山陰故里；到四十五歲才又得到起用為通判夔州的新命。他的朋友韓元吉的〈送陸務觀序〉把他心中要說的話說了一個痛快：「朝與一官，夕畀一職，曾未足傷朝廷之大；旦而引之東隅，暮而置諸西陲，亦無害幅員之廣也。……務觀之於丹陽（鎮江），則既為貳矣，邇而遷之遠，輔郡而易之藩方，其官稱小大無改於舊，則又使之冒六月之暑，抗風濤之險（途中舟壞，陸游幾乎溺死），病妻弱子，左饘右藥……」（《南澗甲乙稿》卷十四）。

這段話是送陸游從鎮江移官隆興時寫的，說得激昂憤慨。從近處愈調愈遠，既不是明明白白的貶職，也不是由於升遷，為什麼要這樣折騰他呢？韓元吉故作不解，其實他是最瞭解個中消息的。孝宗趙昚即位後，表面上志存恢復，實則首鼠兩端。陸游堅主抗金，孝宗對之貌似獎掖而實則畏惡。陸游在內政上主張加強中央集權，以培養國力，也開罪了權力集團。前此出京通判鎮江，對他來說是一個挫折；進而罷黜歸里，更是一個挫折；此刻雖起用而遠趨巴蜀，又是一個挫折。安得不言之如此深沉痛切？

上片正面寫抑鬱潦倒之情，抒報國無門之憤，這是陸游詩詞的主旋律，在寫法上未見特殊佳勝。下片忽然換意，緊扣「立春」二字，以醉狂之態寫沉痛之懷，筆法陡變，奇峰突起。立春這一天戴旛勝於頭上，本宋時習俗，取吉慶之意（見宋孟元老《東京夢華錄》卷六「立春」條：「春日，宰執親王百官，皆賜金銀旛勝，入賀訖，戴歸私第。」）。但戴銀旛而日「試」，節日痛飲而日「拚」（「判」即「拚」之意），就顯然有「濁酒一杯家萬里」（范仲淹〈漁家傲〉）的不平常的意味了。所謂借酒澆愁，逢場作戲，傷心人別有懷抱。結處更宕開一筆，明言非我一人偏老，其實正是深感流光虛擲，美人遲暮。這就在上片抑鬱潦倒的情懷上，又添一段新愁。詞人強自寬解，故作曠達，正是推開一層、透過一層的寫法。哭泣本人間痛事，歡笑乃人間快事。今有人焉，不得不抹乾老淚，強顏隨俗，把哭臉裝成笑臉，讓酒紅遮住淚痕，這種笑，豈不比哭還要淒慘嗎？東坡〈赤壁賦〉

物我變與不變之論，辛棄疾〈醜奴兒．書博山道中壁〉「而今識盡愁滋味，欲說還休。欲說還休，卻道天涼好個秋」之句，都是用強為解脫的違心之言，寫出更深一層的悲哀，那手法近乎反襯，那境界是人所至為難堪的。

縱觀全詞，上下片都是寫抑鬱之情，但乍看竟似兩幅圖畫，兩種情懷。清沈謙論作詞云：「立意貴新，設色貴雅，構局貴變，言情貴含蓄。」（《填詞雜說》）但作詞之道，條貫、錯綜，兩不可失，此意劉永濟《詞論．結構篇》曾深言之。讀陸游此詞，抑鬱之情固條貫始終，而上下片表現手法卻截然相異，構局極錯綜變化之致。讀上片，看到的是一個憂國傷時、窮愁潦倒的悲劇人物的形象；讀下片，看到的是一個頭戴銀旛、醉態可掬的喜劇人物的形象。粗看似迥然不同，但仔細看看他臉上的笑全是裝出來的苦笑，我們終於了悟到這喜劇其實是更深沉的悲劇。（賴漢屏）

臨江仙　陸游

鳩雨催成新綠，燕泥收盡殘紅。春光還與美人同：論心空眷眷，分袂卻匆匆。
只道真情易寫，那知怨句難工。水流雲散各西東。半廊花院月，一帽柳橋風。

離果州作

宋孝宗乾道八年（一一七二）陸游四十八歲時，離夔州通判任，赴四川宣撫使王炎幕下任幹辦公事兼檢法官。那年正月，從夔州赴宣撫使司所在地興元（今陝西漢中），二月途經果州（今四川南充）而作此詞。

陸游到果州，已是「池館鶯花春漸老」（〈果州驛〉）的時刻。中間有〈留樊亭三日王覺民檢詳日攜酒來飲海棠下比去花亦衰矣〉二詩，結句云：「醉到花殘呼馬去，聊將俠氣壓春風。」樊亭為園館名，亦在果州。故這首詞的開頭二句亦云：「鳩雨催成新綠，燕泥收盡殘紅。」雖是二月，已有晚春景色。陸游〈秋陰〉詩：「雨來鳩有語。」又三國吳時陸璣《毛詩草木鳥獸蟲魚疏》卷下載「鵓鳩」鳥：「陰則屏逐其匹，晴則呼之。語曰『天將雨，鳩逐婦』是也。」陸游祖父陸佃所作《埤雅》亦引之。鳩雨一詞，即指此。鳩鳥呼喚聲中的雨水，把芳草、樹林，催成一片新綠；燕子在雨後，把滿地落英的殘紅花瓣都和泥銜盡。綠肥紅褪，正是作者離果州時所見實景；組成對偶句子，意象結集豐富，顏色對照鮮明，機調自然，對仗工整，是上片詞形象濃縮的焦點，與王維〈田園樂七首〉其六的「桃紅復含宿雨，柳綠更帶朝煙」，著色用對，有異曲同工之妙。下面三句，都從這二句生發，謂春光與美人一樣，在相聚的時候，彼此間無限眷戀，但說分手就匆匆分手了。這個比喻極為精當，深摯地體現出作者戀春又惜春的感情。「空眷眷」的「空」，是惜別時追嘆之語，正是在「分袂卻匆匆」的時刻感覺前些時的「眷眷」已如夢幻成空。這裡說春光，說美人，言外之意，還可能包括果州時相與宴遊的朋友，以美人喻君子亦屬常見。這三句由寫景轉為抒情，化濃密為清疏；疏而不薄，因有開頭二句為基礎，能夠取得濃淡相濟的效果。有濃麗句，但很少一味濃麗到底；是抒情，但情中又往往帶著議論：這正是陸游詞的特點。

上片歇拍，猶是情中帶議；下片換頭，即已情為議掩。「只道真情易寫」，從惜別的常情著想，是原來的預計。「那知怨句難工」，從表情的甘苦言，是實踐後的體驗。韓愈〈荊潭唱和詩序〉說：「歡愉之辭難工，而窮苦之言易好也。」作者相信此理，而結果不然，意翻空一層，即是遞進一層，極言惜別之情的難以表達。「水流雲散各西東。」申明春光不易挽留，兼寫客中與果州告別，與果州的朋友告別，天時人事，融合一起，有李煜〈浪淘沙令〉詞的「流水落花春去也，天上人間」句的筆意；當然，寫詞時兩人處境不同，一輕鬆，一哀痛，內在感情又迥然有別。陸游寫詞時，正要走上他渴望已久的從戎前線的軍幕生活，惜春惜別，雖未免帶有「怨」意；而對於仕宦前程，則是滿意的，故「怨」中實帶輕快之情。結尾兩句：「半廊花院月，一帽柳橋風。」前句寫離開果州前的夜色之美，後句寫離開後旅途的畫景之美。花院明月，半廊可愛；柳橋輕風，一帽無嫌。作者陶醉在這樣的美景中，雖不言情，而輕快之情畢見。這兩句也是形象美而對仗工的對偶句，濃密不如上片的起聯，而清麗中又似含蓄有加。用這兩句收束全詞，更覺美景撲人，餘味不盡。

這首詞上片以寫景起而以抒情結，下片以抒情起而以寫景結。全詞只插兩句單句，其餘全用對偶。單句轉接靈活，又都意含兩面；對偶句有疏有密，起處濃密，中間清疏，結尾優美含蓄。情景相配，疏密相間，明快而不淡薄，輕鬆而見精美，可以看出陸游詞的特色和工巧。（陳祥耀）

蝶戀花 陸游

桐葉晨飄蛩夜語。旅思秋光，黯黯長安路。忽記橫戈盤馬處，散關清渭應如故。
江海輕舟今已具。一卷兵書，嘆息無人付。早信此生終不遇，當年悔草〈長楊賦〉。

這首詞是陸游離開南鄭入蜀以後所作。上片寫對南鄭戎馬生活的懷念，下片抒發壯志難酬的感慨。

開頭一句「桐葉晨飄蛩夜語」，詞人託物起興，桐葉飄零，寒蛩夜鳴，都是引發悲秋之景。「晨飄」與「夜語」對舉，表明了由朝至夕，終日觸目盈耳的，無往而非淒清蕭瑟的景象，這就充分渲染了時代氣氛和詞人的心境。第二句「旅思秋光」，承前啟後，「秋光」點明了時序，葉落、蟲語，勾起了旅思：「黯黯長安路。」這一句有兩重含意，一為寫實，一為暗喻。從寫實來說，當日西北軍事重鎮長安已為金人佔領，詞人在南鄭王炎宣撫使幕中時，他們的主要進取目標就是收復長安，而一當朝廷下詔調走王炎，這一希望便成泡影，長安收復，渺茫無期，道路黯黯，不禁淒然神傷！從暗喻方面說，「長安」是周、秦、漢、唐的古都，這裡是借指南宋京城臨安。通向京城的道路黯淡無光，隱寓著詞人對南宋小朝廷改變抗金決策的失望。「忽記橫戈盤馬處，散關清渭應如故。」詞人北望長安，東望臨安，都使他深為不安，而最使他關切的還是抗金前線的情況，那大散關頭和清澈的渭水之旁，曾是他「橫戈盤馬」之處，也曾是他圖謀恢復實現理想的所在，而今的情況怎樣呢？「忽記」，乃油然想起，猛上心頭，「應」字是懸想，但願「如故」，更擔心能否「如故」，也就是說，隨著王炎內調以後形勢的變化，金人是不是會乘虛南下，表明詞人對國事憂慮的深重。這兩句不是旁斜橫逸的轉折，而是所感情事的變化，詞人聯想起自己那一段不平凡的戰鬥經歷，說明他的旅思的內涵，不是個人得失，不是旅途的風霜之苦，而是愛國憂時的情懷。

下邊轉到個人的前途方面，「江海輕舟今已具」。承上片「旅思」而來，其意本於蘇軾〈臨江仙〉「小舟從此逝，江海寄餘生」，含有想隱歸江湖的意思。詞人對個人的進退是無所縈懷的，難以忘情的是「一卷兵書，嘆息無人付」。「一卷兵書」，既可實指為他曾向王炎提出過的「經略中原，必自長安始」的一整套進軍策略，也可虛指為抗敵興國的重任，「無人」不是一般所說的沒有人，而是春秋時期秦國隨會對晉國使臣所說的「子無謂秦無人」（《春秋左氏傳．文公十三年》）的「無人」，也就是慨嘆朝廷抗金志士零落無存，國家前途，實堪憂慮。歇拍兩句從慨嘆轉為激憤：「早信此生終不遇，當年悔草〈長楊賦〉。」〈長楊賦〉是西漢辭賦家揚雄的名作，他是為了諷諫漢成帝遊幸長楊宮，縱胡客大校獵才獻這篇賦的。詞裡是活用這個典故，表明自己如果早知不被知遇，就不會陳述什麼恢復方略了。這「悔」的後面是「恨」，透露出詞人的憤憤不平之氣，不過只用「悔」字表現得婉轉一些。

全詞四個層次，第一層撫今，第二層思昔，第三層再回到現實，第四層又回顧以往，今昔交織，迴環往復，寫得神完氣足。（李廷先、劉立人）

釵頭鳳

陸游

紅酥手，黃縢酒。滿城春色宮牆柳。東風惡，歡情薄。一懷愁緒，幾年離索。錯，錯，錯。

春如舊，人空瘦。淚痕紅浥鮫綃透。桃花落，閒池閣。山盟雖在，錦書難託。莫，莫，莫！

這首詞寫的是陸游自己的愛情悲劇。

陸游的原配夫人是同郡唐氏士族的一個大家閨秀，結縭以後，他們「伉儷相得」（宋劉克莊《後村詩話》），「琴瑟甚和」（宋陳鵠《耆舊續聞》），是一對情意相投的恩愛夫妻。不料，作為婚姻包辦人之一的陸母卻對兒媳產生了惡感，逼令陸游休棄唐氏。在陸游百般勸諫、哀求而無效的情勢下，二人終於被迫仳離，唐氏改適「同郡宗子」趙士程（宋周密《齊東野語》），彼此音息也就隔絕無聞了。幾年以後的一個春日，陸游在家鄉山陰（今紹興市）城南禹跡寺附近的沈園，與偕夫同遊的唐氏邂逅相遇。唐氏遣致酒肴，聊表對陸游的撫慰之情。陸游見人感事，百慮翻騰，遂乘醉吟賦是詞，信筆題於園壁之上。詞中記述了詞人與唐氏的這次相遇，表達了他們眷戀之深和相思之切，也抒發了詞人怨恨愁苦而又難以言狀的淒楚心情。

詞的上片透過追憶往昔美滿的愛情生活，感嘆被迫離異的痛苦，分兩層。

起首三句為上片第一層，回憶往昔與唐氏偕遊沈園的美好情景：「紅酥手，黃縢酒。滿城春色宮牆柳。」雖說是回憶，但因為是填詞，所以只選取了一個場面來寫，而這個場面，又只選取了一兩個最富代表性和特徵性的情事細節。「紅酥手」，不僅寫出了唐氏為詞人殷勤把盞時的美麗姿致，同時還有概括唐氏全人之美（包括她的內心美）的作用。然而，更重要的是，它具體而形象地表現出這對恩愛夫妻之間的柔情蜜意以及他們婚後生活的美滿和幸福。第三句又為這幅春園夫妻把酒圖勾勒出一個廣闊而深遠的背景，點明了他們是在共賞春色。而唐氏手臂的紅潤、酒的黃封以及柳色的碧綠，又使這幅圖畫有了明麗而和諧的色彩感。

「東風惡」數句為第二層，寫詞人被迫與唐氏離異後的痛苦。上一層寫春景春情，無限美好，至此突然一轉，激憤的感情潮水突地衝破詞人心靈的閘門，無可遏止地宣洩下來。「東風惡」三字，一語雙關，含蘊很豐富，是全詞的關鍵所在，也是造成詞人愛情悲劇的癥結所在。本來，東風可以使大地復蘇，給萬物帶來勃勃的生機，但是，如果它狂吹亂掃，也會破壞春容春態，下片所云「桃花落，閒池閣」，就正是它狂吹亂掃所帶來的一種嚴重後果，故說它「惡」。然而，它主要是一種象喻，象喻造成詞人愛情悲劇的「惡」勢力。至於陸母是否也在其列，答案應該是肯定的，只是由於不便明言，而又不能不言，才不得不以這種含蓄的表達方式出之。下面一連三句，又進一步把詞人怨恨「東風」的心理抒寫出來，並補足一個「惡」字：「歡情薄。一懷愁緒，幾年離索。」美滿姻緣被拆散，恩愛夫妻被迫分離，使他們感情上蒙受巨大的折磨，幾年來生活帶給他們的只是滿懷愁怨。這不正如爛漫的春花被無情的東風所摧殘，而凋謝飄零嗎？接下來，「錯，錯，錯」，一連三個「錯」字，奔迸而出，感情極為沉痛。但是，到底誰錯了？是對自己當初「不敢逆尊者意」而終「與婦訣」的否定嗎？是對「尊者」的壓迫行為的否定嗎？是對不合理的婚姻制度的否定嗎？詞人沒有明說，也不便於明說，這枚「幾千斤重的一個橄欖」（《紅樓夢》香菱語）留給了我們讀者來噙，來品味。這一層雖直抒胸臆，激憤的感情如江河奔瀉，一氣貫注；但又不是一瀉無餘，其中「東風惡」和「錯，錯，錯」云云，就很有味外之味。

詞的下片，由感慨往事回到現實，進一步抒寫夫妻被迫離異的深哀巨痛，也分兩層。

換頭三句為第一層，寫沈園重逢時唐氏的表現。「春如舊」承上片「滿城春色」句而來，這又是此番相逢的背景。依然是從前那樣的春日，但是，人卻今非昔比了。以前的唐氏，肌膚是那樣的紅潤，煥發著青春的活力；如今，經過「東風」的無情摧殘，她憔悴了，消瘦了。「人空瘦」句，雖說寫的只是唐氏容顏方面的變化，但分明表現出「幾年離索」給她帶來的巨大痛苦。像詞人一樣，她也為「一懷愁緒」折磨著；像詞人一樣，她也是舊情不斷，相思不捨啊！不然，何至於瘦呢？寫容顏形貌的變化以表現內心世界的變化，原是文學作品中的一種常用手法，但瘦則瘦矣，句間何以著一「空」字？「使君自有婦，羅敷自有夫。」（《古詩．陌上桑》）從婚姻關係說，兩人早已各不相干了，事已至此，不是白白為相思而折磨自己嗎？著此一字，就把詞人那種憐惜之情、撫慰之意、痛傷之感等等，全都表現出來。「淚痕」句透過刻畫唐氏的表情動作，進一步表現出此次相逢時她的心情狀態。舊園重逢，念及往事，她能不哭、能不淚流滿面嗎？但詞人沒直接寫淚流滿面，而是用白描的手法，寫她「淚痕紅浥鮫綃透」，顯得更委婉，更沉著，也更形象可感。而一個「透」字，不僅見其流淚之多，亦且見她傷心之甚。上片第二層寫詞人自己，用了直抒胸臆的手法；這裡寫唐氏卻改變了手法，只寫了她容顏體態的變化和她的痛苦情狀。由於這一層所寫都從詞人眼裡看，所出以又具有了「一時雙情俱至」的藝術效果。可見詞人，不僅深於情，亦且深於言情。

詞的最後幾句，是下片第二層，寫詞人與唐氏相遇以後的痛苦心情。「桃花落」兩句與上片的「東風惡」句遙相照應，又突入景語。雖係景語，但也是一筆管二的詞句。不是麼？桃花凋謝，園林冷落，這只是物事的變化，而人事的變化卻更甚於斯。像桃花一樣美麗姣好的唐氏，不是也被無情的「東風」摧殘折磨得憔悴消瘦了麼？從詞人自己的心境來說，不也像「閒池閣」一樣淒寂冷落麼？一筆而兼有二意，卻又不著痕跡，很巧妙，也很自然。下面又轉入直接賦情：「山盟雖在，錦書難託。」這兩句雖只寥寥八字，卻實從千迴萬轉中來。雖說自己情如山石，永永如斯，但是，這樣一片赤誠的心意，又如何表達呢？明明在愛，卻又不能去愛；明明不能去愛，卻又割不斷這愛縷情絲。刹那間，有愛，有恨，有痛，有怨，再加上看到唐氏的憔悴容顏和悲戚情狀所產生的憐惜之情、撫慰之意，真是百感交集，萬箭簇心，一種難以名狀的悲哀，再一次衝胸破喉而出：「莫，莫，莫！」事已至此，再也無可補救、難以挽回了，這萬千感慨還想它做什麼，說它做什麼？於是快刀斬亂麻：罷了，罷了，罷了！明明言猶未盡，意猶未了，情猶未終，卻偏偏這麼不了了之，而全詞也就在這極其沉痛的喟嘆聲中結束了。

這首詞始終圍繞著沈園這個特定的空間來安排自己的筆墨，上片由追昔到撫今，而以「東風惡」轉捩；過片回到現實，以「春如舊」與上片「滿城春色」句相呼應，以「桃花落，閒池閣」與上片「東風惡」句相照應，把同一空間不同時間的情事和場景歷歷如繪地「疊映」出來。全詞多用對比手法，如上片，越是把往昔夫妻共同生活時的美好情景寫得真切如見，就越使得他們被迫離異後的淒楚心境深切可感，也就越顯出「東風」的無情和可憎，從而形成強烈的感情對比。再如上片寫「紅酥手」，下片寫「人空瘦」，在鮮明的形象對比中，充分地展示出「幾年離索」給唐氏帶來的巨大的精神折磨和痛苦。全詞節奏急促，聲情淒緊，再加上「錯，錯，錯」和「莫，莫，莫」先後兩次感嘆，盪氣迴腸，大有慟不忍言、慟不能言的情致。總之，這首詞達到了內容和形式的完美統一，是一首別開生面、催人淚下的作品。（楊鐘賢、張燕瑾）

〔**附記**〕千百年來，前哲時賢多以為陸游和他的原配夫人唐氏是姑表關係，事實並非如此。最早記述〈釵頭鳳〉詞本事的是南宋陳鵠的《耆舊續聞》，之後，有劉克莊的《後村詩話》，但陳、劉二氏在其著錄中均未言及陸、唐是姑表關係。直到宋元之際的周密才在其《齊東野語》中說：「陸務觀初娶唐氏，閎之女也，於其母為姑侄。」此後，「姑表說」遂被視為「恆言」。其實綜考有關歷史文獻和資料，陸游的外家乃江陵唐氏，其曾外祖父是歷仕仁宗、英宗、神宗三朝的北宋名臣唐介，唐介諸孫男皆以下半從「心」之字命名，即懋、願、恕、意、愚、憑，而無以從「門」之字命名的唐閎其人，也就是說，在陸游的舅父行中並無唐閎其人（據陸游《渭南文集．跋唐修撰手簡》《宋史．唐介傳》、宋王珪《華陽集．唐質肅公介墓志銘》考定）；而陸游原配夫人的母家乃山陰唐氏，其父唐閎是宋徽宗宣和年間有政績政聲的鴻臚少卿唐翊之子，唐閎之昆仲亦皆以「門」字框字命名，即閌、閱（據《嘉泰會稽志》《寶慶續會稽志》、清阮元《兩浙金石錄．宋紹興府進士題名碑》考定）。由此可知，陸游和他的原配夫人唐氏根本不存在什麼姑表關係。那麼，周密的「姑表說」就毫無來由，完全出於他的杜撰嗎？不。劉克莊在其《後村詩話》中雖然未曾言及陸、唐是姑表關係，但卻說過這樣的話：「某氏改事某官，與陸氏有中外。」某氏，即指唐氏；某官，即指「同郡宗子」趙士程。劉克莊這兩句話的意思是說：唐氏改嫁給趙士程，趙士程與陸氏有姻婭關係。事實正是如此，陸游的姨母瀛國夫人唐氏乃吳越王錢俶的後人錢忱的嫡妻、宋仁宗第十女秦魯國大長公主的兒媳，而陸游原配夫人唐氏的後夫趙士程乃秦魯國大長公主的侄孫，亦即陸游的姨父錢忱的表侄行，恰與陸游為同一輩人（據陸游《渭南文集．跋唐昭宗賜錢武肅王鐵券文》，王明清《揮麈後錄》及《宋史．宗室世系、宗室列傳、公主列傳》等考定）。作為劉克莊的晚輩詞人的周密很可能看到過劉克莊的記述或聽到過這樣的傳聞，但他錯會了劉克莊的意思，以致造成了千古訛傳。本文不可能將所據考證材料詳列備舉，只把近年來有關學者、專家和我們考證的結果附識於此，聊供參考。

清商怨 陸游

葭萌驛作

江頭日暮痛飲，乍雪晴猶凜。山驛淒涼，燈昏人獨寢。
鴛機新寄斷錦，嘆往事、不堪重省。夢破南樓，綠雲堆一枕。

葭萌驛，位於四川劍閣附近，西傍嘉陵江（流經葭萌附近又名桔柏江），是蜀道上著名的古驛之一，作者有詩云：「亂山落日葭萌驛，古渡悲風桔柏江。」（〈有懷梁益舊遊〉）孝宗乾道八年（一一七二）陸游在四川宣撫使司（治所南鄭，今陝西漢中）任職時，曾數次經過此地。按陸游是本年三月到任、十一月離任赴成都的，據詞中所寫情景當為十一月間赴成都過此而作。

上片寫過此留宿情況。「江頭日暮痛飲」，直賦其事，亦見出心中的不快。「痛飲」，排遣愁緒也。「乍雪晴猶凜」，襯寫其景。斜光照積雪，愈見其寒，由此雪後清寒正映出心境之寒。「山驛淒涼，燈昏人獨寢。」由日暮寫到夜宿，「淒涼」二字挑出了獨宿況味，「燈昏」益見其淒涼、寂寞。古驛孤燈，是旅中孤棲的典型氛圍，不少詩人詞客都曾描寫過。白居易寫過：「邯鄲驛裡逢冬至，抱膝燈前影伴身。」（〈邯鄲冬至夜思家〉）秦觀寫過：「風緊驛亭深閉。夢破鼠窺燈。」（〈如夢令〉）此詞亦復如此，而且此處「燈昏」與前面日暮霽色映照，更帶有一層悲哀的色調。上片四句似信手寫來，其實在層次、情景的組織上，頗有功夫。

過片由「獨寢」作相反聯想。「鴛機新寄斷錦，嘆往事、不堪重省。」「鴛機」，織具，此句用前秦蘇蕙織錦為迴文詩寄贈其夫竇滔事，意謂自己心愛的人新近又寄來了書信。「往事」，當初綢繆歡洽之事也。「不堪重省」者，一是山長水闊難以重聚，二是此時淒清想起往日的溫暖，更是難耐。後一種意味更切此時的「不堪」。雖則不堪，心偏嚮往，迴避不了：「夢破南樓，綠雲堆一枕。」這就是「往事」中的一事，當年同臥南樓，夢醒時見身邊的她「綠雲堆一枕」。「綠雲」，女子秀美的鬢髮，「堆」，見其蓬鬆、茂密之狀。這使人想起「鬢雲欲度香腮雪」、「綠窗殘夢迷」（溫庭筠〈菩薩蠻〉）的句子，這是多麼動人的情態。

獨宿的淒涼，使他想起往事；想起這件往事，可能加重了他的淒涼感，也可能使他的淒涼感在往事的玩味中消減，這就是人情的微妙處。「夢破」自是當年情事，我們也不妨將之與今日連綴起來，當年情事之於今，亦是溫馨一夢也。今夢、昔夢連成一片，詞家恍惚之筆，最是難得。清趙翼云：「放翁古今體詩，每結處必有興會，有意味」（《甌北詩話》），此詞也是這樣。

此詞當寫羈旅愁思，將豔情打併進去，正顯出愁思的深切溫厚，宋詞中如此表現不在少數。下片所思人事，當有所本。同年春末由夔州調往南鄭時經此地，他寫有〈蝶戀花．離小益作〉：

陌上簫聲寒食近。雨過園林，花氣浮芳潤。千里斜陽鐘欲暝，憑高望斷南樓信。
海角天涯行略盡。三十年間，無處無遺恨。天若有情終欲問，忍教霜點相思鬢？

「南樓信」云云亦是思念「南樓」女子，此女子是誰，已難確考了。

有人認為此詞是比興之作，「『夢破』是說的幻夢（按指由隴右進軍長安，收復失地）的破滅，從表面看來，這裡全寫的男女之情，當日的歡愛……可是現在恩情斷了，『鴛機新寄斷錦』，更沒有挽回的餘地。陸游在這個境界裡，感到無限的淒涼。」（《中國歷代著名文學家評傳》第三卷《陸游》，參見《詞學研究論文集・陸游的詞》）這樣的解說恐未合詞的本意。如果說，陸游由於從軍南鄭的失意，加深了心頭的悒鬱，使得他「在這個境界裡」，更「感到無限的淒涼」，羈愁中滲進了政治失意的意緒，那是可以的，也是自然的；若字牽句合以求比興，那就顯得簡單生硬了。至於以陸游此次是攜眷同行為據，證實此詞是「假託閨情寫他自己政治心情」，那恐怕與文學創作規律及古人感情生活方式都相距甚遠了。（湯華泉）

秋波媚 陸游

七月十六晚登高興亭望長安南山

秋到邊城角聲哀，烽火照高臺。悲歌擊筑，憑高酹酒，此興悠哉！

多情誰似南山月，特地暮雲開。灞橋煙柳，曲江池館，應待人來。

陸游一生，懷著抗金救國的壯志。四十五歲以前，長期被執行投降路線的當權派所排擠壓抑。孝宗乾道八年（一一七二），陸游四十八歲。這年春天，他接受四川宣撫使王炎邀請，來到南鄭，擔任四川宣撫使公署幹辦公事兼檢法官，參加了九個月的從軍生活。南鄭是當時抗金的前線，王炎是抗金的重要人物，主賓意氣十分相投。高興亭，在南鄭內城的西北，正對南山。長安當時在金占領區內，南山即秦嶺，橫亙在陝西省南部，長安城南的南山是它的主峰。陸游在憑高遠望長安諸山的時候，收復關中的熱情更加奔騰激盪，不可遏止。集中有不少表現這樣主題的詩，但多屬於離開南鄭以後的追憶之作。而這首〈秋波媚〉詞，卻是在南鄭即目抒感的一篇，情調特別昂揚，充分顯示了詞人的樂觀主義精神。

上片從角聲烽火寫起，烽火指平安火，高臺指高興亭。唐張九齡《唐六典》說：「鎮戍每日初夜，放煙一炬，謂之平安火。」（清《御定淵鑑類函》引）陸游〈辛丑正月三日雪〉詩自註：「予從戎日，嘗大雪中登興元城上高興亭，待平安火至。」又〈感舊六首〉其四自註：「平安火并南山來，至山南城下。」又〈頻夜夢至南鄭小益之間慨然感懷二首〉其二：「客枕夢遊何處所，梁州西北上危臺。雪雲不隔平安火，一點遙從駱谷來。」都可以和這首詞句互證。高歌擊筑，憑高灑酒，引起收復關中成功在望的無限高興，從而讓讀者體會到上面所寫的角聲之哀、歌聲之悲，不是什麼憂鬱哀愁的低調，而是慷慨悲壯的旋律。「此興」的「興」，兼切亭名。

下片從上片的「憑高」和「此興悠哉」過渡，全面表達了「高興」的「興」。作者把無情的自然物色的南山之月，賦予人的感情，並加倍地寫成為誰也不及它的多情。多情就在於它和作者熱愛祖國河山之情一脈相通，它為了讓作者清楚地看到長安南山的面目，把層層雲幕都推開了。這裡，也點明了七月十六日夜晚，在南鄭以東的長安南山頭，皎潔的月輪正升起光華。然後進一步聯想到灞橋煙柳、曲江池臺那些美麗的長安風景區，肯定會多情地等待收復關中的宋朝軍隊的到來。應，應該。這裡用「應」字，特別強調肯定語氣。人，指宋軍，也包括作者。詞中沒有直接說到收復失地的戰爭，而是以大膽的想像，擬人化的手法，描繪上至「明月」、「暮雲」，下至「煙柳」、「池館」，都在期待宋軍收復失地、勝利歸來的情景，來暗示作者所主張的抗金戰爭的前景。這種想像是在上片豪情壯志抒發的基礎上，自然引發而出，具有明顯的浪漫主義情調。全詞充滿著樂觀氣氛和勝利在望的情緒，這在南宋愛國詞作中是很少見的。（錢仲聯）

卜算子　陸游

詠梅

驛外斷橋邊，寂寞開無主。已是黃昏獨自愁，更著風和雨。
無意苦爭春，一任群芳妒。零落成泥碾作塵，只有香如故。

這首〈卜算子〉，作者自註「詠梅」，可是，它意在言外，像「獨愛蓮之出淤泥而不染，濯清漣而不妖」的濂溪先生（周敦頤）以蓮花自喻一樣，作者正是以梅花自喻的。

陸游曾經稱讚梅花「雪虐風饕愈凜然，花中氣節最高堅」（〈落梅二首〉其一）。梅花如此清幽絕俗，出於眾花之上，可是如今竟開在郊野的驛站外面，緊臨著破敗不堪的「斷橋」，自然是人跡絕少、寂寥荒寒、備受冷落了。從這一句可知它既不是官府中的梅，也不是名園中的梅，而是一株生長在荒僻郊外的「野梅」。它既得不到應有的護理，也無人來欣賞。隨著四季代謝，它默默地開了，又默默地凋落了。它孑然一身，四望茫然——有誰肯一顧呢，它是無主的梅呵。「寂寞開無主」這一句，詞人將自己的感情傾注在客觀景物之中，首句是景語，這句已是情語了。

日落黃昏，暮色朦朧，這孑然一身、無人過問的梅花，何以承受這淒涼呢？它只有「愁」——而且是「獨自愁」，這幾個字與上句的「寂寞」相呼應。而且，偏偏在這個時候，又颳起了風，下起了雨。「更著」這兩個字力重千鈞，寫出了梅花的艱困處境，然而儘管環境是如此冷峻，它還是「開」了！它，「萬樹寒無色，南枝獨有花」（明道源〈早梅〉）；它，「萬花敢向雪中出，一樹獨先天下春」（元末楊維楨）。總之，從上面四句看，對這梅花的壓力，天上地下，四面八方，無所不至，但是這一切終究被它衝破了，因為它還是「開」了！誰是勝利者？應該說，是梅花！

上闋集中寫了梅花的困難處境，它也的確還有「愁」。從藝術手法說，寫愁時作者沒有用詩人、詞人們那套慣用的比喻手法，把愁寫得像這像那，而是用環境、時光和自然現象來烘托。清況周頤說：「詞有淡遠取神，只描取景物，而神致自在言外，此為高手。」（《蕙風詞話》）就是說，詞人描寫這麼多「景物」，是為了獲得梅花的「神致」；「深於言情者，正在善於寫景」（清田同之《西圃詞說》）。上片四句可說是「情景雙繪」。

下闋，託梅寄志。

梅花，它開得最早。「萬木凍欲折，孤根暖獨回」（唐齊己〈早梅〉）；「不知近水花先發，疑是經冬雪未銷」（唐戎昱〈早梅〉）。是它迎來了春天。但它卻「無意苦爭春」。春天，百花怒放，爭麗鬥妍，而梅花卻不去「苦爭春」，凌寒先發，只是一點迎春報春的赤誠。「苦」者，抵死、拚命、盡力也。從側面諷刺了群芳。梅花並非有意相爭，「群芳」如果有「妒心」，那是它們自己的事情，就「一任」它們去嫉妒吧。這裡把寫物與寫人，完全交織在一起了。草木無情，花開花落，是自然現象，說「爭春」，是暗喻人事。「妒」，則非草木所能有。這兩句表現出陸游標格孤高，絕不與爭寵邀媚、阿諛逢迎之徒為伍的品格和不畏讒毀、堅貞自守的崚嶒傲骨。

最後幾句，把梅花的「獨標高格」，再推進一層：「零落成泥碾作塵，只有香如故。」前句承上闋的寂寞無主、黃昏日落、風雨交侵等淒慘境遇。這句七個字四次頓挫：「零落」，不堪雨驟風狂的摧殘，梅花紛紛凋落了，這是一層。落花委地，與泥水混雜，不辨何者是花，何者是泥了，這是第二層。從「碾」字，顯示出摧殘者的無情，被摧殘者承受的壓力之大，這是第三層。結果呢，梅花被摧殘、被踐踏而化作灰塵了。這是第四層。看，梅花的命運有多麼悲慘，簡直令人不忍卒讀。但作者的目的絕不是單為寫梅花的悲慘遭遇，引起人們的同情；從寫作手法說，仍是鋪墊，是蓄勢，是為了把下句的詞意推上最高峰。雖說梅花凋落了，被踐踏成泥土了，被碾成塵灰了，請看，「只有香如故」，它那「別有韻」的香味，卻永遠「如故」，一絲一毫也改變不了呵。

末句具有扛鼎之力，它振起全篇，把前面梅花的不幸處境，風雨侵凌，凋殘零落，成泥作塵的淒涼、衰颯、悲戚，一股腦兒拋到九霄雲外去了。正是末句「想見勁節」（明卓人月《古今詞統》）。而這「勁節」的得以「想見」，正是由於此詞運用比興手法，十分成功，託物言志，給我們留下了十分深刻的印象，成為一首詠梅的傑作。（艾治平）

漢宮春

陸游

初自南鄭來成都作

羽箭雕弓，憶呼鷹古壘，截虎平川。吹笳暮歸野帳，雪壓青氈。淋漓醉墨，看龍蛇飛落蠻箋。人誤許、詩情將略，一時才氣超然。

何事又作南來，看重陽藥市，元夕燈山？花時萬人樂處，攲帽垂鞭。聞歌感舊，尚時時流涕尊前。君記取、封侯事在，功名不信由天。

這首詞是作者於孝宗乾道九年（一一七三）春在成都所作，時年四十九歲。八年冬，四川宣撫使王炎從南鄭被召回臨安，陸游被改命為成都府路安撫司參議官，從南鄭行抵成都，已經是年底。題目說是初來，詞中寫到元夕觀燈、花時遊樂等等，應該已是九年春。詞中又說到看重陽藥市，那是預先設想的話，因為九年秋直到年底，陸游代理知嘉州，不在成都。陸游活動在南鄭前線時，對抗金的前途懷著勝利的希望。調到後方，拏雲心事，不得舒展，極為苦悶，而要收復河山的信念，仍然是堅定不移。在不少詩篇和詞作裡，往往激發著慷慨昂揚的聲音。這首〈漢宮春〉，是有代表性的。

詞的上片，表明作者對在南鄭時期的一段從軍生活，是這樣的珍視而回味著。他想到在那遼闊的河灘上，崢嶸的古壘邊，手縛猛虎，臂揮健鷹，是多麼驚人的場景！這不是大言空話，而是活生生的事實。在陸游的詩作裡，時常提到，〈書事〉說：「雲埋廢苑呼鷹處。」〈忽忽〉詩：「呼鷹漢廟秋。」〈懷昔〉：「昔者戍梁益，寢飯鞍馬間，……挺劍刺乳虎，血濺貂裘殷。」〈三山杜門作歌五首〉其三：「南沮水邊秋射虎。」寫的都是南鄭從軍時的生活。他又想到晚歸野帳，悲笳聲裡，雪花亂舞，興酣落筆，草下了龍蛇飛動的字幅和氣壯河山的詩篇，又多麼值得自豪！當然，這更是書生本色而不是虛話了。可是捲地狂飆，突然吹破了詞人壯美的夢境。成都之行，意味著抗金願望暫時不能實現。自己的文才武略，何補時艱？「人誤許」三字，不是謙詞，而是對當時朝廷壓抑主戰派、埋沒人才的憤怒控訴。

下片跟上片作鮮明的對照。在繁華的成都，藥市燈山，百花如錦，是有人在那裡沉醉的。可是，在民族災難深重的年代裡，在詞人的心眼裡，錦城歌管，只能換來尊前的流涕了。「何事又作南來」一問，蘊藏著多少悲憤在內！詞人最後的回答是：破敵功名的取得，要靠人的力量，不是由天決定。陸游大量詩篇裡反覆強調的人定勝天思想，在詞作裡再一次得到了表現。這裡，說明了詞人的意志，並沒有因為環境的變化而消沉，而是更堅定了。

這詞的藝術特色，總的是用對比的手法，以南鄭的過去對比成都的現在，以才氣超然對比流涕尊前，表面是現在為主過去是賓，精神上卻是過去是主現在是賓。中間又善於用反筆鉤鎖等寫法，「人誤許」、「功名不信由天」兩個反筆分別作上下片的收束，顯得有千鈞之力。「詩情將略」分別鉤住前七句的兩個內容，「聞歌」鉤住藥市、燈山四句，「感舊」鉤住上片。在渲染氣氛，運用語言方面，上片選擇最驚人的場面，出之以淋漓沉雄的大筆，下片選擇成都地方典型的事物，出之以婉約的風調，最後又一筆振起，仍然是高調而不是低調。

詞筆剛柔相濟，結構波瀾起伏，情調高下抑揚，從而使通篇迸發出愛國主義精神的火花，並給讀者以美感。（錢仲聯）

烏夜啼 陸游

金鴨餘香尚暖，綠窗斜日偏明。蘭膏香染雲鬟膩，釵墜滑無聲。

冷落秋千伴侶，闌珊打馬心情。繡屏驚斷瀟湘夢，花外一聲鶯。

陸游中年以後，是反對寫豔詞的。他的〈跋《花間集》〉說：「《花間集》皆唐末五代時人作。方斯時，天下岌岌，生民救死不暇，士大夫乃流宕如此，可嘆也哉！」〈長短句序〉說：「風雅頌之後為騷，為賦，……千餘年後，乃有倚聲製辭起於唐之季世，則其變愈薄，可勝嘆哉！予少時汨於世俗，頗有所為，晚而悔之。」這首詞綺豔頗近《花間》，當是少年時的作品。

詞是摹寫一個上層婦女在春天中的孤獨、寂寞的生活的。寫她午後無聊，只好挨在床上消磨時光。上片起二句：「金鴨餘香尚暖，綠窗斜日偏明。」後句用晚唐方棫詩「午醉醒來晚，無人夢自驚。夕陽如有意，長傍小窗明」句意，以窗外斜日點明時間，一「綠」字渲染環境，「偏」字即方詩的「如有意」；前句寫金鴨形的香爐中餘香裊裊，點明身分，近於唐戴叔倫〈春怨〉詩「金鴨香消欲斷魂，梨花春雨掩重門」，李清照〈醉花陰〉詞「薄霧濃雲愁永晝，瑞腦銷金獸」所寫的情景。這情景，看似幽雅，實則透露孤獨無聊。「蘭膏香染雲鬟膩，釵墜滑無聲。」由閨房寫到房中人，即女主人公，裝束華貴，但孤獨無聊的情緒也透露得更分明。這兩句寫美麗的頭髮染了香氣很濃的「蘭膏」，午後睡在床上，玉釵下墜，也滑潤無聲。這使人想起溫庭筠〈菩薩蠻〉詞

「鬢雲欲度香腮雪」，李賀〈美人梳頭歌〉「一編香絲雲撒地，玉釵落處無聲膩」；更令人想起歐陽脩〈臨江仙〉詞：「涼波不動簟紋平。水精雙枕，傍有墮釵橫。」事物相似，情景的綺美相似；所不同的，這裡人物的活動，不是團圓的「雙枕」，而是冷清的「單枕」。「雙枕」可以引人豔羨，「單枕」則只能使人同情。

下片開頭兩句：「冷落秋千伴侶，闌珊打馬心情。」正面寫主人公的寂寞。她不但離別了心上人，深閨獨處，而且連同耍秋千（鞦韆）的女伴也很少過從。女伴「冷落」，自然自己的心情也更為「冷落」，說前者正好反襯了後者。「打馬」之戲，是宋代婦女閨房中的一種遊戲，李清照即精於此道，作了《打馬圖經》，講究這種玩藝。詞中主人公的心上人不在，女伴「冷落」，「打馬」心情的「闌珊」，自可想見。這句寫出了在孤獨中連玩耍的興趣都消退了。無聊之極，只好仍在「繡屏」旁邊的床上挨著，朦朧之中，做起了白日夢。夢說「瀟湘」，暗用岑參〈春夢〉詩「洞房昨夜春風起，遙憶美人（這是指所愛的男性）湘江水。枕上片時春夢中，行盡江南數千里」作為典故，即寫在夢中遠涉異地，去尋找心上人。這種夢本來不容易做，做了，好景不長，偏被春鶯的啼聲「驚斷」。金昌緒〈春怨〉詩：「打起黃鶯兒，莫教枝上啼。啼時驚妾夢，不得到遼西。」馮延巳〈鵲踏枝〉詞：「濃睡覺來鶯亂語，驚殘好夢無尋處。」同樣寫鶯聲雖美，但啼醒人的好夢，那就頗殺風景，頗為惱人了。陸詞把驚夢放在鶯啼之前寫，使兩者的關係，似即似離，又不寫出怨意，顯得比較婉轉含蓄，情調避免了悲涼。

這是陸游少數的豔詞之一，寫得旖旎細膩。然只寫「豔」，不寫「怨」，「怨」在「豔」中。雖透露了一些「怨」意，又能怨而不悲；雖寫得較「豔」，又能豔而不褻。讀起來，不帶色情氣味，也不會引人過分傷感。這說明陸游後來雖反對《花間》，而早年詞卻也能得《花間》勝處而去其猥下與低沉。（陳祥耀）

烏夜啼 陸游

紈扇嬋娟素月，紗巾縹緲輕煙。高槐葉長陰初合，清潤雨餘天。
弄筆斜行小草，鉤簾淺醉閒眠。更無一點塵埃到，枕上聽新蟬。

陸游在孝宗乾道元年（一一六五）四十一歲時，買宅於山陰（今紹興）鏡湖之濱、三山之下的西村，次年罷隆興通判時，入居於此。西村居宅，依山臨水，風景優美。他受了山光水色的陶冶，心情比較寬舒，自號漁隱。在家住了四年，到乾道六年離家入蜀。四年中寫了幾首描寫村居生活的〈鷓鴣天〉詞。這首〈烏夜啼〉詞，也寫村居生活，但與上述〈鷓鴣天〉詞不同期，是他從蜀中歸來，罷提舉江南西路常平茶鹽公事再歸山陰時寫的。他這次歸山陰，從淳熙八年（一一八一）五十七歲起到十二年六十一歲止，又住了五年。他在淳熙十六年寫的〈長短句序〉，說他「絕筆」停止寫詞已有數年，則詞作於這幾年中當可確定。詞境之美，與山陰居宅的環境有關。

陸游是個愛國志士，不甘過閒散生活，他的詩詞寫閒適意境的，往往帶有悲慨。這首詞有些不同，整首都寫閒適意境，看不到任何悲憤之情。只有結合陸游的身世和思想，從詞外去理解他並不是真正耽於詞中的生活，但那已是讀者知人論世之事了，詞中內容並不如此。詞寫於初夏季節。上片起二句：「紈扇嬋娟素月，紗巾縹緲輕煙。」從兩種生活用品，表現季節。第一句寫美如圓月的團扇，第二句寫薄如輕煙的頭巾，這都是夏天所適用的。以圓月形容團扇，來自古樂府〈怨歌行〉：「新裂齊紈素，鮮潔如霜雪。裁為合歡扇，團團似明月。」以輕煙形容頭巾，則是作者的寫實。扇美巾輕，可以驅暑減熱，事情顯得輕快。「高槐葉長陰初合，清潤雨餘天。」這二句寫景，也貼切季節。夏天樹陰濃合，最為可喜；梅雨季節，放晴時餘涼餘潤尚在，這也使人感到寬舒。這二句使人想到王安石〈初夏即事〉「綠陰幽草勝花時」的詩句，想到周邦彥〈滿庭芳〉「午陰嘉樹清圓。地卑山近，衣潤費爐煙」的詞句。景物相近，意境同樣很美；但王詩、周詞，筆調幽細，陸詞則出以清疏。

下片起二句：「弄筆斜行小草，鉤簾淺睡閒眠。」由上片的物、景寫到人，由靜寫到動。陸游善書，以草書自負，但他有關寫字的詩，如〈草書歌〉〈題醉中所作草書卷後〉〈醉中作行草數紙〉等，都是表現報國壯志被壓抑，興酣落筆，藉以發洩憤激感情的，正如第二題的詩中所說的：「胸中磊落藏五兵，欲試無路空崢嶸。酒為旗鼓筆刀槊，勢從天落銀河傾。」以寫字表現閒適之情的，淳熙十三年作於都城的〈臨安春雨初霽〉中的「矮紙斜行閒作草」一句，正和這裡的詞句、語意都接近。醒時弄筆寫細草，表示閒適；醉眠時掛起簾鉤，為了迎涼，享受陶淵明〈與子儼等疏〉所說的：「五六月中，北窗下臥，遇涼風暫至，自謂是羲皇上人」那樣的樂趣。「更無一點塵埃到，枕上聽新蟬」，正是瀕湖住宅的清涼、潔淨的境界。

這首詞只寫事和景，不寫情，情寓於事與景中。上下片複疊，句式完全相同，故兩片起句都用對偶。情景輕快優美，筆調清疏自然，是陸游少見的閒適詞。作者淳熙八年初歸山陰的夏天，寫了一首〈北窗〉詩：「九陌黃塵早暮忙，幽人自愛北窗涼。清吟微變舊詩律，細字閒抄新酒方。草木扶疏春已去，琴書蕭散日初長。〈破羌〉臨罷揩頤久，又破銅匜半篆香。」意境和這詞頗相近，可以同參作者這時期的心態。〈破羌〉是王羲之傳世的字帖之一，臨〈破羌〉也即近於「弄筆斜行小草」。「清吟微變舊詩律」，更可探求這詞風格形成的一些信息。（陳祥耀）

夜遊宮　陸游

記夢寄師伯渾

雪曉清笳亂起，夢遊處、不知何地。鐵騎無聲望似水。想關河：雁門西，青海際。

睡覺寒燈裡，漏聲斷、月斜窗紙。自許封侯在萬里。有誰知，鬢雖殘，心未死！

陸游有大量抒發愛國主義激情的記夢詩，在詞作裡也有。這首〈夜遊宮〉，主題就是這樣。師伯渾是陸游認為很有本事的人，是在四川交上的新朋友，夠得上說是同心同調，所以把這首記夢詞寄給他看。

上片寫的是夢境。一開頭就渲染了一幅有聲有色的關塞風光畫面，雪、笳、鐵騎等特定的北方事物，放在秋聲亂起和如水奔瀉的動態中寫，有力地把讀者吸引到作者的詞境裡來。中間突出一句點明這是夢遊所在。先說是迷離惝怳的夢，不知是什麼地方；然後進一步引出聯想——是在夢中的聯想，這樣的關河，必然是雁門、青海一帶了。這裡，是單舉兩個地方以代表廣闊的西北領土。這樣莽蒼雄偉的關河如今落在誰的手裡呢？那就不忍說了。作者深厚的愛國感情，凝聚在短短的九個字中，給人以非恢復河山不可的激勵，從而過渡到下片。

下片寫夢醒後的感想。一燈熒熒，斜月在窗，漏聲滴斷，周圍一片死寂。冷落的環境，反襯出作者報國雄心的火焰卻在熊熊燃燒。自許封侯萬里之外的信心，是何等執著。人老而心不死，自己雖然離開南鄭前線回到後方，可是始終不忘要繼續參加抗戰。「有誰知」三字，表現了作者對朝廷排斥愛國者的行徑的憤怒譴責。夢境和實感，上下片呵成一氣，有機地聯繫著，使五十七字的中調，具有壯闊的境界。（錢仲聯）

漁家傲 陸游

寄仲高

東望山陰何處是？往來一萬三千里。寫得家書空滿紙。流清淚，書回已是明年事。寄語紅橋橋下水，扁舟何日尋兄弟？行遍天涯真老矣。愁無寐，鬢絲幾縷茶煙裡。

陸升之，字仲高，山陰人，與陸游同曾祖，長於游十二歲，有「詞翰俱妙」（宋王明清《玉照新志》）的才名，和陸游感情本好。陸游十六歲時赴臨安應試，他也同行。高宗紹興二十年（一一五〇），任諸王宮大小學教授，阿附秦檜，以告發秦檜政敵李光作私史事（升之為李光侄婿），擢大宗正丞。元韋居安《梅磵詩話》記載，陸游有〈送仲高兄宮學秩滿赴行在〉詩以諷之，詩云：「兄去遊東閣，才堪直北扉。莫憂持橐晚，姑記乞身歸。道義無今古，功名有是非。臨分出苦語，不敢計從違。」指責他行為有悖於道義，為取得功名富貴不擇手段，致為輿論所非議，勸他及早抽身。仲高見詩不悅。其後陸游入朝，仲高亦照鈔此詩送行，只改「兄」字為「弟」

字。兩人的思想分歧，是因對秦檜態度不同而起。紹興二十五年秦檜死後，其黨羽遭受貶逐，仲高也遠徙雷州達七年。孝宗隆興元年（一一六三），陸游罷樞密院編修官，還家待缺，仲高已自雷州貶所歸山陰，兩人相遇，對床夜話。由於時間的推移和情勢的改變，彼此之間的隔閡也已消除。陸游應仲高之請作〈復齋記〉，歷述其生平出處本末，提到擢升大宗正丞那一段，說在他人可以稱得上是個美差，仲高得此則是不幸。對大節所關仍不苟且，口氣卻委婉多了；還稱道仲高經此波折，能「落其浮華，以返本根」，要向仲高學習。陸游入蜀後，乾道八年（一一七二）在閬中曾得仲高信，有詩記其事。據《山陰陸氏族譜》，仲高死於淳熙元年（一一七四）六月，次年春陸游在成都始得訊，有〈聞仲高從兄訃〉詩。這一首〈寄仲高〉的詞，當是淳熙二年以前在蜀所作，只述兄弟久別之情，不再提及往事，已感無須再說了。

上片起二句：「東望山陰何處是？往來一萬三千里。」寫蜀中與故鄉山陰距離之遠，為後文寫思家和思念仲高之情發端。「寫得家書空滿紙」和「流清淚」二句，接著申寫思家之情的深切。「空滿紙」，情難盡；「流清淚」，情難抑，這已夠傷感的了。「書回已是明年事」句，緊接寫信的事，自嘆徒勞；又呼應起二句，更加傷感。地既遠，情難盡，一封家信的回覆，要等待到來年，這種情境極為難堪，而表達卻極新穎。前人詩詞，少見這樣寫。這一句是全詞意境最佳的創新之句。這種句，不可多得，也不能強求，須從實境實感中自然得來。陸游高手，興會所及，得來全不費力。

下片起二句，從思家轉到思念仲高。「寄語紅橋橋下水，扁舟何日尋兄弟？」巧妙地借「寄語」流水表達懷人之情。紅橋，在山陰縣西七里迎恩門外，當是兩人時共出入之地，陸游在夔州所作〈初夏懷故山〉詩「鏡湖四月正清和，白塔紅橋小艇過」，即指此。詞由橋寫到水，又由水引出扁舟；事實上是倒過來想乘扁舟沿流水而到紅橋。詞題是寄仲高，不是懷仲高，故不專寫懷念仲高的事；專寫懷念仲高，只這二句，而「兄弟」一呼，情見乎辭。況寄言只憑設想，相尋了無定期，用筆不多，取象亦麗，而酸楚之情卻深。陸游離開南鄭宣撫使司幕府後，經三泉、益昌、劍門、武連、綿州、羅江、廣漢等地至成都；又以成都為中心，輾轉往來於蜀州、嘉州、榮州等地，年屆五十，故接下去有「行遍天涯真老矣」之句。這一句從歸鄉未得，轉到萬里飄泊、年華老大之慨。再接下去二句：「愁無寐，鬢絲幾縷茶煙裡。」典故用自杜牧〈題禪院〉詩：「觥船一棹百分空，十歲青春不負公。今日鬢絲禪榻畔，茶煙輕揚落花風。」陸游早歲即以經濟自負，又以縱飲自豪，都同於杜牧；如今老大無成，幾絲白髮，坐對茶煙，也同於杜牧。身世之感相同，自然容易引起共鳴，信手拈用其詩，如同己出，不見用典痕跡。這三句，是向仲高告訴自己的生活現狀，看似消沉，實際又是不然。因為對消沉而有感慨，便是不安於消沉、不甘於消沉的一種表現。

這首詞從寄語親人表達思鄉、懷人及自身作客飄零的情狀，語有新意，情亦纏綿，在陸詞中是筆調較為淒婉之作。它的結尾看似有些消沉，而實際並不消沉，化憤激不平與熱烈為閒適與淒婉，又是陸詩與陸詞的常見意境。（陳祥耀）

雙頭蓮 陸游

呈范至能待制

華鬢星星，驚壯志成虛，此身如寄。蕭條病驥，向暗裡、消盡當年豪氣。夢斷故國山川，隔重重煙水。身萬里，舊社凋零，青門俊遊誰記？

盡道錦里繁華，嘆官閒晝永，柴荊添睡。清愁自醉，念此際、付與何人心事。縱有楚柁吳檣，知何時東逝？空悵望，膾美菰香，秋風又起。

范至能，即南宋著名詩人范成大，小陸游一歲。紹興三十二年（一一六二）九月，孝宗已即位，兩人同在臨安編類聖政所任檢討官，同事相知。淳熙二年（一一七五）六月，范成大入蜀知成都府、權四川制置使，辟陸游為成都府路安撫司參議官兼四川制置使司參議官，居成都。范成大有一首詩，題目上說：「余與陸務觀自聖政所分袂，每別輒五年，離合又常以六月，似有數者。」《宋史．陸游傳》說：「范成大帥蜀，游為參議官，以文字交，不拘禮法，人譏其頹放，因自號放翁。」自號放翁，是淳熙三年的事。這年春，陸游因病休居城西笮橋一帶；范成大也以病乞罷使職，四年六月，離蜀還朝。范、陸在蜀，頗多酬答唱和之作，這首詞即其一，當作於淳熙三年秋陸游病後休官時。

淳熙三年，陸游五十二歲，既已離開南鄭軍幕，在四川制置使司任官，又因病和被「譏劾」而休官，有年老志不酬之感，故上片開頭三句「華鬢星星，驚壯志成虛，此身如寄」，即寫此感。這種感情，即是他〈病中戲書三首〉其一說的「五十忽過二，流年消壯心」，〈感事〉說的「年光遲暮壯心違」。「壯心」的「消」與「違」，主要出於環境所迫和抱病，故接下去即針對「病」字，說：「蕭條病驥，向暗裡、消盡當年豪氣。」這一年的詩，也屢以「病驥」自喻，如〈書懷〉「摧頹已作驥伏櫪」，〈松驥行〉「驥行千里亦何得，垂首伏櫪終自傷」，〈百歲〉「壯心空似驥伏櫪」，〈和范待制秋興〉「身如病驥唯思臥」。病後休官，還以千里老驥自許，「豪氣」即是「壯志」，可見兩者都並未真正「消盡」。這一年的〈書嘆〉詩「浮沉不是忘經世，後有仁人知此心」，〈夏夜大醉醒後有感〉詩「欲傾天上河漢水，淨洗關中戰士塵。那知一旦事大繆，騎驢劍閣霜毛新。卻將覆氈草檄手，小詩點綴西州春。素心雖願老巖壑，大義未敢忘君臣。雞鳴酒解不成寐，起坐肝膽空輪囷」，浮沉不忘經世，憂國即肝膽輪囷，可見所謂消沉，只是一時的興嘆而已。「夢斷故國山川，隔重重煙水。」由在蜀轉入對故都的懷念，為下文「身萬里，舊社凋零，青門俊遊誰記」作一過脈。「舊社」義同故里，這裡緊屬下句，似泛指舊友，不一定有結社之事，蘇軾〈次韻劉景文送錢蒙仲三首〉其二「寄語竹林社友，同書桂籍天倫」，亦屬泛指。「青門」，漢長安城門，借指南宋都城臨安。這三句表示此身遠客，舊友星散，但以前同遊交往的情興難忘。陸游在聖政所時，與范成大、周必大等人同官，皆一時清流俊侶，舊遊之念，即包括范成大在內，此詞之呈，自不徒然。況作者他詞，念及臨安初年的舊友，亦每引以自豪。〈訴衷情〉說：「青衫初入九重城，結友盡豪英。」〈南鄉子〉說：「早歲入皇州，尊酒相逢盡勝流。」

換頭「盡道錦里繁華，嘆官閒晝永，柴荊添睡」，又自回憶臨安轉到在蜀處境。錦城雖好，柴荊獨處；投閒無侶，以睡了時，哪得不「嘆」？「清愁自醉，念此際、付與何人心事。」這兩句是倒文，即此時心事，無人可以交談，只得以自醉對付清愁之意。心事無人可付，依然是壯志未消、苦衷難言的婉轉傾訴。陸游詩詞中，本來常有借酒澆愁的描寫，這一年有一首〈春愁〉詩，卻說得很特別：「醉自醉倒愁自愁，愁與酒如風馬牛。」愁不能為酒所消，那就是愁得更大更深；也許詞中的「清愁自醉」，表的就是酒不能銷愁、愁反能成醉的曲折意思，不盡如上面所解的「以自醉對付清愁」。「縱有楚柁吳檣，知何時東逝？」無計銷愁，無人可托心事，轉而動了歸鄉之念，也屬自然。因「東歸」而想望「楚柁吳檣」，正如他前二年〈秋思三首〉其一說的「吳檣楚柁動歸思」，指乘船沿江而下。「東逝」無時，秋風又動，宦況蕭條，又不禁想起晉人張翰的故事：「見秋風起，乃思吳中菰菜、蓴羹、鱸魚膾，……遂命駕而歸」（《晉書．張翰傳》），而寫下結尾三句：「空悵望，膾美菰香，秋風又起。」更難堪的，是要學張翰還有不能，暫時只得「空悵望」而已。值得提出的，作者的心情，如果僅僅限於想慕張翰，還是平淡無奇；他的「思鱸」，還有其不得已的苦衷，詩集中〈和范待制秋日書懷二首〉，作於同時，不是說過「欲與眾生共安隱，秋來夢不到鱸鄉」嗎？陸游是志士而非隱士，他的說「隱」，常宜從反面看。

這首詞在困難環境中，反覆陳述壯志消沉、懷舊思鄉之情，看似消極，仍含悲憤，陸游其人與其詩詞的積極本色，細按未嘗不存。（陳祥耀）

鵲橋仙　陸游

華燈縱博，雕鞍馳射，誰記當年豪舉①？酒徒一半取封侯，獨去作江邊漁父。
輕舟八尺，低篷三扇，占斷蘋洲煙雨。鏡湖元自屬閒人，又何必官家賜與！

〔註〕①可參陸游〈九月一日夜讀詩稿有感走筆作歌〉：「四十從戎駐南鄭，酣宴軍中夜連日。打毬築場一千步，閱馬列廄三萬疋。華燈縱博聲滿樓，寶釵豔舞光照席。」

這是陸游閒居故鄉山陰時所作。山陰地近鏡湖，因此他此期詞作類多「漁歌菱唱」。山容水態之詠，棹舞舟橫之什，貌似清曠淡遠，翛然物外，其實，此翁身寄湖山，心存河嶽。他寫「身老滄洲」生涯，正是其「心在天山」（〈訴衷情〉）的痛苦曲折的反映。這首〈鵲橋仙〉即其一例。

詞從南鄭幕府生活寫起。發端兩句，對他一生中最難忘的這段戎馬生涯作了一往情深的追憶。在華麗的明燈下與同僚縱情博戲，騎上駿馬射獵馳驅，這是多麼豪邁的生活！他四十八歲那一年入四川宣撫使王炎南鄭幕。當時南鄭地處西北邊防，為恢復中原的戰略據點。王炎入川時，宋孝宗曾面諭布置北伐工作；陸游也曾為王炎規劃進取之策，說「經略中原必自長安始，取長安必自隴右始」（見《宋史．陸游傳》）。他初抵南鄭時滿懷信心地唱道：「國家四紀失中原，師出江淮未易吞。會看金鼓從天下，卻用關中作本根。」（〈山南行〉）因此，他在軍中心情極為舒暢，公務之暇，「華燈縱博」、「雕鞍馳射」，詞以對句發端，激昂整鍊，寫盡「當年豪舉」。

騎射無論，賭博也是豪舉，陸游詩詞中頗多言及，如〈鷓鴣天．送葉夢錫〉所稱「平生豪舉少年場」者，就有「十千沽酒青樓上，百萬呼盧錦瑟傍」之事；光宗紹熙五年（一一九四）所作〈自詠〉詩且云：「常記當年入洛初，華燈百萬擲樗蒲。」但第三句陡然折入現實，緊承「誰記」二字，引出一片寂寞淒涼。朝廷的國策起了變化，大有可為的時機白白喪失了。不到一年，王炎被召還朝，陸游轉官成都，風流雲散，偉略成空。那份豪情壯志，當年曾有幾人珍視？如今更有誰還記得？詞人運千鈞之力於毫端，用「誰記」一筆兜轉。後兩句描繪出兩類人物，兩條道路：終日酣飲耽樂的酒徒，反倒受賞封侯；志存恢復的儒生如己者，卻被迫投閒置散，作了江邊漁父：事之不平，孰逾於此？這四、五兩句，以「獨」字為轉折，從轉折中再進一層。經過兩次轉折遞進，昔日馬上草檄、短衣射虎的英雄，已經變成孤舟蓑笠翁了。那個「獨」字以入聲直促之音，高亢特起，凝鑄了深沉的孤憤和掉頭不顧的傲岸之情，聲情悉稱，妙合無垠。

下片承「江邊漁父」生發，以「輕舟」、「低篷」之渺小與「蘋洲煙雨」之浩蕩對舉，復綴「占斷」一語於其間，再作轉進。「占斷」即占盡之意。「縱一葦之所如，淩萬頃之茫然」（蘇軾〈赤壁賦〉），無拘無束，獨往獨來，是謂「占斷煙雨」。三句寫湖上生涯，詞境浩渺蒼涼，極煙水迷離之致，含疏曠要眇之情。詞至此聲情轉為紓徐蕭散，節奏輕緩。但由於「占斷」一詞撐拄其間，又顯得骨力開張，於紓徐中蓄拗怒之氣，蕭散而不失遒勁昂揚。前此既蓄深沉的孤憤和掉頭不顧的傲岸之情，復於此處得「占斷」二字一挑，於是，「鏡湖元自屬閒人，又何必官家賜與」這更為昂揚兀傲的一結乃肆口而成，語隨調出，唱出了全闋的最高音。唐代詩人賀知章老去還鄉，玄宗曾詔賜鏡湖一曲以示矜恤。陸游借用這一故實而翻出一層新意——官家（皇帝）既置我於閒散，這鏡湖風月本來就只屬閒人，還用得著你官家賜與嗎？再說，天地之大，江湖之迴，何處不可置我昂藏八尺之軀，誰又稀罕你「官家」的賜與？這個結句，表現出夷然不屑之態，憤慨不平之情，筆鋒直指最高統治者。它把通首激昂不平之意，以大力盤旋之勢，千迴百轉而後出，故一出即振動全詞，聲情激越，逸響悠然不絕。

這首抒情小唱很能代表陸游放歸後詞作的特色。他在描寫湖山勝景、閒情逸趣的同時，總含著壯志未酬、壯心不已的幽憤。雕鞍馳射，蘋洲煙雨，景色何等廣漠浩蕩！而「誰記」、「獨去」、「占斷」這類詞語層層轉折，步步蓄勢，隱曲幽微，情意又何等怨慕深遠！這種景與情，廣與深的縱橫交織，構成了獨特深沉的意境。明代楊慎《詞品》說：「放翁詞，纖麗處似淮海，雄慨處似東坡。其感舊〈鵲橋仙〉一首（即此詞），英氣可掬，流落亦可惜矣。」他看到了這首詞中的「英氣」，卻沒有看到其中的不平之氣，是其一失。清代陳廷焯編《詞則》，將此詞選入《別調集》，在「酒徒」兩句上加密點以示激賞，眉批云：「悲壯語，亦是安分語。」謂為「悲壯」近是，謂為「安分」則遠失之。這首詞看似超脫、「安分」，實則於嘯傲煙水中深寓忠憤抑鬱之氣，內心是極不平靜，極不安分的。不窺其隱曲幽微的深衷，說他隨緣、安分，未免昧於騷人之旨，誤會了志士之心。（賴漢屏）

鵲橋仙

陸游

一竿風月，一蓑煙雨，家在釣臺西住。賣魚生怕近城門，況肯到紅塵深處？
潮生理棹，潮平繫纜，潮落浩歌歸去。時人錯把比嚴光，我自是無名漁父。

陸游這首詞雖然是寫漁父，其實是作者自己詠懷之作。他寫漁父的生活與心情，正是寫自己的生活與心情。首兩句，「一竿風月，一蓑煙雨」，是漁父的生活環境。「家在釣臺西住」，是說漁父的心情近似嚴光。嚴光不應漢光武的徵召，獨自披羊裘釣於浙江的富春江上（見《後漢書．嚴光傳》）。上片結句說，漁父雖以賣魚為生，但是他遠遠地避開爭利的市場。賣魚還生怕走近城門，更不肯向紅塵深處追逐名利了。

下片三句寫漁父潮生時出去打魚，潮平時繫纜，潮落時歸家。生活規律和自然規律相適應，無分外之求。不像世俗中人那樣沽名釣譽，利令智昏。最後兩句承上片「釣臺」兩句來，說嚴光還不免有求名之心，這從他披羊裘垂釣上表現出來。宋人有一首詠嚴光的詩說：「一著羊裘便有心，虛名傳誦到如今。當時若著蓑衣去，煙水茫茫何處尋。」也是說嚴光雖辭光武徵召，但還有名心。陸游因此覺得：「無名」的「漁父」比嚴光還要清高。

這詞上下片的章法相同，每片頭三句都是寫生活，後兩句都是寫心情，但深淺不同。上片結尾說自己心情近似嚴光，下片結尾卻把嚴光也否定了。

文人詞中寫漁父最早、最著名的是張志和的〈漁父〉，後人仿作的很多，李煜諸家都有這類作品。但是文人的漁父詞，有些用自己的思想感情代替漁父的思想感情，很不真實。陸游這首詞，論思想內容，可以說是在張志和諸首之上。很明顯，這詞是諷刺當時那些被名牽利絆的俗人的。我們不可錯會他的作意，簡單地認為它是消極的、逃避現實的作品。

陸游另有一首〈鵲橋仙〉詞：「華燈縱博，雕鞍馳射，誰記當年豪舉？酒徒一半取封侯，獨去作江邊漁父。輕舟八尺，低篷三扇，占斷蘋洲煙雨。鏡湖元自屬閒人，又何必官家賜與！」也是寫漁父的。它上片所寫的大概是他四十八歲那一年在漢中的軍旅生活。而這首詞可能是作者在王炎幕府經略中原事業失望以後，回到山陰故鄉時之作。兩首詞同調、同韻，若是同時之作，那是寫他自己晚年英雄失路的感慨，絕不是張志和〈漁父〉那種恬淡、閒適的隱士心情。讀這首詞時，應該注意他這個創作背景和創作心情。（夏承燾）

鵲橋仙 陸游

夜聞杜鵑

茅簷人靜，蓬窗燈暗，春晚連江風雨。林鶯巢燕總無聲，但月夜、常啼杜宇。催成清淚，驚殘孤夢，又揀深枝飛去。故山猶自不堪聽，況半世、飄然羈旅！

孝宗乾道八年（一一七二）冬陸游離南鄭，第二年春天在成都任職，之後在西川淹留了六年。據夏承燾《放翁詞編年箋注》，此詞就寫於這段時間。杜鵑，蜀地很多，暮春而鳴。牠又名杜宇、子規、鶗鴂，古人曾賦予它很多意義，蜀人更把它編成了一個哀淒動人的故事。（唐盧求《成都記》：「望帝死，其魂化為鳥，名曰杜鵑。」）因此，這種鳥的啼鳴常引起人們的許多聯想，寓蜀文士關於杜鵑的吟詠似乎更多，杜甫入蜀後這樣的作品就有不少。陸游寓蜀心境本來就不大好，當他「夜聞杜鵑」，自然會驚動敏感的心弦而思緒萬千了。

「茅簷人靜，蓬窗燈暗，春晚連江風雨。」「茅簷」、「蓬窗」對文，指其簡陋的寓所。當然，陸游住所未必如此，這樣寫無非是形容客居的蕭條，不必拘執。在這樣的寓所裡，「菴菴黃昏後，寂寂人定初」（漢樂府〈孔雀東南飛〉），當他坐在昏黃的燈下，該是多麼寂寥；而且又是「連江風雨」、「蕭蕭暗雨打窗聲」，會逗引他多少愁緒。「連江」，形容風雨其來之遠，這當然不是所見，而是想像，他想像風雨連江，也表明他愁緒的浩茫無邊。

「林鶯巢燕總無聲，但月夜、常啼杜宇。」這時他聽到了鵑啼，但又不直接寫，先反襯一筆：鶯燕無聲。鶯燕無聲使得鵑啼顯得分外清晰、刺耳；鶯燕在早春顯得特別活躍，一到晚春便「燕懶鶯殘」、悄然無聲了，對這「無聲」的怨悱，就是對「有聲」的厭煩。「總」字傳達出了那種怨責、無奈的情味。再泛寫一筆：「但月夜、常啼杜宇。」「月夜」自然不是這個風雨之夜，月夜的鵑啼是很淒楚的——「又聞子規啼夜月，愁空山」（李白〈蜀道難〉）——何況這個風雨之夜呢！「常啼」顯出這刺激不是一日幾日，這樣寫是為了加強此夜聞鵑的感受。

上片是寫聞鵑的環境，著重於氣氛的渲染。杜鵑本來就是一種「悲鳥」，在這種環境氣氛裡啼鳴，更加使人感到愁苦不堪。下片就寫愁苦情狀及內心痛楚。

「催成清淚，驚殘孤夢，又揀深枝飛去。」「孤夢」點明客中。客中無聊，寄之於夢，偏被「驚殘」。「催成清淚」，見出啼聲一聲緊似一聲，故曰「催」。就這樣還不停息，「又揀深枝飛去」，繼續牠的哀鳴。「又」，又是一個無可奈何。杜甫〈子規〉寫道：「客愁那聽此，故作傍人低！」——客中愁悶時哪能聽這啼聲，可是那杜鵑卻似故意追著人飛！這裡寫的也是這種情況。鵑啼除了在總體上給人一種悲悽之感、一種心理重負之外，還由於牠的象徵意義引人種種聯想。比如牠在暮春啼鳴，使人覺得春天似乎是被牠送走的，牠的啼鳴常引起人們時序倏忽之感，〈離騷〉就有「恐鵜鴂之先鳴兮，使夫百草為之不芳」。又，這種鳥的鳴聲好似說「不如歸去」，因此又常引起人們的羈愁。所以作者在下面寫道：「故山猶自不堪聽，況半世、飄然羈旅！」「故山」，故鄉。「半世」，陸游至成都已是四十九歲，故云。

這結尾的兩句就把他此時聞鵑內心深層的意念揭示出來了。故山聽鵑當然引不起羈愁，之所以「不堪聽」，就是因為打動了歲月如流、志業未遂的心緒，而今在蜀，更增加了一重羈愁，這裡的「猶自……況」就是表示這種遞進。清張宗橚《詞林紀事》卷十一引《詞統》云：「去國離鄉之感，觸緒紛來，讀之令人於邑」（於邑，通嗚咽）。解說還算切當，但是這裡忽略了更重要的歲月蹉跎的感慨。如果聯繫一下作者此時一段經歷，我們可以把這些意念揭示得更明白些。

陸游是四十六歲來夔州任通判的，途中曾作詩道：「四方男子事，不敢恨飄零」（〈夜思〉），情緒還是不錯的。兩年後到南鄭的王炎幕府裡贊襄軍事，使他得以親臨前線，心情十分振奮。他曾身著戎裝，參加過大散關的衛戍。這時他覺得王師北定中原有日，自己乘時立功的機會到了。可是只半年多，王炎幕府解散，自己被調往成都，離開了如火如荼的前線生活，其挫折的巨大可以想見。以後他播遷於西川各地，無路請纓，沉淪下僚，直到離蜀東歸。由此看來，他的歲月蹉跎之感是融合了對功名的失意、對時局的憂念；「況半世、飄然羈旅！」從這痛切的語氣裡，可以體會出他對朝廷如此對待自己的嚴重不滿。

清陳廷焯比較推重這首詞，《白雨齋詞話》云：「放翁詞，唯〈鵲橋仙．夜聞杜鵑〉一章，借物寓言，較他作為合乎古。」陳廷焯論詞重視比興、委曲、沉鬱，這首詞由聞鵑感興，由表及裡、由淺入深，曲曲傳達了作者內心的苦悶，在構思上、表達上是比陸游其他一些作品講究些。但這僅是論詞的一個方面的標準。放翁詞大抵步武蘇辛，雖有些作品如陳氏所言「粗而不精」，但還是有不少激昂感慨、敷腴俊逸者，揚此抑彼就失之偏頗了。（湯華泉）

訴衷情 陸游

當年萬里覓封侯，匹馬戍梁州①。關河夢斷何處，塵暗舊貂裘。

胡未滅，鬢先秋，淚空流。此生誰料，心在天山，身老滄洲。

〔註〕①梁州：《宋史．地理志》：「興元府，梁州漢中郡，山南西道節度。」治所在南鄭。陸游著作中，稱其參加王炎幕府所在地，常雜用以上地名。

積貧積弱、日見窘迫的南宋是一個需要英雄的時代，但這又是一個英雄「過剩」的時代。陸游的一生以抗金復國為己任，但請纓無路，屢遭貶黜，晚年退居山陰，有志難申。「志士淒涼閒處老，名花零落雨中看。」（〈病起〉）歷史的秋意，時代的風雨，英雄的本色，艱難的現實，共同釀成了這一首悲壯、沉鬱的〈訴衷情〉。作這首詞時，詞人已年近七十，身處江湖，未忘國憂，烈士暮年，雄心不已。這種高亢的政治熱情，永不衰竭的愛國精神形成了詞作風骨凜然的崇高美。但壯志不得實現，雄心無人理解，雖然「男兒到死心如鐵」（辛棄疾〈賀新郎．同父見和再用韻答之〉），無奈「報國欲死無戰場」（陸游〈隴頭水〉），這種深沉的壓抑感又形成了詞作中百折千迴的悲劇情調。

開頭兩句，再現了詞人往日壯志凌雲，奔赴抗敵前線的勃勃英姿。「當年」，指孝宗乾道八年（一一七二），時陸游來到南鄭（今陝西漢中），投身四川宣撫使王炎幕下襄理軍務。「覓封侯」用班超投筆從戎、立功異域

「以取封侯」的典故（見《後漢書．班超傳》），寫自己報效祖國，收拾舊河山的壯志。「自許封侯在萬里」（〈夜遊宮〉），一個「覓」字顯出詞人當年自負、自信的神情和堅定執著的追求。「萬里」與「匹馬」形成空間形象上的強烈對比，匹馬征萬里，一派卓犖不凡之氣。「壯歲從戎，曾是氣吞殘虜。」（〈謝池春〉）當時詞人四十八歲，從軍戍邊，「悲歌擊筑，憑高酹酒」（〈秋波媚〉），「呼鷹古壘，截虎平川」（〈漢宮春〉），那豪雄飛縱、激動人心的軍旅生活至今歷歷在目，時時入夢。夢是願望的達成，陸游詩詞中記夢之作很多，這是因為強烈的願望受到太多的壓抑，積鬱的情感只有在夢裡才能得到宣洩。「關河夢斷何處，塵暗舊貂裘」，在南鄭前線僅半年，陸游就被調離，從此關塞河防，只有時時在夢中出現，而夢醒不知身何處，只有舊時貂裘戎裝，已是塵封色暗。一個「暗」字將歲月的流逝，人事的消磨，化作灰塵堆積之暗淡畫面，心情飽含惆悵。

上片開頭以「當年」二字楔入對往日豪放軍旅生活的回憶，聲調高亢。「夢斷」一轉，形成一個強烈的情感落差，慷慨化為悲涼。至下片則進一步抒寫理想與現實的矛盾，跌入更深沉的浩嘆，悲涼化為沉鬱。「胡未滅，鬢先秋，淚空流」三句步步緊逼，聲調短促，說盡平生不得志。放眼西北，神州陸沉，妖氛未掃；回首人生，流年暗度，兩鬢已蒼；沉思往事，雄心雖在，壯志難酬。「未」、「先」、「空」三字在承接比照中，流露出沉痛的感情，越轉越深：人生自古誰不老？但逆胡尚未滅，功業尚未成，歲月已無多，這才迫切感到人「先」老之驚心。「一事無成霜鬢侵」（〈沁園春．三榮橫谿閣小宴〉），對鏡理髮，一股悲涼的意緒滲透心頭，人生老大矣！然而，即使天假數年，雙鬢再青，又豈能實現「攘除姦兇，興復漢室」（諸葛亮〈出師表〉）的事業？「朱門沉沉按歌舞，廄馬肥死弓斷弦」（陸游〈關山月〉），「雲外華山千仞，依舊無人問」（陸游〈桃源憶故人〉）。所以說，這憂國之淚只是「空」流。一個「空」字既寫了內心的失望和痛苦，也寫了對君臣盡醉的小朝廷的不滿和憤慨。「此生誰料，心在天山，身老滄洲。」最後三句總結一生，反省現實。「天山」代指抗敵前線，「滄洲」代指閒居之地，

「此生誰料」即「誰料此生」。詞人沒料到，自己的一生會不斷地處在「心」與「身」的衝突中。他的心神馳於疆場，他的身卻「僵臥孤村」，他看到了「鐵馬冰河」（〈十一月四日風雨大作二首〉其二），但這只是在夢中；他的心靈高高揚起，飛到了「天山」，他的身體卻沉重地墜落在「滄洲」。「誰料」二字寫出了往日的天真與今日的失望，「早歲那知世事艱」（陸游〈書憤〉），「而今識盡愁滋味」（辛棄疾〈醜奴兒．書博山道中壁〉），理想與現實是如此格格不入，無怪乎詞人要聲聲浩嘆。「心在天山，身老滄洲」兩句作結，先揚後抑，形成一個大轉折，詞人猶如一心要搏擊長空的蒼鷹，卻被折斷羽翮，落到地上，在痛苦中呻吟。

陸游這首詞，確實飽含著人生的秋意，但由於詞人「身老滄洲」的感嘆中包含了更多的歷史內容，縱橫老淚中融匯了對祖國熾熱的感情，所以，詞的情調體現出幽咽而不失開闊深沉的特色，比一般僅僅抒寫個人苦悶的作品顯得更有力量，更為動人。（史雙元）

訴衷情

陸游

青衫初入九重城，結友盡豪英。蠟封夜半傳檄，馳騎諭幽并。
時易失，志難成，鬢絲生。平章風月，彈壓江山，別是功名。

陸游有〈訴衷情〉詞二首，前首為其一，其二即此詞。宋光宗紹熙元年（一一九〇），陸游六十六歲，閒居山陰（浙江紹興），有一首詩，題目是〈予十年間兩坐斥，辠（罪）雖擢髮莫數，而詩為首，謂之『嘲詠風月』。既還山，遂以『風月』名小軒，且作絕句〉，這首詞中有「平章風月，別是功名」之句，或是同一時期的作品。

詞的上片是憶舊。起首兩句寫早年的政治生活。在淳熙十六年（一一八九）寫的題為〈馬上作〉的詩裡，也有「三十年前客帝城，城南結騎盡豪英」之句。高宗紹興三十年（一一六〇），陸游由福州決曹掾被薦到臨安，以右從事郎為樞密院敕令所刪定官，由九品升為八品，這是他入朝為官的開始。唐宋時九品官服色青，陸游以九品官入京改職，言「青衫」十分貼切。紹興三十二年九月，任樞密院編修兼編類聖政所檢討官。這兩任都是史官職事。這期間交識的同輩人士，有周必大、范成大、鄭樵、李浩、王十朋、杜起莘、林栗、曾逢、王質等，都是一時俊彥。下兩句詞反映出當時的政治形勢是很鼓舞人的。「蠟封夜半傳檄，馳騎諭幽并。」寫任聖政所檢討官時的活動。這時宋孝宗剛即位，銳意恢復，起用主戰派的著名人物張浚，籌劃進取方略。陸游曾奉中書省、樞密院（當時稱為「二府」）之命作〈代二府與夏國主書〉，提出申固歡好，永為善鄰，以便全力對金。

又作〈蠟彈省劄〉，曉諭中原人士：「有據以北州郡歸命者，即其所得州郡，裂土封建。」實際上是作敵後的分化瓦解工作。「蠟封」是用蠟封固，便於保密的文書。「幽并」，幽州和并州，主要是河北北部及山西北部地方，這裡統指北方入於金國的地區。「夜半傳檄」和「馳諭幽並」表明主戰派在朝廷占上風，圖謀恢復的種種措施得以進行，陸游不分晝夜地投入抗金工作，透露出他的無比振奮的心情。

詞的下片是抒憤。換頭三句既是詞意的轉折，也反映了他的政治經歷的轉折。接連三個三字句如走丸而下，表現出他激動的心情。「時易失」，先就大局而言，就是說，好景不長，本來滿有希望收復中原的大好機會竟被輕易地斷送了！宋孝宗操之過急，張浚志大才疏，北進結果遭到符離之敗，又結成了屈服於金人的隆興和議。這些史實概括在這一短語之中，沒有、也不必要明顯地表現出來。「志難成，鬢絲生」就個人方面說，正因為整個政治形勢起了變化，自己的壯志未酬，而白髮早生，才造成了終身大恨。六字之中，感慨百端。歇拍三句寫晚年家居的閒散生活和憤懣情緒。「平章風月，彈壓江山」相對上片結交豪英、夜半草檄而言。那時候終日所對的是英雄豪傑，所作的是羽書檄文；今天終日所對的則是江山風月，所作的則是品評風月的文字，成了管領山川的散人。蘇軾曾說過：「江山風月，本無常主，閒者便是主人。」（《東坡志林．臨皋閒題》）風月的品評，山川的管領，原是「閒者」的事，與「功名」二字沾不上邊，而結句卻說「別是功名」，這是幽默語，是自我解嘲；也是激憤語，是對那些加給他「嘲詠風月」的罪名的人們，予以有力的反擊，套用孟子的一句話就是：「予豈好嘲詠風月哉；予不得已也！」

全篇率意而寫，不假雕琢，語明而情真，透過上下片的強烈對比，反映出陸游晚年的不平靜心情。（李廷先、劉立人）

點絳脣 陸游

採藥歸來，獨尋茆店沽新釀。暮煙千嶂，處處聞漁唱。
醉弄扁舟，不怕黏天浪。江湖上，遮回疏放，作箇閒人樣。

這首詞作於宋孝宗淳熙年間，陸游閒居山陰時。淳熙七年（一一八〇），江西水災，陸遊於常平提舉任上，「奏撥義倉賑濟，檄諸郡發粟以予民」（《宋史．陸游傳》）。事後，卻以「擅權」獲罪，遭給事中趙汝愚藉故彈劾，罷職還鄉。

詞取材於村居日常生活中的一個片斷，以採藥、飲酒、蕩舟為線索，展示出作者多側面的生活風貌。上片寫採藥歸來獨沽酒，下片寫醉後弄舟江湖間。詞人罷職歸鄉後，閒居山陰，「志士淒涼閒處老」（〈病起〉），「幽谷雲蘿朝採藥」（陸游〈破陣子〉），詞人治國之志難以實現，就採藥治民，買醉茆店。「獨尋」二字寫出了罷官後的寂寞、幽閒。村店對新釀，獨酌無相親，但見暮山千疊，長煙落日，聽得漁舟唱晚，聲聲在耳。這幾句，寫千嶂籠煙，可見江南青山之秀潤，處處漁唱，可想像江上漁舟之悠閒，加上新酒初熟，香溢茆店，聲香嗅味，皆助酒興，詞人不由得頹然醉乎其間，由此引出下片醉弄扁舟的豪興。耳聽漁歌而心羨江上，清風白雲，取之不竭，詞人不禁生起散髮扁舟之志，況醉後疏闊縱放，更不怕連天波浪。遮（通「這」）回，定要放浪山水，無拘無束，友漁樵、釣明月，真正享受一回清閒人滋味。

陸游一生以抗金救國為己任，放浪山水，做一個瀟灑送日月的「閒人」，並非他的意願。即便被迫閒居鄉間，他也是閒不住的，採藥、治病、救人，於書劍報國的政治理想落空之後，力求在日常生活中實踐其平生關懷民瘼的素志。但是，詞人畢竟是一位以「塞上長城」自許（〈書憤〉）、對馳騁疆場無限嚮往的熱血男兒，他執著追求的是充滿戰鬥快意的人生。村居生活終究難以消釋他心中鬱勃不平的英雄豪氣。因此，放浪山水的閒情逸致，借酒後豪興以揮斥，正是他深感英雄無用武之地，壯志難酬的悲憤心情的表現。詞人對「閒人」生活的似正實反的肯定與詠唱，婉曲地表達了鬱積在他心頭的隱痛，是對自己「報國欲死無戰場」（陸游〈隴頭水〉）的悲劇命運的自我解嘲。這種似正實反的筆法，給這首詞的風格帶來了灑脫中寓抑鬱的特色。明人楊慎《詞品》評陸游詞曰：「纖麗處似淮海，雄慨處似東坡。」毛晉又云：「超爽處更似稼軒耳。」（毛刊《放翁詞》跋）從〈點絳脣〉看，則是超爽中蘊沉鬱。（林家英）

謝池春　陸游

壯歲從戎，曾是氣呑殘虜。陣雲高、狼煙夜舉。朱顏青鬢，擁雕戈西戍。笑儒冠自來多誤。

功名夢斷，卻泛扁舟吳楚。漫悲歌、傷懷弔古。煙波無際，望秦關何處？嘆流年又成虛度。

孝宗乾道八年（一一七二），陸游四十八歲，那年二月，轉任四川宣撫使王炎幕下的幹辦公事兼檢法官。同年十月，因王炎召還，幕府解散，陸游於十一月赴成都新任。宣撫司治所在南鄭（今陝西漢中），是當時西北前線的軍事要地。短短不到一年的南鄭生活，成為他一生最適意、最愛回憶的經歷。

這首詞是陸游老年家居，回憶南鄭幕府生活而作。陸游在南鄭，雖然主管的是文書、參議一類工作，但他也曾戎裝騎馬，隨軍外出宿營，並曾親自在野外雪地上射虎，所以他認為過的是從軍生活。這時候，他意氣風發，抱著「莫作世間兒女態，明年萬里駐安西」（〈和高子長參議道中二絕〉其二）的一舉收復西北失地的願望。詞的上片開頭「壯歲從戎，曾是氣呑殘虜。陣雲高、狼煙夜舉。朱顏青鬢，擁雕戈西戍」幾句，都可以從他的詩中得到印證：如〈書事〉的「雲埋廢苑呼鷹處，雪暗荒郊射虎天」，〈蒸暑思梁州述懷〉的「柳陰夜臥千駟馬，沙上露宿連營兵。胡笳吹墮漾水月，烽燧傳到山南城」，〈獨酌有懷南鄭〉的「憶從嶓冢涉南沮，笳鼓聲酣醉膽粗。投筆書生古來有，從軍樂事世間無」，〈秋懷〉的「朝看十萬閱武罷，暮馳三百巡邊行。馬蹄度隴雹聲急，士甲照日波光明」，等等。上面幾句詞寫得極為豪壯，使人奮發。但全詞盛概，也僅止於此。接下去一句「笑儒冠自來多誤」，突然轉為對這種生活消失的感慨，其一反前文的情況，有如辛棄疾〈破陣子·為陳同甫賦壯詞以寄〉詞結尾的「可憐白髮生」一句。杜甫〈奉贈韋左丞丈二十二韻〉的「紈袴不餓死，儒冠多誤身」，為本句詞語的出處；作者〈觀大散關圖有感〉的「上馬擊狂胡，下馬草軍書。二十抱此志，五十猶癯儒。……丈夫畢此願，死與螻蟻殊。志大浩無期，醉膽空滿軀」，則可為本句內容的註腳。

承上片的歇拍，下片寫老年家居江南水鄉的生活和感慨。「功名夢斷，卻泛扁舟吳楚。」願望落空，被迫隱居家鄉，泛舟鏡湖等地，以自我排遣。與他的〈鵲橋仙〉詞寫的「華燈縱博，雕鞍馳射，誰記當年豪舉？酒徒一半取封侯，獨去作江邊漁父」，〈燈下讀玄真子漁歌因懷山陰故隱追擬五首〉其一寫的「石帆山下雨空濛，三扇香新翠箬篷。蘋葉綠，蓼花紅，回首功名一夢中」，意境相同，只是說得更為簡淡而已。「漫悲歌、傷懷弔古」，以自我寬解作轉筆。「煙波無際，望秦關何處？嘆流年又成虛度。」寬解無效，又回到感慨作結。為什麼無際的江南煙波的美景，還不能消除對秦關的想望？老年的隱居，還要怕什麼流年虛度？這就是因為愛國感情強烈、壯志不甘斷送的緣故。這種矛盾，是作者心靈上終生無法彌補的創痛。他對秦關、漢苑的關懷，其原因，其情緒，正如他的〈洞庭春色〉詞寫的：「洛水秦關千古後，尚棘暗銅駝空愴神。」〈聞雁〉詩寫的：「秦關漢苑無消息，又在江南送雁歸。」一句話，就因為這些河山長久無法收復。

這首詞上片念舊，以慷慨之情起；下片寫當今，以沉痛之情結。思想上貫穿的是報效國家的紅線，筆調上則盡力化慷慨與沉痛為閒淡，在作者的詞作中，是情調比較寧靜、含蓄的。（陳祥耀）

唐琬

【作者小傳】陸游妻，為陸母所逼離異，改適趙士程，快快而卒。存詞一首（一說詞為後人偽託）。

釵頭鳳　唐琬

世情薄，人情惡，雨送黃昏花易落。曉風乾，淚痕殘。欲箋心事，獨語斜闌。難，難，難！

人成各，今非昨，病魂常似秋千索。角聲寒，夜闌珊。怕人尋問，咽淚裝歡。瞞，瞞，瞞！

唐琬是歷史上常被提起的美麗多情的才女之一。她與大詩人陸游喜結良緣，夫婦之間伉儷相得，琴瑟甚和。這實為人間美事。遺憾的是身為婆婆的陸母對這位有才華的兒媳總是看不順眼，硬逼著陸游把她休了。陸游對母親的干預採取了敷衍的態度：將唐琬安置在別館，時時暗中相會。不久，陸母發現了這個祕密，並採取了斷然措施，終於把這對有情人拆散了。唐琬後來改嫁同郡宗人趙士程，但內心思念陸游不已。在一次春遊之中，恰巧與陸游相遇於沈園。唐琬徵得丈夫同意後，派人給陸游送去了酒肴。陸游感念舊情，悵恨不已，寫了著名的〈釵頭鳳〉詞以致意（上見宋周密《齊東野語》）。唐琬則以此詞相答。

詞的上片交織著十分複雜的感情內容。「世情薄，人情惡」兩句，抒寫了對於封建禮教支配下的世道人心的憤恨之情。「世情」所以「薄」，「人情」所以「惡」，蓋由於受到禮教的腐蝕。《禮記．內則》云：「子甚宜其妻，父母不悅，出。」陸母就是根據這一條禮法，把一對好端端的恩愛夫妻拆散的。用「惡」、「薄」兩字來抨擊禮教的害人本質，極為準確有力；作者對於禮教的深惡痛絕之情，也借此兩字得到了充分的宣洩。「雨送黃昏花易落」，採用象徵手法，暗喻自己備受摧殘的悲慘處境。陰雨黃昏時的花，原是陸游詞中愛用的意象。其〈卜算子．詠梅〉云：「已是黃昏獨自愁，更著風和雨。」蓋藉以自況。唐琬用此意象自悲自悼，說明她與陸游心心相印，息息相通。「曉風乾，淚痕殘」，寫內心的痛苦，極為深切動人。被黃昏雨水打濕了的花花草草，經曉風一吹，已乾了；而自己流了一夜的淚水，至天明時猶拭而未乾，殘痕仍在。以雨水喻淚水，在古代詩詞中不乏其例，但以曉風吹得乾雨水來反襯手帕揩不乾淚水，藉以表達出內心永無休止的悲痛，則是不多見的。「欲箋心事，獨語斜闌」兩句是說，想把自己內心的別離相思之情用信箋寫下來寄給對方，要不要這樣做呢？她倚闌沉思。「難、難、難」均為獨語之詞。由此可見，她終於沒有這樣做。這一疊聲的「難」字，由千種愁恨、萬種委屈合併而成，因此似簡實繁，以少總多，既上承開篇兩句而來，以見出處此衰薄之世做人之難，做女人之更難；又開啟下文，以見做一個被休後再嫁的女人之尤其難。

過片「人成各，今非昨，病魂常似秋千索」三句，概括力極強。「人成各」是就空間而言。「今非昨」是就時間而言。其間包含著多重不幸。從昨日的美滿婚姻到今天的兩地相思，從昨日的被迫離異到今天的被迫改嫁，這是多麼不幸！但不幸的事兒還在繼續：「病魂常似秋千索。」說「病魂」而不說「夢魂」，顯然是經過考慮的。夢魂夜馳，積勞成疾，終於成了「病魂」。昨日方有夢魂，至今日已只剩「病魂」。這也是「今非昨」的不幸。更為不幸的是，改嫁以後，竟連悲哀和流淚的自由也喪失殆盡，只能在夜晚暗自傷心。「角聲寒，夜闌珊，怕人尋問，咽淚裝歡」四句，具體寫出了這種苦境。「寒」字狀角聲之淒涼怨慕，「闌珊」狀長夜之將盡。唯無眠之人方能感受如此之真切。大凡長夜失眠，愈近天明，心情愈煩躁，而女主人公卻還要咽下淚水，強顏歡笑，其心境之苦痛可想而知。尾句以三個「瞞」字作結，再次與開頭相呼應。既然可惡的禮教不允許純潔高尚的愛情存在，那就把它珍藏在心底吧！因此愈瞞，愈能見出她對陸游的一往情深和矢志不渝的忠誠。

比較而言，陸游的原唱把眼前景、現在事融為一體，又貫之以悔恨交加的心情，著力描繪出一幅淒愴酸楚的感情畫面，頗能以特有的聲情見稱於後世。唐琬和詞則不同，她的處境比陸游更悲苦。自古「愁思之聲要妙」，而「窮苦之言易好」（韓愈〈荊潭唱和詩序〉）她只要把自己的愁苦真切地寫出來，就是一首好詞。因此，本詞純屬自怨自泣、獨言獨語的感情傾訴，主要以纏綿執著的感情和悲慘的身世感動古今。兩詞所採用的藝術手段雖然不同，但都切合各自的性格、遭遇和身分。可謂各造其極，俱臻至境。合而讀之，頗有珠聯璧合、相映生輝之妙。

最後附帶指出，世傳唐琬的這首詞，在宋人的記載中只有「世情薄，人情惡」兩句，並說當時已「惜不得其全闋」（詳宋陳鵠《耆舊續聞》卷十）。本詞見於清代沈辰垣奉敕編之《御選歷代詩餘》卷一一八引夸娥齋主人說。由於時代略晚，故俞平伯疑為後人依殘句補擬。但在未有定論之前，我們姑且仍依舊說，將它作為唐琬詞來賞析。（吳汝煜）

陸游妾

【作者小傳】姓字不詳。驛卒女，能詩。陸游納之，半載後為陸妻所逐。存詞一首。

生查子

陸游妾

只知眉上愁，不識愁來路。窗外有芭蕉，陣陣黃昏雨。

曉起理殘妝，整頓教愁去。不合畫春山，依舊留愁住。

宋末陳世崇《隨隱漫錄》卷五說：「陸放翁宿驛中，見題壁云：『玉階蟋蟀鬧清夜，金井梧桐辭故枝。一枕淒涼眠不得，呼燈起作感秋詩。』放翁詢之，驛卒女也，遂納為妾。方半載餘，夫人逐之，妾賦〈卜算子〉云：『只知眉上愁……』」這一記載是否可信，已不得而知。但所謂「玉階蟋蟀」之詩，實乃陸游在蜀時所作〈感秋詩的後半首（見《劍南詩稿》卷八）；又此詞詞牌不是〈卜算子〉，應為〈生查子〉，這就不免使人懷疑它的真實性。

就詞論詞，凸出地寫了一個「愁」字，寫了一位閨中女子的哀愁。上片寫黃昏，下片寫次晨。開頭「只知」兩句寫她攬鏡自照，只見雙眉緊蹙，眉上生愁，但不知愁從何來。此詞用語平易，但抒情並非直露。她訴說有愁，但又不說愁的原由，欲說還休，耐人尋味。緊接「窗外」兩句，字面上宕開一筆，寫芭蕉滴雨，似與愁無關，實際上是襯托愁苦之甚。芭蕉滴雨的意象，正如梧桐滴雨、水滴漏聲一樣，在古典詩詞中常見不鮮。經過歷史的積澱，芭蕉滴雨已帶有傳統的喻義，成為渲染愁情的一種特定景象。如唐杜牧〈八六子〉「聽夜雨冷滴芭蕉」，五代後蜀人顧敻〈楊柳枝〉「正憶玉郎遊蕩去，無尋處。更聞簾外雨瀟瀟，滴芭蕉」，主角也是女性。而吳文英的〈唐多令〉說「何處合成愁？離人心上秋，縱芭蕉不雨也颼颼」，則從「芭蕉不雨」寫愁，前提當然是「芭蕉滴雨」為愁，手法上轉深一層，都可與此詞參讀。「陣陣黃昏雨」一句，點明時間在傍晚，一也；處此暮色正濃的風雨之時，其愁情更苦，二也；從過片「曉起」句來看，又暗示女主角從晚到曉，徹夜難眠，三也。宋人聶勝瓊〈鷓鴣天〉有句云：「枕前淚共簾前雨，隔個窗兒滴到明。」此詞中女主角殆亦如此，但未直接說破。

下片寫曉起梳妝打扮。殘妝，指殘亂之妝，色褪香消。「曉起」兩句是說經過一夜的愁思，希望從打扮中高興起來。但「不合」兩句，文情陡轉，謂在畫眉時愁又復現。畫眉是古時婦女理妝必有的內容，說「不合畫」，即不該畫，見出不願愁而又無法排遣的無可奈何的心情。春山，指眉，因春天之山，其色黛青，故以取喻，即五代蜀牛嶠〈酒泉子〉「眉學春山樣」之意。「不合」兩句這一結尾，又呼應開頭的「眉上愁」，至此，讀者才知道上片乃是女主角理晚妝時照鏡自憐的情景。古時婦女一日理妝兩次，除曉妝外，傍晚還作晚妝，或稱晚飾，南北朝庾信〈七夕賦〉「嫌朝妝之半故，憐晚飾之全新」即是。

此詞的特點是語淺情深。四個「愁」字，複疊而出，口吻自然真率，頗有樂府民歌的風格。前兩個愁字，一是講此詞主旨為抒愁，這是明說，一是講愁之原因，卻不明說；後兩個愁字，一是希望愁去，一是愁卻不去。從晚妝到曉妝，圍繞畫眉而寫出對愁的不同感受，平易的語言使之流暢親切，曲折的結構又表示時間的遞進，把滿腔的莫名愁怨和盤托出。

重複用字應是發揮主題的藝術需要，而不是文字遊戲。如五代歐陽炯〈清平樂〉，每句用「春」（有兩句甚至連用兩個春字），就顯得故意造作，稍有堆砌之嫌。而蘇軾的〈減字木蘭花．己卯儋耳春詞〉凸現了當時地處荒遠的海南島的一片春光，連用七個「春」字（又一句用兩個「紅」字，一句用兩個「花」字；兩句各用「春風」），卻使全詞節奏輕快，加強主題的效果良好。（王水照）

蜀妓

【作者小傳】姓氏及生平不詳。陸游客自蜀攜歸。存詞一首。

鵲橋仙

蜀妓

說盟說誓，說情說意，動便春愁滿紙。多應念得脫空經，是那個先生教底？

不茶不飯，不言不語，一味供他憔悴。相思已是不曾閒，又那得功夫咒你。

陸游的一位門客，從蜀地帶回一妓，將她安置在外室居住，每隔數日去看望一次。客偶然因患病而少去，引起了蜀妓的疑心，客作詞解釋，妓和韻填了這首詞作答。見宋末周密《齊東野語》卷十一。

蜀妓疑團雖已得釋，但怨氣猶在，故開端三句寫道：「說盟說誓，說情說意，動便春愁滿紙。」這是針對客詞的內容而發的，故意以惱怒的口吻，諷刺其甜言蜜語、虛情假意、滿紙謊言。連用四個「說」字，是為了加強語氣，再加上「動便」二字，指明他說這些花言巧語已是慣技，不可輕信。其實她此時心頭怒火已熄，對其心愛之人並非真恨真怨，只不過是要用犀詞利語來戳戳他，以洩心頭因相思疑心而產生的鬱悶，而這也是對他深愛和怕真正失去他的一種曲折心理的表現。

對對方情急的盟誓和辯說，這位聰明靈巧、心地善良的女子終以半氣半戲之筆加以怪責：「多應念得脫空經，是那個先生教底？」脫空，是指說話不老實、弄虛作假。宋代呂本中《東萊紫微師友雜記》說：「劉器之（安世）嘗論至誠之道，凡事據實而言，才涉詐偽，後來忘了前話，便是脫空。」「脫空」當是宋人俗語，她借此諷其殷殷的盟誓之言是念的一本扯謊經，不過是騙人而已。多應，多半是，肯定是如此而又稍作圓轉；再補上一句「是那個先生教底？」以俏皮的口吻出之，至此，蜀妓佯嗔帶笑之態活現在讀者眼前了。

下闋蜀妓回過口氣來，申說自己相思之苦：「不茶不飯，不言不語，一味供他憔悴。」連用四個「不」字，「不茶，不飯，不言，不語」，以表現其憂鬱痛苦的深重，而「一味供他（為他）憔悴」，更見其痴愛之專。這不禁使我們想起了柳永〈蝶戀花〉中「衣帶漸寬終不悔，為伊消得人憔悴」的那個堅貞專一於愛情的形象。儘管她精神上遭到難以忍受的痛苦和折磨，而情意仍誠摯不變：「相思已是不曾閒，又那得功夫咒你。」連愛都來不及，哪還有時間去咒你，這表現得何等真切入微！這是捨不得咒，不忍心咒呵！從這至愛的深情，可知其上闋對客的責怨，是因愛之過甚而產生的。一個生活在社會下層的妓女，被人輕視，求偶極難。「易求無價寶，難得有心郎」（唐魚玄機〈寄李億員外〉），就是多少煙花女子切身痛苦的體驗。而一旦得一知心人，又是多麼害怕失去。故蜀妓此時所表現的又氣又惱、又愛又痴的情態是極真實而又具有典型意義的。

全詞感情發自肺腑，出之自然。語言通俗，幾乎全用口語，不假雕飾，不但使人物性格更加鮮明、更加個性化，且使全詞生動活潑，富有生活氣息。張耒在〈賀方回樂府序〉中說：「文章之於人，有滿心而發，肆口而成，不待思慮而工，不待雕琢而麗者，皆天理之自然，而情性之道也。」蜀妓詞之至妙，恰是如此。（蘇者聰）

范成大

【作者小傳】（一一二六～一一九三）字致能，號石湖居士，蘇州吳縣（今江蘇蘇州）人。宋高宗紹興二十四年（一一五四）進士。歷知處州、靜江府兼廣南西路安撫使，權禮部尚書，參知政事等職。曾使金，堅強不屈。晚退居故里石湖。是南宋四大詩人之一，多關心國事和民瘼之作，尤以田園詩著稱。詞風似詩，清逸淡遠。著有《石湖居士詩集》《石湖詞》等。存詞一百零五首。

蝶戀花

范成大

春漲一篙添水面。芳草鵝兒，綠滿微風岸。畫舫夷猶灣百轉，橫塘塔近依前遠。

江國多寒農事晚。村北村南，穀雨纔耕遍。秀麥連岡桑葉賤，看看嘗麵收新繭。

此詞當是作者退居石湖期間作，寫的是蘇州附近田園風光。

「春漲一篙添水面。芳草鵝兒，綠滿微風岸。」「一篙」，形容水深程度，溫庭筠〈洞戶二十二韻〉：「池漲一篙深。」「添水面」，有兩重意思，一是水深了，二是水滿後面積也大了。「鵝兒」，小鵝，黃中透綠，與嫩草色相似。「綠」，就是「綠柳才黃半未勻」（唐楊巨源〈城東早春〉）那樣的色調。景色寫得真美。春水漲了，滿了，一直浸潤到岸邊的芳草；芳草、鵝兒在微風中活潑潑地抖動、游動，那嫩嫩、和諧的色調，透出了生命的活力；微風輕輕地吹，吹綠了河岸，吹綠了河水……「畫舫夷猶灣百轉，橫塘塔近依前遠。」「畫舫」，彩船。「夷猶」，猶豫遲疑，這裡是指船行緩慢。「橫塘」，在蘇州西南，是個大塘。江南水鄉河渠縱橫，灣道也多。作者乘彩船往橫塘方向遊去，船行很慢，河道迴曲，看著前方的塔近了，其實還遠。這就像俗語所說「望山走倒馬」，又像《詩經．蒹葭》所寫：「溯洄從之，道阻且長；溯游從之，宛在水中央。」唯其如此，才有吸引力。其實，他也並不急於一下子到達目的地，芳草微風岸，這一路景致多好，那水面的小鵝，多叫人疼愛，叫人為之留連。杜甫當年春遊就遇到這樣的小鵝，他是這樣描寫「舟前小鵝兒」：「鵝兒黃似酒，對酒愛新鵝。引頸嗔船逼，無行亂眼多。」（〈舟前小鵝兒〉）多活潑，多可愛！范成大所遇，當亦如此。這兩句寫船行，也帶出了沿途風光，更帶出了自己盎然的興趣。

詞的下片寫到農事，視野也開闊了。如此寫，既與上片緊相聯繫，又避免了重複。「江國多寒農事晚。村北村南，穀雨纔耕遍。」「江國」，水鄉。「寒」指水冷。旱地早已種植或翻耕了，水田要晚些，江南農諺曰：「清明浸種（稻種），穀雨下秧。」所以現在「耕遍」正是時候。著一「纔」字，這不緊不慢的節奏見出農家的輕鬆，農作的井然有序。「村北村南」耕過的水田，一片連著一片，真是「舍南舍北皆春水」（杜甫〈客至〉）、「綠遍山原白滿川」（范成大〈村居即景〉，一題〈鄉村四月〉翁卷作），多好的水鄉春光啊。「秀麥連崗桑葉賤，看看嘗麵收新繭。」「秀麥」，出穗揚花的麥子。「麵」當為炒（麨）麵，將已熟未割的麥穗摘取下來，揉下麥粒炒乾研碎，取以嘗新，蘇軾所謂「捋青擣麨軟飢腸」（〈浣溪沙〉），目前農村仍有此俗。這兩句是寫高地上景象，漫崗遍野的麥子拔穗了，蠶眠，桑葉也便宜了，「雉雊麥苗秀，蠶眠桑葉稀」（王維〈渭川田家〉），農桑豐收在望。所以下面寫道：「看看嘗麵收新繭。」「看看」，即將之意，傳出津津樂道、喜迎豐收的神情。下片寫田園，寫農事，見出對農家生活的認同感、滿足感。

這是一首田園詞，描繪出一幅清新、明淨的水鄉春景，傳出了濃郁而恬美的農家生活氣息，讀了令人心醉神移。田園詞在兩宋很少，蘇軾、辛棄疾各寫了幾首，范成大寫了三兩首，這些作品可以說是宋詞裡的珍品，尤可寶貴。范成大是田園詩名家，其〈四時田園雜興〉六十首最有名。他以田園詩筆法來寫田園詞，只可惜太少了。（湯華泉）

南柯子

范成大

悵望梅花驛，凝情杜若洲。香雲低處有高樓，可惜高樓不近木蘭舟。
緘素雙魚遠①，題紅片葉秋②。欲憑江水寄離愁，江已東流那肯更西流。

〔註〕①古樂府《飲馬長城窟行》：「客從遠方來，遺我雙鯉魚。呼兒烹鯉魚，中有尺素書。」②據唐范攄《雲溪友議·題紅怨》載，唐宣宗宮人題詩於紅葉，隨御溝流出宮外，並為盧渥舍人所拾，詩云：「流水何太急，深宮盡日閒。殷勤謝紅葉，好去到人間。」其後盧渥娶一宮女，見盧所藏紅葉曰：「當時偶題隨流，不謂郎君收藏巾篋。」

這是一首抒發離愁別緒的作品。

上闋從男主人公這邊寫起，下闋的筆墨則落在女主人公身上，兩闋遙相呼應，如嘆如訴。

描繪男主人公的惆悵是從描摹情態入手的，「悵望梅花驛」，用南北朝陸凱贈范曄詩「折梅逢驛使，寄與隴頭人」之典，說欲得伊人所寄之梅（代指信息）而久盼不至，滿懷惆悵；「凝情杜若洲」，取《楚辭·九歌·湘君》「采芳洲兮杜若，將以遺兮下女」之意，欲採杜若（香草，也指信息）以寄伊人，也無從寄去，徒然凝情而望。來鴻不見，去雁也難，終於，他從深思中回到了現實面前：無限的空間距離阻隔了一對情人，難以聚首。四個長短不一的句子，如同一組漸漸推近的鏡頭，在令人失望的結局上定了格。

如果說男主人公的思緒是悠長而纏綿的，那麼，女主人公的感情則顯得熾熱急切，字裡行間，勾勒出一位坐臥不安、百般無奈的思婦形象。「緘素」、「題紅」兩句用的都是書信往來的典故，「遠」、「秋」二字，卻巧妙地點出了她與情人之間斷絕信訊的困境。最後，焦慮而痛苦的姑娘把唯一的希望寄託於伴著情人遠行的江水，但願它能帶去她的思念，然而，那不肯回頭的流水和姑娘的失望、抱怨，終於使這段愛情以悲劇的形式作結。不過留在讀者記憶中的，不是悲悲切切的敘事，而是一首優美動人的戀歌。

清劉熙載《藝概．詞曲概》認為：「詞之妙，莫妙於以不言言之，非不言也，寄言也。」無論是表述兩人不能相見的痛苦，還是訴說那無邊的思念，作者都寫得含蓄蘊藉，盡量避免直說。如「香雲低處有高樓，可惜高樓不近木蘭舟」：「高樓」指女子居處，木蘭舟代喻男子出遊；「高樓」與「木蘭舟」的距離點出了他們無法相見的客觀現實，「不近」一詞用在這裡，給人一種語盡意不盡的感覺。全詞沒有一處用過「思」字，但字字句句充滿了思念之情，這表明作者遣詞鑄句時的功力十分深厚，既恰如其分表達了主旨，又保持了詞的特點——清遠空靈。

作者十分注意運用虛實結合的寫法，使作品避免過於質實。如「梅花驛」、「杜若洲」都是虛指，但又與雙方遠隔，託物寄情有關，寫女主人公無人傳遞書信所選用的「雙魚遠」、「片葉秋」以及「江已東流」也都屬虛擬，但卻和她盼望與情人通信息的現實十分吻合，這些虛實的統一，不僅有助於表達男女雙方的真切情意，而且開拓了作品的意境，令人回味無窮。作者使事用典也有創新，詞中所用大多為常見的典故，但在作者筆下，別有一番情趣。如「雙魚」、「題紅」兩典的原意都形容書信傳情，平安抵達對方手中，而作者卻以「遠」、「秋」二字添加了悲劇的韻味，頗有新意。

詞中雖有用典，但卻明白如話，「欲憑江水寄離愁，江已東流那肯更西流」兩句，借鑑了白居易「欲寄兩行迎爾淚，長江不肯向西流」（〈得行簡書聞欲下峽先以詩寄〉）和李後主的「問君能有幾多愁，恰似一江春水向東流」（〈虞美人〉），而如同己出，毫無硬生牽附之感，很恰當地體現了主人公的性格和情緒。（朱金城、朱易安）

水調歌頭　范成大

細數十年事，十處過中秋。今年新夢，忽到黃鶴舊山頭。老子箇中不淺，此會天教重見，今古一南樓。星漢淡無色，玉鏡獨空浮。

斂秦煙，收楚霧，熨江流。關河離合，南北依舊照清愁。想見姮娥冷眼，應笑歸來霜鬢，空敝黑貂裘。釃酒問蟾兔，肯去伴滄洲？

據作者《吳船錄》，此詞作於孝宗淳熙四年（一一七七）中秋。這年五月作者因病離四川制置使任，乘舟東歸。八月十四日至鄂州（今湖北武昌），十五日晚赴知州劉邦翰設於黃鶴山上南樓的賞月會。《吳船錄》有記，云：「天無纖雲，月色甚奇，江面如練，空水吞吐，平生所遇中秋佳月，似此夕亦有數。況復修南樓故事，老子於此興復不淺也。……作樂府一篇，俾鄂人傳之。」

詞云：「細數十年事，十處過中秋。」其實他是「十二年間十處見中秋」，在《吳船錄》中他確是「細數」十處過中秋的地點。想到以往十處中秋情景，就為今夕提供了一個參照。今夕如何？「今年新夢，忽到黃鶴舊山頭。」「新夢」，未曾料到，下以「忽到」照應，並傳達出驚喜之情。「黃鶴舊山頭」指黃鶴山，傳說仙人子安曾乘黃鶴過此，因以為名。中間嵌以一個「舊」字，似有這樣意味：昔人已乘黃鶴去，今日我來仙地遊，是則我也是仙矣，我之「新夢」、「忽到」，不也像乘黃鶴飄然而來嗎？同時他寫的〈鄂州南樓〉詩道：「誰將玉笛弄中秋，黃鶴飛來識舊遊。」也隱然有此意味。「老子箇中不淺，此會天教重見，今古一南樓。」此地不僅是仙地，還留有歷史勝跡。東晉庾亮鎮守武昌時，曾在秋夜登上此處的南樓，與僚屬吟詠談笑，高興地說：「老子於此處興復不淺。」（南朝宋劉義慶《世說新語．容止》）范成大這裡以庾亮自況，今日又是重演九百年前的南樓會啊。「江山留勝跡，我輩復登臨」（孟浩然〈與諸子登峴山〉），後人登臨前人的舊地，於歷史滄桑感外還會由仰慕而生自豪感，何況作者此時地位亦復與庾亮相埒，所以他也說：「老子於此興復不淺也！」「星漢淡無色，玉鏡獨空浮。」因為「天無纖雲」，月明星稀，星星、銀河幾乎淡得看不到了，只是那輪明月（玉鏡）那麼明亮，那麼凸出，它的光波掩住了一切背景，使得它就像懸浮於空際一樣。這兩句是對月色的描寫，不僅寫出了「月色甚奇」，同時也寫出了自己的神情。「玉鏡獨空浮」，他的神思全然貫注到這輪明月上了，「獨」，既表示了月在天際的存在，也表示了月在他心中的存在，他也要跟月一道「浮」了。大凡如此月夜，人們憑高望月，每每會生超脫感，何況在這仙跡勝地呢。寫到這裡，可以回答：「今夕如何」，真是平生少遇啊！

過片仍寫月色。「斂秦煙，收楚霧，熨江流。」視野更開闊了。「秦」，泛指江北，「楚」，江漢一帶。江北江南，長煙一空，皓月千里，月下的江流就像一匹熨平的白練，這景象又是多麼壯觀。「熨」字下得神奇，又十分生動，使人想見那種平滑之狀，與蘇軾「唯有一江明月碧琉璃」（〈虞美人．有美堂贈述古〉）的比喻有異曲同工之妙。正當他神思飆舉、優游汗漫時，忽然清醒過來，面對現實：「關河離合，南北依舊照清愁。」「離合」，這裡用作偏義複詞，指分裂。眼下情況仍然是：南北山河分裂，月光彷彿籠罩著無邊的「清愁」。這「清愁」，既可以看作是作者的，也可以看作是今夜南北許多像作者這樣望月的人的。這兩句是情緒的陡轉，但也是有來路的。前面的「秦煙」、「楚霧」已暗示作者在放眼南北，就有可能產生河山之異的感觸；起拍的「細數十年事」也有這樣的內蘊，「十處過中秋」就有一處是在使金途次睢陽時過的，自在此時聯想之中。注意句中的「依舊」，既可指靖康之後，也可指自使金以後的八年。下面又聯想到自己的身世：「想見姮娥冷眼，應笑歸來霜鬢，空敝黑貂裘。」「姮娥」，即嫦娥。「空敝黑貂裘」，用蘇秦事。蘇秦遊說秦王，「書十上而說不行。黑貂之裘敝，黃金百斤盡，資用乏絕，去秦而歸。」（見《戰國策．秦策》）。貂裘敝，形容奔走連年，潦倒郎當。作者此時五十二歲，想起十多年間遷徙不定，「不勝漂泊之嘆」（《吳船錄》）。「歸來」，指此次東歸。這裡借嫦娥嘲笑，抒發了自己年華老大、功業無就的抑塞，也流露了倦於風塵遊宦的頹放情緒，這與蘇軾的「多情應笑我、早生華髮」（〈念奴嬌．赤壁懷古〉）同，而與辛棄疾的「把酒問姮娥：被白髮欺人奈何」（〈太常引．建康中秋夜，為呂叔潛賦〉）異。辛詞是主動問姮娥，向白髮挑戰，反映了作者強烈的進取精神。辛詞作於淳熙元年，當為范成大所知，只是因經歷、心境不同，面對中秋明月而產生了不同的反應。「釃酒問蟾兔，肯去伴滄洲？」「蟾兔」指月亮。「滄洲」，退隱之地，此指故鄉。《吳船錄》謂：「余以病丐骸骨，儻恩旨垂允，自此歸田園，帶月荷鋤，得遂此生矣。」此次東歸他是打算退休的。四年前他寫的〈桂林中秋賦〉有這樣的話：「月亦隨予而四方兮，不擇地而嬋娟。……知明年之何處兮，莞一笑而無眠。」那時心情是很不平靜的，現在乘舟東下，鱸鄉在望，心情自是不同。舉酒邀月，結伴滄洲，寫出了他的嚮往，寫出了他的天真，前面時事、身世引起的憂慮不安消泯了，他又可以快樂地賞月了。

這首詞的下片也表現了作者對國家分裂的憂念，對歲月虛度的惋惜，總觀全詞，看來主要還是抒寫自己賞月時的淋漓興致和暫釋官務的快慰。所以起筆便以過去「十處過中秋」反形，又從神話、歷史故事生發出豐富的想像，神氣超邁，心胸高曠，以致後幅萬里歸來的衰憊也未影響它的情調。這首詞的意境是豪放、闊大的，風格飄逸瀟灑，語言流暢自如，可以看出它受到蘇軾那首中秋同調詞的影響。（湯華泉）

鵲橋仙

范成大

七夕

雙星良夜，耕慵織懶，應被群仙相妒。娟娟月姊滿眉顰，更無奈、風姨吹雨。相逢草草，爭如休見，重攪別離心緒。新歡不抵舊愁多，倒添了、新愁歸去。

兩千多年來，牛郎織女的故事，不知陶冶過多少人的心靈。在吟詠牛郎織女的宋詞中，范成大的這首〈鵲橋仙〉，是一具有特殊意義的佳作。

「雙星良夜，耕慵織懶，應被群仙相妒。」起筆三句點明七夕，並以側筆渲染之。「織女七夕當渡河，使鵲為橋」（舊題唐韓鄂《歲華紀麗》卷三「七夕」引《風俗通》），與牛郎相會，故又稱雙星節。當銀河兩岸，牛郎已無心思耕種，織女亦無心思紡績，則佳期將至。就連天上的眾仙女也為之激動了。起筆透過對主角與配角心情之渲染，烘托出一年只一度的七夕氛圍，真是扣人心弦。下韻三句，承群仙之相妒寫出，筆墨從牛女宕開，筆意更不簡單。「娟娟月姊滿眉顰，更無奈、風姨吹雨。」體貌娟秀的嫦娥蹙緊了蛾眉，風姨竟至興風吹雨騷騷然（風姨為青年女性風神，見舊題唐鄭還古《博異志》：「十八姨持盞，性輕佻……封十八姨乃風神也。」）。這些仙女，都妒忌著織女呢。織女一年才得一會，有何可妒？而竟為之妒。則嫦娥悔恨偷靈藥、碧海青天夜夜心可知，風姨之風流善妒亦可知，仙界女性之凡心難耐寂寞又可知，而牛女愛情之難能可貴更可知。還不僅僅如此。

有眾仙女之妒這一喜劇式情節，更反襯出下片主寫的牛女之悲劇性愛情。詞情營造，匠心在此。

「相逢草草，爭如休見，重攪別離心緒。」過片，將「柔情似水，佳期如夢」（秦觀〈鵲橋仙〉）的相會情景一筆帶過，更不寫「忍顧鵲橋歸路」的既別場面，而是翻進一層，著力刻畫牛女心態。七夕相會，匆匆而已，如此一面，怎如不見！見了，只是重新撩亂萬千離愁別緒罷了。詞人命筆處處不凡，但其所寫，卻是將神話性質進一步人間化。顯然，只有深味人間別久之悲的人，才能對牛女之心態，作如此同情之瞭解。「新歡不抵舊愁多，倒添了、新愁歸去。」結筆三句緊承上句意脈，再進一層刻畫托出之。三百六十五個日日夜夜之別離，相逢僅只七夕之一刻，舊愁何其深重，新歡又何其有限。不僅如此。舊愁未銷，反載了難以擔荷的新恨歸去。年年歲歲，七夕似乎相同。可誰知道，歲歲年年，其情實在不同。在人們心目中，牛郎織女似乎總是「盈盈一水間，脈脈不得語」（〈古詩十九首．迢迢牽牛星〉）那樣而已。然而從詞人心靈之體認，則牛郎織女的悲憤，乃是無限生長的，牛郎織女之悲劇，乃是一部生生不已的悲劇，不僅是一部亙古不改的悲劇而已。牛郎織女悲劇的這一深刻層面，這一可怕性質，終於在詞中告訴人們。顯然，詞中牛郎織女之悲劇，有其真實的人間生活依據，即恩愛夫妻被迫長期分居。此可斷言。天也，你不識好歹何為天？天也，你天道不公枉做天！

此詞在藝術造詣上很有特色。詞中托出牛女愛情悲劇之生生不已，實為匪夷所思。以嫦娥、風姨之相妒此一喜劇式情節，反襯、凸出、深化牛郎織女之愛情悲劇，則是匠心獨運。（現代黑色幽默庶幾近之。）而全詞辭無麗藻，語不驚人，乃所謂絢爛歸於平淡。范成大之詩，如其著名的田園詩，頗具泥土氣息，可以印證之。最後，應略說此詞在同一題材的宋詞發展中之特殊意義。宋詞描寫牛女故事，多用〈鵲橋仙〉之詞牌，不失「唐詞多緣題」（《花菴詞選》）之古意。其中佼佼者，前有歐陽脩，中有秦少游，後有范成大。歐詞主旨在「多應天意不教長」，秦詞旨在「兩情若是久長時，又豈在朝朝暮暮」，范詞則旨在「新歡不抵舊愁多，倒添了、新愁歸去」。可見，歐詞所寫，本是人之常情。秦詞所寫，乃「破格之談」（明李攀龍《草堂詩餘雋》），是對歐詞的翻案、異化，亦可說是指出向上一路。而范詞則是對歐詞的復歸、深化。牛女愛情，縱然有不在朝暮之高致，但人心總得是人心，無限漫長之別離，生生無已之悲劇，絕非人心所應堪受，亦比高致來得更為廣大。故范詞也是對秦詞的補充與發展。從揭櫫悲劇深層的美學意義上說，並且是對秦詞之一提升。歐、秦、范三家〈鵲橋仙〉詞，呈一否定之否定路向，顯示了宋代詞人對傳統對人生之深切體知，亦體現出宋代詞人創作上不甘逐隊隨人之真精神，當稱作宋代詞史上富於啟示性之一佳話。（鄧小軍）

秦樓月　范成大

樓陰缺，欄杆影臥東廂月。東廂月，一天風露，杏花如雪。
隔煙催漏金虬咽①，羅幃暗淡燈花結。燈花結，片時春夢，江南天闊。

〔註〕①金虬：即銅龍。古代用漏壺計時，置銅龍於漏壺下端，水自龍口緩慢滴出，看壺內水面刻度即知時間。

范成大集中共有五首〈秦樓月〉，都是寫春閨少婦懷人念遠之情的。前四首分寫一天中朝、晝、暮、夜四時的心緒，後一首寫驚蟄日的情思，為前四首的補充和發展。看來這五首詞是經過周密構思的一個整體。這裡選的是第四首。此詞描寫閨中少婦春夜懷人的情景十分真切，是組詞中藝術價值最高的一篇。詞的結構是上片摹繪園林景色，下片表現人物心情。起二句寫環境的幽靜。

樓陰間隙，素月懸空，欄杆的疏影靜臥於東廂之下。一派清幽之景，微露寂寞之情。接下去寫環境的清雅。先重疊「東廂月」一語，強調月光的皎潔，然後展示新的景觀：天清如水，風淡露濃，一片盛開的杏花，在月光照映下明潔如雪。滿園素淡之色，隱寓空虛之感。以上純用白描，不事華采，但一座花月樓臺交相輝映的幽雅園林已清晰可見。寫景是為了寫人。下片要寫到的那位懷人念遠的閨中少婦，深藏在這座幽雅的園林之中，其風姿的秀美、心性的柔靜和情懷的惆悵，也就可想而知了。所以，上下片之間看似互不相屬，實際上還是貫融一氣的。

換頭寫少婦的愁思。她獨臥羅幃之中，心懷遠人，久不能寐。此時燃膏將盡，燈芯結花，室內光線越來越暗淡，室外則夜霧迷茫，一切都那麼沉寂，只有漏壺上的銅龍透過煙霧送來點點滴滴的漏聲。在愁人聽來，竟似聲聲哽咽。這裡並不直接寫人的神態，卻透過一層，借暗淡的燈光和哽咽的漏聲造成一種幽怨的意境，把人心的愁苦表現得十分真切。「隔煙催漏金虬咽」一句，尤見移情想像的奇思。最後寫少婦的幽夢。又重疊前句末三字，凸出燈光的昏暗，然後化用岑參〈春夢〉詩「枕上片時春夢中，行盡江南數千里」二語，表現少婦的迷離惝恍之情。人倦燈昏，始得暫眠片刻，夢魂忽到江南，境界頓覺開闊。然而所懷之人竟在何處？夢中得相見否？作者卻不寫出來，任讀者自去想像。這樣寫，比韋莊〈木蘭花〉歇拍直說「千山萬水不曾行，魂夢欲教何處覓」更含蓄，更耐人尋味。

春閨懷遠是詞的傳統題材，前人寫作極多，但往往「采濫忽真」（南朝梁劉勰《文心雕龍．情采》），過於穠華而缺少新意。此詞卻「純任自然，不假錘鍊」（清況周頤《蕙風詞話》），顯得淡樸清雅，沒有陳腐的富貴氣和脂粉氣。寫環境不事鏤金錯采的雕繪，只把花月樓臺的清淡景色樸素地寫出來；寫人物不事愁紅慘綠的誇飾，只把長夜難眠的悽苦心情真實地寫出來。一切都「不隔，不做作」（張伯駒《叢碧詞話》），從而營造出一種本色天然的美。在情感的表現上，詞人亦能脫落故常，獨闢蹊徑，既不作「斜倚銀屏無語，閒愁上翠眉」（韋莊〈定西番〉）一類的正面描寫，也不作「為君憔悴盡，百花時」（溫庭筠〈南歌子〉）一類的直接抒情，更不作「月分明，花澹薄，惹相思」（歐陽炯〈三字令〉）一類的明白解說，卻借月幽花素的園林景色暗示她情懷的寂寞空虛，借漏咽燈昏的環境氣氛烘托她心緒的淒涼愁苦，「側出其言，旁通其情，觸類以感，充類以盡」（清譚獻〈復堂詞錄敘〉），故顯得既新穎，又厚重。（羅忠族）

鷓鴣天

范成大

休舞銀貂小契丹，滿堂賓客盡關山。從今裊裊盈盈處，誰復端端正正看。模淚易，寫愁難，瀟湘江上竹枝斑。碧雲日暮無書寄，寥落煙中一雁寒。

此詞乃別筵所作，當作於孝宗淳熙二年（一一七五）正月離桂林赴成都任時。據《范成大年譜》，范任職各地離任時能見「寒」「雁」只徽州、桂林二處。徽州為司戶參軍，難當「滿堂賓客」盛筵，聯繫「瀟湘」，當以桂林為是。兩年前，范成大以廣西經略安撫使來此兼任知府，與僚屬、幕士關係甚洽，離別時，他們一再為之餞行，一直送到湖南地界。〈鷓鴣天〉就是在這種情況下寫的。

筵席前歌舞正歡，此時又奏起了「番樂」，跳起了「番舞」。「小契丹」是少數民族的歌舞。作者另有詩〈次韻宗偉閱番樂〉：「繡靴畫鼓留花住，剩舞春風小契丹。」跳這種舞大概是著胡裝的，「銀貂」，白色的貂裘，與「繡靴」當皆為異族裝束。應當說，如此歌舞是很能助興的，但是，對於別意纏綿的人又往往會起相反的刺激，所以此詞起句即是「休舞銀貂小契丹」。如此起筆，我們可以想見：宴會上的歌舞已進行較長時間了，作者一直在克制自己，此時實在忍耐不住了，央求「休舞」。不僅自己，大家都忍受不了：「滿堂賓客盡關山。」「賓客」，指送別的僚屬、幕士們。「盡關山」，即為「盡是他鄉之客」的意思（唐王勃〈滕王閣序〉：「關山難越，誰悲失路之人；萍水相逢，盡是他鄉之客」）。據孔凡禮《范成大年譜》考證，這些幕士、官佐基本上都不是本地人，不少又是江浙一帶的。他們之間的離愁別緒是會相互加強的，這個別筵真是太叫人惆悵了啊。「從今裊裊盈盈處，誰復端端正正看。」「裊裊盈盈」，形容舞姿、舞容的搖曳美好。這兩句意思是：從今以後，誰還能認真欣賞這美妙的歌舞呢。這進一步寫出了他們的惆悵，也寫出了他們之間深厚的友情，朋友分別，也大有柳七郎那種「應是良辰好景虛設」（〈雨霖鈴〉）的感喟。細味這兩句，還可以體會出作者對歌女也是懷著深深惜別之意的：目前的輕歌曼舞，以後誰還能看到呢。這樣的情意在下片表現得更明顯。

「模淚易，寫愁難，瀟湘江上竹枝斑。」「模」、「寫」互文義同。這裡意思是：表現流淚是容易的，把愁充分地表現出來就不容易了；瀟湘江上的斑竹枝，人們容易看到上面斑斑淚痕，這淚痕所表示的內心無比痛苦，就不是那麼容易瞭解了。劉禹錫的〈瀟湘神〉寫道：「斑竹枝，斑竹枝，淚痕點點寄相思。」這裡用湘妃淚灑斑竹典故，表現了離別時難以言說的痛苦。用這個典故，也切合將來的行程，預示舟行瀟湘時也會有這樣的相思之苦。「碧雲日暮無書寄，寥落煙中一雁寒。」這還是寫別後的相思。「碧雲日暮」化用南朝江淹〈擬休上人怨別〉：「日暮碧雲合，佳人殊未來。」這兩句是說，日後我在寂寞的旅途中想念你們而得不到你們的書信，大概只能空對那橫空的孤雁了。最後一句亦興亦比，很有意境：途中景況的蒼茫、清寒，正映見心境的迷惘、冷寂；「一雁」，既表示來書的渺茫，又比喻自己的形單影隻。真是「模淚易，寫愁難」，作者下片寫愁並不直寫愁的情狀如何如何，而是透過典故、景象去暗示、去渲染，調動讀者的想像力，這個「愁」就變得具體可感了。這不是避難從易，而是因難見巧。

詞寫別情，從歌舞場面的感觸和旅途景況的擬想中見出，很耐涵詠。與「賓客」分袂的悵惘中又糅合了對歌女的柔情，文字精美，音節諧婉，體現了這首詞的婉約風格。（湯華泉）

鷓鴣天

范成大

嫩綠重重看得成，曲闌幽檻小紅英。酴醾架上蜂兒鬧，楊柳行間燕子輕。

春婉娩，客飄零，殘花殘酒片時清。一杯且買明朝事，送了斜陽月又生。

這是一首歌詠春天的詞篇，但它不是一般的春天的贊歌，詞人在歌詠陽春煙景的同時，還抒寫了作客他鄉的飄零之感，在較深層次上，還包含有青春老去的喟嘆。

上片四句七言，很像是一首仄起首句入韻的七言絕句。范成大是南宋著名的詩人，他寫的絕句〈四時田園雜興〉六十首，「也算得中國古代田園詩的集大成」（見錢鍾書《宋詩選》中范成大簡介）。這首〈鷓鴣天〉的上片，就很像是〈田園雜興〉中的絕句，也帶有意境鮮明，不重詞采，自然活潑，清新明快的特點。不同的是，這首詞的上片捨棄了作者在〈田園雜興〉中融風景畫與風俗畫於一爐的手法，而側重於描繪庭園中的自然風光，成為獨具特色的風景畫。

既然是畫，就必然要敷色構圖。起句「嫩綠重重看得成」，就以「嫩綠」為全詞敷下了基本色調。它可以增強春天的意象，喚醒讀者對春天的情感。「重重」，指枝上的嫩葉重重疊疊，已有綠漸成陰的氣象。「看得成」（「得」一作「漸」），即指此而言。當然光有這第一句，還不成其為畫面，因為它只不過塗了底色而已。當第二句「曲闌幽檻小紅英」出現時，情形就完全不同了。這一句，至少有以下幾方面的作用：一是構成了整個風景畫的框架；二是有了色彩的鮮明對比；三是有了一定的景深和層次感。「曲闌幽檻」，把畫面展開，打破「嫩綠」的單調平庸，增添了曲折迴環、花木幽深的立體感。「小紅英」三字極端重要。這三個字，不僅增強色彩的對比和反差，重要的是，它照亮了全篇，照亮了畫面的各個角落。畫面，變活了；春天的氣氛，變濃了。正可謂「一字妥帖，使全篇增色」。「小」字在全詞中有「大」的作用。「濃綠萬枝紅一點，動人春色不須多。」（王安石〈詠石榴花〉）范成大此句可與王詩媲美。

「酴醾架上蜂兒鬧，楊柳行間燕子輕」，是對仗工整的詞句，它把讀者的注意力從「嫩綠」、「紅英」之中引開，要讀者注意蜂鬧燕忙的熱鬧情景。一、二兩句是靜止的畫面，有了三、四兩句，整個畫面便被寫活了。「酴醾」，又作「荼蘼」，俗稱「佛兒草」，落葉灌木。「蜂兒鬧」，說明酴醾已臨開花季節，春色將盡，蜜蜂兒爭搶著來採新蜜。「楊柳行間燕子輕」極富動感。「蜂兒鬧」，是點上的特寫；「燕子輕」，是線上的追蹤。說明燕子在成行的楊柳間飛來飛去，忙於捕食，哺育乳燕。上片四句，有畫面，有構圖，有色彩，是蜂忙燕舞的活潑潑的風景畫。毫無疑問，詞人對這一畫面注入很深的情感，也反映了他的審美情趣與創作意識。但是，盛時不再，好景不長。春天已經結束，詞人又怎能不由此引起傷春自傷之情呢？

下片，筆鋒一轉，開始抒寫傷春自傷之情。換頭用了兩個短句，充分傳達出感情的變化。「春婉娩」，春日天氣溫和然而也近春暮，這是從春天本身講起的；而「客飄零」，是從詞人主體上講的。由於頻年作客在外，融和的春日固然可以怡情散悶，而花事漸闌、萍蹤無定，則又歡娛少而愁恨多了。為了消除傷春自傷之情，詞人面對「殘花」，借酒銷愁，時間已經很久，故曰「殘酒」。醉中或可忘記作客他鄉，但醉意過後，憂愁還是無法排遣。「一杯且買明朝事，送了斜陽月又生。」面對此時此景，詞人感到無可奈何，於是又繼續飲酒，企盼著在醉夢之中，混過這惱人的花月良宵，迎接新的一天，以忘卻傷春之情與飄零之感。「送了斜陽月又生」，結尾以日落月升、寫時間流逝，傷春色難留，將寫景、敘事、抒情融為一體。

本篇雖寫傷春自傷之情，抒發客居飄零之感，但有情景相副的畫面，有沉著爽豁的性情，讀起來仍使人感到清新明快，與一般傷春之作不同。清陳廷焯說：「石湖詞音節最婉轉，讀稼軒詞後讀石湖詞，令人心平氣和。」（《雲韶集》評〈眼兒媚〉）這首詞，也體現了這一特點。（陶爾夫）

霜天曉角　范成大

梅

晚晴風歇，一夜春威折。脈脈花疏天淡，雲來去，數枝雪。

勝絕，愁亦絕。此情誰共說。唯有兩行低雁，知人倚、畫樓月。

這首詞以「梅」為題，寫出了悵惘孤寂的哀愁。上片寫景之勝，下片寫愁之絕。

起二句先寫天氣轉變之佳：傍晚，天晴了，風歇了，料峭春寒的威力，已經受到了很大挫折。用一「折」字，益見原來春寒之厲，現在春晴之和。緊接著，展示了一幅用淡墨素彩勾勒的絕妙圖畫。脈脈，是含情的樣子；「花疏」，點出梅花之開。以「脈脈」加諸「花疏天淡」之上，就使人感到不僅那梅花脈脈含情，就連安詳淡遠的天空也彷彿向人致意呢。「天淡」是靜態，接著用「雲來去」渲染成為動態，更見「晚晴風歇」之後，天宇氣清雲閒之美。「花疏」與「天淡」相稱，既描寫了「天」之「淡」，所以末一句「數枝雪」，又形象地勾畫了「梅」之「疏」。如此精心點染，便生動地寫出景物的韻致。「脈脈」二字，也就不是泛泛而說了。綴字的針線固然十分細密，而其妙處更在渾然天成，運密入疏。

過片「勝絕」是對上片的概括。景物美極了，而「愁亦絕」。「絕」字重疊，更凸出了景物愈美而人卻更愁這層意思。如果說原來春風料峭，餘寒猶厲，景象的淒冷蕭疏，與人物心情之暗淡愁苦是情景一致的話，那麼，景物之極美，與人之極愁，情景就似乎很不一致了。其實這種「不一致」，正是詞人匠心獨運之所在。「寫景與言情，非二事也」（清況周頤《蕙風詞話》），以景色之優美，反襯人之孤寂，不一致中就有了一致，兩個所指情事相反的「絕」字，在這裡卻表現了矛盾的統一。為什麼景愈美而主人公的愁愈甚呢？「此情誰共說。」無處訴說，這就更加深了悲愁的深度。結尾三句，又透過景物的映襯來抒情。雁有兩行，反襯人之寂寞孤獨；雁行之低，寫鴻雁將要歸宿，而所懷之人此時飄零異鄉，至今未歸。唯有低飛之雁才能看見春夜倚樓之人。鴻雁可以傳書，則此情可以託以訴說者，也只有這兩行低雁而已。下片所寫之景，有雁，有樓，有月，從時間上來說，已經比上片晚了；但從境界上來說，與上片淡淡的雲，疏疏的梅，卻構成了一幅完整的調和的畫面，與畫樓中之人以及其孤寂幽獨的心情正復融為一體，從而把懷人的感情形象化了。越是寫得含蓄委婉，就越使人感到其感情的深沉和執著。以淡景寫濃愁，以良宵反襯孤寂無侶的惆悵，寓濃於淡，耐人尋味。（宋廓）

眼兒媚

范成大

萍鄉道中乍晴，臥輿中困甚，小憩柳塘。

酣酣日腳紫煙浮，妍暖破輕裘。困人天色，醉人花氣①，午夢扶頭。

春慵恰似春塘水，一片縠紋愁。溶溶洩洩，東風無力，欲皺還休。

〔註〕①三句一作「妍暖試輕裘。困人天氣，醉人花底」。

此詞作於調知靜江府、廣西經略安撫使任赴桂林途中。據作者《驂鸞錄》，孝宗乾道九年（一一七三）閏正月末過萍鄉（今江西萍鄉市），時雨方晴，乘轎困乏，歇息於柳塘畔。柳條新抽，春塘水滿，這樣的環境既便小憩，又易引發詩情。

「酣酣日腳紫煙浮，妍暖破輕裘。」「日腳」，雲縫斜射到地面的日光。「紫煙」，映照日光的地表上升騰的水氣。「酣酣」，狀其色調之深。這一句是寫初春「乍晴」景象，抓住了特徵：雲彩、地氣都顯得特別活躍，雲腳低垂，地氣浮騰；日光也顯得強了，「日腳」給人奪目的光亮；天氣也暖了，「酣酣」、「紫」的色調就給人以暖感。「妍暖」，和暖、輕暖。「輕裘」，薄襖。這時的溫度也不是一下子升得很高，並不給人熱的感覺，這種暖意首先是包裹在「輕裘」裡的軀體感覺到了，它一陣陣地透了過來。這一句是寫感覺。總之，這天氣給人暖乎乎的感覺。「困人天色，醉人花氣，午夢扶頭。」「天色」即天氣。這天氣叫人感到舒服，因而容易使人困乏，加上暖乎乎的花香沁人心脾，更使人精神恍惚了。暖香與「冷香」對人的刺激確乎不同。「扶頭」，本指一種易使人醉的酒，也狀醉態。「午夢扶頭」就是午夢昏昏沉沉的。

上片是寫乘輿道中的困乏，下片寫「小憩柳塘」。「春慵恰似春塘水，一片縠紋愁。」過片「春慵」緊接「困」字、「醉」字來，意脈很細。這裡即景作比。「縠紋」，縐紗的細紋，比喻水的波紋。這兩句說：春慵就像春塘中那細小的波紋一樣，叫人感到那麼微妙，只覺得那絲絲的麻麻癢癢、陣陣的軟軟搭搭。這個「愁」字的味道似乎只可意會，難以言傳。下面又進一步進行描寫：「溶溶洩洩，東風無力，欲皺還休。」「溶溶洩洩」，水緩緩晃動。「風乍起，吹皺一池春水」（馮延巳〈謁金門〉），塘水皺了：可你認真去看，又「風靜縠紋平」（蘇軾〈臨江仙〉）了。這裡寫水波就是這種情形。這是比喻春慵的不可捉摸，恍恍惚惚，浮浮沉沉的狀態。這幾句都是用比喻寫春慵，把難以比況的困乏形容得如此具體、形象，作者的技巧令人嘆服。同時還要注意，這春水形象的本身又給人以美感。它那麼溫柔熨帖，它那麼充溢、富於生命力，它那麼細膩、明淨，真叫人喜愛。春慵就是它，享受春慵真是人生的快樂。

春慵，是一種生理現象，也是一種感覺，雖然在前人詩詞裡經常出現這字面，但具體描寫少見，蘇軾〈水龍吟・次韻章質夫楊花詞〉借楊花寫了女子的慵態，但沒有這首詞寫得生動、細膩、充分。此詞用了許多貼切的詞語寫天氣給人的困乏感覺，又用了一系列比擬寫感覺中的春慵形態，使人如臨其境：感覺到了春天的溫暖，聞到了醉人的花氣，感受到了柳塘小憩的恬美。明沈際飛評道：「字字軟溫，著其氣息即醉。」（《草堂詩餘別集》引）一點不錯。如此寫生理現象，寫感覺，應當說是文學描寫的進步。（湯華泉）

游次公

【作者小傳】字子明，號西池，建安（今福建建甌）人。范成大帥桂林，以文章見知，參內幕。宋孝宗淳熙十四年（一一八七）通判汀州。存詞五首。

卜算子　游次公

風雨送人來，風雨留人住。草草杯盤話別離，風雨催人去。

淚眼不曾晴，眉黛愁還聚。明日相思莫上樓，樓上多風雨。

這是一首描寫男女離別的詞。上片寫一對有情人剛剛重逢又要分離的情景，下片寫離別時女方的痛苦和行人對女方的叮嚀。朝思暮想的人在風雨中歸來，使望眼欲穿的女子欣喜萬分。實指望風雨之日，天留人住，哪裡想到他竟然又要在這風雨中離去！女主人公還沒有來得及為他接風洗塵，卻要忙著為他餞行了。這「草草杯盤」，匆匆小飲，喝的竟是「話別離」的餞行苦酒。剛剛得到的轉眼間又要失去，使得女主人公十分傷心。「淚眼不曾晴，眉黛愁還聚。」眉黛，指眉，古代女子以黛畫眉。李商隱〈代贈〉詩云：「總把春山掃眉黛，不知共得幾多愁。」眼中淚就像室外雨一樣，一直未曾停息；愁聚眉頭就像天上的陰雲一樣，一直未曾散開。這裡作者將人的感情外露的樣子，同大自然的風雨巧妙地聯繫在一起，形象生動。見到如此情景，行人欲留不能，欲行不忍，於是駐足深情地叮囑道：「明日相思莫上樓，樓上多風雨。」這兩句意蘊十分豐富。一層意思是：妳要多多保重身體，避開樓頭風雨。其實要說風雨，行人在旅途中遇到的風雨更多。但不寫居者叮囑行人風雨中要多加珍重，反而寫行人叮囑居者，這正如《紅樓夢》中寶玉捱打之後，林黛玉去探傷時，黛玉還沒有開口詢問傷勢，安慰對方，而受傷的寶玉反而心疼地說：「妳又做什麼來了？太陽纔落，那地上還是怪熱的，倘或又受了暑，怎麼好呢?!」這兩者都是把筆鋒直入人物感情深處，用最平白淺顯的語言，表達了最深厚的情感。這是一種理解。這兩句詞還可以這樣理解：日後思念我時，不要上樓，因為樓頭多風雨，它會使妳聯想起今日我們風雨中重逢又風雨中離別的情景。在那種見到風雨而引起的希望和失望的煎熬中，妳會更加痛苦的。

這首詞有四處寫到風雨，以風雨起，以風雨結，首尾呼應，結構井然。所寫的事，所抒的情，都跟自然界中的風雨緊密連在一起，意境渾然，情感深厚。（程郁綴）

楊萬里

【作者小傳】（一一二七～一二〇六）字廷秀，號誠齋，吉州吉水（今屬江西）人。宋高宗紹興二十四年（一一五四）進士。歷太常博士、太子侍讀。光宗朝，召為祕書監，又出為江東轉運副使，改知贛州。紹熙中，致仕。詩與陸游、范成大、尤袤齊名，而又自成一家，稱誠齋體。有《誠齋集》，詞八首，附集中。

好事近　楊萬里

七月十三日夜登萬花川谷望月作

月未到誠齋，先到萬花川谷。不是誠齋無月，隔一林修竹。

如今纔是十三夜，月色已如玉。未是秋光奇絕，看十五十六。

這首詞詠月，不過直接寫月的只「月色已如玉」一句。月的形和神，是用襯托法表現出來的。襯托月亮，最簡單的辦法是去寫雲彩，用常語說，即「烘雲托月」。楊萬里拋開這一陳熟的套路，採用了純新的方式。上片以谷、齋、竹作陪襯。誠齋是作者的書齋名，萬花川谷是作者的花園名。「月未到誠齋」，自然不無遺憾；但「先到萬花川谷」，倒也令人欣喜，因為這同樣是詞人的天下。況且，也不必為誠齋惋惜，因為「不是誠齋無月，隔一林修竹」，月照幽篁，別有一種韻味。這半闋中，同是月光，在萬花川谷的當是朗照，在「一林修竹」的當是疏淡，在誠齋的又當是濃陰下的幽明——同樣月色竟有這許多情態，明暗層次又是這樣分明，難怪上片無一字直接寫月，卻叫人處處感受到月的媚態。上片是以物托月，下片則以月自托。詞中說：今天才是十三，月色已如美玉，若到秋光奇豔的十五十六，它定然更不尋常！這裡明顯地用十三之月襯托十五、十六之月，然而由於本篇的作意是寫今夜的月色，所以句中又含有用十五、十六的滿月襯托十三夜月色的意思：現實的月同遙想的月兩相輝映，各各更見其妙了。

楊萬里寫詩，最講「活法」、「透脫」。他在〈頤庵詩稿序〉中說：「嘗食夫飴與荼乎？人孰不飴之嗜也？初而甘，卒而酸。至於荼也，人病其苦也；然苦未既，而不勝其甘。詩亦如是而已矣。」他認為詩不能像糖：一放進嘴，就知道它是甜的，吃到最後，卻變成酸的；詩應當像荼（古茶字），經過品嘗才讓人感知它的甜味。我們讀這首詠月詞，初時只見全篇僅有一句寫月，還是用的「如玉」這個相當陳舊的比喻，很可能有幾分掃興——這正是在「病其苦」。可是只要細心品嘗下去，那麼灑在綠葉紅花上的月光，伴和著挺拔修竹的月光，在月的陰影中的誠齋，今夜的月，十五十六的月，便都成為一幅幅各具特色的月光圖。這些圖全都經得起人們的反覆吟味，因而全篇也就有咀嚼無滓、久而知味的效果。再說作者使用的又是白描手法，用這種引而不發的方式啟人想像，其表達力往往可以超過一切言辭。比如，詞中說「如今纔是十三夜，月色已如玉。未是秋光奇絕，看十五十六」，十五十六的月色自然好極了。但如何好法呢？不論你想出多麼優美的字眼來形容，其他讀者仍然可能想像到更美十倍的境地中去——凡此種種，又是本篇「苦未既，而不勝其甘」的地方。

不過，這首詞的透脫處還不僅在此。如果繼續品嘗，還可能發現作者是在寫月，但又不全在寫月，更重要的，他是在借月寫人。不然，月光朗照之下什麼不好寫，卻偏要寫他的園、他的竹、他的齋呢？應當說，這些環境既是作者生活情趣的表現，也是他精神世界的窗口。花的芬芳，竹的正直，書齋所象徵的人品，以及用來作比喻的玉的堅和潔都透露出一種高貴而貞雅的審美趣味，而清寒如玉的月光也就寓有了更豐富的人格象徵意義。（李濟阻）

昭君怨　楊萬里

詠荷雨①

午夢扁舟花底，香滿西湖煙水。急雨打篷聲，夢初驚。
卻是池荷跳雨，散了真珠還聚。聚作水銀窩，瀉清波。

〔註〕①可參楊萬里〈小池荷葉雨聲〉：「午夢西湖泛煙水，畫船撐入荷花底。雨聲一陣打疏篷，驚開睡眼初鬖髿。乃是池荷跳急雨，散了真珠又還聚。幸然聚作水銀泓，瀉入清波無覓處。」〈觀荷上雨〉：「細雨露荷散玉塵，聚成顆顆小珠新。跳來跳去還收去，卻是瓊枰弄水銀。」

楊萬里的詞和詩一樣，都善於描寫動態。錢鍾書《談藝錄》說：「以入畫之景作畫，宜詩之事賦詩，如鋪錦增華，事半而功則倍，雖然，非拓境宇、啟山林手也。誠齋、放翁，正當以此軒輊之。人所曾言，我善言之，放翁之與古為新也；人所未言，我能言之，誠齋之化生為熟也。放翁善寫景，而誠齋擅寫生。放翁如圖畫之工筆；誠齋則如攝影之快鏡，兔起鶻落，鳶飛魚躍，稍縱即逝而及其未逝，轉瞬即改而當其未改，眼明手捷，蹤矢躡風，此誠齋之所獨也。」像這首詞明明題作「詠荷雨」，一開始反從「午夢」入筆，出手便與眾不同。

假如是夢見陰雨倒還罷了，誰知夢見的偏是滿湖煙水，氤氳香氣，作者正在這明媚的環境裡盪舟花底。這些描寫好像跟主題風馬牛不相及，其實是用西湖煙水襯托庭院荷池：西湖的美景是公認的，那麼詞篇就已給你暗示，庭院中的雨荷有著同樣的魅力。何況夢中的「香」正是院池荷花的清香呢！「夢初驚」後該知道身在家中了，然而他卻以為還在扁舟，因為他把荷上雨聲誤認作了雨打船篷聲。這裡描寫已醒未醒的境界，既自然，又別致，而且更加縮短了西湖與院池的距離。「卻是」以下完全離開夢境，並在上半闋已打好的基礎上開始了對「荷雨」的正面詠寫。「池荷跳雨」指急雨敲打荷葉，雨珠跳上跳下。接下去，作者把荷葉上面晶瑩的雨點比作真珠，說這些真珠在荷葉上忽聚忽散，最後聚在葉心，就像一窩泛波的水銀。這些描寫動盪迷離，而且比喻新穎，都是「人所未言」者。再說，作者用變幻的手法，把「稍縱即逝」、「轉瞬即改」的景象再現在讀者面前，使詞篇的形式同內容一樣，活潑而不受羈絆，也體現了其「活法」在抒情寫景方面的作用。（李濟阻）

朱熹

【作者小傳】（一一三〇～一二〇〇）字元晦，一字仲晦，號晦庵、晦翁，別稱紫陽，徽州婺源（今屬江西）人，僑寓建陽（今屬福建）。宋高宗紹興十八年（一一四八）進士。孝宗淳熙時，知南康軍，改提舉浙東常平茶鹽公事。寧宗初，為煥章閣待制。慶元二年（一一九六），落職奉祠。卒謚文。生平從事著述和講學，是南宋著名理學家，亦能詩文。著有《四書章句集注》《周易本義》《詩集傳》《楚辭集注》《通鑑綱目》等。詞有《晦庵詞》，存十九首。

水調歌頭　朱熹

隱括杜牧之齊山詩

江水浸雲影，鴻雁欲南飛。攜壺結客何處？空翠渺煙霏。塵世難逢一笑，況有紫萸黃菊，堪插滿頭歸。風景今朝是，身世昔人非。

酬佳節，須酩酊，莫相違。人生如寄，何事辛苦怨斜暉。無盡今來古往，多少春花秋月，那更有危機。與問牛山客，何必獨沾衣。

依某種文體原有的內容辭句改寫成另一種體裁，叫隱括。朱熹此詞，即隱括杜牧〈九日齊山登高〉一詩。初讀一遍，不過覺得它逐句移植原詩，但也清暢淡遠而已。反覆涵泳體會，才知道意境精神已奪胎換骨。

且看杜牧原詩：

江涵秋影雁初飛，與客攜壺上翠微。塵世難逢開口笑，菊花須插滿頭歸。
但將酩酊酬佳節，不用登臨恨落暉。古往今來只如此，牛山何必獨沾衣。

重陽節，杜牧偕友登齊山，良辰美景，使這位平生懷抱未展的晚唐詩人感到難得的歡愉。然而當夕陽西下，又觸動了人生無常的愁苦。春秋時，齊景公登牛山，北望國都臨淄流淚說：「若何滂滂去此而死乎！」（《晏子春秋．諫上》）詩人感慨何必要像齊景公那樣獨自下淚，因為人生之無常，古往今來盡皆如此，誰能幸免呢！語似曠達，其實抑鬱傷感。

現在來看朱熹此詞。一江秋水，天光雲影徘徊其中。萬里長空鴻雁初飛，正值重陽。「攜壺結客何處？」一問。「空翠渺煙霏。」一答。答話不著一動詞，純然景語，給人的感覺是攜酒登高的人，融入了那山色空翠、煙霏縹緲一片氤氳之中。意境極空靈。若用原詩「與客攜壺上翠微」的「上」字，反嫌質實。平時身居塵世，難逢開口一笑。今日投入大自然懷抱，自是笑逐顏開。更何況滿山茱萸紫、菊花黃，好插個滿頭粲然，盡興而歸呢！「風景今朝是，身世昔人非。」多少登高傷懷的昔人，早已成為過去（「非」）。但美好的大自然卻是真實的、恆常的（「是」）。作者這裡所積極肯定的，不單是當下（「今朝」）的自然美景，也肯定了景中之人，當下的人生。詞中增添此二句，頓時注入一道源泉活水般的新意，詞情已顯然同詩情涇渭分流。

作者勸勉朋友，酬答佳節美景，儘管酩酊一醉，不要辜負大好辰光。「人生如寄，何事辛苦怨斜暉。」人生有限，更應惜取，何苦對斜陽而怨遲暮呢。此二句雖用原詩，卻非故作曠達，實為充分肯定當下人生的價值。「無盡今來古往，多少春花秋月，那更有危機。」此三句，移植原詩「古往今來只如此」，但全反其意，更發舒新意。點鐵成金，奪胎換骨，要在於此。無盡今來古往，多少春花秋月，概括綿延無窮的時間與上下無限的空間。往古來今謂之宙，四方上下謂之宇。作者精騖八極，思通千載，但覺無限宇宙之中，永遠充滿生機，哪有什麼危機呢！朱熹是宋代著名儒家哲人。在儒家看來，宇宙、人生，本體為一，即生生不息的生機。這生機流行體現於天地萬物人生，「亙古亙今，雖未嘗有一毫之空闕，一息之間斷」（朱熹《中庸或問》）。人生雖然有限，宇宙生機卻是無限。人生盡其意義，就是生得其所，體現了宇宙的本體，有限的人生便與無限的宇宙合一。心知此意，則人生充滿樂趣。「與問牛山客，何必獨沾衣。」言外正洋溢著這種樂觀精神。朱詞與杜詩的結筆，仍是語同而意別。杜詩以人生無常自古而然聊以自慰，語似曠達而實傷感抑鬱。朱詞卻依於對人生的樂觀精神，來否定人生無常的傷感情緒。而這種傷感情緒不知曾折磨過多少古代詩人。回頭玩味「風景今朝是，身世昔人非」，意味更顯，也更深長。

不妨設想，朱熹重陽結伴登高，興之所至，於是揮灑筆墨，檃括杜牧詩而成此詞。江水，雲影，鴻雁，空翠，煙霏，紫萸，黃菊，作者眼中之大自然，無往而非「四時行焉，萬物生焉」（《論語》），「鳶飛戾天，魚躍於淵」（《詩經・大雅・旱麓》），「萬物並育而不相害」（《中庸》），一片生機流行之境界。而重陽佳節，結伴登高，返歸自然，開口一笑，酩酊一醉，自己性情之發舒，亦皆充滿「樂山」、「樂水」、「樂以忘憂」（《論語》）的意趣。作者「胸次悠然，直與天地萬物上下同流，各得其所之妙，隱然見於言外」（朱熹《論語集註》）。朱熹詞中，已非杜牧詩中一般人生情感的境界，而是這位儒家天人合一的哲學境界。這境界實無異於「暮春者，春服既成，冠者五六人，童子六七人，浴乎沂，風乎舞雩，詠而歸」（《論語》）的境界。朱熹此詞讚美自然，讚美人生，表現儒家哲學精神，擴大了宋詞的境界，不失為對宋詞的一個貢獻。

此詞發舒性情哲思，貴在深入淺出，出以優美高遠的意境和清暢豪爽的格調，故深含理趣而不墮理障。《御選歷代詩餘》卷一一七引《讀書續錄》評云：「氣骨豪邁，則俯視辛蘇；音節諧和，則僕命秦柳。洗盡千古頭巾俗態。」可謂知言。此詞屬隱括體，貴在以故為新，藝術造詣與杜牧原詩各有千秋。它雖幾乎逐句移植原詩，但幾處貫注新意，全詞就處處意蘊翻新，而具一全幅的新生命。比如讀罷全詞，再回味上片「況有紫萸黃菊，堪插滿頭歸」，就見得入山歸來豈止是紫萸黃菊滿頭粲然，並且是滿載人與自然合一的生趣而歸。舉此一例，全篇皆可連類而及。奪胎換骨，只在襟懷之高。點鐵成金，卻在點化之妙。宋詞宋詩，都不乏這種以故為新的藝術特色。這是善於繼承並創新的整個宋代文化精神的一個體現。朱熹此詞，啟示著這一文化背景。（鄧小軍）

嚴蕊

【作者小傳】字幼芳，天台營妓。與朱熹、唐與正同時。事見宋周密《齊東野語》卷二十。存詞三首。

如夢令

嚴蕊

道是梨花不是，道是杏花不是。白白與紅紅，別是東風情味。曾記，曾記，人在武陵微醉。

對這首小令，先且不談背景，直湊單微欣賞之，別有一番逸趣。

「道是梨花不是，道是杏花不是。」發端二句凌空而來，雖明白如話，但絕非一覽無餘，須細加玩味。詞人連用梨花、杏花比擬，可知所詠之物為花。道是梨花——卻不是，道是杏花——也不是，則此花乍一看去，極易被誤認為梨花，又極易被誤認為杏花。仔細一看，卻並非梨花，也並非杏花。可知此花之色，有如梨花之白，又有如杏花之紅。

「白白與紅紅」緊承發端二句，點明此花之為紅、白二色。連下兩組狀色的疊字，極簡練、極傳神地寫出繁花怒放、二色並妍的風采。一樹花分二色，確非常見，此花實在別致可愛。

「別是東風情味」，上句才略從正面點明花色，此句，詞筆又輕靈地宕開，不再從正面著筆，而以唱嘆之音讚美此花之風韻獨標一格，超拔於春天眾芳之上。詞中實在少此一筆不得。

可是，這究竟是一種什麼花呢？

「曾記，曾記，人在武陵微醉。」結筆仍是空際著筆，不過，雖未直接點出花名，卻已作了不答之答。「曾記，曾記」，複沓二語甚妙，不但提醒起讀者的注意，呼喚起讀者的記憶，且暗將詞境推遠。「人在武陵微醉」，武陵二字，暗示出此花之名。陶淵明〈桃花源記〉云：武陵漁人曾「緣溪行，忘路之遠近，忽逢桃花林，夾岸數百步，中無雜樹，芳草鮮美，落英繽紛。漁人甚異之，復前行，欲窮其林」，終於來到世外桃源。原來，此花屬桃源之花，花名就是桃花。句中「醉」之一字，寫出此花之為人所傾倒的感受。詞境以桃花源結穴，餘味頗為深長。它雖有可能意味著詞人的身分（宋詞習以桃溪、桃源指妓女居處），但更可能有取於桃花源凌越世俗之意。

此詞所詠為紅白桃花，這是桃花之一種。「桃品甚多……其花有紅、紫、白、千葉、二色之殊。」（明李時珍《本草綱目．果部》）紅白桃花，就是一樹花分二色的桃花。北宋邵雍有〈二色桃〉詩：「施朱施粉色俱好，傾城傾國豔不同。疑是蕊宮雙姊妹，一時攜手嫁東風。」詩雖不及嚴蕊此詞含蘊，卻可借作為此詞的一個極好註腳。

南宋周密《齊東野語》卷二十曾記嚴蕊其人及此詞本事：「天台營妓嚴蕊，字幼芳，善琴弈歌舞，絲竹書畫，色藝冠一時。間作詩詞，有新語，頗通古今，善逢迎。四方聞其名，有不遠千里而登門者。唐與正守台日，酒邊嘗命賦紅白桃花，即成〈如夢令〉云云。與正賞之雙縑。」依據這段記載來回味此詞，不難體會到這位詞人作這首詠物詞的一番寄意。詞顯然體現了作者的懷抱。道是梨花不是、道是杏花不是、別是東風情味的紅白桃花，不正隱然是這位色藝冠絕一時的女性自己的寫照嗎？而含婉地點明此花乃屬桃源之花，不正隱然是她身陷風塵而心自高潔的象徵嗎?她的〈卜算子〉詞,有「不是愛風塵,似被前緣誤」之句,正可詮釋此意。清孫麟趾《詞逕》云:「人之品格高者,出筆必清。」此詞有清氣,有新意,正是詞人品格的自然流露。尤其這首詠物詞中,能巧妙地借助於典故,表現詞人自己的高潔懷抱,似無寄託,而有寄託,就境界言,可以說是詞中之上品。

此詞絕不同於一般沾滯於物象的詠物詞,它純然從空際著筆,空靈蕩漾,不即不離,寫出紅白桃花之高標逸韻,境界愈推愈高遠,令人玩味無極而神為之旺,可以說是詞中之逸品。(鄧小軍)

卜算子

嚴蕊

不是愛風塵，似被前緣誤。花落花開自有時，總賴東君主。
去也終須去，住也如何住！若得山花插滿頭，莫問奴歸處。

這首詞的作者嚴蕊，是南宋孝宗淳熙年間台州（治今浙江臨海）的營妓（地方官妓。因聚居於樂營教習歌舞，故又名「營妓」）。色藝冠一時，作詩詞有新語，善逢迎，名聞四方。知州唐仲友（字與正）曾命其賦紅白桃花作〈如夢令〉詞，賞以細絹兩匹。仲友為同官高文虎所譖。朱熹時任提舉兩浙東路常平茶鹽公事，行至台州，告發仲友者紛至，遂以「催稅緊急，戶口流移」及種種貪墨克剝不公不法的罪名，前後上六狀彈劾唐仲友。這還不夠，又指仲友與嚴蕊有私情。宋時規定，「閫帥、郡守等官，雖得以官妓歌舞佐酒，然不得私侍枕席」（《古今圖書集成·藝術典·娼妓部》引《委巷叢談》）。如若查實，則罪在官妓，官吏也要受處分。為此，嚴蕊繫台州獄月餘，備受棰楚，然終無一語招承。又移紹興（兩浙東路治所）獄中，獄吏以好言誘供，嚴蕊答云：「身為賤妓，縱是與太守有濫，料亦不至死罪，然是非真偽，豈可妄言以汙士大夫，雖死不可誣也。」以辭意堅決，又再受杖，幾至於死，但聲價愈高。不久朱熹改官。岳霖為浙東提點刑獄公事，憐其病瘁，命她作詞自陳，她略不構思，即口占這首〈卜算子〉。岳霖即日判令出獄，脫籍從良。（見宋周密《齊東野語》卷二十）嚴蕊是古代社會的弱女子，又身隸樂籍，所遭不幸，明顯是「殃及池魚」的事，這叫做無可奈何。到了這個地步，她堅決不肯為了自己少受刑辱而去誣陷他人，是很有骨氣的。這首詞為求長官見憫，脫離苦海，也寫得比較含蓄，不作窮苦乞憐之語，具見標格。

上片抒寫自己淪落風塵、俯仰隨人的苦悶。「不是愛風塵，似被前緣誤。」首句突兀而起，特意聲明自己並不是生性喜好風塵生活。古代社會中，妓女被視為冶葉倡條，所謂「行雲飛絮共輕狂」（晏幾道〈浣溪沙〉），就代表了一般人對她們的看法。現在嚴蕊因事關風化而入獄，自然更被視為生性淫蕩的風塵女子了。因此，這句詞中有自辯，有自傷，也有不平的怨憤。次句卻出語和緩，特用不定之詞，說自己之所以淪落風塵，似乎是為前生的因緣（即所謂宿命）所誤。作者既不認為自己性愛風塵，又不可能認識使自己沉淪的真正根源，無可奈何，只好歸之於冥冥不可知的前緣與命運。「似」字若不經意，實耐尋味。它不自覺地反映出作者對「前緣」似信非信，既不得不承認又有所懷疑的迷惘心理，既自怨自艾，又自傷自憐的複雜感情。

「花落花開自有時，總賴東君主。」兩句借自然現象喻自身命運，說花落花開自有一定的時候，這一切都只能依靠司春之神東君來作主，比喻像自己這類歌妓，俯仰隨人，不能自主，命運總是操在有權者手中。這是妓女命運的真實寫照，其中有深沉的自傷，也隱含著對主管刑獄的長官岳霖的期望——希望他能成為護花的東君。但話說得很委婉含蓄，祈求之意只於「賴」字中隱隱傳出。

「去也終須去，住也如何住！」過片承上不能自主命運之意，轉寫自己在去住問題上的心情。去，指由營妓隊伍中放出；住，指仍留樂營為妓。離開風塵苦海，自然是她所渴想的，但卻迂迴其詞，用「終須去」這種委婉的語氣來表達。意思是說，以色藝事人的生活終究不能長久，將來總有一天須離此而去。言外之意是，既「終須去」，何不早日離此苦海呢？以嚴蕊的色藝，解除監禁之後，重新為妓，未始不能得到有權者的賞愛，但她實在不願再過這種生活了，所以用「終須去」來曲折表達離此風塵苦海的願望。下句「住也如何住」即從反面補足此意，說仍舊留下來作營妓簡直不能設想如何生活下去。兩句一去一住，一正一反，一曲一直，將自己不戀風塵、願離苦海的願望表達得既婉轉又明確。

歇拍單承「去」字，集中表達渴望自由的心情：「若得山花插滿頭，莫問奴歸處。」山花插滿頭，是到山野農村過自由自在生活的一種形象性表述。兩句是說，如果有朝一日，能夠將山花插滿頭鬢，過著一般婦女的生活，那就不必問我的歸宿了。言外之意是：一般婦女的生活就是自己嚮往的目標，就是自己的歸宿，別的什麼都不再考慮了。兩句回應篇首「不是愛風塵」，熱切地表達了對儉樸而自由的生活的嚮往，但出語仍留有餘地。「若得」云云，就是承上「總賴東君主」而以想望祈求口吻出之。

由於這是一首在長官面前陳述衷曲的詞，她在表明自己的意願時，不能不考慮到特定的場合、對象，採取比較含蓄委婉的方式，以期引起對方的同情。但她並沒有因此而低聲下氣，而是不卑不亢，婉轉而明確地表達了自己的心願。這是一位身處下賤但尊重自己人格的風塵女子婉而有骨的自白。（劉學鍇）

張孝祥

【作者小傳】（一一三二～一一六九）字安國，號于湖居士，歷陽烏江（今安徽和縣烏江鎮）人。宋高宗紹興二十四年（一一五四）進士第一。孝宗朝，累遷中書舍人，直學士院，領建康留守，因贊助張浚北伐罷職。後知荊南府，兼荊湖北路安撫使，興水利，築金堤，有政績。乾道五年（一一六九），因病退居蕪湖，卒。善詩文，工詞，詞風豪放，頗有感懷時事之作，清曠飄逸處，酷似東坡。著有《于湖居士文集》《于湖詞》。存詞二百二十四首。

六州歌頭 張孝祥

長淮望斷，關塞莽然平。征塵暗，霜風勁，悄邊聲。黯銷凝。追想當年事，殆天數，非人力；洙泗上，絃歌地，亦羶腥①。隔水氈鄉，落日牛羊下，區脫②縱橫。看名王宵獵，騎火一川明，笳鼓悲鳴，遣人驚。

念腰間箭，匣中劍，空埃蠹，竟何成！時易失，心徒壯，歲將零。渺神京。干羽方懷遠，靜烽燧，且休兵。冠蓋使，紛馳騖，若為情！聞道中原遺老，常南望、翠葆霓旌。使行人到此，忠憤氣填膺，有淚如傾。

〔註〕①羶腥：一作「紛爭」、「凋零」、「榛荊」。②區（音同歐）脫：胡人防敵的土室。

張孝祥的〈六州歌頭〉，是南宋前期愛國詞中的傑作。高宗紹興三十一年（一一六一）十一月，金主完顏亮舉兵突破宋淮河防線，直趨長江北岸。在向采石（在今安徽馬鞍山）渡江時，被虞允文督水師迎擊，大敗而走。宋金兩軍遂夾江東下，完顏亮至揚州為部下所殺，於是金兵退回淮河流域，暫時息戰。主戰派大臣張浚奉詔由潭州（今湖南長沙）改判建康府（今江蘇南京）兼行宮留守。次年正月，高宗到建康，孝祥亦於此時前往。這首詞，即他在建康留守張浚宴客席上所賦。

上片，描寫江淮前線宋金對峙的嚴峻態勢。「長淮」二字，指出當時的國境線，含有無限感慨。自紹興十一年十一月，宋「與金國和議成，立盟書，約以淮水中流畫疆」（《宋史·高宗紀》）。昔日曾是祖國動脈的淮河，就變成邊境。這正如後來楊萬里〈初入淮河四絕句〉其一所感嘆的：「人到淮河意不佳」，「中流以北即天涯」。國境已收縮至此，只剩下半壁江山。極目千里淮河，南岸一線的防禦無關塞可守，只是莽莽平野而已。江淮之間，征塵暗淡，霜風淒緊，更增戰後的悲涼景象。「黯銷凝」一語，揭示出詞人的深沉懷抱，黯然神傷。追想當年靖康之變，二帝被擄，宋室南渡。誰實為之？天耶？人耶？語意分明而著以「殆」、「非」兩字，便覺搖曳生姿。洙、泗二水經流的山東，是孔子當年講學的地方，如今也為金人所占，這對於詞人來說，怎能不從內心深處激起震驚、痛苦和憤慨呢？自「隔水氈鄉」直貫到歇拍，寫隔岸金兵的活動。一水之隔，昔日耕稼之地，已變為遊牧之鄉。帳幕遍野，日夕吆喝著成群的牛羊回欄。「落日」句，語本於《詩經·王風·君子於役》：「日之夕矣，羊牛下來。」更應警覺的是，金兵的哨所縱橫，防備嚴密。尤以獵火照野，淒厲的笳鼓可聞，令人驚心動魄。金人南下之心未死，國勢仍是可危。

下片，抒寫愛國的壯志難酬，朝廷當政者安於和議現狀，中原人民空盼光復，詞情更加悲壯激烈。換頭一段，詞人傾訴自己空有殺敵的武器，只落得塵封蟲蛀而無用武之地。時不我待，徒具雄心，卻等閒虛度年華。紹興三十一年的秋冬，孝祥閒居往來於宣城、蕪湖間，聞采石大捷，曾在〈水調歌頭．和龐佑父〉一首詞裡寫道：「我欲乘風去，擊楫誓中流。」但到建康觀察形勢，仍是報國無門。所以「渺神京」以下一段，憤激的詞人把詞筆犀利鋒芒直指偏安的小朝廷。汴京渺遠，何時光復！所謂渺遠，豈但指空間距離之遙遠，更是指光復時間之渺茫。這不能不歸罪於一味偷安的朝廷。「干羽方懷遠」活用《尚書．大禹謨》「舞干羽於兩階」（干，盾；羽，雉尾）故事。據說舜大修禮樂，曾使遠方的有苗族來歸順。詞人藉以辛辣地諷刺朝廷放棄進取，安於現狀。所以下面一針見血揭穿說，自紹興和議成後，每年派遣賀正旦、賀金主生辰的使者，交割歲幣銀絹的交幣使以及有事交涉的國信使、祈請使等，奔走道路，在金受盡屈辱，忠直之士，有被扣留或被殺害的危險。即如使者至金，在禮節方面，便須居於下風。岳珂《桯史》記載：「禮文之際，多可議者，而受書之儀特甚。逆亮（金主完顏亮）渝平，孝皇（宋孝宗）以奉親之故，與雍（金世宗完顏雍）繼定和好，雖易稱叔侄為與國，而此儀尚因循未改，上（孝宗）常悔之。」這就是「若為情」（何以為情）一句的背景，詞人所以嘆息痛恨者。「聞道」兩句寫金人統治下的父老同胞，年年盼望王師早日北伐。「翠葆霓旌」，即飾以鳥羽的車蓋和彩旗，是皇帝的儀仗，這裡借指宋帝車駕。詞人的朋友范成大八年後使金，過故都汴京，有〈州橋〉一詩：「州橋南北是天街，父老年年等駕迴。忍淚失聲詢使者，幾時真有六軍來！」曾在陝西前線戰鬥過的陸游，其〈秋夜將曉出籬門迎涼有感〉一詩中也寫道：「遺民淚盡胡塵裡，南望王師又一年！」皆可印證。這些愛國詩人、詞人說到中原父老，真是感慨同深。結尾三句順勢所至，更把出使者的心情寫出來。孝祥伯父張邵於高宗建炎三年（一一二九）使金，以不屈被拘留幽燕十五年。任何一位愛國者出使渡淮北去，就必然要為中原大地的長期不能收復而激起滿腔忠憤，為中原人民的年年傷心失望而傾瀉出止不住的熱淚。「使行人到此」一句，「行人」或解作路過之人，亦可通。北宋李冠兩首〈六州歌頭〉，一詠項羽事，一詠唐玄宗、楊貴妃事，末皆用此句格。前者曰「遺行人到此，追念痛傷情，勝負難憑」（一作劉潛詞）；後者曰「使行人到此，千古只傷歌，事往愁多」。孝祥此語殆亦襲自前人。

總觀全詞，上下片又各可分為三小段，作者在章法上也頗費意匠經營。宴會的地點在建康，當詞人唱出「長淮望斷」，誰能不為之肅然動容？他不讓聽者停留在淮河為界的苦痛回憶上，緊接著以「追想當年事」一語把大家的思想推向北方更廣大的被占區，加重其山河破碎之感。這時又突然以「隔水氈鄉」提出警告，把眾賓的注意力再引回到「胡兒打圍塗塘北，煙火穹廬一江隔」（張孝祥〈和沈教授子壽賦雪三首〉其三）的現實中來。一片之內，波瀾迭起。換頭以後的寫法又有變化。承上片指明的危急形勢，首述恢復無期、報國無門的失望；繼斥朝廷的忍辱求和；最後指出連過往的人（包括赴金使者）見到中原遺老也同深悲痛。這樣高歌慷慨，愈轉愈深，不僅充分表達了詞人的無限悲憤，更有力地激發起人們的愛國熱情。據南宋無名氏《朝野遺記》說：「歌闋，魏公（張浚）為罷席而入。」可見其感人之深。

這首詞的強大生命力，在於詞人「掃開河洛之氛祲，蕩洙泗之羶腥者，未嘗一日而忘胸中」（宋謝堯仁〈于湖居士文集序〉）的愛國精神。正如詞中所顯示，鎔鑄了民族的與文化的、現實的與歷史的、人民的與個人的因素，因而是一種極其深厚的愛國主義精神。所以一旦傾吐為詞，發抒忠義就有「如驚濤出壑」的氣魄（南宋滕仲固跋郭應祥《笑笑詞》語，據稱于湖一傳而得吳鎰，再傳而得郭）。同時，〈六州歌頭〉篇幅長，格局闊大。多用三言、四言的短句，構成激越緊張的繁音促節，聲情激壯，正是詞人抒發滿腔愛國激情的極佳藝術形式。詞中，把宋金雙方的嚴峻對立，朝廷與人民之間的尖銳矛盾，加以鮮明對比。多層次、多角度地展示了那個時代的宏觀歷史畫面，強有力地表達出人民的心聲。就像杜甫詩歷來被稱為詩史一樣，這首〈六州歌頭〉，也完全可以被稱為詞史。（宛敏灝、鄧小軍）

〔附記〕

按此詞寫作時間，一般箋註定為孝宗隆興二年（一一六四），孝祥作於兼領建康留守宴客席上。首先沒有正確理解「在建康留守席上」（《說郛》本《朝野遺記》）的含意，遂將賓主顛倒。明陳霆《渚山堂詞話》改寫為「張安國在沿江帥幕，一日預宴」就比較明確。其次是疏忽與史實不符。隆興元年宋、金主要戰場在淮河流域，符離之潰在元年五月（邵宏淵曾對部下說：「當此盛夏，搖扇於清涼猶且畏熱，況烈日中披甲苦戰，人何以堪」，見宋李幼武《宋名臣言行錄》）。其時孝祥尚在知平江府任。次年二月入對，再除中書舍人直學士院，在臨安。三月，詔張浚視師江淮；四月，罷判福州，八月卒。是孝祥參贊軍事以至兼行宮留守，不能更早於三月。二人在「霜風勁」的時節，並無同在建康可能。因此，這首詞的寫作時間定為紹興三十二年（一一六二）初春最為合適。（一）紹興三十一年十一月張浚自判潭州改判建康府行宮留守。次年正月五日高宗到建康，浚入對，詔浚仍舊兼行宮留守（浚未到前曾以湯思退充任）。二月六日高宗還臨安。孝祥赴建康在浚幕作客即在此時。（二）詞中無一語涉及「符離之潰」，而以「騎火」、「笳鼓」等指出金人近在對江，「冠蓋使，紛馳鶩」，是指兩國使者絡繹於途，這年正月金主遣使來聘，宋亦遣洪邁使金。故詞人憤激而發出「若為情」的質詢。這篇名作的寫作時間被誤解已久，亟應還其本來面目。用特提供一些資料，聊備參考。（宛敏灝）

水調歌頭

張孝祥

泛湘江

濯足夜灘急，晞髮北風涼。吳山楚澤行遍，只欠到瀟湘。買得扁舟歸去，此事天公付我，六月下滄浪。蟬蛻塵埃外，蝶夢水雲鄉。

製荷衣，紉蘭佩，把瓊芳。湘妃起舞一笑，撫瑟奏清商。喚起九歌忠憤，拂拭三閭文字，還與日爭光。莫遣兒輩覺，此樂未渠央。

湖南湘江與偉大詩人屈原有著特殊的關係。屈原被讒竄逐，往來於沅水、湘水流域，後又自沉於汨羅江，但他留下「與日月爭光」的詩篇深情地扣動著無數詞人墨客的心扉。雖然世殊事異，仍能激發起人們不同的審美感受。初唐杜審言在遭貶流放途中，面對滔滔湘江，抒寫了〈渡湘江〉「獨憐京國人南竄，不似湘江水北流」的深沉感慨。張孝祥也是被讒落職，從桂林北歸途中，泛舟湘江而作此詞。但這首詞的藝術視角不同，詞人以運化《楚辭》語意的手法，既讚美屈原的高潔情懷，又展現自己的怨憤不平心態。

詞的開頭「濯足」二句即用屈原作品的詞語，又切合舟行途中情景。首句見《楚辭·漁父》：「滄浪之水濁兮，可以濯吾足。」次句見《楚辭·九歌·少司命》：「與女沐兮咸池，晞女髮兮陽之阿。」但「北風涼」

出自《詩經．邶風．北風》「北風其涼」。從濯足到晞（音同希，披髮使乾）髮的意象，顯示出詞人胸懷的高潔脫俗。起二句著筆於外在的形態，「吳山」二句承上而抒發詞人渴望到瀟湘的心願。「買得扁舟」三句，進一層展示想像與現實相結合的美好機遇。「滄浪」，水名。《楚辭．漁父》：「滄浪之水清兮，可以濯吾纓。」這裡「六月下滄浪」，既點明了時間，又借指湘江並與上文瀟湘呼應。

「蟬蛻塵埃外，蝶夢水雲鄉。」詞人轉換視角，採用兩個不同層次來展現蘊含內心的奧祕。前句用《史記．屈原賈生列傳》：「蟬蛻於濁穢，以浮游塵埃之外，不獲世之滋垢，皭然泥而不滓者也。」後者用《莊子．齊物論》：「昔者莊周夢為胡蝶，栩栩然胡蝶也。」水雲鄉為隱者所居。這種多視角的意識既是對屈原身處濁世而不同流的高貴品格的讚美，又是藉以自喻而透露出曠達自適的心情。

過片「製荷衣」三句，承上啟下，雖然詞人運用《楚辭》成語，但思維意識已超越時空而帶有飄然欲仙的幻覺。屈原〈離騷〉：「製芰荷以為衣兮，集芙蓉以為裳。」又云：「紉秋蘭以為佩。」《楚辭．九歌．東皇太一》：「瑤席兮玉瑱，盍將把兮瓊芳。」詞人豐富的想像不僅在於《楚辭》的啟迪，用荷葉編織成衣服，把蘭草貫串起來作佩帶，手握著美麗的花草，而且把湘水之神寫得栩栩如生。湘妃雖然微笑著起舞，但彈奏的是一曲音調悲哀的民間樂章。緊接著「喚起」三句以無比崇敬的心情讚頌屈原的偉大人格及其作品不朽的價值。「三閭」，屈原做過三閭大夫，後人以三閭稱屈原。《史記．屈原賈生列傳》：「屈平正道直行，……信而見疑，忠而被謗，能無怨乎？屈平之作〈離騷〉，蓋自怨生也。……推此志也，雖與日月爭光可也。」

結末「莫遣」二句用典。南朝宋劉義慶《世說新語．言語》記謝安曰：「中年傷於哀樂，與親友別，輒作數日惡。」王羲之曰：「年在桑榆（喻年老），自然至此，正賴絲竹陶寫，恆恐兒輩覺，損欣樂之趣。」未渠央謂未遽盡。這裡詞人從幻想的映象回歸到現實的境界，寓怨憤於歡樂的氛圍中，餘韻不盡。

這首詞作雖用了《楚辭》和《史記》中的一些詞語，但由於匠心獨運，下筆自然靈活，不僅把六月下湘江的現實景象與湘妃起舞的超現實的虛幻之境，組合成一幅清曠優美的奇特畫面，富有浪漫色彩，而且表達宛轉曲折，綿邈情深，讀來令人感觸到作者滿腔忠憤和高潔的胸懷。（曹濟平）

水調歌頭 張孝祥

金山觀月

江山自雄麗，風露與高寒。寄聲月姊，借我玉鑑此中看。幽壑魚龍悲嘯，倒影星辰搖動，海氣夜漫漫。湧起白銀闕，危駐紫金山。表獨立，飛霞珮，切雲冠。漱冰濯雪，眇視萬里一毫端。回首三山何處，聞道群仙笑我，要我欲俱還。揮手從此去，翳鳳更驂鸞。

本詞題，宋乾道本《于湖先生長短句》作「與喻才子同登金山，江平如席，月白如晝」，明汲古閣刊本作「舟過金山寺」，或作「詠月」。此據《于湖居士文集．樂府》。

金山在江蘇鎮江。宋時矗立在長江之中，後經泥沙沖漲，遂與南岸毗連。山上之金山寺為著名古剎。張孝祥在孝宗乾道三年（一一六七）三月中旬，舟過金山，登臨山寺，夜間觀月，江水平靜，月色皎潔，如同白晝，如此景色，觸發起詞人心中的遐想和情思，寫下了這首著名的詞篇。

詞的上片描寫雄麗的長江夜景。「江山自雄麗」二句，既寫出江山雄偉、壯闊的氣勢，又點明夜間登臨的風露與春寒的感覺。

「寄聲月姊」二句，用筆不凡。「玉鑑」，指玉鏡。詞人置身於雄麗江山之中，馳騁著奇幻的想像：他對月傾吐心聲；欲借用她那珍貴的玉鏡來瞭望這美妙的景色。「幽壑魚龍」三句，承上意而具體描繪登山寺所見的各種物象。也許是借助著寶鏡的神威吧，詞人的視角不僅看到天上的無數星辰倒影在浩渺的江面上，隨著微波搖動，山下的煙霧，一片迷漫，而且還能窺視躲藏在深水溝壑裡的魚龍在張口悲嘯。《晉書・溫嶠傳》有燃犀燭照深水下怪物的記載，詞語巧用其意。

「湧起」二句，由大江轉寫山上。「白銀闕」借指金山寺。《史記・封禪書》說海上三神山「黃金銀為宮闕」，《藝文類聚》卷六十二引作「黃金白銀為闕」。蘇軾遊廬山作〈開先漱玉亭〉詩云：「我來不忍去，月出飛橋東。蕩蕩白銀闕，沉沉水精宮。」寫廬山上開先禪院建築物在月下的優美形象有如仙山上的銀闕晶宮，可以參讀。「危駐」猶高駐，紫金山指金山。山在江中，寺在山上，亦如水中湧起。

下片接前結山上意脈，寫詞人在山頭觀月的遐想，由自然景象的描寫轉而抒發富有浪漫氣質的感情。「表獨立」三句，既是作者的自我形象素描，又是詞人心胸的袒露。「表獨立」化用屈原《九歌・山鬼》「表獨立兮山之上」句意，表現出詞人屹然獨立在金山之巔的瀟散出塵的神態。「飛霞珮」，韓愈〈調張籍〉：「乞君飛霞珮，與我高頡頏。」這是從服飾上加以描述。「切雲」，古代一種高冠的名稱。《楚辭・涉江》：「冠切雲之崔嵬。」「漱冰濯雪」二句，承上進一層抒寫自然外景沁入詞人內心的感受。作者沉浸在猶如冰雪那樣潔白的月光裡，感到整個世界是那麼廣闊潔淨，又是那麼敻高幽遠，似乎在萬里之外的細微景物也能看得很清楚。

「回首三山何處」三句，由上面不同凡俗的氣象，引出古代傳說中的三神山，即蓬萊、方丈、瀛洲。但這裡不是李清照〈漁家傲〉詞中「風休住，蓬舟吹取三山去」的意象，而是把內心濃郁的感情移進虛擬的物象中，轉化成為心靈的情致，創造出另一種藝術境界：聽說神山上的群仙，一個個都在向我招呼，滿面笑容地邀我去遨遊那縹緲虛幻的世界。

最後二句分別化用李白〈送友人〉「揮手自茲去，蕭蕭班馬鳴」和韓愈〈送桂州嚴大夫〉「遠勝登仙去，飛鸞不暇驂」的詩意。這裡由不暇驂轉化為驂鸞騰飛，登仙而去了。「翳鳳」，以鳳羽作華蓋。「驂鸞」，用鸞鳥來駕車。詞中結尾的虛擬與首起的實景，相輔相成，構成一個虛實相間、情景相融的整體。

宋陳應行在〈于湖詞序〉中說：張孝祥「所作長短句凡數百篇，讀之泠然灑然，真非煙火食人辭語。予雖不及識荊，然其瀟散出塵之姿，自在如神之筆，邁往凌雲之氣，猶可以想見也。」所謂「非煙火食人辭語」，大體都指這一類詞作。但是這首詞匠心獨運，詞人面對如此雄麗的江山、潔白的月色，心物感應由外在的直覺，漸漸地發展到內在的融合，相互滲透，從而創造出一種更為浪漫的飄然欲仙的世界，顯示出作者的奇特英氣和曠達的心胸。（曹濟平）

水調歌頭

張孝祥

聞采石戰勝（和龐佑父）

雪洗虜塵靜，風約楚雲留。何人為寫悲壯，吹角古城樓？湖海平生豪氣①，關塞如今風景，剪燭看吳鉤②。剩喜③然犀處④，駭浪與天浮。

憶當年，周與謝，富春秋。小喬初嫁，香囊未解，勛業故優游。赤壁磯頭落照，肥水橋邊衰草，渺渺喚人愁。我欲乘風去⑤，擊楫誓中流⑥。

〔註〕①湖海平生豪氣：《三國志．陳登傳》載許汜語：「陳元龍（登）湖海之士，豪氣不除。」此言其平生以陳登之豪氣自負。②吳鉤：指刀。③剩喜：剩，盡也，甚也。剩喜，甚喜、非常喜。④然（「燃」的本字）犀處：指采石磯。《晉書．溫嶠傳》載溫嶠奉命平蘇峻之反，「至牛渚磯（即采石磯），水深不可測，世云其下多怪物。嶠遂毀犀角而照之，須臾見水族覆火，奇形異狀」。⑤乘風：《南史．宗慤傳》記宗慤少時曾有「乘長風破萬里浪」之願。⑥擊楫誓中流：《晉書．祖逖傳》載：祖逖統兵北伐時，渡江至中流，擊楫而發誓說：「祖逖不能清中原而復濟者，有如大江！」

在古典詩詞中，我們常可發現這樣的現象：寫「喜」之作遠少於寫「愁」之作，而寫「喜」的佳作則更少於寫「愁」的佳作。有之，杜甫的〈聞官軍收河南河北〉可以算得是唐詩中的一首「快詩」（清浦起龍《讀杜心解》）；

而在南宋詞中，則張孝祥此篇也大致可以算上一首——之所以說是「大致」，這是因為，它儘管從總體氣氛上看可屬「快詞」，但其中卻又夾雜著相當濃重的悲緒。喜中寓愁，壯中帶悲，這就是我們通讀此詞後的整體印象。

先從題目「聞采石戰勝」說起。《宋史·高宗本紀》：「紹興三十一年（一一六一）十一月，虞允文督建康諸軍統制官張振、王琪、時俊、戴皋等，以舟師拒金主（完顏）亮於東采石，戰勝卻之。」具體些講：這年十一月，中書舍人、督視江淮軍馬府參謀軍事虞允文，督宋軍大敗南下的金兵於東采石（在今安徽馬鞍山），金主完顏亮也因此役失利而遭部下縊殺，於是金兵不得不敗退。這在宋室南渡以來，可謂是振奮人心的一次大捷。消息傳來，愛國將吏無不為之歡欣。詞人也受到了莫大鼓舞，所以此篇開筆即是「雪洗虜塵靜」這樣的快語壯辭。「雪洗」句當然可以釋為「大雪洗淨戰塵」，觀陸游〈書憤〉「樓船夜雪瓜洲渡」可知，但若把此「雪」理解為「洗雪」之「雪」來理解，即把「虜」所揚起的戰塵掃除一空，歸之平靜，則更富有氣勢和聲威。這句既點明了「采石戰勝」的題面，作者也因「聞」此捷報而頓起「飛往前線」之念。可惜「風約楚雲留」，風兒和雲兒卻把我留在了此地！其中一個「楚」字，即側面交代了自己身滯「楚地」後方。當時作者正往來於宣城、蕪湖間（據宛敏灝《張孝祥年譜》），不得親與參戰，這使他引為憾事。所以下兩句即借聞聽軍號之聲而抒其悲壯激烈的情懷：「何人為寫悲壯，吹角古城樓？」「寫」通瀉，意為：不知誰在城頭吹角，傾瀉下來這一片悲壯的從軍樂？一個「寫」字既寫出了鼓角聲的雄壯悲涼，同時也寫出了自己胸次的沉鬱蒼涼。作者在同時所作的〈辛巳冬聞德音〉詩中寫道：「韃靼奚家款附多，王師直入白溝河。……小儒不得參戎事，剩賦新詩續雅歌。」正同樣表達了這種「不得參戎事」而又欲一試身手的複雜感情。「湖海平生豪氣，關塞如今風景，剪燭看吳鉤」三句中，「湖海」句自抒襟懷，言自己向來即有陳登那種廓清天下的豪氣壯懷，「關塞」句暗用南朝宋劉義慶《世說新語》中周顗「風景不殊，正自有山河之異」的典故，寫出自己遙對宋金對峙的關塞所生的「恢復（中原）」

之情，因而接著又寫其剪燭看刀的豪邁舉動。杜甫詩「少年別有贈，含笑看吳鉤」（〈後出塞五首〉其二），李賀詩「男兒何不帶吳鉤，收取關山五十州」（〈南園十三首〉其五），作者就借助於「看吳鉤」，且是「剪燭」夜看的動作，來表達自己殺敵建功的迫切願望和強烈衝動。但是願望終歸只是願望，身子卻被「楚雲」留住，因此他就只好讓自己的想像飛騁采石：「剩喜然犀處，駭浪與天浮！」「然犀」，用溫嶠在采石磯「然犀」的典故，一以點明地點，二來又含有把敵兵比作妖魔鬼怪之意。這兩句一方面熱烈祝賀采石之戰的大勝，另一方面又誇張地想像采石之戰的雄偉場面。蘇軾昔年〈念奴嬌．赤壁懷古〉曾以「亂石崩雲，驚濤裂岸，捲起千堆雪」來勾勒「檣櫓灰飛煙滅」的雄奇背景，張孝祥則把采石鏖戰的激烈戰況構想成「駭浪與天浮」的畫面，這亦足證張的豪放詞風近似於蘇。史載，虞允文之拒敵於采石磯，「布陣始畢，風大作」。虞命宋兵以海鰍船衝敵舟，並高呼「王師勝矣」。金人慘敗，「采石之下數里，有王琪軍在焉，以勁弓齊射，舟不得著岸，舟中之人往往綴尸於板而死」（《續資治通鑑》卷一三五）。張孝祥用「駭浪」上與「天浮」的句子來想像、再現這場戰役，確有驚心動魄之感，端的是氣象闊大、聲勢雄壯。而由於在此之前又冠以「剩喜」一詞，就充分表達了他對這場大戰獲勝的無限喜悅與祝賀。所以通觀上片，它主要反映了作者「聞捷」以後的高興、亢奮心情；但在同時，卻又包含有「關塞如今風景」和「何人為寫悲壯」這樣的悲慨情緒。

換頭幾句歌頌主將虞允文的勳業，並暗寫自己遙學古人、意欲大建功業的雄心壯志：「憶當年，周與謝，富春秋。小喬初嫁，香囊未解，勳業故優游。」由於采石之戰既是一場戰勝強敵的大戰，又是一場水戰，所以詞人很自然地會聯想到歷史上的赤壁之戰與淝水之戰。故而即以指揮這兩場大戰的周瑜、謝玄來比擬、讚美虞允文。「富春秋」者，春秋鼎盛、年富力強也（周瑜大破曹軍，年三十四歲；謝玄擊敗前秦大軍，年四十一歲。故云），張孝祥以此語來讚揚虞允文（時年已五十二歲），意在頌揚他的「來日方長」和「再建奇功」；言外之意，也不無含有自負年少有為（其時才三十歲）、更欲大展雄圖之情在內。「小喬初嫁，香囊未解，勳業故優游」，前二句分承周、謝而來，第三句則作一總括。周郎「小喬初嫁了，雄姿英發」的形象是人所熟知的，語出蘇軾〈念奴嬌〉；謝玄「少好佩紫羅香囊」（《晉書．謝玄傳》），這兒又被張孝祥「融化」為「香囊未解」之句。它們都為第三句「勳業故優游」作了襯墊，意為：虞允文深得周、謝風流儒雅之餘風（「小喬初嫁」、「香囊未解」即寫此意），故能從容不迫、悠閒自得地建立了不朽勳業。這樣的形容，自然並不符合事實（這正如周瑜並不在「小喬初嫁」的年齡指揮赤壁之戰，而虞允文以文吏督戰也並不「優游」那樣），但其目的正在於極力歌頌英雄人物，其次又在於表達自己的政治抱負和生活理想。而在這後一方面，我們又清楚地看到了張孝祥和蘇軾之間的相似之處。東坡在描繪火燒赤壁滿江紅的鏖戰時，卻又「忙中偷閒」地騰出手來寫上「小喬初嫁」這一筆，此中正包含著他對於政治事業和個人生活這兩方面的雙重理想，也反映了相當一部分宋代士大夫文人集「建功立業」與「風流情種」於一身的生活情趣。張孝祥不論其為人還是詞風，都深受東坡的影響，且寫作此詞時又正值風華正茂的年歲，所以筆之所到，自然地流出了此種「剛健含婀娜」（蘇軾〈和子由論書〉）、豪氣中有柔情的情趣和筆調，並不足怪。但行文至此，詞情又生新的轉折：「赤壁磯頭落照，肥水橋邊衰草，渺渺喚人愁。」這三句既是由近及遠的聯想，又是借古諷今的暗示：周郎破賊的赤壁磯頭，如今已是一片落日殘照；謝玄殺敵的肥水橋邊，也已變得荒蕪不堪。這實際是暗寫長江、淮河以北的廣大失地，尚待規復；而真正能振臂一呼、領導抗戰如虞允文者，卻實不多見，因而詞人不禁要觸景而傷情，喚起心中無限的愁緒了。

作者在前面剛剛進入熱情讚揚英雄人物的亢奮狀態，現在一下子又憂從中來，不可抑止。他那種憂國的精神面貌，至此便躍然於紙上矣。然而，作者畢竟是位熱血青年，故而接言「我欲乘風去，擊楫誓中流」！他要「乘長風破萬里浪」地高翔而去，直飛采石前線，做一個新時代的祖逖，擊楫中流，掃清中原！詞情發展至此，又從剛才的低沉中重新振起，並進而推向了高潮。古代英雄（宗慤、祖逖）的英魂「復活」在蘇軾式的豪放詞風（「我欲乘風去」明顯即從東坡「我欲乘風歸去」中化出）中，這就使本詞的結尾顯得慷慨激昂、豪情飛揚。而作者那種踔厲風發、青年英雄的「自我形象」至此也已「完成」。

上面，我們已把詞的思想內容和感情脈絡作了簡要的分析。合起來講，此詞從「聞采石戰勝」的興奮喜悅寫起，歌頌了抗戰將領的勛業，抒發了自己從戎報國的激情，但又暗寫了對於中原失地的懷念和異族入侵的悲慨，可謂喜中寓愁，壯中帶悲。全詞筆墨酣暢，音節振拔，奔放中有頓挫，豪健中有沉鬱，讀後令人深受鼓舞。（楊海明）

木蘭花慢

張孝祥

送歸雲去雁，淡寒彩滿溪樓。正佩解湘腰，釵孤楚鬢，鸞鑑分收。凝情望行處路，但疏煙遠樹織離憂。只有樓前溪水，伴人清淚長流。

霜華夜永逼衾裯，喚誰護衣篝？念粉館重來，芳塵未掃，爭見嬉遊！情知悶來殢酒，奈迴腸不醉只添愁。脈脈無言竟日，斷魂雙鴦南州。

大概是由於情韻幽馨綿邈的緣故吧，張孝祥的兩首〈木蘭花慢〉（「送歸雲去雁」及「紫簫吹散後」），歷來受到詞選家和詞評家的注目。南宋黃昇將其選入《中興以來絕妙詞選》，並分別加上「離思」、「別情」的題目。明代楊慎（號升庵）稱道第一首說，「麗情之句，如『佩解湘腰，釵孤楚鬢』，不可勝載。」（《詞品》）清代賀裳則推重第二首：「升庵極稱張孝祥詞，而佳者不載，如『夢時冉冉醒時愁，擬把菱花一半，試尋高價皇州』，此則壓卷者也。」（《皺水軒詞筌》）按，加上「離思」、「別情」的題目，而不明究竟誰同誰離別，他們之間有什麼關係，仍等於無題；對於《花菴》《草堂》謬加詞題之陋習，陳廷焯、王國維在詞話中已痛加指斥，王國維《人間詞話》甚至謂「詞有題而詞亡」。楊、賀等光從表面賞其清辭麗句，也未能揭示其內在深蘊。推為壓卷，卻沒有指出好在哪裡，就不足以服人。一九七一年，孝祥長子張同之夫婦墓在江浦縣（今屬江蘇南京）

發現，出土文物中各有墓誌一方。這才幫助我們肯定孝祥和同之的父子關係；同時根據〈念奴嬌〉（風帆更起）詞及其他資料，揭開幾百年來人所未知的孝祥和同之生母李氏的一段愛情悲劇。（詳一九七九年宛敏灝撰《張孝祥研究中的幾個問題》，載《文藝論叢》第十三輯）本事既明，于湖詞中一些涉及愛情、長期以來認為迷離惝恍的作品，也就可以得到確實的解說。

原來在金兵攻宋越淮南下時，人民紛紛渡江避難，張、李兩家也不例外。其後孝祥與李氏在客中相識以至同居，並於高宗紹興十七年（一一四七）生下同之。紹興二十四年廷試，高宗擢孝祥為進士第一，而抑考官預定第一之秦檜孫秦塤為第三。唱第後，檜黨曹泳揖孝祥於殿庭請婚，孝祥不答。於是檜黨誣陷其父張祁有反謀，下獄。不久檜死才得釋放。孝祥與李氏原僅同居關係，此時更不便公開出來。只得在紹興二十六年另娶仲舅之女時氏為妻，於是迫不得已與李氏分離。大約彼此商定以李氏要學道為名，回到她故鄉桐城的浮山。這年重九前夕，孝祥在建康（今江蘇南京）送李氏和九歲的同之溯江西去。這首詞，就是送別李氏後不久繼〈念奴嬌〉而作。

上片寫既別情境。起筆二句，是遠望之景。「歸雲去雁」，喻李氏已離開自己遠歸了。只剩下嫩寒時節的滿天秋色，留給佇立溪樓之上的詞人。次三句追思話別時難堪的情景。解佩分釵，寫臨別互贈信物。前句自謂，用楚辭《九歌．湘君》「遺余佩兮醴浦」語意；後句則以釵留一股去描述李氏的悽惻神情。「鸞鑑分收」用南朝陳末徐德言與妻樂昌公主離別時，破其鏡各執一半的故事（見唐孟棨《本事詩．情感》）。這只有用指夫婦被迫分手才恰切，就更清楚地暗示事情的悲劇性。此時再次凝情遙望去路，但見疏煙遠樹，織成一片離憂。愁緒萬端，不可解脫，盡在「織」之一字中寫出。歇拍二句，寫低頭所見所感。自己滴不盡的清淚，只有樓前的溪水相伴長流，這是多麼寂寞痛苦啊！

下片用想像造境。換頭五句，實際上是以第三句的「念」作領字，全是預想今後自己的淒涼光景。秋深夜永，霜寒侵被，有誰替自己護理衣篝（音同鉤，熏衣的罩籠）？熏衣暖被，事必躬親，具見李氏過去對詞人的溫柔體貼。而在相念中數及此日常生活瑣事，益見追維往昔，事無巨細，無不在縈懷相憶之中。當他重到同住的舊館，芳蹤如在而人已杳，悲從中來，哪裡還有娛樂的心情！（「爭見」陶本作「爭忍」。）這一描寫，也表明兩人相處的歡樂。本是預想未來的孤苦，卻層層翻出過去的美滿，就更襯出此時之難堪。詞情至此，如再平鋪直敘下去，便流於呆板。故以「情知」兩字把詞筆改從對方來進一步描寫。「情知」略與「料得」意近，比「明知」、「深知」、「遙知」等含蘊豐富得多。由於相知之深，他可以肯定李氏在苦悶的時候是借酒澆愁。怎奈「酒入愁腸，化作相思淚」（范仲淹〈蘇幕遮〉），非但不醉，且是愁上加愁。

以此「腸一日而九迴」（司馬遷〈報任少卿書〉），倍增心靈所擔荷的痛苦。這樣的生離，又何異於死別！結尾回承上片溪樓凝望，相信李氏也和自己一樣，「倚闌干處，正恁凝愁」，但深知不可能是「誤幾回、天際識歸舟」（柳永〈八聲甘州〉），而是作一種神仙傳說的希冀。痴望他也能如仙人王喬每朔望從葉縣到洛陽，化舄為鳧從東南飛來。因須仄聲字，故改鳧為鶩。「南州」，泛指南方的州郡。李氏所在的浮山在江北，建康、臨安皆在其東南，故稱為南州。「斷魂雙鶩」，實際是懷人；「脈脈無言竟日」，也是作者自白。這樣以神仙傳說作結，不但與李氏學道的身分符合，更能將彼此無可奈何的心情融為一體表達出來，韻味雋永。（宛敏灝、鄧小軍）

木蘭花慢

張孝祥

紫簫吹散後，恨燕子、只空樓。念璧月長虧，玉簪中斷，覆水難收。青鸞送碧雲句，道霞扃霧鎖不堪憂。情與文梭共織，怨隨宮葉同流。

人間天上兩悠悠，暗淚灑燈篝。記谷口園林，當時驛舍，夢裡曾遊。銀屏低聞笑語，但夢時冉冉醒時愁。擬把菱花一半，試尋高價皇州。

這是張孝祥兩首〈木蘭花慢〉中的第二首，作於送別李氏一段時間之後，詞人可能已回到臨安，接到李氏的來信。詞與「送歸雲去雁」一首同調、同韻，更見念念不忘之意。

「紫簫吹散」活用弄玉與蕭史的傳說，劈頭就寫出夫婦的離散，也喻示原先的恩愛。燕子樓用唐代張愔尚書死後，姬人關盼盼懷念舊愛，居張氏第中燕子樓十餘年而不嫁的故事，進一步點明這有同於生離死別，同時啟示著生死不渝之情。故事中的男主人公姓張，與詞人為同姓，用典精切；著一「空」字，尤能令人聯想到蘇軾〈永遇樂〉詞「燕子樓空，佳人何在，空鎖樓中燕」的名句。緊接著連用三種象徵：明月已缺，不會再圓；玉簪中斷，無由再續；覆水入地，無法重收，喻說事情的無可挽回。自古視花好月圓為美滿的象徵，如今在詞人的內心世界中卻是「璧月長虧」。「玉簪」句用白居易〈新樂府：井底引銀瓶〉詩：「井底引銀瓶，銀瓶欲上絲繩絕；石上磨玉簪，玉簪欲成中央折。瓶沉簪折知奈何，似妾今朝與君別。」詩裡用「覆水」傳說的如駱賓王〈豔情代郭氏答盧照鄰〉「情知覆水也難收」，又李白〈妾薄命〉「雨落不上天，水覆難再收」。諸作皆言棄婦事。以下接寫從書信中瞭解到李氏的心情。霞、霧一類辭，是唐宋詩詞描寫道家生活的習見語。殷勤的青鳥，捎來了李氏的詩信。以「碧雲句」，即南朝江淹〈擬休上人怨別〉「日暮碧雲合，佳人殊未來」。她訴說幽閉在道觀裡的悽寂難堪。雖作了女道士，可情緣難斷，怎能忘懷故夫！纏綿悱惻之辭，正似蘇蕙織的迴文錦字，又好比唐代宮女的紅葉題詩，飽含多少幽怨；然而無情的現實，已是仙凡異路了。

換頭寫在悠悠隔絕的悲痛中，轉而追懷往日的歡愛。記得彼此初見是在谷口園林的驛舍，銀屏掩映，低聲笑語。而今回想起來，彷彿是場美好的夢。情景冉冉如昨，醒來卻是一片新愁。詞情至此，低迴無已。緊接著忽然掀起高潮。難道此生就這樣永遠不得相見了嗎？不，我要把分收的半鏡，試尋索取高價出售的人，也許有重圓的一日。這結筆二句，仍是用前一首「鸞鑑分收」的故事。不過，前面是取其破鏡之意，這裡卻是用其重圓之義。徐德言與樂昌公主夫妻訣別，各執半鏡，約她日後以正月望日賣鏡於都市，冀可相見。後德言至京，正月望日見有老僕賣半鏡，大高其價，因引至寓所，說明原委，出己半鏡以合之，遂得團圓。（見唐孟棨《本事詩．情感》）「皇州」即京都，原是故事裡賣鏡的地方，活用不必拘泥。兩詞原是一組，前說破鏡之事，後說重圓之願。破鏡重圓這一典故的反覆再見，並非雷同的運用，而標誌著詞中悲劇心路歷程的起點與終點。

從這兩首詞可見張孝祥與李氏之間感情的深厚，這一對少年情侶被迫離散後兩人痛苦的深重。在揭開了詞的本事祕密，明白了詞的微意後，才好鑑賞詞的藝術。兩詞的意境富於悲劇性的美和韻致。愛情的美好與它的毀壞，命運的絕望與執著的希冀，形成尖銳的對立與衝突，從而構成詞情詞境的悲劇性。這正是兩詞具有深沉的感動力量，不同於一般悲歡離合之作的根本原因。在當時條件下，詞人為了表現自己難言之痛，不得不採用隱約其辭的藝術手段。他精心、靈活地運用了文學傳統中一系列優美的和悲劇性的典故與成語，如「佩解湘腰」、「鸞鑑分收」、「紫簫吹散」、「燕子樓空」、「璧月長虧」、「玉簪中斷」、「紅葉題詩」、「覆水難收」、「天上人間」等等。這些典故與成語，一旦被貫注了詞人的情感，被賦予了一定的用意，就獲得了新的生命。不但完美地表現了詞人自己的悲劇愛情，而且也比較含蓄。其中「佩解湘腰，釵孤楚鬢」等語，還有取《楚辭》幽馨淒美的情韻。特別是破鏡重圓這一典故反覆出現，起到了貫串全組樂章的主旋律作用。至於把現境、預想、設想、回憶等時空不同的情景錯綜交織起來，融為一片，尤能增加詞情的起伏跌宕和詞境的煙水迷離之致。（宛敏灝、鄧小軍）

念奴嬌

張孝祥

過洞庭

洞庭青草，近中秋、更無一點風色。玉鑑瓊田三萬頃，著我扁舟一葉。素月分輝，明河共影，表裡俱澄澈。悠然心會，妙處難與君說。

應念嶺表經年，孤光自照，肝膽皆冰雪。短髮蕭疏襟袖冷，穩泛滄溟空闊。盡吸西江，細斟北斗，萬象為賓客。扣舷獨嘯，不知今夕何夕。①

〔註〕①下片一作：「應念嶺海經年，孤光自照，肝肺皆冰雪。短髮蕭騷襟袖冷，穩泛滄浪空闊。盡吸西江，細斟北斗，萬象為賓客。扣舷獨笑，不知今夕何夕。」

宋孝宗乾道元年（一一六五），張孝祥出知靜江府（治所在今廣西桂林），兼廣南西路經略安撫使，七月到任。次年六月，被讒落職北歸，途經湖南洞庭湖（詞中的「洞庭」、「青草」二湖相通，總稱洞庭湖）。時近中秋的平湖秋月之夜，誘發了詞人深邃的「宇宙意識」和勃然詩興，使他援筆寫下了這首詞。

說到詩歌表現宇宙意識，我們便會想到唐人張若虛和陳子昂的〈春江花月夜〉和〈登幽州臺歌〉。不過，

張孝祥〈念奴嬌〉（洞庭青草）——明刊本《詩餘畫譜》

宋詞所表現的宇宙意識和唐詩比較起來，畢竟有所不同。張若虛的詩中，流瀉的是一片如夢似幻、哀怨迷惘的意緒。在水月無盡的永恆面前，作者流露出無限的悵惘；而在這悵惘之中，又夾雜著某種憧憬、留戀和對人生無常的輕微嘆息。它是痴情而純真的，卻又帶有著涉世未深的稚嫩。陳子昂的詩則更多地表現出一種深廣的憂患意識，積聚著自《詩》和《楚辭》以來無數敏感的騷人墨客所深深感知的人生的、政治的、歷史的沉重感。但是同時卻又顯現出了很濃厚的孤獨性——茫茫的宇宙似乎是與詩人對立的，因此他感到孤立無援而只能獨自愴然淚下。然而隨著社會歷史的演進和人類思想的發展，出現在幾百年後宋人作品中的宇宙意識，就表現出天人合一的品格了。請讀蘇軾〈赤壁賦〉：「客亦知夫水與月乎？……蓋將自其變者而觀之，則天地曾不能以一瞬；自其不變者而觀之，則物與我皆無盡也。」這種徜徉在清風明月的懷抱之中而感到無所不適的快樂，這種打通了人與宇宙界限的意識觀念，標誌著以蘇軾為典型的宋代一部分士人，已逐步從前代人的困惑、苦惱中擺脫出來，而到達了一種更為高級的超曠的思想境地，反映出這一代身受多種社會矛盾折磨的文人於經歷了艱苦曲折的心路歷程之後，在思想領域裡已經找到了一種自我解脫、自我超化的武器。

張孝祥其人，無論從其人品、胸襟、才學、詞風來看，都與蘇軾有著很多相似之處。不過，凡是優秀的作家（特別像張孝祥這樣一位有個性、有才華的作家），除了向前人學習之外，更會有著自己的獨創。張孝祥的這首詞，在繼軌蘇軾的道路上，就以他高潔的人格和高昂的生命活力作為基礎，以星月皎潔的夜空和寥闊浩蕩的湖面為背景，創造出了一個光風霽月、坦蕩無涯的藝術意境和精神境界。

詞的開頭三句即展現了一個靜謐、開闊的畫面。「氣蒸雲夢澤，波撼岳陽城」（孟浩然〈望洞庭湖贈張丞相〉），現實中的八月洞庭湖，極少是風平浪靜的。因此詞人所寫的「更無一點風色」，與其說是實寫湖面的平靜，還不如說是有意識地要展現其內心世界的恬寧，它的真實用意乃在展開下面天人合一的「澄澈」境界。果然「玉鑑瓊田三萬頃，著我扁舟一葉」二句就隱約地暗示了這種物我和諧。一葉扁舟與汪洋大湖的形象對比中，往往帶有「小」、「大」之間懸差、對比的意念，而張詞卻用了「著」字，表達了他如魚歸水般的無比欣喜，其精神境界就顯然與人不同。試想，扁舟之附著於萬頃碧波，不是很像「心」之附著於「體」嗎？心與體本是相互依附、相互一致的。照古人看來，人實在即是「天地之心」、「五行之秀」（南朝梁劉勰《文心雕龍．原道》），宇宙的「道心」即體現在人的身上。因此「著我扁舟」之句，就充溢著一種皈依自然、天人合一的宇宙意識，而這種意識又在下文的「素月分輝，明河共影，表裡俱澄澈」中表露得更加充分。月亮、銀河的光輝傾瀉入湖中，碧粼粼的細浪中照映著星河的倒影，此時的天穹地壤之間，一片空明澄澈——就連人的「表裡」都被洞照得通體透亮。這是多麼純淨的世界，又是多麼晶瑩的境界！詞人的心，已被宇宙的空明淨化了，而宇宙的景，也被詞人的純潔淨化了。

人格化的宇宙，宇宙化的人格，打成一片，渾成一體，使我們的詞人全然陶醉了。他興高采烈，神情飛揚，禁不住要發出自得其樂的喁喁獨白：「悠然心會，妙處難與君說！」在如此廣袤浩渺的湖波上，在如此神祕幽冷的月光下，詞人非但沒有常人此時此地極易產生的陌生感、恐懼感，反而產生了無比的親切感、快意感，這不是一種物我相愜、天人合一的宇宙意識又是什麼？這裡當然包含著「舉世皆濁我獨清，眾人皆醉我獨醒」（《楚辭．漁父》）的自負，卻沒有了屈子那種「顏色憔悴，形容枯槁」的苦悶；這裡當然也有著仰月映湖「對影成三人」（李白〈月下獨酌四首〉其一）的清高，卻也沒有了李白那種行樂當及時的煩躁。詞人感到了前所未有的恬淡和安寧。

在月光的愛撫下，在湖波的搖籃裡，他原先躁動不安的心靈，找到了最好的休憩和歸宿之處。人之回歸到大自然母親的懷抱中，人的開闊而潔淨的心靈之與無私的宇宙精神的合二而一，這豈不就是最大的快慰與歡愉？此種「妙處」，又豈是外人所能得知！詩詞之寓哲理，至此可謂達到了化境。

那麼，為什麼這種天人合一的「妙處」只能由詞人一人所獨得？詞人真是一個「泠然、灑然」、不食「煙火食」的人（宋陳應行〈于湖詞序〉語）嗎？非也。張孝祥此行，剛離讒言羅織的是非場不久，因而他不是一個生來的遺世獨立之士。事實是，他有高潔的人格，有超曠的胸懷，有「邁往凌雲之氣」和「自在如神之筆」（同上），所以才能跳出「小我」的圈子而悠然心會此間的妙處和出此瀟灑超塵的詞篇。其實他心境的「悠然」並非天生：「世路如今已慣，此心到處悠然」（〈西江月．題溧陽三塔寺〉），這就可證，他的「悠然」是在經歷了「世路」的坎坷艱險後才達到的一種圓通和超脫的精神境界，而並非是一種天生的冷漠或自我麻醉。所以他接著寫道：「寒光亭下水連天，飛起沙鷗一片。」天光水影，白鷗翔飛，這和「素月分輝，明河共影，表裡俱澄澈」，就是同樣的超塵拔俗、物我交遊的無差別境界。這種透過矛盾而達到了矛盾的暫時解決、透過對於人生世路的入乎其內而出乎其外的過程，很容易聯想到蘇軾的〈六月二十七日望湖樓醉書〉：「黑雲翻墨未遮山，白雨跳珠亂入船。捲地風來忽吹散，望湖樓下水如天。」這是寫望湖樓上所見之實景，但也未嘗不是寫他所的心路歷程：在人生路途中，風風雨雨隨處都有；然而只要保持人格的純潔和思想的達觀，一切風雨終會過去，一個澄澈空明的心境必將復現。

「應念嶺表經年，孤光自照，肝膽皆冰雪。」這就觸著了詞人的立足點。詞人剛從「嶺表」（今兩廣地區）一年左右的官場生活中擺脫出來，回想自己的這一段仕途，人格及品行是極為高潔的，肝膽都如冰雪般晶瑩而無雜滓；但此種心跡卻不易被人所曉（反而蒙冤），故而只能讓寒月之孤光來洞鑑自己的純潔肺腑。言外之意，不無淒然和怨憤。

這裡的詞人形象，就是一位有著憤世情緒的現實生活中的人了；而前面那種「表裡澄澈」的形象，卻是他「肝膽冰雪」的人格經過宇宙意識的昇華而生成的結晶體。寫到這裡，作者的慨世之情正欲勃起，卻又立即轉入了新的感情境界：「短髮蕭疏襟袖冷，穩泛滄溟空闊。」這裡正是作者曠達高遠的襟懷在起著作用，「任憑風浪起，穩坐釣魚臺」，何必去理睬那些小人們的飛短流長，我且泛舟穩遊於洞庭湖上。非但如此，我還要進而「精騖八極、心遊萬仞」（晉陸機〈文賦〉）地作天人之遊呢！因此儘管頭髮稀疏，兩袖清風，詞人的興會卻格外高漲了，詞人的想像更加浪漫了。於是便出現了下面的奇句：「盡吸西江，細斟北斗，萬象為賓客。」這是何等大的氣派，何等開闊的胸襟！詞人要吸盡長江的浩蕩江水，把天上的北斗七星當作勺器，而邀天地萬物作為陪客，高朋滿座地細斟劇飲起來。這種睥睨世人而物我交歡的神態，是詞人自我意識的擴張，是詞人人格的充溢，表現出了以我為主體的新的宇宙意識。至此，詞情頓時達到了高潮：「扣舷獨嘯，不知今夕何夕！」「今夕何夕」？回答本來是明確的：今夕是近中秋的一夕。但是作者此時似乎已經達到了忘形的興奮地步，而把人世間的一切（連「日子」）都遺忘得乾乾淨淨了；因此，那些富貴功名、寵辱得失，更已一股腦兒地拋到了九霄雲外去了。在這一瞬間，時間似乎已經凝止了，空間也已縮小了，幕天席地之間，上下古今之中，只有一個「扣舷獨嘯」的詞人形象充塞於畫面的中心而又響起了虎嘯龍吟，風起浪湧的畫外音。先前那個「更無一點風色」、安謐恬靜的洞庭湖霎時間似乎變成了萬象沓至、群賓雜亂的熱鬧酒座，而那位「肝膽皆冰雪」的主人也變成了酒入熱腸、壯氣凌雲的豪士了。

張孝祥是一位有才華、有抱負、有器識的愛國之士。而在這首作於洞庭月夜的〈念奴嬌〉中，作者的高潔人格、高尚氣節以及高遠襟懷，都融化在一片皎潔瑩白的月光湖影中，變得透明、澄澈；經過了宇宙意識的昇華，它越發帶有了肅穆性、深邃性和豐厚性。作者奇特的想像、奇高的興會以及奇富的文才，又融解在一個寥闊高遠的藝術意境中，顯得超塵、出俗；經過了宇宙意識的昇華，它越發帶有了朦朧性、神祕性和優美性。詞中最令人回味的句子是：「悠然心會，妙處難與君說。」「妙處」在何？妙處在於物我交遊、天人合一；妙處在於言不盡意卻又意在言中。試想，一個從塵世中來的活生生的凡人，能夠跳出「遍人間煩惱填胸臆」（元王實甫《西廂記》）的困境，而達到如此物我兩忘的精神境界，豈非快極妙極！而前人常說「言不盡意」，作者卻能借助於此種物我交融、情景交浹的意境，把無私、忘我的快感表達得如此淋漓盡致，這又豈非是文學的無上「妙境」！南宋胡仔曾經讚嘆，「中秋詞，自東坡〈水調歌頭〉一出，餘詞盡廢」（《苕溪漁隱叢話》後集卷三十九），此話其實過分。眼前的這首〈念奴嬌〉詞，就是一篇廢不得的佳作。如果說，蘇詞借著月光傾吐了他對人類之愛的摯情歌頌的話，那麼張詞就借著月光抒發了他對高風亮節的盡情讚美。不但是在中秋詩詞的長廊中，而且是在整個古典文學的長廊中，它都是一塊傑出的豐碑。（楊海明）

雨中花慢

張孝祥

一葉凌波，十里馭風，煙鬟霧鬢蕭蕭。認得蘭皋瓊佩，水館冰綃。秋霽明霞乍吐，曙涼宿靄初消。恨微顰不語，少進還收，佇立超遙。

神交冉冉，愁思盈盈，斷魂欲遣誰招。猶自待、青鸞傳信，烏鵲成橋。悵望胎仙琴疊，忍看翡翠蘭苕。夢回人遠，紅雲一片，天際笙簫。

古代詩裡有遊仙類，其初寫些出塵思想，後來也兼及兒女情懷。這首詞乍看頗有遊仙韻味，但經深入揣摩，仍是懷念早年情侶李氏之作。南宋黃昇《花菴詞選》在調名下註有「長沙」二字，檢《于湖居士文集》卷九有〈送仲子弟用同之韻〉五律，次聯云「惜別湘江夜，歸程楚甸秋」，因知孝宗乾道三年（一一六七）秋季知潭州（今長沙市）時，從弟孝仲（仲子）曾偕張孝祥長子同之（野夫）前往探親。是年同之已十五歲，父子乍見，諒當悲喜交集。追念與其母李氏舊情猶在而相見無期，能不感慨萬端、沉思入夢？這首詞就是記夢之作。

上片寫夢境。首述一位煙鬟霧鬢的水神，凌波馭風翩然而來。從冰綃瓊佩的服飾去辨認，竟是舊時相識的情侶。頓覺天地清明，靄消霞吐。接著描寫含情相對，若即若離的畫面，益增夢境迷離惝怳之感。詞的起句，寫景、寫人，常視需要而定。于湖詞的〈念奴嬌．過洞庭〉是由景及人的，寫罷「洞庭青草，近中秋、更無一點風色」之後，才點出「著我扁舟一葉」。倘這首詞也採取同樣寫法，把起句和「秋霽」聯互換一下位置，損益幾個字使成為「秋霽天高，明霞乍吐，曙涼宿靄初消。……一葉凌波渺渺，煙鬟霧鬢蕭蕭」，如此平鋪直敘，縱使字句斟酌至當，也平庸無力，振不起來。作者所以致夢是思念情侶，並非留連光景，所以一起就要凸出重點，讓人讀起來聯想到和《楚辭．九歌．湘夫人》同一章法，以「帝子降兮北渚」突起，然後才寫「嫋嫋兮秋風」。從詞的一片看，「秋霽」這兩句寫景是插在寫人的中間。於是它還兼有另一作用。作者把李氏比之於水神，當她來臨的時候是「煙鬟霧鬢蕭蕭」。從「蕭蕭」兩字可體味出是粗服亂頭的形象。到後來又是「微顰不語」。那麼，當他們乍見互認的一瞬間又是如何呢？這時喜悅的心情必與自然景物融而為一。「明霞乍吐」可喻喜形於色，「宿靄初消」也可說暗指暫釋久積的愁雲。「認得蘭皋瓊佩」一句用典確切。江妃當日解佩以贈鄭交甫（事見《列仙傳．江妃二女》），頗似李氏之接受張孝祥相愛；其後情好不終，彼此又復相似。瓊佩信物猶識，而舊歡已難重尋。片末寫夢中李氏的舉止表情極細：沉默微顰，稍進又卻；遺世獨立，何姍姍其來遲！超遙，遙遠貌。

下片寫夢中的思想活動。儘管這位水神是如此可望而不可即，但終不失望。盈盈愁思正由於冉冉神交而來，所以有「斷魂欲遣誰招」的想法。這裡所謂斷魂，實指受到損害因而失去的愛情，與「帝遣巫陽招我魂」（蘇軾《澄邁驛通潮閣》詩句）之取義《楚辭．招魂》有別。他和李氏是受多方面的壓力不得已而分離，讓李氏忍受著「霞扃霧鎖不堪憂」（〈木蘭花慢〉「紫簫吹散後」）的痛苦生活。「傷高懷遠幾時窮？無物似情濃」（張先〈一叢花令〉），作者表示要矢志不渝，等待著青鸞傳信，等待著烏鵲填橋。然而這種希冀究竟是微茫的，自從李氏歸山學道，彼此之間又多一層阻隔。什麼「琴心三疊儛胎仙」（語出道家《黃庭內景經．上清章》），胎仙指胎靈大神，儛同舞），自是空勞悵望；所謂「翡翠戲蘭苕」（晉郭璞〈遊仙詩〉句）的虛無幻境，令人尤不忍看。「莊生曉夢迷蝴蝶」（李商隱〈錦瑟〉），栩栩然蝶也，那是好夢；這一對愛情悲劇的主人公卻是相思相望，咫尺天涯，又怎得不魂銷腸斷？幽夢乍醒，驚鴻倏逝，這時正是秋霽曙涼，霧消霞吐，仙人駕著紅雲遠去，天際隱約聽得笙簫。詞情至此，筆與神馳，也把讀者帶到情思縹緲的境界。

總觀全詞，除結尾三句述醒後幻覺外，餘皆夢中所見所感，寫得虛中有實，實中有虛，極煙水迷離之致。蘇軾的〈江城子〉也是記夢，一起就說「十年生死兩茫茫」，又說「縱使相逢應不識」。上片寫的是死別之情，下片才寫夢境：「小軒窗，正梳妝。相顧無言，唯有淚千行。」他這是悼亡，可以如此實寫；張孝祥和李氏是生離而非死別，就必須虛實兼顧。夢境本虛，故以「認得」實之。重圓無望是事實，卻以「猶自待」虛詞掩之。其他如「相顧無言」與「微顰不語」，「明月夜，短松岡」與「紅雲一片，天際笙簫」等等，一寫永訣的哀傷，一寫暫離的悲劇。比較二者，措辭可謂各盡其妙。而後者抒寫夢裡重逢，尤能將真摯愛情微茫心事曲折地表達出來。張孝祥自從高宗紹興丙子（一一五六）送別李氏，曾有「雖富貴，忍棄平生荊布」及「不如江月，照伊清夜同去」（〈念奴嬌〉）等句。一別逾十年，今見同之遠來省親，怎不勾起內心深處的痛苦？詞的過片說：「神交冉冉，愁思盈盈，斷魂欲遣誰招？」前二句承上啟下，第三句竟是一篇主旨，細心體味便知。明楊慎盛稱于湖詞，曾引「秋淨（霽）」一聯為「寫景之妙」的例句（《詞品》卷四），倘當日得知本事，因而理解全詞更深，料應拊掌稱快。（宛敏灝、沈文凡）

轉調二郎神　張孝祥

悶來無那，暗數盡、殘更不寐。念楚館香車，吳溪蘭棹，多少愁雲恨水。陣陣迴風吹雪霰，更旅雁、一聲沙際。想靜擁孤衾，頻挑寒灺，數行珠淚。凝睇。傍人笑我，終朝如醉。便錦織回鸞，素傳雙鯉，難寫衷腸密意。綠鬢點霜，玉肌消雪，兩處十分憔悴。爭忍見、舊時娟娟素月，照人千里。

這是一首懷人詞。在《于湖居士文集》裡，次於〈雨中花慢〉〈二郎神〉之後，兩詞皆作於長沙，而且前者記與情侶李氏夢中相見。細玩〈轉調二郎神〉內容，應是長子同之北返後，張孝祥懷念李氏而作。時在孝宗乾道三年（一一六七）的冬季。

詞以直抒胸臆發端。一個「悶」字，點明心境，統攝全篇。「無那」（音同挪），猶說無可奈何也。「暗數盡」句，一夜之淒迷境況如見。「念楚館香車」句，回憶當年愛情生活，寫出「悶」之根源。楚館、吳溪，指江南昔日曾遊之處。香車蘭棹，賞心樂事，皆與李氏共之。然而好景不長。少年的風流韻事，轉眼都成為愁雲恨水。他們由於社會環境所迫，不得不離異。「雖富貴，忍棄平生荊布！」（〈念奴嬌〉）可見詞人當時的矛盾、痛苦。「多少愁雲恨水」乃是十幾年來鬱結心中的愁悶和悔恨的傾吐。多少辛酸往事，只有兩心自知，如此點到即止，正說明其不堪回首，難以盡言。「陣陣迴風」兩句，描寫自己當前處境之淒涼。節屆冬季，寒夜蕭條，但聞朔風吹霰，呼嘯迴旋；旅雁宵驚，哀鳴沙際。兩句看似寫景，實則以景襯情。孝祥起知潭州，原非所願，曾奏請「於江淮間易一小郡」（〈辭免知潭州奏狀〉）。他似乎自比為南來的北雁，從一「旅」字可略見其當日心情。如此風雪之夜，由追憶曩昔歡娛更進而遙念李氏此時之孤寂痛苦：「想靜擁孤衾，頻挑寒灺（音同謝，燈花、燭燼），數行珠淚」，一句話，也是「孤燈挑盡未成眠」（白居易〈長恨歌〉）吧？寫想像中的思婦獨處，本由己之處境所生，卻反憐惜他人，正見其愛之深，思之切。

詞的下闋，開始轉用思婦口吻。「凝睇」二字，承上啟下，與「傍人笑我，終朝如醉」互為呼應，用意與柳永的「故人千里，竟日空凝睇」（〈訴衷情近〉）基本相同。「便錦織回鸞」句，用竇滔妻織錦為迴文詩以寄其夫的故事，易「文」為「鸞」，取其與下句「鯉」字對仗更工；鸞鳳一類字，尤常用於夫婦關係。從用典上也可證明此詞確係懷念李氏之作。「素傳雙鯉」，源出古樂府〈飲馬長城窟行〉，本是常用典，在這裡卻有言外之意。孝祥與李氏為避外人口實，諒少書信往來。著一「便」字，已道出其中隱曲。如今即便能這麼做，也無法盡表「衷腸密意」了，因為，這畢竟是積累了十幾年感情上的欠債！接著，詞人又合寫雙方：一個是「綠鬢點霜」，一個是「玉肌消雪」，彼此都才三十幾歲，年未老而人已衰。這正是感情長期受折磨的必然結果。「十分」，見憔悴程度之深，語帶隱痛。最後說「爭忍見、舊時娟娟素月，照人千里」，乍看突然寫月，似與雪夜情景相背，倘理解作者此時激情馳騁，不受時間空間的局限，則又覺得在情理之中。處此風雪寒宵，自會令人悶損。若在月明之夜，又當如何呢？「美人邁兮音塵闕，隔千里兮共明月」（南朝謝莊〈月賦〉），見月如見人，該可聊以自慰吧？不行！舊時明月相照，無論在楚館，還是吳溪，月好人也好。如今卻不同了，月兒依舊，而人已兩鬢斑白，玉肌消損，無復于飛之樂。觸景生情，倍增離恨。寫月亦即寫人，「娟娟素月」，是李氏少年風采的形象化。於今山川遠隔，又怎忍見此時月色，千里相照呢？全詞如此作結，自然情思飄逸，有悠然不盡之意。

反覆吟誦此詞，深覺作者神馳千里，而筆觸甚細。他憑藉藝術想像的翅膀，在廣闊的時空背景上自由飛翔。去懸揣對方心理，設想不同環境下的人物心態，都能曲盡其妙。在章法上的具體安排，上片主要寫自己，下片側重李氏。但每片中又曾涉及雙方，或單寫，或並列。把情與景、人與事、往日與當前、追憶與設想等等，組織融合起來。轉折較大處便運用「念」、「想」、「便」及「爭忍見」等領頭字句，讓層次分明，更增詞情靈活之美。

作者懷念李氏的其他幾首詞中，多作重圓、再見的希望。不僅早期的兩首〈木蘭花慢〉裡有「鸞鑑分收」、「斷魂雙鶩南州」及「擬把菱花一半，試尋高價皇州」等句；比此詞早幾個月寫的〈雨中花慢〉還說：「猶自待、青鸞傳信，烏鵲成橋。」唯有此首不再提及，可能詞人已經認識到那些都是不切實際的想法。「天涯地角有窮時，只有相思無盡處」（晏殊〈玉樓春〉）。張孝祥卒於乾道五年（一一六九）夏秋之間，距作此詞時間不及兩年，這可能是他最後一首懷念李氏之作了。（宛敏灝、周家群）

浣溪沙

張孝祥

洞庭

行盡瀟湘到洞庭，楚天闊處數峰青①，旗梢不動晚波平。
紅蓼一灣紋纈亂，白魚雙尾玉刀明，夜涼船影浸疏星②。

〔註〕①唐錢起〈省試湘靈鼓瑟〉：「曲終人不見，江上數峰青。」②北宋秦觀〈臨江仙〉：「微波澄不動，冷浸一天星。」

這首詞是張孝祥在孝宗乾道四年（一一六八），由知潭州（今湖南長沙）調知荊南（荊州，今湖北江陵）兼荊湖北路安撫使時，沿湘江入洞庭湖所作。他前年為言官所劾，罷桂林任北歸，也曾泛湘江至洞庭，作〈念奴嬌．過洞庭〉詞，有「孤光自照，肝膽皆冰雪。短髮蕭疏襟袖冷」等語，流露出一種不諧於世的情緒。這一首則寫得心氣平和多了。他從長沙出發，舟行至洞庭湖，前一段路程以「行盡瀟湘」一筆帶過，「到洞庭」三字領出下文。「楚天闊處數峰青」一句，寫洞庭湖大景恰到好處。范仲淹〈岳陽樓記〉云「銜遠山，吞長江，浩浩湯湯，橫無際涯」，是想像岳陽樓上所見湖面之寬闊。詞人泊舟湖中，不復寫湖之大如何如何，只說四圍天闊，遠處峰青，則其規模可見，氣象可想。「旗梢不動晚波平」，是官船晚泊時景象，呈現出大自然的清幽的靜態美。旗梢，即旗旓。船頭所插旌旗上的飄帶一絲不動，表明此刻的湖面，風息浪靜，所以出現傍晚水波平靜的物態，唯有鱗鱗細浪了。這樣夕陽斜照湖面停泊的船舟，與遼闊的楚天，青色的山峰，組合成一幅境界開闊而又幽靜的山水畫面。

下片寫停船後泛覽湖景所見。「紅蓼一灣紋纈（音同協）亂，白魚雙尾玉刀明」兩句，不僅對仗工麗，而且隨著物景的轉換，顯示出另一番情趣，並給人一種紅白鮮明的色彩感。「紅蓼」，指生於水邊的紅色蓼草。南宋朱弁《曲洧舊聞》卷四云：「紅蓼，即《詩》所謂游龍也，俗呼水紅。江東人別澤蓼，呼之為火蓼。道家方書亦有用者，呼為鶴膝草，取其莖之形似也。然澤蓼有二種，味辛者酒家用以造麴，餘不入用也。」唐代詩人杜牧〈歙州盧中丞見惠名醞〉：「猶念悲秋更分賜，夾溪紅蓼映風蒲。」而詞中的「紅蓼」與「白魚」相對，更感到作者的構思精巧，觀察入微。詞人既寫了遠處一條水灣倒映出錦樣紅蓼圖，又寫了玉刀似的雙尾白魚。魚稱「雙尾」而「明」，是躍出水面之魚，靜中見動。「夜涼船影浸疏星」一句，以景語收結，尤耐人尋味。這裡詞人變換出另一幅畫面，而思緒已超越了時空觀念的界限，直接轉入夜景，使讀者有更多的想像餘地來思索這個過程。再從畫面本身來看，作者是從行舟夜泊的角度落筆，攝取大自然中富有代表性的兩種意象：一是疏星淡月，倒影湖中；二是水中船影浸蓋著星空倒影。這不僅與前面的「楚天闊」、「晚波平」相呼應，而且充分地展現了優美的詞境。「夜涼」二字，既是詞人的直感，又顯示出留連自然界的心態。（曹濟平）

浣溪沙 張孝祥

霜日明霄水蘸空，鳴鞘聲裡繡旗紅，淡煙衰草有無中。

萬里中原烽火北，一尊濁酒戍樓東，酒闌揮淚向悲風。

本詞調名下，乾道本《于湖先生長短句》有小題「荊州約馬舉先登城樓觀塞」，當為作者任知荊南府兼荊湖北路安撫使時的作品。馬舉先生平不詳，疑為作者在荊州的幕僚。「觀塞」即觀望邊塞。這時荊州北面的襄樊尚是宋地，這裡「塞」應是指荊州郊外的防禦工事。

這首詞抒寫了因觀塞而激起的對中原淪陷的悲痛之情，上闋寫觀塞，下闋抒悲感。首句寫要塞郊野的自然景象，並點明時節。「霜日明霄」繪出晴空萬里的秋日景象，降霜天氣必是日色晴明的。「水蘸空」即水和天空相接。荊州城東有長湖，「蘸空」之水或指此湖水。這句寫得水天空闊，上下輝映，的是荊州郊野平原地帶的實景。次句切合觀塞，耳目所觸，一片軍戎氣氛。「鞘」為鞭梢。「繡旗」為繡有物狀的軍旗。響亮的鞭聲，耀眼的紅旗，俱是從耳目易感的對象凸出，故給人的印象極為親切。「淡煙」句把視線展開，顯出邊地莽莽無垠的遼闊景象。如果說首句還是自然景象最初對作者感官的客觀反映，這句可說是詞人極目觀望的深心感受，眼前景色，內心思緒，俱是一片茫茫。比之王維〈漢江臨汎〉「山色有無中」，雖景象近似，而象外之意至為深遠。東坡曾稱柳永〈八聲甘州〉的「霜風淒緊，關河冷落，殘照當樓」，謂「不減唐人高處」，對這句也可如此看待。

由觀塞而自然地想到淪陷的中原，「萬里」句即是觀塞時引起的感慨。「烽火」為邊地報警的設施，現在萬里中原已在烽火之北了，則中原一切自不待言，亦不忍言，只這樣提點一下，可抵千言萬語，其間該有多少難以訴說的悲慘酸辛！「一尊」句承上啟下，北望中原，無限感慨，欲借酒消遣，而酒罷益悲，真是「舉杯銷愁愁更愁」（李白〈宣州謝脁樓餞別校書叔雲〉），於是不禁向風揮淚。「濁酒」為顏色渾濁的酒，常用於表現粗惡的生活，如嵇康〈與山巨源絕交書〉云：「濁酒一杯，彈琴一曲，志願畢矣。」杜甫〈登高〉云：「潦倒新停濁酒杯。」范仲淹〈漁家傲〉云：「濁酒一杯家萬里」。「戍樓東」，指作者所登荊州東門城樓。「東」字似非無意，這是南宋都城所在的方位。「揮淚」即灑淚，以手抹淚向空揮灑，可見傷心淚流之多。秋風吹來，令人不寒而慄，感念中原未復，人民陷於水火中，而朝廷只求苟安，不圖恢復，故覺風亦滿含悲意。

本詞上闋描寫望中要塞景色，明麗壯闊，其中景物微妙地隱呈作者的感情色彩，眼前一片清麗，而人的感覺中卻深藏陰黯。下闋抒發感慨，從人的活動中體現，在讀者眼前儼然呈現一位北望中原悲憤填膺的志士形象。整首詞色彩鮮麗，而意緒悲涼，詞氣雄健，而蘊蓄深厚，是一首體制精悍而具有強烈愛國感情的小詞，與其〈六州歌頭〉同為南宋前期的愛國詞名作。（胡國瑞）

西江月

張孝祥

題溧陽三塔寺

問訊湖邊春色，重來又是三年。東風吹我過湖船，楊柳絲絲拂面。

世路如今已慣，此心到處悠然。寒光亭下水連天，飛起沙鷗一片。

詞有「寒光亭下水連天」之句。清厲鶚於《絕妙好詞箋》引《景定建康志》載此詞，云是「題溧陽三塔寺」，證以南宋岳珂《玉楮集》稱「溧陽三塔寺寒光亭，柱上刻張于湖詞」。《于湖詞》中別無涉及寒光亭者，當即是此篇。別本或題「丹陽湖」，或題「洞庭」，似僅就「湖」字結合詞人行跡立題，而於「寒光亭」未能切合。《景定建康志》又云三塔湖一名梁城湖，在溧陽縣西七十里。則三塔寺是傍三塔湖而建，寒光亭又在湖邊。《于湖居士文集》卷十一有〈過三塔寺〉七絕二首，其一：「湖光瀲灩接天浮，風捲銀濤未肯休。夜岸繫舟來古塔，不妨蹤跡更遲留。」其二：「層巒疊嶂幾重重，萬頃煙波浩渺中。釣艇未歸饒夕照，耳邊蘆葦戰寒風。」從詩中「蘆葦戰寒風」看，那次到三塔湖是在深秋季節，而三年後的這一次重來，則是在春天了。

詞起句「問訊湖邊春色」，「問訊」即問候。杜甫〈送孔巢父謝病歸遊江東兼呈李白〉：「南尋禹穴見李白，道甫問訊今何如。」「問訊何如」就是問候起居。此詞問候的對象不是某人，而是「湖邊春色」。因為前此已經來過，重來如見故人，故爾致意問候。「湖邊春色」者，不止於下文寫到的絲絲綠柳，舉凡湖中春水，岸上春花，堤邊春草，林間春鳥，統在其中。詞人對於「湖邊」的情意如此殷勤，「重來又是三年」一句說出了所以然。一是這樣的地方，他本來就已經很喜歡，雖只是偶然路過，也一則說「不妨蹤跡更遲留」，再則說「不妨留滯好」（〈三塔寺阻雨二首〉其二）；如今重到，其喜悅可知。二是這次重來，距前次又隔三年了，幾年未到，蘊積的感情自然深厚。一般人重遊舊地時，往往也會有這樣的情感衝動。這一句句子極平常，字面也不起眼，卻是頗有意思，說出了人人心中所有而不一定要說出來的話。

上兩句人還未到三塔寺，心卻已先到了。下一句「東風吹我過湖船」，這才開始出場。「過湖船」是駛過湖面的船，蓋是過湖而抵達三塔寺也。「東風」吹送，一應「春色」；「楊柳絲絲拂面」，再應「春色」。助順東風，定知心意；拂面楊柳，似解人情，與詞人重來問訊熱切之心，互相映襯。這時也還不過是泊岸繫舟耳，已寫得如此神完氣足。則當詞人重入三塔寺以後，又將如何寫景抒情呢？

「世路如今已慣，此心到處悠然。」出乎讀者的意料，過片既不承接上片描寫意脈，也全然換過了一副感情，以純理性的筆墨，吐出了自從仕宦以來，痛感世路崎嶇的一腔幽憤。「已慣」者，是經歷過多次人生道路上浮沉曲折之後的感悟之言。詞人有志於恢復中原的事業，支持主戰派的主張，但不贊成急功近利，要先以自治自固為根本，又建言廣開用才之路，頗得到宋高宗的嘉許。但政府中仍是主和派掌權，好憑私見排斥異己，詞人空有長才銳氣，未得大用，反被一再論罷，不由得意冷心灰，想離開汙濁的政治漩渦，向自然界尋求寧靜的環境以解脫心中的煩惱。「此心到處悠然」的「到處」便是這一類的去處，三塔湖也是其中一處。這樣過片兩句就與上文發生了內在的聯繫。其實，三塔湖並非詞人所到過的風景最美的地方，三塔寺也只是一座頗為破敗的寺宇。《于湖居士文集》中有一篇〈重修三塔偈〉，其中說：「三塔雖在，四壁常空。仰眾佛之尤奇，念殘僧之益少。」〈三塔寺阻雨〉詩也說這裡是「市迥薪芻少，僧殘像教空」。詞人愛這裡，豈不是因為它冷落衰敗的境況恰可引為同調，而壯闊純美的湖上風光又正契合心懷麼？所謂「悠然」，正是暫脫塵囂試忘痛苦時的心境。

陶淵明〈飲酒二十首〉其五云：「採菊東籬下，悠然見南山。山氣日夕佳，飛鳥相與還。」詞人「悠然」之下，又見到了什麼呢？是「寒光亭下水連天，飛起沙鷗一片」！詞人在三塔寺望湖所見之景多矣，有「蒼山在煙外，高浪與天通」（〈三塔寺阻雨二首〉其一），有「涼風撼楊柳，晴日麗荷花」（〈三塔寺阻雨二首〉其二），有「釣艇未歸饒夕照」（〈過三塔寺〉其二）。而這裡獨拈出水天之間飛鷗一片之景，當非無故。蓋亦淵明「望雲慚高鳥，臨水愧游魚」（〈始作鎮軍參軍經曲阿〉）之意。寫景之中，即寓情感，與「世路」句作反照，又寫出了此心的「悠然」。陶在「飛鳥相與還」之下續云：「此中有真意，欲辨已忘言。」詞人也說過：「悠然心會，妙處難與君說。」（〈念奴嬌．過洞庭〉）詞寫到「飛起沙鷗一片」便結束，那麼結末兩句的「真意」，我們也可於其無言處會之。（陳長明）

西江月 張孝祥

黃陵廟

滿載一船明月，平鋪千里秋江。波神留我看斜陽，喚起鱗鱗細浪①。明日風回更好，今朝露宿何妨。水晶宮裡奏霓裳，准擬岳陽樓上。

〔註〕①上片一作：「滿載一船秋色，平鋪十里湖光。波神留我看斜陽，放起鱗鱗細浪。」

宋孝宗乾道四年（一一六八）秋八月，張孝祥離開湖南長沙，到達湖北荊州（今江陵）任職。這首詞是他在赴湖北江陵的途中所作。詞題一作「阻風三峰下」，詞句亦稍有差異（見註）。他在給友人黃子默的信中說：「某離長沙且十日，尚在黃陵廟下，波臣風伯，亦善戲矣。」（《于湖居士文集》卷四十）黃陵廟在湖南湘陰縣北的黃陵山。相傳山上有舜之二妃娥皇、女英廟，故稱黃陵廟。可見孝祥在赴任途中曾為大風所阻，然而他的詞情不是正面描繪洶湧澎湃的波浪，而是著眼於波臣風伯的「善戲」。因此詞人傾注了濃烈的主觀幻覺色彩。

「滿載一船明月，平鋪千里秋江。」起兩句寫舟泛湘江一路行來的景色。只寫「一船明月」、「千里秋江」，其他美景堪收、旅懷足慰之事，不必細數。以下轉入黃昏阻風情事。「波神留我看斜陽，喚起鱗鱗細浪」兩句，由自我想像而進入一種主觀幻覺心理的境界。詞人不說自己的行船為大風所阻，不得行駛的實況，相反地抒寫作者幻覺的意象，水神懷著深情地挽留他欣賞那美好的夕陽景象。晚霞映照的水面，閃動著像魚鱗般的波紋。這種浪漫手法，把現實與想像，幻覺心理與時空變化，非常和諧地凝聚在一幅畫面上，使人感到亦幻亦真，從而增強了詞的魅力。

下片即景抒情。「明日風回更好，今朝露宿何妨。」面對風遏行舟的情狀，詞人此刻的心境，猶如蘇軾〈定風波〉中所寫「誰怕？一蓑煙雨任平生」那樣處之泰然。不過他的潛在心理還是切望風向轉變。如果明天能夠轉為順風的話，那麼今天露宿在江邊也是心情舒暢的。

最後以「水晶宮裡奏霓裳，准擬岳陽樓上」兩句收結，別具情味。〈霓裳〉，即〈霓裳羽衣曲〉，是唐代比較流行的一種歌舞曲。「岳陽樓」，在湖南岳陽市城西，面臨洞庭湖。這裡前一句寫一陣陣江中波濤的聲響，就像水府在演奏美妙悅耳的樂章。這種生動的比喻表現出詞人豐富的想像力。後一句則是揭出他內心的意願，當行舟到達岳陽時，一定要登樓眺望雄偉壯闊的洞庭湖面的自然風光。

張孝祥一生「英姿奇氣」，以〈念奴嬌．過洞庭〉中「吸江酌斗、賓客萬象」的豪邁氣勢，使南宋魏了翁為之傾倒，盛讚此首「在集中最為傑特」（〈跋張于湖念奴嬌詞真蹟〉，見《鶴山先生大全文集》卷六十）。這首詞中濃烈的主觀感情色彩，奇幻的藝術想像，同樣顯露出他的傑出才華和獨具的詞作風采。（曹濟平）

生查子 張孝祥

遠山眉黛橫，媚柳開青眼。樓閣斷霞明，簾幕春寒淺。
杯延玉漏遲，燭怕金刀剪。明月忽飛來，花影和簾捲。

這首詞或題秦觀作，字句亦略異（見明沈際飛《草堂詩餘續集》：「眉黛遠山長，新柳開青眼。樓閣斷霞明，羅幕春寒淺。杯嫌玉漏遲，燭厭金刀翦。月色忽飛來，花影和簾捲。」）詞寫一位女子從傍晚到深夜的春愁。主人公的感情與周圍環境自然融合，風格清婉淡雅，讀時須細細涵詠，久而方知其味。

上片寫傍晚。開頭二句寫環境景色，暗中引出人物。〈生查子〉是個小令，形式宛如兩首仄韻的五言絕句，篇幅短小，不能盡情鋪敘，用筆務須精審。因此它在描寫景物的同時即照顧到人物，抓住主要特徵，勾勒幾筆。遠山而以眉言，楊柳而以眼說，便是抓住未出場的女主人公最傳神的地方加以暗點。遠山，是古代一種畫眉的式樣。《西京雜記》卷二云：「文君姣好，眉色如望遠山，臉際常若芙蓉。」唐宇文氏〈妝臺記〉還說因受卓文君影響，時人效畫遠山眉。韋莊〈荷葉杯〉詞云：「一雙愁黛遠山眉，不忍更思惟。」可見遠山眉往往含有愁情。「媚柳開青眼」，本謂柳葉初生，細長如人之睡眼初睜，饒有媚態。元稹〈生春二十首〉其九「何處生春早？春生柳眼中」即指此。通常詩詞中皆以柳葉比眉，這裡詞人為了避免落套，而以柳眼形容人之俏眼，用語可謂新奇。眼睛是心靈的窗戶，一雙遠山眉、新柳眼，已隱隱透露出女主人公的淡淡哀愁。

三、四兩句逐漸寫到人物所處的環境。「樓閣」乃女子的居處，「簾幕」乃室內陳設的帷幕，有時也指帳子。賀鑄〈減字浣溪沙〉有「樓角紅綃（一作初銷）一縷霞」句，色彩明麗，此詞「樓閣斷霞明」，與賀詞詞境近似。「簾幕春寒淺」，表明此刻女子正獨處無聊，漸覺陣陣輕寒進入妝樓，襲向羅幕。他沒有寫女子的心情怎樣寂寞，而是透過環境的渲染加以烘托。我們透過重重氛圍，似可窺見女主人公的內心世界。

過片二句寫夜間女主人公的活動。比之上片寫傍晚景色，又深入細緻一層。然細玩詞意，此乃寫女子長夜難耐的心情。所謂「杯延玉漏遲」（作秦觀詞者「延」字為「嫌」），是說主人公以酒銷愁，但覺時間過得太慢，俗語所謂「歡娛嫌夜短，愁苦怨更長」者。「燭怕金刀剪」，是說把燒焦了的燭芯剪了一次又一次，以至不堪再剪。這是描寫女子獨對孤燈，坐待天明。這兩句中，杯和燭本為無知之物，但詞人卻把它們擬人化，竟說酒杯也嫌漏刻過於遲緩，蠟燭也怕剪刀剪得頻繁。語似無理，然而詞中的無理語，往往是至情語。其心情之痛苦，自是不言而喻了。

結尾二句，以振蕩之筆寫靜謐之景，遂使詞情揚起，色調突然明朗。從詞中寫景來看，先是寫傍晚時的霞明，次是寫夜深時的燭暗，至此則讓鑽出雲縫的明月，穿簾入戶。詞中人物的感情也彷彿隨著光線的變化，時而陰沉，時而開朗。其中「忽飛來」三字，出之以口語，然表現月色之突然明朗，心情之突然暢快，非常準確。寫月亮如此生動，詞史上殊不多見。蘇軾〈洞仙歌〉「繡簾開，一點明月窺人」，明月本在天空，因簾開而照入，人或未覺也；「明月忽飛來，花影和簾捲」，天空本無月色，忽爾突現如天外飛來，人遂捲簾而歡接之，則是有意去看月。有如中夕孤獨無聊，見客至而起迎，雖本非所盼，亦聊勝於無。從另外一頭看，似乎月亮也對人有情，在女子深居寂寞之際，忽然撥雲而出，殷勤下顧，有如東坡詞所謂「明月多情來照戶」（〈漁家傲．七夕〉）。一筆而四照玲瓏，堪稱高手。「花影和簾捲」，也是極富含蘊的警句。張先〈歸朝歡〉詞云「日曈曨，嬌柔懶起，簾壓卷花影」，是寫日間情景。此詞在構思上可能受到他的影響，但時間放在夜裡，日影改為月影，卻別具一番情趣。月光忽然照進室內，閨中人要捲簾看月，把照在簾幕上的花影也一齊捲起了。月色未現時原無花影，「花影和簾捲」顯然在「明月飛來」之後。不說看月而說捲簾，說捲又用「花影和簾捲」這樣優美精緻的詞句來表述，不純是以景結情，還透過行動以表達內心。此刻閨中女子是怎麼想的呢，詞人沒有明言，只是把這種帶有象徵意味的景象呈現出來，讓讀者去想像，去品味。這就是人們常說的含蓄不盡，意在言外。（徐培均）

念奴嬌

張孝祥

風帆更起，望一天秋色，離愁無數。明日重陽尊酒裡，誰與黃花為主？別岸風煙，孤舟燈火，今夕知何處？不如江月，照伊清夜同去。

船過采石江邊，望夫山下，酌水應懷古。德耀歸來，雖富貴，忍棄平生荊布！默想音容，遙憐兒女，獨立衡皋暮。桐鄉君子，念予憔悴如許！

此首寫送別家人，景真情真，但其詞意歷來難以索解。據宛敏灝考證，「詞裡送行者就是孝祥自己，而被送者是李氏和其子同之。出發地點在建康（今南京），目的地是安徽的桐城。別離原因是遣返，大約作於紹興二十六年的九月」（見《文藝論叢》第一三輯〈張孝祥研究中的幾個問題〉）。這個推論比較切合詞作原意。

張孝祥與李氏是一對少年情侶，後來同居生下長子同之。他對這段風流韻事雖想長期隱瞞，但難免要暴露，且不為禮教所容，所以不得不忍痛分離。詞中纏綿悱惻的離愁別緒，就是傾訴真摯愛情生活遭受壓抑的痛苦心聲。

「風帆更起」三句，點出了季節，暗示了送別的地點。在長江邊，詞人送別，不時地仰望著滿天寥廓的秋色。一個「望」字，既刻畫出送行者憂愁天色的神情，又表現出對行者揚帆離去的無限依戀的愁苦心境。「明日」二句，由景入情。黃花，菊花，比喻李氏。這既符合時令，又藉以抒發「風裡落花誰是主」（李璟〈浣溪沙〉）的感慨。詞人想起明日就是一年一度的重陽佳節，而彼此不再能夠團聚，情何以堪，因此心中更添愁緒。「別岸風煙」三句，由眼下送行轉到設想別後途中情景。目送孤舟飄逝，已感到淒然欲絕，更何況隨著江風和霧靄遠去的行舟，今宵還不知道停靠在什麼地方！正是兩情繾綣，難以忘懷。「不如」二句，進一層寫內在的思緒。「伊」，指李氏。隨著物景的轉換，詞人心潮起伏。他多麼想化身為江上的明月啊！張先〈江南柳〉詞中寫過：「願身能似月亭亭，千里伴君行。」可是詞人自恨不如江月，不能清夜光照情人，伴隨同行。上片即景抒情，渲染離別的愁緒，寫得委婉纏綿，一往情深。

下片換頭「船過采石江邊」一句，筆力宕開，而意脈不斷。采石，即采石磯，在安徽當塗縣西牛渚山下。這條上水船是要經過采石磯的。緊接著「望夫山下」二句，詞人設想李氏到此一定會引起懷古的情思。安徽當塗有望夫山，靠近采石磯。這裡有著美麗動人的望夫化石傳說，也許她會從這感人的愛情故事中聯想到夫妻情愛之深，因而對自己被遣歸的不幸命運，不堪其悲苦吧！「德耀歸來，雖富貴，忍棄平生荊布」二句，反用南朝齊江祏事。《南史．范雲傳》載，江祏先求與范雲女為婚，以剪刀為聘。後祏貴顯，范雲曰：「今將軍化為鳳凰，荊布之室，理隔華盛。」因出剪刀還之，祏亦另婚他族。「荊布」典又本於後漢梁鴻妻孟光之荊釵布裙（清《太平御覽．服用部》引《烈女傳》）。孝祥與李氏私下結合的時候，還是一個無功名的少年書生，後廷試中進士第一，雖已富貴，怎忍拋棄這位曾經同甘共苦的賢妻呢！這是他心中痛苦的呼喚，也是對李氏被遣歸的悔恨和自責。「默想音容」三句，揭示蘊藏內心複雜的多層次的意緒。詞人在暮色蒼茫中獨立在長著香草的水邊高地上，凝望著遠去的行舟，腦海裡既浮現起她的音容聲貌，悲恨滿臉，又遙念著幼稚的逗人喜愛的兒子。正是牽腸掛肚，思緒難平。

歇拍「桐鄉君子」二句，情意縈紆，纏綿悱惻。桐鄉，春秋時桐國地，在今安徽桐城市北，這裡即指桐城。由於孝祥對遺棄李氏諱莫如深，所以不能用當時的地名來洩露她的真實去處。詞人唯一希求的是，桐鄉的君子，想到我在這裡心身憔悴而能體諒被迫拆散的苦衷吧！

這首送人詞一氣舒卷，傾吐詞人與恩愛情侶分離的哀怨愁恨，具有扣人心弦的魅力。這不僅表現在從江邊送別到明日重陽的時空轉換，加深了離愁的思維程度，而且感情真摯，柔腸百轉，所寫離恨，如怨如慕，如泣如訴。讀來迴腸蕩氣，感人肺腑。（曹濟平）

水調歌頭

張孝祥

過岳陽樓作

湖海倦遊客，江漢有歸舟。西風千里，送我今夜岳陽樓。日落君山雲氣，春到沅湘草木，遠思渺難收。徙倚欄杆久，缺月掛簾鉤。

雄三楚，吞七澤，隘九州。人間好處，何處更似此樓頭？欲弔沉纍無所，但有漁兒樵子，哀此寫離憂。回首叫虞舜，杜若滿芳洲。

張孝祥平生多次經過岳陽樓，本詞作於何時？需略作些說明。據詞中的行向與時序，此首應作於孝宗乾道五年（一一六九）三月下旬。是年，孝祥請祠侍親獲准後，離開荊州（今湖北江陵），乘舟沿江東歸。當時曾寫〈喜歸作〉詩：「湖海扁舟去，江淮到處家。」歸途中，阻風石首，滯留三日。同行諸公都填了詞，他亦用其韻作〈浣溪沙〉詞，有「擬看岳陽樓上月，不禁石首岸頭風」云云。這些都與本詞的內容相吻合。

詞的開頭「湖海」二句，從自身落筆，橫空而起，抒發詞人湖海飄泊而懷才不遇的情思。倦遊，指仕宦不得意而思退歸。他曾在〈請說歸休好〉詩中吐露過脫離官場的複雜心情：「請說歸休好，從今自在閒。」又說：「田間四時景，何處不開顏？」這種宦海浮沉而從今歸休的感受，貫穿全篇，使這首境界闊大、宏麗的詞作中帶上沉鬱的格調。「西風千里，送我今夜岳陽樓。」承上意寫經過長途的江面飄蕩，終於來到了遊覽勝地岳陽樓上。「日落」三句，詞人縱筆直寫登樓遠眺的景色：蔚藍的天空，萬里無雲，夕陽斜照在廣闊的洞庭湖面上，波光粼粼；沅水、湘水相匯處的兩岸草木，呈現出一片蔥綠的春色。再看那湖中君山的暮靄雲霧，四周縈繞。這些春日明媚的自然景色，引起詞人內心的深長感觸，思緒翻騰，難以平靜。「徙倚欄杆久」二句，從傍晚到月夜的時空轉換，更深一層地刻畫詞人倚欄凝思的種種意緒，而含蓄的筆墨又為下片直抒胸臆積蓄了情勢。

換頭「雄三楚」三句，承接上意而掉轉筆鋒，描繪岳陽樓的雄偉氣勢，跌宕飛動。范仲淹〈岳陽樓記〉：「予觀夫巴陵勝狀，在洞庭一湖。銜遠山，吞長江，浩浩湯湯，橫無際涯；朝暉夕陰，氣象萬千。此則岳陽樓之大觀也。」「三楚」，戰國時期楚國的地域廣闊，有西楚、東楚、南楚之稱，後泛指長江中游今湖南一帶地方。「七澤」是泛指楚地的一些湖澤。「隘九州」是說居國內險要之處。「人間」二句概括了登岳陽樓而觸發起古往今來人間悲喜的無窮妙諦，又有別處所不可企及的獨具的地方色彩。「欲弔沉纍無所」三句，進一層抒發憑弔屈原的深切情意。愛國詩人屈原執著追求「舉賢才而授能」（〈離騷〉）的進步政治理想，遭到楚國腐朽的貴族統治集團的仇恨與迫害，長期流放，後自沉於汨羅江。「沉纍」，指屈原沉湘，亦曰「湘纍」。無罪被迫而死曰「纍」。西漢賈誼的平生遭遇和屈原相類似，他寫過著名的〈弔屈原賦〉。司馬遷在《史記．屈原列傳》裡曾提及：「自屈原沉汨羅後百有餘年，漢有賈生，為長沙王太傅，過湘水，投書以弔屈原。」詞人對屈原身處濁世而堅貞不屈的精神，有著心心相印的關係。他欲弔屈原而不知其處所，但登山臨水，有漁兒樵子，與同哀屈原而訴其「離憂」之情。《史記．屈原列傳》云：「屈平疾王聽之不聰也，讒諂之蔽明也，邪曲之害公也，方正之不容也，故憂愁幽思而作〈離騷〉。離騷者，猶離憂也。」詞中「離憂」二字，包含有如許內容。作者想到自己此次退歸，猶如貶官外放，也將漁樵於江中沙洲之上，內心充塞著無限辛酸悲苦。寫離憂，正是抒寫這種鬱結心中的牢愁不平的情緒。結筆全用杜甫〈同諸公登慈恩寺塔〉「回首叫虞舜」句和〈離騷〉辭語，抒發滿腹的牢愁憂憤和淒涼之意。以景結情，韻致有餘。

這首詞寫途中登臨的感受，語極悲壯。上片寫登樓所見之景象，下片抒發弔古傷今的情懷。弔古是明寫，傷今則見於言外。詞人不是空泛地抒寫古今人事興衰的感慨，而是從眼前「日落君山」的景物鋪寫，聯想到屈原的政治遭遇和不同流合汙的高貴品格，勾引起敬弔之情。「哀此寫離憂」，表現出作者懷才見棄的幽怨情思。

（曹濟平）

程垓

【作者小傳】（一一三三?～?）字正伯，眉山（今屬四川）人。蘇軾中表程正輔之孫。宋孝宗淳熙間嘗遊臨安，光宗時尚未宦達。工詩文，詞風淒婉綿麗。有《書舟詞》，存一百五十七首。

最高樓

程垓

舊時心事，說著兩眉羞。長記得、憑肩遊。緗裙羅襪桃花岸，薄衫輕扇杏花樓。幾番行，幾番醉，幾番留。

也誰料、春風吹已斷。又誰料、朝雲飛亦散。天易老，恨難酬。蜂兒不解知人苦，燕兒不解說人愁。舊情懷，消不盡，幾時休。

清徐釚《詞苑叢談》載，程垓「與錦江某妓眷戀甚篤，別時作〈酷相思〉（月掛霜林寒欲墜）」。這首詞則是與「某妓」分別若干年以後寫的，以回憶的筆調，寫自己與她的愛情悲劇及其無可彌縫的感情創傷，表現了作者對愛情的執著。

這首詞，造句命意，通俗易懂，但其章法卻匠心獨運，曲盡其情。上片起句「舊時心事，說著兩眉羞」，開門見山，直說心事，直披胸次，為全詞之綱，以下文字皆由此生發，深得詞家起句之法。「舊時」，為此詞定下了「回憶」的筆調，「長記得」以下至上片結句，都是承此筆勢，轉入回憶，並且皆由「長記得」三字領起。作者所回憶的內容，是給他印象最深刻的、使他長留記憶中的兩件事，一是遊樂，一是離別，前者是最痛快的，後者是最痛苦的。他以這樣的一喜一悲的典型事例，概括了他與她的悲歡離合的全過程。寫遊樂，他所記取的是最親密的形式——「憑肩遊」，和最美好的形象——「緗裙羅襪桃花岸，薄衫輕扇杏花樓」。因係戀人春遊，所以用筆輕盈細膩，極盡溫細情態，心神皆見，濃滿視聽。寫其離別，則用了三個短促頓挫、迭次而下的三字句：「幾番行，幾番醉，幾番留。」作者寫離別，沒有作「執手相看淚眼」之類的率直描述，而是選取了「行」、「醉」、「留」三個方面的行動，並皆以「幾番」加以修飾，從而揭示情侶雙方分離時心靈深處的痛苦。「行」是指男方將要離去；「醉」是寫男方為了排解分離之苦而遁入醉鄉，在片時的麻醉中求得解脫；「留」，一方面是女方的挽留，另一方面也是因為男方大醉如泥而不能成「行」。作者在〈酷相思〉中曾說：「欲住也，留無計。」「醉」可能是無計可生時的一「計」。這些行動，都是「幾番」重複，其對愛情的纏綿執著，便可想而知了。作者寫離別，僅用了九個字，卻能一波三折，且將寫事抒情熔為一爐，的是詞家正宗筆法。作者在寫遊樂和離別時，都刻畫了鮮明的人物形象。前者「緗裙」云云，透過外表情態的描繪，嬌女步春的形象，飄然如活；後者則主要是寫男方的悽苦形象，而側重於靈魂深處的刻畫。上片的回憶，尤其是對那愉快、幸福時刻的回憶，對於詞的下片所揭示的作者的愛情悲劇及其給予作者的無可彌縫的感情創傷，是十分必要的。回憶愈深，愈美，愈見離別之苦和怨思之深。這正是詞家所追求的抑揚頓挫之法。

下片起句以有力的大轉折筆法寫作者的愛情悲劇。「春風」、「朝雲」，皆以喻愛情。但是，好景未長，往日的眷戀，那緗裙羅襪、薄衫輕扇的形象，便一如春風之吹斷，朝雲之飛散，不可再捕捉其蹤影了，悲劇，釀成了！作者用「也誰料」、「又誰料」反覆申說事出意外，深沉的悲痛之情亦隱含其間。「天易老」以下直至煞尾，都是抒發作者在愛情破滅之後難窮難盡的「恨」、「苦」、「愁」，而行文之間，亦頗見層次。「天易老，恨難酬」，總寫愁恨之深。這句承風斷雲飛的愛情悲劇而來，同時也是下文抒寫愁恨的總提，是承上啟下的關鍵句。「蜂兒」、「燕兒」兩句，是寫心底的愁苦無處訴說，亦不為他人所理解，蜂、燕以物喻人，婉轉其辭。作者當時的孤獨悽苦和怨天尤人的情緒由此可見。這種境遇，自然就更進一步增加了他內心的痛苦，從而激盪出結句「舊情懷，消不盡，幾時休」的感慨。這個結句，既與起句「舊時心事」相照應，收到結構上首尾銜接、一氣卷舒之效，更重要的是它以重筆作結，迷離悵惘，含情無限，含恨無窮，得白居易〈長恨歌〉結句「天長地久有時盡，此恨綿綿無絕期」之意，詞人對舊情的懷戀與執著，於此得到進一步表現。

從以上分析中，可以看出這首詞的章法結構是頗具匠心的。它不僅脈理明晰，而且能一拍一折，層層脫換；虛實輕重（上片回憶是虛寫，為襯筆；下片是實寫，為重筆），頓挫開合，相映成趣。這種章法是為表現情旨枉曲、淒婉溫細的思想內容而設的，直使全詞寫得忽喜忽悲，乍遠乍近，語雖淡而情濃，事雖淺而言深，遂使全詞成為佳構。

這首詞的另一個特點是對句用得較多、較好。一是較多。詞中的「緗裙羅襪桃花岸」與「薄衫輕扇杏花樓」為對，「天易老」與「恨難酬」為對，「春風吹已斷」與「朝雲飛亦散」為對，「蜂兒不解知人苦」與「燕兒不解說人愁」為對。第二是用得較好。最得勝境的是「緗裙」兩句。這兩句全是名詞性的偏正結構的詞組成對。「裙」是緗色（緗，淺黃色）的裙，「襪」是羅料（羅，質地輕柔、有椒眼花紋的絲織品）的襪，「衫」是「薄衫」，「扇」是「輕扇」，僅此四個詞組，就把一個花枝招展、栩栩如生的美女形象成功地塑造出來。「桃花岸」

對「杏花樓」，是其暢遊之所。更值得注意的是，兩句之中沒用一個動詞，卻把動作鮮明的遊樂活動寫了出來。這裡不得不佩服作者的造詞本領。「春風」兩句，也頗見功夫。「春風」、「朝雲」作為愛情的化身，與「緗裙」、「薄衫」兩句極為協調。作者把「春風」與「吹已斷」、「朝雲」與「飛亦散」這兩組美好與殘破本不相容的事物現象分別容納在兩句之中，並且相互為對，所描繪的物象和所創造的氣氛都是慘慼的，用以喻愛情悲劇，極為貼切。悲劇，就是把美好的東西撕碎給人看。還有，這首詞的對句，都是用在需要展開抒寫的地方，不管是描摹物象還是創造氣氛，都可以起到單行的散體所起不到的作用。這都是這首詞的對句用得較好的表現。當然，缺點也有：一是還缺乏開闊手段，即對句所容納的生活面還嫌窄狹；二是近曲。這兩點不足，從「蜂兒」、「燕兒」一對中可以看得比較清楚。但是，瑕不掩瑜，它並未影響到這首詞的藝術整體。（丘鳴皋）

水龍吟

程垓

夜來風雨匆匆，故園定是花無幾。愁多怨極，等閒孤負，一年芳意。柳困花慵，杏青梅小，對人容易。算好春長在，好花長見，元只是、人憔悴。回首池南①舊事，恨星星、不堪重記。如今但有，看花老眼，傷時清淚。不怕逢花瘦，只愁怕、老來風味。待繁紅亂處，留雲借月，也須拚醉。

〔註〕①池南：蘇軾〈西太一見王荊公舊詩，偶次其韻二首〉其一：「從此歸耕劍外，何人送我池南。」程詞恐係泛指。

這首詞的主要內容，可以拿其中的「看花老眼，傷時清淚」八個字來概括。前者言其「嗟老」，後者言其「傷時（憂傷時世）」。由於作者的生平多不可考，所以先有必要根據其《書舟詞》中的若干材料對上述兩點作些參證。

先說「嗟老」。作者本是四川眉山人。據《全宋詞》的排列次序，他的生活年代約在辛棄疾同時（排在辛後）。前人有認為他是蘇軾的中表兄弟者實誤。從其詞看，他曾流寓到江浙一帶。特別有兩首詞是客居臨安（今浙江杭州）時所作，如〈滿庭芳．時在臨安晚秋登臨〉中「舊信江南好景，一萬里、輕覓蓴鱸。誰知道、吳儂未識，蜀客已情孤」，又如〈鳳棲梧・客臨安，連日愁霖，旅枕無寐，起作〉中「斷雁西邊家萬里，料得秋來，笑我歸無計」，可知他曾長期淹留他鄉。而隨著年歲漸老，他的「嗟老」之感就越因其離鄉背井而增濃，故其〈孤雁兒〉即云：「如今客裡傷懷抱，忍雙鬢、隨花老？」這後面三句所表達的感情，正和這裡要講的〈水龍吟〉一詞完全合拍，是為其「嗟老」而又「懷鄉」的思想情緒。

再說「傷時」。作者既為辛棄疾同時人，恐怕其心理上也曾蒙受過完顏亮南犯（一一六一）和張浚北伐失敗（一一六三年前後）這兩場戰爭的影響。所以其詞裡也感發過一些「傷時」之語。其如〈鳳棲梧〉云：「蜀客望鄉歸不去，當時不合催南渡。憂國丹心曾獨許。縱吐長虹，不奈斜陽暮。」這種憂國的傷感和〈水龍吟〉中的「傷時」恐怕也有聯繫。

明乎上面兩點，再來讀這首〈水龍吟〉詞，思想脈絡就比較清楚了。它以「傷春」起興，抒發了思念家鄉和自傷遲暮之感，並隱隱夾寓了他憂時傷亂（這點比較隱晦）的情緒。詞以「夜來風雨匆匆」起句，很使人聯想到辛棄疾的名句「更能消、幾番風雨？匆匆春又歸去」（〈摸魚兒〉），所以接下便言「故園定是花無幾」，思緒一下子飛到了千里之外的故園去。作者舊曾在眉山老家築有園圃池閣（其〈鷓鴣天〉詞云：「新畫閣，小書舟。」〈望江南〉自註：「家有擬舫名書舟。」），現今在異鄉而值春暮，卻憐傷起故園的花朵來，其思鄉之情可謂深極。但故園之花如何，自不可睹，而眼前之花飄零卻是事實。所以不禁對花而嘆息：「愁多怨極，等閒孤負，一年芳意。」楊萬里〈傷春〉詩云：「准擬今春樂事濃，依然枉卻一東風。年年不帶看花眼，不是愁中即病中。」這裡亦同楊詩之意，謂正因自身愁多怨極，所以無心賞花，故而白白孤負了一年的春意；若反過來說，則「柳困花慵，杏青梅小」，轉眼春天即將過去，它對人似也太覺草草（「對人容易」）矣。而其實，「好春」本「長在」，「好花」本「長見」，之所以會產生上述人、花兩相孤負的情況，歸根到底，「元只是、人憔悴！」因而上片自「傷春」寫起，至此就點出了「嗟老」（憔悴）的主題。

過片又提故園往事：「回首池南舊事。」池南，或許是指他的「書舟」書屋所在地。他在「書舟」書屋的「舊事」如何，這裡沒有明說。但他在另外一些詞中，曾經約略提到。如「葺屋為舟，身便是、煙波釣客」（〈滿江紅〉）、「故園梅子正開時，記得清尊頻倒」（〈孤雁兒〉），可知是頗為閒適和頗堪留戀的。但如今，「恨星星、不堪重記」。髮已星星變白，而人又在異鄉客地，故而更加不堪重憶往事。以下則直陳其現實的苦惱：「如今但有，看花老眼，傷時清淚。」「老」與「傷時」，均於此幾句中挑明。作者所深懷著的家國身世的感觸，便借著惜花、傷春的意緒，盡情表出。然而詞人並不就此結束詞情，這是因為，他還欲求「解脫」，因此他在重複敘述了「不怕逢花瘦，只愁怕、老來風味」的「嗟老」之感後，接著又言：「待繁紅亂處，留雲借月，也須拚醉。」「留雲借月」，用的是朱敦儒〈鷓鴣天〉成句（「曾批給雨支風券，累上留雲借月章」）。連貫起來講，意謂：乘著繁花亂開、尚未謝盡之時，讓我「留雲借月」（盡量地珍惜、延長美好的時光）、拚命地去飲酒尋歡吧！這末幾句的意思有些類似於杜甫的「且看欲盡花經眼，莫厭傷多酒入脣」（〈曲江二首〉其一），表達了一種且當及時行樂的頹唐心理。

總之，程垓這首詞，用著委婉哀怨的筆調，曲折盡致、反反覆覆地抒寫了自己襞積重重的「嗟老」與「傷時」之情，讀後確有「淒婉綿麗」（清馮煦《宋六十一家詞選例言》評語）之感。

以前不少人作的「傷春」詞中，大多僅寫才子佳人的春恨閨怨，而他的這首詞中，卻寄寓了有關家國身世（後者為主）的思想情緒，因而顯得比較深沉。（楊海明）

漁家傲 程垓

獨木小舟煙雨濕，燕兒亂點春江碧。江上青山隨意覓。人寂寂，落花芳草催寒食。

昨夜青樓今日客，吹愁不得東風力。細拾殘紅書怨泣。流水急，不知那個傳消息。

古代有不少知識分子，每當他們科場失意、仕途不暢，或婚姻不美滿時，常常不惜花費大量的時間與金錢去憐香惜玉，臥柳眠花。這雖然可以得到暫時的歡樂與安慰，卻又免不了要承受相思離別之苦。這首詞所寫的就是這種落拓文人的生活。這種題材是婉約派詞作中最常寫的，如果不在藝術上求新，很可能成為平庸或淺薄之作。作者似乎很懂得這一點，著實費了一點心思，沒有落入俗套。

上片著意描寫與情人分別後船行江中的所見所感。首三句寫春江春雨景色：自己乘坐的小船在煙雨溟濛中行進，到處都是濕濕潤潤的；燕子在碧綠的江面上紛紛點水嬉戲；兩岸的青山若隱若現，倒也可以隨意尋認。這些煙雨朦朧中的景物自然是很美的，但又處處暗示出一種憂鬱的氣氛。「人寂寂」二句也是寫景，卻更帶著濃厚的感情色彩。人寂寂，既指兩岸人影稀少，也指自身形隻影單，像離群的孤雁。「落花芳草催寒食」是一種俏皮的擬人說法，意即落花繽紛，芳草萋萋，寒食節要到了。古代的寒食節是一個以親朋友好相聚賞花、遊春為主要內容的節日。詞人於節前離開情人，想必是出於不得已，難免更添幾分惆悵。

下片著意表現難以忍受的相思之苦。「昨夜青樓今日客」二句點明自己何以感到孤寂與憂傷，那是因為昨晚還在青樓（泛指妓女所居）與心愛的人兒歡聚，今日卻成了江上的行客，這驟然離別的痛苦叫人怎麼忍受得了。想借東風把心中的愁雲慘霧吹散吧，只因愁恨如山，東風也吹它不動。在百般無奈中，終於想出了一個排解的新法，那就是後三句所寫：將岸邊、洲頭飛來的落花（即殘紅），小心拾起，寫上自己的愁苦，撒向江中。可是流水太急，不知會漂向何處，意中人怎能看到，這些愛情的使者又向誰傳遞消息呢？言外之意，愁還是愁，怨還是怨，相思仍如春江水，無止無息。這幾句顯然是由唐人紅葉題詩的故事生發出來，不僅十分自然，其表現力也超過了原故事，實在是一種再創造。

此詞的獨特之處有二：一是玲瓏精巧的布局。一般表現男女離別之情的詞作，多描寫淚眼相看、難捨難分的場面。此詞卻撇開這些不寫，集中在離人的船上。它透過倒敘，把昨夜的歡聚，疊印在今日的悲離之上，以今日的相思之深，反映出往日的相愛之切，從而形成虛與實、歡與悲的對比。這就使得這首短小的詞作，畫面集中，表現深刻，小有波瀾，而又四照玲瓏。二是構想了一個極富表現力的細節。那就是結處所寫，讓殘紅傳遞相思之意。當然，它的真正目的，不在於憑落花給心上人傳情，而只是表現自己的一片真心與痴情，減輕一點相思的痛苦而已。這一異乎尋常的舉動，抵得上千言萬語的表白，而且比千言萬語來得情貌畢現，神魂四繞。正如清陳廷焯《白雨齋詞話》所評，這三句「有深婉之致」。（謝楚發）

酷相思　程垓

月掛霜林寒欲墜。正門外、催人起。奈離別如今真個是。欲住也、留無計。欲去也、來無計。

馬上離魂衣上淚。各自個、供憔悴。問江路梅花開也未？春到也、須頻寄。人到也、須頻寄。

這首詞，是程垓詞的代表作之一。據清徐釚《詞苑叢談》記載：程垓與錦江某妓眷戀甚篤，別時作〈酷相思〉詞。

上片寫離情之苦，側重抒寫離別時欲留不得、欲去不捨的矛盾痛苦的心情。起調「月掛霜林寒欲墜」，是這首詞僅有的一句景語，創造了一種將明未明、寒氣襲人的環境氣氛。這本來應是夢鄉甜蜜的時刻。可是，這裡卻正是門外催人起程的時候。「奈離別如今真個是」乃「奈如今真個是離別」的倒裝語，意思是對這種即將離別的現實真是無可奈何。這種倒裝，既符合詞律的要求，又顯得新穎脫俗，凸出強調了對離別的無可奈何。這種無可奈何、無計可施的心情，透過下邊兩句更得以深刻表現：「欲住也、留無計。欲去也、來無計。」兩句感情熾熱，纏綿悱惻，均直筆抒寫，略無掩飾。想不去卻找不到留下來的藉口；還未去先想著重來，又想不出重來的辦法。鐵定地要分別了，又很難再見，當此時怎不黯然魂銷，兩句寫盡天下離人情懷。

下片寫別後相思之深。這層感情，詞人用「離魂」、「憔悴」作過一般表達之後，接著用折梅頻寄加以深化。「問江路」三句，化用南朝民歌〈西洲曲〉「折梅寄江北」和陸凱寄范曄「折梅逢驛使，寄與隴頭人」詩意，而表情達意殆有過之。尤其是歇拍二句，以「春到」、「人到」複沓盤桓，又疊用「須頻寄」，超神入化，寫盡雙方感情之深，兩地相思之苦。

這首詞中，少景語，多敘述，語言樸厚，不事誇張，卻能於娓娓敘述之中，表達出綿邈悽惻的感情，自具一種感人的力量。這樣的藝術效果，與詞人所使用的詞調的特殊形式、特殊筆法有關。其一，此詞上下片同格，在總體上形成一種迴環複沓的格調；上片的結拍與下片的歇拍皆用疊韻，且句法結構相同，於是在上下片中又各自形成了迴環複沓的格調。這樣，迴環之中有迴環，複沓之中又複沓，反覆歌詠，自有一種迴環往復、音韻天成的韻致。其二，詞中多逗。全詞十句六逗，而且全是三字逗，音節短促，極易造成哽哽咽咽、如泣如訴的情調。其三，詞中還多用「也」字以舒緩語氣。全詞十句之中，有五句用語氣詞「也」，再配上多逗的特點，從而形成曼聲低語長吁短嘆的語氣。詞中的虛字向稱難用，既不可不用，又不可多用，同一首詞中，虛字用至二三處，已是不好，故為詞家所忌。而這首詞中，僅「也」字就多達五處，其他如「正」、「奈」、「個」等，也屬詞中虛字，但讀起來卻並不覺其多，反覺姿態生動，抑鬱婉轉，韻圓氣足。其關鍵在於，凡虛處皆有感情實之，故虛中有實，不覺其虛。

凡此種種形式，皆是由「酷相思」這種特定內容所決定的，內容和形式在程垓的這首詞中做到了相當完美的統一。所以全詞句句本色，而其感情力量卻不是專事藻飾、堆垛者所能望其項背的。

〈酷相思〉這一詞調，在宋金元詞苑中僅此一見。創調之功乃在程垓。程垓的這首詞雖傳誦已久，又曾選入明陳耀文《花草稡編》，但畢竟繼作者少。可見它是一種「僻調」。之所以「僻」，蓋因其形式奧妙，難度實大，不易追摹。（丘鳴皋）

卜算子　程垓

獨自上層樓，樓外青山遠。望到斜陽欲盡時，不見西飛雁。
獨自下層樓，樓下蛩聲怨。待到黃昏月上時，依舊柔腸斷。

人在他鄉，至親懷之；滯留愈久，懷之愈切，翹首瞻望，柔腸寸斷。這就是這首小詞所展示的內容。詞中的主人公，從詞中寫到的「柔腸」和那不勝翹企的柔情看，應是一位少婦；所盼望的對象，或是她的丈夫，而詞人給她的活動天地，也只有樓上樓下而已。從詞人用筆看，若漫不經心，信手寫來，略無雕繪，但卻娓娓動人，不失詞家風度。

詞的上片，寫上樓盼望，時間是白天。獨自一人，登上層樓，取登高望遠之意。但放眼遠眺，唯見青山綿邈天際而已。「遠」，是青山遙遠，更是主人公放眼所望之遠，得「獨上高樓，望盡天涯路」（晏殊〈蝶戀花〉）句意。自然，所望不在青山，而在於「人」。但是，直望到斜陽欲盡，光線模糊，不能再遠望之時，還是不見那人的影子，連點兒消息也沒有盼到！雁，用雁足傳書之典，事見《漢書．蘇武傳》。「不見西飛雁」，即沒有盼到從遠方傳來的音訊。「日之夕矣，羊牛下來」（《詩經．君子於役》），在外之人，當歸不歸，主人公的情真意深、望眼將穿、焦急徘徊，種種情緒，皆在不言之中。但她並不絕望。於是詞的下片寫主人公於「暝色入高樓」（李白〈菩薩蠻〉）之後，又獨自走下層樓，在樓下徘徊等候。但庭院寂寂，唯有蛩（蟋蟀）聲如泣如怨而已。以蛩聲襯寂寞，更以蛩聲的悽怨，暗寫主人公的情懷。至此，始寫出主人公的「怨」。既全日翹首樓頭，又繼之以夜，始終不見那人歸來，「怨」所由生焉。詞的最後兩句，寫黃昏月上，這正是與所愛的人相會的時刻，而主人公卻依然形影相弔、徘徊樓下，不見人歸，不禁由怨而悲，柔腸寸斷矣。著「依舊」二字，可見如此盼人，如此失望，已非一日，由此更見主人公懷念之深，盼望之苦。

全詞長於寫情，隨著時間的推移，由盼望而失望的轉換，其情由平緩而激烈，由默默無言而至悽怨，終至「柔腸斷」。而情由景出，徘徊纏綿，遲遲不作道破，但作者欲言之事，欲傳之情，讀者皆可得而知之。作者熟悉生活，善於揣摩翹望者的心理狀態：白天盼人，自然是上高樓，越高越得其深，南朝民歌〈西洲曲〉「望郎上青樓」是也。梁元帝蕭繹〈蕩婦思秋賦〉：「登樓一望，唯見遠樹含煙。平原如此，不知道路幾千！」也是白天登樓盼人，與此詞同一境界。晚上盼人，則在樓下，徘徊庭除，所謂「玉階空佇立」（李白〈菩薩蠻〉）是也。若仍在樓上，則失其真。當然，也有一直守在樓上的，姚寬〈憶王孫〉寫「樓上情人聽馬嘶」便是，那是情人偷情，未敢明目張膽。李清照〈聲聲慢〉「守著窗兒獨自，怎生得黑」，自是丈夫已死，無人可盼的寫照。所以雖僅寫樓上樓下，已深得生活真實，故語不雕琢，反覺字字真切感人。（丘鳴皋）

愁倚闌　程垓

春猶淺，柳初芽，杏初花。楊柳杏花交影處①，有人家。

玉窗明暖烘霞。小屏上、水遠山斜。昨夜酒多春睡重，莫驚他。

〔註〕①一作「交映處」。

詩中的絕句，詞中的小令，都是難作的。字數少，而又要有豐富的詩情畫意，所以要字字錘鍊，字字著力，小而精工，玲瓏剔透，才見大家風度。程垓的這首小詞，正寫得富有詩情畫意，情趣盎然，頗能顯示出「美文」的魅力。

小詞而能鋪排，是這首詞的特點。這首詞要表達的意思極為單純：不要驚醒酒後春睡的「他」。但直接用來表達這個意思的文字，卻只有全詞的最後一句；絕大部分的文字，是用鋪排的手法來描寫與「他」有關係的環境、景物，極力渲染出一幅恬靜、安逸、靜謐的圖畫。

起句寫初春景物，交代節候。「春猶淺」，是說春色尚淡。柳芽兒、杏花兒，皆早春之物，更著一「初」字，正寫春色之「淺」。〈愁倚闌〉又名〈春光好〉。古人作詞，有「依月用律」之說，此調入太蔟宮，是正月所用之律，要求用初春之景。此詞景與律極相應。「楊柳」句總前三句之筆，以「交影」進一步寫景物之美，綴一「處」字，則轉為交代處所，緊接著點出這裡「有人家」。從「交影」二字看，這裡正是春光聚會處，幽靜而又充滿生機。

詞的下片首兩句，轉入對室內景物的鋪排，與上片室外一派春光相應。窗外楊柳杏花交影，窗內明暖如烘霞，給人以春暖融融，陽光明媚之感。而小屏上「水遠山斜」的圖畫，亦與安謐的春景相應。「小屏」一句，語小而不纖，反能以小見大，得尺幅千里之勢，「水遠山斜」，正好彌補了整個畫面上缺少山水的不足。這正是小屏畫圖安排的絕妙處。此詞一句一景寫到這裡，一幅色彩、意境、情調極為和諧的風景畫就鋪排妥當了。作者以清麗婉雅的筆觸，在這極有限的字句裡，創造了一種令人神往的境界，然後才畫龍點睛，正面點出那位酒後春睡的「他」。「莫驚他」三字，下得靜悄悄，喜盈盈，與全詞的氣氛、情調極貼切，語雖平常，卻堪稱神來之筆。

全詞寫景由遠及近，鋪排而下，步步烘托，曲終見意，既層次分明，又用筆省淨。細味深參，全詞無一處不和諧，無一處不舒適，無一處不寧靜。顯然，詞人在對景物的描繪中，滲透了他對生活的理想與願望。就一般常例來看，藝術上的渲染、鋪排，往往會導致語言上的雕琢、繁縟。但是這首小詞卻清新平易，絕無刀斧痕。語言平淡，是程垓詞的一個明顯特點，讀他的《書舟詞》，幾乎首首明白如話，這種語言風格並非輕易得之。清況周頤曾引了宋人葛立方《韻語陽秋》論詩的一段話：「陶潛、謝朓詩皆平淡有思致。……大抵欲造平淡，當自組麗中來；落其華芬，然後可造平淡之境。如此，則陶、謝不足進矣。梅聖俞（堯臣）贈杜挺之詩有『作詩無古今，欲造平淡難』之句。李白云：『清水出芙蓉，天然去雕飾。』平淡而到天然，則甚善矣。」況氏然後說：「此論精微，可通於詞。『欲造平淡，當自組麗中來』，即倚聲家言自然從追琢中出也。」（《蕙風詞話續編》卷二）程垓這首小小的〈愁倚闌〉，以平淡的語言精心寫景，巧藏情致，具見琢磨之工，終得自然之美，足以為況氏的詞論作一佳證。（丘鳴皋）

王質

【作者小傳】（一一三五～一一八九）字景文，號雪山，鄆州（今山東東平）人，寓居興國軍（治今湖北陽新）。宋高宗紹興三十年（一一六〇）進士。孝宗朝，為樞密院編修官，出通判荊南府，奉祠山居。有《雪山集》《雪山詞》。存詞七十六首。

八聲甘州

王質

讀諸葛武侯傳①

過隆中。桑柘②倚斜陽，禾黍戰悲風。世若無徐庶③，更無龐統④，沉了英雄。本計東荊西益⑤，觀變取奇功。轉盡青天粟⑥，無路能通。

他日雜耕渭上，忽一星飛墮⑦，萬事成空。使一曹三馬，雲雨動蛟龍⑧。看璀璨⑨、出師一表，照乾坤、牛斗氣常衝。千年後，錦城相弔，遇草堂翁。

〔註〕①諸葛武侯：諸葛亮於蜀後主劉禪時封武鄉侯，死後謚忠武侯，故世稱「諸葛武侯」。②柘：桑樹之屬，葉可飼蠶。③徐庶：本名福，少時好任俠擊劍，後折節讀書。東漢末客居荊州，與諸葛亮特相善。劉備屯兵新野（今屬河南），庶見備，甚得器重，因謂備曰：「諸葛孔明者，臥龍也，將軍豈願見之乎？」備請庶與亮俱來，庶曰：「此人可就見，不可屈致也。將軍宜枉駕顧之。」於是備遂親往訪亮，凡三往，乃見。事見《三國志．諸葛亮傳》及裴《注》引《魏略》。④龐統：字士元，襄陽人。曾與諸葛亮並為劉備所部軍師中郎將。後從備入蜀取西川，中流矢身亡。見《三國志》本傳。按諸葛亮之見用於劉備，與龐統無關；相反，龐統之為劉備所器重，還是由於諸葛亮的說項。除徐庶外，舉薦諸葛亮的另一人是司馬徽。亮傳裴注引《襄陽記》：劉備訪世事於徽，徽曰：「儒生俗士，豈識時務？識時務者在乎俊傑。此間自有伏龍、鳳雛。」備問為誰，曰：「諸葛孔明、龐士元也。」詞人舉龐統而不舉司馬徽，當是誤記。⑤東荊西益：東據荊州，西取益州。荊、益二州，皆漢代十三刺史部之一，前者轄境主要為今湖北、湖南，後者轄境主要為今四川。⑥轉盡青天粟：轉，轉運。粟，泛指糧食。⑦忽一星飛墮：傳說諸葛亮之死，夜有星赤色而芒角，自東北流向西南，投入其所居之營帳。見《三國志》本傳裴注引《晉陽秋》。⑧雲雨動蛟龍：古人以蛟龍為君主或王霸之象徵。蛟龍必待雲雨而後動。⑨璀璨：玉石光彩鮮明貌。錦城：蜀地以織錦馳名天下，漢時於成都設錦官管理織錦業，後世因號成都為「錦官城」，簡稱「錦城」。

王質其人博通經史，曾著《樸論》五十篇，言歷代君臣治亂之事。此詞是他讀《三國志．蜀書．諸葛亮傳》的感受，不妨看作以文學作品形式寫成的一篇《樸論》。

〈八聲甘州〉起處通常為八言、五言兩句，至五言句末字叶韻。本篇有所新變，破為「三、五、五」三句，且於三言句添叶一韻。「隆中」，在襄陽（今湖北襄樊市）城西二十里，諸葛亮曾寓居於此。見《三國志》本傳中南朝宋裴松之《注》引《漢晉春秋》。詞人家在興國（今湖北陽新一帶），可能實曾有過過隆中而造訪諸葛亮故里的經歷。「桑柘」二句對仗，寫哲人已萎，但見桑柘偎倚在斜陽裡，禾黍顫抖於秋風中。夕陽西下是一日之暮，秋風悲鳴是一歲之暮。本篇所歌頌的乃是一位齎志以歿的英雄，故開局便以這日暮、歲暮之時的蕭瑟景象入詞，渲染悲劇氣氛。

過英雄故里，人雖不可得而見，其事跡則班班然彪炳於史冊。故以下即轉入正題，追尋斯人一生之出處大節。

「世若」三句，先敘諸葛亮得以登上歷史舞臺的契機，言當世若無徐庶輩相為汲引，諸葛亮遂不免被埋沒。「本計」四句，則高度概括諸葛亮一生的政治、軍事活動，自「隆中對策」一直寫到「六出祁山」。傳載劉備親訪諸葛亮，請其出山時，曾詢以天下大計，亮對曰：今曹操已擁百萬之眾，挾天子而令諸侯，不可與其爭鋒。孫權據有江東，已歷三世，國險民附，賢能為用，可以之為援而不可圖。唯有奪取荊、益二州，西和諸戎、南撫夷越，外結好於孫權，內修政治。如天下有變，則命一上將率荊州之軍直指宛（今河南南陽）、洛（今洛陽），將軍（謂劉備）親率益州之眾出於秦川，庶幾霸業可成，漢室可興。「東荊西益，觀變取奇功」，這便是諸葛亮本來的戰略計劃。「赤壁大戰」後，劉備得到了荊州；繼而又揮師入川，從劉璋手裡奪取了益州之地，實現了諸葛亮戰略設想的前半部分，形勢一度對於蜀漢十分有利。可惜由於荊州方面軍的統帥關羽在外交和軍事上一系列的失誤，荊州被孫權襲取，致使北伐的通道只剩下川、陝一路；而「蜀道之難，難於上青天」（李白〈蜀道難〉），軍糧轉運不及，故劉備死後，諸葛亮屢出祁山伐魏，都勞而無功。「轉盡青天粟，無路能通」，這種局面實為諸葛亮始料之所不及。此二句是對上二句的轉折，行文中省略了「孰知」二字，應對照上文「本計」二字自行補出。

換頭三句，寫諸葛亮之死。此處打破了傳統的過片成法，文義緊接上片，使前後闋粘合為一。因「轉粟難通」，於是乃有「雜耕渭上」之舉。蜀漢後主建興十二年（二三四）春，諸葛亮最後一次北伐，據武功五丈原（今陝西岐山縣南）與魏將司馬懿對壘。魏軍堅壁不出，亮即分兵屯田於渭水之濱，和當地居民雜處而耕，為久駐之計。鑑於他摸索出了這一切實可行的做法，北伐開始有了成功的希望。遺憾的是，「將軍一去，大樹飄零」（南北朝庾信〈哀江南賦〉），同年秋，諸葛亮不幸病死於軍中，一切希望都化作了泡影。

以下二句，繼而敘述諸葛亮之死所直接造成的後果。「一曹三馬」，「曹」當作「槽」。《晉書．宣帝紀》載曹操曾夢三馬同食一槽。自魏齊王曹芳正始以還，司馬懿與二子司馬師、司馬昭相繼執掌魏國軍政大權，誅殺異己，孤立曹氏。至昭子司馬炎時，竟篡魏自立，改國號為「晉」。曹操之夢，果然應驗了。此事雖荒誕不經，但後世屢用為故實。二句謂諸葛亮一死，再也無人能夠掃平曹魏，復興漢室，坐使司馬氏如蛟龍之逢雲雨，順順當當地發展壯大，滅蜀、篡魏、平吳，建立了統一的晉王朝。

然而儘管斯人「出師未捷身先死」（杜甫〈蜀相〉），英雄卻未可以成敗論。建興五年，諸葛亮率諸軍北駐漢中，將出師北伐，臨行曾上疏劉禪，反覆勸勉他繼承先主遺志，親賢臣，遠小人，剴切陳述自己對於蜀漢的忠誠及北取中原、復興漢室的堅定意志。這就是氣衝牛斗、光照乾坤的〈出師表〉，歷來為愛國的志士仁人所推重。斯人也，有斯文在，可以不朽矣！「看璀璨」二句，命意在此。最後，即於千百萬敬仰諸葛亮的志士仁人中拈出一位傑出的代表——杜甫，結束全篇。「安史之亂」爆發後，杜甫曾於唐肅宗上元元年（七六〇）避難入蜀，在成都西郊的浣花溪畔營構草堂，前後居住達三年之久，故以「草堂翁」稱之。他遊成都武侯廟時，飽蘸濃墨，滿懷激情地寫下了弔諸葛亮的著名詩篇〈蜀相〉。千古名相，又得千古詩聖為作此千古絕唱，九泉之下，亦當含笑瞑目了。

本篇在宋詞中雖然算不得上乘之作，且將諸葛亮與劉備的風雲際會歸結為純粹的歷史偶然性（全靠徐庶等推薦），並過分誇大其「一身繫天下安危」的歷史作用（設想如天假斯人以永年，司馬氏便不得崛起），猶未能擺脫那古代知識分子的「英雄史觀」；但詞筆一絲不懈，敘事井井有序，剪裁史料能做到披沙簡金，提綱挈領，要言不煩，理性的思考與感情的揮發互為表裡，抽象的議論與形象的描繪交相輝映，仍不失為一篇傑構。尤其值得稱道者，以自己秋日過隆中造訪臥龍故里起興，以杜甫春日在成都憑弔武侯祠堂作結，時代一宋一唐，季節或秋或春，地點在襄在蜀，人物為己為杜，不無差異，而緬懷諸葛亮其人其事則一也，緬懷其人其事時之心情則一也，首尾呼應，一脈相通。古人傳說，江南茅山有洞穴潛行地下，可直達嶺南羅浮山，借用來比喻王質此詞，不是很生動麼？

南宋人吟詩賦詞，屢詠及諸葛亮事。如陸游〈書憤〉詩：「出師一表真名世，千載誰堪伯仲間！」程珌〈水調歌頭·登甘露寺多景樓望淮有感〉：「三拊當時頑石，喚醒隆中一老，細與酌芳尊。」皆是。蓋因當時小朝廷苟且偏安，不思北伐以收復為金人所占領的中原失地，遂使愛國的詩人詞人們常常懷念這位北伐英雄。（鍾振振）

朱淑真

【作者小傳】（約一一三五～約一一八〇）號幽棲居士，錢塘（今浙江杭州）人，世居桃村。所適非偶，鬱鬱而歿。工詩詞，詞意淒厲悲涼。有《斷腸集》《斷腸詞》。存詞二十五首。

謁金門

朱淑真

春半

春已半，觸目此情無限。十二欄杆閒倚遍，愁來天不管。

好是風和日暖，輸與鶯鶯燕燕。滿院落花簾不捲，斷腸芳草遠。

這首詞應是抒寫作者婚後思念意中人的痛苦。開端兩句「春已半，觸目此情無限」，透過女主人公的視覺，對暮春景象的感受，寫出她的無限感慨。「此情」，究竟是什麼？這裡並未明說，從詞的下文及作者婚事不遂意來看，是思佳偶不得，感精神孤獨苦悶；是惜春傷懷，嘆年華消逝。「無限」二字，有兩層意思：一是說明作者此時憂鬱心情濃重，大好春色處處都觸發她的憂思；二是表明作者的隱憂永無消除之日，有「一江春水向東流」（李煜〈虞美人〉）之勢。

接著，作者用行動形象地表現了她的愁緒：「十二欄杆閒倚遍，愁來天不管。」此句寫女主人公愁懷難遣、百無聊賴、無所棲息的情態。「遍」字，寫出呆留時間之長。「閒」字，看來顯得輕鬆，實則用得深重，這正表現了作者終日無事、時時被愁情困鎖不得稍脫的心境。她因無法排遣愁緒，只得發出「愁來天不管」的怨恨。此句寫得新穎奇特，天，本無知覺，無感情，不管人事。而她卻怪責天不管她的憂愁，這是因憂傷至極而發出的怨恨，是自哀自憐的絕望心聲。舊時代的女子不能自主婚事，常常怨天尤人。《詩經．鄘風．柏舟》的「母也天只！不諒人只！」，寫的是一個女子愛上一個青年，她的母親卻強迫她嫁給另一個人，她誓死不肯，呼娘喚天，希望能諒察她的心。朱淑真心中雖也有戀人，但她卻不能違背「父母之命，媒妁之言」，不得不嫁給一個庸俗之徒，故她痛苦的感情比〈柏舟〉中那個女子更強烈，更深沉。

過片，具體寫對自然景物的感喟：「好是風和日暖，輸與鶯鶯燕燕。」大好春光，風和日暖，本應為人享受，可是自己因孤寂憂傷而無心賞玩，它都白白地送給了鶯燕。這既是對鶯燕的羨妒，又深感現實的殘酷無情，說得何等悽苦！鶯鶯、燕燕，雙字疊用，並非是為了指出多數，而是暗示它們成雙成對，以反襯自己單身隻影人不如鳥，委婉曲折地表現孤棲之情，含蓄而深邃。作者在詩集〈恨春五首〉其二裡寫道：「鶯鶯燕燕休相笑，試與單棲各自知！」造語雖異，立意則同。

末兩句進一步表現作者的情思：「滿院落花簾不捲，斷腸芳草遠。」它不但與開頭兩句相照應，在藝術上達到和諧統一，而且隱曲地透露了她愁怨的根源。她在詩中說：「故人何處草空碧，撩亂寸心天一涯。」（〈暮春有感〉）「斷腸芳草連天碧，春不歸來夢不通。」（〈晚春有感〉）可知，她所思念的人在漫天芳草的遠方，相思而又不得相聚，故為之「斷腸」。全詞至此結束，言有盡而意無窮，讀來情思繾綣，蕩氣迴腸，在我們腦海裡留下一個凝眸遠方、憂傷不能自已的思婦形象。這與晏殊的「當時輕別意中人，山長水遠知何處」（〈踏莎行〉）、李清照的「人何處，連天芳樹，望斷歸來路」（〈點絳脣〉），詞意相同，但朱淑真寫得隱晦，而晏、李說得明朗，敢直言「意中人」、「人何處」，這是因為晏殊不受禮教的束縛，李清照思念丈夫為人情所不能非議，故他們沒有顧忌。而朱淑真婚後思念情人則被視為非法，故有難以明言的苦衷。

清陳廷焯《白雨齋詞話》評曰：「『春已半』等篇殊不讓和凝、李珣輩，唯骨韻不高，可稱小品。」朱淑真作為一個深閨女子，其作品能比得上晚唐五代的進士和凝、秀才李珣，就很不錯了。說其骨韻不高，這是由於歷史條件的局限，她不能涉足社會，生活天地狹窄，故不應苛責。（蘇者聰）

減字木蘭花　朱淑真

春怨

獨行獨坐，獨倡獨酬還獨臥。佇立傷神，無奈輕寒著摸人。
此情誰見，淚洗殘妝無一半。愁病相仍，剔盡寒燈夢不成。

朱淑真是一位才貌出眾、善繪畫、通音律、工詩詞的佳人，但她的婚姻很不美滿，婚後抑鬱寡歡，故詩詞中「多憂愁怨恨之思」（明田汝成《西湖遊覽志餘》）。相傳她出身貴族之家，她的丈夫是什麼樣的人，其說不一。有的說她「嫁市井民家」，有的說她的丈夫曾應禮部試，後又官江南，但朱與他感情不合。不管何種說法可信，有一點是相同的：即她認為所嫁非偶，婚後沒得到什麼幸福。這首詞從內容看，與她對婚姻的不滿很有關係。

「獨行獨坐，獨倡（唱）獨酬還獨臥」兩句，連用五個「獨」字，充分表現出她的孤獨與寂寞，似乎「獨」字貫穿在她的一切活動中。「佇立傷神」兩句，緊承上句，不僅寫她的孤獨，而且描繪出她的傷心失神。特別是「無奈輕寒著摸人」一句，寫出了詞人對季節的敏感。「輕寒」二字，正扣題目「春怨」的「春」字。「著摸」一詞，宋人詩詞中屢見，有撩撥、沾惹之意。如孔平仲〈懷蓬萊閣〉詩：「深林鳥語留連客，野徑花香著莫人。」楊萬里〈和王司法雨中惠詩〉詩：「無那春愁著莫人，風顛雨急更黃昏」。「著摸」即「著莫」，朱淑真詞與楊萬里詩用法完全相同。對自己的婚姻深感不滿的朱淑真在「佇立傷神」之際，不禁發出「無奈輕寒著摸人」

的吟詠。

下片進一步抒寫詞人的愁怨。「此情誰見」四字，承上啟下，一語雙兼，「此情」，既指上片的孤獨傷情，又兼指下文的「淚洗殘妝無一半」，以淚洗面的愁苦。結穴處的兩句，描繪自己因愁而病，因病添愁，愁病相因，以至夜不成眠的痛苦。

這首詞語言自然婉轉，通俗流麗，篇幅雖短，波瀾頗多。上片以五個「獨」字，寫出了因內心孤悶難遣而導致行動的焦灼不寧、百無一可的情狀，全是動態的描寫。「佇立傷神」兩句，轉向寫靜態的感覺，但意脈是相連的。下片用特寫鏡頭攝取了兩幅生動而逼真的圖畫：一幅是淚流滿面的少婦，眼淚洗去了臉上大半的脂粉；另一幅是她面對寒夜孤燈，耿耿不寐。「剔盡寒燈」的落腳點不在「剔」字（剪剔燈芯的動作），而在「盡」字。「盡」字是體現時間的。所謂「夢又不成燈又燼」（歐陽脩〈玉樓春〉），顯然是徹夜無眠。對於孤淒愁病的閨中人，只寫這一淚、這一夜的悲苦，其他日子也可以想像而知。又何況是「此情誰見」，無人見，無人知，無人慰藉，無可解脫！自寫苦情，情長詞短，其體會之深，含蘊之厚，有非男性作家擬閨情之詞所能及者。（劉文忠）

眼兒媚

朱淑真

遲遲春日弄輕柔，花徑暗香流。清明過了，不堪回首，雲鎖朱樓。

午窗睡起鶯聲巧，何處喚春愁？綠楊影裡，海棠亭畔，紅杏梢頭。

朱淑真是一位多愁善感的詞人，這首詞寫一位閨中女子（實際上是作者自己）在明媚的春光中，回首往事而感到愁緒萬端。

上片「遲遲春日弄輕柔，花徑暗香流」兩句，描繪出一幅風和日麗，花香襲人的春日美景。「遲遲春日」語本《詩經．豳風．七月》「春日遲遲」，「遲遲」指日長而暖。「弄輕柔」三字，言和煦的陽光在撫弄著楊柳的柔枝嫩條。秦觀〈江城子〉詞：「西城楊柳弄春柔。」「弄」字下得很妙，形象生動鮮明。對此良辰美景，抒情主人公信步走在花間小徑上，一股暗香撲鼻而來，令人心醉，春天多麼美好啊！但是好景不長，清明過後，卻遇上陰霾的天氣，雲霧籠罩著朱閣繡戶，這給女主人公的內心猶如罩上了一層愁霧，因此想起了一段不堪回首的傷心往事。看來開頭所寫的春光明媚，並不是眼前之景，而是已經逝去的美好時光。不然和煦的陽光與雲霧是很難統一在一個畫面上，也很難發生在同一時間內的。「雲鎖朱樓」的「鎖」字，是一句之眼，它除了給我們雲霧壓樓的陰霾感覺以外，還具有鎖在深閨的女子不得自由的象喻性。「鎖」字蘊含豐富，將陰雲四布的天氣、深閨女子的被禁錮和心頭的鬱悶，盡括其中。

下片著重表現的是女主人公的春愁。這種春愁是透過黃鶯的啼叫喚起的。大凡心緒不佳的女子，最易聞鳥啼而驚心，故唐人金昌緒〈春怨〉有「打起黃鶯兒，莫教枝上啼」之句。女主人公在百無聊賴之時，只好在午睡中消磨時光，午睡醒來，聽到窗外鶯聲巧囀。黃鶯的啼叫，喚起了她的春愁。黃鶯在何處啼叫呢？是在綠楊影裡，還是在海棠亭畔，抑或是在紅杏梢頭呢？自問自答，頗耐人玩味。

這首詞筆觸輕柔細膩，語言婉麗自然。她用鳥語花香來襯托自己的惆悵，這是以樂景寫哀的手法。作者在寫景上不斷變換畫面，從明媚的春日，到陰霾的天氣。時間上從清明之前，寫到清明之後，有眼前的感受，也有往事的回憶。既有感到的暖意，嗅到的馨香，也有聽到的鶯啼，看到的色彩。透過它們表現了女主人公細膩的感情波瀾。下片詞的自問自答，更是妙趣橫生。詞人將靜態的「綠楊影裡，海棠亭畔，紅杏梢頭」，引入黃鶯的巧囀，靜中有動、寂中有聲，化靜態美為動態美，使讀者彷彿聽到鶯啼之聲不斷地從一個地方流動到另一個地方，使鳥鳴之聲有立體感和流動感。這是非常美的意境創造。以聽覺寫鳥聲的流動，使人辨別不出鳥鳴何處，詞人的春愁，也像飛鳴的流鶯，忽兒在東，忽兒在西，說不清準確的位置。這莫可名狀的愁怨，詞人並不說破，留給讀者去想像，去補充。（劉文忠）

清平樂

朱淑真

風光緊急，三月俄三十。擬欲留連計無及，綠野煙愁露泣。

倩誰寄語春宵？城頭畫鼓輕敲。繾綣臨歧囑付，來年早到梅梢。

唐賈島〈三月晦日贈劉評事〉詩云：「三月正當三十日，風光別我苦吟身。共君今夜不須睡，未到曉鐘猶是春。」命意新奇，朱淑真因其意而用之於詞，構思更奇。

詞的起句便奇突。「風光」通常只能說秀麗、迷人等等，與「緊急」搭配，就很奇特。留春之意已引而未發。緊補一句「三月俄三十」，此意則躍然紙上。這兩句屬於倒置，比賈詩從月日說起，尤覺用筆跳脫。一般寫春暮，止到三月，點出「三十（日）」，更見暮春之「暮」。日子寫得如此具體，讀來卻不板滯，蓋一句之中，已具加倍之法。而一個「俄」字渲染緊急氣氛，比賈句用「正當」二字，尤覺生色。在三月三十日這個臨界的日子裡，春天就要消逝了。說「擬欲留連計無及」，一方面把春天設想為遠行者，一方面儼有送行者在焉。這「擬欲留連」者究竟是誰？似是作者自謂，覩下句則又似是「綠野」了。暮春時節，紅瘦綠肥，樹木含煙，花草滴露，都似為無計留春而感傷呢。寫景的同時，又把自然景物人格化了。上兩句與下兩句，一催一留，大有「方留戀處，蘭舟催發」（柳永〈雨霖鈴〉）的意趣，而先寫緊催，後寫苦留，尤覺詞情蕩漾。上片結句方倒插一句寫景。如置諸篇首，就顯得平衍。

上片已構成一個「送別」的格局。催的催得「緊急」，留的「留連無計」，只好抓緊時機臨別贈言罷。故過片即云「倩誰寄語春宵」。上片寫惜春未露一個「春」字，此處以「春宵」出之，乃是因為這才是春光的最後一霎，點睛點得恰是地方。春宵漸行漸遠，需要一個稱職而殷勤的使者追及傳語的。「倩誰」？——「城頭畫鼓輕敲」，此句似寫春宵之境，同時也就是一個使者在自告奮勇。讀來饒有意味，隱含比興手法。唐宋時城樓定時擊鼓，為城坊門啟閉之節，日擊二次：五更三籌擊後，聽人行；晝漏盡擊後，禁人行。叫做「鼕鼕鼓」。鼓聲為時光之友伴，請它傳語，著想甚妙。「敲」上著一「輕」字，便帶有微妙的感情色彩，恰是「繾綣」軟語的態度。「臨歧」二字把「送別」的構思表現得更加明顯。最末一句即「臨歧囑咐」的「繾綣」情話：「來年早到梅梢。」不道眼前惜別之情，而說來年請早，言輕意重，耐人尋味。「早到梅梢」尤為妙筆生花之語。蓋百花迎春，以凌寒獨放的梅花為最早，謂「早到梅梢」，似嫌梅花開得還不夠早，盼歸急切，更見惜春感情的強烈。把春回的概念，具象化為早梅之開放，又創出極美的詩歌意象，使全詞意境大大生色。整個下片和賈島詩相比，已屬別開生面，更有異彩。

賈島原作只是詩人自己寄語朋友，明表惜春之意。而此詞卻通篇不見有人，全用比興手法創造了一個童話般的送別場面：時間是三月三十日，行者是春天，送行愁泣者是「綠野」，催發者為「風光」，寄語之信使為「畫鼓」……儼然是大自然導演的一齣戲劇。而作者本人惜春之意，即充溢於字裡行間，讀之尤覺奇趣橫生。（周嘯天）

蝶戀花

朱淑真

送春

樓外垂楊千萬縷，欲繫青春，少住春還去。猶自風前飄柳絮，隨春且看歸何處？
綠滿山川聞杜宇，便做無情，莫也愁人苦。把酒送春春不語，黃昏卻下瀟瀟雨。

宋代有不少「惜春」詞。它的內容，不外是一片暮春景色引起了作者的惋惜之情。這些暮春景色也不外是紛飛的柳絮、哀鳴的杜鵑和淅瀝的暮雨。然而，這一切在朱淑真筆觸下，卻透過豐富的想像力和貼切的擬人手法，表現得委婉多姿、細膩動人。

詞中首先出現的是垂楊。「樓外垂楊千萬縷，欲繫青春，少住春還去」三句，描繪了垂楊的繁茂。這種「萬條垂下綠絲絛」（唐賀知章〈詠柳〉）的景色，對於農曆二月（即仲春時節），是最為典型的。上引賀詩中即有「不知細葉誰裁出，二月春風似剪刀」之句。它不同於「濃如煙草淡如金」的新柳（明楊基〈詠新柳〉），也有別於「風吹無一葉」的衰柳（宋徐照翁卷〈衰柳〉）。為什麼借它來表現惜春之情呢？主要利用它那柔細有如絲縷的形象，造成它似乎可以繫住事物的聯想。「少住春還去」，那打算繫住春天的柳條結果沒有達到目的，它只把春天從二月拖到三月末，春天經過短暫的逗留，還是決然離去了。

「猶自風前飄柳絮，隨春且看歸何處」兩句，對景物作了進一層的描寫。柳絮是暮春最鮮明的特徵之一，所以詩人說：「飛絮著人春共老」（范成大〈暮春上塘道中〉）、「飛絮送春歸」（蔡伸〈朝中措〉）。他們都把飛絮同春殘聯繫在一起。朱淑真按照她自己的想像，把空中隨風飄舞的柳絮，描寫為似乎要尾隨春天歸去，去探看春的去處，把它找回來，像黃庭堅在詞中透露的「若有人知春去處，喚取歸來同住」（〈清平樂〉）。比起簡單寫成「飛絮」「送春歸」或「著人春意老」來，朱淑真這種「隨春」的寫法，就顯得更有迂曲之趣。句中用「猶自」把「繫春」同「隨春」聯繫起來，造成了似乎是垂楊為了留春，「一計不成，又生一計」的效果。

像飛絮一樣，杜鵑鳥（杜宇）的哀鳴也是春殘的標誌。「綠滿山川聞杜宇，便做無情，莫也愁人苦。」春殘時節，花落草長，山野一片碧綠。遠望著這暮春的山野，聽到傳來的杜鵑鳥的淒厲叫聲，詞人在想：杜鵑即使（便做）無情，莫非也在擔憂人們為「春去」而愁苦，因而發出同情的哀鳴嗎？詞人透過這搖曳生姿的一筆，借杜宇點出人意的愁苦，這就把上片中處於「幕後」的主人公引向臺前。在上片，僅僅從「樓外」兩個字，感覺到她在樓內張望；從「繫春」「隨春」，意識到是她在馳騁想像，主人公的惜春之情完全是靠垂楊和柳絮表現出來的。現在則從寫景轉入對主人公的正面抒寫。

「把酒送春春不語。」繫春既不可能，隨春又無結果，主人公看到的只是暮春的碧野，聽到的又是宣告春去的鳥鳴，於是她只好無可奈何地「送春」了。農曆三月末是春天最後離去的日子，古人常常在這時把酒澆愁，以示送春。唐末詩人韓偓〈春盡日〉有「把酒送春惆悵在，年年三月病懨懨」之句。朱淑真按照舊俗依依不捨地「送春」，而春卻沒有回答。她看到的只是在黃昏中，忽然下起了瀟瀟的細雨。作者用一個「卻」字，把「雨」變成了「春」對送行的反應。這寫法同王灼的「試來把酒留春住，問春無語，簾捲西山雨」（〈點絳脣〉）相似，不過把暮雨同送春緊密相連，更耐人尋味：這雨是春漠然而去的步履聲呢，還是春不得不去而灑下的惜別之淚呢？

這首詞同黃庭堅的〈清平樂〉都將春擬人，抒惜春情懷，但寫法上各有千秋。黃詞從追訪消逝的春光著筆，朱詞從借垂柳繫春、飛絮隨春到主人公送春，透過有層次的心理變化揭示主題。相比之下，黃詞更加空靈、爽麗，朱詞則較多寄情於殘春的景色，帶有悽惋的情味，這大概和她的身世有關。（范之麟）

清平樂　朱淑真

惱煙撩露，留我須臾住。攜手藕花湖上路，一霎黃梅細雨。
嬌痴不怕人猜，和衣倒在人懷①。最是分攜時候，歸來懶傍妝臺。

〔註〕①此句一作「隨群暫遣愁懷」。

此詞或題「夏日遊湖」（西湖），乃是作者描寫或追憶一次愛情生活的小詞。

上片寫一對男女遊湖遇雨，為之小駐。語序倒裝是詞中常見。女主人公與男友相約遊湖，先是「攜手藕花湖上路」，這大約是西湖之白堤吧，那裡的藕花當已開了，「接天蓮葉無窮碧，映日荷花別樣紅」（楊萬里〈曉出淨慈寺送林子方〉）呢。也許這對情侶最初就是相約賞花而來。不料遇上「一霎黃梅細雨」。正是這場梅雨及撩撥著人的「煙」呀「露」呀，留他們停步了。總得找個避雨的處所吧。「留我須臾住」的「我」，乃是複數，相當於「我們」。遊湖賞花而遇雨，卻給他們造成了一個幽清的環境和難得親近的機會。所以是事若有憾，實深喜之的。

下片寫女主人公大膽的舉動及歸來後異常的心理。「一霎黃梅細雨」使西湖謝絕遊眾，在他們小住的地方，應當沒有第三者在場。否則，當人面就摟摟抱抱，未免輕狂。須知這裡「嬌痴不怕人猜」之「人」，與「和衣倒在人懷」之「人」實際上只是一個，都是就男友而言。當時情景應是這樣的：由於女主人公難得與男友單獨親近，一旦相會於幽靜場所，遂難自持，「嬌痴」就指此而言。其結果就是「感郎不羞郎，回身就郎抱」（南朝樂府〈碧玉歌〉）。「倒在人懷」即擁抱伏枕於戀人肩上，李後主〈菩薩蠻〉所謂「一向偎人顫」、「教君恣意憐」也。這樣的熱情，這樣的主動，休說外人，即使自己的男友也不免一時失措或詫異。但女主人公不管許多，「不怕人猜」，打破了「授受不親」一類清規戒律，遂有了甜蜜的體驗。

「最是分攜時候」，多麼依依不捨；「歸來懶傍妝臺」，何等心蕩神迷！兩筆就把一個初歡中的女子情態寫活了。

全詞多情而不褻，貴在寫出少女真實的人生體驗。本來南朝樂府中已有類似描寫，但那是民歌。如今出現在宋時女詞人之手，該是何等的勇氣，詞論家不吝予以高度的讚揚：「易安『眼波才動被人猜』，矜持得妙；淑真『嬌痴不怕人猜』，放誕得妙。均善於言情。」（清吳衡照《蓮子居詞話》卷二）（周嘯天）

菩薩蠻　朱淑真

山亭水榭秋方半，鳳幃寂寞無人伴。愁悶一番新，雙蛾只舊顰。起來臨繡戶，時有疏螢度。多謝月相憐，今宵不忍圓。

這是一首閨怨詞，詞中應有詞人自己的影子。從「秋方半」而月未圓的描寫可知，所寫乃中秋節前（或後）若干日的情景。

「春秋多佳日」（晉陶潛〈移居二首〉其二），而「山亭水榭」的風光當分外迷人，但詞中卻以極冷漠客觀的筆調寫出。因為「良辰美景奈何天」（明湯顯祖《牡丹亭．驚夢》），消除不了「鳳幃」中之「寂寞」。——獨處無郎，還有什麼賞心樂事可言呢？「鳳幃」句使人聯想到李商隱〈無題二首〉其二中的名句：「重幃深下莫愁堂，臥後清宵細細長。」如此情狀，叫人怎不顰眉，怎不愁悶？有意味的是，詞人使「愁悶」與「顰眉」分屬於「新」、「舊」二字。「舊」字以見女主人公愁情之持久，「新」字則表現其愁情之與日俱增。一愁未去，一愁又生，這是「新」；而所有的愁都與相思有關，這又是「舊」。「新」、「舊」二字相映成趣，更覺情深。

輾轉反側，失眠多時，於是乃有「起來」之事。「起來」而「臨繡戶」者，似乎是在期待心上人的到來。然而戶外所見，只不過「時有疏螢度」而已，其人望來終不來。此時，女主人公空虛的情懷，是難以排遣的。在這關鍵處，詞人給她一點安慰，寫出一輪缺月，高掛中天，並賦予它人情味，說它因憐憫閨中人的孤棲，不忍獨圓。「多謝」二字，痴極妙極。同是寫孤獨情懷，蘇東坡〈水調歌頭〉在圓月上做文章：「不應有恨，何事長向別時圓。」朱淑真則在缺月上做文章：「多謝月相憐，今宵不忍圓。」移情於物，怨謝由我，真有異曲同工之妙。此詞最有興味之所在正是結尾兩句。

朱淑真的愛情生活極為不幸，她多情而敏感。詞中寫女主人公從缺月得到同情，不啻是一種含淚的笑顏。無怪宋魏仲恭在〈朱淑真斷腸詩詞序〉中評價其詞為「清新婉麗，蓄思含情，能道人意中事，豈泛泛者所能及」。

（周嘯天）

趙長卿

【作者小傳】字師有，自號仙源居士，南豐（今屬江西）人。宗室子。不樂仕進，以觴詠以娛。有《惜香樂府》九卷，詞存三百三十九首。

探春令

趙長卿

笙歌間錯華筵啟，喜新春新歲。菜傳纖手，青絲輕細，和氣入、東風裡。
幡兒勝兒都姑嫵①，戴得更忔戲。願新春以後，吉吉利利，百事都如意。

〔註〕①「嫵」：一作「姉」（同姊）。

這首〈探春令〉的作者是趙長卿，他的生平不甚可知。只知道他是宋朝的宗室，住在南豐，大約是他家的封邑。他自號仙源居士，不愛榮華，賦詩作詞，隱居自娛。他的詞有《惜香樂府》十卷，明毛晉刻入《宋六十名家詞》中。唐圭璋的《兩宋詞人時代先後考》把趙長卿排在北宋末期的詞人中，生卒年均不可知。但在《惜香樂府》第三卷末尾有一段附錄，記張孝祥死後臨乩事。考張孝祥卒於南宋孝宗乾道五年（一一六九），那時趙長卿還在世作詞，可知他是南宋初期人。

趙長卿的詞雖然有十卷三百首之多，雖然毛晉刻入「名家詞」，但在宋詞中，他只是一位第三流的詞人。因為他的詞愛用口語俗話，不同於一般文人的「雅詞」，所以在士大夫的賞鑑中，他的詞不很被看重。朱祖謀選《宋詞三百首》，趙長卿的詞，一首也沒有選入。

這首〈探春令〉，向來無人講起。二十年代，我用這首詞的最後三句，做了個賀年片，寄給朋友，才引起幾位愛好詩詞的朋友注意。趙景深還寫了一篇文壇軼事，為我做了記錄。

一九八五年，景深逝世，使我想起青年時的往事，為了紀念景深，我把這首詞的全文印了一個賀年片，在一九八六年元旦和丙寅年新春，寄給一些文藝朋友，使這首詞又在詩詞愛好者中間傳誦起來。

我贊成在《唐宋詞鑑賞辭典》裡採用這首詞，但我不會寫鑑賞。我以為，對於一個文藝作品的鑑賞，各人的體會不同。要用文字來表達自己的體會，有時實在說不清楚。如果讀者的文學鑑賞水平比我高，我寫的鑑賞，對他便非但毫無幫助，反而見笑於方家。所以，我從來不願寫鑑賞文字。

在文化圈子裡的作家和批評家，他們談文學作品，其實是古今未變。孔老夫子要求「溫柔敦厚」，白居易要求有諷喻作用，清張惠言、周濟要求詞有比興、寄託，當代文論家要求作品有思想性，其實是一個老調。這些要求，在趙長卿這首詞裡，一點都找不到。

趙長卿並不把文藝創作用為扶持世道人心的教育工具，也不想把他的詞用來作思想說教。他只是碰到新年佳節，看著家裡老少，擺開桌面，高高興興地吃年夜飯。他看到姑娘們的纖手，端來了春菜盤子，盤裡的菜，又青又細，從家庭中的一片和氣景象，反映出新年新春的東風裡所帶來的天地間的融和氣候。唐、宋時，每年吃年夜飯，或新年中吃春酒，都要先吃一個春盤，類似現代酒席上的冷盆或大拼盆。盤子裡的菜，有蘿蔔、芹菜、韭菜，或者切細，或者做成春餅（就是春捲）。杜甫有一首〈立春〉云：「春日春盤細生菜，忽憶兩京梅發時。

盤出高門行白玉，菜傳纖手送青絲。」趙長卿這首詞的上片，就是化用了杜甫的詩。

幡兒、勝兒，都是新年裡的裝飾品。幡是一種旗幟，勝是方勝、花勝，都是剪鏤彩帛製成各種花鳥，大的插在窗前、屋角，或掛在樹上，小的戴在姑娘們頭上。現在北方人家過年的剪紙，或如意，或雙魚吉慶，或五穀豐登，大約就是幡、勝的遺風。這首詞裡所說的幡兒、勝兒，是戴在姑娘們頭上的，所以他看了覺得很歡喜。「姑娣（音同帝）」、「忔（音同企）戲」這兩個語詞都是當時俗語，我們現在不易瞭解，說不定在江西南豐人口語中，它們還存在。從詞意看來，「姑娣」大約是整齊、濟楚之意。「忔戲」又見於作者的另一首詞〈念奴嬌〉，換頭句云：「忔戲笑裡含羞，回眸低盼，此意誰能識。」這也是在酒席上描寫一個姑娘的。這裡兩句的大意是說：「幡兒勝兒都很美好，姑娘們戴著都高高興興。」辛稼軒〈漢宮春·立春〉詞云「春已歸來，看美人頭上，裊裊春幡」，也是這種意境。

詞人看了一家人和和氣氣地團坐著吃春酒、慶新年，在笙歌聲中，他起來為大家祝酒，希望過春節以後，一家子都吉吉利利，百事如意。於是，這首詞成為極好的新年祝詞。

詞到了南宋，一方面，在士大夫知識分子中間，地位高到和詩一樣；另一方面，在人民大眾中，它卻成為一種新的應用文體。祝壽有詞，賀結婚有詞，賀生子也有詞。趙長卿這首詞，也應當歸入這一類型。它是屬於通俗文學的。（施蟄存）

臨江仙

趙長卿

暮春

過盡征鴻來盡燕，故園消息茫然。一春憔悴有誰憐？懷家寒食夜，中酒落花天。

見說江頭春浪渺，殷勤欲送歸船。別來此處最縈牽。短篷南浦雨，疏柳斷橋煙。

趙長卿是宋朝宗室，有詞集《惜香樂府》，按春、夏、秋、冬四景，編為六卷，體例如同《草堂詩餘》，為詞家所稀有。這首詞被編在「春景」一項內，近人俞陛雲稱它是「《惜香集》中和雅之音」（《宋詞選釋》），細審其聲情，頗覺所言不虛。

詞中寫的是鄉思。「靖康」事變後，北宋亡於金人，宗室紛紛南遷，定居臨安（今浙江杭州）一帶。有的人苟安一隅，整天價歌舞昇平，醉生夢死。然而也有一些人不忘故國，時時透過他們的詩詞抒發懷念家鄉的感情，表達收復失地的願望。這首詞很可能是在這樣的背景下寫成的。

上闋寫念家，起首二句用的是比興手法，以征鴻比喻飄泊異鄉的旅客，以歸燕興起思家的情感。在南宋詞人心目中，鴻雁似乎具有特殊的意義。在牠身上不僅具有傳統的捎信使者的特徵，而且簡直就是戰亂年頭流亡者的形象。朱敦儒〈卜算子〉（旅雁向南飛）寫一失群孤雁，飢渴辛勤，伶仃淒慘，其中體現著作者南渡以後流離失所的苦況。李清照〈聲聲慢〉也說「雁過也，正傷心，卻是舊時相識」，則是把鴻雁引為故知。朱敦儒的〈臨江仙〉還說「年年看塞雁，一十四番回」，則與此詞表達了同樣的心情。他們之所以把感情寄託在鴻雁身上，是因為自己的遭遇也同鴻雁相似。然而鴻雁秋去春來，猶能回到塞北；而這些南來的詞人卻年復一年遠離故土。因而他們看到北歸的鴻雁，總有自嘆不如的感覺。此詞云「過盡征鴻來盡燕，故園消息茫然」，就帶有這樣的想法，它把詞人鬱結在胸中的思鄉之情，一下子噴吐而出，猶如彈丸脫手，自然流暢，精圓快速。至第二句便作一頓挫，把起句的迅發之勢稍稍收束，使之沉入人們的心底。細玩詞意，詞人之望征鴻，看歸燕，本已經歷了好長時間。他可能從牠們初來時就望起，不知有多少次征鴻經過，梁燕歸來，但詞中卻把這個長長的過程略去，僅是截取生活中最後一個橫斷面，加以盡情的抒寫。這裡兩個「盡」字用得極好，把詞人在很長一段時期內望眼欲穿的神態概括在內。可以想像，其中有多少希望與失望，有多少次翹首雲天與茫然四顧……詞筆至此，可稱絕妙。

第三句表達了惆悵自憐的感情，讓人想到戰國宋玉〈九辯〉中的辭句：「廓落兮，羈旅而無友生；惆悵兮，而私自憐。」從章法上講，它起著承上啟下的作用。鴻雁秋分後由北飛南，春分後由南回北；燕子則是春社時來到，秋社時飛去。這裡說「一春憔悴有誰憐」，則總括上文，說明從春分到春社，詞人都處於思鄉痛苦的煎熬之中，因而人也消瘦了，憔悴了。在這樣悽苦的境遇中，竟然一個同情他的人也沒有。一種飄零之感，羈旅之愁，幾欲滲透紙背。如果我們再進一步推想，其中不無對南宋的投降派發出微婉的譏諷。是他們同金人簽訂了屈辱的「紹興和議」，置廣大離鄉背井的人民於不顧。在這樣的形勢下，還有誰來憐惜像趙長卿這樣的貴族子弟呢？寥寥七字，真是意蘊言中，韻流弦外。

四、五兩句，愈覺韻味濃醇，思致渺遠。「寒食夜」係承以上三句而來。詞人懷念家鄉，從春分、春社，直到寒食，幾乎經歷了整個春天，故云「一春」；而詞中所截取的生活橫斷面，恰恰就在這寒食節的夜晚。古代清明寒食，是給祖宗掃墓的時刻。趙氏先塋都在河南，此刻正淪入金人之手，欲祭掃而不能，更增長了詞人思家的情懷。這兩句是一實一虛。宋吳可《藏海詩話》：「卻掃體，前一句敘事，後一句說景。」這裡也是前一句敘事，後一句說景，因而化質實為空靈，造成深邃悠遠的意境。「中酒落花天」一句，乃從杜牧〈睦州四韻〉「殘春杜陵客，中酒落花前」變化而來，詞人只換其中一字，以「天」代「前」。其實「天」和「前」同屬一個韻部，他為什麼要換呢？一是為了對仗工整，上句末字是表示時間的名詞「夜」，此句末字也必須用表示時間的名詞「天」；二是「天」字境界更為闊大，且能與起句「過盡征鴻來盡燕」相呼應。把思家意緒，中酒情懷，表現得迷離惝怳，奕奕動人。

下闋一轉，由思家轉入歸家。過片二句詞情略一揚起。詞人本已沉醉在思家的情緒中，幾至不能自拔；然而忽然聽說江上春潮高漲，似乎感受到有家可歸的訊息，情緒為之一振。這與前片起首二句恰好正反相成，遙為激射。前片說「故園消息茫然」，是表示失望，在感情上是一跌；此處則借江頭春汛，激起一腔回鄉的熱望，是一揚。錢塘江上浩渺的春浪，似乎對人有情，主動來獻殷勤，要送他回去。江水有情，正暗暗反襯出人之無情。詞人曾慨嘆「一春憔悴有誰憐」，在人世間無人理解他思鄉的痛苦，而無知的江水卻能給以深切的同情，兩相對照，託諷何其深永！下面「別來」一句，纏綿不盡，撩人無那。春浪來了，船兒靠岸了，詞人即將告別臨安了，卻又捨不得離開。這種感情是特定的時代、條件下產生的，也是極為矛盾、複雜的。南宋定都臨安，經過長時間的經營，物質上已相當豐裕，生活上也相對地安定下來。趙長卿作為宗室之一，他的處境自然較好，何況在這裡還有許多南下的親朋好友。因而臨別之時他又依依不捨，情不自禁地說了一聲「別來此處最縈牽」。詞人就是在這種欲去又留連、不去更思歸的矛盾狀態中來刻畫內心的痛苦，從中我們窺見到南宋上層貴族中一個真實的人，一顆誠摯而又備受折磨的心靈。

詞的最後以景語作結，寄情於景，饒有餘味。它使我們想起賀鑄〈青玉案〉詞中詠愁的名句：「若問閒情愁都幾許？一川煙草，滿城風絮，梅子黃時雨。」然也不盡相同。賀詞重在閒愁，趙詞重在離情。「短篷南浦雨」，詞境似韋莊〈菩薩蠻〉的「畫船聽雨眠」，更似蔣捷〈虞美人．聽雨〉的「壯年聽雨客舟中，江闊雲低斷雁叫西風」。南浦乃虛指，暗用南朝江淹〈別賦〉「送君南浦，傷如之何」；斷橋是實指，其地在杭州西湖東北角，與白堤相連。詞人此時設想，他已登上歸船，正蜷縮在低矮的船篷下，聽著嗶嗶撲撲敲打著船篷的雨聲，其心境之淒涼，可以想見。他又從船艙中望去，只見斷橋一帶的楊柳，迷迷濛濛，似乎籠罩著一層煙霧。詞人不說他的胸中離情萬種，而只是透過景物的渲染，來訴諸讀者的視覺或聽覺，讓你去體會，去吟味。含蓄不盡，意在言外。比之用情語，更富有感人的魅力。（徐培均）

阮郎歸

趙長卿

客中見梅

年年為客遍天涯，夢遲歸路賒。無端星月浸窗紗，一枝寒影斜。

腸未斷，鬢先華，新來瘦轉加。角聲吹徹〈小梅花〉，夜長人憶家。

趙長卿這首〈阮郎歸〉，題為客中見梅。詞的意蘊是以梅花象徵客子，主題在詞題中藏而未露。

「年年為客遍天涯。」年年為客，極寫飄泊時間之綿延。遍天涯，道盡飄泊空間之遼遠。雖是徑直道來，卻暗示出擔荷的羈愁之深重。「夢遲歸路賒。」還家的好夢，總是姍姍來遲，實則連夢也無。現實冷峻地擺在客子面前：歸路迢遞，歸不得也。顯見得，客子這一夜，又是一個無眠之夜。「無端星月浸窗紗，一枝寒影斜。」不期然地，忽爾見到那浸透了月光的窗紗上，映現出一枝梅花橫斜的姿影。一窗月光溶溶演漾，柔和似水，星光幾點的皪閃爍，上下其間，愈發襯托出梅枝清峻的精神。此二句寫出了梅花「清絕，十分絕，孤標難細說」（趙長卿〈霜天曉角．詠梅〉）的神理，妙筆也。

「腸未斷，鬢先華。」換頭遙挽起筆，不寫梅花，轉來寫人。年年天涯，人何以堪？縱然是腸尚未愁斷，也已然是雙鬢先華，早生了白髮，更那堪「新來瘦轉加」。自知是一天天憔悴下去了。寫客子傷心難堪，已至於極。接上來筆鋒一掉，又寫梅花。讀此詞，正當看他運思下筆靈活自如處。「角聲吹徹〈小梅花〉。」古人常因笛中之曲有〈梅花落〉，大角之曲有〈大單于〉〈小單于〉〈大梅花〉〈小梅花〉（宋郭茂倩《樂府詩集》卷二十四），而想像梅花有情，笛聲角聲，使之傷心，甚至凋落。當角聲吹徹〈小梅花〉曲之時，正梅花極其傷心難堪之際。梅花傷心難堪之至極，緊緊銜連客子傷心難堪之至極，此情、此境，究為憐梅耶？抑為自憐耶？不知梅花為客子之幻化歟？客子為梅花之幻化歟？撲朔迷離，恍難分辨。

結句一唱點醒：「夜長人憶家。」客子依然為客子也。夜長，見得既無夢，又無眠。人憶家，既一往深情，又無可奈何。起處言夢（無夢），結處言憶，亦可玩味。夢裡猶可暫忘身是客子，憶則清清楚楚只是痛心。以「家」字結穴，尤意味深長。家，正是全幅詞情的終極指向。而在趙長卿詞中，家與梅，又原有一份親切關係。長卿〈花心動．客中見寄暖香書院〉云：「一任看花凝佇。因念我西園，玉英真素」；「斷腸沒奈人千里」，「那堪又還日暮」。可以發明本詞結穴的言外之意。見梅思家，尤為刻摯。結得樸厚、含蓄。

返顧全詞的筆路意脈，歷天涯為客，無端見梅，自憐、憐梅，縈迴曲折，終歸於夜長憶家，收曲以直。梅花客子層層相對而出，一筆雙挽而意脈不斷，可謂別致。詞情詞境，將客子之傷心難堪與梅花之傷心難堪交織成一片，將梅枝月中寒影之意象與客子天涯憔悴之形象印合為一境，梅花隱然而為客子之象徵，又隱然指向所憶之家園，可謂清新。全詞主旨雖然是客子之愁苦，但寫出了月中梅枝之寒影，其清峻之精神，便是提神的一筆，便含有一種高致。細論起來，趙長卿此詞不失為一首含蓄有味的佳作。（鄧小軍）

更漏子 趙長卿

燭消紅，窗送白，冷落一衾寒色。鴉喚起，馬駝行，月來衣上明。
酒香脣，妝印臂，憶共個人人①睡。魂蝶亂，夢鸞孤，知他睡也未？

〔註〕①人人：那人，人兒。對女子的昵稱。

此詞相當通俗發露。上片描寫自己旅店中晨起上路的情景，下片則寫旅途夜宿時回憶和懷念伊人的情思，通篇充滿了一種淒清纏綿的氣氛。

寫離人早行，最為有名的莫過於溫庭筠的「雞聲茅店月，人跡板橋霜」（〈商山早行〉）兩句，它只把幾件具有代表性的事物疊合起來，就給人們勾勒了一幅「早行」的圖畫。宋梅堯臣曾稱讚它寫「道路辛苦，羈旅愁思，豈不見於言外乎？」（歐陽脩《六一詩話》引），手法確是不凡。比較起來，趙長卿此詞的功力自然不及。不過，趙詞卻也另有它的妙處，那就是描寫細緻，善於使用動詞（溫詩中則全是名詞的組合）。試看「燭消紅，窗送白，冷落一衾寒色」三句，其中就很富動態：紅燭已經燃盡，窗外透進了晨曦的乳白色，折射到床上的被衾，使它顯得淒清、冷落，則此一夜間之孤衾冷臥可知。「冷落一衾寒色」，更如「寒山一帶傷心碧」（李白〈菩薩蠻〉）那樣，直接以詞人的主觀情緒「塗抹」在客觀物象之上。這是上片的第一層：寫「早行」二字中的「早」字，或者也可說是寫「早行」之前的「待發」階段。接下來再寫「早行」之中的「行」字（當然它仍緊緊扣住「早」字）：「鴉喚起，馬駝行，月來衣上明。」首句寫「起」，次句寫「行」，第三句回扣「早」字。窗外的烏鴉已經聒耳亂啼，早行人自然不能不起。鴉自鳴耳，而詞人認作是對他的「喚起」。詩詞中寫鳥聲每多以主觀意會，此亦一例。「喚起」後，詞人只得披衣上馬，由馬馱（通「駝」）著，開始了他一天的跋涉。詞人由馬馱之而行，寫其了無意緒，不得不行之情狀亦妙。元王實甫《西廂記》寫張生長亭分別後有句云「馬遲人意懶」，可為「馬駝行」一句註腳。自己的心緒怎樣呢？詞中沒有明說，只用了「月來衣上明」一句婉轉表出。前人詞中，溫庭筠曾以「燈在月朧明」來襯寫「綠楊陌上多離別」的痛楚（〈菩薩蠻〉），牛希濟也以「殘月臉邊明」來襯寫他「別淚臨清曉」的愁苦（〈生查子〉）。趙長卿此詞亦同於他們的寫法，它把離人上馬獨行的形象置於月光猶照人衣的背景中來描繪，既見出時光之早，又見出心情之孤獨難堪，其中已隱然有事在。此為上片。

旅情詞中所謂「事」，通常是男女情事，或為夫妻，或為情侶之別後相思。但是上片寫到結束，我們似乎還只見到了男主角，而另一位女性人物卻尚未見「出場」。因此下片就透過詞人的回憶來補寫出她的形象。「酒香脣，妝印臂，憶共個人人睡」，這是本片的第一層：追憶離別前的兩件事。第一是臨寢前的相對飲酒，她的櫻脣上噴放出酒的香味；第二是共睡時齧臂誓盟，她的妝痕竟到現在還殘留在自己的臂膀上（此句亦化用元稹〈鶯鶯傳〉「睹妝在臂，香在衣，淚光熒熒然」）。

這兩件事，一以見出她的豔美，二以見出她的多情。所以當詞人在旅途中自然會把她的音容笑貌、歡會情事長記心頭。第二層三句，則銜接上文的「睡」字而來：既然分別前共睡時如此溫存，那麼這一夜又如何了呢？「魂蝶亂，夢鸞孤，知他睡也未」，這三句實為倒裝，意為：自別後不知她入睡了沒有？即使她沒有失眠，那麼夜間做夢也肯定不會做得美滿。「魂蝶亂」與「夢鸞孤」實是互文，合而言之的意思是：夢魂猶如蝶飛那樣紛亂無緒，又如失伴的鸞鳥（鳳凰）那樣孤單淒涼。詞人在此所作的「設身處地」的猜想，既表現了他那番「憐香惜玉」的情懷，又何嘗不可以看作是他此刻「自憐孤獨」的嘆息，同時又補寫出自己這一夜豈不也是這樣。

趙長卿的這首〈更漏子〉算不上名作，某些場面還稍涉豔褻。不過，由於它的詞風比較通俗直露，語言比較接近口語，加上作者感情的真摯深厚，所以讀後仍能感到一種傷感纏綿的氣氛，亦不失為抒寫別情離愁的一篇可讀之作。趙長卿詞名《惜香樂府》，此亦足以覘其香豔詞風之一斑。（楊海明）

瑞鶴仙　趙長卿

歸寧都，因成，寄暖香諸院。

無言屈指也。算年年底事，長為旅也。悽惶受盡也。把良辰美景，總成虛也。自嗟嘆也。這情懷、如何訴也。謾愁明怕暗，單棲獨宿，怎生禁也。

閒也。有時臨鏡，漸覺形容，日銷減也。光陰換也。空孤負、少年也。念仙源深處，暖香小院，贏得群花怨也。是虧他，見了多教罵幾句也。

趙長卿自號仙源居士，南豐（今屬江西）人，宋宗室。據說他「不棲志紛華，獨安心風雅，每遇花間鶯外，輒觴詠自娛」（明毛晉〈惜香樂府跋〉）。

小序裡說的寧都（今屬江西），為長卿客居之地。暖香諸院，包括「暖紅」、「暖春」等，皆為妓館，在南豐，兩地相距一百多公里。據其〈蝶戀花〉序謂「寧都半歲歸家，欲別去而意終不決」，結句云「宦情肯把恩情換？」似乎他在寧都當小官，時有棄官歸去之意。

試讀〈水調歌頭．元日客寧都〉一詞：「離愁晚如織，托酒與消磨。奈何酒薄愁重，越醉越愁多。……有恨空垂淚，無語但悲歌。」下片說：「速整雕鞍歸去，著意淺斟低唱，細看小婆娑。」看來他是嘗夠了異鄉孤寂的滋味，偶得歸家就不想離開；但終於再去，去了又後悔。〈瑞鶴仙〉這首詞，正是在這種思想情況下寫的。

詞的上片，寫羈旅之感。一起便勾勒出一個離群索處、暗數年華消逝的多情者形象。「算」字承「屈指」來，獨在異鄉為異客，年復一年，不知究竟為的什麼。尤其難忍耐的是：「恓惶受盡也。」淒涼苦悶，何可盡言？把良辰美景都虛度了，只有獨自嘆息，又能向誰傾訴呢？這一小段與柳永〈雨霖鈴〉「此去經年，應是良辰好景虛設。便縱有千種風情，更與何人說」異曲同工。「愁明怕暗」，含有「日夜不寧」的意思。「單棲獨宿」是旅中景況，全詞情事的主體和出發點，這種「孤眠滋味」，教人怎麼承受得了？

下片寫懷念舊好之情。換頭以一短句引入。說明公務餘暇，時光也很難捱。有時攬鏡端詳，自覺容顏衰減。感光陰之易遷，能無孤負少年之嘆。「念仙源深處」以下數句，進一步追懷往事，寫自己當年相聚時曾博得眾人的歡心，分別至今，定遭到她們的埋怨。正像杜牧〈遣懷〉說的「十年一覺揚州夢，贏得青樓薄倖名」。詞人深感內疚，承認是虧待了。今後再見，甘願被數落薄倖，她們多罵幾句吧！這同於〈祝英臺近．武陵寄暖紅諸院〉的「惡情緒。因念錦幄香奩，別來負情素。冷落深閨，知解怨人否」，而語更徑直。這樣作結，既輕鬆，亦懇切，讓對方獲得更多的安慰。

在當時的社會，酒色之娛原不足為奇。但對於那些不幸者，有寄予同情和賤視玩弄之別。趙長卿應屬於前者。在他的詞集裡，可以看到「如何即是出樊籠」詞句，這是為「笙妓夢雲，對居士忽有剪髮齊眉修道之語」而寫的〈臨江仙〉。同調另一首小序又說：嘗買一妾文卿，教之寫東坡字，唱東坡詞。原約三年，文卿不忍捨，其母堅索之去，嫁給一個農夫，其後仍保持唱和往還。但他當日處理這一事時，能尊重文卿之母意見，並未倚勢勉強。看來趙長卿亦可謂「狹邪之大雅」（黃庭堅〈小山詞序〉語）。

從詞的表現藝術看，全詞採用娓娓而談的方式來寫，平易中有深婉之致。在詞的體式上採用獨木橋形式，韻腳全用「也」字。這樣對於舒緩語氣，增益諧婉，產生一唱三嘆的效果，具有一定的作用。

趙長卿的詞「多得淡遠蕭疏之致」（《四庫總目提要》語）。他往往用平易通俗的語言來寫內心豐富的感情世界。筆觸伸入到心靈的每一角落，直接抒發內心的喜怒哀樂。乍看起來似意隨言盡，反覆咀嚼則別有風味，能於平淡中見深遠，於蕭疏中見縝密。〈瑞鶴仙〉一詞，可以視為這種風格的代表作之一。（宛敏灝、周家群）

京鏜

【作者小傳】（一一三八～一二〇〇）字仲遠，豫章（今江西南昌）人。宋高宗紹興二十七年（一一五七）進士。歷官星子令、監察御史、右司員外郎中、四川安撫使、刑部尚書。寧宗慶元初，拜相。有《松坡居士樂府》一卷，存四十三首。

水調歌頭

京鏜

伏蒙都運、都大、判院以某新建駟馬樓落成有日①，寵賜佳詞，為郡邑之光②，輒勉繼嚴韻③，以謝萬分④。

百堞⑤龜城北，江勢遠連空。杠梁濟涉⑥，渾似溪澗飲長虹⑦。覆以翬飛⑧華宇，載以魚浮疊石⑨，守護有神龍⑩。好看發源水，滾滾盡流東。

司馬氏，凌雲氣⑪，蓋群公。當年題柱，從此奏賦動天容⑫。果駕軺車⑬使蜀，能致諸蠻臣漢⑭，邛筰⑮道仍通。寄語登橋者，努力繼前功。

〔註〕① 伏蒙：文言謙辭，較「承蒙」更為恭敬。都運：「都轉運使」的簡稱。宋制，各路設轉運使，經管本路財賦，監察各州官吏。兼管數路者為都轉運使。都大：「都大主管成都府利州等路茶事兼提舉四川等路買馬監牧公事」的簡稱，主管以茶與西南少數民族交換馬匹諸事宜。判院：宋王栐《燕翼詒謀錄》載宋有登聞鼓院、登聞檢院（專管接受吏民上書的機構），以朝官判之，判院之名始於此。按此處「都大」、「判院」連稱，或其人帶「判院」頭銜而臨時出任「都大」的差遣，或曾任「判院」而現任「都大」，未知孰是。某：作者自謂，猶言「鏜」。駟馬樓：「樓」當是「橋」字形訛。② 為郡邑之光：替本郡城增添光彩。③ 嚴韻：恭維對方之詞整飭不苟。④ 以謝萬分：藉以表達自己萬分之一的謝意。⑤ 百堞：形容城垣雄偉綿長。堞：城頭女牆，呈凹凸狀。⑥ 杠梁：橋身。濟涉：徒步過水。⑦ 渾似：簡直像。溪澗飲長虹：「長虹飲溪澗」的倒裝。舊題晉陶潛《搜神後記》載有虹化為美丈夫，以金瓶汲水而飲的神話傳說。⑧ 翬飛：《詩經・小雅・斯干》：「如翬斯飛。」翬（音同輝）：五彩的山野雞。⑨ 魚浮：相傳高離國王侍婢生子名曰東明，善射。王恐其奪位，欲殺之。東明逃亡，以弓擊水，魚鱉浮而為橋，遂得渡水為扶餘國王。見《藝文類聚・鱗介部・鱉》引《魏略》。⑩ 守護有神龍：南朝陳徐孝克〈仰同令君攝山棲霞寺山房夜坐六韻〉詩：「餐迎守護龍。」蓋用佛教《孔雀王經》、《大雲經》中諸龍王護持佛法之說。本篇則以龍為駟馬橋的守護神。⑪ 凌雲氣：《史記》本傳載司馬相如撰〈大人賦〉進獻給漢武帝，帝大悅，「飄飄有凌雲之氣」。此轉以形容相如氣概非凡。⑫ 動天容：使皇帝動容。動容，即內心有所感動而形諸面部表情。⑬ 軺（音同搖）車：輕快的馬車。⑭ 諸蠻：古稱南方部族曰「蠻」。⑮ 臣漢：臣服於漢。⑮ 邛（音同瓊）：邛都，在今四川西昌市東南。筰（音同昨）：筰都，在今四川漢源縣東南。二者皆漢代西南民族國名。

成都城北舊有清遠橋，相傳即漢代的昇仙橋（一作「昇僊橋」）。據晉常璩《華陽國志・蜀志・蜀郡州治》，橋有送客觀，漢代著名辭賦家司馬相如初離蜀赴長安時，曾題辭於此，曰「不乘赤車駟馬，不過汝下也」（《太平御覽・地部・橋》引《華陽國志》作司馬相如題橋柱云云，與單行本稍有不同），意即不做大官誓不還鄉。後來有志竟成，果然以「欽差大臣」的身分乘車返蜀，一時太守以下至郊外迎接，縣令背負弓箭為之開道，蜀人以為榮耀（參見《史記・司馬相如列傳》）。唐岑參〈昇仙橋〉詩曰：「長橋題柱去，猶是未達時。及乘駟馬車，卻從橋上歸。名共東流水，滔滔無盡期。」即詠其事。此橋南宋時業已破舊，孝宗淳熙十六年（一一八九）十二月至次年（光宗紹熙元年〔一一九〇〕）四月，身為四川安撫制置使、知成都府的京鏜將其整修一新，改名「駟馬橋」，並撰有〈駟馬橋記〉。觀本篇小序可知，橋將竣工時，同僚們賦詞祝賀，作者遂填此闋以相答謝。可惜，原唱今已失傳，只剩下這篇「報李」之作了。

全詞緊緊扣住「駟馬橋」三字作文章。

「百堞」二句，先寫此橋所在之地、所跨之江。「龜城」即成都的別名。相傳戰國時秦大臣張儀初築是城，屢築屢圮，後見大龜出於江中，巫者教儀按龜之行跡築城，果然功成（見宋祝穆《方輿勝覽．成都府．郡名》）。「江」，此指郫江，係長江上游支流之一，經成都北，折向南，與都江會合。郫江氣勢磅礴，遙接長天，景象已極闊大；又得雄偉綿延之城垣映襯其間，那就更其壯觀。而「江」既洋洋乎若此，則「江」上之「橋」的巍峨與伸展不問可知。水漲船高，寫「江」正所以寫「橋」焉。

然而「江闊橋更長」的寫法，在詞人猶覺不足以顯現「橋」之氣魄，故下文又設喻為誇張。以「長虹」擬「橋」，這是誇大；以「溪澗」擬「江」，這是誇小。「人定勝天」之旨，就在這「大」與「小」的誇飾性對比中凸顯出來了。司馬相如〈子虛賦〉中的楚使子虛以雲夢澤「方九百里」誇言楚國之大，齊烏有先生則以齊國「呑若雲夢者八九，其於胸中曾不蒂芥」抑而勝之。本篇筆法，庶幾相近。

細細吟味，「杠梁」二句的精彩之處尚不止於此。如「濟涉」字、「飲」字，也都是詞眼所在。就事實而言，「江」動而「橋」靜，但果真據實寫來，便無詩意。詞人採用擬人化的手段，將橋墩比作人腿，寫「橋」邁開大步涉水過江；又將橋身比作渴虹，寫「橋」似張開大嘴吮吸湍流。「靜」物「動」寫，以「動」制「動」，整個畫面就活起來了。

以上從大處落墨，是對駟馬橋的宏觀描寫。至「覆以」二句，精雕細刻，轉入微觀。自橋巔而觀之，有華麗的飛簷覆蓋著，勢如翬鳥振翅；自橋底而觀之，有層疊的石墩負載著，形如魚鱉浮游。似這等巧奪天工、美輪美奐的建築物，合有神靈呵護。相傳隋軍戰艦自成都東下伐陳時，「有神龍數十，騰躍江流，引伐罪之師，向金陵之路，船住則龍止，船行則龍去，四日之內，三軍皆睹」（見《隋書．高祖紀》開皇八年伐陳詔），於是詞人不假旁搜，順手牽入詞中，更為此橋抹上一道奇光幻彩。橋以「馬」名，而詞人在具體摹寫與渲染時，復又調動「翬」、「魚」、「龍」等動物字面，且與首句「龜城」之「龜」字遙遙相映，亦見匠心。儘管這些飛禽水族均非其實（「翬」、「魚」、「龜」分別物化、附屬於「華宇」、「疊石」和「城」，「龍」則純出於虛擬），但它們作為一種語言符號，能夠引發讀者的豐富想像，使人若見翬飛於天、龜行於陸、魚浮江面、龍潛水底，這就加倍地給「郫江長虹圖」增添了勃勃生機。

自《尚書．禹貢》開始，古人即以為長江發源於蜀中的岷山，後世文學家信之不疑，晉郭璞〈江賦〉曰：「唯岷山之導江，初發源於濫觴。」蘇軾為蜀人，其〈遊金山寺〉詩亦云：「我家江水初發源。」詞人以濃墨重彩為此橋傳神之後，即不無自豪地宣稱：新橋落成在望，很快便可登橋觀覽，欣賞那剛發源不久的江水滾滾東流了！起處由「江」出「橋」，至此又由「橋」入「江」，峰迴路轉，嶺斷雲連，章法完密地結束了上半片。

上闋著重寫「橋」，然題面中「駟馬」二字尚無著落，故下闋即轉而賦司馬相如事。江勢雄偉，橋形壯麗，地靈如此，人傑若何？寫江寫橋，自不能不及登橋之人，兩闋之間的過渡，亦可謂「山巖巉絕之際，飛梁而行」（明李騰芳《山居雜著》）了。

換頭三言三句，總冒一筆，高度讚揚司馬相如的「窮且益堅，不墜青雲之志」（唐王勃〈滕王閣序〉），謂其登橋上路、出蜀赴京之際，氣概軒昂，壓倒了當世的袞袞諸公。以下二句，一則具體點出「題柱」之舉，勾鎖上文；一則進而敘述斯人入京後牛刀小試，初露鋒芒。按《史記》本傳載其為天子遊獵賦（即〈子虛賦〉、〈上林賦〉）奏上漢武帝，帝大悅，任用其為郎官，「奏賦動天容」云云謂此。至「果駕」三句，登峰造極，備述其雄圖大展，衣錦榮歸。傳載相如為郎官數歲，武帝遣其為使者回鄉安撫巴蜀地區，後又出使西南邛、筰等區，致使諸民族首領皆請為漢臣，漢與邛、筰間斷絕了的道路自此重新暢通。這兩次出使，對「公」而言，穩定了西南邊陲的政治局勢，加強了漢王朝與西南諸民族的聯繫，貢獻甚大；對「私」而言，實現了當年欲乘赤車駟馬重返成都的豪語壯志，亦高興非凡。利國利家，立功立名，馳譽鄉里，垂勛簡冊，在古代的知識分子來說，人生的價值莫此為甚了。詞人雖只是根據史料，敷衍成文，但無限神往之情，已洋溢在字裡行間。

然而，推崇前賢，目的是激勵後進；表彰古之登橋者，正為促使今之登橋者奮起。於是乃有卒章顯志、畫龍點睛的最後兩句：「寄語登橋者，努力繼前功！」詞人重修此橋之旨，以「駟馬」名橋之旨，並撰製此詞之旨，遂爾昭然揭出。為山九仞，有此一簣封頂，便出雲霄之上，可以俯視尋常諸峰了。

就思想內容而論，本篇不可避免地表現出古代士大夫的局限性，如大漢族主義傾向、對於個人功名利祿的汲汲追求等等，這些都不足取；但從另外一個角度來看，詞人是將個人奮鬥放在順應歷史潮流、客觀上符合民族和人民利益的大前提下加以歌頌的，彼時彼地，詞中所充塞的奮發、進取精神，仍然具有積極的意義。唐宋詞裡用司馬相如事者汗牛充棟，大抵皆著眼於他的文學才華以及他與卓文君的浪漫愛情，而本篇獨取其在政治活動中的建樹，「仁者見仁，智者見智」，逆言之即「見仁者仁，見智者智」，如果說他人之詞乃詞人之詞，那麼京鏜此詞則竟是政治實幹家之詞了！

有宋一代是社會文明與文化發展的一個新階段，其表現形式之一即州郡長官頗留意於整修古蹟、新闢名勝，一旦功成，輒延請名士或親自揮毫為文以記，故此類散文佳作層出不窮，如范仲淹〈岳陽樓記〉、歐陽脩〈豐樂亭記〉、蘇軾〈超然臺記〉、陸游〈銅壺閣記〉等皆是。我們說南宋豪放派詞人有「以文為詞」的傾向，僅僅著眼於他們詞中的散文句法是不夠的，還應該注意到散文題材對其詞作的滲透。即以此詞為例，它難道不是一篇協律押韻、入樂可歌的〈駟馬橋記〉麼？（鍾振振）

王炎

【作者小傳】（一一三八～一二一八）字晦叔，號雙溪，婺源（今屬江西）人。宋孝宗乾道五年（一一六九）進士。張栻帥江陵，邀入幕府。官至軍器監，中奉大夫，賜金紫，封婺源縣男。所居在武水之陽，雙溪合流，因以自號。有《雙溪集》《雙溪詩餘》。詞存五十二首。

江城子　王炎

癸酉春社

清波渺渺日暉暉，柳依依，草離離。老大逢春，情緒有誰知？簾箔四垂庭院靜，人獨住，燕雙飛。

怯寒未敢試春衣。踏青時，懶追隨。野蔌山肴，村釀可從宜。不向花邊拚一醉，花不語，笑人痴。

春社是古代重要的節日之一，時間在立春後的第五個戊日。這時，天氣轉暖，萬物復蘇，蟄伏了一冬的人們，無不想走出家門，到大自然中去聽聽春天的腳步聲。農事即將開始，村民也紛紛集會祭祀土神，祈求一年的幸福。所以對一個熱愛生活的詩人來說，春社具有無比巨大的吸引力。

王炎生於一一三八年，到癸酉年（一二一三）已經是七十五歲的老人了。大好的春光與熱烈的祭典勾起他踏青的閒情，可是年老力衰又迫使他不得不在家蟄居。這種矛盾反映在詞中，便處處表現為無可奈何的惆悵情懷。「清波渺渺日暉暉，柳依依，草離離。」開篇從景物入手，平平敘起，似是閒筆。然而遼遠靜謐的景物，本身就顯得寂寞，何況作者的閒愁都是由春天的到來引起的，那麼對春光的描繪就應當是全篇的基石，因而，「閒筆」之中實際上已經包含了無窮的感情。清劉熙載所謂「筆未到而氣已吞」（《藝概．詞概》），當是此類技法。「老大逢春，情緒有誰知？」緊接在平淡的景物描寫之後，有如異軍突起，來勢極猛。可是「情緒」究竟如何呢？「簾箔四垂庭院靜，人獨住，燕雙飛。」這三句放下剛剛揭示的情緒不說，仍以環境風物入詞，似乎「顧左右而言他」。作者一方面有意躲開感情的沉重壓迫，另一方面繼續用寂寥的環境映襯無可奈何的心理：「簾箔四垂」寫庭院之「靜」；「人獨住」兩句，出於五代翁宏「落花人獨立，微雨燕雙飛」詩句，以燕的「雙飛」，襯人的「獨住」，無限心緒，皆包含在這種種形象之中。這種寫法，不僅用對讀者的啟發代替作者的絮絮陳言，容易收到「言有盡而意無窮」的效果，而且筆法一張一弛，在跌宕變化之中也顯示出深厚的功力。

下半闋是作者感情的正面抒發。根據內容，可以分作三個層次：「怯寒未敢試春衣」寫怯寒；「踏青時，懶追隨。野蔌山肴，村釀可從宜」寫勉力踏青，但又懶於追隨，唯有借助野蔬山肴與村釀，聊遣情緒而已；「不向花邊拚一醉，花不語，笑人痴」寫暢飲，拚卻一醉，這正是以上諸般情緒的結穴。從因果關係上說，「怯寒」即是「老大逢春」情緒的根源，所以也就是下半闋的癥結所在：連春衣都不敢試穿的人，自然不敢追隨踏青，但人逢春社，又不甘寂寞，所以也就產生了「花邊拚一醉」的決定。下半闋所寫三層，在處理上，一層比一層深，一層比一層更令人傷懷。

王炎填詞，以「不溺於情慾，不蕩而無法」，「惟婉轉嫵媚為善」（〈雙溪詩餘自序〉）為準則。這闋詞抒寫「老大逢春」的悵惘情懷，微婉纏綿，頗具嫵媚之美。但詞中感情，濃而不粘，作者能居高臨下從容安排情緒，始終不為情役，這是他「不溺於情欲」的表現。至於「不蕩而無法」，則可以從以下兩方面看出：第一，章法精密。如前所述，這首詞前後兩片各自可分三層，每層之間起伏變化，但意脈不亂，雖極曲折之勢，卻能一氣貫下，因而層次極清，組織極密。第二，句法渾成。本篇下字都頗費錘鍊，但一入句面則又好像全不經意。比如「老大逢春，情緒有誰知」，其中「誰知」二字既指感慨深沉，又說無人理解，表現力很強，讀來又十分平易。再如「人獨住，燕雙飛」，全不見一點斧鑿痕跡，卻是詞人精心設計的畫面。至於開頭處連用四個疊字句，渲染春光，暗寓情懷，都十分到位。結尾一反平平敘寫，採取擬人手法，說「花不語，笑人痴」，文勢陡然一變，全篇也因之活躍飛動。這些地方，都是作者重視法度的表現。（李濟阻）

南柯子

王炎

山暝雲陰重，天寒雨意濃。數枝幽豔濕啼紅。莫為惜花惆悵對東風。

蓑笠朝朝出，溝塍處處通。人間辛苦是三農。要得一犁水足望年豐。

詩詞分工、各守畛域的傳統觀念，對宋詞的創作有很深影響。諸如「田家語」、「田婦嘆」、「插秧歌」等宋代詩歌中常見的題材，在宋詞中卻很少涉及。這首詞詠嘆了農民的生活，流露了與之聲息相通的質樸而健康的感情，因而值得珍視。上片以景語起：山色昏暗，彤雲密佈，寒雨將至。在總寫環境天氣之後，收攏詞筆，推向近景，數枝凝聚水珠、楚楚堪憐的嬌花，映入眼簾。如若順流而下，則圍繞「啼紅」寫心抒慨，當是筆端應有之義。但接下來兩句，卻奉勸騷人詞客，勿以惜花為念，莫作悵惘愁思，可謂大筆振迅，不主故常。下片又復宕開，將筆觸伸向田壟阡陌，「朝朝出」、「處處通」對舉，勾勒不避風雨、終歲勞作的農民生活，遂引出「人間辛苦是三農」的認識。「三農」，指春耕、夏種、秋收。五穀豐登，是農民一年的希望。在這重陰欲雨的時刻，盼望的是有充足的雨水，得以開犁耕作。至於惜花傷春，他們既無此餘暇，也無此閒情。

每當「做冷欺花」（史達祖〈綺羅香．詠春雨〉）時節，「凍雲黯淡天氣」（柳永〈夜半樂〉語），士夫文人常會觸物興感，抒發惜花傷春情懷。這些作品，大抵亦物亦人，亦彼亦己，匯成宋詞中的一片汪洋。雖有深摯、浮泛之別，也自有其價值在。不過，縈牽於個人的遭際，迴旋於一己的天地，則是其大部分篇章的共同特點。這首〈南柯子〉

卻不同，即將因風雨吹打而飄零的幽豔啼紅，和終年勞碌田間而此刻盼雨耕種的農民，由目睹或聯想而同時放到了作者情感的天平上。它不是惜花傷春傳統主調上的和弦，而是另闢蹊徑的新聲。作者的目光未為仄狹的自我所囿，感情天地比較開闊。一掃陳言，立意不俗。

蘇軾、辛棄疾等也寫過一些農村詞，也傾注了熱愛農村、關心生產的情感，所作常具有很濃的風俗畫色彩。蘇軾作於徐州知州任上的一組〈浣溪沙〉（徐州門石潭謝雨，道上作五首）是如此，辛棄疾〈清平樂．村居〉的筆觸亦如此，而更為細膩入微。這首詞則顯示了不同的特色，作者的感情主要不是鎔鑄在畫面中，而是偏重於認知的直接表述，理性成分較重，因而，即使寫到農民的生活，如「蓑笠朝朝出，溝塍（音同程）處處通」，也採取比較概括的方式，不以描繪的筆墨取勝。

宋代有兩個王炎，均有詞作傳世。本篇作者字晦叔，號雙溪，有《雙溪詩餘》。其「不溺於情欲，不蕩而無法」（〈雙溪詩餘自序〉）的主張，在這首風調樸實的〈南柯子〉中也得到了體現。此詞不取豔辭，不貴用事，下字用語亦頗經意，如「幽豔濕啼紅」寫花在雨意濃陰中的顏色神態就相當生動。不過，總的說來，全篇語多直尋，稍欠含蘊。（高建中）

石孝友

【作者小傳】字次仲，南昌（今屬江西）人。宋孝宗乾道二年（一一六六）進士。以詞名世，常以俚俗語寫男女之情。有《金谷遺音》。存詞一百五十四首。

眼兒媚

石孝友

愁雲淡淡雨瀟瀟，暮暮復朝朝。別來應是，眉峰翠減，腕玉香銷。

小軒獨坐相思處，情緒好無聊。一叢萱草，數竿修竹，幾葉芭蕉。

這首〈眼兒媚〉，深摯地表現了作者在春雨綿綿的寂寥況味中思戀情人的心情，在抒情手法上很有特色。

「愁雲淡淡雨瀟瀟，暮暮復朝朝」，上片起調二句，不僅點出節候，而且兼有渲染氣氛，烘托情緒的作用。「淡淡」、「瀟瀟」、「暮暮」、「朝朝」四個疊字，用得自然而巧妙。「淡淡」摹陰霾的天色，「瀟瀟」狀淅瀝的雨聲，以此交織成有聲有色的慘淡畫面，為寫相思懷人布設了背景。「朝朝暮暮」，寫的是愁雲苦雨，相思無聊之長久。「暮暮」、「朝朝」的風雨渲染了一種沉悶、迷濛、淒冷的氛圍。作者懷人的心曲寓於客體環境，愁雲與愁緒、雨聲與心聲交織融合，雨不斷，思無窮，愁不絕，彼此相生相襯。春情漠漠，相思綿綿，作者不由發出內心的慨嘆：「別來應是，眉峰翠減，腕玉香銷。」這三句，是思極而生的想像虛擬之詞。作者思念遙遠的情人，推想她別後容態的變化。「女為悅己者容」，想必陷於離別痛苦中的她，獨居無侶，已無心梳妝修飾，隨著無休止的思念，一定會日漸容衰體瘦，以至「眉峰翠減，腕玉香銷」。作者從對方著筆，借人映己，運實於虛，筆端飽含體貼關切之情，在容態宛然但又空靈虛幻的形象中，寄託著自己的無窮之思。

詞的下片，才正面寫到自己相思的苦況。「小軒獨坐相思處，情緒好無聊。」上句描畫孑然一身，獨坐小軒，相思盈懷的情態，下句直言此時情懷。一個「獨」字，托出孤寂悒鬱的神情和四顧茫然的悵惘。獨坐相思，百無聊賴，兩句由眼前處境導出心境，敘事言情質實直率。但是，究竟何等「無聊」，卻未詳言，而於結拍處借景物曲曲傳出。結處三句，作者獨取「萱草」、「修竹」、「芭蕉」三個物象，一句一景，又合成一體，含有不盡之意。「萱草」又名「諼草」，古人以為此草可以忘憂。《詩》毛傳：「諼草令人忘憂。」魏晉嵇康〈養生論〉亦云：「合歡蠲忿，萱草忘憂，愚智所共知也。」然而，作者相思心切，既得萱草，也不足以解憂，這就加倍凸出憂思的綿綿無盡。修竹、芭蕉，在此都是助愁添恨的景物。杜甫〈佳人〉詩中有「天寒翠袖薄，日暮倚修竹」之句，翠竹與美人互相映襯，而如今，只見「修竹」而不見美人，自然會觸目傷懷。李商隱〈代贈二首〉其一有「芭蕉不展丁香結，同向春風各自愁」的詩句，李煜〈長相思〉也寫道：「簾外芭蕉三兩窠，夜長人奈何！」在寂寞的相思中，身邊的萱草、修竹、芭蕉，無不關合著憂思，呈於眼前，添愁供恨。這三個物象，彷彿從眼前景中信手拈來，不經意地羅列，實則寓含了豐富的感情內涵。宋范晞文《對床夜語》卷二曾引《四虛》序云：「不以虛為虛，而以實為虛，化景物為情思。」以景物來象徵情思，是古代詩詞中常見的寫法。此詞收尾三句，融情入景，正是一種「以實為虛」，悠然不盡的妙結。

這首詞傳情狀物，純真自然。上片以景生發，情緣境生；下片以景結情，曲終情在。寫景則天上地下，往復交錯，對別離之恨和相思之苦作了反覆渲染;言情則突破空間限制，或揣想對方，或直接描畫自己的相思情態，實寫、虛寫交互為用，心靈、自然契合無間，表現了較高的抒情技巧。(顧偉列)

卜算子　石孝友

見也如何暮，別也如何遽。別也應難見也難，後會無憑據。
去也如何去，住也如何住。住也應難去也難，此際難分付。

離別是古老而又常青的一大主題。自《詩經．邶風．燕燕》以降，描寫離別的名篇佳什何止千百。儘管如此，讀到石孝友的這首〈卜算子〉，卻仍覺清新俊逸，令人愛不釋手。

「見也如何暮。」起句即嘆相見恨晚。著一「也」字，如聞嘆惋之聲。「如何」猶言「為何」。相見為何太晚呵！主人公是個中人，其故自知，知而故嘆，此正無理而妙。從此一聲嘆恨，已足見其情意之重，相愛之摯矣。但亦見得其心情之棖觸。此為何故？「別也如何遽。」又是一聲長嘆：相別又為何太倉促呵！原來，主人公眼下正當離別。此句中「如何」亦作「為何」解。嘆恨為何倉促相別，則兩人忘形爾汝，竟不覺光陰如飛，轉眼就要相別之情景，可不言而喻。上句是言過去，此句正言現在。「別也應難見也難」，則是把過去之相見、現在之相別一筆挽合，並且暗示著將來難以重逢。相見則喜，相別則悲，其情本異。相見時難，相別亦難，此情則又相同。兩用難字，挽合甚好，語意精警。不過，相別之難，只緣兩情之難捨難分，相見之難，則為的是人事錯迕之不利。兩用「難」字，意蘊不同，耐人尋味。「見也難」之「見」字，一語雙關，亦須體味。見，既指初見，也指重見，觀上下文可知。初見誠為不易，重見更為艱難——「後會無憑據」。後會無憑，關合起句「見也如何暮」，及上句「見也難」之語，可知此一愛情實有其終難如願以償的一番苦衷隱痛。事實上，雖說是願天下有情人皆成了眷屬，可是畢竟是「此事古難全」（蘇軾〈水調歌頭〉）呵。上片嘆恨相見何晚，是言過去，又嘆相別何遽，是言現在，再嘆後會無憑，則是言將來。在此一片嘆惋聲中，已道盡此一愛情過去現在未來之全部矣。且看詞人他下片如何寫。

「去也如何去，住也如何住」，寫行人臨去時心下躊躇。此處的「如何」，猶言「怎樣」，與上片用法不同。行人去也，可是又怎樣去得了、捨得走呵！可是要「住」，即留下不去呢，情勢所迫，又怎麼能夠？正是「住也應難去也難」。此句與上片同位句句法相同，亦是挽合之筆。句中兩用「難」字，意蘊相同。而「別也應難見也難」之兩用「難」字，則所指不同。寫臨別之情，此已至其極。然而，結句仍寫此情，加倍寫之，筆力始終不懈。「此際難分付。」此際正謂當下臨別之際。分付即發落，宋人口語。難分付，猶言不好辦。「多情自古傷離別」（柳永〈雨霖鈴〉），而臨別之際最傷心。此時此刻，唯有徒喚奈何而已。詞情在高潮，戛然已曲終，餘韻裊裊不盡。

此詞在藝術上富於創新。其構思、結構、語言、聲情皆可稱道。先論其構思。一般離別之作，皆借助情景交鍊，描寫離別場景，刻畫人物形象，以烘托、渲染離情。此詞卻脫盡故常，另闢蹊徑，既不描寫景象，也不刻畫人物形象，而是直湊單微，托出離人心態。如此則人物情景種種，讀者皆可於言外想像得之。清李調元《雨村詞話》卷二評云：「詞中白描高手，無過石孝友。〈卜算子〉云云，所謂不著一字，盡得風流。」所謂白描，即用筆單純簡練，不加烘托渲染。用白描手法抒情，正是此詞最大特色。所謂「不著一字，盡得風流」，即指不著筆墨於人物形象情景場面，而讀者盡可得之於體味聯想。意內言外的含蓄之美，並非限於比興寫景，也可見諸賦筆抒情，此詞即是一證。次論其結構。〈卜算子〉詞調上下片句拍勻稱一致，全幅便具有對應整齊之美。

但上片是總寫相見、相別、後會無憑，把過去現在將來概括一盡，下片則全力以赴寫臨別，凸出最使離人難以為懷的一瞬，使全曲終於高潮，便又在整齊對應中顯出變化靈活之妙。再論其語言。此詞語言純然口語，讀上來便如聞其聲，如見其人。尤其詞中四用「如何」，五用「難」字，八用「也」字，兼以「分付」結尾，真是將情人臨別傷心惶惑、無可奈何、萬般難堪之情，表現得淋漓盡致。可謂極詞家以白話為詞之能事。最後論其聲情。〈卜算子〉詞調由六句五言、兩句七言構成，七言句用平聲字為句腳，五言句皆用仄聲字叶韻。兩七言句皆用「難」字為句腳，全詞用去聲字叶韻。「也」、「如何」、「難」，皆用在上下片同位句同一位置。這樣，整齊的句拍，高亮的韻調，複沓的字聲，便構合成一部聲情和諧又饒拗怒、淒楚激越而又迴環往復的樂章，於其所表現的纏綿悱惻依依不捨之離情，實為一最佳聲情載體。要之，此詞能在眾多的離別佳作中別具一格，顯出魅力，確有其獨創之奧妙在。（鄧小軍）

浪淘沙

石孝友

好恨這風兒，催俺分離！船兒吹得去如飛，因甚眉兒吹不展？叵耐風兒！

不是這船兒，載起相思？船兒若念我孤恓①，載取人人②篷底睡，感謝風兒！

〔註〕①孤恓（音同西）：孤寂煩惱之意。②人人：那人。對所愛者的昵稱，多指女子。

這是一首俚俗之作，通篇借「風」與「船」這兩件事物展開。劈頭兩句就是「無理而有情」的大白話：「好恨這風兒，催俺分離！」其實，催他與戀人分別的並不真是風，然而他卻怪罪於風，這不過是他「怨歸去得疾」（元王實甫《西廂記．長亭送別》）的另一種表達方式。正如睡不著卻怪枕頭歪那樣，這種「正理歪說」的俏皮話中其實包含著難言的離別之痛。以下三句便緊接「風兒」而來，越加顯得波峭有趣：「船兒吹得去如飛，因甚眉兒吹不展？叵耐風兒！」它所怨怪的仍是這個「該死」的「風兒」，不過語意更有所發展。意謂：既然你能把船兒吹得像張了翅膀一樣飛去，那你又為什麼不把我的眉結吹散（側面交代作者的愁顏不展、雙眉打結），真是「可恨可惡」（「叵耐」本指「不可耐」之義，這裡含有「可恨」之意）透頂！眉心打結，本是詞人自己的心境使然。俗語云：「心病還須心藥醫。」詞人不言自己無法解脫離別的苦惱，卻恨起毫不相干的「風兒」來，這真是一種匪夷所思的怪語和奇想，亦極言其怨天尤人的煩惱之深矣。人的感情，每到那種極深的境界時，往往會產生某種程度的變態。石孝友的這些詞句，便故意利用這種變態心理來表現自己被深濃的離愁所折磨扭曲了的心境，確實收到了很好的藝術效果。

上片主要寫「風」，順而及「船」。下片則索性從船兒寫起。「不是這船兒，載起相思？」這是第一層意思。意謂：若不是偌大一個船兒，自己這一腔相思怎能裝得下、載得起？「相思」本無「重量」可言，這裡便用形象化的方法把它誇張為巨石一般的東西。說只有船兒才能把它載起，則相思之「重」、之「巨」不言自明。在感謝船兒幫他載起相思之情之後，作者又得寸進尺地向它提出了一個新的要求：「船兒若念我孤恓，載取人人篷底睡。」意謂：「救人須救徹」，你既然幫我載負了相思之情，那就索性把好事做到底吧！因此，你若真念我孤寂煩惱得慌，何不把那個人兒（她）也一起帶來與我共眠在一個船篷下呢？但這件事兒光靠「船兒」還不行，那就又要轉而乞求「風神」——請它刮起一陣風，把她從遠處的岸邊飛載到這兒來吧。如是，則不勝感謝矣，故曰：「感謝風兒！」

全詞先是怨風、責風，次是謝船、贊船，再是央船、求風，最後又謝風、頌風，曲折而形象地展示了詞人在離別途中的複雜心境：先言乍別時「愁一箭風快」（周邦彥〈蘭陵王〉）的痛楚，次言離途中「黛蛾長斂（這裡則換了男性的雙眉而已），任是春風吹不展」（秦觀〈減字木蘭花〉）的愁悶，最後則忽發異想地寫他希冀與戀人載舟同去的渴望。這三層心思，前二層是前人早就寫過的，但石孝友又加以寫法上的變化，而第三層則可謂是他的創造。這種大膽而奇特的想像，恐怕與他接受民間詞的影響有關。比如敦煌詞中就有很多奇特的想像，如「枕前發盡千般願，要休且待青山爛，水面上秤錘浮，直待黃河徹底枯……」（〈菩薩蠻〉）又如「夜久更闌風漸緊，為奴吹散月邊雲，照見負心人」（〈望江南〉）等等。

文人詞在描寫離情別緒時，特別喜歡用「灞橋煙柳」、「長亭芳草」、「繡閣輕拋」、「浪萍難駐」之類的香豔詞藻。即如石孝友自己，也寫過「立馬垂楊官渡，一寸柔腸萬縷。回首碧雲迷洞府，杜鵑啼日暮」（〈謁金門〉）之類的雅詞。然而此首〈浪淘沙〉卻一反文人詞常見的面貌，出之以通俗、風趣的風格，卻又並不妨礙它抒情之「真」、之「深」，是首別具諧趣和俗味的佳作。（楊海明）

惜奴嬌 石孝友

我已多情，更撞著、多情底你。把一心、十分向你。盡他們，劣心腸、偏有你。共你。風了人，只為個你。

宿世冤家，百忙裡、方知你。沒前程、阿誰似你。壞卻才名，到如今、都因你。是你。我也沒星兒恨你。

這是一首以獨木橋體寫的戀情詞。全詞採用口語，質樸真率。初看起來，似乎是抒情主人公向對方傾訴愛慕之情。照此理解，勉強也說得通，卻無多少情趣。試想，如果一方口若懸河，滔滔不絕；另一方沉默無語，洗耳恭聽，那還算是什麼情人呢？仔細體會，這是情侶的對話。其中的「你」，時而是男方的口吻指女方，時而是女方的口吻指男方，兩個人你一言我一語地談情逗趣。當然，其中省去了不必要的敘述性語言，以適應詞調體式。

試作分解如下：

（男）我已多情，更撞著、多情底你。把一心、十分向你。

（女）盡他們（舊校謂「盡」字上下少一字。此調他詞皆作四字句），劣心腸、偏有你。共你。風了人，只為個你。

（男）宿世冤家，百忙裡、方知你。

（女）沒前程、阿誰似你！

（男）壞卻才名，到如今、都因你。

（女）是你！（潛臺詞：你自不爭氣，豈能怪我？）

（男）我也沒星兒恨你。（星兒：一丁點兒。）

從對話看，當係男女雙方處於熱戀階段的語言。男方顯然較為主動，表達戀情的方式也較為直率；女方稍顯含蓄，她先不直說，而是繞開一層，從周圍環境談起，順勢表明自己的態度：儘管「他們」如何如何，「她」並不在乎。「盡」、「偏」、「只」三個程度副詞充分顯示了她堅定不移、執著追求愛情的決心，從中可窺見其個性的剛毅和果敢。「劣心腸、偏有你」的「劣」字，有「美好」義，是反訓詞。如張元幹〈點絳脣〉：「減塑冠兒，寶釵金縷雙綏結。怎教寧帖，眼惱兒裡劣」，眼惱同眼腦，即眼睛，「劣」是眼中所見女子的美好形象。此詞是說她的美好心靈中，只藏有他一個人。「風了人，只為個你」，「風」同瘋，即入魔，入迷；「人」是女子自稱。柳永〈錦堂春〉：「認得這疏狂意下，向人誚譬如閒」，為女子自嘆薄倖郎視她直似等閒，可證。以「人」字自稱，現在口語中還沿用，作「人家」。

詞的下片，脫口一個「宿世冤家」，生動妥帖。以「冤家」稱呼戀人，是民歌中極其常見的一種昵稱。「宿世」即前世，說他們的戀愛關係是「前生注定事」，分量更加重。清況周頤《蕙風詞話》卷二引宋人蔣津《葦航紀談》云：「作詞者流多用『冤家』為事。初未知何等語，亦不知所出。後閱《煙花記》，有云：『冤家之說有六：情深意濃，彼此牽繫，寧有死耳，不懷異心，所謂冤家者一。』」愛極而以罵語出之，更見感情的親密無間。「百忙裡、方知你」，語中透露出男子有些裝腔作勢的神態，一是想討好對方，說相見恨晚；二是想趁機炫耀一下自己的才能非凡。女方卻不買帳，還故意說反話：「沒前程、阿誰似你！」男子顯然有些尷尬，想挽回面子，並找個臺階下來。不料，急不擇言，說出了自己沒有取得功名，都因為戀著妳的緣故，反被女子抓住了話柄。女子故作嬌嗔，男方似乎慌了手腳，連忙表白自己並沒有半點怨恨這個。自然，兩人又重歸於好。這一段小小的對話，饒有風趣，具有戲劇性的效果，可令人想見男女雙方對話時的情景，生動傳神。

從詞中的對白看，男女雙方的地位是平等的，雙方情投意合，自由戀愛，不受外界影響，不因利祿移情，生活情味濃郁。從詞的結構看，上下片只有感情的綿延發展，沒有明確的分段界限。人物的對話與心理發展的進程息息相通，沒有任何生硬不適之感，一氣呵成，情感自然流注其中。

詩中全部採用對話的方式來寫，《詩經》中早有此例，如〈齊風．雞鳴〉「雞既鳴矣，朝既盈矣。匪雞則鳴，蒼蠅之聲」，四句一章中，兩句換一人口氣。詞人繼承了這種獨特的表現方式，並從現實生活中吸取營養，使這種表達方式更加完善地運用於詞的創作。在這首詞中，人物的語言不僅口語化、生活化，而且個性化，使人物的內心世界得以充分顯示；同時，對話本身還有一定的戲劇味，能使讀者如聞其聲，如見其人，具有強烈的生活氣息和民歌風味。

明人毛晉跋石孝友《金谷遺音》云：「余初閱蔣竹山（按：蔣捷，字勝欲，號竹山）集，至『人影窗紗』一調，喜謂周秦復生，又恐〈白雪〉寡和。既更得次仲（石孝友字）《金谷遺音》，如〈茶瓶兒〉〈惜奴嬌〉諸篇，輕倩纖豔，不墮『頗奶奶蘭心蕙性』（柳永〈玉女搖仙珮〉）之鄙俚，又不墮『霓裳縹緲、雜佩珊珊』（語出吳潡〈木蘭花慢〉）之疊架，方之蔣勝欲，余未能伯仲也。」「輕倩纖豔」，是就描寫男女之間的戀情而言。清新細膩，優美生動，能抓住稍縱即逝的情感火花，意新語妙。不流於鄙俚薄俗，又不落入疊床架屋，是說其詞既無市井庸俗之氣，也沒有堆砌的毛病。總起來說，即新穎而不陳腐，自然而不生造，通俗而不鄙俚，輕俊而不板滯，正是此詞的特色所在。

在石孝友《金谷遺音》集中今存〈惜奴嬌〉二首。萬樹《詞律》堆絮園原刻本都收為「又一體」（其後恩錫、杜文瀾合刻本以「脫誤」、「俚俗」為理由刪去）。此首用韻，係獨木橋體形式，全詞以一個「你」字通押。前人連用「你」字的詞句亦不少見，如「怨你又戀你，恨你惜你，畢竟教人怎生是」（黃庭堅〈歸田樂引〉），一般指的總是同一個人，石孝友這首詞卻能隨宜變換，似重複卻不單調。詞的創作主要起自民間，石孝友此詞仍與民間詞保持親密的血緣關係，加上詞人質樸自然的藝術表現，淋漓盡致的感情抒發，使它更具有民間詞的生機和活力。（宛敏灝、周家群）

趙師俠

【作者小傳】一名師使，字介之，燕王德昭後裔。新淦（今江西新幹）人。宋孝宗淳熙二年（一一七五）進士。淳熙十五年（一一八八），為江華郡丞。有《坦庵長短句》，存一百五十四首。

謁金門

趙師俠

耽岡迓陸尉

沙畔路，記得舊時行處。藹藹①疏煙迷遠樹，野航②橫不渡。
竹裡疏花梅吐，照眼一川鷗鷺。家在清江江上住，水流愁不去。

〔註〕①藹藹：靄靄，雲霧密集之貌。②野航：停泊於荒野之舟船。

「耽岡」，恐是地名；有人說，地在江西吉安城南，下臨贛江。全詞寫得極清淡，而清淡之下卻藏著濃摯的離愁別情。

起首從山岡上的沙路寫起。「沙畔路，記得舊時行處」，已伏有「懷舊」心理，可能作者友人當年即曾同行此路。以下四句拓開寫景，清新可喜，淡雅如畫。放眼而望，但見疏煙密霧，籠罩遠樹，卻看不到友人的來影；而沙外水邊，只有一二小舟，落寞地橫臥在冷寂的水面之上。唐人韋應物的名篇〈滁州西澗〉：「獨憐幽草澗邊生，上有黃鸝深樹鳴。春潮帶雨晚來急，野渡無人舟自橫。」本詞中某些意境，恐即來源於韋詩，它含蓄地表達了作者盼友不至的寂寥心境。「竹裡疏花梅吐，照眼一川鷗鷺」則另換了兩個「鏡頭」。前句脫胎於蘇軾〈和秦太虛梅花〉詩「竹外一枝斜更好」。寫時令已至早春，梅花吐蕾，風物可喜；後句言河中的鷗鷺，在春光下閃耀著令人眼目為之一亮的白色，亦令人感到「春江水暖」。但是這兩個鏡頭所引起的心理快感只是暫時和一瞬而過的：因為自然界既永是這般冬去春來、節序轉換，而人生呢，卻又在這悄悄的「量變」中流馳過去了一截。因此前已懷藏的「懷舊」心理，便和現今由春日景物所引起的淡淡的人生根觸，一時交集為一種複雜難言的愁緒。「家在清江江上住，水流愁不去」兩句，便輕輕一轉，折到本詞的主題——離愁。原來，作者家居清江（其〈浣溪沙〉詞有云：「清江江上是吾家」），因而面對贛江之水，便觸發了思鄉的滿懷離愁，引出了「水流愁不去」的浩嘆。行文至此，前文「疏煙迷遠樹，野航橫不渡」中所含之愁悶心緒，由竹裡疏梅、水邊鷗鷺所「對照」而生的人生寂寥感，都一齊交集成為「一江春水向東流」式的感情形象。「記得舊時行處」與「水流愁不去」，終於前後呼應地點明了詞中那幅看似清淡雅麗的「山水畫」後所懷藏的濃摯愁情。

作者趙師俠，號坦庵，是南宋孝宗時期的一位詞人。人稱其「模寫風景，體狀物態，俱極精巧」（宋尹覺〈坦庵詞序〉），又稱他的詞「能作淺淡語」（見明毛晉〈坦庵詞跋〉）。從上面這首詞看，他的寫景本領確是高超的，而尤妙的是他能在「淡語」之中，寓有深情。（楊海明）

陳亮

【作者小傳】（一一四三～一一九四）字同甫（一作「同父」），號龍川，婺州永康（今屬浙江）人。宋光宗紹熙四年（一一九三），進士第一，授簽書建康府判官廳公事，未赴而卒。亮曾力主抗金，反對和議，遭忌被誣入獄。為人才氣超邁，喜談兵，議論風生。文章氣勢縱橫，筆鋒犀利。詞作感情激越，風格豪放，多議論，與辛棄疾相唱和。有《龍川文集》《龍川詞》。存詞七十四首。

水調歌頭　陳亮

送章德茂大卿使虜

不見南師久，謾說北群空。當場隻手，畢竟還我萬夫雄。自笑堂堂漢使，得似洋洋河水，依舊只流東？且復穹廬拜，會向藁街逢！

堯之都，舜之壤，禹之封。於中應有，一箇半箇恥臣戎！萬里腥膻如許，千古英靈安在，磅礴幾時通？胡運何須問，赫日自當中！

在抒發愛國豪情、促進詞體發展的大合唱中，陳亮高亢的歌喉十分引人注意。在陳亮的愛國詞中，這首送章德茂（名森）的〈水調歌頭〉自張一幟。立意高遠而又章法整飭，即其特色之一。苟且偷安的南宋朝廷，自與金簽訂了「隆興和議」以後，兩國間定為叔侄關係，常怕金以輕啟邊釁相責，藉口又復南犯，不敢作北伐的準備。每年元旦和雙方皇帝生辰，還按例互派使節祝賀，以示和好。雖貌似對等，但金使到宋，待若上賓，宋使在金，多受屈辱；故南宋有志之士，對此極為憤懣不平。淳熙十二年（一一八五）十二月，宋孝宗命章森以大理少卿試戶部尚書銜為賀萬春節（金世宗完顏雍生辰）正使，陳亮作詞送行，便表達了不甘屈辱的正氣，與誓雪國恥的豪情。對這種恥辱性的事件，一般是很難寫出振奮人心的作品，但陳亮由於有不熄的政治熱情和對詩詞創作的獨特見解，敏感地從消極的事件中發現有積極意義的因素，開掘詞意，深化主題，使作品氣勢磅礴，豪情滿紙。

詞一開頭，就把筆鋒直指金人，警告他們別錯誤地認為南宋軍隊久不北伐，就沒有能征善戰的人才。「謾說北群空」用韓愈〈送溫處士赴河陽軍序〉「伯樂一過冀北之野而馬群遂空」的字面而反其意，以駿馬為喻，說明此間大有人在。「當場」兩句，轉入章森出使之事，意脈則仍承上句以駿馬喻傑士，言章森身當此任，能隻手舉千鈞，在金廷顯出英雄氣概。「還我」二字含有深意，暗指前人出使曾有屈於金人威懾，有辱使命之事，期望和肯定章森能恢復堂堂漢使的形象。無奈宋弱金強，這已是無可諱言的事實，使金而向彼國國主拜賀生辰，有如河水東流向海，豈能甘心，故一面用「自笑」解嘲，一面又以「得似……依舊」的反詰句式表示不堪長此居於屈辱的地位。這三句句意對上是一跌，藉以轉折過渡到下文「且復穹廬拜，會向藁街逢」。「穹廬」，北方游牧民族所居氈帳，這裡借指金廷。「藁街」本是漢長安城南門內「蠻夷邸」所在地，漢將陳湯曾斬匈奴郅支單于首懸之藁街。這兩句是說，這次遣使往賀金主生辰，是因國勢積弱暫且再讓一步；終須發憤圖強，戰而勝之，獲彼王之頭懸於藁街。「會」字有將必如此之意。兩句之中，上句是退一步，承認現實；下句是進兩步，提出理想，且與開頭兩句相呼應。這是南宋愛國志士盡心竭力所追求的恢復故土、一統山河的偉大目標。上片以此作結，對章森出使給以精神上的鼓勵與支持，是全詞的「主心骨」。下片沒有直接實寫章森，但處處以虛筆暗襯對他的勖勉之情。「堯之都」五句，轉而激憤地提出：在堯、舜、禹聖聖相傳的國度裡，總該有一個、半個恥於向金人稱臣的人吧！「萬里腥膻如許」三句，謂廣大的中原地區，在金人統治之下成了這個樣子，古代傑出人物的英魂何在？正氣、國運何時才能磅礴伸張？最後兩句，總挽全詞，詞人堅信：金人的氣數何須一問，宋朝的國運如烈日當空，方興未艾。

全詞不是孤立靜止地描寫人和事，而是把人和事放在發展變化的過程中加以表現。這樣的立意，使作品容量增大，既有深度，又有廣度。從本是有失民族尊嚴的舊慣例中，表現出強烈的民族自豪感；從本是可悲可嘆的被動受敵中，表現出滅敵的必勝信心。俄國馬卡連柯說過：過去的文學，是人類一本痛苦的「老帳簿」。南宋愛國詞的基調，也可這樣說。但陳亮這首〈水調歌頭〉，由於立意高遠，在同類豪放作品中，似要高出一籌。它通篇洋溢著樂觀主義的情懷，充滿了昂揚的感召力量，使人彷彿感到在暗霧彌漫的夜空，掠過幾道希望的火花。這首詞儘管豪放雄健，但無粗率之弊。全篇意脈貫通，章法井然。開頭以否定句式入題，比正面敘說推進一層，結尾遙應開頭而又拓開意境。中間十五句，兩大層次。前七句主要以直敘出之，明應開頭；後八句主要以詰問出之，暗合開篇。上下兩片將要結束處，都以疑問句提頓蓄勢，形成飛噴直瀉、欲遏不能的勢態，使結句剛勁有力且又宕出遠神。詞是音樂語言與文學語言緊密結合的藝術形式。詞的過片，是音樂最動聽的地方，前人填詞都特別注意這關鍵處。陳亮在這首思想性很強的〈水調歌頭〉中，也成功地運用了這一技巧。他把以連珠式的短促排句領頭的、全篇最激烈的文字：「堯之都，舜之壤，禹之封，於中應有，一箇半箇恥臣戎！」

適當地安插在過片處，如奇峰突起，如利劍出鞘，因而也充分地表達了作者熾烈的感情，凸出地表現了作品的主旨。

以論入詞而又形象感人，是本篇又一重要特色。陳亮在〈上孝宗皇帝第一書〉中說：「南師之不出，於今幾年矣！天地之正氣抑鬱而不得泄，豈以堂堂中國，而五十年之間無一豪傑之能自奮哉？」在〈與章德茂侍郎〉信中說：「主上有北向爭天下之志，而群臣不足以望清光。使此恨磊磈而未釋，庸非天下士之恥乎！世之知此恥者少矣。願侍郎為君父自厚，為四海自振！」這首〈水調歌頭〉便是他這些政治言論的藝術概括。宋葉適〈書龍川集後〉說陳亮填詞「每一章就，輒自嘆曰：『平生經濟之懷，略已陳矣！』」可見他以政論入詞，不是虛情造作或抽象說教，而是他「平生經濟之懷」的自覺袒露，是他火一般政治熱情的自然噴發。梁啟超〈中國韻文裡頭所表現的情感〉一文認為這類作品「都是情感突變，一燒燒到白熱度，便一毫不隱瞞，一毫不修飾，照那情感的原樣子，迸裂到字句上。我們既承認情感越發真，越發神聖；講真，沒有真得過這一類了。這類文學，真是和那作者的生命分劈不開！」這些話，可能有過甚其辭之處，但對理解和欣賞這首詞還是有啟發的。陳亮此詞正是他鮮明個性的化身，是他自我形象的一種表現。

清人陳廷焯在《白雨齋詞話》中評這首〈水調歌頭〉「『堯之都，舜之壤，禹之封。於中應有一箇半箇恥臣戎。』精警奇肆，幾於握拳透爪，可作中興露布讀。就詞論，則非高調」。這未免片面。一般地說，詞貴含蓄，但並非絕對。沒有真情實感，即使十分含蓄，也浮泛無味；有了真情實感，即使非常率直，也能生動感人。此詞雖直，但不膚淺乏味，直中有深情，直而有長味，直得給人一種稱心暢懷的美感。這應是詞中「高調」。在千載之下，其光耀眼、其熱炙手、其勢逼人的披文入情的直接感染力量，仍能使人感奮，新人耳目，搖人心旌。

（陸堅）

桂枝香 陳亮

觀木樨有感，寄呂郎中。

天高氣肅，正月色分明，秋容新沐。桂子初收，三十六宮都足。不辭散落人間去，怕群花、自嫌凡俗。向他秋晚，喚回春意，幾曾幽獨！

是天公餘香剩馥。怪一樹香風，十里相續。坐對花旁，但見色浮金粟。芙蓉只解添愁思，況東籬、淒涼黃菊。入時太淺，背時太遠，愛尋高躅。

這首詞是寄給呂祖謙的。祖謙於孝宗淳熙六年（一一七九）曾權禮部郎官，故稱「郎中」，同年四月後因病辭官歸故鄉金華。據宋葉適〈龍川集序〉，陳亮曾去看望呂祖謙，兩人暢談時政到夜半。呂對他說：不要以為當世不能用您。並引用《左傳．襄公三十年》鄭國執政子皮把政權交給子產時的話說：虎（子皮自稱）率領全家族的人聽從您的話，誰敢觸犯您？表示支持。陳亮聽了大為快慰。呂祖謙為學主張「明理躬行」，治經史以致用，反對空談陰陽性命之說，與陳亮為同調。一夕交心，更相投契，故陳亮作此詞，託木樨而抒感，就關於用世與忤世的問題，借物言志，即以「寄呂郎中」。詞或即作於此年秋天。題中「木樨」為桂花的一種，逢秋開放，花小香濃。全詞就從這個特點生發，寫自己胸次感慨。

月色通明，天穹如洗，正是秋天月夜景象。世傳月中有桂樹，唐宋之問〈靈隱寺〉衍為「桂子月中落，天香雲外飄」的詩句，故發端即點「天」、「月」，為下文「散落人間」張本。接著又化用李賀「畫欄桂樹懸秋香，三十六宮土花碧」（〈金銅仙人辭漢歌〉）詩意，把漢代長安的離宮別館三十六所引入天空，懸擬出天宮收儲桂花已經盈滿。「不辭」二字代花言志，實則詞人自道其願為人世作些事業的初衷，立意已高。此桂花既是天國殊英，群花與之相並，當然顯得凡俗。足見詞人自視之高。但又不徑指群花凡俗，而說「群花自嫌凡俗」，命意更高一層。復用一「怕」字為轉折，意思是我唯恐群花自慚，故不欲競放於百花爭豔的春天，更翻進一層。但我之所以不競放於三春者，也不是故矜高潔，自遠於人。我吐放在這秋天的夜晚，意在喚回已去的春意，重留溫暖於人間。我方深情眷注人世，又何曾自甘幽獨呢？這就進一步展示出更高的、晶瑩澄澈的內心世界。詞人抓住桂花不開在春天卻放於秋節這個特點，想落天外，分幾個層次寫出此花一片高潔心志，滿腔似火熱忱；又顯得不矜不伐，亦花亦人，深得詠物詞「取神題外，設境意中」（清況周頤《蕙風詞話》）之妙。細味「向他秋晚，喚回春意」八字，似有辛棄疾〈摸魚兒〉（更能消、幾番風雨）惜春、留春之微旨，其意蓋慼國事阽危，欲力挽狂瀾於將倒，命意更深，這在呂祖謙對他說的幾句話中亦可反映出來。上片借花言志，詞旨高遠，層層轉進，曲折深沉。

下片以「是天公餘香剩馥」換頭，遙承上片「不辭散落人間」，意脈流貫。但上片用擬人手法，代花述懷；下片改為詞人自己出面評說，構局一變。「怪一樹香風，十里相續」的「怪」字，即「難怪」之意。難怪此花香聞十里，原來它本是天上餘香散落人間。這一層贊桂花幽香。後兩句一層則贊花顏色——其色金黃，花小如粟。「坐對」一語，無限旖旎親切，花、人神交，幾欲融為一體。而「對」字究竟保有距離，此即「不即不離」之境。初聞其幽香，復對此殊色，乃想到其他種種秋花，連類而及，宕開詞境，轉出柳暗花明境界。秋日，木芙蓉盛開，未嘗不美，但一想起杜甫「芙蓉小苑入邊愁」（〈秋興八首〉其六）的詩句，只能令我頓添愁思，又怎能「喚回春意」呢？菊花自是秋節名花，然而，東籬黃菊，不過助人淒涼，加深秋意，哪裡比得上「向他秋晚，喚回春意」的桂花呢？窺詞人之心，「芙蓉」句隱然有邊關烽火之憂；「東籬」句則暗寓淵明遺世高蹈不足取法之深意，與上片「幾曾幽獨」呼應，見出他積極用世的熱忱。無怪當時聽了呂祖謙鼓勵他的「未可以世為不能用」而大感快慰了。歇拍三句，為詞人對此花的評騭：可惜你易開易落，「入時太淺」；開在深秋，且無豔色，「背時太遠」；而你的心志又過於高潔，「愛尋高躅」（躅，音同燭，足跡。「愛尋高躅」即愛踵先賢之高跡）。

但這僅僅是字面一層。骨子裡這都是詞人自慨平生。人方靦顏事仇，苟安為計，我獨懷此恢復大志，喚春熱忱，致使「在廷交怒，以為狂怪」（《宋史．陳亮傳》），豈非不諳人情世故，「入時太淺」嗎？而且，舉世滔滔，我則獨清獨醒，與時代風習遠相背離，豈非「背時太遠」？再加上我孤標自許，欲追高風於末世，不能隨流揚波，與世推移，足證這「愛尋高躅」也是平生一病。詞人在這裡以抑為揚，正言反出，結出無限幽憤，無窮牢騷。

這首詞以花寄意，用浪漫主義手法，展開聯想，天上人間，神行萬里。詞中詠嘆桂花的雅量高致，磊落胸懷，此中有人，呼之欲出，表現出詞人人格光彩四照，肝膽如見。因此，這首詞在內容上具有一種崇高美，讀之使人肅然起敬。

宋張炎在他所著的《詞源》一書中論詠物詞，多有勝義。他說：「詩難於詠物，詞為尤難。體認稍真，則拘而不暢；模寫差遠，則晦而不明。要須收縱聯密，用事合題，一段意思，全在結句，斯為絕妙。」這裡提出的不能「稍真」，不欲「差遠」，也就是「不粘不脫」，「在神情離合間」的意思。陳亮這闋〈桂枝香〉，句句寫桂花，所詠了然在目，無「晦而不明」之病；但全詞除「一樹香風」、「色浮金粟」外，句句只寫此花高標遠致，遺貌取神，又無「拘而不暢」之嫌。進一步看，全詞處處攝花之魂，處處見我風骨，卻又通篇無一字直訴我胸懷處，所謂若即若離，深得詠物神髓。結處暗寓平生意氣，感慨遙深，然「入時」、「背時」，又是從此花出處行藏一意流轉下來，正得「一段意思，全在結句」的妙諦。以此詞此心，寄呂郎中以求印可，亦可見二人相知之樂。

陳亮慣以文為詞，以詞論政；詞風素稱橫放、恣肆，甚者譏其粗豪。讀此闋，然後知他在橫放之外，別有一段風流。這闋〈桂枝香〉，就其語言論，句句當行本色；觀其前後兩結，語意尤其高遠，逸響可歌，何嘗有一句粗豪語？就其風格論，高華端凝，不僅遠在「橫肆」之外，抑且別具典雅幽秀之美。但這種「秀」，是其秀在神，秀而有骨，故終不失龍川氣象。（賴漢屏）

念奴嬌

陳亮

登多景樓

危樓還望，嘆此意、今古幾人曾會？鬼設神施，渾認作、天限南疆北界。一水橫陳，連崗三面，做出爭雄勢。六朝何事，只成門戶私計？

因笑王謝諸人，登高懷遠，也學英雄涕。憑卻江山，管不到、河洛腥膻無際。正好長驅，不須反顧，尋取中流誓。小兒破賊，勢成寧問強對！

這是一首借古論今之作。多景樓，在鎮江北固山上甘露寺內，北臨長江。孝宗淳熙十五年（一一八八）春天，作者到建康和鎮江考察形勢，準備向朝廷陳述北伐的策略。這首詞就寫於此時。詞的內容以議論形勢、陳述政見為主，正是與此行目的密切相關的。

開頭兩句，凌空而起。撇開登臨感懷之作先寫望中景物的熟套，大筆揮灑，直抒胸臆：登樓縱目四望，不覺百感叢生，可嘆自己的這番心意，古往今來，又有幾人能夠理解呢？因為所感不止一端，先將「此意」虛提，總攝下文。南宋孝宗乾道年間鎮江知府陳天麟〈多景樓記〉說：「至天清日明，一目萬里，神州赤縣，未歸輿地，使人慨然有恢復意。」對於以經濟之略自負的詞人來說，「恢復意」正是這首詞所要表達的主旨，圍繞這個主旨的還有對南北形勢及整個抗金局勢的看法。以下抒寫作者認為「今古幾人曾會」的登臨意。「今古」一語，暗示了本篇是借古論今。

接下來兩句，從江山形勢的奇險引出對「天限南疆北界」主張的批判。「鬼設神施」，是形容鎮江一帶的山川形勢極其險要，簡直是鬼斧神工，非人力所能致。然而這樣險要的江山卻不被當作進取的憑藉，而是都看成了天設的南疆北界。當時南宋統治者不思進取，但求苟安，將長江作為拒守金人南犯的天限，作者所批判的，正是這種借天險以求苟安的主張。「渾認作」三字，亦諷亦慨，筆端帶有強烈感情。

「一水橫陳，連崗三面，做出爭雄勢。」鎮江北面橫貫著波濤洶湧的長江，東、西、南三面都連接著起伏的山崗。這樣的地理形勢，正是進可以攻，退可以守，足以與北方強敵爭雄的形勝之地。「做出」一語，表達了詞人目擊山川形勢時興會淋漓的感受。在詞人眼中，山川彷彿有了靈魂和生命，活動起來了。他在〈戊申再上孝宗皇帝書〉中寫道：「京口連崗三面，而大江橫陳，江旁極目千里，其勢大略如虎之出穴，而非若穴之藏虎也。」所謂「虎之出穴」，也正是「做出爭雄勢」的一種形象化說明。這裡對鎮江山川形勢的描繪，本身便是對「天限南疆北界」這種苟安論調的否定。在作者看來，山川形勢足以北向爭雄，問題在於統治者缺乏爭雄的遠略與勇氣。因此，下面緊接著就借批判六朝統治者，來揭示現實中當權者的苟安論調：「六朝何事，只成門戶私計？」前一句是憤慨的斥責與質問，後一句則是對統治者畫江自守的苟安政策的揭露批判——原來這一切全不過是為少數私家大族的狹隘利益打算！詞鋒犀利，鞭辟入裡。

換頭「因笑」二字，承上片結尾對六朝統治者的批判，順勢而下，使上下片成為渾然一體。前三句用新亭對泣故事，「王謝諸人」概括東晉的世家大族，說他們空灑英雄之淚，卻無克復神州的行動，藉以諷刺南宋有些人空有慷慨激昂的言辭，而無北伐的行動。「也學英雄涕」，諷刺尖刻辛辣。

「憑卻江山，管不到、河洛腥膻無際。」他們憑仗著江山天險，自以為可以長保偏安，哪裡管得到廣大的中原地區，長久為異族勢力所盤踞，廣大人民呻吟輾轉於鐵蹄之下呢？這是對統治者「只成門戶私計」的進一步批判。「管不到」三字，可謂誅心之筆。到這裡，由江山形勢引出的對當權者的揭露批判已達極致，下面轉而承上「爭雄」，進一步正面發揮登臨意。「正好長驅，不須反顧，尋取中流誓。」中流誓，用東晉祖逖統兵北伐，渡江擊楫而誓的故實。在詞人看來，憑藉這樣有利的江山形勢，正可長驅北伐，無須前瞻後顧，應該像當年的祖逖那樣，中流起誓，決心克服中原。這幾句詞情由前面的憤鬱轉向豪放，意氣風發，辭采飛揚，充分顯示出詞人豪邁朗爽的胸襟氣度。

歇拍二句，承上「長驅」，進一步抒寫必勝的樂觀信念。「小兒破賊」見南朝宋劉義慶《世說新語．雅量》。淝水之戰，謝安之侄謝玄等擊敗苻堅大軍，捷書至，謝安方與客圍棋，看書畢，默然無言，依舊對局。客問淮上利害，答曰：「小兒輩大破賊。」「強對」，強大的對手，即強敵。《三國志．陸遜傳》：「劉備天下知名，曹操所憚，今在境界，此強對也。」作者認為，南方並不乏運籌帷幄、決勝千里的統帥，也不乏披堅執銳、衝鋒陷陣的猛將，完全應該像往日的謝安一樣，對打敗北方強敵具有充分信心，一旦有利之形勢已成，便當長驅千里，掃清河洛，盡復故土，何須顧慮對方的強大呢？作者〈上孝宗皇帝第一書〉中曾言：「常以江淮之師為敵人侵軼之備，而精擇一人之沈鷙有謀、開豁無他者，委以荊襄之任，寬其文法，聽其廢置，撫摩振厲於三數年之間，則國家之勢成矣。」詞中之「勢成」亦同此意。作者的主張在當時能否實現，可以置而不論，但這幾句豪言壯語，是可以「起頑立懦」的。到這裡，一開頭提出的「今古幾人曾會」的「此意」已經盡情發揮，全詞也就在破竹之勢中收煞。

同樣是登臨抒慨之作，陳亮的這首〈念奴嬌．登多景樓〉和他的摯友辛棄疾的〈水龍吟．登建康賞心亭〉

便顯出不同的個性。辛詞也深慨於「無人會、登臨意」，但通篇於豪邁雄放之中深寓沉鬱盤結之情，讀來別具一種迴腸蕩氣、抑塞低迴之感；而陳詞則縱橫議論，痛快淋漓，充分顯示其詞人兼政論家的性格。從藝術的含蘊、情味的深厚來說，陳詞自然不如辛詞，但這種大氣磅礴、開拓萬古心胸的強音，是足以振奮人心的。（劉學鍇）

賀新郎 陳亮

寄辛幼安，和見懷韻。

老去憑誰說？看幾番、神奇臭腐，夏裘冬葛！父老長安今餘幾？後死無仇可雪。猶未燥、當時生髮！二十五弦多少恨，算世間、那有平分月！胡婦弄，漢宮瑟。

樹猶如此堪重別！只使君、從來與我，話頭多合。行矣置之無足問，誰換妍皮痴骨？但莫使伯牙弦絕！九轉丹砂牢拾取，管精金只是尋常鐵。龍共虎，應聲裂。

陳亮與辛棄疾（字幼安）同為南宋前期著名的愛國詞人。二人志同道合，意氣相投，友誼極篤，但各以事牽，相見日少。淳熙十五年（一一八八）冬，陳亮約朱熹在贛閩交界處的紫溪與辛棄疾會面。陳亮先由浙江東陽到江西上饒，訪問了罷官閒居帶湖的辛棄疾。然後，二人同往紫溪，等候朱熹，在那裡盤桓了十日，朱熹竟不至，陳亮只好東歸。別後，辛棄疾惆悵懷思，乃作〈賀新郎〉一首以寄意。時隔五日，恰好收到陳亮索詞的書信，棄疾便將〈賀新郎〉錄寄。陳亮的這首「老去憑誰說」，就是答辛棄疾那首〈賀新郎〉原韻的。自此以後，兩人又用同調同韻互相唱和，各得詞二首。他們這時期的交往，便成為詞史上的一段佳話。

上片主旨在於議論天下大事。首句「老去憑誰說」，寫知音難得，而年已老大，不唯壯志莫酬，甚至連找一個可以暢談天下大事的同道都不容易。這是何等痛苦的事！作者借此一句，引出以下的全部思想和感慨。他先言世事顛倒變化，雪仇復土無望，令人痛憤；下片則說二人雖已老大，但從來都是志同道合的，今後還要互相鼓勵，堅持共同主張，奮鬥到底。

作者先借《莊子·知北遊》中「臭腐復化為神奇，神奇復化為臭腐」和《淮南子》所說的「冬被葛」、「夏被裘」來指說世事的不斷反覆變化，並且，越變越顛倒錯亂，越變對國家越不利，人們日漸喪失了收復失地的希望。且看，「父老長安今餘幾？」南渡已數十年了，那時留在中原的父老，活到今天的已寥寥無幾；如今在世的，當年都是胎髮未乾的嬰兒。朝廷數十年蝸居江南，不圖恢復，對人們心理有極大的麻痺作用。經歷過「靖康之變」的老一輩先後謝世，後輩人卻從「生髮未燥」的嬰孩時期就習慣於南北分立的現狀，並視此為固然，他們勢必早已形成了「無仇可雪」的錯誤認識，從而徹底喪失了民族自尊心和戰鬥力。這才是令人憂慮的問題。上片最後四句，重申中原被占，版圖半入於金之恨。詞以「二十五弦」之瑟，兼寓分破與悲恨兩重意思。《史記·封禪書》記：「太帝使素女鼓五十弦瑟，悲，帝禁不止，故破其瑟為二十五弦。」一如圓月平分，使缺其半，同是一大恨事。末再以「胡婦弄，漢宮瑟」，承上「二十五弦」，補出「多少恨」的一個例證。漢、胡代指宋、金，而說漢宮瑟為胡婦所弄，又藉以指說汴京破後禮器文物被金人掠取一空的悲劇。《宋史·欽宗本紀》記載靖康二年四月，金人擄徽、欽二帝及皇后、太子北歸，宮中貴重器物圖書並捆載以去，其中就有「大樂、教坊樂器」一項。只提「胡婦弄，漢宮瑟」，就具體可感而又即小見大地寫出故都淪亡的悲痛，則「靖康恥，猶未雪；臣子恨，何時滅」的憤慨自在其中，同時對南宋朝廷屢次向金人屈辱求和，恢復大業遷延坐廢的現實，也就有所揭露、鞭撻。讀到這裡，再回頭去看「老去憑誰說」一句，益感作者一腔憂憤，滿腹牢騷，都是緣此而發的。

下片轉入抒情。所抒之情正與上片所論之事一致。作者深情地抒寫了他與辛棄疾建立在改變南宋屈辱現實這一共同理想基礎上的真摯友誼。過片一句「樹猶如此堪重別」，典出南朝劉義慶《世說新語．言語》。東晉桓溫北征時，見當年移種之柳已大十圍，嘆息道：「木猶如此，人何以堪！」「堪重別」即「豈堪重別」，陳、辛上饒一別，實成永訣，六年之後，陳亮就病逝了。雖然他當時無法預料這點，但相見之難，卻是早就知道的。這一句並非突如其來，而是上承「老去憑誰說」自然引出的。下句「只使君、從來與我，話頭多合」，又正是對豈「堪重別」原因的註腳，也與詞首「老去」一句遙相呼應。這句正面肯定只有辛棄疾才是最能理解他的唯一知己。據辛詞〈賀新郎〉題下小序記，此次陳亮別後，棄疾曾追趕到鷺鷥林，因雪深路滑無法前進，才悵然而歸。「行矣置之無足問」一句，就是針對這件事寬慰這個遠方友人的，也是回答對方情意切切的相思。句後綴以「誰換妍皮痴骨」，意為自己執著於抗金大業，儘管人們以「妍皮痴骨」相看待，我終不想去改變它了。「妍皮痴骨」出自《晉書．慕容超載記》。南燕主慕容德之侄慕容超少時流落長安，為了避免被後秦姚氏拘捕，故意裝瘋行乞，使秦人都賤視他。唯姚紹見其相貌不凡，便向姚興推薦他。慕容超被召見時，注意隱藏起自己的才識風度，姚興見後，果然大為鄙視，對姚紹說：「諺云『妍皮不裹痴骨』，妄語耳。」「妍皮」，謂俊美的外貌；「痴骨」，指愚笨的內心。諺語原意本謂：儀表堂堂者，其內心必不愚蠢。姚興以為慕容超雖貌似聰雋，而實則胸無智略，便說諺語並不正確，對慕容超的行動也不限制。作者借此來說明，即使世人都說他們是「妍皮裹痴骨」，遭到誤解和鄙視，他們的志向也永不會變。正因為如此，他們的友情乃愈可貴，所以就自然地發而為「但莫使伯牙琴絕」的祝願，將兩人的友情跟抗金的共同志向聯繫到一起，使這種感情昇華到聖潔的地步。然後，話題一轉，寫出「九轉丹砂牢拾取，管精金只是尋常鐵」。這兩句明言丹藥，實際說的還是救國之道。看到這裡，我們怎能不為作者那種「一息尚存，此志不容稍懈」（朱熹《論語集注》）的精神所感動！這裡，作者隨手拈來歷代相傳的煉丹術中所謂經過九轉煉成的丹砂可以點鐵成金的說法，表達出儘管尋常的鐵也要煉成精金的恆心，比喻只要堅定信心，永不懈怠，抓住一切時機，則救國大業必能成功。最後，再借龍虎丹煉成而迸裂出鼎之狀，以「龍共虎，應聲裂」這鏗鏘有力的六個字，刻畫勝利時刻必將到來的不可阻擋之勢。至此，全詞方戛然而止。這最後幾句乃是作者與其友人的共勉之辭，也是他們的共同心願。

陳亮善於用典使事，這使他的作品在有限的篇幅內的容量大為增加。他之用典，一般不囿於原來的故事，而是取其一端，死事活用，以烘托自己欲達之情。因此，讀他的詞，便須反覆吟味，方能得其微旨。（姜書閣、姜逸波）

賀新郎

陳亮

酬辛幼安，再用韻見寄。

離亂從頭說，愛吾民、金繒不愛，蔓藤纍葛。壯氣盡消人脆好，冠蓋陰山觀雪。虧殺我、一星星髮！涕出女吳成倒轉，問魯為齊弱何年月？丘也幸，由之瑟。

斬新換出旗麾別，把當時、一椿大義，拆開收合。據地一呼吾往矣，萬里搖肢動骨，這話欛、只成痴絕！天地洪爐誰扇鞴？算於中、安得長堅鐵！淝水破，關東裂。

這是陳亮與辛棄疾唱和的〈賀新郎〉第二首，大約寫於孝宗淳熙十五年（一一八八）冬或十六年春之間。此闋仍繼承前詞「極論世事」的宗旨，針對朝廷以銀帛貢獻代替邊備兵革、致使天下士氣銷鑠的現實，盡情發抒自己的憤懣情緒，其明白又勝過前首。

上片是回顧宋朝屈辱的歷史。也許作者出於對前首詞所提及的「後死無仇可雪」問題的積慮，這首詞開頭第一句「離亂從頭說」似乎就蓄意提出人們早已忘卻的往事，以引起回憶。「愛吾民、金繒不愛，蔓藤纍葛」是追述自宋初以來長期的恥辱外交。早在北宋第三代皇帝真宗時，便以「澶淵之盟」向遼國歲贈白銀十萬兩，絹繒二十萬匹，換取中原的暫時和平，首開有宋以來向外族納貢的先例。其子仁宗時，向遼國歲貢銀、絹又各增十萬兩、匹。此後，遼亡金興，北宋朝廷又轉而向金納貢，數額有增無已。但是，這種做法不僅沒有換來「和平」，反而更引起對方的覬覦，得寸進尺。於是河洛盡失，而宋室乃不得不南渡，以求苟安。最令人吃驚的是，南宋統治者竟至把屈辱說成是愛民。如仁宗所宣稱的：「朕所愛者，士宇生民耳，財物（指銀繒）非所惜也。」（見宋魏泰《東軒筆錄》卷九）陳亮在這裡說「愛吾民、金繒不愛」，即刺此事。雖然作品並未羅列上述史實，只用「蔓藤纍葛」四字，已足將百餘年來的罪責揭露無遺。下一句「壯氣盡消人脆好」進而再揭露統治者多年來推行投降政策所造成的惡果。就全域來看，南宋形勢是「壯氣盡消人脆好」，以這樣溫順脆弱銷鑠殆盡的民氣、士氣，去對付對方的進逼，其結果就只有「冠蓋陰山觀雪」——珠冠華蓋的堂堂漢使到金廷求和。可是，他們的交涉不能取得任何勝利，唯有陪侍金主出獵陰山，觀賞北國雪景而已。作者想到這裡，不禁感嘆道：「虧殺我、一星星髮！」痛惜自己把頭髮都等白了，等到的竟是如此恥辱的現實。下面再借用歷史故事來批判現實：春秋時，中原大國齊的國君景公畏懼處於南方的吳國，只有流涕送女與之和親；還有魯國也曾因遭受強齊欺凌而不予反抗，遂日衰一日。往事可鑑，對照今日宋朝屈服於金，甘受凌辱而不加抵抗這一違反常理的怪事，後果如何，不問而知。這裡所謂「問」，並非有疑而問，乃是用肯定語調發出的譴責和質問。寫到此，話題和情緒同時一變，以重新振作之態，寫出「丘也幸，由之瑟」六字。《論語．述而》載有孔子語：「丘也幸，苟有過，人必知之。」又，孔子的學生子路彈瑟發勇武之音，被認為是不合雅、頌，孔子曾說：「由之瑟奚為於丘之門？」（《論語．

先進》）作者各取此二語中的前三字為句，表達了這樣的意思：今日幸有如吾二人這樣堅毅的志士，雖舉國均以舉兵北伐為過，但我們迄今持之不懈。以此結束了上片，並為下片定下基調。乍一看，這兩句話來得突兀，其實不然。這是陳亮一貫的詞風。他好為「硬語盤空」，這種風格，恐怕與他在南宋那一片黑暗之中努力煥發起鬥爭到底的精神不無關係。

下片是寫設想中的救國行動。《新唐書．李光弼傳》曾記大將李光弼代郭子儀統兵之事，云：「其代子儀朔方也，營壘、士卒、麾幟無所更，而光弼一號令之，氣色乃益精明。」辛棄疾早年曾建立過有名的「飛虎軍」，金人為之震懾。作者設想，若由棄疾帶兵，定會出現「斬（蘄）新換出旗麾別」的新局面。這種設想，也許早在上饒鵝湖之會時二人就商議過，因此，這裡所謂「把當時、一樁大義，拆開收合」，可能就指的是這件事。「拆開收合」，即解剖分析。基於此，「據地一呼吾往矣，萬里搖肢動骨」便是作者想像投奔這支抗金新軍後大顯身手的興奮情景。因留戀鵝湖之會、嚮往二人共同描繪的理想圖景而產生上述設想，這是很自然的。繼而，語勢卻忽然一落千丈，接一句「這話欛（音同爸，即話柄）、只成痴絕」，明說這一切只不過是幻想。這種語氣的大起大落，恰恰說明作者情緒跌宕起伏。「只成痴絕」四字雖然飽含作者的失望和痛苦，卻又是他理智的反映。「天地洪爐誰扇鞴？算於中、安得長堅鐵！」是發自幻滅之後的感嘆。他有感於《莊子．大宗師》中所謂天地是大熔爐的說法，想到人生猶如鐵在洪爐之中，扇鞴（音同備，鼓風吹火的皮袋）鼓風，火力頓熾，頃刻即將消熔。這是不可抗拒的自然之勢。不過，作者的這種幻滅感，卻又並非對理想產生了什麼懷疑和失望，而是深為人生有限而感到惋惜。但他又不是單純留戀人生，而是深憾於不能親見理想的實現。關於這點，在結尾的「淝水破，關東裂」二句中可以得到印證。這裡，作者再一次用了他在〈念奴嬌．登多景樓〉一詞中已用過的謝安於淝水之戰中大破苻秦九十萬大軍入犯的典故，但這不是雷同，正說明這個對歷史了如指掌的愛國志士，對英雄業績的嚮往和對勝利的憧憬是任何時候都不能忘懷的。他的這些話是說給好友辛棄疾聽的，自然不是只談他自己的志氣與渴望，而是表達了他們兩人共同的心聲。（姜書閣、姜逸波）

鷓鴣天　陳亮

懷王道甫

落魄行歌記昔遊，頭顱如許尚何求？心肝吐盡無餘事，口腹安然豈遠謀！
纔怕暑，又傷秋。天涯夢斷有書不？大都眼孔新來淺，羨爾微官作計周。

古人懷舊之作，通常好用讚譽的口吻表達對朋友的思念，這是合乎人之常情的，因為深印在人們記憶中的，往往是這個人最美好也最值得回憶留戀的東西。但陳亮的這首懷念知心朋友的抒情小令，卻一反前人懷友詩詞的習慣寫法，擺脫俗調，直截了當地運用諷刺的筆調表達對老朋友的批評。這確是別開生面，使讀者得到料想不到的意趣。但反覆玩味，卻又覺得作者情深意切，語出肺腑，肫誠懇摯，實非敷衍委蛇、虛應故事的浮泛之交所能為。

王自中，字道甫，《宋史》本傳說他「少負奇氣，自立崖岸」，故陳亮自青少年時代即以氣類相近而與他結為劉琨祖逖之交。然而，王自中登第後，由於長期屈居微職，夙志漸灰，兩人的晚節末路，遂不免異向。因此，陳亮在這首懷念之詞中，便對他提出了語重心長的責問與嘲諷。

首先，作者回憶昔日從遊之樂。當時，他們二人雖同處於窮困落魄的境地，但志在恢復，意氣豪邁，攜手行歌，視人間富貴如無物。這是多麼值得留戀的往事！然而，「頭顱如許尚何求？」意指歲月荏苒，韶華易逝，轉眼頭白，年已老大，今日尚復何求？這雖是陳亮自述衷曲，但既是對王自中說的，則其意即認為二人昔日志同道合，今天仍應採取同樣的態度，堅持到底，不該易志變節，隨俗浮沉。「心肝吐盡無餘事，口腹安然豈遠謀！」正是說自己多年來，屢次上書，披肝瀝膽，力陳救國大計，說盡了心中欲吐之言，雖不見納，無以自效，但總算盡了自己的心，再也沒有別的什麼事值得掛懷的。至於衣食溫飽，那是很容易滿足的，何須為此而長計遠謀，到處奔競呢？《宋史．陳亮傳》載：「書既上，帝欲官之，亮笑曰：『吾欲為社稷開數百年之基，寧用以博一官乎！』亟渡江而歸。」他是心口如一，言行一致的。他將自己的這種心情剖白給舊友王自中，無疑是藉以反襯這位老友今日汲汲於利祿之可鄙。這裡表面是自述胸臆，而實則意在責問對方，冀其有所省悟。

下片仍承上意，卻不直接指責對方，轉而先說老友久別，幾歷春秋，相思相憶，書信罕通，但是友情還是時縈懷抱的。為什麼近來會時時想念你呢？自問自答道：「大都眼孔新來淺，羨爾微官作計周！」不無諷刺地說：大約近來我竟爾目光短淺了，也羨慕起你雖官位卑微，卻善於為自己謀劃了。這既是正話反說，又是借己責人。正因為作者在上片中明明說自己主張「口腹安然豈遠謀」，認為大丈夫應當盡瘁國事，不要為自身溫飽縈心，這裡卻又說自己忽然羨慕起對方「微官作計周」了，這當然不是作者的本意，而其本意只在於責諷對方新來「眼孔淺」，為了那「微官」而「作計周」罷了。這裡既有為王道甫懷才不遇、長期官微位卑的處境抱不平，又對他背棄理想，只顧為自身的溫飽處心積慮而深表失望和惋惜。這種對友人交織著愛與恨的感情，正是這個慣以嚴肅態度對待人生的政治家特有的、建立在原則基礎上的深厚友情。

這首詞語言雖較他篇略為婉轉，但其中一種剛直憤激之氣，固已躍然紙上，仍不失龍川本色，而為其獨具風格的小令詞的代表作。（姜書閣、姜逸波）

賀新郎 陳亮

懷辛幼安，用前韻。

話殺渾閒說！不成教、齊民也解，為伊為葛？尊酒相逢成二老，卻憶去年風雪。新著了、幾莖華髮。百世尋人猶接踵，嘆只今、兩地三人月！寫舊恨，向誰瑟？

男兒何用傷離別？況古來、幾番際會，風從雲合。千里情親長晤對，妙體本心次骨。臥百尺高樓斗絕。天下適安耕且老，看買犁賣劍平家鐵！壯士淚，肺肝裂！

宋孝宗淳熙十五年（一一八八）歲末，陳亮冒著風雪嚴寒，跋涉數百里，從浙江永康到江西上饒去探訪多年不見的好友辛棄疾。二人同遊鵝湖，共飲瓢泉，「長歌相答，極論世事」（辛棄疾〈祭陳同父文〉），暢敘彌旬始別。別後二人曾作〈賀新郎〉同韻詞多首反覆贈答。陳亮意猶未盡，不久又用前韻作此詞寄懷辛棄疾。據詞中「卻憶去年風雪」一語，知作於淳熙十六年。其時上距隆興和議已有二十六年，宋廷君臣上下唯圖宴安，朝政異常腐敗，誤國者得升遷，愛國者遭打擊，國勢日弱，士風日靡。辛、陳二人於此俱極痛憤，故詞中不但飽含惜別之情，而且深蘊憂時之意，表現出「英雄感愴」的悲壯色彩。

上片抒寫別後相思之情。起句「話殺渾閒說」，滿心而發，肆口而成，蓋隱應辛棄疾答詞〈賀新郎〉（老大那堪說）中「硬語盤空誰來聽？記當時、只有西窗月」一語，謂去年相敘雖得極論天下大事，然於此「岌岌然以北方為可畏，以南方為可憂，一日不和，則君臣上下朝不能以謀夕」（陳亮〈戊申再上孝宗皇帝書〉）之時，雖有壯懷長策，亦無從施展，說得再多都只是閒說一場罷了。「不成教、齊民也解，為伊為葛？」緊承前語，補明「話殺渾閒說」的原因。意謂伊尹、諸葛亮那樣的事業，只有在位者才能去做，平民百姓是無法去做的，所以說盡了都是白說。此言亦對辛棄疾寄詞〈賀新郎〉（把酒長亭說）中稱許陳亮「風流酷似，臥龍諸葛」一語而發。其時陳亮尚為布衣，辛棄疾則久被罷黜，故有此慨嘆。恢復之事既不得施行，英雄之人卻日趨衰老，思念及此，更增悒鬱，故接下乃云：「尊酒相逢成二老，卻憶去年風雪。新著了、幾莖華髮。」此言復應辛棄疾答詞中「老大那堪說」及「我病君來高歌飲，驚散樓頭飛雪」數語，其中蘊含著深厚而複雜的感情：既有去年風雪中抵掌談論的歡欣，也有眼前關山阻隔互相思念的痛苦，還有同遭讒沮而早生白髮的悲憤。「百世」句用《莊子．齊物論》「萬世之後而一遇大聖，知其解者，是旦暮遇之也」及《戰國策．齊策三》「千里而一士，是比肩而立；百世而一聖，若隨踵而至也」語意，極言相知之難。夫萬世遇之尚如旦暮，則百世遇之自如接踵，而知己之人，豈是接踵可得？是以見其難也。此語文簡意深，復多曲折，然無板滯晦澀之病，表現出運用典故的高超技巧。「三人月」一語則用李白〈月下獨酌四首〉其一「舉杯邀明月，對影成三人」詩句，極言相念之苦。相知如二人者既甚難得，則會少離多自更難堪。此時孤獨之感既不能排遣，憂憤之情又無可傾訴，真是度日如年了。「寫舊恨，向誰瑟」即表現此種不勝惆悵的心情。「瑟」字名詞動化，「向誰瑟」即向誰彈，向誰訴。

換頭從離別的愁苦中掙脫出來，轉作雄豪豁達之語：「男兒何用傷離別？」異軍特起，換出新意。接下又推進一層：「況古來、幾番際會，風從雲合。」壯聲英概，躍然紙上。「風從雲合」語出《易．乾．九五》：「水流濕，火就燥，雲從龍，風從虎。」本喻同類相從，借喻群英共事。意謂古來英雄豪傑皆建功立業，志在四方，故不須以離別為念。上三語亦隱應辛棄疾寄詞中「佳人重約還輕別」至「此地行人銷骨」諸句，以豪語慰故人，更見情深而意厚。「千里情親長晤對，妙體本心次骨」二句則隱應辛棄疾答詞中「正目斷關河路絕」一語，謂友人雖遠隔千里，而情分親厚，便即如終日晤對，於我之本心能善於體察，且抉入深微。「次骨」即至骨。「臥百尺高樓斗絕」一句插入陳登故事，盛讚故人豪氣。「斗絕」即「陡絕」，高下懸殊之意。此句亦應辛棄疾答詞中「似而今、元龍臭味」一語。《三國志．陳登傳》載：許汜往見陳登（元龍），陳登「無客主之意，久不相與語，自上大床臥，使客臥下床」。許汜懷忿在心，後來向劉備言及此事，還說陳登無禮。劉備卻批駁他：「君有國士之名，今天下大亂，帝王失所，望君憂國忘家，有救世之意，而君求田問舍，言無可采，是元龍所諱也，何緣當與君語？如小人，欲臥百尺樓上，臥君於地，何但上下床之間耶！」陳亮重提此事，既是對故人的嘉許，也是對此輩的怒斥。「天下適安耕且老，看買犁賣劍平家鐵」二句暗承前語，影射求田問舍事，故作消沉以寫其憂憤。意謂如今天下太平，人人安適，自己也打算耕田送老，學《漢書．龔遂傳》中的渤海郡人，把刀劍賣了，換買鋤犁一類平民之家使用的鐵器。所謂「天下適安」，實是「天下苟安」。陳亮早在〈上孝宗皇帝第一書〉中即曾指出：「臣以為通和者，所以成上下之苟安，而為妄庸兩售之地。」後在〈戊申再上孝宗皇帝書〉中又說：「秦檜以和誤國，二十餘年，而天下之氣索然而無餘矣。」可見此二句感慨極深。卒章「壯士淚，肺肝裂」，總寫滿腔悲恨，聲情更加激越。陳亮是一個肝腸極烈的人，他在答呂祖謙（字伯恭）書信中說到往常念及國事時「或推案大呼，或悲淚填膺，或髮上衝冠，或拊掌大笑」，真乃近乎「狂怪」，故知此語乃其心潮洶湧之實錄。

清劉熙載《藝概》云：「陳同甫與稼軒為友，其人才相若，詞亦相似。」辛、陳之詞皆有雄深悲壯的特色。但辛詞多「斂雄心，抗高調，變溫婉，成悲涼」（清周濟《宋四家詞選目錄序論》），故別見沉鬱頓挫；陳詞多「慷慨以任氣，磊落以使才」（南朝梁劉勰《文心雕龍．明詩》），故別見激烈恣肆。此詞則慷慨中有幽鬱之致，蒼勁中含悽惋之情，風調更與辛詞接近。所以如此，蓋因當時處境、心緒皆同，又「長歌相答」，深受辛詞影響，故於傷離恨別之中，自然融入憂國哀時之感，而情生辭發，意到筆隨，寫同遭讒擯之憤（開篇二句）則慷慨悲涼，寫共趨衰老之哀（「尊酒」三句）則幽暗沉重，寫兩地相思之苦（「百世」二句）則纏綿悱惻，寫寂寞憂愁之鬱（上片歇拍）則淒迷欲絕，寫建功立業之志（換頭二句）則奔放雄豪，寫肝膽相照之情（「千里」二句）則深厚刻摯，寫鄙薄求田問舍（「臥百尺」句）則激越高昂，寫憎惡苟且偷安（「天下」二句）則情辭冷峻，寫報國無門之恨（下片歇拍）則聲淚俱飛。如此淋淋漓漓，反反覆覆，「一轉一深，一深一妙」（《藝概》），真似「風雨雲雷交發而並至，龍蛇虎豹變見而出沒」（陳亮寄朱熹〈甲辰答書〉），乃愈覺動人心弦，感人肺腑。其文辭又典麗宏富，平易自然，「本之以方言俚語，雜之以街譚巷歌，摶搦義理，劫剝經傳，而卒歸之曲子之律」（陳亮〈與鄭景元提幹〉）。如「話殺」、「新著了」、「不成教」、「也解」用民間口語，「百世尋人」用《莊子》、《戰國策》，「三人月」用李白詩，「風從雲合」用《易》，「臥百尺高樓」用《三國志》，「買犁賣劍」用《漢書》等等，皆左右逢源，得心應手，復多作疑問、感嘆語氣，益增曲折搖曳之致，故兼具精警奇肆與蘊藉含蓄之美。

（羅忠族）

好事近 陳亮

詠梅

的皪兩三枝，點破暮煙蒼碧。好在屋檐斜入，傍玉奴①吹笛。

月華如水過林塘，花陰弄苔石。欲向夢中飛蝶，恐幽香難覓。

〔註〕①玉奴：南朝齊東昏侯妃潘氏小字玉兒，世亦稱為玉奴。又唐玄宗妃楊太真小字玉環，亦曰玉奴。楊妃有竊寧王紫玉笛吹之事，見宋樂史《楊太真外傳》。詞「傍玉奴吹笛」用以泛言傍美人吹笛。

借物詠懷，是古代自魏晉之際的阮籍首創八十餘首詠懷詩以來，很多身處亂世不能直抒胸臆的詩人所常採用的手法。陳亮這首小令，從字面上看，既無驚人之語，又未多用典事，似乎寄寓不深。但仔細玩味起來，實是別出一途，有獨到之妙。

詞的上片，作者用簡練的畫筆，似乎毫不經意地就點染出屋角檐下那兩三枝每天都見到但並未留心的梅的幽姿清韻。「的皪兩三枝，點破暮煙蒼碧」，「的皪」，是鮮明的意思。用這兩字點出梅花的秀潔，但也只有兩三枝，故並不顯得繁豔。而在「蒼碧」的暮煙襯托下，卻還是十分醒目，所以特用「點破」二字，以示不凡。作者筆下沒有繁花似錦的熱烈畫面，而只以「兩三枝」相點綴，似乎顯得冷清。這是因為梅開於冬春之際，這使它與妊紫嫣紅的春花不同，它的開放，要經受一番與嚴寒的搏鬥。梅以遒勁虬曲的枝幹和甚至顯得稀疏的花朵，在萬卉凋零的嚴寒中向世界顯示了它獨出的英姿，這孤傲給人以特殊的美感。人們折梅或畫梅，往往只取一兩枝，正不以繁花似錦為美。因此，詞中「的皪兩三枝」確是恰到好處的。而且，正因其少，才給人以「點破」「暮煙蒼碧」的感覺。接下來，詞人用帶有主觀情意的「好在屋檐斜入，傍玉奴吹笛」，使這梅介入人事，並賦予它以人的靈性。這裡的「玉奴」，泛指美人。看，這梅雖那樣純潔孤高，卻又多麼有情呵！本來此景應該說是玉奴倚梅吹笛，但在詞人眼裡，卻恰恰相反，而是這梅有意地循屋檐斜入過來，陪傍著吹笛的玉奴了。作者這樣寫，不但化無情為有情，而且凸出了梅的形象，而吹笛的「玉奴」反成為陪襯了。

詞的下片更以抒情為主。換頭兩句不僅有承轉作用，而且極力渲染夜色，造成一種優美靜謐的境界，為寫朦朧夢境創造條件。然後，作者別出心裁地以夢中化蝶、追蹤香跡抒發自己對梅的喜愛和追求之情，乃更出新意。再續以「恐幽香難覓」一句為結，卻言夢中雖可化蝶穿花，卻因無法再尋覓到梅的幽香而若有所失，寫出愛梅人對梅可見而不可即的微妙心理。如此虛虛實實、或夢或醒，既真切而又恍惚，把這梅的品格和詞人的心境交織在一起來寫，表達得曲折盡意，饒有餘味。

借梅的高潔清芬以喻自己的孤傲不群，如果說這首詞有寄託的話，這大約作者欲抒的胸懷吧。（姜書閣、姜逸波）

小重山 陳亮

碧幕霞綃一縷紅。槐枝啼宿鳥，冷煙濃。小樓愁倚畫闌東。黃昏月，一笛碧雲風。

往事已成空。夢魂飛不到，楚王宮。翠綃和淚暗偷封。江南闊，無處覓征鴻。

陳亮曾在宋孝宗與金約和之後，上〈中興五論〉，沒有結果。以後又向孝宗連上三書論恢復方略，受到朝臣攻擊，斥為「狂怪」。他在長期的鄉居生活中，報國之志未衰，曾在自己的家裡葺治小圃，有柏屋三間，名之曰「抱膝」，這是用諸葛亮的典故，「每晨夜從容，常抱膝長嘯……三人問其所志，亮但笑而不言」（《三國志》註引《魏略》），可以看出他的志趣所向。但他的心情是很不平靜的。他在給呂祖謙的信中談到自己的遭遇時，說：「每念及此，或推案大呼，或悲淚填臆，或髮上衝冠，或拊掌大笑。」（《龍川集》卷十九）不平之氣，溢於言外。這首詞抒寫的是他「悲淚填臆」時的思想感情。

詞的開頭一句寫出了秋天薄暮的景色：「碧幕霞綃一縷紅。」藍天上輕綃般的彩雲透出了一縷紅色。這微弱的霞光表明了日迫崦嵫，夜幕將臨。這種景色很容易使人想起李商隱〈樂遊原〉的名句：「夕陽無限好，只是近黃昏。」不同的是李詩還有留戀晚霞的意思，而此詞裡流露的則是無所依戀的心情。「槐枝啼宿鳥，冷煙濃。」槐枝裡投宿的鳥在啼叫著，冷煙濃密，殘霞消失，暮色蒼茫。「啼」字、「冷」字表明詞人對秋暮景色的主觀感受。「小樓愁倚畫闌東」，這句帶出一個「愁」字，表明自己是懷著愁緒倚在畫闌之東的，為的是迎候月上，排遣愁緒。下句「月」字之上冠以「黃昏」，表明了這時候不是月光如水，而是淒冷的朦朧的月光，又聽到透過碧雲風傳來的笛聲。「碧雲」這個詞來自南朝詩人江淹的〈擬休上人怨別〉詩：「日暮碧雲合，佳人殊未來。」在詞裡，「碧雲風」三字似含有懷念「佳人」之意，這「佳人」不是美女麗姝，而是政治上的知音，伏下了下片詞意。

　　下片「往事已成空」，什麼「往事」呢？顯然指的是當年上〈中興五論〉，上孝宗皇帝的三書，全都如石沉大海，而自己忠憤未泯。「夢魂飛不到，楚王宮。」這裡是以楚國逐臣屈原自比。屈原當年款款陳情，楚王只當耳邊風，今天的「楚王」是誰呢？就是宋孝宗，他比起楚懷王、頃襄王來，好不了多少，但詞人仍常想見到他，再進讜言，可惜夢魂難越「九重」，飛不到他的身邊。怎麼辦呢？「翠綃和淚暗偷封」。這句用的是唐朝一個典故。據宋張君房《麗情集》記載，成都官妓灼灼，善舞〈柘枝〉，能歌〈水調〉，御史裴質和她有情。裴被召還朝後，灼灼以軟綃聚紅淚為寄。這裡詞人以灼灼自比，想用青翠色的絲巾裹著淚寄給皇帝，動之以情。卻差誰寄去呢？「江南闊，無處覓征鴻。」江南的天地遼闊，找不到寄書的鴻雁所在。征鴻，指過往的雁。雁能傳書的典故出自《漢書．蘇武傳》，本來是漢朝使臣詐騙匈奴單于的話，說蘇武託大雁帶來書信，可知他還活著。後人從此把鴻雁傳書作為典故。詞裡說找不到征鴻，實際上是說沒有人能把他的耿耿忠心、恢復大計向皇帝表白，故使他鬱結於心，悲懷難展。

　　這首詞上片寫景，從「一縷紅」、啼鳥、冷煙、黃昏月，到一笛風，創造出濃重的淒冷氣氛、烘托出自己的心情。下片寫情，託為逐臣，託為情女，曲折而形象地抒發自己的忠憤，構成了全詞悲切婉轉的情調。和辛棄疾的〈摸魚兒〉（更能消、幾番風雨）詞相比，更覺哀婉，這在他的詞裡是不多見的。（李廷先）

最高樓　陳亮

詠梅

春乍透，香早暗偷傳。深院落，鬥清妍。紫檀枝似流蘇帶①，黃金須勝辟寒鈿②。更朝朝，瓊樹好，笑當年。

花不向沉香亭上看，樹不著唐昌宮裡玩。衣帶水，隔風煙。鉛華不御凌波處③，蛾眉淡掃至尊前④。管如今，渾似了，更堪憐。

〔註〕①流蘇帶：用五彩絲結成的帶飾。②辟寒鈿：用辟寒金做成的首飾。魏明帝時，昆明國獻嗽金鳥，不畏寒，常吐金屑如粟，宮人爭以鳥所吐金為釵珥，謂之「辟寒金」。宮人相嘲弄曰：「不服辟寒金，那得帝王心？不服辟寒鈿，那得帝王憐？」見唐段成式《酉陽雜俎》前集卷十六。③「鉛華」句：出曹植〈洛神賦〉「芳澤無加，鉛華不御」，謂洛神（即宓妃）容顏天然白潤，不須施用脂粉。又曰「凌波微步，羅襪生塵」，謂洛神在洛水波上微步而行，羅襪上微沫飛濺如塵土。④「蛾眉」句：出張祜〈集靈臺〉二首其二（一作杜甫詩，題作〈虢國夫人〉）：「虢國夫人承主恩，平明騎馬入宮門，卻嫌脂粉汙顏色，淡掃蛾眉朝至尊。」至尊，指皇帝。

陳亮有積極的用世思想。他在〈上孝宗皇帝第一書〉中陳述要想恢復中原，重振國家，除了在對金政策方面作重大改變外，還須重用人才。而當前的情況是什麼呢？他說：隆興和議之後「朝廷方幸一旦之無事，庸愚齷齪之人皆得以守格令、行文書，以奉陛下之使令，而陛下亦幸其易制而無他也，徒使度外之士擯棄而不得騁，日月蹉跎，而老將至矣」（《龍川集》卷二）。他在上書時才二十九歲，而一直到五十歲，他這個「度外之士」仍未被薦用，在家鄉蹉跎歲月。他把身世之感，借一些詠物詞抒發出來，這首詞是其中的一首。

開頭兩句「春乍透，香早暗偷傳」，領起了全篇詞意。透，即濃的意思。黃庭堅〈驀山溪．贈衡陽妓陳湘〉裡有「春未透，花枝瘦」的句子，可證「透」字之意。次句化用北宋林逋詠梅名句「暗香浮動月黃昏」（〈山園小梅二首〉其二），寫出了梅花的特色：春色忽然轉濃，到了百花爭豔的時候，而梅花早在春尚未透之前，它的芳香已經暗暗傳播開來。作者另一首〈漢宮春〉詠早梅的詞說：「群葩如繡，到那時爭愛春長。須知道、未通春信，是誰飽試風霜。」可以和這兩句相參證。「深院落，鬥清妍。」「深」字表明了梅花所處的幽靜之地；「清」字表明它不同凡豔，它們在幽靜的院落裡，以自己的清高絕俗的標格，鬥奇爭勝。到這裡，已經把梅花特有的氣質抒寫出來。下邊從外貌上加以描繪：「紫檀枝似流蘇帶，黃金須勝辟寒鈿。」它的紫檀色般的枝幹，下垂有如流蘇；它的金黃色的鬚蕊，勝過辟寒金做成的花鈿。這種外貌的描寫是為表現它的內在的美。大詩人屈原在《九章．涉江》裡對自己的服飾的描寫是「余幼好此奇服兮，年既老而不衰；帶長鋏之陸離兮，冠切雲之崔嵬」，也就是這個意思。從梅花的外貌顯示出，它不僅具有清高絕俗的品格，且具有不加人工雕飾的天然的高貴儀態，兩者構成了梅花的完整的形象，足以獨占花苑，壓倒眾芳。「更朝朝，瓊樹好，笑當年。」陳後主（叔寶）愛豔曲，創新聲，他的〈玉樹後庭花〉曲裡有這樣的兩句：「璧月夜夜滿，瓊樹朝朝新。」在詞裡，瓊樹是作為反襯的形象，認為它雖華貴，卻只值得一笑，比不上高潔的梅花。

換頭「花不向沉香亭上看」。唐人李濬的《松窗雜錄》上說，唐玄宗在一個春天裡，帶著楊貴妃在沉香亭上看牡丹花，並曾召大詩人李白寫〈清平調詞〉三首，中有「名花傾國兩相歡」、「沉香亭北倚闌干」之句，為人們所熟知。在詞裡，牡丹也是作為反襯形象，認為它即使為帝王所觀賞，高潔的梅花也不願與之並列。「樹不著唐昌宮裡玩」也是用典故。唐人康駢的《劇談錄》記載，長安安禁坊唐昌觀有玉蕊花，每春發花，若瑤林瓊樹。元和年間，當盛開時，乘車騎馬來遊賞的絡繹不絕。在詞裡，這玉蕊花也是作為反襯形象，認為它即使是為萬千遊人所愛賞，高潔的梅花也不願與之並列。那麼，有沒有可以和它比並的形象呢？有的，可以和它比並的形象同它有「衣帶水」相連，只是隔著風煙。這就是「鉛華不御」的宓妃，還有就是「淡掃蛾眉」的虢國夫人。這裡是詞人自比，借以抒發感慨。他家居婺州永康（今屬浙江），地居武義江上游，由水路可以到達杭州。歷史上的宓妃可以得到賢王的眄睞，虢國夫人可以得到唐玄宗的「聖眷」，當今皇帝所擢用的盡是「庸愚齷齪」之徒，而自己卻叩閽無路，頭白有期。他這種感嘆不遇的感情，在歇拍幾句裡表現得更為充分：「管如今，渾似了，更堪憐。」空相似而遭遇不同，「堪憐」的不是梅花，而是自己雖懷絕代之才，而終將老於鄉土。

宋人詠梅的詞很多，大多把它寫得高標傲俗，孤芳自賞，以寄託自己的出世思想。一些典故如「壽陽」、「弄笛」之類，也被用得很濫。這首詞卻能另出新意，把梅花寫得高潔絕俗，難以比並，卻並無傲俗之意，這是詞人積極用世思想的反映。在寫法上也別出心裁，摒棄一切熟濫典故，為了凸出梅花形象，他用了三種花的形象作為反襯，又用了兩個人物形象加以烘托，這種寫法也是少見的。他的詠梅詞傳到今天的有九首之多，這是其中寫得最好的一首。（李廷先）

一叢花　陳亮

溪堂玩月作

冰輪斜輾鏡天長，江練隱寒光。危闌醉倚人如畫，隔煙村、何處鳴榔？烏鵲倦棲，魚龍驚起，星斗掛垂楊。

蘆花千頃水微茫，秋色滿江鄉。樓臺恍似遊仙夢，又疑是、洛浦瀟湘。風露浩然，山河影轉，今古照淒涼。

陳亮詞的風格不是單一的，豪放之外還有「幽秀」的一面，而這首〈一叢花〉則又另具風韻，遠非豪放或幽秀所能概括。這首詞的內容如題，通篇描繪秋江月夜的瑰麗景象，唯於結拍處略露詞人感時傷景的悲涼情懷。

全詞共分三部分。上片起首兩句為第一部分，先總寫月照澄江、水映長空的瑰偉景觀。上句由月而及江，下句由江而及月，勾勒出一幅月光水色交相輝映的壯麗圖景。「冰輪」，指月。「斜輾」，即斜照。但何以必用「輾」字而不用「照」字？蓋「輾」字有轉動的意思，用在這裡，不僅與「冰輪」搭襯得宜，而且，還給人以運動感，彷彿看到了倒映在江水中的皓皓月輪，正隨著江水的流淌而緩緩移動。「鏡天長」，極言波明如鏡，把整個長空都映現出來。「江練」從南朝齊謝朓〈晚登三山還望京邑〉詩「澄江靜如練」句而來，謂江水澄澈明淨，宛如一條長長的白色綢帶。「隱寒光」，則謂月光和水色渾然一體。「隱」字可謂一字傳神，寫出了月光無聲地射照江水的韻致。而「寒」字，既與上句的「冰輪」相綰合，又暗伏下片的「秋色」。這兩句為江月傳神寫照，境界闊大，景象宛然。

從「危闌」句到下片的「又疑是」句是第二部分，寫秋月照耀下的江鄉景色。「危闌」句承上啟下，順筆交代一下「溪堂玩月」的感受，詞人完全陶醉在這畫圖般的景色之中了。「危闌」，即高樓上的欄杆，照應了題面中的「溪堂」二字，說明「玩月」的所在是臨江的樓臺。「醉倚」，寫出了作者憑欄玩月賞景的情態，但「醉」字不一定是「酒醉」的「醉」，也可以是「陶醉」的「醉」，著此一字就把詞人彼時的心態也寫出來了。詞人自我形象的出現，不僅豐富了這幅秋江月夜圖，也使它顯得更有生趣。接下來「隔煙村」數句，便從不同的角度對「人如畫」的「畫」作了具體的描繪。「隔煙村」句從聽覺寫漁舟夜歸。「鳴桹」也作「鳴榔」，漁人捕魚時用長木板敲打船舷，發出聲音，使魚驚而入網，故云。但詞人只是憑欄所聞，而且又因隔著煙靄迷濛的江村，不辨漁舟從何而來，歸向何處，故云「何處鳴桹」。「烏鵲」三句從視覺著墨，寫了三種事物的三種表現：烏鵲倦於棲息，魚龍（偏義複詞，指魚）驚而躍起，只有北斗星默默地掛在垂楊梢頭。至於烏鵲何以「倦棲」，魚龍又何以「驚起」，是因為月光皎潔，還是因為漁舟鳴桹，詞人沒說，也不必說，何況「倦」、「驚」云云，本來就包含著想像的成分，帶有詞人的主觀感覺。這三句雖然都從局部著墨，但布局得宜，很有層次，而且靜中有動，使這幅「畫」顯得更有生意。

過片繼續寫景。換頭兩句又從整體上勾勒一筆，描繪出一個更為廣闊的背景，使整個畫面顯得更加瑰偉壯麗：蘆花千頃，江水迷茫，渺無際涯的秋色籠罩著整個江鄉。蘆花是江鄉秋色中最富代表性的景物之一，寫蘆花便凸出了江鄉的特點。而云「千頃」，則極言遼闊無垠，並非確指。至於「水微茫」，這一則是月光水色相互輝映，二則也因為蘆花紛紛揚揚，所以遠遠看去，便有了迷迷茫茫的感覺。

下片「樓臺」兩句與上片「危闌」句遙相呼應，把鏡頭拉到自己的身邊來，進一步抒寫憑欄「玩月」的感受。詞人佇立江樓，看到秋江月夜下的清麗景象，恍若夢遊仙境，又彷彿置身於洛水之濱，湘水之畔。洛水（在今河南省），相傳是女神宓妃出沒的地方，東漢張衡〈思玄賦〉曾有「載太華之女兮，召洛浦之宓妃」的詩句，後來三國魏曹植還專門寫過一篇〈洛神賦〉，描寫了一個人神戀愛的故事。瀟湘，這裡指湘水（在今湖南省），屈原《九歌》中的〈湘君〉篇和〈湘夫人〉篇，都和湘水有關，寫的是湘水之神的戀歌。這裡「洛浦瀟湘」合而用之，不僅突出了江鄉之美，給詞人描繪的這幅秋江月夜圖塗上了一層神奇色彩，同時也強化了詞人的覽物之情，流露出詞人對江鄉的熱愛之忱。

結拍三句為第三部分，景象陡然一變，情調頓入悲涼，寄寓了詞人的國家興亡之感。「風露」句極寫寒氣濃重，浩然莫禦。「山河」句和篇首「冰輪斜輾」遙相呼應，顯示出時間的推移、景象的變化和詞人「溪堂玩月」之久。但既云「山河影轉」，境界就更為開闊，整個空間都隨著時間的推移而變化著，而不僅僅限於「溪堂」和「江鄉」，它分明織進了詞人的想像。這兩句全為結拍一句蓄勢。「今古」句是全詞的結穴所在，也是作者「溪堂玩月」的最後感觸所在。古往今來，明月無殊，普照人間，但詞人何以會有「今古照淒涼」之感呢？這種感受首先是從嚴酷的現實而來。半壁江山入於金人之手，而偏安一隅的南宋朝廷不僅不圖恢復，還壓制主張和堅持抗金的人，使他們「報國欲死無戰場」（陸游〈隴頭水〉）。詞人自己的抗金方略，也不被採納、不被理解，瑰偉壯麗的秋江月夜景色，自然要引起他的無限感愴。詞人還想到了「古」，想到了歷史上曾經出現過的南北分裂局面，故云「今古照淒涼」。「山河影轉」句已自隱寓著江山易主之慼，最後再以「今古」句一結，就和盤托出了作者感時傷景的悲涼情懷，使全詞意韻和格調為之一變，帶上一層濃重的悲古傷今、慨嘆興亡的色彩。

這樣就使詞從詞人賞玩風景的情事範圍開拓出去，提高了詞的境界，豐富了詞的內涵。總觀結拍三句，氣象宏闊，意境雄渾，聲情悲壯，含蘊深邃。

這首詞雖為玩賞風景之作，但由於融進了感嘆國家興亡的內容，從而大大增強了它的意義。全詞景象大開大變，但由於描寫有序、布局有致，又有「玩月」二字暗中貫穿，有詞人的感情相統攝，所以結構仍然顯得很嚴整。（楊鍾賢）

水龍吟　陳亮

春恨

鬧花深處層樓，畫簾半捲東風軟。春歸翠陌，平莎茸嫩，垂楊金淺。遲日催花，淡雲閣雨，輕寒輕暖。恨芳菲世界，遊人未賞，都付與、鶯和燕。

寂寞憑高念遠，向南樓、一聲歸雁。金釵鬥草，青絲勒馬，風流雲散。羅綬分香，翠綃封淚，幾多幽怨！正銷魂又是，疏煙淡月，子規聲斷。

本詞抒寫春恨。上片恨今日芳菲世界，遊人未賞，付與鶯燕；下片恨昔年金釵鬥草，青絲勒馬，風流雲散。一起用「鬧」字渲染花的精神情態，同時總攝春的景象，不輸宋祁〈玉樓春〉「紅杏枝頭春意鬧」句，加上「東風軟」（和煦），更烘托出春光明媚，春色宜人。「翠陌」，翠綠的田野；「平莎茸嫩」，平鋪的嫩草，用「茸嫩」形容初春的草，貼切恰當；「垂楊金淺」，淺黃色的垂柳。「遲日催花」，春日漸長，催動百花競放；「淡雲閣雨」，雲層淡薄，促使微雨暫收；「輕寒輕暖」，不寒不暖，氣候最佳。這些都是春歸大地後的春景、春色。如此多樣的美好景色，本可引人入勝，使人應接不暇而留連忘返。可是歇拍四句卻指出：在今朝，遊人未曾賞玩這「芳菲世界」，只有啼鶯語燕賞玩。鶯燕是「能賞而不知者」（明沈際飛《草堂詩餘正集》），遊人則為「欲賞而不得者」（同上）。鑑於世情人事如斯，尚有何心踏青拾翠！

過片兩句，因「寂寞」而「憑高念遠」，「向南樓」聽「一聲歸雁」。從上片看，姹紫嫣紅，百花競放，世界是一片喧鬧的，可是這樣喧鬧的芳菲世界卻懶得去遊賞，足見主人公的處境是孤寂的，心情是抑鬱的。雁足能傳書信（見《漢書．蘇武傳》），於是鴻雁充當了信使，因為征人未回，故向南樓探問歸雁消息。「金釵」三句，謂昔年賞心樂事，而今已如風消雲散。「金釵鬥草」，拔金釵作鬥草遊戲。南朝梁宗懍《荊楚歲時記》：「四民並蹋百草之戲，採艾以為人，懸門戶上，以禳毒氣。」「青絲勒馬」，用青絲繩做馬絡頭。古樂府〈陌上桑〉：「青絲繫馬尾，黃金絡馬頭。」「羅綬」三句，謂難忘別時的戀情，難禁別後的粉淚，難遣別久的幽怨。「羅綬分香」，臨別以香羅帶貽贈留念。秦觀〈滿庭芳〉「香囊暗解，羅帶輕分」，亦此意。「翠綃封淚」，翠巾裹著眼淚寄與對方，典出宋張君房《麗情集》記灼灼事。「幾多幽怨」，數不清的牢愁暗恨。「正銷魂」三句，有兩種斷法，一斷在「魂」字後，另一斷在「又是」後，兩者都可，而後者較恰當。因為一結要凸出「又是」之意，用「又是」領下面兩句，由於又看到了與昔年離別之時一般的「疏煙淡月、子規聲斷」，觸發她的愁緒而黯然銷魂。子規，一名杜鵑，相傳古代蜀君望帝之魂所化（東晉常璩《華陽國志．蜀志》）。子規鳴聲淒厲，最容易勾動人們的別恨鄉愁。

這首詞上片，作者幾乎傾全力渲染春景的無比美好，而歇拍三句，卻來一個大轉跌，以人們不能遊賞美好的春景為憾事，以如此芳菲世界被鶯燕所占有為惋惜。可知前面之所以傾全力描繪春景者，是為了給後面的春恨增添氣勢。蓋春景愈美好，愈令人惆悵，愈添人愁緒，春恨愈加強烈。杜甫所謂「花近高樓傷客心」（〈登樓〉），「感時花濺淚」（〈春望〉），即為此種思想感情的反映。下片似另出機杼，獨立成篇，其實不然，上下片有嶺斷雲連之妙。上片因春景美好反而引起春恨，這是客觀景物與內心世界的矛盾，而所以鑄成此種矛盾，傷離念遠是一個主要因素，下片就抒寫離愁別恨，因而實與上片契合無間。從賞心樂事的一去不返，別後的長久懷念，別時景色的觸目銷魂，在在刻畫主人公的感情深摯。可是作者是一位「推倒一世之智勇，開拓萬古之心胸」（〈陳亮寄朱熹〈甲辰答書〉語〉）的鐵錚錚漢子，他寫作態度嚴謹，目的性明確，每一首詞寫成後，「輒自嘆曰：『平生經濟之懷，略已陳矣』」（宋葉適〈書龍川集後〉引陳亮語）。所以很難想像他會寫出脂粉氣息濃郁的豔詞。據此，可知下片的閨怨是假託的，這類表現手法在詩詞中數見不鮮，大率以柔婉的筆調，抒憤激或怨悱的感情。此種憤激之情是作者平素鬱積的，而且與反偏安、復故土的抗金思想相表裡，芳菲世界都付鶯燕，實際的意思則是大好河山盡淪於敵手。為此，清季詞論家劉熙載評這幾句詞：「言近旨遠，直有宗留守（宗澤）大呼渡河之意。」（《藝概》）以小詞比壯語，不覺突兀，是因其精神貼近之故。

陳亮傳世的詞七十多首，風格大致是豪放的，所以明代毛晉說《龍川詞》一卷，「讀至卷終，不作一妖語、媚語，殆所稱不受人憐者歟！」（〈龍川詞跋〉）後來他看到本篇及其他六首婉麗之詞，修正自己的論點，曰：「偶閱《中興詞選》，得〈水龍吟〉以後七闋，亦未能超然。」（〈龍川詞補跋〉）其實毛晉本來的論點還是對的，無須修正。作家的作品，風格、境界可以多樣。陳亮詞的基調是豪放的，但也寫有一些婉約的作品，毫不足怪。蘇軾〈水龍吟．次韻章質夫楊花詞〉、辛棄疾〈摸魚兒〉（更能消、幾番風雨），情調豈不纏綿淒婉，但畢竟與周邦彥、秦觀不同，和婉中仍含剛勁之氣，骨子裡還是剛的。（黃清士）

虞美人　陳亮

春愁

東風蕩颺輕雲縷，時送瀟瀟雨。水邊臺榭燕新歸，一口香泥、濕帶落花飛。
海棠糝徑鋪香繡，依舊成春瘦。黃昏庭院柳啼鴉，記得那人、和月折梨花。

宋葉適在〈書龍川集後〉（《水心集》卷二九）一文裡，記載了陳亮每當一首詞寫成後，常自慨嘆：「平生經濟之懷，略已陳矣。」陳亮本人的話說明了他的詞作不是一般的吟弄風月，讀他的詞必須和他的生平遭遇、政治思想聯繫起來，才能探索到它的意蘊。這首〈虞美人．春愁〉詞，被宋黃昇選錄在《中興以來絕妙詞選》裡，足見他對這首詞的重視。宋周密評論此詞說：「陳龍川好談天下大略，以氣節自居，而詞亦疏宕有致。」（清〈御選歷代詩餘〉引）這種說法，似嫌抽象。題目叫做「春愁」，在春天裡，他愁的是什麼呢？值得進一步玩味。

開頭兩句：「東風蕩颺輕雲縷，時送瀟瀟雨。」東風輕輕地吹著，天上也只有幾縷淡淡的雲彩，這雲淡風輕的天氣，正是引人快意的時候，然而卻時時下起暴疾的雨。這兩句裡的「風」和「雨」，是全詞的詞眼，大好的春光就是在風雨中消逝的。領起了全篇詞意。「水邊臺榭燕新歸，一口香泥、濕帶落花飛。」這兩句是從白居易〈錢塘湖春行〉「誰家新燕啄春泥」句化出。這裡的「泥」，承第二句「瀟瀟雨」，「落花」承第一句「東風蕩颺」而來，燕子新歸，而落紅已經成陣，目睹這種景色，感慨油然而生。「一片花飛減卻春，風飄萬點正愁人」（〈曲江二首〉其二），老杜的詩句大概就是詞人此時心情的寫照。

過片「海棠糝徑鋪香繡，依舊成春瘦」，承上片「落花」而來。海棠是百花中比較豔麗的一種，它落下來，被和在小路上的泥土裡，繽紛斑斕，有如錦繡，散發著香氣，這是它最終的命運。海棠花是這樣，桃花呢？杏花呢？梨花呢？等到百花紛謝，盡委泥土，借用《紅樓夢》裡的話說，就是「千紅一窟（哭），萬豔同杯（悲）」，還有什麼春色可言！春，消瘦了，人也隨之而憔悴。「春瘦」二字是全詞的主旨所在。歇拍兩句「黃昏庭院柳啼鴉，記得那人、和月折梨花」。在黃昏的庭院裡，柳陰中傳來了烏鴉的叫聲，表明了是個月明之夜，「那人」可能是為貪戀最後的一點春色，踏著月光來採折這風雨裡殘存的梨花。月光是白的，梨花也是白的，梨花月光，兩難分別，折梨花時便好像「和月」一起折下一般，好一個素豔絕塵的形象！這形象就是「那人」的形象，「那人」是誰呢？除了詞人自己，還能是誰？可悲的是這梨花也必將隨著風雨而消失。

詞人筆下的春景是風雨、落花，銜泥的燕子，啼月的烏鴉，給人以淒涼之感，這正是他的情緒的反映。花開花落，本屬常事，但在多情的詞人看來，卻觸發了他的愁緒百端。這是為什麼呢？他是個磊落有大才的人物，他不滿意南宋政權建立以來，忘卻父兄大仇，向金人屈膝稱臣，因循苟安。他曾多次上書孝宗皇帝陳述恢復方略，都無結果。在長期的鄉居中，被奸人陷害，屢遭大獄，幾乎被殺。但仍不屈其志，思為世用。他的骯髒不平之氣，多次在詞裡抒發出來。如〈水龍吟．春恨〉云「恨芳菲世界，遊人未賞，都付與、鶯和燕」，〈眼兒媚．春愁〉云「愁人最是，黃昏前後，煙雨樓臺」，〈思佳客．春感〉云「橋邊攜手歸來路，踏皺殘花幾片紅」皆是。在他眼裡，春光是可愛的，但也是短暫的，帶給他的只有愁和恨。把這些詞和他的生平遭遇、政治思想聯繫起來看，他這首詞所表現的「愁」的內涵就很清楚，這就是：年華易逝，壯志難酬。在藝術手法上，運用比興，層層勾勒，構成了深曲淒涼的意境，挹之愈深，也愈有感人的力量。（李廷先）

楊炎正

【作者小傳】（一一四五～？）字濟翁，廬陵（今江西吉安）人。楊萬里族弟。宋寧宗慶元二年（一一九六）進士，受知於京鏜。嘉定三年（一二一〇），任大理司直。曾知藤、瓊等州。詞近辛棄疾，屏絕纖穠，自抒清俊。有《西樵語業》，存詞三十八首。

水調歌頭

楊炎正

把酒對斜日，無語問西風。胭脂何事，都做顏色染芙蓉。放眼暮江千頃，中有離愁萬斛，無處落征鴻。天在欄杆角，人倚醉醒中。千萬里，江南北，浙西東。吾生如寄，尚想三徑菊花叢。誰是中州豪傑，借我五湖舟楫，去作釣魚翁。故國且回首，此意莫匆匆。

這是一首秋日感懷詞。作者與辛棄疾相從甚密，酬唱很多。人品、氣節相類，詞品、格調亦相近。孝宗淳熙五年（一一七八），楊炎正與辛棄疾同舟過鎮江、揚州，寫下有名的〈水調歌頭・登多景樓〉，抒發請纓無路、虛度年華的苦衷。〈登多景樓〉詞與本詞內容相類，詞情互為表裡，可以參看：

寒眼亂空闊，客意不勝秋。強呼斗酒，發興特上最高樓。舒卷江山圖畫，應答龍魚悲嘯，不暇顧詩愁。風露巧欺客，分冷入衣裘。

忽醒然，成感慨，望神州。可憐報國無路，空白一分頭。都把平生意氣，只作如今憔悴，歲晚若為謀。此意仗江月，分付與沙鷗。

本詞的上片，寫懷才不遇、壯志難酬之愁思，悲壯而沉鬱。起首兩句，以淡筆輕描愁態：夕陽西斜，詞人手持酒杯，臨風懷想，突發奇問。「斜日」，除了實寫景物，點明時間外，同時還有虛寫年華流逝之意，暗寓歲月蹉跎、青春不駐的感慨。「無語問西風」，謂所問出之於心而不宣之於口。所問者「西風」，除了點明秋令外，也有與上句的「斜日」同一寓意。這兩句是對仗，使人不覺。接下來「胭脂」兩句，自然是發問的內容。「芙蓉」是荷花，這裡指秋荷。梁昭明太子蕭統〈芙蓉賦〉說它「初榮夏芬，晚花秋曜」。花色紅豔，所以詞人問西風：為什麼（你把）所有的胭脂都做了顏料去染秋荷了（染得它這樣紅）？正如東風是春花的主宰一樣，西風也是秋花的主宰，至少詞人是這樣認為的。這一問自然是怪特而無理。何以有此一問？詞人來到江邊，見秋江上滿眼芙蓉，紅豔奪目，與其時自家心境大相徑庭，所以心裡嘀咕，產生了這樣奇怪的想頭，正如傷春的人，責怪花開鳥啼。此可謂推陳出新之筆，以此暗寫愁懷，頗為沉鬱。「放眼暮江千頃」句，補出上文見芙蓉時己在江邊，不疏不漏，「暮」字又回應「斜日」。這千頃大江，「中有離愁萬斛，無處落征鴻」，轉出寫愁正題。以往文人寫愁，種種式式：李煜以「一江春水向東流」（〈虞美人〉）喻之；賀鑄以「一川煙草，滿城風絮，梅子黃時雨」（〈青玉案〉）喻之；李清照以「雙溪舴艋舟，載不動」（〈武陵春〉）喻之；皆立意新穎，設想奇特。這裡，詞人化用南北朝庾信「誰知一寸心，乃有萬斛愁」（〈愁賦〉）句，以「萬斛」言愁之可量，量而不盡，使抽象無形之愁，化為形象具體之物，比喻妥帖、生動。緊接著「無處」一句，再次極言愁之多，強化愁情：離愁滿江，竟連飛鳥立足棲息的地方都沒有，何況人呢？愁之無邊無際，由此可以想見，真是悽惻悲涼至極。這一句在上面兩句的形象比擬基礎上對愁情加以濃筆重抹，直至寫足寫透。以上七句，分作四層寫壯志未酬之愁情。從淡筆輕寫到暗筆曲寫，再轉為明筆直寫，最後又加以濃筆重寫，層層遞進，層層渲染。在這淡濃、明暗的映襯中，愁情愈發顯得強烈、鮮明。當時，詞人已三十四歲了，仍然是一介布衣。滿腹經濟之才，無處施展，怎不使人愁腸寸斷。這種「報國欲死無戰場」（陸游〈隴頭水〉）的悲壯沉鬱之情，至此淋漓盡致，達到高潮。於是在筆墨酣暢之後，詞人又出以淡筆，使語氣變得平緩。「天在欄杆角，人倚醉醒中」：暮色蒼茫，唯有欄杆的一角還可見一線天光；倚著欄杆，愁懷難遣。「醉醒中」，非醉非醒、似醉仍醒的狀態，是把酒澆愁（醉）而後放眼觀物（醒）情貌的捏合，與東坡〈江城子〉詞「夢中了了醉中醒」句意相近。詞人飲酒之所以醉，是由於內心積鬱，愁緒百結；而仍醒，是因為胸中塊壘難平，壯志未酬。兩句一邊收束上片的離愁別緒，一邊又開啟下片的心理矛盾。結構上顯得弛張多變，感情上也頓挫有致，視象上又現出一幅落拓志士的絕妙畫圖。

下片，詞人即調轉筆鋒，著重刻畫報國與歸田的心理矛盾。開合張弛，忽縱忽擒。首先是過片三句承接上片意脈，自言其人生道路：客遊他鄉，櫛風沐雨，萍蹤浪跡，漂泊不定；接著，由此發出人生如寄的感嘆，化用陶淵明〈歸去來兮辭〉「三徑就荒，松菊猶存」句意，寄寓田園之思。並且緊跟問句，憤然發問：誰是國中豪傑？答語顯然：捨我其誰！而英雄又何處可用武？無奈，請助我浪跡江湖的舟楫；我願效法范蠡大夫，做個釣魚隱士。退隱心情表現得委婉有致而又酣暢淋漓。這幾句真實反映了詞人因遭受人生的種種挫折，抱負未得施展，理想不能實現，從而憔悴失意，無可奈何的苦衷。〈登多景樓〉一詞曰「可憐報國無路，空白一分頭」，「此意仗江月，分付與沙鷗」，袒露的也正是這種思想。這種思想在當時的愛國志士中具有普遍性和典型性。辛棄疾與之唱和的詞中就說「倦遊欲去江上，手種橘千頭」。這些發自內心深處的感慨和悲憤，飽含著多少辛酸苦辣。最後兩句，筆調頓挫。在那股去國離家，退隱田園的感情洪流奔騰洶湧之時，驟然放下閘門，從而強烈表現了詞人立志報效國家的拳拳之心；傾吐了對故國山河的無限眷戀；維妙維肖地再現了詞人既欲擺脫一切，又徬徨無地的心態，以及敦厚、忠悃的性情。它與屈原「忽臨睨夫舊鄉，僕夫悲余馬懷兮，蜷局顧而不行」（〈離騷〉）的愛國精神一脈相通。

楊炎正是一位力主抗金的志士，由於統治者推行妥協政策，他的才能、抱負得不到施展。這首詞自傷身世，寄慨遙深，細膩真切地表現了他當時那種感時撫事、鬱鬱不得志的心理。雖然悲愁幽怨，但終究沒有消沉不振。清陳廷焯《詞則．放歌集》評：「（「放眼」句）悲壯而沉鬱。（「誰是中洲豪傑」以下）忽縱忽擒，擺脫一切。」立意鍊句也不同凡響，結尾二句筆墨奇矯，大有書家所謂無垂不縮、行處能留之妙。總之，全詞豪放、沉鬱而有風致。（何林輝）

蝶戀花 楊炎正

別范南伯

離恨做成春夜雨。添得春江，剗地東流去。弱柳繫船都不住，為君愁絕聽鳴艣。君到南徐芳草渡。想得尋春，依舊當年路。後夜獨憐回首處，亂山遮隔無重數。

送別朋友是唐宋詩詞中最常見的題材之一。楊氏的這首送別詞，雖非上乘之作，但寫得幽暢婉曲，頗有特色。詞的發端便直言離恨：「離恨做成春夜雨。」與好朋友春夜話別，無盡的離愁別恨化為無盡的春雨；那綿綿春雨就像綿綿友情。「添得」二句進一步寫一場春雨，使春江水漲，浩浩蕩蕩，一派東流去。剗地，此處作「一派」講。以春江東流，來寫離愁滔滔不盡，近於李後主「問君能有幾多愁？恰似一江春水向東流」（〈虞美人〉）句意。「弱柳」兩句寫弱柳繫不住船，表示儘管殷勤挽留，但朋友還是不得不登船離去。艣同櫓；鳴，指划船的櫓搖動時的聲音。王安石有〈題朱郎中白都莊〉詩曰：「藜杖聽鳴艣。」眼看著船兒漸去漸遠，耳聽那越來越小的櫓聲，心中既為朋友離去而悵惘，有一種「人去一城空」的失落感；又有對朋友一路風波之勞和前程坎坷難卜的擔憂。「為君愁絕」中一個「絕」字，飽含這無限深情。

下片「君到」三句寫朋友要去的目的地。南徐，東晉時僑置徐州於京口，後日南徐；即今江蘇鎮江市。到了南徐州那芳草如茵的渡口，如果你想尋春，依舊是當年我們曾走過的那條路。這句話下面潛藏的意思是：本是當年你我結伴同行，而今只有你形單影隻，一個人獨自踏青了。路依舊而人不同，一種物是人非的感慨，深藏在字裡行間。結尾「後夜」兩句是懸想別後友人思我，回望之時，已是有無數亂山遮隔。這是透過一層的寫法，宋詞中屢見。下片首稱「君」，故「獨憐」下亦有一「君」字存在。又因是由詞人懸想而出，故「亂山遮隔」之感，亦彼此同之。「詞起結最難，而結尤難於起。」（清沈祥龍《論詞隨筆》）這首詞結句飄逸、悠然，有不盡之意。這種結法與李白詩〈黃鶴樓送孟浩然之廣陵〉的結句「孤帆遠影碧空盡，唯見長江天際流」，以及岑參詩〈白雪歌送武判官歸京〉的結句「山迴路轉不見君，雪上空留馬行處」等一樣，都是「『臨去秋波那一轉』（按：語出元王實甫《西廂記》），未有不令人銷魂欲絕者也」（清李漁《窺詞管見》）。

陸氏侍兒有〈如夢令．送別〉詞曰：「日暮馬嘶人去，船逐清波東注。後夜最高樓，還肯思量人否？無緒，無緒，生怕黃昏疏雨。」這首小令的意境和這首〈蝶戀花〉的意境，確乎相近，可對讀並可互相發明。（程郁綴）

【每日讀詩詞】

唐宋詞鑑賞辭典（第三卷）：一種相思，兩處閒愁

北宋—南宋

作　　者　宛敏灝、周汝昌、葉嘉瑩、唐圭璋、繆鉞、俞平伯、施蟄存等
封面設計　陳玟秀
內頁排版　藍天圖物宣字社
行銷業務　余一霞、汪佳穎、陳雅雯
　　　　　王綬晨、邱紹溢、郭其彬
編輯協力　連子瑄
總 編 輯　趙啟麟
發 行 人　蘇拾平

出　　版　啟動文化
　　　　　台北市 105 松山區復興北路 333 號 11 樓之 4
　　　　　電話：（02）2718-2001　傳真：（02）2718-1258
　　　　　Email：onbooks@andbooks.com.tw

發　　行　大雁文化事業股份有限公司
　　　　　台北市 105 松山區復興北路 333 號 11 樓之 4
　　　　　24 小時傳真服務（02）2718-1258
　　　　　Email：andbooks@andbooks.com.tw
　　　　　劃撥帳號：19983379
　　　　　戶名：大雁文化事業股份有限公司

初版一刷　2019 年 12 月
定　　價　950 元
I S B N　978-986-493-110-1

國家圖書館出版品預行編目（CIP）資料

每日讀詩詞：唐宋詞鑑賞辭典 . 第三卷 , 一種相思，兩處閒愁 / 宛敏灝等著 . -- 初版 . -- 臺北市：啟動文化出版：大雁文化發行 , 2019.12
　面；　公分

ISBN 978-986-493-110-1（平裝）

833.5　　108020830

圖書許可發行核准字號：文化部部版臺陸字第 108007 號
出版說明：本書係由簡體版圖書《唐宋詞鑑賞辭典》以正體字在臺灣重製發行，期能藉引進華文好書以饗台灣讀者。